火场

李世万 著

线装书局

图书在版编目（CIP）数据

火场 / 李世万著． -- 北京：线装书局，2024.6
ISBN 978-7-5120-6112-5

Ⅰ．①火… Ⅱ．①李… Ⅲ．①长篇小说－中国－当代 Ⅳ．① I247.5

中国国家版本馆CIP数据核字（2024）第092782号

火场
HUOCHANG

作　　者：	李世万
责任编辑：	姚　欣
出版发行：	线装书局
地　　址：	北京市丰台区方庄日月天地大厦B座17层（100078）
电　　话：	010-58077126（发行部）010-58076938（总编室）
网　　址：	www.zgxzsj.com
经　　销：	新华书店
印　　制：	成都市兴雅致印务有限责任公司
开　　本：	787mm×1092mm　1/16
印　　张：	37
字　　数：	871千字
版　　次：	2024年6月第1版第1次印刷
定　　价：	98.00元

目 录
CONTENTS

第一章　　时代大势风云变幻　世相百态悉数登场 …………… 001
第二章　　李小长惦记周静姝　姚改革无奈守野猪 …………… 006
第三章　　姚革新组织开大会　黄大长带孩守深山 …………… 014
第四章　　姚改革山屋遇野猪　黄大长搭救姚队长 …………… 018
第五章　　堡子界放歌守野猪　守山人过渡遇莹莹 …………… 023
第六章　　黄大长拜访钟队长　村干部闲话榨油坊 …………… 032
第七章　　黄大长榨油坊醉酒　李小长闹捉奸出丑 …………… 037
第八章　　桃坪界朴拙显威仪　袁泽丽惊闻妹受伤 …………… 045
第九章　　两队长会商莹莹案　钟树军抓捕李小长 …………… 051
第十章　　苏醒姐劝导李兰香　六稚子初上堡子界 …………… 056
第十一章　黄大长烧炭南山中　李小长判刑十二年 …………… 061
第十二章　姚革新决定竖新屋　黄大长担纲掌墨师 …………… 064
第十三章　符光中揭发黄大长　黄大风化解民事案 …………… 069
第十四章　庞跃京忆苦当童工　包春梅调教众姨太 …………… 075
第十五章　庞跃京勤学文武艺　周保旺陷害两师徒 …………… 079
第十六章　安团长计陷两师徒　庞跃京手刃周保旺 …………… 084

1

第十七章	拉杆子啸聚无缘洞　符星申探访指挥部	089
第十八章	李以民威震无缘洞　庞跃京首战建奇功	093
第十九章	两红军乔装两医生　入虎穴智取安安三	100
第二十章	魏公稣摆脱张雨涵　审查室男女淫佚闹	105
第二十一章	崔产慄笑谈县城行　众村民心忧被审人	111
第二十二章	黄大长滋事被拘捕　拘留所改造黄赌毒	116
第二十三章	舒建华羞辱蔡海秀　黄大长动粗延拘期	120
第二十四章	泥石流掩埋拘留所　众囚犯冲向生死场	126
第二十五章	老憨头犯罪不悔改　黄大长替妹讨说法	132
第二十六章	拘留所成就大英雄　黄诚勇保送上大学	146
第二十七章	寸银莲荒唐耍流氓　万人迷蒙羞怒拖刀	153
第二十八章	光中幕后算计莹莹　英姑庭前撤诉道歉	160
第二十九章	黄大长接莹莹回家　姚革新准大长造船	168
第三十章	黄大长携莹莹造船　曹大鲲结异姓兄弟	173
第三十一章	戏剧团演出获好评　黄大风观剧赋新词	178
第三十二章	辰河剧团走出大山　芸庐献艺万人空巷	183
第三十三章	黄大长寻访李以民　神秘女探访戏剧团	188
第三十四章	牟组长点评三名剧　八书记对垒八金刚	194
第三十五章	公社议事牟梨撒野　大队开会革新飞票	200
第三十六章	姚革新开会搞动员　黄大长请缨上三线	208
第三十七章	魏公稣提拔姚改革　袁莹莹落户大长家	215
第三十八章	黄大长通话白竹垭　一线天怀亲修家书	218
第三十九章	黄大长坠崖一线天　袁莹莹收到一巨款	224
第四十章	郝科长牵扯黄大长　姚革新娄底摸情况	230
第四十一章	不明火中村成火场　受恶言万人迷入院	238
第四十二章	通车晚会公稣出彩　群英荟萃牟梨遇冷	246

第四十三章	牟组长赶走魏书记	八支书对垒造反派	……	255
第四十四章	承德白信不治身亡	吉祥薇薇苦劝牟梨	……	264
第四十五章	牟梨叫板八大书记	老篾殒命八大金刚	……	271
第四十六章	产愫分娩香消玉殒	跃京平反官复原职	……	280
第四十七章	两人横死鸡犬不宁	棺椁失控滚落山谷	……	285
第四十八章	老梨头收留莫子衿	姚革新平反复原职	……	288
第四十九章	谢钟父女登门拜访	绝色双骄初次交锋	……	295
第五十章	黄诚勇擢升副书记	苏醒姐数落姚革新	……	303
第五十一章	老梨头喊寨大发现	符仁缙守屋小传谣	……	307
第五十二章	崔产愫雨夜坟地回	牟组长下令捕王姬	……	313
第五十三章	老梨头认孙周莫衿	王阿婆生死两轮回	……	320
第五十四章	群情激愤追查元凶	吉祥受过披麻戴孝	……	327
第五十五章	佳丽随性引来误会	采采质疑刨根问底	……	332
第五十六章	邓佳丽发烧讲胡话	谢采采医院使性子	……	336
第五十七章	失人心毁树酿悲剧	得人心守护将军树	……	342
第五十八章	工宣队接替红卫兵	庞跃京迎娶崔美人	……	351
第五十九章	李兰香久病已仙逝	黄诚勇拜谒曹老大	……	357
第六十章	三书记下榻中南门	袁莹莹辞职回故里	……	362
第六十一章	姚改革喜结连理枝	黄诚勇破格升书记	……	369
第六十二章	组长自负申请报考	书记自信拖延审批	……	379
第六十三章	高考政审牟梨遭拒	五类分子重获新生	……	385
第六十四章	新社员挞伐旧贫农	包干会变成武斗场	……	393
第六十五章	包干大会众生百态	时代巨变"地富"联姻	……	403
第六十六章	袁周联姻结成伉俪	"文革"组长被指惯偷	……	413
第六十七章	牟组长留绝笔自戕	钟司令受惊吓摔残	……	419
第六十八章	牟梨死无葬身之地	吉祥设法了却遗愿	……	426

第六十九章	牟组长葬身毛栗垭　钟司令痴情守孤坟	434
第七十章	老地富贬损狗杂种　众乡亲针砭恶势力	441
第七十一章	老战友齐聚北京城　杨雅琴意外获佳音	448
第七十二章	爱女离世母亲悲恸　落实政策雅琴平反	457
第七十三章	杨雅琴亲临毛栗垭　钟吉祥墓前认娘亲	460
第七十四章	毛栗垭雅琴好伤悲　临别离吉祥拒竖屋	469
第七十五章	黄诚勇苛责姚改革　袁莹莹好言解嫌隙	473
第七十六章	黄诚勇重拳整治安　钟吉祥严打被清算	478
第七十七章	两书记重逢话友情　老相识他乡喜相逢	484
第七十八章	薇薇聊叙陈年往事　莹莹感慨人生多艰	493
第七十九章	沦落人现身桃花江　四故人无眠话疑窦	499
第八十章	诚勇采采擢升官职　世事难料浮生如梦	503
第八十一章	革新莹莹关怀备至　跃京产愫长情重义	507
第八十二章	袁延顺经商坑村民　"村领袖"数落暴发户	515
第八十三章	李宗儒回城遭下岗　袁泽丽借钱变主任	523
第八十四章	王元秀携父看大戏　桃花江故人喜相逢	527
第八十五章	命运多舛人生无常　悲痛忧伤逆流成河	536
第八十六章	黄刚强离别成永诀　姚改革意外新发现	544
第八十七章	两发小村口话凄凉　黄大长动气已升天	550
第八十八章	邓佳丽故地送温暖　姚改革喜得双生子	557
第八十九章	奋进擘画脱贫攻坚　符嫽传谣害人害己	566
第九十章	敢担当奋进新时代　有作为开启新征程	574

第一章
时代大势风云变幻　世相百态悉数登场

火场是一个古老的地名，处于武陵山脉中部，位于沅陵县北端，是一个边远偏僻小镇。古来为商贾骈集、逋逃藏匿、豪杰聚义、匪患猖獗、兵家必争的关隘要地。相传，秦始皇赶48匹马到火场，结果马死了，死马变成48个马头似的山头，从雄黄山过去连绵48个山头直到桃源，因此，就有了48匹马下桃源之说。秦始皇怜惜这些跟随他转战多年的战马，遂在雄黄山上敕建朝阳寺，自古以来，引来无数善男信女登临雄黄山朝阳寺朝拜。

火场称谓的来历，现在无从考证，流传的说法很多，但最为流行的版本有三种。有"货场"说，古时这里驿道交错，商贾中转囤积货物，老辈人发音不准，通常把去声读成了上声，把"货场"误读成了"火场"，时间久了以讹传讹，就叫成了"火场"；有"火场"说，土家寮建筑紧密，相传这里火灾频发，有"十年一小烧，三十年一大烧"的迷信说法，由此先人就给这里取了一个带有佛家宿命意味的名字——火场；有"活场"说，原住民把"活"口误成"火"，认为人都活在有形或无形的"场"里，警示后人，人活一场，凡事预则立，不预则废，江湖险，人心更险。善于圆场，最终才能完美收场，不然，人生就是白忙活一场。

由于没有文字记载，传说而已，其实都不足为信。地理标志应该有其出处或缘由，不知先人为何要取这么一个让人惊惧的名字，留下了一个千古谜团。

火场四面环山，一条蜿蜒曲折的小溪日夜不停地流向外面的世界，人们在这里世代繁衍生息，年复一年过着老日子。一条弯弯绕绕的狭窄石板路街道是火场集镇的唯一通道，这条路的两边杂乱无章地竖着密集的土家寮，形成了一个个典型土家村落。

这里地小名气大，在特定历史时期，社会构成十分复杂，各种势力汇聚于此，俨然成了大小人物的战场、政治人物的生死场、各种势力的角逐场。

1958年，上级赋予火场行政区划名称——火场人民公社。公社地址在中村，属于火场集镇所在地。

首任公社书记庞跃京，认为成立火场人民公社，是火场人民政治生活中的一件大事，要留下历史记忆，必须有仪式感。按照农村习俗，干所谓大事，都要选个良辰吉日，公社挂牌也是一件马虎不得的大事，从盘古开天地、三皇五帝到如今，把一个地方的行政机关命名为"人民公社"还是第一次。人民公社是新生事物，为了图个吉利，庞跃京当然是慎之又慎，早早地请了先生，看了日子，选定"赶年节"那天举行火场人民公社挂牌仪式。赶年节是土家族传统节日，以"赶年"最为隆重，土家人过大年时间比汉族提前一天，小月为腊月二十八，大月为二十九。

天有不测风云，天公不作美，到了腊月二十五日，突然下起了暴风雪，天空中鹅毛般的雪花纷纷扬扬下个不停，整整下了三天三夜，丝毫不见有停下来的意思，风带着雪花满世界飘舞，放眼望去，眼前是白茫茫的一片，让人看了好心焦。

庞跃京选定的良辰吉日眼看就要到了，可这天气也忒戏弄人。日子既然选好了，也是不能随便更改的，凡事要图个顺利。

腊月二十八日那天上午，地上的积雪没过大人的膝盖，时不时听见路边的树枝被沉积的大雪压断发出"咔嚓——哗"的声音。鸟儿瑟缩着身子，在冰天雪地里扑腾着、哀鸣着、躲藏着。由于天寒地冻，鸟儿无处觅食，或是由于寒冷，无可奈何飞入寻常百姓家。可是，无良村民趁机设下捕鸟箩筐、捕鸟夹子、自踏式扣鸟装置等捕鸟工具，撒下诱饵，就等鸟儿自投罗网，农人闲下来了，没事弄几个鸟儿做下酒菜，大冷天围着火坑喝几碗苞谷烧。

饥寒交迫的鸟儿们，在这个世界里没有栖身之地，只能冒险往有人烟的地方躲藏，鸟儿们太高估了人类的善良。有些捕鸟者，用画眉哨，引诱山上的画眉掉入陷阱，以致沦落成人们的盘中餐、食中味。人类的先进丝毫没有改善本性中的贪婪、残忍和暴力。

人间一场暴风雪来临了！据说这是十年一遇的大雪。

公社要整大事儿，天气再冷也敌不过人们高涨的热情，男男女女佝偻着腰、抱着膀子，前来观"场"。最欢心的要数孩子们了，公社门前早早地围着一群孩子，鼻孔下挂着鼻泡，看上去貌似结成了小冰凌，孩子们不怕寒冷，他们在冰天雪地里玩耍，堆雪人、打雪仗，好不快乐。

庞跃京率领手下幕僚在公社大院里张罗，天上的雪花赶趟儿似的越发下得紧，临时搭建的主席台，俄顷，变成了一座白色的蒙古包。

县委书记黄大风、区委书记胡蜂原计划参加火场人民公社的授牌仪式，两位书记还要亲自为火场人民公社挂牌并发表演讲。可是，突如其来的暴风雪不但封锁了道路，而且阻断了通信，火场变成了白色世界，活脱脱地成了一座孤岛。

雪花飘舞，庞跃京眉头紧锁，看样子这天气没个好法，他心急如焚，县里要求各地成立人民公社，有指标任务、有时间限制。公社挂牌不能往后拖了，再往后拖着不办就会拖全县的后腿。大雪封山，交通阻隔，庞跃京左思右想，大腿一拍，他决定公社挂牌仪式照常进行，由他自己和副书记欧阳糊共同挂牌。

这么重要的日子，当然也少不了火场"三老"——老憨头、老篾头和老犁头。"喊寨人"老篾头，挂牌那天忙得特别欢，大清早便提起锣，在中村羊肠小道上鸣锣吆喝，他那公鸭嗓像往常一样，有规律地叫道："各家各户注意啰，重大消息！""哐、哐哐"，"特大消息！""哐、哐哐"，"今儿个庞头领在村东头举行人民公社挂牌仪式啰！""哐、哐哐"。他把锣敲得山响，路过老憨头和老犁头屋门口时，一声吆喝，顺带把他两人提早半个时辰带到公社门口，哥儿仨站在大雪中身子冷得像筛糠似的。

翻身得解放的符彩儿、莫夜香、姚娆、小杏儿以及她们的男人和村民一样踟蹰于公社大门前，像看西洋镜。连地主包春梅、富农符德傀等人也来凑热闹。老篾头对公社大门口的一副对联饶有兴趣，看了又看，口中念道："人人营私天下大乱，人人为公天下太平。横批是：天下为公。"作为前清遗老，自然知道一些历史掌故，倚老卖老，掌握着话语权。

看了对联后，老箴头对围观的村民说："才之秀者……这么冷的天气，也没有冷却你们的好奇心，挤啥呢？急啥呢？又不是让你们娶新媳妇。我可告诉你们，今天'公社'了。"

他把后边这一句，故意说得很重，见围观的人一头雾水，不知公社为何物，他摆了摆头，说："这公社呀，我估摸着，其实我也讲不好，不过呢，倒是这副对联，说出了其中的道道。从今往后，所有的生产生活物资都是公家的，每个人都没有属于自己的物品——这叫公，社——就是集体组织。公和社连在一起，意思大概就是人、事、物等等都是这个集体组织的。"

老百姓文化水平不高，老箴头解释说明了大半天，村民好像听懂了，又似乎不怎么懂。大家梗着脖子，抱着膀子，在风雪中权且听听，心中却像这纷飞的雪儿——茫茫然。

哥儿仨读过几年私塾，据说老箴头、老犁头参加过1904年7月4日中国历史上最后一次科举考试，并考取了秀才。由此，老箴头开口闭口总会说"才之秀者……"作为他说话的开场白。

山旮旯里新闻少，如今要成立公社了，这个新生事物，着实是天字号大事。火场上下都动了起来，欢天喜地的。三老一定是要凑热闹的，刷存在感，不请也会自来，何况庞跃京还有过吩咐。哥儿仨就是空手来，也要请进公社干碗苞谷烧，让他们目睹新旧社会的巨大变化——封建王朝的腐朽没落，新社会化腐朽为神奇。按照农村风俗习惯，家中有红白喜事，村坊邻居都会前去随礼，一般都会去吃酒。今天是庞跃京办大事——火场人民公社成立挂牌。火场三老按当地风俗习惯，在公社门口动了"炮子"——每人放个一元钱的鞭子。噼噼啪啪的鞭炮声，预示着有贵客到了。

火场"三美"：大美人崔产慊，素有"万人迷"之称的袁莹莹，以及美貌如花的"迷万人"袁泽丽，立即迎了上去，一人一个将三老带进公社礼堂就座，三老羞怯，但心中窃喜，三老抱拳向乡党互致问候。

暴风雪阻挡不了人们高涨的热情，村民三三两两、弓腰缩背陆续来到公社礼堂，见证火场人民公社成立这个历史时刻。

新任中村大队党支部书记姚革新，比其他几个村的大队支部书记（时称八大书记）更加积极，因为他是首任公社书记庞跃京"钦定"的大队书记，于是他老早就吆喝着书记们几个人一起来公社凑热闹、帮场子。

姚革新站在那里，五官特别显眼：两道粗粗的浓眉，方方的额头，锐利的眼神，紧闭的嘴角和强硬的下巴。加上他火暴的脾气、长杆烟袋和对事物的预见性及过人的判断力，成了他的金字招牌。他毕业于省属一所艺术学校辰河戏科，曾是县剧团当家小生演员，能写剧本、诗词，会唱京剧，尤其擅长高腔、傩戏、阳戏、沅陵山歌等地方戏曲。

在那个文盲占绝对多数的年代，像姚革新那样受过系统的良好教育的人可谓凤毛麟角，故此，他一辈子都是个"文化人"。虽然他的日常生活与行为是一个完全的农民，但他那种在广阔的农村天地中绝对稀有的文化人的眼界、文化人的思维方式、文化人的爱好与趣味、文化人的审美与审世眼光，不可谓不超凡脱俗，不可谓不俯瞰众生。因此，他的几个孩子从小就受到了良好的家庭启蒙教育与熏陶，也潜移默化地影响到他身边的所有人。

多年以前，姚革新所属的县剧团，常年经费不足，演职人员多半是"二把刀"，剧团

面临解散或改制。"土改"那会儿，农村急需有理想、有文化的年轻人，参加农村轰轰烈烈的土地改革。上级号召有志农村青年回到农村去，投身农村土地改革和基层政权建设中。姚革新首先响应上级号召，报名回到农村，参加轰轰烈烈的土地改革运动，他和十几个热血青年写了回乡申请，剧团领导经过认真研究后，决定留下他，其他人一律放行。姚革新不服，再三找剧团领导说情，剧团领导不耐烦地说："你是剧团的台柱子，你不能回乡搞'土改'。"姚革新一听，脖子一硬，怪怪一笑，笑的样子有点儿哏，他质问剧团领导，说："到底是'土改'重要，还是演戏重要，你们的革命立场站到哪里去了，你们的屁股坐歪了，这是大是大非问题。"

他将了剧团领导一军，话都说到这个份上了，剧团李团长对他没辙了，只好同意，但他讲话仍然留有余地，耐心地对姚革新说："剧团的大门随时为你敞开着，你哪天想回到剧团来，我们随时欢迎。"

姚革新摇动着脑壳，大声回答说："我一个农民的儿子，回到农村去，滚一身泥巴，沾一身泥，在土地改革运动中，建设富饶美丽新农村。"

姚革新很决绝，剧团虽然惋惜，但也只好放行，团里为他们十几个人戴了红花，举行了声势浩大的欢送仪式。姚革新和在剧团跑龙套的同乡谢钟、黄大长一起，背上行囊，义无反顾地回到了家乡，他又当回了农民，一头钻进了"土地改革运动"中。

据说，当时姚革新他爹听完姚革新说明的原委后，气得身子像筛糠似的，二话没说，操起厨房灶台边的吹火筒，追着姚革新劈头盖脸就是一顿毒打，若不是姚革新他娘用身子护着，姚革新小命难保。从此之后，姚革新就落得个返乡优秀青年的美名。

火场"三美"安排来得早的客人先"过早"，首先吃上一碗糯米做的汤圆或绿豆粉一类小吃，美其名曰：填肚子。"过早"后，八仙桌上摆上葵花子，送上一杯火场著名的堡子界云雾茶，道贺的客人边嗑瓜子边聊天，公社礼堂里，人头攒动，大家喜气洋洋，热闹非凡，满满的年味儿。

今儿"公社"了，欢庆的最高形式，免不了要请大家撮一顿，在酒桌上说说诨话，大口吃肉，大碗喝酒，那才叫痛快。

酒桌上，腊肉是必备的，腊肉是土家人的上等大菜，冬至一过将大块的猪肉用盐、花椒、五香粉腌制好，吊挂在火坑上，下烧柏树枝，烟熏而成。

厨师用一个大缸盛好煮熟的腊肉，开席时，把腊肉舀一大碗放进铁锅里加热翻炒几下，撒一些姜蒜，端到席上。小菜主要是酸菜缸腌泡酸菜，掌厨师傅往往会在酸菜里放几个猪骨头，让酸菜吃起来更加香软；下寨溪里的小干鱼，经师傅的炒制，吃上一口，口齿留香，让人感受到什么叫喷香；埋在地窖里的白萝卜，掌厨师傅做成萝卜丁，往往和新鲜猪肉炖，用大锅盛好，热气腾腾的，端到餐桌上，桌上的人见了自然地咽口水；包得很紧的大白菜，师傅会很利索地剥去几瓣老叶子，往水桶里一戳，即刻拿起，掌厨的"大师傅"，一只手托起大白菜，另一只手持菜刀直接削白菜下锅，需要多少，刀下有数，用碗一装往往恰到好处，不多也不少；大红酸辣椒，那是一种神菜般的存在，掌厨师傅信手从缸里抓起一把盐泡大红酸辣椒，放进烧红的油锅里，在锅里打几个滚，在酸辣椒上撒点细盐起锅，一道香辣可口的特色菜就这样简单制作而成了。大雪天的，能吃上一口香辣的吃食，喝一碗够劲的苞谷烧，特别御寒。席间，公社干部向在座的来宾劝酒夹菜，在这个寒冷的冬天里，着实令人感到温暖而又惬意。

挂牌仪式遇上暴风雪，天气异常的冷，户外行走没法睁开眼睛，已经到了不容许人们出门的地步。挂牌仪式只能从简，许多议程临时取消，只得潦草了事，最后一项议程就是大家一起在新挂牌的公社大院门口拍个合影照。庞跃京早早请来了摄影师傅，叫火场三老也一起拍个合影。三老起初故作推辞，从来没有见过这么一个新鲜玩意儿，心中是既憧憬又有些腼腆。火场公社副书记欧阳糊见三老有些扭捏，他便奉承三老是全火场历经清朝慈禧朝代而健在的人，见证了封建王朝的灭亡和新中国的成立，本身就是一本很好的历史教科书，是火场三宝，不但要参加拍照，而且要和英雄书记庞跃京一起站在前排中间拍照。欧阳糊的话，说得三老眉开眼笑，哥儿仨揞不过情面，和庞跃京等公社主要干部站在一起，挺直腰杆站在最前排合影留念。

天上下着大雪，冷飕飕的，大家的心却是火辣辣的。整个挂牌仪式最大的成果莫过于公社干部和大队干部及火场三老、三美在公社大院门口拍了一张合影照，这张照片成了永久的纪念，见证着这个历史时刻。

人民公社挂牌仪式完成后，辰河戏剧团举行高腔演出以示庆贺。热闹一直延续到小下午，今天摆在礼堂的流水席，只要凑满了一桌儿，便可开席吃酒。因为天寒地冻，餐桌上的菜都是公社食堂现炒的，趁热吃。

公社副书记欧阳糊已经放出话说，大家今儿个敞开肚皮吃公社——管够。今儿庞头领办大事，好吃的都悉数上桌，大家可以抽生烟、喝摔碗酒、干白米饭。

酒过三巡，庞跃京对老篾头说："才之秀者，今儿个'公社'了，我们共产党人做了一件前无古人的大事，你这个前清秀才，面对新中国的重大历史变革，你有何感想呀？何不作诗一首让大家乐呵乐呵？"

老篾头颔首一笑，用手捋了捋山羊须，即兴吟诗一首："人民公社是咱家，男女老少拥护它。欢庆歌声震天地，家家开出幸福花。"

庞跃京带头鼓掌，说："好诗，好诗！"大家都附和说："好诗。"

谢钟和黄大长起哄要老犁头也作一首诗，和老篾头比试比试。老犁头清了一下喉咙，摇头晃脑地吟道："人民公社好，群众干劲高。不畏暴风雪，革命起高潮。"

公社副书记欧阳糊说："不错啊老犁头，诗来得快！"

中村书记姚革新开玩笑说："当年老篾头和老犁头都参加了清朝最后一次的科举考试，在乡试中，老犁头考了一个垫底秀才，但老犁头从来就不服同科乡试秀才第三名的老篾头。今日一见，两人的才思都属于同一级别，的确不分伯仲。"

老篾头梗着脖子，老犁头面带微笑，两个老人默然不语。大家大声说笑，讲痞话、惹村姑，打打闹闹，好不快活。

火场人民公社辖中村、上寨村、下寨村、赵家峪村、杨公潭村、石家垭村、鹿鸣溪村、汾水溪村、谢家界村和桃坪界村大小十个村子。中村大队是火场公社几个大队中最大的一个。

这么一个簸箕大的地方，县界边沿小乡镇，也历经了历史的洗礼，沧海桑田，人们在历史的变迁中，见证着历史，演绎出许许多多属于自己的历史故事。

在历史重大转型时期，每个人的命运与时代紧密相连。在社会变革中，每个人都没法置身事外。在特定的社会环境下，人与事、苦与劫、生与死、罪与罚、义与利、荣与辱之间，各种关系变得愈发微妙、复杂和凶险。是非恩怨、悲喜成败等等都会被历史的车轮推着走，不管你愿意或不愿意，该发生的终将发生，不该发生的也将发生。人们必须做出人生选择，用自己的抉择诠释生命的价值。在时代大背景下，人生这场游戏的最终结局，恰恰是遗憾和圆满加起来的总和。

第二章
李小长惦记周静姝　姚改革无奈守野猪

姚改革的外婆一个人寡居多年，日渐衰老，又不肯随独女苏醒一起生活，她需要有个人做伴。于是，姚革新和老婆苏醒商量后决定，把大儿子姚改革送到谢家界外婆家寄养，姚改革就在谢家界村桐油坪小学上学。

桐油坪小学只有两个老师，管理着三十几个学生。校长谢清胺和他的老婆林淑春是高中同学，夫妇俩老实本分，大队推荐他俩当小学民办教师，不拿薪水，以物代薪，学生用农产品充抵两人的工资或学费。由于年成不好，大多数学生的学费靠赊账，他们夫妻俩日子过得紧巴巴的。

初夏，谢清胺和林淑春两人正在上课，忽然谢清胺饿得不行，昏倒在讲台上。谢清胺突然发病，学校早早地放了暑假。放假那天，姚改革告别了外婆，从十里外的桐油坪小学走路回家，他脚下生风，使劲往家赶，心中总觉得回家的路总是那么漫长。离家太久了，回乡情更怯，姚改革低着头，设想着回家可能出现的各种场景：爹在劈柴，娘在缝补衣裳，弟弟妹妹在跳房子、捉迷藏。

他走到一个小名叫赖洽的地方，遇到已经失学一年的同学钟吉祥，只见他脚上拖着一双露出脚趾的黑布鞋，手里牵着一根系着猪尿泡的绳子，被吹得鼓鼓的猪尿泡里放有几粒苞谷粒，随着人的晃动，他手中那玩意儿就会发出嘭嘭嘭的声响，招来了村里一群不读书到处游荡的小孩子，追着他一起玩猪尿泡。

钟吉祥是村中和姚改革最要好的朋友，两人经常掏鸟窝、打陀螺、跳绳、石灰杀虫、用灯火捉蛾、割猪草、割牛草等。

突然，钟吉祥从暗处咪溜一声来到姚改革身边，用手拍了一下他的肩头，他心中一惊，小心脏怦怦地乱跳。嗔怪道："你捣什么鬼？要吓死人的。"

钟吉祥附在他耳边，十分神秘地对他耳语，说："你爹现在又升官了，当了火场公社中村大队党支部书记，往后要仰仗你，图些方便，占点便宜。"

"大队书记烟籽籽官都不算，有啥好乐的，哪有能耐照拂你。"姚改革有些小生气。

"姚改革，你真迂，这你就不知道了，我得给你叨叨。"钟吉祥把自己左手的食指弯成一个小鱼钩，并用二、三节指背一左一右用力挤压自己鼻翼两侧，擤两下鼻子后，装出深

第二章
李小长惦记周静姝　姚改革无奈守野猪

不可测的样子，老于世故地说："你爹是第二生产队队长，现在又新当选咱中村大队党支部书记，队长加书记，管着两千多号人呢，多大的乌纱帽啊。你看咱火场公社庞跃京书记只管二十来个人，他进村时，你看他那派头，多威风。一个管两千多人，另一个只管二十来个人，这个账你比我要算得清楚些吧，你爹的官帽总比庞书记的官帽大得多吧。这往后大队书记肯定饿不着吧！书记的儿子会挨饿吗？打死我，我都不信，从今往后你就不愁吃、不愁穿了，到时你吃穿不愁，就分给兄弟加同学的我一些如何？"

没等姚改革回话，这个被村中人时常骂着"小杂种"的钟吉祥，嘬口吹哨嬉皮笑脸地蹦跳着走了，口中用辰河高腔一路唱道："谷撒地，禾叶枯，青壮炼钢去，收禾童与姑；总路线，大跃进，人民公社，三面红旗就是好，穷人翻身把家当。"姚改革望着他远去的身影一脸懵懂。

钟吉祥也是够悲惨的，他的爹娘其实都是本分的文化人，两个人都是区剧团演员，他娘周静姝是一名优秀的舞蹈演员，他爹钟颛顼是一名话剧演员，擅长三角、鼓等打击乐器。剧团演出时钟颛顼敲击乐器，为周静姝倾情伴奏，周静姝出神入化地演绎舞蹈，往往赢得满堂彩。两人朝夕相处，志趣相投，随着时日增加，两人彼此有了深入的了解，擦出了爱情的火花。周静姝情窦初开，钟颛顼稳健多才，剧团上下说他俩是男才女貌。剧团人有意撮合，两人你情我愿，水到渠成，决定做一对革命伴侣，经组织批准二人成了夫妻。

革命年代夫妻二人首先是革命同志，然后才是生活伴侣，基调是红色的，充满了理想和信仰。小夫妻新婚宴尔，十分恩爱，平时，有事没事爱唱几句高腔，钟吉祥耳濡目染，学得贼快，能把词儿用辰河高腔曲调编唱。但两人偏偏不受天公待见，在钟吉祥小时候先后染病去世。

父母早亡，钟吉祥成了无人看管散落在荒郊野外的一株杂草。当年他父母亲来到火场落户，村里安排他们住在小学的一间小木房里，木房低矮潮湿，房里除了光线好，啥也没有，地面到处是土坑，凹凸不平，父母挑了一些土石填平后，两张木床才能安放平稳。生下钟吉祥不久，父母先后离世，他居住的木房便有了"鬼屋"的别称，于是，翻身得解放的农民向"农协"反映情况：如果不关闭"鬼屋"，他们的子女就没法送到小学读书；如果钟吉祥继续在"鬼屋"住，农民兄弟怕自己的儿女被他克死，绝不答应，于是有人给钟吉祥又随便取了一个名字——扫把星。

曾经有那么一段时间，村人见到钟吉祥好像见到了外星人一样，发自内心的恐惧，从骨子里鄙视他，像躲瘟神一样躲避他。至此，钟吉祥完全变成了一个无人问津的孤儿。由于人民群众的呼声强烈，"农协"只好出面封了"鬼屋"，钟吉祥被赶出"鬼屋"居住，一个人混迹于猪栏、牛栏中，说来也巧，突然间，猪瘟、牛瘟频繁，全村人的猪和牛病死十有八九，开始时，大家找不到原因，问题出在哪里。某一天，在村口聊天时，老憨头一语惊人，他说，老话说得好，"事出反常必有妖，人若反常必有刀"。从"鬼屋"出来的"扫把星"钟吉祥行为反常，流窜于猪栏、牛栏中，这段时间村中野猫突然多了起来，这俗话说"猪来穷，狗来富，猫来戴孝布"，中村怕是要出大事了。

世间的事有时真是凑巧，大跃进之后人民公社化来了，迎来了困难时期，老憨头一语成谶。不过村人倒是没有几个人戴孝布的，因为大家见惯了死亡，也没有多余的力气戴孝。大家心中的愤怒没地方宣泄，总得找个人承担这些"罪过"。于是乎，钟吉祥便作为

"扫把星"、不祥之物被扫地出村。可是,"扫把星"扫而不走,他也没地方走,便借宿于村中的土地庙里。这下村中上下如丧考妣,"扫把星"钟吉祥进驻土地庙,一定会惹怒土地神,因为"扫把星"偷吃了土地庙里供奉的吃食,庙虽不大,但香火旺盛,村人为了在恶劣天气供奉香火时有个休息的地方,就在土地庙旁边修了一个较大的土坯屋。钟吉祥的到来,不但"偷吃禁果",而且和土地神争地盘,村民都感到惶恐,很是生气。不少年长的老妇人开始咒他,希望他早点投胎变成一个循规蹈矩的人,不要让土地神嫁祸于村人。

钟吉祥并没有遂大多人所愿,他吃百家饭,却野蛮生长。村里真是拿他没有办法,他不死倒无妨,却总是让村人不高兴。村中只要有什么不高兴的事,人们总要联想一下"扫把星"钟吉祥,探究一下此事是否和他能挂上钩,即便是有些传言,有些牵强附会,村人也信以为真,认定是钟吉祥这个不祥之物而不是人所造成的。

据说,当时中村三老就为此事煞费周章,倚老卖老,在村中行使话语权。彼时,黄黑子、李丕、周流球、符优化、黄简理、符妹仙、李亚鹏、周子伟等不知天高地厚的年轻人和钟吉祥走得近,就站出来为钟吉祥说好话,却遭到三老的呵斥。骂他们有爹娘生、没爹娘教,光干鸡鸣狗盗之事。

老篾头摇晃着脑袋,故作高深地说:"君子学道则爱人,小人学道则易使也。"(《论语·阳货》)老犁头则说:"这些个小兔崽子,不读书,一天到晚游手好闲的,什么都好讲,只要不让他们读书,道德早被丢到九霄云外了。"老憨头说:"道德有啥用,又不能当饭吃。莫扯远,现在最要紧的是把这个小兔崽子怎么办。我们三个人如果不管,全火场就没有人管他了,弄不好这个'扫把星'如此弄下去,将来总有一天会祸害社会。老篾头,村中数你最有文化,要不你辛苦一下管管他,把钟吉祥弄到你那里去吃住,将来他成人了也可以为你送终,就当你捡了个儿子。"

老篾头说:"老大,你开了金口,我还有什么讲的呢?只是屋里增加一个人,就多出了开支,我一个穷秀才,哪有本事养活一个野小子呀?"

"这个不打紧,明儿我和姚革新队长议议,干脆把'扫把星'正式纳入我们中村,给他登个记,入你们二队如何?等他稍稍长大点,就可以帮你做事了。"

老憨头和老犁头力促这件事。

村民有一个共同的愿望,就是要对钟吉祥进行管束,使他不能坏所有村民的好事。由于这件事比较复杂,有老婆孩子的几乎没人肯收留钟吉祥,因为他们惧怕"扫把星"给他们带来霉运、带来不幸。这件事其实拖了蛮久的时间,村中有人就想出了一个刁招,就是让无妻儿的老篾头或老犁头抚养。有人提异议,说老犁头为人懒惰,自己那张嘴都喂不饱,加个人进屋,怕是每天要喝西北风了。村中年轻寡老头也不少,但是沉稳、有想法的人少,选来选去,村民公认老篾头最适合做这件事。老篾头膝下无子女,想想晚景,又敌不住老憨头和老犁头的鼓捣,也不好驳"农协"的面子,这才答应抚养钟吉祥。因此,被从土地庙里撵走的钟吉祥跟老篾头住在一起了。从此钟吉祥就由老篾头抚养,对外称他为曾叔公。

村民闲暇时,喜欢聚在村口聊天,有人闲得慌,私底下议论"小杂种"的冠名权,众人经过审慎研讨,追本溯源,发现这个具有原创性的发明人,名叫九斤半。

九斤半的娘生他时,胎儿过大难产,他娘用尽最后一点力气生下了他,一称九斤半。

由于血崩，只看了他一眼，就撒手人寰了。她娘的离去给家庭带来了悲伤，九斤半的降临又给家庭带来了欢喜。这一死一生轮回，让人唏嘘感叹。为了表示对生母的纪念，他的小名就叫九斤半，大名叫李小长。

成年后的李小长，牛高马大，贼眉鼠眼，脑袋长得像个水桶，敏而好学，据说李小长能看懂《周易》，为人蛮横，祸害乡里，在地痞无赖中有一定的号召力。他垂涎钟吉祥母亲周静姝的美色路人皆知，可是，村中人说，他那是老鼠爬秤杆——自称自重，钟吉祥母亲的美貌，有赛"西施"之说，岂是燕雀能够问津的。

没得到的、没见过的总是令人好奇，西施"沉鱼"的典故家喻户晓，可是没人见过西施，山人憨态可掬，真是一根筋，想要搞懂公元前的那些个事儿真叫人费神，争论了一些时日，老是没有结果，只好找庞跃京指点迷津。一日，有人问庞跃京，他答非所问曰："周静姝的美貌不亚于桃坪界的袁泽丽。"他的话直观好懂，人说周静姝的美丽如西施，西施谁也没见过，但大家见过袁泽丽，没了周静姝，还有袁泽丽，见了袁泽丽相当于见到了西施。

九斤半认为踩死钟颙顼如同踩死一只蚂蚁，周静姝迟早是他口边的一块肥肉，非他莫属。他在犹豫中前行，未承想，周静姝紧随钟颙顼之后走了。周静姝一死，九斤半整个人便像一个泄了气的皮球，整天无精打采。

周静姝的离世让九斤半很长一段时间不能忘怀，神情有些沮丧。

周静姝走了，李小长又看上了袁泽丽的亲妹妹袁莹莹，时人称为"万人迷"，两朵姐妹花交相辉映、婀娜多姿，在苍山如海的火场大山里野蛮绽放。

钟吉祥死了父母之后，跟一个转了四五代的所谓的本族鳏老头老篾头寄居，钟吉祥叫他曾叔公。钟吉祥成了火场中村人一分子，他像一株细小的杂草，杂居在村中。他衣衫褴褛，整天在村中猪栏、牛栏、阴暗角落里晃悠，失去父母的孩子被村中人轻贱欺凌是常态，生活所迫，加之缺少必要的教育，让他多长了一只手——成为无师自通的小毛贼。生活还要继续，日子过得不如狗，他有他的求生法则。中村人一夜之间无须通知，也无须培训，不管有无恶意，男女老少都心安理得地叫他"小杂种"。钟吉祥自己倒是无所谓称呼什么，别人喜欢怎么叫就怎么叫。开始时，他有点困惑，自己明明叫钟吉祥，为什么全村人一夜之间就给他改了名字呢？他带着疑问，百思不得其解。

俗话说，大树护村，老人管寨。老篾头是火场土家村寨的"喊寨人"，每天拎着一口锣，从村头敲到寨尾，又从寨尾敲到村头，喊话村民，"哐、哐哐"，"天干物燥，小心火烛。""哐、哐哐"，"关好门，上好闩，防偷防贼。"钟吉祥闲着也是闲着，往往跟随其后，也算做个伴。

黄昏时分，姚改革终于走到了村口，老远就听到有人在唱戏。他走近家里，他娘正在织布机上织布，几个邻居坐在屋檐下小凳子上唠嗑家常。自从他能够记事的时候起，夜深人静的时候总能听到他娘纺线、浆线、染线、织布昼夜不断咔嚓咔嚓地投梭的声音。他叫了一声："娘，我回来了。"

他娘见姚改革回来了，赶忙起身迎了上来，走进厨房想给他弄点什么吃的。姚改革的爹姚革新，一手创建了火场辰河戏剧团，并兼任戏剧团团长。栽秧莳田，面朝泥水背朝天，挖土整地红火厉日头晒脱背脊皮。农闲时节或是茶余饭后，把心里的麻纱事扯出来消

磨时光。他的周围总是簇拥着一班老戏骨,"哼哼""咿咿""呀呀"唱个不停。

姚改革回家时,姚革新正和几个老戏骨坐在走廊边的长条凳上如痴如醉地清唱京剧《借东风》。

姚革新见儿子回来,瞄了一眼,也不吱声,一边唱一边用手拍打自己的大腿击节。很显然,那个部位属于他自己的,他有权利当乐器使用。他那两条大腿是裸露的,裤脚撸到大腿根,大腿没有一丝布的遮挡,仿佛两条翘起的碓臼,很重的手指印痕已经布满了两条大腿,几乎可以用个词来形容——惨不忍睹。

崔产愫是中村大队有名的女汉子,烧炭挖葛、犁田耙田、打稻砍柴,比男人还要里手。她用木背篓背粪、背水,那背篓足有1.5米高,不会背的人,即便是背空背篓也会倒栽葱,但是,在她的背上,哪怕是一满桶水从头上倒进缸里,身上也是滴水不沾。她还是一个爱好时尚、追求高品质生活、善于写诗词的才女。她和姚改革打了招呼后,借故有事要办,离开了,另外几个妇女也托故相继回家去了。

苏醒问道:"儿子,你今天咋回来了呢?是不是在学校惹了事,谢清胺校长生了气,一气之下便把你轰出了教室来着?"

"娘,你想多了,谢校长和他老婆林淑春老师不舍得我离开学校呢,每天上课,他们经常让我当领读小老师呢。"

于是,姚改革学着林淑春上课朗读的神情,朗诵高尔基的《海燕》:"在苍茫的大海上,狂风卷集着乌云。在乌云和大海之间,海燕像黑色的闪电,在高傲地飞翔。一会儿翅膀碰着波浪,一会儿箭一般地冲向乌云,它叫喊着——就在这鸟儿勇敢的叫喊声里,乌云听出了欢乐。在这叫喊声里——充满着对暴风雨的渴望!在这叫喊声里,乌云听出了愤怒的力量、热情的火焰和胜利的信心……让暴风雨来得更猛烈些吧!"

"好啦好啦,知道你读书聪明。现在的暴风雨够大的了,你还要更猛烈些,不得了的。"苏醒有些时日没有见到自己的大儿了,她笑嘻嘻地招呼儿子快点坐下,她坐在一边左右端详着儿子。

苏醒从厨房给姚改革拿来两个蒸红薯,让他填一下肚子。他见到红薯的那一瞬间,他的手便僵在了半空中。为了不让父母多心,他尽量克制自己,一边接过母亲不知何时为他剥好的红薯往嘴里塞,一边谈学校里的情况。母亲还是察觉到了他的心情,满心歉疚地说:"不知道你今天放假,也没能做好吃的等你,我知道你吃不下这些,先凑合一下,晚上娘给你做好吃的哦!"

姚改革放下斜挎着的解放军军用包,走到里间厨房用瓢舀水喝,看到灶台上的两口大铁锅不见了,灶也被打烂了,灶膛里两个炉箅也不见了。桃坪界村三队队长袁延顺,左手提着水泥桶,右手拿着打灶用的铁掸子,正在垒锅灶。

"娘,咱们家那两口锅呢,怎么只剩下巴掌大块锅铁了?灶膛里两个炉箅子呢?"姚改革问。

苏醒用腰带将幺女姚腊梅捆在胸前,头上包着绣有"王"字的土家头帕,手上开始拾掇厨房里的什物,目光迷茫,忧心忡忡。她唉声叹气地说:"我屋两口大锅被大队拿去炼钢铁了,大队那些人撬大锅时,不小心把灶掀翻了,两口锅也打破了,我偷偷地留下了这块巴掌大的锅铁,预备着有时可以用它炒点什么东西吃,填填肚子,唉……连灶膛里两个炉箅子都不放过。"

这时，闲谈的邻居陆续走了，姚革新和戏迷们也停止了唱京剧。

晚饭后，姚革新对姚改革说："你明天早上随老长上山，去堡子界南山中守野猪。"他边说边向"坑架子"努嘴。火坑里烧着柴火，锅火圈上架着一个黢黑的铜壶，煮着水，屋里烟雾缭绕的。火坑前方角落里，矮长条凳上的人向姚改革点了点头，他知道，就是唱刁德一唱词的那个人。

"我们村里也没有听说有姓常的人呀。"姚改革费劲地想着。顺着他爹手指的方向睃了一眼，一个长手长脚的男人，长鬈发、鹰鼻子、黑不溜秋的，穿着跨栏背心、绿军裤、解放鞋，一脖子皱。左膝盖裤子上打着一个不规则的蓝色补丁。他面对着姚改革，憨笑着，咧着嘴，龇着黄牙，露出紫色的牙龈。

姚改革心想：这副尊容土到掉渣，极像一头没有进化好的黑猩猩。枣树皮有多粗糙，他的脸就有多粗糙，核桃仁有多少条皱纹他就有多少条皱纹。这个既高大又丑陋的男人啊，咋就让咱爹如此器重呢。

姚改革稍稍偏过头透过火坑上方的烟雾再定睛一看，终于看明白，也回想起来了，他爹称呼的"老长"，不姓常，他名叫黄大长，正坐在门槛上帮改革他爹编草鞋耳子。

黄大长爹娘还活着的时候，他们住在谢家界村一个破庙里，后来大长为了铁匠铺，也为了做木工，才迁到中村。因为身体上的某些特征，中村人不分老幼管他叫"老长"或"大长"。时间久了，村中几乎没人叫他黄大长了。

姚改革的小心脏在突突地乱跳，心中为之一惊：这世上竟然还有这么长相独特的男人。我爹抑或是遇到什么特殊缘由，竟然如此猴急要派自己的亲儿子，同这位非人类为伍。要我这个大队干部子弟，和这等人上山同锅吃饭，同铺睡觉，吃喝拉撒天天在一起，不是成心让人恶心吗？

于是，姚改革立即回了一声"我不想去"。

姚革新大声剋道："没跟你商量。"

"我肚子痛。"他下意识地用手摁了一下肚子。

"你咋知道你明天肚子痛？"

"你大长叔，是高中毕业生，看了不少书，一肚子墨水，写的一手好字，木工手艺好，是远近闻名的铁匠师傅，你跟他上山守野猪，能学到不少课本上没有的东西，他懂的可多了，你敢小瞧他，小心我揍你。"

第二天，天刚蒙蒙亮，临街对面远处的铁匠铺传来"叮叮咣咣"的声音，让人觉得中村这个小山村还有人活着，增加了一点人气。

苏醒老早就叫醒姚改革，说今日是上山守野猪的日子，天都亮成啥样子了，老长咋还不来。改革他娘遇事就爱操心，经常睡不好觉，这不，又开始急上了。见黄大长不来，就叫上姚改革跟随她去黄大长的铁匠铺催催。

苏醒推开铁匠铺虚掩的两扇门，看见里面红光闪耀，一老一小大锤小锤响得如同炒爆豆一般，老的显然是师傅，一只手里的铁钳夹一块烧红的铁放在砧子上，另一只手拿把小铁锤在红铁上敲打，他打在什么地方，那个小徒弟抡大锤就往那里砸去，发出"叮当、叮当"很有节奏的响声。

苏醒走近说道："大长，打铁呢。"

黄大长见苏醒进来，立即放下手里的活计，说："嫂子你咋这么早就来了，应该让改革多睡会儿，小孩子恋床。"

"时候不早了，你两个该出工了。"

黄大长点点头，吩咐小徒弟说："钟夔，你把这个镢头再捶打三回，放水桶过下水，就算是完工了，你给谢家界老憨头送去，公社不准给私人打铁器了，往后这里没铁可打了，你关上铁匠铺，回去吧，有事做了我叫你。"

"师傅你这是要去哪里？"徒弟钟夔问道。

"我和改革去堡子界守野猪。"黄大长说话时有些不耐烦。

据说钟夔跟中村"小杂种"他们不学好，到邻村偷东西，把偷来的东西拿到溪边"歹场伙"（就是做饭吃），村中几个"炸毛"（指不听话的小孩子），见什么偷什么，把搞来的东西拿来打平伙。

姚改革和他娘回到家里，他娘收拾屋里一些杂七杂八的东西。黄大长很快来了，蹴在屋檐下，脸对着大门，好像是防人跑掉似的。姚改革用对待阶级敌人的目光，狠狠地扫向了黄大长那双鹰隼般的眼睛。他娘再三地叮嘱黄大长，要他把改革带好，别饿着，要注意安全。

"嫂子你就放心吧，累不着，饿不着你屋改革的。"黄大长十分恭敬地说。

苏醒又把黄大长叫到里屋嘀咕了一阵子，才把橐搭在姚改革的肩上，说了声："山上都要听你老长叔的。"

姚改革极不耐烦地回了一声"嗯"。黄大长迅疾地从他肩上拿下橐，搭在自己的肩上，其实橐里也没啥重东西，就是两件要换洗的衣裤和一条毛巾，还有改革娘大清早给他烙的几个蕨饼，说是路上饿了吃。

临出门时，苏醒又把黄大长拖到屋外的楼梯口，用右手食指指着他，讲着只有他两人才能听清楚的悄悄话。他娘在厨房里忙在忙那，不时传出窸窸窣窣的声响，张罗着往黄大长的箩筐里放了一些上山用的生活必需品。

少顷，姚革新板着脸，趿拉着一双烂拖鞋从屋里突然走出来，走到用竹子围成的栅栏旁边，顺手戒了几节竹片，去厕所解手。他勾着头准备上菜园子旁边的茅厕，在离厕所老远的地方，就解开了裤头，双手提着裤子，催促道："还不快走，啰里啰唆，该出工了，没有急事就不要跑回来。"

黄大长把两只箩筐绳子拽了拽，挑着担子走在前面，箩筐里放着麻线、碎布条、粗盐、一小瓶菜油、柴刀、斧子、旧衣裤和照明用的桐油等东西。姚改革一万个不乐意地跟在他后面，快走到小路的拐弯处，黄大长回过身，对苏醒说道："姚书记、苏醒嫂子，我们走了，放心啊。"姚改革回头看了一眼，只见他娘在向他们招手，他爹不见了人影。

堡子界是火场境内最高峰，海拔1100米，他们在蜿蜒曲折的山路上缓慢行走。天气炎热，一动身汗涔涔的，翻过深岩坳，走到一个叫兑母溪的地方，山中一股清泉猝然流到了眼前，让人眼前为之一亮，姚改革的心情立刻舒坦了很多。

姚改革说，走累了，休息一下。黄大长说，要得，歇息一下，喝点山泉水，前面又要登山了。

第二章
李小长惦记周静姝　姚改革无奈守野猪

黄大长用一双长满茧的大手从小石潭中捧起山泉水，大口地喝了一气，又把盛水的军用水壶装满水。一路上，黄大长挺能侃。

姚改革心想，这个老长都说的是一些什么乌七八糟的东西呀，胡诌。黄大长见姚改革噘着嘴巴，不回应他的话，而且，还流露出不屑的神情。黄大长凑近姚改革，问道："你知道为什么你的绰号叫莫生气吗？你爹嫌你脾气大，比他脾气还要臭，就给你取了这么一个名字，就是要你遇事冷静，讲话慢点轻点，不要高声大气，使小性子，不要随便发脾气，好像比别人都如法（很好、厉害的意思），不得了似的。"

姚改革思忖，你真是那种没事找抽型，关你啥事，你算老几？他愤然大踏步地走在了黄大长的前面，把他甩得老远。由于前方的路陡窄难行，不熟悉，心中有些发怵，走过一段山路后，他悄然地系了一下鞋带，技术性地落在了黄大长的身后。

山路逶迤，山中古木繁多，修竹成林。走过赵家峪，越过了松边溪，翻过枫香坳，穿过谢家界，终于走到了堡子界山脚下。往上攀登，山路崎岖陡峭，人畜难行。溪上有溪，山外有山，小山中有大块大块的山地，田地肥沃。

一路上姚改革算是领教了黄大长的碎碎念，心中不悦，黄大长不但人长得又大又长，而且舌头也长，他有一张比鹦鹉还烦人的嘴，简直就是个话痨。想到前路茫茫，今后要与此等山兽为伴，姚改革也没心思听他胡诌，跟他理论。不过，有黄大长的絮絮叨叨，时间过得真快，三四个小时的路程，感觉很快就到了，他俩终于爬到堡子界山顶了。

堡子界雨水充足，正面朝阳，生产队的稻谷，颗粒饱满。碾出的米又白又香，吃了养人又养颜，不吃菜，也能吃上一大碗饭。老长不无自豪地说，咱们县长大人每天吃的就是这里产的大米——是咱生产队交的公粮。姚改革听了心里暗自好笑，你咋不说这里生产的大米，是专给皇上的贡米呢。

半山腰一个硕大的木棚子屹立在眼前，驻扎在山地的最高处，突兀地立在那里，像古时的点将台。一个星期以前，姚革新派生产队的社员，在山上搭建的木棚分上下两层，中间的床板是用山上的好杉木锯割成的，木棚顶盖的是杉木皮和稻草，几个柱子都深深地扎进土石里，牢固得很。四个大人睡上层还嫌宽余，木棚下层，离上层有一人高，下层摆放有炒锅、水壶、水桶、簸箕、篾篓等物品，这里俨然成了一个居家之所。

爬上木棚，从山巅放眼望去，眼前一坡坡的玉米地、一丘丘的梯田、一条条丘壑尽收眼底。山谷烟雾缭绕，群山逶迤，如屏如障，烟云变幻。山地三面环山，左边修竹郁郁苍苍，右边茂林积翠叠蓝，山野间野芳发而幽香，佳木秀而繁荫。空气中透着的清新，沁人心脾，从山巅环视四周，心旷神怡，不得不感叹姚书记高瞻远瞩。

第三章
姚革新组织开大会　黄大长带孩守深山

乡村傍晚的炊烟看上去有些有气无力，夕阳的余晖散落于中村的土家寮，掩映于林中的村落静听蝉鸣，阒寂的林中村，鸡犬之声相闻，显得越发寂寥苍茫。

其实，派谁上山守野猪的重大事项，在一个燥热的黄昏，生产队里开大会进行了激烈的讨论。由于姚革新是队长、支书两个职务一肩挑的"一把手"，又加之二队队委会成员多半又是大队干部，因此，说是生产队开大会，其实，相当于开了大队干部会议，会议的权威性不容置疑。

那天晚饭后，各家各户的代表早早地来到姚革新堂屋外的坪场上，苏醒忙着给大家搬来板凳、椅子、木筒子等可以坐的东西，还从对面的篾器店拖来几个小凳子，她叫大家随便坐。有人盘腿就地而坐；有人从临近的南瓜堆上搬个石头垫在屁股下；有人随便蹲在那里扯闲谈。大家像飘零的树叶散落在队长的坪场上，等待生产队开大会。

生产队队长姚革新总结白天社员出工情况，安排部署第二天的生产劳动。每次生产队开大会，他总是板着脸，他的开场白是："大家息言，开会了。"

如果有人还在私下说小话，他就说："等开完会再说小话，行不行？不讲话，不会死人的。"

会上，姚革新的脸色很难看，他说："今天生产队开荒出集体工时，一些人出工不出力，怕苦怕累。有人故意把锄头挖断，窝工躲懒；有人躲在阴凉处，懒人懒马屎尿多；有的婆娘啰里吧唆，一天到晚和男人打嘴仗。这俗话说得好，生意买卖眼前花，锄头落地养全家。咱们都是种田耕地的庄户人，人不哄地皮，土不哄肚皮。怕挖地，不种田，你还能干什么？难不成公社庞书记的位子让你去坐吗？人生有命不由人，做你的春秋大梦去吧。都是泥腿子，装什么大小姐，斗大的字不识一箩筐，装什么斯文。梵高和米勒都说过'劳动的人才是最美丽的'，今后如果出现这些幺蛾子，别怪我不留情面，到时就扣你的工分，降你的底分，再不行就不派工，饿你的肚皮。"

他安排完社员第二天的生产劳动，又提出了具体要求。最后，他把想派两个工上堡子界守山的想法提了出来。他说："这段时间，从堡子界放牛、割草、砍柴回来的人讲，堡子界山上野猪特别多，弄坏了队里大片的庄稼，也有人偷苞谷、稻谷的。队里这些收成大部分要交公粮，如果影响了公粮上交，完不成公粮上交任务，我们生产队就要拖大队的后腿，拖全公社的后腿，这可不仅仅是粮食问题，往大处说，还是个政治问题。我到山上查看了一下，情况很严重，队里不能不管，准备派两个劳动力上山守野猪。我讲明的啊，上山守野猪劳动时间长，晚上还睡不好，有蚊虫叮咬，工分不高，大伙儿谁愿意去，都可以报名，队里最后确定人选。"

大家你看看我，我看看你，默不作声。在座的似乎都是聪明人，听到要派人到山上去守野猪，压根儿就没人愿意上山，会场出现了少有的两分钟冷场。

突然，有人从后排举起了手，大家回过头一看，原来是黄大长，他把手伸得老长，怕有人跟他抢似的，一个劲地大呼小叫"我去，我去，队长我去"。看他猴急的样子，好像上山是发大财去，大家发出了鄙夷的笑声。

"哎哟喂，老长啊，你可真积极，哈哈哈。"大家不由侧目往说话的方向看去，说话的是妇女主任崔产愫。

崔产愫芳龄二十七左右，身材高挑，体态风韵，典型的大长腿、鹅蛋脸、肌肤水嫩水嫩的，一双会说话的大眼睛背后，澄澈的眸子里蓄积着多情与野性、哀怨与轻佻。

据说当年她读高中时的学习成绩很好，擅长写诗词，高三最后一期可惜失学了，与大学失之交臂。

崔产愫当家也是把好手，村里人尤其是男人们有事无事往她家里跑，七八个人围在灶台前，一边看她收拾锅边灶台擀面棒，一边有点夸张地闻着锅中煮得嘭嘭响的荞根香，摆明了都是项庄舞剑意在沛公。夏天，她穿一身半新的裹裹裙，透出质朴能干的健壮之美。她笑的时候露出土著民特有的结实的白齿。背水背柴、煮酒放牧、织布织腰带样样都做。劳动把她练得特别健壮，但也褪去了她少女时窈窕婀娜的美。男人们不无羡慕地开莫白信的玩笑，说他当年娶了清洁河畔最漂亮的女子。

荞根子里有洋芋有酸菜。崔产愫有时客气，叫那些不十分讨厌的男人们也吃个饭，没有一个男人会推辞。她的这种饭很难在别处吃到。这种饭从面粉到土灶到铁锅，到擀面煮面的人，到添加的洋芋、酸菜，到水到柴火，都是全天然的。关键有一种情调，一种原始风。

崔产愫是有名的快嘴，穿得新潮，粗布衣裳经她手里几搭几配，立即会有新的风貌。生活拮据不影响她追求美好，整天不是哼着京剧就是找姚革新几个老戏骨唱辰河高腔。

崔产愫的家并不宽裕，住的房子是土地革命时期分给夫家莫白信他爹的。因为是表亲，莫白信的妹妹莫曼青嫁给了大表哥，大表哥崔招财的妹妹崔产愫嫁给了莫白信。老辈人常说，姑表亲，亲上亲。这种换亲习俗虽恶，在中国古代农村娶不到媳妇的地方，十分寻常。

据说，两人结婚的当夜，崔产愫就跑人了，她躲到了林淑春老师家里，后来经谢清胺和林淑春夫妇做了大量的思想工作，才勉强回家。莫白信是个有名的"三子"人（矬子、黑子、傻子）。崔产愫没有力量拒绝这桩婚事，也不能拒绝这桩婚事，否则就是拒绝亲哥断子绝孙，她能意识到问题的严重性。

崔产愫看莫百信如寇仇，时常用大眼睛的余光刘他，洞房以后莫白信再也没敢近她的身子，每晚一个人蜷缩在她为他另辟的小床上，床与床之间拉着一块布帘子，这个只属于他们的秘密，光棍们是不知情的。崔产愫的枕头下放着一把菜刀，是为了防偷、防贼、防白信。

一个月后，崔产愫怀孕了。

莫白信他娘在他妹子生下不到百日，在贫病交加中撒手人寰，莫白信的妹子是他爹一手拉扯大的。莫白信的妹子早于他过门给大表哥，按约定崔产愫要嫁给莫白信做老婆，这

就是在中国大地上已经遗臭千年的斟亲习俗。

崔产愫和莫白信拜堂成亲后，莫白信他爹莫承德就在房屋边大水沟上，立了几根木柱，搭建了一个木棚子自己住，一个人生火煮饭，近在咫尺，很少往来，好像莫白信不是自己的亲儿子——这是一个出奇的倔老头。

莫白信是个老实巴交的矬子，三杆子压不出一个屁来。崔产愫犁田、打稻、背柴、栽秧等农活应会尽会，而且效率高，在家里不是半边天，是全天。她叫莫白信站着，莫百信不敢坐着，她叫莫白信坐着，他绝不敢躺着。

自从崔产愫怀孕后，这个男人在家中，再也不敢坐桌子边上吃饭了。每到吃饭时，他自己盛碗饭，像过去大户人家的下人一样，蹲在厨房角落里囫囵解决。在崔产愫面前他犹如老鼠见到猫，在他心目中崔产愫是女神维纳斯，他自己和男神阿波罗没有可比性，如果要比就如同天上与地下的区别。

又有人开始讲起黄大长和袁莹莹的那些事儿。一年夏日，黄大长那天一个人在家里灶台上准备弄点吃的，生了火以后，大锅里盛满了水，他开始用小锅铲铲大锅，用竹刷子刷锅，大锅刷好了，他用一个大瓢一瓢又一瓢地舀水，往灶台边的小窗口外泼水。袁莹莹不知何故从窗口路过，黄大长没注意，一瓢水泼出去，正好泼在袁莹莹的身上，只听"哎呀"一声尖叫，随即听到砰的一声闷响，黄大长知道水浇到了人身上，那人掉进了窗口下的水沟里了。

黄大长甩掉水瓢跑出去一看，天啦，原来是谢家界谢威的婆娘袁莹莹。他一边伸手拉袁莹莹站起来，一边讪讪地说："莹莹，你怎么从这里过来，你这是要去哪里？办什么要紧事吗？我没想到会有人从这里路过，我把你搞湿了，真对不起。"袁莹莹娇声说："是我自己没注意从灶台窗口边走过，你在屋里舀水，也不会想到有人从这么窄的窗口边路过，是我自己不小心。"

黄大长把袁莹莹带到屋里，用他那双鹰爪子在她身上一通乱抹，袁莹莹被他用手抓着，动弹不得，她口中说："好了好了，没事，真的没事，一会儿水就干了。"

黄大长感到自己的行为不雅观，立即抽回了手，取来一块干毛巾，递给袁莹莹，她拿过毛巾，擦了擦身上的水。

袁莹莹要走时，黄大长留她吃中饭，她说不用，要回去了。黄大长说："上门都是客，既然到家里了，就安心，吃了中饭再回去，我和谢威也很熟，正好我也要去谢家界办点事，我们吃了中饭一起去，也好做个伴。"

听他这么一说，袁莹莹再也不好说什么了，吃了中饭，黄大长送袁莹莹到了谢家界家中。下午，谢威说他要去中村办事，又和黄大长来到黄大长家中，黄大长留他在家中吃饭，晚饭后又留他在家中住下。从此以后，一来二往，两家的关系就越来越好。

一天，谢威提起酒肉到黄大长家中，酒过三巡，他提出认黄大长为干哥，黄大长欣然应允，至此，黄大长和袁莹莹的关系也就成了干兄妹关系——他们两家成了亲戚。

黄大长是个热心肠人，农忙时，谢威总是叫袁莹莹去喊黄大长帮忙，每次袁莹莹出面请干哥帮忙干农活，黄大长都是有求必应。

从此以后，黄大长和袁莹莹一家你来我往，更加熟络随便。

"唉……"记工员周成事，手上记着社员当天出工的工分，深深地叹了一口气，说：

"太可惜了，袁莹莹她男人谢崴，得了浮肿病，就这么没了，他爹娘也得了浮肿病，先他走了，这一家人就这么完了。"说完用左手推了一下鼻尖上勾着的老花镜。

青年队长周大明神情严肃地说："袁莹莹是新中国成立以来桃坪界村唯一一个在辰州中学读高中的女子，高中只差三个月就毕业了，她读书时学业成绩可好了，听说她的英语水平与教她的英语老师有的一比。还能出口成章。"

"偏脑壳"符富厚，神色凝重，偏着头，斜眼儿，他接过话茬，说："据说，辰州中学领导派老师专门跑到桃坪界，给她做思想工作，希望她继续读下去，而且，老师说过，只要她坚持读下去，她肯定可以考一个很好的大学。可是，她家里都揭不开锅了，家里穷得叮当响，实在是读不下去了。她娘对老师说，就是莹莹考起了大学，我们这种家庭也供不起她读大学啊。袁莹莹就这样放弃了考大学的机会，真是太可惜了。"

符富厚村里人调侃他，说他是一人之下、万人之上的"中村丞相"，他对这个称谓甚是满意，村人碰到他时，都叫他"厚丞相"，这时他会高兴地答应一声"嗯，发财"。

"厚丞相"用十分欣赏的口吻说："袁莹莹有'万人迷'之称，她的确是美若天仙，才华出众。"

钟生强唉声叹气地说："唉！这个女子噶，命苦啊，破瓜之年就要守寡，太可怜了。"众人听了唏嘘不已。

出纳员全心怡，接过话愤愤地说，"都解放这么多年了，现在是新社会，不是旧社会，守啥寡呀。男人女人不都是人吗？男女平等。"她窝着一肚子气，怒怼钟生强，为袁莹莹抱不平。

"就是……""也是……""真是……"旁边几个男女频频点头附和着。

周大明紧挨着全心怡坐在门口左边打谷桶旁，在昏暗的灯光下，两个人的手悄然紧扣在一起，两人不时对视，脸上展露出会心的微笑。

全心怡此时已和自己的上门丈夫符桡离婚。全心怡的爹全鸹，好吃懒做，嗜赌如命，是一个见利忘义的势利老人。周大明做事利索，为人乖巧，又能投其所好，深得全鸹喜欢，他已经默认两个年轻人的那些事儿。

"嗯，好哇，还差一个人，还有没有人愿意上山守野猪？"姚革新问，"没人报名了吗？大长一个人上山守野猪伴儿都没有一个，有个啥事儿不好呢。"姚革新说完，从脖子后边的衣领里拔出长杆烟袋，坐在木墩上"吧嗒吧嗒"地吸着烟，鼻孔里冒出一簇簇青烟。

静，太静了，出奇的静，空气都好像凝固了，生产队里开大会出现了冷场，这还是头一次，真是出了怪了。许久，姚革新把长杆烟袋斜插在脖子后边的衣领里，拴在长杆烟袋上的烟荷包，在他的脖颈后摇摇晃晃，像一个酒店的招儿。

几个顽皮的小孩子在堂屋里跑来跑去，总是喜欢拨弄几下那脖颈后的烟荷包，把大伙儿的注意力吸引了过去，惹得大伙儿一阵嬉笑。姚革新一边诟骂顽童，一边在地上顺手捡得一截小松枝，折了一截挑烟锅头里的烟屎，又对嘴使劲"噗噗"吹了两下，把左脚搭在右脚上，手拿烟管，把烟管头往自己鞋底上"啪、啪、啪"敲了几下，说："大家都可以发表意见，莫扯淡。"

姚革新又香喷喷地抽着旱烟锅，"吧嗒，吧嗒——吱——"眯缝的松塌塌的眼窝子始终没离开裆下三尺黑土。

大家明显对姚队长提出的守野猪的话题，不感兴趣，他们在有意无意地转移话题，制造新的话题，没人考虑要不要上山守野猪。他们要找自己的乐子，寻自己的开心，穷日子还得继续过，山上守野猪那可是村中蠢如鹿豕的人干的事，向来为聪明人所不齿。

姚革新明白大家对上山守野猪没啥兴趣，知道他们根本就不愿意上山守野猪。没人愿意上山，再拖延下去也商量不出什么结果。

于是，姚革新说："大伙儿都不愿意去守野猪，黄大长一个人去山上守野猪，一个伴儿都没有也不好。事情总要人去做，这样吧，如果大伙儿没啥意见，明天就叫我屋姚改革陪大长做个伴，去守野猪吧，小孩子每天记个两分底分就行了，大家觉得怎么样啊？"

"好，好，就按队长说的，姚改革去，没啥意见。"

"姚书记真英明，没有人比老长守野猪更合适的了。"

"老长精气神好，土改根子，雇农出身，靠得住，大家都同意。"

村民你一言我一语，在老长守野猪的问题上，大家达成了共识。与其说，大家是支持队长的提议，倒不如说，这些自以为是的家伙，是在鼓动黄大长去守山，等着看他的笑话呢。大家急于搞定这桩猪事，就像是集市上卖病猪的猪贩子找到了买家，急于脱手。他们纷纷表态，坚定支持黄大长守野猪，绝对拥护队长的决定。一改之前揶揄挖苦戏谑之言，转而极尽溢美夸饰之能事，说黄大长是如何如何阶级成分好，思想觉悟高，个人能力强，为人敦厚拙朴，机敏过人，是上山守野猪的不二人选。他们每个人心里有个小九九，盘算着，生怕自己摊上了这件事儿，巴不得现在、立刻、马上送走眼前这头黄蠢猪，让他上山自生自灭，抱着野猪亲热去吧。

在这些人心目中，黄大长去守野猪而且是自己要求去守的，真是无法理解他，黄大长自然就变成了他们的笑料、茶余饭后的谈资。于是，在这场生产队大会之后，黄大长得到了二队人的全力拥戴，以无可辩驳的理由，如愿以偿——守野猪去了。

姚改革没有任何机会发表自己的意见，也没人想过要不要征求他的意见，更没有人想过，一个九岁孩子上山守野猪，他的心理承受力。他没权利有自己的意见，甚至，他根本不用有意见，随着堂屋里松油灯的熄灭，姚革新已替他决定了，他被划成了黄大长的同类，成了小小守山员。

第四章
姚改革山屋遇野猪　黄大长搭救姚队长

民间有云：堡子界上头顶天，隔天只有三尺三，人走要弯腰，马走要卸鞍。在皓月当空的夜晚，堡子界的夜空繁星点点，清晰可数。仰望天空似乎可以看朗月中嫦娥和桂兔蟾蜍，月亮是那么的澄明，严厉地照着竹林，也温柔地照着沟渠。空旷的大山里，除了时不时的几声异响,便是揪心的阒寂。

为了证明自己还活着,有时要弄出些声响。每晚黄大长总是要崴几个苞谷放在火坑热灰里焖烤,作为晚上的消夜。来堡子界已经一个多星期了,没有见到野猪,姚改革不由心生怨气。

野猪和家猪外形没有什么大的不同,但生活习性迥异,家猪一般是圈养。野猪,顾名思义,是自然野生的。野猪白天通常不出来走动,一般早晨和黄昏时分活动觅食,中午时分进入密林中躲避阳光。野猪喜欢居住在离水源近的地方,特别是亚高山草甸,山高气温低,又有天然水池,野猪便经常在这里取食,在泥水中洗澡。野猪的食物很杂,只要能吃的东西都吃。当受到威胁时,公猪会用獠牙来保护自己,没有獠牙的母猪会咬对方。

在山上守野猪,其实就是在晚间用吼声或其他的声响吓唬野猪。从黄昏开始就会敲竹梆,并发出吼声,把动静弄得越大越好,不让野猪靠近山上的苞谷地、稻田。白天要漫山遍野地走,边走边吼,不让野猪躲在山地里作践苞谷、花生、红薯等庄稼,或躲在稻田里滚澡,用吼声驱离靠近苞谷地的野猪。黄大长白天漫山遍野地爬,检查山上哪个地方有野猪来过,苞谷棒子是否被野猪啃吃过,稻田是否被野猪滚过澡。

苞谷地里的杂草长得太多了,太阳出来之前,黄大长就会扛上锄头,腰间刀鞘里插上一把刈草用的刀,带上姚改革一起去薅草。地里杂草丛生,会影响苞谷长颗粒,他像个愚公,每天去地里割除那些密集的杂草。

每当夜幕降临,堡子界大山里异常的寂静,黄大长就会找些话题聊。他对姚改革说:"队里那些人,死要面子活受罪,都装聪明,怕苦怕累怕吃亏,结果自己才是真正的又苦又累吃大亏。饿着肚皮穷快活,每天空着肚子唱高调。是饿肚子可怕,还是丢面子重要?是浮肿病可怕,还是为一日三餐发愁可怕?生产队开大会,村里那些人笑话我上山守野猪,他们才是最可笑、最可怜、最愚蠢的人。我两个人在山上,一定要把队长派给我们的工做好、做出个样子来,我们自己勤快点,把野猪守好,减少野猪对庄稼的破坏。让野猪吃苞谷、稻谷,还不如让我们自己吃掉,让家里人吃饱饭。"

野猪若来过田地里,是躲不过黄大长眼睛的,他能识别猪路,他就会动手砍出一大块空地,在野猪的必经之路上,埋上竹签,让蠢猪明白,这里是有人值守的,让野猪知难而退,不再冒犯。他俩每两天会绕山旮旯重游一次,再沿路检查一下,看看是否有野猪光临过。野猪没有想象的那么愚蠢,它们会绕过埋设的竹签阵。性子躁的野猪,猪蹄子被竹签扎伤,或用长嘴拱掉他们的竹签阵,吃掉大量的玉米。

黄大长给生产队报告,姚革新给公社庞书记汇报,经庞书记同意,大队组织基干民兵,带着猎犬围山狩猎。经过几十人围追堵截,又吼又叫又放枪,运气差的野猪,有的还丢了性命,胆小的野猪从此会消停一阵子。

姚改革到山上守野猪有些日子了,只听过黄大长描述的野猪,他还没有见过真正的野猪是啥样子。他每晚趴在木棚床上,心中埋怨他爹无事找事,为了两分工分,把自己送到山上与老长这个好事者为伍,心生抱怨。

山中的黑夜十分寂静,一些自然界的声响,万籁的絮语,强化了夜的阒寂。而这时正适合人思考,也许脑中是茫然的空白。

在一个皓月当空的晚上,黄大长躺在木棚床上抽烟发呆,姚改革趴在木棚床上,崴崴

然低垂着脸,他说:"我想我娘,也想我爹。"黄大长说:"这才几天,就想你爹娘了,真没出息。"

他说完跳到木棚下,从火坑灰里刨出一个嫩嫩的苞谷,剥去几片苞谷皮,说:"嗯,吃。想想你弟妹这时是不是得晚饭吃了,吃的是什么。你在山上还好,有吃的饿不着你。村里那些孩子大多连苞谷都吃不上呢。"

"那他们吃什么?"

"喝盐汤,有荞麦糊糊吃就很不错了。"

"我还要吃一个。"

"吃吧吃吧,这一片山的苞谷都是我们的,管够。现在生活艰难,吃的东西油水少,你又是长个的时候,多吃点。"

"你也吃一个。"

"你先吃,吃饱了好睡觉。我不饿。"

一会儿,姚改革听到了不远处有异响,随即看到一雄一雌一仔猪三头黑色野猪,钻到木棚下。用长嘴巴拱木棚子,随着木棚的摇晃,他俩都吓了一跳。

几头野猪在木棚下嬉戏,忽然,一头野猪心情愉悦,玩得很欢,爬跨在另一头野猪身上,欲行苟且之事。黄大长把手指放在嘴上"嘘",示意姚改革莫出声。

姚改革大气不敢出,趴在床上纹丝不动。

大约过去三十几分钟,三只野猪悠闲地从木棚子里离开,顺带从苞谷丛中一路吃过去,公猪在前,母猪、小猪在后,悠然地消失在夜色里。

黄大长见野猪走了,快速从床上爬起来,遛到下层,打着手电,在地上寻找,仿佛在找什么宝贝似的。姚改革问他在找什么,他也不吱声,后来他用树枝挑燃了地上小坑里笼着的火,坐在木棚口的石头上,摸出草烟叶,在大腿上卷起喇叭筒,用小树枝往火坑里接火,点燃后送到自己嘴边,鼻孔里立即喷出两股清烟,在空中一圈一圈地弥漫。

时间过得真快,转眼间,姚改革守山已近月余,虽然觉得他爹狠心,但他还是很想家。一天晚上,姚改革给黄大长说,他要回家一次,黄大长说,你一个人回家不安全。

可是,三天后机会终于来了,村中一个上山砍柴的人,路过他们值守的木棚子,姚改革要求跟他回家里,黄大长再也不好拒绝。

姚改革回家后,给他爹汇报了山里最近发生的新鲜事,姚革新听后"哼哼"地笑了两声,他说黄大长做得都是对的。要姚改革第二天赶到堡子界山上去,不然,让生产队里的人看到他待在家里,是要扣除两分工分的。

第二天清早,姚改革带上自己喜欢的竹笛,跟在她娘身后往堡子界走去,到了山脚下,她娘说,前面没有岔路了,你往山上直走吧。姚改革想说点什么,他娘说家里还有事,就急急忙忙往回走了。他娘走后,姚改革心中有些发怵。他目送娘远去的背影,心中的恐惧夹杂着一些哀伤,一路伴随他孑然一人闷头往前奔。他好像也没走多久,就爬到了堡子界,来到木棚里。

黄大长看见姚改革这么早突然出现在他眼前,他很诧异。姚改革也为眼前的场景感到惊诧,他用凌厉的眼神盯着黄大长看了足足一分钟。还是黄大长打破了寂静,他说:"你昨天下午下的山,今天这么早就赶回山上来干吗?回家了也不在家里多住几个晚上,天气这么热的，中暑了怎么办？"

"我爹怕我耽误工，你一个人在山上没有伴。"他反问黄大长，"你是不是特别不想我来呀，如果是这样，你可以给我爹讲一下，我巴不得呢，谁稀罕在山上守野猪。"

"这能耽误什么工呢？不就是白天在山上围着玉米地和稻田走，晚上睡觉吼一吼吗？姚书记就是思想太好了。"

姚改革心里知道老长话中有诚恳关心的意味，或许是真心想他在家多住几晚，或许真的就不希望他来做伴，或者他另有企图。

眼前被他吃掉而丢掉的苞谷棒足有十来个，而且，都是又长又大又嫩的。姚改革心里明白：老长可能是从我下山开始就煮玉米棒吃了。好一个老长，我在山上时，他竟然装得那么老实巴交，很少吃苞谷，而且，说他自己牙口不好，啃不动，多么阴险狡诈的家伙。

姚改革记得上次跟在黄大长身后巡山，有几株苞谷秆被野猪拱倒了，啃了几个苞谷，黄大长当时那个心疼的样子，真让人可怜。只见他扶起苞谷树，一边扶树培土，用树枝支撑，一边说道："多可惜啊，被畜生吃了，够一家几口人吃一餐的，队长若是知道了，会批评我的，没有守好苞谷，让野猪吃了，还不如让人吃掉。"姚改革当时对他油然而生敬意。多么朴实的老长啊，山上野猪为患，吃几个苞谷在所难免。野猪牙痒吃了就吃了吧，你也不用自责了，不是你的错，而是野猪太狡猾。可如今的黄大长，让姚改革快不认识了，他指着地上的玉米棒，像少年英雄王二小面对敌人那样，义正词严地说："谁叫你偷吃生产队的苞谷的？生产队是给你开八分工分的，叫你守野猪，不让野猪糟蹋苞谷和稻田，你倒好，我就下了一次山，你牙口咋就变好了呢，你还变着方式玩着花样，有煮的苞谷，也有烧的苞谷，还晒的有苞谷粒，你真够胆大的，野猪都吃不了你这么多，我要给队里汇报，扣你工分，开除你守山。"

老长龇牙咧嘴地略显局促地说："我有罪，我有错，下次不敢了。"

姚改革一听更气，黄大长竟然还惦记下次。他从鼻子里哼哼两下，小拳头握得嘎嘎作响，气得小心脏一阵乱跳，不屑于搭理他，坐在木棚边的石头上，心中泛起了层层波浪，久久不能平静——没想到黄大长之患猛于猪。

这时，黄大长用手揭开生水锅，一股热气带着香喷喷的苞谷香飘荡在木棚里。他拿出一个煮好了的苞谷棒，对姚改革说："还没吃饭吧，你也吃几个苞谷，就当是早饭了。"

姚改革一看，气不打一处来，心想：多么狡猾的老长啊，他说自己牙口不好，却净摘鲜嫩的玉米棒，放在锅内焖着吃，而且数量也太大了呀，这往后，我爹派我来守野猪，难不成变成了守大长了吗？老长呀老长，你这个口是心非的，你不但欺瞒了队领导对你的信任，而且，亵渎了作为生产队队长的权威。从今往后，我肩上的担子更加重了，我上山来的责任，不仅仅是守野猪，还得守猪一样的人。

黄大长把手中的烟屁股往地上一甩，往姚改革这边瞅了瞅，便说道："改革，改革，来，坐下来，老叔有话说。"

姚改革一脸的不屑，心想，好你个老长，做了错事竟如此淡定，还想拉村干部子弟的关系。姚改革鼻子哼了一下，坐在木棚边的屁股转了一个方向，斜对着他。黄大长眨巴着一双老眼，瘪着大嘴巴说："莫生气，孩子，你知道你爹为什么派你来山上守野猪吗？你爹为什么派我带你守山，不派别人吗？你爹为什么叫你今天这么早就返回山上吗？"

姚改革向老长斜了一眼，不予理会。看上去，老长也不准备让他回答。他像是自言自语，又像是对姚改革说话。

"好了，莫生气，叔给你讲一个故事。"黄大长说，"那是六年前的一个夏日的晚上，和平时没有什么两样，吃了晚饭，村里人都去村口了，那里是风口，全村人都喜欢晚饭后到村口纳凉。天色开始暗下来，你屋这边没有人，你爹到你屋新修的偏厦楼上，他看见楼板下横梁接口处，有一个木楔子出来了，必须把木楔钉进去，不然时间一久木楔子就会脱掉，房屋会有安全隐患。你爹就拿着斧头上去，用斧头敲打木楔子，你爹在钉完木楔后，没有注意头上方的横梁，抬头过猛，碰到横梁上，人被反弹了下来，又撞在下方的木方边沿上。说来真是巧，这时，我刚好晚饭后闲着无事，到你屋边晒谷坪里去闲逛，就听到了断断续续轻微的叫唤'救命……救命啊'的声音。我仔细一听，又没有叫声了，我以为自己听错了，正准备向火场公社那边走去，刚走了几步，我又好像听到有人在叫'救命啊，救命……'。我想，肯定附近有人，有人在喊救命。我四周一看，只有你屋离我最近，就马上向你屋跑去。走进房内一看，当时，真是特别吓人，你爹从楼上摔了下来，头皮多半被揭开了，满脸是血，地上到处是血啊。在你爹躺着的地面上，一把锋利的斧子离你爹不到一拃远，斧子柄已抵近你爹的脑壳，如果这把斧子再近一点点，你爹当场就会送命。你爹当时人还有知觉，见有人进来，就叫'救命，救救我'。我立即把你爹背到肩上，送到公社卫生院抢救，又马上跑回村里，到处找你娘，在李锴亿家里，找到了你娘，你娘一边纳鞋底一边和村中几个妇女一起闲话家常。"

黄大长猛抽了一口喇叭筒，在木棚中一边收拾篾箩里的杂物，一边往火炕里添了几根小柴，用石头砌成的火炕上水壶在冒着白烟。"我把你爹从楼上摔下来，已送到公社卫生院的事情一说，你娘差点昏了过去。全村很多人都来到了医院看望你爹，公社卫生院李院长说：'公社卫生院的医疗条件很有限，这个伤太重了，怕是要动手术，流的血太多了，需要马上给伤者输血，你们必须马上送去县医院抢救。'从公社去县城的路有一段是山路，一段是马路。我找来六个人，把你爹用担架抬到县城医院抢救，你爹当时失去了知觉，生命垂危。由于抢救及时，你爹命大，六个月后出院了，在自己家里养了一年才下床走路，你娘为了给你爹治伤，卖光了家中所有值钱的东西，把你爹的一张渔网、一件军大衣、一支火枪、一张琴桌都卖了，你娘到处借钱借粮，你屋穷困得如水洗了，你们的家境原本不错，由于你爹的伤，一夜之间回到了解放前，都快断顿了。"

姚改革曾经听他娘给别人唠叨过这件事，他安静了许多，心也平复了很多。姚革新当时伤得很重，有生命危险。如果不是黄大长及时发现并及时送往卫生院抢救，后果不堪设想。姚革新出院之后，视黄大长为自己的救命恩人，十分信任他而又关照有加。

老长用大碗在水桶里舀了一碗水，清了清喉咙，又说道："你爹他不容易啊，他从鬼门关走了一遭，这年月，没吃没喝，白天干活，晚上开会，运动一个接着一个，没消停过。一年到头，没吃过几餐饱饭。你们家那么多人，那么多张嘴要吃要喝，每个小孩子都还读书，你爹娘多辛苦。叫你暑假上山陪我守野猪，一则是你们学校放假了，你也没啥事儿，上山每天可以捞个两分抵工分，算是为家里尽点力，做点事情。你们家里小孩多，工分少，年年超支，叫你上山守野猪，不那么累，又有我带着你，饿不了你，你爹娘放心；二则是让你多历练历练，感受一下农民的辛酸。农民天天和土打交道，面朝黄土背朝天，没日没夜，没吃没喝。历朝历代都没有解决好农民作为社会主体的吃饭问题，新中国是一个年轻的国家，一穷二白，老百姓的日子苦啊。今后回到学校，你才会好好读书，将来才能为你爹娘分担一些。"

黄大长见姚改革在认真听他的讲述，顿了顿，又用大瓷碗在水桶里舀了一碗水，"咕咚咕咚"一气喝下。他清了清喉咙，咳嗽了几下，往地上吐了一口痰，说："你爹他没有说明，也不用他说出来。你家里吃的是什么，中午是不是吃葛根糊，荞糊是不是吃不饱？很难吃？我知道你爹的意思，你挑食，他是想让我把你带到山上，不让你挨饿，饿了地里有苞谷可以吃，生产队田里有熟了的稻穗，可以偷偷捋几把，晒干了揉成米，他是想让你吃饱饭，让你不被饿着知道吗？现在不少人得了浮肿病，缺吃少药。谢家界的谢崴和他的爹娘都是得这个病死的。只要我俩好好守野猪，不让野猪吃庄稼，我俩能吃多大点呀，是吧，让野猪吃了，那才叫浪费。"黄大长说到这里，眼中闪烁着泪花，把身子转了个向，侧面对着姚改革。

"你爹是个重情重义的人，是个知恩图报的人，他派我上山守野猪，就是为了让我能吃饱，能帮衬家里一些，这年月活着才是正理。你爹看重你这个儿子，他怎么会让你吃苦，让你为了两分工上山，让长脚蚊叮咬你呢，你们家里孩子多，到哪里弄吃的去，看你瘦成啥样子了，像个豆芽菜。"

姚改革没说一句话，移动了一下身体坐到离黄大长近的一截圆木上，在静静地倾听黄大长讲述老姚家那些并不遥远的故事。黄大长挺能煽情，姚改革鼻子酸酸的。黄大长从锅里拿出一截玉米棒递给姚改革。

"大长叔，你吃吧，我吃不下。"

"你爹说你胃口不好，家里伙食不好，也没啥吃的，叫我带你来山上，爬爬山，多锻炼锻炼，胃口就好了，要多吃东西，才会长个儿，赶紧的，快接着，吃了。改天我带你去谢家界，那边太阳照晒的时间久些，稻子成熟些，我俩吃餐饱饭，那边山沟里有鱼、泥鳅、螃蟹和虾米，搞点给你补补身子。"

黄大长的话，让姚改革感动，他背过身去，热泪簌簌地流了下来。姚改革把黄大长啃过的玉米棒捡起来，丢进火坑里和柴火一起烧掉，免得有村民上山打猪草、割牛草看到了嚼舌根。

第五章
堡子界放歌守野猪　守山人过渡遇莹莹

守野猪的日子是枯燥无味的，睡觉是最好的休息，黄大长和姚改革每天睡到太阳照到木棚里，脑袋晒得有点发烫，躺在床上顺手拿起竹梆子"咣咣咣"胡乱敲几下，干吼几声。又过了小半个时辰，堡子界守山的两个人才会爬下木棚，活动活动筋骨，新的一天就这样开始了。两人走到地边、田边查看一圈，检查一下野猪是否糟蹋苞谷、稻谷。黄大长白天会带着姚改革去野猪可能出没的地方埋下竹签，借以阻止野猪再次前来糟蹋农作物，这已经是两人山上守野猪的日常。其实，黄大长这个笨方法真的收效甚微，野猪有它的生存法则，往往是，他两个辛辛苦苦埋下的竹签阵，不是被大群的野猪像推土机一样的深度推坏，就是从此绕道而行，再也不会来此啃吃庄稼。他们其实总是被野猪牵着鼻子走，几乎天天和野猪斗法，拿野猪并没有更好的办法。

姚改革胆子小，一个人不敢在木棚里，黄大长去哪儿，他便跟着去那里。黄大长是一个闲不住的人，浑身有使不完的劲儿，他晚上不消停地打草鞋，每晚都不知道他是什么时候睡的。白天砍柴，砍的柴一捆一捆的，堆成了小山，像蚂蚁搬家一样，每天往家的方向搬运。后来他干脆砍树烧炭，还找出了很多的理由。他说："我们在山上烧炭，就会有烟子，有烟子的地方野猪会来得少，烧炭是为了更好地驱赶野猪，保护山上的农作物。我们烧炭也就不要队里另外加工分了，算做贡献，开窑烧炭，队长冬天就有炭火烤了，冷不着，身体就好，就更有力量带领大伙儿'大跃进'。"

大山的黄昏来得特别早，有一种别样的静谧，山上大小树木成为一片黑色，猫头鹰不时发出的"咕咕咕"凄厉叫声，树林中枯枝断落的声响，竹鼠、野兔、山羊时不时地突然从眼前窜过，让人吓出一身冷汗。姚改革跟着黄大长守山时间久了，晚上不再怕天黑，也不怕那些莫名的响声，更不怕有野猪的放肆。

草丛中，虫声繁密如细雨，间或不知道从什么地方，忽然会有一只草莺"咯咯咯……嘘"转着它的喉咙。蝉鸣如涛，仿佛在人后背追着、撵着，此起彼伏，好像是在比赛似的。长脚蚊一到黄昏就嗡嗡地叫着，姚改革起身拿起艾蒿束成的烟包点燃，向木棚的每个角落、上下四周各处晃着驱赶蚊子，等木棚里被艾蒿烟气熏透了，便把烟包放到木棚下层地上，压上一块小石头，让艾蒿燃得慢一些。

黄大长坐在木棚口，手工打草鞋，凭着娴熟的技艺，在星光下，他用干稻草或者麻线，把脚一伸，几个脚指头挂上绳子，就是一架草鞋机，不时把口水吐在手掌里，和着麻线搓几下，很快就能打好一双草鞋。有时他会逗姚改革，叫他穿在脚上，试着走几步，感觉很软和，比稻草养脚多了。一双草鞋一袋烟工夫就能打得差不离，通常一个晚上他能打三四双草鞋，打草鞋时，不影响他絮叨。

一天夜晚，玉米地不远处似乎有了异响，黄大长说，可能是有野猪要来吃苞谷了，于是，他拿起竹梆子，敲打着，口中大声吼叫："唆嗬……咣咣咣……唆嗬……咣咣咣……唆嗬唆……咣咣咣。"

野猪一般是凌晨和黄昏时分活动觅食，人不能靠近，但可以虚张声势吓退野猪，把野猪赶走便是。野猪是动物，但动物也有自己的生存法则，不会轻易伤害人，只有它感觉到有危险时，才会拼命保护自己。公猪护母猪，母猪护犊，这是地球上所有动物的天性。

黄大长说过，如果人去赶野猪，觅食的野猪会伤人的。尤其是见到公猪带母猪出来偷食，更不可靠近，就像一个男人，带着一个女人去林子中幽会，一个愣头愣脑的坏男人前去招惹这个女人，在自己的女人行将被伤害的时候，再窝囊的男人这时也会挺身而出去保护自己的女人，甚至，有时为了自己的女人不顾个人安危，铤而走险。

姚改革这时听到不远处"咔嚓，吧嗒"的声音，有野猪偷食玉米来了。姚改革突发奇想，他对黄大长说："大长叔，你别叫了，今天这头野猪，说不定是上次我爹带领基干民兵上山捕杀野猪时打伤的那头野猪，那头野猪那天命不该绝，我爹在扣动扳机的时刻，枪卡壳了，等他再拔枪栓，扣动扳机时，野猪已逃去较远，我爹瞄准野猪就是一枪，只听'嗯昂'一声惨叫，我爹以为把野猪打死了，就招呼基干民兵过来抬野猪，走近一看，树林草丛中，有一摊鲜血，野猪已跑远了。基干民兵搜山，也没有搜到这只野猪。几天后，有人在山沟里见到过一只右腹受伤的野猪。今夜造访的这头野猪，或许是几头野猪，或许是那头受伤的野猪，怪可怜的，既然上次没被我爹用枪打死，就由它去吧。"

黄大长说："受伤的野猪是不怕人的，而且好像从此以后就对人类的危害有了天然的免疫力，它会十分的警醒，不再一味像猪了。"

姚改革拿过黄大长手中的竹梆，稚嫩地说："大长叔，你别敲竹梆了，也不要吼了，你休息一会儿吧，让我给你吹奏一首歌，兴许，野猪也能听懂歌，或者是听入迷了就不再吃苞谷了。"

"哪有野猪会听歌的，有句俗话不是说，对牛弹琴吗，我看你是对猪吹笛。"说完，黄大长傻笑了两声。

姚改革不置可否，瞟了他一眼，心想，没必要给这个音盲解释太多，马克思早就说过，对于非音乐的耳朵，最美的音乐也没有意义。

姚改革面对远山，先吹奏了一首刘森的《牧笛》。

"好听，好好听，如法（就是很好的意思）……"黄大长一个劲地夸奖。

姚改革换了一个姿势，又吹奏了一首。"好听，真好听！"黄大长听得很专注。

姚改革问他："你还想听什么歌曲？"

黄大长的黄脸上泛出了几分羞涩，显得有些腼腆。

"你说你喜欢听什么歌，反正晚上没事，我吹给你听。"姚改革启发他说出歌名，"红色老歌你会不会唱？"

黄大长点了点头，这时只见他用右手的食指和中指，在竹梆上敲击一首歌的曲谱，口中开始哼起来了，而且声音慢慢地放大，再放大，越来越大。看上去他已进入歌曲的旋律中。

姚改革仔细一听，原来他敲击的节奏是"咪咪咪唆咪咪来，哆啦哆来咪"，是一首革命老歌曲——《社会主义好》。

于是，姚改革开始吹奏这首歌曲。黄大长竟然能随着他吹奏的曲调，能完整地唱完这首歌。吹完这首歌后，姚改革看了黄大长一眼。此刻，黄大长眼中饱含着激情，很明显，他有些小兴奋，还夹杂着意犹未尽的余绪。

"大长叔，再来一首吧，你唱得蛮好的。"黄大长傻傻地笑，他用右手的食指和中指在大腿上敲击起来，姚改革观察黄大长的击节动作和那满嘴烟草味送出的音节，知道他在吟唱——《没有共产党，就没有新中国》，姚改革为他的低唱开始吹奏。

黄大长见姚改革在伴奏，开始放开了嗓门，提高了音调。姚改革在吹奏过程中运用了一些肢体语言，暗示黄大长再放开点，大胆地唱出来，他不但能记住一些歌词，而且还蛮懂节拍的。

姚改革干脆放下笛子，边配合他唱，边打拍子，像在指挥一个专业合唱队，"没有共产党就没有新中国……共产党辛劳为民族……共产党他一心救中国……"黄大长大声唱起来了,越来越放开,他边唱边点头,坐在木棚边的一个不很规则的石墩上,他舞动着自己的上半身——他举起了双手,往前上方同时打拳头击节伴奏,看上去极像是做着一个投降的动作,让人忍俊不禁。

黄大长的激情已被点燃,姚改革站起来,挥动一双手臂,扭动腰肢作左右摇摆,并示意黄大长也跟着做。黄大长在他的一再激励下,终于也敢站起来唱,挥舞着两条硬邦邦的手臂,不失节拍地效法姚改革的动作。他正得意中,刺溜一下,身子倒下却被自己用手撑住。姚改革看到他那个笨拙又有点小可爱的憨态,忍不住大笑,笑得他双眼噙满了泪水。黄大长口里号着那些记不完整的歌词,往往在姚改革唱到一句歌词的末尾几个字时,他就会抢先一步唱得特别重,借以宣泄他的情感,并向姚改革投来得意的一瞥,以此证明他也能唱,而且是唱对了,他唱的声音老高,演唱很噱头。

万籁俱寂,一老一少的歌声在山谷中回荡。连野猪也懂得欣赏音乐,马克思关于"非音乐的耳朵"论断似乎得重新审视。

从那晚开始,黄大长对姚改革的笛子独奏,产生了浓厚的兴趣,每晚太阳刚刚从西边落下山坡,他就催着吃晚饭,吃完了晚饭,他收拾好碗筷,熏好艾蒿,就会觍着老脸,靠近姚改革。他随手从身边的苞谷地里信手掰几个苞谷,先剥掉两片老皮,留下苞谷最里层皮放在火坑热灰里慢烤,烧开水的壶旁边热灰里也埋上几个苞谷,作为消夜。

姚改革思忖,好你个老长,真会享受生活,一边欣赏着笛子独奏,一边吃着鲜嫩的苞谷夜宵。怪不得崔产愫有次在闲聊时说,人家生产队人,没啥力气,老长倒是精神得很。

突然,黄大长大叫一声,吓了姚改革一跳,他还以为公猪又和母猪光临了。黄大长说:"你听,野猪好像走了,你吹的笛子太好听了,野猪是不是听睡着了。"

黄大长奉承的话,十岁的孩子都不信。听完歌曲,估计苞谷焖熟了,黄大长就折断一根小树枝,从火坑里夹出苞谷,两手夹着苞谷一拍,再剥去苞谷里层烤燃的嫩皮,有时烧久了,没有嫩皮了,只有烧焦了的苞谷棒子,放在口里一咬香喷喷的。

"快点趁热吃了,埋在火灰中烧的苞谷带的有土木灰,这东西又香又有营养,你正在长身体,多吃这个,包你像苞谷秆一样嗖嗖地往上长。"黄大长说完,给自己来了一个大的,直接送到嘴边"吧唧吧唧"咬起来,咬吃的速度快得惊人,一个苞谷穗在他嘴里,只见翻转了几下,就没有了,只剩下一个苞谷秆,顺手丢到火坑里,接着又抓起另一个苞谷啃,这样的情状,每晚时有发生。

黄大长好像时刻是饿的,时刻想弄点什么东西吃。黄大长吃了东西后,不到十分钟,就会去"解手",而且就近在木棚不远处解决,边解手边发力,让人十分恶心,并且,"解大手"的时间甭说有多长。有几个晚上黄大长说是出去小解,但很久没有回来,姚改革以为有野猪在守株待兔,等他老长蹲下后,一下子扑到他身上,"断其喉,啖其肉乃去"。

有一次,等他回到木棚子时,姚改革实在忍不住了,就问他:"你屙个屎,要那么用劲干吗?不弄出点动静,怕山神不知你在光着腚吗?而且,你还不在一处拉屎,一次要换几个地方,屙那么长。"

黄大长咂了一下嘴巴,干咳了几声,嘟起嘴唇攒劲往两个鼻子尖上靠,做了一个怪异的动作,说:"换几个地方,是为了多给几个苞谷树施肥,拉屎时间长,是躲在苞谷树里静听远处是否有野猪在糟蹋苞谷，屙屎用力，是因为晚上怕有山鬼，相当于走夜路吹口哨。"

姚改革一听，气不打一处来，抄起木棚边的一条小木棍，举起来准备劈头给他一棒。说时迟那时快，黄大长见他突然手拿木棒，机敏地弹起来，马上用双手顺势接过木棍，说道："这木棒烧火有点长，让我把它砍成两截再烧，你看天这么黑，怎么敢劳你大驾，让书记的儿子亲自动手呢，我来我来……"

他竟然巧妙地把姚改革手中木棒十分自然地取下砍去了。姚改革心中直骂：好一个狡猾的老油条。真想不通，生产队为何派这样一个吃货守野猪。与其说是守野猪，防野猪吃苞谷，倒不如说，让野猪守他好了。野猪哪有他吃得彻底，野猪吃苞谷当然可恨，可野猪吃苞谷时，总还落下几粒玉米没吃光，可是老长吃苞谷那才叫一个也不能少，吃它个光。

如果遇到很嫩的苞谷，黄大长就把嫩苞谷棒也嚼着吃了，看他那个吃法，真的像一台收割机。姚改革有时问他，你咋那么能吃，他说，油水太少，没吃的，饿呀。

姚改革不由在心中感叹，老长之患猛于野猪。老长，等于享受了村级干部以上人物的特殊待遇，他每晚把苞谷当夜宵，完全不受约束。

早餐时，黄大长给姚改革竖起了个大拇指："你真厉害，一个豆芽菜，吹了几首曲子，就赶走了野猪，连野猪都尊重知识，人不尊重知识那还行吗？"

姚改革笑而不言，其实，很可能是晚上的笛子声、唱歌声，闹腾的动静太大了，把野猪吓跑了。

黄大长说话时，手在磨刀石上"霍霍……霍霍"磨他那把厚重的柴刀，时不时，用左手大拇指对着刀刃刮擦几下，试试柴刀是否磨锋利了。

"吃完早饭，你跟我去谢家界，那边山坡上靠我们这边，有我们队里的稻田，检查一下那边的田地被野猪祸害了没有，我们一起到溪里摸鱼去，那边山沟里水大有很多鱼，给你补补身子。"

姚改革把脸朝向他，静静地看了他一眼，此时，他那张长脸并不十分讨厌。

黄大长拾掇停当，腰间别上刀鞘，俗称"刀卡"，在小路边砍下一根小树，又把小树一刀劈成两截，说："前面路不好走，走路时，用木棍撑着，人稳当些。"他递给姚改革一截木棍，在笋筐里放了一些苞谷之类吃的东西，两人向谢家界方向出发。

姚改革在心中惊叹于老长的了不起，难道他腰背后还长有一只眼睛不成，他不摸不看，反手就能准确地把一把锋利的柴刀，很顺溜地放进"刀卡"内，没有几下子功夫，恐难完成。

要去谢家界，就得下一座山、一条山沟，再爬一座山，越过几坳的玉米地。黄大长边走边给他介绍山中的自然环境，他用粗大的左手食指，指向远方，说："我们从这里走过这一片玉米地就下到山沟了，可以在山沟里洗个澡，山上水不够，好久没有好好洗澡了。"

姚改革顺着他指的方向，放眼望去，心中不禁发怵，他指的方向，直线距离有近万米之遥，在大山里，不知要转多少曲折的山路才会到达，而且荆棘丛生，没有真正意义上的路可走，基本上是靠手中木棍探路，沿自然山脊缓慢行走。

"你怎么知道野猪会有猪路。"姚改革在路上不禁问道。

"野猪一般走的是弓背路,这个季节,野猪拉的屎里会有苞谷颗粒和橡树果,野猪体大,喜欢集中在一处拉屎,走过的路,路边小草小树会被踩踏过,自然比一般的路特别一些。"姚改革心中暗自崇拜黄大长,他的心里懂的东西实在太多了,有着丰富的人生经验,他不但识人还懂猪,他简直是个百事通。

两人走到下寨村门岩山腰间的地方,黄大长说:"我俩歇息一下,喝点水,要爬右上方那座高山了。"说完,他把箩筐从肩上放下来,姚改革看了一下,里面装着草鞋和苞谷,还有一些吃的野果。他坐在石头上,从口袋中抽出一小片纸和一叶草烟,放在大腿上卷喇叭筒,卷好后,把纸筒送到嘴边用舌头从左往右沾口水,算是把喇叭筒卷纸边黏紧了,拧紧喇叭筒底部的纸,再掐去一小截纸,用口咬掉多余的烟嘴纸,把喇叭筒放在嘴里叼着,用火柴点上火,猛吸一口,全部吸入肺内,再慢慢从鼻孔里喷出两股青烟,在天空中飘荡着。

他猛吸了几口后,用左手的食指和中指夹着喇叭筒,把口中残留的烟用力吐出来,发出"嘘嘘嘘"的声音,姚改革回过头,对他认了认,面有愠色,心中生厌。

黄大长用手指着左前方,说:"时间还早,我带你去无缘洞看看,那里有很多天然景点特别好看,那里曾经是周卫国、袁牧率领红军剿匪,打国民党军的地方,从这里走过去,没多远。"

姚改革有些发怵,便说:"时间不早了。我俩就在这里坐一会儿,歇息一下,下次有机会再去看吧。"

小坐一会儿,两人加快了登山的脚步,也不知在山中走了多久,几乎是在茅草丛、荆棘丛中行走,没有几脚平路,摔倒了爬起来,爬起来又摔倒了,反反复复,不知多少次了,姚改革累得汗流浃背、气喘吁吁,人早已疲软。他在心中诅咒黄大长,你个死老长,明知我是个豆芽菜,还让我跟着你这个老东西折腾,也不怕把豆芽菜弄断了,我的小腿已开始打战,你想累死我啊。

黄大长看他有畏难情绪,说:"那个地方漂亮,你来山上这么久了,不去那里看看说不过去,那山上的玉米、稻田也是我们管。"

姚改革没理他,白了他一眼。黄大长纠正一下说:"那地方也是由你爹管,是生产队里种的苞谷、稻谷,比这边还要多,也是由我两个守,你从来不去,回去别人一问你,你没到过,咋说得清楚,你以为给你两分工分,是那么好拿的啊!"

姚改革一听,气不打一处来,他真想拿手中的木棍劈他。心里骂道:好你个刁钻刻薄的糟老头子,守野猪就是守野猪,怎么讲到我爹给我记的两分工分呢。我一天到晚,没有吃的、喝的,也没有好好睡,和你同工、同时,还不同酬。咋啦,记个两分关你什么事,你眼馋了是吧。我爹给你记八分,不是鼓励你偷吃苞谷的。

黄大长把喇叭筒抽完了,干咳了两声,说道:"要下阵雨了,快走吧,去谢家界。"姚改革一看天空,哪来的雨,天空晴朗,又没有风,没有乌云,就忍不住问他,想出出他的洋相。

"你说今天有雨下,怕是要黄了。"

"天气这么闷热,不会的。"

"为什么?"

"刚才你没有看到呀，地上的蚂蚁在大搬家，田里的青蛙在往岸上跳。"

"这能说明什么？"

"这就是要下雨的前兆。"

黄大长还在不停地啰唆，姚改革懒得理他，跟在他身后，跌跌撞撞往谢家界方向走去。要去谢家界，山下的大山沟是必经之路，两人拄着木棍，在山间走着绕着。

突然，眼前一泉飞瀑从山腰喷薄冲出，咆哮着冲入了山脚下的深潭，几条与深潭相连的小溪，蜿蜒地游走在山间。往山顶望去，瀑布之上有一小瀑布，形成了叠瀑景观，其气势与神韵真给人力量与美的享受。

他们终于走到山底小溪里了，眼前一条约十米宽的山涧，溪水在大小岩石间"哗哗哗"地穿流。黄大长本来就是在溪边长大的，他在家，一个大半年，每晚都在溪水里泡着。

他见到水，就像见到自己心仪已久的女人一样欢，摩拳擦掌，早已按捺不住心中的躁动，还没到水潭边，就猴急猫急地把自己脱得精光，赤裸裸的，往水里直冲，俨然不像一个憨厚老实的糟老头儿。他一个猛子扎进水里，人不见了，许久不见人影。

姚改革想到他爹曾经说过，说是某年某月，某某人也是下深潭中洗澡，平时水性在村里是数一数二的，那天去溪潭中洗澡，一下水就没有上来了。

想到这些不禁令人胆寒，姚改革在岸上急得直跺脚，大声呼唤："老长，老长叔，你出来呀。"他的小心脏怦怦直跳，恐惧感袭扰着他。

突然间，水面上泛起了很大的水花，只见黄大长一手抓着一条大鲤鱼，口里还咬着一条鱼的鱼嘴，急速向水边游来。姚改革大吃一惊，又大叫一声："老长，老长叔，这边来。"

黄大长走到溪水边，把鱼一甩又准备下水去，姚改革大叫道："小心水里有水猴子。"老长一愣，回头一笑，又一个猛子扎进水里，人又不见了。又过了一阵子，老长双手提两条鱼回到了水岸边。他说道："要变天了，鱼都变蠢了。"黄大长蹲下去，笑容可掬的样子，在欣赏他的"战利品"。

姚改革还没开口，黄大长却说："改革，你怎么不下水洗澡啊，你不热呀，都好些天没有好好洗澡了。"说罢，没等姚改革同意，就伸手扒他的裤子，姚改革赶忙用手抓紧裤带不放，厉声地说："你干吗？穿上你的裤子，你有病呀，我自己不会脱呀？"

黄大长杵在那里，被他的话怔住了，旋即又嬉皮笑脸地说："我们两个都是男人，这里又没有外人看见，你还怕羞，怕个×啊。"

黄大长不愧是老油条，他竟然赤裸着移动了一下身子，坐到了姚改革正对面的大石头上，胯部对着他，若无其事的样子。

姚改革端着生产队干部子弟的架子，高声命令他道："你给我现在、立刻、马上穿上你的臭裤子，你太不要脸了，孔子说，君子慎独。你倒好，在大山深处，玩起裸展，给谁看啊，痞子。"姚改革把头埋得更低了。

黄大长坐在大石头上，居高临下，居然跷起了二郎腿，不理会姚改革的小愤怒，很悠闲地描述起刚才在水下捉鱼的快意经历。

"不着急穿，天闷热，我凉快凉快，透透风。"黄大长竟然若无其事地光着身子，坐在石头上，悠闲地吸着烟。"今天我料定会有大鱼，变天了，今天我的运气真的不错，遇到的是一条母鲤鱼，带着几个小鲤鱼，只有变天时，鲤鱼会躲在溪水中浅岩洞里。这时，只要你用双手把岩洞的两头堵住，鱼就没地方跑，等于是个死鱼。这不，这几条鱼够我们晚上搞一顿的。"

姚改革没理他，也不看他，黄大长坏坏地笑了两声，一边哼着《借东风》，一边穿上了那条都能见到腚的短裤。

"姚改革，你也快去水潭里洗洗吧，天气太闷热了，莫长蛆了，洗好了我们还要赶路呢。"黄大长龇牙咧嘴地笑。

姚改革背对着他，脱掉短裤，走到溪里洗澡。黄大长叫他不要往深潭里游，就在浅水区洗洗。过了一阵子，黄大长叫他上岸，说天快下雨了，姚改革没有听从他，继续在水中游，好久没洗澡了，这么热的天，每天在山上提点水，抹抹身子就算是洗澡了（这里老辈人把洗澡称作"抹汗"）。

黄大长眼睛直直地看着姚改革，姚改革心想：我赤条条地如何上岸穿裤子，你以为别人都像你那么不知羞耻呀！

黄大长好像读懂了姚改革的心事，对他说了声：你洗一下，跟着后边来，我先走了。他刚从山包处一拐弯，姚改革便迅疾上岸穿上短裤，飞也似的追了上去。

黄大长走在前面带路，走路特别的迅速有力。一会儿，天空中真的下起了小雨，刮起了风，雨往南湔。他们两人快步赶到一处叫"鹰嘴岩"的大石板下躲雨，雨下得很大，两人被困在大石板下，静听雨声，黄大长伸手从裤子口袋里摸纸，放在大腿上很娴熟地卷起了喇叭筒，叼在嘴里，掏出火柴盒，"呲"的一声点燃喇叭筒，"吧嗒吧嗒"吸起来。

天空放晴后，两人加快了去谢家界的步伐。一路上，姚改革心中突然产生了一个疑问，老长不是说，到溪水里弄点鱼虾、螃蟹给我补补身子吗，现在都弄了几条大鱼了，该返回我们木棚去了吧。为何还要走谢家界呢？是啥意思，为什么呀，一连串的问题在脑海中翻来覆去地想着。

在山间小路中彳亍前行，姚改革左脚小腿上被树刺刺了一个小口子，老长取出随身带的小瓶子，在伤口上揞些药粉。雨后的草、树上都是水，把他俩身上的裤子都打湿了。姚改革走在老长身后，用恶毒的眼神，直瞪着他的后背，握紧两个小拳头，在空中不断打拳，好像每一拳头都打在老长身上，而不是打空气。他忍不住还是开口问道："大长叔，我们鱼也有了，还去谢家界干吗？我俩回去还有这么远的回头路要走呢！"

黄大长用鼻子喷了一下气，说："我们今天不回去了，去谢家界村，我们去那里搞饭吃，我老庚，叫谢钟，村里都叫他老谢，住在那边，他人挺好的，好久没看见他了，也不知他好不好，年前他在山上抬木，摔了一跤，听说断了两根肋骨。"

姚改革没有讲话，哑巴吃黄连，有苦说不出。黄大长是为了去看故交，看伤者，又是为他改善生活。姚改革别无选择，返回路程更远了，他也走不动了，只好跟着黄大长往山上爬。他不用多想，也不敢多想，比如队里交办的工啦，野猪晚上会不会去木棚子里交配啦，受伤的那头野猪生气了，会不会拱倒木棚啦，算了，随他去吧。腹中饥肠辘辘，原来人最恐惧的是饥饿，还是先解决吃饭问题吧。

走走停停，停停走走，他俩终于爬上了谢家界对面的山顶了。骤雨初歇，屹立于山巅之上，极目远眺，心旷神怡，连绵青山映入眼帘。在山顶上小憩，别有一番情趣，两个人沉醉于眼前大自然的瑰丽与神奇。雨后的群山是一片油绿，浮云在山间自由地飘移，形成无数个新奇百怪的图案，云海之下却是一片明媚与青绿。蓝天上有几朵祥云，天有些蔚蓝，又有些宝蓝。远处的落瀑声，和着幽谷神秘的微鸣与低啸声，给这片阒寂的山林平添几分雅致和迷人风韵。忽然间，于云雾缭绕的山谷中发现了一栋、两栋、三栋——分明是一个云上的村庄——那不远处的村庄便是谢家界村了。

他俩步行至西南方向，三座青山裹挟着两条蜿蜒的小溪，溪水由高处冲泻而来，在谢家汇合，骤然形成了一泓清泉，借势东流，水光潋滟，溪流青绿，溪水尤为清冽，掬一捧水入口，沁人心脾。溪水中的小鲫鱼和不知名的小鱼儿，在水中自由自在地嬉戏。绕行至东北方向，山竹为壑，四周竹树摇曳，婀娜多姿。群山呈拱揖之状，山色空濛，朦胧的远山，笼罩着一层青纱，影影绰绰，在缥缈的云烟中忽远忽近、若即若离，就像是几笔淡墨，抹在蓝色的天边。

斜晖映照，村口边竹树环合，溪流潺潺。水井里一池涟漪，鸡犬相闻，耕者荷锄，佝偻提携，十几个"草树"，像一个个守卫稻田的卫兵伫立在路的两旁。

他们终于走到谢家界村对岸边了，要去谢家界村，必须过一条宽而深的水潭，没有陆路和桥可走。素有"万人迷"之称的袁莹莹，掌管着一条木船，给两岸人员摆渡。艄公原本是她丈夫谢崴，因得浮肿病离世，她就接管了这条船，干起了艄公，每天给过溪的人摆渡，生产队给她记工分，主要摆渡对象是谢家界村人和桐油村人，谢家界村和桐油村名义上是两个村，由于地理位置很临近，其实，是一个生产队，同属于第一生产队。只是老辈人习惯从地域上细分，年轻人现在都统称为一队人。

他们走到岸边，黄大长向对岸高声喊道："莹莹，快过来，我们要过去。"

"哎……我来了……"溪水对岸传来了吴侬软语，绵软柔和，"哎"字拖出长长的尾音，像是唱歌一般。

船一靠码头，袁莹莹十分轻巧地跳上了岸，挓挲着手臂向黄大长身上扑过来，老长身子明显让了一下，抓住了她的手——那是一双洁白、细嫩的长手。

"哥，你怎么今天才来？"

"还不是水碾子的事，一直走不开。我现在堡子界守山，怎么，你想哥了。"

"哼哼，谁说我想你了！想多了！"

上了船，姚改革坐在船的中间，还有邻村来的两个人。黄大长说，我们去谢钟家。袁莹莹娇滴滴地说："嗯嗯，知道了，大家坐好了，开船啰。"好听的声音像唱歌似的，散发出青春气息。

袁莹莹用竹竿用力往岸上一顶，船缓缓离开了岸，船头行正后，她将竹竿放在船边上，手持船桨娴熟地划动着小船，小船在水中划开一道白线。姚改革不时眼瞪瞪地看着水中那个亭亭玉立的倒影。

他不由好奇地抬起头，用眼睛扫射着眼前这个美人：高挑的个儿，一双大眼睛像艳丽的珍珠一样明亮，美目传情，娇柔似水；鼻梁挺直有肉，脸庞粉嫩透红，两个酒窝漾满了笑意，双眸澄澈，脖颈颀长，锥子脸上嵌着樱桃小嘴；一头乌黑亮丽的秀发，在后脑勺上盘着，一缕细发飘至额前，一双白嫩的长手，时不时捋一捋——那丰仪实在是好看极了。

袁莹莹身上穿着一件天蓝色连衣裙，领口袖口镶着白边，斜开的领口下方还系着一个漂亮的花结，这个裙子穿在她身上，全身上下都洋溢着青春的光彩。

船靠岸了，爬上十七级石阶，村门口有一个大大的牌坊，门牌的左侧立有一个半径约1米、高约1.7米的石头。

姚改革好奇地问："阿姨，干吗要在村门口立这么一个大石头呀？"

"咯咯咯，我有那么老吗？你应叫我姐姐。"她的声音像鸟儿在歌唱。

"是，姐姐。"

袁莹莹用手背挡住嘴巴，又"咯咯咯"地娇笑着，笑得那么纯真，分明有一股发自她身上的淡淡的清香在空气中飘拂。

"啊嚏！"姚改革打了一个喷嚏。

"小弟弟，你刚才淋雨了？待会儿你和我哥上我家喝碗姜汤，别感冒了。"她讲话的气息，像薄荷一般清香。

"谢谢姐姐！我衣裤被汗水和雨水渴湿，天已放晴，没事了，一会儿就自然干了。"姚改革急忙走开，与她拉开了距离，又往她身边小跨了一步，不知为何又回头多看了她几眼，感觉自己脸上像个火烧云。

袁莹莹用手指着对面的山，说："我们桐油村对面是筲箕山，这个山的形状如筲箕，很凶险，正对着我们村，会把我们村的福禄财喜都摄走的，会使村里人畜不吉利。祖上在村门口立一个石头，可以阻挡筲箕山咬我们村。逢年过节，全村各家各户都会来这里面对筲箕山焚香烧纸祭拜，求山神保佑全村家发人兴、六畜兴旺。"

"这个村门牌好像没啥作用。"姚改革说。

袁莹莹说："这个门牌解放前叫贞节牌坊，现贴上桐油坪村几个字，就变成了村门牌，孤零零地立在那里，确实碍事，应该把它彻底拆除掉。"

他们往上走，村门牌两边各钉的有一块木牌子，上面用红漆写有标语，左边写的是"人民公社好"，右边写的是"大跃进万岁"。穿过打谷冲，袁莹莹家就在眼前，那是一个村边的独户，两厢两进的木房子，立在溪浦上，突兀而显得破旧。

袁莹莹对黄大长说："哥唉，到我家门口了，你不进屋去坐坐啊?！"她仿佛一只画眉鸟儿，声音脆亮甜润。

黄大长向姚改革看了看，说："不去，今天没时间，改天吧。"两人直直往谢家界村走去。

第六章
黄大长拜访钟队长　村干部闲话榨油坊

说起谢家界，谢钟绝对是一个绕不开的名字。谢钟是谢家界村生产队队长，谢钟他爷爷谢福臣，光绪二十六年生，自那辈起家中就无锄无犁。谢福臣生下独苗谢绍愆，谢绍愆"土改"那会儿，也无锄无犁，是土地委员会委员，敢作敢当，打土豪分田地那会儿，工作十分积极。到了谢钟也是单传，他母亲袁芬芳早年是农民协会成员，是桃坪界板桥湾村人。当年红军驻扎火场时，由于谢绍愆夫妇历史清白、政治过硬，为红军办事机灵，红军就在他家附近驻扎了一个连队。红军长征时，把当年红军为火场人民修建的榨油坊，交给谢绍愆负责管理，谢钟接手是前些年的事。

谢钟家是一个两手推车的二层楼木房，四周的厚砖墙已坍塌，所剩斗拱大门残门板上的图案是暗八仙，意即八仙操持的法器，铁拐李的葫芦、吕洞宾的长剑、汉钟离的芭蕉扇、张果老的渔鼓、蓝采和的花篮、何仙姑的荷花、韩湘子的洞箫、曹国舅的玉板。窗棂的镂刻是四款花色，冬梅、秋菊、夏荷、春天的芍药。由此，依稀可见当年房主人的富庶。据说，当年谢姓祖先自江西迁徙至此，世代筚路蓝缕，创下了殷实的祖业。到清朝末，这个大户人家由于没有子嗣，将谢钟的祖辈过继为子。由于家道中落，辗转易手，至谢钟父辈，房舍日渐凋零，景况已大不如前。

谢钟屋前有一个一丈开外的大窝凼，用四根碗口粗的杉木条搭成便桥通过，过了木桥，是一块坪场，有四块簟子大。院子的左侧种了一畦萝卜白菜、一畦茼蒿，栽了一沟大葱大蒜。靠近水沟边四棵大腿粗的金桂树，呈伞盖状，宣示着房主人不凡的气质与雅趣。房屋东头靠山体的一面堆放着小山似的柴火，屋后有一个用小石头堆砌成的大水池，山泉水用剖开的竹子接入池中。廊边斜放一个木梯，是进二楼的必经通道，梯子下方有个长方状鸡舍，鸡舍木板上放置两个鸡笼，一个母鸡在鸡笼里下蛋，见有人来，母鸡警醒地把脖子伸得老长。老长见老母鸡伸长了脖子，老长也把脖子伸得老长，往鸡舍里瞅了瞅，老母鸡警惕地叫了两声，老长做了一个挥拳的动作，惹得老母鸡惊叫着向他飞扑过来。老长与老母鸡遭遇了，他狼狈的样子比想象的要难堪多了，姚改革心中一阵窃喜，忍不住发笑，笑这个爱惹事的鳄鱼嘴。

往里走，厨房过道前端阴暗处放着一个打谷桶，桶里放着犁耙、筲箕等农具。厨房门前横七竖八放着几把矮竹椅，一只母鸡带着一群小鸡围在一个女孩身边啄食，她不时往地上撒一把玉米粒。堂屋里，神龛下摆放着一张八仙桌，堂屋左边墙面木板上挂着大小两块簸箕，墙角放着一个篾箩，右角放着一个风车，还有两个高腿长条凳，看一眼就知道这是一个勤快的庄户人家。

谢钟是一个中年男人，身型高挑挺拔，浓浓的剑眉，炯炯有神的象眼，高高的鼻梁，长得很是俊朗。他衣着整洁，蹭破的衣服，村里人都是随便找块"零头布"粗针大线地给缝上，哪怕颜色反差很大。他则不同，他总要找颜色相近的"零头布"，叫他老婆高冷用细密的针线给缝上，远远看上去，补丁并不显眼，有时还像挺新潮的服装。他属潘安型的美男子，唇红齿白，嘴角有两个笑靥，既让女子生情爱，也让女子生母爱。

他正在和村中人闲聊，给村上的娃娃们讲故事：什么青梅煮酒论英雄，关公杯酒斩华雄；花和尚醉打山门，拿吃剩的狗肉往小和尚嘴巴上涂；武松醉卧景阳冈碰上了白额大虫；吴用智取生辰纲是在酒里放了蒙汗药；宋江喝醉了酒在浔阳楼题反诗等等。谢钟讲得正起劲，只见大母鸡追着黄大长走进来，很高兴地说："哎呀，老庚来了，老庚来了，你怎么事先也不说一声，搞了我一个突然袭击，快坐、快坐。"

"咋啦，就你一个人在家，弟妹呢？"

"她在榨油坊有点门路（当地指事情），马上就来的。"

"老庚一般是清早来，今天这时来有啥急事吗？"

"我能有什么急事，前段时间我一直忙水碾子的事，年前听说你摔伤了，也没来看你，身体现在恢复好了没有，我检查检查，看看没缺少什么重要部件吧？"说罢，傻傻地发笑，伸出那双火钳般的手，直捣谢钟的裆下，顺手一摸。

谢钟立马弓腰提臀身子往后退让，说："老庚真是的，也不看看还有很多孩子在玩呢，咱好好的，啥也没缺，别闹了，歇息一下，喝口水。"

谢家界村一组小组长符一瘸，一年四季老是喜欢双手抱着膀子，左腿不得力，走路一瘸一瘸的，人们很不友好地称他"瘸子"。据他自己说，是当年在鬼尸洞抓土匪时受的伤，应属于工伤，但从来没有人对他的伤认定过。年少时鼻孔下一年四季总是挂着一串鼻涕，流到嘴边了就用衣袖刮擦一下，他的两只衣袖油光可鉴，可当镜子照。年长后鼻孔下的清流越发澄澈，每次擤鼻涕那磅礴之势不可阻挡。人说都流了一辈子了，改不了了，变成了他自己的金字招牌。如果他鼻孔下那把"钢叉"没有了，瘸子肯定是病了。由此，村中人根据外貌特征给人取个诨名，是件司空见惯的事，于是乎，他有了一个并不是自己父母取的而又十分流行的名号——"鼻屎"。小时候村中发小上他家找他玩，老远就会叫道："鼻屎……鼻屎……"他父母就会很不情愿地愤愤地应一声："不在家里。"这也说明他父母已经间接接受了他这个"雅号"。

鼻屎平时就是谢钟的一个小跟班，他经常在谢钟家玩。这时，他一本正经地对黄大长说："谢钟是当地有名的美男子，又读过高中，脑瓜子灵泛，种田的好把式。他虽然断了两根肋骨，但其他的部件都不碍事，身体啥事也没有。受伤那会儿，刚好遇到县城著名骨伤医生向奈，骨伤很快治疗痊愈了，加之高冷嫂子服侍得好，又休息得好，把他身体调理得好好的。"鼻屎找了个人稀少的空当，旁若无人地擤着鼻涕。

鼻屎习惯性地刮擦了一把鼻涕，在那里"嘿嘿、嘿嘿嘿、嘿"自个儿一边傻笑，旁人也在一边不笑白不笑。

谢家界村二组小组长李老拐，先天性有点跛脚又多病，他爹娘就没有给他取个学名，由于没有名字，不知什么时候开始，年轻时被人叫作拐子、老了叫老拐，大家好玩，给他取了谐音"你闹鬼"。又加上他言行古怪，喜欢碎碎念，有人经常拿他开涮，给他取了绰号叫"碎嘴"。

老谢接过老长肩上的担子，把箩筐里一些苞谷、几条鱼等东西挑到厨房里。跨出门槛，指着自己的几个女儿，说："这个叫采采、白露、伊人、一方、水央。"

采采、白露在玩着击石游戏——挥竹竿击中手里抛出的石子——这是太原始的玩耍——是大地的游戏。所谓游戏，都是有规则的，这种游戏简单而有趣：只需要一节树枝之类的工具与一小堆石子，一个人使劲往上抛石子，一个人挥竹竿击石，抛石子的，如果想整挥杆人，则故意把石子往一边抛，或抛得不高，让挥杆人来不及反应，挥杆一击而不中，则轮到下一个上，由此，循环往复。

伊人和一方是另一组，也轮流参与其中，乐此不疲，口中哼着曲儿，玩得津津有味。水央尚小，玩不了这个，只有看着的份。阳光照在她们身上，黧黑的皮肤闪着光泽，额头上冒出了小汗珠。

谢钟是个读书人，把几个女儿的名字，取得很有诗意、很雅致。谢钟用手指着黄大长，让几个女儿叫叔叔。黄大长拍着姚改革肩膀说："这是姚革新书记的大儿子，叫姚改革，小名叫莫生气。"

谢钟笑着说，书记终究是书记，给儿子取名字都包含教育，凡事一生气就水了，人一生气就容易犯糊涂，莫生气，嗯，不要生气，冷静地思考问题、解决问题。

谢钟把手搭在姚改革的小肩上，对自己的五朵金花说，快叫哥哥。采采站在过道边，用手不停地撩起被风吹乱的秀发，瞪着大杏眼巧笑着，她和姚改革曾是桐油村小学同学。白露、伊人、一方、水央分别叫了声"哥哥"（读成国国），蹦蹦跳跳去坪场里玩"跳房子""踢毽子"。她们身上朴素的笑容、率真的眼眸、那种融入风景的安详而舒展的快乐，让姚改革顿时消除了疲劳。

黄大长说："老庚就是好福气，你在家中嗨聊，高冷弟妹在榨油坊做事，五个女儿个个出落得像玫瑰花一样。我们一起去榨油坊，看弟妹那里有什么事帮得上忙不。"

榨油坊在村西头，是靠近溪边"土地堂"建的，离谢钟家不远。那是一个原始很古老的榨油坊，负责榨油坊具体事务的是一个叫"九斤"的瘸腿男人。

谢钟的老婆高冷正在紧张地安排几个人忙这忙那，见到有人来了，大大咧咧地说笑道："今天是什么风把大长兄弟吹来了？你咋到我这榨油坊来啦，你干妹子袁莹莹不在家吗？你刚才应该是她给你摆渡的吧。"

"还没去妹子家里，先看看嫂子你，看你这里有么事，要不要我帮忙。"黄大长极尽献媚地说，话未说完，就撸起袖子忙开了。

"那是的，我的这点事，有咱老谢帮就可以了，你呀还是多帮帮莹莹吧，她人年轻事多着呢。"高冷一语双关，一双好看的媚眼，向黄大长挤眉弄眼。老长笑而不答，欣欣然而有喜色。

"弟媳越发年轻风韵了，许久不见，模样一点没变，变得更加苗条了。"

"呀哈！我都老哒、胖哒，老谢每晚在外边和别人打'点点红'牌，输了就'挂胡子'，以打牌为名，整日里家都不愿回了，不愿看我这张冬瓜脸。"

"弟妹，可不敢这么说，你是典型的鹅蛋脸，你那不叫胖，叫丰韵。你看看，你生的几个闺女，个个长得俊俏，是你给老谢家添福了。"黄大长专拣别人喜欢听的话说。高冷莞尔一笑，愉快地开始张罗起来。

榨油坊其实就是一间敞木屋，屋顶盖着小青瓦，瓦上和屋檐尖子上长着绿苔，其间物什都是土灰色，木屋四周木板已掉落，剩下几块木板也在风雨中腐朽。房坎石头缝里长出了一棵弯曲老气的紫薇树，显示年代的久远。木屋中间被一条长木方隔开，木屋里间是榨油房，呈长条形。外间是碾油菜籽的碾房，比里间方正一些。木屋没有严格意义上的门，从此处都可横着进入，目的是方便农人抬大的东西，牛的进出，地面上清晰可见牛粪的痕迹。两条两米多长的横轴，和一个木盘固定着两个竖起的大磨盘，组成一个等边三角形的木架盘，另一头套在一个木头桩上，磨盘被放在磨槽中，一条黄牛拉着磨盘反复转圈，把磨槽中的谷物碾碎。

黄大长叫姚改革坐在磨盘架上休息一会儿，在牛屁股后面吆喝着赶牛。虽然没有山上放牛娃的自由自在，但也可以在转迷糊时候，小睡一会儿。他自己找活儿忙碌起来。

榨油坊里有两口硕大的生水锅，村民来此榨油，首先，得把晒干了的油菜籽倒入蒸炒大锅里用大勺翻炒，炒一阵子，九斤会用手抓一把炒得变黄变香了的油菜籽，送到鼻子下一闻，他就能判断油菜籽炒到什么火候了，是不是要起锅了。此时的他，像战场上的指挥员，会果断地发出号令，叫人马上把炒好了的油菜籽铲到另一口炒锅里，用一块大勺翻滚油菜籽，把炒好了的油菜籽放入磨槽内，把黄牛赶来，上了鞍，九斤会大叫一声"嗬啊"，黄牛便围绕磨槽外周大圈不停转圈，通过磨石的不断转动，把油菜籽碾成粉。

运气真好，姚改革观赏到民间传统纯手工烘干、碾粉、筛选、蒸粉、做饼、入榨、出榨、入缸等榨油工序。菜油料烘干后，开始碾粉，把筛好的粉放进蒸笼里。这样，蒸过的油料榨出来的油不会变质，把蒸好的粉从蒸料里倒出来，这个工序叫出料。

把料出好后，倒到铺有稻草的圆形铁模子里，再笼上稻草，然后九斤会用脚跟用力把稻草笼上踩紧，这道工序叫踩饼。

等饼踩好后，一个个重叠起来摆放好，等一切准备就绪，就把一个个饼装到压榨的木槽里，开始榨油了，这道工序叫压榨。

把油料里的油用最原始的方法压榨出来。如果饼间有空隙，九斤就会塞进一个楔子扎紧。这时，四个上身赤裸的男人，一前一后，抱紧一根粗长的木杵，九斤站在最前面，牵引木杵，准备榨油了。木杵上方有一根粗绳索吊在下方木杵中间，不使木杵失去方向，木杵前端在开始榨油时着地，中间部分会抬起一定高度，此绳索可以根据需要进行调节木杵的高低，木杵前端是用铁圈箍着的，插入饼与饼之间的楔子也是用木质坚硬的"青岗木"做成。五个男人在榨油过程中，要求动作协调一致，九斤抱着木杵前端，对准榨油的大木楔，四人同时先往后退步，随着九斤的号令，"一、二！""铛——""一、二！""铛——"反复多次，用力往前送木杵，撞击榨油木楔，这个动作十分潇洒，美观而有力量。

几轮撞击后，只见榨油槽里一股股清亮泛黄的菜油，汩汩从各个饼中流泻出来，顺着油槽一直流到出油口的油桶里，其间，会稍做休息，九斤会围绕榨油槽四周转转，检查一下油菜籽饼是否有破裂的，饼与饼之间是否空隙过大，需不需要再加上一个楔子。检查完毕，新一轮榨油又将开始，在不断换大小楔子的过程中，油菜籽饼被不断压瘪，油被榨干，直至再也挤不出一滴油，榨干了的菜籽饼再放一个晚上，让它滴尽最后一滴油。

这里的农人习惯把榨油叫作"打油"，榨完油，农人挑着菜油，脸上洋溢着丰收的喜悦，不用看，也能感受到他们的内心在欢笑。这往往是农民全家全年要吃的油。有的人家榨的油多，要跑两个来回把油挑回家，路上遇到的村民会大吼一声："发财！"挑油人会回答说："发财！发财啦！"遇到村上对脾气的或关系好的，挑油人还会高兴地说："晚上到我屋来喝'苞谷烧'。"

于是乎，这个晚上的餐桌上，碗钵中的菜看上去比平时油多了许多，俨然是一个丰收喜悦的气氛。大家欢聚一堂，有说有笑，不把一壶二十斤的"苞谷烧"喝完，不会放手，菜多菜少不重要，重要的是这个丰收团圆的气氛。农人容易满足，幸福来得容易。

最后一道工序叫御槽，把压榨后的油饼从槽里拿出来，压榨过的油饼，也叫枯油饼。可以砸碎后撒到田里当肥料、喂鱼。在那个生活非常艰苦的年代，也有人家用枯油饼清洗粗布棉被。

榨油期间，每到榨油人在榨油坊中午吃饭时，那户人家会送来饭食到榨油坊，半裸着上身的男人们在吃饭的时候，会从刚刚榨出的油槽中接一勺现榨的热香油和着饭吃，那是一股醉人的油香味，散发的香气四处弥漫，整个村子氤氲在浓浓的菜油香中。

　　初次遇到了这种场面，姚改革的心情无疑是美美的，他不但免费"坐车"，而且，让他吃上一顿油香四溢的"油香饭"。午饭后，姚改革跟随黄大长先一步回到谢钟家，高冷小半个时辰也回来了，她手里拿着一根细绳子，身后跟着一头水牛，她叫谢钟给水牛扎上镊鼻。她往门口一站，挡住了大半光线。

　　晚上，高冷弄好了一桌子饭菜，碎嘴和鼻屎等人把饭菜搬到榨油坊，大家一边吃着喝着，一边看榨油槽流油，围着几张小坐凳呷苞谷烧，有站着吃的、坐着吃的、蹲着吃的，吃溪里虾米、剁辣椒，一大锅鲤鱼、苞谷、土豆一锅烩，还有各种时令小菜，缺油的人，还可以用油漏舀点油拌饭吃，尽情享用这顿饕餮大餐。

　　几个村干部话兴很浓，符一瘸、李老拐一边一个夹着黄大长挨个坐着，酒过三巡便称兄道弟了。两人一再说黄大长难得来一回，今日一定要喝他个一醉方休，二十斤酒壶要喝个底朝天。

　　酒足饭饱之后，一边一个用手重重地拍着黄大长肩膀，黄大长耷拉着脑袋，肩膀在拍打中像个跷跷板左右晃动，几个上身半裸的男人看样子似乎醉了，打着酒嗝。鼻屎叮嘱一声："弟兄，下次来这里，一定到我家去，我有一壶苞谷烧等你来一起喝，很够劲儿的那种，比老谢这个苞谷烧劲道大。"说罢，手在空中潇洒地画了一个圈，跟跟跄跄地消失在夜色里。

　　碎嘴说："我作陪。"

　　鼻屎一边抠鼻屎，一边说道："没请你。"

　　"哈哈，我不请自来。"

　　"就你脸皮厚。"

　　"确实。"

　　太阳徐徐沉落，天色朦胧，初升的月亮已悄悄地挂在山顶上，谢家界半掩在深山老林里，四周万籁俱寂。村落在夜色的大山里透出零星的灯光，明灭可见。恍惚之间，轻柔的山风将雨的絮语送到了耳畔，淅淅沥沥，传递着山水的情话、山村的温情、大山的情怀。农忙时节，忙碌一天的农人早睡了，四周寂静得令人有些焦躁，姚改革杵在屋檐下的夜色里听心音。

第七章
黄大长榨油坊醉酒　　李小长闹捉奸出丑

　　这天晚上，姚改革和黄大长睡在谢钟二楼的一个房间里，房间上的檩条上歪七竖八地

放着几块木板，算是铺了天花板，房间四周木板被烟熏得黝黑，蜘蛛网挂在床头上方的横梁上，几只蜘蛛在上面来回踟躇，床边堆放很多杂物，有一股很浓的霉味。姚改革睡在床上辗转反侧，眼睛发钸，迷迷糊糊地睡着，黄大长靠在床头吸着烟。

忽然，房门"吱呀"一声关上了，姚改革睁眼往床上一看，黄大长不见了，把他一人撂在房里。他心想，老长可能是晚上吃饭时，"苞谷烧"喝多了，心里烧得慌，起床找水喝去了。也许是，喝多了起床撒尿去了，随他去吧，这个老长真事多。

姚改革迷迷瞪瞪地想了想，不对呀，刚上楼睡觉时，不是才喝过水、上了厕所吗？哪有这么快就来事的？老长会有啥事呢？他心中有些忐忑不安，突然，一个荒诞离奇的想法，浮现在脑海中。

显然，他被自己大胆的想法吓得不轻——难不成老长借着酒意去找袁莹莹叙旧言欢去了？难道村中关于他俩风流史的传言是真的？我们现在是在别人村里，说话做事总得讲究一些吧，"经瓜田不蹑履，过李园不正冠"的道理都不懂吗？这个老长真是色胆包天。

姚改革有些不放心，睡意顿时没了，他决定前去看看究竟，于是，他蹑手蹑脚下楼，往袁莹莹家走去。袁莹莹家在村边靠小溪堡坎上方山体边，和其他农户住房有个二十几米的距离，算是村中的独户。屋后是一条用青石板铺就的仅容两人并行的人畜通道。在房屋东头外加了一个偏厦，老屋是谢崴爷爷祖上传下来的，老旧破败，偏厦兼有厨房，里屋开有一扇门连通，袁莹莹常住里屋厢房里。

姚改革小心翼翼地走到距离袁莹莹家不到十米的拐角处，姚改革轻轻地快速跑到袁莹莹厢房后门处，从屋内透出了闪烁的豆光，姚改革四处寻找可以观看屋内情况的位置，见厢房左侧有一个窗棂，上方有一扇纸窗，他站在厢房屋檐下水沟边上的堡坎边上，从地上搬来一个较大的石头，人站在上面俯下身子，用手在嘴上沾了口水，轻轻地捅破了窗户纸。只见袁莹莹正在给和衣而睡的老长掖被角，而老长这个"鳄鱼嘴"咧着嘴，鼾声震天。

起风了，这个小巷子里，一股阴风扑面而来，让人后背感到阴凉，姚改革不由打了一个寒战，他悄然退回房间。

黄大长不回来睡觉，姚改革心中不踏实，他有一种说不出的预感，温水煮青蛙，会玩完的，那只是脑海中的一瞬，他便迷迷糊糊地躺在床上睡着了。

也不知过了多久，突然响起了一阵敲锣声，听到有人在喊叫："抓贼呀，抓贼啊。"

谢家界村有一个不成文的规定，各家各户的红白喜事，大家都是要捧个人场的，还有就是村中人被外村欺负，每户都要出人出力，一起讨说法，另外如果村中有坏人、贼人入侵，大家都要赶来协力抓贼。于是，几分钟的工夫，整个谢家界村人都被惊醒，都往锣声响的方向奔去。

姚改革跟着老长走了一天的山路，实在是太累了，躺在床上，数了一千只羊后才睡着。因此，他对楼下的吵闹声，懒得去理会，反正没有贼会偷自己。他侧过身，用被子捂住了耳朵继续睡大觉。

突然，门外有人"咚咚咚"地敲门，又听见有人在叫："姚改革，莫生气，生气。"

姚改革心想：村中有贼光顾，自然会令人生气，生气就生气吧，有啥好说的，真矫情。他转过身懒得听，把被子捂得更紧了。

"改革，生气，你快开门呐，大长叔出事了。"

这下姚改革算是听仔细了，原来是谢采采在叫他——黄大长出事了。他一骨碌爬起来，只穿了裤头，就去开房门。

"哎呀，谁叫你穿成这样子开门的，快穿上你的衣裤，大长叔叔被人抓了，外边都吵翻天了，真服了你，你还能睡得着。"谢采采心急火燎地说。

姚改革问道："为啥，谁抓的？"

"别问了，快下楼，去了你就知道了。"

谢采采抓起他的手，两人一路小跑，她一边跑一边焦急地说："大长叔，昨晚可能是喝醉了酒，怎么摸到小寡妇袁莹莹屋里睡去了，这下好了，九斤半，也就是李小长，小长抓了大长，大长被小长他们捉奸在床了。"

"啊！"姚改革听后还是感到惊讶。

谢采采上气不接下气地说："我爹还以为大长叔和你在楼上睡呢，谁承想，他醉酒了，到处乱跑，还摸到袁莹莹床上去了。他那个鼾声，把四周住的人都吵得无法睡。李小长和符光中、李大卷、符豹子、谢丁香几个人深更半夜从溪里摸鱼回来，从袁莹莹屋边走过，听见大长叔如雷的打鼾声，认为袁莹莹在厢房里睡男人。九斤半原本准备打了鱼给袁莹莹送些鱼去，听到鼾声后，气得他全身发抖、咬牙切齿。"谢采采重重地叹了一口气，"听到这么大的动静，九斤半就从前门进去进入厢房，也许是袁莹莹给大长叔留的前门，前门没有上闩。"

谢崴去世后，九斤半就对袁莹莹有那个意思，一直讨袁莹莹好，想和袁莹莹合窑。袁莹莹好像没怎么理他，也没怎么撵他，九斤半自己像变了一个人似的，勤快多了。袁莹莹家挖地锄草、劈柴挑水等重活儿，他几乎全承包了。他经常给袁莹莹送这送那，出入袁莹莹家里也很是自由。九斤半自己到处说，袁莹莹已是他九斤半的女人了。这不，醋劲大发，邀起一群乡痞子敲起锣，"捉奸"来了。

这时的黄大长，被人扒了衣服，只穿一条露了腚的短裤五花大绑，杵在屋檐下，有些垂头丧气。袁莹莹身上胡乱地缠绕着白色纱布，被绑着双手，和黄大长站成一排，很惹眼。九斤半手里拿着一根小棍子，时不时用棍子敲打几下黄大长的头、脚。

"大家看啦，这个人就是中村的人，他名字叫黄大长，别看他长着一副鳄鱼嘴，他可会偷女人，今天竟然欺负到我们谢家界村来了，被我们捉了现场，看他今儿还有什么话好说，今天就是天王老子来了，我代表我们谢家界也要为民除害。"李小长气势汹汹地在人群中来回走动。九斤半一股子舍死忘魂劲发了，瞪着那双几乎喷火的红眼睛射向黄大长，原本很大的双眼，由于愤怒变得十分吓人，喷射着火焰。

黄大长耷拉着脑袋，像霜打的茄子，他在人群中看到了姚改革，黄大长口型歪斜得有些变形，脸上努力地显现出少有的几分羞涩。

袁莹莹昂着头说道："李小长，关你屁事，我没有男人，我想爱谁就爱谁，想和谁睡，就和谁睡，我就想和大长谈一场恋爱，咋得，不可以呀。你凭什么管，我是你什么人？你是我什么人了？今天你们让我出丑，我死也不会放过你们的。你有什么权力捆绑人，马上给我松绑，不然我要了你的小命。"

黄大长的一双眼睛左右旋转，机警地说："妹子，你气糊涂了吗？你不能作践自己，

你不要乱讲话。街坊邻居大家都听仔细了，今天呢，我是看谢钟和我干妹子莹莹来的，在老谢家吃了晚饭后，我就到我妹子屋里，顺带给她还上替我之前代送的人情。对了，就是谢老五他屋老幺娶媳妇的那回，不信你们问谢老五是不是，上次我因为有事，没到他家讨杯喜酒喝，是托我干妹子替我送的人情。"

谢老五在一旁附和着说："是的，是的，有这么回事。"

"我干妹子刚才气糊涂了说的都是气话，她是故意往一边说的，都不作数。我呢，在我妹子屋里，坐了一会儿，准备回谢队长家里睡觉，一起身酒劲发了，身子有点站不稳，我妹子见我酒喝得太多了，就劝我别走，我说高冷嫂子把床都铺好了，我和姚书记的儿子改革一起睡，我走了几步，人一下子摔倒了，我妹子把我扶上床，让我躺下休息一会儿再走。"

村民见黄大长这么一说，议论纷纷，说什么的都有。

"是这样的，我干哥晚上在谢队长屋里喝醉了酒，他到我屋来的时候，酒劲上来了，我把他扶到床上睡会儿，劝他酒醒了再走。我哥睡下不久，他们就闯进来，他们几个人为了嫁祸于人，达到不可告人的目的，占着人多势众，强行剥去了我和干哥的衣裤，呜呜呜。"

"编，继续编，接着编，我们是捉奸来的，脱你俩的衣裤干吗？"九斤半说。

"你们心里最清楚，我说不出口，呜呜呜。"袁莹莹边说边哭。

九斤半得理不饶人，手指着袁莹莹说："苍蝇不叮无缝的蛋，你不要狡辩了，你两个的事情，不是一天两天了。我问你，你今后还和这个野男人偷腥不？你照实承认了，就放了你。你若答应和他从今往后一刀两断，我马上就给你松绑，我只和黄大长算账。"九斤半口不择言，愤怒让他失去了理智。

"你放屁，身正不怕影子斜，干屎抹不到墙皮上，我的事什么时候由你做主了？是不是我没有答应和你睡觉，你吃醋了，要借机祸害大长哥？我干哥他是来看我的，李小长啦李小长，你就是一只疯狗，你马上给我和大长哥松绑！"

李小长环顾了四周狐疑的人群，鼓着腮帮子，愤愤地说："你说话怎么黑白颠倒呢？哪有干妹子和干哥哥睡一个床上的？我们抓了你两个的现行，你还有理了。"李小长理直气壮地说。

袁莹莹又说："是你们几个疯狗占着人多赖我们的，我和我干哥根本没有发生什么事，我刀上走的，马上跑的。你们几个一直欺负我，你九斤半不是什么善茬，你心里那个小九九村里人都看得很清楚，你经常调戏我。你们几个男人，晚上经常在我家周围转悠，图谋不轨。昨天晚上你们几个砍脑壳的，是想对我……呜呜呜，姐妹们，你们看看他们几个畜生把我胸口上抓成啥样子了。"村中几个好姐妹，上前扒开袁莹莹胸前的那件白色纱布，只见一个个口印并带有淤血遍布在她那脖颈下，她们扭头稀里哗啦哭成一片，一个个把仇恨的目光投向了九斤半。

这时，谢采采的爹谢钟手指着李小长说："李小长，你这是干什么，你这么做，不仅仅丢老长和莹莹的丑，也是丢咱一队人的丑。你没有搞清楚情况，怎么就乱抓人呢？大长昨晚是看我来的，晚上喝多了，晚饭后去看自己的干妹子。他喝多了，他妹子怕他返回我家时，路上摔倒出事，就留他睡下了。这是一个妹子对自己的哥哥应尽的职责，这有什么嘛，很正常嘛。我的话你还不信吗？既然话都说开了，明白了，就是一场误会，赶快松绑放人。"

袁莹莹的娘周莉花是谢钟的远房表姐的老表，一队长不想把事情闹大，只想息事宁人。

二组长"你闹鬼"证明说："昨晚上黄大长和我们都在谢队长榨油坊吃酒，晚上可能是苞谷烧烧心，起床找水喝，拉尿，一不小心，就摸到莹莹房里了，黄大长搞错地方了，你也抓错人了。黄大长喝醉了酒，听说你九斤半晚上也喝了酒，酒后的事不算，大伙说，是不是这个理儿。"

"那不行，不能就这么便宜了他两个。"九斤半着急了，咬牙切齿地说，"我没喝酒，清醒得很，黄大长在这屋里的打鼾声，把全村人都吵得睡不着觉，他睡了袁莹莹一晚，其实不止一晚，是很多晚，只是没有被我捉住而已。你们却说他是酒后摸错地方了，那干吗没摸到别处去，他们这叫通奸，是伤风败俗，破坏公序良俗，是摆明着欺负咱谢家界村不是吗？"

"你不要胡搅蛮缠，你只能代表你自己，不能代表谢家界村。"谢钟见眼前这个王八羔子根本不买自己的账，十分的气愤。心里思忖，那还了得，反了你，这谢家界姓谢，谢钟的谢。

"明摆着是醉酒了，是个男人，谁还没有醉酒的时候，谁没有犯糊涂的时候，是吧，马上放人，松绑放人。"谢钟大声吆喝着，指挥村中小伙子们上前松绑放人。

"今天他俩是被我们几个人捉奸在床，这俗话说得好，捉贼捉赃，捉奸成双，这都是事实，是不容狡辩的，谁也别想打马虎眼。"九斤半等于和谢钟杠上了。

"心中有贼，看谁都是贼。"谢钟表明了自己的态度，分明是说九斤半才是贼。在巴掌大个谢家界，谢钟的话具有很强影响力，其态度对事态的发展具有一定的导向性，其权威性不容小觑。

谢钟还是想息事宁人，做最后一次努力，走近九斤半，耐心地劝导他说："李小长，你这就是不讲道理了，也是在出咱谢家界全村人的丑，谢家界的女人哪个不是严守妇道的，老长、莹莹和你有仇呀，你到底是要干什么呀？难不成你今天还要把他俩'沉塘''投井'不成？现在可是新社会，这是万恶的旧社会欺压老百姓才做的事情，解放都这么多年了，不兴这个，这么做是犯法的知道吗？"

"今天他俩被捉现场，老长也太欺负咱谢家界村了，不能便宜了他。不按祖制'投井''沉塘'也行，但要游街示众，给咱谢家界放鞭子，老长要写保证书，保证今后不再犯，保证今后再也不到咱们谢家界来了。"九斤半固执地说。

谢钟碰了一个软钉子，心中不悦，正要发作。袁莹莹美目流光，说道："九斤半，我可一直以来是想给你留点面子的，可是你做事做得太绝了，给你脸你不要脸，那好，我今天也不要顾忌那么多了，我要把你不要脸的丑事，当着大伙的面都抖出来。"

李小长心中一急，虚弱地说道："我有什么事情，值得你说的，我警告你，你可别血口喷人，胡说八道。"

袁莹莹调整了一下情绪，她说："各位长辈、大家伙听好了，九斤半他不是人，谢崴还活着的时候，九斤半就经常瞅准谢崴不在家的时候，就想占我便宜。前年春上有一天，

我到杉木垭山上砍柴，正在砍柴时，这个畜生，也不知道他是什么时候跟上山来的，他突然把我摁倒在地上，想欺负我，我大喊大叫要他放手，用双手摁着裤头不放，一双脚紧紧地绞在一起，他没办法得逞。后来，我实在是没有力气了，他用拳头在我一双手臂上猛击几拳，我的手就一下子松软，人累得一点力气也没有了……呜呜呜。"袁莹莹哭得稀里哗啦。

周围的村民明显受到了惊吓，继而开始议论起来了，纷纷指责九斤半不是人，自己是强奸犯，还说别人通奸，竟然好意思去捉奸。

李小长见情况不妙，说道："她胡说八道，污蔑好人。"

莹莹说："我从来不污蔑好人，不讲一句假话，如果有胆量，你把你的裤子脱下来，他肚脐下边靠右边大腿沟有一块黑斑，有大拇指那么大、那么长，那上面还长的有一些白毛。另外，我当时在他左肩头咬了一口，出了血，现在也应该有一块小伤疤。你有种就脱下来，让村里的长辈验验。"

李小长下意识地用手捂了一下大腿沟。袁莹莹把他这些全数抖了出来，村中人对他的指责谩骂声越来越大，李小长感到情况不妙，急忙说："她乱咬人，大家都不要信她的鬼话。"

袁莹莹已经变成了一个泪人，但言语一句比一句沉稳淡定，直戳九斤半的要害，她声泪俱下，说："从那次以后，九斤半只要谢威不在家时，他就会对我动手动脚，我一个弱女子，没有办法啊！心中的苦没地方说。谢威去世后，他更是厚着脸皮纠缠我。有一天晚上，不知他又是怎么进到我的房间的，他又准备动粗欺负我。我自打谢威去世后，我的枕头底下，放着一把菜刀，就是怕有些不怀好意的臭男人来偷腥。我从枕下拔出菜刀，准备砍死他，他却跪在我的脚下，讲了很多爱啊、想啊、对我好啊之类听起来肉麻的话，还挤出了几滴眼泪。我的心又软了，也不想把事情闹大，好言让他离开。可是他趁我不注意，夺走我手中的菜刀，一把把我抱到床上，又要欺负我。在村子中我也不敢大声叫人，别人听到了就说不清了。我对他说，你今天如果来个霸王硬上弓，我就咬舌自尽，我说到做到，不信你就看。他见我态度十分坚决，才打消了这个念头，赖在我的床上对我一通乱吻乱摸乱掐，才被我赶出了家门。他不是人，他是恶魔，他是强奸犯，请各位爷爷奶奶、伯伯婶婶、叔叔阿姨、哥哥姐姐、弟弟妹妹为我做主，老天爷啊！"

周围的社员群众听了袁莹莹的话，群情激愤，议论纷纷，大家指指点点，一些正直的老人带头责骂九斤半，妇女们更是怒火中烧。谢钟见火候已到，他站出来威严地说："袁莹莹讲的是不是鬼话，验证就知道了，她一个女人怎么会知道你九斤半那个地方会有黑斑胎记？我都不知道。三噶、开唖、小鹄、狗儿你们几个人带他到前面厕所里去检验一下，看九斤半那个地方是不是真的有黑斑胎记、有白毛。"

这几个彪形大汉走近九斤半，准备押着他去厕所查验。九斤半还想申辩几句，见情况不妙，拔腿飞跑，其他同伙也尾随跑了，几个大汉马上去追。

看到李小长在前面飞跑，三噶等人在后边狂追，一些不知深浅的孩子也来凑热闹，参与到这个追逐队伍中。

谢钟声色俱厉地大声吼叫道："好了，不用追了，他跑了说明他心虚，等于不打自招了。他是从调戏妇女到强奸妇女，伙同地痞无赖深更半夜强闯民宅，估计也是想趁天黑轮奸袁莹莹。事情现在已经是明摆着的，九斤半才是坏人，坏事干尽了，是强奸犯，他们五个人是一个流氓团伙。"

袁莹莹哭丧着脸，说："大长是我的干哥，我们是亲戚关系，我哥是来看我的。昨晚如果不是他在，我不知要被他们这几个畜生糟蹋成什么样子。多亏有他，是他保护了我。我们没有什么，九斤半他们冲进屋里，是有意在打击报复，他们那些人欺男霸女，作恶地方。请各位爷爷奶奶伯伯叔叔婶婶大哥大姐，为我一个弱女子做主啊，还我公道，还我清白。"

她说完，哭得更加伤心，也许是想到自己命运多舛；也许是想到物是人非而悲伤；也许是此情此景令她五味杂陈。想到这些，她的泪水簌簌地往下流。其哀伤的神色、如泣如诉的话语，令所有在场的人为之动容。几个鳏寡老人落下了同情的泪水，几个年轻的男女上前为大长和她解开了麻绳。挣脱了麻绳，袁莹莹冲向黄大长，两人抱成一团号啕大哭，其凄厉哀伤之状，感染了在场的所有人，老人、妇女和小孩哭声一片。

现场出现了逆转，再也没有人在私下骂她为"扫把星""偷汉子""狐狸精"，大家对她的遭遇给予了极大的同情，对九斤半等人的恶行表示了极大的愤慨。此时，袁莹莹蹲在路边哭得更欢，一群女人围过来劝慰她。

"我的命怎么这么苦啊，谢崴走了，这些人就翻脸不认人了，翻脸比翻书还要快，谢崴在时，这些人哪个不是隔三岔五地在我家里吃喝，他人一走，这些丧天良的、砍脑壳的，眼珠子就瞎了，就不认人了，深更半夜来我家里闹鬼来了，连我干哥来家里看我都不行了，谁家没有几个亲戚朋友啊，难道这些人家中来人了，他们都可以随便夺门而入把罪名加在别人头上吗？从今往后，我们谢家界人的亲戚朋友谁还敢来走亲戚啊！"袁莹莹哭诉着李小长的罪行。

她一把鼻涕一把泪，抽泣着面向黄大长，说："干哥都是我不好，对不起你啊，我也对不起咱李兰香姐，是妹子害了你，玷污了你的清白啊，往后叫我在谢家界村如何做人呀，我有什么面目见地下的谢崴呀，呜呜……谢崴啊，你为什么要丢下我呀，你不知我心里有多苦，比杨白劳的喜儿还要苦呀。呜呜……我不活了，我不想活了……生活让我没有什么可以留恋的了，谢崴啊，我找你来了。"说罢，她抓起地上的半截砖头朝自己额头上拍去，霎时，她的额头上血流如注，人一下子昏了过去。老人受了惊吓，妇女慌了手脚，孩子们被吓哭了，场面失控了。

一切发生得太突然了，大家都以为袁莹莹哭诉一阵子后，就会好的，在农村妇女们使点小性子，哭闹哭闹人累了也就好了，从前，她遇到难事，想到谢崴时，不是没有哭过闹过，在左邻右舍的劝导下，都是很温柔地收场了。

今天，她哭得也太用心了，完全在别人的意料之外，这么用砖头拍自己的脑壳，而且头破血流，如果万一出现什么闪失，后果不堪想象。很明显，袁莹莹冒险用自己的行动证明自己的清白，为了清白宁愿以死明志。也许她是真的不想活了，这个世界上再也没有人让她好留恋的了；也许还有其他更深层次的原因。

事情比人们想象的要复杂得多，这一夜，谢家界村注定是不平静的。

此时，姚改革算是看明白想清楚了。袁莹莹是为了保护黄大长的清白，当然也是为了洗刷自己的耻辱，表明自己的坚贞态度，断了别人的飞短流长，让整个谢家界村的人，接

受她和大长只是干兄妹关系，而不是九斤半之流想象的那么龌龊。她是要全谢家界村的人知道她和大长是干兄妹，干干净净的干。不然谁愿意用死来证明清白呢，死都不怕，还怕丑吗？有时候清白比死还要重要。

现场乱糟糟的，袁莹莹的举动明显吓坏了谢家界全村的人。有几个年迈的老人，站出来说话了。三叔公首先发话说："你们这是要干什么啊？好好的一个女子嘎，你们要逼死人命呀？人家干哥来看干妹子，当然要住在妹子家里，他们是亲戚关系，九斤半就是一条疯狗，他们这些今天惹事的人，要为今天的事情负责任，如果莹莹出事了，他们这些人要进牢房，吃钵头饭。"

三叔公并非袁莹莹的亲人，也并非他年纪大，而是因为他在谢家界村辈分高，全村人几乎都这么叫他。在这里时兴论辈排资，辈分大者为尊。

火场三老踟蹰围过去看袁莹莹，老憨头动手摸了摸袁莹莹的头，十分心疼地说："会不会破相啊！九斤半这个挨千刀的蠢货。"

黄大长扶起袁莹莹，号啕大哭，诉说着："妹子，我的好妹妹，都是干哥害了你，要知道会这样，干哥就不来看你了。没承想，妹子，你受了那么多的欺负和委屈，你干吗不早点给村中的爷爷奶奶、大伯大婶、叔叔阿姨、哥哥姐姐、弟弟妹妹说呀，他们可以给你做主哇。你也没有给我说起过，九斤半曾经糟蹋了你，什么事你都藏在心里，天大的事你都一个人扛，你太可怜了。你前次给我说，九斤半他们几个人对你不怀好意，我只是叫你晚上锁好房门，别理他们，没想到，今天他们又来打你的主意，如果不是我今天来看你，你这会儿肯定又要被他们糟蹋了。好在我今天来了，听到九斤半他们破门而入，我就和他打斗，可惜，我寡不敌众啊，他们有五个人，你只是一个女人，事情发生的是那么突然，你当时就吓瘫在床上，他们还对你动手动脚，欲行不轨之事。他们是血口喷人，贼喊捉贼呀，他们丧尽天良，胆大包天，竟敢夜闯民宅图谋不轨……"

不久，村中好心人请来了赤脚医生李全治。火场三老连扶带抬把袁莹莹小心翼翼地抬进屋里，李全治检查了袁莹莹的伤情，用酒精给她清洗后，给她上了药，他对黄大长说："老长啦，你是袁莹莹的干哥，我实话告诉你，袁莹莹伤得不轻，怕是得了脑震荡了，她流血过多，开始出现昏迷了，不好呢，一般来说，轻度昏迷，掐下人中，叫唤一下，喂点温水喝没事，今天这些不管用了。老长啦，怕是要马上抬到火场公社医院去治疗才保险啊！"

黄大长闻言动了感情，一屁股坐在地上，呼天抢地，鳄鱼嘴瘪得像个"刀卡"，大长仰天长啸："老天爷啊，救命呀。九斤半，我要杀了你，你把我妹子害得多苦哇，你会遭报应的。"

听了李全治的话，村民更加慌乱恐惧。有人吩咐去做担架，有人说就用门板抬。谢钟对着高冷吼叫道："还不快去给姚革新书记打个电话，叫他那边安排人手接，联系好公社卫生院抢救，如果公社卫生院不行，就得准备去县医院治疗。"

高冷说："家里的电话坏了一个多月了，怎么联系呀？"

谢钟道："为什么不及时让人修好？为什么不早告诉我？遇到人命关天的事怎么办？滚一边去。"

"你对我吼什么？关我屁事啊，就知道动怒。"高冷边说边去找人修电话。

谢钟说:"老长,你是干哥,这种事你要拿主意,要不要去公社医院治疗?"

"要,一定要,马上去公社医院治疗,刚才李医生不是说了吗,怕是拍出脑震荡,流血太多,会出人命的。"

谢钟安排了八个身强力壮的后生,急忙用门板抬着袁莹莹去公社医院治疗。火场三老自告奋勇要求一同前往公社医院。姚改革随黄大长一起回中村,黄大长路上不断提醒,"大家轻点……慢点……小心点。"

他们几个人抄近路往公社方向紧赶慢赶,真是祸不单行,走到半路上,天空中,突然下起大雨,来时匆忙,没有带上雨具,眼下变成了最难解决的问题,在山中绕行,没有住户人家,这就成了一个不小的难题。黄大长迅速脱下了身上的衣服,为袁莹莹受伤的头部挡雨,老憨头脱下常年穿着的军绿色风衣,叫老篦头、老犁头搭把手为袁莹莹遮风挡雨。山雨来得急,砸在脸上生疼,三位老人全然不顾,令在场的年轻人既感动又钦佩。

大家在崎岖的山路上艰难行走,根据黄大长的提议,谢钟派二组长李老拐的老婆符开春和姚改革先走回中村,给姚革新简单汇报谢家界村昨晚发生的大事件。

姚革新二话没说,从生产队挑选了八个身强力壮的小伙子组成护送队,负责接手袁莹莹的护送。姚革新带着小伙子们在半路上接住袁莹莹,立即把她抬到火场公社医院急症室。由于袁莹莹把自己的头部拍得太重,又加上淋了雨,她开始发起了高烧,火场公社医院没有手术条件,盘尼西林(又叫青霉素)紧缺。姚革新请示了公社书记庞跃京,公社安排了一台马车,载着袁莹莹、符开春、黄大长和姚革新去县城医院。

第八章
桃坪界朴拙显威仪　袁泽丽惊闻妹受伤

姚革新在去县城前,吩咐苏醒去桃坪界,给袁莹莹的娘家报个信,要他们安排人到县医院陪护袁莹莹。袁莹莹在桃坪界村还有个亲姐姐——袁泽丽,人称"迷万人"。

第二天,天刚蒙蒙亮,苏醒叫醒姚改革,要他陪她一起到桃坪界去一趟,姚改革揉着睡眼惺忪的眼睛,赖在床上不声也不响,一动不动。他娘催促说:"你爹昨天交代你的事都忘干净了?快起床我们去桃坪界,你爹不在家,你'佬佬'(当地把弟弟叫佬佬)姚高德和妹妹姚美松、姚修竹、姚腊梅几个小孩要人看管,我两个太阳落山前还得赶回来。"

几个孩子听说娘要带哥哥去桃坪界,好像是过年吃肉一样,也争着要去。苏醒说:"路太远了,全是高山,你几个人年纪小爬不动的,你大哥是去给我做个伴,我们去去就回来,回来就给你们做好吃的,你们就在家里待着,不准去溪边洗澡,在家里也不要玩火,不准爬上爬下打打闹闹,谁不听话给我惹事,小心我回来揍谁。"

几个孩子乖巧,表示保证听话、不惹事。苏醒又交代了几句之后,背上背篓,背篓里放了一把刀,在头上包了一块白帕子,腹部围着一块三角围巾。苏醒递给姚改革两个苞谷粑粑，说："你趁热吃了。"她双手在围巾上擦了擦，又忙别的去了。

姚改革一看，又是苞谷粑粑，而且，是实心的，饼层间没有包南瓜丝，煎炸的那一面没油，没有香味。可能是苏醒早上时间紧，苞谷子磨得太粗，姚改革把一个苞谷粑粑放在口里一咬，实在是难以下咽，都哕出来了。"娘，干干的，怎么这么难吃，我不要，吃不下。"他把苞谷粑粑塞到他娘手中。

苏醒拿来军用水壶盛满了热水，往背篓里一放，出门了。姚改革恝然地跟在他娘的身后。

走到赵家峪，苏醒见姚改革饿了，说："坐下歇一会儿吧。"姚改革趴在山体边，准备喝一气山泉水。"你没有吃早餐，莫喝生水，喝热水。"

苏醒从背篓里，取出水壶，砰的一声，揭开水壶塞，她把水壶里的热水倒在瓶盖里，姚改革一喝，温温的，他把水壶送到嘴边，猛喝两口。苏醒拿出姚改革早上啃了一口的苞谷粑粑，让他吃，姚改革咬了一口，说："娘，好香，真好吃。"他狼吞虎咽，几口就把两个苞谷粑粑吃完了。他娘用帕子擦他脸上的汗，看他吃苞谷粑粑喝水的样子，他娘露出了欣慰的笑容。休息一会儿之后，两人一鼓作气，走到了板桥湾，桃坪界已近在咫尺。

民谣有云：上寨府，下寨县，桃坪界金銮殿。抵达桃坪界时，空气清新，百虫啾啾，扑入眼帘的是青山环绕下一古村寨，依山傍水而建，静静安卧，甚是古拙而又显威仪，看一眼便令人心动，再也不能忘怀。

桃坪界村口牌楼颇有威势，进入牌楼，一棵黄连香古树苍老而倔强，高耸入云，树干至少五人合抱，树冠如幕，荫覆亩余地面。在村口右侧建有"袁氏宗祠"，为徽式砖木结构，坐西朝东，占地约六百平方米，牌坊式大门，内有"一井一厅一戏台"，客厢房六间，布局合理，古朴典雅，其旁有大房两间，辟为家族学堂。厅堂由上等香楠、杉木支柱支撑，宽厚横梁连接木柱，木梁上精雕细镂着祥云等图案。上盖青瓦，瓦檐由灰泥砣垫起，具非凡气势。正堂安置了神龛，是列祖列宗神位所在。四周建有高高的风火墙，马头墙很有考究。两人伫立良久，隐隐然似有孩童读书声。

走进桃坪界，在村中行走，别有一番风味，一泓流水前面，一座拱形石桥通往村寨。溪水两岸满目青绿，鱼翔浅底，倏尔远逝，与人相乐。老媪、少妇在溪水边用棒槌拍击衣被，嘻嘻哈哈聊家常。三五孩童在溪水中嬉戏，见有生人来村子，露出了几分羞怯。

母子两人走到袁莹莹爹袁世开家，这是一个三厢的吊脚楼，门前虚坎上埋设柱桩，上铺杉木条，形成一块人造坪场，让吊脚楼门前显得宽阔了许多，袁泽丽回来要从袁延顺家门前经过，母子二人就在"坪场"上枯坐。房门上落着一把长锈的铁锁，大门两边写有一副对联："南腔北调随便你，东倒西歪莫管他"，横批是"中不中"，姚改革看了半天，也没悟出对联深意来。

袁莹莹的姐姐袁泽丽和姐夫李宗儒不在家，上山做工去了。李宗儒在1955年首批知识青年上山下乡时，就由县城落户到这里，是老资格知青，后来为了与工农相结合，接受贫下中农再教育，入赘到袁泽丽家，这里的人也叫"倒插门"。夫妇生有大儿袁放心、小儿袁开放、女儿袁秀丽。袁莹莹的爹袁世开和娘周莉花，得了浮肿病离世了，和谢崴是前后脚离开的。

袁延顺是三队队长，矮胖的身躯，肉墩墩的手指，露出满嘴被烤烟熏得黄黑的牙齿，眸子赛灯，下巴颏儿一绺山羊须，浸了油似的乌黑铮亮，讲话声音尖细似女童。袁延顺和三四个男人就在吊脚楼对面的田坎边砖窑里做事。

袁泽丽没有回来，苏醒就向对面山坳吆喝了一声，由于相隔不远，说话的声音都能听见，袁延顺大声问："大姐，你今天来桃坪界干吗来着？"

苏醒说："我找袁泽丽和李宗儒有点门路（指事情）。"

"大姐，你跑这么远来，有啥急事吗？"

"也没啥急事，就是袁莹莹人病了，有点重，上了县医院，我来给袁泽丽捎个信。"

苏醒很平静地说着话，而且，在她的脸上看不出丝毫的不安与破绽。袁泽丽没有回来，苏醒说："走，到对面山坳去，看袁延顺那里有什么事我们帮得上忙。"

从袁延顺家往下走，要绕过一个山沟，山沟里的水小而急，能听到哗哗哗的流水声。再走下路坡，过了一道坎，再往上爬，就到了一丘大田里，袁延顺的砖窑就在田坎边，他是从拉土、打坯、装窑到烧窑的把式。他正在砖窑上用一根钢筋往下扎，说是往窑里"过水"，田里有两个人在瓦模具上做瓦，另一个人在搬泥巴做砖，都赤裸着上身，胸口上围着一块分不清是什么颜色的围裙。袁延顺从窑上走下来，和苏醒说话。

"延顺，今天烧窑呢，烧砖瓦也辛苦。"苏醒说。

"是呢，烧一窑砖瓦，人都晒成腊肉了、要掉几斤肉，怎么累死累活都还是这么穷苦。"还没等袁延顺说话，他老婆符彩儿就口快应话了。

"做砖窑是个技术活，不是人人能够做好的，你跟了延顺，是你的福气，他啥农活都会做，对你又好。"苏醒和符彩儿说话。

"每天把自己搞得像个泥人，最亲的是他窑里的砖瓦，一点都不懂生活情趣。"袁延顺听了符彩儿的话，不以为然，他叫苏醒到棚子里坐，不要和符彩儿白费口舌。

苏醒引出做窑的话题，袁延顺说，做砖制瓦各有讲究，也有不同的木制模具。做砖在技法上比较简单，先垫上灰，放好模具，将一团泥料高高举起砸下去，靠惯性冲击力填满模具，然后用钢线做成的弓上下划去多余的泥，放到坯场晒干就可入窑；制瓦相对做砖就要精细得多，先做泥墙，按瓦的厚度一层层取泥，模具和泥料之间靠帆布隔离，泥料糊上模具后一边旋转，一边蘸水，用特制的木刷拍打，凭经验将瓦面拍打得油光水滑，提起来送到坯场，从中间抽出模具和帆布，晒干后入窑。青砖白瓦的好与坏，烧窑是最关键的一步，烧制四天四夜才能出窑，这样烧制出来的砖瓦才质地坚硬，使用这些砖瓦建造的房屋，结实牢固，冬暖夏凉，哪怕是几百年时间也不会风化。打砖做瓦是门吃力的活，赚的都是那点苦力钱，几乎待在窑棚里跟泥巴打交道，每天重复着相同的劳动步骤，生活比较单调又乏味，遇上阴雨天气，晒不了瓦，做不了砖，大家也只能窝在窑棚里，歇个脚，说说笑话、唠唠家常。

苏醒说："人活着都不容易，怎么讨口吃的就这么难呢。"

符彩儿说："我们还是回屋去说话，这里茶都没得喝的，在家里边说话边等袁泽丽。"苏醒说："莫耽误延顺做工，就在砖窑这里说说话也可以。"袁延顺说："这有什么要紧的事啊，装了窑就只认烧。"

回到吊脚楼，袁延顺见没有外人，顾不上洗一下手脚上的泥巴、头上的汗，就问："莹莹是不是浮肿病啊！病得重不重，要不要紧？"

"一队队长谢钟派了二组长李老拐的老婆符开春,一同去了县城,开春做事灵泛,她去很合适,也放得心。我家老姚和黄大长他们也去送了。这不,今天来就是叫袁泽丽去县医院陪护。"苏醒保密意识强,她把致人重伤案,轻描淡写地说成了一场疾病,巧妙地保护了袁莹莹,又实现了自己此行的目的。

符彩儿收拾完毕,端着茶盘,送来两杯茶。她从地主周保旺家获得解放后,不再是地主周保旺的姨太太,可面临的问题紧接着就来了,去哪里,去做什么,她感到离开了周家大院,她其实无路可走,曾经一度又回到周家大院,向周保旺的大太太包春梅请求留下来,愿意在周家大院做仆人。包春梅揶揄她说:"你现在摇身一变是解放了的新人、主人,周家大院这个没落的大宅子,地主资产阶级的大屋子——腐朽的城堡。哪敢叫你做仆人,就是借我十个脑袋,也不够无产阶级专政的。"

符彩儿流离失所了,袁延顺产生要纳地主婆符彩儿为妻的想法。新中国成立那会儿,据说是"火场三老"鼓捣袁延顺把符彩儿收了,老憨头说,你袁延顺不是一般的人,只有你才能镇得住戏子出生的女子,要知道你的祖先可是大名鼎鼎的袁崇焕,他统领的明军打败过皇太极努尔哈赤率领的队伍。于是乎,经农协同意,袁延顺就收了符彩儿。

符彩儿倒是转变得很快,一改不会做家务的习惯,把家里料理得窗明几净的。袁延顺平时在砖窑上做砖瓦,砖窑上每天有几个做工的人,符彩儿在家里给他们做饭,把做好的饭食用竹篮盛好,做好的菜用碗装好,放在另一个竹篮里,迈着不紧不慢的步子,每天会优雅地来到砖窑上,老远就会娇滴滴地叫道:"饭来了,吃饭喽。"

袁延顺关切地问:"得的啥病?要去县医院住院?"

"谢家界村人急急忙忙把袁莹莹抬来,又心急火燎地去了县医院,我也没来得及问是啥病。"苏醒故意往一边说。

"唉……唉……袁莹莹真可怜,她爹和娘,全身浮肿,去县医院住院治疗两次,把家里的几个钱花光了,还欠了一屁股的债,最后人还是去世了,生死由命,半点不由人啦。"袁延顺神色忧戚地说,"莹莹她不会也得这个病吧,千万莫跟她爹走啊。"

"不会的,她的病一定会好的,没事的,应该不是她爹那个病吧,袁莹莹她人那么好,那么善良、单纯,从来不得罪人。"苏醒急忙把话题转移到生活的日常,她和袁延顺聊着聊着就聊到了桃坪界的前世今生。

在桃坪界一直流传着一个凄美的传说,村里袁氏系明朝末年蓟辽督师袁崇焕后人,当年袁崇焕被崇祯皇帝凌迟处死,家人流放三千里,家人及贴身部将先是沦落到辽宁等地,后来为了防范朝廷追杀,保留袁氏血脉,躲避朝廷诛灭,一路奔逃,故意隐姓埋名于民间,他们一路不断迁徙,历尽千辛万苦,辗转多地,与袁崇焕贴身部将,边逃离边考察,不断更换居住地。袁氏后人觉得离京城太近,离朝廷近不足以避祸,为了保全袁氏后人,他们出人意料来了一个大转折,逐步往南方迁徙,一代又一代的袁氏后人几经周折来到桃坪界。看到此地风水左青龙、右白虎、前朱雀、后玄武,负阴抱阳、背山面水,觉得此地贵不可言。于是乎,袁氏后人就在桃坪界定居了下来,他们大兴土木,修葺房舍,构筑村寨,村寨背北面南而建,背为山,若靠椅;左、右亦为山,若椅之双扶手;面百余亩水田,其间有青溪环抱。村寨地基用青石板铺成,房屋为土家吊脚楼,飞檐翘角,雕龙绘凤。四周有高达一米的石围墙,建筑用材均为大型条石,工艺考究,建造规整。开掘良田，田园交织，阡陌交通，鸡犬相闻，俨然一个世外桃源。至今村里袁氏不立家谱，不与周边袁氏人家共续谱书。

袁氏家族历经数百年而不倒，世代繁衍生息，到清朝末已然形成繁盛之象。当年华屋，有6个门楼，24个大院，中有门道石径相通，间隔马头风火高墙，辅以引水竹筒，旱碾猪楼，繁盛时达四千余丁，一时哄传乡梓。

袁氏祠堂立有两块高2米、宽1.4米的碑文，上面刻有家教家规和家产地界，碑文工整，雕功精湛。碑文记载袁氏祠堂立于清道光十五年，由袁学凤出资修建。袁氏祠堂家教家规碑文为袁超凡及三子袁士江、袁士七、袁士佰所立。相传他们是袁氏家族定居于此后开始中兴的杰出人物。

太阳西沉，农人陆续从山上、田间地头回家。仍不见袁泽丽和李宗儒两人踪迹，姚改革心中不免有些焦躁不安，流露出怨怨的情绪："娘，我们回去吧，太阳都要落山了。"袁延顺说："不急，彩儿给你们搞点吃的再走，都怪我，只顾自己唠叨。"

话音刚落，李宗儒和袁泽丽夫妇终于回来了，袁延顺用手指着李宗儒开玩笑，说："城市小资产阶级来了。"

袁泽丽左手牵着她的儿子袁放心，一个六岁的孩子，见有生人，弱弱地怯怯地往袁泽丽背后躲闪。两人走到袁延顺家门前，看见苏醒来了，袁泽丽先是一怔，似乎猜测到已有事情发生。她镇定了一下，神态恢复了正常。

袁泽丽仿佛古代美女一般，面如秋月，眉若秋黛，目如朗月，鼻如悬胆。瓜子脸上镶嵌着肉嘟嘟的嘴唇，一双大眼睛扑闪着离合的神光，很长的睫毛夸张而性感，双眸像葡萄一般圆黑，生活的窘迫没有消损她的天生丽质。

有人为了把她与袁莹莹区别开来，调侃说，如果说袁莹莹是个"万人迷"，袁泽丽就是"迷万人"。其实，她的美丽不逊于袁莹莹，而且，两姊妹外形有七八分神似，两人都是大美人，不分伯仲。

她褶起额头上细小的抬头纹，挤出眼角不易察觉的鱼尾皱，泪囊有些许浮胀，一开口露出一口整洁的牙齿，说话的声调透露着她作为美少妇的气息。"姐姐来了，走，到家里去说话。"她放下肩上的锄头，右手握拳，用食指背揉了几下鼻子，颤着音说。

袁泽丽身后一个老实巴交的男人，是袁泽丽丈夫李宗儒，看上去有些木讷，他没有说话，只是跟在袁泽丽身后，右肩上扛着犁，左手挽着棕绳牵着一头水牛，脚上穿着一双草鞋，见袁泽丽和苏醒打招呼，他只是嘴角稍稍上扬，径直走回去了。看上去，他的确与工农相结合了，与当地的农民没什么两样，看上去显得更加地道。

袁泽丽曾经认中村一个叫八姑的人为干妈，八姑又是姚革新五户之内的婶子。袁泽丽小时候，经常来火场赶集，走亲戚，把姚革新夫妇就叫大哥、大姐，很熟识，这样一来也算是个亲戚。

从袁延顺家走到李宗儒家，有一段十分钟的距离，袁泽丽急切地问道："大姐，这么热的天，你一定有什么急事，现在没有外人，你就直说吧。"

袁泽丽睁大一双美眸看着苏醒，明显是急着征询准确答案。苏醒重重地叹了一声气，说："泽丽啊，我说了，你可不要心急呀，我就直接给你说吧，昨晚黄大长在莹莹家里睡觉，被九斤半几个人绑了，说是捉奸在床，莹莹为了保护自己和黄大长的清白，用砖头

拍打自己的额头,伤得很严重。"

"我妹妹和大长是干兄妹,大长去我妹妹家,在我妹妹家住宿不行吗?九斤半他们凭什么抓人?"

"问题是,大长昨儿在谢钟的榨油坊喝醉了酒,夜里摸到莹莹屋里……"

"关他九斤半什么事,他凭什么去抓人,他是莹莹什么人啊?莹莹以前给我说过,九斤半本身就不是什么好鸟,他经常想打莹莹的歪主意,莹莹不喜欢他,九斤半不要脸。"

"是啊,可是事情已经这样了,说多了也没啥用,还是先把莹莹的伤治疗好,后边的事,再说吧。"

"好吧,我明天就去县城。"

"嗯,你爹娘不在了,就只有你两姊妹,你作为姐姐不管她,她靠谁呢。这件事呢,你姚大哥说了,一定会管的,你明天去县城,把你大哥犟回来,等他回来后,我会盯紧这件事的,你不用着急,你安心把莹莹的伤治好。"

走到袁泽丽家里,袁泽丽对李宗儒焦急地说:"莹莹受伤了,伤得重,昨天已送去县城治疗了,大姐和改革今天是专门报信来的。"

"怎么弄伤的,伤到哪里了,要不要紧?"李宗儒心里一急,支吾着问道。

"也许,可能是不小心走路摔的,伤到额头上,流了很多血。当时从谢家界抬到中村,因为事发突然,没来得及多问。火场医院没把握治疗,就急忙用马车送到县医院去了。"苏醒接过话,帮着掩饰,话留有余地。

袁泽丽这个家,除了几件耕种的农具,家徒四壁,靠她和丈夫的能力给袁莹莹治伤也不现实。

岁月的磨盘永不停息地旋转,将人世间所有的沧桑和苦难、幸福与欢乐一起磨进时光的年轮里,刻进世人的容颜里。李宗儒眼神呆滞、迷茫,身材枯槁,看上去比他实际年龄要大了许多。他看着袁泽丽,无可奈何地说:"我们家哪有钱给妹妹治伤啊,她那么大个人,怎么就不小心一点呢。"

"你说这些话有什么用,你以为莹莹她自己愿意啊,事情已经发生了,要想办法面对,我就一个妹子,她今儿有难,我能不管吗?愁眉苦脸的,有啥用?"袁泽丽急切地怒吼道。

李宗儒带着哭腔,辩驳着,说:"你有啥办法,我们的家底儿你最清楚,拿什么去付莹莹的住院费哇。"

袁泽丽一边给苏醒母子弄点吃的,一边在灶台边抹眼泪。生活让这个年轻的女人额头上爬上了细纹,及腰长发过早地染上了些许秋霜。最具青春标志的是那双和她妹妹一样水汪汪的顾盼生情的大眼睛。那眸子中闪烁的泪光,诠释着生活的艰辛与苦难,让人怜悯和伤悲。

李宗儒坐在矮墩上,两手抱着双腿,不停地用鼻孔重重地往外喷气,杂乱的头发不规则地卷曲着,把头扭向灶台。袁泽丽坐在门槛上,用焦躁不安的眼睛看着李宗儒,她的内心极不平静,眼前是一片迷乱。

面对袁泽丽一家的困境,苏醒出主意,说:"妹子,没想到你家里是这种情况,你快点收拾一下,和我们一起回中村,找一下庞跃京书记,或许他有办法,他不是到桃坪界蹲点过吗?明天早上你从我家去县城。"

袁泽丽眼前一亮，两个深潭般的大眼睛扑闪扑闪的，像抓到了救命稻草似的，雀跃地说："是的，是的。"

"庞书记是共产党的干部，一定会为老百姓做主的，何况是发生在他管辖的公社范围内的事情。"袁泽丽一边说，一边找背篓。

袁泽丽给苏醒和改革弄了一碗荞麦糊，打了一小碗盐汤，由于饥饿，娘俩几下子就吃完了。吃完东西，她们急忙往回赶，走到赵家峪时，苏醒对袁泽丽说："这里路边到处是柴火，我去砍一捆柴火，你和改革在路边坐一会儿，我马上就好。"

"姐，我和你一起去砍柴，给你做个伴，我也扛一捆，你给改革也砍一根，让他扛回家。"袁泽丽争着要去，见她说得有理，苏醒同意了。

一会儿，苏醒砍好了一捆柴，和袁泽丽一起把柴火抬起横放到苏醒的背篓上，袁泽丽背篓上也放了一小捆柴，苏醒给改革砍了一根小枫香树，三人扛上柴火急急地往回赶路。

他们回到中村，天色已晚，夜幕降临。苏醒带着袁泽丽马不停蹄地去公社找庞书记。庞跃京人称红胡子或庞头领，人很和蔼。寒暄后，苏醒说明来意，并且一五一十地说明事情的原委，庞书记听后十分生气，表示了极大的愤慨，批评九斤半等人胡作非为。他当即就叫公社办公室小李，从公社财政中先给袁泽丽解决救济款三十元、三十斤粮票。他对袁泽丽说："这件事，你要相信公社，我们不会冤枉一个好人，也不会放过一个坏人，我们一定会严肃处理这件事的，你放心。"袁泽丽连声说："谢谢，谢谢庞头领！谢谢庞书记！"

袁泽丽说着感谢之类的话，掉下了成串的泪珠，连她的哭泣都是美丽的。

袁泽丽住在苏醒家里，第二天，天刚刚发亮，袁泽丽就起床了，稍微拾掇拾掇，囫囵擦拭了几下脸颊，也顾不得趴在竹床上睡觉脸上烙下的条条印记，最后摸一摸昨晚缝在内裤小荷包里的钱袋，小荷包妥妥的，袁泽丽说："姐，我去县城了，等姚大哥回来，请你们为我妹子主持公道，九斤半他们总得出点医药费吧。"

"你放心，快去吧，你去了把你姚大哥斟回来，这里的事，由他回来去做，你把莹莹的伤要治好，千万别落下后遗症。"

"嗯！"袁泽丽泪眼汪汪，一连说了几声谢谢，才大步朝县城方向走去，她颀长而又瘦弱的身影消失在大山逼仄的小路上。

第九章
两队长会商莹莹案　钟树军抓捕李小长

姚革新从县城回来后刚刚坐下，苏醒急切地询问袁莹莹的伤情，姚革新阴沉着脸，苏醒垂手站立在灶台旁，不断地唉声叹气，见姚革新没有搭理她的话，就在厨房里收拾儿子姚高德和女儿姚美松、姚修竹、姚腊梅丢的满地纸包、坨螺、竹制喷水枪等玩具。

"袁莹莹是 Rh 阴性血型，这种血的人很稀少，脑部动手术需要输血，大长、符开春和我都化验了血，只有老长和莹莹是同一血型，两人都是 Rh 阴性血型，这个血型由于极其稀少，因此，又叫熊猫血型。县医院没有现成的 Rh 阴性血供血站。我是 A 型血，符开春是 B 型血，我俩给袁莹莹输不了血，医院再也找不到一个与莹莹同血型的人。黄大长就躺在袁莹莹病床对面床上，两人共用一个输液架子，给袁莹莹不断输血。主治医师王医生说，太巧了，实在是太巧了，真不可想象，能在随行人员中遇到这种血型的人，袁莹莹的运气太好了。抢救了三天，总算把袁莹莹的命保住了。黄大长昏过去几次，这次真万幸，有老长去了，不然，莹莹性命难保。莹莹现在已脱离生命危险了，好悬的，说来也真是太巧了，大长和袁莹莹还真是那么一回事。"姚革新说话时，依然是一副紧张的样子，能感受到他对黄大长的宽宥和发自内心的关爱。

苏醒给他递过长杆烟袋，说："老长人没事吧，袁莹莹今后不会带残疾吧？"苏醒从灶台口取出来一截燃着的小柴棍，给姚革新的烟头点火。

姚革新一边吧嗒吧嗒吸烟，一边心情沉郁地说："医生讲了，袁莹莹流血过多，又伤在大脑，伤筋动骨一百天，一下子是回不来的，命算是保住了，能不能完全恢复到从前的样子，那要看她的命。我给了大长和莹莹二十块钱、四斤粮票、三尺布票，大长硬朗着，没事呢。"

"大长也是个厚道人，怎么就干出了这种伤风败俗的事来，这往后叫袁莹莹怎么做人啊，大长这不是要他那个病秧子婆娘的命吗？"

"你知道个啥。"姚革新说，"他是晚上给干妹子还上次代他交的人情钱去的，是九斤半他们不怀好意，有意害他。"

"大长为什么要到晚上去，大半夜还在袁莹莹家，孤男寡女的，白天不能去呀，真是的。"

"白天袁莹莹不在家，他到自己的干妹子家里去不行啊，住不得呀，有他九斤半什么事？他九斤半是袁莹莹什么人，他深更半夜带几个男人闯入袁莹莹家，他就是个土匪，是个强奸犯。"

吃晚饭时，姚革新着急地说："我明天就给庞跃京书记汇报这件事，要追究九斤半他们几个人的责任，我要为大长讨个说法。"

苏醒说："你是咸吃萝卜淡操心，这种事你少掺和，搞不好你就会和九斤半他们结下梁子。事情你也只是听了大长一面之言，还没有弄清楚。你帮人也不是这么帮的，你亲自陪大长送袁莹莹去县城医院，安排住院治疗，还给了钱粮，已经够仗义的了，强出头会遭人狠的，会给自己带来祸患的。"

突然，姚革新拿起放在地上的小木棍，朝苏醒横扫过去，苏醒以惊人的速度，弹簧似的躲闪开了小木棍的偷袭。

"你心里的小九九不少哩，大长被人欺负，险些闹出人命，这是大是大非，知道吗？大长当年救我命时，可没有你心中这么多弯弯绕，没有他大长，老子命都没有了，知道吗你？是他抢救了我的命，他送我到县城住院时，把身上仅有的几个钱都翻出来交给了你，回来时是走路回的，一口饭都没吃，你忘干净了？"

"我不是不让你帮大长，终归这件事，不那么简单，也不风光，搞大了对大家都不好。庞书记不是答应会严肃处理吗？就让庞书记处理吧，他才是火场最大的领导。再说，大长是到他谢钟家去的，是从他家里出的事，袁莹莹又是他队上的人，他们还是转折亲，于公于私他谢钟总得管吧，他自己都没有来。话又说回来，他谢钟才是当事人，人是从他家走出去的，还出了事，只有他才说得清、道得明。你既没看见，又没听见，由他对庞书记说，比你说不更好吗？他讲比你讲合适一些。再说……"苏醒就像一个高深莫测的谋士，在分析谋划。

第二天大清早，谢钟来到姚革新家里，谢钟说："姚书记，大长和袁莹莹的事，你得拿个主意，这个事情没有处理好，会出大问题的。"

姚革新带着愠怒的语气，说道："大长和袁莹莹有什么事，你说，你给我说清楚，大长是到你家看你去的，晚上在你家喝了'苞谷烧'，喝多了，又去给他干妹子袁莹莹还上次替他代的人情钱，醉了酒，他妹子怕他一个人夜里走路不安全，留他在家住下了，他就在自己妹子家里睡了一个晚上，不可以吗？是哪家法律规定干哥不能在干妹家过夜的？那县城大大小小宾馆里，只要掏钱还不分男女呢，不都是住一栋楼吗？你屋来亲戚了，不管男女老少，不也是住在你屋吗？摆明了，九斤半他就是欺负大长和他的干妹子袁莹莹，他才是乡痞子、耍流氓，深更半夜带人破门而入，私闯民宅，扰乱社会秩序，和土匪没有什么区别。"他顿了顿，递给谢钟一片烂烟叶，意思是让他卷烟抽烟，谢钟对着递过来的烟叶子认了又认，姚革新最近手头紧，只能抽生古烟了。"话又说回来，谢家界村你谢钟是队长吧，他九斤半搞这么大的阵仗，事先都没有向你请示吗？他有这么大的胆子吗？他九斤半捉什么奸，他自己就是个强奸犯，他算哪根葱，轮到他管这码子事，一队队长现在是他九斤半还是你谢钟？莫非九斤半事先征得你同意了，是你派他们去袁莹莹家捣乱的？真是奇了怪了。"谢钟被姚革新连珠炮似的逼问，一下给问蒙了。

姚改革呆坐在旁边，把他爹的话每一句都听得真真的，谢钟本来是怀着善意，想和姚革新商量，看如何平息事态。谁承想，姚革新比他谢钟还清楚事情的原委，根本不用谢钟细说，他一开口，就是一连串的话炮，一下子把这个能说会道的谢钟给震哑了。

姚革新这番话，谢钟不得不慎重考虑，他干咳了两声，又清一下喉咙，似乎自己的喉管梗着一团东西，吐也不是，咽也不是，有些齁人。

苏醒在一旁抹着眼泪，说："可怜袁莹莹一个女子嘎，被九斤半他们几个砍脑壳的这么一折腾，往后的日子可怎么过呀。老姚回来说，在医生的全力抢救下，袁莹莹保住了小命，可她醒过来时，见到他们几个送她住院的人，没有一句感谢的话，相反，责问他们为什么要救她，她活着与其被别人侮辱，倒不如让她自己死掉算了，说着又是寻死觅活的，黄大长死死抱着她不放，结果她在大长的肩上咬了一口，鲜血直流，如果不是几个人劝阻，还不知要发生什么事儿，真造孽啊！"

谢钟喝了一口苏醒递过来的一瓢老叶茶。对姚革新认了认，又对姚改革看了看，重重地叹了一口气，他表明了自己的态度，说："姚书记，你分析得很正确，苏醒嫂子讲的话都对，我看这件事已十分严重了，影响极坏，都是九斤半他们几个坏小子眼中无视生产队领导，未经请示，胡作非为，个人私心膨胀，给大长和袁莹莹两兄妹造成了不好的影响和伤害，这是他们的个人行为，他们这几个人要对自己的行为负责。队里请大队出面向上级报告这件事，要严肃惩治他们几个强奸犯，要给大长和袁莹莹赔礼道歉，给袁莹莹调伤付药费。"

姚革新听了谢钟的话，脸上露出了笑容，他说："谢队长，你的话不全对，不是我分析得很正确，是事实本来就如此嘛，谁见过黄大长和袁莹莹在一起睡吗？你队里有干部知道吗？你这个队长知情吗？都不知道，是吧。还是你说得对，是九斤半他们几个人私心膨胀，是他们自己一直以来在打袁莹莹的小算盘，调戏良家妇女，私闯民宅，最终走到强奸妇女的不归路。袁莹莹被逼无奈，想用自杀来平息事态，是九斤半他们的威逼与羞辱，导致袁莹莹头骨中度伤残，脑震荡了。你刚才说得好，是要严肃惩治九斤半他们几个人，要给老长和袁莹莹赔礼道歉，要他负责给袁莹莹治疗，负责住院期间的一切费用，还要追究他们的法律责任。不过，不是大队出面，而是由你一队出面，你写个章程，我和你一起到公社去找庞书记汇报。由公社向上级汇报，公安部门派人对九斤半他们进行调查取证、拘捕。九斤半他们无视社会法制，挑战当地政府的权威，通过法律途径，扫除这些村霸、地痞、流氓等社会黑恶势力。"

谢钟频频点头，说："好的，就按姚书记的安排，我马上办，明天我跟你去公社找庞书记专题汇报情况。"

姚队长和谢队长统一了思想认识，初步形成了共识：九斤半他们私闯民宅，雇用打手，污辱女性、强奸妇女，比黄世仁逼迫杨白劳还有过之而无不及，这些村霸、乡痞不予以惩治，不足以平民愤。

过了一天，大清早，谢钟如约来到姚革新家里，姚革新看了谢钟写的"章程"，是以第一生产队的名义给公社领导打的一个情况汇报材料，他仔细看了两遍后，觉得谢钟的汇报材料切合他的意思。

姚书记深沉地对谢队长说："我们只是把事实真相报告给公社领导，至于如何处理这起团伙行凶强奸案，公社领导和上级部门自然会有办法解决。"

谢钟说："姚书记，你在汇报材料上加盖一个大队公章，这样就有分量多了。"

苏醒眼珠子骨碌一转，机警地说："有你谢队长的章程就可以了，你亲眼看见的事实，老姚当时又没有在现场，老姚他是听了你的说明，才知道事情真相的，大队加盖公章，我看没有必要。"

苏醒在一旁边捯饬捯饬孩子们到处甩的玩具，一边正儿八经地说。

姚革新迟疑了片刻，拿出大队公章对着自己的嘴巴"呵呵"两声，把谢钟的汇报材料放在自己大腿上摁上印。

苏醒叹了一口气，走开了，她走到猪栏边，拿起一根挑食棍，挑猪槽里的稻草，一边打两个小猪崽，一边口中骂道："叫你嘴痒，叫你嚷，你个死猪不怕害人。"

苏醒反复嚷嚷了几遍，谢钟不聋不哑听出了话外音，脸上有些尴尬。谢钟脑子灵，心想，反正自己的目的达到了，不必和一个妇女计较，他拍着姚书记的马屁说："大队的印一盖上，这个材料的分量就完全不同了，我们代表的是一级组织，向上级组织汇报，上级领导一定会重视。"

两个村干部整好了九斤半的材料，心中如释重负，会心一笑，终于完成了最后的手续。两人交换了一下细节方面的看法，谢钟顺手拿了几个苏醒烙的苞谷饼，边走路，边往嘴里塞。在屋门口的银杏树下，时人叫将军树，两人交耳嘀咕了一阵子，把要汇报的事重新捋了一遍，两人步履坚定地向火场公社大院走去。

姚革新和谢钟到公社后，庞书记不在办公室，他到下寨村检查农事去了。公社办公室里的小李接待了他们，小李说："姚书记、谢队长你两个有什么事，可以给我讲，我记录好，等庞书记回来了，我一定一字不落地给他汇报。"

姚革新说："我们等庞书记是应该的，不急不急。"大约两袋烟的工夫，还不见庞书记回公社，谢钟等得不耐烦了，嘴上开始嘀咕，发牢骚。小李只好赔着笑脸，耐着性子，一再给他两人添茶。

晚饭时分，庞跃京终于回来了，谢钟劈头盖脸就对庞跃京嚷道："庞书记，你们公社都不留一个领导在家，如果有土匪来了怎么办？如果有暴民聚众闹事怎么办？如果有妇女被人调戏、被逼寻短见怎么办？"

"谢队长，看你说的，我们这里现在哪来的土匪？土匪早被红军剿灭了，现在全国的形势一片大好，哪来的暴民聚众闹事？如今妇女是半边天，当家做主了，哪个人吃了熊心豹子胆，敢调戏妇女，逼迫妇女。"庞跃京笑着说，他似乎忘记了袁莹莹案。他坐到办公桌后面桌椅上，手端办公室小李送上来的茶，听两个村干部汇报情况。

谢钟把九斤半他们五个人是如何私闯民宅，心怀不轨，羞辱黄大长和袁莹莹，妄图强奸袁莹莹，袁莹莹由于不堪其辱，自残致伤逼疯的事情，一五一十地做了汇报，并把第一生产队人民群众强烈要求公社处理这件事的汇报材料，也交给了庞跃京。

庞跃京书记看了一遍后，把汇报材料交给办公室小李，一拍办公桌，吼道："翻天了还，当年的土匪真的又在咱们火场出现了，而且，把人逼得都生不如死了，真是'是可忍，孰不可忍'，小李，你马上通知司法所、派出所、民兵营长和在家的公社干部，马上到二楼会议室开专题会议，形成文字材料，向上级领导报告，向县安公部门报案。我们要在火场掀起一场同一切坏分子、土豪劣绅余孽、村霸、乡痞等黑恶势力作坚决斗争的群众运动。"

公社干部和相关人员很快到了二楼会议室，庞跃京又叫姚革新把当天谢家界村发生的重大事件复述一遍，姚革新说："还是谢钟讲吧，他当时在现场，他是当事人，他最有发言权，我们大队也是听了汇报才知道的。"

谢钟无奈，把事情发生的全过程，详细地介绍了一遍，庞书记叫姚革新作了补充讲话。据说，姚革新的补充发言要比谢钟的主题汇报还要长，他在谢钟介绍事件过程的基础上，上升到人命关天、社会稳定、政权巩固的高度，把公社几个工农干部、各部门领导的阶级仇恨激发起来了，大家一致要求公社出动基干民兵，把九斤半等五人抓捕起来，移交司法机关从重处理。

庞跃京深知事态的严重性，抓起电话逐级汇报了九斤半等人的罪行，并且把公社集体研究的意见与建议，向上级表明了态度。一句话，就是要把九斤半等五人抓捕归案，依法处理。他的意见很快得到县委黄大风书记的支持，黄书记告诉庞跃京，要求他立即派基干民兵捉拿九斤半等人，县公安局马上派人到火场公社提人，一定要把这些坏分子缉拿归案，绳之以法。

在县委书记黄大风的督办下，公社书记庞跃京不敢有半点差池，即刻召集民兵营长钟树军，命令他立即带领民兵前往谢家界村，缉拿九斤半等人。

钟树军是公社书记庞跃京任区小队长时的老部下。1934年红军进驻火场，他们区小

队配合红军，参加了当年剿灭鬼尸洞国民党军队的战斗。在钟树军身上，具有典型的军人气质，办事雷厉风行，他带领民兵队长莫公雷等十五个民兵，以极快的速度抓捕了九斤半等人。

据说，在抓捕过程中，钟树军采用了围点打援、各个击破的战术。首先，对五个人的房屋实施了包围，又在村口依地势高中低位置安排了三个流动哨，以防九斤半有外援进攻进来。在抓捕过程中，没有遇到任何有效抵抗，九斤半等人被捆着双手，押送到公社。

钟树军回到公社给庞跃京书记汇报抓捕过程，在公社办好了移交，把九斤半一干人交给专程前来接人的县公安人员，九斤半等人戴上背铐，押上警车。

九斤半案通过取证，很快进入了立案审查阶段。

姚革新从县里开会回来，及时召开了各生产队队长、生产小组组长和社员群众会议，在大会上，他通报了九斤半案件的进展情况，同时传达了上级的会议精神，为了解决农民的吃饭问题，调动农民的生产积极性，在农村开展"三自一包，四大自由"运动。

第十章
苏醒姐劝导李兰香　六稚子初上堡子界

黄大长从县城返回了，那是过完元宵节以后的事。黄大长的身躯忽然间佝偻了许多，眼眶深陷，眼神有些黯淡，脸颊上刀削一般，原本无肉的长脸显得越发瘦长，他给姚革新讲述了袁莹莹的治疗情况。他哭丧着脸说："大哥，莹莹人怕是要废了，她现在喜怒无常，一天到晚净讲疯癫话，医生说她是'阶段性失忆'，恢复期会比较长，能不能完全恢复成正常人，这要看她自己身体条件和她的造化，因为她已构成中度伤残，伤在头部……"黄大长声音哽咽，神色凄楚，眼中噙满泪水。姚革新只顾使劲地抽烟，没有搭理他的话，也没有正眼看他。黄大长看了看姚革新，说："都是我的错，我真该死，也真的好后悔！"他又看向苏醒，见他俩的脸一个往左偏、一个往右斜。"我真不该去莹莹家里睡觉……都是我害了莹莹，也让大哥大嫂为我操心了。"他的忏悔看上去不像是装的，姚革新用手做了一个叫他暂停的动作，黄大长立即停止了絮叨。

"公安局已经立案调查这个案子，你要配合好，上级领导对这件事很重视，县委书记黄大风亲自过问了。"

"是的，我在医院时，县公安局来了两个人，对我和袁莹莹取了口供，一共来了两次，每次讲话都做了笔录，让我俩摁了手印，对莹莹的伤也很关心，县里的一个负责安全消防的'四眼客'关副县长，还代表黄书记到医院里看望慰问。"

"你快回去看看弟妹李兰香吧，这段时间，村里议论太多了，弟妹受不了，咳嗽的老毛病又犯了，千万别再出什么事呀。"苏醒像她的名字一样，脑筋时刻是清醒的，她焦急地对黄大长说。

第十章
苏醒姐劝导李兰香　六稚子初上堡子界

"嗯，我知道，都是我惹的祸，让她跟着受气。"

"你在家中收拾一下，过两天就和改革上山守野猪去，这么久了，还不知山上的苞谷被野猪糟蹋成什么样了。"姚革新丢下一句话，走向里屋。

"好的，大哥，我明天早上就上山，你放心。"黄大长点头哈腰，在姚革新面前像一个做错事的乖巧的孩子。

"你还是后天上山吧，把家里的事情处理好，往后守野猪不要到处跑，管好你自己，人可以被毁灭，但不可以失去尊严，做什么事情要多动脑子。"姚革新转过身说。

黄大长立在一旁，毕恭毕敬地垂着双手，唯唯诺诺。第三天早上，在姚革新的再三催促下，苏醒早早地给姚改革把包袱打理好，带了一些换洗的衣物，带姚改革来到黄大长家里，离黄大长家老远的地方，就能听到李兰香急促的咳嗽声。

黄大长家楼下有石臼和石磨，这舂米用的石臼也叫作舂米碓，村中人都叫碓臼，是舂米用的工具，分为碓窝和踏椎，碓窝是一块方形青石，中间凿出的一个小圆窝，非常光滑。踏椎是用木头制成的，黄大长站在踏椎上用力踏，在踏椎一上一下的冲击下，使碓窝里的糙米的米糠和白米渐渐分离，再用筛子筛去米糠，这样食用的白米就出现了；石磨是一种用人力或畜力把粮食去皮或研磨成粉末的石制工具，由两块尺寸相同的圆柱形石块和磨盘构成，一盘是架在石头或土坯等搭成的台子上，接面粉用的石或木制的磨盘上摞着磨的下扇（不动盘）和上盘（转动盘），两扇磨的接触面上都錾有排列整齐的磨齿，用以磨碎粮食，上扇有一个磨眼，供漏下粮食用，两扇磨之间有磨脐子（铁轴），以防止上扇在转动时从下扇上掉下来。

黄大长的二儿子黄刚强，用手往磨眼里添浸泡过的玉米，李兰香正在边咳嗽边吃力地推，叫人心里着急。

走进黄大长家里，大长给姚改革拿来一个小凳子让他坐在小桌子边。黄大长屋里五个孩子：大儿黄诚勇、小儿黄刚强、大女黄桃、二女黄李、三女黄杏，都和姚改革有说有笑。"桃李杏"三姐妹，缠着姚改革给她们讲守野猪的故事。

姚改革就给他们讲述了在堡子界山上守野猪的趣闻轶事，"桃李杏"三姐妹听了姚改革给她们介绍的守野猪的故事，也闹着要跟黄大长上山去，一直闹到黄大长点头同意，才算了结，然后她们在一边乐着，哼着小曲。

黄大长磨磨蹭蹭地收拾这个，拾掇那个，反正从苏醒进得门来，他没有消停过，以此掩盖内心的慌乱与歉疚。苏醒和李兰香家长里短，聊聊胸中的郁闷、无奈和屈辱。

苏醒开导李兰香说："兰香，外面最近有些风言风语，你不要当真，一阵风过了就好了，没什么大不了的，天塌不下来。"

"大姐，我不是聋子瞎子，这里没有外人，我给你说实话，我想和老长离婚，让他和袁莹莹在一起，可是，你看这几个孩子咋办？袁莹莹会像我一样对他们好吗？不是她身上掉下的肉，她怎么会心疼？谁不年轻过，人要脸，树要皮。"李兰香边说边捶胸口，咳嗽让她的身子不停地起伏。

大儿黄诚勇、二儿黄刚强，听说她娘要和他爹要离婚，在一边哭泣，惹得三个妹妹黄桃、黄李、黄杏不明就里也在一边哭，苏醒哄了这个哄那个。

"别人一只手，几个手指不一般齐，你看你生的这一只手，哪个不是大拇指。"苏醒很

策略地适时夸奖李兰香生的五个孩子个个长得好，个个大拇指呱呱叫，这让李兰香的脸上一下子有了点快乐自豪的神情。

"是呀，若不是可怜这五个苦瓜，我死的心都有了。"

李兰香枯黄的脸上流下两行清泪，用枯槁的变形的手指刮擦了一下。病魔把她折磨得有气无力，她说几句话，就会停下来喘气一阵子，苏醒看了心里很不是滋味，她让姚改革邀黄诚勇、黄刚强到屋外去玩耍，黄桃、黄李、黄杏也跟着出去了，几个大人聊人生百态，聊柴米油盐。

黄大长到屋外的早厕里解手后，抱一捆柴火往猪栏横梁上放，姚改革躺在门口的竹床上，头枕在靠房门的一头，听他娘在耐心开导李兰香。

苏醒见李兰香净讲气话，提高了嗓门，急切地说道："袁莹莹伤势严重，人指不定会残废，现在事情闹大了，惊动了县里，你这时候如果也跟着那些不怀好意的人乱嚷嚷，那我问你，你还要不要自个儿男人，这个家还要不要？这件事、这个时间节点太敏感，你在外边，要装作没事似的，别人怎么议论大长，你都一笑而过，还要为大长说好话。你如果跟着别人屁股后面乱作揖，那你会害了大长的，到时你哭都恐怕没有眼泪水。"

苏醒见李兰香不说话了，似乎被她刚才的话镇住了，她耐心地说："这俗话说，夫妻床头吵架，床尾和，夫妻没有隔夜仇，除非你不想和他过日子了。大长对你对几个孩子村里人都看到的，那是没得说，他也不容易，一年到头累死累活，没吃没喝，不都是为了你们这个家吗？"

李兰香由哭哭啼啼，转而战战兢兢，转到眼前一片敞亮与辽阔，最后，她只是叹气，抹泪，点头，说是一定按苏醒说的去做。

黄大长和姚改革下午上了堡子界。一路上，姚改革很少和黄大长说话，在黄大长心中，姚改革只是个孩子，啥也不知道。

黄诚勇和黄刚强由于是初次上堡子界，有说不出的欢喜与好奇，心中有无限的小兴奋。总是问这问那，姚改革并没有好声气。

晚上六个孩子和黄大长睡在硕大的棚子里，只听到"唆嗬！唆嗬！唆嗬嗬嗬！"的唆狗声，天刚发白，黄大长就会叫上几声"唆嗬！唆嗬！"的唆狗声。"梆、梆、梆"地敲着竹梆，时间久了，几个孩子便识破了他的小伎俩。其实，根本没有什么野猪来吃苞谷，倒是他利用撵野猪的声响，巧妙地吵醒六个孩子——该起床看书了。

被老长一吵，几个孩子早已没有瞌睡，小孩子只要有一个人起床，其他几个立马会起床。这时，黄大长就安排他们洗几下后，坐在早已安排好的木墩子上"开读"。

为了不使孩子们"躲懒"，黄大长总是要求每个孩子都必须拿着自己的书大声读出声，以此检查每个孩子的学习情况。

在堡子界守野猪是十分寂寞枯燥的事情，遇到阴雨天，黄大长也没闲的，为了增加几个孩子的乐趣，黄大长给姚改革、黄诚勇和黄刚强每人做了一支长木枪，给黄桃、黄李和黄杏每人做了一支盒子炮木手枪，孩子们读书之余的娱乐活动就是开展游戏战。姚改革和黄诚勇商议，把六个人分成两个队，姚改革和黄桃、黄李一个队，姚改革为甲队队长；黄诚勇和黄刚强、黄杏是另一个队，黄诚勇是乙队队长。甲乙两队经常围着一丘田的两头，一条溪的两岸，一个土山包的两端，以自然地形地貌为阵地，开展游戏战。赢的标准就是一方先冲到对方阵地上。输的一方要装成小狗，爬行至对方阵地一侧，向对方鞠躬以示敬意。

木枪打不出子弹，只好用口发声，代替枪响声，这么玩法是不过瘾的，继之以土块、野果攻击对方。双方在冲杀过程中，难免有肢体的碰撞，有时双方手操木棍拼杀，场面很是激烈，身上留个淤青、弄个小伤口，是件寻常事，"战争"哪有不伤人的，大家都想得通，开心就好。

有一次游戏战，玩得有些过火，太入戏、太逼真了。眼见黄诚勇的队伍就要冲到姚改革阵地上来了，姚改革作为队长，在情急之下，捡起地上的一块石头当成了土块，向飞奔过来的黄诚勇砸过去，黄诚勇的额头上立即鲜血直流，但他没有下火线，继续酣战，黄刚强和黄杏冲过来时，被黄桃、黄李用短枪柄砸伤，头上立即肿了一个包。黄诚勇、黄刚强和黄杏三人受伤，当然，甲队胜出，乙队战败。

游戏战结束，得胜归来，乙队走在前面，甲队走在后面，败方要显示出垂头丧气、一副失败的样子。胜方则要显示出雄赳赳、气昂昂藐视一切的神情，用木枪抵着对方的屁股，驱赶对方爬行。

黄大长知道详情后，谴责双方玩得过火：你们玩游戏战，就是个游戏而已，双方势均力敌，玩玩可以，要适可而止，怎么能玩真的呢？你们还动了"刀枪"，用石头、木枪剋架，假若双方没有管控好分寸，把握好玩的度，一旦场面失控，后果不堪设想。

打那以后，几个孩子闹闹停停是很寻常的事，最终自然是和解了，双方约定今后玩游戏，不准用石头砸，不得用木枪敲头，仅限于游戏游戏而已。

黄大长是个农村事务百事通，什么事情他都能想出办法自己解决。生活十分艰苦，缺吃少粮是常态，但黄大长把堡子界山上的苞谷地、红薯地、稻田变成了他的一亩三分地，利用这个山地僻静处，暂时隔离了尘世中的喧嚣，让六个少年不但有饱饭吃，而且内心有诗与远方。

在往后的岁月里，他们在山上学习、生活、娱乐一样不差。孩子们玩耍时，黄大长并没有闲着，他不是打草鞋，就是砍柴打捆。他是个勤快人，生活的重压没有压弯他的腰，眼前的麻烦事，他也只能面对。

黄大长每天要安排几个孩子花大半天的时间看书学习，堡子界山上守山木棚里六个少年，俨然形成了一所村小学——当然是复式班教学。黄大长就是复式班唯一的老师，孩子们学习上的问题难不住他，这个鳄鱼嘴好像什么都懂。为了监管孩子们的学习，黄大长对几个孩子的学习抓得很紧，他有他的驭人之术。黄刚强、黄桃、黄李、黄杏的学习情况，由黄诚勇负责监督抽查，黄诚勇和姚改革的学习则由他负责督查。他总是把几个孩子的学习、生活安排得好好的。

一个晴好的傍晚，他们正在有说有笑，两头野猪竟然大摇大摆地来到木棚子，相距不到五米，几个孩子大气不敢出，因黄大长之前有个忠告，野猪晚上觅食，不能随意惊动它们。最好是防患于未然，也就是在野猪还没有来的时候，发出"唆嗬，唆嗬"的唆狗声，借以虚张声势，吓唬吓唬野猪，野猪听到声响后，一般是不会来的。可是，这段时间，野猪猖獗，几乎三天两头光临木棚子，并不惧怕人，似乎是向他们挑战。黄大长又给山上砍柴的人带口信，要求大队组织基干民兵上山狩猪。

一天,黄大长的老婆李兰香中午来到堡子界,见到六个少年在用功,她十分欣慰地对黄大长说:"这几个孩子长大了兴许会有出息呢。"

黄大长说:"嗯,是的,几个孩子的学习都不错。你下午回去后,去姚大哥家里,给他说一声,堡子界山上的野猪特别多,损坏庄稼,破坏耕地,要求大队组织人手上山剿猪。"

姚革新综合了上次李兰香堡子界之行的情况介绍以及黄大长带的口信,他深感问题的严重性,野猪一般在秋冬天出动,这时山中的果实已经落尽,百草都已凋零,野猪不得不跑到庄稼地里去觅食,很容易被发现,加之野猪长肥了,人们又有空闲。于是大家邀集起来,择好吉日,在经验丰富的老猎手带领下,随身携带些干粮,天蒙蒙亮就出发上山打野猪。可是,野猪在这个季节大量出动,只有一种解释,那就是,堡子界山上野猪的繁殖能力很强,野猪太多,野猪之患令人担忧。

为了不使野猪伤到人,不让野猪糟蹋粮食,多快好省地建设社会主义,大队书记姚革新经公社同意,组织民兵猎手上堡子界山上狩猎。野猪大都隐藏在深山密林里,只有夜晚才出来活动,人们很难发现它的踪影,只能依靠猎狗帮助搜山。但一条猎狗是不敢进山搜索的,狗领教过野猪的凶狠,便只在主人身边发出猖猖的叫声;要有两三条猎犬互相壮胆才敢进山。有时集体围猎,十多条或二十条猎犬紧紧跟随,那阵容好不壮观!

猎手们的分工非常明确:有专门拿枪守硷口(卡子)的;有背柴刀探寻野猪脚印的;有唆猎狗搜山的;有担任瞭望和警戒的。另外,还有一些随同来看热闹的群众,则由专人带领。他们是特意来领略这惊险场面的,有的提锣,有的拿鼓,一个个兴高采烈。

打野猪有"撵山"和"围山"两种方式。撵山是事先不知道野猪藏在哪座山里,要追踪寻找,因范围太宽,所以难度大;围山则是晓得野猪藏在哪座山中,便去进行围猎。所以,围山的打法用得多些。

堡子界打野猪,猎手们满载而归,姚革新打死一头大野猪,大队长符富厚补枪,政治队长钟生强打死一头仔猪,大小两头野猪都抬到姚革新家修猪分肉,青年队长周大明打伤一头野猪,没打死,野猪带伤跑掉了。

黄大长带着六个孩子和跟随打野猪的猎户一起回到中村,因为在堡子界守野猪,又是黄大长提供的野猪信息,六个孩子都属于参与了狩猎,因此,"见者有份",每人分得一块野猪肉。这个不平凡的夜晚,别人为吃穿发愁,中村全村几乎各家各户都有人参与到吃肉喝汤的行列,大家有说有笑、开心快乐,像过大年似的,原来幸福其实很简单。

姚革新把野猪大腿骨、头骨等骨头煮好后,用杀猪刀割下肉,放在一个盆子里装好。又用另一个大盆子装这些没有肉的骨头,并在这些骨头上撒些盐腌好,过两天用棕树叶把骨头捆好,挂在楼上横梁上风干,说是冬天里用野猪骨头煮干竹笋吃,竹笋又香又软又有油水。在那个缺吃的年代,人们就用这种方式抵抗饥饿,解决日常生活中缺吃少油的难题。

第十一章
黄大长烧炭南山中　李小长判刑十二年

黄大长好像天生就是个劳碌命，很少看到他好好停歇过一天，用黄大长自己的话说，不是不想歇下来，而是不敢停。黄大长在木棚不远的天水田坎边"开窑"，他竟然准备在守野猪的同时兼顾烧木炭。黄大长经历了九斤半"捉奸"折腾，目光忧郁，胡子拉碴，两鬓有些许白发。

黄大长要烧炭了，就按照烧炭的各个环节去走，首先是"开窑"，就是挖烧炭用的炭窑。黄大长有使不完的力气，没日没夜挖掘，终于挖出了一条半径约两米长、高一米左右的炭窑。窑呈圆形，有拱顶，正面开有一个供烧火用的灶门，背面有一个排烟的出口，类似于灶台上的烟囱，其实，也就是炭窑的烟囱，用于排放木材燃烧时产生的烟雾。烟囱底部开设有一个小塘，是专为收集烧炭时产生的水蒸气。因为木炭开始燃烧时，会排出不少的水蒸气，就起到一个储存积水的作用。不然，生木燃烧时会流出很多水液，积水太多又不收集，任由积水泛滥，会把已经燃烧的木炭浸湿，也影响木炭的充分燃烧，甚至，会毁掉一窑的木炭。开窑完成后，接下来的便是"装窑"。

"装窑"就是把长短相等的生短木装进炭窑里。黄大长自打县城回来后，失去了往日的穷快活，整天像个哑巴，噘着个鳄鱼嘴，却只晓得闷头做事，不知疲累。他把一棵棵树砍倒，锯割成一样长短的短木柴，扛到新开的炭窑处，木棚子里的几个孩子也扛着小木一起往炭窑运送，把这些加工了的木柴码成堆，这样也是有讲究的，得按装窑的先后顺序码放，这样装窑时才不误工，这样的忙碌需要两三周。

黄大长在炭窑边开的有个小口子，俗称"窑门"，仅容一人曲蹲着身子进入。把一根根砍齐整的一米见长的大小生木，装进炭窑里，依次由里到外竖排整齐。装炭窑有些讲究，往窑里装生木时，要码紧，但又要留有空隙，直木与弯曲木要巧妙搭配好，形成自然的缝隙，也就是气孔，这样木材好燃，窑口当面一排一般装半干的杂木，装窑时，每隔几排生木，又要装一根半干木，老长说，这样木炭就燃得充分些。全部装完后，就把炭窑边开的小口子——也就是"窑门"，用土石封严实，不然，炭窑烧好以后，会使木炭氧化得厉害，甚至把一窑的木炭全部变成灰。一切准备就绪，就等待"天时"点火烧窑。也就是，要选一个晴好天气。

"烧窑"就是开始点火烧炭。在窑的灶门口用旺火烧，让火苗从窑口呼呼地往炭窑里直蹿，等窑内的生木接火熊熊燃烧了，才可以慢慢停止烧火。一般要选天气好时点火，一次性点燃窑内的生木，窑内生木"接火"后，炭窑烟囱里就会冒烟，至于一窑木炭要燃多久时间，那要视木炭燃烧的"火候"，要使整窑的木材完全燃烧，又不能燃烧过度，过了就会影响炭的质量，没有卖头，若燃烧不够，烧出来的木炭就会有很多没炭化好的木炭

桩子。

"烧窑"的日子，终于到来了。头一天晚上，黄大长又把当年是如何如何抢救姚革新性命的全过程，又全面地生动地给姚改革他们几个孩子重复一遍。他还煞有介事地叫大家都洗了澡。

那天下午，要"烧窑"了，老长果然做姚改革的工作，要姚改革帮他点第一把火。不知黄大长何时口袋里藏着水果糖，掏出来拉了拉姚改革的手，放在他的手掌里，十分深沉地说："你是书记的儿子，自然不是一般的人，火焰比一般人要高出很多，人走时运，马走膘，别看你人小，山神都惧怕你，会让你三分，怕你不怕我。再说，你不帮叔，谁还能帮叔呢，是吧。"

姚改革心里发笑，瞪了一眼面前这个油腻男，他的话都说到这个份上了，他都谦卑到土里去了，我再不帮忙，好像就是我不近人情了，不就是点把火吗，好吧，我就点你一把火。

黄大长把引火的干柴火、碎柴火以及火柴等引火燃料都准备就绪。姚改革的手只要划一根火柴，柴火马上就会熊熊燃烧起来。可是，姚改革连划了三根火柴，不是断了，就是燃不了。

说来也巧，姚改革划第四根火柴，点燃了柴火，并且熊熊燃烧了起来。尔后，姚改革仔细看了看火柴盒，原来黄大长把火柴盒放在身上太久了，他身上的汗水浸湿了火柴棍。

烧木炭是一件辛苦又危险的事，必须严格按程序走。

烧了三天三夜，要"封窑"了，炭窑中的木材烧到一定程度时，便用泥土把窑口密封起来。封窑时把适量水从窑顶上的小烟囱孔往下灌，让木材炭化，拿捏"火候"全是靠实践经验。随着炭烟的浓烈，黄大长很有经验地判断木炭燃烧到什么程度了，适时决定"封窑"。

放一周以后，就可以"取窑"，又叫出窑，不是把炭窑取掉，而是从原来装炭柴的"窑门"处，进入窑内，一根一根取出已经炭化好的木炭。夏天取木炭气温很高，窑内的温度更高，一般会选择大清早取炭，气温会相对低一些。尽管这样，人一进入窑内，就会感觉到有一股热浪扑面而来，蹲不了多久，就会挥汗如雨地出窑，弄得脸红心跳，气喘呼呼地用搭在肩上的湿毛巾不停地抹汗。

取窑的辛苦劳累，不仅仅是窑内的气温高，而且，窑内的环境、空气极不好，黄大长人长得高大，没法直腰不说，还要低人一头，才能勉强蹲着取木炭，由于有木炭散发的二氧化碳残留，让人很憋气，没有好的身子骨，根本吃不消这种苦累。

局限于打窑的技术手段，窑的质量、坚固度各有不同，曾经就有人取窑时，炭窑坍塌炭毁人亡。并且，当地人就有"烧炭、挖葛顶头一遭"的说法，进窑洞，辛苦自然不必说，还时刻威胁着人的生命安全。

黄大长根据木炭的市场行情，把取出的木炭一担一担挑到沅陵县城去卖，或挑到邻近的大庸县去卖，尤其是袁莹莹住院那段时间，他经常没日没夜挑炭去卖，他偷偷地搞副业赚钱，成了现实版的卖炭翁。虽然这时候卖炭炭价肯定不好，可是袁莹莹在医院需要医药费、生活费和营养补充，还有出院后的生活开销，以及后续的治疗，几乎靠他一个人张罗，生活上的重担，精神上的煎熬，让他喘不过气来。

第十一章
黄大长烧炭南山中　李小长判刑十二年

生活清苦，但人还是要活下去。黄大长除了烧炭，就是砍柴、搞吃的。守山的日子里，吃食中经常有小虾米、螃蟹、泥鳅、青蛙、鳝鱼以及溪里的各种小鱼。随着黄大长的几个孩子悉数来到山上，他们在堡子界守野猪的职能明显被弱化，代之的应是"暑假文化补习班""文化短训班""生活提高班"等。一年又一年，姚改革暑假成了铁定的守山员。黄大长几乎变成了一个山人，他守野猪，守堡子界右侧的竹林和人造林，说是怕有人非法砍竹子、木材之类搞投机倒把。一年到头，他都在守山，后来，随着政府工作重点的侧重，黄大长又由守山员，成为守林员。守山员还是拿工分，但守林员，公社有一点微薄的工资补助。

那时的学校除了寒暑假按规定放假外，其他原本应该上学读书的时间，学校随时可以停课放假。学校只要一放假，姚改革和黄大长的几个孩子就会跟随老长上山，其实，啥也守不了，但在山上有吃的，饿不了。

李小长强奸案在县委书记黄大风亲自过问下，县里公、检、法等部门加快了办案，各部门纷纷表态要加快对这个案子的审结。

袁莹莹有谢家界村翻身得解放的人民群众签字摁手印的证明材料，有袁莹莹的血泪控诉状，有以死证明清白的伤残，有生产队、大队、公社三级干部向上级请求法办九斤半的申诉材料。九斤半纵有三头六臂，有一百张嘴，也是洗不清、道不明的。法办九斤半是板上钉钉的事。

空山新雨后，天气晚来秋。一天夜晚，姚革新对苏醒说，九斤半的案子定了，他被判了十二年徒刑，其他四个跟班判了三五年徒刑不等。据说，九斤半起初是死活不认账，但他再硬，也硬不过国法。

苏醒皱着眉头，轻言细语地对姚革新说："这俗话说得好，一人不进庙，二人不看井，三人不抱树。你呢，一点都不避让一下，不留后路。你是办了一件稳妥事，也是一件提心事，将来恐怕会给你自己招来麻烦的，李小长十二年后出狱，他会咽下这口气吗？他那几个跟班会轻易饶过你吗？"

姚革新重重地叹了一口气，说："九斤半不吃钵头饭，难不成叫黄大长去吃牢饭？"

苏醒看了看姚革新，只摆脑壳，她转移了话题，说："你上次说竖屋的事，我最近也老想这个问题，孩子们慢慢在长大，屋里这么多人挤在这个老旧房子里，不安全哩。可以着手谋划谋划竖屋的事了，我想用大长做掌墨师，你看如何？"

"嗯，好。"

九斤半的一个表哥在判决下来之后，十五日内提起了上诉，被驳回上诉，维持原判。其他四个农民，由于只有三五年刑期，又加之说不出个所以然，而且是缓期执行，吞下了年轻冲动的恶果。

袁莹莹从鬼门关走了一遭，命算是保住了，但终究还是落下了一种怪病，无缘无故地大笑，神经叨叨地哭泣，深更半夜哇啦哇啦飙英语，白天躲在家里不出门，一到夜晚就对着青灯发呆。

一天早上，天刚刚发亮，钟吉祥满村里号叫道："袁莹莹疯了……袁莹莹发疯了。'万人迷'袁莹莹华丽转身，变成了疯婆娘。"回应他的只有几声狗吠。

抑或真的疯了，由"万人迷"变成了"疯婆娘"，有了这个新的雅号，她也就解脱了。

这样万事就了了，对她自己，对全村都是一件利好之事。

袁莹莹虽然生活上有黄大长的照顾，但日子过得紧巴巴的。自从县医院出院回到谢家界村，村人便直呼她"疯婆娘"。开始时，叫她"疯婆娘"，是对她临危时出一刁招，不要命自残，带有几分褒奖的意味。时间一久，人人叫她"疯婆娘"，是对她疾病的别称，带有几分轻蔑、嘲弄。人们把袁莹莹划为另类，从此以后，任由她自生自灭。

第十二章
姚革新决定竖新屋　黄大长担纲掌墨师

黄大长依然在堡子界守山，回来时扛了一捆柴火送到姚革新屋，苏醒心疼他，说："你又带柴火，我屋里有柴火烧，你扛到你自己屋里去吧。兰香身体不好，做不了重活，家里柴火全靠你一个人砍。我屋里几个人都可以砍柴，不够烧了，我们上山砍就是。"

苏醒边说边递给黄大长一个水瓢，黄大长接过水瓢在水缸里舀了一瓢水，咕咚咕咚喝了一气，用袖口揩了一把口脸，说："柴火山上有的是，又不是什么值钱的东西，我回来空手也是空着，顺便带几根柴火，不打紧。我屋里柴火还有，大哥大队事情多，他哪有时间砍柴火，我能带几根是几根吧，嫂子还跟我客气。"

苏醒招呼他坐下来说话。聊着聊着聊到村里有人家竖屋的事，苏醒说："我屋几个孩子都开始大了，屋里挤成一堆，这屋子还是他太爷爷手上传下来的老屋，时间久了木板和屋柱开始腐化了，雨雪大风天气，时刻担惊受怕的，生怕这屋子倒了。"

黄大长说："是的，随着家中人口增加，住房越来越紧张了，可以考虑竖栋大房子，山上有的是树。"苏醒说："竖屋不是一句话，哪有那么容易啊，家里这么多嘴，一日三餐要吃的，肚子都吃不饱，哪有余钱剩粮办这个，想都不敢想。"

黄大长显得很轻松地说："竖屋的确不是一件容易的事，因此，要从长计议，从现在开始慢慢准备，准备充分一些就驾事。"

"竖屋除了要准备这些材料之外，掌墨师尤其重要，一栋房子竖得好不好，全靠掌墨师。"

"嫂子如果看得上我，我愿意担这个掌墨师，我现在在堡子界守山，也没什么事，可以开始进山寻木，竖屋中柱很难寻，要早做准备。"

"那敢情好！谁不知道你是远近闻名的掌墨师，你肯辛苦，那太好啦。这房子也住不得了，怕它哪天倒了，那可不得了了，确实到了非竖新屋不可的地步了。"

"嫂子还跟我客气，只要你和大哥看得上我，我这里没问题。"

"你是名木匠，请都请不来。就是你啦，到时靠你多操心了。"

"好的。"

姚革新回来时，苏醒把黄大长说的话，说给他听。姚革新点了点头，说："不管家里

第十二章
姚革新决定竖新屋　黄大长担纲掌墨师

有多困难，也要想办法重新竖屋，不能全家人整天待在危房里，不好哩。这俗话说'在生一栋屋，死后一副木。'没有房子住，寄人篱下，会被人瞧不起。我们家孩子多，一个个在疯长，没有一个像样的住房，两个儿子将来连婆娘都讨不到。竖屋的事儿，迟不得，拖不得。"

苏醒说："是啊，竖屋需要一大笔钱，可不是一个小数目。需要盘像屋子一样大堆的木材，才能驾事，这些都需要人手，投工投劳。"

姚革新不以为然，诘问道："那你说怎么办？咱儿子今后不要讨媳妇了？这么一大家子住在这栋两百年的破屋子里吗？也不怕别人寒碜。这件事耽搁不得，有条件要上，没有条件创造条件也要上。"

苏醒扑哧一笑，说："你们当官的就是喜欢喊口号，竖条屋又不是和牛打架，犯得着那么较真吗？"

在竖屋的问题上，两人权衡再三，最终统一了思想，决定竖栋小屋，解决住房紧张的问题。

这里土家人的房屋式样自古为"开口屋"，分上下两重屋檐。因为加了一层屋檐，房屋的"进深"长，利用率高，前后可做三四个房间。又因为分上下两重屋檐，中间开口，楼上敞亮，可以晾晒衣服、谷物之类，使用非常方便，这是正屋。有的人家还在正屋前面两侧配有厢房。厢房比正屋矮小，楼上多作谷仓，楼下则堆放柴草、杂物及安碓臼。正屋后面，便是牛栏和猪圈。

房屋的规模大小，则根据有多少排屋柱来计算宽窄。一排屋柱称为一扇。大多是四排屋柱，称为"四扇三进"屋。也有六扇五进的，那就相当大了。此外，还要根据屋柱的根数与屋瓜（不落地面立在穿枋上的短屋柱）的多少来确定房屋纵深的规模。有五根屋柱和五个屋瓜的，叫"五柱五瓜屋"。还有"六柱六瓜""八柱八瓜"等。柱与瓜越多，房屋纵深就越长。规模最小的要算"三扇两进"的"三柱两瓜屋"了。民谚道："三柱两瓜屋，七十二根木。"也就是说，建一座最小的房屋，也需要72根杉木。

起初姚革新准备修建"三柱两瓜屋"，黄大长知道后，说竖屋一次不容易，要费好大的事，竖这么小的屋子，今后还是不够用。

他建议姚革新夫妇竖一次屋，就要彻底解决住房问题。姚革新和苏醒商量后觉得黄大长说得有道理，于是采纳了他的建议——竖一栋大屋子——"八柱八瓜屋"。

竖屋是百年大计，是人一生中最为重要的大事之一，有了规划，接下来就是付诸实施，从屋场、资金、建材到粮食储备等都得准备好几年才行。农村建房的主要原材料是木料，木料主要是杉木，它耐用、结实、轻巧，质地优良。堡子界山上有一块山地是姚家的老业，盛产杉木。

半年后，姚革新选好吉日，提前通知帮忙的乡亲，到了约定的日子，大家一起"过早"，跟随黄大长背起砍树工具上堡子界砍树。

黄大长上山首要寻找可作中柱的木料，作中柱的杉木必须又大又直，并且旁边还长的有一株小一点的"陪木"。找到了可做中柱的大树后，黄大长就在树脚烧一沓纸钱，高声念道："此木不同凡间树，正好用来作玉柱，紫气祥云绕，金凤飞来住。"念完就握紧开山斧猛力砍树，并大声喊道：

"金斧砍一下嘞——"

大家便一齐应和:"一切都顺遂!"

"金斧砍两下嘞——"

"喜气临主家!"

"金斧三下砍嘞——"

"财多主家欢!"

按照规矩,做中柱的杉树倒下时要朝山上,象征着蒸蒸日上。要是山势陡峭或树干朝外倾斜,则要把一根绳子套在树梢上,还要在绳子上系一绺红布,"倒山"时再往山上拉,好让树身朝山上倒。倒下的第一根做堂屋左边的中柱,做上记号。接着大家便分散开去,各自寻找合意的木料砍伐起来。杉树砍倒后,修去枝丫,将杉树皮按五尺长一块剥下来,把它展开,找平地放好,然后一块块叠起来,再压上石头,便是盖屋的好材料,能经受得起长年风雨的剥蚀。

木料在山上要"过六月",经烈日暴晒,木料就会干透,再请人把它盘回来放在棚子里,竖屋的木材准备就绪,准备动工建屋。

屋场选择在什么地方,房屋面朝什么方向,这都是至关紧要的。因为有几代人,甚至是几十代人都要在这里安居乐业、长久生活。因此,看屋场和驾向是竖屋中的头等大事。

姚革新把屋场地点确定以后,请地理先生来看一看。农村素有"明风水,暗屋场"的规矩。地理先生看好屋场后,认为选择的地址可以,就开始"驾向"(就是确定大门所对的方向)。驾向之前要"起水",叫作"起普安水",目的是赶走屋场地的凶神恶煞。这虽然是一种迷信方法,却给了主人家精神上的安慰。

起水时先在屋场中间摆一张四方桌,桌上放一块刀头肉、五个酒杯、一升米,米上插三支香,还放一个小红包(里面包1元2角钱,取月月红之意),这是送给地理先生的利市。这时人们围着观看,地理先生开始了他的表演。他一边烧钱纸,一边高声念道:"一炷金香,二炷银香,三炷宝香,香烟缈缈,通达四方。伏以!普安祖师传我大神通,年月日时在掌中,三山龙脉归我管,二十四向由我定……"念完后,取下中间那根香,端起中间那杯酒,用香棍蘸酒在空中画一个"龙"字,叫作"画讳"。然后把酒洒在地上,起水仪式便告结束。

姚革新接着把桌子搬开,在屋场中央做堂屋的地方搁一条四方板凳,地理先生在凳上摆一个包的有米的小红布包,再把罗盘平放在上面。罗盘上刻有卯酉、甲辰等24个方位,地理先生问主家要打哪个方位,他就转动罗盘让指针对着南方,同时自己朝着前面的远山站定。

谚语说:"阴打尖坡阳打坳。"又说:"前有案桌山,家富人也宽。"堂屋的大门一定要正对着远处的山坳(平顶的山坳叫"案桌山",所对的案桌山越多越好),却不能正对着山脉或溪涧,而要偏向一边,谓之"消山避水";也不能正对两山交汇处的"剪刀架",因为"打了剪刀架,人死屋要塌"。

根据远山的形状,可分为"状元山""笔架山""富贵山""案桌山"等。最好的当然是状元山。地理先生在罗盘针上摆一根麻线对准状元山后,就在罗盘前后各打一个木桩,并让这两个木桩与罗盘针上的麻线同在一条直线上,直指状元山的山坳处,这条线就叫

第十二章
姚革新决定竖新屋　黄大长担纲掌墨师

"中脉"。木匠在竖房夹磉时，要根据这条中脉来确定房屋的布局。

地理先生定好中脉后，就翻皇历来选择破土开工和立屋的日子。除了"闭日"和"破日"这两个日子外，其他日子都可以。因此地理先生往往要征询主家的意图来选定吉日。吉日确定后，地理先生还要大声讲吉语来"封赠"主家："吉日良辰，主东造中；华堂修建，万载兴隆！"那些围观的人则高声应和："是哩！"主家听了喜笑颜开，连连答道："多谢贵言！多谢贵言！"屋场坪上，登时洋溢着一派欢乐的气氛。

竖屋的日子一经确定，按照风俗习惯，姚革新让姚改革和周大明专程去黄大长家去请木匠师傅，俗称"掌墨师"。并由黄大长承头，根据工程的大小和时间的长短来确定木工人数和召集他们兴工。

发墨当天早晨，姚革新派人去接黄大长师傅，周大明帮他挑行头。但那把斧子则由黄大长自己拿。据说这把四四方方、像一把"鲁班斧"，可以避邪，木匠外出时总是随身携带，形影不离的。到了屋场边，姚革新放鞭炮迎接，姚改革端出热水请黄师傅洗尘，然后吃甜酒"过早"。黄大长发墨之前起水遣煞，叫作"起鲁班水"。据说起了鲁班水，可以避免工伤事故。

起过鲁班水后，黄大长便开始设计房屋构造图。他一手握竹笔，一手持"五尺"，并把弯尺挂在颈根上，便在这半边竹子上时而用五尺、时而用弯尺东量西画，绘制起房屋构造图来。构图时，按《鲁班经》来计算，在尺寸上体现出"八个八"和"六个六"来，取"八大发财"和"六六大顺"之意。在这半边竹片上，每根柱子的高矮、每个卯眼的位置、每个榫头的大小以及地脚、穿枋、楼枕的长短等，都要一一地标记出来。这时丈杆上写得密密麻麻，但除了木匠，其他人是看不懂的。因为丈杆上使用的都是木匠的专用文字，有了这丈杆，就很方便了，因为它既是结构图，又是测量工具。

黄大长用丈杆一比，截下中柱的长度，用刨子把木料刨光，就开始"发墨"了；他在中柱上扯起墨斗线，一手握墨斗，让姚革新的一只手捏着墨斗线的另一端，两人的另一只手同时提起墨斗线，绷紧后马上放开手，只听得"嘣"的一声脆响，在中柱上弹出了一根乌亮的墨线（墨线越清晰越直越好）。与此同时，黄大长大声封赠道："墨线弹一下，家发人也发！""好嘞！"两人接着滚着中柱，在背面又弹出一根墨线，接着就把这根中柱放到安全的地方，不许人在上面坐，更不许从上面跨越，以免亵渎它。

竖屋的日子看定了，绝不能耽误。黄大长手持丈杆专门在柱和枋的木料上画墨线，其他的人则根据墨线砍的砍，锯的锯，刨的刨，凿榫眼的凿榫眼。材料备好之后，在竖屋的头一天便开始"排扇"——用穿枋将屋柱串联起来。排好扇，黄大长对每一扇的卯眼进行认真检查，看是否掏洗干净，卯眼与榫头的大小是否一致，并对每个卯眼进行测量，把尺寸记在一根八寸长、一寸宽的篾签上，号称"掏签"。然后将一扇屋的掏签用红布条捆成一扎收藏好，以便立柱时用。接下来，他在屋场地地脚枋按照地理先生量好的中脉桩摆好，并榫接起来，还钉一些木桩将地脚枋夹牢，再把它的各个榫接处用磉磴垫高，让地脚枋都处在一个水平面上，谓之"夹磉"。夹完磉，他便一声呼喊，几十个人一拥而上，齐心协力很快地把排好的一扇扇屋柱抬放在地脚枋边。先要抬中堂左边那一扇。将每扇屋柱一一摆放在各自的位置后，就只等第二天吉时一到，把这一扇一扇的屋柱立起来。

竖屋当日，牟梨和庞跃京等公社干部到姚革新新屋吃了竖屋酒回来，她对钟吉祥、符

光中等手下干将说:"姚革新的新屋比解放前的茂源商号还气派,比海通盐行还排场。他哪来这么多钱?这当中有没有剥削?有没有搞资本主义商品经济?"

钟吉祥对于她的质疑,一头雾水。牟梨接着说:"人无横财不富,马无夜草不肥。"钟吉祥说:"你没看到姚革新新屋堂柱子上贴的对联啊,他的家庭副业搞得好,他文化高,门路多,有他的渠道。他新屋堂柱子,写有一副对联,似乎能说明一切。上联是:勤劳夫妻发社会主义红财,下联是:山里人家沾人民公社风光。横批是:安居乐业。"

牟梨用手揉了揉鼻子,说:"姚革新新屋神龛下,挂的有一个匾牌,匾牌上面是姚革新亲笔书写的颜体治家格言。其内容只有他那个小家,没有国家这个大家,我看也不过如此么,典型的农民意识。"

牟梨最大本事,听说过目不忘,她背诵了姚革新的新屋治家格言:"记住家和万事兴,无须终日口不停。爱惜我们小天地,永远充满着太平。相亲相爱同相敬,家庭才会有温馨。谦虚人人都仰慕,礼让个个受欢迎。爱护家庭如爱己,不妨坦白与忠诚。如果时常多吵闹,大家心里没安宁。凡事都要留余地,幸福然后有时倾。互相信任为至上,心里不要藏阴影。做人带点人情味,不可对人冷冰冰……"

钟吉祥说:"姚革新是个文化人,治理自己的家,都能整出文化来。"牟梨似有所悟,举手让钟吉祥打住。她转移了话题,说到黄大长上山守野猪的事。

山上野猪的繁殖能力太快了,野猪一年比一年多,大白天也经常看到野猪在山上悠闲走动,野猪对庄稼的破坏很大,黄大长已感到问题的严重性。

野猪对"唆嗬!唆嗬!唆嗬嗬嗬!"的唆狗声,习以为常。野猪不仅吃掉大量的苞谷、红薯,还在田里滚澡。黄大长给姚革新汇报了很多次,要求大队派出基干民兵上山剿猪。姚革新说,大队没有力量上山剿猪,现在也没有时间和精力上山剿猪,正经事都忙不完,再等等吧。这样就一直拖了下来,山上的野猪,有时危害到人群,甚至顶伤了人。最后,野猪竟然成群结队从山上跑到村子里去了,不少村民在村中看见有野猪跑来跑去。

一天,大清早,苏醒上厕所,看到两头野猪居然睡到她家空猪栏里去了。猪栏门坏了,没有修葺,大半年都是敞开的,不知野猪是什么时候进来的,睡在猪栏里,她仔细一看是一头母猪和一头猪崽。这让她吃惊不小,急忙叫来姚革新,姚革新一看也是一惊,他轻手轻脚把猪门板一块一块扣上去,封上猪栏门,他叫来几个后生,每个人手里拿着木棍,准备捉野猪。

母猪发现情况不妙,纵身一跃,冲出了猪栏,而且,是一头瘸腿受伤野猪,一头小野猪几次尝试着想越过猪栏,但因为力量不济,没有越过猪栏,最后死在乱棍之下。

苏醒问姚革新:"瘸腿野猪会不会是当年在堡子界被你用火枪打伤的那头野猪,你得给公社庞书记汇报,派人上山剿猪,今后野猪会越来越多,不仅损害庄稼,还会伤害到人的。"

姚革新说:"谁知道呢,我已经给庞书记汇报了,他也答应派基干民兵上山剿猪。可是,庞书记他前些日子被停职了,由欧阳糊副书记代行其职权,派民兵上山剿猪的事情只能暂时搁置了。"

原来一周前,在县、区、社和队四级干部会议上,庞跃京被撤职查办了。

第十三章
符光中揭发黄大长　黄大风化解民事案

　　堡子界山上守山生活是枯燥乏味的，但能填饱肚子，有黄大长的悉心照拂，姚改革和黄大长的几个孩子没有一个孩子挨饿、害浮肿病。有黄大长的指导，几个孩子的学习没有荒废，一直坚持自学。

　　学校经常停课，孩子回家参加生产劳动，姚改革和黄大长的几个孩子每天以苞谷为主食，没有饿着，吃饱了还有力气在木棚周围嬉戏玩耍，还顺带历练了身体与意志力。堡子界清新的空气、嫩嫩的苞谷、甜甜的红薯滋养几个孩子成长。

　　一个周末，堡子界雨后初霁，李兰香背着背篓上山，坐下后，对黄大长说："村部高音喇叭播报了通知，明天县里电影队来咱村里放电影，今天姚队长安排几个社员，在村部搭建一个临时放映的台子，在村部靠近溪边的堤坝上方，埋设有两根木桩，电影幕布下摆左右的两根麻绳子绑在木桩上，幕布上端左右两根麻绳捆在木桩上方。这样溪水两岸村民都能看电影，光从村部这一面看，人多坐不下，从幕布背面田埂上也能看电影，只是电影中的人物是反的。喊寨人老篾头鸣锣喊过话了，明天村民下午六点钟就要到村部集中，准备看电影，在看电影之前，听说公社代理书记欧阳糊也要来看电影，而且他要发言讲话，大队要求中村、谢家村、桃坪界村的社员全部集中到中村村部，欧阳糊要利用县里的放映队走基层的机会作'四清'运动的宣传发动工作。"

　　黄诚勇和黄刚强两兄弟吵着嚷着，要回去看电影。没有办法，黄大长说："那咱们都回村吧，大家都去看电影。"见姚改革没有表态，黄大长又说："既然是村部的高音喇叭播报通知了，又是欧阳糊代理书记主持的，和我们守野猪守山一样重要，甚至比守山还要重要得多。村里也没有人会因为我们去看电影嚼舌根，因为高音喇叭是面对全村人通知的，当然，也包括我们，我们去看电影，队里不会扣我们的工分。"

　　姚改革等人在山上吃了一顿由李兰香做的中餐，没想到这么一个"病秧子"，不知她从哪里弄了一些大米，和着苞谷粒煮了一顿香喷喷的吃食。吃好后，黄大长和李兰香走向苞谷地的深处，说是去拔苞谷草，二十几分钟过去后，李兰香身后的背篓里扎满了苞谷，背篓上横放着一捆干柴。

　　下午五点钟左右，他们一起回到了中村。黄大长在家中的板凳上还没有坐热，他就提着一包东西来到姚革新家，一进屋他就把一包东西交给苏醒。苏醒没有问，接过东西，就直接送到里屋。黄大长坐下后，他把几个孩子们吵着嚷着想看电影，以及他被孩子们吵得没有办法的情况下，才下山带领他们看电影队的放映一五一十地给姚革新解释说明。姚革新说："大长，你做得对，我们这么一个山沟沟里，难得有电影看，让孩子们开开眼界，看看电影没有错，长时间没下山都快变成野人了。"

晚上七点之前，村部的小坪场里，挤满了村里看电影的人，还来了不少邻村电影迷。谢采采几姊妹也赶来看电影，见到姚改革时，采采红着脸塞给姚改革一个小手帕，姚改革还没有回过神，她飞快地跑了，姚改革云里雾里，心想：送我巴掌大个小手帕，有什么用，还不如送我一块肥肉吃呢。

在电影放映之前，放映队的师傅拿起手中的小广播喊话，说是公社代理书记欧阳糊有重要的话要讲，这时，放映机的强光，投射在洁白的幕布上，坪场里是人声鼎沸，有大人高声喊叫小孩子的；有小孩子到处奔跑打闹的；有前面的人脑壳挡住了后面人光线，后面的人又挡了更后面人的光线的，都在大声嚷嚷。

欧阳糊书记拿起小话筒，说："各位社员同志们，请大家保持安静，带好自己的小孩，不要吵闹，不要到处乱跑，都找个位置坐下来。今天县电影队来我们村放映革命电影《智取威虎山》和《奇袭百虎团》，共放映两场，我代表公社表示热烈的欢迎，衷心地感谢县领导来我们公社放映革命电影，进行社会主义教育运动，这两部电影有很强的教育性、艺术性、政治性，广大的人民群众要深入领会影片所表达的重要意义和反映的时代内涵。我们要以这次社会主义教育运动为契机，搞好各项工作。"

说到这里，他带头鼓掌表示欢迎，会场上响起了零星的掌声。他要求大家观看时保持安静，好好欣赏电影，向英勇的人民解放军学习。放映场人声鼎沸，欧阳糊讲话的声音淹没在滚滚声浪中。

姚革新这时用瓷杯子，给欧阳糊送来一杯水，他接过水杯，一口气喝了下去。坪场里实在是没有几个人在听他训话，人声沸腾，人们只想早点放映，欧阳糊几次叫大家肃静，也未奏效。放映队准备开始放映了，他带头鼓掌，坪场里响起了雷鸣般的掌声，意思是你的讲话可以结束了——用掌声欢迎你讲话结束，放映可以开始了。尔后，坪场里瞬间变得十分有序，大人小孩都恢复了平静。

看完两场电影，姚革新走到县放映队的两个年轻人身边，说："小同志，脚踩放映机子，辛苦了，大队安排了一点夜宵，请几位领导赏光。"又转过头对黄大长说，"你等下去我家里，我有事找你。"

黄大长连忙说："好的，大哥。"

姚革新安顿好县电影队几个人后，回到屋里，黄大长已经端坐在那里，姚革新好像是对黄大长说话，又好像是自言自语。他说："现在我们都要严加管理自己及家人，多做事，少讲话，低头做人，与人为善，处理好与街坊邻居的关系，不要招惹是非。你的五个孩子不要再去堡子界守野猪了，现在已经开始有人议论了，明天你就带姚改革清早上堡子界守山，你屋五个孩子放在家里，有什么事情，我会关照的。"

黄大长似乎茅塞顿开，立即说："大哥放心，明天清早我就带姚改革上堡子界守野猪，我家中的五个孩子都留在家中，由我老婆带，都按大哥说的去做。"

姚革新"嗯"了一声，蹲在灶台边吸长烟。

"大哥，你如果没什么事了，我还有点事情，先走了，我一定按照你的话去做，管好自己，管好家人。"

第二天清早，黄大长来接姚改革上堡子界，姚改革和黄大长一路上没有什么交谈，黄大长看上去似乎有沉重的心事。在上山的路上，路经他老婆的水碾房。黄大长在水碾房里

第十三章
符光中揭发黄大长　黄大风化解民事案

忙碌了一会儿,姚改革坐在路边的岩石上等他。

这是一个很简陋的水碾房,碾房四周用黄荆树织了篱笆,篱笆上用黄土搅拌了砂子、石灰、捣烂的稻秆丝,糊了厚厚一层,篱顶盖了杉树皮,另一边盖了茅草。碾房内一个磨盘状的圆石片子,一头被固定在一个横轴上,横轴与水碾子旋转轴固定。碾米时,将谷子倒入石制碾槽内,用竹扫帚扫匀,扫出藏留的长稻叶。黄大长的老婆李兰香抽去水闸门,蓄积在水槽里的水"哗"的一声,冲向碾房外的扇鼓,扇鼓转动,碾盘在冲力的作用下,"咯吱咯吱"地旋转起来,水车转得像陀螺,一会儿,一些谷子变成了白白的米粒。把碾好的米与糠,用小铲子铲出,放在箩筐里,再筛去糠灰,李兰香的头上包着块白布帕子,头上肩上全是灰。

黄大长给他老婆交代了几句话,走出来就和姚改革往山上走,他们走到离堡子界守野猪的木棚子不远处,黄大长说:"改革,歇一会儿吧。"

黄大长在路边的一个山石上一屁股坐了下来。他叹了一口长气,说:"生气,我哪天如果出事了,你要经常到我屋找诚勇、刚强、黄桃、黄李、黄杏他们玩,你们都要好好学习,不管到什么时候,国家都需要读书人,你们都要用功读书,肚里有货,别人偷不去,抢不走,学得有过硬的本事,长大了才会有出息。国家不管在什么情况下,都需要有文化的人去治理。你要和诚勇他们几姊妹团结友好,互相帮助,共同进步。如果他们对你不恭不敬,甚至做了对不起你的事情,你可以打骂他们,但是,不要疏远他们,我们黄姚两家,要做到世代友好。"姚改革觉得黄大长今天有点怪怪的,说的话让人听不懂,看他的神色,好像有满腹的心事。

正如姚革新所担忧的,在"四清"运动中,和九斤半当年强闯袁莹莹房间的四个人符光中、黄大卷、莫豹子、周丁先,把他们全身的火力全部投射到黄大长身上,谢钟也被牵连进去,因为当年是谢钟执笔整的九斤半的"黑材料",还影射到姚革新。他们四人成了火场"四清"运动的急先锋。中村的"四清"工作起初在姚革新的安排下进展很顺利。

符光中、黄大卷、莫豹子、周丁先四人,瞅准时机,实名向公社举报了黄大长的"四清"不清问题。他们对应"四清"列举了黄大长的"四不清"问题,要求公社派驻工作组,对黄大长的"四不清"问题进行彻查。

符光中等人认为老长的"四不清"问题主要表现在四个方面:其一,思想腐化,作风不正,伤风败俗。黄大长长期包养袁莹莹,生活作风有严重问题。其二,在袁莹莹因伤住院期间,黄大长拿着生产队工分办自己的私事,经常去县城探望袁莹莹。把大包小包山上的苞谷、红薯,带到县城去变卖,属于监守自盗。其三,他偷伐集体林木,往沅陵县城、张家界那边卖木材,非法砍伐杂木烧炭,把木炭用马运到沅陵县城、张家界去卖,搞投机倒把,搞私有经济,破坏计划经济秩序。其四,黄大长伙同老婆李兰香长期霸占队里的水碾子,侵占队里公共财物,将非法所得据为己有。

符光中他们要求上级派驻工作组,对黄大长的"四不清"问题进行专项调查。特别要求公社,要防止中村某些村干部的弄虚作假。他们的意思,第一次"四清",中村存在"四清"不清的遗留问题,要在"四清"的攻坚阶段,重新审查黄大长的"四不清"问题。他们把矛头指向姚革新和谢钟,说中村大队在"四清"运动中还存在着组织不力、徇私舞弊、弄虚作假、蒙混过关等问题。中村的"四清",一样也没有清,不清不楚,存在很大

的问题，要求重新清一清。

火场公社党委通过研究，把符光中他们的诉求，形成汇报材料，及时向县委汇报。县委书记黄大风凭着对政治的独特敏感性，已经觉察出这几个人的不良动机。黄大长和袁莹莹当年发生的事，可以说是他亲自指挥解决的，他既是知情者又是领导者，对这件事，他怎么会忘记呢？已经定性了的东西，不能再翻案，翻来覆去何时是个头。于是，他责成火场公社党委迅速成立临时工作组，组长是火场公社代理书记欧阳糊，成员有民兵营长周树军、办公室主任李赑、大队支部书记姚革新、一队队长谢钟。

符光中忖度，原本就不想大队和生产队的这两个小萝卜头插手，想绕过他们，由公社直接处理，未承想，你们公社倒好，派了这么两个傻蛋来，原来你们是官官相护，你们是一个葫芦里的。公社不但不处理这么一个"四不清"恶人，反倒派这些当年为虎作伥的罪人前来做工作，明摆着是在警告、吼吓、示威。不把群众的呼声当回事。

欧阳糊急于求成，太心急了，工作方式方法过于简单。这种安排不是火上浇油吗？

公社工作组的组成人员，令符光中等人很生气。据说，姚革新他们几个人那天到符光中家中，门都不让进，就在屋檐下说翻了。

符光中，中等身材，一脸横肉，牙中时常塞一根牙签类的细小棍子或小竹片，讲话嗓门大，虽读过初中，是个愣头青，比九斤半小了十多岁，是九斤半的铁杆盟友。符光中因为有前科，想当兵的梦想破灭了，把人生中所有的不幸全部归咎于黄大长。

符光中越想越来气，当场就撸起袖子，蹦跳着挥舞着手臂，撂下狠话，他说："你们这是借运动之机，打压群众，为黄大长这个地痞流氓站台助威。你们不是来做我们工作的，你们是来示威的，随便你们今天讲什么，我不怕你们。"

符光中越说越气，见几个人赖着不走，他从厨房拖出两把菜刀，握在手里，气势汹汹地用刀指着这些干部说："你们滚不滚，你们今天是不是还想像当年一样，把我们几个人加个'莫须有'的罪名弄进班房里？"

据说，姚革新等人是灰溜溜地从符光中家门口走回来的。晚上回来后，姚革新等人找欧阳糊汇报，代理书记欧阳糊说："当年黄大长和袁莹莹的事情，是经得起调查的，有公社、大队、生产队以及当地群众的证人证言和结论，不容他符光中满口喷粪。你们要大胆工作，把工作落实下去，像符光中这些人是不是有问题，要好好核查。"

符光中等人眼见公社不予理睬他们的举报材料，找了欧阳糊几次，欧阳糊都不予理会，相反，大队开始对他"四清"，他不吃这一套，说自己清得见人影子，人正不怕影子歪，就是中央派人来查都不怕。他们就把举报信直接递到了县委书记黄大风手中。黄大风收到他们的实名举报信后，特意在县委大会议室召见了他们，和他们做了一次长谈。

参加会谈的人员有公、检、法、司等各部门的头头脑脑。黄书记要求各部门负责人把当年黄大长和袁莹莹事件，又重新给他们四人讲了一遍，并把当时相关人证、物证材料以及符光中等人的口供材料给他们展示了一下，告诉他们这个案子是经过合法程序审结的案子，当年你们几人也是签字画押的，现在，不应再翻已经定性的案子。

符光中说："我们不是来翻案的，我们是来揭露举报存有重大'四不清'嫌疑的恶人。"

总结的话，总是主要领导来说，黄大风书记读书不多，搞运动有一套办法，善于做农民的思想工作，而且，在政治风浪中摸爬滚打很多年，游刃有余，左右逢源。

黄大风语重心长地说："不翻案就好。当年关于黄大长、袁莹莹捉奸案已经审结，当事人也都已伏法，今后最好不再提此案，冤冤相报何时了，过去的事就让它过去吧。至于你们提出的另外几点问题，我们表示欢迎，并且，愿意就你们的质疑，做出答复，你们要相信党，相信政府。"

对于过去多年的刑事案件，符光中等人心里明白，已经无力回天。他们也没有在老问题上过多地纠结，现在只能拧住黄大长的'四不清'问题做文章。

黄大风针对他们检举的问题，绕着弯说："你们提出的第一个问题，关于生活作风问题，那是指领导干部。黄大长作为老百姓没有生活作风问题，只有男女关系问题。因此，黄大长没有你们反映的生活作风问题。要说有，他也只有男女关系那点问题，这个就复杂了，我们要注重事实证据，你们要举证，也就是要人证、物证。你们目前，只是觉得他两个人有密切的来往，你们只是怀疑他两个有奸情，这是远远不够的，你们手中的证据不足。男女关系问题，简单说，就是男女之间接触要保持一定的距离，男女有别，这个方面嘛是要注意，男女关系不能太好，太好了的确容易出问题。不过话又说回来，现在不是万恶的旧社会，小脚女人足不出户，不与外面的人接触。现在是新社会，男女都还是要一起生产一起劳动呀，男女相处要有距离，多大的距离才算距离呢，没有标准，不好说。但也不能为了避嫌男女关系问题，搞轻视女同志，搞男女授受不亲那一套，那不又回到解放前了吗，是吧。我们不能简单地把男人、女人分开就没事了，这样男女就没有关系了吗，不是这回事嘛，关系的紧密、亲密有时是属于精神思想范畴，不好把控。男女关系问题既然是个问题，就需要我们去认真思考、研究，你们放心，我们绝不回避问题。"

他看了看，见他们的心情稍稍平复了一些，他语气接近和蔼地说："你们提出的第二个问题，关于黄大长在袁莹莹住院期间，由队里记工分，去县城探望一事，多吃多占的事。经我们了解，多吃可能存在，你说占为己有，到城里卖苞谷卖东西，我一直在县城工作，可从没看见，你们也没有抓到，是吧。黄大长在出工之余，受大队的委派，代表大队到县医院看望袁莹莹，那是尽革命人道主义，乡里乡亲，慰问一下，何况他们是干兄妹，他做完门路后，利用工闲时间，去医院探视几回也是人之常情嘛，是吧。你们家如果有亲戚朋友住院了，你们肯定也会经常去医院看望，是不是？正常的看望是友谊的表现，本身没有错，他看望时做了什么才是关键，他做了什么你们谁知道，可以说出来；关于你们反映的第三个问题，说黄大长偷伐集体树木变卖，私自烧炭卖钱一事，搞私有化，还有待调查。在农村，很难做到不毁一棵树，比如，你家里要烧柴火，修建个猪栏、牛栏、厕所什么的，是吧，还不是到山上乱砍滥伐，你们什么时候向领导打过报告、办过手续、批过砍伐指标？为了烤火，偷偷烧炭的人，肯定不止黄大长一个人，你们能保证，这些方面的事，你们从来没有侵犯过、都能经得起调查吗？我们要对那些乱砍滥伐、毁林烧炭的人，查出一批，处理一批，要绳之以法，绝不姑息。"

在农村，私自上山伐木竖猪栏、牛栏什么的，简直是太普通、太正常了，没有人会办砍伐手续。符光中等人低下了头，相互之间窃窃私语，黄大风的话，让他们悔恨、懊恼、担心，生怕有朝一日追查到自己头上。

几个胆小的农民，已经露出了几分胆怯。黄大长见火候差不多了，掏出一包香烟，给符光中等人，每人打了一支烟，自己的嘴上也送上一支，他不再说话，用凌厉的眼神看着几个农民兄弟，符光中等人内心直打鼓。

坐在身旁的县委副书记魏公穑，马上掏出火柴盒，咔嚓一声，火苗送到黄大风嘴边的烟上，黄大风深吸一口烟，经过肺腔最后从鼻孔中喷出在空中缭绕。他环视了一下周围，语气变得十分严厉。他说："关于你们揭发的第四个问题，你们说黄大长及其老婆李兰香长期霸占队里的水碾子一事，把非法所得据为己有。据我们调查了解得到的情况与你们反映的情况有出入。黄大长老婆李兰香的确是管理水碾子，但李兰香每天在水碾子出工，每天管理水碾子，没日没夜的，日均六分工，社员碾谷物等都是免费的，没有向社员收取费用，每碾米一次，收取一升米，作为碾谷物的加工费、晚上加班费。水碾子的维修，生产队没有管，全由黄大长他们自己负责，这就有一个维护的费用问题。要说占有公共财物，也只是偶尔在社员碾东西时提取一点实物，是为了维护水碾子的正常运转，支付损耗，大队是知道的，剩下的可能弄了吃，这个也许是存在的，可能涉及多吃多占的问题，这个县委已责令火场公社对李兰香进行批评教育，限期改正，保证今后不再犯，今后若屡教不改，我们一定要求中村大队免去李兰香的水碾子管理员一职。"

黄大风特别强调说："县委、县政府已经责令火场公社对中村大队支书姚革新同志、一队队长谢钟同志在大会上点名批评，责令他俩给县委、县政府写出深刻检讨，并公开检讨。要求公社对黄大长加强教育管理，约束黄大长的行为，并且，延长黄大长堡子界守野猪、守山的年限，不守好山林，不改造好，黄大长就不归队劳动，让他在山上继续劳动改造，带着过错立功，重新做人。"

黄大风最后说："我们县委、县政府回答了你们提出的问题，做了一些处理意见，也不一定都正确，也不知你们是否满意，如果有不同意见，你们还可以提出来，也是帮助我们改进工作。"

符光中等人哪里见过如此大的阵仗，公、检、法、司等部门领导齐刷刷地与会，向他们几个人威严地详细地说明情况。

四个人私下交头接耳，心中五味杂陈，形势对自己很不利。当年在提供的所有材料上，也没有细看，文化都不高，有些文字还理解不了，工作人员说，签字按手印了，就可以回家。于是，由工作人员指导，他们在各种材料上一一签字，摁了手印……如今如何翻得了供？好在黄大风书记也算重视他们的举报，责令公社对黄大长夫妇进行教育管理，不是还延长了黄大长堡子界守野猪、守山的年限吗，叫他在山上继续劳动改造。他老婆李兰香不是也得到警告、上了紧箍咒吗？大队、生产队两个小喽啰不是要写检讨，公开认错吗？这下可以刹一刹他黄大长的威风，他每天占着救过姚革新的命和谢钟又是同学加老庚的关系，在乡里胡作非为，耀武扬威，这一下威风扫地了。

当年几个监外执行刑满人员，第一次在如此大的场面，有尊严地陈述问题，虽然，几个人吓得两片嘴巴皮直发抖，临时也是满脑子的糨糊，但毕竟得到县委书记的亲自接见并做了答复处理，处理结果虽然还没有达到他们的完全满意，但也算是扳倒了黄大长，吐了一口压抑了多年的恶气。

符光中等人心中颇有了几份满足与得意，他们认为：如果这时再不就坡下驴，给脸不要脸，最后可能弄得两手空空而回，毕竟黄大风书记是当年处理这起案子的责任领导，是他自己亲自督办的案子，他会否定自己吗？何况黄大长时常嘴边不停地显摆黄大凤是他大哥，他霸蛮扯上了黄大凤这个亲戚关系。更要命的是，黄大凤书记平易近人，他承认了有这么一个来路不明的亲戚，站在黄书记的立场上，可能是为了更好地工作，放在过去战争年代，就是军民一家亲，现在是官民一体，爱民如子，何况黄大长也只叫个大哥，又不是管黄大凤书记叫爹，他们再犟下去，不就是和黄书记过不去吗？符光中等人带着疑窦，又一次接受了命运的安排。

想到这些，几个狡猾而又胆怯的人，私下嘀咕了一阵子后，决心做良民，他们迎合了黄大凤书记的处理意见，又在县里各部门为他们准备好的各种材料上签了字，又摁上了手印。在得到黄书记的口头表态后，几个原监外劳改释放人员人生中第一次昂起了头，从县委大院里大摇大摆地走了出来⋯⋯

在黄大凤的推动下，庞跃京再度接受组织审查，这次审查力度比"大跃进"时期有过之而无不及。庞跃京被武装羁押，组织上安排他一边接受劳动改造，一边反省自己的历史与思想根子，一边接受组织上的审查。他身心疲惫带着不解与困惑，等待命运的安排。

黄大凤把火场公社确定为全县大"四清"运动试点，先行先试。魏公稿兼任火场"四清"运动工作队队长，具体指导火场的"四清"运动。火场公社代理书记欧阳糊是火场公社"四清"运动战役执行长。

魏公稿是县委班子中屈指可数的几个具有大学教育背景的县团领导，人长得身材挺拔性感、说话轻柔有磁性、走路潇洒有风度，戴一副高度近视眼镜，眼镜背后有一双眯起的双眼。

他经常朗诵泰戈尔的英译诗集《吉檀迦利》。逢人三句话必提到他的诗集《嬗变》上，自诩是学者型官员。讲话鼻音重，说话有点"齉"。魏公稿说话温柔，行为举止不失礼貌。

袁莹莹自打县医院出院回来后，神志时好时坏，喜怒无常，晚上睡觉时，枕头上放着一把杀猪刀、一把剪刀，在家中关键角落，总是放着剪刀、镰刀、小斧子等护身器具。她有时晚上号啕大哭，时间久了，村中人都认为这种不正常的哭闹，应该是作为疯癫婆应有的症状，没有人理会，村中小孩总是跟在疯癫婆身后，招惹她，她披头散发捡地上的小石子砸向小屁孩。

第十四章
庞跃京忆苦当童工　包春梅调教众姨太

庞跃京写的第一份反省材料是他当年在周家大院当童工的血泪史：

我十岁那年，兵荒马乱，天旱虫害，年成不好，饿殍遍野，我家交不出地主恶霸周保旺的租，周保旺派家丁到我家中收租，逼我爹交租，我爹苦苦哀求，请求明年一并交上，可是，周保旺不同意，也不相信我屋交不出租，他叫家丁到我家中搜查，他们最后在我家

中搜出了一箩筐稻谷准备带走,我爹拉着箩筐绳子不肯放,他说:"保旺老爷,这半筐稻谷是预备明年春耕时的稻种,你拿走了,我们全家明年拿什么种田啊。"

周保旺恶狠狠地说:"庞开保,你个穷鬼,别拿假话来诓我,我知道你们把稻谷藏起来了。你们今天不交租,还想惦记明年的事,做你的春秋大梦去吧。今年不交租,田地我都收回了,明年你还耕种啥,有啥好耕种的?"

说罢,周保旺用牛鞭抽打我爹的手,我爹松开手,周保旺命家丁提着箩筐扬长而去。这时,我娘从外回家,看见周保旺等人在家中抢劫,还把稻种抢走了,于是,她一下子扑向那个箩筐,不让周保旺的狗腿子带走。周保旺见状很不耐烦,飞起一脚,把我娘踢倒在地,几个家丁围上来就是一顿毒打。我爹从屋里冲出来,只见地面上有一摊血,我爹磕头作揖,跪在地上请求周保旺饶了我娘,"保旺老爷,她有病打不得,会死人的。"

周保旺说:"俗话说,借债还钱,租地交租。今天到你们这里可别乱了规矩。"

"保旺老爷,今年大旱,田地没有收成,实在是交不出租,您老就宽限一些吧,明年一定如数交清。"我爹哀求地说。

"好吧,看在都是乡亲的份上,我饶过你们,今年的租明年还,稻种也还给你们。但我有个条件,你儿子庞跃京给我家放牛五年,我们还管饭,你看怎么样?"

我娘已经被打得遍体鳞伤,奄奄一息,听到周保旺说要以儿子抵租,她一个劲地摇头,口中说:"不能啊,老爷。跃京他还只有十岁,欠老爷的租,我们明年一定会还上的。"

周保旺这时已经十分不耐烦了,他吼道:"太没有规矩了,这个天下,什么时候轮到穷鬼做主了,你不要给我耍赖,赖也是赖不掉的,你如果舍不得你儿子,那就拿你抵债,到我家做五年苦工。"

我爹听到周保旺要我娘去做长工,心里急了,说:"保旺老爷,你行行好,我给你跪下,你知道她那个身子骨,一年到头在我家里都做不了什么,她哪里有力气做苦工呀,你这不是要她的命吗?"

"这也不行,那也不行,你庞开保今天真的是想耍赖耍横,给我来个软钉子是吗?"周保旺紧蹙着眉头,他显得很不耐烦。

"我哪敢在老爷面前耍赖耍横呀,你看我家里的情况,她多病不理事,家中还有我老爹老娘要吃要喝,一家五口人,就靠我这一双手,没日没夜做,都糊不上口,讲耍赖的话那可不是我的为人,还是看在我多年不欠租的份上,你就缓缓吧,今年天灾,收成不好,明年我就是自己不吃,也要想办法先给老爷您的租还上,行吗?"

"不行,不能因为你一家坏了祖祖辈辈定下的规矩。今天我告诉你,看在都是同乡,你也还算老实,这样吧,两个法子你选一个。你屋庞跃京和你婆姨,其中一个人去我家抵租五年,否则别怪我不客气。"

"老爷,老爷啊,我儿子只有十岁,老婆没吃没喝落下了一身的病,他们两个如何去老爷家做长工呀。老天爷啊,你可怜可怜我们全家吧。"我爹跪求周保旺开恩。

这时周围来了很多村民,见到这种情景,用手在指指点点,都流下同情的眼泪。我站在一旁,手中的小拳头握得嘎嘎响,我走上前对周保旺说:"周老爷,我跟你去抵租,给你放五年牛,抵掉我家今年的租怎么样?"

第十四章
庞跃京忆苦当童工　包春梅调教众姨太

这个突如其来的插曲，令周保旺始料不及，他点点了头。

爹娘听到我要去为周保旺家做五年童工，惊讶了半天，我娘回过神来，哭道："我这不是卖儿吗？天啦。"

这时，我走到爹娘跟前，把爹娘扶了起来，说："爹、娘，孩儿不孝，不能侍奉左右。让我跟他们走吧。"说完，我一个人往前走去，背后留下了我娘凄厉的哭喊声："我的儿啊，跃京，我的儿子啊……"我径直朝周家大院走去。

我到了周家大院，每天天刚蒙蒙亮，就被叫起上山放牛。我每天要放九头牛，有一天，天空中突然下起了倾盆大雨，在放牛回来的路上伸手不见五指，到处是一片白茫茫的水世界。回来的时候，周保旺的管家一点数，竟然少了一头牛，这下可把我吓出了一身冷汗。管家周构叫来家丁，把我毒打了一顿，打完后，周构叫家丁把我拖到后屋的牛料棚里，根本不管我的死活。

半夜里，我冷醒过来，全身疼痛难忍，饿得两眼昏花，天黑得伸手不见五指，我心里十分害怕，流下了伤心的眼泪，我想爹娘、爷爷奶奶。

我慢慢爬起来，悄然走到厨房里，想找一点吃的。这时，周保旺家一个长工，人称夜猫婆的老妇人，她像一个幽灵一把抓住了我的手，并用手捂住了我的嘴，悄声说道："你白天才弄丢了牛，晚上又想偷食，被包春梅发现了，会打死你的，你不要命啊！"

夜猫婆早起，准备去厨房灶台烧火，烧热水煮早饭，她发现我后，就把我带到厨房过道边的厕所里，叫我别动，说给我弄点吃的。

她回到厨房给灶台里点燃了火，把昨天晚上剩下准备给猪吃的燃锅巴，选煮了几块好一点的，锅巴很快煮好了，她盛了一大碗，又往碗中加了一点冷水，是为了让锅巴饭冷却得快点，让我快点吃完。她还往碗里加了一点昨晚吃剩的榨菜。

我站在厕所里吃完，夜猫婆把碗拿回厨房，刚洗好碗，放在碗柜里，周保旺的老婆包春梅突然出现在面前，让她吓了一跳。

包春梅问："你在干什么，怎么有煮锅巴的味道？"夜猫婆说："我在烧早上的洗脸水，把昨晚的锅巴煮了给猪吃。"

"那你洗碗干什么？"

"早上起来，发现昨晚有一个碗忘记洗了，洗一下。"

包春梅半信半疑地离开了厨房。走到旱厕，想上厕所，见厕所是反锁的，她敲了门，我探出脑袋，她被吓得大叫一声，说："你是人是鬼，一声不哼，吓死人了。你躲在厕所干吗？"

"梅婆，我在厕所解手。"

包春梅用看贼似的眼神，上下打量我。她又回到房屋盘问夜猫婆，夜猫婆否认见到过我，我也否认见过她。但这并没有打消包春梅的疑虑，包春梅一向疑心重，对所有人向来刻薄寡恩。

包春梅是周保旺的大房太太，一年四季用粗糙的红头绳扎着头发，穿着艳服，腰如水桶，脸却如鹅蛋，光彩照人。对几个姨太太横挑鼻子竖挑眼。

周家大院二姨太是周保旺从桃源一家戏园子买来的，一天到晚唱着小曲，嘴里嗑着瓜子，艺名"符彩儿"；三姨太是周保旺在杭州做生意时，从妓院用两根"小黄鱼"（金条）

赎来的，人称"夜夜香"；四姨太是从长沙一所学校带回的学生，叫姚娆，她一天到晚抱着一摞书看，两耳不闻窗外事，也是周保旺最喜爱的女人，小他二十四岁。包春梅像打破的醋坛子，姚娆自然没少受包春梅的挤对。

周保旺忙于生意，在外面的时间多，周家大院真正的主人便是包春梅，按规矩，家小每天早上是要到长房包春梅的东屋请安的，但二姨太、三姨太、四姨太总是借故不去请安，包春梅也没那么多的讲究。而且这三个女人仗着自己是见过世面的、大地方的女人，从骨子里没把包春梅放在眼里。她们嫌包春梅粗俗，经常拿腔拿调揶揄嘲讽包春梅，包春梅听不懂三个人说书，但她是个机灵的主，心机着呢。看她们三人讲话的语调也能揣测三分，是讽刺自己。

包春梅也不好惹，她决心调教三个大地方来的小蹄子。

一天早晨，包春梅端坐于厅堂上席，都小上午了，也没见三个姨太太来堂上请安，这换了平时，她也并不看重这些繁文缛节，今儿个她心情不好，也有故意调教三房的意思。便借故大发雷霆，叫丫鬟小杏儿到三个姨太太房中叫她们来厅堂训话。

符彩儿托故嗓子痛不来，"夜夜香"说自己大姨妈来了，身子不舒服，不但不来请安，还托小杏儿带话，她要吃清炖的猪蹄子。姚娆说自己昨晚看书太晚，今儿个爬不起床。小杏儿回话后，气得包春梅脸红脖子粗，站在坪场中骂街。她嗓门大，一会儿，把整个周家大院的人都招来了。

许久，符彩儿扭腰送胯地走来，她说："大姐，你这是唱的那一出啊？别闪了你的细腰。"

包春梅知道，符彩儿挖苦自己腰粗难看，便说："二妹，你刚才口中唱的什么'粉面桃花，细腰招摇羡煞郎。'你该不是讲反话吧。"符彩儿说："姐姐你是误会妹妹了，你腰不粗，你是福相，丰满丰韵着呢，不然老爷那么那么喜欢你。"

"咱们夫妻一体，那是自然。"

"夜夜香"听了这话，便说道："二姐看你说的，大姐的腰就不能提到一个粗字，大姐的腰不胖不肥，身上的肉不多不少，妹妹身子不便，给姐姐站着请安了。"

"夜夜香"说完，欠了欠身子，表示请安了。包春梅向来鄙视她，嘲讽"夜夜香"也不知怀了多少，怀一个掉一个，用她的话说，是个长不熟的烂瓜。

"我可没有妹妹你见识多，出自大场面。不像我，只知道尊崇妇道，饿死事小，失节事大。"包春梅话中有话。

"夜夜香"从来不和包春梅狡辩贞操的话题，相反，每次只要包春梅嘲讽她，她都会顺着包春梅的话题，狠狠地作践自己，这样反倒让包春梅更气，但又拿她没辙。

姚娆被小杏儿叫了几次，才最后一个赶来。周保旺最喜欢她沉静的性子，周保旺在家时，三天两头睡她房里，可就是不见她的肚子有一丁点儿的变化，包春梅经常骂她是吃干饭的，占着鸡窝不下蛋，蹲着茅坑不拉屎。

姚娆故意问道："大姐，谁惹你生气了，发这么大的火，您老别伤着了玉体。"包春梅听出她的话外音，明摆着是说自己年纪大，是个老太婆。

"我这身子骨老哒，没么么娇贵，不存在伤着不伤着。不像有些人，每天像个鸡公净吃闲饭，不下蛋，伤着了也无妨。"包春梅环视四周，觉得差不多了，便拿腔拿调地说，

"今儿个定了规矩,每天早上家中做小的,必须到大房房里来请安,称呼上要有规矩,不能让别人笑话咱周家大院,一堆人都是见过大世面的,认得大字的人,比乡下人都不如,不懂礼数,空长一副好皮囊。"

这几个女人都没有给周保旺生个一儿半女,据说,包春梅在生育上管得严,每到周保旺和谁同房,她会吩咐医生给各房送去堕胎的药,对外说是早茶或补身子的药膳。

包春梅先生下一个男孩,三年后又生下一个女孩,女孩生下三天后,据说是全身发紫死了,医生说是中毒,周家上下查了一月有余,也没有个结果。包春梅怀疑是二姨太符彩儿做的手脚,那日包春梅被符彩儿叫到房里闲聊,说是托人买的有新出的蜂蜜,叫她尝尝鲜,喝了蜂蜜水后,晚上她就肚子疼,第二天就流产了。包春梅打掉牙往肚里吞,打那以后,符彩儿是不能指望怀上了,从此以后,包春梅就格外防备着二姨太。"夜夜香"和姚娆这两个女人,也不是什么善茬,她们眼中根本不把包春梅这个乡下女人放在眼里。

周保旺眼见家中几个姨太太不能开枝散叶,既花心又有钱的他,又想找小,为他生育子嗣,延续香火。二姨太、三姨太、四姨太喜欢和包春梅死磕,包春梅一个都不放心,她主动讨好周保旺,说自己年纪大了,鼓动他抓紧找个五姨太,生个崽。包春梅的心思:让现在的三个姨太太站一边喝凉水去。周保旺如果纳妾,为他生个一男半女,生下来了不也叫她大娘吗?如果这个人不听话,到时再修理她,或者把她赶出家门,周保旺有钱不怕找不到生娃的女人。周保旺有心,包春梅乐意成全。

我每天放牛回来,包春梅总要围绕几头牛转几圈,看牛肚子吃鼓了没有,如果看到有一头牛肚了没吃鼓,就会用麻绳做的鞭子抽打我。那种麻绳鞭子抽打在皮肤上十分焦痛,有时,包春梅被三个姨太太用话语堵得慌时,或有无名火心情不好时,总会拿我出气,我挨打受饿是寻常事。

第十五章
庞跃京勤学文武艺 周保旺陷害两师徒

庞跃京写的第二份反省材料是阐述他在周家大院当童工的屈辱史:

周保旺和包春梅生有一个又傻又胖的儿子,取名胖墩儿,到了开蒙的年龄。一天,家里请来了教书的文先生,专门给胖墩儿教书习字,还请了习武的武师傅。

胖墩儿最大的特点,就是教书先生一开口讲书,他就会来瞌睡,先生起初就会用戒尺打他的手掌,打了手掌,胖墩儿就会大哭大闹,那么先生教不了,胖墩儿也不学了,而且,周保旺会很生气。后来,胖墩儿终于想出一个办法,在他读书时,他要我陪他玩,陪他一起读书。周保旺眼看周家只有这一个独苗,为了让他开心,只好同意。我便晚上陪读,白天放牛、做工,遇到雨雪天,我就在家陪读。

记得有天晚上,文先生教胖墩儿《论语》,先生说课摇头晃脑。文先生说,《论语》是

孔子应答弟子时人及弟子相与言而接闻于夫子之语也。当时弟子各有所记，夫子既卒，门人相与辑而论纂，故谓之《论语》。

他简单介绍完《论语》后，就正式开讲，他从《论语》的"论"字开始讲，于是，文先生开始唱读："论语。"胖墩儿比先生声大——"冷（lěng）语"，先生反复读"论语"，胖墩儿还是读"冷（lěng）语"，先生直摇头，胖墩儿不耐烦了，说："冷语个述，一个冷语你都教了五遍了，老子管他孔子冷语、热语。"

胖墩儿说完，闭嘴不读，闭目养神。我坐在一边陪读，看他搞怪时的面部表情心中忍俊不禁。先生又读，子曰："巧言令色，鲜矣仁。"

胖墩儿读成："巧言吝（len）色，鲜（xuān）矣仁。"老先生再读，胖墩儿擤了擤鼻子，说道："有完没完，一句'巧言吝（len）色，鲜（xuān）矣仁。'你都读小半个时辰了，你以为我爹的银子那么好挣啊。"

他把凳子一摔靠在太师椅上呼呼大睡去了，老先生看后哭笑不得，直摇头。我虽然没有笔墨纸砚文房四宝，但把老先生的每句话都听得真真的，晚上睡觉时，我还躺在床上把文先生教的文章，又重复默读几遍，老先生教的文章我都能默记。

转眼一个月，老先生要检测胖墩儿的学习情况。那天老先生抽查的题目是关于《论语》十二章。

胖墩儿说："每天不是子曰，就是诗云，除了子曰诗云，来点别的好不好。"说完，把座椅一摔扬长而去。文师傅气得直跺脚，说道："朽木不可雕也。"

这时，周保旺走过来给我就是一巴掌，骂道："每天供你吃、供你喝，叫你陪胖墩儿读书，你就知道逗他玩，你看他都把书读成啥样了，今天不准你吃饭，饿你一天。"

我并没有难过，我心里只有愤恨，回想老先生提出的问题，感到自己都能回答出来，我走上前去，对着文老先生一揖，说道："有劳先生。"

我便跟随胖墩儿走了。

武师傅给胖墩儿传授武艺是很严格的。胖墩儿扎马步，一双脚的小腿上绑上沙包，一双手臂上绑上练功用的铁臂套。只比画了几下，胖墩儿就一屁股坐在地上，不停地说："累，累死了。"

他坐在地上喘粗气。周保旺走来，叫武师傅把沙包和臂套从胖墩儿身上取下来，罚我戴上——这是我第一次用上了习武的行头——别说我有多高兴。我虽然比胖墩儿年龄大一岁，但个子比胖墩儿小些。

胖墩儿练武开心时，一时兴子上来，又会要我穿戴沙包和臂套练武。我陪练胖墩儿高兴，周保旺就要求武师傅在胖墩儿练武时，也叫我陪练，增加胖墩儿的练武兴趣。胖墩儿习文不行，习武经不起武师傅大嗓门吼骂。

武师傅耐心教胖墩儿拳术、枪法等，武师傅可谓十八般武艺样样精通。胖墩儿每学得一招半式，把周保旺全家乐得逢人就显摆儿子的武功。

武师傅十分看好我是个习武的苗子，也有意点拨我。几年下来，我的轻功和枪法已令武师傅十分满意。周保旺见我聪颖好学，进步很快，他吩咐文先生不准给我教书，也不准武师傅教我习武。可是，有时候胖墩儿贪玩，没有我陪他读书、习武，他就不肯学。周保旺就想出了一个笨法子，先生教书时，我只能陪在胖墩儿边上静坐，但不能开口读出声，写字时，只给胖墩儿毛笔，我不能写，坐在一边看。

我想，你不准我学文，不准我读，我就轻轻地在心里默读。写字没有笔，我就用手指头在桌凳上画，或者用手指"空临"。有时老先生出的题目，胖墩儿答不上来，我就轻声告知胖墩儿，有时趁周家人不在身边，我就会拿起胖墩儿的毛笔，帮胖墩儿写字，文先生见我聪明过人，甚是喜欢，也就睁一只眼闭一只眼，有意让我和胖墩儿一起读书写字。

武师傅是个直性子，见我是个习武的料，又刻苦肯学，干脆把我跟胖墩儿一起教，武师傅觉得难得有这么好的习武苗子，有时给我教得还特别用心。我只要一点拨，就能领会他的意思，学得认真又刻苦，我的武艺进步很快。有时胖墩儿怕苦怕累，不愿练了，我从来不会叫苦叫累，武师傅就会安排胖墩儿在一边看着学，他就干脆专门教我"绝招"。

时间一久，又被老奸巨猾的周保旺发现了，周保旺要辞退武师傅。这时，胖墩儿可不干了，他又吵又闹，他要留下武师傅，因为有武师傅在，我学习很用力，师傅又肯教我，他就可以偷懒在一边玩或是睡觉。我平时迁就胖墩儿，和胖墩儿一起玩，逗他开心，陪他习文练武，指导他练招式。文先生不在的时候，又从旁点拨教他读书，胖墩儿对我的态度从粗暴到温和。

我在周保旺家主要是放牛，陪胖墩儿玩，陪读陪练兼做胖墩儿的出气筒，不过我把胖墩儿逗得舒舒服服的，起初胖墩儿对我颐指气使的，慢慢地随着陪读陪练的时间越来越久，我变成胖墩儿在紧急时刻的依靠。我能帮胖墩儿完成先生布置的学习任务，没有先生的时候，我充当小先生，由陪读变成领读。

习武倒是胖墩儿比较喜欢的科目，但怕苦怕累，加之身体过于虚胖，胖墩儿感到力不从心。往往师傅教套拳，他总是打不完整，忘这忘那的，武师傅总爱大声责骂他。他心虚武师傅，记性和理解力奇差。周保旺又看得紧，胖墩儿只有缠着我，叫我给他开"小灶"。我有时故意卖关子，说东家不准我习武学文，我啥也不会，不肯教胖墩儿，往往这时胖墩儿就会坚决要求。一次，在他的一再坚持下，周保旺终于算是明确的表态，在胖墩儿学文习武时，我可以正式从旁偷学一招半式，也可以开口小声跟读，目的只有一个，那就是让我陪伴胖墩儿学，胖墩儿才有兴趣，他才学得下去。

一个朗月的晚上，我一个人在房里练功，被周保旺的丫鬟秀秀看见，报告了周保旺，周保旺就逼着我爹娘交师傅钱，说我在周家大院偷师学艺，简直是个家贼，防不胜防。折算成租要一并交，我知道家中的情况，哪里有余粮交师傅钱呢，周保旺见我文武都学得又好又快，心生嫉恨，他后悔了，不想再让我学文习武。

我恳求周保旺说："老爷，我保证，今后再也不偷学了，我是觉得好玩才比画几下。我一个贱民，学文习武也没有什么用场。请求你原谅，我再也不敢了。"

周保旺坚持要我爹娘补交师傅钱，我爹娘无奈只好讲好话，请求周保旺宽限时日，慢慢补交。

从那以后，我每天也不和胖墩儿讲话，更不会陪读、陪练。这下胖墩儿可不干了，胖墩儿终于使了小性子，大闹了一场，扬言："庞跃京如果不陪读、不陪练，我就不学了。"

周家上下，只有这一根歪独苗，拗不过他，周保旺只好同意胖墩儿看似荒唐的要求，我怕其中有诈，推却了几次，不肯接受胖墩儿的美意。但胖墩儿执意要我陪读、陪练。从此，我一改偷学文习武为公开和胖墩儿一同习武学文，我如鱼得水，学得更加勤快，气得

周保旺直骂娘。有了这个教训，从此我也学会了韬光养晦，有时，故意在周保旺面前乖巧，让胖墩儿的进步显得比我快，我不及胖墩儿尊贵聪明，满足周保旺的虚荣心。每到周日武师傅检查习武情况，我总是要显示出不如胖墩儿，故意落下不少招式，我到后来，打枪已是百发百中，却故意把枪抬高一寸打离靶。胖墩儿的枪法只能说，能打到靶上，这让周保旺及手下欢喜不已，纷纷夸奖胖墩儿打得好，是个神枪手。

有一次月试，我一不小心一枪打出了一个十环，这让周保旺和全家上下很不高兴。我马上意识到这是一种错误，自己不能显山露水，于是，之后稍抬枪口，让其余九颗子弹全部打离靶心。而那天胖墩儿的十发子弹，全部打在靶上，其中一枪打出了九环的好成绩，顿时，全家人欢欣雀跃，祝贺周保旺。武师傅看在眼里，记在心里，抽了一个空，问了我情况。我叫了一声"师傅"，已是泪流满面。

武师傅夸我为人机灵，本质又好，是个难得的习武的好苗子。从那以后，只要周家人看得不紧的时候，武师傅就会给我另传武功。我一学就会，我的武艺很有长进，武师傅看在眼里，喜在心里。武师傅越发对我细心指点。

在识字上，文老先生眼神不好，我用的功不比习武差，只是不让老先生发现。文先生教习的内容，我时不时地要帮助胖墩儿，为他打马虎眼，让胖墩儿能过文先生这一关和周保旺的关。冬去春来，我在周家大院做童工到了契约期，我也成了一个能断文识字而又具有一身武艺的小青年。

我回到了爹娘身边，爷爷奶奶前几年相继过世，我回家的第二天夜晚，我娘在多病、饥饿中永远闭上了眼睛。我爹由于长年累月租周保旺家的田地耕种，吃不饱穿不暖，受尽周保旺的剥削压迫，积劳成疾，不堪生活的重压，不久也随我娘永远离开了人世。我用几块木板先后掩埋了爹娘，从此，我变成了没有爹娘的孤儿。

离开了周家大院，我不忘学习文化，勤练武功，经常拜会武师傅，武师傅十分喜欢我，他破例点拨我武功。在我离开周保旺家的第二年，武师傅同周保旺结清了师傅钱，离开了周家大院。我就追随武师傅，正式拜他为师，武师傅带着我在沅陵、大庸、古丈等地以卖武献艺为生。

这让周保旺感到十分生气。他认为武师傅没有尽到为师的职责，没有尽心尽力去教他的儿子胖墩儿，相反，尽心教一个偷学武艺的庞跃京，并且武师傅离开周家后，竟然还收了我这个穷小子当了徒弟，并且不收一分师傅钱，这让周保旺更为光火，决心要找武师傅的麻烦。

我后来跟随武师傅浪迹江湖，师徒感情越来越深，我就认了武师傅为干爹，一边跟着干爹继续学武，一边游乡串港，到大庸、古丈、保靖、泸溪、辰溪、洪江、溆浦等地收徒练武。

转眼间，两年时间过去了，干爹把平生所学的武功绝活，悉数教给了我，武师傅膝下无儿女，视我为己出，关爱有加，悉心教习武艺。使得我的枪法百步穿杨，轻功了得，各种拳路烂熟于心。

可是，天有不测风云，人有旦夕祸福。一年冬天，干爹带着我，年关到沅陵县城耍武艺讨生活，准备找点钱好过年。

我们师徒几个耍把式卖艺的人，在招揽观众的时候，敲着锣鼓，引导市民围成一个

第十五章
庞跃京勤学文武艺　周保旺陷害两师徒

圈，那天慕名来看师徒武术表演的人很多，首先由我表演了几套拳术，博得阵阵喝彩，一个跟班马上双手抱拳，沿着人圈答谢致礼，说道："各位看官，有钱的捧个钱场，没钱的捧个人场。"看表演的人纷纷往我手中的条盘里丢钱。

武师傅见来的人多，大家兴致高，就亲自出马表演武艺，他耍的武艺是轻功。只见他从地面连翻三个筋斗后，一跃上云梯，双脚稳稳地倒挂于云梯之上，博得一阵喝彩。这时，有三个手扛皂幡的人，其实是"水捞惯"（就是混社会的坏人），相互掩护着，用弹弓射铁珠子，同时向我干爹的脚上射去，干爹因为意外的射伤，从云梯架上直接摔了下来，干爹年岁已高，但仍然身手了得，只见他人头快撞地的瞬间，用手掌轻点地面，空中一个腾空翻，双脚着地，一个趔趄，还是站稳了。

突然，他的眼前出现了十几个持枪的人，用枪抵着他的脑壳叫他别动，并说是县保安团的。我被突如其来的事变给蒙住了。但我迅疾回过神来，和干爹一起动手，几下子撂倒几个保安团的人，保安团近不得我俩身子，便向天上鸣枪示警，一个保安说："别动，再动就开枪了。看看是你师徒的身手好，还是子弹快。"

干爹马上停止格斗，叫我住手。同时，保安团的枪也抵在我的头上。师傅对我说："我们安分守己，没做亏心事，没什么好怕的。保安团弟兄们，你们是不是弄错了。"

保安团安团长走上前，盘问道："你就是武钢吗？"

"正是。"

"有人举报你通匪，和土匪安安三是把兄弟，流窜沅陵各地，危害火场地方治安，请你跟我们去保安团一趟。"

我质问安团长："你们有什么证据，你们是成心害人，得了谁的好处，要加害我师徒二人。"

我干爹说："老总，你们的确是抓错人了，我一向靠卖武艺混点饭吃，从来没有危害社会治安，更不认识土匪安安三，你们放了我们吧。"

安团长一听，发出狰狞的笑声，他说道："武钢，实话告诉你，有人举报你通匪，我们已经跟踪你有些日子了。还有……"他顿了顿，用手指向我说，"还有你也是一个通匪的帮凶，也有重大嫌疑。"

他把手一招，说："都给我带走。"

我和干爹就这样进了国民党的监狱。他们在狱中对我干爹严刑逼供，想屈打成招，干爹被保安团活活地折磨而死。他们对外说武师傅死于疟疾，医治无效而死。

干爹被害死了，保安团多少还是觉得理亏，他们从我那里也没有问出什么有价值的东西，也就放松了对我的管束，一天早上，趁放风的当口，我趁机脚踩西瓜皮溜之大吉。我出狱后，在后山找到了干爹尸体，安葬了干爹尸体后，我躲到了无缘洞。我伤心过度，大病了一场。在大病中，我有一个直觉，我认为干爹一向忠厚，从来没有得罪什么人，怎么会有人举报他通匪呢？他天天和我在一起，怎么有通匪嫌疑。我心想，肯定是周保旺在捣鬼。师傅在世时，最看不起周保旺仗势欺人，为所欲为。师傅辞去周家武术教习，令周保旺感觉脸上很没有面子。并且，他前脚走出周家大院，后脚就收了我为徒，后来又收我做干儿子，在周保旺看来，这分明是和他作对。

火场方圆几十里，谁不买他周保旺的面子，谁见他不低头三分，礼让三分？只有我

师傅不吃他那一套。师傅在周家时，对我又是格外的呵护，明里暗里教我习武，给我传授真正的绝活。几年下来，胖墩儿没有学到什么真本事，学了一些花拳绣腿，招摇过市，每天净给周保旺惹事。而我武功大有长进，书读得又好，深得文师傅和武师傅的喜爱。

善有善报，恶有恶报，在我离开周家大院后，胖墩儿突发猩红热丢了性命，胖墩儿是周保旺独子，这让周保旺悲痛欲绝，据说他因为儿子的夭折，害了一场大病。结果病好后，把所有的气都撒在师傅和我身上，把所有的罪都归到师傅头上。

我和武师傅被人构陷，我想，肯定是周保旺所为，是他勾结县保安团安团长，加罪于师傅，要借官府之手除掉武师傅。

一天，我在村口遇见夜猫婆，我把爹娘受周保旺长期欺压剥削先后去世，师傅含冤被保安团活活打死的事，一五一十地向她诉说了。师傅在周家授武时，夜猫婆知道我师傅的为人和人品，也知道师傅当年也是没有办法才被迫离开周家的，现又听我说，很可能是周保旺买通县保安团安团长，给师傅加上通匪的罪名。夜猫婆见我一口一声阿婆地叫，眼泪像断线的珠子，我们都是苦出身呐，都受到周保旺的欺压迫害，阶级感情让夜猫婆对武师傅的遭遇十分同情，她偷偷地告诉了我一个惊天大秘密。

第十六章
安团长计陷两师徒　庞跃京手刃周保旺

庞跃京写的第三份反省材料是他亲手杀死恶霸地主周保旺的报仇史：

季春的一个晚上，夜猫婆忙好了杂务，在屋檐下闲坐，听到了安团长和周保旺的谈话。

时间大约是武钢出事的前一个月，记得那天早上，周保旺写好帖子，叫手下管事的小五子，带上自己的手书，驾着马车，带上从大庸那边新购置的绫罗绸缎和一些特产，专程去县城给安团长送去。

周保旺给安团长的帖子送到安团长的府中，自然会落到他老婆周肥妹手里，周肥妹认不得几个字，只会看帖子上是否有自己的名字，见帖子上写的有自己名字，就是请自己，按规矩又见帖子背面还列出绫罗绸缎及其他礼物的明细单子，顿时，她丰腴的脸上堆满了笑容，她爽朗地代表安团长答应了。安团长在外欺压百姓，臭名远扬，在家是典型的惧内。

周保旺请来了安团长、团长夫人及手下一干人等，很给他周保旺面子，他带保安团故意在中村两千米长的街面上晃悠显摆，狐假虎威。

保安团的弟兄们海吃海喝后，被安排去打牌耍钱。丫鬟在客厅上了水果，安团长和周肥妹一坐下，周保旺就凑上来说："嫂子，这地方穷乡僻壤的，太委屈您了，嫂子身子娇

第十六章
安团长计陷两师徒　庞跃京手刃周保旺

贵，倒是叫小弟十分过意不去，这样吧，嫂子，今天这里坐的都是自家一屋人，你有什么事需要老弟办的，或者你喜欢我这个家里什么，你尽管开口，老弟都答应。"

安团长的老婆周肥妹十分贪财，但喜欢有事无事拿本书看，不过她把书拿的是倒的，斗大的字不识一箩筐，人长得胖墩，却十分喜欢别人说她是丰韵，手指长得粗短而细腻，逢人就爱伸出手来，摆弄她那双"美手"，喜欢别人称其为纤纤玉手。

遇到有人托安团长办事，她也会伸出手秀秀。但不知究竟的人，以为她仅仅是秀秀美手，夸夸美手就没事了。其实，这只是一个方面，最主要的是通过展示美手，暗示对方要出一只手的价钱，才会办事。

周肥妹说："保旺，你这就是见外了，我啥也不要，就冲你老弟这么懂事、会办事。"

安团长说："保旺老弟，今天我被你灌醉了，趁我酒力还没全上来，你有什么事就说吧。"

"安团长，安大哥你就是直爽，我就是喜欢跟直爽的人打交道，才不累。我也没有什么事，只是这社会治安的大事是安团长管吧。"他说后往安团长认了一眼，见安团长肯定地点了点头，他又说："我们这里有人勾结土匪要造反。"安团长立即弹了起来，酒好像醒了一半。

"我家里原来请的那个武术师傅，叫武钢，有确凿证据，证明他通匪安安三。本来这事与我也没有什么大的关系，只是社会治安是你安团长管，我嫂子肯定也不想这个地界治安出事。我是这么想的，武钢之前到我家里做过几年武术师傅，我若不报告，哪天他获罪了，我也脱不了干系，说不定也会被株连。现在，你和嫂子都在这里，也就算老弟今天正式报告官府了。"

安团长说："武钢他为什么通匪？他要干什么？"

周保旺狡诈地说："他经常对你有议论，说你在保安团不好好维护社会治安，鱼肉百姓，比土匪还坏。"

安团长嗖地拔出手枪，吼道："老子毙了他，×的，吃了熊心豹子胆，敢骂保安团。"

"保旺你说，你想叫安团长做什么事，直说，我为你出头。"周肥妹代表安团长做主表态。

"武钢通匪，不除后患无穷，指不定今后会牵连到我。他如果和土匪联合了，截断了我们火场到大庸的路，这今后的生意还怎么做呢？到时怕是连吃饭都没有钱啰。"周肥妹人肥，脑子不肥堵，明白周保旺话中的意思。

周肥妹哈哈大笑，"我还以为有什么天大的事呢。"她伸出一只手在摆弄，并不说话。道上的人都知道，最后拍板人不是安团长而是周肥妹。周肥妹也不讲价，通常伸出左手或右手或者是左右手。周保旺会意，知道周肥妹要五根"小黄鱼"。见安团长没吭声，周肥妹没发话，周保旺说："像武钢这么一个有很高武艺的人，若和土匪形成气候，怕是火场，乃至县城都不得安宁，要不一不做二不休，抓住武钢和他那个徒弟，也就是干儿子庞跃京，在牢狱中弄死他。"周保旺用手掌做了一个砍头的动作。

周肥妹听后，放声大笑道："你这才像个男子汉办事，无毒不丈夫，就按保旺你说的，我们要为民除害。"说完，仰面大笑，用一双美手捂着圆脸很夸张地浪笑。

周保旺知道，周肥妹要价不是一只手，也就是不止五根金条，而是十根"小黄鱼"

（金条）。

周保旺马上说："只要安团长除掉武钢和庞跃京，为民除害，就算我为政府立功举报，我出这个数。"他伸出一双手，"为保安团的弟兄们买点酒喝，出点路费。"

"好，就这么说定了，安团长会安排人手，捉拿武钢和庞跃京这两个土匪，每人悬赏这个数。"周肥妹伸出一只手，又翻转了一下手板，意思是我师徒二人的人头要十根小黄鱼。

安团长回沅陵县城前，周保旺用一个檀木匣子装好了十根金条送给周肥妹，还送了一马车其他物品。周肥妹临行前，用手拍打周保旺的肩头说："保旺你放心，安团长一定为民除害，立即捉拿武钢师徒。"

夜猫婆说："周保旺原来是不想让师傅死得那么快，周保旺曾经讲过，没想到师傅一个习武之人，那么不经打，没折磨他几天，他就死了。"

周保旺的如意算盘是让武师傅屈打成招，承认通匪的罪行，我作为师傅的徒弟、干儿子也就很自然地是通匪，就会被反坐。最终也就会要了我的性命，他要用我们师徒二人的命，还自己儿子胖墩儿的命，他才会解气、安心、满意。他还有举报之功，弄不好还会受到官府的奖赏。

我听到这里，把拳头握得嘎嘎响，眼中射出仇恨的光芒。过了两天，我做好了潜入周家大院的准备，我要亲手杀掉周保旺，为爹娘和武师傅报仇雪恨。

我在周家大院放牛五年，那里的地形、地貌了然于心。我如果白天硬闯周家大院肯定是不明智的，因为有家丁荷枪放哨，二十四小时把守大门。

周保旺自从勾搭上安团长之后，他更是有恃无恐，鱼肉乡里。安团长把周保旺视如提款机，周保旺把安团长当成手中枪，安团长恣意让渡手中的公权，曾经拨给周保旺一支小保安部队，其中一切开销自然都由周保旺埋单，帮他看家护院，当然，也有监护周保旺的生意之意。周保旺心中敞亮着，大胆放大这支部队的功能，欺压百姓，影响传到沅陵县城。后来为安团长的政敌所获知，对他进行攻讦，省城也知道了安团长公权私用，为此，差点撤销了他保安团长之职。周保旺运用省城官商巨贾盘根错节的关系网通融打点，把保安队从周家大院撤回沅陵县城，也就相安无事了，只给周保旺留下几杆枪，豢养一些家丁。

我选择寅时动手，那天天色阴沉，到了后半夜，好端端的天空，突然下起暴雨，电闪雷鸣的。季春时节，雨水就是多。要进入周家大院，就必须先解决掉大院门口的两个守院家丁。我趁着夜色，在电闪雷鸣中，从大院门斜对面不远处的村民屋舍边，飞也似的窜到大院门口，用手臂抱着两个守卫的脑袋相互猛力撞击，两个守门的家丁应声倒下，其他地方竟然没有一个守卫的人。进入周家大院，这里是我十分熟悉的地方，我知道周保旺通常会住在哪间房里，我弓腰探步进入窨子屋的西头，走到周保旺睡觉的床边，手起刀落，在闪电映照下，我看见枕头下并没有周保旺，用手一摸被子里有微热，这个突然的小变故，让我顿时有了几分紧张。我心想，周保旺今天不在？他去了哪里？还是睡在了别的房间里？我心中一时也没有主意。这时，忽然南边房间的桐油灯突然亮了，传来了周保旺重重的咳嗽声，我迅速藏好了自己，并从暗处探出脑袋，观察周围的动静。观察了好久，南屋房里传了几声女子的哭泣声。

第十六章
安团长计陷两师徒　庞跃京手刃周保旺

我当时脑中突然想到一桩最近流传的事情。几天前，周保旺到桑植县做盐巴生意，路见一户人家破屋门口摆着一张破旧的四方桌，前面写有一张纸条，纸条上用毛笔写有几行字，周围有不少人在围着看。一个十四五岁的姑娘站在字的旁边，头上用芭茅草打了一个结，身上系着一根绳子。按当地习俗，这是卖身的标志，周保旺吩咐手下人，走近看个究竟。回来的人告诉他，这户人家只有一父一女，老父暴病而亡，小女子无钱安葬老父，要卖身葬父。周保旺略一思忖，就下马走到姑娘身边，用手托起姑娘低垂的头，捏了一下小姑娘的臀部，掐了一把小姑娘的胸脯，心中不由一阵窃喜。说道："是个雏鸡，屁股大、乳房鼓，是个生孩子的地盘，带回去。"

他又用双手在小姑娘的双肩上按了按，急不可耐地问道："姑娘你叫什么名字？你卖身为的是葬父，你还有什么其他要求？"

"我叫何翠翠，只要官家能好生掩埋好老父，我愿意为官家当牛做马，没有其他要求。"

周保旺欣喜若狂，一把拨下何翠翠头上的芭茅草，用手牵着何翠翠身上的绳子，对何翠翠和手下几个人说道："马上买一口上好的棺材，把老人家好生埋了。"

他还慷慨地摸出几个碎银塞进何翠翠的手里。何翠翠感恩涕零，对他连声感谢，她跪向父亲遗体，磕了三个响头。

周保旺料理好后事，手牵绳子带何翠翠赶往火场。回来的当天晚上，周保旺就要和何翠翠圆房，何翠翠哀求地说："老爷，我卖身为奴，没有想做老爷的姨太太。"

"你已卖身为奴，你卖身的那张告示，我还藏着的，你既然卖身了，你的身子就是我的，任由我处理。你到我周家不会亏待你，不要你为奴，你就做我的五姨太吧，明年给我生个带把的。"

"老父才下葬，不能行周公之礼，孝期要三年。"

"啪啪！"周保旺丢过去两个脆响的耳刮子，狠狠地说道："等你守孝三年，你以为来周家是吃干饭的？白养你是吧，三年孝期有那么讲究吗？给你七天时间，也就是头七，过了头七，你就是我周保旺的五姨太了。"

头七晚上，周保旺躺在床上，小翠近在咫尺，他心中的欲火在熊熊燃烧。他想：我是周家大院老爷，竟然有人给我立规矩，我怎么就被这么一个小蹄子的狗屁头七束缚呢，不行，我现在就要吃掉那个雏羊。

周保旺猴急，在这个雷电交加的雨夜，溜进翠翠的南屋……

这时，我正悄然地靠近南屋。琴桌上的桐油灯，在发着萤火虫般的豆光，在左右闪烁，从窗棂中可以清晰看见床上的一幕。

何翠翠的哭泣声、周保旺的笑声在深深的窨子屋中久久回荡，夜雨中，让人毛骨悚然。

我看到了这一幕，热血沸腾，周保旺是那么恶心可恨，我想一个箭步拽开房门，冲上去结果了周保旺。我正在思忖，如何杀掉周保旺，只见周保旺起了床提上裤子，把宽大的裤子左右一折叠，翻下裤头边一折，准备去厕所，开了门匆匆往厕所走去。我纵身一跃，闪进了屋角背面，我侧身躲在门边，一个箭步冲上去，拽开厕所门，周保旺正蹲在厕所里，见有人突然闯进厕所，吓了一跳，等他回过神来，我手中的马叶子刀已经捅进了他的

胸膛，周保旺手指我："你，你为什么？"

"为了给我爹娘报仇，是你逼死了他们；为了给武师傅报仇，是你害死了他。"

"求求你，饶命，救……命。"

"你死有余辜，你拿命来。"

我一使劲，马叶子刀钻透了周保旺的胸膛，右手腕一反转，周保旺当场毙命。

我回到何翠翠房间，何翠翠以为是周保旺回房间了，用双手抱着被子，蒙住双眼，哭着说："老爷，你饶了我吧，你不要来，你回东屋去吧。"

我对何翠翠说："小妹妹，你别怕，我是来救你的。"

何翠翠听到一个陌生的少年声音，揭开被子一角，见到我伫立在床前，马上警惕地问："你是谁？你怎么在这里？到这里干什么？"

"我是庞跃京，和你一样，也是穷苦人，到这里是找周保旺报仇的，他逼死了我爹娘，害死了我干爹。周保旺他不是人，是个人面兽心的畜生。姑娘，一言难尽，赶快跟我走吧，不然，时间久了，被人发现了，我走不了了，你也走不了了，快走吧。"

"我们去哪里，周保旺人呢？"

"我也不知道，先逃出这个周家大院再说吧，周保旺他罪该万死。"

翠翠大声说："你杀了周保旺，不得了了。"

我上前一步，用手捂住了翠翠的口，对她耳语："你小点声，别人听见了就麻烦了。"

"官府知道了，杀人是要偿命的，你往哪里逃啊。"

"官府和周保旺是一伙的，让他们抓住你和我都会丢了小命的，赶快走小妹妹。"

"我没地方去，我娘早死了，我爹才死，我无家可归，我往哪儿逃呀。"

"我可以带你逃走，现在周保旺人死了，他是从你房间里出去的，等明天早上他们发现周保旺死了，你有一百张嘴也是说不清的。姑娘，我也是孤儿，我们一起逃到大庸去，再去其他地方，反正不能让官府或者是周家大院的人抓住。"

翠翠稍一迟疑，我一把把何翠翠扛在肩上，顺带抓了几件衣服，飞也似的消失在雷电交加的夜幕里。

据说，周保旺和包春梅两人感情深厚，包春梅之所以让周保旺一再娶小，就是想家里能家发人兴，未承想，娶进门的一个比一个厉害，都想挑战她作为正房大太太的地位，为了巩固她作为大太太的地位，也有取悦周保旺的意思，她把周保旺伺候得舒舒服服，关心有加，让周保旺对她又爱又敬重。周保旺曾经和包春梅有约，两人百年后要合葬，沿用古人破镜习俗。

所谓破镜习俗，就是将一面完整的铜镜分成两半分别葬在夫妻两个墓葬中，铜镜是夫妻生前使用的物品，夫妻去世后，生者有意识地将这件他们生前共同使用的器物打破后，分葬于两墓之中，其目的是沟通死者之间的联系，寄寓夫妻在阴间继续做夫妻的美好祝愿，取"破镜重圆"之意。

包春梅在周保旺被杀之后，风风光光地安葬了周保旺，按照约定，包春梅把她和周保旺两个人结婚时使用的铜镜打破，取其中的一半镜片放在周保旺墓中，叮嘱家人她自己百年后，把铜镜的另一半放在自己的墓中，这样两人在阴间可以重新团圆，来世还要做夫妻。

包春梅做了这些，在社会上一时传为佳话，都认为她是一个重情重义的人，让人对她油然而生敬意，这也是周保旺死去几年后，周家大院还能完好如初，上上下下不离不弃的原因。

第十七章
拉杆子啸聚无缘洞　符星申探访指挥部

庞跃京写的第四份反省材料是他成立无缘洞义军、战国民党军队的战斗史：

我和何翠翠逃出了周家大院后，一时也不知走向哪里，我和何翠翠跑到我屋里，我赶快取来了茅草，点燃火，在灶上烧了热水，叫何翠翠马上洗一下，何翠翠把湿衣服搓洗了几下，拧干净水，放在火坑边烘烤。我自己也冲洗了一下，换上干衣服，找了几件干净衣服，用"包袱"打包好。

我对何翠翠说："我们马上离开这里，逃往大庸，那里有我一个远房亲戚，我们投奔他那里去，去了看情况再说。"

何翠翠别无选择，跟着我在雨夜里，开始了逃难的日子。我带着何翠翠冒雨逃离火场，刚走到后山就听到周家大院敲锣声，这是周家大院既成的规矩，只要有大事，首先，把锣敲得天响，周家大院肯定乱成了一锅粥，到处在抓凶手。

我和何翠翠相视一笑，庆幸自己脚底抹油溜得快。天亮时，我俩雇了一辆马车，好不容易到了大庸的亲戚家里。我亲戚家里也是一贫如洗，低矮的一间木房，房子木板已经斑驳陆离，室内地面到处是土坑，家徒四壁，没有一件像样的物品。而且，压根儿就没有要留下我和翠翠的意思，我们远道而来，也没有嘘寒问暖，我俩勉强住了一个晚上，第二天大清早，我俩没有打扰亲戚，悄然离开了。根据何翠翠的意思，我俩去了她桑植县的家里。我说："周保旺死了，你逃走了。现在整个火场都会说是你杀死了周保旺，你逃跑了，官府马上会缉拿你，你桑植家里也不能待了，我俩得马上离开，官府很快会追过来。"

我俩不敢停歇继续向西奔走，1927年8月初，走到了江西南昌，路上遇到南昌起义打散了的部队，我们跟随散兵游勇一路逃亡。何翠翠用桑植话打听到南昌起义的总指挥。她说："总指挥是桑植县洪家关人，和我家相距不远，出身于贫苦农民家庭，仗义疏财，敢于同恶势力相抗争，闻名乡里，18岁参加了中华革命党，在桑植县、石门县等地从事武装斗争。"我说："他真是个了不起的英雄，我也要成为那样的英雄。"

我们决定找那位总指挥所带领的队伍，参加他的队伍。可是，打散的兵勇说，部队打散了，找不到了。我们就和二十几个散兵，漫无目的地走，饿了就打土豪。

我们就这样漫无目的地走了两天，我对翠翠说："我们还是回去吧，现在外面兵荒马乱的，当兵的人都到处逃散，老百姓就不用说了。"何翠翠说："回去周保旺家里人不会放过你我的。"

我对何翠翠说:"别急,我有办法。"我对二十几个散兵说:"弟兄们,你们现在也找不到部队了,到处逃难也不是个事,如果众弟兄愿意,我倒是有个好去处,不知大家愿不愿去。"

当兵的问:"去哪儿?"我说:"我们要去的地方是湖南沅陵的火场,火场和永顺、大庸交界,是三不管的地方,那里有很多大山、大洞、良田、山地,吃喝不愁,我们可以啸聚山林,等待天下大变,做一番大事。"

二十几个散兵中有十几个人无路可走,同意跟我往北走,兵荒马乱,一路上我们劫富济贫。我印象最深刻的一件事,就是在回来的路上,我们遇到一个自称姓安的湖南人,他原来是做生意的,遭到兵匪的抢劫,身无分文,沿路乞讨,说是要回湖南,我给了他两块银圆,让他跟随我们一起往回走。不知怎么回事,一天之后,他突然不见了,我们到处找他,就是不见他人影。在返回的路上,我又收留了三十多个闲散青壮年。我终于把这支五十余人的队伍带到火场,驻扎在海拔三千多米的大山上——洞门前无缘洞。

我们的队伍占据无缘洞以后,对洞四周、洞中的结构地形绘制了地图,设置了火力网,我们的队伍纪律严明,秋毫不犯老百姓。我们在沅陵和大庸之间来去自由,无人敢惹,经常杀富济贫,为老百姓说话。

我们的队伍不断壮大,一年后,县保安团安团长拿了包春梅的好处,把我们当成土匪围剿。前两次他损兵折将,被我们无缘洞义军打得丢盔弃甲,但他不甘心失败,发誓要剿灭我们义军。第三次他纠集了更多的队伍,三犯无缘洞,由于我们义军群众基础好,早早得到了县保安团进犯的消息,我在无缘洞半山腰设下埋伏,打了他一个措手不及,他丢下十具尸体,慌忙撤退。我们义军利用有利地形,一路追击。安团长见大事不妙,赶快把队伍撤到山脚下,他骑上高头大马,丢下自己的队伍跑了。仇人相见,分外眼红。我见安团长想跑,从一个士兵手中拿过一把步枪,抄近路,一路狂奔,奋力追击。在一个小名叫修溪的地方,他被我一枪击中身亡,从马背上摔下来。我总算为民除了害,为武师傅报了仇。

这样事情闹大了,紧接着,国民党军队派了一个连上山围剿。我们义军在中村、赵家峪、上寨、下寨等村路口安有密探,有的肩上扛着一根长条凳,身上穿着粗布衣服,衣服上有大大小小的布口袋,口袋里装着各种砂磨刀石等,边走边喊:"磨剪子呢戗菜刀!"有的扮成劁猪的,据说,明太祖朱元璋定都金陵时,曾给劁猪匠写过一副对联:"双手劈开生死路,一刀割断是非根。"劁猪这营生就成了七十二行中一行。他们手持牛角放嘴里"嘟嘟嘟"地吹,农人一见便知是劁猪的,劁猪匠拿着一把劁猪刀子,打一副挑,走遍乡野,吃万家饭。我们义军会很快收集到情报,预先做了应对之策。

我们义军不欺压老百姓,为老百姓做主,有外来客来火场等地闹事,我们会派人干预,自从我们的队伍驻扎无缘洞,火场及周边安宁了许多。我们保护老百姓,老百姓也保护我们义军。我们的密探遍布村寨,到处是我们的眼线,他们有的平时就是老百姓,融入老百姓中,亦军亦民。我们躲在暗处,国民党军队在明处。我们熟悉地形,和国民党军队在山上兜圈子,拖得国民党军队人困马乏。国民党军队欺压老百姓还行,打仗不行。我们早已在必经之路设下了埋伏,国民党军队刚过上寨就遭到我们义军的迎头伏击,国民党的部队只好丢下十几具尸体仓皇逃走。这一仗,让我们义军名声大振,从此更加得到老百姓

第十七章
拉杆子啸聚无缘洞　符星申探访指挥部

的支持、拥护。

1934年11月至1936年2月，红军一个团驻扎在火场，团部设在火场中村二房头。先后成立火场中村、南溪坪、大合坪、七甲坪伍家、明溪口窝棚溪等十五支游击队，发展1000余名队员，340多名沅陵子弟高唱着"要吃辣子不怕辣，要当红军不怕杀，跟着红军闹革命，脑壳砍了碗个疤"的歌谣参加红军。

红军在火场建立了苏维埃政权、农民协会、土地委员会，组建游击队，发动群众打土豪分田地，为当地穷困百姓开仓放粮，解决生计难关。当时还流传着"当兵就要当红军，工农联合打敌人，打倒土豪和劣绅，土地革命要完成"的红色歌谣。

起初，听说红军来了，不了解红军的很多老百姓一度躲到无缘洞，时人称之为"躲红军"。由于国民党的造谣和恐吓，说红军烧杀抢掠、无恶不作，村中只留下老弱病残守家，其他人都躲到山上去了。红军来后，秋毫不犯，爱民如子，帮助村民干活，为他们解决一些实际困难，村中留下的人纷纷上山叫回了自己的亲人。

当年，我亲眼看见了红军的所作所为，并不像国民党和土豪劣绅散布的谣言那样，而是真正为人民打江山、谋福祉，是穷苦人的队伍。我和表舅符星申谈到红军的事，他是当地的开明人士，我有意归顺红军，委托他去二房头团部找周团长，探听一下他的口风，摸一摸他的底，看周团长对无缘洞义军的看法。

去二房头司令部要经过一条小溪，表舅符星申过溪后，坐在一棵巨大的银杏树下抽烟纳凉，听到不远处黄大长屋里传来砍柴声，他不由寻声而去看个究竟。只见一个大个子红军正在给黄大长家劈柴，另一个小战士在码柴火。黄大长的娘符三妹是个病包儿，三天两头害病，这回病得连说话的力气也没有，抓了药方子，也不见明显好转。她有气无力地倚靠在椅子上晒太阳打盹。符星申走上前去，和大个子红军搭话，问道："这位红军大哥，真是难为您啦，快快歇息吧，怎么敢劳您劈柴？"

说话间，他向红军打听周团长的消息。那个红军见符星申打听周团长的消息，就停下手中的斧子，问道："老乡，您找周团长有什么事吗？"符星申说了无缘洞的情况，说无缘洞义军有意想把自己的队伍拉下山参加红军队伍，不知红军要不要他们。

这时，旁边的警卫员连忙介绍道："这是我们的周团长，你有什么事可以给他说。"

大个子红军爽朗一笑，招呼符星申坐下说话，他紧挨着符星申坐下，笑着说："老乡，我就是周卫国。"

符星申只听说周卫国的名字，还是头一次见到周团长，他立即准备站起来，被周团长用手轻轻地压住了肩膀，叫他坐着说话。符星申激动地说："团长，您是带兵打仗的军爷，怎么敢让您劈柴？"

周团长用毛巾擦擦汗，笑眯眯地说："什么军爷呀，不能这么叫，军民一家亲，这么叫太生分了。我就是上面派来的，为咱们穷人打天下的一名普通红军指挥员。"

周团长邀请符星申去司令部说话。三个人途经老倔头偏厦屋，里面传来了歌声，符星申走进屋向老倔头打了个招呼。只见一群妇女在为红军赶制军鞋，她们一面忙着手中活儿，一面唱着山歌《赶军鞋》：

一更月儿上花窗，妹赶军鞋送情郎，白布里子青布面，心里印出脚板样。

二更月儿挂树前，妹赶军鞋情意长，鞋索跟着心丝走，钉进妹妹情一腔。

三更月儿爬瓦上，飞针走线赶鞋忙，鞋底纳出胡椒眼，鞋头绣个双鼻梁。

四更月儿透寒窗，加层棉花垫底上，行军不怕岩刺脚，夜宿不怕瓦上霜。

五更月儿移后窗，妹送军鞋到路旁，红军阿哥你慢走，老妹等你到村口。

看到的、听到的，让符星申吃了一颗定心丸，他脚下轻松了许多，跟随周团长来到红军团部。周团长介绍了政委袁牧，寒暄之后，符星申急切地对周团长说："我有个远房外甥名叫庞跃京，被逼无奈，揭竿而起，带着近百号人组成了义军，上了火场无缘洞。他不是土匪，从来不危害地方，他只和官府作对，和有权有势的土豪劣绅作对。土匪欺压老百姓，他从来不欺压老百姓，相反，他还经常劫富济贫，哪个穷苦人受到恶霸欺压，他就会站出来，为穷人撑腰打抱不平。谁家有困难，他就会接济。尤其是春耕时节，他带的这些人，有的自己耕田，耕完田又上无缘洞。年关时，方圆十里，有困难的家庭都会得到他的资助。他们其实维护了当地的治安，专为老百姓说话，保护当地一方不受国民党和土豪劣绅的欺压，他们是老百姓的救命恩人和真正的依靠。庞跃京通过观察了解，知道红军不同于国民党军队，红军不欺压老百姓，和老百姓打成一片，是为老百姓打天下的队伍。庞跃京有意将队伍拉出来投靠红军，不晓得团长是如何看待庞跃京和他的队伍的。"

周团长叼着烟斗，说："我们通过了解，庞跃京为人仗义，有魄力。他带领的这支部队也不同于国民党部队，更不是土匪。庞跃京是被土豪恶霸逼上山的，他从来不欺压百姓，只和国民党、土豪劣绅为敌，是他保护了火场人民，减少老百姓被国民党和土豪劣绅欺压，所以我们红军一直没有动他。"

"是的，是的。团长，上次庞跃京下山对我说过，他有意回到红军队伍中，他真心想投靠你们红军。"符星申又强调说。

袁牧说："庞跃京有什么具体想法，他什么时候可以带领无缘洞义军下山？"

"庞跃京有思想顾虑，他仰慕两位老总，想带领他近百人的队伍投靠红军。不知两位老总意下如何？"

周团长说："我们红军是共产党领导的队伍，是为穷苦人打天下的，庞跃京带领的队伍也是为穷苦人保平安、为穷苦人说话的队伍。他反对国民党的统治，打击土豪劣绅，本质上是心向老百姓的，我们欢迎庞跃京，也欢迎庞头领带领他的队伍回到人民中来。"

袁牧插话说："庞跃京可以带着他的队伍下山，回到人民的怀抱，参加红军或者是地方武装。"

周卫国对符星申说："老表，这样吧，劳烦你上一次山，去无缘洞同庞头领讲一下我们的诚意，他如果同意，我们就给他派一名指导员，帮助他训练这支队伍，帮助他改造他的部队。"

符星申有些疑惑，担心红军给庞跃京派指导员，是不是想借机吃掉庞跃京的队伍。周卫国已洞悉了他的心思，他马上补充说："庞跃京的队伍是一支农民队伍，没有经过严格的训练，肯定有一些这样或那样的陋习，我们派出的指导员可以全权代表我们红军和庞跃京具体商谈，可以对庞跃京的队伍进行教育训练，把这支队伍改造成一支合格的人民子弟兵。派指导员和其他干部不是要削弱庞跃京对这支队伍的领导，相反，是帮助他更好地领导这支队伍。"

符星申听周团长这么一说，解开了心结，他说："派指导员好，好好指导指导他，没问题，指导员明天就可以和我上山，把两位老总的话带给庞跃京，让他早做决定。"

"要得。"周卫国叼着烟袋，爽朗地答应。

第十八章
李以民威震无缘洞　庞跃京首战建奇功

第二天大清早，表舅符星申腰里别着柴刀，带着指导员李以民，早早地上了洞门前无缘洞。

火场无缘洞由二十八个支洞组成，全长近十公里，洞内最高为一百米，洞内大小洞不计其数，洞洞相通，洞内有清溪流出，钟乳石千姿百态。曾经有一位符姓土著农民走进无缘洞，用背篓背蝙蝠粪走了七昼夜，尚未走到尽头，深不可测，从此，这个山洞被命名为"无缘洞"。

我们义军驻守在洞门前无缘洞里，守住了无缘洞大山的各个隘口。守洞口的人把李以民他们带进洞内。有个大洞称"玉皇宫"，高大宽敞的楼台亭阁中，数十根"金柱"耸立，柱上龙飞凤舞，花纹绚丽，神像佛祖盘坐在宫中，是我训诫部下、会客的地方。

表舅把李以民带到"玉皇宫"，李以民把周卫国、袁牧的话复述了一遍，我的手下立即有人提出了质疑。有人议论说："我们在山上懒散惯了，吃不了红军的苦。"有人说："要我们下山也可以，我们的队伍不能分散，庞头领是我们的大头领，不接受什么指导员。我们的队伍是庞头领的，我们只听庞头领的，其他人别想往里面掺沙子，安插外人。"还有人说："什么指导员，指导员是啥，不就是个娃娃吗？不会吓尿床吧，这么大的事，就凭他一个乳臭未干的娃娃做得了主吗？"更有人说："红军和国民党军队是不是一样的，是想吃掉我们吧，说不定是想灭掉我们，也说不准。"

我没有说话，手中一直在把弄一支手枪，也在观察眼前这个尚未脱去稚气的侦察排长李以民。两只同样火热的眼睛不时地对视着。我心中思忖：我先观察观察这个李以民，看他如何应对弟兄们的疑问，他能做得了主吗？共产党红军怎么派了这么一个黄毛小子上山？我心中嘀咕表舅符星申是怎么办事的，咋不给周团长讲清楚，应该派个能主事的成熟一点的人上山，是不是红军没有诚意，糊弄我们无缘洞？也罢，姑且看看这小子的本事如何，让弟兄们考考他再说。

这时李以民似乎看透了我和弟兄们的心事，他说："各位弟兄，大家有些疑虑和看法，这很正常。但有一条我可以肯定地说，我是受周团长委派，全权代表他和红军队伍上山和庞大头领见面，共同协商弟兄们下山参加革命的事，是来接大家参加革命队伍来的。你们的所有顾虑都是多余的，有什么建议都可以提。"说完，他把周团长亲笔写的信双手交给我。

这时，我手下一个叫符子飞的人，人如其名，动作十分敏捷，有一套过人的擒拿功

夫。他走到李以民身边，伸手抓住李以民的胳膊，使劲一捏，李以民感觉到来者不善，手上有几分功夫。只见李以民反手抓住符子飞的手臂，身子下蹲，一个扫堂腿，符子飞立即向前倾倒。说时迟那时快，李以民伸手一带，又一个鹞子翻身，身子往后一倾，用双手支撑着地面，用右脚板抵住符子飞即将倒地的身子。符子飞也不是吃素的，他借助李以民的脚一个反转身，退了好几步立了起来，李以民就地鲤鱼打挺，稳稳地站在原来的位子上，双手抱拳，口中说："承让。"

"好说好说。"符子飞不是一般人物，论武功，平时几个人近不了身，今天如果换了别人，早已被他拿下。可是，在与李以民的比试中，他明显处于下风，而且，李以民顾及了符子飞的面子，暗中在帮他，洞中兄弟们被李以民的武功绝活镇住了。

我无缘洞老二，人称二哥的杨百步，像他的名字一样，打得一手好枪，有百步穿杨之誉，人称"百步杨"。有一年，国民党的部队上山，想剿灭我们，杨百步一人手持盒子炮躲在隐蔽处，占据有利地形，和国民党的部队周旋，一枪一个，只打头颅，让国民党的队伍吃尽了苦头，吓得那些国民党军队士兵驻足不前。他打一枪换一个地方，国民党军队始终拿他没有法子。从此以后，他在无缘洞升到老二的位子，在山上除了我，杨百步把谁都不放在眼里。他见符子飞在李以民面前吃了亏，他走到李以民身边，双手抱拳，说："三脚猫功夫，是你姨娘教的吧，山上是靠玩这个。"说罢，把手枪掂了掂，说，"兄弟，上山指导我们，光三脚猫功夫可不行，要不咱玩玩这个？"

李以民毫不示弱，说："你想怎么玩？"

"嗬！有人不怕死。"

说完，杨百步纵身一跃，蹿出一丈开外的石礅上，双手合十，极像一尊弥勒佛，低眉良久，忽睁双目，拔出手枪，只听"啪啪"两枪，百米远石壁上一个桐油碗里的灯芯灭了，桐油碗丝毫无损。他迅速收枪，把枪插在后腰上，一个筋头跳下来，抱拳向李以民，迎来一片叫好声。

李以民淡淡一笑，双手抱拳向他道贺，他知道，杨百步是要和他当众比枪法，他也抱拳回敬杨百步，说道："我今天受周团长之命上山，是为了成全各位兄弟的前程，接你们回到人民的队伍中，是帮助你们来的，把子弹留给国民党和土匪吧，我今天没有带枪。"

我手下人起哄说道："共产党的小白脸，真是姨娘教的，胆真不小，就凭你能给弟兄们谋个好前程？你是被咱二哥的枪法吓尿了裤子，尿包了吧。"

无缘洞里是一片戏谑嘲笑之声。

我说："弟兄们，不得无礼，李指导今天上山，是代表周团长前来商议大事，是和大家商议和红军联合的事情，各位兄弟不能丢了礼数、失了分寸。"

"既然李指导是代表周团长来的，那更要亮亮本事，让大伙见识见识，开开眼不是吗？难不成李指导是周团长身边的使唤丫头？"我的部下一阵狂笑。

李以民不慌不忙，笑笑地说："今天我公务在身，往后有的是机会向大伙请教。我今天是受周团长和袁政委委派前来和庞头领商议部队下山参加革命队伍的事情，今后有时间一定向大家讨教。"

我见李以民再三拒绝，马上接过话题说："李指导今天有正经事要办，弟兄们不可造次。不过今天弟兄们听说是周团长派来了爱将上山，大家是既高兴，又好奇，我这些弟兄野得很,不懂规矩,冒犯李指导了。李指导如果不嫌弃,我这里有两把手枪,是从国民党部队手里夺来的,我用了一年多,很顺手,你不妨放两枪,让这些小子们开开眼。"

没等李以民回答,我突然站立,左手举起,"啪"一声枪响,左边石壁上的油碗里一个灯芯被打灭。一个转身,右手抬起,"啪啪"两枪,右边石壁上的油碗里一个灯芯被打灭,碗都好端端的。这时,我的部下一阵惊呼,你一言我一语,场面异常热烈。

这时,杨百步、符子飞和众弟兄走过来恭喜我,说:"大头领真是神枪手,大头领的双枪指哪打哪。真是太神了。"

李以民也面向我抱拳道贺,说:"庞头领双枪弹无虚发,真是神枪手,佩服佩服。"

符子飞也走上前,先向我道贺,后又面对李以民说道:"李指导,何不趁我大哥、二哥和众兄弟们高兴,也露一手,助助兴,你总不会看不起我们无缘洞吧?"

李以民说:"哪里哪里,庞头领不愧是无缘洞的老大,枪法今天着实叫小弟我大开眼界,在庞头领面前,小弟不敢献丑。"

手下一再起哄,逼李以民打枪。我端坐上方的太师椅上,干咳两声,洞内顿时鸦雀无声,我说:"弟兄们,李指导是周团长爱将,肯定能文能武,你们真是有眼无珠,不到黄河心不死,不见棺材不掉泪,我让你们见识见识什么叫作神枪手。"我说完把两把刚才使用的枪抛给了坐在下方的李以民,李以民敏捷地接住了双枪。

我说:"李指导你随便放两枪,让这些小子们消停消停,开开眼界。"

李以民知道没有选择,不露一手,我面前通不过,不拿出真东西,这些人会小瞧他,甚至会小瞧红军,说不好还会影响到周团长交代的任务。

李以民略一思忖,说道:"这个洞里光线太亮了,请弟兄们取块黑布来,把我的眼睛给蒙上。"

我说:"把你的眼睛蒙上你如何打枪?"

李以民说:"大头领有所不知,我们侦察排执行任务,不分白天黑夜,在黑夜打枪是我们每个队员的必修课。还要学会很多技能,骑马打枪、黑暗中凭光凭声响打枪、给人治病打针、包扎伤口、使用各种枪械等,这些都是基本功。"

我和杨百步相视一笑,杨百步手一招,叫道:"拿布来,给李指导蒙上眼睛。"

手下人立即过来给李以民蒙上双眼,我凑近李以民悄声说:"李指导,不用蒙着眼睛打枪,这个洞里白天都要点灯,不然容易迷路,你蒙了眼睛就啥也看不见了,这种打法就是江湖上说的盲打法。"

李以民说:"不急,没事。"

手下人给李以民蒙好眼睛后,李以民又说:"二头领,留下两盏灯,洞里其他的灯都灭了吧,太浪费油了。"

在座的人都有些耐不住性子了,议论纷纷,说:"蒙了双眼,还叫只留下两盏灯,其他灯灭掉,洞里会像黑夜一样,看你怎么打枪,吹牛吧你。"

"你的手里拿的是盒子炮,二十响呢,可别伤了别人,哪有这么打枪的,没见过,真稀罕。"符子飞半真半假地提醒。

"没事的,去吧。"

我把手一摆,手下人马上把洞里的灯灭了,只在前后较远处各留下一盏灯。这时,李以民双手持枪，突然站起，洞里静得能听得见每个人的心跳，大家都屏住了呼吸，只有洞中"自打鼓"水滴"咚咚咚"的打击声，还有阴河里的水细微的流动声。

李以民说："有没有胆大的，帮我一个忙，用头顶着一个灯碗。"

大家立即明白了李以民的意思，这叫点天灯，李以民是要打天灯。我此刻也有些坐立不住了，我说："李指导洞里太黑了，而且灭了灯，伤着人不好。"

"有没有人敢点天灯？"李以民没有正面回答我的话，很平静地说。

这时，无缘洞里静悄悄的，连大气都不敢出，大家你看看我，我看看你，就是没有人站出来愿意点天灯。

点天灯可不是闹着玩的，弄不好有生命危险。大家对李以民这么一个毛头小子并不了解，他的本事如何，谁也不清楚，贸然点天灯，而且要枪打碗中灯芯，而碗不毁，简直就是拿生命去冒险。

我说："是谁叫你们发癫的？现在要点天灯了，一个个都孬种了，都怕死了？"

我自己走下"点将台"，要去点天灯。众人一看急了，大家说，万一李以民失手，或者是红军设的圈套，借机除掉我也未可知。

这时，杨百步突然拔出手枪，对准李以民吼道："我看你不是议事来的，你是坏事来的，你敢点大头领的天灯，我就一枪打爆你的脑壳。"

"老二不得无礼，李指导是我们的客人，他这是江湖上惯用的办法——点天灯，打枪会友。大家不必紧张，更不得无礼。"我边说边向一盏油灯走去，众人围了上来，想制止。

杨百步说："大头领你是我们的头，你不能有半点闪失，还是我来吧。"

我说："你就这么对我没有信心吗？点天灯在古代是惩治犯人的一种方式，如今我们所知晓的被施以'点天灯'的人，只有三国最大祸首董卓与太平天国的朱九妹。现在江湖上说的点天灯与古代的点天灯完全是两码子事。李指导说的这种点天灯，其实就是一种带有一定冒险性质的射击游戏，人保持站立姿势，身体纹丝不动，头顶放一个油灯碗，头部要保持平衡，不能晃动，要有很好的心理素质。另一个人在一定的距离范围内举枪打掉油碗中的灯芯，油碗不毁坏，特别能体现一个人的精湛的射击技艺。今天天没刮风，又没下雨，对打枪没有影响，你们放心，分分钟就好了。点天灯其实讲究的是点天灯的人和打天灯的人的一种默契与信任。"

我举手示意大家不要再说，并把油灯碗亲手放到自己的头顶上，双手抱着膀子，站立好后，闭目不语，静等李以民开枪。

这时的无缘洞里，每个人屏住呼吸，紧张得不敢动弹，空气似乎都凝固了，只听到"天窗瀑布"的落瀑声和洞中"自打鼓"的水滴打击声。大家的眼睛在我和李以民之间来回移动，他们谁也没有见过打天灯，谁也没有见过这玩命的游戏。

李以民突然纵身一跃，接着身体腾空翻转一周半，同时双枪齐发，"啪啪"两枪，不多不少，不偏不斜，把石壁上一盏桐油灯灯芯打灭了。我头顶上的桐油灯碗好好的，枪响时碗中的灯芯晃动了两下，熄灭了，李以民稳稳当当地站立在岩石板上。洞里的所有人都被瞬间发生的不可思议的事情震蒙了，都静悄悄的。

我大声吩咐手下掌灯，大家点亮了所有油灯，我就地走了一小圈，让手下都看看我——毫发无损，油碗完好。一个手下跑去检验李以民打枪的那盏油灯，他跑回来说，那

第十八章
李以民威震无缘洞　庞跃京首战建奇功

盏桐油灯碗好好的，桐油一滴也没溅出来。

突然，黢黑的山洞里爆发出雷鸣般的掌声和欢呼声。

我抱拳向李以民道贺："弟兄们，今天长见识了吧。红军里真有能人、奇人呀，李指导双眼蒙住，身体腾空翻转一周半，同时双枪齐发，两枪弹无虚发，而且是天灯、壁灯同时熄灭，灯碗完好无损，灯油不溅落一滴。李指导才是名副其实的百步穿杨的神枪手，钦佩，钦佩。"

李以民抱拳回敬说："我们侦察排打枪时，为了节约子弹，多打敌人，都端着枪练，手臂上吊着砖块，一举就是大半个时辰。咱们是穷人的队伍，不能浪费每一颗子弹。我在我们侦察排里打枪不是最厉害的，咱们红军里的能人多了去了。咱们周团长、袁政委的枪法，都是一顶一的高手呢。"

"我决定投奔红军。老二，今晚摆酒，为李指导上山接风洗尘，喝个一醉方休。"我说完和李以民的手紧紧地握在一起。

"是，大哥。"

"庞头领，咱们降红军了。""大哥，我们归顺红军了。""大哥，咱们起义了，跟着红军干。"无缘洞里的弟兄们纷纷请求归顺红军。

"弟兄们，你们是投奔共产党，参加共产党领导的工农红军。欢迎弟兄们加入革命队伍。"李以民说，"中国共产党万岁！红军万岁！"他振臂高呼，弟兄们跟着他大声呼喊着口号。

这个晚上，我和眼前这个小我整整十二岁的李指导员掏心掏肺地交谈，两人相见恨晚，彻夜长谈直到东方发白。

我从李以民那里更加了解红军，了解共产党，了解什么是共产主义，我的眼前无比敞亮，坚定了跟他下山干革命，为穷苦人打江山，跟着共产党走的坚定信念。

"一切都按李指导的安排去办。山上众弟兄，往后咱们都是红军的人了，要服管，要改掉山痞子那些个坏毛病，跟着李指导走。"杨百步献媚地说。

"从今往后，我们这支队伍就是共产党的队伍，跟着共产党走，跟着毛主席，为穷人打天下。"李以民说。

李以民和我商定，用半个月时间对山上的队伍进行必要的训练，进行列队站姿、军风军纪教育。

半个月后，李以民和杨百步下山来到火场，在四组二房头，李以民和杨百步见到了周卫国、袁牧，两人向周团长和袁政委敬礼、汇报工作。

周团长听了李以民的汇报后，很高兴，他在李以民的肩头，猛拍一掌，说："小李子，俗话说，强龙不压地头蛇，你却一试身手，镇住了庞跃京这个红胡子和他的近百人的队伍，你立了大功。"

袁政委说："下周日，定为庞跃京队伍下山的日子，到时我们要举行一个简短的欢迎仪式，欢迎庞跃京这个红胡子加入人民的队伍，把无缘洞义军划为火场游击区区小队，由庞跃京任区小队队长，你任区小队指导员。"

"坚决服从命令，保证完成任务。"李以民站起来敬礼。

欢迎无缘洞义军下山加入人民的队伍，是一件大事，团部在紧锣密鼓地准备着，贴了

欢迎标语，请了一支当地的农民唢呐队，组织群众夹道欢迎。一群孩子欢天喜地地唱着一首歌谣："高山顶上云套云，园里竹子根连根，河里鱼儿不离水，红军和咱心连心。"

周日正午，我和李以民带着这支队伍下山，袁牧政委亲自率领侦察排到赵家峪迎接。

在中村四组二房头红军团部，我见到了周团长，我向周团长、袁政委行军礼，周团长连忙握住我的手，爽朗地说道："欢迎你！红胡子庞跃京同志，欢迎你带领的队伍加入革命队伍。"

周团长集聚了红军队伍开欢迎会，周卫国团长正式任命我为火场游击队区小队队长，李以民任指导员。他亲自给我授区小队红旗，我接过红旗，列队在前。从此，我和李以民带着这支队伍，完成了一个又一个艰巨的任务。

1935年1月初，国民党军队一个团，从大庸县方向向贵州开拔，取道火场。

土匪"安安三"从大庸县流窜到火场，盘踞在板桥湾。他得到探报，误以为是当地保安团，他像往常一样，没有把保安团放在眼里，下令一百多匪徒抢占制高点杉木垭，在杉木垭摆开阵势，要敲诈保安团，叫手下开枪……

国民党军队一个团长得知是从大庸县流窜过来的安安三顽匪，马上决定留下一个连队剿匪，剿完匪再追赶大部队，其余部队继续向贵州开拔。国民党军队根本没把这些土匪放在眼里，见有人胆敢向他们开枪射击，也摆开架势，并架设小钢炮向土匪一顿乱轰。平时耀武扬威的土匪哪见过这种阵势，开火不久，死伤十几个人。安安三见情况不妙，才发觉是国民党军队，方才下令撤出战斗，凭着对地形的熟悉，匪首安安三带着一些人逃掉了。

国民党军队击败了土匪后，沿途直追到火场中村。国民党军队追到火场中村后，不见一个土匪，就把周边村庄包围起来进行搜查，仍不见土匪踪影，只捉到几个老弱病残的老百姓，把他们带到司令部驻地一一进行审问。老百姓的确不知道土匪去了哪里，被逼无奈就说躲到赵家裕的后山滚石洞去了。

滚石洞在火场赵家峪后山的大湾里。在悬崖峭壁之间，洞口上方岩崖高悬，北侧悬挂瀑布，洞口脚下有口深潭，唯有南侧靠近石壁之处，搭有一座小小木桥，直通洞口，洞口外部高墙石砌，形成屏障，一夫当关，万夫莫开。

滚石洞可容纳两千多人，洞内石缝间长年有泉水涌出，历来是老百姓躲避兵匪的藏身之地。

这天上午，突然，听见山界上枪声大作，苏金界、赵家峪、向家峪、中村、大方头、二方头等地老百姓慌忙拥向滚石洞躲避。慌不择路的十几个土匪胁迫一百多名当地老百姓，藏匿于滚石洞，并把洞口用石块封死，土匪持枪守住洞口，不许老百姓外出和喊叫。国民党军队连长派部队开进赵家峪，把滚石洞包围起来。国民党军队包围滚石洞后，先对洞内大声喊话，通知洞内的土匪出来投降，洞内没有反响，国民党军队要上又上不得，见洞内无人答话，就在洞口对面山梁上架设钢炮，机枪往洞内射击。洞内土匪开枪向对面国民党军队进行还击，战斗进行一个多小时，打得很激烈，结果把国民党军队连长打死了。这一下激怒了国民党军队，炮弹不仅把洞口炸开，还引发洞内堆放的杂物燃烧。衣物、棉絮、稻草、辣椒等物一起着火，股股浓烟满洞回旋乱窜，阵阵火焰随风漫卷！洞里人群先是骚乱叫喊，拥挤号哭！洞内烈火熊熊，烟雾弥漫！无辜百姓惨死于土匪与国民党军队的枪炮之下。

第十八章
李以民威震无缘洞　庞跃京首战建奇功

洞中四名中年妇女奋力冲向洞口，跳下悬崖，被树枝挂住，洞内人全部被活活烧死在洞内。从此以后，当地人把滚石洞叫成"鬼尸洞"。

周卫国得知这个军情，十分气愤。袁牧赋诗一首为证："兵匪混战无隔年，大地动荡冒烽烟。庶民无辜遭屠杀，冤魂难眠泣苍天。"

周卫国和袁牧立即召集县大队和区小队开会，周卫国说："由于团部主力有新任务，团部只有一个加强排，准备抽调一个排，协同县大队和区小队，消灭这股国民党军，为老百姓报仇雪恨。"

周卫国做了战斗部署，命令："县大队长黄大风同志，带领本大队人马为主攻，区小队庞跃京同志带领区小队为辅攻，加强排周排长为侧翼，侧击敌人。今天下午三时，对鬼尸洞国民党军队进行攻击。进攻要猛、要狠、要全歼。鬼尸洞易守难攻，黄大风同志熟悉这里的情况，由黄大风同志负责具体指挥鬼尸洞战役。"

三个人领命后，即刻着手攻打鬼尸洞。下午三时，黄大风带领县大队对鬼尸洞的国民党军队发起猛烈进攻。鬼尸洞国民党军队占据有利地形，还有小钢炮，在鬼尸洞周围制高点布置了交叉火力网。

黄大风一脸的络腮胡子，五大三粗，讲话声如洪钟，一身虎气，曾经是红军队伍中一名副团长，在一次战斗中，左眼、身上多处受伤，右腿受了重伤。大部队转移时，他由于伤势严重，行走不便，部队把他留在老乡家里治疗。

伤痊愈后，黄大风提出留在地方干革命，组织上同意了他的请求，任命他为县大队大队长。

黄大风本来有一定的临战经验和战术，也是轻敌，没把国民党军队放在眼里，这个团是国民党湖南省政府主席何键的老班底之一，有很强的战斗力和作战经验，装备精良。黄大风攻打一个多小时，死伤十几个人，毫无进展。周卫国大怒，临时换掉黄大风，改由辅攻的区小队为主攻，由我统一指挥。

我和李以民针对鬼尸洞的地形地貌研究作战方案。李以民说："强攻鬼尸洞的战术是行不通的，敌人有小钢炮和交叉火力网，又居高临下，如果再组织人员强攻，会造成更大的伤亡，我们应改用智取。"

我请来了当地有名的五个老猎户，向他们征询攻打鬼尸洞的妙计。老猎户说："鬼尸洞有一条很隐秘的小路，要攀登悬崖峭壁，可直达鬼尸洞山顶。只是这条路若干年没有人行走了，几乎荒废了，除了几个老猎户，没人知晓这里还有一条通向山顶的路。只要占据山顶，上面的人可以居高临下打击半山腰的敌人，下面的人就是个活靶子，山下面的人根本就打不到上面的人。"

我根据老猎户的介绍，和李以民重新进行了认真细致的研究，决定以县大队的两个支队为侧翼，夹击压制敌人的火力；区小队和警卫排的一部改侧击为主攻，和县大队的另两个支队一起从正面进攻。周排长带领区小队和警卫排中身手好的战士，攀缘悬崖峭壁，走小路，包抄迂回至鬼尸洞背后山顶，居高临下，安排狙击手专打当官的，一枪一个，造成致命威胁，动摇军心，消减敌人的战斗力，切断敌人退路，清除敌人小钢炮阵地，解除交叉火力网，为解决鬼尸洞战斗清除障碍。

准备就绪，分头行动，我和李以民重新组织了一次进攻，占据制高点，区小队用集束

手榴弹，迂回分批次轮番轰炸敌人的小钢炮阵地，这样给敌人以致命威胁。我和李以民统领警卫排和县大队两个支队向鬼尸洞猛冲，结果一举拿下鬼尸洞，消灭了国民党军队。

区小队首先冲上鬼尸洞山顶，县大队和警卫排紧随其后，也登上了鬼尸洞顶峰，区小队的红旗在战斗中被敌人的小钢炮炸毁，李以民就让县大队的旗子插上了鬼尸洞的顶峰，黄大风大队长接过县大队队旗手的旗子，亲自把县大队的队旗插在鬼尸洞山顶上，县大队的队旗在鬼尸洞山顶上高高飘扬，黄大风高大的身影巍然屹立在山巅之上。警卫排战地随军通信员及时拍下了这一历史性时刻。

胜利归来后，我把缴获的七门小钢炮和两挺美式机关枪以及其他战利品抬到红军指挥部。周卫国对我的战场指挥艺术大加赞赏，他表扬了区小队的机智勇敢，批评了黄大风组织进攻不利，造成人员伤亡。

在总结表彰会上，黄大风说："眼看我们县大队的正面进攻就要见效了，团部却命令我们停止攻击，换成了区小队，煮熟的鸭子跑了。"

袁牧说："黄大风同志，战场是讨价还价的吗？国民党军队把你当成熟鸭了，你已经造成了十多人的伤亡，照你这样打下去，县大队就拼光了，国民党军队战斗力只有那么强，我们的指战员要随机应变，根据战场态势适时调整战略战术，不能一成不变。"

黄大风说："庞跃京冲上去以后，同样也有伤亡，还被国民党部队打死了三名红军战士。"

"啪"的一声，周卫国用大手掌拍在桌子上，大怒道："是你黄大风无能，叫你侧击敌人，压制敌人火力，你却打打停停，反被敌人压制了火力，在鬼尸洞两侧被敌人打得抬不起头，让主攻的警卫排，完全暴露在敌人的前沿阵地上，两次冲锋死了三个红军战士。如果不是庞跃京派周排长带领小分队攀缘悬崖占领制高点，干掉了敌人指挥官，炸毁了敌军小钢炮阵地和交叉火力网，警卫排和区小队后果不堪设想。"

黄大风还想辩解，说："周团长……"

周卫国用手制止了黄大风讲话，随即宣布团部的决定：一、对这次战斗中，立首功的区小队队长庞跃京和指导员李以民记功一次，庞跃京任县大队副大队长兼任区小队队长、李以民任政委、周排长任二军团独立团一营一连连长，给区小队和警卫排表彰奖励、记功；二、黄大风战场指挥不利，造成较大人员伤亡，没有完成战斗任务，贻误战机，执行纪律处分，从县大队长降为县副大队长（主持工作），并写出深刻检讨。

第十九章
两红军乔装两医生　　入虎穴智取安安三

庞跃京写的第五份反省材料是他和李以民智取匪首安安三的战斗史：

1935年9月，匪首安安三从大庸卷土重来，占据火场无缘洞，烧杀抢掠，无恶不作。

第十九章
两红军乔装两医生　入虎穴智取安安三

周卫国、袁牧派遣县大队和火场区小队进攻无缘洞，剿灭盘踞在无缘洞里土匪安安三部。县大队由黄大风带领，他的队伍通过风雨桥，到达无缘洞山下，他命令区小队负责打援，防止匪首安安三串通其他土匪来增援无缘洞。

无缘洞山势险恶，洞门诡秘，黄大风不敢轻易破门入内，用烟熏辣椒办法，抬来风车，往洞内扇风，没想到浓烟不仅灌不进洞内，反而随洞内风呼呼往外跑。接着他又采取从"天眼"往下扔着火稻草的办法，试图驱赶洞中藏匿的土匪，然而洞内空间宽敞，每扔一次，很快就被熄灭。县大队在明处，土匪在暗处打冷枪，不时有人被暗枪打死，可又找不着躲藏的土匪身影，部队战士情绪焦躁，人人惶恐不安，无缘洞战斗成了胶着状态。

在久攻不下的情况下，周团长调我为主攻。我深知无缘洞的复杂性，用武力攻克无缘洞很难。我采取攻心战术，进行政策宣传，战前造势，用高音喇叭从无缘洞洞口对面的高山上和天窗对着洞内喊话，宣传党的政策，劝导土匪投降。

那天中午，出现了一个天赐良机，一个小土匪在洞口对洞外喊话说，他们需要一个医生，洞中有好几个人上吐下泻，伴有高烧，急需药品治疗。

这是一次绝好的机会，我向周卫国、袁牧建议，由我带领一名军医一起进入无缘洞，化装成医生和医生助理，了解洞中的情况，适时宣传党的政策，争取智取安安三。

周卫国说："这里的军医是外地人，不懂这边的语言，李以民会一点，熟悉这边的语言，又懂基本的医疗常识。李以民可以化装成医生，你为助理。"他又补充说，"这些土匪里可能有人认识你，李以民一直在部队，又不是本地人，应该没有人认识他。你是当地人，这个太冒险了，那些土匪杀人不眨眼。"

我说："我在无缘洞时，也很少下山，这些土匪现在只在夜间行动，白天躲藏，应该不认识我，我稍稍化一下装。再说，几个小土匪没什么可怕，我熟悉无缘洞的地形地貌，现在没有人比我更了解无缘洞了，还是由我去策反这股土匪吧。"

无缘洞外围已经被县大队和区小队团团包围，土匪插翅难飞，周卫国、袁牧对无缘洞土匪情况进行了研究，为了表示红军诚意，答应派医生前去治病。

李以民和我分别化名叫李民、庞京，我们走到无缘洞山前。果然，不出周卫国所料，洞口值守的土匪传了安安三的话，只准医生一个人进去。

李以民指着我说："这个是我的助理，也是医生，看病打针没有人帮忙不行。"

小土匪跑进洞内，把这个情况报告了安安三，安安三说："就医生事多，啰里啰唆，既然是助理，就让他们一起进来吧。你几个过去，在他们身上搜查一下，看看是不是带的有'家伙'，如果他们身上带的有，那一定是共党红军，马上拖出去砍了。"

几个土匪对李以民和我从上摸到下，又从下摸到上，没发现携带武器，就让我们进了无缘洞。进洞时，我两人被蒙上了眼睛，由人搀扶着走进洞内，来到安安三坐镇指挥地——闭月羞花。

土匪安安三凶神恶煞地对我俩进行了详细的盘问，得知进来的医生叫李民，助理叫庞京。见我两人的回答没有什么漏洞，才叫"李医生"给病人看病。原来是土匪安安三的大哥安安大害了疟疾，生命垂危，洞中缺医少药，眼看快不行了。疟疾折磨着这支几十人的土匪队伍，好几个土匪也蜷缩着身子，拉肚子，发高烧。

李以民给安安大看病，我在一边协助配合，一边观察周围环境，李以民看上去像一个

有着丰富临床经验的医生，他通过切脉、试体温，立即确定了安安大得的是急性疟疾。天气酷热，几个土匪可能是乱吃乱喝弄坏了身子。我在一边协助李以民给土匪看病，安安三向我们了解洞外情况，我俩给安安三介绍外面的形势和共产党是如何关心老百姓的。李以民给安安大打完针、喝了药后，对安安三说："安安大得的是急性疟疾，并伴有高烧，有传染性。我手头的针药也不够，这里的医疗条件太差了，要想办法把病人转到沅陵县城去治疗，否则，会有生命危险。"

安安三说："李医生，有那么严重吗？不是打针吃药了吗？"显然，安安三的语气比来时缓和了许多。

李以民说："这种病能很快使人虚脱致死，高烧不退也可能会烧坏脑壳。"

安安三还是有顾虑，晚上，又一个小土匪由于疟疾死了，这对安安三的震动很大，他的土匪队伍人人自危，几个胆小怕死的土匪主张出洞下山。我抓住这个机会，加大了做安安三和土匪的思想工作，给他们讲无缘洞曾经也住着一个土匪头子叫庞跃京……

我一提到"庞跃京"这个名字，土匪们便议论开了。有的说，庞跃京是个神枪手，指哪打哪，杀人如麻；有的说，庞跃京飞檐走壁，轻功了得，曾经啸聚无缘洞；有的说，庞跃京身长七尺，力大如牛，世上无双，英勇盖世；有的说，庞跃京妻妾成群，像皇帝一夜要几个嫔妃侍寝；有的说，庞跃京简直是孔明在世，神机妙算，国民党红军都拿他没辙；有的说，庞跃京上知天文下知地理，共党爱才许他高官厚禄，他才带队投共……反正他们心中的庞跃京无所不能。

有土匪问："土匪也能当红军吗？有血债的也可以吗？"我说："共产党的政策是，只要不与人民为敌，放下武器，改过自新，既往不咎，重新做人，可以放人回家，也可以留在人民军队。庞跃京总比你们'匪'多了吧，他都能参加红军，何况你们，是吧？"

这时，安安三突然拔出手枪，厉声喝道："你俩到底是什么人？我看你们两个人不像医生，倒像个红军。你们怎么对红军了解得那么清楚，专为红军说话，我看你两个肯定是红军。"

众土匪稀里哗啦拉开了枪栓，瞄准我和李以民，我说："大家别紧张，听我说……"

这时候安安大从昏迷中醒了过来了，他看到眼前的两个"医生"，大家又端着枪，顿时，显得异常局促不安。得知是我和李以民救了他的命，嘴角流露出一丝不易觉察的微笑。他欠了欠身子，对我说："有劳两位神医了，我身体现在无事了，你们可以回去了。"又转向土匪说，"老三，你想干什么？这两个人不是医生吗？不是他俩救了我和兄弟们的命吗？快把枪收起来，快收起来。"

"我看他俩不是医生，是共党。"安安三说。

安安大一怔，说："哪有这么好的共党呀，怎么会为我们治病呢？"

"他俩不像个医生，净为共党说话，不是共党也是共党的人。把他俩拉出去砍了。"安安三手拿盒子枪吼道。

"且慢。老三，把枪收起来，把这两个医生送出洞外，让他们回去吧。"安安大急忙阻止。

"大哥，你身子还很虚弱，让他俩多留几日，你身体全好后，叫他两个走也不迟。"

"老三，现在日子过得苦，不少人看不了医生，医生忙着呢，莫耽搁两位神医时间了，

第十九章
两红军乔装两医生　入虎穴智取安安三

送他两个下山休息吧。"

"大哥，我们还有几位弟兄昏迷着呢，两位医生走了，他们如果有个三长两短如何是好？"

安安大沉吟片刻，说："老三，你扶我起来，我去解手。"

众土匪争先恐后地去扶安安大，安安大不许，只要安安三扶。我给李以民使了一个眼色，李以民大声说："不许动。"

吓得众土匪本能地又去摸枪。李以民惊动了土匪，我连忙说："李医生的意思是安安大不能乱动，安安大身体虚弱，众弟兄不懂医学，还是由李医生去扶他吧。"

我这时仔细观察了安安大，我也吓出了冷汗，这个安安大似曾相识。我努力搜索大脑中的记忆，我突然想起来了，这个人不是当年我和何翠翠在江西路上遇到的那个乞丐吗？他当时不是快要死了吗？怎么会出现在这里？他肯定是认出了我。

由于安安大的突然出现，我们所做的一切可能功亏一篑，甚至严重威胁到我和李以民的生命安全。

我悄悄地移步到安安三身边，见安安大和李以民许久没有回来，我断定李以民那边能很好地控制安安大。

一会儿，李以民跟在安安大的身后，从"天窗瀑布"往回走，走到一块方桌大的石头处，安安大突然用力推向李以民，口中大叫道："他俩是红军。"

李以民身子一转就势抓住安安大的手，用力一带，安安大被他牢牢地抱在怀里，再一个反推手，把安安大推向一个土匪，土匪被安安大压在身下。安安大身手了得，他就地一滚，滚向一块大石，从石块下迅疾掏出一把手枪。

狡猾的土匪早已留有后手，这个山洞里可能到处暗藏着杀机。李以民纵身一跃，先于他夺过一个土匪手中的枪，拉了枪栓，用枪顶住安安大的脑袋，大声说："不许动，再动一枪打死他！"

几乎在同一时刻，我一下子制服了安安三，夺过他腰间手枪，朝洞顶上"啪啪啪"连打三枪，惊动了洞中的蝙蝠，到处乱飞。我大喝一声："不许动，你们已被红军包围了！放下武器，我保证你们人身安全！"

无缘洞里土匪们乱作一团，把枪口都瞄准了我和李以民。一个土匪朝我开了一枪，子弹射在安安三的头顶上，安安三大声吼道："浑蛋，你找死啊！"

安安三话音未落，我丢手一枪，结果了那个土匪的性命，又一个点射，打死了两个持枪企图逃跑的土匪。众土匪见我弹无虚发，个个吓得身子如筛糠似的，再也不敢动弹。

安安大说道："老三，叫弟兄们放下武器吧，都是我这个病害了各位兄弟，你身后的这个人，就是我以前给你说过的，我在江西做生意被绺子抢劫后，没办法行乞，遇到的那个好心人就是他。当时他见我在路上乞讨，想回湖南，他给了我两块银圆，我才走回来的，他算两次救过我的命的恩人，他就是大名鼎鼎的庞跃京。"众土匪听到庞跃京的名字，感到震惊，无缘洞里乱哄哄的，大家看着安安三，等他发话。

有个年纪稍大的土匪被吓哭了。这时，我大声说："安安大说得对，我不叫庞京，他也不叫李民，我俩也不是什么医生。我就是庞跃京，他叫李以民，你们现在已经被我们红军团团包围了，插翅难飞，缴枪不杀，你们都会得到优待，顽抗到底死路一条。今天我们

103

是周团长派上山拯救大家的，现在摆在你们面前的有两条路，一条是愿意留下来当红军，你们可以在红军队伍里干革命，成为一名解放战士；另一条是选择回家的，放下枪，我们打路条，发路费。"

"此话当真？"有土匪问。

"一言既出，驷马难追。"我说。

安安大说："老三，你说话呀，我家老二当年被国民党县党部的一个汪主任以通共的罪名枪杀了，为了给老二报仇，我两兄弟杀了那个汪主任，才被迫落草为寇。我不想再失去你这个唯一的弟弟了，共产党不像国民党，说话是算数的，叫弟兄们缴枪吧，给弟兄们谋个生路。目前，我们被共军围困在这个山洞里一个月了，没有弹药、没有粮食、没有药品，再这样下去，不被共军打死，也会饿死、病死的。"

安安三沉思良久说："我有个条件，你们先放我的弟兄们走，不要杀害他们，要保证他们的生命安全，我跟你们走。"

我说："我可以保证你以及所有人的生命安全，只要你们放下武器，按顺序走出山洞。"

"你能够确保我们弟兄们的生命安全？"安安三问道。

"我们共产党人，说话是算数的。"李以民说，"共产党有别于国民党最根本的一条，就是一切为了人民。只要对人民有益的事，我们都会去做。"

我说："你们今天改邪归正，投奔红军，从此，让老百姓安居乐业，你们也能过上正常人的生活，是值得的。"

安安三突然猛地一抬头，手一招："弟兄们，走。"他往洞口走去，走到"自打鼓"，他说，"我方便一下，你们前面先走。"

安安三蹲在"自打鼓"背面解手，突然，他从巨石缝里掏出一把手枪，顶住自己的脑袋，大声地说："弟兄们，你们跟随我多年，对不起你们。现在世道变了，你们不像我，你们大多没有命案，大伙跟随红军离开无缘洞，出洞后你们能有个好出路，回到家里和亲人团聚，安居乐业。大哥，你自己多保重，我找二哥去了。"他说完，朝自己的太阳穴开了一枪，当场毙命。

土匪们把枪口对准了我和李以民，我大声说道："都不许动，谁敢动，我就打爆谁的头。安安三是自绝于人民，和你们无关。我们的大部队就在洞口，想活命的，就放下枪，转过身去。"

安安大带头放下了枪，众土匪也纷纷放下枪，李以民放开安安大。安安大跑过来抱着安安三，哭着说："老三，你真糊涂啊，有什么比活着更好啊，你怎么就这么想不开呢，你和老二都走了，留下大哥我一个人啊。"

这时区小队听到枪声，一拥而上，接收了土匪武装。经此一役，彻底清除了沅陵至大庸境内的千年匪患。捷报传来，周卫国、袁牧十分高兴，表扬我们机智勇敢，亲临匪穴，没损失一兵一卒，智擒湘西匪首之一安安三，解除了土匪武装，为民除害，造福一方。

我和李以民受到团部通令嘉奖。周团长拟任我为县大队长之职，取代两次战斗都失利的黄大风。周卫国也找黄大风谈过话，黄大风任县大队副大队长。

在我任县大队长的问题上，当时有人提出了不同看法，一时流言四起。有人挖出了我当年那些事儿，认为我是为了抢周保旺的漂亮五姨太，才夜闹周家大院，杀掉周保旺的，不是出于阶级仇恨，而是为了何翠翠这么一个秀色可餐的尤物，动机不纯；有人说，庞跃京如果是光明正大的，那他应该是把何翠翠从周保旺那里解放出来，交给人民改造，而不是把何翠翠抢后据为己有，让地主婆做自己的压寨夫人；有人说我做过胡子，历史不清，虽然被周卫国称为"红胡子"，也不能委以重任；也有人说，黄大风因伤在老乡家疗伤期间，和死掉的国民党连长的老婆有染，竟然娶了那个国民党连长的老婆，他的身边就有一个国民党的奸细，他不能任共产党的领导干部，副大队长他都不配干。

当天下午，周卫国接到上级命令，所部紧急开拔北上，进入贵州。

我任县大队长的事就这样被搁置了，我和黄大风这两个出生入死的老战友，心里已经由此产生了嫌隙。

第二十章
魏公穑摆脱张雨涵　审查室男女淫佚闹

县委书记黄大风对"十·二九"事件十分重视，他要求火场公社新任党委书记魏公穑亲自抓这个案子。按照坊间的说法，"十·二九"事件是县委书记亲自督办的案子，不可谓不重要。魏公穑自然不敢掉以轻心，把"十·二九"事件摆在重中之重，加班加点督办。

崔产愫在"十·二九"事件中，煽动妇女哭闹，在妇女中宣传不实言论，影响较坏，当时会场失控和她到处煽阴风、点鬼火有关。她崇拜庞跃京，对庞跃京有很强的同情心。

据说，庞跃京任火场公社党委书记之初，在一次干部群众大会上，毫不吝惜盛赞崔产愫的美丽，把她树立成美女的标杆，一时口口相传，方圆十里，人尽皆知。对于这样的"风流人物"，魏公穑带着好奇心，怀着复杂的心情，决定亲自审查崔产愫，他倒要看看，这个被庞跃京另眼相看的美女到底是个什么货色。

这天主审官是县公安局副局长黄莉群，三十几岁，秀发垂肩，英姿飒爽。她的副手是谢家界工作组组长糜厚德。崔产愫在两名女公安的带领下走进审查室，糜厚德头也不抬，就开始审查提问。

他问："姓名。"

崔产愫没有回答，他又问了一句："姓名。"

崔产愫顾左右而言他。

"问谁姓名，是在问我吗？你们连我的名字都不晓得，就把我抓来了，哈哈，你们假正经的样子真可笑，问什么问，姑奶奶叫崔产愫。"

"放严肃点。"黄莉群英气逼人，一本正经地吼道。

"你吼什么吼，亏你还是个美女，一点都不好玩，严肃的样子像个大妈，难看死了。"

"这里是审查室，不是你自己家中，老实回答问题。"黄莉群威严地说。

崔产愫上身穿着一件竖领天蓝色外套，让她的脖颈显得越发颀长，内穿一件粉红色贴身内衣，更加显得性感高贵，一条藏青色裙裤随着她大长腿的移动而摆动，让人浮想联翩。她用一个浅色发夹撑起刘海，光洁的前额，澄澈的大眼睛，白嫩的面颊，标准的鹅蛋脸，看上去愈加优雅性感，神采飞扬，身上似有仙气。

"哟，我这么说话，你不喜欢是吧，那好，我改换一种方式。"崔产愫说完，从椅子上站了起来，匍匐着身子拱向审查人员的临时办公桌，两手撑着办公桌，身上肉色的小棉褂子像两扇洞开的大门，贴身穿的低胸内衣，上端三个扣子是开着的，高挺的双乳悬挂在洁白的胸壁上，像两个乳白色气球悬空上下颤动。明晰的乳沟，洁白的胸脯，身上特有的气息，让几个陪审男人既好奇又胆怯，目光躲闪，心猿意马。

糜厚德脸有愠色："坐下，坐下，坐到你的座位上。"

他其实认识崔产愫，知道崔产愫是个带刺的玫瑰。一名周姓女公安走过来拽崔产愫的手，说："老实点，坐下。"崔产愫的手在空中画了一个圈，巧妙地甩开了女公安的手，自己坐在办案人员的对面椅子上。她催促着说："问吧，别啰唆，我还有事忙着呢。"

"姓名？"

"你们真啰唆，搞了半天还不知道我的姓名，全火场只有一个崔产愫。"

"请你讲话文明点，不要说废话，要正面回答问题。"

"我哪里不文明了，我一个女子嘎，欺负你们男人了吗？真是奇了怪了，你们用那么色眯眯的眼睛瞪着我的胸，从来没见过大胸啊，真是没见识。我还没说你们要文明一点，你们却说起我来了。文明个屁，看你们几个色相，意淫佬。"说罢，她仰天哈哈大笑。审查室的喧闹声，传到魏公稿耳中。他走了进来，说道："胡闹，把审查当什么了，审查进展怎么样？"

糜厚德站起来毕恭毕敬地说："魏书记，才开始提问，她不配合。"

魏公稿把眼镜往鼻梁上一推，两眼在室内扫射，他走近崔产愫，睁大眼睛，站在崔产愫的对面，很近，几乎鼻尖要碰鼻尖了，两人之间都能感受到对方的气息，两人的眼睛在对方的脸上足足停了两分钟，彼此有一种莫名的亲切感。

魏公稿摘下眼镜，用嘴巴往眼镜上哈气，用衣角擦了擦眼镜镜片，左手重新戴上眼镜，右手把一头鬓发往脑后一抹，轻轻地吸了一口气，他在崔产愫的身上，上下左右一阵扫射，慢慢的小白脸变成了一片绯红。他点了点头，又整了整一头自然卷曲的头发，转过身，对审查人员说："她叫崔产愫，远近闻名的崔大美女，连她的大名都不知道，你们太官僚主义，都出去吧，她由我审问。"

魏公稿坐到审讯椅子上，示意崔产愫坐好，他掏出一个精致的烟盒，取出一根香烟，摸出火柴盒划了一根给自己点上，深吸了一口，又缓慢地吐出了烟圈。他不问话，只是不停地吸着烟，眼睛注视着眼前这个带刺的玫瑰，心在怦怦地乱跳，思绪如烟，在眼前缭绕。

自从在火场看到崔产愫第一眼开始，他就觉得她和自己五年前完婚的妻子张雨涵外貌特征有几分相像。他的妻子出自一个军人家庭，那是一个恣逞意气、任性冷傲而又丰满美丽的女人。他像看西洋镜一样，反复端详近在咫尺的这个女人，张雨涵怎么看也不能与眼

第二十章
魏公稽摆脱张雨涵　审查室男女淫佚闹

前这个大山里的女人媲美，她不像是一只小山雀，而是一只天鹅，而且，是离自己最近的天鹅。

魏公稽出自草根，是新中国第一批大学毕业生，大学毕业后被分配到省城光华机械厂工作，他踌躇满志准备大干一番事业。

一天，据说有大领导来他们光华机械厂视察，他作为厂部宣传部部长，胡作鹏厂长要他负责好宣传接待工作，毫无疑问，由于他的出色表现，领导十分满意。离开工厂之前，大领导——人称张部长，还特意点名接见了他，对他的工作与学识赞赏有加，还询问了他的工作和生活情况，离开工厂时，张部长用一只大手，拍着他的肩膀说，年轻人好好干，前途无量。之后，胡作鹏厂长每次上省里开会都会带上魏公稽，而且，张部长每次都会带他们到自己家里叙叙旧，聚一聚。

胡作鹏有个老战友叫黄大风，在沅陵县任县委书记，胡厂长经常托黄大风带一些从火场堡子界山上搞来的枞菌、板栗、楠竹笋以及当地的腊肉、干豆腐等土特产捎给张部长。当年，张部长曾经是黄大风的团长，黄大风每次见到张部长时，还是按原来部队的习惯，先行军礼，叫首长好，有时叫张将军。

有一次，胡作鹏带魏公稽来张部长家时，正好遇到黄大风，这样魏公稽就认识了黄大风，后来又通过几次接触，黄大风的豪爽性格，给魏公稽留下了深刻的印象。张部长总会安排小女张雨涵陪同他们一起参加活动。

时间久了，魏公稽和涵涵——他对张雨涵的昵称。也就没有当初的拘谨，张雨涵俏皮地称呼他——稽哥（帅哥），两个年轻人很快玩得无话不说，关系十分融洽。魏公稽渊博的学识、高大挺拔的身材、温文尔雅的举止，赢得了张雨涵的芳心。

胡作鹏看在眼里，记在心里。一次，胡厂长托故说自己先要回去，厂里有急事，叫魏公稽留下来，吩咐他，不急着回厂工作，陪小张多玩几天。张雨涵带他到省工人文化宫看电影，看完电影，准备回家时，天空中下起了大雨，她带魏公稽跑到一家酒店吃夜宵，说等雨停了再回去，那时城市交通还不发达，平时等车都不易，何况是下雨天。坐下后，张雨涵点了几个自己爱吃的菜，叫魏公稽也点个菜，他说，你点的菜我都爱吃，不肯再点菜。她要了一瓶上好的白酒，看上去这是她喜欢喝的牌子——法国白兰地，她先给自己倒了一杯酒，也给魏公稽倒了一杯酒。魏公稽说，我不会喝酒。张雨涵不说话拿起酒杯，脖子一仰，一饮而尽，两杯下肚后，醉眼迷离。张雨涵说，帅哥，你这个人真无趣，和你一起来吃东西，你让我一个弱女子喝酒，自己滴酒不沾，你哪怕是喝一小口，我都好受一些，你真不像个男人，我不和你玩了，说完又喝了一杯。

魏公稽见劝不住她，担心她再喝下去就醉了，情急之下，抓起桌子上的酒瓶，咕咚咕咚一口气把半瓶酒喝了个底朝天。张雨涵被他的举动吓呆了，接着是开怀大笑。她说："还说自己不会喝酒，一喝起来就是喜欢吹（指拿着酒瓶一口气喝干酒），你真爷们。"

张雨涵给他竖起一个大拇指。她醉意蒙眬地说："这不是啤酒，是高度的白酒，不能这么喝的，知道吗？我的帅哥，不过你真够意思的，我喜欢。"

张雨涵手一招，又叫了一瓶酒，抓住他的手，说："今天我们一醉方休。"

魏公稽半斤白酒下肚，舌头已经不听使唤，张雨涵叫怎么喝就怎么喝，喝光了酒，张雨涵手指窗外，意思是外面雨下大了。

雨越下越大，没有打算停下来的意思。张雨涵扶着魏公稽找到一家宾馆开了房，把烂醉如泥的魏公稽扶到房间床上休息，张雨涵帮魏公稽脱掉衣裤，她今天也喝多了，脱去自己的外衣裤后，倒在床上睡着了。

　　魏公稽一觉醒来，已是后半夜时间，他用手一摸，自己的衣裤都不见了，猛然起身四处看了看，这时他听到卫生间里哗哗哗的流水声，他轻手轻脚地打开了门把手，定睛一看，看到一个年轻标致的女人在浴池中洗澡，他揉了揉眼睛，天啦，这个人不是张雨涵吗？她怎么会在这里，她可是部长的女儿啊！

　　他的小心脏被吓得怦怦直跳。这时，张雨涵正好转过头来，也看到了她，惊叫了一声："魏公稽，你个伪君子，你敢偷窥我洗澡。"她抓起浴巾，赤条条地从浴池里跑出来，对着魏公稽就是一顿拍打，打了几下后，魏公稽趁着剩余的酒力，轻轻一用力，一把抱住了她。张雨涵光滑修长的身材玲珑精致，乳峰挺立，两枚粉红的乳头更具诱惑，全身上下濡湿滑溜。她被抱起的瞬间，"嗯"的一声娇喘，一只手便勾住了魏公稽的脖子，另一只手自然下垂。抿着两片性感的嘴唇，双眼迷离，脉脉含情。她柔弱无骨地说："帅哥，你好坏！我没穿……"

　　魏公稽在酒精的作用下，把她抱放到床上。张雨涵的手抚摸着他健硕的身躯，在他身下扭动："坏蛋，我受不了了。"

　　水到渠成了，胡作鹏厂长亲自做媒，魏公稽三番五次婉拒。他说，门不当，户不对，不敢高攀。

　　性格泼辣的张雨涵，放出话说："我被魏公稽破了处，他若敢玩弄我的感情，我就叫他一夜回到解放前。"

　　魏公稽性子犟，一根筋，又不知深浅。他找到张雨涵说："那晚我俩都喝了酒，酒后失态，做出了一些不靠谱的事儿，不要放在心上。我一个农家子弟，祖宗八代都是农民，能有今天这个小成就已经是十分满足了，怎敢攀附将军府？"

　　张雨涵说："我们都是成年人，要对自己的行为负责。"

　　魏公稽脱口而出，说："我们都是自觉自愿的，没有谁强迫谁。"

　　张雨涵瞪大眼睛吼道："谁说我愿意了？我当时喝醉了酒，是你趁我酒醉时，强奸了我。"

　　魏公稽听了她这么说话，犟脾气一下子就上来，他说："你要这么说，我无话可说，不过当时是什么情形，你我心里都明明白白，我告诉你，我宁愿去种地，也不耕你那丘田。"

　　魏公稽从那以后，总是想方设法躲着张雨涵，不给她见面的机会，她几次来厂里找他，他就是设法回避不见，最后张雨涵撂下一句话，说："躲得初五，躲不过十五，我看上的就是我的，想跑，门儿都没有。"

　　一个月以后，张雨涵告知魏公稽她怀孕了，魏公稽傻了……

　　他独自一人跑到酒店买醉，才一袋烟工夫，就被张雨涵知晓，被她揪着耳朵领回来，被痛骂、羞辱。时间不等人，张雨涵隆起的肚子在逼人，可是，魏公稽就是不松口，胡厂长就差给魏公稽叫爹了。魏公稽还是犯浑，脑筋不转弯，胡厂长见他是王八吃秤砣铁了心，就直接告诉他如此这般后果严重，最后动用了组织的力量。魏公稽悔不当初，他

第二十章
魏公稽摆脱张雨涵　审查室男女淫佚闹

没得选择，已经造成了既定事实，就得为自己的行为埋单。组织出面，领导轮番做工作，张雨涵的肚子不容许他再犹豫，最后，他仰天长啸："千不该、万不该，悔不该在阴沟里翻船。"

张部长为魏公稽和张雨涵举行了隆重的婚礼，结婚那天，将军府张灯结彩，高朋满座。一对新人在众人的祝福声中，步入了婚姻的殿堂。

婚后正如魏公稽婚前预料的那样，张雨涵恣意任性，生活糜烂，在她面前，魏公稽没有任何人格尊严，甚至，连他们正常的夫妻生活，都是一种施舍。他每天的去向，必须一五一十地给她汇报，她自己夜不归宿，不会给他只言片语的解释，魏公稽稍稍问一下她，她就会说："管得这么严，我又不是犯人。"

他多说几句，张雨涵就会发脾气，骂他是个窝囊废，整天躲在家里，像个绣花的女人。她每天依然我行我素，混迹于所谓上等人的社会圈子里，自我感觉良好，不在乎他的感受。

有一次魏公稽又喝了酒，借着酒力，对她说，你有身孕了，少参加那些没必要的应酬，在家静养。

她回了他一句："有本事你也可以出去应酬。"他语塞，气得在屋里来回踱步。

后来他终于找到了一个绝好的机会，岳父七十大寿那天，觥筹交错，杯盘狼藉，他趁老爷子高兴，向老爷子和在座的其他领导提出，为了响应党的号召，到基层偏僻的地方去，参加"大跃进"和人民公社化运动，锻炼自己，苦练本领的想法。当即得到老爷子的赞赏。张部长说，年轻人就是要到最艰苦的地方去锻炼成长。你说说看，你想到哪里去锻炼自己。

"我想到黄大风书记那里去锻炼，去干革命工作，黄大风是您的老部下，您看怎么样？"

张部长立即招呼黄大风，问道："大风，小魏想到你手下去历练历练，你那里有问题吗？"

"老首长看您说的，小魏能到我那个偏僻的县城去工作，那是我和我们全县人民的福气，我们热烈欢迎。"

"你同意了就这么说定了，你要严格管理他、给他压担子，不能干任何的特权。"

"正好，我那个副书记马上就要退休了，小魏去了接这个职位吧。"张部长点了点，说："小魏在国营大工厂是宣传部部长，到你那里任副书记是平调，没有搞特殊化。"

黄大风说："小魏年轻又能干，朝气蓬勃，毛主席曾经说过，青年人像早晨八九点钟的太阳。小魏能去我们那里是我们的福分，他将来大有作为。"

张部长面向魏公稽说："你去了以后，由黄大风安排你的工作，接受他的领导，到农村去，滚一身泥巴，脚下打几个血泡，手上长一手老茧，虚心向贫下中农学习。"

魏公稽得到老爷子的支持，心中窃喜，马上说："爸爸您放心，我就是农村长大的，不怕累，能吃苦，我一定能干好。"

一个星期以后，魏公稽如愿来到沅陵县，任县委副书记。"四清"运动开始后，他又要求去火场公社蹲点。黄大风同意了他的要求，魏公稽以县委副书记兼任火场公社"四清"运动指导组组长的身份，前往火场搞"四清"。

崔产愫的美丽，魏公稽早有耳闻，他知道她的美丽与袁莹莹两姊妹齐名。坐在眼前的崔产愫，衣着简朴，但只要往深处一看，那种难以掩饰的性感美、野性美，令他对女人仅存的一点点好奇心被点燃了，令他怦然心动，唤醒了他内心那种难以言状的冲动，他身体中的荷尔蒙复活了。

他要征服眼前这个女人，而这个女人根据他的观察，对自己似有某种暗示，他用八百多度近视眼费力地瞪着眼前这个尤物，崔产愫却始终保持优雅的微笑，他手上的烟快燃到手指的时候，一双近视眼才从崔产愫的脸上移开。他脑海中突然产生一种很强的征服欲，直觉告诉他，这个大胆性感的女人将成为他的盘中餐。他坚信自己的判断，他要用成功证明自己不是张雨涵口中的窝囊废。

他从如烟的思绪中，回到崔产愫身上，他感到诧异，为什么要把崔产愫和张雨涵放在一起对比，从身份地位上，她俩没法比，可他不在乎这些。张雨涵留给他的印象就是一个负数，崔产愫呈现给他的愉悦和久违的冲动成几何倍数增长。

"魏书记能给我一支烟吗？看你抽烟好享受的样子，比我屋莫白信抽烟的姿势好看多了。他抽烟像抽人一样，还'叭吱叭吱'地弄出声响，本事大得很，一次都奈何不了，还'八次八次'。"说完，她感动了自己，在那里一个人咯咯咯地笑。

崔产愫以要烟为名，不使魏公稽看她的样子显得失态，主动打破了沉静，她嘻嘻地笑着，又做作地用手背遮住了自己的嘴，笑声中明显地透露出压抑的释放。

魏公稽一反常态，并不生气，他递给崔产愫一支烟，给她点上。崔产愫猛吸了一口，烟的气味把她呛得直咳嗽。魏公稽迅速绕到她背后，用拳头轻轻地捶着她的背，说"抽烟不是什么好习惯，不要学这个。怎么啦？呛到了吧，慢抽点。"

"慢抽不过瘾，快抽才过瘾。"她暗送秋波，一语双关。

魏公稽的手由捶背变成了摸背，手慢慢游移到她的胸前，他做了一个试探性的进攻，她没有吱声也没有反抗，他的手伸进了她的内衣里，她闭上了眼睛。

忽然，她一把抓住他的手，气喘吁吁地说："魏书记，你真的稀罕我吗？"

"是的，崔美女，你太迷人了。"

"城里美女如云，你又是个大官，还怕没女人吗？你别拿我寻开心，别戏弄我一个弱女子。最后玩腻了一脚踢开。"

"不会的，你比她们纯朴、漂亮很多，我一到这里就听说你的美丽神话了，今日一见，你果然与众不同，你有一种绝尘的美丽。"

"你还'今日一见'，你见到我啥了，还没有看见我的呢，你讨厌，羞死人了。"她忸怩作态。"你又没有试过，咋知道我与众不同啊，净乱说，哄我开心。"她软语嗔怪着，把手指插进口里咬着。

魏公稽的手移到她的臀部，她反手一把抓住他的裤裆——一把小雨伞突兀的打开着。

她突然转身，双手紧紧地抱住了他的脖子。魏公稽略微低头，两片嘴唇激吻在一起，他的手伸向了她的禁地。崔产愫立即抓住了他的大手，踮起脚跟，附在他的耳边悄声地说："外边好多人，别这样，来日方长，你住火场公社办公楼上，我改天到你那里去，让你仔细地审查。"她吴侬软语，憋红着脸蛋，露出八颗洁白整齐的牙齿，扑闪着长长的睫毛，勾着头浅笑。

魏公稽心中一阵狂喜，两颗干涸的灵魂在拥抱激吻中释放着，魏公稽不安分的手在她那块茅草葳蕤的领地移动。

她附在他的耳边用征询的语气说道："莫咯，外边来人了怎么办？"

"我不叫他们，他们是不敢进门的。"

"都这么久时间了，他们会怀疑我俩的，对你影响不好。"

魏公稽用一双高度近视眼，直勾勾地看着自己怀里丰仪的女人，他感到这个女人不简单，她不但人长得漂亮好看，而且很贴心，冷静有智慧。他深情地拥吻着这个风情万种的女人。她故作娇羞状，巧妙地躲闪而又迎合着那片极富进攻性的滚烫的嘴唇。她越是这般娇羞，魏公稽就越发急迫。

两人疯狂地拥吻着，不知时间走得飞快，崔产愫再三催促他松手，可是压抑而又渴望的他根本不予理会。崔产愫也舍不得离开他温暖的怀抱，捧着他的脸留下雨点般的吻痕后，提醒他该出去了。

他依依不舍地从她丰腴的怀里离开，走到门口，打开门，几个审讯人员用异样的眼光看着他，魏公稽说："看什么看，崔产愫我已审查完了，她是清白的，没有问题，立即放人。"

第二十一章
崔产愫笑谈县城行　众村民心忧被审人

魏公稽派了一辆摩托车送崔产愫回火场，魏公稽审查室对她的特别审查，送她上车时的温情不舍，让她一路回味无穷，心情愉悦，眼中山川草石皆美景。回到火场，她内心有些抑制不住的小兴奋，简直难以置信，在审查室里，她偶遇了魏公稽，让她心生欢喜。魏公稽外表温文尔雅，相貌堂堂，热情似火，坏坏的笨笨的。她感到魏公稽才是真正的猛男，她喜欢魏公稽直白的示爱方式。在她看来，魏公稽对她腻歪，足见她的魅力。虽说他表达爱慕之情有些野蛮恣肆，但也不失为真诚坦白，敢作敢为。不能把男人对女人的那点小心事，简单地说成痞子行为，而要看具体的人与事，不能一概而论，有行动力的男人才算真男人。

崔产愫知道自己的美丽已经俘虏了这个县委副书记的心。她感受到这个男人对她的渴望、贪婪，她乐意魏公稽这种生猛无耻。她也知道自己的需要，她要改变自己的人生轨迹、生活状态，而魏公稽就是她心目中梦寐以求的白马王子。想到回去就要面对莫白信那张苦瓜脸，三天也放不出个屁来的闷葫芦，没有任何前奏一上身就知道呼哧呼哧喷气的笨蛋，她心中有些懊恼。

一阵微风吹拂着她的秀发，她莞尔一笑，眼前浮现出她上车前魏公稽脉脉含情的眼神，对她耳语的那句话："保重玉体，等我回，和你深入沟通交流。"

她知道，魏公稽几天后就会回到火场，让她等他，"深入沟通交流"这句话，让她产生了无限的遐想。她觉得自己的世界顿时变得豁然开朗。一个县委副书记，找一个村妇女主任谈话，去哪里谈？有什么好谈的，会谈些什么呢？如果说要谈工作，那应该找公社干部谈，至少找村书记姚革新谈，万万也轮不到找她一个平头老百姓谈。那会谈些什么呢？

　　她突然产生了一个奇怪而又大胆的想法，莫非魏书记，不，魏大哥，也不，魏帅哥，要找我谈情说爱吗？他那么大的官，一肚子墨水，伟岸的身躯，怎么会看上我一个村妇呢？不会是找我寻开心吧？她又感觉不对，他干吗要玩我？城里那么多美女，他想和谁好还不是分分钟的事呀？那就只有一个答案，他对我一见钟情，他要在我的身上得到他追求的审美需要。

　　想到这些，崔产愫的脸像火场大山上漫山的映山红一样。想到审查室里魏公稽那急促的滚烫的吻，在那么紧张严肃的场景下，他竟然情不自禁地急不可耐地动手动脚，她的心不由怦怦地乱跳，她昂着头，任凭寒风吹拂着她的一头秀发，转而会心地笑了，也许真的是一见钟情——也许是缘分，也许……

　　她以女人独特的敏感，明白了魏公稽给了她强烈的信号——一种势不可当的欲望。这也正是她期望已久的令人神往的那种感觉——她似乎从来没有触碰过这种感觉，于是，她心向往之。

　　她用手理了理被风吹乱了的瀑布般的黑发，美丽的脸庞任由山风轻扬，此时的她，带着满心的欢喜与憧憬，期盼那个属于自己人生中最为销魂的时刻早日来临。为此，她心中窃喜，嘴角上扬，妩媚地一笑再笑，她沉浸在幸福甜蜜美好里。

　　中村人看见大路上开来一辆边三轮摩托车，俗称"挎子"。崔产愫从挎子上走下来，其他抓去的人，一个也没有送回来。她下车后，大家陆续围上来，问这问那，想探个究竟。

　　崔产愫昂首挺胸快步走到公社大院，及腰长发在风中飘扬，她不像是被抓去审查的，倒像是从县城观光回来，她并不急于回答这些在她眼中没见过啥世面的婆婆妈妈。她是去过县城的，而且是被县委副书记魏公稽抱过摸过的女人，肯定和这些个婆娘不一样，自然有她的特别之处，并且是县委副书记魏公稽亲自安排的专车送回来的。一辆车上除了司机就她一个人，司机小郭见魏书记派专车送她回来，一路上对她极尽献媚讨好之能事。

　　摩托车开到鹰嘴岩时，小郭师傅对崔产愫说，美女姐姐你累了吧，你休息一下，从这里可以瞭望山川美景。来时魏书记一再叮嘱，路上千万不能让您累着，否则要拿我是问。

　　崔产愫心里像吃了蜜似的。嘴上说，我哪有那么娇贵，我是大山里的人，经常一个人走这条路都不怕累。你们那个魏书记人真是好，和咱们老百姓心连心，这不，看我回来路远他愣是不放心，硬是要派你小郭开车送，太辛苦你了。不过坐车不像走路，轻松多了，一点也不累，倒是你开车累了。你们魏书记真关心老百姓，是个关心老百姓的好官。崔产愫说这话时，笑得很灿烂，魏公稽不愧是个文化人，懂浪漫，派专车送回来——这要多大的面子呀。她想着这些，头有点上扬。

　　把崔产愫送到了，小郭说了几声道别的话，饭都不肯吃，开车返回县城了。

　　面对邻里，她故意吊一下她们的胃口，怎么能由着这些婆娘吆喝呢，她不着急。围过来探听消息的村民急得要死，她就是不吱声。

第二十一章
崔产愫笑谈县城行　众村民心忧被审人

莫公雷凑上脸，往她身上嗅了嗅，说道："我说你们这些人啦，急啥呀，人家崔主任从县城开会回来，总得歇口气不，上边的指示精神该传达的，崔主任一定会传达的，不该传达的，大家也不要问。"

崔产愫推了他一下，说："就你会损人，我开什么会呀，我是被抓去的。"想了想，她说，"县里说，抓错人了，就放了我，这不，把我送回来了，共产党的干部有错就改。"说完一阵浪笑。

周成事说，不对，这里边有故事。崔产愫向他报以会心的微笑，美美地说道："周计工啦，你能算会掐，那你说说，这里边会深藏着什么样的故事呢？"

说完，她给了周成事一个好看的眼神，"嗯，哈哈哈……嗯，哈哈哈……哼哼哼"用口音和鼻音完成了一连串的大笑，她在用笑声释放她愉悦的心情。

她终于笑呛了，黄大胆走过去，趁机轻拍她的后背："呛着了吧，有啥乐事，慢慢说，看你兴奋的样子，好像来了高潮。"崔产愫今天心情好，温柔地看了他一眼，她习惯男人们围在她左右，男人们也喜欢在她极富弹性的身体上，用掐、撞、顶、摸等等动作揩油。

黄喆不知从哪里给崔产愫舀来一瓢热水，叫她趁热喝了，暖暖身子，润润喉咙，慢慢给大伙儿说说。

这时，莫京叫道："叮咣哥，你站崔产愫主任身旁，我咋觉得是那么得体、合适呢？知道为什么吗？因为有你这么个独特形象的陪衬，更能显示出崔主任的高挑美丽，鲜花还需绿叶扶，说的就是你这类男人。"

崔产愫喝了叮咣哥黄喆的热水，镇了镇自己澎湃的心，伸出一个手指头，面对众村民勾了几下，示意他们向自己再聚拢一点。她另一只手中舞动着一根小藤条，招呼着人们向她靠拢。她站在坪场中央，众村民迅速围了过来，大家都用十分期待的目光等待她发话。

大家自发地保持肃静，有几个小孩到处乱跑，都被大人们呵斥住。

崔产愫看了看场面差不多了，用一双洁白的长手臂拢了拢自己瀑布似的长发，又从左往右一摆头，又反向摆头，那瀑布般的秀发在空中飘扬——实在是潇洒极了，散发出诱人的魅力。她这个漂亮的摆头弄发的美姿，是她专有的招牌——性感、美丽、吸人眼球。

她那极富表现力和感染力的动作，一度令多少妙龄少女效仿，据说，当年庞跃京书记就是看到崔产愫在行进中拢发摆造型的模样后，才极尽溢美之词，让崔产愫一夜成名，相当于当今的网红。崔产愫也由此对庞跃京书记这个伯乐颇为感恩敬重——有道是，女为悦己者容。

崔产愫去了一趟县城，回来后，说话轻柔明快，她说："这次我到县城，和黄大长他们一样，被隔离审查。县城真大，街面上啥东西都有卖的，那些洋车过来过去跑，比咱火场的人都还要多，铺面儿吃喝的细妹子那个俊哟，啧啧啧……那些县委大院里的男人那个精气神，那个派头，身上是干干净净的，就是一件旧衣服，穿在人家身上就能穿出新的境界、新的风貌。人家县干部走路抬头挺胸，脚下生风，见人高傲地点头示意。说话文明，就是讲痞话也是雅痞，哪像你们这些歪瓜裂枣，一个个走路歪着肩膀，撅起个屁股，八字步，同边手。一开口，不是乱吐痰，就是满口粗痞话，比粪坑还要臭。好好看看你们，一个个大字不识一箩筐，啥也不懂，就知道天亮了起床，拉屎拉尿，天黑了睡觉，可劲地整自己的婆娘，生一窝狗崽子。"

她骨子里有一种天生的优越感——也许世上美女与生俱来自带光环。她不像山沟沟里的女人，把男人看得天大，整天围着柴米油盐、锅盘瓢盆转，她眼光高远，慧心丽质。

她瞭望了一下四周，男人们有手抱膀子的，有两手下垂的，有歪七竖八杵在那儿的，有衣冠不整、吊儿郎当的，一个个像玉米地里一根根枯槁的苞谷杆，任由风吹日晒。一个个苦瓜脸似的，她看到这些男人，不由喟然长叹，有点影响她的好心情，影响她发挥——她心中的确有话要说。

有些心急的人等得不耐烦了，催她说说城里的情况。她就是要来个弯子，把话绕一绕，不点出他们想听的话，她要慢点说，其实也是不大想对这些人啰唆，她从内心瞧不上这些邻里，遇到手指头点事，喜欢大惊小怪，没有了主见，乱了方寸。她爱理不理地扫视了这一群人，说道："我们抓去的每个人都要通过审查，有问题的，喷，就老伙（指有麻烦）。"

小脚女人九妹颤巍巍地问："会不会把他们关起来，大刑侍候？"

崔产愫说："那这个说不好，听魏公稽说，问题重的要坐牢。"人们异口同声地"啊"了一声。人群中一阵骚乱。

"那要坐多久牢呀！天啦，都是符光中几个人闹的鬼。"民兵连长符德埘的女人嗷呜说。

"你问我，我都想问你呢，听魏公稽说，也有可能带火场来批判教育。"说完她转了转身子，小走了几步，其实就是晃动了几下身姿，她不那么肯坐，因为她站的姿态更加光彩照人。她眼睛看了看村口，似乎在找什么人似的，又好像不是，轻轻嘀咕了一句——他说过几天来。

莫富贵很高兴地说："带回来好呀，像你一样，今天不是回来了吗？"他双手搓了几下。

"带回来好是吧，好个屁，你以为是带回来暖被窝子呀。"崔产愫说。

"那是，带回来干吗？"黄大胆傻傻地问。

"干吗？带回来开批斗会，干吗，斗老实了就放人，一天不老实斗一天，两天不老实斗两天，斗老实了为止。"有人说话直接。

"如果一直不老实呢？"叮咣哥黄喆油嘴滑舌，问了一个蠢问题。

崔产愫剜了他一眼："魏公稽说，死不认罪的，只有死路一条。"

莫京嬉皮笑脸地说："崔产愫，我看你一口一个魏公稽，魏书记的名字是你一介草民可以随便叫的吗？你以为你是谁啊，喔，对了，你还没给我们说明白，你是怎么一个人回来的，他们那些人呢？你不但一个人回来了，还是两个轮子'咕隆咕隆'送回来的，真是奇了怪了。难不成魏公稽已经拜倒在你的石榴裙下了。"他说完，皮笑肉不笑，带着狐疑的眼光审视她。

崔产愫听莫京这么一问，鼻子里轻轻"哼、哼"两下，心花怒放地说道："咱不是一介草民，而是一个长发及腰的美少妇，啥事也没做，什么法也没违，现在提倡干部下基层和老百姓心连心，魏公稽他和我心连心呗！"说后是一阵狂笑，胸脯在笑声中不停地抖动。

笑后一看，她周围的人一个也没笑，于是，她调侃莫京说："我说莫京呐，你平时脑瓜子活泛，今儿个脑壳是进水了吧！共产党的干部，做错了事就得勇于改正错误，抓错了人就得赔礼道歉，咱不用道歉，咱是怎么去的就把咱怎么送回来，唉，四个轮子的车咱火场公路不通开不进来，两个轮子的车总可以勉强开进来，这不就把咱送回来了呗。"

莫京说："不对，干吗独独就放你一个人回来，还用两个轮子送回来，那车可是魏书记专案组配的专车，谁有这么大的面子可以动用。"

"我就不告诉你。"她向莫京做了一个得意的鬼脸，慢条斯理地说，"你是不是特别不想我回来呀，或者希望把我判个一年半载，你才开心呀。莫京，你以为共党的官个个都像你啊，你缺德不你。"她环视四周，又补充了一句，"人家一个良家妇女，身子（历史）清白，不缺胳膊少腿，魏书记他多关心体贴一点不应该吗？"她的话有点做作，一边说话，一边把手指头放到嘴里咬，这是她言不由衷时的老习惯。

她看莫京脸色有些严肃，没等他回答，嘻嘻哈哈地面向众村民说道："你们以为魏公稽真的看上咱一介草民啦，拉倒吧，人家一个大书记，什么女人没见过，什么事没弄过，眼光毒着呢！人家魏书记对火场人民很尊重，送咱回来就是为了表明他的一个态度。"说话时，她的眼神有些狡黠，言外之意，就是她的美貌吸引了魏公稽，看上她了，才派专案组的专车送她回来，是魏公稽表明态度。

黄喆满腹狐疑，拿眼睛对她认了认，似有所悟，鼻子"哼哼"两声，说："你能摸着你胸口那两坨说话吗？我对毛主席发誓，咱火场这些人都没有犯法，应该很快被放出来的。"

钟吉祥闲散在一边，静听着众村干的对话，两个眼珠子贼溜溜地乱转，耷拉个脑袋，嘟囔了一句，说："这里边有料、有故事、有好戏看啰。"说完一阵风似的，瞬间不见人影了。

村民没有得到准确答案，一脸狐疑，一个个唉声叹气，为抓去的几个人心中忧虑：这可怎么办，这些人不会去牢里吃钵头饭吧?！

崔产愫见大家仍然还是一头雾水，说道："魏公稽说，过几天他就来了，他来了就好了。我们那些被抓去的人估计也会随他回来的，大家都是泥腿子一个，能有多大点事儿。"说到这里，她一脸的憧憬。

"大家都回去吧，应该不会有大事的。"她不想再说，她要一个人消化一下县城发生的事。

莫京在和左右两边的人交耳嘀咕，大家向崔产愫投向了疑惑的目光。众乡亲似笑非笑地说："崔主任，你和魏公稽关系好，你得替大家说说话呀，人不亲根亲，大家世代生活在一起，你不能见死不救啊！"

莫京说："你给魏书记私下里说说悄悄话吧，吹吹枕边风，他们都是些泥腿子，不会说话，言语中有冲撞的地方，也请多担待。现在，大家只有请你出山替大伙儿求个情了。"

崔产愫听出了这些人话中有话，有人甚至在嘲笑她，她心里明白，就是欠挑明了。她竟然把头一扬，朗声地应承道："大家乡里乡亲的，抬头不见低头见，等魏公稽来了，我帮大家说个情，吹个什么风来着，哈哈，都行，能放几个就放几个出来，比进去了吃钵头饭要好，那里面是不自由的，日子难过。好说、好说，大家都散了吧。"说罢，头一摆，长发在她高挑的身后飘扬，留下一坪场的村民望着她的背影发呆。

第五天辰时，空气中飘荡着细雨，钟吉祥穿着单薄的秋衣，浑身冷得直打寒战，在村

口闲逛。忽然，看到村口不远的简易公路上来了几辆边三轮车。

他有些好奇，抱着膀子伫立在风中，想看个究竟。车越来越近，原来是个小车队，他瞪大眼睛探寻，发现每台车里坐了几个人，定睛一看，我那个天啦，车上不是别人，正是前些天被公安抓走的人，他撒开双腿逃也似的，向村中奔去。

"回来了。"他歇斯底里地吼叫着，他的吼声惊醒了那些尚在沉睡中的人们。车很快驶入火场公社，村民纷纷披上衣服，探头探脑，有的走出家门，来到公社坪场看热闹。

几个有关联的家庭，来公社准备接人回家，他们天真地认为这些人既然从县城回来了，就会像崔产愫那样毫发无损地送回来，开开心心回家。他们未承想到送回来的人，怎么又关进了公社临时羁押室。有人由于反应慢半拍，甚至，没有看到自己亲人的模样。

袁延顺的婆娘符彩儿这几天正好在中村，其实，也是向姚革新打听丈夫的消息。姚革新哪有什么消息呀，他只好故作玄妙地说，没有消息就是好消息，过几日老袁他们就回来了。

符彩儿心中的那根弦绷得更紧，每天来中村找苏醒唠嗑。符一瘸说，袁延顺这个富农分子，和崔产愫有很大的不同，他的问题还没有搞清楚，如果上面搞清楚了，人送回来了，怎么又关进了公社的大牢（指公社临时羁押室），说不定明天还要开万人大会批斗他们哩。

符一瘸自从干上了生产队队长以后，时不时来中村找姚革新汇报工作，他明里是汇报工作，实际上是想从中打听抓到县城这些人的消息。他说："刚才我从公社办公室小李那里打听到，这些人都不老实交代问题，明天魏书记要举行万人大会，让社员群众批斗他们，检举揭发他们的问题。"

莫京走过来，十分得意地说："大家回去吧，公社会通知开社员群众批斗会的，到时候大家有什么苦情，有什么线索，有什么想对领导说的，到时都说出来，有公社撑腰，再也不用惧怕别人打击报复。"

第二十二章
黄大长滋事被拘捕　　拘留所改造黄赌毒

黄大长因为维护庞跃京、与民兵起了冲突等原因，数罪并罚，审查组决定对他施行刑事拘留，送去拘留所关上十二天。拘留所距离县城中心有个二十分钟的路程。通往拘留所的路崎岖难行，有一段路是黄泥巴路面，而且是一条独路，车到拘留所就得掉头原路返回，因为拘留所就是终点。拘留所建在一个四面环山的山坳里，位于山腰之间，用四间平房围成，平房上方布设有铁丝网，人站立在中间，拘留所形成一个"囚"字形，周围的山上是密不透风的松林，抬头往树巅上一看，松树好像要倾倒下来似的，让人恐惧。

时令已经进入初冬，风夹杂着冰冷的雨丝，直往山坳里灌。山上的松林在风的作用下发出喔喔的怒吼，山把拘留所围成一个"井"字形，形成一个天然屏障，有一种肃杀的气氛。山周围没有一点光亮，偶尔，能听到枯枝折断发出的"咔嚓"声，让人后背直冒冷汗，越发显得阴森恐怖，走进拘留所大门，有一种身陷囹圄的感觉。

狱警带着黄大长等人办好入所手续，从第二道铁门口转过过道，由里间值班狱警接人，卸下每人身上的钥匙、小刀等小物件，由老狱警带进第三道铁门，便进入了拘留所里。

四间平房正面朝中间的坪场，有点像是一个大户人家的院落，房与房之间严丝密缝。抬头一看，正前方墙上用石灰写的有"破四旧，立四新"几个字。黄大长跟在老狱警身后，进入犯人们被拘押的地方。从此处笔直往前走八十四步，折转身再走四十二步，就到了储藏室。老狱警从屁股上掏出一大把钥匙，打开了拘留所的贮藏室，一股霉味扑面而来，黄大长领取了囚衣、床单、棉被等物品，三十几个在押犯人，在半个篮球场大小的草坪里，扯着闲谈，有几个人在草坪的那一头半截篮球场上投一个瘪了气的篮球，这些关押有些时日的人，见有新人关进来，有些许小躁动，十分好奇，纷纷围了上来，打听消息。

有人凑近问："伙计，犯啥事儿？"

"打人。"

"为啥打人？男的女的？"犯人王葭问。

"打几个男的，路见不平。"

"咋啦，你是见义勇为，还是为了女人争风吃醋动手打人？"犯人佘轶问。

"打了落井下石的小人。"

"哟嗬，有个性，我喜欢，兄弟叫啥名字？"一个女人向他投来一瞥，听那口音应是一个桃江女子。

一个男人说："赛西施，这条鳄鱼归你了，这个黑高个是你的菜。"

那个叫"赛西施"的女子，正在朝黄大长直勾勾地看着说笑。她说："不错，这个又大又长的黑子，有点儿男人味，我收了。"

黄大长仔细一看，眼前的女子面带桃花，肤色白里透红，细嫩圆润。黄大长明白了，这里是一个男女混合关押所，只是把男犯人与女犯人的住宿区分开了而已。

黄大长没有理会这些人的言语，向他的关押室003号房间走去。

"关风啰——"老狱警把腰间一串钥匙拿在手里，口里发出悠长而又苍凉的叫声。

天色已晚，已经到了拘留所规定的晚上关风时间，在押的几十个人懒洋洋地回到各自的拘押房间。每个房间里有四张并排摆放的矮床，靠里墙处有一个蹲位的便池，犯人的大小便在此解决。靠近天花板处有一个小窗口，用粗铁丝网做成一个小窗，往里透一些光亮，输送新鲜空气。大门的左侧上方开有一个双层铁丝网的窗户，窗户已钉死，门口三个床铺已有人睡，黄大长知道，里间靠便池的铺没有人愿睡，都嫌有臭味，选择远离它，黄大长没得选择，把带进来的生活用品放在第四个床铺上。

与同室三个人打了招呼，他们叫舒江、舒建华、邓秦川。三言两语便熟识了，黄大长铺好床铺，坐在床上靠着墙面，和几个室友讲白话。

舒江是个瘾君子，一起在朋友家里吸毒时，被熟人举报，被公安现场抓捕进来的，由于拒捕，逃跑摔伤左手、左腿及左边大部身子，这些部位有些化脓。舒建华开了一爿酒

117

店，组织妇女暗地里卖淫被抓进来。邓秦川是赌场老板，赌棍由于分赃不明，大打出手，被公安现场抓捕进来。

黄大长知道自己现在和"黄赌毒"为伍了。关灯以后的夜，光明只能看小窗外的星星，拘留室的灯由值班室统一管理，由于室内增加了新成员，大家需要相互熟识，又闲得无聊，室内四个人就悄声说白话。

舒建华一脸淫荡，满口秽语。他说自己开酒店大把大把捞钱，口吐飞沫，十分得意，他最得意的还不是捞黑心钱，而是能够随意选择其中他认为漂亮的女人先试睡，再让别的客人使用。他不无自豪地说："开酒店是假，醉翁之意不在酒，做人肉生意才是真，酒店赚的是白菜钱，做人肉生意大把大把赚钱。我三四年时间睡过的女人上百人，但对女人没有动过真心，独独这次迷恋上赛西施，在自己的酒店正在和赛西施颠龙倒凤时，被警察冲进来抓了现场，如果不是自己有关系，有过硬的后台，自己就不是进拘留所了，而是去看守所。"

邓秦川说："我不好色，我只爱钱，我看到每天有大把大把的钱进入自己腰包，就过瘾，感到兴奋刺激。那些沉湎于打牌赌博的人就是头蠢猪，十赌九输，越输越赌，越没有钱，越想发横财，从左口袋到右口袋再到别人口袋，赌鬼多半是穷鬼。没钱借高利贷赌，几个打牌赌博的人，在我的赌场里，由于分赃不明，大打出手，被警察一抓一审，揪出了我，说我聚赌，害得我跟他们受罪，让我蒙受不小的损失。"

舒江接过话茬，说："我已是第二次进拘留所了。毒品带给我无尽的快乐，那种快乐是飘飘欲仙的，不同于和女人肌肤之亲，女人算什么，到处都是，累了自己不说，还要给她洗屁股钱，最不合算；打牌赌博更没有味，把钱输给别人花，真正的赢家是庄家，好这一口，既花时间又费银子，十赌九输，既伤身体，又伤感情；毒品就不同，把你带到一个飘飘然的极乐世界，进入仙境，那种享受是女人和赌博远远达不到的境界。"

几个男人不像是蹲牢房来的，倒像是在开高端研讨会，你一言，我一语，各说各话，莫衷一是。

黄大长的鹰隼眼睛一直瞪着这三个人嘴脸，他们叙述自己曾经的过往是那么的轻松自在，近乎自鸣得意，视为理所应当。他明白自己是和"黄赌毒"关在一起了，他感到愤怒而又必须克制，他知道自己不能代表正义，此时自己和他们三个的身份是一样的——在押犯。他想质问他们三人，几次话到嘴边又强忍了下去，他们的内心是如此的肮脏，灵魂用龌龊两个字来形容是远远不够的。他用鹰眼认了又认眼前的三个人，舒建华三十六岁，十三四岁就走江湖，淫邪油腻；邓秦川五十开外，秃顶油亮，嗜赌成性；舒江四十二岁，瘾君子，败光家财，因好那一口，死不改悔，最终妻离子散。

三个人津津乐道那些见不得人的事情，毫无遮掩，进了拘留所好像进了百家讲坛，有说不完的人生故事，有讲不完的发财经，道不尽的世间野趣。

黄大长听了他们的高谈阔论，从单薄的被子里哧溜一下滑下床，他特意剥光了自己的内裤，赤条条地在三个人的床铺间走来走去，也不说话，宣示他的不满，好像要以此羞辱他们。三人不动声色，依然东扯日头西扯雨。

黄大长不理会他们之间的戏言，他感到他们这些人没有一个好东西，懒得搭理他们。

003室的笑声召来了老狱警，他敲击拘留室的铁门，用嘶哑的声音叫道："安静，不

第二十二章
黄大长滋事被拘捕　拘留所改造黄赌毒

准大声喧哗，到这里来，是叫你们反思来的，改造来的，这里不是集贸市场，由着性子高声叫卖，更不是你们自己家里，随心所欲，这里是拘留所，是关押犯人的地方，改造好了才能放出去。大晚上的叫什么，神经病。"

经过这一闹腾，各自回到自己的床铺上睡觉，再也没有人兴起话头。

早上六点半钟，狱警咣咣咣地敲了几下房门，再用钥匙打开铁门，端着一个小簸箕，给房间里的四个人每人夹了一个馒头，也就是早餐，并不言语，接着就关上铁门。舒江见状说："警官你就不要关铁门了，关了铁门这里就像坐牢一样。"狱警头也不回，说："你以为这里是什么地方？你说不关门，就不关门是吗？"

天刚蒙蒙亮，铁门一关，屋子里是一片黑。邓秦川说："我赌他不得好死，早餐了还不开门，想关死人呀，真缺德。"

黄大长说："老邓你少说几句吧，警察听见了没有你的好处，到这里来了，要守这里的规矩，我们在房内房外反正干不了什么事，总会开门的。"

舒江说："你知道是什么时候开门吗？要到上午十点钟才开房门，我们是在房里坐牢，就是蹲班房，不是自个屋里。"

随着老狱警一声"放风"，终于等到了上午十点钟，各关押室里的人，迅速从房间里走出来。由于是昨天晚上来的，黄大长并没有完全了解拘留所里的情况，连基本布局都不是太了解。黄大长和邓秦川几个人来到拘留所小草坪，这些人七嘴八舌地给他介绍自己进来的具体情况。

拘留所建筑物之间严丝合缝，形成自然的一个大"口"字，由于这里关的都是违法之人，因此，通常把局子里的犯人称为"囚犯"。拘留所东面是男犯生活区，西边是女犯生活区，中间隔着一块小草坪和半边篮球场。工作人员和犯人进出从南边铁门进出，背向拘留所内，其正面有一栋二层楼砖混结构的楼房，是拘留所工作人员办公、对外开放接待的地方，狱警通常在此办理公务，进了这栋房子，拐弯往里走，再过铁门，便到了拘留处。北面是犯人们的活动室，内有一张乒乓球桌，桌的一只脚用了几块砖头堆砌顶着。西南方向处开设有一间厨房兼餐厅，餐厅被砖墙隔成两半，和厨房临近的一半房间是狱警集中用餐的地方，另一半则是在押犯吃饭的地方，横竖有几张老式桌椅。墙上开的有四个窗口，犯人打饭时，把各自的餐具——钵头，递到窗口台上，厨房里的一个老妪，用一个大勺往钵头里盛饭打菜——平素讲的"钵头饭"，由此得名，就是进局子的意思。

打饭菜时，犯人们喜欢用勺子敲击钵头，老妪就会破口大骂："敲什么敲，敲钟（终）啊，这是什么地方，关进这里了都还不老实，活该关死起来。"她恶语伤人，常常会招致犯人们的愤怒对骂，这时狱警会走过来旁问："是谁乱起哄？你们不想出去了是吧，在这里乱起哄，甚至闹事，会罪加一等，拘留所有权延长你的拘留期。"

犯人们往往会一起哑然，很规矩地自觉排队打饭菜。早晚餐是榨菜和一样别的小菜，有时会有豆腐干，还有几粒肉，每人会铲来一块蒸熟了的白米饭。饭吃完后，各自洗好自己的钵头，放在自己选好的桌子上，每次要求放在同一个桌位上。餐厅墙边有自来水管，可以洗钵头、洗手、打水扫餐厅地面，按拘留室的顺序号轮流打扫餐厅和小草坪、半边篮球场的卫生。

上午十点钟"放风"一个小时，这个时间是犯人们自由时间，大家围在一起可以海阔

天空地海聊,聊的话题大到国家大事,小到柴米油盐,原则是不准讲反动话,不准高声喧哗。这个时间点,按规矩新来的要介绍自己进局子的过程。这里每天有人进来,也有人出去。因此,每天有人讲自己的犯罪故事,亦可以讲自己曾经的过往。

第二十三章
舒建华羞辱蔡海秀　黄大长动粗延拘期

论到黄大长讲故事了,黄大长并不乐意讲,一个人称"神偷"的人,说道:"黄大长,来这里的人没有什么不好意思的,也没有什么不可讲的,讲出来大家一起乐一乐也好打发时间。"黄大长执意不讲话。

"神偷"本名叫胡圣守,进了局子后,这里的人根据他本人描述的偷盗经历,给他取了个雅号,也有人叫他"偷盗圣手",他对于叫他什么一点也不在乎,叫他"神偷"他很得意,有点小自豪。他说:"黄大长你再不讲,我就把我的故事再讲一遍分享给新来客。"他没有等黄大长回过神来,就开讲了。

他说:"我这次进局子,上边把我搞(拘留)十天,说实在的,我内心嫌他们拘留时间太短了,为什么不判个一年半载呢,是吧,我在里面,一日三餐有人供,饭都不要做,我不要为生计奔波劳累,比过去地主家的日子还要好。我没文化,也干不了重体力活,出去了还得偷,没有别的谋生本事,就只会这点小手艺,不过我把话又说回来,我只偷公家的,从来不偷私人的东西,大家都穷,偷私人的太不厚道了,譬如这次,我偷的就是电话线,咱们小水电站水泵和公家车上的螺丝。"

他用右手的食指挤了一下鼻翼,擤了一下鼻子,又说道:"我这么给你说吧,我见不得公家的东西,一见两眼就发红,就想偷来换几个小钱。我偷公家东西已经上瘾了,我来这个地方,肯定不是最后一次,我还有机会来的。"他说着说着,竟然开心大笑。他说:"下次我要把动静搞大点,争取进来多待几天,最好是在里边待一年都好,我在里面不愁吃,又没有重体力劳动,这里虽然伙食差,但不要自己掏钱,我出去了,又要为一日三餐发愁。"

邓秦川说:"圣手,你不是有一双圣手吗?干什么不行,偏偏要干偷盗吗?你脑瓜子灵泛,不管干什么事都能干成的,今后出去了,就不要再偷啦,偷是所有犯罪中最见不得人、最丑的一件事。你没饭吃,你到我茶馆里来,手气好赌一把,就够你一年吃饭了。"

胡圣手说:"'黄赌毒',咱不沾边,那可是伤德行的事,弄不好会家破人亡呢,咱胆子小,大错误不犯,小错误不断,最多进来几天,公家包吃包住,在家玩也是玩,家里啥也没有,在家坐着发呆,还不如在这里发癫。"

舒江说:"圣手,你这么讲话,我怎么听起来就不入耳呢,吸毒,我想你也是听说过,并没有真正吸食过,那种如痴如醉、飘飘欲仙的感觉,有多迷人,你知道吗?你自己是个

第二十三章
舒建华羞辱蔡海秀　黄大长动粗延拘期

穷鬼，没本事吸毒粉，还在这里装什么清高，讲别人的坏话，你以为你自己是这里的警官呀。我告（诉）你，我手指包毒品，够你全家人一年的开支。"

"我一个人代表的就是全家。你吸毒害人害己。"

舒江鄙夷地说："你都穷到脱裤子了，你有那么懒吗？连自己都养不起，还好意思去偷盗，还津津乐道别人称呼你为'神偷'或'偷盗圣手'，知不知这个世界上，还有羞耻二字。"他朝胡圣手吐了一口浓痰。

舒建华说："老胡，你说的话，我也不爱听，我们都是进局子的人，难不成就你一个人高洁些吗？嫖娼一要身体，二要资金，你什么都没有，靠偷点钱混生活，咋就看不上别人呢，你有什么呀，穷得叮当响，屁股都快露腚了，靠偷东西过日子，还在这里装清高，啊呸。我睡过的女人，少说也是这个数。"他伸出了一只手，几十人惊讶地说："你一年睡五个女人呀，真厉害。"

"加个零。"舒建华说，他的意思是他一年至少睡了五十个女人，他的话一出口，把在场的男人吓得不轻，纷纷表示这不可想象，说他吹牛，犯人们回过神来，对他报以羡慕的眼神。

舒建华接着说："所有犯罪中，我认为偷盗是最丑的，是最见不得阳光的，永远躲在阴暗的角落里，不是光明正大的行为，所有和偷盗连在一起的人与事，没一个好的，一年到头靠偷盗讨生活，男人靠偷混日子，吃这种饭，最不要脸，讲白了就是一个寄生虫，没有别人的东西，活不了。我开酒店，吃香的、喝辣的、睡美的，都是凭自己本事，我如果高兴，睡一百个也可以，我过的生活，你下辈子连做梦也想不到，你还好意思在这里大谈特谈你的偷盗经，你不要脸，活着等于死了。"

胡圣守说："你那不是开酒店，你是在开妓院，在祸害人，这个我可不干，伤天害理的事，我就是饿死也不会碰。"

女犯蔡海秀站在一边，听出了舒建华话里有话，觉得他语中带刺，影射她，她说："你再有钱也没什么用，你把玩弄女人当本事，不讲一点真感情，有几个臭钱不得了是吧，你觉得自己有钱可以玩女人，你也不想一想，女人或许也是用你的钱玩你，老胡是生活所迫，没有办法才偷。你占着有几个臭钱，天天只知道坑人，你同样是偷，咋还看不上别人偷呢，不管用什么理由，偷就是偷，没有高尚和低贱之分，胡圣手是小偷，你是大偷。"

"啪啪！"舒建华丢手两个巴掌掴在蔡海秀的脸上，还挥舞着双臂，追着她又打又骂，"反了你。"

蔡海秀出生于益阳市桃江县桃花江一个小山村，她是一个秀美的女子，道上的人叫她"赛西施"。她误入舒建华的圈套，被迫做了他的泄欲工具。

黄大长见状，冲上去，抓住了舒建华的手，"不准打女人，你打女人算什么本事。"

"你算老几，关你屁事，我警告你别管闲事啊，她是我用钱包养的女人，我这次就是睡她时，被她害得进了局子。"

"她刚才说了，她鄙视你，她现在不愿意做你的女人，不要有几个臭钱就把女人不当人。"黄大长抓住舒建华的手，严厉地说。

舒建华使了个眼色，舒江、邓秦川等人一拥而上，对黄大长劈头盖脸就是一顿拳打脚踢，黄大长左打右踢，他们几个人近不了身，几个人被打趴在地，舒建华操起地上一根捅

121

阴沟的木棍，朝黄大长的头和肩上猛打，黄大长额头上流出了鲜血。

蔡海秀见状跑过去，用身体挡着黄大长，她身上也挨了几棍。舒建华说："你个×人，用着老子的钱，竟敢帮外人，你给我闪一边去，你离不离开，你信不信我打死你。"

"你疯了，你看他的额头上已经流血了，闹出人命案好些是吧。你要打就打死我吧，反正我也不想这么活下去了。"说完，她冲向舒建华把他抱住，叫道，"黄大长快跑，跑到铁门口叫警察去。"

舒建华进来得早，认识的人多，手中有钱，就有了几个小跟班，几个人爬起来，围殴黄大长。

这时，几个警察跑来制止。

舒建华见警察来了，马上倒在地上，大喊："痛，好痛啊。"他说自己身上被黄大长打伤了，其他几个人见舒建华倒地，也跟着倒在地上，大喊大叫，说黄大长行凶打人，把他们都打伤了。

黄大长手里拿着从舒建华手里夺过来的木棍，站在那里发呆，蔡海秀叫他快放下手中的木棍，黄大长杵在那里没反应，警察缴了黄大长手中的木棍，命令他蹲下。

黄大长和舒建华等人被派出所和拘留所的警察一并带去审查取证。在目击证人的取证中，蔡海秀详细讲述了事情的原因、经过和结果，连同其他人的证词证言，关键是黄大长手中持有器械，舒江等人当时倒在地上，他的同伙也有人证明是黄大长先抓住了舒建华的手。

黄大长说，他当时是为了制止舒建华打蔡海秀，可是，说一千道一万，还是黄大长先动了手，这样就变成了黄大长先动手打人这一事实。结果黄大长的拘留期被延长三天，由原定的十二天，变成拘留十五天。

舒建华、舒江、邓秦川三人有前科，现在又聚众围殴黄大长、蔡海秀，蔡海秀决心利用好这次机会，一劳永逸，搞定舒建华等人，让他们负法律责任。于是，蔡海秀实名举报舒建华暗地里开妓院，组织妇女卖淫等其他犯罪事实。

结果。舒建华、舒江、邓秦川三人被警察带走送到看守所。

黄大长来拘留所的第二天，就闹出了这么大的动静，他的仗义执言，勇敢出手，博得了蔡海秀等一些犯人的认同和尊重。舒建华等人走后，黄大长成了拘留所犯人的中心人物。

在往后的时间里，上午十点和下午四点的放风时间，是在押犯个人自由活动时间，大家一般在草坪里坐着闲聊，或去乒乓球活动室活动筋骨，打一打乒乓球。

黄大长头部受伤，包扎处有渗血，蔡海秀每天要问这问那，黄大长走到哪里，蔡海秀就会慢慢跟随到哪里。拘留所每周三是探视和打电话的时间，蔡海秀熟人多，探视她的人一拨又一拨，送衣裤、水果、糖等礼物的多，她见黄大长既没有人探视，也没有人打电话问候，她把水果主动分给黄大长一些，黄大长也不客气，照单全收，吃了再说。

天气好时，放风时间黄大长会晒一下被子，洗一下衣服，而这时蔡海秀往往会来到他的003室，帮他洗，黄大长也不拒绝，但如果警察发现了会严厉批评蔡海秀。拘留所有明文规定，男女犯人是不能进入对方拘留室的。

警察一骂，她就走开了，下一次她仍然会来帮黄大长洗，警察再骂她，她再走，反正屡教不改。其实,黄大长只带了两件衣裤没啥洗的,蔡海秀在黄大长面前用行动感激他出手相救。吃饭时,她会把自己钵头里的饭给黄大长分一些,外面有人来探视她,带的那些好吃的,她都要给黄大长多分一些,放风时黄大长在哪里,她就会到那里,陪黄大长说话,逗他开心,叫他不要愁眉苦脸。十几天一晃就过去了。

拘留所几十个在押犯,都喜欢开黄大长和蔡海秀的玩笑,有人对蔡海秀说:"你和黄大长还真有夫妻相,是天生一对,干脆你两个处到一起算了。"蔡海秀听后不多言,把头偏向黄大长,摆弄一头垂肩瀑发,深情地一笑。

往后的日子里,每到放风时间,大家都会来到小蓝草坪里,海阔天空地聊聊,拘留所里太过寂寞,你若不说话,那么一天也就不会有人和你说一句话,会感到十分的烦闷。

蔡海秀看到黄大长整天哭丧着脸,她就主动找黄大长聊天,慢慢地,黄大长的话开始多了起来,他对蔡海秀说:"桃花江是个好地方,著名作曲家黎锦辉先生于1928年在南洋群岛巡演时创作的歌曲《桃花江是美人窝》,一度红遍海内外。"

蔡海秀说:"黎锦辉先生的确写得好,这首歌融汇了中国民间音乐和西洋爵士音乐元素,曲调流畅,歌词优美,展示了一幅江南特有的风光画卷,一经传唱,风靡天下。我们本来不起眼的一条小溪桃花江也由此名声大振。那时候我们桃花江人不分老幼几乎人人都会唱这首歌。"蔡海秀给黄大长竖起了大拇指,眼中流出欣喜的神情,她说:"大长哥,你原来是个文化人呀,你连这个也知道啊!你懂的东西可多了。"

众人鼓动两人唱唱,黄大长和蔡海秀推脱不了,两人便对唱了起来:

(男唱)我听见人家说。
(女白)说什么?
(男唱)桃花江是美人窝,
　　　　桃花千万朵呀也比不上美人多。
(女白)不错呀!
(男唱)果然不错,
　　　　我每天踱到那桃花林里头坐,
　　　　来来往往的我都看见过。
(女白)全都好看吗?
(男唱)好那身裁瘦一点偏偏瘦得那么好。
(女白)怎么好呀?
(男唱)全是伶伶俐俐小小巧巧,
　　　　婷婷袅袅多美多娇。
(女白)那些肥呢?
(男唱)那些肥一点儿肥得多么称,
　　　　多么匀多么俊俏多么润。
(女唱)啊哈,你爱了瘦娇,
　　　　你丢了肥的俏,你爱了肥的俏,
　　　　你丢了瘦的娇,你到底怎样选,
　　　　你怎么样挑?

（男唱）我也不爱瘦，那我也不爱肥。
（女唱）我要爱一位像你这样美。
（男唱）哎哟不瘦也不肥百年成匹配。
（女唱）好桃花江是美人窝，
　　　　你不爱旁人就只爱了我。
（男唱）好桃花江是美人窝，
（男唱）比那旁人美得多。
（合唱）好桃花江是美人窝，
　　　　桃花千万朵呀比不上美人多。

歌声笑声把拘留所里的警察招来了，他们的工作也是枯燥乏味的，看见这两个人在唱歌，其他人在一旁附和着唱，不是蓄意闹事，也就很宽容地立在旁边观看，有的还跟着他俩低声哼哼，有的在一旁击节。每到放风的时候，拘留所里的人喜欢撺掇他俩来一首《桃花江是美人窝》。放风时除了唱歌，蔡海秀就会找黄大长说话，不让黄大长一个人坐在篮草坪孤寂烦恼。

随着时间的推移，蔡海秀告知了黄大长自己的一些情况，她今年二十六岁，四月份母亲才去世，父亲早已亡故，她十几岁就在外面闯世界，说来也是个苦命人。

室友黄仕英总是在黄大长和蔡海秀之间撮合，也可以说是鼓捣，黄大长不愿驳她面子，也只是笑一笑，说道："我哪有这么好的福分，娶这么一个如花似玉的小美女，我家中已有妻室儿女。"

有人又开玩笑说："那你就收蔡海秀做你的小老婆。"黄大长笑笑说："别做梦了，我既不当官，也没发财，穷光蛋一个。"

这时蔡海秀笑盈盈地说："我愿意，我不要钱。"

旁边的人哈哈大笑，取笑黄大长真有美女缘，拘留所里唯一的一个年轻美女，黄大长没花一个子，就博得了芳心。

黄大长笑笑说："我有贼心也没那个胆，兄弟我胆子小，怕是回去被咱婆娘撕成两片，一片喂狗，一片直接烧掉。"

大家听后又是一阵狂笑。

有人说，黄大长啦，我看你就不是个惧内的人，你那天站出来为蔡海秀打抱不平，真爷们；有人说，你一身的本事，还会怕老婆，打死我都不会相信；有人说，黄大长那不叫作怕老婆，真正有本事的男人，会疼老婆，不会做出格的事，只有像舒建华他们那些男人，有了几个臭钱，那种不可一世的样子，那种对待女人的粗暴态度，是不会被女人尊重、看得起的，黄大长为人仗义好打抱不平，真男人本色，女子往往会爱恋这种男人；有人说，大长啦，蔡海秀刚才已经说了，她不嫌你穷，也不要你的钱，让你白搞，这下你心里美了吧。

黄大长不置可否，云淡风轻，笑笑地说："赛西施是个好姑娘，你们这些臭嘴，人家小女子的玩笑话，你们也听不出来呀。上了拘留所都还不安分，要多关你们几天，真是穷快活。"

大家嘻嘻哈哈，每天讲着痞话、癫话，挨日子。

第二十三章
舒建华羞辱蔡海秀　黄大长动粗延拘期

拘留所的每一天是单调乏味的，几乎到刻板的地步。它的时间是按既定的钟摆走动，没有一丝越位。拘留所几乎每天有新人进来，也有旧人出去，十天过后，蔡海秀和黄大长也就算拘留所里的老资格了，她对大长的依恋与日俱增，大家都感到了她对大长的那份情意。

黄仕英也是偷盗罪进了拘留所，她和蔡海秀关在一室，蔡海秀叫她黄阿姨，拘留所待久了闲得无聊，彼此之间推心置腹地谈论自己的往事。

关于蔡海秀的一些过往，都是黄仕英发布的，按黄大长的话说，属于一天没得三餐打，都过不了夜的长舌妇。

黄仕英之前是村中小有名气的媒婆，平生乐意为人做媒，口口声声说是积善成德，标榜自己做了一辈子好事，号称做媒三十年，从未失手过。

她曾经说过，只要经过她的嘴就没有谈不拢的婚，你和她谈别的她啥也不懂，只要谈到做媒，她就会亢奋，三天三夜也讲不完的经，而且显得很自负，一生以说媒为乐事，且以成功率高颇有成就感，时间久了习惯成自然，见人就想成人之美。某某家的儿子叫什么名字，多大年龄，高矮肥瘦，她心中有底。某某家的女儿姓甚名谁，长得俊不俊，女红做得好不好，性子是温顺的还是刚强的，她心里有一本册。某某鳏夫有何特性，某某新寡是个什么心性，对于他们的情况，大到家庭收入，小到个人嗜好，无所不知，无所不晓，方圆十里，各村掌故烂熟于心。

在乡下做媒婆，也不是人人都可以胜任，要能说会道，嘴勤脚勤脑子灵，在当地一般是有面子的人，或是当地能说会道、热心肠的老妪。媒婆谈成一桩婚事，也有不小的回报，新人会感谢媒婆，通常会送给媒婆一双新布鞋，喻示媒婆为了促成一对新人的百年好合，走破了双鞋，付出了辛劳；两斤面条，表示小夫妻人寿情长；三斤猪肉，新人家庭条件好的，会给媒婆砍猪腿肉，以感谢她付出了心血；四斤糖，多半是糖果，表示一对新人终成正果，婚姻幸福美满如糖一样甜。媒婆会回赠一对新人五颗红枣，表示早生贵子、五子登科之意。

黄仕英家中有个七八十岁的老母，四个小孩子，日子真难呀，可再难也得过。一天晚上，她就到生产队稻田里薅稻穗，被好事者叫生产队的人捉了现行。老伴在生产队集体山偷伐几条枕木、几根杉树条，被人举报，公社要拘留他。没办法，她只好把老伴的罪都揽了过来，不然，老伴也要进拘留所。在农村，家中男人的重要性不言而喻，保自己男人就是保自己的家，有男人在家里，几个孩子就有依靠，没人敢欺负，不然，两个大人进了拘留所，几个孩子就放羊了。

如此这般，她罪加一等，被遣送到派出所，送进拘留所限制人身自由，进行劳动改造。

到了拘留所，这个小爱好仍然保留着，她从蔡海秀的言谈举止中，得知她对黄大长有那个意思，黄仕英就在放风时，有意无意接近黄大长，她要打探一下黄大长的口风，她透露了蔡海秀一些不为人知的故事。

黄大长得知蔡海秀的苦难经历后，对蔡海秀十分同情，他说："大家都不容易，女人更可怜。"后面几天放风时，蔡海秀总是和黄大长在一起坐着聊天，有人开玩笑说："他俩真像一对恋人，他们是不是恋爱了。"大家说完又是一阵笑。黄大长不在乎这些人议论，

他在言语上对蔡海秀给予更大的安慰。而且，巧妙地把自己家里有老婆的事透露给了她，蔡海秀叹了一口气，说："李兰香嫂子真有福气，能嫁给你这么好的男人，'万人迷'袁莹莹和你真有缘分，能遇到黄大哥这么好的干哥。我命苦，人没有遇到，遇到舒建华这个魔鬼，我差点把命送到他的手里。那天警察问我话时，我举报了他暗开妓院，等待他的肯定是判刑，他也应该得到报应，受到法律的制裁。"

时间一天天地过去，还有两天，155室蔡海秀等四个人拘留期满，就可以从拘留所出去了。

第二十四章
泥石流掩埋拘留所　众囚犯冲向生死场

这天早上，天降暴雨，一直下到晚上，雨没有停下来的意思。拘留所地处洼地，俨然变成了一个水世界。凌晨三点钟左右，只听见"轰隆"一声巨响，接着拘押黄大长的003室、警察值班室、155室，这一线下来的平房，被山体滑坡瞬间推倒。003室被滑坡削了两个大洞，灌进了一些泥土，黄大长刚上完厕所，站立在那里，没有受到任何伤害。舒乐坐在床上也未受伤，新来的两个人邓华、崔青松由于当时是躺在床上的，被泥石流带来的泥土压住了。两人一边挣扎，一边叫救命，在黄大长和舒乐的帮助下，他们很快从冲开的大洞口逃离出来。

黄大长站在小坪场一看，惊呆了。泥石流摧毁了建筑，电没了，雷电咆哮，狂风怒号，暴雨模糊了他的双眼，拘留所一片漆黑，几十人在这个山坳里面临着生死考验。

舒乐说："拘留所倒了，我们快点逃吧。"说完准备趁机逃掉，黄大长一把抓住他的手，说："现在有人被掩埋了，我们怎么能见死不救呢，这里离县城比较远，外面的人不知道这里发生的一切，我们要自救，等山外面的人来救，就来不及了。"

他们首先跑到警察值班室，今晚值班的是一个年轻值班警察，名叫张清，还有老狱警秦杰——他俩被土石埋了。黄大长他们找了好久，没见人，也找不到电话。突然，泥石中有个东西绊住了黄大长的一只脚，他弯腰一摸，吓了一跳，原来是一只手，那只手抓住了黄大长的裤脚，黄大长用手一摸，那只手里还攥着一串钥匙——是老狱警秦杰。

黄大长往女生活区一看，心怦怦地乱跳，蔡海秀所拘押的155室不见了。他叫上舒乐、邓华一起跑过去，走近一看，155室蔡海秀、黄仕英、张秋菊、赵瑞英四个人影都没有了。黄大长大声叫唤蔡海秀的名字，声音被雷雨掩盖。他叫崔青松拿着钥匙，打开拘押室的每个房门，叫他们马上出来救人。

他大声对舒乐说："这里山体滑坡了，停电了，和外界没法联系，你马上跑去向政府报告这里的情况。"舒乐有些犹豫，黄大长大声吼叫："你个子小，身子轻，先爬出去报信……你还愣着干什么，快去。"舒乐像战士接到命令一样，回答一声"是"，转身飞跑，

第二十四章
泥石流掩埋拘留所　众囚犯冲向生死场

黄大长一把抓住他的手臂，说："快把你手上的囚衣穿上，一定不要脱下来。"

"为什么？"

"别问了，穿上，快去。"

"是。"舒乐一边穿囚衣，一边飞跑，迅速消失在雷电交加的夜色里。

黄大长把拘留所三十多个人分成两组，一组由他带领抢救蔡海秀、黄仕英、赵瑞英、张秋菊；另一组由崔青松带领抢救警察值班室两名警察秦杰、张清。

雨下个不停，越下越大，通向外面的唯一一条路被大量的泥石流堵死，黄大长叫大家拆下房间大门，铺设出一条小路。由于拘留所的门都是大铁门，囚犯们手上没有拆卸工具，没有一件像样的工具，只找得003室和155室冲掉的铁门，警察值班室的铁门连着水泥柱子，十几个人掰了一阵子，无法拆下来。黄大长情急之下，叫人把活动室乒乓球室的大木门和乒乓球桌拆下来砸成工具，刨土，抢救被掩埋的两个警察和四个女犯。

时间在一分一分地过去，雷电暴雨在肆虐，随时都有二次滑坡的危险。没有找到失踪人员，大家心急如焚，他们借助雷电找人，大声呼喊失踪人的名字。

在老狱警不远的地方，崔青松他们发现了张清，他被一块落石压在凹陷的水塘里动弹不得，身体已被掩埋，只有头露在外面。

黄大长这边仍然没有找到蔡海秀她们四人，黄大长像疯了一样吼叫着，指挥大家抓紧时间找人救人。他扩大了寻找范围，过了一会儿，他在下游的一个小水沟里，找到了蔡海秀，她的身上埋着厚厚的土，只露出她的一条大腿，他拼命用双手刨土，大声叫喊大家快点帮忙刨土。

蔡海秀被刨出来了，黄大长把蔡海秀抱在怀里，用手抹去她脸上的泥土，脱下自己身上的衣服，把她裹住，用手指按压她的颈动脉，她已经没有了脉搏，他用手摸了一下胸口，感觉不到她的心跳，但她的身子是柔软的，黄大长叫唤着："蔡海秀，你给我醒醒，蔡海秀，你他×的变成孬种了，舒建华你都不怕，你现在怕死了，你快点睁开眼睛呀……"

他抱起蔡海秀往房间里跑，又吩咐其他人快点寻找黄仕英、张秋菊和赵瑞英。他把蔡海秀平放在床上，头部后仰，用碗接了一碗雨水，清理她的呼吸道，他开始对蔡海秀人工呼吸。他一手托起她下巴，另一手托住她的鼻孔，自己深吸一口气，然后对准口腔，用力吹气，吹完一口气后，放松她鼻孔，这样一口一口地吹入，连续20次，蔡海秀扑哧一声——她恢复了呼吸，黄大长见她醒过来，给她喂了一点雨水，蔡海秀慢慢睁开模糊的双眼，借助雷电看清了黄大长的脸，轻唤一声"大长哥"。一行热泪从她的脸颊缓缓流下来。

黄大长急切地说："海秀，你终于醒了，吓死我了。"

"大长哥，快去救……黄阿姨她们……"蔡海秀断断续续地说。

"海秀，你现在身上到处是伤，你要安静休息，少讲话，医生马上就会来的，要挺住。黄仕英她们，我已经安排人在寻找。"

这时，老狱警秦杰挖出来了，他已经死了。另一个值班警察张清也刨出来了，他头部撞伤，双腿骨折，左眼珠鼓出，心脏还在跳动。黄大长叫大家把两个警察抬到拘押室去，进行抢救。黄仕英、张秋菊、赵瑞英三人深埋土里，埋得太深了，可能都死了。

男犯李庭川这时上气不接下气地跑来，对黄大长说："黄大长，天还在下大雨，这个地方这么狭窄，还可能有二次滑坡，我们应该马上离开这里，否则，后果不堪设想。说不定，我们这几十号人都有可能被活埋在这里。"他说完，拉着黄大长的手，叫黄大长和他一起逃。

黄大长说："我们现在还是犯人，政府没有让我们出去呀，再说了，这么多人没有找到，怎么能见死不救。为了自己活命逃走，不管别人，我做不出来。舒乐已经出去报信去了，估计他快要到了，马上就会有人来帮忙找人，我们不能放弃这些人，你马上回去帮忙找人。"

李庭川向黄大长认了认，摆了摆头，没有说话，拔脚飞跑消失在雨夜里。

蔡海秀气息微弱地说："大长哥，你别管我了，我感到身上好冷，我不行了，黄仕英阿姨她们可能都死了，你带着拘留所这些人快点逃命去吧。你带领大家逃出了这里，能活下来，你就立功了。"

黄大长说："你要坚持住，马上会有人来救我们的，不准你说这种丧气话。"

蔡海秀动了动身子，似乎想坐起来，但只是轻微地动了一下身子，她喘着气说："大长哥，你是个好人，你快带着大家逃出这里吧，雨下这么大，山体若再滑坡，这几十号人都会被活埋的……"

"我们怎么能丢下这些失踪的人不管呢，我也绝不会丢下你不管，就是出去，我也会把你背出这里，要死大家死在一起。"蔡海秀的眼泪像断线的珠子簌簌地流。

一会儿，不远处传来了汽车喇叭的声音，声音越来越近，好像有十几辆车由远而近，向山坳奔来。

县委书记黄大风带领公安干警赶来了，公安局局长舒勇找到了黄大长，迅速了解了这里的情况，他安排警力找掩埋的人。

黄大风拉着黄大长的手说："黄大长同志，我代表县委、县政府和全县人民感谢你，今天这里事发突然，阻碍了交通，截断了与外面的联系，如果不是你临阵不乱组织大家抢救，又派舒乐小同志跑步向我们报告，我们到现在可能都还不知道这里发生的一切，其后果不堪设想啊，你为人民立了大功。"

"黄书记，你可千万不要这么说，我哪里立功，我不但没有立功，而且我还有罪，我在没有得到批准的情况下，私自叫人打开了各关押室的大门，放出在押犯人，还砸坏了拘留所里的公家物品，拿去当工具刨人，还自作主张没有请示领导同意，叫舒乐跑出拘留所，这些都是我的错啊。"

"大长啦，事发突然，这种情况下，你的做法是完全正确的，你没有错，你有功。"黄大风看了看天，说，"现在请你帮忙组织拘留所里的在押人员，马上离开这里，大雨还在下，要防止二次滑坡。"

"其他人走吧，我请求留下来和黄书记带领的抢救队，一起找出被掩埋的人。"

"你们已经冒雨抢救了这么久，大家辛苦了，你带领大家马上撤离这里，你们去政府招待所休息。"

这时，县委书记黄大风的面前，突然站着一支穿着囚衣、一个个泥人一样的特别队伍，他们没有撤离，他们纷纷向黄大风请战："黄书记，让我们留下来吧，让我们参加救援吧。"

第二十四章
泥石流掩埋拘留所　众囚犯冲向生死场

黄大风站在这支队伍的前面，看到他们一个个像泥人一样，手里拿着各种工具，这个历经枪林弹雨的老红军，感动得说不出话来。

就是这样一支队伍，是他们不顾个人安危，面对恶劣的自然灾害，在没有大型挖掘机器，没有专业的抢救设备，就靠他们的一双手，抢救出蔡海秀和张清，还刨出秦杰。

黄大风向这支特殊的队伍深深地鞠了一躬，说："感谢大家，辛苦大家了，你们要注意安全"。几十名犯人又冲进了雨夜里。他们边跑边说："活要见人，死要见尸。"

救援队把蔡海秀抬到车上，送医院抢救，黄大长拉着蔡海秀的手，说："你安心去治疗吧，我忙完了，就去看你。"蔡海秀点了点头："大长哥，你要注意安全呐！"

李庭川当了逃兵，他在公路上被舒乐认出了他，被迎面而来的公安抓住。

黄大长说："李庭川真是个怕死鬼，糊涂蛋。逃跑什么呀，给自己找事找罪，不听劝，活该。"说完又一头扎进大雨中，和大家一起在土石中刨人。

在县委书记黄大风的带领下，众人齐心协力，终于在土石中刨出了黄仕英、赵瑞英、张秋菊。经医生诊断，由于她们被掩埋时间过长，已经死亡。黄大风在草坪里临时搭建两个帐篷，给四位死者做了一个简单的遗体处理。黄大风组织公安干警、其他营救人员和几十个在押犯举行了简短的遗体告别仪式。

他神色凝重地说："同志们，这次山洪暴发，山体滑坡，是一次严重的自然灾害，我们失去了一位亲密的战友——秦杰同志。秦杰是一名老狱警，只有两天他就要退休了，已在办理退休手续，组织上昨天让他休息，老秦自己主动要求站好最后一班岗，老秦今天刚到退休年龄。他以对党的无限忠诚和严谨的工作态度，践行了一个具有四十二年党龄的优秀共产党人的庄严承诺；张清同志身负重伤，他今年才二十五岁，他热爱本职工作，吃苦耐劳，参加工作四年多时间，深受领导和同志们的喜爱，山体滑坡给他的家庭和个人造成了重大的伤害。暴雨成灾导致山体滑坡，拘留所受到毁灭性损坏，拘留所几十个拘留人员，在山体滑坡中没有当逃兵，冒着生命危险及时抢救出了蔡海英和张清。协助公安干警和抢救人员，刨出四位遇难同胞。在生死存亡的时刻，你们想的是别人，义无反顾地冲向生死场，我向你们表示感谢，你们用自己的行动改造了自己所犯的错误。感谢你们，大家辛苦了，我决定提前释放所有在押人员，给你们发路费回家。李庭川趁山体滑坡之机，逃离拘留所，不予释放，移送看守所。根据黄大长在山体滑坡事故中的突出表现和特殊贡献，给予他记三等功一次；舒乐在山体滑坡后，服从黄大长的安排，只身涉险翻越泥石流，徒步跑步十多公里，向上级汇报灾情有功，给予表彰奖励。我们失去了一位战友，一个优秀的老共产党员，我们在此表示沉痛的哀悼；黄仕英、张秋菊、赵瑞英三人在拘留所表现很好，今天是她们拘留到期时间，可以放出去了，可是她们遇难了，失去了宝贵的生命，我们感到十分痛惜，我建议为四名死难者默哀。"

黄大长他们当天下午被释放，他急忙赶到医院看望蔡海秀，蔡海秀躺在病床上，见黄大长推门进来，欢喜得热泪盈眶。她示意黄大长坐在她床边，他坐下来之后问道："海秀，你身体还好吧。"蔡海秀还未开口，就一把抱住黄大长，大声哭了起来："大长哥，你总算来了，我的心一直在怦怦地乱跳，那个山坳的位置，你不觉得就像是个井吗？井中四隅都是陡峭的山，太可怕了，你不回来，好叫人担心啊！"

黄大长用手轻轻地拍了拍她的后背，站起来转了几下身子，让她好好看看自己，说：

"我身子好好的,你看我没事吧,你真像个小孩子,病房里还有别人呢,当着这么多人哭鼻子,羞不羞。"

黄大长用食指刮了一下蔡海秀的鼻子,蔡海秀点了点头,莞尔一笑,露出八颗盐白而整齐的牙齿,做了个鬼脸,伸了伸舌头,娇羞地说:"我才不管。"

她一把拉近黄大长,把他抱得更紧了,生怕别人把她的大长哥抢走了似的。黄大长意识到这样不合适,便缓缓地推开了她的双手,用一双鹰爪子抓住蔡海秀的双手,问道:"你感觉身体怎样,医生会诊后是怎么说的,有没有内伤呀。"

"医生说我身上都是皮外伤,内脏没有损伤,当时是被山体滑坡的气浪震晕了。腰椎的尾骨骨折了,肺在发炎,烧已经降下来了,没有生命危险,医生说过几天就会治疗好的。大长哥,你就放心吧。"

她拉着黄大长的手,深情地说:"大长哥,你又救了我一次,谢谢你救了我,你是我的救命恩人,感谢你今天来看我,你还是一个重情重义的好男人。"

黄大长的脸有些许微红,说:"海秀,莫说这个了,换了谁都会救的。黄大风书记说了,山体滑坡受伤的人和在抢救过程中受伤的人,不管是谁,治疗的医药费用都由政府承担,不管要治疗多久,直到治疗好为止。我今天来看看你,你的身体没有大碍,明天我就回火场了。我们在拘留所十几天,也是一种缘分,加上又遇到山体滑坡这件事,还死了四个人,大家都是从死亡边上过来的,活着不容易。家里还有一堆事情等着我呢,我这几天耳朵好热,眼皮直跳,家中怕是有什么大事发生。我得回去看看,你这里的住院费用和生活费都是政府埋单,你就安心医治好身上的伤,医治好了,再出院,不着急。"

蔡海秀听说黄大长明天要回去,无奈地说:"大长哥,家里事重要,你是要早点回去,家里还有嫂子在等着你呢。"

黄大长听出了她的意思,顾左右而言他,说:"海秀,你今后有什么打算,我的意思是,你伤痊愈后,还是回到你桃花江老家休养一段时间吧,身体是本钱。回家后,好好调理一下,这次你受到了惊吓,需要一段时间恢复。"

"没事,我自己的身子我清楚,没那么娇贵。我出院后,就回老家去。"

两个落难的人,他们经历了生与死的考验,惺惺相惜,即将要分别了,也不知道这辈子还能不能再相见,他们有很多话要说。快到凌晨时,蔡海秀叫黄大长睡一会儿,黄大长趴在她的床沿边睡着了。他太累了,需要好好休息一下,蔡海秀一直看着黄大长的样子,情不自禁地用手抚摸他的头发和他的手臂。通过这些天的相处,她看到了黄大长的一言一行,尤其是黄大长那颗澄明正直勇敢的心,以及遇大事时,他那种办事魄力和胆略,叫她大动芳心,心存怜爱。没有黄大长的坚持,没有他不顾一切地寻找,她也许早已死了。她望着黄大长,心中产生了异样的思绪,她拿着黄大长的手,也迷迷糊糊地睡着了。

她做了一个梦:她出院后,经沅水下常德,辗转到老家桃江县桃花江家中,可是,她进家门时,家里来了一个男人,她仔细一看,那人竟然是黄大长。黄大长看到她立即向她奔来,一把抱住了她,亲吻她的脸颊和她好看的樱桃小嘴。她问黄大长:"大长哥,你怎么来我家了,你是怎么找到我家的?"黄大长说:"我从天上漂到资水河里,泅水过来的,是娶你做婆娘来的。"海秀嗔怪着说:"谁要嫁给你了,我才不愿意呢,再说了,我如何嫁得了你,你家中有老婆,你还要娶多少个老婆,你难道要把这个世界上的美女都娶回去吗？"黄大长说："你不要管那么多，我现在就是你的，不是吗？我都送上门来了，难不成你还要把我推出门吗？"说完，他把蔡海秀轻轻抱起，她闭上了眼睛……

蔡海秀猛地睁开双眼，看到黄大长在深情地注视着她。她说："干吗，大清早这么看着人家，我脸上有屎啊！"

黄大长嘿嘿地笑，说："没有，你好看着呢，海秀，你刚才是不是做梦了，你口中在叫什么，我没有听清楚，你一直在乐，我想，你一定是做了一个美梦。"

蔡海秀用手捂住嘴，怯怯地说："是的，我是做了一个好古怪的梦，太不可思议了。"

"是啥梦？"

蔡海秀向黄大长看了一眼，娇羞地说："我不告诉你。"

黄大长憨厚地站在一边傻笑，说："不就是个梦吗？还这么神秘。"

"我梦见我嘎嘎（爷爷）了，你信不信？"说完，蔡海秀看着他媚笑。

太阳从地平线上升起来了，分别的时刻到了。黄大长说："海秀，天亮了，我准备回去，今日一别，也不知这辈子还能不能相见，你要多保重。不管今后在哪里，我都会记住拘留所里的点点滴滴，以及你这个妹妹，希望你将来一切都好好的。"

蔡海秀说："大长哥，我就不送你了，谢谢你的救命之恩，我终生不忘，也感谢你对我的关照，放心吧，我听你的，我伤好出院后，我就回桃花江老家去，回去做没有做完的梦。"她说着说着流下了眼泪。

黄大长追问她说："妹子，你刚才做的啥梦？"

"是个很美很美的梦！是关于你和我的美事，希望你有一天做同一个梦。"她停了停笑着说，"开玩笑的，我是梦见我波波（爸爸）、恩咩（妈妈）了。"

"你不说，我咋知道是啥梦。"

"你就是个红漆马桶（傻瓜），我刚才不是说了吗，我梦见我波波（爸爸）、恩咩（妈妈）了。或许老天也会托梦给你，希望我们都梦想成真。"她俏皮地一眨眼睛，做了一个笑的表情。

黄大长一脸茫然，又坐了一会儿，他一步一回头，告别了蔡海秀，他走到医院门口，听到有人在唱《桃花江是个美人窝》：

……
啊哈你爱了瘦娇，
你丢了肥的俏你爱了肥的俏，
你丢了瘦的娇，
你到底怎样选，
你怎么样挑。
我也不爱瘦那我也不爱肥，
我要爱一位像你这样美，
哎哟不瘦也不肥百年成匹配……

黄大长站在楼下抬头一看，蔡海秀趴在窗台上，边唱边向黄大长挥手示意，黄大长向她挥手告别，他感到鼻子有点儿酸。

第二十五章
老憨头犯罪不悔改　黄大长替妹讨说法

谢家界村几年前出现过九斤半捉奸案，人们对桃色新闻有天生的敏感性。而就在这一年的初冬，老憨头被人用剪刀扎伤了屁股，犹如平地惊雷，人们奔走相告，生怕遗漏了消息，一时间被传得沸沸扬扬。老憨头被人用剪刀扎了屁股，这是多么敏感的话题啊，值得人们挖地三尺、刨根问底，空想加联想，村中一时兴起各种嚼舌版。

有人说，老憨头是走夜路不小心自个儿摔破了屁股，但立即有人予以辩驳说，在哪里扎的，被什么东西扎的，至今老憨头说不出个所以然；有人说，老憨头是遇到冤家对头了，被人用剪刀从背后划的，又有人反驳说，老憨头除了好酒色，从不树敌，要不就是遇到情敌了；有人说，老憨头为人憨头憨脑的，莫不是遇到啥伤心事想不开，自宫自戕，有人立即予以否定说，老憨头平时是个闷葫芦，不多嘴多舌，家中也没有什么让他走这条路的事，再说，他就是想自杀，也不会拿剪刀扎自己的屁股，那有什么用呢？人们津津乐道别人的私生活，因为那永远是别人，看热闹不嫌事大。讲得重一点、轻一点与自己并无关联。村中好事者，为老憨头做"义务宣传"，饶有兴致地展开丰富的想象力。

老犁头不知什么时候挤进了人群里，借火点烟的瞬间，悄悄爆料老憨头受伤原委。于是乎，人们一传十，十传百，老憨头吃袁莹莹嫩豆腐、被袁莹莹剪刀扎屁股之事像瘟疫一样迅速传播。

老憨头这次真的让人莫名惊诧，他一生算是做了一件惊天动地的大事，让谢家界村人吃惊不小。三五个油腻男，歪脖子斜嘴儿，簇拥在老憨门前的南瓜架下过嘴瘾，话题自然是天南地北，袁莹莹自然是话题中心。

三五个长舌妇聚在一起，能把活的说成死的，也能把死的说成活的，更能把稻草说成金条。大家纷纷议论"万人迷"就是个现代版潘金莲、是狐狸精的祖宗。袁莹莹再次成了村中的谈资与笑料，就连村中的孩童都不放过袁莹莹这桩风流韵事。

袁莹莹再次成为人们茶余饭后谈论的焦点，有的同情、有的气愤、有的羡慕、有的……反正，各种各样的。不过这回传递的准确信息，不是袁莹莹勾引老憨头，而是老憨头不要脸，强暴袁莹莹。善良的人们同情多于漫骂，老憨头成了众矢之的。

事发后三天晌午，黄大长从县城回到谢家界村，他给袁莹莹带来了生活必需品，敲了门没有回音，拿出身上的钥匙，打开门放好东西，向人打听袁莹莹的去处，村人用异样的眼光看着黄大长，说袁莹莹在李老拐家里。

黄大长径直来到李老拐家里，袁莹莹见黄大长来了，她眼睛一亮，不管不顾地扑上去，偎依在黄大长的怀里，紧紧地抱住黄大长，生怕把她的大长哥弄丢了似的。她叫了一声"哥，你终于回来了"，便哇哇大哭，把大长吓了一跳，黄大长急切地问道："妹子，你怎么啦，是谁欺负你了吗？你说出来，哥为你做主。"

"哥，我本来是准备去拘留所接你回来的，可是……"

"妹子，乖！快说到底是咋回事？有哥在，你别怕。"袁莹莹只是不停地点头，又不停地摆头。

符开春见到这种情境，在一边陪着抹眼泪，村中善良的人们，都哭成一片。人们的同情心占领了上风，村妇们围着她好言相劝，平时爱哭闹的孩童，也参与了进来。小山村的空气因为哭闹而显得燥热，黄大长预感到情况反常，而且，袁莹莹应该是受到了天大的委屈。他的心在颤抖，他知道在这里问下去，也问不出所以然，他说："妹子，哥送你回去。"

"嗯。"袁莹莹啜泣着，黄大长牵着她的手往回走，十几天不见，袁莹莹瘦了一圈，握在手里的手，已不似从前的模样，黄大长的心里眼里是满满的怜悯，走到莹莹家门口时，黄大长用钥匙打开大门，让袁莹莹躺在床上休息。

黄大长准备去烧热水，给莹莹洗洗。莹莹却一把抓住了黄大长的长手臂："哥，你干吗不早来呀……"她欲言又止，泪如泉涌。

"原定拘留十二天，我在拘留所打了人，加了三天拘留时间，后来就改成拘留十五天。又因为拘留所发生了山体滑坡，我们救活了两个人，一个是在押犯蔡海秀，另一个是年轻警察张清；死了一个警察和三个在押女犯人。我由于组织抢救有功，立了三等功，提前两天放了出来。这不，被拘留了十三天，等有时间了，我再给你详细说说。"黄大长拣重点说明了拘留所的情况，忙着给莹莹拽枕头。

"你手臂上怎么有几块淤青？"黄大长一眼看见，莹莹用手急忙去捂。

莹莹说："哥，别问了，是不小心碰的。"

"怎么可能？有这么碰伤的吗？这分明是被人弄伤的。"

"快告诉我，你想急死我呀。"黄大长显然提高了声音，急切地追问道。

"你别问了！"莹莹泪眼婆娑大嗓门地说。

黄大长一愣，看着眼前这张俏丽的脸，由于愤怒开始有些变形，那明眸里分明是屈辱与愤怒。黄大长没有说话，一双阴鸷的眼睛直勾勾地盯着她。袁莹莹突然哇哇大哭，她哭的是那么伤心，身子在剧烈地起伏。黄大长吓了一跳，立即冷静了下来，他哭丧着脸说道："对不起，妹子，我不该逼问你，让你说不想说的事，都是我不好。我马上就走。"黄大长说完，准备起身离开。

莹莹只是摇头，花容失色。她怎么舍得眼前这个男人离开呢，更不舍得伤他的心。

她整理了一下自己的秀发，拖来两个小木凳，让黄大长先坐下，自己也坐下来，面对面坐着，她开始向黄大长倾诉噩梦般的经历。

"莹莹你真糊涂呀，被人欺负就想以死了之，你到底是怎么想的呀，你不要命了，你是被人欺负，责任不在你，你没有错，更不该死，该死的是他老憨头。"

袁莹莹看着黄大长眼中满是怜爱，她一把抱住黄大长，伤心的泪水已成海。

"莹莹，没有保护好你，我有罪。你好好休息一下，我找李老拐有点事去。"黄大长说罢，迅速向门口走去。

"哥，你可不能做傻事。"

"没事，我去去就来。"

黄大长来到李老拐家里，详细地询问了符开春当时的情况。符开春当时想隐瞒，三缄其口。黄大长对她复述了袁莹莹讲的细节，符开春知道袁莹莹已经对黄大长讲过事情经过，她才详细地说出实情。黄大长听后对李老拐说："大哥，你啥也听明白了是吧，我要感谢你和嫂子又一次救了莹莹的命。"说罢，急匆匆地走了。他从符开春的堂屋门口顺手拿起一根扁担，气冲冲地向老憨头屋走去。

老憨头屋里这时正聚集一堆人，都是前来探望他伤情的和清闲无聊扯闲谈的。他也不搭理旁边向他问话的人，有几个人意欲向他走来，询问他上拘留所的事情，他打哈哈快步走开了，直往老憨头的卧房走去。众人见他面露愠色，满脸杀气，不知发生了什么事，大家还没有回过神来，只听老憨头像狼一样哀号："救命啦，快救命啦，黄大长杀人啦。"

村人鱼贯而入，只见老憨头在床上打滚，扎伤的屁股，变成了红球，双腿有几条扁担印痕。黄大长手中的扁担如冰雹般砸到卧床的老憨头。

"黄大长，大兄弟，你手下留情啦，你要手下留命啦，是我一时鬼迷心窍，酒后钻到袁莹莹屋里去了，没控制住自己，玷污了莹莹大妹子，大兄弟，对不起啊……"进屋的人都听明白了，心中的疑团总算是解开了，知道老憨头到底是因何而受伤，黄大长又是为何要扁打老憨头。

在现场看热闹的村民交头接耳，几家欢喜几家愁，这一箩筐偷人事，够村民嚼舌三年，为单调乏味的茶余饭后注入了新的谈资与笑料。符一瘸幸灾乐祸，他说："咱们谢家界又有好戏看咯。"

黄大长在众人的劝阻下，留下了老憨头的命，他找到一队队长谢钟，谢钟也是前几天从火场被专案组放回来，他已经从李老拐那里了解到一些情况，未承想，一向憨厚本分的老憨头，竟然干出这门子风流事，把巴掌大个谢家界闹了个鸡犬不宁。

谢钟回来时，对于老憨头强暴袁莹莹这件事存有深深地质疑。他随黄大长来到老憨头家，老憨头这时显得气息虚弱，趴在床上半闭着双眼，回味着偷情付出的高昂代价。谢钟倒是直白，单刀直入地问老憨头："我就问你一句话，你要讲真话，当着街坊邻居的面，你说的话，你要负责任的。"

"队长你问吧，我实话实说。"

谢钟像审犯人似的，用凌厉的眼神直逼老憨头无精打采的双眼。

"我问你，你是不是晚上喝醉后摸到袁莹莹床上去了，是怎么进屋的，进屋后发生了什么？你要从实招来。"

老憨头说："队长，我那晚一滴酒都没喝，我惦记袁莹莹不是一天两天了，咱们村里有一大把的男人惦记袁莹莹，不惦记她的男人都死绝了。我在袁莹莹的门口橘子树上已蹲守过无数回了，有一次，我差点从橘子树上摔下来，被树刺刮破了我一件卡其布料子的新裤子。我一直没有逮到机会，这次终于瞅到机会了。"

"不要扯淡，拣重点说。"谢钟威严地说。

老憨头往站在一旁的老篾头和老犁头瞥了一眼。鼻孔中喷出一股雾气，他是从内心里看不起这两个鳏夫，是两个胆小鬼。他本想死到临头，拉两个老笨蛋垫垫背，可是，当他看到两个鳏夫都抱着膀子，颤颤巍巍站在一边时，那种猥琐的样子，他从内心鄙视他

第二十五章 老憨头犯罪不悔改 黄大长替妹讨说法

们、可怜他们，他马上改变了主意，他不想与这两个人为伍，不愿把他们两人归为自己的同类，这样会削弱他老憨头的惊天行为，他认为，如果自己供出了他们两人是同伙，或臆造出他们两人是帮凶，那一定会让自己的行为变得暗淡失色，这是他老憨头决不可以接受的。这么一想，他变得大义凛然，他调整了一下自己的情绪，心里一再告诫自己，干了就是干了，要像个男人，拜倒在袁莹莹的石榴裙下不丢人，是个男人见了袁莹莹都想啃一口，就像是唐僧肉，谁不想吃啊，这么一想，他有些释然。

老憨头示意谢钟靠近自己，他有话要说。他对谢钟凑近的耳朵轻声说道："队长啦，我今天把事情的来龙去脉和盘托出，把后来出现的事也一并告诉你，你可得永远保密，保证不追究其他人，只追究我一个人就可以了。"

谢钟点了点头，说道："我保证，你快说。"

原来那天晚上，火场"三老"不约而同光顾袁莹莹家。老篾头六十多岁，三角眼，讲话声好像不是从口腔发出，而是从肺里发出的隆隆声，是个篾匠，编筐的。竹凉席、簸箕、竹篮、米筛、鱼篓、筲箕、竹包、竹笪、竹筛子、竹网等竹制品样样精通，手艺远近闻名。他年前就留了个小心眼，上山偷砍了几根竹子，做了几个篾箩、簸箕等竹制品，挑到沅陵县城卖，换了几个小钱，用小手帕小心包好，自己不舍得花一个子，一定要在年关到来之前把小手帕送给袁莹莹，雪中送炭才有意义，才算真心。他一直在等一个合适的机会，也在不遗余力地创造机会。机会这东西不好说，只有行动才有机会。

大山里的冬天来得特别早，初冬便有了冰凌，老篾头守候袁莹莹的家门已有些日子，一直没有等到一个合适的机会。那天夜里，他终于瞅准时机，观察好地形。他捡起地上的小石子，一扬手打到袁莹莹的家大门上，见袁莹莹并不为之所动，没有理会，又投过去一颗小石子，还是没有什么动静。他投了第三颗小石子，袁莹莹突然大声吼叫道："谁？天天到我门口闹鬼呀，发什么疯啊，信不信我一剪刀劁了你？"

老篾头一听，袁莹莹说的是"天天到我门口闹鬼"，说明老憨头、老犁头等人早就出手了，他庆幸自己今天行动了，心中不由一阵窃喜。

"妹子，我是老篾头，开开你的门，我没有恶意，我是有个好东西送给你！"

袁莹莹警觉地问道："啥东西要深更半夜送，明天白天送不行呀？我不要你的东西。"

"妹子，不行啊，白天人太多、太扎眼了，我那么喜欢你，把你的门开个小缝，我把东西塞进去就好了。"

"门开小开大不是一个理吗？你也想开我的门，还想把东西塞进去呢，你想得美。"袁莹莹语中带讽。

"我是想你的好事，净做美梦。"老篾头这个油腻男并不死心。

"你把东西放门口吧，我早上取，你走吧，村中人看到孤男寡女大黑夜地在一起会说闲话的。"袁莹莹在赶他走。

老篾头听她这么一说，一时语塞，坐在她大门外一个闲置的磙墩岩上。他两眼望着夜空，自身单薄的冬衣裤，令他全身有些发冷。他想到缝在裆里的那个小手帕，忍不住用手一摸，妥妥地还在。自己不舍得用的贵重东西就这么放在地上离开，人影子都没有见着，他有些舍不得。从砍竹、扛竹到破竹、编竹，再到挑到县城卖，自己就只舍得啃几口自带的窝窝头。他感到自己有些凄凉，有些不甘，走也不是，不走也不是，他就这样踌躇着。

时间过了小半个时辰,已近三更天,他有些心急,站起来又坐下去,坐下去又站起来,时间在一分一秒地过去,他实在是忍不住了。他把头左右来回一摆,颈椎骨节发出咔嚓的声响,他定了定神又轻轻地敲了几下袁莹莹的房门。袁莹莹没吱声,想必是睡着了。他愤然捡起地上一个鹅卵石,从一扇破窗户一扬手扔进去,只听"咣当"一声。袁莹莹听到石头声,从梦中惊醒,她知道准是哪个不要脸的臭男人想来偷腥。她十分警觉地叫道:"谁呀?"

"是我,老篾头。"

"你咋还不走呀,你弄出这么大的声响,是不是要把村中人都吵醒,把你当贼抓走哇?"

老篾头无可奈何地说道:"那好吧,妹子,我把定金放在你屋门口,用块石头压着的,你出来取一下。等你想好了,我下次再来,我走了,我走了啊。"老篾头把小手帕放在大门口,又摸来一块巴掌大的石块,把手帕压住。

"什么定金?定什么金?你是做什么生意吗?拿走,滚一边去!"袁莹莹下了逐客令。

老篾头走了几步,蹲在不远处的厕所边,观察袁莹莹的动静。心想,如果袁莹莹此时出来开门取走手帕,他就冲过去来一个霸王硬上弓,生米煮成熟饭。想到此,老篾头有点儿小兴奋,为自己的奇思妙想一拍大腿。他把一双满是裂口长满厚茧的双手搓了几下,心中无限期待,静待袁莹莹这个猎物出现。

可是,已到鸡鸣丁夜,仍不见袁莹莹出来取手帕,老篾头双眼直勾勾地望着袁莹莹的大门,黯然神伤。又等了一会儿,估计袁莹莹是不会开门取了,老篾头心中犯起了嘀咕,想折返回去,把小手帕取回。他往前走了几步,又退了回来,蹲下,往她大门口瞭望。他想了想,取回也不对,万一袁莹莹是假正经,待会儿出来取,或者早上开门没见到定金,那今后就是自断路子,再也别想碰一下她。失信于她,今后那就真的是滚一边做梦去了,这点考验都经受不住,那还赌睡袁莹莹干什么。他狠了狠心,悻悻然离开了厕所,由于躲在厕所观察的时间久,走出厕所时,老篾头的腰有些发硬,一走竟然扭了腰,痛得他"啊"地叫了一声。不远处南瓜架下,用石头堆砌成的南瓜堆处,忽然"叮咣"响了一声,老篾头机警地捡起一块石头,顺手飞过去。"哎哟!"用力过猛,他腰疼痛难忍,不由叫了一声。见南瓜架下的石堆后并无异常,他趔趄地往回走。

晚上丑时,南瓜堆背后出现了一个模糊的身影。原来老犁头早已躲在南瓜堆背后,他观察了老篾头的一举一动,可以说,他见证了老篾头夜下敲门、叫人、传情、送定金的全过程,但他就是不吱声,以静制动。他在心里也打着小算盘,如果老篾头顺利通过袁莹莹的第一道门,他会一个箭步冲上去,搅乱老篾头的好事。如果老篾头不能顺利破门,那么他就静观其变,静等袁莹莹开门取东西,来他个螳螂捕蝉,黄雀在后。他目睹了老篾头遭到闭门羹,闪了腰,捡石头砸向南瓜堆背后的自己,又再次闪了腰。经过两次闪腰,老篾头早已败兴,再无雅兴,蹒跚着离开袁莹莹家,老犁头差点没笑出声来。

老犁头是何许人也,年逾六旬,精神矍铄,也算帅哥一枚。袁莹莹对他不理不睬,可是,他偏偏钟情袁莹莹。

老犁头是个很有行动力的人,蹲守在南瓜堆后面也算不舍昼夜,还是没有逮到下手的机会。在这个月明星稀的夜晚,最能让人产生一些奇异的想法。秋末初冬天气冷,再冷也按捺不住心中的那份猫抓似的躁动。他把老篾头的一举一动尽收眼底，看见老篾头闪了腰，他忍不住发笑，脚下一不留神踩偏了一块石头，才弄出了响声，被老篾头发现有异响。老篾头没见到袁莹莹，气没一处使，正窝火，见有动静，就是一石头砸过来，不管是人是鬼，砸死了算鬼打的。

老犁头表达感情的方式是迟钝的，袁莹莹家里那三分菜地，小半天工夫就能耕种完。老犁头要整到下午，等到袁莹莹向他飞个荷包眼，递过去抹汗帕子，他往鼻子上一闻，反复抹一抹那张橡树脸，嘿嘿一笑，才算整完。

那天晚上，老犁头轻手轻脚跟踪老篾头一段路，见他人已走远，背影远去，不可能再回过头来，就蹑手蹑脚、蜻蜓点水般几步跃到袁莹莹大门前，俯下身子，拿开石头，取出手帕，打开手帕一看，是折叠整齐的两张十元钱。老犁头大为欣喜，又感到震惊。他没想到老篾头竟然这么有钱，而且出手阔绰，看样子他对袁莹莹是真的动心了，下血本儿了。老犁头手捧手帕中的二十元，竟一时不知如何是好。放在原处吧，他担心被别人捡了去，更怕被闷骚型老憨头什么时候来了拿走。说不定这时候老憨头也正躲在他身后某处阴暗的角落里，偷窥他的一举一动呢。与其被别人拿走，还不如自己拿走，就算是向老篾头借的，应急用一下，日后借故还给他便是。

老犁头蹲在袁莹莹的大门口，招来了几声犬吠，在原地逗巡良久。他定了定神，突然站了起来，像是做了什么重大决定似的，拳头在空中打了两拳，躲在大门口学猫叫了两声："喵，喵。"

"你这个偷腥的猫，快滚，不然打死你。"老犁头像个偷情的小青年，心脏突突地乱跳。他以为袁莹莹发现了自己，躲在大门边不敢吱声，神色焦虑，忐忑不安。

一会儿有了动静，听见袁莹莹起床，口中还在说："死猫，就知道偷腥，打死你，把你扔到乱坟岗去。"

老犁头越发紧张，乱坟岗就是他老婆死后埋的地方，听到这话吓出了一身冷汗。心中一急便没了主见，眼见袁莹莹就要走到门边了，心中既喜悦又是格外紧张，没想到这把年纪了，又不是小青年，还这么容易冲动。他脑袋中迅速作出回应：三十六计，走为上策。

由此，他在情急中把手帕又放回原处，用小石块压着，三两步就逃离了现场。

螳螂捕蝉，黄雀在后。老犁头的担心不是没有道理，老篾头、老犁头的一举一动都没有逃过老憨头的法眼。老憨头年近七十，高大威猛，酒糟鼻，据说酒量惊人。

说起老憨头就有点话长，他是一个有故事的人，他曾在某国民党将军麾下任过营长，1944年6月第四次长沙会战失利，他当时喝酒贻误战机，面临军法从事，忙乱中率领一个亲信连离队当了解放战士。成也酒，败也酒，后因负伤转到地方，每月有些微薄的退休金。为人憨态可掬，平时不显山、不露水，关键时刻毫不手软，是真正的闷骚型。

谁也不会想到老憨头会爬到袁莹莹屋对面的橘子树上面蹲守，他把老篾头和老犁头的举动看得一目了然。用他的话说，老篾头和老犁头相当于脱光了裤子露出了腚。他是居高临下看，他俩做的那点事儿，老憨头尽收眼底，他差点没忍住笑出声来。

老憨头这个老男人动作异常麻利，见老犁头逃走了，他迅速从橘子树上"哧溜"一声窜下，猿猴般跳到袁莹莹家门口，捡起手帕。正好袁莹莹开门，见大门口有个人，她吓了一跳，手中菜刀"哐当"一声掉在地上。老憨头眼睛为之一亮，就势一把扛起袁莹莹，反手关上大门，把她放倒在床上，扑上去，压在她身上。在挣扎中、厮打中，袁莹莹已经看清了这张脸，那张憨厚的脸——老憨头。由于兴奋那张脸开始变形，他喘着粗气，轻声说着："妹子，哥想死你了，你就依了哥吧，哥有钱。"

"我不要钱，你走开，大长哥回来了会要你命的。"

"你不要钱，我要你，黄大长就是把刀架在我的脖子上也没用。"老憨头无视袁莹莹的警告与抵抗。

突然，老憨头叫道："哎呀，好痛，你这个疯婆娘，你要杀人了。"

没想到袁莹莹的枕头下藏着一把剪刀，剪刀已深深地扎在老憨头的光腚上，鲜血染红了袁莹莹的床单。老憨头从袁莹莹的身子上滚下来，套上裤子，往门外跑去。

"拿走你的钱，莫玷污了我的手。"她说罢，把钱甩给了老憨头。

"那钱是给你的。"

"拿走你的臭钱，你自己点药去，滚啊！"袁莹莹手握剪刀，追了几步。

老憨头用手捂在屁股上，拿着袁莹莹甩过来的二十元钱，往外逃，走到门口，由于慌不择路，又撞到大门木方上。"哎哟……哎哟……哎哟！"大叫着落荒而逃。

袁莹莹看着老憨头消失在夜色里，马上关上大门，目睹床单上那一摊殷红的鲜血，不由一阵恶心，屈辱的眼泪在脸颊滑下。她的眼前是一片沙漠，她感到迷茫与无助。此时，她想到了黄大长，她日思夜想，为之几乎付出生命的大长哥，内心十分羞愧，感到无脸面对。她蜷缩在床脚下，泪水像断线的珠子，她的世界是一片黑暗，一如这窗外的黑。她想到了死，只有用死来捍卫自己的尊严，洗刷自己身上的污渍。

她成了村人厌弃的疯婆娘后，命运之神再次戏弄了她，如今连她自己都十分轻贱自己的存在，自己活着就是一个错误。为什么自己刚才不以死明志，让豺狼虎豹般的老憨头得逞，她十分后悔，厌弃自己只知无谓地挣扎，没有想到用死来捍卫自己的贞洁。她抬头望了望周围四壁，决心去死，死了就一了百了，只有死才能解脱人的痛苦。她感到自己活在这个世界上是多余的，感到有愧于她深爱的大长哥。

她走到厨房，烧了热水，把自己洗了三遍，穿戴好，摆放好小凳子，在厢房外的厨房横梁上搭上了从笋筐上解下的麻绳，拴了一个套儿，抻了抻，套子牢实妥帖。她在小凳子上小坐片刻，想到自己短暂的人生行将消亡，还没有过上一天安稳的日子，心中的梦想，梦中的人与事，有些许的犹豫。可是，自己又一次站在了人生的风口浪尖上，这个坎她真的过不去了，她感到生不如死，失去了活下去的勇气。

她抹干眼泪，毅然决然地登上小凳子，轻唤一声："大长哥，我对不起你，我走了。"

她把套儿慢慢地往自己脖子上套去……

"咣咣咣！！"几声急促的敲门声划破夜的寂静。"莹莹……莹莹，快开门，你哥肚子痛得要命！"门外传来了二组长李老拐的老婆符开春的叫喊声。

自从符开春那年陪袁莹莹到县医院抢救治伤后，袁莹莹已把符开春视为自己的知己和救命恩人。在谢家界村，袁莹莹十分信任尊重李老拐夫妇两人，平时叫符开春为嫂子。听说李老拐肚子痛的要命，袁莹莹不假思索，扯掉脖子上的套儿，从小凳子上跳下，立即去开门。

符开春走进来，看到依然吊在屋梁上的麻绳套子和下面的凳子，顿时明白了一切。

第二十五章
老憨头犯罪不悔改　黄大长替妹讨说法

"哎呀，莹莹，你干什么呀，你怎么又想不开了？"

袁莹莹流着泪，说："嫂子，我没事，快走，看我哥去。"袁莹莹拎上沅陵住院时老中医赠送给她的小药箱，锁好门，用衣袖抹了抹眼睛，跟在符开春后面一路小跑。

李老拐由于肚子痛，头上手指大的汗珠直往外冒，身子蜷缩成弓状，样子十分痛苦。袁莹莹在县城医院住院期间，接受过老中医穴位推拿术真传，通过独特穴位按摩手法，结合药品，疏通经络，改善人体机能。回来后，她又系统地自学了一些医学理论，掌握了一些医术。由于天资聪颖，回村后闭门不出，看了一些医书，加以研究，又遍访农村土方子，如今成了远近闻名的未挂牌行医的医术高人，在缺医少药的穷乡僻壤，她的医术自然高于赤脚医生。

她问了符开春一些李老拐的情况，符开春说昨天晚上，李老拐从山上砍柴回来，由于天气凉，又躺在堂屋竹床上睡了一觉，醒来就感觉头好痛，以为晚上睡一觉就好了，晚饭时又喝了几碗"苞谷烧"，说是驱寒气。四更天时，就感到肚子痛，一阵一阵的，越来越痛，还开始呕吐、腹泻，整个人都快挺不住了。

袁莹莹观察了李老拐的病情，李老拐上吐下泻，头痛发烧。她说："李哥睡竹床上，寒气太重，有伤寒体征。"她从小药箱里取了一些药引子，用洗净的菜刀切成细末给李老拐温水服下。尔后，趿入里间厨房净了一双手，在小瓷碗里倒了两匙桐油，旁边烧起一个炭炉子，手中沾满桐油，就着炭炉子上烘烤热后，按穴位推拿。大约一个时辰，李老拐的呻吟声渐渐变小，用两床被褥捂热发汗，又过了一袋烟的工夫，李老拐慢慢睡着了。这时，袁莹莹终于松了一口气，说："嫂子，李哥估计没啥大事了。"

"多谢你了，莹莹。"符开春把手搭在袁莹莹的一双巧手上，像欣赏一件稀世珍宝，捏了又捏，眼中充满无限的感激之情。

一会儿，李老拐的鼾声让符开春悬着的心安慰了许多。她看着袁莹莹说："妹子，你有什么事情想不开啊？你可把我吓死了，事情都过去了，你还有什么想不通的，再想不通也不能做傻事啊！"

袁莹莹想说话，喉咙又被哽咽着，开口叫了一声"嫂子"，便泪如泉涌，泣不成声，她欲言又止，终究还是没有把到嘴边的话说出来，只说了一句"嫂子，你和李哥又救了我一次命"。她不再往下说，只是不停地啜泣。符开春见她不愿多说，也不好再往深里问，坐在一起握着她那双长长的美手，陪着她唉声叹气抹眼泪。

老篾头偷腥不成，还白白弄丢了卖箩筐、簸箕的血汗钱，心中更是窝火。南瓜堆后似乎有一双眼睛，在窥视他的一举一动，那个奇怪的异响让老篾匠甚是费解。世界上的事情难道真的会如此巧合吗？深更半夜怎么会有那么大的动静，南瓜堆后的动静分明是一个人，而且，是一个个子不小的人才会弄出的声响。他的脑海里立即想到老憨头，可是，老憨头平时是个闷骚型的种，借他个胆子，他也不敢去招惹万人迷——袁莹莹。袁莹莹虽然现在被村人称呼为疯婆娘，可她总是恰到好处的疯癫，她的疯癫并不是常态化，袁莹莹不会理他老憨头，老憨头也不敢正眼看袁莹莹。

老篾头用排除法，把村中三十多个鳏夫、二十多个大龄剩男，一一进行了排除，最后落到老犁头头上。老犁头生性多疑，关键时刻胆小怕事。手脚粗糙、青筋暴露，人长得比较俊朗，下巴上长的那撮毛特别引人注目，吃饭时经常会在毛上留存一些汤汁，滑稽可

笑，让人恶心。老犁头平时几乎是抢着袁莹莹屋里的门路做，可是袁莹莹并不领他的情、感他的恩。

老箴头觉得老犁头也不应该呀！那会是谁呢？真是中了邪了。他决定来一次深入调查，实地从光棍身上做文章。想到自己辛辛苦苦赚来的二十元钱，就这么没了，越想越气，他还是觉得解铃还须系铃人，先到袁莹莹家去瞅瞅，看看第一现场，掌握第一手资料。他顾不上弄点吃的，垂头丧气地走到袁莹莹家门口，敲了门，没人应声，又叫了几声，还是没有答应，他心里很是不悦，心中骂道："疯婆娘，假正经，黄大长没到还能装。"双手抱着膀子正往回走，正巧碰上老犁头。

老箴头两眼露出了审视的目光，诘问老犁头："你来这里干吗，想吃袁莹莹的豆腐吗？我告诉你，你不但是个光棍，而且还是个穷光蛋，莹莹根本不会理你。"

"那你你这么早是想揩袁莹莹的油吗？你也不撒泡尿照照自己，癞蛤蟆想吃天鹅肉。"老犁头怒怼老箴头。

"手脚上的青筋像一根根麻绳，莹莹细皮嫩肉，莫把她吓坏了。"老箴头正告老犁头。

老犁头毫不示弱："你是她什么人，你以为你是黄大长呀，操哪门子心？你来得，我来不得吗？"

两个人你一言我一语，说得有点动了气。

这时只见老憨头的小脚女人英姑心急火燎地走来，两个鳏夫立即停止了口水战。她问道："莹莹呢，她这时还没有起床呀，你俩杵在门口干吗，难不成昨晚做美梦尿床了？老鼠爬秤杆，大早晨的，在寡妇门前晃悠，也不怕别人说闲话。"

老箴头反问道："你来干吗，我两个可没有请你来，昨晚上睡糊涂了，一大早跑到这里，横口喷粪，竖口喷尿。"

英姑往袁莹莹大门口走，也不多搭理话，老犁头问她道："你来有啥事吗，清早八时的发什么狐狸骚，摇头晃脑的急什么急？"英姑看了他两个一眼，用手敲门时，口中说："老憨头昨晚摔了一跤，我请莹莹过去看看。"

"呀嗨！"两鳏夫相视一笑，异口同声诘问道："老憨头干啥摔跤了，伤到哪儿了？没少什么零件吧？"

"扎到屁股上，可能是被什么铁器伤着了，现在躺在床上直号叫。"

"那是晚上什么时候的事？"老犁头急切地问，"他晚上什么时候回屋的？"他语气有点像是审讯罪犯。

英姑没见莹莹回声，口中嘀咕了一句："又疯哪儿去了？"

这时袁莹莹屋前大清早来了不少男女老少，闲话家长里短，大家像是看西洋景，没见袁莹莹在家睡，大家指点着、议论着，都不急着做早饭。先歹（抽的意思）一袋烟，或蹲或坐散一边，扯着闲谈，讲些粗痞野话。

一组长符一瘸说："难道袁莹莹是被什么野男人拐跑了？昨儿个晚上，也没听到狗吠呀，真是奇了怪了。"他的语言中十分狐疑二组长"你闹鬼"和谢家界的最高长官队长谢钟。

几个老妪在咬耳朵，说："这么年轻的女子嘎，八成是跟村中哪个男人鬼混去了，太阳都晒屁股了，还不晓得起床，准是睡大觉去了。"

一队长谢钟的女儿伊人在人群中探出小脑袋说："袁莹莹阿姨一大早被符开春叫去了，现在在李老拐家哩。"

"哎呀，这个疯婆娘，一定是和'你闹鬼'搅和到一起了，指不定被符开春捉奸在床呢。"符一瘸很肯定地说道，"哎哟喂，这下又有好戏看了。"很明显他在说风凉话。

大家议论纷纷，都听信了符一瘸的话，好像自己亲眼见过似的，大伙嚷嚷着纷纷前往李老拐家，要一探究竟，他们都希望发现一个惊天大秘密。簸箕大个小山坳，除了阳光和空气，要啥没啥，专门出产流言蜚语。巴掌大个事，山里人喜欢咋咋呼呼，说成天大的事。没有的事，为了制造点新闻，打个喷嚏也可以成为事。

村人见李老拐躺在床上，袁莹莹和符开春在友好地说着什么，一群男女心中不免有些失落，原来可以飞点唾沫星子的，这下看样子没啥戏了。了解到李老拐是因为急性伤寒，袁莹莹是符开春请去给李老拐看病的，村人转而嘘寒问暖，不好意思当着病人说笑，但还是可以有话头的。

符一瘸见自己事先说的话过了头，与实际相差甚远，他觉得很扫兴，很失面子，但他擅长制造新的话题。他说："我说老拐啦，你平时壮如牛，一夜转来就趴了床，你昨儿个是翻被子翻多了吧，年龄不饶人啊，你可要悠着点。"

符开春顺手拖来一把竹扫帚，把符一瘸撵得满屋子跑，她骂道："打死你个瘸子，咱地盘再好也轮不到你。"

打闹后逐渐趋于平静，大家安静了片刻，空气好像被大山的负氧离子滤过一样澄澈。早上空气好，大家聚集在符开春家门口扯闲谈。一些好事者，他们想在李老拐的家门口探出点趣闻逸事来，反正他们有大把大把的时间，闲着也是闲着，不怕浪费掉。

这时，英姑走近袁莹莹，怯怯地说："莹莹，老憨头昨晚三更半夜回来，也不知是遇到屋大条鬼，还是遇到赖子大个脑壳，摔了一跤，把屁股扎了两个大窟窿，流了很多血，到现在还躺床上号，你去看看好不？"她见袁莹莹的脸异常地抽搐，由红转白，看上去着实很吓人。英姑压低了声音，又看了看李老拐和符开春一眼，说："李组长你这里也没啥大事了吧，难为你，请莹莹过去看看老憨头的伤吧。"

"关我屁事，可惜只扎到屁股，臭男人不要脸，死了活该。"

英姑见袁莹莹发怒，把她给吓蒙了，一双无精打采的眼睛有些许迷茫。英姑惊慌失措的样子让袁莹莹又升起了一股火来："管不住自己的男人，还好意思来求人，他是活该，每天在村中像条疯狗！"

英姑哭丧着脸，哀求道："你大人不计小人过，请你去看看他的伤吧，不治疗会烂掉的，我给你钱。"说罢，她掏出了一张十元的纸币，送到袁莹莹的眼前。

袁莹莹一看，心中一惊，天啦，这张钞票上还有血迹，对折过的印子，分明就是她当时见到的老憨头的那个十元纸币呀。她抽过钱，把钱砸在英姑的脸上，骂道："不要脸，去死吧。"袁莹莹断然拒绝了英姑的哀求。

老篾头和老犁头观察了许久，终于弄明白了原委，原来是老憨头招惹了袁莹莹。老篾头凑近一看，我的个妈呀，那十元纸币是自己的呀，天啦，我偷鸡不成蚀把米。我这是造的什么孽呀，老憨头想睡袁莹莹，是我出的钱，老憨头拿着我的钱，袁莹莹还不要他给钱。而且，袁莹莹还假正经，她把钱退给了老憨头，老憨头从袁莹莹家里回屋，搞得头重

141

脚轻，不小心摔了一跤，弄伤了屁股。英姑竟然拿着我老箴头的定金前来请袁莹莹为自己的男人疗伤。袁莹莹还是真会演戏，她不是不要钱，她是不把英姑放在眼里。英姑拿钱来请她，分明是侮辱她，向她示威。袁莹莹真会演戏，比演员还会演。真是便宜了这个老憨头，他吃着碗里的，看着锅里的。

老犁头看着那张殷红的十元钞票在发呆，心中一片茫然：这老憨头还真看不出，出手真是阔绰，一下子就拿出老箴头的十元，就为了吃袁莹莹一夜的豆腐。换成我，要犁多少田才能换来哟。他有些后悔，后悔自己人太笨了，干吗当时不顺手把钱拿回去呢，慌什么呀，就这么点出息。怪不得袁莹莹平时不正眼看自己，当时，他的猫叫声已经快引出了袁莹莹，煮熟的鸭子飞了，到口的肥肉长了脚跑了，自己干吗那么尿？袁莹莹人都到门口了，我跑什么呀？如今倒好，成全了老憨头，老憨头才不憨啦，平时装出憨态可掬的样子，不言不语，关键时刻，该出手时就出手，从不掉链子。

很明显，老憨头赌赢了这一局。

老犁头给了老箴头一个眼神，两人一起去老憨头家里，老箴头也会意，他也有满脑子的疑问，要去老憨头家确认一下。

老憨头见老箴头和老犁头同时来了，心中已经明白了一大半。老犁头和老箴头验过老憨头屁股上的伤，明白了老憨头伤的原因了，因为这是每家每户都有的东西——剪刀。他的左边屁股上扎的是两个并排的剪刀叉伤口，伤口两三寸多深，伤口边还有明显的剪刀划伤。

老箴头抢先开口说道："老憨啦，你这是咋回事呀，三更半夜跑回来，屁股上弄了这么两个大窟窿，该不会是自己跌跤扎的吧，在哪里扎的呀？我给你看看去，我要把那个地方铲平啰。"

"你到哪里铲去，他这伤口根本就不是跌跤弄伤的，从伤口位子上看，他是被什么铁器扎伤的，哦，对了，好像是被剪刀扎伤的。"老犁头唱黑脸。

"剪刀扎伤的？剪刀是女人做女红、做针线活时用的，男人谁用剪刀，是吧？"符一瘸分析得有道理，围观的村民议论着，嘻嘻哈哈地笑个不停，反正不是扎自己屁股。

"老憨，你今儿伤势比较严重，你是做了梁上君子被人当小偷扎的呢，还是上房揭瓦偷看人家两口子亲热，被发现了打的？"老箴头、老犁头两面夹击，轮番进攻。

老憨头心知肚明，这两个鳏夫今天是来者不善。他当时在橘子树上看得真真的，两个老鳏夫装什么假正经，只是运气比自己差，没有上得了袁莹莹的宝床。

"今天真是出了怪，英姑平时在村中狗都不得罪一个，莹莹不应该对她发态度啊，你现在屁股受伤卧床了，你什么时候得罪过万人迷呀？"老箴头忍不住直奔主题。

老犁头接过话茬，说："难道昨天你招惹了那个疯婆娘吗？老憨啦，你昨晚到底是到哪里受的伤，袁莹莹好像是透过英姑在咒你呢，难不成是你昨晚想吃袁莹莹的嫩豆腐，心急烫伤了嘴，弄伤了屁股？"

"那个疯婆娘可不是好惹的，先是克死了谢葳，后是把九斤半送进了班房，现又让黄大长刑拘了，真是红颜祸水啊。"英姑在一旁平生第一次恶语伤人，她心恨这个花心的男人，她也无可奈何他，只能指桑骂槐。

英姑不聋不哑不蠢，她在老憨回来时已经仔细验查过他的裤子，已经明白了大半。经

第二十五章
老憨头犯罪不悔改　黄大长替妹讨说法

过这会儿袁莹莹对她凶恶的态度，她在心中已经断定——老憨昨晚招惹了袁莹莹。

"英姑找到袁莹莹时，手里拿的钱有血迹，那血是你的血弄上去的吧？"老犁头嬉皮笑脸地说。

"鬼知道他是哪里弄来的钱，家中穷得叮当响。每月那几个退休金还不够他三天两头跑县城，都送给茶楼、酒肆、澡堂和旅馆等场所去了。一个铜板都没有，哪里有钱？"英姑越说越气。

"哎呀，老憨，那你的钱是从哪里来的？我前两天到沅陵县城卖竹器挣得二十元钱，放在口袋里，谁知口袋通了一个眼，给弄丢了，会不会就是你这个二十元钱呀？"老篾头的话让老憨头一时语塞。

老犁头说："没听说你发大财啦，卖东西赚了二十元，不会吧，老篾啦，你是不是听英姑说老憨的钱来路不明，你瞎子见钱眼开，想讹诈老憨啦？"

"我在二十元钱的背面记的有个记号。"

"什么记号？"英姑警觉地问。

"我在钱的背面右下角用铅笔写的有一个小小的'篾'字，你把钱拿来，我看看。"

英姑翻看了钱的背面右下角，果真有个"篾"字。

老篾头和老犁头几乎同时把头凑过去，都看到了钱上面的"篾"字。老篾头拿过钱，伸出手，示意躺在床上的老憨头看。

老憨头撇过脸去，瓮声瓮气地说："捡的如同买的，这钱反正是我捡的，不偷不抢。"

"不偷不抢是吧？老憨，话可不能这么说，这钱姓'篾'，不姓'憨'，你心里应该明白是怎么回事。"老篾头有些理直气壮。

"老篾，你说你钱是掉哪里了？老憨，你又是哪里捡得的？"老犁头摆出公事公办，一个中间调停人的角色，其实就是为了出他两个人的洋相。

"我的钱大概是在袁莹莹屋边丢的。"

"你咋把钱丢她那里了？"老犁头已全然明白，心里忍不住窃喜，故意问老篾头。

"我是路过，衣口袋通眼了，钱掉了出来。"老篾头很淡定地说。

"老篾头你真会丢，把二十元的大票子说丢就丢了。老憨头真会捡，都那么碰巧，真奇了怪了。"老犁头明白表达他对这两人的嘲笑。

老憨头剜了老犁头一眼，他当时攀附在橘子树上，何尝不知就里？他的心中比谁都明白，他也清楚这两个人的心理。一个是想要回自己的定金，一个是想看他两人的笑话。

老憨头忍着伤痛，侧了身，背对着老篾头，面向自己平时都不想多看一眼的婆娘英姑说："把二十元钱给老篾头，都是乡里乡亲的，既然是他丢的，我虽然是捡得的，也应归还人家，就算是做了件好事。"

英姑嘟噜着嘴巴，很不情愿地把二十元钱递给了老篾头。

火场"三老"心里都清清楚楚，无须多言，无问西东，这一局，老憨头虽然搞得了万人迷，但付出了惨重的代价，可以说输掉了短裤，但也许在他心中是一种赢的姿态。人生的意义就是做自己想做的事情，每个人都有自己的活法，旁人难解此中意、难悟个中味。

老篾头定金失而复得，一场虚惊。老犁头到手的鸭子飞了，有些许失落，但不输不赢。

143

黄大长气得嗷嗷叫，回到袁莹莹家，要去公社报案，袁莹莹说："哥，不要报案去，好不好啊！这样我今后脸往哪儿搁啊。"

"莹莹，一个人做事，就要对自己做的事承担责任，老憨头今天干了这种事，他自己也供认不讳，这么大的事，不报案，今后是个人都会骑在你头上撒尿，你今后的日子才更难，还是去报案吧，我陪你一起去，你不用怕。"

"哥，如果今儿报了案，老憨头就会有牢狱之灾。"

"莹莹，你是什么意思呀，难不成你对他还有了恻隐之心，忘记了他是如何欺负你的，对你还有一丁点儿的人格尊重吗？"

"我怎么对老憨头有同情心呢，他是罪有应得，我的意思是他错一，我们可不能错二，我们一报案，他那个家就完了。"

"老憨头这种行为对你极不尊重，已构成了强奸，你不报案，整个谢家界村人会怎么说你，你就是有一百张嘴也是说不清啊！有些好事者一定会说，是你自愿的，是你让老憨头进屋的，不然，深更半夜，他怎么会在你的床上。谁也没有看到当时的具体情形，各种说法都会有。你现在身上有伤，上面可以来人验伤，老憨头自己也承认，只怕是时间稍微一久，老憨头回过神来矢口否认，那就麻烦了，他甚至可以反咬一口，说是你自己开的大门，放他进屋的，是你勾引他。"

"那他屁股上的剪刀伤是怎么来的？"

"他可以赖你，说你疯癫病发了，神志不清时的反常行为。也可以说你贪财，讲你嫌钱给少了，翻脸不认人。"说完，他看了一眼袁莹莹的表情，见她有些愠怒的神色，黄大长马上改口说："现在整个火场人都以为你得疯癫病了，其实是他们疯了。这个世界上，什么样的事都可能发生，人在面对危害时，都有天生的自我保护意识，趋利避害是人的本性。"他顿了顿说，"莹莹，这件事不是小事，小事不是原则的事，可以小事化了化无，可是，强奸是大罪，不法办老憨头，你今后将永无宁日呀。"

"他去坐牢，被枪毙了，就无事了吗？就有好日子过了吗？"袁莹莹问道。

"法律就是惩恶扬善，主持公道的，老憨头是罪有应得，应当受到法律的制裁，惩办他这个恶人，保护了弱小者。你就会得到整个社会的同情和支持。"黄大长耐心地说，"老憨头是一个有妇之夫，一个七十岁的老人，他把你根本不当人，他藐视法律，疯狂到什么程度了，他这种人，不还以颜色，是不会死心的，你是没听到他对我说的那些狂妄的混账话。说不定哪天，好了伤疤忘了疼，还会侵扰你，危害你的人身安全。"

袁莹莹用一双忧伤的眼睛，久久凝视着眼前这个男人，不管他此刻心中是如何想的，口里是怎么说的，她都愿意相信他、信任他。她说："哥，都听你的，我们现在马上去公社报案，让他老憨头到公安局吃钵头饭去。"

黄大长和袁莹莹来到火场公社，公社大门口悬挂的牌子，已改成"火场人民公社革命委员会"。增加了"革命"两个字，黄大长有些纳闷，革命不是已经成功了吗？现在还要革命，革谁的命？他想起了拘留所教导员讲课时说的话——"文化大革命"就是要整走资本主义道路的当权派，革修正主义分子的命，革"地、富、反、坏、右"黑五类的命。

他把老憨头强暴袁莹莹的来龙去脉给魏公稿做了详细汇报。魏公稿听后，十分气愤，一拍桌子，怒吼道："老憨头太疯狂了，在'文化大革命'运动中，在光天化日之下，丧

第二十五章
老憨头犯罪不悔改　黄大长替妹讨说法

心病狂，竟然强奸妇女，还有没有党纪国法，还有没有人性，这些坏分子不除，社会就不会安宁，人民就没法安居乐业。"

魏公稽叫来派出所的干警，对袁莹莹和黄大长的口供进行了笔录取证。他十分重视老憨头强奸案，一边电话通知大队支书姚革新，一边向县里黄大风书记汇报。

黄大风听了魏公稽电话汇报后，感到很震惊、很气愤，他在电话里训斥了魏公稽，说火场的这类事件屡有发生，九斤半事件这才过去几年，现在又闹出老憨头强奸案。他要求魏公稽捉拿老憨头，当地派出所立即出动，前往谢家界村把老憨头控制起来，要让老憨头这个害群之马受到法律的制裁。

魏公稽在电话中，向黄大风书记保证完成任务，按照黄书记的指示贯彻落实。他放下电话，用双手整理了一下头发，脖子扭了几扭。他决定派民兵营长周树军带领二十几个基干民兵前往谢家界村捉拿老憨头。

于是，周树军带领几个民警和二十几个基干民兵，荷枪实弹，来到谢家界村后，通知了一队长谢钟，立即把老憨头的房屋围住了。谢钟带着周树军走进老憨头屋里，老憨头躺在木床上，动弹不得，见谢钟带着周树军来了，心中已明白八九分。

老憨头若无其事地说："老谢，你这个干部当得真是积极，记得当年抓捕九斤半，也是你带的这些人。"

谢钟尴尬地说："老憨头，我这是没办法的事，当了这个队长，就要负责这个村的事，我只是带路的。"

钟树军并未和老憨头打口水战，吩咐手下，马上找一副担架，把老憨头抬走。老憨头的儿子谢兵冲上来说道："不准你们抓走我爹，我爹屁股上有伤，动不得。"

钟树军说："你当公社书记好了。"

众人就像是火场圩上捆绑牲畜一样，用麻绳缠绕做了一副抬牲口的担架，两根木棍，把老憨头抬往火场公社。

老憨头没有一点儿惧怕，比早上出门被一包金子砸中还要开心快活，竟然在捆猪担架上哼起了火场山歌：

月亮弯弯两头勾，两颗星宿挂两头。
金钩挂在银钩上啊，郎心挂在妹心头。
哟嗬喂……
榄树开花花榄花，郎在榄上妹榄下。
掀起衫尾等郎揽，等郎一揽就归家。
哟嗬喂……
莲花出水塘中间，塘水再深哥也贪。
因为恋妹跌落水，淹死阿哥心也甘。
哟嗬喂……

姚革新的辖区，又出现一起"老憨头强奸案"，前几年才出现"九斤半桃色"事件，真是一波未平一波又起，姚革新被魏公稽臭批了一顿，魏书记手指着他的鼻子说："我说你火场就是个土匪窝，是个出产土匪的地方，土匪窝遭遇美人窝，我都不敢想象。现在是什么时代了，见到漂亮女子嘎就糟蹋，太野蛮了。他老憨头竟然糟蹋了袁莹莹，岂有此

理。现在搞'文化大革命'运动，你们大队班子要以这次老憨头强奸案为抓手，把运动扎实推进起来，做足文章，争取取得上级的好评，形成可以推广的以资借鉴的经验。"

魏公稽干工作雷厉风行，很快成立了老憨头强奸案专案组，由他自己亲自任组长，专门负责对老憨头强奸案进行审查。

老憨头的案子震动很大，县"文革"领导小组认为，老憨头强奸妇女性质恶劣，影响极坏，民愤极大，要从重从严从快无情打击、残酷斗争、彻底批判。

通过公审公判，老憨头被判处有期徒刑10年，他后来老死狱中。

第二十六章
拘留所成就大英雄　　黄诚勇保送上大学

黄大长在拘留所立了大功的消息，不胫而走，迅速在火场的山旮旯里传播开来，同时，他扁打老憨头屁股的事，也快速在小山村里流传。

魏公稽从历次运动中走来，具有独到的政治敏锐性，他召开了一次全公社干部社员大会，主题就是黄大长英雄事迹报告会暨表彰大会。会上，他语重心长地说："黄大长不愧是一名优秀的共产党员，在他身上我们看到了共产党人在困难和危险面前的大无畏精神，他在那种突发事件的情况下，冷静果断，正确地处理事情，为抢救伤员和国家财产立下了大功，荣立三等功，得到了县委的通报表扬。这是黄大长同志的光荣，也是咱们全火场人民的光荣。"

在全公社干部社员大会上，黄大长作为英雄人物，佩戴红花，和公社党委书记、革委会主任魏公稽并排坐在主席台前，黄大长向社员干部做英雄事迹报告。

黄大长说："其实，真的没有什么，在那种情形下，换了我们在座的每一个人，都会像我一样冲上去救人的。县拘留所位置很特殊，四面都是山，山很陡峭，拘留所处于群山包围之中。晚上突降暴雨，凌晨两点多钟，我们都已熟睡，忽然，'轰隆'一声，我们拘留室的一面墙突然被山洪冲了一个大洞。当时，确实是蛮吓人的，如果山体滑坡再冲过来一点点，我们住的拘留室就会整体掩埋，那么，我今天也就见不到大家了，好在老天有眼，只是把我们003拘留室一面墙冲出了一个洞。我们003室四个人从泥石流中爬了出来，刚好从这个大洞里逃了出来。我们刚刚冲出拘留室，就听到身后'轰隆'一声，我们003室的拘留室变成了一堆泥土——好险呐。我跑出来后，首先跑到值班室报告，可是，值班室已经倒塌，值班的几个警察不见了人影子，我想，坏了，值班室坍塌了，没有电话无法和外界联系，警察被活埋了。拘留所断电了，漆黑一团，我们凭借闪电光辨别方向。我们到处看了看，还有几间拘留室也被冲毁了。我一面叫室友邓华、崔青松检查一下整个拘留所的毁坏程度，一面叫室友舒乐马上去县城向黄大风书记汇报拘留所发生的突发事件。我又叫邓华、崔青松打开拘留所的门，可是，老狱警秦杰和他的值班室被埋了，各拘留室的铁门钥匙都在他身上，没有钥匙，拘留室的大铁门是无法打开的。这时，睡在拘留室的几十个人，都在焦急地喊叫开门，在喊'救命'。他们知道山体滑坡了，这一排的拘留室都在山体下，暴雨还在下个不停，二次滑坡如果来袭，都会被掩埋。他们情绪失控，十分惶恐，呼天抢地。我和邓华、崔青松到处找老狱警秦杰，后来我们发现他被泥石流活埋了，但他在死之前，高高举起手，而且手中死死攥着那一串钥匙。我找到他时，他那只手碰到了我的脚，我一摸，是一只手，吓了我一跳，我一摸，他的手里攥着一大串钥匙，我把钥匙交给崔青松，叫他打开各拘留室的门。老狱警在生命的最后一刻保护了这串打开生命之门的钥匙，秦杰临死前想到的是拘留室里几十号人的生命安全，秦杰在生命的最后时刻，依然想到的是人民的生命财产安全，而且，这一天也是他行将退休的最后一天，他为人民站好了最后一班岗，我从内心对他表示崇敬之情。秦杰在生命的最后一刻想到的是别人的生命安全，他让我十分敬佩。我们拿到钥匙，打开了各拘留室的门，拘留室几十个拘留的人，都逃了出来，而他们的身后突然'轰隆'一声巨响，那一排男拘留室瞬间坍塌了。拘留室逃出来的几十个人，嗷嗷叫，冲向已经倒塌的女拘留室，用自己的方式在瓦砾土石中刨人。公安爱人民，人民爱公安，就是这群人，徒手刨出秦杰和三个女犯黄仕英、张秋菊、赵瑞英，救出了年轻公安战士张清和女犯蔡海秀。张清当时不省人事，身负重伤，后来经医院全力抢救得以生还，他和我被授予三等功，老狱警秦杰被追授三等功。蔡海秀伤势不重在医院救治。其他男女犯人生命无虞。其实荣誉不荣誉我是不在乎的，活着就好，每当我想到老狱警秦杰，我就会伤心难过，他马上要退休了，派出所领导本来是不安排他值班的，他已在办理退休手续，他说，今后退下来了，就再也没有机会站岗了，他热爱这个岗位，他自己要求站好最后一班岗。"

这时，坐在主席台上的魏公稿，突然站立了起来，高举右拳带头呼叫口号："伟大的'文化大革命'万岁""向人民警察致敬"。台下的社员群众高呼口号，响声震天。

黄大长继续说："我叫舒乐穿着囚衣，因为他还是一个拘留人员，没有满拘留期，是没有权利离开拘留所的。事发突然，我叫他穿着囚衣出去向黄大风书记报告，就不是逃跑，他就没有违反拘留所的规定，不会受到责罚。他徒步跑到县城给黄大风书记报告，县委迅速组织人员来抢救，拘留人员和救援队一起刨出了被埋土中的两个警察和四个拘押人员，并且救活了警察张清和一个在押女犯蔡海秀。"

黄大长说到这里几次用大手板抹眼睛，他镇定了一下，说："我在这次山体滑坡造成人员伤亡事件中，如果说起了一点作用，那也是在拘留所警察教育的结果，提高了我的思想觉悟，坚定了自己为党为人民不怕牺牲，排除万难，争取胜利的信心，是县委黄大风书记的英明领导和现场指挥，是所有在押人员和公安干警的齐心协力得来的。我在这场自然灾害中，能参与这次的抢救工作，能为死难者、伤者贡献自己的力量，我很高兴。总之，一句话是党教育了我，是党给予了我第二次重新做人的机会，在这里我要感谢魏书记和火场人民对我的关心厚爱。"

黄大长讲话鼓舞人，台上台下的人听了都愉悦。这时，魏公稿站起来当众宣布："基于黄大长同志在拘留所的优异表现，经火场公社革命委员会研究决定，奖励黄大长同志200斤粮票、现金200元，授予他舍己救人先进个人荣誉称号。"

黄大长连忙站起来，和魏公稿握手，表示感谢。台下响起了雷鸣般的掌声。

这时不知是谁那么不懂规矩，不分场合，竟然向主席台上的魏公稿传递了一张纸条，纸条的内容是：黄大长为自己的姘头袁莹莹行凶，用扁担打老憨头，这样的坏人怎么可以堂堂皇皇地坐在主席台上做报告、受奖励呢？黄大长是个村霸、坏蛋，长期霸占良家妇女，应该实行无产阶级专政。

魏公稿眉头一皱，略一迟疑，随即想到黄大长在拘留所是立了大功的，并且，受到黄大风书记的点名表扬，是黄大风书记树立的舍己救人典型。黄大长是个英雄，英雄不问出处，怎么能抹黑呢？县委在拘留所山体滑坡的问题上是失分的，上级对拘留所山体滑坡造成重大人员伤亡有看法。但是，黄大风这个在官场游刃有余的政客，他把工作的重点，全力放在灾后重建和拘留所在押人员感人的救死扶伤上面，而且，大造舆论，博得了社会的好评，也改变上级领导对山体滑坡事件的最初看法，社会关注度对他形成有力的态势，他也对灾后重建和善后工作持续发力，主导舆论，三天两头向地区领导汇报灾后重建和善后工作，还请了媒体来现场报道宣传，硬是把一件坏事，或叫负面舆情大于正面影响的重大事件，变成了光鲜美好的事儿。把坏事转变为好事，在宣传自然灾害造成不可抗损失的同时，重点宣传报道县委抗灾自救，灾后重建的措施、力度与成效。几天来，黄大风几次上广播发表讲话，号召全县人民向老警察秦杰学习，向黄大长学习，也一再表扬了其他在押人员的救援工作。同时，号召全县人民团结一致，全力以赴搞好拘留所灾后重建和死亡者家属的慰问工作。

黄大风做足了文章，魏公稿不聋不傻。见有人递纸条，而且是讲英雄黄大长的坏话，他马上缩短了会议议程。后来经公社干部调查，核对笔迹，在公社大会上递纸条的人是符彩儿。

公社召开了黄大长英雄事迹报告会暨表彰大会后，姚革新书记立即着手中村大队的会议，要把会议精神及时传达下去，他通知妇女主任崔产悆，明天晚饭后，召开大队干部扩大会议，把村组长也一起叫来参会。

晚饭后，村干部陆续来到姚革新堂屋外平场开会，姚革新叫黄大长讲一讲在拘留所的英雄事迹，黄大长说，其实真的没啥好讲的，公社开干部社员大会时，都已经讲过了，就不重复那点小事了。

"咚咚咚"，姚革新用长杆烟袋敲击板凳，意思是叫大家安静下来。会场暂时安静下来了，他说："今晚开个村干部会议，主要有两件事讨论，这第一件事呢，大家也清楚了，黄大长在拘留所立了功，当了英雄，受到了县委黄书记的表扬，黄书记亲自为他戴大红花，授了奖。魏公稿书记亲自主持了黄大长英雄事迹报告会和授奖会议，作为大队也应该表扬奖励黄大长，可是，咱大队不是穷嘛，拿不出什么值钱的东西用于奖励。"他顿了顿又说，"大长是我们二队副队长，也是个老党员，他工作吃得苦，不怕累，一直在山上守野猪，我提议由他当我们二队队长，他都能立那么大的功，一个生产队的管理自然不在话下。我管着大队这一摊子事，忙不过来呢，精力、能力都有限呢；这其二呢，是公社照顾了我们大队一个'工农兵学员'指标，今天开会让大家议议，看看推荐谁家的娃拿这个指标上大学，上了大学就是鲤鱼跳龙门，毕业了国家分配工作，是铁饭碗。"

姚革新把议题提了出来后，手持长杆烟袋，耷拉着眼睛只顾吸烟，不管周围人说这说那。

村干部围绕姚革新提出的两个问题，窃窃私语。黄喆提出让钟吉祥拿"工农兵学员"指标上大学，他的意思是钟吉祥好吃懒做，等于生产队白养这种人，把他送出去更好，莫到队里吃闲饭。

他一说，有人马上予以反驳，说钟吉祥有三只手，小学都没毕业怎么能保送上大学呢，这不是把包袱甩给国家吗？有人提出让老憨头的恩谢兵去上大学，有人提出反对意见，强奸犯的儿子都能上大学，猪都可以上树了，强奸犯在"地富反坏右"中，排老四，也就是第四坏，是我们无产阶级专政的对象，是"文化大革命"运动中要整的坏分子，他这样的觉悟，这么一个坏分子，他的子弟都能上大学，这世道还有没有公理可说；有人说谢家界谢钟的女儿谢采采，品学兼优，可以保送上大学。

谢钟马上说："谢采采是个女儿，年龄还小，我看姚书记的大儿子姚改革完全符合条件，他人长得英俊潇洒，风度翩翩，书念得好，那么小的年龄就上山守野猪，开始为国家做贡献了，保送他去上大学大伙没意见。"

在座的人都点头附和，姚革新见谢钟推荐姚改革上大学，放下手中的长杆烟袋，发表了自己的看法。姚革新说："感谢谢队长美意，也感谢大家看得起我屋生气（姚改革小名），我屋生气年龄也不大，应该在基层多历练历练，今后有的是机会。这样吧，如果大家议不出个合适人选，我推举一个人，大家议议，黄大长在拘留所立了功，为了表示对英雄的致敬，也根据我平时的观察，我推举黄大长的大儿子黄诚勇上大学，黄诚勇比这几个孩子年龄大些，出去学习，见见世面，其他孩子今后还有机会保送去上大学。"

黄大长急忙说："姚书记，这个指标是生气的，诚勇怎敢和生气争这个指标，诚勇不够格，他的命中哪有读大学的命，这个不行，其他我都听大哥的，唯独这个不行，绝对不行。生气是个豆芽菜，一副书生的样子，像个读书的料子，书又读得好。诚勇虎背熊腰，就是个打铁的命，我准备让他跟我打铁。"

姚革新说："黄诚勇书读得也好，是个读书的料子，你叫他打铁，你这爹是怎么当的，诚勇读书吃得苦、人勤奋，我们火场有几个孩子学业成绩有黄诚勇的好？"

这时，这些村干部不少人点头说是，姚革新说："保送进大学先决条件，不仅是阶级成分要好、历史清白，还要考虑孩子的学习成绩，给国家保送最优秀的青年人，将来好为国家做更大的贡献。如果大家同意保送黄诚勇上'工农兵'大学，我们今天也学学魏书记开会时的做派，大家举手表决吧。"说完，他提议保送黄诚勇，他举起了右手，这些村干部见姚革新举起了手，也跟着举了手，有的举左手，有的举右手，还有的举双手，举手是啥意思，反正跟着举手呗。姚革新看了看众人，说："通过大队会议举手表决一致同意保送黄诚勇上大学。"

"咣叮"一声，苏醒在厨房收拾碗筷，一不小心，打烂了一个碗。姚革新见状破口大骂，说："洗个碗都洗不好，木在那里想什么呢，思想开什么小差你。"

"你要饭碗干啥，打烂了生气就别吃饭了，饭碗饭碗，有饭才要碗，生气没有饭碗了，更不要说铁饭碗。"苏醒回敬他说。

姚革新和在座的村干部都听出来了苏醒的意思。黄大长马上哀求地说："姚书记唉，还是保送生气去读大学吧，生气聪明好学，不怕苦、不怕累，理应让他去读大学。"

"村干部开会表决的事情是儿戏是吧，就这么定了，保送黄诚勇去上大学。"姚革新用

不容置疑的语气说道。

黄大长还在推三推四，姚革新示意他停止。黄大长站了起来，向姚革新和众村干深深地鞠了一躬，他说："我十分感谢大家推举黄诚勇上'工农兵'大学，感谢这么多优秀子弟谦让，才让诚勇捡得个便宜，感谢姚书记，感谢大伙儿。"他的声音有些哽咽，他激动地说："诚勇能被大伙儿推荐保送上'工农兵'大学，已是各位干部的厚爱抬举，十分地感谢各位村干部。"

黄大长顿了顿，缓缓地走到姚革新身旁，说："关于队长一职，打死我，我都是不会接的，我也没有那么大的能力接手队长的职位，目前，生产队事情多，这么多人要吃的、穿的、用的，只有姚队长才有办法为大伙儿解决好这些问题，姚队长若不干了，试问大伙儿，我们二队还有谁比姚队长更有能耐、有办法带领大伙儿抓革命、促生产呢？如果我们想过有饭吃、有衣穿的日子，我看非姚队长莫属，只有请姚队长继续出山带领大家抓革命、促生产，大家才会不挨冻、有吃的，大家说是不是这个理儿。"

众人纷纷说是，有人说："姚队长如果不带领大伙抓革命、促生产了，我们一夜就会回到解放前。"黄大长又说："请大哥莫要推辞，继续带领我们二队搞好'文化大革命'，搞好生产生活。"他一说完，带头鼓起掌，堂屋里响起了热烈的掌声。

姚革新想推举大长任队长的想法，村干部没有通过，他也学着黄大长的样子，站起来鼓掌表示感谢。他说："既然大家一时半会儿选不出合适的队长，那我就暂时代着吧，我当书记又兼队长，全火场只有一个呢，我个人能力有限，这样不好呢。这样吧，黄大长在大队里还兼个副大队长，协助一下符富厚大队长的工作，这也是对英雄的一种肯定和重视，也符合上面的指示精神。"

黄大长站出来推脱，说他没那个能力，不能胜任。符富厚马上说："黄大长你也就不要谦虚了，听姚书记的安排吧，有你帮忙，我肩上的担子就轻松多了。"

这次大队干部会议，没有通过姚革新辞去生产队队长一职，有人很敏感，发现了一个有趣的现象：本次会议形成了一个奇特的成果，会议决定保送黄诚勇上大学，黄大长当大队副大队长，似乎是为黄大长父子开的专题会议。

散会后，姚革新准备去睡觉，苏醒破天荒地在里屋等他，她从不干预姚革新的那些所谓正经事，他开他的会，她没兴趣，一般会早早地去睡觉。苏醒问道："姚书记，你是不是又要升官了，是不是魏公稿的书记职位让你来做了？"姚革新端着一杯茶坐下说："你抽什么风，发什么神经。"

"是我抽风，还是你发神经？人家都把生气的名字提出来了，大家也不反对，你倒好，直接把自己的亲儿子保送读大学的资格给开了，姚书记，你好大的权威呀，好大的派头啊，你不关心自己的儿子也就罢了，谢钟把生气的名字提出来了，是不是也该让大家讨论讨论一下，你头一摆就把自己的亲儿子保送读大学的路子给掐断了，你说，我生这么一堆孩子有什么用，生出来就是个挑大粪的命。"姚革新听苏醒这么一说，破天荒地保持了沉默，他抽着闷烟，半天才开口低声说道："黄大长在拘留所立了大功，县里黄大风书记都亲自表扬了他，他儿子黄诚勇学习好，大家都知道，我们给国家推荐人才，肯定要推荐品学兼优的人吧，再说了，大长还是我的救命恩人呐。"

"救命恩人，救命恩人，你一天到晚把这句话挂在嘴上，你累不累。是的，黄大长是救过你的命，这个不假，这么多年你也是对他和他家里尽力地照顾，安排他守野猪，他全屋人屙屎屙尿都是苞谷味，刮'五风'的时候，别人都饿死了，他全屋人都没饿过。你卫护黄大长超过卫护你自己的儿子，你还别人的情可以，总不至于叫我们的下一代还要背负这么重的人情债吧，现在好不容易有一个保送'工农兵'学员的机会，你叫生气把指标让给黄诚勇，你自己的队长也要让给他黄大长，还提拔他当大队副大队长，你为了黄大长把九斤半送进牢房，为了黄大长你把老憨头也送去坐大牢，可以呀，姚书记，你真是好手段啊，我要向你作揖、向你鞠躬。你还有什么准备让给黄大长的，是不是要把自己的老婆也让给他，你说呀，你说啊。"

"哐当！"姚革新把手中的茶杯摔在了地上，破口大骂道："你个刁钻刻薄的臭婆娘，你真会说话，你知道个啥呀，黄大长立了大功，是县委黄大风书记立的英雄典型，我让队长给他，是对他作为英雄模范的尊重，公社和县里肯定乐意我这么做，我兼着队长，也的确忙不过来，何况黄大长他拒绝了这个职位。推荐他当副大队长，也是农村工作的需要，你也知道符富厚太弱了，黄大长脑子灵泛，肯干事，可以为符富厚分担一些。保送读大学的名额本来就是要由贫下中农、各级干部公推公选，你以为是我一个人说了算呀。当干部的就不能有特权思想，如果每一个干部做事情、想问题都只为自己考虑，那么我们的干部就不是为人民服务的好干部。我不能自私自利只为自己考虑，让别人戳脊梁骨。咱当干部的，在利益面前、在荣誉面前就要过得硬。一个人追求个人的发展，保护个人的利益，追逐个人的成功，都是正常的无可厚非。但我们一定要按照制度和规矩做人做事，在正当权益和唯利是图界限比较模糊的时候，宁可自己吃些亏，也不要为了一些便宜和身外之物，丧失了对原则与底线的坚守。你以为我不想生气读大学啊，其实，我也想让咱儿子生气读大学，可是，人家黄诚勇的学习，并不比生气差，推荐黄诚勇上大学，也是对英雄的一种奖励，英模戴红花，提升职务，他的儿子被保送大学，这是多么有教育意义的一件事。我推举黄诚勇读大学，是出于对黄大风书记树立的英雄的响应，英雄的儿子被保送读大学，符合上级的政策要求的，不是有一句流行的话吗，老子革命儿升官，老子反动儿滚蛋吗，黄大长祖宗五代都是无锄无犁的贫农，是无产阶级，成分好，他又立了大功。黄诚勇的学习好，年龄又比生气大，不保送黄诚勇去读大学，难道保送老憨头的儿子谢兵去上大学啊。我屋生气是符合保送的条件，可是，只有一个上大学的指标，我作为党员干部，如果为了这些身外之物，自私自利，把这个上大学的指标给了生气，别人或许也没什么大的意见，但是作为党员干部，如果都利用手中的权力给自己办私事，公器私用，社员群众会怎么看待我们这些当干部的，自身不能过硬，如何服众，今后又如何严格要求别人，这件事到此为止，你不要再说了。"

苏醒一边抹泪，一边悻悻然睡去了。从此以后，她时常唉声叹气地说话，脸上没有了往日的笑容，和姚革新更没了话说。

黄大长一改往常喜欢会后走家串户瞎掰掰的习惯，他径直往家里奔，推开家门，不见李兰香到屋，就站在家门口的屋檐下，伸长脖子，鼓起腮帮，大声叫道："到哪里去了，到哪里去了……"他的意思是喊李兰香，叫她回来，村里夫妻间时常用这种方式，不称呼名字呼叫对方，对方一听就知道是什么意思。

李兰香这时正在邻居家里借针线，听到黄大长公鸭般的叫喊声，立即往屋里赶。半路

上她遇到赤脚医生李全治，李全治行色匆匆，见她也不搭理，她向他打了个招呼，李全治一脸的不快，丢给她一句："你屋老大飞了。"李兰香丈二和尚摸不着头脑，明明听到黄大长在叫自己，怎么说黄大长飞了呢。正准备问是他是什么情况，李全治不理她快步走远了。

　　她回到屋里，黄大长坐在椅子上，他看见李兰香时，脸上露出了久违的笑容，黄大长对她，一年三百六十五天，很难找到有几天脸上带笑的。

　　"见鬼了，你不是在家里吗？谁说老大飞了，医生也说谎。"

　　"没错，我屋诚勇被大队保送上大学去，这不是飞，还是爬呀，笨婆娘，你咋知道的，谁告诉你的？"

　　"赤脚医生李全治说我屋老大飞了，我还以为是你飞了呢，原来是说诚勇高飞了啊。"李兰香一脸的笑。

　　"你那脑袋就是个糨糊筒，他说得没错，大队开会时，姚书记在会上提出了两件事情。其一，姚书记想卸担子，要辞掉我们二队生产队队长职务，让我来干。"

　　"你答应接这个队长了？"

　　"没答应，我怎么会答应干这个呢，我的本事隔姚队长有几条坳几条界呢，我虽然在拘留所立了大功，其实是瞎猫撞见死耗子——一时侥幸。我的威望和能力离姚队长十万八千里，我自己心里清楚得很，我干，服不了众。"说完抿着嘴巴笑，"咱大哥见我不答应当队长，可能是怕我嫌弃生产队队长官小，又提议我当大队副大队长，协助符大队长工作，生产队副队长职务我还兼着。"

　　"有些人做梦都想当官，也不看看自己有多大的能耐。"李兰香挖苦他说。

　　"你说谁想当官啦，官字怎么写你知道吗？宝盖头代表官帽，也代表权力，宝盖头下面是两个口，有古谚说，'官字两个口，上说有理，下说也有理'。当官的人，比别人多长一张嘴出来，也就是当官的人全凭两张嘴，横竖都有理。我才不想呢，我只想我屋诚勇有出息就好。"说完面向李兰香神秘一笑。

　　李兰香眼巴巴地等着他说下去，他倒好，卖起了关子，故意卡在那，半天不说话，在大腿上卷喇叭筒，拿出火柴盒，抽出一根火柴，在布鞋底上一刮擦，火柴燃了，点着烟，"吧嗒吧嗒"猛吸几口，两股白烟，从他的鼻孔里直直地喷出来，缭绕的青烟在天空中飘荡。

　　黄大长深吸一口烟，如释重负地说："大队会上，姚书记提名咱儿子诚勇，保送他去读大学，当时，你不晓得，有人提名保送生气读大学，还有谢钟女儿谢采采，还有其他人，最后，还是咱姚大哥关照诚勇，是他一锤定音，敲定保送诚勇去读'工农兵'大学，这相当于大哥把自己儿子姚改革的指标让给了诚勇，不是大哥让了名额，我屋诚勇做个好梦去。大哥真是情深义重，滴水之恩，我们要涌泉相报，何况这可是个天恩啦，我屋祖宗八代都没个像样的公家人，这回好了托姚大哥的福，我屋诚勇读了大学今后就是正儿八经的公家人了，这辈子不用打牛后半截了。"他见李兰香似懂非懂，就直接来了一句："大队最后决定保送咱儿子诚勇去读大学。"李兰香一听，激动得上气不接下气，口口声声说："姚书记真是我屋诚勇的贵人啦，是我们老黄家的恩人啦，我屋老大出息了，这回真的要飞了，要飞出咱们火场大山了。"

转眼间，大学开学时间到了，黄大长送走大儿子黄诚勇后，生活依然照旧。由于政治运动的需要，上课主要是读"马列"著作和"毛选"。学校可以随意放假，学生回家跟随父母参加生产劳动。寒暑假姚改革仍然跟着黄大长守山。

第二十七章
寸银莲荒唐耍流氓　万人迷蒙羞怒拖刀

黄大长除了在山上守野猪外，农忙时节，特别是收早稻、插晚稻，即"双抢"时，也要下山或在山上参加生产队集体劳动。农人收完了晚稻，田地里播种油菜、麦子，冬季里生产队会派劳力往稻田里挑一些农家肥，生产队通过估肥计工分，家家户户不分老幼出动往稻田里挑肥，匀好肥料，让肥料在田里发酵，来年春耕时田地肥沃，期望有一个好收成。随着寒冬的加深，生产队粮食都归仓了，农人是闲不住的，也不敢闲下来，那些有一技之长的手艺人就开始远走他乡找活计，赚外快贴补家用，这样要忙到春种时，这些散落在各地的手艺人，才会陆续返回参加春耕春播。

阳春三月，草长莺飞，春风摇曳着草树，各种果树争先恐后地开花，麦苗贪婪地吮吸着春天的雨露，油菜花在田畴中盛开着，燕子在新翻的水田上空翩翩起舞，青蛙在田地里卖弄着歌喉，蜜蜂们在花蕊间飞舞，沃野阡陌随处可见忙碌的人影，放眼望去，山冈上树木长得茂盛，一片翠绿。一个艳阳的中午，黄大长拖了个杌子在自家门口枯坐，时不时往几株桃花树上瞅瞅，侧耳听一听大自然中奇异的声响，饶有兴趣地倾听着、欣赏着大自然无私的馈赠，他的思绪在自由地翱翔，看久了、听多了也许有些困倦，他迷糊着打了个盹儿，做了一个断续的并不清晰的美梦。

一会儿，县城中南门码头船老大曹大鲲的帖子，送到了黄大长家里，他一看是曹老大邀请他前去县城造船，他心中一阵窃喜，能收到曹大老的帖子，这是一件很有面子的事。他刚刚还在发愁，闲在家里不晓得做些什么活计，找些外快，曹老大的帖子就送上门来了。俗话说，喜鹊头上叫，好事要来到。今天并没有看到喜鹊，更谈不上有雀儿叫，咋也有这么好的美事儿，仔细一想，身边只有蜜蜂围着自己嗡嗡叫，蜜蜂勤劳采蜜，原来也预示着有好事到来、有喜事临门。

李兰香去了桃坪界，找一个叫袁疯子的老中医看病，她的哮喘病又犯了，而且日渐严重。

袁莹莹用手摆弄一头秀发，迎上来接待周二爷等四个客人，自从她出事之后，黄大长三天两头把她接到家里照顾，她也做一些力所能及的家务事。她安排好四个客人落座，倒了茶，便开始张罗起来。

周二爷中等身材，印堂发亮，精神矍铄，中气十足。周二爷性子温顺，少时有神童之称，自学兼具中医医术，腹有诗书，还写得一手好颜体，在县城里小有名气。

虽然年事已高，但看得出，这是一个强健的智慧老人。他看了袁莹莹一眼，嘴巴不停地啧啧称颂，他说："常师傅你真有福气，没想到你讨了这么一个俊俏的媳妇，你媳妇和中国古代四大美女有的一比，哪天放在辰州府（沅陵县古时叫辰州府）中南门码头走一圈，准会让码头上那些个水手眼珠儿看掉、口水流干咯。"

袁莹莹听后低着头，用手背掩住嘴，咯咯咯地娇笑，她把如瀑秀发往脑后一摆一束，扑闪着大眼睛，没有多说话，朝客人笑了笑，露出洁白整齐的八颗牙，转身闪到厨房做饭去了。

周二爷逡巡良久，靠近黄大长悄声地说："这要是放在过去，你媳妇可以到紫禁城做皇后娘娘。"黄大长没有正面回应周二爷的话，目光往这个年近八旬的老贡生脸上扫射着，然后嘿嘿笑几声，说："那是我干妹子。"

曹老大是个粗人，识字不多，他需要周二爷这种文化人出谋献策。他采纳了周二爷对于沅水码头"文攻武卫"的谋略，得以统御中南门码头船舶生意数十载。

黄大长用毛笔在纸上写了回信，用牛皮纸做成信封，把信装进信封，交给前来洽谈造船事宜的曹老大的管事周二爷。周二爷用手抟着山羊须，颔首赞许地说，"常胜师傅真是文武全才，还写得一手好颜体，即使鲁班在世，也与你无可比拟。"

"劳驾了周二爷，俗话说，鲁班门前弄大斧，关公面前耍大刀，我怎能与祖师爷相提并论呢，你把话刚好说反了，你让我没脸见祖师爷啊。"黄大长口里说着，一支玍古烟送到周二爷嘴上，为他燃了火，用手拍了拍周二爷的肩头，两人打着哈哈。吃了中饭，周二爷等人说是要赶回辰州，便与黄大长、袁莹莹道别，造船的事，便全权委托黄大长负责。

黄大长的木工活在这方圆十里，无人不晓，堪称一绝，竖屋造船十里八乡小有名气，俗话说："竖屋造船，昼夜不眠。"造一条船确实不容易！尤其是砍树备料很辛苦，免不了要"请工"，请工就是请亲戚朋友来相助，砍树备料工期以实际需要来定。请的工都是主家自己信任的人，那些干活不利落的人、怕苦怕累的人，不会被人请工，只有看别人大口吃肉、大碗喝酒的份，在家懒散地闲着，像一枚无足轻重的棋子。

黄大长拿了定金，按约定，选树、砍树等事宜由黄大长全包，砍下的树在山上放几个月风干后，就把造船用的木料盘到文昌码头，造船的前期准备工作才算告罄。接下来就由黄大长组织造船，从选树、砍树、盘树这些活计到做成船，上了两道桐油漆才算完成，很费时间，劳心劳力，不过一年中只要做好这一单门路，家中的用度基本也就有了着落。

砍树有蛮多规矩，井边、路口的风景树和土地庙附近的风水树是不能砍的，这叫"神树"。据说砍了神树要发神水，船就会遭殃。

进山砍树那天要早起，迷信说法，是要避免遇到女人，女人是祸水，早上遇到女人不吉利，遇到有身孕的女人更是凶兆。也有一种说法，早起，预示着早发人兴，激励人们勤劳，克服懒惰思想。黄大长和师傅们备好斧、锯、绳索等工具后，要去堡子界山上找树砍树了。他出门前手拿扁斧，在自家堂屋里转一圈，边转圈边挥舞扁斧煞有介事地在空中一顿乱砍，口里念着"鲁班赐我仙斧一把，上不刹天，下不刹地，单刹邪神恶煞。太上老君急急如律令！"念完口诀才能进山。

堡子界上槐木参天，槐木是造船的不二选择。"槐木作舵根，一正压千邪。"黄大长请了一班伐木师傅做帮手，进山找树、伐木。找到一株又大又直的槐木后，在树下焚香烧纸，念驱邪诀，拜祭山神，以求避免工伤事故，祈福吉祥。这样找木、伐木需要几天时间，木料备好后，曹老大选择黄道吉日，再次发出请帖正式邀请黄大长为掌墨师，主持造船。请帖用大红纸折成"书子"模样，正面用毛笔楷书"恭请鲁班师父"几个大字，里面再写上发墨动工与竣工日期以及船的形状和吨位。

周二爷再次前往火场给黄大长送请帖，周二爷很讲礼数，双手把请帖递给黄大长，还躬身作三个揖。

按老祖宗定下的规矩，不管是请水手或工匠都如此，以请张、刘、彭等姓氏为最好，陈、程、龙等姓一般不请。因为"陈""程"与"沉"谐音，而"龙"又犯了水龙王的讳。黄大长姓黄，"黄"字有事情失败或计划不能实现的意思，在这造船上也是很忌讳的，但黄大长的木工技艺县城里无出其右者，于是，周二爷想出了一个"化解"的办法，那就是帖子上不称呼他黄师傅，从他的姓名中另选一个字长，长与常同音，改叫他常师傅，有常胜的意思，这样听起来，倒是让人觉得舒服、放心、吉祥了许多，因此，黄大长在江湖上就有了"常师傅""常胜师傅"的美称。

要去沅陵文昌码头给曹老大造船去了，黄大长最不放心的是干妹子袁莹莹，他决定抽个时间去谢家界看看，征求一下袁莹莹的意见，如果袁莹莹同意一同前往，就以外出看病的理由，带她一起去县城，可以去检查一下身体，带着她在身边，造船时主家安排的生活会很好，也可以为她改善一下生活，调理一下身子。

黄大长一周之前砍了一堆柴火，码在自家的空猪栏里，一爿一爿的，便于李兰香放在灶肚里烧火。大水缸里现在不用挑水了，黄大长在屋后的厨房边用鹅卵石砌成一个大水池，用破开的竹子把山泉水接到水池中，这样就解放了双肩。

安排完家中的一应碎事，他便和姚革新讲了要去县城为曹大鲲造船的事，也算是临行前去道别或者是告假，因为黄大长是生产队里的副队长和中村大队副大队长，总不能无组织、无纪律地随随便便。姚革新当然是支持黄大长的，黄大长家里人多，李兰香和袁莹莹身体都不好，他其实比别的男人要累得多。黄大长去县城给曹老大造船带上袁莹莹也好，据说袁莹莹的病最近又犯了，带到县城去看看医生，比放在家里养病要好，也可以避免符光中他们那些山痞子的骚扰。姚革新嘱咐了他一些话，黄大长应承着离开了，太阳快要落山了，他前往桐油坪去见袁莹莹。

黄大长紧赶慢赶还是走了一段夜路，等到他到达袁莹莹家时，袁莹莹屋檐下，围着一群人，他站在僻静处，向人群中引颈观望。

"我屋菜园子里的黄瓜就是你偷的，我昨天看到你从我屋菜园子旁边走过，你还蹲下了好久，今天我去菜园子摘菜，有两条又大又长的黄瓜就不见了。你说不是你偷的，是谁偷的？"说这话的是英姑，自从老憨头坐牢以后，小脚女人英姑就和袁莹莹势不两立了。

"我没有偷你菜园子里的黄瓜，我根本就不吃黄瓜，我是在你屋菜园子边上蹲了一下，可那不是为了偷你们的黄瓜。"袁莹莹委屈地说。

"你不偷吃黄瓜，这谢家界就没有人偷了，你是出了名的小偷，不分老嫩都偷。"英姑话里有话，周围看热闹的人听出了英姑话里的寓意，大家木然地看着这两个女人斗嘴、骂街，都在看味，心里偷乐。

相传英姑是沅陵最后一个缠脚的小脚女人，她是老憨头家的童养媳，她比老憨头大五

岁，据说老憨头当年强烈抵制这桩婚事，他一气之下就参加了国民党军，但英姑并没有离开老憨头家。数年后老憨头回到家乡，他见英姑忠贞不渝，为她所感动，后来日久生情，加深了彼此的了解，老憨头最终还是接受了这桩由父母包办的婚姻。英姑从小长得伶俐乖巧，深得她爷爷奶奶的溺爱，据说当时要给她缠足的时候，她的年龄比一般女孩子都大，她仍然哭闹着就是不让缠足，她边哭边说，我不喜欢三寸金莲，缠足好痛，脚太小走路不方便。她娘说，你不缠足，长着一双大脚，才丑呢，你将来会嫁不出去的。她不理会大人说的这些，几度挣脱大人，缠足的事一拖再拖，最后还是她爷爷发了话。她爷爷这一辈，家中小有余庆，家中常年请的有私塾先生给小辈男孩授课，按祖制女子无才便是德，女子是不用读书的，但老爷子溺爱英姑这个小孙女，也就由着她的性子，让她时常跑到教书堂子里听课，英姑伶俐，学得很快，能背的书甚至超过那些正式读书的男孩，很是属意老爷子的心。老爷子一言九鼎，他说，英姑已经七岁了，不能太野了，一个女孩子家的，整天到处跑，不坐绣楼，跑书楼，咱老英家是黄帝后裔，辗转来到此地，不知道的会说咱们老英家不守祖制。既然英姑不喜欢三寸金莲，那就放宽一寸尺度，把三寸金莲改成了四寸银莲吧。

英姑在旧礼教的强压下，双足最终被缠成四寸银莲，她走路摇摇晃晃，像时刻在摇头，村中顽童都把英姑叫成寸银莲，每到此时，她总是很生气地回一句："我不姓寸，我姓英，我们祖上是黄帝后裔。"

自从老憨头坐牢以后，英姑隔三岔五骂街，暗里明里辱骂袁莹莹，她提起菜刀，拿起砧板，搂一捆稻草，"咣咣咣"地剁上三天三夜，骂上三天三夜，把所有的不幸都迁怒到袁莹莹身上。

英姑的话激怒了袁莹莹，她说："你给我说清楚，你话里是什么意思？我身正不怕影子斜，干屎抹不到墙皮上。你自己干净得很？也不撒泡尿照照自己，你想摸，别人嫌你丑，不让摸呢。以前你屋老憨头欺负我，现在他罪有应得坐大牢去了，你一个小脚女人也敢欺负我。我可告诉你，我没有你想象得那么好欺负，兔子急了也咬人。"袁莹莹在英姑面前丝毫不露怯，针锋相对还以颜色。

英姑回骂道："你躲在我菜园子里偷黄瓜、偷人，还不承认，想抵赖。这个世界上怎么会有你这样的。"袁莹莹抬手"啪啪"两记响亮的耳光掴在英姑的脸上。她说："你个该死的臭婆娘，你自己的胸脯荒凉得像冬天的草地，没有本事管好自己的男人，让他到处祸害人，害得我受尽凌辱，你现在反过来辱骂我，你隔三岔五地骂街，一开口讲话，就含沙射影，我都是忍让着，没有和你计较，没想到你们这些害人的人，变本加厉。这几年来，你无数次搞'追日咒'（清早起来面向太阳跪着，拖着砧板，带着菜刀，头戴斗篷，倒披蓑衣，边诅咒，边用力砍砧板，用这种方式诅咒别人）。傻子都听出来你是在咒骂谁。我心中无愧，不与你这个狠毒的小脚女人理论，越理论越是说不清、道不明，因为你们根本不讲理，不明事理，只知道胡搅蛮缠。你屋老憨头是坐牢去了，他是强奸犯，他不坐牢，让他在这世界上祸害人呀？你咒骂别人，你又不是别人的爹娘，骂了也不灵，等于骂你自己，是疯狗吠太阳。你装神弄鬼搞'追日咒'，希望用你的诚心感动老天来为你做坏事，把你不喜欢的人收了去，老天爷高高在上，他老人家看得清清楚楚、明明白白，谁是好人，谁是受害者，谁是恶人，谁是泼妇，老天爷从天上看得真真的呢。你这么做只会激怒

第二十七章
寸银莲荒唐耍流氓　万人迷蒙羞怒拖刀

老天爷，先前收了强奸犯老憨头，你再撒泼，老天爷会连人带你那个蓑衣、斗篷、砧板一股脑收了，让你到阴曹地府用刀把老憨头剁成肉酱。"

旁边的村民是最好的观众、听众，大家听她俩对骂，有的笑痛了肚子，有的用袖子抹眼泪，有的围观看热闹，有的指指点点窃窃私语。

英姑用手捂着自己的脸，口中叫道："袁莹莹打人啦，袁莹莹打死人啦。"她突然一头撞向袁莹莹，把袁莹莹撞翻在地上。英姑坐在地上撒泼，她哭喊着说："天老爷啊，你怎么不开眼啦，袁莹莹她勾引我屋那个老不死的，我的个天啦。我早就知道了他两个的奸情，都怪我自己没本事，只有忍气吞声啦。"

袁莹莹听到英姑说的这些话，气得浑身直打哆嗦，她手指着英姑，由于太气愤，语无伦次地说："真没想到，你这个小脚女人内心是这么肮脏、狠毒，你真会编故事，你这些话，在肚子里反复演练了几百遍了吧。你用这种卑鄙的方法，胡言乱语，混淆视听，你不怕天打雷轰吗？你也是女人啦，你心中怎么就这么狠毒呢。"

英姑用手拍地，号哭着："我家老憨头亲口说的是没给你想多要的钱，你就反咬一口，老天爷，收了这个浪蹄子吧！"

听了英姑说的这些，袁莹莹气得说不出话来。她怎么说得清、道得明，英姑是老憨头的老婆，她说老憨头亲口对她说的这些，在场的人都听清楚了，坪场上一些人已经开始指指点点在议论袁莹莹的无耻，别人只会听英姑的，小脚女人成功地扮演了一个受情敌欺压的弱者形象。村民不会听信袁莹莹的解释，她就是有一百张嘴也是说不清楚的，憋着一口气大声地说："英姑，你真卑鄙、无耻。你平时装成弱不禁风的样子，没想到你能瞎编出这么恶毒的剧本来，你这个该死的恶毒女人，你编排这么多虚假的话，妖言惑众，再次伤害我，你比老憨头还要恶毒，你两口子真的看不出来啊，就是一对吃人的恶狼，有狂吠病你！你等着，我要杀了你。"袁莹莹说完跑到自己家的厨房里，拖出一把菜刀。

黄大长赶到时，听了两个人的对骂，见势不妙，立即跑过去。袁莹莹见黄大长突然出现在面前，感到十分惊讶，随即豆大的泪珠从脸上滚落下来，她知道，黄大长肯定听到英姑刚才的胡说八道，心想，大长哥会听信英姑的鬼话吗？她回过神来，举起菜刀向英姑砍去，这时，黄大长冲上来用手抱住了她，黄大长说："莹莹你别犯傻，老憨头已伏法，谢家界人都有眼睛和耳朵，不会听她一面之词的，她说的是鬼话，没有人信，也没有人为她的话证明。"

谢钟这时也赶来了，见到这种情况，叫道："都给我住手！"英姑的儿子谢兵不知什么时候跑来了，他扑上来夺袁莹莹手中的刀，黄大长也在扳袁莹莹握刀的手指，谢钟也在扳袁莹莹的手，谢兵和符光中在夺袁莹莹手中的刀，大家扯胳膊搂腿，袁莹莹像疯了一样，叫道："英姑你这个恶毒的女人，你满口喷粪，我要杀了你。"几个男人一时半会儿还制服不了她。在挣扎、争夺中，黄大长抱起了袁莹莹，她的双脚没法着地，她失去了发力的条件，她手中的刀被谢兵使劲一抽，拔了出来，谢兵由于用力过猛，身子一歪，由于惯性的作用，人连同刀一同倒下，砍在了英姑的头上，英姑应声倒在血泊中。

符光中见状，趁天黑、混乱，大声吼道："袁莹莹杀人啦，不得了啦，袁莹莹把英姑杀了。"大家都被突然袭如其来的变故震惊了，有好事者凑近看热闹，口中絮叨着："哎呀，流血了，死人了。"胆小者，看到倒在血泊中的英姑，悄然躲藏了起来，生怕给自己惹上事。

　　谢钟对村人说："快去叫赤脚医生李全治来。"有人跑去叫李全治，在场的人都围着英姑叫唤，谢兵说："娘，娘啊，儿子不是故意的，我拔袁莹莹手里的刀，用力过猛，刀拔出时我人摔倒了……"符光中这时附在谢兵的耳边嘀咕了几句，谢兵再也没有说话，只是一味地抱着他娘哭。

　　袁莹莹看到英姑倒在血泊中，也被吓得惊慌失措，她口中喃喃地说："我杀人了，我杀死了英姑。"黑夜中，黄大长抱着她，用手堵住袁莹莹的嘴巴，再附在她耳边悄声说："莹莹，你不要乱说，你没有杀人，你刚才人都被我抱起来了，你怎么能杀人呢？你的刀是被谢兵和符光中他们夺去的，是他们不小心误杀了英姑，刚才好像谢兵自己也说了，是他拔你的手指，抽出你手中的刀，他人没站稳，用力过猛，刀拔出后顺势砍倒了他娘的。"袁莹莹惊魂甫定，大长把她紧紧地抱在怀里安慰她。

　　"谢队长，大家伙刚才都看到了，袁莹莹在和英姑斗嘴的过程中，跑到厨房里拖来一把菜刀，她口口声声要砍死英姑，大家劝都劝不住她，她挥刀砍倒了英姑，袁莹莹杀人了。"符光中在大声叫喊，意在混淆视听。

　　"大家不要听信谣言，刚才大家也听到了谢兵说的话，英姑是谢兵拔袁莹莹手指时抽刀过猛，失手砍了他娘。袁莹莹刚才已被我抱住，她与英姑根本没有靠近，在袁莹莹和英姑之间隔着我和谢兵、谢钟几个人。"黄大长马上纠正符光中的话，其实在他和英姑之间也隔着符光中，他有意省去符光中，他知道这个人不怀好意，也是一个难缠的主，试图造成他不在现场的假象，让符光中讲的话失去说服力。

　　"谢队长，咱谢家界村出了杀人案，你得马上去报案，叫公社医生来救护，叫派出所来人，要把杀人犯抓起来。"符光中在人群中煽风点火。

　　黄大长明白，符光中是要在人群中先入为主把袁莹莹杀人的消息传播开来，他要主导舆论，制造现场目击证人，坐实袁莹莹的杀人罪。

　　黄大长见袁莹莹身子在发抖，他扶着袁莹莹的双肩，把她带到屋里，让她坐下来休息，安慰她说："没事的，你没有杀人，你自己也清楚，有这么多人看着呢。"

　　安顿好袁莹莹，黄大长转身走出来，来到人群里，把谢兵失手杀人的事情经过又大声说了一遍。因为是天黑的时候，坪场里聚集的人，开始时也只是来看热闹的，听袁莹莹和英姑对骂，反正没事，听到好笑的地方也就笑一下，听听这些风流韵事，茶余饭后也可以增加他们的谈资和笑料，不承想会闹出了人命案，胆小的人开始开溜了，怕把自己惹上事，好事的人开始议论，黄大长为了以正视听，在人群中不停地说明事情经过，为袁莹莹正名，他要主导舆论，这个对于袁莹莹很重要。

　　一会儿，李全治来了，他查验了英姑头部的伤，对谢钟说："谢队长，英姑现在只是昏迷过去了，暂时没有生命危险，她头部伤势严重，伤口很深，流血过多，不知道伤着头骨没有，恐怕是要马上派人把她抬到公社医院抢救，不然怕有生命危险，我这里只有一点止血的药，她这么重的伤，恐怕没什么用。"

　　谢钟说："我现在马上给公社报案，叫公社医院马上派医生来抢救，黄大长你马上组织人员把英姑抬到公社医院去抢救，医生在路上会遇到你们的，这样就不耽误抢救时间，人命关天，马上行动。"黄大长马上叫了几个有体力的年轻后生，用担架抬着英姑往公社

第二十七章
寸银莲荒唐耍流氓　万人迷蒙羞怒拖刀

医院赶。黄大长叫袁莹莹跟随他一起去公社报案，说明原委，争取主动，要谢兵一起去公社把事情经过详细地汇报清楚。他有意没有安排符光中几个人一同去公社，目的就是不要符光中等人从中作乱。

大家七手八脚把英姑用平时抬猪的架子抬往公社，他们在半路上和公社卫生院的医生相遇，医生给英姑打了止血针，给她一边输液一边往公社卫生院抬去。

黄大长和袁莹莹、谢兵等人在公社卫生院遇到了前来调查了解情况的公社干部，袁莹莹和谢兵分别叙述了当时的事情经过，黄大长等人被取了旁证。魏公稿对这件事十分重视，迅速成立了专案小组，由公社副书记符德号任组长，已由民兵营长升任武装部部长的钟树军任副组长。钟树军带领几个民兵当天下午就赶到了谢家界村，找当时的目击证人取证。

英姑被抬到公社卫生院后，伤口稍做处理，公社医院没有"破伤风"针，也没有给伤口缝针的医疗器具，为了抢救生命，魏公稿和医院李院长研究了英姑的伤情后，决定立即把英姑送到县医院治疗。

钟树军等人从谢家界村取证回来，给魏公稿汇报，魏公稿皱下了眉头，从取证的情况看，对袁莹莹很不利。黄大长、谢钟等人都护送英姑去了公社卫生院，符光中在谢家界村中鼓捣一些人做了大量的伪证，把砍英姑的事全部算在了袁莹莹的身上。

牟梨已升任火场公社"文革"领导小组组长，符光中向牟梨反映了袁莹莹行凶砍人经过，牟梨找到魏公稿，督促魏公稿逮捕袁莹莹，如果魏公稿偏袒袁莹莹，那么"文革"领导小组会号召红卫兵造魏公稿的反，同时揪出拿刀行凶杀人的袁莹莹。

魏公稿和姚革新商议后，决定先把袁莹莹看管起来，让牟梨、符光中他们放心，其实是叫钟树军把袁莹莹保护了起来。袁莹莹被钟树军关在了公社邮电总机房的里间房子里，暂时限制了她的人身自由。在案子取证没有结束之前，任何人不得进入探视，只有那些办案人员才能接触她。魏公稿这么安排有他的考虑，袁莹莹虽然被关在机房里，但也给她提供了一个绝好的条件，她可以通过总机的电话与外界联系，外界如果有人要联系她，也可以打总机电话和她取得联系。黄大长就是通过这种办法每天和袁莹莹互通情报的。

英姑在县城医院救治，她头上被缝了十二针，她失血太多，一直处于昏迷之中，现在案子还没有结论，到底是袁莹莹的过错——故意杀人，还是谢兵意外失手伤到了自己的娘。在自己亲人面前，面对自己的亲娘，谢兵的口供至关重要。英姑进医院的第二天，公安局就到医院取口供，由于英姑一直处于昏迷状态，无法取得她的口供。公安人员询问谢兵时，谢兵完全按照符光中的意思一口咬定是袁莹莹拿刀砍伤了他的亲娘，在场的所有人都看到了袁莹莹在和英姑吵架时，跑到自家屋里取来菜刀，并扬言要杀了英姑，这些话当时在场的人都听到了的。由于当时天已发黑，周围的人也没有特别注意，不知道到底是怎么一回事，英姑就被砍伤了。有人听到谢兵说，是自己砍伤了他的娘，也有些人听到了符光中说是袁莹莹砍伤了英姑，还有些人听黄大长当时在说，是谢兵在夺袁莹莹手中菜刀时，掰袁莹莹握刀的手用力过猛，从袁莹莹手中抽出刀时，谢兵站立不稳，没有控制住手中的刀，人和刀顺势向英姑身上扑去，菜刀砍在了英姑头上，英姑应声倒地。

当时在混乱中，黄大长看到一个身影，就是符光中，他也站在英姑和袁莹莹之间，他也在夺袁莹莹手中的菜刀，黄大长把袁莹莹身子已经抱了起来，他感到有股很大的力量在拔袁莹莹手中的刀，谢兵也在夺刀，黄大长感到是符光中在夺刀时，推了谢兵一把，谢兵个子小，没有那么大的力气，他夺袁莹莹手中的刀是出于本能——儿子对母亲的保护。黄大长越想越明白，是符光中在谢兵夺下刀的瞬间，用力推了一把谢兵，才使谢兵身体失控，连人带刀扑向了英姑，菜刀砍在英姑头上。

黄大长在医院一再给谢兵讲述这样的经过，叫谢兵自己好好回想一下整个过程。经过黄大长这么一说，谢兵仔细回想了一下，感觉好像是这种场景，但他自己也不能完全确定，黄大长的话在谢兵的心中激起了一层层波浪。

第二十八章
光中幕后算计莹莹　英姑庭前撤诉道歉

英姑治疗两天之后，仍然处于昏迷状态。医生通知谢兵续费，谢兵还是个孩子，面对这件事完全蒙了，早已六神无主。

黄大长身上的钱也不多，他对谢兵说："每天要治疗，你又没有钱，不治疗就会有生命危险。"

"大长叔，那怎么办呢，医生说我娘是 Rh 阴性血型，我和她血型不同，不能给娘输血。"

黄大长拉着谢兵坐下，对他说："谢兵啦，这次呢，你娘也的确做得不对，袁莹莹是什么人我最清楚，你也清楚。她会去偷你们菜园子里的黄瓜吗？两根黄瓜算个啥，值得你娘破口大骂吗？你娘骂街不是一次两次了，她还多次搞'追日咒'，从早上太阳刚刚出来开始咒骂，边骂边用菜刀砍砧板，一直用恶毒的咒语骂到太阳落山，有多大的仇恨呀，你娘虽然是个小脚女人，小个子，可是，你看她有多不讲理、多执拗呀。你爹强暴袁莹莹，给她造成了多大的伤害，当然，也害了他自己，是他自己造的孽，你爹自己也完全承认强暴了袁莹莹这件事。袁莹莹是受害者，你娘却不理解这点，听信旁人煽风点火，嫉恨袁莹莹，隔三岔五、明里暗里辱骂袁莹莹。你爹进了牢房，是他自己造成的，不能怪别人，袁莹莹找谁说理去，是吧，你娘怎么就想不明白这个道理呢。都是女人，将心比心想想，每天还在伤害袁莹莹，欺负她，用那么过激的行为咒骂她，你娘其实已构成污辱他人罪。这些年她心情一不好就拿袁莹莹当出气筒，随意谩骂，这不，终于闹成了这样的结果。"

谢兵说："大人之间的事我不懂，我娘自从我爹坐牢去了以后，整天哭，身体越来越不好，心情更糟糕。"

黄大长耐心劝导谢兵，他说："是啊，你娘她心中有恨，失去了理智。当时的情况你最有发言权，我已经把袁莹莹人都抱起来了，你、我，还有谢钟他们，都站在你娘和袁莹莹之间，袁莹莹隔那么远，无论如何她砍不了你娘。你不要听信旁边人的话，始终还是要讲你的原话，有些人唯恐天下不乱，看热闹不嫌事大，有些人想通过你的口达到他们想害

第二十八章
光中幕后算计莹莹　英姑庭前撤诉道歉

人的目的，你一定要多动脑筋想明白。"

谢兵在静听大长讲话，他的内心陷入了激烈的斗争中。如果讲真话，袁莹莹是无罪的，是自己的老娘一而再、再而三地辱骂袁莹莹，袁莹莹是忍无可忍的情况下，才动气动武。果真这么讲，自己娘的医药费就得自己出，自己身上可以说身无分文，娘就只有等死。如果不这么说，袁莹莹就会犯故意伤害罪，就会被追究刑事责任。是我自己失手砍伤了老娘，赖到袁莹莹头上，太冤枉人了，不过这样袁莹莹就得拿出高昂的医药费，说不好她还要坐牢。

黄大长见谢兵坐在病床边上发愣，用手推了一下他，说道："谢兵，你和我身上都没什么钱了，你娘还要输血维持生命，怎么办呢？我想还是由我来给你娘输血吧，我的血型和你娘的一样。"

"大长叔，这事和你没有什么关系，是我娘和袁莹莹之间的事，怎么能叫你输血呢？"

"我怎么不能给你娘输血呢？我是 Rh 阴性血型，因为这类血型十分稀少，像熊猫一样珍贵，又叫熊猫血型。你娘和我都是 Rh 阴性血型，说来也真是巧，简直太巧了，也是缘分，现在只有我才能救你娘的生命。莫说你没钱，你就是有钱，县医院也用完了这种血，血库里没有这种 Rh 阴性血，还是由我给你娘输血吧。我只有一个要求，那就是你得讲原话，不是袁莹莹砍的，就不能赖在她头上。"

"大长叔，真是太感谢你了，现在也只有你才能救咱娘的命。"

"不用感谢我，只要能救你娘的命，只要你娘醒来后不再找袁莹莹的麻烦，你们有这份心就够了。"黄大长说完找医院医生说明了情况，医生给他验血后，同意黄大长给英姑输血。医院安排黄大长和英姑住同一间病房，他就躺在英姑对面床上给她输血……

英姑头部做手术，黄大长给她输血，连续五天，他额头上直冒冷汗，脸色苍白，人昏了过去。医生说，黄大长再也不能输血了，否则，会有生命危险。

谢兵看见黄大长昏了过去，坐在病床旁说："大长叔，你醒醒啦，这件事本来与你无关，现在让你承受了这么多，实在是对不起你啊。"从来没有走出过大山的谢兵，说出了这么入情入理的话，令医生、病友动容。

符光中的老娘和老憨头是远房老表，以前两家不怎么来往，自从老憨头蹲大牢后，符光中才开始靠近他们。英姑在符光中的唆使下，言行越来越离奇，对袁莹莹的态度日见恶劣，最终发展到时不时找袁莹莹的岔子，心情不好了就带着砧板、菜刀，头戴斗篷，身披蓑衣，搞"追日咒"。她把老憨头坐牢全部归咎于袁莹莹，把她自己所有的不幸全部归罪了袁莹莹。

老憨头强奸袁莹莹事件发生后，符光中上蹿下跳，他要求谢兵在公安录口供时，一口咬定是袁莹莹砍伤了英姑。他到处收集社员群众的揭发信，误导舆论，他要坐实袁莹莹故意行凶的所谓罪证。他要借这件事达到打击黄大长报当年九斤半事件之仇。谢兵年纪轻，没有主见，听凭符光中摆布。

符光中的动作惊人得快，他代表谢兵起诉了袁莹莹，案情对袁莹莹十分不利。由于袁莹莹当时和黄大长、谢钟等人抬送英姑去了公社卫生院，公社干部到谢家界调查时，没有人向村民正确引导，符光中、符一瘸等人趁机在社员群众中做了大量的不实宣传，误导舆论，给那些左右摇摆没有立场的人进行错误的引导，故意渲染袁莹莹的行凶过程。

公社干部和派出所警察赶到谢家界村取证时，绝大部分的社员群众听信了符光中等人的宣传，因为当时天已黑，就是在现场的人也未必看清楚了砍人过程，那只是一个瞬间发生的事情。符光中他们先入为主，占领了舆论制高点，形成了对袁莹莹极其不利的舆论环境，取证的结果自然变成了一边倒，所有的矛头直指袁莹莹。如果袁莹莹不能提供更加有利的证据，证明自己没有故意砍人，那么法庭下周开庭，她很可能要负刑事责任。

袁莹莹后面几天被转到公社派出所管教，她已经失去自由，没有机会到外边为自己找证人证言，唯一能证明的证物是自己的那把菜刀，现在这把菜刀已成为伤害自己的利器。黄大长由于连日来给英姑输血，已出现昏迷，人一动就想呕吐，头重脚轻，失去了往日的精气神。

事发后，谢钟已经给魏公稌汇报，魏公稌安排栾葡萄、姚革新和崔产愫具体负责协调这个案子。

栾葡萄自从就地任了公社革委会副主任后，来了一百八十度大转弯，不仅积极主动地支持魏公稌的工作，而且和地方干部乃至一般群众加深了感情联系，特别是中村当地能说会道、爱蹦跳的社员群众，用姚革新的话说，就是簸箕上的那几颗米。尤其像姚革新这样的村干部，更是他团结争取的对象。开庭的前两天，栾葡萄找到姚革新说："姚书记，袁莹莹行凶砍人案怕是要你亲自出马才能摆得平呢。你再不出面，袁莹莹恐怕凶多吉少，我上周回城里，听到我在法院的同学说，所有的证人、证言、证物指向袁莹莹是故意砍伤人，袁莹莹如果找不到不是故意伤人或者说如果找不到证人、证物证明她没有砍人，那么袁莹莹很可能会被判刑，因为英姑伤势比较严重，经鉴定属于中度伤。她至今还躺在医院里昏迷不醒。"姚革新说："我出面有什么用？我又不在现场，当时，到底是什么情况，我也只是听黄大长说的。"

"不是让你开庭时出面，我的意思是在开庭之前，就要摆平这件对袁莹莹不利的事，毕竟那把菜刀是袁莹莹从家里取出来的，她还扬言要砍死英姑，这一点袁莹莹自己都在她的笔录中承认了，她不但有砍人动机，而且有杀人砍人行为，有物证和社员群众的旁证材料。现在，只有你出面找当事人英姑和谢兵调停，他们母子作为原告，是可以撤诉的，或者说悔供的，你是村领袖，农民政治家，德高望重，你出面说服他们可能有效果，其他任何人都不合适，也一定达不到预期效果。"

"你就给我戴高帽子吧，我出面如果不奏效怎么办，现在，谢兵的老表符光中活跃得很，誓言要把袁莹莹送进监狱，要为老憨头和英姑报仇，其实他还想为九斤半出口恶气，要把三件事一起办，要算总账呢。他早已做好了谢兵的工作，我出面恐怕是难以奏效呢。"

"姚书记，你威望高，一言九鼎，他们再蹦跳也不会在你面前失了分寸，黄大长这些天一直在医院给英姑输血，谢兵都看见的。如果没有黄大长的输血，他娘一定会死掉。黄大长对英姑应该说是有救命之恩，据说谢兵比他老子老憨头要纯朴善良得多，我相信他是一个知恩图报的人。黄大长做的都是为了她干妹子袁莹莹，他本身没有义务去输血。另外，英姑的言行，谢兵肯定都知道，好与坏他应分得清，别人再唆使，他再想为自己的爹报仇，为自己的娘申冤，都不能改变事实。他爹强暴袁莹莹自己供认不讳，不该坐牢吗？不杀他都算轻的，他娘由此生恨迁怒于袁莹莹，几年来对袁莹莹是百般辱骂，欲除之而后快。这次被意外砍伤，应该是谢兵失手砍伤，英姑和谢兵心里比谁都清楚。你去点破事

第二十八章
光中幕后算计莹莹　英姑庭前撤诉道歉

实，晓以利害，加上黄大长用自己的生命在换他娘的命，我相信他们母子的心是肉长的，应该会有所感动，感恩图报。你出面做他们的工作，劝他们当庭撤诉。"栾葡萄说话一套一套的。

姚革新的眼睛睁得拳头大，他看了看眼前这个"老运动员"，之前从不正眼看他一眼的眼神，今天足足地看了一分钟，他从内心被这个"老运动员"感动了，栾葡萄的改变让他感觉到世态不仅只剩炎凉冷漠，人也是可以变好的，没有人生下来就是恶人，真正恶的是那颗不安分的心。姚革新沉思了一阵子，对栾葡萄说："好吧，我去试试，你和崔产愫陪我一起去县医院吧，崔产愫是公社妇女主任，又是咱中村人，见了英姑也好说话一些。你作为公社革委会副主任，代表公社去看看，慰问一下，站在公正的立场去找他们母子说一说。我作为大队书记，做两方面的工作是我的本职工作，作为一个大队的村民，你们有些不好说的话，我才方便说。"

栾葡萄爽快地答应了，他们约定了开庭前去医院找英姑母子协商调解。

姚革新和栾葡萄、崔产愫开庭前到县医院，他们几个人轮番做谢兵的工作，目的只有一个，那就是试图说服他，叫他撤诉。栾葡萄坐在英姑床沿边，说："谢兵啦，你现在已经满十八岁了，也不小了，你娘这回做事情是有些过分了，她用这种迷信的发誓堵咒的方式，想达到自己的目的注定是要落空的，她在社会上造成了恶劣的影响，把一个本来十分淳朴的乡村闹得乌烟瘴气，破坏社会风气，社会主义教育运动都让这些恶妇人一夜之间给糟蹋了，就凭这一点，公社是有权抓了她，关她几天都是小事，只是姚革新书记给制止了。"栾葡萄声色俱厉地说了一大堆大道理，很明显是软硬兼施，想用这些话唬住谢兵。

谢兵狡辩说："社教同志，我娘是咒骂了人，可她骂人没有指名道姓是吧，也就不存在污辱别人。在我们农村，妇女不高兴时，像我娘那样骂街的事时有发生，没有严格的门槛，更不需要什么准入制，是个妇女都可以开骂，所谓泼妇骂街，没有人在乎她骂的内容，也就不会毒害青少年，更不会削弱社会主义教育运动，从某种程度上说，泼妇骂街对特指的人群也是一种新的教育尝试，对那些真正的坏人可能有一定的震慑作用，我们农村人不到万不得已，是不会运用这种特殊的教育方式的，一旦运用了这种方式，说明问题很严重，或者说开骂的人冤屈深重，用骂代替一般的说话交流，会引起人们的重视，大家会理解同情，与自己无关的人不会受到伤害，与自己有关的人，也许也就改正过来了；在你们城里人的眼中，可能觉得这个骂的方式太极端了，影响不好，可是这在我们农村，自古以来，就有'骂教'的习俗，其实和你们的'社教'差不多。我想，只要是教育，只要能达到教育人的目的，'社教'也好，'骂教'也罢，还不都一样。栾同志，我要给你表个态，我娘这种'骂教'是一种传统习俗，是旧思想、旧传统、旧习俗，应该予以彻底破除，'骂教'这种古老的教育方式是到改改的时候了，这种教育是各种教育模式中最为陈旧、最为野蛮的教育样式，必需予以破除，应该予以否定。"

栾葡萄和崔产愫都小看了谢兵，他并不那么弱小。他强调了她娘的诅咒只是一种传统的教育方式，而且是落后的应该否定和"破除"的旧教育模式，巧妙地把污辱他人罪简化为教育手段的错误——"骂教"，以此减轻他娘的罪行。

崔产愫见谢兵和栾葡萄讲话互为攻守，两个人之间的谈话很不投机，栾葡萄给谢兵娘扣上了破坏"社教"的帽子，谢兵这个平时并不起眼的"闷葫芦"竟然能说出一堆理论，而且是自创体系，把他娘骂街美化成"骂教"，反正只差一个字，也就是一字之差，巧妙地把"骂教"和栾葡萄的"社教"等同起来，搞得栾葡萄一时语塞。

崔产愫见栾葡萄的话并不奏效，谢兵根本不买账，这样就僵了下来。她接过话开导谢兵，说道："谢兵，你现在也是个男子汉了，做事应该稳重些，你和符光中起诉袁莹莹是没有道理的。为什么这么说哩，你心里也清楚，你是一个懂道理、讲道理的人，不能由着你娘撒泼、赌咒、恶毒诅咒别人，这是侵犯别人的人格，是犯罪行为。你娘在你爹坐牢后，心中有怨气，她把心里的不满全部撒在袁莹莹身上，认为你爹坐牢都是因为袁莹莹，把家门不幸全部归罪于袁莹莹，那我又要问问你，袁莹莹招谁惹谁了，你爹一个七十多岁的糟老头子，干吗要对袁莹莹下手，她都可以做你爹的孙女呀？事后，你爹倒是敢作敢为，他都承认了，伏法了。是你爹、是你们家里给袁莹莹造成了不幸，带来了伤害，怎么反过来还怪罪袁莹莹呢？人总还得讲道理吧，你娘也是个女人，干吗女人要为难女人呢。你爹伤害袁莹莹在先，你娘如今伤害袁莹莹在后，这一前一后，你爹娘的手段都极其羞辱人、伤害人，你不觉得你爹娘做得都太过分了吗？现如今，你听了别人的怂恿，把自己的失手造成对你娘的伤害嫁祸于袁莹莹，有这样的道理吗？你也想伤害袁莹莹，你跟在别人屁股后面作揖，听别人蛊惑起诉袁莹莹，而事实是袁莹莹根本没有砍到你娘，甚至她根本就没法接触到你娘，她被黄大长整个人都抱了起来，在你娘和袁莹莹之间还隔着黄大长、谢钟和你。你得讲点良心，你自己不小心砍伤了你娘，不能赖到袁莹莹身上，你们全家人还想伤害她第三次呀，这样你们全家三个人都伤害了袁莹莹，这样不好，很不好。村中人不是人人都瞎了、哑了，都看到的，听到的了。你爹娘百年后，你谢兵还要在谢家界混呢，人活在世上，说话、做事要给自己留后路，话不要说得太满，事不要做得太绝了。你爹做事太缺德了，你娘作死也诅咒袁莹莹，你也想把袁莹莹往死里逼——到底有多大的深仇大恨啦，你们全家要这样欺负一个弱女子。你们做事一个比一个狠心，你不怕给自己带来灾祸吗？依我想，你还是马上到法院撤诉的好，不要给你自己添麻烦了。"

崔产愫这时看见躺在病床上的英姑动了一下，她马上走过去看了一下，只见英姑的眼角在流泪，她呼叫了几声英姑嫂子，英姑没有睁开眼，也没有搭话，崔产愫重重地叹了一口气，摆了几下头。

姚革新接过话茬说："谢兵，我们今天来一是看望一下你娘，这二呢是要给你讲清楚一些事情，目的是帮助你，不要听信别人唆使，上了坏人的当。其他的我就不说了，栾主任和崔主任刚才说的这些你都要好好想一想，要听进耳朵，他们两个既代表个人又代表组织和你谈话，你一定要引起重视，不然，你会后悔的。我也对你说四点意思：第一，你爹和你娘本来都是善良的人，却鬼摸脑壳都做了亏心事，你爹是个什么人你不是不清楚，村中那些寡妇有几个人没有遭过他的手，他一辈子就好那一口，七十多岁的人了裤带还是捆不紧、扎不牢，时不时溜出来惹是生非。第二，你娘本来是个善良的人，你爹坐牢后，听旁边人唆使仇恨袁莹莹，见袁莹莹就骂，太过分、太欺负人了，如果谢威还活着，你们敢这么作践人吗？你娘是你抢夺袁莹莹手中菜刀时，你不小心误伤的，在场的人不是只有你们娘俩，那么多人在场，都看到的，你如果是个男人，做事就不要赖别人，你听信坏人唆使，最终会害了你自己，明明是自己的错，干吗要嫁祸于袁莹莹。你爹错一，你娘错二，你不能错三了。起什么诉，不要昧着良心做事，自己做错的事，敢做不敢当，屎盆子扣别

第二十八章
光中幕后算计莹莹　英姑庭前撤诉道歉

人头上，就是个孬种。第三，你自己失手把你娘砍伤了，按照一般逻辑，袁莹莹是可以不管的，她本身是受害者，可是，当她得知你娘要输血时，二话没说就让她干哥黄大长给你娘面对面输血，这一输就是好几天，黄大长这么一个硬朗的男人，因为给你娘输血，现在是弄得自己爬都爬不起来了，他现在也病倒了，就是为了救你娘的老命，快要了他自己的小命了。你给我好好想想吧你。人要讲良心、懂感恩，不要放着人不做，去做鬼。第四，公社已经做了深入调查，你老表符光中鼓动不知内情的村民写的所谓证明检举材料是无效的，是不符合当时实际的，是虚假的不成立的。你骨子里不坏，千万莫上了符光中那些人的当，符光中是个什么东西，你不是不知道。当年他和九斤半干的那些事，是人做的事吗？他想利用你达到他个人的目的，你连这个也看不出吗？多少年了，他从来就没有你这个老表，现在这个时候关心起你来了，当别人是白痴啊。明天要开庭了，我们希望你和你娘撤诉，可是你娘至今人还在昏迷中，她出不了庭了，明天你是原告，只有你出庭撤诉，才能把事情扭转过来。你好生想一想，你想通了也可以当庭撤诉，不要再害袁莹莹了，她已经被你们家害得够惨的了，她死了爹娘、死了男人，前些年被李小长侮辱，现在被你爹强暴，被你娘辱骂，身体有病，又没有孩子，她还那么年轻，真的好可怜啊！你别给自己惹事了，积点阴德吧，还是想想办法救活你娘吧，撤诉吧。"

英姑这时咳嗽了一声，众人一看，她又昏迷了过去。

开庭那天，谢兵、符光中、符一瘸和几个村民到县法庭出庭。袁莹莹这边的人只有姐姐袁泽丽和姐夫李宗儒，姚革新、崔产愫还有桃坪界袁莹莹的隔房妯娌、叔伯。袁莹莹作为被告出庭，谢兵作为原告出庭，法庭当庭宣告了事情经过和案件存在的遗漏，要求原告方律师陈述详情。

被告方律师辩驳原告的举证虚假，不符合事实。法庭安排原告谢兵的诉讼代理人陈述案情。谢兵要求说话，法庭准许，他说："当时天黑了，只看到袁莹莹手中拿着刀和我娘在大声吼叫，她说'我要杀了你'，当时大家都听到了。在推搡中，我也没看清楚是不是袁莹莹砍伤了我娘。"

法庭见谢兵这么一说，觉得他的当堂证供与之前讲得有很大的出入，他似乎在回避袁莹莹是砍伤他娘的凶手，辩方律师拿出了袁莹莹没有砍谢兵娘的群众证明材料，其中包括黄大长和谢钟两个当时在场人的证明材料。

法庭也给了袁莹莹陈述机会，她说："我没有砍伤英姑，拿刀只是吓唬一下她，没有想真砍她，当时，我被我干哥黄大长阻止，他和谢钟、谢兵等人站在我和英姑之间，我离英姑有两米多的距离，我当时有些冲动，英姑已经辱骂我几年了，我没有理会她，可是她越来越变本加厉，只要遇到我就开骂，也不看是什么场合，天天指桑骂槐，谢家界村人无人不知、无人不晓，她实在是欺人太甚。我说要砍死她是气不过，只是想吓唬一下她，并不想真砍她，也没有砍她，因为我当时太激动，大长哥怕我不理智，把我抱离了地面，我根本没法接近英姑，也没法着力，我根本没法砍她。"

袁莹莹一边说，一边向四周看了一下，没有看到黄大长。她心想：大长哥，你会去哪里呢？你这些天给英姑输血，身体虚弱，你不会有事吧？你怎么没有来法庭呢？袁莹莹心中惴惴不安。

审判长说传唤黄大长，大家到处看，就是没有发现黄大长。大家正在疑惑，突然看到

165

黄大长搀扶着英姑来到法院。"慢点，等一等，法官，我有话说。"英姑上气不接下气地大声叫道。

在法庭的符光中和谢兵等人感到错愕，早上英姑都还是昏迷的，怎么这时她和黄大长在一起呢？原告方已告知法庭，英姑因伤势严重没法出庭，法庭也通过医院再次验证了英姑的伤情无法出庭做证，全权委托诉讼代理人。

这时英姑出庭了，并且她一到庭就要求发言。符光中似乎预感到了什么，他举手要求发言，得到允许后，他告知法官，英姑因伤势严重，一直处于昏迷之中，她不能讲话，她讲的话也不能采信。法庭安排专业人员验证了英姑的精神状态和病理，认为英姑现在是一个正常人，同意英姑发言。

英姑说："我几天前开始就能听懂听清所有和我讲话的人说的话，只是我眼睛睁不开，口不能说话。我要感谢所有关心帮助过我的人，尤其要感谢黄大长，是他救了我的命，因为只有他是 Rh 阴性血，与我是同一血型，他为了救我的性命，差点丢了自己的性命，他没有救我的责任和义务，可是他还是救了我，十分感谢他。"英姑向黄大长深鞠一躬。她接着说，"我在这里，向法庭谢罪，向袁莹莹谢罪，是我和我的儿子谢兵给大家添麻烦了。"

英姑讲到这里顿了顿，向袁莹莹鞠了一躬。她说："袁莹莹在我们那里有'万人迷'之称，老憨头早已对她动了歪主意，经常深更半夜还蹲守在袁莹莹的家门口那棵橘子树下，想趁机钻进袁莹莹的房里。一天到晚和村里几个老光棍喝酒说痞话，商议着如何对袁莹莹下手，为了这个，他们几个老不死的还比赛下赌注。几个老家伙经常蹲守她家门口，像在山上撵野猪守'卡口'，都想揩袁莹莹的油。他们经常去袁莹莹家屋檐下过道里扯闲谈，不分春夏秋冬，只隔夜不隔天，缠着、黏着、赖着不走扯闲谈。终于有一天夜里老憨头等到了机会，他趁袁莹莹晚上起床上厕所解手的机会闯入袁莹莹家了，强暴了她，老憨头由此得到了应有的下场；过后，我把自己心中的怨恨全部发泄在袁莹莹身上，拿她当出气筒，这几年，我一直找她的麻烦，明里暗里羞辱她，这次也是我故意找她的碴，其实，我屋菜园子里黄瓜并没有被人偷吃，那天袁莹莹路过我屋菜园子，我是故意说她偷黄瓜，暗含别的深意，故意羞辱她。后来我一直追着她骂，袁莹莹一直在解释。我辱骂她，她并没有还口，她越不理我，我越生气，我认为她是看不起我。我就追着她骂，一直骂到她家门口，袁莹莹才开始和我对骂。后来，袁莹莹跑到自家屋里拿来一把菜刀，说是要砍死我，其实她没有砍我，我当时倒是想和她拼命，我心中一直以来有一种怨恨，认为是她害得老憨头坐牢，把气撒在她身上，老憨头这把年纪，说不定等不到出狱的那一天。我心中的仇恨无法释放，就找她发泄，这是我的错，是我不对；我和袁莹莹争吵时，她干哥黄大长正好赶来，已把她抱起来，我们之间隔着符光中、谢钟、谢兵、黄大长几个人，她就是想用刀砍我也够不着，她手中的刀是我儿子谢兵抢夺过来的，在抢夺中，谢兵用力过猛，他自己没有站稳，手中的刀不小心砍在了我的头上，使我当场昏迷。住院后，是黄大长一直在给我输血，才救了我的命。我流血过多，如果不是黄大长给我输血，我不仅没有钱买血，也没有这种稀罕血买，我或许早就见阎王爷了。我从死亡边走过，前些天我才回过阳来，来医院看我的，讲话我都能听清楚，我还能从口音辨别是谁，只是人动不了，口和眼张不开，我心里敞亮着呢。我头上受了伤，缝了十二针，我再强调一下，那不是袁莹莹砍

第二十八章
光中幕后算计莹莹　英姑庭前撤诉道歉

的，是我儿子谢兵抢袁莹莹手中菜刀时，人没站稳失手砍伤了我，跟袁莹莹无关。"

"表嫂，你被袁莹莹砍成了这么重的伤，你怎么为她说话呢？你脑子是不是被她砍坏了，在这里胡说八道。"符光中冲着英姑怒吼道。

"肃静、肃静！"审判长叫道。

符光中说："法官大人，我表嫂突然改口肯定是受到了黄大长的胁迫，你们也看到了，刚才英姑表嫂是被黄大长带来的，她都昏迷这么久了，什么事也不记得了，怎么能说出这些话，肯定是有人强加给她的，请法庭调查。"

"光中，你不要再说了，我刚才不是已经说过了吗，我早已有了知觉、听觉，所有到医院看我的人，包括你讲的话、做的事我都记在心里的，黄大长为我做了那么多，他是可以不做的，你大表哥伤害了袁莹莹在先，我对不住袁莹莹在后。你是好意，我心领了，也谢谢你光中，让你跟着我们娘俩受累了。你啥也不要说了，我们撤诉吧，别再害人了。"

"那怎么行，明明是袁莹莹拿菜刀砍伤了你，当地社员群众看到的，不由她狡辩，我们有群众的证明证据，袁莹莹必须为她的行为负责，对你调伤付药，赔礼道歉，应当负法律责任。"符光中据歪理力争。

审判长大声叫道："肃静。"

"表嫂，你就这么放过凶手吗？袁莹莹砍了你一刀，你头上缝了十二针就这么便宜她了，你住院的医疗费、生活费、营养费等费用也都不要她赔偿了吗？这笔医疗费谁出，你有钱吗？这可不是一个小数目，我们费了这么大的事，你醒来后被谁灌了迷魂汤，一句话说撤诉就撤诉，这到底是为什么呀？"符光中在法庭上吼叫道。

"你问我是为了什么，我告诉你，我不为别的，为了心安，为了良心。我们已经给袁莹莹造成了很大的伤害，她仍然善待我们，我们不能一错再错了，我住院的押金是姚书记垫上的，医疗费黄大长已经给结了，给了生活费，还给我输血。撤诉后，我们就可以回家了。"英姑说，"古人有言，积善之家，必有余庆，积不善之家，必有余殃。"

袁莹莹把目光久久地停留在黄大长那张由黑转白的脸上，她的眼泪止不住地往下流。她知道，为了救出她，黄大长是既出钱又出血，前后跑这件事，把人累成这个样子，她看在眼里，痛在心里，她用心看着这个世上唯一对自己不离不弃，真心实意对待自己的男人，心中是又惊喜又心痛。

黄大长早就断定符光中他们不会善罢甘休，英姑如果不出面说话，事情会很糟糕，谢兵在医院的这些天，也看到了黄大长在用自己的命救他娘的命。可是他自己做不了主，全听符光中的，符光中不是善茬。黄大长心里明白，只有英姑醒来说话，并且是为袁莹莹说话，这样就否定了符光中他们罗列的所谓"证人证言"。说来也巧，英姑开庭前竟然奇迹般地苏醒过来了，连医生都感到是个奇迹，而且赶上了开庭的时间。

黄大长赶到医院的时候，英姑自己已经爬起来，坐在床头，她正在纳闷，谢兵等人去了哪里，她在昏睡中，似乎听到什么开庭、审判、袁莹莹砍人、黄大长输血之类的话，怎么现在一个人也没有了。黄大长来得真是时候，通过黄大长和她谈话，英姑更加厘清了自己的思路，回想了一下全过程，她坐在床头哭得很伤心，突然，她对黄大长说："大长，快，带我去法庭，我要出庭做证，不然恐怕对袁莹莹不利。"

"嫂子，你流了很多血，身体虚弱，今天是谷雨，雨大风大，如果身子着凉了，会落下病根的，你还是不要去的好。"

"大长，快点，别啰唆，带我去法庭，我就是拼了这条老命，也活该。袁莹莹她还年轻，不能害她。"英姑作为庭审的关键人物，在关键时刻来到法庭，为袁莹莹出庭做证。

"法官大人，我也同意我娘的决定，同意撤诉，是我娘对不起袁莹莹，我相信我爹肯定也后悔他自己的所作所为，他也一定会支持我们撤诉的，我们现在要求撤诉，请法庭允许。"谢兵大声说。

法庭宣布休庭十分钟，在庭外进行协调。

复庭后，审判长当庭宣布：袁莹莹故意砍伤人一案，由于证据不足，原告作为当事人和被告已达成谅解，不追究被告人责任，要求撤诉，本庭依据《中华人民共和国民事诉讼法》第31条之规定，同意原告申请，撤回上诉，袁莹莹当庭释放。

袁莹莹向审判长深深地鞠躬，向出庭的亲人鞠躬，她快步向黄大长走来，黄大长快速地迎了上去，袁莹莹用手抚摸着黄大长的脸，泪如雨下，抽泣着说："哥，你咋瘦成这个样子了？妹子好心疼！"

黄大长说："妹，我没事，哥接你回家。"

第二十九章
黄大长接莹莹回家　　姚革新准大长造船

黄大长从法庭把袁莹莹接回家里，刚坐下来，还没有好好歇口气，小女黄杏就来到他身边翻这翻那的，翻看黄大长的口袋里是不是有糖。黄大长从口袋里摸出五颗"颗颗糖"，对黄杏说："你和哥哥姐姐每人一颗。"黄杏说："爹爹，那剩下一颗糖，你和娘一起吃。"

黄大长高兴地点了点头，竖起大拇指夸女儿真有孝心。女儿告诉他说，娘害病了，在公社医院里。黄大长和莹莹说了一声，准备去医院看望李兰香。

袁莹莹抓住了黄大长的手，她一下子扑到黄大长的怀里，她有很多话要对他说，在法庭她看到黄大长憔悴的样子心如刀割，当她看到黄大长搀扶着寸银莲赶到法庭时，她顿时明白了黄大长为何没有及时来法庭的原因了。

英姑在法庭上的一席话，让袁莹莹彻底明白了黄大长为自己所做的一切，黄大长在用自己的命救英姑的命，他之所以这么做都是为了救袁莹莹，使她免受牢狱之灾。他为了救英姑几乎抽干了自己的血，拿出了家中所有的积蓄为英姑交了高昂的住院费，他用自己的行动包括生命感化了英姑母子。

当时的情况对袁莹莹很不利，袁莹莹子身一人，在谢家界生存都成问题，如果不是黄大长长期以来关心爱护，有符光中几个山痞子的骚扰欺凌就够她受的了。

黄大长去公社医院的路上，碰到公社粮管所所长高酮素，他对黄大长说，魏书记决定对黄大长舍己救人、无偿献血的行为予以奖励，特批两百斤稻谷、二百元现金、十斤肉

第二十九章
黄大长接莹莹回家　姚革新准大长造船

票，可以到公社粮店和屠宰场去领取。

黄大长有点不敢相信自己的耳朵，真是太及时了，眼下自己家里快揭不开锅了，袁莹莹经过了这件事，身子十分虚弱，需要调养，家里仅有的几个钱都拿去给英姑交了医药费，李兰香身体一直不好，这次又在公社医院住院一个多星期，医药费都是赊账。这回好了，有了魏书记的奖励，又可以对付一阵子了，真是天无绝人之路。黄大长用双手抹了一下长长的头发，感觉眼前敞亮了许多。他谢过高酮素所长，急忙向公社医院走去。

李兰香见黄大长来到医院，准备起床，黄大长用手示意她躺在床上好好休息。他问了她的病情，又到院长办公室问了李兰香的病情，李院长说："李兰香是老毛病了，身体经过治疗好多了，过几天可以出院了。只是她的病要特别注意，不然，今后发作的频率会更多更密。"

回到李兰香的病房，黄大长坐在病床上，把袁莹莹打官司的事以及结果一五一十地告知了李兰香。李兰香有气无力地说："你为了你干妹子老命都不要了，你给英姑那个不讲理的老女人献那么多血，你自己不要命了？你忘记你自己还有一只手的人要抚养吗？我这个不争气的身子，是你的拖累，迟早是要死掉的，我也想死了一了百了，莫到这个世界上丢人现眼，前些年'大跃进''刮五风'愣是没把我收了去，吊着一口气又缓过来了。"

黄大长给李兰香掖了掖被子，说："你的身子骨弱，这么多年过去了，也经历了很多次的关口，都平安无事，现在的条件比那时要好多了，不许讲丧气话。我不给英姑那个老巫婆输血，她就会有生命危险。莹莹妹子没有砍过英姑，她只是气不过到屋里拿来一把菜刀，其实也只是吓唬吓唬一下英姑，谁承想谢兵在抢夺莹莹手中菜刀时，身子未站稳连人带刀倒了下去，正好又砍在了英姑头上。当时天已黑，瞬间发生的事情，谁也没有注意，我当时就站在英姑和莹莹之间，看得清清楚楚，当时符光中也站在她两人之间，我看到他推了一下谢兵，不然谢兵也就不会倒得那么有力，伤到了英姑，可是，这些都一闪就过的事，何况天已黑，都没有注意看，我是看到了，也没有抓住他把柄，没有真凭实据，我也不好指证符光中，我就是去指证符光中，他也可以说是在推推搡搡中，无意中推了谢兵，何况他还可以完全不承认，说是我造谣陷害他，反而我自己还说不清道不明，周围的人知道我和他不对付，也会怀疑我是无中生有构陷他。因此，我当时没有点破他，在法庭上也没有指证他。可是，在场的人都听到了袁莹莹说要砍死英姑的话，没有看到符光中推谢兵，也没有看见谢兵失手砍了英姑，就那么一晃。英姑伤那么重，形势对莹莹很不利。如果英姑因流血过多丧命，莹莹就是跳到黄河也会洗不清，有一百张嘴也会讲不明啊！符光中趁我们不在谢家界时，到处煽风点火，误导舆论，导致公社派出所取证的结果对莹莹十分不利。符光中以关心老表的名义，经谢兵同意起诉了袁莹莹，虽然我和崔产愫以及公社干部都明白其中的内情，但是法庭是只讲证据的地方，分析和推理乃至人情在法庭上是没有效力的，法律只看重事实证据。我当时只有一个念头，那就是英姑不能死，她不死，袁莹莹就不会有大事，在得知英姑和我是同一血型后，我心中就有一个想法，我要用我自己的血去救英姑的命。熊猫血型极其稀少，在这么短的时间内，要找到血源不容易，何况还要别人同意，同意了也是要钱买的。我们都没有钱，只有我献血救人，我救了她的命，莹莹就减轻了责任。英姑家里穷，住院医药费都交不出来，是姚大哥给的一些，后边的治疗费是我出的，这样就解决了谢兵和他娘的后顾之忧，砍伤别人就应调伤付药，按这个理

也应这么去做，才能使人气顺。袁莹莹砍没砍伤英姑已不重要，重要的是英姑的命。其实，在他们心中也应该清楚是怎么回事，他娘俩最终没有听符光中这条疯狗的，英姑当庭谢罪并且要求立即撤诉，法庭本来就觉得符光中起诉袁莹莹的证据不足，主要还是没有得到当事人英姑的口供，英姑讲的话，在法庭上是起决定性作用的。因为她才是当事人、受害者，符光中指使谢兵状告袁莹莹，有他的个人目的，谢兵不经事不想事都听符光中的。我当时想，只有让英姑开口讲话，才有转机，要英姑讲话并且是讲对莹莹有利的话，不是一件容易的事，因为她对莹莹的成见太深了。我想，首先得让英姑活下来，其次是资助谢兵为他娘疗伤，做到这两点，英姑极有可能讲实话。从后来的情况看，整个案情出现了戏剧性的变化，一切如我所料。这件事总算告一段落，英姑身体无事，几天后就可以出院了。可是莹莹被关在公社派出所，后来又羁押在县公安局，又出庭受审，人受到惊吓，人胆子越来越小，没有我照顾，她没法生存下去，恐怕旧毛病又要犯了。这件事对她的心理创伤蛮大的，这几年她经历的事太多了，都是些麻烦事，一个接一个地发生，她一个女人放在谢家界村和那些山痞子天天要见面怕是不好呢。"

"你说了这么多，你到底是要干什么？我讲什么你反正都不会听，你做的事自然有你的道理，你为了救出袁莹莹，连老命都不要了，我还能说什么？你把自己辛辛苦苦找的几个血汗钱都拿出来给英姑交医药费了，家里现在也没有什么值钱的东西了，你自己看吧，看什么东西值钱你都可以拿出去给她。我们几娘母是死是活你不用管。"李兰香憋着一口气把心里的话讲了出来，靠在病床上大口大口地喘着粗气。

大长耷拉着脑袋，口里重复说着："你看你这个人，说话不要那么尖酸刻薄好不好？"

"我这个人怎么啦，我招谁惹谁了？说我尖酸刻薄，你自己到村里走一走、听一听、看一看，看别人是怎么议论你和莹莹的，是如何说我懦弱无用的？我自己身子不争气，怨不得别人，你看你都做了些什么？三天两头往谢家界跑，这么多年了，你和袁莹莹两个人像什么话咯。"

"有些人嘴边无德，有些人是心里缺德，你甭理他们。告诉你个好消息，魏书记给我发奖励了，咱们发财了，可以应付一阵子了。"

"你救人，公社出钱，有这等好事吗？"李兰香眼里有光，嘴里说，"啥事都难不倒你。"

"不是的，是我救了人，是公社奖励我的。"

"那还不是一回事，捆到和绑到……"她说着说着往黄大长那边看了一眼，黄大长靠在墙边竟然睡着了，鼾声顿时响起。她望着黄大长消瘦的脸庞，胡子拉碴，疲劳憔悴，心中五味杂陈。

黄大长那件十几天前离开家时穿在身上的长袖白衬衣，已经看不到多少白色了，像一条被揉皱的油衣。李兰香眼看着面前这个男人，深深地叹了一口气，自言自语地说："都是我拖累了你。"她不再说什么，他太累了，让他安静地睡一会儿，李兰香坐在病床上发呆。

一袋烟工夫，黄大长猛然醒了，像是做了一个吓人的梦，他说："你在医院安心治病，这个家离不开你。我回屋了，莹莹和几个小孩都还没有吃东西。"准备离开医院时，他似乎记起什么，又坐了下来，对李兰香说："沅陵文昌码头曹老大给我送来帖子，要我去他

第二十九章
黄大长接莹莹回家　姚革新准大长造船

那里为他造一条大船，这事你也是知道的，前期准备工作已经就绪，木料也已盘到文昌码头，如果不是莹莹的这桩事情耽搁了，早都预备着要开工了，我在县城的这些天到过曹老大那里，原本是想把造船的事给他推掉了，让他另请高明，我当时也不知道袁莹莹这桩事要多久时间才能了结，我给曹老大讲了三次，他都没有应承，并且还说：案子什么时候结束，什么时候开始造船，什么时候忙好了，就去造船。他话都说到这个份上了，我还能说什么呢，曹老大在沅陵文昌码头说一不二，甚至在整个县城都是个响当当的角儿，不能驳了他的面子，何况人家还开出了优厚的待遇，他什么时候给别人让过步啊，为了让我造这条船，他宁愿推迟已经选定的造船日子。我因莹莹的事，已经耽搁了造船时间，现在事已了结，没理由再往后边拖，再往后拖，就是拖曹老大的后腿，在山靠山，在船靠船，会给他造成损失的，这样就不好呢。我寻思着让莹莹休息几天，调理一下身子就带她去县城为曹老大造船。这样一来可以让莹莹暂时离开谢家界村一段时间，慢慢忘记了那事就好了，不然天天看着那些她讨厌的人，说不好又会节外生枝，那些人会惹出什么幺蛾子来。"

"你是做正经事情去的，对我讲这些干吗，你收拾一下，早点去造船，现在家中什么也没有，穷得像水洗一样。一时半会儿，我这个老毛病了，好不了也死不了，你就去吧。你不去做点事，屋里那么多张嘴就要喝风了。你带上莹莹也好，她可以放松一下心情，她也可以糊糊口，在生活上她也可以照顾一下你，你这个人一做起工来，就啥也不管不顾，没有个人照顾你，我还真的不放心，你带她去吧。"李兰香说完闭上了眼睛。

离开医院前，他找到了李院长，说："李兰香的医药费没有问题，让医院放心地给她治疗，我先交一部分，余下的医药费暂时欠一下，几个月后一并还上，一定会交的。"

李院长说："你黄大长说了都作数，你是一个讲信誉的人，现在又是个大英雄，魏书记号召我们向你学习呢。医院有医院的制度，你就算个特例吧，你放心，李兰香在医院会得到很好的治疗，由我亲自负责给她诊治。"

黄大长谢过李院长，脚下轻松了许多。走到姚革新家，姚革新见黄大长胡子拉碴的样子，寒暄之后，给他拖来一条凳子，叫他坐下，说是给他理一下头发。

黄大长说："不急，还不长呢。"姚革新说："还不长，都快变成猴子了。"说完，不容分说，就把黄大长摁在凳子上坐，把一块剃头白布系在黄大长的身上。

在剃头时，黄大长给姚革新讲到曹老大造船的事，他讲的大概意思是，前些时间农闲时，本来是应约准备到县城为曹老大造船的，可是遇到了袁莹莹这摊子事，就给耽误了，现在农事开始了，怎么走得开呢，曹老大那边早已答应了，也定了造船的具体日期，已向曹老大辞过几次，都没有辞脱，到底是去还是不去呢？

姚革新明白黄大长是在套他的口风，其实，黄大长心中的想法，根本没法躲过姚革新的眼睛。生产队农事一忙，队里的人是不能外出的，除非队里批了路条，同意队里人出去。否则，生产队分口粮时，就会扣除一部分粮食，无理由旷工，严重的可以报告公社把人抓起来关禁闭，或者游街示众。

姚革新迟疑了一下，顺着黄大长的意思回答道："你答应曹老大造船的事，生产队和大队都是知道的，后来因为莹莹这桩事耽搁了，现在事情都解决好了，曹老大又不肯爽约，你也要讲诚信不是，答应了的事就是砸锅卖铁也得办好。"

姚书记讲话总是很给力。黄大长吸了几下鼻子，连忙说："是的，是的，违约的事谁

也不喜欢。大哥，生产队现在开始农忙了，我去给曹老大造船别人会不会有意见，影响不好。"

狡猾的黄大长，学会了欲擒故纵。姚革新略一思忖，说道："农忙时节，你想出去为自己干副业，就是资产阶级思想，是投机倒把行为，肯定会招致不少闲话，弄不好，你就会变成批斗对象。"

黄大长装出一副可怜的样子，说："大哥，有这么严重呀，那怎么办呢？我还是退了这桩事吧，不退掉不好呢，我这几天左眼皮子老是跳，我正为这件事犯愁，大哥你有什么好法子吗？"

黄大长把问题交给了姚革新，也就是把难题抛了出去。

苏醒曾经说过，只要是黄大长的问题，姚革新必定会为他解决好，包括所有的难题，这不，黄大长想脱离生产队劳动，去县城给曹老大造龙船，这叫什么，这叫投机倒把，是违法行为。可是，这么一个明显错误，姚革新不是不知道，他才不管那么多，都会解决好，这个已成为一种习惯。黄大长找他讲的事，到他那里就不是个事，有办法无办法，都得设法办成功。他沉吟片刻，说："这样吧，你这件事呢有些特殊，我回头给魏书记说一下，你还是要按时间去给曹老大水上船队造龙船，曹老大在中南门码头也是体面人，讲话说一不二，不能得罪于他，和他交个朋友日后怕是有用处呢。主要是你早已答应了人家的事，本来就延期了，现在怎好又推脱不干呢？曹老大会认为你日弄（糊弄）他，怕是要产生误会呢。大队干部也都知道你准备给曹老大造船的事，我给他们做做思想工作，你呢也表示一下姿态，你造船去几天，就给队里交工钱，工钱怎么交法，我看还是等到年终时生产队盘好底，算好每个劳动日的工价，按工价交钱吧，这样有两个好处，一是我们的劳动价值不高，那么你交的钱就不多；二是你既然给队里交了钱，就说明是队里同意你外出找副业的，等于你变了一种出工方式，只是不在田间地头劳作了，改为在文昌码头做技术劳动，给生产队交了工钱就等于在生产队出工了。"

黄大长听到姚革新这句话，心里吃了定心丸，欣欣然而有喜色。一会儿头发剪好了，黄大长要说的话也说了，想得到的话也得到了。于是，他说："大哥，那就按照你的意思办，从明天开始第三天是黄道吉日，我告知曹老大，到时带莹莹一起去县城曹老大码头上去造龙船，那边我就给谢队长告个假，就说莹莹上县看病——她请病假。"

"嗯，就这么办。"

黄大长的事变成了姚革新的事，这就应了苏醒挂在嘴上的口头禅，说姚革新帮人，每次帮到最后就变成了自己的事，经常自己给自己惹事、生事、找事。别人几句好话、奉承话，他都愿把裤子典当了。

黄大长回到家里，莹莹还在床上熟睡，到了做晚饭的时间，黄大长去厨房里生火做饭，翻遍了厨房中储物间，也没找到什么菜，他就到自家菜园子里摘了一些时令小菜。回到厨房里，他想给莹莹做个荤菜，给她补补身子，可是家中什么也没有，他想到家中还有一只老母鸡，于是他走到鸡舍，母鸡正在下蛋，他一把抓住母鸡向厨房走去。

晚饭做好了，他去叫醒莹莹起床吃饭，黄桃、黄李也放学回家，袁莹莹连忙说："黄桃、黄李放学回来了？快把书包放下来，洗洗手咱们准备吃饭。"这时黄大长从口袋里掏出两颗水果糖，递给姊妹俩一人一个。

黄桃、黄李马上吃糖，两人异口同声地说："爹，好甜。"

"还不快谢谢你袁阿姨，是她从县城给你们买的糖呢，她都舍不得吃一个。"

"谢谢袁阿姨。"莹莹摸了一下两姊妹的头，招呼她们坐在凳子上，准备吃饭。

三天后的上午，黄大长把李兰香接回家中，安排好家中一并事情，带着袁莹莹和几个解工一起去县城中南门总爷港给曹老大造龙船。

第三十章
黄大长携莹莹造船　　曹大鲲结异姓兄弟

沅陵龙船既不是什么古代天子所乘的船，也不是刻有或画有龙形的大船，而是端午节用为竞渡的龙形船，这和传说中远古时代的一次洪水灾害有关。相传，在那次洪水灾害时，只有姐弟二人躲在一个葫芦内逃得性命，故船可能是由葫芦演变而成。后来姐弟俩生活在一个长方形两端微向上翘的木箱子里，劫后余生，姐姐提出结为夫妻，以繁衍人类。弟弟认为姐弟结合不合伦理，故脸红，姐姐脸白，两人合称傩神，称姐姐为傩娘，弟弟为傩公（据近人闻一多先生考证，傩公、傩娘就是伏羲、女娲与盘瓠、辛女三组不同的名称，实指同一对象）。他们二人被沅陵苗族尊为人祖，地位崇高，故称那个供有他们木雕头像的长木箱子为"龙船"。自此，沅陵把造船都叫作造龙船。

黄大长一行人紧赶慢赶，下午赶到中南门总爷港。

曹大鲲自打他太爷爷起，曹家就在沅陵渡讨生活，从上游辰溪等地过来的大型排，要经过清浪滩去常德等地，就得请他太爷爷上排做总舵主，站在排头当老把头。因为清浪滩是沅水数百险滩中最长最险恶的一段滩流，在沅陵境内一泄四十余里，暗礁密布，浅窄浪急。俗语云：船过清浪滩，闯出鬼门关。自古以来在这里讨生活的祖祖辈辈，不知有多少男儿葬身海底。到了他爹这一辈，沅水水道更加繁忙，每天下行清浪滩的木排、竹排等数不胜数，很自然，他爹从他爷爷手上接过了排帮总舵主的位置，他爹曹替打小身子骨羸弱，加之老把头的营生实在是虎口夺食，又危又累，在一次排帮下洞庭的超大排过清浪滩时，做了一辈子的老把头的曹替，偶遇狂风暴雨，浪高水急，被巨浪拍打落水，葬身清浪滩。排帮为了纪念总舵主，就一致推举曹大鲲接任总舵主之位。他很年轻的时候，就从他爹的手中接过排帮总舵主的位子。由于船运业的勃兴，逐渐代替了放排，排帮很自然消弭，曹大鲲转行做起了漕运。随着水上交通的兴盛，很有经商头脑的曹大鲲干起了船帮，几年工夫就添置了二十几艘货船、客船，被同行尊称船老大或曹老大。

这一天，曹老大在文昌码头的"悦来客栈"摆下盛大的酒宴，在客栈的大门前摆放着硕大的一块招牌，上面醒目地写着"恭迎鲁班弟子常胜师傅"。客栈正前方通道上铺有十余米长、一米多宽的红布做地毯，请来了唢呐班子，欢快的曲子，声音悦耳动听。通道两边是夹道欢迎的人们，曹老大以盛大的高规格的礼仪欢迎黄大长等人。在周二爷的引导

下，黄大长健步走进"悦来客栈"，曹老大和他一班跑漕运的弟兄齐聚在一起，见到黄大长双手抱拳："恭迎常胜师傅，拨冗来辰州造龙舟。"黄大长双手抱拳回礼："久仰曹舵主盛名，幸会幸会。"

"常师傅请上座。"

"不敢不敢，今天曹舵主是主家，请上位。"

曹老大一再请黄大长坐上座，黄大长说："今天曹舵主是主家，我是客家，喧宾夺主，可就乱规矩了。"

曹老大一听哈哈大笑，他对左右说："常师傅果然名不虚传，常师傅，不但是远近闻名的木匠和铁匠，他还是一个文化人。"

"嗯，不是——过奖了，谢谢曹舵主。"

第二天清晨，掌墨师黄大长领着工匠们来"发墨"，曹老大打开堂屋门放鞭炮迎接，堂屋和造船的工棚里早已摆下糖果茶点恭候，谓之"早点席"。黄大长带着两名副手和一名解匠师，被曹老大邀进堂屋，在四方桌的上首坐下，由曹老大和他的亲戚作陪，摆放在桌上的糖果点心都要吃光，预示船行顺利，越吃越有。

吃过早点，众人齐集工棚，举行祭祀鲁班的仪式。厂棚中瑞香袅袅，烛光闪闪，香案上供着一本红纸包着的《鲁班书》，四下里寂静无声，一派肃穆景象。

掌墨师黄大长手持宝尺，高声朗诵："日吉时良，天地开张。鲁班到此，大吉大昌。主东造船，满载钱粮！"

大家齐声附和："是哩！"

接着就"起水安煞"，就是把船场内的凶神恶煞驱走。只见他一边杀雄鸡，一边把鸡血滴在地上，大声念道："船场之内，所有凶神恶煞，有殿归殿，有塘归塘，无塘无殿者，百家门上去求生。太上老君急急如律令！"至此，才开始发墨：把一根事先准备好的槐木架上木马，先由曹老大在墨斗中安上新买的墨线，泡上新磨的墨汁，再由常胜师傅在槐木上安好墨斗线先弹中墨。这一根槐木有多长，墨线就拉多长，黄大长与曹老大分别站在槐木两端，一同提起墨线弹下去，他随即大声封赠道："墨线弹一弹，金银装满船！"

围观的人们都高声附和："是哩！"

"墨线弹两下，家发人也发！"

"是哩！"

"墨线反复弹，财宝运不完！"

"好哇！"

这时工棚里充满了欢乐祥和的气氛，曹老大好像吃了蜜糖，心里美滋滋的！

发过墨，大家就一齐动手干起来：锯的锯，砍的砍，刨的刨……好一派繁忙景象！

造船，用竹钉榫接，很少用铁钉。船造好后，将捣烂的葛根等植物纤维扎入缝隙，用桐油、石灰调和填实，再用桐油将船体油漆两遍以上，才算最后竣工。这时只留下船头的那一块料没安上去，这块料叫"主梁木"。船上共有三梁，除主梁外，还有舵边的"一字梁"和桅杆底下的"包箍梁"。按照规矩，梁木不能用桑木做，桅杆下那一块叫金刚脚的也不能用梓木做，这叫"头不顶桑，脚不踏梓"（因为"桑"和"殇"、"梓"与"子"谐音）。所以，梁木大多用梓木来做，把梁木嵌上去，叫作"定船头"，也就表示新船全部落成了。

这一天，要举行隆重的庆祝仪式，厂棚早已拆掉，大家齐集在河滩，船旁的供桌上摆着猪头一个，刀口肉一块，雄鸡一只，谓之"三牲"。两个后生把船头的那块梁木抬来放在桌子上，开始祭梁，师傅大声朗诵道："宝梁宝梁，万丈毫光。安上船头，稳稳当当。抢滩过塘，顶风破浪。化险为夷，大吉大昌！"

大家齐声应和道："是哩！"

尔后，两个后生将梁木举起嵌进船头。常胜师傅手持鲁班斧，随即把系有五彩丝线的钉子敲进梁木，使之与船头嵌牢。每一颗钉子只能敲四下，共钉四枚竹钉，象征着"四季平安"和"四季发财"。

这时鞭炮声大作，人们欢呼雀跃，据说五彩线可以避邪，所以竖屋包梁都要用到它。硝烟弥漫中，人们将贺旗与贺礼纷纷送上新船，把它打扮得五彩斑斓。船头两侧各插一杆镶着黄色花边的三角红旗，叫作"蜈蚣旗"；船尾则竖起一面鲜艳夺目、绣着个斗大"顺"字的"顺风旗"。桅杆上则用红纸写着"大将军八面威风"几个遒劲有力的大字……

等一切准备停当，就开始举行新船下水仪式：在船头的梁木上插香燃烛，摆起三牲，常胜师傅站在船头一手握斧、一手抓一只大红公鸡来"起水安煞"。他口中念念有词，用斧头把公鸡一割，立刻抛向船尾，任其狂跳。他高喊吉语："新船下水，金银满仓。一帆风顺，过海漂洋！"

众人齐声应和："是哩！"

随着兴奋的呼声，人们飞快拥向新船两侧。这里常胜师傅手执令旗，一边指挥，一边高喊着沉水号子："兴起——"众人大声应和："杭唷！"并一致用力推船："齐着力呀——""嗨左！""用力推呀——""嘿哟！"

随着这节奏鲜明、铿锵有力的号子声，大家劲往一处使，一边用力推船，一边移动着船底的滚木，新船便在雄浑的号子声中缓缓向前。新船一进入水中，人们便发出一阵疯狂的呐喊，顿时鼓乐齐鸣，爆竹声、铁炮声响成一片，整个河滩都沸腾起来了！

新船下水后便开始试航。周二爷忙着给水手各位一一披红，特别是要给掌墨师披"双红"——左右两肩均系上红绸，并在胸前结成个大彩球。因他劳苦功高，理当享受这一份荣耀。其他木工与解匠们也都披红挂彩，统统上船。准备就绪，常胜师傅便在船头上擂鼓指挥，高声喊道："开艄发财呀——"

众人大声应和："嗬嗨！"

"福如东海呀——"

"嗬嗨！哦嗬嗨！"

曹老大的新船试航成功，大家欢聚一堂，喜不自胜。

到了农历四月底、五月初，古城沅水之滨要赛龙舟了，曹老大组建了实力强劲的龙舟队，他要一试身手，放开一搏，以雪去年龙舟赛失利之耻。

文昌码头上聚集着一群扛着桡片的划手，任凭有了几十年船龄的胡子们调遣。胡子们老了，干农活没气力，平日少人问津，自然有些寂寞。此时此刻，他们的身份提高百倍。他们在众人面前显示出惊人的眼力和天平般的公正。

每到大赛前夕，沅陵人便大发慷慨之气。他们除了给龙船捐现款外，还要去商店买回红布（绸）、鞭炮、香烟。有钱的扯回一匹匹整"红"（二十丈），各请书法高手在上面写上什么"帅""天""百战百胜""天上第一龙"等一类奉承话，悬挂在大江两岸，等着心中的龙船来抢红。

即使是家境欠宽裕的人也要从牙缝里省出些钱，买回红布，撕成两条系竹竿上，表示好事成双。再带上两挂鞭炮、一条好香烟去江边凑凑热闹。他们把荣誉和希望都寄托在"红"上，像在赌场上下了赌注。如果心中的龙船赢了，自觉有一份功劳，少不得要在大街小巷多走动几回，等着别人说几声中听的话；倘若输了，只好少出头露面，怕的是给人嘲弄。

农历五月初五到十一，沅水两岸成了彩色世界，到处是"赏红"的人，到处是"抢红"的船。赏红者看到自己的目标一出现在江面上，便挥篙摇红。龙船得到信号，飞一般地划向岸边，询问赏红的有何要求。老实的怕划手累了就直接将"红"送上，而弯子多的人则不那么简单。他们一定要抢红的给他来一次、两次、三次表演后，才点燃爆竹，连同他心里的激情一起炸开。

农历五月十二日至十四日，赤、橙、黄、绿、青、蓝、白各色龙汇集古城沅水之滨，在二十万人的呐喊声中举桡宣誓，拉开了祭江的序幕。

龙船大战几日，总有胜负，虽说胜败乃兵家常事，输者心里到底还是不舒服的，尤其看到胜利者的欢呼、呐喊张扬和那些捧场者的不可一世，他们心里哪肯服气，总得找出一大堆不是理由的理由。

"终点线有欺假！"

"划上水吃亏些！"

"不走艄试下家伙咯！"

于是，一阵自慰，一阵争吵，输了还是输了，龙船只好锣儿不响鼓不敲，一阵乱桡绕道而去。

这一年，曹老大的龙舟夺得头筹，曹老大直呼过瘾。在侃大山时，免不了美言黄大长修的龙舟非同一般，而这个时候曹老大总会仰天大笑，说道："咱大长兄弟的手艺，就不是吹的。那叫一个顶呱呱，大长，大长，又大又长，如法……哈哈哈。"

晚上，周二爷请来了辰河戏剧团来中南门唱戏三天。晚上喝庆功酒时，曹老大趁着微醺，有意和黄大长结成异姓兄弟，黄大长说："感谢老大看得起我，我只是一个木匠，怎敢和曹老大称兄道弟，不敢、不敢。"

周二爷从旁撮合道："常胜师傅你过谦了，你不仅仅是一个远近闻名的木工师傅、铁匠师傅，还会各种手艺，你还是一位饱读诗书的文化人，我敢打赌，这要是换了过去，我们的县太爷也未必有你有本事。曹老板不轻易结交朋友，他开了口，那一定是你太对他的脾气了，我看你两个比亲兄弟还要投缘呢。"

周二爷这么一说，黄大长再也不好说什么。曹老大年长黄大长三岁，应为长。在周二爷的主持下，两人行跪拜礼，焚香，盟誓结为异姓兄弟。

黄大长两手抱拳，说："皇天在上，厚土在下，今日和曹大鲲结成异姓兄弟，不求同年同月同日生，只求同年同月同日死。"

曹老大开怀大笑，连忙还礼，说："皇天在上，厚土在下，今日和黄大长结成异姓兄弟，不求同年同月同日生，只求同年同月同日死。"

"大哥！"

"老弟！"

在场的人鼓掌欢迎，文昌码头欢声笑语一片。喝了鸡血酒以后，黄大长请兄长曹大鲲坐上座。

龙舟赛期间，魏公稽到县里开知识青年上山下乡会议，会后他找到姚革新和黄大长，说上级有新举措，给火场又分来一批知青，龙舟赛结束后，让姚革新和黄大长一并把知青带回火场。

大量知青的到来，给偏僻的火场带来城市的信息，红卫兵带领红小兵闹革命。随着运动的不断深入，学校几乎关门停课，上课基本上学习马列著作和毛选，贫下中农代表成了学校的实际管理者，学生的主要任务是接受贫下中农再教育，参加春耕、双抢、秋收生产劳动。

事态的发展不以人的意志为转移，姚革新和黄大长对时局忧心忡忡，姚革新觉得这么闹下去，儿子不读书不打紧，莫把人变坏了。两人商议后，决定把姚改革和弟弟姚高德、大长二儿子黄刚强一并带到堡子界守野猪。姚改革和黄大长守野猪享受工分，姚高德、黄刚强不记工分。按姚革新的话说，黄大长现在是英雄，是名人了，要经常下到机关、学校等地作英雄事迹报告。姚改革一人在山上没人做伴不行，姚高德和黄刚强、黄桃、黄李、黄杏是去做伴的，也算是他们接受贫下中农再教育，从小参加生产劳动是光荣的，不要工分。

黄大长自从在拘留所当了英雄后，一时名声大噪，他虽然仍然在堡子界南山中守野猪，但已是今非昔比。守山变成是功成身退的代名词，而人们又乐意挖掘这些资源。继续守野猪，在有些领导的口里变成了退隐，黄大长一夜之间化蛹为蝶。红卫兵小闯将上山，请黄大长给他们讲英雄事迹课，黄大长总是有求必应，把拘留所里发生的山体滑坡、抗灾救人、人员伤亡事件反复叙述讲解，内容更加详细全面，黄大长进一步丰富和完善了"十·一二"山体滑坡事件的内涵。几十场报告下来，他已达到倒背如流的地步。黄大长自身也十分乐意给红卫兵讲英雄故事，这是他人生中最出彩的时候。人在得意时，总是忘乎所以的多。他送走一拨又迎来一拨人马，堡子界山上，俨然成了他纵论天下的"隆中对"。

一天中午，钟吉祥和他的红卫兵支队成员十几个人来到堡子界南山中，他现在的身份是火场红卫兵支队的副司令，司令是治保主任莫京，他在木棚子下一站，两手叉腰，鸭舌帽偏戴，直截了当地说明来意，他行了一个滑稽的军礼，说："报告，大英雄，黄大长同志，我受红卫兵总部及莫京同志的委托前来请您出山，带领我们红卫兵把火场公社的'文化大革命'运动推向深入，他们妄图伺机造反，颠覆我们的红色政权，我们要摧毁这个毒瘤。你是我们火场的大英雄，你登高一呼，一定会人人响应，希望你能带领我们将无产阶级'文化大革命'进行到底。"

黄大长直接表达了自己的担忧。钟吉祥见黄大长非但不肯出山，相反，对自己极其不恭，遂拂袖而去，黄大长看他们远去的背影说："可怜、可笑啊！"

为了缓解城市"文革"给社会带来的动荡，也为了给红卫兵大串联降温，县革委会决

定，从全县选派的五十名知识青年，分成四个大队，分别由赫连薇薇、慕容樱桃、申屠彧和太叔晸任队长，他们扛着红旗，喊着口号上山下乡到火场闹革命，因为火场是红色革命的摇篮之一。抽调的另外五十名老资格红卫兵，分成四个排，分别由南宫怒、万俟炅、上官刈和皇甫赟任排长，他们戴着红卫兵袖章，前往火场闹革命，要引领火场"文革"运动。在队伍出征之前，黄大风在县城最大的广场——教场坪，召开了隆重的誓师大会，他在大会上满怀激情地作了动员报告。

黄大风频频点头，向红卫兵招手示意。

这两支队伍的到来，让火场不温不火的"文革"运动，迅速掀起了革命热潮。这些知识青年绝大部分是城市红卫兵，现在响应号召到偏僻的火场去接受贫下中农再教育，新老红卫兵汇成了一股势不可当的洪流。赫连薇薇、慕容樱桃、申屠彧和太叔晸把城市闹革命的激情带到了农村，其他公社的红卫兵，自觉响应县"文革"领导小组的号召，纷纷汇聚到簸箕大个火场闹革命，因为火场是沅陵红色革命的摇篮。

火场红卫兵司令部开会研究了火场"文化大革命"运动的具体工作。参加会议的主要人员是：莫京、符光中和钟吉祥的"八匹马"以及升任火场公社"文革"组长的牟梨手下"八大金刚"——赫连薇薇、慕容樱桃、南宫怒、万俟炅、太叔晸、上官刈、申屠彧、皇甫赟参加会议。

牟梨在会上介绍说，这八个人是沅陵县城红卫兵造反派急先锋，他们对于开展运动很有斗争经验，在县城把运动开展得如火如荼，现在来火场负责具体指导火场的运动。

第三十一章
戏剧团演出获好评　　黄大风观剧赋新词

牟梨执笔的《关于推进火场"文化大革命"运动的实施意见》，得到县委书记黄大风的高度赞赏。魏公稽会来事，在黄大风面前极尽谦卑，让黄大风很满意。魏公稽总觉得火场"文革"声势还不够，他要把黄大风曾经战斗过的火场，打造成全县"文化大革命"运动的典范，形成可以推介的经验。

魏公稽把姚革新叫到他的办公室，要求辰河戏剧团拿出看家本领，用艺术的形式宣传"文革"，为火场"文革"造势助力，把火场"文革"推向一个新的高潮。

姚革新是省艺术学校毕业的高才生，曾在县戏剧团工作，中华人民共和国成立后，为了响应党的号召，建设社会主义新农村，重新做回了农民，回到农村以后，组建了辰河戏剧团，自任剧团团长。辰河戏剧团虽然是民间艺术团，但收罗了姚革新当年在县剧团时结识的一大群具有专业素养的艺术人才，加之自己这么多年对地方本土人才的培养，已经形成一支规模素质可观的人才队伍。因此，辰河戏剧团的美名在沅陵周边的辰溪、泸溪、溆浦、古丈、张家界等地广为流传。

第三十一章
戏剧团演出获好评　黄大风观剧赋新词

火场妇孺老幼有唱大戏、看大戏的传统，姚革新根据运动的需要，农闲时节，姚革新整天把自己关在屋子里，把八大样板戏全部改编成高腔，让大家口口相传。魏公稿为了进一步推动火场的"文化大革命"，给姚革新下了死命令，要他尽快排练出有一定影响力的剧目。姚革新领了任务之后，决定动用剧团的全部资源，排练大型古装戏——《郑小姣》。姚革新在戏的内容上做了大胆的创新，而且在唱法上也做了大胆的改革。

大型古装戏《郑小姣》排练完成后，首演式放在公社礼堂举行。魏公稿书记在首演式当天发表讲话，对辰河戏剧团全体演职人员表示慰问。首演在公社礼堂举行，应贫下中农的要求，辰河戏剧团一连三天在公社礼堂唱大戏，各家各户扶老携幼、拖家带口来看戏，公社附近的社员群众也来了不少看大戏的人，人实在是太多了，或坐着，或站着，或蹲着，人头攒动，座无虚席。

魏公稿把大型古装戏《郑小姣》试演盛况向县委书记黄大风作了汇报，黄书记是个戏迷，一时兴起，他把辰河戏剧团请到县里，为县四级干部会议作汇报演出。姚革新知道其中的分量，他不敢有丝毫的懈怠，安排了强大的演出阵容。演出前，黄大风和魏公稿找姚革新了解戏剧演出人物出场安排和戏剧内容。姚革新拿出了一张大型古装戏《郑小姣》演员表，并把主要演员向黄大风一一作了介绍：

袁莹莹　饰　郑小姣——三培之女，年方二八
谢　钟　饰　郑三培——小姣之父，年近花甲
崔产愫　饰　吴氏——小姣继母，三培晚妻
黄大长　饰　和尚——年近四十岁
姚改革　饰　桂中心——黄门秀才，年方二九
全心怡　饰　桂母——中心之母，年近花甲
黄刚强　饰　桂安——桂府家人
钟吉祥　饰　桂福——桂府家人
周子伟　李丕　符优化　黄黑子　饰　四手下

辰河戏剧团县城演出的消息不胫而走，那天晚上，中南门人山人海，原本计划在县委礼堂举行的演出，由于前来观看演出的人实在太多，临时改在辰州中学运动场搭台演出。县里的头头脑脑早早地来到现场等候演出，各单位的负责人也齐刷刷地坐在台下观看，黑压压的市民和临近的农人，把运动场围得水泄不通。

演出前，黄大风书记即兴发表讲话，他讲到了全县"文革"的大好形势和这次演出的重要意义，对观看演出的观众提出了要求，最后，他宣布演出开始。

大型古装戏《郑小姣》演出结束后，黄大风带领县里的头头脑脑来到后台，看望慰问演职人员，他谈笑风生，同演职人员一一握手。他紧紧握着崔产愫的手，说："小崔主任把吴氏这个放荡、阴险、凶残的舞台形象演绎得惟妙惟肖，我觉得这么一个恶毒的女人，怎么还这么美艳绝伦呢？"

他风趣的话，令在场的人开怀大笑。崔产愫的脸上瞬间飞来两朵彩虹，她连忙说："谢谢黄书记谬赞。"

魏公稿一直站在黄大风的身边睨视他，心中的妒火在焚烧，脸上却堆满着假笑，他不时和崔产愫目光相对。黄大风用另一只大手在崔产愫的手上摩挲，她轻轻地抽动了一下

手，黄大风的手握得更紧了，他牵着崔产愫的手，走到袁莹莹的面前，关切地说："今晚看到咱们万人迷的精彩演出，为你高兴、喝彩，你不但人长得美，演技也是一流的，你把郑小姣这个艺术形象演绎得惟妙惟肖。你身体现在怎么样？已经恢复好了吧。"

袁莹莹点了点头，说："谢谢黄书记夸奖，我身体恢复得还可以，感谢黄书记关心。"

黄大风来了兴致，他说："我可以断言，郑小姣这个艺术形象，被咱们万人迷演绎后，更加生动鲜活。演出时，有两个剧情被袁莹莹演得十分传神，一是郑三培继妻吴氏与和尚私通，被郑小姣意外发现，吴氏就与和尚串通，陷害郑小姣，逼她脱孝穿红，她不从，吴氏就用所谓的家法殴打郑小姣。袁莹莹把一个受剥削、受压迫、受摧残的少女形象演得惟妙惟肖，当时台下观众真是群情激愤，发自内心地咒骂吴氏。很好地激发了人民群众朴素的阶级感情。二是郑小姣亲爹郑三培听信吴氏诬陷，伙同继妻吴氏欺骗郑小姣，谎称带女去外婆家小住，继而在半路上杀掉亲闺女，后来，通过父女谈话，郑三培杀女之心开始动摇，准备带女返回。可是，这时和尚和吴氏尾随而来，见郑三培没有杀掉女儿，吴氏与和尚就动了杀心，和尚和吴氏杀害郑三培，和尚砍伤郑小姣左膀，郑小姣昏死，有路人来了，和尚和吴氏慌忙逃走。观众这时的情绪，再一次被点燃，同情弱小者，为被陷害、被残害的郑小姣鸣不平，演出现场的人民群众，再也忍不住了，自觉呼喊口号，打倒恶妇吴氏，打倒伪和尚。袁莹莹把郑小姣这个角色演活了。咱们的万人迷，不是浪得虚名。"

没文化的人装有文化，有时候比有文化的人还像，黄大风好表现的劲儿又上来了。

"不敢当，黄书记，谢谢您表扬。"袁莹莹笑得很灿烂，鞠躬致谢。

"崔产愫把郑三培继妻吴氏这个狠毒的角色，演得十分逼真。黄大长把和尚这个艺术形象也刻画得很到位。"

黄大风对魏公穑说："你们火场公社要关心像袁莹莹这样家庭困难群众的生活，关心这些农民艺术家，他们可是我们的宝贝。"

魏公穑皮笑肉不笑，怏怏地说："那是自然，那是肯定的。"

"姚革新等农民艺术家很专业呢，你的艺术造诣不失专业水平，希望你今后不断努力，创作出更多的人民群众喜闻乐见的好戏剧。"

魏公穑连忙说："姚革新同志他本身就出自戏曲科班，他系统学过戏曲创作、表演等，是行家里手，尤其对我们地方传统戏剧颇有研究。"

"姚革新同志的大名，远近闻名，他这个农民艺术家不是浪得虚名，他还是老革命呢。"黄大风说。

姚革新说："盛名之下其实难副，不足道哉。《郑小姣》等节目演出成功，其实可以说是在魏公穑书记的具体指导下完成的排练，我只是帮他当了下手而已，功在魏书记。"

黄大风风趣地说："有你老姚和小魏联手，莫得黄（事情不得失败或计划能实现）。小魏告别大城市的优渥条件，来到我们这个穷乡僻壤与工农相结合，他都乐不思蜀了。"

魏公穑说："感谢黄书记栽培，在你的带领下，我一定把工作干得更好。"

得到黄大风书记的肯定，魏公穑有点飘飘然，不由向崔产愫瞟了一眼，他看到黄大风的手仍然紧紧地攥着崔产愫的美手，崔产愫有些难为情，但又不好把手抽出来，任由黄大风一直握着。

黄大风见魏公穑的目光老是往崔产愫这边看，他感动蹊跷，仔细一看，自己的大手一

第三十一章
戏剧团演出获好评　黄大风观剧赋新词

直握着崔产愫的手，魏公穑的目光正在往他手上看，他有些不悦，下意识地松开了手，两手叉腰，一边说着话，一边很夸张地朗声大笑。

他把头转向姚革新说："姚革新同志，祝贺你们演出取得很大的成功，大家辛苦了，你们剧团目前还有什么困难吗？今后有什么设想？今天魏书记也在，你们说出来，魏书记会帮助你们解决好的。"

姚革新说："谢谢黄书记、感谢各位领导的关心慰问，剧团没啥大困难。如果说困难，还是缺资金、缺人才。你有权威，打个喷嚏下场雨，跺跺脚跟闹地震似的，靠您关心支持。我们民间剧团，全靠领导关心帮助，社会各级支持呀！魏书记对剧团平时很关心，排练大型古装戏《郑小姣》时，他亲自来现场指导，《郑小姣》的上演，首功是魏书记的，要感谢他的支持和帮助，《郑小姣》等节目的成功上演，极大地丰富了我们火场人民的文艺生活。"

黄大风对随行的县财政局局长高镨说："对辰河戏剧团的关心要怀着感情，支持要真金白银。"

高镨说："是，好的，我负责落实。"

魏公穑吩咐姚革新以政府的名义，起草一份报告，向县里请求解决一笔用于剧团购置服装、道具等资金。

姚革新随即要黄大长去写报告，黄大长一会儿就写好了报告，魏公穑看后，在报告上签了字，顺手交个黄大风，要他签字。黄大风和魏公穑相视一笑，说："你们这个魏书记啊，精明得很，他怕我赖账呢。好吧，我签。"

黄大长立即递上钢笔，黄大风在报告上签字，并交到高镨手中，并要求尽快落实。

高镨说："好的，马上办，请书记放心。"

黄大风对演职人员说："今后剧团有困难就找魏公穑，他会帮助你们解决好的，他如果不解决，你们就告诉我，我打他板子。"

大家听后哈哈大笑，魏公穑在一旁连忙表态说："不敢，不会的，请黄书记放心，我们一定按照您的指示办事。"

黄大风频频点头，说："今晚的演出取得了很大的成功，给革命群众留下了深刻的印象，希望辰河戏剧团戒骄戒躁、再接再厉，为无产阶级'文化大革命'运动激情歌唱，演出人民群众喜闻乐见的更多更好的优秀节目。"

魏公穑十分了解黄大风的行事说话风格，每当说到这个节点，黄大风会故弄风雅，或有备而来，心中揣着诗词。

于是，魏公穑说："今天黄书记亲临演出现场指导，演出取得空前成功，黄书记对演出很满意，大家也很高兴，黄书记是诗词高手，何不趁此雅兴赋诗一首，鼓励一下辰河戏剧团。"

黄大风见魏公穑不失时机地提出作诗的要求，佯装责备道："你们看看这个小魏，净给我出难题，我哪里会作诗啊，我是个行伍出身，你叫我带兵打仗还行，让我作诗填词，这不是逼张飞绣花吗？嗯。小魏和姚团长都是杏园高手，我可不敢在你俩面前班门弄斧。"说完提了几下裤带，用手把长头发往后一抹，仰着头哈哈大笑。

魏公穑知道，黄大风每每有这个动作，基本上可以肯定他心中已有诗词，并且希望由

别人提出让他作诗。

魏公稽面带微笑并不言语，伸出右手，对黄书记做了一个请的动作，手势坚定而又礼貌，执意要黄大风作诗。黄大长显示出无奈而又欢喜的神色，他面向大家，朗声笑道："你们这个小魏书记啊就是调皮，他在出我的洋相呢，他呀经常打我的埋伏，搞得我措手不及。好吧，今天高兴我就献丑了，即兴吟诗一首，给我们的辰河戏剧团辰州演出成功助兴。"

他两手叉腰，摇头晃脑，一字一句地吟道：

"辰河高腔放光芒，导演苍茫大地方。为将为官为盗贼，假情假义假才郎。"

大家鼓掌叫好，姚革新说："让黄书记再作一首诗，大家说，好不好？"

周围的人都报以热烈的掌声，连声称好。黄大风兴起，脱口而出，吟诗二首：

"曲调戏文到处传，消愁解闷好医方。有人深入其中意，不发癫来也发狂。"

姚革新连声叫好，他说："好诗、好诗。"大家的掌声经久不息。黄大风抑制不住的兴奋，要魏公稽作诗，魏公稽说："有您在此，哪轮到小魏造次，我是江郎才尽，确实作不出诗。"

魏公稽转而点姚革新的将，要姚革新作诗，姚革新说："不行不行不行，我一个小小的大队书记，孤陋寡闻，才疏学浅，哪敢在你两个大书记面前猪鼻子插葱——装象（相）。"

黄大风说："小魏你就别再谦虚了，谁不知道你是大学高才生，看了演出后，你就没有什么感悟吗？好了，别再磨叽了，有句俗话说，谦虚过度，等于骄傲。"

魏公稽见推脱不掉，往崔产愫那边一看，会心一笑，他脱口而出：

"曾经排练十余周，为睹梨园复会丘。貌似关张三结义，犹如李郭两同舟。始知唐代君臣礼，得见薛家父子谋。更喜神传真不谬，清歌一曲醉高楼。"

黄大风拍手叫好，大家鼓掌欢迎。

这时黄大风的话锋指向了姚革新，他说："姚团长你也就不要谦虚了，说唱戏、论演戏、作诗词我们这些人都是你的徒弟，今天辰河戏剧团演出取得空前成功，你肯定有很多感慨，你就给大家露两手吧。"

姚革新见黄大风发话点了将，装作很痛苦的样子，把长杆烟袋往后背心挠痒，挠得差不多了，他吟道："几本戏书我写完，饱经辛苦几沧桑。一心只爱传奇事，到老终生永不闲。"

还没等大家的掌声停下来，他又吟道："罢却梨园习圣贤，诗词歌赋理当先。齐家治国平天下，孔孟文章仔细观。"

黄大风说："最后一联孔孟文章仔细观，可以改成马列文章仔细观。"

"孔孟文章改成马列文章，这样一改，高度立现。"姚革新说。

魏公稽说："诗言志，姚团长步黄书记的诗韵，即兴作诗，诗境开阔，意蕴深长。"他说完，大家热烈鼓掌，黄大风也很夸张地鼓掌，崔产愫在一边偷偷地揉自己的手，魏公稽悄然绕过去，用手轻轻地拍了拍她的后背，两人会心一笑。

辰河戏剧团辰州演出满载而归，火场老百姓都沉浸在喜悦之中。当晚，火场"文革"领导小组组长牟梨找到魏公稽研究如何落实县委书记黄大风在火场"文化大革命"运动汇报材料的批示。她说:"时不我待,要抓紧时间开展工作。"

魏公稽对于这个黄毛丫头并不放在眼里,对于县委正式下文任命牟梨为火场"文革"领导小组组长,魏公稽有保留意见。他坐在办公室靠椅上,爱理不理,顾左右而言他。

"听说你小小年纪在省会城市闹革命,取得了很好的成绩。参加了毛主席首次接见来京进行大串联的全国各地的红卫兵大游行,回来后就得到了提拔重用。现在你来了,火场的'文化大革命'运动我就有底了,今后还要多多仰仗牟大组长了。"牟梨从魏公稽的话中,听出了傲慢与轻蔑。

牟梨说:"这是我的工作职责,历史的接力棒交到了我们这一代年轻人的手中,时代赋予了我们年轻一代的神圣使命,我们一定要跑好,赛出个好成绩。"

第三十二章
辰河剧团走出大山　芸庐献艺万人空巷

山村的文艺生活是十分匮乏的,辰河戏剧团的存在,为地方戏剧的勃兴提供了可能。地方戏剧源远流长,火场辰河戏剧团吸收了古代、现代地方戏剧的精华,加以排练。演员阵容主推当地社员群众,大家喜欢唱戏、看戏,不管是老人小孩,还是俊男靓女,都会唱几句地方戏。由于政治运动的需要,革命样板戏进入寻常百姓家,也被大量流传。社员在出集体工时,经常会吼唱几声,作为劳动的号子,为暗淡的生活增添了无穷的乐趣。

在茶余饭后、田间地头、打稻砍柴、播种栽秧时,随处都能听到有人"咿咿呀呀"练唱,吼几嗓子高腔,把粗痞的野话编成自己需要的唱词,只要有一人开始吊嗓子,听到的人就会附和着往下唱。每到农闲时,农人们就开始拾掇各种戏剧唱本,自主练唱、练演技,在当地形成了小小的艺术氛围。这个山旯旮里,由于爱唱戏、爱看戏的缘故,人们从中学到了不少知识,社员识字率比一般山里人高出很多,纯文盲并不很多。他们的语言、着装、思维具有开放性、包容性,形成了独特的土家文化现象。

农人的生存能力是比较强的,在物资匮乏的年代,生活必需品,他们基本上能够自给自足,他们除了文化不高,其实懂得蛮多,尤其对农业生产、生活、农事谙熟于心,一些农民对戏剧表演也是行家里手。在乡野之间,有文化的农人更是了不起,他们大多喜欢过恬淡娴静的老日子。可以说,在他们身上兼具农民和艺人双重身份。坊间就有人把姚革新这个辰河戏剧团团长戏称为农民艺术家。扛上锄头上山下地,放下锄头套上戏衣,就能上台表演。姚革新注重地方戏剧人才的培养,人们逐渐形成了听戏—看戏—唱戏—演戏的风俗习惯。每年从立冬开始到立春之前约三个月时间,就是辰河戏剧团县内外演出的黄金时间。大年初二到正月十五之前也是戏剧团唱戏、耍龙灯的铁板时间,平时谁家有嫁娶之事,家里老人(指有人去世)也叫白喜事,必定要请辰河戏剧团前去唱堂会、耍大戏,有的大户人家或比较富裕的家庭,往往会请戏剧团前去唱几天,自然是好酒、好饭、好烟伺

候着，从来不敢怠慢这些艺人。演员们吃饱喝足了，用手掌在嘴上左右一抹，手背一揩，上台就咿咿呀呀演唱起来。东家心中有数，伺候好了这班"唱戏"的，台上越唱越发卖力，主家也不用担心戏中的内容被不良演员们"偷懒"——故意大段大段漏下。演出前，姚革新会把剧本也叫戏本，拿来给主家看内容，民间会把戏名写在折叠的硬纸上，也有雕刻在两寸长的竹片上供人选戏，俗称"翻折子"。在农村把戏剧团请到家里唱堂戏是件很重要的事情，也不是一般人家敢问津的。请得起戏园子的人家都讲个面子，图个排场，讲究"格式"，得有仪式感，会请个"笔杆子"，写个正儿八经的请柬，恭请剧团。剧团来前，也会很正式地把"折子戏"铺在一张红绸子上供主家选戏，俗称"点戏"。点戏，也是有学问的，除非主家本身懂得或熟悉某个戏名，不然大多会征询剧团的意见或建议。因为"折子戏"有长有短，还有一个戏文内容问题，家里办的是喜事，自然就点戏文内容喜庆的。屋里是老人的，则要点父慈子孝媳敬公婆的戏，或者讴歌长辈如何如何含辛茹苦地抚养儿孙，创立家业艰难的戏。主家家庭条件好的，剧团会建议或者引导选那些时间长的节目，当然内容更好些，表演难度也大些，演员出场人数多。名角也叫"牌"，出场的也多些；遇到家庭情况一般或者较差一点的主家，剧团会引导选那些简短的节目，一般主角不出场，场子费要得少很多。什么事情做久了，就会有江湖。演戏就是演给人家看的，演最重要，也就是一场戏下来，主家请了哪几个名角到场演戏，最为重要。为提升堂会或筑台戏的质量和影响力，主家往往把请来了多少名角或者叫所谓的大"牌"到场演戏，挂在嘴上说上三天三夜。偶尔还会在人多的地方，把话题引到自家唱堂会那场热闹的场面渲染一番。随即学模学样吼几嗓子，沉浸在自己的快乐里，一边学演员表演时的一招一式，一边往人群中的男人们递支比平时要好一点的烟卷。男人们会伸手接烟，有些人戏看多了，还会做一个双手接烟的做派，以示恭敬。接烟的人，口中会说："你喝，你喝（就是你抽的意思）。"一些男人会学着戏台上那些千篇一律的台词，装模作样地戏说："谢了……相公。"这时主家会把话题趁机引到自家那场戏上，又开始谝自家那场戏的精彩场面，说："讲么是讲，那主演小生，那一名角儿，那唱腔做派，那真的厉害，那花旦嫩得能掐出水来。啧啧啧，把我一双眼珠子没看掉下来——眼闪都没闪过呢。"

家里办过堂会，筑台子唱过大戏的人家，这种场景基本是克隆出来的，表现手法上是惊人的相似。即便是一般人家请了戏团来唱了大戏，也会炫耀几天，走起路来，讲起话来，比那些没有请剧团或家庭困难请不到剧团的人，硬多了，雄多了。庄户人家逢年过节，红白喜事啥的请剧团来热闹一阵子，已成为一种风俗习惯、一种时尚、一种文化。

魏公稿读大学时，对文学创作尤其是诗词曲创作方面情有独钟。由于魏公稿的个人爱好和大力推动，火场的民间艺术得到了空前发展，前有辰河戏剧团，后有燎原文学社。因此，魏公稿被人冠以文书记的称谓，不可谓不尊。这是为了和前任书记庞跃京区别——庞跃京有武书记的美称。

姚革新正式半官方性质兼任辰河戏剧团团长职务，崔产愫兼任燎原文学社社长。在魏公稿的重要工作议程中，除了辰河戏剧团和燎原文学社的演出活动和创作外，还有一项重中之重的工作，就是火场公社到大合坪公社这段乡村公路建设，简称"大火"公路。这条公路经由深溪口、北溶、落坪、大合坪、火场五个公社的公路段建设，由各自公社负责组织人员按期建设完成，大合坪至火场这段公路，穷山恶水，建设任务重，施工难度大，要和其他公社同期完成公路建设任务。

姚革新接到剧团任务后，很快对辰河戏剧团的发展做了一个三年行动计划，重点规划如何把火场辰河戏剧团做大做强。以前是纯民间戏剧团，其实就是几个玩得好的，有共同的戏剧兴趣爱好的人，凑在一起唱唱高腔、傩戏、京剧。如今县委书记、公社书记亲自推动，由于政治运动的需要，被官方正式纳入意识形态范畴，要推动发展，搞法上肯定不同。过去农村红白喜事唱唱"大戏"，所谓大戏，就是有红白喜事和值得庆贺的日子的时候，剧团临时抽组人马敲锣打鼓唱出祈福道场和度亡道场。现在的剧团人员数量扩大了一倍多，人员组成不再是单一的当地或附近的老百姓，还有来自县城的和县城外的戏剧爱好者。剧团除了传统古装戏节目外，现在可以说是所有地方戏剧都有人才可以开发和表演，剧团人不进入财政，在财政上是自负盈亏，在组织领导上接受火场公社组织领导，在具体业务上，自主自立，辰河戏剧团聘请魏公稿兼任艺术总监。

每年立冬至立春前后约三个月，是戏剧团出团演出的最佳时间，农人除了基本建设要派工派劳外，基本是闲着，可以更好地做到农事和演出两不误。为了适应政治运动的需要，辰河戏剧团新增了"莲花落"。"莲花落"早年叫"数来宝"，也叫"顺口溜"，后来叫"快板"。唱时用竹板打拍子，是一种艺术表现形式，见景生情口头即兴编词，看见什么就说什么，随编随唱，可抒发感情，宣传自己的见解。从编演到传唱，比什么艺术样式都来得迅速。内容既有以几个故事情节串联关系而成的，也有一条线索贯穿若干小故事的，所谓"多段叙事"。表现形式有一个人说的快板书，两个人说的"数来宝"，三个人以上的"快板群"，也叫"群口快板"。

姚革新认为"快板"这种乐器易上手，不选场地，特别适合应急之用，就是要求表演之人要有一定的文化修养，能够随机应变地编词改词。操作最好的、最快的人要数姚革新、黄大长、谢钟、钟吉祥等人。

跳"忠字舞"是政治的需要，也是精神生活中的必需品，以《大海航行靠舵手》《在北京的金山上》等歌曲为伴唱伴奏，跳舞时手里挥动语录本也就是"红宝书"或红绸子作为道具。举行"早请示，晚汇报"仪式和庆祝活动游行时，都要表演这样的舞蹈。城里游行时的"忠字舞"方阵可达上千人乃至上万人。

崔产愫负责给公社干部排练"忠字舞"，带领干部群众在广场或游行队伍中跳"忠字舞"，很明显，魏公稿认可崔产愫的多方面才能，突出崔产愫的重要性，让她多出头。

1969年的冬天来得特别早，还没有到立冬，天气已是十分的寒冷。黄大长在堡子界山上放野鸡套、麂子套。昨天晚上套得一条麂子，剥皮后，砍了一条大后腿，送到姚革新屋里，说是给孩子们改善一下伙食。苏醒在自家地里砍了几蔸白菜，和着麂子肉一锅烩。姚革新吃了一口就开始骂，指责苏醒贪多，像给猪煮的猪食，把好好的一锅麂子肉都给糟蹋了，麂子肉的香味都被大白菜串了味——"这个世界上就只有你苏醒想得出来，麂子肉炖白菜，汤都鬻锅了。"

黄大长说："苏醒嫂子这种吃法，营养搭配才科学，是一道很不错的下酒菜。"其实，姚革新并不怎么吃菜，和黄大长一样，吃什么菜并不重要，只要有酒就好。姚革新温了一壶好酒，两人围着火坑，用海碗喝酒，喝了满上，倒酒就喝，从来没人看见他两个喝酒有谁说过酒倒多了的。苏醒过年酿的苞谷烧，是专门预备着姚革新喝的，比平时的要浓许

多，喝起来劲儿大。

两人边吃，边说点闲话，姚革新对黄大长说："今年国家很不平凡，中苏两国都是核大国，在珍宝岛发生武装冲突，中国的周边环境变得危险复杂了。"

黄大长说："大哥，咱老百姓不懂什么政治，有饭吃、有酒喝、有衣穿就行，有毛主席他老人家掌舵，咱中国谁也不怕。"

他说完端起酒碗，和姚革新的酒碗碰了一下，两人猛抽一口酒，一筷子大白菜送进嘴里，嘴里发出吧唧吧唧的响声。两人围着火坑边聊着，一只手端海碗，另一只手拿着筷子往锅子里戳，黄大长喝干了酒，就用酒碗往水缸里舀一碗凉水咕咚咕咚喝下，连打两个饱嗝，口一张，差点哕出来了。

苏醒见锅里白菜吃完了，又端来一篓子白菜，姚革新用手大把大把往锅里丢白菜，苏醒坐在火坑旁把姚革新的衣裤敫上几针。姚革新酒喝高了就话多，他用筷子夹着一片白菜指向大长，说："看这个形势，'文革'一时半会儿停不下来，还得继续下去，大长啦，庞跃京已经被关押近十年了，上次开批斗会，我看到他那个样子着实让人心疼，他是一个英雄，他对革命有大功，这样的人怎么会反党呢？我看黄大风是利用职务之便公报私仇，当年无缘洞战斗和鬼尸洞战斗，功过其实早有定论，黄大风是嫉妒庞跃京的战功，两个老战友都几十年了，还为芝麻绿豆点事纠结不放。庞跃京为人无私、性格耿直，在三年困难时期犯上直言，惹毛了黄大风，黄大风借当时政治形势，造成这么大的冤假错案，如果再不把庞跃京从牢里捞出来，我看他迟早会死在黄大风手里。"

"是的，大哥，那怎么办呢？我们有什么办法救出庞书记吗？我们人微言轻，说话也没人听呀！"

"有个人的话，他们不敢不听，我们出面说话肯定没有人听。相反，可能帮倒忙，只有请他出面说话，我看一定能行。"

"大哥，谁有这么大的面子？"

"李以民，他现在是省军区的一个副军长，当年就是他进入无缘洞，把庞跃京的队伍带出来参加革命队伍的，又是他和庞跃京化装成医生进入无缘洞，给安安三的手下土匪治疟疾并劝说土匪投降，还有鬼尸洞战斗，他们两个人可以说是出生入死的战友，他对庞跃京可以说十分的了解，对那两场战斗他也最有发言权。"

"我们地处大山里，也没有办法把这里的情况告诉李以民呀。"

姚革新说："益阳那边有个叫方斯娅的地方，蔡姓、黄姓等姓氏人多，也爱听戏唱戏，他们公社上回把邀请函都送到了县革委会，请我们剧团过去唱大戏，出场费比我们这里要高出一倍多，他们说尤其喜欢我们这个剧团开放、包容的艺术表现形式。剧团接到他们请束后，已答应他们的邀请，给他们下了回帖。现在不是农忙季节，春种了就走不开，我想让你在我们剧团外出演出时，你带着我的书信去一趟省里找李以民去，你我都认识李以民，你把我们这里的情况详细地告诉他，让他出面救出庞跃京。其他时间你也不方便出去，生产队开春搞生产了，你出去了目标太大了，人要离开公社，就得公社批路条。别人也会起疑心的，越级反映情况，是不允许的。"

"大哥，我愿意去省城里找李以民。我去了，我们的戏怎么办？有几个折子的戏，我都是主角。"

"这个你不用担心,你去了谢钟顶替你的戏,完全没有问题的。还有,你去省里找李以民的所有开销都由我负责,你不在剧团,演出期间的收入会把你也考虑进去,你家中也有那么几张嘴要吃的,一年的花销靠的也是这三个月,作为你的补助,不会让你白跑路的。"

"大哥,看你说哪里去了,我去就是,我保证把你的信和庞跃京书记的情况向李以民军长说清楚,请他设法捞出庞跃京。"

姚革新说:"你没意见就按我说的去办,你对外一个字也不要说,包括你的婆娘李兰香,女人就是口敞,是管不住自己那个口的。立冬后第三天,我们剧团就去娄底演出。之前,沿路还有好几个地方也来了请柬邀请我们去唱戏,我想我们今年自己辛苦一点,把戏都接了,多找点外快,你去省里的花销剧团出一半,另一半全由我出,你是负责跑腿,不用你出钱。前面我也想过,我自己去找李以民,回头一想不妥,首先我走不开,接了这么多戏,要安排演出。演出是砸不得箍的,砸一次箍,剧团的名声就臭了,今后就再也没有第二次,别人再也不会邀请我们唱戏,这可是件大事。你也看到了我们中村不少家里都有一个人在剧团跑,为什么呢?不就是想捞几个油盐钱吗,小孩过年要添件新衣,女人要买几尺布,准备纳几双鞋底,孩子开学要交学费。你也看到了,村中人不管平时吵成什么样子,甚至拖斧头拿扁担打过架、骂过娘,但是,只要是剧团的事,就从来没有一家跳出来捣乱的。其次,我如果出去远行,一定会招人议论,火场'文革'领导小组可不好应付。"

"剧团一摊子的事怎么离得开大哥你呢,大哥放心,我去省里找李军长,把这里的情况一五一十地讲清楚,请他为庞跃京做主,把庞书记救出来。"

"好,那就辛苦你一趟。"

姚革新要黄大长准备一下,下周一就是剧团出去演出时间,要他随剧团一起出去,县城有三场演出,演完后去娄底,到时让黄大长去省城找李以民。吩咐他给家里就说随剧团外出演出,给剧团人到时就说到省城去联系演唱业务。要他返回时,去筲箕湾中学、小学找剧团,因为那时剧团从娄底那边演出回来了,到筲箕湾公社演出,回来了编个理由不让任何人晓得这件事,晓得了是不得了的大事,这叫越级向上级反映情况。莫给自己找麻烦,一定要注意保密。

"大哥,你放一百个心,庞书记他是个好人,他对我有恩,我应知恩图报,一定把事办好。"

时间很快就到了周一,剧团三十多人的队伍,像蚂蚁搬家一样,挑着抬着行囊整装出发,队伍行至北溶中学演出后,改乘木帆船,逆流而上行至下南门下船,踟蹰上行至中南门。到达沅陵县城北门上,马匹辎重走陆路经停东门口。

沈从文两度被提名为诺贝尔文学奖评选候选人,他不仅是著名作家,还是历史学家、考古学家。文化名人具有很好的教育效应和强大的社会功能。他的故居"芸庐"在沅陵一中校内,在"芸庐"首演,其意义由戏里拓展到戏外,唱大戏本身就是一种文化普及与宣传。

剧团在辰州中学沈从文故居"芸庐"首场演出,之后几天在桃花岭沅陵二中、烂船溪溪子口小学、天宁山鹤鸣山小学、荷花池小学组场子演出,几场演出都取得了空前的成功。

沅陵人吃得苦、经得缠、霸得蛮、爱闹热，都是出了名的。听说辰河戏剧团要来县城唱大戏，十里八乡那些老戏骨，有早早地租下"靓堂子"闲逛跑江湖的；有拖家带口从乡下专程跑来"赶场子"的；也有三五成群凑份子住馆子看热闹的；还有那些腰包干瘪看完大戏连夜还得往回赶的。反正是天天来看，一出戏也没落下。

城里人家家户户、老老小小，也赶趟儿似的，他们一个个都走出家门，年轻姑娘打扮得花枝招展，小伙子收拾得精神饱满，小孩儿特意换上了新装，老人的穿戴比平时时髦了许多。满大街游人，熙熙攘攘，好不热闹。

在"芸庐"演出的那晚，演员谢幕几次后，观众仍然不肯离场。剧团演职人员也是高兴，再苦再累，也不能驳了观众的热情，遇到这种情况，剧团就会决定赠送一个小节目，加演一个节目——"群口快板"。三五人、八九人乃至十数人一同登台说"群口快板"，以此表达对观众的谢意。

五天后，剧团演职人员乘船顺江而下，驶向常德。沅江两岸前来送行的人们，怀着喜悦的心情，互致珍重，挥手告别，目送剧团远行。

第三十三章
黄大长寻访李以民　神秘女探访戏剧团

黄大长到了常德之后，就以去省城联系唱戏业务为由，悄然到了省城。他径直来到省军区，军区大门戒备森严，不允许外人随意进入。黄大长向门卫打听李以民的消息，被门卫带到值班室再三盘问，黄大长拿出了姚革新给他事先开好的介绍信，门卫接过信一看，说："大队开的介绍信不行，要公社和县里开的介绍信，才会报告首长。"

黄大长感到迷茫和焦虑，但他转念一想，这说明李以民的确是在军区大院里，既然他在这里工作，就不怕找不到他。于是，他决定守在军区大门口不远的地方，等李以民从大门进出时，他就叫住李以民。想到这里，黄大长有些窃喜。

黄大长在军区大院门口的小亭子守了一天，也没见李以民出来，其实李以民住在军区大院内，不出门办公务是见不到他的，出门办公务也是坐车出入，黄大长坐在离门口较偏的亭子上，小车进出一晃也就过去了。

李以民坐司机后排位置，不易看见他，小车速度快，黄大长坐的位置较偏，黄大长根本看不清车内的李以民，李以民也不易看见他。第二天，黄大长走到军区大院门口往里面张望，门卫叫住了他，他刚转过头，李以民的小轿车就从他的身边驶过去，本可以见到的，却擦肩而过。第三天下午，黄大长再也坐不住了，他走到军区大门口，准备溜进去，"站住！"他被一个瘦高个站岗士兵制止。瘦高个问："你是谁？你从哪里来？你要到哪里去？"

黄大长心中一怔，军区大院真是非同凡响，外边随便一个守门的士兵，都知道哲学的

第三十三章
黄大长寻访李以民　神秘女探访戏剧团

三个终极问题，运用哲学理论恰到好处。

他毕恭毕敬地对新换岗的胖子行了一个滑稽的军礼，他说："我叫黄大长，是从沅陵火场来的，是李以民的亲老表，我有急事找他。"

"你找李副军长有什么事情？你是李副军长的老表吗？"

黄大长听后有些不悦，心想：你一个守军区大门的，竟然打听军长的私事，找李副军长要说的事会给你一个门卫说吗，真是天大的胆子。同为守门的，一个人在工作中能巧妙地运用哲学思考问题，另一个人却问出了如此没水平的话，水平高下立马可判。

他准备回敬门卫一句——你管得着吗。想了想，他没有正面回答胖子的问话，他面向瘦高个回答道："我是李军长的亲老表，我叫黄大长，从沅陵火场来，找李军长有急事——他娘病重。"

"你怎么不早说这个啊，对了，首长从小不是孤儿吗？他哪里来的娘，你在胡说八道，你到底是什么人？说不清楚，就把你抓起来。"胖子十分警惕地说。

黄大长狡黠地说："同志，我不是坏人，也没有闹事，也怪我刚才没有说清楚，是这么回事。李以民当年跟随红军在沅陵闹革命时认的干娘，李以民把他的干娘当作自己的亲娘，我们不敢不来告诉他干娘病重的消息。"黄大长的目光在胖子身上一通乱扫，看得出，站岗门卫有些怀疑。

"我在这里等了三天，也不见李以民出来，你们几个门卫都不让我进去，你们给李以民报一声也不行吗？误了事你们负责。"黄大长化被动为主动，及时将了门卫一军。

门卫见他直截了当点李以民的名，觉得此人胆子不小，有些来头，不敢怠慢，语气缓和了许多，说道："你怎么不早说呀，我马上给首长汇报。"胖子跑进值班室打电话，一会儿，他出来对黄大长说："首长请你马上进来，请随我来。"

黄大长随门卫走进一栋办公大楼，远远就看到一个高大的军人，正向自己疾步走来。

"黄大长，你怎么来了？多年没见。"来人正是李以民，他紧紧地握住黄大长的手。

黄大长一本正经地说："李军长，你还认得我呀，你在火场干革命的时候，我还小不懂事，那时你经常带我和姚革新大哥一起玩，听说你现在当大官了，我想找你给我写个条儿，给我弄个官当当，这个对你来说，不是问题吧。"

李以民也严肃认真地说："你想弄个什么官儿，尽管说。"

"咱也不想当太大的官，难操心，就当个县太爷吧。顺便你给姚革新大哥也安排个职位吧。"

"你要的官不小嘛，没事，我回头给黔阳地委打个电话，你去辰州府当县太爷吧。"说完两人对视后忍不住哈哈大笑。

"好了，不和李军长开玩笑了，我闲散惯了，哪是当官的料。我今天来不是为了自己当官，而是为了一个当官的人，是他摊上事了。噢，对了，姚革新大哥现在是大队书记，他让我给你带来了一封信，信上都写的有。"黄大长从怀里掏出信，交给李以民。

李以民撕开信封，抽出信纸，对黄大长说："我怎么会不认得你和姚革新呢，我在火场干革命那会儿，你两个人不大，鬼精鬼精的，你两个还经常为红军跑腿呢。"

说话间，两人走到李以民办公室，警卫递上茶，李以民叫黄大长喝茶，他在看姚革新的来信，看着看着，他的一双剑眉紧锁起来："没想到，庞跃京受了这么大的冤屈。"

189

黄大长焦急地对李以民说:"李军长,庞跃京是个什么样的人,你比我和姚大哥还要清楚。现在这种事情,也只有请你救救庞跃京,不然,他们那些人会整死他的。"李以民抬了抬手,示意黄大长讲话不要那么过于直接。

李以民说:"大长,十分感谢你这么大老远跑来给我送信,给我讲了这么多有价值的讯息,也很感谢姚革新同志仗义执言,关心庞跃京的命运,他信中讲得很详细。庞跃京同志是个英雄,是个好同志,他对革命有功,我们共产党人不能这样对待一个功臣,这会让人寒心的。"

李以民还仔细询问了黄大长一些老战友、老朋友以及当地的情况。他对黄大长说:"你来一次省城不容易,这次来了就多玩几天,我带你到处走走,到处看看放松一下心情。"

"不了,李军长,家里现在'文化大革命'运动搞得热火朝天,每天不是开批斗会,就是游行,晚上经常开会,会议开得很长。人员往来,尤其是出村就要打路条。这次姚大哥派我来都是趁戏剧团演出之机偷偷出来的,包括我老婆都不知道,为了不露馅儿,不给姚大哥添麻烦,我明天就回沅陵去。"

"你这么说,我也不好留你太久时间,这样吧后天回去,我给黔阳地委张书记写封信,我叫秘书准备一下,随你一起跑一趟黔阳地委,具体了解一下庞跃京这个案子。你回去后告诉姚革新,叫他放心,我会给湖南省委汇报的,我会证明庞跃京的过去,反映他目前所受的不公正待遇。请黔阳地委在庞跃京的问题上重新调查核实,最终能够给一个公正的评价和结论。"

李以民还向黄大长详细了解了火场的一些情况,包括"文革"中的社会变化和底层人民的呼声。黄大长说:"历次政治运动受到影响的人不少,不仅仅是一个庞跃京,不少人在运动中受到各种'莫须有'的罪名,诬陷迫害的不在少数,更重要的是运动让一些别有用心的人投机钻营,那些游手好闲的人、坑蒙拐骗的人,倒是成了老运动员、运动根子。像符光中、莫京、钟吉祥等等这些人,他们依靠运动起家,若没有政治运动,他们就是个闲散在社会上的人渣。只要一搞运动,这些人立马像换了一个人一样,立即进入到运动状态,而且一次比一次花样百出,无所不用其极。这样下去什么时候是个头啊?"

李以民十分专注地听黄大长反映情况,手拿杯盖几乎悬在空中,他陷入沉思之中。少顷,他啜饮一口茶,回过神来,对黄大长说:"走,到我家里坐坐去,今天是周末,我媳妇和两个孩子都在家,我们去家里吃个便饭。"

"我这个样子就不去家里了,来时匆匆忙忙,也没给孩子带个礼物,两手空空多不好意思。"黄大长说。

李以民面有愠色,说:"看你说哪里去了?我在火场干革命时,什么时候给你们送过礼物?我无爹无娘,老百姓就是我的亲人。你不用客气,今晚就在我家里吃晚饭,让你嫂子亲自下厨,为你接风洗尘。"

黄大长还在迟疑,李以民拍着黄大长的肩,说:"好了,别想多了,走吧。"黄大长悻悻然跟随李以民到家中。李以民一敲门,里面的人马上就开了门。

"这是黄大长,从沅陵火场专程来看我的。"李以民用手指着开门的中年妇女说,"我老婆舒缘。"

"嫂子。"

"哎，快进屋里坐，以民经常提起你。"

黄大长被带到会客厅里坐。舒缘给他们两人一人泡了一杯茶，她说："以民给家里打了电话，说有一位沅陵辰州府过来的贵客在家吃饭，我厨艺不好，随便炒几个菜，你俩先聊着，我还有几个菜没炒完。"说完走向厨房。

"李军长真有福气，嫂子又漂亮又贤惠。"

"她是省军区医院一名外科医生，医院有名的'一把刀'，几十年来给人做手术零失误。"

"嫂子看上去就是一个精明能干的人。"

他俩聊兴正浓，这时家门打开了，进来两个小淘气，见家中来了生人，立即停止嬉笑打闹。"李建军，李缘，快过来叫黄叔叔。"李以民两个小孩，男孩是哥哥，在读高一，女孩是妹妹，现在读初一，两人叫了声"黄叔叔好"。就去厨房找妈妈去了。

李以民的家是一个四室两厅的房子，分三个卧室一个书房，每个房间都比较狭小，房里的摆设十分简朴，四口之家的居室显得很是拥挤，没有一件像样的家具，跟一个普通干部家庭没什么两样。晚饭后，李以民留黄大长在家住，黄大长知道这个家庭再也没有多余的卧室，他说，到外面买个店住去。

舒缘说："就在家里挤挤吧，你们好多年不见了，在家里可以和以民好好说说话，他时常念你们，回忆那时的革命岁月，你老远跑来，哪有住在外头的道理。"

第三天一大早，李以民的秘书周秘书带上李以民写给黔阳地委的证明材料、介绍信以及湖南省委给黔阳地委的公函，还有李以民写给姚革新的回信，随黄大长一起登上了去怀化的火车。

黄大长和周秘书两人下了火车，马不停蹄地去黔阳地委，周秘书拿出省军区介绍信，地委秘书处联系了地委书记张鹤鸣。在张书记的办公室，周秘书说："黄大长同志不辞旅途劳累，找到当年和庞跃京同志一起出生入死的李以民同志反映情况，我受李以民同志的委托，具体负责联络这件事。"

地委书记张鹤鸣说："李以民同志已经和我通了电话，庞跃京同志的情况我已经知道，地委会本着对同志负责任的态度，派出专门的工作组会同沅陵县委重新审核庞跃京同志的问题。李以民同志对这件事十分重视，他本人作为当时战斗中的主要一员见证了战斗的全过程，他和庞跃京同志一起深入匪穴，与国民党反动军队战斗，他对这段光荣的历史十分清楚，他是当事人，最有发言权。因此，他亲自写有战斗过程以及庞跃京在整个事件中的表现，还原历史真面目。几次战斗他都是主要参与者，李以民同志在证明材料中讲得很清楚，那些战斗的胜利应归功于庞跃京同志以及所有参战人员。至于说，庞跃京同志在运动中讲了一些实话、真话，那也要加以区别，讲得对，我们就采用，讲得不对的我们也不争论。作为一名党员同志，向党组织进言献策，甚至提出批评意见，我们也要正确对待，不能一棍子把人打死，要给同志改过纠错的机会嘛。庞跃京和黄大风同志之间是误会也好，矛盾也罢，都是同志之间的问题，要开展批评与自我批评，地委要进行协调、教育批评、错了的一定纠错。"

张鹤鸣一边看李以民的材料，一边不停地点头。他让黄大长介绍一下庞跃京现在的情况，黄大长声泪俱下地把庞跃京的遭遇悉数讲了一遍，还说了庞跃京目前的身体状况以及他个人的一些看法。

张鹤鸣听后说："刚才周秘书转述了李以民同志关于庞跃京的一些历史与现实情况，我们也不知道李以民同志曾和庞跃京出生入死并肩战斗过。我们对这些全然不知，我们犯了官僚主义，我也要向李以民同志检讨。黄大长同志仗义执言，为庞跃京同志奔走呼吁，令人感动，让人敬佩。姚革新同志为庞跃京同志说明的情况很及时、很有价值，我们地委一定根据李以民同志的来信认真对待、妥善地解决好庞跃京的问题，请李以民同志放心。"

两天后，黄大长告别了周秘书，坐车返回沅陵。周秘书留在黔阳地委，继续办理庞跃京案。

黄大长在途经筲箕湾公社时，公社大门口贴有一幅大型海报，黄大长仔细一看是辰河戏剧团演出的海报，他下车后，到筲箕湾公社打听剧团的消息，公社值班室老向告诉他，辰河戏剧团从娄底演出回来，先后在麻泖洑区、官庄区、麻溪铺区几个公社演出，已于昨天去凉水井区演出，剧团今天应在张家坪公社演出。老向说，离开之前，姚革新团长特意交代过，如果一个叫黄大长的人前来打听剧团的事，就叫他到凉水井区公所去找剧团。

黄大长立即离开筲箕湾公社，马不停蹄地前往凉水井区公所，他得知剧团去了张家坪公社，于是，他就赶到张家坪。

辰河戏剧团演出的戏台子果然搭在张家坪中学操场的保坎下方，晚上剧团出演的是大型古装戏《郑小姣》，《郑小姣》是辰河戏剧团压舱底的干货。一般不拿出来让别人随意点，就是有人点了这出戏，姚团长也会想方设法婉言谢绝，原因在于《郑小姣》是名剧，演员阵容大，演出条件要求高，一般不拿出来，拿出来也是遇到了有钱的大户或是特别隆重的日子。有的慕名而来，非点戏剧《郑小姣》不可，愿意出双倍或多倍的出场费。剧团的利益当然也是要维护的，在这种情况下往往会答应，并且演员要提着十二分精神演好。晚上演出完了，东家还会客气地请演员吃消夜，好菜好饭自然不必说。那些没有点《郑小姣》的主，心中会有一些闷闷不乐，但姚团长是善于观场子的人，他会故意提出一些较为苛刻的条件，让对方望而却步，主动打消此念头，还要做到不让对方抱怨，这倒也颇费口舌，劳心劳力，要说到来人嘻嘻哈哈地离开。总之，最后还得按姚团长说的去做。有些难缠的主，不是随便打几个哈哈就能敷衍过去的，这时姚团长就会找些客观原因，加以说明，譬如说，《郑小姣》这出戏，我今天有个主角临时有点急事，来不了，你看，你看看，这不，火烧眉毛了都。临了，别人还反过来劝慰他——姚老板您莫急，别急坏了身子。他抑或找个理由说缺个什么重要的道具，真是急死人了，边说边搓手，来回走着，别人一看跟真的似的，也就不好再说什么。但终归是没有达到目的，来人不免还是有些扫兴。

于是，他会解释说，我们的事儿还有很多地方不尽如人意，我们剧团会加强这方面的改进，下次有机会来，包您满意，这样吧，为了感谢您对我们剧团的厚爱，演出时，我给你们加演一个"莲花落"，送的，不收钱。

姚革新时常对剧团人说，伸手不打笑脸人，来人都是我们的衣食父母，把好话说好，把不好听的话，变一个角度去说好，不能驳人家的面子，戏里不行，戏外补，多一个人说你好不是坏事，人抬人无价之宝。

有时，他看来人，是个赶时髦的人、生活品质高的人，就会建言加一个"忠字舞"表演，热闹热闹。直说得来人掏出烟，开心地打上一圈，点上火，呵呵笑两声，大家都心平气和了为止。用姚革新的话说，不管演什么戏，要演好戏，首先要学会做人，小舞台大社会。

大型古装戏《郑小姣》开演时，台下站着看的、坐着看的是黑压压的一片。据说，张家坪看戏与其他地方不同，他们爱戏懂戏，台上唱、下面看戏的人不仅用眼看，还跟着台上演员唱的去唱、跟着演的去演，嬉笑怒骂如置身其中。这个地方的人，不分老少，除了喜爱更是多几分痴迷。台上表演的人，每次遇到这样懂戏爱戏的这些人、这些地方，都会全身心地投入演出，怕出什么岔子。出了什么岔子，台下人是不会给你留情面的，有人会起哄，甚至有人会说，演成这样，还好意思在台上显摆，赶紧下台来，学好了再上台演吧。戏迷最关心的是戏台上的戏，演戏出了纰漏，他们才不给你情面呢。

为此，姚革新特意在演出前给演职人员开了一个囫囵会，他在会上无非是提要求、讲纪律，当然讲的更多是关于戏剧的演出细节。他要求演员们动作要贯穿提、沉、冲、含、靠、移、腆等动作元素，配合呼吸的要求；节奏特点的要贯穿手、眼、身、法、步的要求，体现形、神、劲、律的高度融洽。

黄大长知道晚上演出《郑小姣》，肯定有它不寻常的说道。他绕过人头攒动的人群，来到后台见姚革新，姚革新见大长回来十分高兴。黄大长把姚革新叫到一旁，悄声对他说："李以民向你问好，他还给你回了一封信呢。"

"信里讲的是什么？"

"我没看，李以民是写给你的信。"

姚革新接过信，就着灯看信，边看边说："演出下场子时，你一起去吃消夜，李以民那边的情况等一下再说，不急，有一个晚上你说得完。"

黄大长说："好，晚上忙完后，我再一五一十给你讲一讲这些天和李以民见面后的情况。"

姚革新边看边点头，也不知是为信中的内容点头，还是点头赞同黄大长说的话。

演出结束后，姚革新和黄大长单独长谈，黄大长把到李以民那里的经过详细说了一次，姚革新认真地听，黄大长说完后，姚革新说："李以民是个好人，也是个好官，在他有办法的情况下，一定会救庞跃京。他和庞跃京两个人是出生入死的战友，当年那几场战斗他们两人并肩作战，并取得了胜利。黄大风跟庞跃京争功，那就是跟李以民争功。李以民现在已经派周秘书去黔阳地区调查了解庞跃京的事情，上面不久应该有个说法的。庞跃京本身也是个正直干净、有担当的好官。说不好，他哪天就官复原职了呢。我相信像庞跃京和李以民这些好人、好官，一定会有好报。黄大风现在一手遮天，胡作非为，我看他蹦跳不了几天。"

说完了正事，姚革新才和黄大长说这次到娄底演戏的事情。他说："娄底演出很成功。我们剧团演出时来了一个很漂亮的姑娘，齐耳短发年龄大约27岁，反正不到30岁，看上去应没有成婚，人显得很干练。她走到演出海报前看了好久，她突然大叫一声：'黄大长，大长哥。'她踮起脚跟四处张望，好像在找一个叫黄大长的人，她显得很兴奋，在人群里钻，口中叫着黄大长的名字，她找到我们的驻地，打听黄大长的消息，我们的人说我们这里没有黄大长。她有些不相信，正在迟疑中，剧团有人叫了一声'袁莹莹'，她迅速

回过头来，朝袁莹莹走过去，快走到袁莹莹跟前时，她立即停止了脚步，对着袁莹莹，上下打量一番，温婉地说道：'你真美！'没等袁莹莹回过神来，她转身离开，从她背后传来一声：'我找错人了！'袁莹莹对着她的背影大声问道：'你们这里也有一个叫黄大长的人吗？'那个姑娘猛回头对着袁莹莹说：'我们这里没有黄大长，我找的人叫王大长。'她莞尔一笑，给袁莹莹竖起大拇指，转身消失在人群中，她好像对那个叫黄大长的人蛮熟悉，她叫黄大长名字的时候，那种欣喜是发自内心的抑制不住的兴奋，见到袁莹莹的时候，好像早就知道她一样。她还对袁莹莹竖起了大拇指，转身迅速离去，你说怪不怪。"

姚革新的眼睛直盯着黄大长，黄大长明显有些局促，偏过头，顾左右而言他，黄大长喃喃地说道："她不是说找错人了嘛，他找的是王大长，不是黄大长。"

黄大长的心里激起了一丝涟漪，姚革新的描述让他心里更加清晰，更加肯定了一个想法，那个到处找他并叫唤出他名字的女子——十有八九是蔡海秀。她是益阳桃江县桃花江人，怎么到娄底去了呢？他的思绪回到了三年前那个可怕的夜晚，那天晚上一场暴雨导致拘留所山体滑坡，他自己死里逃生，蔡海秀则被泥石流掩埋了，是他带领几个室友把蔡海秀从泥土里刨了出来，是他救活了蔡海秀。

在医院黄大长守护着她，那个令人难忘的夜晚，两人说了很多话，往事立即浮现在他的眼前，蔡海秀温柔、美丽、善良，离别时的伤感，像电影蒙太奇那样在脑海中呈现。

"想什么呢，你发什么呆呀？"姚革新见黄大长魂不守舍的样子，有些不悦。

黄大长把头左右摆了摆，否定了自己的胡思乱想，蔡海秀明明是益阳桃花江人，怎么会到娄底去了，她去那里干什么？而且，就在戏剧团演出时碰到了，哪有这么巧的。她还认出了袁莹莹，怎么可能呢？她和袁莹莹素未谋面，这更是太离谱了。这个女子也许要找的人真是王大长，所有人都听错了，把王大长当成了黄大长了，他感到真是有些离奇。

"大哥，我在想，李以民说话了，庞跃京很快会放出来吧。"黄大长又重提这个话题。

"庞跃京是被冤枉的，应该放出来。"

第三十四章
牟组长点评三名剧　八书记对垒八金刚

辰河戏剧团外出娄底等地演出顺风顺水，演职人员个个铆足了劲，全身心投入演出，演出效果好，社会反响也好，可以说是满载而归。

用姚革新的话说，一路上净遇到好事，不发财都不行。剧团人员演出圆满结束后回到火场，演员脱下演出服，换上百姓装，继续做一个有文化的农民。

辰河戏剧团团长姚革新一回来，就给火场公社书记魏公稿汇报剧团外出演出情况，魏公稿听了姚革新的汇报后，很高兴。一会儿，魏公稿把话题转到大合坪公社至火场公社公路建设工程上（简称"大火"公路建设工程）。由于工程建设处于攻坚阶段，县委书记黄大风已经几次调度工程建设进度，强调必须按时、保质、保量完成建设工程。为了确保"大火"工程建设质量和进度，魏公穑亲自兼任"大火"公路建设工程指挥部指挥长。

中村大队党支部书记兼二队队长姚革新立即召开大队干部会议，在会上，他力推中村大队副大队长、二队副黄大长任中村大队"大火"公路建设副指挥长，他本人任指挥长。

会后他和黄大长闲聊，说："当年，你在拘留所立了大功，我们大队保送诚勇上大学，虽然当时有一些反对意见，但有魏公穑的大力支持，诚勇最终还是顺利上了大学。这次你在'大火'公路建设方面，你要干出点名堂来，给那些有不同意见的人看看。诚勇去读大学时，还是一双脚走出大山的，等他毕业回来咱们公社到县城的公路就修好了，可以坐着四个轮子的车子驮着他回家。你看诚勇这个孩子多有福气啊，他是魏公穑保送出去的年轻人，回家后他的工作分配，说不定魏公穑能帮上忙呢，他如果一高兴把诚勇留在公社当干部，那就好了。"

"是啊，是啊！多亏了大哥你对我们全家的关心帮助，没有你的帮助，诚勇做梦都上不了大学。'大火'公路建设的事，就按大哥说的办，我尽全力。"姚革新示意黄大长莫说客气话，两人枯坐在那里，各自想着自己的心事。

黄大长沉默片刻后，对姚革新说："大哥，听说今年我们火场公社又分了一个保送读大学的指标，这回你要把姚改革保送读大学去，再也莫让别人了。你干队长、书记都这么多年了，也是老干部了，连魏公穑都说你是农民政治家。他权利比你大，资格却没有你老。你看他在你面前那个谦卑的样子，又看看他在别人面前的做派，莫说在社员群众面前，就是在他手下那班公社干部面前，他讲话让过谁，办事问过谁，态度有多蛮横，是吧。到时你给他开个硬口，改革今年保送读大学的事，我看保准能成。"

"我怎么能开这个口、带这个头呢？正因为我是大队书记，一名共产党员就更加不能只为自己打算，如果我们火场十个大队的干部都只为自己着想，谁还能带领大家建设社会主义新农村。当干部的自身不硬，讲话做事就失去底气，谁还把你讲的话当个话，谁还会支持你的工作。干部干部先干一步，打铁还需自身硬。自身过不了硬，就没有权力对别人发号施令，也就没有脸面当干部。"

"大哥，姚改革他各方面具备保送读大学的条件，古话不是也说'举贤不避亲'，是不是？只要人贤能，亲疏都可以使用。"

"这个话不是没有道理，可咱就是不能带这个头，谁知道你是'贤'还是'愚'呀？有什么标准啊。姚改革如果命中注定有，那么时机一到就是他的，若没有，他做个有文化的农民，自由自在，快乐就好，不比人矮一截。"

"大哥，你真是我们的村领袖，不愧是农民政治家，我永远都学不像你。"

"什么村领袖、农民政治家、农民艺术家都是公社那些干部给我戴的高帽子，他们一天没啥事，还喜欢挤对人，这些奉承话千万不能当真。"

"公社干部也不是完全开玩笑的，你看咱们火场这么多村支书，哪个有你文化高、本事大，你以前也和公社那些干部一样是堂堂皇皇的公职人员，为了响应党的号召，建设社会主义新农村，你主动放弃了铁饭碗，端起了泥饭碗。他们怎么不说其他支部是村领袖、农民政治家和农民艺术家呢？他们是从心里敬佩你、尊重你。"

黄大长见姚革新只顾自己吸烟，不作声，他把凳子挪了挪，又凑近了一些，说："大

哥，保送读大学的事，要不咱也不急着做决定，这个事呢还没到最后，先放一放，你也再考虑考虑，毕竟是关系到改革一辈子的事，改革是个好孩子，那么小跟我到堡子界守野猪，早就为国家做贡献了。他书又读得好，失去了读大学的机会，难道要让这么好的娃在农村修一辈子地球吗？也太可惜了呀。"

"不用考虑了，这个指标不能给改革，还有那么多家庭的孩子没有机会上大学，古话说得好：命中有时终须有，命中无时莫强求。改革读得好书，就不怕没出息。"黄大长见姚革新心意已决，就不再说什么了。

在一个淫雨如晦的夜晚，火场公社"文革"领导小组组长牟梨，和赫连薇薇、慕容樱桃、上官刘等人召集公社干部、村组党员干部参加"关于推进火场文化领域大变革的组织生活会"。

牟梨认为火场的革命运动推进得很不尽如人意，尤其是在文化方面更是没有开展新局面，可以说是一潭死水，她很不满意，她觉得火场在文化领域的落后已经快要到土里去了，再不拔一拔，恐怕是要湮灭在历史的长河中了。

这是牟梨任火场公社"文化大革命"领导小组组长以来，第一次为文化领域开展革命运动的专题会议。除了牟梨的"八大金刚"参加会议以外，各大队书记、大队长、公社干部、公社七站八所负责人都参加这个专题会议，可以说规格高、阵容大。开会前，她叫上官刘清点了人数，点名到人，除了姚革新没有到场以外，该到会的都到会了。牟梨在上官刘点名清人时，插话道："姚革新同志怎么没有来参会？是谁负责通知的？是谁？"

慕容樱桃说："是我昨晚通知姚书记的，他当时不在家，他去县城办事去了，我告知了苏醒大嫂，她说姚书记今天晚上会回来的。我也就没有把这件事向牟组长汇报，我认为姚书记一向守时、守信，他一定会回来参会的。"

"你现在看见姚革新同志来了没有？你那么相信他，还一向守时、守信呢，现在怎么样？守时了没有？守信了没有？我说同志们啦，一个人说话、做事都不要犯官僚主义，世上没有绝对不变的东西，事物都是发展变化的，看人要看本质，不能被表面现象蒙蔽了我们的双眼，我们要擦亮眼睛。"牟梨瞪圆双目直视慕容樱桃。

牟梨身材高挑丰满，脖颈颀长，面容娇媚，五官惊人的完美，挽着发髻，秀目顾盼凌厉。既有古典美女气质，又有现代美女的所有元素。

牟梨咄咄逼人，慕容樱桃有些尴尬，花容失色，在上司面前感到自己矮了许多，她内心忐忑不安，她想：我怎么就没有想到这一层呢？怎么就简单地相信了苏醒的话呢，万一姚革新今晚不回来，那么自己就误了大事了。她从心底折服牟梨的政治洞察力，对事物的分析判断总是那么到位、那么深刻。

慕容樱桃怯怯地说："牟组长，我现在再去一趟姚书记家里，看看他回来了没有。"说完就准备离开公社会场。

"不用去了，姚革新肯定还没有回来，回来了苏醒会告知他的，也许他今晚根本就不会回火场来。你办事不力，又不通报情况，要反思，要把全部身心，乃至生命都要投身到'文化大革命'运动中来。我们年轻人要有舍我其谁的精神，'文化大革命'运动我们红卫兵小闯将是中流砥柱，是时代先锋，是革命的有生力量，我们任重道远。"牟梨边说话边往门口瞅瞅，慕容樱桃耷拉着脑袋，低垂着那双美丽的眼睛，内心责备自己办事不力。

第三十四章
牟组长点评三名剧　八书记对垒八金刚

魏公稽见这么多人坐在这里等一个人开会，真有点小题大做，他说："牟梨同志，要不我们先开会吧，边开边等。如果姚书记今晚没有赶回来，不是还有符富厚大队长在开会吗？叫符富厚大队长传达会议精神就行了，不然大家坐等他一个人，万一他今天不回来就耽误你开重要会议了。农忙季节，大家劳累了一天，晚上还要开会学习，很辛苦，时间宝贵，边开边等吧。"

牟梨似乎听出了魏公稽话里有话，她说："那怎么行呢，符富厚只是个大队长，大队长怎么能代表书记呢？他没有这个权力。我们有些党员干部政治意识淡薄，把开会学习当成负担，态度不端正，不能严格要求自己，找借口、找理由，消极对待'文化大革命'运动，这是十分危险的。"她的话很有针对性，在场的人都感到了她话中的分量。

"牟组长说得对，大队长是在村书记领导下开展工作，党领导一切，这样吧，按魏书记说的，你们先开会，先开着，我呢去姚书记家里看看，兴许他已经回来了，姚书记是村领袖、农民政治家，他说的话不会失言。"符富厚说话给自己找台阶。

"什么时候村里都产生领袖了？你符富厚也被人称作'厚丞相'，哼哼。领袖、政治家不是可以随便叫的，是个人都想当领袖、当政治家，更有甚者，有人活在新中国，但思维仍在封建社会，还丞相丞相地叫，真是乱套了，是痴人说梦话。同志们呐，不破除旧思想、旧文化，能行吗？今天姚革新同志不来开会，我们大家就一直坐着等他的大驾，直到把他等回来开会为止。"牟梨明显是为了达到某种目的，在耍官威、做文章。大家你看看我，我看看你，在私底下窃窃私语。

有人议论，说牟梨是小题大做，开这种会议，这么多人参加的会议，怎么能因为一个人而影响整个会议的进程呢，纯属无理取闹；有人说牟梨本身就是针对姚革新的，她对姚革新有太多的疑虑；也有人说牟梨是给魏公稽下马威，她早有赶走魏公稽取而代之的想法。

牟梨两手叉腰站在那里说话，蛮有气场的，用一双会说话的大眼睛扫视着会场上的每一个人，秀目中透着威严，整个会场出现了少有的寂静。

大约等了一袋烟的工夫，姚革新赶到了会场，他一进会场就说："魏书记，我迟到了。今天我到县农贸市场转转，刚好遇到黄大风书记在视察工作，他看见我后，把我叫到县委办公室询问了一些关于'沅火'公路建设情况，我详细地做了汇报。我说，我们'大火'公路建设进展顺利，按期通车没有问题，沿线几个公社公路按期通车，也应没问题，现在公社与公社之间的公路已经拉通。汇报后，黄书记把我留下来，我陪同他和其他县领导一起在政府机关食堂吃饭，黄大风书记留我住一晚上，要我明天回火场，我说最近公社事多，咱'大火'公路是'沅火'公路的一部分，能不能按期通车事关'沅火'公路通车大局，有些事情还要进一步安排妥当。魏书记把这么重要的事情交给咱中村大队牵头办理，那是看得起咱，绝不能搞砸了，我今晚还是要赶回去，下次有机会再陪黄书记。黄书记让我稍等一下，他给魏书记写封信。我对黄书记说，你若有什么急事，你可以打魏书记电话。他说不知什么原因，火场的电话很难打通，可能是前段时间下大雨，山体滑坡，把电话杆子埋了。等黄书记写完信，我才往回赶，紧赶慢赶，我还是迟到了，耽误了开会，我检讨。"

姚革新边说边往兜里掏信。他把黄大风的信双手交给了魏公稽，魏公稽做了一个让他坐下的手势，姚革新转向牟梨说："牟组长，我今天开会迟到了，让这么多人等我一个人真是太不应该了，我检讨。我回来前，黄书记也托我给你带了个口信。"牟梨听到黄大风也给她带了信，一改一脸的不悦，语气柔和地说："黄书记有什么最新指示吗？"

姚革新说："黄书记的意思是，目前的中心工作是推动'文化大革命'运动向纵深发展，重点工作是筹备好'沅火'公路通车准备工作，因为火场是'沅火'公路的终点，届时，要在火场公社开一个'沅火'公路通车现场会，要求其他工作暂缓一下，把这件事要办好办出色。"

魏公稭插话说："姚革新同志说得对，黄书记在信中也一再强调，要我们公社必须筹备好'沅火'公路通车相关事宜，他还指示我们，要做好通车那天的庆祝大会，要布置好现场。今年我们火场公社的公粮再也不需要社员群众肩挑背负上交公粮了，公路通车时，县委将组织几十台卡车从县城开进来，庆祝'沅火'公路胜利通车，我们只需要把粮食一袋一袋包装好就可以了，到时几十台卡车把我们公社的公粮运走。"

魏公稭越说越兴奋，在场开会的人听到"沅火"公路马上要通车了，而且是用卡车运公粮，从此以后，火场人民送公粮再也不需要挑粮了，大家兴高采烈，人人喜不自胜。

姚革新说："黄书记还开我的玩笑，说我是个'妻管严'，县里几个领导也开我的玩笑，说我是个离不开老婆的男人，出门一天就惦记家中的女人，真没出息。咱是惧内的人吗，是吧，没有的事。"

牟梨听姚革新在说笑，有些不耐烦，很响亮地清了几下喉咙，姚革新和在场的人一下子安静了下来，大家抑制住内心的激动，把目光投向牟梨。

今天是火场公社"文革"领导小组组长召集的专题会议，是牟梨牵头，魏公稭虽然也坐在主席台上，明显是一种姿态，或者是一种形式上的安排。

牟梨准备开会了，她首先宣读了县"文革"领导小组的文件精神，接下来脱稿开始讲具体工作。她有个习惯，平时开会时，她都会照着本子上念，可见她对工作是十分认真的，之前做了大量的准备工作，这样时间久了就出现了一个新问题，农村工作千头万绪，要学会和老百姓打交道、交朋友，讲最通俗的话，而这个恰恰是她的短板，开口说话总是言不由衷，一开口讲话就是训人骂人。用黄大长的话说，就是"一口糊涂言，满嘴学生腔"。

牟梨说："今天的会议主题是推进火场的'文化大革命'运动。姚革新同志又带来了县委黄大风书记的最新指示，他要求我们在推动'文化大革命'的同时，重点要抓好'沅火'公路通车的筹备工作，下面我围绕这两块工作提出具体要求。"

魏公稭用眼镜框的余光扫射了牟梨一眼，推了一下鼻梁上的镜片，插言道："牟组长安排好火场'文化大革命'运动相关工作后，我会就公路通车一事，在大会上做一个全面的安排布置。"牟梨也用眼睛的余光扫向了魏公稭，对魏公稭插言打断她的讲话很不高兴，也对魏公稭拒绝她谈及公社具体事务，或者叫作染指公社内部事务，她感到受到了打击，遭到了抵制。

牟梨突然提高了嗓门，说："我看，我们火场公社大院里是乌烟瘴气的，公社干部不讲政治，不讲阶级斗争，只讲资产阶级情调，有的领导干部道德品质败坏，存在严重的生活作风问题，在社会上造成极不好的影响。这些流毒就是破'四旧'的主要内容，必须清除掉。有的领导干部不务正业，参与歌颂封建思想，赞美才子佳人、帝王将相，鄙视劳苦大众。譬如，《寡妇链》《无缘洞》和《郑小姣》，这三台戏是辰河剧团的台柱子，是每次演出的压轴戏，不轻易示人。真没想到在二十世纪的今天，这样的戏剧竟然大行其道，在县城演出时，可以说一票难求。但是，事物都是发展变化的，社会也是不断发展进步的，我们要破除几千年来一切剥削阶级所造成的毒害。"

《寡妇链》这出戏取材于一个古老凄美的传说，沅水北岸五强溪夸父山村的河边陡峭山壁上有一条建于明朝时期，长约 2 公里、宽 0.6～1.0 米的寡妇链古栈道，是当年沅水流域驾船上险滩纤夫攀爬的一条铁链。过去，沅水险滩大多在沅陵境内，尤其是瓮子洞一带最为险恶。瓮子洞是一条有水洞的险滩，滩虽不长，但湾中有险，稍不注意，就要掉下丧命。相传当地百姓因缺田少地男人多做纤夫，后因过滩失足留下一村寡妇，遂更名为"寡妇村"。村中一个寡妇，其公公、丈夫、儿子皆为拉纤而死，于是，她以乞讨卖唱为生，数十年寒风苦雨，得银若干，聘石匠在当地瓮子洞江岸绝壁上开凿了一条石路，并在壁岩上镶嵌了铁链，使过往的纤夫手抓住链子安全渡过险滩。后人为了纪念这位寡妇，将这条铁链取名为寡妇链。

牟梨点评辰河高腔《寡妇链》，她说："《寡妇链》竟然为寡妇树碑立传，歌颂寡妇，在社会主义建设大好形势下，居然有人借此讽喻我们的社会制度，还在搞什么三从四德，女人死了男人，就得守寡。现在是新中国，妇女已经解放，不是万恶的旧社会，女人享有充分的自由，不需要为谁守寡。歌颂寡妇，其实就是禁锢妇女，蔑视妇女，剥夺妇女追求美好生活的权力。赞美寡妇，目的就是要妇女继续做男人的附庸，是典型的'四旧'，应该予以破除。现在哪里还有这么多心酸苦难的寡妇，各个公社的公路都通车了，哪里还需要纤夫拉纤，今后就是四个轮子奔驰在祖国的大地上，《寡妇链》是一台彻头彻尾的臭戏，在火热的'文化大革命'运动中，到处招摇，可见'四旧'的流毒之深、之害，已经到了何等严重的地步，必须予以破除。"

而后，她又对其他两部戏进行了点评。牟梨既不尊重历史事实，也不尊重客观现实，信口开河，高谈阔论，令在场人感到厌烦。看到在场的人，睁大了眼睛望着她发愣，她用手轻揉了一下鼻子，习惯性地清了几下喉咙，端起茶杯，做了一个很优雅的饮茶动作，但并没有喝到茶水。

牟梨说完之后，她手下的"八大金刚"赫连薇薇、慕容樱桃、南宫怒和上官刘等人分别就辰河戏剧团创作的三大古装戏剧《寡妇链》《无源洞》和《郑小姣》进行了猛烈的批判。几个从县城里来接受贫下中农再教育的知识青年，把在城市中红卫兵造反那一套复制到小乡村，申屠彧和皇甫赟把事先准备好的大字报贴满公社院子的墙面，万俟烎、太叔晟等人把大字报贴到公社院子外围，整个火场集镇顷刻间到处布满了大字报和红色宣传条幅，内容是清一色的揭露和批判火场所谓的意识形态领域的问题。

姚革新在会场上做自我检讨，他说："我们辰河戏剧团，在宣传先进文化上是存在一些问题，我们只注重历史文化传承，没有与时俱进。在创作上，选择的主题不够鲜明，思想性不强，思想观念落后，创作视野狭窄，题材简陋，甚至把那些臭狗屁一般的题材当宝来宣扬，只见树木，不见森林，今后咱们要加强思想改造。"

姚革新明里说是检讨，暗里其实讽刺牟梨和"八大金刚"目光短浅，幼稚可笑，应该

按照毛主席说的,"要做人民的先生,先做人民的学生"。

在往后的日子里,几个大队书记都不理事,集体"罢工",农村事务全由牟梨和她手下的"八大金刚"负责主导。

农忙时节,牟梨带"八大金刚"和贫下中农同吃、同住、同劳动,到田间地头指导春耕春种。牟梨指导农民犁田时,说:"水田犁一遍不符合农业专家的要求,要遵循'三犁三耙'的原则。"她的意思是水田要深犁三次,要用犁耙耙三道。

慕容樱桃站在田埂上,一再强调要深耕密植,必须深耕密植。生产队栽秧,赫连薇薇等"八大金刚"撸起袖子,挽起裤脚,下到水田里,栽秧时她口中不停地说:"三五根,三五根。"田埂上放着一个小喇叭,反复播放着革命歌曲。

黄大长说:"他们是站着说话不腰疼,犁耙三遍,那是瞎折腾,我们这里的田是沙土田,直接就把田给犁通眼了,天水田蓄积不到水,怎么栽秧,还深耕密植呢,等着长草吧。"

对于农村工作几个娃娃啥也不懂,本想在农业生产上增加话语权,未承想,农民对于她们说的根本就是完全抵触,甚至挖苦嘲笑她们,失去大队支部书记的支持,牟梨想开个社员群众大会统一思想,村人都集中不起来,她们想在农事上有所作为简直寸步难行。

农事和运动两头滑,再不刹车后果严重。县委书记黄大风知道"八大书记"和"八大金刚"之间有隔阂后,要求魏公穑出面调停,召开一个有"八大书记"和"八大金刚"等人参加的会议,统一思想,形成共识。

第三十五章
公社议事牟梨撒野 大队开会革新飞票

魏公穑平素不管是公事或是私事,他总是喜欢来姚革新家串门,遇事先和他说道道。公社书记来多了,就给公社那些干部一个明显的暗示,这样姚革新屋便成了公社干部有事没事聚集的场所。

供销社主任钟共工似乎会掐能算,送来了一盏汽灯,说是公社开重要会议,总不能让干部睁眼说瞎话吧。魏公穑看他懂事,顺便说了几句赞许他的话。钟共工对在场的干部说:"领导其实最辛苦,白天黑夜工作,我们供销部门是搞保障的,要搞好服务。"

说话间,他把汽灯挂在了房梁上,汽灯在高高的房梁上发着雪白的光,四周村民好奇地出门观看,得知公社干部在姚书记家开重要会议,第二天早上就会有村妇有事没事来探探口风,来时不忘给苏醒带一把时令小菜,或端一坛子酸菜。男人们就陪姚革新抽上一袋草烟,姚革新家里时刻有人守着,陪聊天,扯闲谈,八卦一早上,啥也就搞清楚了,直到家里来人叫吃早饭才肯离开。

因此,出现了一些独特景观,魏书记前脚踏进姚家门,公社的几个副职栾葡萄等人就会来，栾葡萄自从就地在公社任革委会副主任之后，像变了一个人似的，一改过去在火场公社任政治运动工作小组组长的风格，他的身段变得柔软了许多。对姚革新这样的地方"大佬"示好，极力搞好地方关系，和农民干部交朋友。农村工作说白了就是用好村干部，给村里搭好台子，组好班子。公社干部每个人都分的有责任村或组，他们的工作，也需要村干部支持，和村干部搞好关系，于公于私都能起到事半功倍的作用。

公社干部一来，苏醒就有忙的，连忙给他们泡粗叶茶，这些干部们喝着粗叶茶，口里却不停地赞赏说："好茶，好香。"

一天，由于几个公社"常委"来得齐，闲聊之后，魏公稽看了看大家，提议在姚革新屋开一个公社"常委"会议，叫崔产愫做好会议记录，崔产愫从挎包中掏出记录本，苏醒立即给她搬来了一张小桌子，让她做记录。

会议还没正式开始，崔产愫用手一直在抚弄自己的新挎包，她在与人闲聊时说，这个包是魏公稽回省城时，给她买的，贵着呢。她已经和莫白信正式离婚了，她和魏公稽的关系日趋公开化，她每天吃住都在公社，嘟嘟交给莫白信看管，用崔产愫的话说，嘟嘟快十岁了，给口饭吃，他也会像春天的小草那样野蛮生长。

崔产愫人逢喜事精神爽，三十出头的她，看上去只有二十挂零，肌肤越发的水嫩，光洁的鹅蛋脸白里透红，齐肩的秀发散发出青春的活力，透出她精干的办事能力。她学习力很强，又增加了见识，人的精神风貌处于最佳状态。

魏公稽要在姚革新屋开公社"常委"会议，姚革新吩咐苏醒把屋里的桌子、椅子都搬来，临时拼成办公桌，安排魏公稽坐所谓的上席，魏公稽推辞了几下后，见同僚执意让他坐上席，他也就不再推辞，他坐下后，公社其他干部也就按公社开会时的座次，找准自己的位置，相继落座。崔产愫紧挨魏公稽右侧下方坐着，她的一手好字也为她在公社立足加分，由她做的会议记录只要稍加整理，就可以用公社的名义下发，看了她字的人都夸她的字像印刷体。把干部安排就座后，姚革新准备去里屋洗脚睡觉，魏公稽见状叫他留下来，列席公社"常委"会议。

公社"常委"会议由魏公稽主持，他提出了会议的相关议题：一是"大火"公路建设扫尾和通车典礼问题；二是今年知识青年上山下乡的安置问题；三是保送学生读大学的问题；四是"文化大革命"运动的推进问题；五是娄底"小三线"建设支前工作。魏公稽把议题摆出来后，要求大家发表意见。

会场出现了异乎寻常的寂静，魏公稽见大家都不说话，气氛有点沉闷，他就点了革委会副主任栾葡萄的名，要他先发言。栾葡萄说："魏书记，我来火场时间不长，还是先听听同志们的意见吧。"

魏公稽说："你一直在这边蹲点搞运动，这里的情况我们这些人没几个有你熟悉了，今天糜厚德主任不在家，你就先说吧。"

栾葡萄见魏公稽将了自己一军，再也不好推辞，他说："刚才魏书记把我们日常要做的主要工作，归纳成五个问题，我认为是完全正确的，也是很有必要的，是高屋建瓴的。魏书记提出的这几点可以说是十分有前瞻性的，又具有一定实际意义，魏书记不愧为当代杜甫，像范文正公或曾文正公一样，集思想家、政治家、军事家和文学家于一身。"

魏公稽被他这一番吹嘘搞得有点不好意思，见参会的人在议论栾氏语录，他打断

了栾葡萄的讲话："栾主任你也太高抬我了，我怎么能与范仲淹和曾国藩这些人相提并论呢……"

火场公社"文革"领导小组组长牟梨说："栾副主任你这是搞个人崇拜，你搞个人崇拜、拍马屁也不看对象环境。"

牟梨这么一说，其实是将了魏公稽一军，公社"常委"会的气氛显得有些紧张起来。

"栾副主任也只是打个比方，你用不着给人戴高帽子、打棍子，好像这个世界上就只有你一个人最革命。"钟树军由民兵营长升为武装部部长后，讲话比以前硬气多了。

"你现在是武装部部长，要用革命的武装镇压反革命的武装，你不要做地主阶级代表的捍卫者，如果你的武装思想出了问题，我们小组也有权力要求你停职整顿。"牟梨十分严肃地说，她的话让后续的会议开得很不轻松。

"好了，好了，都少说几句吧。"魏公稽见场面有些失控，偏离会议主题，马上出面圆场。他推了推鼻梁上的眼镜，说，"栾副主任的比方只是个戏言，戏言而已，他不能把我讲的话和圣贤相比，这是他认识上的错误，这说明人的思想改造永远在路上。"

牟梨突然腾地站了起来，大声说："魏公稽同志，你作为公社书记，他的思想认识是有问题的，我看你的思想认识问题也不小，你作为公社书记在大是大非的问题上和稀泥，不讲原则，这是很危险的。"

魏公稽马上说："我向'文革'小组检讨，我刚才的思想认识是出了偏差，感谢牟梨同志及时的批评教育。说完他话锋一转说，我们回归正道吧，把会议内容一项一项落实一下。火场地处偏远，知识青年一下子来了五十人需要安置，这些知识青年根据上面的要求扎根农村，和农民同生产、同劳动，记工分。火场公社辖十个大队，每个大队就应该分五个人，要结合知识青年个人意愿和他们的实际情况，分到各大队。"

这件事，魏公稽请牟梨负责落实，也请牟梨负责调查研究一下，写一个经验报告，为今后的工作提供借鉴。

五十个知识青年分到各大队后，直接派到"大火"公路建设工地上。崔产愫兼任火场公社"大火"公路建设指挥部副指挥长，武装部部长钟树军协助，具体负责前后上百人的知识青年的工作调度。这些年轻人主要是"沅火"公路建设的有生力量，分到各大队后，指挥部还要负责跟踪指导，把他们中的先进事迹、先进人物、典型材料收集起来，适时加以报道推介。按照上面的要求，知识青年要安排到最困难最贫穷的家庭中接受贫下中农的再教育，这五十人中有二十个人已经给上面领导写了请战书、决心书，响应号召——农村是个广阔的天地，到那里可以大有作为。要求扎根落户到农村偏远山区和贫下中农同呼吸、共命运。

崔产愫发言说："我会后和十个大队的书记具体协商一下，每个大队分五个人，安排到那些家庭成分好、家庭困难、没有复杂社会关系的社员家中扎根落户。知青工分怎么核算，是统一'一刀切'记基本工分，还是根据个人的劳动能力记工分，大家议议，要商量出一个初步方案；另外'大火'公路建设指挥部既然成立了，没有人手可不行，尤其需要会动笔杆子的人，我想把姚改稿到公社来当青年干部，目前的工作岗位是公路建设指挥部，给我做个帮手，他笔杆子不赖，写写算算需要一个狠角色。"崔产愫很有条理地说出了她的想法，魏公稽向她报以会心的一笑。

第三十五章 公社议事牟梨撒野　大队开会革新飞票

讨论会上大家认为，先统一记一个基本工分六分，再根据个人的劳动能力，可以动态上浮两分，最高可以记八分。又有人提出了最贫穷的社员家里可能没地方住宿。民政助理员符光明说："没地方住宿的问题容易解决，去年县里民政救灾还有一些帐篷，可以应急。"监察委员胡晓兰说："特事特办，生产队可以安排几个工，上山到队里集体山林砍些树，为知青搭建几个木棚子。"公社办事员张珍良说："这些知青来到贫困户家里，吃饭问题成了大问题。"

从县委组织部下派的青年干部邓佳丽，二十六岁，身材曲线曼妙，长腿细腰，气质妩媚动人，是空降的党委委员、组织委员。

邓佳丽很严肃地说："书记同志，知识青年中的党员怎么参加组织生活会，他们是划归各大队支部，还是成立新的党支部，新旧支部你选哪一个，这个需要你尽快明确。"

魏公穑倒是显得很淡定，他说："知识青年因为要分到各大队支部接受贫下中农再教育，为了便于开展工作，就实行属地管理吧，知青的组织关系放在公社，组织生活放在大队支部，组织上归大队支部领导。"

公社副书记符德号说："吃饭问题好解决，知青就和贫下中农同吃、同住、同劳动，采取先记账月结账的方式，等知青月底分得粮食、粮票了再和住户结账，该交多少交多少。"

魏公穑说："队里先给这些知青预支一百斤粮食，逐月抵扣。"由于建设任务重，时间紧，人力不够，所有知青都派往"大火"公路建设工地参加劳动。

支援娄底"小三线"建设，县里给火场公社分了五十人的指标，每个大队选派五个人去，由各大队选好报到公社，前提是阶级成分要好、思想要红、身体要好。

县里给火场公社分了一个保送读大学的指标，魏公穑决定把指标分给中村大队，理由是，中村大队是我们火场公社面积最大、人口最多的大队，由大队组织贫下中农推荐，再报送到公社批准。

在全县"文化大革命"运动表彰会上，火场公社的工作得到县委书记黄大风的肯定，全县红卫兵支援火场横扫桃坪界的壮举，也是不多见的。但牟梨这个火场公社"文革"领导小组组长兼公社革委会副主任并不满意，她嫌运动时冷时热，没有常态化，没有形成长效机制。按照干部管理权限，她是魏公穑下属，但她从来不忌惮魏公穑的权威，因为她有越过魏公穑直接向县委"文革"领导小组汇报的权力，相反，魏公穑在她面前礼让有加。

牟梨在会上直接批评火场公社的"文革"运动推进不利，成效不高，影响不大，没有大的实效，只有一些浮在水面的小鱼小虾，暗讽魏公穑对"文化大革命"运动是形而上的，每次开会就是传达学习上级文件精神，以会养会，把开会当工作，工作不接地气，只要遇到实际问题，就会绕道走。没有自己的全盘考虑，官僚主义、形式主义滥觞。前不久在县红卫兵的协助下，火场"文化大革命"运动推向了一个小高潮，几百人的红卫兵队伍浩浩荡荡地开往桃坪界，毁坏了袁崇焕宗亲的最后城堡，让桃坪界顷刻间化为了一片狼藉，拔掉了所有的墓碑，刨了大地主周保旺的坟，这次行动得到了县"文革"领导小组的肯定，但是，之后就再也没有什么大的举措了，这和公社班子思想僵化、不作为，有一定的关系。

崔产愫一边听牟梨发言，一边在会议记录本上做着记录，她的手在颤抖，脸部神色

觳觫。

崔产愫的目光看向门外，感到了黑夜越来越越深了。一阵凉风吹来，她起身走到了屋外透透气，看了一会儿落叶，便觉得光阴匆匆。

这次公社"常委"扩大会议，无疑成了分水岭，随着政治生态的急剧变化，每个人都被有意或无意地推着往前走，政治这只无形的手，让人没法掌握自己的命运，人生中有很多不确定因素，或天灾或人祸。

魏公稽在牟梨讲完话后，不置可否，只是强调了几项具体工作，当然，会议通过了崔产愫的所有提议，便宣布了散会。魏公稽心事重重，但在崔产愫面前他不会流露出懦弱、胆怯，他走在最后，让其他人都离开后，他对姚革新说："姚书记，你明天到我办公室来一下，我有事与你商量。"

崔产愫站在一旁，等魏公稽和姚革新讲完话一起离开，两人走在小路上，魏公稽脱下自己的外衣披在她的身上，双手抱了抱她的肩头，两人手牵着手，向公社大院走去。

公社干部散会离开以后，屋里变得空荡了许多，公社"常委"会议中的火药味，让人感到震撼。姚革新静坐在那里一言不发，心里想着心事。

苏醒首先开口说道："牟梨这个女子嘎，也太张狂，她眼中根本没有魏公稽这个书记，讲话夹枪带棒，我估摸着怕是要有大事发生呢。"

"咸吃萝卜淡操心，睡觉。"姚革新说完猛抽了两口烟，把长杆烟袋对着火坑边沿的石条上"咣咣咣"轻轻一敲，放下烟枪自己上床睡去了。

苏醒没有到得姚革新的正面回应，心中好像不踏实，还想说点什么，这是她多年养成的习惯。她也知道，她每次讲话都会遭到姚革新的责骂，可是，她还是几十年如一日地面对着，不管从姚革新嘴里蹦出来什么难听的话，她都会面对，今晚会上的气氛令这个只读了几年初小的农村妇女也感受到了十分异常。姚革新不说点什么，她这一晚是睡不着的，也可以说心中是没底的。她还是忍不住问道："也不知你是个什么人，今天这个阵仗，我就是敲木鱼静心都坐不住，也看不下去了，你倒好沉得住气，会上大气不出一声，屁都不放一个，会后倒床就睡，好像事情与你一点关系也没有，魏书记会不会有事呀？"

"天知道，你问我，我都想问你呢。"

苏醒从姚革新那里问不出个所以然，就转移另一个话题，她说："今天会上不是说有一个保送读大学的指标吗？今年这个保送读大学的指标应该轮到咱儿子改革了吧？"

她没见姚革新回答她的问话，就换了一个问题问道："'沅火'公路建设工程工地上要加人，还要派五个人去支援娄底的三线建设，劳力都派出去修公路了，现在哪里还有人派，除非派那些年龄小的伢子去。"

"改天让你来当这个大队书记，你可以说了算。保送孩子读大学的事，不是我一个人说了算，要贫下中农代表一起选，什么叫人民当家做主知道吗？我知道你想改革去读大学，前几年保送黄诚勇读大学时，你就有意见。"

"谁稀罕你这个破书记，一年到头不知为那些公社干部倒贴了多少饭菜，家里什么时候沾过你的光？"苏醒见姚革新爱理不理的，心中也来了气，数落他。

苏醒在姚革新没发脾气之前，会抓紧时机把要讲的话几下子讲完，她反驳道："你不是姚改革的爹是不是？他哪点不如别人，他为什么就不能保送去读大学，是不是因为你这个爹是什么破书记就得一让再让？如果是，那你还不如不当这个烟籽籽官，让孩子跟着你耽误前程。你看哪个当官的不是用尽了手中的权力为自己办事的，有些人手中没有权力都还要想方设法为自己人办事，如果姚改革他真的不如人，我也没有什么好讲的，大队哪个背后不在议论，说咱儿子就是个读书的料，现在倒好，他有你这么一个当书记的爹横在那儿，我看他这一辈子就是个当农民的命，明天我就把他的书一把火烧了，天天读书，读那么多书有什么用，还不如睡觉做个好梦。"

姚革新忽然坐了站起来，说："你他×的，睡不睡，啰啰唆唆的，都像你这么办事，只想为自己办事，那共产党的官不就变成国民党的官了吗？共产党的官就得为老百姓着想，百姓的日子太苦了，我们这些当干部的应该感到内疚，新中国成立都二十多年了，老百姓还是这么苦。毛主席在张思德同志追悼会上所做的演讲《为人民服务》，讲述为人民服务的道理，号召大家学习张思德同志完全彻底为人民服务的精神。我是一名老党员，应该带好头，总不能和一般的社员群众去争吧，这点风格都没有，在社员群众中如何建立威信，我讲的话今后还有谁听。如果共产党的每一个干部心中只有自己，没有老百姓，那么总有一天我们共产党人打下的江山迟早就会断送掉。儿子能读大学那当然是好，如果不能读大学，只要他有一颗为国家做事出力的心，那么他也会在社会上为国家做贡献。再说了，我手里拿着的这个大学指标，是要经过社员群众选举的，不是由我一人说了算。"

苏醒说："你当干部几十年没有功劳也有苦劳，不要你为儿子徇私舞弊，只要你把他也提出来与其他孩子公平公正进行对比，由社员群众一起选举推荐。"

姚革新不置可否，只说了一声"净添乱"，倒床便睡，再不吭声。

三天后，村部的大广播一早就播报了开会通知，大队干部、生产队干部和贫下中农代表齐聚在姚革新堂屋里开会。姚革新开门见山，提出了两项议题：一是由群众集体推举一个年轻人保送读大学；二是大家集体推荐五人支援娄底的"小三线"建设。他在会上强调了这两项工作的重要性，要求大家认真负责任地对待，要把最优秀的人才选出来保送去上大学，将来更好地建设国家，服务家乡。"三线"建设是国家战略，一定要搞好。要把有力量的社员选送到娄底去支援国家的"三线"建设。

会议上大家踊跃发言，提出了很多人选，黄大长第一个提出让姚改革带指标读大学，并说出他的推荐理由。大多数人表示赞同黄大长的建议。

姚革新沉吟片刻，推荐了谢钟的大女儿谢采采，最后能满足姚革新说的"高标准，严要求"的人只有五个人，他为了体现公平公正，第一次采取了无记名投票的方式，从五个人中按得票的多少选人。

在投票之前，姚革新说，为了不出现第一名票数相同，他那一票暂时不投，等结果出来后，他那一票再投，若出现两个第一名，就由他这一票裁定，不再组织重新投票。

保送学生读大学的指标攥在姚革新手里，魏公稿把指标分给他后只认结果，不管过程，全权由姚革新做主。姚革新为了坚持"公平、公正、公开"的原则，召集了中村大队贫下中农代表、大队和生产队的干部参加会议，在安排其他事项后，把这件事摆到了桌面上，而且，宣布自己手中的那一票等结果出来后再投票。他的做法可能有三层意思：一是在选举中，如果出现了两个人的得票一样多，并列第一，那么，他手中的这一票就起到了裁决作用。二是可能有一种侥幸心理。如果在他未投票的情况下，其他的票已经做出选择,那么他就不用投票,尤其是涉及姚改革在里边参与投票,这样他还可以避嫌,是个两全其美的方法,特别是如果姚改革被选上了,他又没有参与投票,就会少去很多议论。三是假设姚改革未被选上,那么他手中的票也可以起到作用或无关轻重的票。其实,他要这么做,唯一的作用就是出现两个第一名的情况下,他那一票就至关重要,能起到一票定乾坤的作用。他安排就绪后,吩咐政治队长钟生强开始分发选票。票发完后,由于带笔的人少,队里也没有几支笔,因此,投票现场有些混乱,最终还是收齐了票,结果一统计,姚改革和谢采采得票数竟然一样多——并列第一。结果一出来姚革新蒙了,他要面对自己的儿子和关系很铁的好朋友——谢钟。何况谢采采还是他提的人选。谢采采也是有名的才女加美女,是火场继袁莹莹、袁泽丽、崔产愫、全心怡之后新生代大美女,谢钟对自己的五朵金花管教很严,深得社会好评,谢采采不但书读得好,远近闻名,而且,年方十八出落得如出水芙蓉,似天外仙子,能说会道,本分乖巧。姚革新和苏醒曾经当姚改革面极力褒扬,姚革新从来不随便赞美别人,尤其是别人家的孩子,他认为自己的孩子比别人家的孩子不得差,相反,要远远高出别人家孩子很多。火场地界上,孩子中能入他法眼的、心中赞赏的真是寥若晨星。他取出了压在水杯下的小纸片,现在就看他这一张票投向谁,几十双眼睛在注视着他,他手拿着小纸片生平第一次迟疑了许久。

这时,钟生强走近他,提醒他该报票了,他点了一下头,但手中的票并没有写,他拿出长杆烟袋悠然地点烟,吸烟,吐烟圈。他陷入了激烈的思想斗争中。此刻,苏醒的话在脑中萦回,她讲的不是没有道理,前几年自己的儿子就把保送上大学的机会让给了黄诚勇,当时大家就一直推荐姚改革,是姚革新活生生地把他儿子上大学的机会拿下了,给了黄诚勇,他的内心不是没有犹豫过,只是他的内心已把黄诚勇当成了自己的孩子一样,还有黄大长当年的救命之恩,以及他们多年来始终不离不弃,共进退的兄弟情谊,让他最终决定把指标交给黄大长的大儿子黄诚勇。今天他又一次面对两个孩子命运的安排,或者说是捉弄,他必须抓紧时间做好决定,这么多人还在等他这一票来裁定呢。他有些后悔自己之前的决定,为什么要把自己的这一票留下来不投,却用来做裁定用,是自己过余自信,还是心中存有的侥幸心理,这不是明摆着把自己往火上烤吗?这么明显的得罪人的事,为什么不三思而后行,别人都是无记名投票,唯独把自己一个人变成了实名制投票,多遭人恨啦。但是,世间万物都有定数,命运就是喜欢这么捉弄人,偏偏把他的儿子和别人的孩子安排了一样多的票,并列第一,就等他这一票来裁定。为什么之前不给自己的儿子先投上一票,这不就完事了吗?多省事呀。现在倒好,一个是自己的儿子姚改革,另一个是好朋友加弟兄的谢钟的女儿谢采采,谢采采还是自己提的名,他如果给自己的儿子投了一票,别人会怎么说,也许别人也理解,但毕竟是支部书记投了自己儿子一票;如果投了谢采采,谢钟会对他感恩戴德,所有人会歌颂他、佩服他,传颂他具有张思德那样毫不利己、专门利人的高尚品德;也许会有人说他脑子进水了,或是被驴踢了。他还要面对苏醒及自己的良心,苏醒的态度已经明显,自己的儿子让了一次,这次再也不让了,用她的话说,姚革新当这个破书记除了倒贴了不少饭菜给公社干部吃外,就没见着有什么好,不干还好些,难淘神。

姚革新陷入了沉思之中,他想到自己的几个孩子一个也没出公干,都守在农村修地球,也不是个事。他们书读得好,有知识、有能力也要有机会,才能为国家多做贡献,这

第三十五章
公社议事牟梨撒野　大队开会革新飞票

世道很多时候，位置决定价值，有时候你不在其位，就没有话语权，还真啥事也干不了。他思忖良久，提起笔填表，黄大长和钟生强马上把头凑了过来看。黄大长脸上露出了喜悦的神色，他想，这个世界上哪有一个父亲不为自己的孩子着想的，哪有一个父亲在自己的孩子和别人的孩子之间做选择时不为自己儿子考虑的。黄大长几乎要喊出姚改革的名字，他觉得姚改革胜出才有道理，也符合人之常情。

姚革新手拿笔扫视了一下眼里的所有人，在那张小纸片上写上名字，堂屋里寂静得可以听到每个人的心跳。他写完名字，揉成纸坨坨，甩给钟生强。钟生强接住了姚革新的"飞票"，打开小纸坨，一看，又看了看姚革新，再定睛一看，杵在那里发愣。黄大长走过来一看，也吃了一惊，他俯下头，对姚革新耳语道："大哥，你是不是写错了。"

"那纸片上写的有名字，照那上面的念。"姚革新一字一顿地说。

政治队长钟生强用目光再次征询姚革新，姚革新摇摆了一下大手，钟生强大声地宣布："姚书记投的人是……"他扫视了所有人，堂屋里像平静的湖面，他提高了声音说："姚书记投的是谢采采。"

在场的村干部、社员群众你看看我、我看看你，交头接耳小声议论。

谢钟急切地说："姚书记，我是有私心的，我刚才投的是采采，我以为采采选不上，不想她得票太少丢人，为了面子上好看一点，我把自己的那张票投给了采采，没想到会是这样啊！我收回，我把我这张票现在投给姚改革，这样姚改革和谢采采得的票又是一样多，你就把两个孩子的名字报到公社去，由魏公穑书记最后决定人选吧。"谢钟说话几乎是哭腔了，他搓着手，在屋里走过来，又走过去，很焦急的样子。

姚革新的眼睛扫视全场，手持长杆烟袋，"吧嗒吧嗒"猛吸几口烟，语气尽量平和一些，他说："谢钟啦，你当全大队开的会是小孩子过家家是吧，开会时，没有讲当爹的不能给自己的孩子投票，只是要求把票投给又红又专的年轻人。你既然已经投了票，就没有权力取出票，何况我们是无记名投票，谁知道你投的是哪个人的票，没得这种讲法是不是，你也许投给了我屋姚改革呢。"

谢钟近乎哀求地说："姚书记，你这么高抬我，真是让我羞愧死了，我的确投了采采一票，可以对笔迹呀，我说的是真话，采采她怎么能和改革比呢，怎么比都比不上改革，改革读大学去最合适。姚书记，大哥，生气这个孩子太憋屈了、太可惜了，谢采采一个女孩子读什么大学，只有谷桶里长谷子的，没有谷桶里装知识的，我屋采采不要这个读大学的指标，我们全家感谢你的好，感你的情。"

姚革新说："我们会前没有安排验笔迹这一环节，更没有相关专家来鉴定你的笔迹。谢队长你也是老党员了，怎么能把工作和个人感情扯到一起呢？工作归工作，生活是生活，两码事，不要搞混淆了。你脑壳里的那些想法也是不正确的，好了，不要再说了，根据大会无记名投票，今年我们中村大队保送读大学的人是谢采采。"

黄大长气冲冲地对姚革新说："大哥，今天我要说你几句，改革这么好的孩子，你这是干吗呀？这件事你是可以决定的啊。你自己的票，不投自己的儿子，投给了别人，这这这，这怎么也说不过去呀。何况谢钟已经表明了他的态度，她女儿谢采采不要这个读大学的指标，他自己都放弃了，你干吗硬要把谢采采推上去呀！我真的不明白，你这是为什么呀？"

姚革新举手示意他不要再说了，黄大长把头扭向一边，鼻孔里喷着粗气。

第三十六章
姚革新开会搞动员　黄大长请缨上三线

在中村大队社员大会上，关于支援娄底小三线建设征集民工的事情久久没有商量出个结果。姚革新说，三线建设是国家重点建设工程，县里给火场公社下达了支援娄底小三线建设任务——征集民工五十人。目前，"沅火"公路建设火场段的建设已经到了攻坚阶段，各大队已经派不出民工支援三线建设，已经到了一人难求的地步。可是，三线建设是国家战略，局部必须服从整体。

关于派什么人、派哪些人去支援娄底小三线建设，大队讨论了一整天，没有定论，显然，这是姚革新任村书记以来从未遇到过的。火场十个大队，每个大队要派五个民工支援娄底的三线建设，姚革新为此绞尽脑汁，在社员中做了大量的思想工作，就是没人响应。大队开会大伙儿闷声不响，有的故意顾左右而言他，他又开始了新一轮的舆论宣传：我们国家搞三线建设，这是国际国内形势变化的需要，是抓革命、促生产的需要，是国家战略，今晚一定要商量出个头绪来。

青年队长周大明提出派钟夔去，他会打铁，到娄底搞小三线建设可以施展他的打铁技能；政治队长钟生强提出让钟吉祥去，但马上有人指出钟吉祥不是个吉祥之物，派他到娄底搞小三线建设，莫丢了咱们中村大队的丑；大队长符富厚说叫谢兵去，强奸犯的儿子不去劳动改造，谁去？姚革新纠正他的话，说："去娄底搞三线建设是光荣的，成分好、有本事的人才能去，不是去劳动改造。"新任民兵队长周钟生推荐赤脚医生李全治，说李全治到三线建设工地，说不定会用上他的医学知识专长。

大家听说要把李全治派去搞三线建设，都表示自己的反对意见，理由是李全治去了以后，村民有个头痛脑热的，就没有那么方便就医了，他是个赤脚医生，整天背着个小药箱，不管严冬酷暑，在各个村之间出诊，有求必应，有叫必到，村里哪家谁谁谁有个什么病，他心里有本铜板册，清楚得很，往往坐下来，一问、二看、三切脉，就可以下药，是村里唯一离不开的一个医生。

崔产愫说，知青中有人想去也可以考虑，欧阳不王、畲矗两人娄底那边有亲戚，可以派去支援小三线建设。崔产愫虽然当了公社妇女主任兼广播站站长，但中村妇女主任一职，姚革新一直没让她辞掉，让她公社和村里两个职务一肩挑。为此，苏醒产生很多额外的疑虑，认为姚革新和崔产愫之间关系暧昧。

姚革新听崔产愫这么一说，顿觉眼前一亮，是呀，为什么不派这些知青去支援三线建设呢，也好趁机削弱牟梨她们的小团伙势力。于是，他说："大家先就钟夔、欧阳不王、畲矗和谢兵等四个人进行讨论。"经过讨论，大家分析形势，统一思想，赞同将这四个人送去支援娄底的小三线建设。

第三十六章
姚革新开会搞动员　黄大长请缨上三线

还缺一个民工，姚革新又耐着性子，做村干部的工作，让他们推荐自己的儿子上三线建设工地。但是，村干部各说各的困难，总是强调客观原因，他们认为派自己的人去娄底山区支援三线建设有很大的安全隐患，而且，支援时间长，有三年时间，这三年时间里，会发生很多不可知的事情。虽然大队决定给每个民工每天计双份工分，公社给每个人每月一斤糖票、两斤肉票、十五斤粮票的额外补贴，但毕竟支援娄底三线建设是辛苦活、危险活，要离乡背井，还是没有人愿意去。

会场上，大家七嘴八舌地议论，符光中说："黄诚勇被大队保送去读大学，这是大队几千人的指标，黄大长当了英雄受了奖励，提拔当了大队副大队长，他们家占了天大的便宜，也应该为大队出点力，他二儿子黄刚强可以支援娄底小三线建设，不能什么好处黄大长都占了先吧，叫黄刚强去支援三线建设也不是不行，黄诚勇捡得了一个大便宜，黄大长就应该把另一个儿子派去支援国家三线建设，难不成只兴国家为他们家服务，他们家就不应该为国家出力吗？"

黄大长心里明白，议论的人对黄诚勇保送读大学是有意见的，讲这样的话，分明是想他家里出一个人去娄底搞三线建设。

黄大长陷入了沉思之中，大家说的不是没有道理，黄诚勇的确是捡得一个大便宜，一个泥腿子的儿子，当然也应该是泥腿子，从他这一代上溯祖宗五代都可以划为农民，可以说历代是"五好"贫农。现如今国家取消了高考，实行保送读大学，这是中华五千年文明中所仅有，历朝历代哪有让农民子弟保送读大学、跳农门的，黄诚勇书读得好，可是全大队的小孩子书读得好的人，大有人在，姚书记的几个孩子，谢钟的五朵金花，哪个小孩读书不是顶呱呱的，都是姚大哥关照。当年谢钟已经提出来保送姚改革去读大学，大家也同意，可是姚革新就是不同意保送自己的孩子读大学，相反，他举荐了黄诚勇。姚革新是一个重情重义、懂得感恩的人，就因为当年他对姚改革有救命之恩，姚改革一直记挂在心，时时处处为他打算，派我上山守野猪是变个法子关心我，不让我全家上下饿死，因为山上有苞谷和稻谷可以吃的粮食。提拔我当生产队副队长，还想让我当队长，又提拔我当大队副大队长。他为了我得罪九斤半，把他送入牢房。还是为了我，开罪老憨头，让他伏法，把我儿子黄诚勇保送读大学。没有他，我啥事也做不成啊！俗话说：村坊望倒，亲戚望好。村里人眼睛哪个不盯着读大学的指标，姚大哥两次把好处让给别人，他其实完全可以把指标留给自己的儿子。想到这里，黄大长感到不解，又似乎明白了什么。

黄大长面向大家说："诚勇何德何能，被大队保送读工农兵大学，已经是村里格外的恩赐了，我从心尖上感谢大家。我们家占了那么大的便宜，在大队遇到困难的时候，我们老黄家应为大队出点力支援娄底小三线建设。上面分配下来的任务，必须完成。虽然咱公社有些补贴，但离乡背井去娄底支援小三线建设，至少要干三年，才可以轮换，那地方偏远，干的是重体力活，如果不是国家备战备荒的需要，谁会去那里受这份累，吃这份苦。谁家的孩子都是爹娘的心头肉，派谁去都是件叫人心痛的事。我们火场地、富、反、坏、右、走资派、特务、叛徒本来就不多，这么多年该杀的杀了，该坐牢的坐牢了，该打倒的打倒了，该派去支援娄底小三线建设的也已经去了，这已是第几批了，也不记得了，大队实在也是派不出人了。下乡知识青年情况复杂，如果不是自己有意愿，还不好派他们去，可是，刚强他还小，他的年龄应该是坐在教室里继续读书，将来他长大了，能更好地为国

家建设做贡献。"

黄大长心里清楚，大队的劳力都被派去修公路了，姚革新为这几个小三线建设指标是寝食难安，农民世代耕种，不愿离开故土，可以理解，可是，指标任务如何完成，何况这是一个刚性任务，领导已经上升到政治的高度。

黄大长左顾右看，又看看姚革新，他定了定神，像是下了很大的决心似的。他说："我去三线吧，刚强还小，他去了也不顶事。"

姚革新听黄大长说去三线建设工地，说道："你去了，你屋里那么多人谁来管，李兰香身体那么差，你干妹子身子也有问题，都需要你照顾。"黄大长低下了头，心想：如果他不去，姚队长还真找不到合适的人选，诚勇是占了天大的便宜，我们是应该拿出一点诚意回报一下村民，这也是给姚大哥帮个忙，解除目前的困扰，好好完成上级交代的任务。想到这里，他抬起了头，大声地说："我决定去娄底支援三线建设。"他一连咽了几口口水，喉结在上下移动，"刚强还在读书，身子又弱，派他去支援小三线建设，上面领导会责骂我们滥竽充数，敷衍上面，到时因为我们影响了娄底小三线建设，那我们就不好交代了。大家看这样行不行，还是我去吧，我去支援娄底小三线建设。"看样子他不像是在开玩笑，挺认真的样子，大家交头接耳、议论纷纷。

新提拔的民兵营长莫公雷揶揄黄大长，说："只听说古时候有个花木兰替父从军，还从来没有听说过父替子从军的，真是新鲜案子。"

治保主任莫京，现在已是火场及周边有名的造反派头头，他撸起了袖子，斜挎一个解放军挎包，不知从哪里弄来了一个盒子炮，自己削了一只木手枪放在里面，把"手枪"斜挎着，整天穿着一件洗褪了色的解放军军装，双手把稀疏的头发往后一抹，尖刻地说："黄大长同志，你的政治觉悟还是蛮高的，娄底小三线建设是国家建设的重要组成部分，我们不但要把好人好马用在三线建设上，而且还要用无产阶级铁拳砸烂一切旧观念、旧思想，什么花木兰替父从军，谁见过？"他环顾四周，好像大家都在听他的演说。他来了兴头，接着又说："阿爷无大儿，木兰无长兄，愿为市鞍马，从此替爷征。这是剥削阶级对无产阶级的压迫，是对反动统治阶级的血泪控诉。我们支援三线建设是自愿的，没有人强迫，三线建设根本不会落到木兰替爷征的地步，莫公雷你的阶级觉悟在那里？你的话是反党言论，应该受到批判。鳄鱼嘴黄大长的提议是正确的，他去比刚强去要好得多，男人去比女人去要好，我代表'沅水风雷派'支持黄大长上娄底三线建设前线。"

青年队长周大明见场面有点压抑，准备喊几句口号，提振一下士气，活跃一下气氛，他振臂一挥，口中的话还没喊出口，手臂上的袖章掉了下来，掉在了出纳员全心怡的头上，他捡袖章时用力过猛，抓住了全心怡的头发，全心怡正准备发怒，仰头一看，周大明正俯瞰着她，眼睛是心灵的窗户，四目相对会心一笑。

全心怡已经离婚，实现了做火场离婚第一人的誓言，同时，发下誓愿，她要自己轰轰烈烈地恋爱一次，由自己选择自己的幸福，决定自己的婚姻。

符光中说："我们'永跟派'也支持黄大长上三线。"

两个造反派头头都表了态，姚革新还是提醒了黄大长一句，要黄大长想成熟了再做决定。黄大长回答说："姚书记你放心，我想好了，我也算报答一下大家对我屋诚勇的那份支持帮助，不然，为了一个民工指标久拖不下，也不是办法。"

第三十六章
姚革新开会搞动员　黄大长请缨上三线

姚革新没有说话，嘴巴咬着烟管嘴子不停地吸烟。

大队原本计划派地、富、反、坏、右、走资派等几类人去支援娄底三线建设，但是上面领导提出"备战备荒为人民，好人好马上三线"。这些历史有问题的专政对象，没有资格去支援三线建设，三线建设是国家机密，怎么能让这些人去呢？这不是完全暴露了我们国家建设的秘密吗？因此，大队把地、富、反、坏、右、走资派等几类人留了下来，把他们派去修"沅火"公路、修水渠。

黄大长再次明确态度后，姚革新再也不好说什么了，他尊重黄大长的决定。最后中村大队派谢兵、钟夔、欧阳不王、畲嚞和黄大长五人支援娄底三线建设。

姚革新刚回到家里，苏醒劈头盖脸吼道："你为什么不派地、富、反、坏、右、走资派和'臭老九'去支援三线建设，非得叫黄大长去呀。"

"上面说了三线建设是国家重点建设工程，成分不好、历史有问题的人不要，好人好马上三线，再说，我们现在正在修沅陵县城到火场公社的公路，同样需要大量劳动力，这些人会派去修公路，这些人白天修公路，晚上开他们批斗会，让他们接受贫下中农再教育。"

"黄大长的大儿子黄诚勇虽然被大队保送去读大学，也过去这么几年了，大队那些人还在炒剩饭。他家里的情况你也清楚，他老婆李兰香一个病秧子，大长又去了娄底搞三线建设，唉，这个家今后怎么办……家中还有一大堆孩子要人看管，那么多张嘴要吃的喝的，大长不在家了，这都是个问题。"苏醒心急如焚，她其实对黄大长的那份关心不比姚革新少。

姚革新没有说话，他能说什么呢，黄大长自己一再坚持要去娄底参加三线建设，大队确实也没有合适的人可派了。苏醒见姚革新不说话，心里不踏实，喜欢唠叨。随着时间的推移，就变成了一种话语生态——苏醒不停地念，姚革新听烦躁了就骂娘，骂完后也就没什么事了，基本是按姚革新的意见办。

苏醒拿个小杌子挨着姚革新说话，她还是想他发话，即便是骂人的话，她听了心中也踏实，总比不说话好。姚革新有时候故意来弯子，苏醒越是心急，他就越不说话，苏醒往往心一急，讲的话就会啰唆，也就经常被姚革新责骂。

"你是个什么人呀，大长都要出大事了，你还那么不紧不慢的，魏书记那里你讲得上话，你去讲一下咯，不要派大长去娄底搞三线建设了，他家里的情况很特殊呢。"

姚革新梗着脖子，很深沉地说道："这年头，谁家里好过呀，每家都有一本难念的经。会上已经定了的事，怎么能说改就改，大长去有去的好，他去了，就能堵住别人的嘴，诚勇被保送去读大学，有多少人得了红眼病，至今不服，到处煽风点火。何况大队还真没有合适人选，上面下派的任务不完成没法交代。"

苏醒有些不高兴，揶揄他说："队上开个破会，又不是中央开的会，咋就不能改了。诚勇读大学都是几年前的事了，大长去了娄底搞三线建设，李兰香这个病秧子和几个孩子咋办啊，还有袁莹莹时好时疯，也需要大长照看，还有符光中这些山痞子要提防。"

姚革新有个习惯，不喜欢苏醒干预"内政"，每次大队开个会，她总爱打听，把听到的话到处传，借以显示她是个消息灵通人士，作为大队干部的亲眷，在村里，尤其是在村妇们面前，要秀一秀存在感，掌握话语权。为此，她没少被姚革新训，可就是不改。

姚革新不耐烦地说:"有本事你自己找魏书记讲去,又不是他派大长去的,是大长自己要求去的,你抽什么筋。我当时已经提醒过大长,可他决意要去。唉!都是些脑壳痛的事,睡吧,车到山前必有路。"姚革新不愿再搭理苏醒的絮絮叨叨,闭目不说话了。

黄大长参加完大队会议,回到家里,他一声不吭,倒床就睡,却翻来覆去睡不着。李兰香走到床边推了他一下,轻声地问道:"你今天怎么啦?没什么事吧,开会回来一句话也不说。"

黄大长没好声气地说:"能有什么事儿啊?我烦着呢,快睡吧。"

李兰香心中有些着急,说:"不对,你今天这个样子肯定是开会的时候遇到什么不顺心的事儿啦,你快说出来,我听听是什么事儿。"

"哎呀,你烦不烦,快睡吧,啰唆,我不想说,睡觉。"黄大长侧过身去,不愿说话。

李兰香上气不接下气地喘着,说:"你看看你这个人,遇到什么事了,就是闷在心里头。说出来我帮你一起出出主意。"

"你能有什么好主意?大队的事情你做得了主吗?"黄大长说完,乜斜地看着李兰香。

李兰香悻悻地说:"我知道我自己有几斤几两,我一个'病秧子'早讨人嫌了,我咋会做大队的主呢,我自己的主,我都做不了。我问你是想知道事情是不是跟你有关,跟咱们家庭有关,你不愿说就不说吧。凡事都要想开点,别把自个儿身子憋屈坏了,这个家还指望你了,这个家可以没有我,但不能没有你。"

"病秧子"的话,让黄大长的心情平复了许多,同时也触及了黄大长的软肋,他尽量语气缓和地说:"大队开会,姚大哥说了两件事儿。一件事就是我们中村大队今年分的有一个保送读大学的指标;另一件事就是上面给我们大队分有五个人去娄底支援小三线建设的任务。"

"然后呢?"

黄大长回答说:"开会讨论的时候,我提名今年保送姚改革读大学,会场上,也有人提了其他家的小孩。可是,姚书记他自己却提名谢钟的女儿谢采采,要保送谢采采读大学。指标只有一个,被提名的人有好几个,无法决定保送谁,后来姚大哥决定采取投票的方式,决定人选。在投票前,姚大哥说,他那张票就不投了,放在那里作最后裁定票用,什么意思呢,也就是说如果有两个人的票数是一样的,而且,这两个人又是第一名的话,那么,他那张票就拿出来再投,用来裁决,这样就不用再重新投票了。这种情况下,他投给谁,谁就胜出,就拿这个保送指标。"

李兰香看着他急切地问:"最后投票结果是怎样的呢?"

黄大长愤愤地说:"大家投票后,姚改革和谢采采得票一样多,并列第一名。你说这世界上的事巧不巧,真是太巧了,投票之前我心里就嘀咕了一下,不要出现并列第一名,改革一定要胜出,拿下这个读大学的指标。真是心里担心什么,就来什么,结果姚改革和谢采采的得票一样多,并列第一名。真他×的怪。"

说到这里,黄大长坐起来,靠在床上。他说:"这下姚大哥真的就太为难啦!一个是自己的儿子,一个是他自己推荐的人,这张票到底投给谁?下面那么多人看着,你自己推荐了谢采采,这时候你自己的儿子和你自己推荐的人并列了,大家都在看着,这一票测试着他的公心与私心,我在现场的时候看到姚大哥当时的选择是十分艰难的。但是,最后他还是把票投了。"

李兰香焦急地问："他投给了谁？他那张票是投给了自己儿子姚改革吧？"

黄大长点燃一支烟，猛吸了几口，低声地说："我也是这么想的，我当时很高兴，既然谢采采和姚改革的得票是一样多，那么，大哥他最后那一张票一定会投给自己的儿子。换了谁都会投自己的儿子，何况这件事决定着改革的前程。"

李兰香喜形于色，说道："人不为己天诛地灭。谁不卫护自己的孩子，再说了，姚大哥自己的票，投自己的儿子，也没有人规定不可以，上面也没有人说自己人一定要回避。改革这下好啦，他可以读大学去啦。"李兰香高兴得像个孩子，说完如释重负。

"你以为姚大哥像你那样自私自利啊，我和你想的一样，可是，人家姚大哥真是大公无私，最后把票投给了谢采采。"

李兰香惊叫了一声："啊？什么？你说啥？怎么会是这样啊？姚大哥是不是写错啦？你为什么不叫他纠正啊，他是书记呀，他完全可以纠正重新投啊，他自己纠正自己的票，没人会说啥，他投错了重新写啊，写姚改革的名字呀！"

"你知道啥，我当时已经提醒了，大哥他自己坚定地说他投的是谢采采。这下好啦，最后读大学的人是谢采采，姚改革到手的指标，被亲爹活脱脱地送给别人去了。前几年姚改革把读大学的指标让给了我屋诚勇，今年又把这个指标让给了谢采采。你看这是咋回事儿？这个世界上怎么有这么好的人吗，大哥的思想真的是太好啦！我们不得不佩服。这件事不管发生在谁的身上，恐怕都是做不到的，只是苦了姚改革这个孩子了，耽误了姚改革这个豆芽菜的大好前程啊！"黄大长唉声叹气地说。

"就这么定了？姚改革保送读大学的事，这次又黄了？"

"共产党的干部，人人都像姚大哥那样大公无私，那该多好啊！"

"这也太委屈了姚改革这个好苗子了。"李兰香长叹一声，说，"那第二件事你们是怎么议的？大队派哪五个人去娄底支援三线建设？"

黄大长说："我们开会时，大家讨论了大半天，才推举了谢兵、钟夔、欧阳不王、奤嘉四人，还欠一个人老是选不出来，当时，就有人拿当年大队保送诚勇读大学说事，说什么沾了大队光的人家，也应该去一个人支援娄底的三线建设，有人直接点我屋刚强名字，说刚强可以代表他哥哥去支援娄底的三线建设，我知道他们对姚大哥当年保送我屋诚勇读大学至今还是有意见的，有人是口服心不服，心口不一，一到关键时候就翻老账，巴不得来个变天账。的确我家诚勇是沾了大队的光，得到的好处不是用一句两句话能够说得清楚的。"

黄大长说话绕了很大的一个弯，李兰香面露愠色，"你答应了？让刚强去娄底卖苦力吗？"

黄大长耐心地说："他们这些人，对大队保荐诚勇上大学，心中有意见，又不好说出来，怕得罪姚书记。现在提出这个条件，让刚强去支援三线建设，刚强还小，根本不能胜任那种地方高强度的体力劳动。另外，我想这次改革没有保送上大学，也许是这些人心中嫉恨姚大哥关照我屋，故意不投生气的票，不然，凭生气的学习成绩，谁也莫想和他比。谢采采是捡了个便宜，不过谢钟也很够意思，当时就直接对姚大哥说了采采不够格，应该保送生气去读大学。大哥也真是的，他就不听呀，我也对他轻声说过，他不理我。他就是投自己儿子一票，又咋的。他当这个领导，也太在乎别人说什么了，有啥好说的，投自己的票谁还管得着。大哥完全可以这么做的，可是他就不这么做。从这件事可看出很多人的嘴脸，都是天大的事，就能分出人品和党品。我这次从心窝子里佩服姚大哥，他经常给我们讲，打铁还需自身硬，像他这样的干部，才是过得硬的好干部。我是这么想的：姚大哥什么事都为我屋着想，我们也应该帮帮他，我当时就说刚强年龄小不能胜任那种高强度的劳动，由我去娄底支援三线建设，这样大家心中就会平衡一些。姚大哥他是不赞成我去娄底搞三线建设的，是我自己再三要求去，不然，别人都提出让刚强去搞建设，诚勇当年又被大家推荐保送读大学了，大队给了我屋诚勇这么大的恩惠，我们也要学会感恩。我看姚大哥当时那个焦急为难的样子，想了想就主动要求去娄底支援三线建设，下个月就走，有三年时间，过年可以放几天假。"

李兰香的脸变得晦暗，她十分焦急地说："你去娄底支援三线建设三年时间，留下我们孤儿寡母怎么办，我这个身体又不争气，莫讲别的，屋里要烧柴都是个问题，有个什么重活指望谁？孩子读书学习，你出远门了，谁来管？谁来辅导他们的学习？"

黄大长说："这些也正是我要考虑的事情，是个麻烦事，我看是不是把我干妹子袁莹莹接过来和你一起生活，她身体也时好时坏，她来了，你们相互做个伴，她可以辅导几个孩子的学习，有个什么重活，她人年轻可以的。再说了，她一个人在谢家界那种地方也不安全。"

"她来了，家里又多了一张嘴，哪有吃的喝的？"李兰香急切地说。

黄大长对李兰香说："多个把人，不就是加双筷子、加瓢水吗？我前些天赶集时，到公社给魏书记讲了莹莹迁到我屋这件事，魏书记看在我立了大功，为火场公社增光添彩的份上，同意我的请求，把袁莹莹户口迁移到中村，登记在我的名下。干妹子的病也不是常年发，可以自食其力，做农活，参加生产队出工，记工分，不白吃饭。公社还统一规定，去娄底支援三线建设的人，按原来在生产队出工的底分每月记全勤，并且记双工分，发双份粮，吃饭是没有问题的。我到娄底支援三线建设，每月发有一点伙食补贴，由那边安排生活等方面的事情，基本上吃公家。"

李兰香说："你早就想好了，安排好了，你就是不去支援娄底三线建设，你也会这么去做，没想到你黄大长还真是敢作敢为。既然魏书记都同意了，我还有什么讲的呢，你反正不怕别人讲闲话，袁莹莹来我家是以什么名分来？"

黄大长瞪了她一眼，说："什么名分、身份的，她是我的干妹子，也是个病人，以前有我这个干哥关照她、体贴她，现在我去娄底支援三线建设去了，她无人照顾，组织上认为我是个英雄，又长期照顾关心妇弱病残，学雷锋做好人好事，公社做了一个特殊安排。"

"你要去三年，家里有大事怎么办，我怎么通知你？"

黄大长有些担忧，说道："我明天去谢家界和莹莹商量一下，她若不肯来我们家，这还真是个问题，几个小孩的学习，家中的门路，都没人管理。她若肯来就好了，你也有个伴，遇到什么事，她有一肚子的文化，一定能想出好的办法来。我到娄底后，会给公社邮电总机打电话的，每个月最后一天的晚上八点钟，我给总机打电话，总机会把电话转接到姚书记家里的，到时莹莹去接电话，有什么事我就知道了。这还要看莹莹肯不肯来我们家里，毕竟我们家里没她自己家里方便。"

"若有急事，一个月后有什么用呀？"

黄大长说他到娄底后，会马上搞清楚通信问题，如果方便，争取一个月打两次电话，如果可以，到时家里也可以打他电话，只是不知道娄底那边是个什么情况，他说那边不至于没有电话，或有电话不让对外联系吧。

"你早都想好了，就按你说的办吧，前些年不知道饿死、病死了多少人，怎么我就是不死，在这个世界上丢人现眼。"李兰香面壁而泣，一个人想着伤心事。

第三十七章
魏公穑提拔姚改革　袁莹莹落户大长家

姚革新把黄大长等民工去娄底支援三线建设的报告送到魏公穑手里，并给他作了口头汇报。魏公穑听完他的汇报后，说："黄大长在拘留所的教育下，成长很快，表现积极，为人民立了大功，成了全县的英雄模范，更为可贵的是，他在大功面前不骄傲自满，不居功自傲，又响应党的号召，自告奋勇，报名参加国家的三线建设，这是什么精神，这是毫不利己、专门利人的精神，这是什么思想，这是战无不胜的马克思、列宁主义、毛泽东思想教育下弃小家为大家的爱国主义思想。他的儿子学习成绩好，被大队发现，并且由贫下中农推荐保送去上大学，这是新生事物，新生事物的产生是有它存在的土壤，因为它扎根于人民，人民群众的眼睛是雪亮的。英雄爱人民，人民爱英雄。英雄的儿子毕业后学有所成，为国家做贡献，为家乡出力，父子二人在共和国的土地上，为国家奉献自己的力量。黄大长的英雄事迹，我们要做好宣传，黄大长舍小家为大家的思想境界也要大会小会上宣扬，大队和公社都要关心英雄，关心为国家做出贡献的人，要关心他的家庭、生活。大队要首先保障支援三线建设的家庭的生活，他们去支援娄底三线建设后，他们的家庭在生活必需品的供给上，要进一步优先供给保障，要照顾好他们家人的生活和生产劳动，要让支援前方三线建设的民工没有后顾之忧。"

姚革新从魏公穑的办公室回到家里，把魏公穑的话原原本本地告知了苏醒，苏醒欢天喜地得像个孩子。她说："有了魏书记的话，黄大长支援娄底小三线建设的事，就是一件好事，他去了，他的家庭会得到大队和公社的特别照顾，他的孩子不会挨饿受苦。你还别说，这个黄大长还真是个有福之人呢。"

姚革新频频点头，说："是啊，是啊！没想到魏书记比我还了解黄大长，领导就是领导，就是站得高看得远，大格局。他把黄大长在拘留所立功，黄大长自己请缨去支援三线建设以及黄大长儿子黄诚勇被贫下中农推荐保送去上大学的几件事，一起串联了起来，经魏书记口中一说，立即变得有必然的联系，格局和意义变得宏大了很多，魏书记不愧是新中国培养出来的第一批大学生、大知识分子，看问题一针见血，十分有远见，分析很全面。"

姚革新一般不夸奖人，这么夸人还很少见。

"魏书记今天告诉我，公社正式提拔我屋老大为公社办公室副主任，改革当青年干部一年多时间，就转正提干了，协助崔产愫管理火场公路建设指挥部的工作。"

苏醒听后高兴地说道："老姚，你今天做的事，才像一个大老爷们做的事，才像改革他爹。"

"去你的，什么才像改革他爹，难不成我以前就不是他的亲爹吗？是干爹呀？真是的。"姚革新少有地开起了玩笑，"真没想到，魏公稽这个娘娘腔，还真看不出来，原来他肚子里还是有数的。他爱才惜才，对有才的人总是另眼相看。他觉得咱们这次又让出了上大学的指标，是一种高姿态、大格局。魏书记说，不能让老实人吃亏，不能埋没了青年才俊，我们要培养又红又专的年轻人，为国家做事。现在国家正是用人之际，缺的就是人才。"

"哈哈，不读大学同样可以当干部，谁还稀罕读大学，谁爱去去。咱改革终于咸鱼翻生了。"苏醒喜笑颜开。

姚革新用眼睛斜了苏醒一眼，摇了摇头，话语中不无讥讽地说道："是呀，只要有吃的都一样，不管在什么地方吃。"苏醒木然。

清明节那天下午，天黑时分，黄大长赶到谢家界村，他在袁莹莹的家门口站了一会儿，看房门没有上锁，知道袁莹莹在屋里，他用手推了一下房门，门被从里面反锁了，他确认了袁莹莹就在屋里，他把嘴贴在门缝间轻唤了一声"莹莹"，没见回答，他咚咚咚地敲门。

"谁呀？"里间传来了袁莹莹的声音。

"是我，莹莹，快开门。"

"哎，哥，我来了。"

袁莹莹披着上衣，从里面拉开门闩，看见黄大长来了，睡眼惺忪，脸上立即绽放出笑容。

"哥来了，快进来。"

她一手挽住黄大长的胳膊，顺手关上房门，把门上了插销。

"哥，你吃晚饭了吗？怎么不早点来，天都黑了，路不好走呢。"

"我不饿，今天有点事在忙，忙完了才来，你今天怎么这么早就睡了，你吃东西了没有？"

"我中饭吃得迟，吃了中饭人感到有点困，躺在床上就睡着了。也不知怎的，我这段时间特别嗜睡，还想吐，可能是前几天下大雨淋了雨。"

"你吃药了没有，怎么这么不小心呢，你就像个孩子，感冒了人难受吧。"

袁莹莹开口询问村干部会议的事，黄大长了无睡意。黄大长坐在床头叙说着大队会上提出的几件事以及后来的讨论结果。

袁莹莹哀叹了一声，说："哥，你的决定我都支持，你去娄底支援三线建设，可以很好地支持姚大哥的工作，帮他解决了很大的难题，这是值得的。有人已经盯上你了，黄诚勇在姚大哥的推荐下，已经捡了个大便宜，凡事要讲规矩，一个人不能把所有的好处都占尽，那样会失去到手的好处或利益。大队派不出人，你这时站了出来，也是为姚大哥分忧

第三十七章
魏公稿提拔姚改革　袁莹莹落户大长家

解难，也是一种感恩方式。何况上面还给了那么多丰厚的待遇，不就是参加三年三线建设吗？又不是去三十年，何况每年过年还可以探亲一次。"

黄大长内疚地说："只是委屈了你，我想你怎么办？"

袁莹莹说："哥，我会很想你，可是很多事都不是我们可以决定的，俗话说，人在江湖，身不由己。人活在时代大潮中，有很多不确定因素，影响或干扰着人的命运走向。人在社会大变革中，个人命运变得扑朔迷离，前路不可预知。我们只能面对、接受，并争取获得最好的天意安排。我理解并支持你的决定，你什么都为我想好了，都有安排，我都愿意，也很满意。哥，你就安心去吧，我在家一定会服侍好兰香姐的，培育好刚强他们几个孩子，我会按你说的时间，按时去接你的电话。"

天刚蒙蒙亮，黄大长起身帮莹莹收拾一些东西，他叫袁莹莹躺着再睡一会儿，她顺从地蜷缩在床上，眼看着黄大长收拾这、收拾那，她眼角一行热泪簌簌落下。

农人是勤劳的，屋背后的村道里有人在赶着牛在走路。村子中传来劈柴声、大声讲话声、鸡鸣狗吠声，寂静一晚的小山村顿时鲜活起来。黄大长说："莹莹，我去给谢钟道个别吧，也不知这往后什么时候能见。"

"嗯，好的，你去吧。"

袁莹莹看着黄大长高大的身影消失在朦胧的烟雾里，感情的闸门瞬间打开，一个人蹲在床脚边，任由泪水簌簌地往下流，她内心焦躁不安，心中莫名的产生一个极不好的预感。

一会儿，黄大长从谢钟处返回，她立即擦干了泪水，面带微笑，上前迎接他。黄大长说："莹莹，咱们走吧，赶我屋吃早饭去。"

莹莹没有出声，她环视了一下自己生活了多年的家，这个曾经为自己遮风挡雨并不富庶而十分温馨的家，要离开的时候她有些不舍，内心五味杂陈。俗话说："金窝银窝，不如自己的狗窝。"她怅然若失，一步三回头。

黄大长要出远门了，有几年时间，他担心没有自己的照顾，袁莹莹在谢家界村生活会遭到别人的欺负，甚至不测。袁莹莹也明白黄大长这份情意，把她接到自己家中和自己家人生活，相对于在谢家界村至少要安全一些。

中午时间，他们俩走到中村黄大长家中。

"莹莹来了，还没吃饭吧，饭都做好了，知道你这时会来的，给你做了饭，快点吃饭吧。"李兰香脸上堆着笑。

"香姐，我不请自来了。"袁莹莹甜甜地叫道。

"你是你干哥请来的，快坐。"

李兰香说完，接住莹莹肩上的包袱，把它放在西厢房里，黄大长和儿子刚强平时睡在东厢房里，李兰香和几个女儿睡在正房里。

去娄底支援三线建设的时间，日益临近，中村大队为他们五个人，举行了一个简单的欢送会，三天后姚革新和大队长符富厚、政治队长钟生强、青年队长周大明送黄大长他们五个人到公社报到。已升任公社武装部部长的钟树军出门迎接。魏公稿书记专门召开了火场公社支援娄底小三线建设誓师大会，会场张灯结彩，黄大长等人胸戴红花，由魏公稿亲自为他们点名报数，授予他们三线建设支前民工荣誉证书。第二天清晨，天刚放亮，支前

队伍列队整装扛起旗子，敲锣打鼓，向县城出发。袁莹莹和前来送行的亲人朋友，再三叮嘱他们要注意安全，常回家看看。

各公社支援娄底小三线建设的民工陆续于五月一日当天赶到县城报到，县里为欢迎他们的到来，像举行重大节日活动一样，欢迎场面热烈喜庆。县委黄大风书记亲自向支前民工训话，陪同他们游览大唐龙兴讲寺、沈从文"芸芦"、胜利公园、宗教一条街、凤凰寺和成语"书通二酉，学富五车"出处地——二酉藏书洞等地。

晚上，在沅陵一中礼堂，县委举行了欢送支援三线建设者文艺会演，辰河戏剧团担纲演出。第二天，县委又做了简短的行前总动员，黄大长等民工准备启程向省会长沙集中，在省会参加十万民工三线建设誓师大会后，再向娄底三线建设工地进发。

姚革新和袁莹莹等人把黄大长几个人送到文昌码头，黄大长是最后一个上的船，袁莹莹拉着他的手不肯离开，早已是泪眼婆娑、泣不成声，黄大长的鹰隼眼包含着泪水在不停地转动。

姚革新看到他俩这种难舍难分的场景，也不由有些动情。他说："大长兄弟，送君千里终有一别，你该上船了，船家在等你一个人呢，在那边照顾好自己。"

黄大长松开了袁莹莹的手，向船上走去，一步三回头。袁莹莹这时再也抑制不住自己的情感，泪水像夺眶的珠子一样簌簌地往下流，突然，她面向黄大长凄厉地叫道："哥，大长哥，你要平安回来啊！"

黄大长已走远，似乎没有听见，只是频频地向她挥手，她向着船行驶的方向追去，船越行越远，慢慢地变成了一个点，渐渐地变得无影无踪了，消失在茫茫的沅江上。

袁莹莹伫立在风里眺望着，姚革新走到袁莹莹面前，轻拍着她的肩头，说："莹莹，船走远了，咱们回吧。"

第三十八章
黄大长通话白竹垭　一线天怀亲修家书

黄大长跟随沅陵支援娄底小三线建设民工大部队，到省城参加十万人誓师大会，省里的头头脑脑悉数参加，十万民工振臂高呼"备战、备荒、为人民；好人、好马、上三线"等口号，锣鼓喧天，高音喇叭里播放着《大海航行靠舵手》和《工农兵联合起来》等歌曲，场面异常震撼。誓师大会后，十万三线建设者奔赴娄底。一同去的谢兵等人被分到其他工地，参加三线建设的民工被带到不同的车上，黄大长从会场一上车就和同去的几个老乡分开了。

不知过了多久，黄大长终于下了车，被告知步行上山，过了两个多小时，他和其他二十个人来到一个叫"一线天"的地方，带队的一个干部告知他们，其工作任务是建设"一线天"铁路大桥工程。黄大长望着连绵起伏的群山，穿行于群山之间的资水，他心里

第三十八章
黄大长通话白竹垭 一线天怀亲修家书

明白了，这个叫"一线天"的地方险峻程度不亚于火场堡子界。通过政审，黄大长任"一线天"爆破组小组长兼管山上二三十个人的出工和生活。

"一线天"工程建设，任务繁重，危险大。每天清晨早饭匆忙随便一吃，便扛钎提锤，腰背上系着粗粗长长的麻绳，很长很长的麻绳掉下半山腰，扶钎打锤，打炮眼，铿锵震山。由于一下子去了那么多人，吃、住等都成了问题，于是，晚上依山傍水扎大营。按照"边建设、边施工、边生产"和"先生产、后生活，先厂房、后宿舍"的经验，他们爆破组白天爬上悬崖绝壁打炮眼，装炸药爆破，晚上收工后，凑合着吃点后，接下来建宿舍，在深山峡谷里，二十几个人肩扛几十米长的钢筋，喊着号子迈开大步，推着自制的运送水泥浆木质推车，在吱吱呀呀的声响中，一干就是凌晨一两点钟。稍做冲洗便和衣躺下，在床上睡一个囫囵觉。

黄大长到娄底一个月了，还没有给家里报平安，家中还不知道他现在的情况。他们去娄底的民工都按连队或班排来归建，工程建设是按成建制的安排进行，黄大长所属的连队所在地还没有装电话，"喊工"靠的是"吹哨"人，连驻地有一个高音喇叭，一天到晚唱着革命歌曲，闲下来的时候，不是宣读上级文件就是广播什么通知之类的东西，驻地群山逶迤，三面环山，一面临资水，他们爆破组宿营在半山腰。

黄大长到达"一线天"铁路工程建设工地后，对家人的思念与日俱增，又苦于没法与山外取得联系，他感到迷茫无助，他给家里写了一封信，瞅准机会，叫人代寄出去。

一个月过去了，仍然没有收到家里的回信，黄大长得不到家中的消息，心中犯急，这几天天降暴雨，资水河暴涨，没法出门做工，他冒雨走到连部，打听有没有从老家寄来的信，连部指导员告诉他，由于山路阻隔，这里还没有开通邮政传递点。邮差送信不讲时效，收集了一摞书信、报纸、杂志后，才会送到工地上，到民工手里，看的基本上是历史书信，新闻变成了旧文。黄大长听后真是哭笑不得，他心想：既然这里还没有开通邮寄点，他写的信，家里人就是写了回信，他也是收不到的。他上次写的信，是托连队负责运送建筑材料的司机捎去的，当时由于司机急着赶路，两个人都没有问清原因，司机叫什么名字，甚至他姓什么，黄大长都没有来得及问，就把信托他代寄了。

黄大长想给家里打个电话，他向连部询问了这一带的通信情况，连指导员鲁娟告诉他，连部的电话线还没有接通，今后连部会装一台电话，到时民工都可以在合适的时间给家里打电话，目前离这里最近的电话大约十里路，一个叫"白竹垭"的村子中，支部书记家中装的有一台摇式电话机，还不知能不能打得通。如果电话机本身有问题，或电话线路有问题，都有可能影响通话。

黄大长了解了这些情况后，还是决定前往白竹垭碰碰运气，看看能不能往家中打个电话。可是，他回头一想，他和白竹垭村书记并不熟悉，这么冒昧地前去打电话，如果人家不买账怎么办，两人从未谋面，是陌路人。于是，他选了一个不用上班的大雨天前往白竹垭。连日来暴雨倾盆，白天没法爬上峭壁打炮眼、放炮。他首先给组上一个叫林峰的副组长讲明了事由，就独自一人披着蓑衣，戴着斗篷往白竹垭的方向走。他必须在当地人吃晚饭的时候赶到，因为这时家里人也会在家里吃晚饭，她们才会在家里，如果白天去打电话，火场那边天气好，袁莹莹或许就上山做工去了，有可能找不到她接电话。黄大长冒雨前行，紧赶慢赶，终于在临近晚饭时，走到了白竹垭，他通过打听才找到白竹垭村支部书

记胡大鹏的家里，他说明来意，由于当地人的口音难懂，他费了好大的劲，才使胡老书记明白了他的来意，老人欣然应允，但在拨打长途电话的时候，又遇到了一个新问题，黄大长是要从娄底往火场打，要通过总机转机才能拨通，黄大长的口音也使对方听不清楚，他打了几次没能成功，最后是由胡老书记代他打电话，又和总机接线员说了一阵子好话，对方才勉强同意接转，娄底那边总机终于接通了火场这边邮电总机房的电话，火场总机这边听说是从娄底打过来的电话，马上意识到是黄大长的电话，因为黄大长在去娄底之前已和这边邮电打过招呼，请他们到时帮忙转接。总机很快把电话接转到姚革新家里，电话铃一响，姚改革马上端着饭碗去接电话："喂，请问你是哪位？"

"生气，改革，我是黄大长，你好啊！你爹娘好吗？"

"大长叔，你好吧，我可想死你了……"

电话的那一头传来了黄大长疲惫的声音，姚革新听说是黄大长打来的电话，二话没说，起身拿回电话，大声对姚改革说："快去，快叫你莹莹阿姨来听电话。"

姚改革放下饭碗，一路小跑到黄大长家里找袁莹莹，气喘吁吁地对袁莹莹说："大长叔，来电话了，叫你快去接电话。"

袁莹莹带着李兰香好不容易赶到姚革新家，李兰香没有打过电话，话没有说上几句，自己倒把电话线压坏了。

黄大长这边正在和李兰香通电话，突然，李兰香这边就挂了电话，黄大长感到很是蹊跷，立即放下话筒，立即摇起电话机，摇不通，他反复摇了几次，再也打不通了。

胡老支书告诉他，可能是由于下雨刮风的原因，以前这里只要是刮大风、下大雨，电话就摇不通，不知是什么缘故。黄大长等了很久，也试着摇了几次电话机，就是摇不通。他一再感谢了胡支书后，告别了老书记，凌晨四点钟独自返回"一线天"铁路大桥工地工棚里。

第二天打完炮眼收工后，吃完晚饭，他打了桶热水把自己清洗了一下，便上床躺下，拿出纸笔给家里写信，虽然和家里通了电话，由于电话时间不长，还有很多话没有来得及说，他得把这边的情况写信详细地告知家人，他在信纸上写道：

亲爱的兰香、莹莹以及孩子们，昨天晚上我步行十几里山路，来到"白竹垭"村胡大鹏老书记家中给家里打电话。说来真得感谢胡老书记，我人生地不熟，听别人说他家里装有一台摇式电话机，便怀着试探一下的心情前往他家中，我说明来意后，他二话没说，就答应我打电话。他还对我说，你们离开自己的家乡，告别自己亲人，从那么远的地方来到这里支援国家三线建设，我们要感谢你们才对，你们辛苦了。说话间，胡书记亲自为我摇通了电话，我才与你通了话。

我在通话时，只讲了两句话，不知怎么回事，电话就被挂断了，我后来一直在摇电话，可就是打不通。胡书记也帮我再次摇过电话，也打不通，我在胡书记家里等了两个多小时，还是打不通电话，想到第二天要出工，胡书记他们也要睡觉了，我就沿路返回了山上。

我在娄底支援小三线建设的具体项目是修战备铁路，我们其中一段铁路所处海拔很高，我所处的连队具体负责一处铁路桥的建设，铁路桥要横跨两座大山山顶，两山之间隔着湍急的河流，河水汇入滔滔资江，山顶却呈拱揖之状，壁立千仞，从山底抬头望去，两山峰拱卫，山峰两壁夹峙，形成一条狭窄的缝隙，所见蓝天如一线。因此，得名"一线天"。在两座山之间建一座铁路桥，因此，又得名"一线天铁路大桥"。

我们一组二十几个人，今后可能还会加人。我负责在山壁上打炮眼，负责爆破，工作是有些危险，毕竟是把人孤悬于悬崖峭壁之上施工，这就要求我们每次打炮眼时，都必须做好万全的安全准备。我们在这里施工本身就不能出现一丁点小事故，因为这里只要出事，就肯定是大事故而无小事。一旦出事就会掉入悬崖下的河流，卷入滔滔资江之中，因此，我们平时施工时，格外小心谨慎。

不过不用担心，我们每次都做了充分的准备，扶钎的选好位置，我是提锤锤钎的，我们身上都捆的有麻绳，粗麻绳一头捆在腰上，另一头捆在上方的大树或大石头上，或带有三角爪，可以勾在物体上，很牢靠，安全是有保障的，只是人被吊在半空，脚踩的地方为石崖上，脚经常有踩空的地方，不过即使是踩空了，人掉下了也不要紧，捆在上方的绳子会把人套住的，不会掉到悬崖下的河里。

我来这里已经一月多时间了，明天我就把这个月的补助和这封信一同寄回家。我在这里任小组长，每个月有36元补贴，我会按月给你们寄30元，其中10元交生产队的，你们不用担心没钱用，买点好吃的，我这里自己能想到办法弄些好吃的，不用为我的生活担心。

我们白天又是打炮眼，又是爆破。深更半夜，我们连队还要搞拉练，早上出工前，领导训话，晚上领导总结。下雨天做不了工，就开会整顿思想，先骂自己不是人，再决心痛改前非，重新做人。没有属于自己的时间，我想习惯了就好了。

这里交通不便，通信不通，目前还没有安装电话，联系有诸多不便。

明天还要出工，不多写了。祝全家安好！

半个月后，负责连队采购的郝科长到山上来送生活物资、建筑材料，黄大长和他谈了一些事，说到要寄封信，苦于没有邮寄点，想请郝科长代寄一下，郝科长爽快地答应了，他说保证把信寄出去。

这时，郝科长从腋窝下夹着的包里取出一个事先填好的单子交给黄大长看后签字。大长一看，原来是生活物资和施工耗材接收单，黄大长接过单子准备签字，用眼睛瞄了一眼，他发现钢钎、八方锤、炸药、雷管和导火索等物质均超过实际数很多，生活物资存在很大的出入，黄大长准备开口询问，郝科长立即从另一个大包里取出一条香烟塞给黄大长。

郝科长说："黄组长这是我从山外专门给你带的一条香烟，这里山高路远，想买包烟都不容易，顺带给你捎来一条烟，给你解解馋、消消乏。"

黄大长坚决拒收，他说："无功不受禄，我怎么能拿你的礼物呢？"郝科长说："大山上不是没地方买烟嘛，我知道你烟瘾大，就自己做主给你带了一条，不知你喜不喜欢这个牌子的，不敢给你多带，你如果喜欢抽这个牌子的，我下次上山再给你带几条。"

黄大长往烟上一看，是一条"大前门"香烟，心中不由为之一喜，说道："'大前门'是英美烟草公司于民国五年推出的香烟，曾和'老刀''哈德门''三炮台'诸牌号一起，在上海风靡一时，'大前门'解放后被收为国有，以品质精良著称，烟味醇和浓郁。这么好的名贵香烟我哪抽得起，使不得，使不得的。"

"我知道你烟瘾大，山上又没有买的，就顺带给你买了一条，让你尝尝。"郝科长一双眼睛笑眯眯地说，让人一看就难以拒绝他。

"那我给你钱。"黄大长边说边掏钱。

"黄组长，你太见外了。俗话说，烟酒不分家，有烟大家一起抽。"

"不给钱，怎么行？这么名贵的香烟，那不行。别人知道会说我受贿的，我怎么能白拿东西呢，这个万万使不得。"黄大长边说边拒绝郝科长递过来的香烟。

郝科长依然一脸堆笑，这个三十挂零的采购科长，小肚开始发福，头发油光可鉴，皮肤白里透红，他不急不慢地边说话边把烟又给递回给黄大长，说："黄组长，你带着二三十人在大山上做工辛苦，你人有味，这是老弟个人孝敬你的，与公家无关，谈不上什么贿赂不贿赂的，纯属老弟敬仰老哥的一点小心意，好了，别再说这么难听的话了，这山上不是没有烟卖吗？如果有买的，也就不用老弟我操心了，是吧？黄组长你尽管秉公办事，快把烟收着，莫让别人看到了，没事说出个事来。"

他边说边从口袋里掏出一包"大前门"香烟，递给黄大长一支，给自己嘴上送上一支，点了火，猛吸一口，青烟从鼻孔中喷出，很享受的样子，说道："老兄你也抽一支，从你讲的话中，知道你抽过这个牌子。"

黄大长接过递过来的烟，送到嘴边叼着，郝科长呲的一声划着一根火柴迅速给他点燃了嘴上的烟。黄大长的烟早已"断炊"了，好些天没见烟了，见到了烟，心中的渴望越发强烈，他连续猛抽了几口烟，把青烟全部吸进了肺里，沉醉地闭上眼睛，再慢慢从鼻孔里喷出，又迅速把烟吸回口里，再又从鼻孔喷出——他吸烟的神情几乎到了可怜的样子。

郝科长知道大长嗜烟如命，没法拒绝烟的诱惑，他把一条烟用黄大长的衣服包好，放在黄大长睡的枕头下。郝科长说："怎么样，还对你的味吧？好抽就拿着抽吧，烟不分家，大家一起抽。"

黄大长还想说什么，郝科长制止，说道："是兄弟就别为一条烟再说了，你再说，就是看不起我。这大山里若有烟卖，你又有时间下山跑几十公里路买烟，我会给你带烟吗？你也不会要呀，是不是，你是谁呀？是吧。我如果今天不上山，我估计你都'断炊'了吧，啥也不说了，今后你下山了，有好烟给我也送一条，让我也尝尝好不好？今天这条烟你一定得拿着，千万不要跟我说钱，都在面上跑，抽条烟都要计较，那生活还有什么意思，讲钱就生分了不是嘛。"

黄大长还想讲什么，郝科长抢先说道："好了，黄组长，兄弟，别再为一条烟推过来推过去了，你这是看不起我呀。麻烦你把货单上签个字，我要下山了，再挨，天都黑了，有时间再上山看你。"

郝科长拿出钢笔，拔出笔筒，让黄大长签字，黄大长手拿货单说："郝科长货单上写的与实际的不相符合，出入太大了。"

郝科长眼珠子一转，笑容满面地说："黄组长，兄弟，都怪我没有给你讲清楚，是这样的，今天的货单上与实际的货物是有些出入，是有原因的。我们单位这个月要团账，下个月会计要出远门，一时半会儿回不来，为了不影响山上的工程进度，因此，和他商量了以后，决定把下个月的货，叫材料厂先开了发票，到时再去拖货。"

郝科长又给黄大长签字的暗示，"过几天，我把剩下的货，都拉上山，请领导放心。"

第三十八章
黄大长通话白竹垭　一线天怀亲修家书

黄大长听他这么一说，将信将疑地签收了。郝科长见黄大长签收了，满脸堆笑，又递过来一支"大前门"烟，帮黄大长点上火，说了声："老兄，我下山了，不然你还得供我晚饭。"

"吃晚饭不打紧，只是这里的生活就怕你郝科长吃不下。"

"老兄，你这里还需要什么告诉老弟，下次上山时，我帮你带上来。"黄大长说了声谢谢，说没有什么要带的。

他差点忘了叫郝科长代寄家信和三十元钱。于是，他说："郝科长，想麻烦你帮我给老家寄封信，帮忙汇点钱，不知你方便吗？"

"黄组长，你总是把小郝当外人，我天天在城里跑，寄封信有什么方便不方便的。我保证把老兄你写给嫂子的重要东西寄到家，我用快件寄，把钱汇到，我保证万无一失，老兄请放心。"

黄大长又说了些感谢之类的话，他送了郝科长一小段路，郝科长爬上货车司机台，和黄大长招手告别。黄大长走回山上，他看上去心情不错，一路上嘴里哼着歌曲《桃花江是个美人窝》。

山上打炮眼耗材厉害，转眼间半个月又过去了，也不见郝科长上山送工程所需材料，生活物资也开始紧张了。黄大长心中惦记的还是郝科长代寄的信和三十元钱的消息。又过了几天，还是不见郝科长上山，黄大长预感到有什么事情要发生，心中感到忐忑不安。心想或许今天，抑或明天，郝科长也就该上山来了。他没有想多，也不敢想多，心中后悔给他的提货单签字。

这天，他安排爆破组的人悉数出工，去打一排炮眼，炮眼所处的位置异常陡峭，每个小组必须做足功课才能探下身子慢慢把人降到准确的位置，他们一齐动手，相互给各小组人员捆上麻绳，打好绳结，还要反复抻一抻麻绳，黄大长最后还要托几下，检查是否捆得牢靠。确认稳当牢靠了才把一小组人放下山崖壁间，再又去帮忙放另一小组人，各小组打炮眼的人都放下山崖间了，黄大长才吩咐上面的两个人，把他这一小组三个人捆结实了，再缓慢放下去。平时各小组只有两个人，一个扶钎一个提锤，今天他特别安排了三个人是因为今日的工作量大，所处位置很陡不好施展，进展慢，多一个人多一分力量，两个人轮班吃不消。上面放绳索的人也不轻松，放绳子的缓慢轻重，很有讲究，把人放得太快过了炮位，又要往上提，这可不是一件轻松事，山顶两人不论是放人下去，或是提人上来，用力都要恰到好处，山上两人看不到山崖间施工的人，只能凭感觉，凭下到山崖间的人抖绳子、吹哨子给他们的反馈信息。见各小组下崖了，黄大长几个人也做好了下崖的全部准备工作，于是他就吩咐山顶两人，把麻绳的挂钩挂到大树或大石头上，挂紧钩子，一切准备停当，黄大长几个人就依次下崖了，黄大长今天是最后一个下崖的。

黄大长所在的小组在山崖间打炮眼至中午时分，送饭的人上山了，山顶上两个人鸣锣招呼他们要准备上山了。上山下山都有约定好了的顺序，还有上下山的步骤、招式。黄大长这一组是最后下山崖的，也就是最后上山顶。中午各小组来齐了后，就开始吃饭，每人四个白面馒头、一碗粥、一碟榨菜。晚上安排的是白米饭。午餐后，大家围在山顶工棚中小憩一会儿，黄大长给所有人筛了一遍烟，有人见黄大长打的烟是"大前门"香烟，喜之

不胜，猛吸一口，把所有的青烟吞进肺里，半天没舍得吐出来，大家太累了，也许烟能提神，缓解压力，有感官的刺激作用，个个吸着烟像过大年吃肉喝酒一般高兴快活。

第三十九章
黄大长坠崖一线天　袁莹莹收到一巨款

民工们在工棚里眯了半个时辰，睡久了也会感冒，大家脱去穿在身外的厚衣，又开始陆续下山崖，按惯例只有把其他各小组的人都放到半山腰，黄大长这一组才会最后下到山崖打炮眼处。

黄大长最后一个下山，已行至中途，忽然，天边飞来一片乌云，他感觉到天暗了下来，山顶的人大声问他要不要马上上来，黄大长说不用上来，乌云飘过了就好了。

山顶上放绳索的人，将手中的麻绳继续缓慢地往下放。突然，天空中一声惊雷，雨应声而下，把两个放麻绳的人吓了一跳，手一哆嗦，绳索很自然地松了一下，这边挂钩也许是没有挂牢，也许是在树上没有捆紧，大拇指粗的麻绳迅速离开了手掌的控制，迅疾往下溜，那股势能，势如破竹，山顶上的人，抓了几次，不但抓不住麻绳，而且差点把人带落山谷。沉重的三脚架爪钩把山顶放绳索的一个叫党警楂的人顺带钩下山崖，黄大长和他瞬间消失得无影无踪。

山顶上的两个人瞿竑和向恚被这个突如其来的事件，吓得不知如何是好。天上大雨倾盆，他两人马上鸣锣、吹哨，大声向崖下叫唤："黄大长、党警楂！黄大长、党警楂出事了。"

黄大长这个小组其他两个人，李玮和舒畋亲眼看见黄大长和党警楂从眼前飞落山下。两个人哭着、喊着黄大长的名字。邻近左边小组三个人：李泓、蔡嵩和赵筌听到李玮和舒畋的叫喊声，往山谷看，也看到了黄大长和党警楂掉下山崖的情景，右边一个小组三个：熊雁、陈闵和张鏊也看到了黄大长和党警楂飞入山谷的身影，大家都不约而同地哭喊着黄大长的名字。

黄大长平时和大家和睦相处，尽最大的能力关心帮助小组每位民工，和大家建立了深厚的友谊。瞿竑和向恚两人先把黄大长左右两小组人拉了上来。

几个人在山顶上望着山谷悲从中来，向恚和张鏊两人主张马上下山通知连队，派人去河里救人，大家统一了思想，向恚和张鏊立即下山向连部报告，其他几个人留在山上，负责把其他几个小组的人都拉上山顶。

连队得到消息后，马上报告了总部，连队组织人员马上搜救，总部动员了沿河老百姓进山搜寻，派出船只在河里打捞。暮色苍茫，山高路险水深，有人提出明天天亮再寻找。总指挥部认为救人要紧，分秒必争，组织识水性的村民划船在河面上寻找。半夜时分，村民在山底一个树刺丛中发现了党警楂，他被一截麻绳缠绕着，三脚架爪子刺透了他的胸

第三十九章
黄大长坠崖一线天　袁莹莹收到一巨款

膛,但始终没有找到黄大长。后半夜刮起了大风,下起了暴雨,搜寻工作暂时中断。

第二天,依然是狂风暴雨,河水暴涨。指挥部仍然组织了大批民工上山入河搜寻,通过一天的寻找,仍然不见黄大长。第三天风平浪静出了很大的太阳,指挥部扩大了搜寻范围,组织了更大的搜山队伍,派出大量的渔船到河里探寻,这样连续打捞一周,仍然没有找到黄大长,指挥部综合了各种因素分析认为黄大长遇难了。指挥部给火场公社和黄大长家属拍了电报,准备为黄大长和党警楂开一个追悼会。

与此同时,郝科长那边出事了。他虚报建材、耗材,把建材转手卖掉,搞投机倒把,盗窃国家战备物资,并且牵连到黄大长,因为郝科长的一部分建材以及生活物资提货单是经由黄大长签收的。这样麻烦就来了,黄大长失踪,郝科长又一口咬定没有虚报多拿,不信你们去找黄大长核实——死无对证。这样黄大长涉嫌和郝科长是同伙,一同欺骗国家,盗窃国家战备物资,倒卖国家战备物资,倒卖国家禁止或者限制自由买卖的物资、物品。黄大长有伙同郝科长投机倒把、盗窃国家战备物质重大嫌疑,很快被列入调查取证对象。

因此,黄大长不能评为烈士,取消为他开追悼会,对他和郝科长所犯罪行立案审查调查。

袁莹莹几天前刚刚收到黄大长寄来的信和他一并汇来的430元钱。她很高兴地告诉李兰香说:"大长哥寄来信了,他问家里的情况以及上次大姐打电话时,怎么突然挂了电话,是不是家中发生了特殊情况,或紧急事情。大长哥信中说他随即连续打了几个电话,但就是打不通了。他等了几个小时,最后还是没有打通,连夜又往回走了十几里路赶到山上。大长哥还问了家里的其他情况,问孩子们好不好,他关心你的身体。袁莹莹十分开心地给李兰香讲述黄大长的来信内容。"

自从黄大长去了娄底支援三线建设,袁莹莹就一直闷闷不乐,整天眉头紧蹙,自打接到了黄大长的电话和收到他的信之后,她的脸上出现了少有的笑容,袁莹莹饶有兴致地反复给李兰香讲信的内容,李兰香插了一句话,说:"写了那么长的信就净讲这一些废话,有什么用,当不了饭吃,好了不听了。"她准备走开,袁莹莹又说道:"大长哥,连同信一并还汇有430元钱。"

李兰香转过身说:"你光说些没用的,把这个要紧的话憋这么久,真有你的,好能憋,430元,可不是个小数目,大长是到娄底当民工搞三线建设去的,还是到那边当财主去的啊!这才过去两个月时间,就寄来这么多钱,看来当初大长要去搞三线建设是正确的,他发大财了,哈哈哈,当时我还生气表示不同意呢,没想到大长这条棍还真有几下子,他早就谋定了那边吃香喝辣的,能发财。好!好!好!这下有了这430元钱,家中所有的困难和难题都解决了。"

袁莹莹见李兰香高兴,自己内心更高兴,一切因为黄大长,有了黄大长的消息比什么都要快乐,她说:"大长哥交代还要给队里交10元,可以参加年终生产队分红。"

李兰香一听又是一阵大笑,笑得她咳嗽不止,她一手拿起灶台上的水瓢,一手提起锅盖,用瓢在锅里舀了一瓢温水送到嘴边咕咚咕咚一口气喝完,说道:"莫说是给生产队交10元,就是交30元都可以,没有生产队派大长支援娄底搞三线建设,大长今天也发不了这么大的财,咱是讲情讲义的人家,我们要交,一定要交,交30元。"

袁莹莹说:"大姐,只需要交10元就可以。"

"我说了交30元。"李兰香来劲了，用不容更改的语气说道。

李兰香说的，袁莹莹觉得好笑，但她没有笑出声，而是轻声说道："大姐，大长哥说交给生产队10元，是根据我们生产队年终分红劳动价值算出来，是队里定的规矩，交多了没有用，再说了不是每月要交10元吗？今后每个月大长哥都会寄钱来的，每月要交10元。"

李兰香听袁莹莹这么一说，脸上的肉有些尴尬，她说："原来这个死鬼寄430元还有学问呢，他的意思是每月给生产队交10元，全年12个月就是120元，他等于把全年要上交生产队的钱他已预留好了，剩下的是给家里开支用的。"

袁莹莹听到李兰香打的算盘，脸上露出了一丝苦笑。

李兰香问道："信中还说了些什么？我看这回大长是从糠桶里掉到米桶里了，在那边做工清闲无事，才有时间写几页纸的长信，有这么多空闲，还不如睡个大觉。"

袁莹莹只说信中问了家中的人与事，和寄钱的事，大长哥信中只说寄30元，怎么收到时是430元，大长哥才去两个月，每个月的月生活补助，也就是补助36元，他说了，他自己留6元作为生活等开支，其他30元全部寄给家里，按这么一算，就是大长哥把两个月的钱都寄了也只有72元，他哪里来这么多钱往家中汇呢，这当中是不是有什么问题呀。

李兰香听后说："有什么问题，收到钱了有问题，没钱才有问题呢。疑神疑鬼的，你又不是不知道大长鬼点子多，什么事难到过他。好了，别想那么多了，汇来钱就好了，大长不会去偷去抢，这个我知道他的为人。话又说回来，谁现在有这么多钱让他来偷来抢呢，是吧，我看他肯定是升官了补助提高了，工资涨了，或者是觉得家中困难，提前支了钱汇给家里，今后再慢慢扣还。"

袁莹莹收到黄大长汇来的这笔巨款，让她寝食难安，她决定把这件事悄悄告知姚革新，看他有什么说法。她心中明白，黄大长在娄底是民工，根据信上说的，大长每月只有36元，已包括他每月的生活费，他说了每月自己留6元钱，其余30元都寄给她，作为家中开支，还有交给生产队10元。这一次信中也说得明明白白，汇了30元，怎么汇票上是430元，这个数字也太大了，比一般国家干部全年的工资都还要高出很多，太不正常了，这其中必有蹊跷。

她把这些情况告诉了姚革新，姚革新问："是大长自己寄的信、汇的款，还是别人代寄的？"袁莹莹掏出大长的信，又仔细看了一篇，肯定地说，这封信可以肯定是大长哥的手迹。

姚革新瞄了一眼信上的字，说道："这封信是大长的手迹，寄信人是不是大长呢，大长或许没有时间寄信、汇款，委托别人办的也有可能，那么这个环节就有可能出问题。"

"大长哥信上说，这次汇了30元，但汇款单上是430元钱，数字不对，大长哥的信是用自制的信封装好封好了的，在邮寄的过程中用了快递，快递单子上填写的信息笔迹都不是大长哥的手迹。"袁莹莹说。

"也许后来大长让别人给代填的单子，信上讲汇30元，后来他可能改变了主意，汇了430元，信当时已经写好了，他也就不在信上改数字了，下次大长打电话来一问就清楚了，不要为这件事过来过去瞎猜疑。"苏醒插话表明了她的态度。

第三十九章
黄大长坠崖一线天　袁莹莹收到一巨款

姚革新见苏醒说话不中听,反驳道:"大长做事都像你那么粗糙啊,改了汇款金额,他一定会在信上说一声的,明明不对的东西,他肯定会改过来,再说了,大长到娄底三线工程只有两个月,他每个月补助是36元,他哪来400元钱往家中汇呢,你莫到这里乱插嘴。"姚革新说。

"这件事先不要在外声张,今天你给我说了,证明你信任我,也是对黄大长为人的信任,我算一个证明人,改天我陪你把这个情况向魏书记透一下风,万一有什么事,也就算你报案了。"姚革新对袁莹莹说。

"大哥,我相信大长哥的为人,他不会做那些违法乱纪的事情,这当中必定有原因,不用改天给魏书记汇报,就今天,现在就去公社找魏书记反映情况去。"

袁莹莹接着说道:"运动当前,也许有人想害大长哥也说不好,这么多钱不是一个小数字,他在大山上打炮眼,搞爆破,哪有时间去向别人借钱,'一线天'那种地方又向谁借钱去,这肯定有问题,我收到信和汇票的这几天,想到这件事,每晚都睡不着,总感觉会有大事发生。"

袁莹莹和姚革新找到魏公稿,魏书记和崔产愫正在谈事,崔产愫见袁莹莹和姚革新来了,马上让座、倒茶。袁莹莹也不绕弯子,开门见山,直接说明了原委和心中的顾虑。

魏公稿说:"这件事你给我汇报了就行了,毕竟是私事,也不必在外宣扬,先放一放,等黄大长下次打电话来,你再问清楚就可以了。或者你给他先写封信问一下。"

"魏书记,大长哥在'一线天'铁路大桥工地,那个鸟不拉屎的地方,现在还没有邮寄点,也不通电话。他上次给我打了一个电话,就是抽空跑了十几里山路,到一个叫'白竹垭'的村子中找到村里胡老支书家,才摇通了电话,兰香姐接电话时,不小心手碰到电话架子,没说上几句话,就把电话给无意中掐断了,就再也没有接到大长哥往回拨的电话。当时,我先接的电话,电话中大长哥也没有说汇过这么多钱。"

魏公稿略一思忖,说道:"按你说的情况,这个钱应不是黄大长自己汇的,是别人给汇的,也许是黄大长的一个朋友,见你们家里困难,出手资助你们,做了无名英雄。今后黄大长会说明白的,他心里一定清楚是什么事。黄大长是我们这里的英雄人物,我们对他十分的信任。这件事急不得,还是要等大长自己开口说话,不着急。"

魏公稿这么一说,袁莹莹悬着的心稍稍安定了一些,她带着满脑子的疑虑,和姚革新离开了公社大院。

晚上十一点过,崔产愫心急火燎地跑到姚革新屋,对他说:"姚书记出事了,出大事了,黄、黄大长,出、出事了。"

姚革新正在大木盆里泡脚,崔产愫从屋外闯了进来,上气不接下气地说了这一通话,他心中咯噔一下,"哐当"一声,放在洗脚盆上的双脚一不小心把洗脚盆踩翻了。

姚革新急切地反问道:"大长怎么啦,他出啥大事了?"

崔产愫的脸上眼泪在流淌,她抽泣着说:"七天以前,老长在娄底'一线天'铁路大桥施工中不幸从悬崖绝壁上掉到了山谷,和他一组的另一个人的尸骨已经找到了,老长至今没有找到。"

苏醒听崔产愫这么一说,哇哇大哭,边哭边说:"老天爷啊!你怎么这么不开眼啦,大长家里是个什么情况你不知道吗?怎么能少了他呀,老天爷啊!你叫袁莹莹今后怎么

活呀！"

这时，魏公稿带着赫连薇薇、牟梨、栾葡萄等人也来了，魏公稿说："姚书记，黄大长的消息是刚刚从娄底那边三线建设指挥部打到公社的，没想到黄大长不幸遇难，这是我们火场公社的损失，也是他家庭的重大损失，娄底那边已经组织了大量的人力、物力全天候搜寻了七天，没有找到黄大长，因为黄大长掉下山谷的那几天，天天下暴雨，'一线天'铁路大桥下面就是河流，他很可能是葬身河底了。"

魏公稿讲了这些情况后，姚革新几次上厨房，他可能是上厨房偷偷抹眼泪。尽管他强忍着没让眼泪流出来，但他的脸部凄楚痛苦的表情，告诉了一切——他的心在流血——他的救命恩人死了。他咬着长杆烟袋不停地吸着烟。半晌，他说道："我们一起去大长家里吧，把这个消息还是要及早告知他的家人，他们有权利知道真相。"

大家来到黄大长家，他家里人都已经睡了，大家准备返回，准备明天天亮后再告诉大长的家人。这时，苏醒忍不住哭出了声，哭声惊动宁静的夜晚，袁莹莹才上床准备休息，听到苏醒的哭声，她披衣下床，打开房门看究竟。她看到门前有不少人，打着火把，她看到了魏公稿、崔产愫、姚革新和苏醒等人，她似乎明白了一切，呆若木鸡地靠在门边，眼泪长流，身上披着的衣服掉在地上，她带着哭腔，问道："魏书记，是大长哥出事了吗？他怎么啦？！"

魏公稿没有正面回答她，招呼大家回屋里说话，这时，李兰香和几个孩子也被吵醒了，大家进了屋，李兰香挑开火坑中拢着的火，加了几根柴火，问道："大哥、大嫂，这么晚了还过来，出什么事了？大长在娄底出什么大事了吗？他没有犯法吧，他不会是生病了吧？"李兰香急切地问。

苏醒提了一个小椅子挨着李兰香坐下来，用手抓着她的手吞吞吐吐地说："兰香啊，有件事我得告诉你，你千万不要过分激动啊，人这一生生死由命，生命、生命，生多长、生多短都有命，由命决定。"

李兰香说："大嫂，你今天说话躲躲闪闪的，发生什么事了，你快说啊！"

"兰香姐，你不要太激动，是大长哥出事了，但是也不能确定，只是现在找不到他人了。"崔产愫说。

"你说这话是什么意思？什么叫找不到他人了？他把自己给弄丢了吗？这么一个大活人。"李兰香一急就咳嗽。

袁莹莹的眼泪簌簌地流下来，口齿却依然清晰，她见崔产愫在一旁没有正面回答，只是红着眼圈，她已预感到问题的严重性。突然，她抓住姚革新的双手，说道："大哥，大长哥是和你过过命的兄弟，你有什么话就直说吧，大长哥是不是有生命危险？"

姚革新的喉结一直在上下移动，眼睛发直，他没讲一句话。他不是不讲话，他是不忍心讲出口，因为后果太残忍了，面前两个女人，会不会挺住都是个大大的问号，他也怕自己一开口，抑制不住悲痛的心情，当众哭出声来，他任凭袁莹莹摇晃着他的手，依然一言不发。

"大哥啊，大长他怎么啦，他是不是受了伤，或者伤得很重，他现在人在哪里？或者他病了，病得卧床不起，生命垂危。这个没关系的，咱可以治，我和大长的血型一样，我可以给他输血，我当年受伤住院，就是大长哥给我输的血。"袁莹莹已经号啕大哭，她这

第三十九章
黄大长坠崖一线天　袁莹莹收到一巨款

个聪明的"万人迷",从大家的神情中猜出事情的真相。

魏公稽心情沉重地说:"在来这里之前,娄底'一线天'铁路大桥工程指挥部给公社办公室打来了紧急电话,通知我们说黄大长在七天前打炮眼过程中,突然遇到异常天气,雷电交加,狂风暴雨,他和另一个工友不幸从悬崖绝壁上掉到了山下河里,工友的尸体已经找到了,黄大长同志一直没有找到。"

"你是说,大长他活不见人,死不见尸,大长啊!天啦!"李兰香大叫一声晕厥过去。

袁莹莹走过去抱住李兰香,也是哭得花容失色,她呼唤着李兰香的名字,她说:"香姐,我们都要坚强,家中再也不能有人出事了。"

姚革新见大家哭成一团,他强忍着心中的悲痛,说:"娄底那边已打电话通知我们公社,他们通过为期一周的陆路、水路搜查寻找,都没有找到大长,估计是被大水冲走了,因为那几天天降暴雨,河水暴涨。我们这边要不要去人,到娄底实地看看去呢?"

"要去,一定要去,我去,我要去看看大长哥,我的心好痛啊!"袁莹莹用手悟着胸口,已经是泣不成声。

苏醒哭着说:"莹莹,你怎么能去……"

姚革新说:"莹莹你身子弱,路途遥远,李兰香身子骨更差,家中哪里能离开你呢。"

"大哥,我心好痛啊,我要去看看大长哥,我不信大长哥会找不到了,我不信大长哥就这么没了,我不信啊!"袁莹莹哭声凄惨,在场人都很伤悲。

苏醒握着袁莹莹的手,用手拍着她抽泣的背,用眼睛给她示意,说:"你身子不能去啊,这么远的路,你的身子怎么吃得消啊,如果在路上发生什么事,你叫你大哥如何向大长交代啊!兰香身体有病,孩子中只有诚勇稍大一点,他又在大学读书,为了不影响他读书学习,暂时也不要告诉他,等他放假回来时再告诉他吧,反正他就要毕业了。"

这时崔产慄扯了一下魏公稽的衣角,小声和他讨论什么事情,魏公稽频频点头,魏公稽转向袁莹莹说:"我们公社失去黄大长同志是大家的损失,他是一名英雄,更应该受到所有人尊重,由于天气异常自然灾害突发,导致黄大长同志遇难,我们大家都十分难过。黄大长人没有找到,也许会出现奇迹,我们都希望能出现奇迹,希望黄大长同志能获得新生。我们公社会向县委汇报这个情况,立即成立一个临时工作组,负责黄大长同志遇难及善后的调查与协调工作。我们公社即刻成立黄大长善后工作小组,公社主任周德号同志任组长,崔产慄副主任任副组长,姚革新等同志作为工作小组成员参与工作,其他各职能部门加入工作小组中。从现在起工作小组正式开始启动,工作小组人员碰个头,后天就去娄底'一线天'铁路大桥工程事故现场调查。"

崔产慄和姚革新马上应允,他们决心把这件事弄个水落石出。

袁莹莹说:"感谢魏书记,感谢大家关心。"

"大长,你这个孬种,你不是厉害得很嘛,怎么就这么点能耐啊!我的个天啦,我的天塌了!大长,你给我回来!"李兰香苏醒后,坐在地板上伤心痛哭。

夜很深了,受了惊吓的村民陆续回家睡觉,这一晚注定是一个不眠之夜。袁莹莹和李兰香以及家中几个孩子都悲痛欲绝,村民离开前都好言安抚。苏醒挑燃了火坑中拢着的火,加了几根细柴火,用吹火筒一顿吹,烟雾和灰尘满天飞舞。姚革新用手重重地拍打身上的灰,开口骂道:"吹个火,都像是弹棉絮,等下我往火坑里倒瓢水,看你还吹得灰满天飞吧。"苏醒明白，黄大长遇难了，姚革新心中痛苦烦躁，没有理会他讲了什么，这要是换了平时，她肯定是要怼回去的。

"黄大长好端端的一个人说没就没有了，往后他这家子该怎么办啊。去娄底搞三线建设两个月就出事了，晓得是这样，当初开会时他再强烈要求去娄底支援三线建设也不会答应。如今人没了，家中有两个害病的女人，几个未成年的孩子，家里又穷得叮当响，唉！你说这天老爷咋就不开眼呀！大长啊！你死得太惨了，你怎么会走这条路啊，你怎么就舍得丢下我们所有人啊！"苏醒哭得十分伤心，从来没有见过姚革新流泪，这时，只见他脸扭向一边，边抽烟边用大手板拭擦眼睛。

第四十章
郝科长牵扯黄大长　姚革新娄底摸情况

这个晚上，村中人无眠。多年来，黄大长对姚改革关爱有加，除了爹娘，黄大长是姚改革生活中出现最多的人，他对姚改革的关心无微不至，发自内心。姚改革和黄大长建立了深厚的感情，听到黄大长遇难，姚改革感到震惊，没有理由不悲痛伤心。姚改革回想到和黄大长曾经的过往，往事立即浮现在眼前："大长叔，你在哪里？你到底在哪里啊！"他睡不着，满脑子是黄大长，进入迷迷糊糊状态，有点昏昏欲睡，却又没有真正睡着。他干脆起床，他要用自己的行动来感恩黄大长多年来对他的关照。他下楼对他爹说："爹，我也想随你一起去娄底，把大长叔给找回来，你让我也去吧，我想见他最后一面。"没想到姚革新破天荒地点头同意了。

姚改革他娘开始为姚革新父子远行做准备。晚上睡得太迟了，早上所有人不管是睡着的还是醒了的都懒在床上。突然，有人敲门，仔细一听是崔产愫在叫门，她叫道："姚大哥，大哥，黄大长有新消息，有新情况。"

大家一听是黄大长有新消息、新情况，心情为之一振。黄大长或许死里逃生了，或是找到他人了。黄大长安然无恙，指挥部明天就准他假，他可以提前探亲回来了。

姚改革高兴得简直没法形容。他一骨碌爬起来，赶快去开门。门还没有完全打开，崔产愫就推门而入："大哥，黄大长有新……"

她见开门的人是姚改革，话说到一半便咽了回去："改革，你爹还没起床吧。"

姚革新应声说道："愫愫，怎么这么早呀，大长有啥消息了吗？"

姚革新说话时，已坐到火坑边挑燃火，拿出长杆烟袋开始抽旱烟。姚改革拿来几片柴火烧在火坑里，崔产愫挨着姚革新坐下，她见姚革新在抽烟并没有说话，姚革新抽了几口烟，把头扭向崔产愫说："说话呀，黄大长是个什么情况，照直说，我承受得起。"

"大哥，是这样的，娄底那边大半夜给魏公稿打来电话，说大长哥……"姚革新的眼睛瞪得像个铜锣，神色紧张而又充满期待，两片暗紫色嘴唇包裹着铜色的烟嘴一动不动。

第四十章
郝科长牵扯黄大长　姚革新娄底摸情况

"大哥，娄底那边给魏公稽打来电话，说大长哥涉嫌一宗经济犯罪案件，娄底那边向公社了解一些情况，还有可能派人来这边抄家。"崔产愫一字一句地传达电话通知。

"咣叮"一声，姚革新一脚踹翻了一把小椅子，吼道："胡说八道，大长不是那种人，他一个打炮眼的民工，哪有机会和经济犯罪扯到一起，他是个大英雄，他为国家立了功，他家徒四壁，抄家抄什么家，他为了国家建设把命都丢了，尸体都没找到。肯定是有些人以为大长死了，把屎盆子往他身上乱扣，有些人才是国家的大蛀虫，是腐蚀国家肌体的蛆虫。"姚革新还是第一次这么失态，讲话这么不冷静。

"大哥，这可怎么办？大长哥不在了，还背上个罪名，据说那边准备给两个遇难工友开追悼会的，现在大长哥有了这个罪后不再对他开追悼会，取消原定的安家抚恤费，取消原来拟定向上申报的烈士称号。"崔产愫急切地说。

姚革新听到这些话后，显得十分焦躁不安，稍做停顿，他还是冷静了下来，他说："我对大长还是了解的，他不会做那些违法乱纪的事情，说他是经济犯，我不信。我们还是要相信毛主席领导的共产党，总有一天会把事情的来龙去脉搞清楚的，追悼会不开是没有道理的，他是为国家建设牺牲的，不是为个人，不是为了所谓的经济犯罪牺牲的。抚恤费不了了之也不算什么，国家搞这么大的建设，算他为国家捐了，他作为党员可以作为特别党费交给组织。至于烈士不烈士，也没那么重要，他活着的时候就是个英雄，死了也有英名。我们这次去娄底，肩上的担子就更重了，一是要搞清楚大长的死因，要设法找到他的尸骨；二是要调查清楚他所谓的经济犯罪问题，要寻出个子丑寅卯来。"

"大哥，我总觉得大长的这个罪有问题，他毕竟才去两个月，能做多大个事啊，他又没有当官，他一介小民工，手中无权，哪有机会从事经济犯罪啊！是不是有人见他牺牲了想把罪名赖在他头上，或者这其中就有天大的误会在里面。"崔产愫一脸的忧伤，边说边叹气。

"也许是一个惊天大阴谋，也许大长叔知道了他不该知道的事情，有人要杀人灭口。"姚改革说。

姚革新说："事情怎么会这么巧，这其中的疑团太多了，去了那边也许就知道了一切，也许一无所知。"

第二天周德号、姚革新、崔产愫、赫连薇薇、姚改革等五人赶到沅陵县城，与前来迎接他们的县公安周副主任和司法局黄主任会合，在魏公稽的协调下，县里也派出了两个干部一同前往娄底，调查黄大长的遇难事件经过以及他疑似经济犯罪的事实根据。

周德号一行到了娄底三线建设指挥部后，给指挥部负责人赫连山建出示了沅陵革委会和火场公社革委会的介绍信，指挥部给他们一行介绍了黄大长遇难的事情经过和结果。关于黄大长涉嫌经济犯罪的问题，指挥部总指挥长赫连山建也做了说明，大长主要涉嫌伙同他人虚报和倒卖国家三线建设战备物资，从中牟取巨额利益。

周德号提出疑问，要求详细介绍一下黄大长在其中起了多大的作用。

赫连山建说："可以这么给你说，黄大长和主要嫌疑人郝建才一同虚报了大量的三线建设建筑材料，把国家战备物资转手倒卖出去，牟取大量非法利益，主要证据是：'一线天'铁路大桥工程施工过程中需要大量的建材，大的包括炸药、钢筋、水泥等等，小的包括钢钎、雷管、麻绳、筲箕等等，因为黄大长曾经是个英雄人物，他来到三线前线后，指挥部根据政审材料，觉得黄大长历史清白，阶级成分好，在社会主义建设中立过功，因此，指挥部让他担当重任，负责'一线天'铁路大桥工程组爆破工作，由他任组长。你们不要小看这个小组长，他手中的权力是巨大的，因为这些战备物资都要经他的手，由他在计划书上签字后，才能从供需科调拨出来，没有他的签字，任何人也别想运走一根钢筋。正是因为他手中的权力大，不法分子勾搭上他的关系，从中牟利，使国家蒙受重大损失，使三线建设受到重大影响。他虽然牺牲了，但他涉嫌的经济犯罪一定会查个水落石出，现在虽然没法追究他的罪行，但可以追究他个人非法所得。"

姚革新这时插话说："你是不晓得，黄大长家里是穷得叮当响，他哪有什么个人非法所得，假若他真的变质腐败，那他的家也不至于是那个样子，你们也可以去调查。我个人认为黄大长是一个经济上过得硬的共产党员，这当中是不是被坏人利用，他在不知情的情况下无意中犯了错误，应属于工作失误，和贪腐无关。事故专案组要用事实证据说话。"

赫连山建说："至于黄大长如何定性，还有待进一步调查，最后以组织调查和司法界定为准。"

姚革新提出上"一线天"铁路大桥工地看看，既然来了，也想上山凭吊一下黄大长，寄托一下哀思。赫连山建说："'一线天'铁路大桥建设属于国家战备工程，没有得到上级同意之前，我们都无权决定，'一线天'施工的每一个人都是通过严格的政审的。"

赫连山建叫姚革新等人先到处玩一玩、看一看，等他向上级请示一下，再安排他们一行上山。

这个叫赫连山建的负责人，办事雷厉风行，晚上就给姚革新他们回了口信，说上级明示，既然有县和公社的介绍信，是专门来调查核实黄大长的问题的，特殊情况特殊处理，准许并安排姚革新一行上山祭奠。

作为外来人员是不能看到一些不该看到的东西的，据指挥部的人告知："一线天"铁路大桥工程，工程量大，所处位置特殊，是国家备战备荒战略重点建设工程。指挥部要求他们每个人在一份保密书上签字，以保证不泄露"一线天"铁路大桥建设秘密。他们每个人都填写了保密书，摁了手印，上山时每个人的眼睛被蒙了一层布，是保密需要。

由于前期有两个工友遇难，又出了郝建才倒卖战略物资一案，整个工地已基本停工处于整顿阶段。姚革新找到了瞿竑和向恚两个山顶放麻绳的民工，他两人具体描述了党警楂和黄大长两人掉落山谷的情形，主要是由于自然灾害（突然天上打雷），老党受惊松手，系着黄大长的麻绳三爪架把老党一并带走，两人一同跌落山谷，党警楂的尸体找到了，黄大长没有找到，可能是因为麻绳在峭壁上剧烈刮擦断了，三爪架砸在老党的身体上。黄大长身体很可能是漂到了河水里，由于后来几天暴雨，河水上涨得快，为后续打捞带来挑战，在滔滔滚滚的河水里，要找到一个人，简直就是大海里捞针。

他们还了解到那个郝科长每次叫黄大长签收时，只在很多页的货单首页上签"已核"，并没有逐页签名，这为郝建才做手脚提供了方便。崔产愫和县公安、司法的两位同志质疑为什么黄大长面对这么多的建材不逐一审签核实，而是只签首页。

瞿竑和向恚说，郝建才每次来只是带来一部分建材，你就是核查也没有多大意义，他把其余部分说成是后续再送达，必须先签单才能提货，至于后续提供的货堆集在那里像小山似的，谁又有时间去清点核实呢，上面没有给黄大长清点货物的时间，叫他签字好像只

第四十章 郝科长牵扯黄大长 姚革新娄底摸情况

是履行一下手续而已,并没有实际意义;换句话说,黄大长根本没法清点,好像只要他签个字就可以了,没有安排他或其他人清点核实,反正郝科长能保证山上建材的供给就可以了。县公安周副主任和司法局黄主任对他们两人提供的情况做了笔录。

"一线天"铁路大桥工程指挥部对建材管理太过简便,给郝科长作案留下了很大的"空窗期",郝科长只是叫黄大长例行签个字,并且指挥部并没有明确黄大长具有核查建材的权力,黄大长只是"一线天"铁路大桥工程爆破组长,是具体负责组织实施爆破作业的小组负责人。一句话,指挥部并没有赋予他签字核查的功能,只是郝科长把建材送上山后,顺带要黄大长签个字,因为山上这个组黄大长是组长,当然只有他来签这个字,其他各组需要材料时,都到这个工地上来拖货。这样也就直接导致郝科长也有话说,他说他把应拉的建材都已拉上山了,他也不知道是怎么一回事。当然,他这种话是说不过去的,因为他倒卖建材已被公安机关抓住了把柄,想赖是赖不了的。这样,这个狡猾的郝建才又只承认当天当次倒卖的建材,其他大量的空缺矢口否认,死不认账。现在黄大长人不在了,一时半会儿无人能指证郝建才的犯罪行为。

要下山之前,姚革新提议一行人站在黄大长掉落山谷的地方,排成一排,向黄大长三鞠躬,崔产愫给黄大长烧了香纸,以示吊唁。工作组下午晚些时候回到指挥部,周德号把了解到的情况向新任指挥长做了汇报,指挥部很重视这个新情况,答应会进一步了解核实情况,请工作组放心。

他们返回时,来到资水河边,面临大河,呼唤黄大长的名字,眺望奔流的河水,每个人心情十分沉重。姚改革在心中呼唤着那个带着十岁的小少年去堡子界守野猪的老长叔叔,脑海里像电影蒙太奇那样出现许多和他日夜相守的画面,回想堡子界守野猪生活的点点滴滴。他心海翻巨浪,望着奔涌的河流,心情没法平静。在这个世界上,除了他的爹娘,黄大长是陪伴他时间最长的人,朝夕相处,好多年的暑假守野猪、寒假守山,黄大长给了他父爱般的关怀。往事如在昨日,物是人非,他不禁用手捧了一把资水河流的水,感觉黄大长就在河里,他好像摸到了黄大长那双曾经为他烧苞谷的手,他面对河水大声叫道:"大长叔,你在哪里啊?我们看你来了,大长叔我想你啊!你快回来吧……"

姚革新用解放军水壶装了一壶资水河里的水,他拧紧了瓶盖子,用手不停地擦着眼眶,这还是他第一次当众哭泣。

姚革新对黄大长的感情亲如兄弟,黄大长对他的救命之恩,他从来没有忘却过,他想尽一切办法在回报黄大长的恩情。在那个缺吃的年代,他最关心的是黄大长及一家人的吃饭问题,就是饿着自己,也不能让他们饿着。如今黄大长遇难,他的心肯定会很疼很疼。

姚革新泪流满面,在场的人再也控制不住,都哭出声来,姚改革大声叫道:"大长叔,你在哪里啊?我们接你回家,你一定要跟我们回去啊!……"

河流在咆哮,乌鸦在哀鸣,似乎在告诉人们逝者如斯,斯人已矣,不复归。

周德号工作小组和"一线天"铁路大桥指挥部关于黄大长遇难和涉嫌经济犯罪案的定性共举行了五次协调,指挥部认为黄大长存在重大嫌疑,他们认为黄大长给一个叫袁莹莹的女人汇的430元就是赃款,嫌疑人郝建才提供了汇款单凭据,他举证黄大长分了钱,由于黄大长抽不开身,委托他代汇款。黄大长来"一线天"铁路大桥工地满打满算只有两个月,工资补贴指挥部还只发了一个月,他哪有这么多钱往家里寄,他这个钱来路不明,如

果不能说明清楚这笔钱的来龙去脉，仅凭这一证据即可说明黄大长确有伙同他人盗卖国家战备物资罪。

姚革新说："有些坏人想把屎盆子扣在黄大长的头上，十分无耻、不仁道，认为死人不能开口说话，因为死无对证，但是中国也有一句俗话，叫作机关算尽太聪明，反误了卿卿性命。我们手里也有证据，能够证明其中的400元是别人故意多给的，换句话说，就是故意拉拢黄大长下水。同时，也没有证据证明黄大长知道这笔钱的存在，因为钱寄出去时，黄大长已经出事。"

"黄大长生前给我们家里写过信，对于这些钱，他在信中有所交代，黄大长信中说，他汇的是30元。可见，别人为了加害他，擅自做主多寄了那么多钱，很明显这完全是陷害。"姚改革指证。

指挥部要求姚革新把信交出来验证，周德号说："由于来得急，不了解这里边的情况，没有把信带来。娄底这边可以派人去火场公社验证书信的笔迹真伪。"

指挥部负责人说："如果黄大长这方有足够的证据说明他无罪，那你们就在近期内来娄底找有关办案人员举证。"

工作组一行人商定返回取黄大长给家里人的信，他们告别了娄底。姚革新带了黄大长的几件衣物，怀着悲痛的心情踏上了回家的路。

回到家里屁股还没有坐热，姚革新就和周德号几个人一起给魏公稽汇报娄底那边的情况。工作组根据了解到的情况判断，只要拿出黄大长写给袁莹莹的信，就能使真相大白于天下，就可以还大长的清白。

魏公稽听取工作小组的汇报后，说："袁莹莹手中的信能说明是郝建才自己做主给袁莹莹多汇的，这个钱不是黄大长的，但不能说明的是，黄大长在郝建才的提货单上的签字是假的，他签的是白纸黑字啊，黄大长到底签了几张货单，签的单子越多，越能说明黄大长和郝建才存在犯法，有讲不清道不明的关联。若没有利益输送，你黄大长有那么傻吗？你一点不清楚的事情，你也签字吗？这怎么说得过去呢？现在，只有寄希望于娄底那边侦办案子的人是福尔摩斯在世，有回天之力，把这笔糊涂账能够澄清，把案件的来龙去脉理清楚，才能真正还黄大长的清誉。否则，黄大长人不在了，郝建才如果没有良心发现，死咬黄大长是同伙，甚至把主要责任推给黄大长，那么这个案子就会成为千古谜案、悬案。"

魏公稽要求姚革新和周德号抓紧时间再去一次娄底，让办案人员核验黄大长信的手迹，提取他信中的重要信息，希望对案子审结，对黄大长有所帮助。

袁莹莹把黄大长写的信和信封交给姚革新时说："请大哥到娄底后，让相关人员看了后，原封不动地把这封信带回来，这封信对我们这个家很重要，这是大长哥活着时留给我们的唯一一封信，一个信物，一个念想。"

姚革新也表达了他的担忧，他说："这封信是作为黄大长无罪的最有力的证据，办案人员有可能会把信收集起来，作为证据存放在案卷中，但他会尽最大的努力把信带回来的。"

袁莹莹听了姚革新的分析后，用征询的口吻说："大哥，你这次去把我也带上吧，我想去看看大长哥！"袁莹莹自从黄大长遇难后，整天是以泪洗面，看上去突然间消瘦了许多。

第四十章
郝科长牵扯黄大长　姚革新娄底摸情况

姚革新耐心地开导她说:"你现在人很虚弱,身子不便,不是不肯带你去,我其实十分地理解你的心情,就担心你到了那种地方,你会触景生情,没法控制自己的情绪,万一你有个什么不好,我怎么向大长兄弟交代啊!那里是大山,很高很陡的山,好妹子,你现在这个身子如何能爬这么陡的山路呢,我知道你对大长的感情深厚,大长他肯定也不想看到你悲伤的样子,更不会看到你身子出现意外,天气冷,'一线天'铁路大桥是修在两座大山之巅的一座大型桥梁,山顶的气温和山下的气温相差也很大,从这里过去到那边,路实在是不好走,太远了,你的身子怎么吃得消啊!还是由我代你过去吧,我把你想讲给大长的话都带过去。大长现在没了,我们活着的人更要好好活着,要让他安心放心。我会和那边办案的人说明清楚相关情况的,你不用操心,我尽力把大长的信给你带回来。我们现在能做的,就是尽我们最大的努力,不能让大长蒙羞,要让大长在地下安息。大长走了,我个人也感到好像被人砍断了一只手臂,心中又痛又无能为力。你现在肩上的担子更重了,你们那一家子,往后不靠你还能指望谁?大长去三线搞建设之前把你接到家里来,一是担心你一个人在谢家界那种地方被人欺负,怕你受委屈,受人骚扰;二是让你帮助操持他那个家。"

姚革新动了感情,几度哽噎。黄大长出事后,他明显衰老了许多,再也看不到他脸上一丝笑容。袁莹莹被他说服了,袁莹莹说:"大哥,听你的,那边的事就全靠你了。"

为了稳妥,姚革新还是叫她誊写了一份黄大长的信,留个底子,他担心娄底那边要收回黄大长这封信。

姚革新叫苏醒送一下袁莹莹回家。苏醒回来后对姚革新说:"他爹,李兰香是怎么一回事啊,这段时间,她怎么老是和莫夜香、姚娆几个坏女人扎堆咬耳朵,我刚才送莹莹回家,她们几个好像在议论什么,我们一进门,他们就闭口不说话了,看样子鬼鬼的。"

"这还用说,这两个骚婆子在一起,一定会说袁莹莹和黄大长的坏话,这回呀,这桩伤心事落到他们手中,不知舌根子要嚼多久,飞多少唾沫星子。"

"自从大长出事后,原来没多少往来的两个人,这段时间都几乎每天要来黄大长家里找'病秧子'唠嗑,显得比所有左邻右舍都还要关心,不晓得哪有那么多的话要说。"

"这两个婆娘是有名的爱讲是非,李兰香又没脑筋。你给我多盯着那两个娘们,李兰香那个脑子怎么上得了她两个人的手,这两个人曾经是地主周保旺的姨太太,周保旺死后,两个人就翻脸不认人了,解放初带头造包春梅的反,追求新生活,革地主的命,很快改嫁了。摇身一变变成了无产阶级。李兰香天天和这样的烂人在一起能学什么好?我后天去娄底'一线天'铁路大桥工程指挥部,你在家里多给我提防一点这两个搅屎棍。"

周德号和姚革新等人,再次到了娄底三线建设指挥部,找到办案人员,向他们提供了黄大长的信。黄大长信中明确讲过他汇的钱是30元,没有提到过430元的字眼,这一点让办案人员明白了一个事实:430元钱是别人在汇款的时候擅自做主给寄的,黄大长根本不知晓,也就是说多汇出400元是有人故意栽赃或者借此贿赂黄大长自行办理的。也有另一种说法,纵然是黄大长不知晓,事后应该知晓,为何不报告,这当中黄大长是不是个人私下里退还给了郝建才,这也要郝建才承认这件事实;还有一种说法是黄大长写信在先,寄钱在后,是临时决定增加寄钱金额,大长是知晓的,或者说是和郝建才是串通好了的同伙。当然还有其他各种说法,反正都无证据,仅限于猜测而已。一时半会儿,双方各执一词，莫衷一是，理不出个头绪来。

周德号和姚革新又一次找到"一线天"铁路大桥工程建设爆破组的工友，他们告诉姚革新几个人，他们每个人都给指挥部办案人员出具了证明，证明黄大长是一个诚实守信、遵纪守法的好人。和工友同劳动同生活，没有什么特殊异常表现，至于郝科长叫黄大长在提货单上签字的问题，黄大长起初是拒绝在提货单上签字的，但黄大长掐不过情面，在郝建才的一再要求下，没有想那么多就签字了。郝建才死缠烂打、花言巧语，叫黄大长签字，并说不要紧的，最终团账，认总数，先签是为了不影响山上的工程进度，反正最后有人要核数的。其实黄大长签字是不作数的，他没有这个权力，也没有上面的授权。由于时间紧迫，管理疏漏，竟然各部门一路放行，使得郝建才提货一路畅通无阻。指挥部办案人员要求把黄大长的信交给他们办案组，这是一个很重要的证据，因为通过验证，信封上是郝建才根据黄大长提供的地址写的信息，汇款也是郝建才签的字，这些证据他是抵赖不掉的。

几天后姚革新带着疲惫回来了，没等他坐下来，姚改革就问道："爹，大长叔有消息了吗？他的问题搞清楚了吗？"

姚革新的脸日见清瘦，人一下子苍老了很多，用眼睛盯着改革，不言不语。姚改革心中明白，黄大长作为他爹的兄弟，是他的左膀右臂，也是他生命中的救命恩人，失去了黄大长，他心中的痛苦不言而喻。

崔产愫在家里陪苏醒长吁短叹，见姚革新回来了，也迫不及待打听消息，她问道："大哥，黄大长没有经济犯罪吧？"

姚革新刚坐下，苏醒把他的大瓷杯递了过去，说："不急，让他先定定神，喝口水慢慢说。"说完她到厨房给姚革新做吃的去了。

姚革新喝了几口茶后，说道："黄大长会有啥问题，他肯定没有问题，只有难题。没有犯罪，只是犯错。他拢共只去了两个月，他一个在'一线天'山上打炮眼、搞爆破的民工，无官、无权、无势、无时间，有啥了不起的问题呢，那些办案人员脑子一根筋，咬着大长在提货单上签字不放，我已经给他们讲清楚了，大长可能是签字了，大长签字的意义，只是用来证明郝建才当次往山上送了一趟建材，至于送了多少建材，大长是无权清点的，因为上级没有赋予他清点的权力，也没有人明确必须由大长清点才作数。据他们工友说，大长也没有时间清点，难道他不清点就有问题吗？不能这么说嘛。郝建才把建材拖到山上来，他的人又把建材堆放在指定的地方，山上只有大长是个爆破小组小组长，因此，郝建才就让大长顺便签个字，只起到证明郝建才往山上送了建筑材料而已，这有问题吗？要说有问题，就是大长不该签这个字，上级没有人明确告知让他签字，只是郝建才个人找了大长，大长干了一件不该他管的闲事，他错在这里。现在他自己遇难了，说不清、道不明，谁都没法证明大长绝对没问题，但我是一百个相信大长的人品，他不会干这种偷鸡摸狗的事。"

姚革新这么一说，苏醒心情放松了许多，在火坑上一边做饭，一边说："李兰香在你去的这几天里，像换了一个人似的，她对袁莹莹的态度实在是太恶劣了。这个愫愫也知道，我不想说她，我只想扇她耳刮子，愫愫你给你大哥说说，我说一次会气一次，真把我给气死了。"

第四十章
郝科长牵扯黄大长　姚革新娄底摸情况

崔产愫移动了一下椅子靠近姚革新坐，说："大哥，你不到的这七天时间里，咱火场又发生了一件不大不小的事情，咱中村有说好的，也有说坏的，也有闷着乐着看热闹的，总之一句话，李兰香太不像话了。"

姚革新转过头，急急地问道："咋事，咋整的？"

崔产愫俏丽的鹅蛋脸，已涨成粉红色，她气呼呼地说："兰香嫂子也不知发什么疯，她身上倒披蓑衣，头发包个白帕子，腰上捆一些稻草，连续三天在村口跪在地上搞'追日咒'，太阳刚露出脸就提起砧板，拿着菜刀，抱一捆稻草，在村口边哭、边骂、边剁，什么好话（指坏话）都给骂出来了，大长哥过生（指去世）了，好像是有人害死他一样，明明是在'一线天'铁路大桥工地上打炮眼时，不幸遇难，她诅咒了三天，大概意思是因为别人的原因，老天爷才把大长哥收了去，那个伤心发狠的样子啊你是没看到，这个人哭闹怒骂别人，别人倒没事，她自己把自己给累病了，公社医院给她看了病，叫她莫劳累，放平心态，怒伤肝，哭伤心，她的身体不宜整天不吃不喝不休息。你听她说什么？"

姚革新连忙问："她说什么，她不仅仅是个病包儿，还是个蠢货。"

崔产愫愤愤地说："李兰香骂的话只要是个人都听懂的，她在指桑骂槐，她咒骂的话好像是指向袁莹莹，说是她克死了黄大长，诅咒她早点死。"

姚革新听到这里怒火中烧："大长尸骨未寒，他的衣冠冢上茅草都还没长一根，她就开始不认人了。袁莹莹是大长带回来的，不是她自己跑来的。李兰香这个女人，我们还是小看了她，大长在时，特别能忍，每天装作没事似的，大长一走就翻脸不认人，翻脸比翻书还要快。我原先还准备把娄底那边的情况给她说一下，现在我看没必要了，和这么一个不讲理的蠢女人多讲一句话都让人心累。"

姚革新摆了摆手，把娄底那边的最新情况告知了崔产愫。

崔产愫得知了情况之后，起身离开了，她说："大哥，你辛苦了，你好好休息一下，我把你们到娄底的情况给袁莹莹简单说一下去，劝劝她事已至此，活着的人还是要好好地活着。大长哥那边的事，就由娄底那边办去，反正他家里什么也没有，抄家都不怕，我信任大长哥是清白的。"

姚革新点了点头，说道："你去看看袁莹莹和她说说情况，叫她得空了来我这里，我有话对她说，她屋里有我不想见到的人，我去了不方便说话。"

袁莹莹一会儿来到姚革新家，进门就说："大哥，你回来了，出去这么多天，辛苦了。"

苏醒给她抱来一把高一点的小凳子，叫她坐下说话。姚革新把娄底那边关于黄大长的案情详细给她介绍了一遍，劝她不要担心，要相信党，相信政府，相信司法，最后一定会还黄大长一个清白。大家心里都清楚，黄大长不是那样的人，除了上次大长汇的那笔钱外，你也没有收到大长汇过来的其他汇款，没有做过的事不怕，"一线天"铁路大桥工程建设的管理本身就有问题，其实不关大长什么事，他只是山上爆破组的一个小组长，犯罪嫌疑人郝建才把建材拖上山来后，无人验收就叫黄大长签个字，以示把建材拖上山了，没有哪个部门的领导明确要黄大长签字，要他管。因此，他即便是签了字也是不作数的，最后看上面领导是如何认定这件事的。

苏醒拿着袁莹莹的手，心疼地问道："黄大长这件事让你太伤心了，你得自己宽慰自己，你什么都不要多想，别人讲了什么，骂了什么，议论你什么都不重要，最重要的是你自己的身体。"

袁莹莹泪眼婆娑，哭着说道："大哥、大嫂的恩情，我终生难忘，也报答不了你们，容我下辈子再报答。"

苏醒摸着她那双消瘦的双手，长吁短叹，陪着莹莹流泪，开导她想开点，人死不能复生，活着的人更要爱惜自己，好好活着。

袁莹莹起身离开时，苏醒再三叮嘱她说，你不要理会别人说了什么，不要在乎别人骂了什么，遇到什么事不急躁、不冲动，有话好好说，要好好活着，有什么麻烦事就找你姚大哥，我们会为你做主的，在这个地面上还没有人敢忽略你姚大哥的存在，生活上有什么困难一定要给我讲，不要一个人闷在心里。

袁莹莹点了点头，拖着疲惫的身体，离开了姚革新家里。

第四十一章
不明火中村成火场　受恶言万人迷入院

袁莹莹走后，苏醒又把李兰香"追日咒"的闹剧给姚革新复述了一遍，她脸上布满着忧伤，姚革新叹了口气，不搭理她的话，上床睡觉去了。苏醒一个人念叨没劲，走出房间透透气，走到猪栏边拿起棍子打猪，口里骂道："该死的猪，整天没事就知道拱栏中的稻草，把稻草到处拖，满猪栏都是的。"猪被她打得直叫唤。

她转过身时，看到有几个火星从下方路边飘过，火星便是男人们嘴上的烟，原来是从下寨溪里网鱼回来的男人们。

村中的狗见有人来，一阵狂吠，让小山村有了响动。苏醒刚回房睡觉，她躺下床不久，便听到有人在大声吼叫："起火了，起火了。"

姚革新由于黄大长的事忙得够累，睡下后便鼾声如雷，吼叫声也没有吵醒他。苏醒马上披上衣服去开门，这时，只听"喊寨人"老箴头敲锣大声吼叫道："起火了，快救火呀。"

锣声让姚革新从鼾声中惊醒，他一骨碌爬起来，老箴头正好来到家门前，他对姚革新说："姚书记，村里起火了，是莫京家里起的火，现在开始起风了，着火的房屋燃得好快，恐怕是要燃到老长屋里了。"

姚革新招呼大家快去救火，自己在厨房里挑起水桶飞也似的向莫京家里跑去。莫京家离水井比较远，救火的人运水不便。姚革新大声喊，让大家先把自己家里水缸里的水挑到这里来救火。

莫京家路边有一块大菜地，用竹子围着的菜园子，是起火的地点，是竹园子燃后引燃了莫京的房子。

后半夜起风了，火借风势，迅速烧完了莫京的菜园子，这时候的农人早已熟睡，火苗儿瞬间窜向莫京房子，由于吹的是西北风，火苗连同大风一齐扑向莫京房子堂屋大门，火在风的助力下，眨眼间大火烧毁了堂屋大门，而且大火飞快蹿向屋顶，这样火舌竟然从屋顶往屋内延伸，莫京和莫夜香正在酣睡，风呼呼地叫，火燃着木屋，噼噼啪啪地响，烟雾很快呛得他们两个人喘不过气来。

这时屋顶有掉瓦断梁的巨响，莫夜香感到不对劲，推了推身边熟睡的莫京，他一定神，诘问了一句："房屋着火了吗？"他紧接着说："快跑，火已经上梁了，快。"

莫京抱上被子从屋里跑了出来，莫夜香身上只穿了一条短裤，上身赤裸，慌乱中找不到衣裤，也抱了一床被子裹住自己往外跑，她冲到堂屋门口，只见大火封住堂屋大门，她又跑回去，这时莫京从后门冲了进来，一把把她扛到肩上，顺手提起被子，从后门冲了出来，放下莫夜香，他用被子把她包住，又从后门冲进房里，从柜子里胡乱抱出来一堆衣裤，等他想再次冲出房屋时，后门也被大火封死，莫夜香叫道："莫京，你不想活了，快回来。"

这时只见整栋房子被大火包围。莫夜香坐在地上哭哭啼啼，号叫着："是谁那么恨我们呀，砍脑壳的呀，烧我们的菜园子就是想烧我们的房子啊。是哪个扫帚星把火带到这里来的啊！我的个天啦，不得了了，房子烧了，叫我们怎么活呀，快救东西呀，我屋的粮食、所有的东西都在屋里呀！快救火呀，呜呜呜……"

火势凶猛，很快烧着了临近的几间木房子。"喊寨人"老篾头把锣敲得山响，全村的人和邻村的人都跑来救火，公社干部闻讯全部出动来救火，火势太大了，由于没有消防器材，人根本没法近身，挑水救火，效果甚微，火仍然威胁全村房子的安全。

魏公稽和牟梨跑来，一看这种火势，决定采取"隔离"的方式阻断大火向全村蔓延。于是，魏公稽指挥救火人员采取"隔房推房"的办法，阻断火势，也就是不救已燃的房屋，拆除离着火房屋近的一栋或两栋房屋，并迅速把推倒的房屋木料搬离现场，这样就开辟了一条宽阔的防火安全带，风再大，把火也带不过去，这种方法还可以避免人员被大火烧伤或烤伤。

只是要牺牲几户人家的房子以换取其他大部分人房子的安全，起初有的人员听说火还没有烧到自己房子，大队就要先拆除推倒自家的房屋，思想上转不过弯来，极力反对拆自家房子。

在农村竖屋、盘媳妇、给老人送终是人生三件最大的事，竖屋不易，据说要一年备料，两年聚财，三年准备才动工，千辛万苦起个房子，不是万不得已，谁家舍得推倒。

魏公稽和姚革新看火势无法阻挡，只能用"隔房推房"的办法，阻断火势继续横向纵向扩散。魏公稽登高一呼，所有前来救火的人齐动手，只见几间木屋顷刻间轰然倒下，村中不分男女老少都参加到搬木料救火的队伍中。由于采取断然措施，及时把火源阻隔掉了，最后烧了七间房子，推倒了四间木房，保证了全村其他绝大部分人住房的安全。

魏公稽组织公社干部抗灾救灾和灾后重建，大队组织社员群众自救互助，共渡难关。这场大火通过公社和中村大队初步调查，认为是人为意外失火造成。

苏醒想到当天晚上有几个男人从下寨村网鱼回来抽烟路过这里，会不会是他们抽完烟随手把烟嘴丢在路边的易燃物上着火的，不然怎么会从莫京菜园子的栅栏燃起呢，她把心中的疑虑告诉了姚革新，想从他那里得到肯定的答案。

听苏醒这么一说，姚革新立即指责她说话没有根据，是胡说八道，他说："如果是烟屁股着火的，我们乡村的哪条路上没有人丢烟屁股，那些烟蒂把怎么没点燃火，你一个几十岁的人了，讲话要有根据，怀疑的话只能在心里，不能讲出来，害人害己，再说了，火灾原因有公安、公社干部调查，会有个结论的，现在也只是怀疑有人意外失手点了火，在现场没有找到你说的烟蒂把，你若把这些话说出去，符光中、莫京等人不死都得脱层皮，莫京会自己烧自个儿屋子吗？你就是个糨糊脑子。"

苏醒听说有这么严重，也吓了一跳，忍不住又试探性地问道："公安会不会调查他们几个人，会不会把他们抓去批斗杀头呀？他们两个造反派司令在乡里作恶太多了，如果放火烧村子的罪成立，那是他们自作孽不可活。"

姚革新目不转睛地瞪着苏醒，把她看得有点不好意思。

苏醒问道："我脸上有屎啊，都老夫老妻了还那个眼神，像是要吃人的样子。"

姚革新哼地一笑，点了点头，又摆了几下头，他没有说话就等于说了话，苏醒没有得到丈夫的回答，心中好像不踏实似的，这是几十年来她养成的习惯，即便是姚革新用再毒辣的话骂她，总比不理她好。

她怏怏地说道："人家说了半天，你屁都不放一个，又不是你点的火。"

姚革新猛然回过头，苏醒已走到他的眼前，说："你能不能闭上你那张破嘴，你把这些话到处乱说，你会害人又害己的知道吗？你刚才说的这些话我等于没听到，就当你放了一个闷屁，屁在家放就行了，臭自家人，千万莫到外面去放，好不好？可不可以？"

苏醒看着他那副认真的样子，不由发出了笑声。说："谁知道什么时候要放屁，还管它在家里还是在家外，有话就说，有屁就放。你有屁了难不成你还有本事憋着不成，这俗话说得好，人不放屁哪里出气。"说完她笑得更厉害。

姚革新叹了一口气，说道："我说的是个比方，你也听不懂吗？屁是不能忍，忍了也不舒服，不该说的话，可要忍住，憋着明白吗？你真是霸蛮变条人。"

苏醒没啥文化，但对自己的丈夫肚量大，知道姚革新这个村领袖就是捂上半边嘴，她也说不赢，但她和姚革新争吵几句，从来就不打算分输赢——姚革新经常骂她不长记性。

苏醒可能还没有完全理解透姚革新的意思，还想讲几句话，姚革新显得很不耐烦，拿起自制的竹制鞋拔子，插进鞋里，穿上鞋在门外凉快。苏醒见他不理她，自己纳鞋底，坐在床沿边，把鞋线拉得哧啦哧啦地响。

一场大火又应了火场那句流传下来的民谣："十年一小烧，三十年一大烧。"有人掐指一算，距离上次火灾，刚刚是十年。

于是乎，人们在感叹宿命的同时，开始深挖火灾的由来，公安在调查了一个月之后，也没有找到起火的原因和凶手，和火场历史上几次大火灾一样，大多找不到证据，于是也就不了了之。

但是凡间总得有个说道，才能让人把这件事放下、冷却慢慢遗忘。茶余饭后没啥新闻可讲，生活中充斥着"运动""斗争""专政"这些字眼，容易让人产生审美疲劳。

老百姓面对的是吃、喝、拉、撒、睡、油、盐、酱、醋、茶，喜欢闲扯一些自己身边发生的事。火灾上面下不了结论，没有人"锁口"，那么下面的议论就会甚嚣尘上。村口

第四十一章
不明火中村成火场 受恶言万人迷入院

便是大家聚积的舆论场，也是容易滋生是非的是非之地。

自从一把大火烧了造反派司令莫京的屋子后，莫夜香的心情变得异常的焦虑，无家可归了，她和莫京只能住在生产队的一个小仓库里。

时令转眼间过了春分，农人开始在田间地头忙碌起来了，只要有闲暇并不影响他们忙中偷得半日闲，凑在一起聊张家长、李家短，自然而然大家又聊到了最近火场发生几件怪诞之事——黄大长遇难——莫名的火灾。

姚革新不愿意苏醒在外宣扬符光中、莫京他们几人那晚从下寨村网鱼回来就失火的事，也没有说出苏醒看到他们网鱼回来在竹园子边抽烟，可能导致火灾的事。姚革新认为火灾是个大事，点火的人是大罪，光有怀疑，拿不出证据就在外说，叫作胡说八道，因此，这个世界上再也没有人指证他们或者说是流传他们几个人有嫌疑的可能。

苏醒说的是假设，有时候假设可能成真，莫京几个人安静了几天后，开始在村口散播了一则新闻。新闻内容大抵是：中村自从来了个外村人居住，并且是一个不祥之人，把中村搞得乌烟瘴气，如果这个人不离开中村，恐怕还有大事要发生，到时恐怕不仅仅是死男人、发火灾那么简单了，因为扫帚星降临火场，只怕是会有更大的天灾人祸要来了。扫帚星已经缠住了中村，今后就会有更多的男青年死去，雷电、冰暴、旱灾、水灾等自然灾害就要降临了，留给中村的好日子不多了。

莫京和符光中在人群中、田间地头，只要有人在的地方，到处散布谣言，矛头直指袁莹莹。

李兰香由于黄大长遇难失踪，旧病复发，一场大火使她受到很大的惊吓，整天躺在屋里，足不出户。莫夜香自从烧了房子后，在李兰香屋里进出更加频繁，私下里和李兰香咬耳朵，把黄大长遇难和中村火灾两件八竿子也打不到一起的事，硬是糅合到一起。说什么袁莹莹一到大长家，就克死了黄大长，说黄大长如同碰了尼姑，倒八辈子霉。袁莹莹如果不马上离开中村，接下来的就是死大长的儿女。袁莹莹一来扫把星就祸害了乡亲，一把大火差点烧光了中村，几栋房屋烧毁，好几栋房屋推倒，十几户无家可归。不是扫把星降临害人，又是什么，世上的事情哪有那么巧的。

袁莹莹变成了一个吓人的怪物：万人迷——疯婆娘——男人的克星——村人的灾星。莫夜香每天在李兰香耳里灌输这些言论，听多了，李兰香都怀疑是真的了。她已经完全相信了莫夜香散布的谣言，符光中和莫京也时常来李兰香家嘘寒问暖。

姚革新看到李兰香整天和符彩儿、夜夜香、姚娆在一起过从甚密，心中十分担心她被人唆使变坏。一天夜晚，姚革新、苏醒和崔产愫来到李兰香家里，袁莹莹见他们来了，赶快搬椅子让座，李兰香坐在那里一动不动，苏醒首先和袁莹莹聊了一会儿，说她最近瘦很多，要多注意身体之类的话。转而又和李兰香说白话，劝她保护好身体，过去的事情就让它过去，不要想那么多。

姚革新问了李兰香生活上有什么困难，李兰香说："没有大长了，这个家就不成家了，家中人多，张口吃饭的人也多，做工的少，拿碗筷的人多，大哥你问我家庭有什么困难，我感谢你，但是我又要告诉你，我们家庭的困难不是暂时的，应该是长期的，我有病这你是知道的，孩子还小你也知道，家庭是年年超支，是咱们生产队劳动价值最低的户，我几个孩子都养不活了，你说我还能养活外人吧。"从李兰香口中说出来的话，话里有话。

241

姚革新脸色有些难看，他说："公社和大队会管你们的，袁莹莹人年轻，有什么事，她可以多做点。你身体不好，要多休息。现在国家的形势比过去已经好很多了，允许发展家庭经济，对人的各种限制也宽松了许多，国家在一步一步变好。"

袁莹莹听李兰香说话含沙射影，她说："我们家里主要是劳动力少，大长哥活着时，曾经对我和香姐说过，他的这几个孩子不分男孩女孩都必须坚持读书上学，国家越是往前走，越需要有文化的人。我也是这么想的，这几个孩子都是读书的料。我这几天在想一个问题，大长哥没了，我们这个家还是要过下去的，我们活着的人更要好好活着，大长哥才会安息。我明天就开始到火场集市上去摆个小摊子，卖点花生、葵花子之类的东西，发展个体小经济贴补家用，至少靠自己的一双手养活自己，不能等香姐养我。我应该为她和家庭多分担一点点。"

袁莹莹聪慧过人，自然听出李兰香话里有话，她这么说话，是讲给李兰香听的，是针对李兰香刚才说的那番话。

苏醒说："莹莹你的身子吃得消吗？你也要注意身体，要休息好。"

"她身体好着呢，你看她的脸比以往变厚了，身体也长肉了。"李兰香话里有话。

袁莹莹一把抓住她的手，说："大姐的手像几根树藤，我这个年轻的身子骨也经不起你抽打。大长哥也真是的，我当初在谢家界住得好好的，硬是左磨右擦地给我说尽了好话，要我来他家里帮他操持这个家，管这几个孩子的学习，怕我不同意，和姚书记一起还动用公社的力量，把我的户口关系也迁过来了，我要是现在想回谢家界都不容易了，把我牢牢地套在了他的户口上了。"

姚革新知道袁莹莹是用这些话堵住李兰香的嘴——她不是外人，他是黄大长请来的人，而且是经过公社同意的正儿八经的这个家里的一员。

姚革新有些生李兰香的气，但听到袁莹莹这番话以后，又有些想笑，心想：你和李兰香这个没有脑壳血的女人置什么气呀，说那些话有什么用呀，你住你的，李兰香也没有权力把你赶出家门，因为这是黄大长上三线之前向组织上提出的唯一条件，是组织决定的东西，谁也别想改变。但他在心中还是赞许了袁莹莹的机智敏锐。他见两个女人打嘴仗，赶忙圆场，说："莹莹你不要听外面那些人说了什么，这不由他们说了算，你来大长家是国家建设的需要，你是为了支持黄大长上三线支援国家建设，让他没有后顾之忧才来到他家的，就是要离开也要国家批准，哪个人也没有权力把你从大长家赶走，大长现在为国家的三线建设都遇难了，到现在都没有找到人，那么他的亲人更应得到国家的关照。"

姚革新明显在为袁莹莹撑腰，他的话就是说给李兰香听的。

崔产愫当然也听懂了李兰香的话，她说："莹莹，姚大哥说得对，是公社请你来大长哥家的，外面那些人谁敢赶你走，谁敢欺负你，首先过不了公社这一关，我今天来也是代表公社和你讲话，你放宽心，安安心心生产生活，谁敢欺负你，那么他就是和国家作对，和人民有仇，无产阶级专政铁拳就会把他砸得粉身碎骨。"

谁都知道，这个时候崔产愫出面说话，是代表谁在说话。

苏醒转向李兰香说："不管外边议论什么，你是这个家里年龄最大的人，要有自己的主见，不要听背后老鸹叫。夜夜香、符彩儿、姚娆、莫京、钟吉祥、符光中是些什么人，你不是不知道，多的我也就不说了，你心中明白就好。"

第四十一章
不明火中村成火场　受恶言万人迷入院

李兰香明白这几个人说话的用意，什么"外人""别人"，绝大部分指的就是她李兰香，因为真正的外人、别人是没有可能把莹莹从这个家里赶出门的。他们话中有话，都在说给她听的，也是向她表明了他们的态度。

经过这个晚上的谈话，李兰香再也没有在家里乱吼乱骂了，也没有搞"追日咒"。事情似乎在向好的方向发展，姚革新和苏醒想到这些心中有了些许的宽慰。

过了几天，袁莹莹来到苏醒家里，对苏醒说："大姐，香姐又开始指桑骂槐了。她在家里无事找事骂街，骂得好难听。"苏醒听袁莹莹这么一说，骂李兰香自己没有主见，总是听别人唆使。

李兰香的心情糟透了，把自己心中的怨恨全部发泄到袁莹莹身上，骂袁莹莹克死了亲夫，现在又克死黄大长，是扫帚星降世。咒骂袁莹莹天诛地灭，死无葬身之地，想借机把袁莹莹逐出家门，袁莹莹起初并不明白她是在影射自己，认为大长死了心情不好，是骂天骂地不长眼，以为由她发泄一下心中的怨愤也好。

袁莹莹也就没有多想，只到骂到第三天时，袁莹莹才感觉出她不对劲，因为太阳落山时，李兰香拖着疲惫不堪的身子回到家中，袁莹莹给她打招呼，她不答应，而且，对她的脸色不好，讲话语中带刺，袁莹莹心中才听明白。但善良的她并没有往深处想，认为她是心情不好，没有多想。

苏醒知道符彩儿、莫夜香、姚娆在李兰香的身上下足了功夫，让李兰香把黄大长的遇难迁怒到袁莹莹的身上，说她是"白虎精""坏女人"。莫京家中起火，殃及池鱼，村中几家房子也被付之一炬，莫夜香又在社会上散布谣言，说袁莹莹是个不祥物，是个扫把星，是她来了以后，给中村带来了灾难。社会上一时流传着两种狠毒的说法，说袁莹莹是个"白虎精"克死了丈夫，现在又克死了黄大长，黄大长那么命硬的人，碰到她就丢了性命。好好的村子，她一来就发生了火灾，不是扫把星是什么？

苏醒只能一再安慰袁莹莹，可是过几天后，袁莹莹却晕倒在黄大长院里，恶言让她不堪重负。

姚革新找袁莹莹的姐姐袁泽丽商量后，袁泽丽决定马上送袁莹莹去县医院住院。崔产慬受魏公稿的委托和袁泽丽、李宗儒和姚革新几个人用一辆马车把袁莹莹送往县医院，由于路途遥远，交通不便，晚上才赶到县医院，挂急诊，医生给她做一个全面的体检，在她的小腹部内检出了一个小肿瘤，袁莹莹人醒了之后，听说又要手术，要花钱，她坚决反对手术，而且不配合治疗。

袁泽丽说："医生说你流产了，问题不很大，现在最要紧是你这个肿瘤，不切除对人的生命危害大。"

"我不想活了，我不做手术，我要找我大长哥去了。"她以泪洗面，气息微弱，"我没有钱做手术，也不想拖累大家，让我自生自灭吧。"

袁泽丽说："妹妹，你可不能说丧气话，你手术的钱，姚大哥和崔主任已替你交了，你不能负了他们这番好意，你只管安心养病，不要多想，医生说了，你这只是一个小手术，没事的。"

姚革新找到曹老大，把黄大长遇难的事，中村起火的事，莹莹流产的事和她小腹肿瘤要做手术的事，悉数告知了曹老大。曹老大听说黄大长遇难了，放声大哭，他说："大长

老弟，兄弟你走得太快了，我之前没有听说你要去三线，现在才知道你去了三线建设工地。今天姚书记说你在三线遇难了，我才知道啊，我心痛啊！你那么一个有本事的善良的人啦，怎么会是这样啊，这老天爷真是瞎了眼了，社会上那么多坏人，它不收去，净整老实人……现在中村起火了本来是和老弟义妹半毛钱的关系都没有的事，当地有一些坏人陷害莹莹，说她是白虎星害了你，又说她是扫帚星害了全村，有人想把她赶出你屋、赶出中村、赶出火场。有人现在不仅想把莹莹赶出火场，还想整死她，太缺德了。莹莹现在刚刚流产，身体还没恢复，又被医院检查出小腹里有个小肿瘤，现在已经到县城医院住院来了，那好，既然莹莹在火场不受人待见，有人想要她的命，那么她就不用回那个地方了，她出院后，我就把她接到我这里来住，等她身体恢复了，心气平和了，我给她找一个好的人家，再把她风风光光地嫁出去。她现在要动手术，莹莹住院的钱，姚书记已经凑齐，你放心，我这里会安排人手照顾她住院，她吃的、喝的、用的、住的、往后都由老兄我负责。"

在曹老大的帮助下，袁莹莹很快被安排做手术，手术做得很成功，手术后，姚革新他们返回了火场，留下袁泽丽照顾袁莹莹。

姚革新回来后，心中的气没地方发，在家里怄气，扬言要找李兰香去讨个说法。

苏醒见姚革新一回来就直嚷嚷，一个劲地叫他小点声，苏醒不说还好，她越是叫姚革新小声讲话，他的声音反而越嚷越高。没办法苏醒只好把门关上，见她大白天关门，姚革新嗓门更大，冲着苏醒吼道："你发什么神经啊？大白天把门关了，土匪来了吗？"

苏醒走近他身边说："是有土匪来了，进屋了，你看你这个样子，不比土匪差，像要吃人一样。你讲的这些我都想过，我心里也明白，可是这件事终归还是要'打断牙齿往肚里咽'，为什么呢，你不想想，李兰香这个病秧子为什么要搞'追日咒'，她就是受了符彩儿、莫夜香、姚娆、钟吉祥、符光中和莫京的鼓捣。大长遇难了，她心里痛苦，经别人一挑拨，就把所有的不幸都撒到袁莹莹的身上。她自己身体常年不好，病秧子一个，自己没有什么本事，大长是她的依靠，现在大长突然没了，家中的顶梁柱倒了，她整个意志力垮了，加之有坏人唆使，她就把所有的不幸全部算在袁莹莹的头上。"

"莫夜香的房子烧了，把气撒到了袁莹莹的头上，一件毫不相干的事就这样无中生有地戴在她的头上，火场那些坏人、流氓、造反派四处散布她的流言蜚语，说她是白虎星、扫帚星，所有人的不顺都归罪于袁莹莹，他们利用人们的封建宿命思想，嫁祸于她，在社会上形成了一个小小的气候，他们要置袁莹莹于死地而后快。"

袁泽丽家里十分困难，李宗儒老实内向，他们没有能力帮助袁莹莹，他们自己都像凋零的树叶不知命运把他们吹向何方。

但是，姚革新心中不平，用他的话说，他眼里揉不进沙子，他要找李兰香理论一番，苏醒提出了自己的看法，她认为没有必要找李兰香讲这些，讲了也没有用，说不定会反咬一口，说黄大长没有了，有人在欺负她。讲了也没法改变袁莹莹的现状，袁莹莹已经这样了，说了也是白说，后果已经造成了。李兰香这么多年也不容易。

至于莫夜香、姚娆两人更是不用多说一句话，问不出任何结果，搞不好到头来她们还会倒打一耙，说有人想嫁祸于她们。

苏醒说，等她找一个合适的时机，把话巧妙地说给这些人就可以了，让她们明白，别

第四十一章
不明火中村成火场　受恶言万人迷入院

人都不是傻子，她们的所作所为别人心里都明镜似的。

姚革新靠在竹藤椅上不再讲话，闭目养神。黄大长的遇难，让他伤心不已，他为黄大长做了力所能及的事情，黄大长涉嫌经济犯罪事实不能成立，娄底那边原先准备来火场大长家中抄家的，因为他给家里写的信拯救了自己的家庭，最后办案组没法给他下结论，多汇出的四百元，办案组中也有人推断那是郝建才看大长家中困难捐赠给大长的，是一种赠予，既然是赠予，那就是合法的，至少不是黄大长的赃款。黄大长来工地的时间不久，只有两个多月时间，大长签字的单不多，郝建才在指挥部其他工地还有大量的倒卖建材的问题，"一线天"铁路工程建设只是整个工程建设中的一部分。黄大长因为涉嫌经济案子，又因为证据不足没有定论，他虽然遇难了，最终还是没有得到应有的荣誉和抚恤。

袁莹莹出院后，在曹老大的关照下，身体很快得到恢复，她曾经动过回火场的念头，她把心中的想法说给了曹老大，主要是因为在中村留下了黄大长的影子，心中难以割舍。

曹老大分析了袁莹莹的情况后，感觉袁莹莹不宜再回到那个伤心地，回去后睹物思人，只能让她又回到痛苦的回忆中，袁莹莹本身也是处于矛盾之中，她听了曹老大的话后，感觉自己再也回不去了，没有了黄大长，她无家可归了。

袁莹莹留在曹老大文昌码头，他不让袁莹莹做任何事情，叫她就在家里好好调理身体。时间一久，袁莹莹感觉有些闲得慌，她向曹老大提出想到中南门码头上做点事情，曹老大说没什么合适的事情可以做，还是想让她在家调养不要劳累，后来袁莹莹说的次数多了，曹老大才松了口，就当是让莹莹转移一下注意力，做点事放松一下，免得整天闷在家里又想那些伤心事。同意她到中南门码头卖点瓜子、花生之类的小东西。曹老大见卖这些东西不重不累，权当让她走动走动活动一下筋骨。

农历七月初一，袁莹莹早上和曹老大家人吃了早餐后，手里提着篮子，在中南门大街上沿街叫卖，不到中午时间，她就回来了，满满一篮子的葵花子和熟花生竟然卖完了。曹老大正在喝午茶，袁莹莹把赚来的钱悉数交给曹老大。曹老大夸奖她很有经济头脑，是个做生意的料，并且钱一个子也不收，全数交给袁莹莹。袁莹莹说："我吃、住、用都在曹大哥的家里，不需要钱，不是为了钱才去卖东西的。"

袁莹莹坚持不要钱，没有办法，曹老大心生一计，他说："你做小生意的本钱由我出，每次只需要还本钱，赚多少钱都归你袁莹莹所有。"

袁莹莹还是坚持不要留一分钱，但最终拗不过曹老大，她不再驳曹老大的美意，就答应了曹老大的提议。从此，袁莹莹每天早餐后就提着篮子到街上卖小吃，她总能卖完一篮子的东西，有些店铺生意不好，两三天都还卖不了这么多。

晚上有时间，袁莹莹就抱着书看。清晨早早起床，在沅河边放声朗读，这或许也是她思念大长的一种方式。

曹老大总是对她赞美有加，袁莹莹回曹老大说："这世间唯有两样东西不可触碰，一样是记忆，一样是思念。记忆无花却永远盛开，思念无用却永远清晰。"

第四十二章
通车晚会公稿出彩　群英荟萃牟梨遇冷

　　城里上山下乡的知识青年，经县里分配，源源不断向火场拥来，他们的到来，给火场革命根据地带来了革命的气息，知识青年和红卫兵已经合流，小山村的偏僻闭塞，除了水和空气，可以说要啥没啥。年轻人需要的文体活动几乎枯竭，知识青年热情高涨，他们为当地人办农民文化补习班，扫除文盲，开医院，救死扶伤，造福乡里，和农民交朋友，同吃同住同劳动。他们的到来，给小山村带来了时尚、文化知识、新观念。

　　知青的到来，让牟梨的队伍日益壮大。牟梨悄然削弱了莫京和符光中两个造反派司令的权利，牟梨觉得再也没有必要依赖这两个土司令了。钟吉祥已经正式代替莫京成为"沅水风雷派"司令，是牟梨最为倚重的一支力量。慕容樱桃已经替代符光中，成为"永跟派"的实际掌权人。

　　魏公稿觉得牟梨今天的会开得特别蹊跷，首先，她对红卫兵的工作安排，很多都是说会后再细说，既然是开会，没有公开说出来，令人怀疑。最为关键的是，在公社开会，竟然没有叫他这个公社书记讲话。

　　在散会前，魏公稿说道："大家稍等一下，我还有工作安排。"

　　站起来准备散会的人，又坐回到原来的位置，魏公稿招呼大家坐好、安静。他说："刚才牟梨同志就运动中的几项工作做了全面安排，我完全赞同，请大家根据牟梨同志的安排贯彻好、落实好。现在我就目前我们公社存在的几件重要工作做一个具体安排：一是'沅火'公路通车典礼筹备工作。这件工作是我公社目前最为重要的工作，由我任筹备领导小组组长，糜厚德任副组长，各大队书记和七站八所负责人为领导小组成员，筹备工作小组组长由符德号同志兼任，赫连薇薇任副组长，成员为火场各大队书记，辖区内各机关单位负责人，领导小组从今天开始每晚开一次调度会，工作小组全部参加。二是公社要隆重欢送保送读大学的学生，这件事由栾葡萄副书记负责，由主抓宣传工作的副社长崔产懥具体执行，南宫怒、申屠彧、皇甫赟协助。三是'抓革命，促生产'的问题，农业春耕生产的问题由符德号副书记、社长具体负责安排。"

　　符德号要求大家把主要精力都放在落实魏公稿提出的三件事情上去了。牟梨听到魏公稿这样安排人事，心里很是不悦，她觉得魏公稿在分化瓦解她的阵营，她强忍怒火没有发作。魏公稿的工作会议，也巧妙地避开了牟梨，没有安排她任何工作，却有意把赫连薇薇安排到重要的位置，魏公稿这个益阳老乡工作能力超群，在知青队伍中具有很高的威望，在工作中，他们建立了特殊的友谊，是魏公稿团结争取的重要力量。

　　而且，赫连薇薇虽说也是牟莉的"八大金刚"之一，但这个女人非同一般，是个很有想法的人，而且，她对牟梨的做法，经常表示出不满。很多时候，她总是站在魏公稿的一边，和牟梨的意见相左。

糜厚德、栾葡萄和牟梨三个人，当年都是下到火场蹲点的工作组组长，牟梨认为，魏公稿运用各个击破的战术，先把糜厚德、栾葡萄拉向自己一边，孤立牟梨。在魏公稿眼里，牟梨就是个运动癫子，而且自视甚高，少与人沟通，开口讲话就是打官腔，不接地气。尤其是那年捣毁桃坪界，社员群众真的是想剥她皮、抽她筋、喝她的血。

牟梨一直在密切注视魏公稿的一举一动，她听到魏公稿关于当前几件具体工作的说明，明显比她的政治运动让人感兴趣。牟梨说的话没有人议论、讨论，好像没有发生一样。魏公稿安排的工作中，大量使用知青、红卫兵，很明显魏公稿是要把她的助手抽干净，让她无兵可用。平时魏公稿从来没有利用知青和红卫兵办事，他甚至鄙视这些红卫兵和知识青年，他之所以这么做，只有一种解释，那就是削弱牟梨这个火场"文革"领导小组组长的权威，让她成为一个光杆司令。

牟梨一反常态，一拍桌子，大声反对优先公路通车。

牟梨竟敢和他叫板，魏公稿意识到问题的严重性，他缓和了一下语气，说："牟梨同志，我安排的三项工作都是急中之急，不能再拖，请你配合。'八大书记'有何异议？现在的工作千头万绪，请'八大书记'议议，'沅火'公路通车要不要举行，要不要推迟进行。"

魏公稿借力发力，明显是想得到"八大书记"的支持，正如他所料，他的话音刚落，姚革新抢过话说："这个问题不用议了，我上次去县里，黄大风书记亲自给魏书记写了信，主要是讲'沅火'公路建设和通车的事，他也给牟梨组长带过话，要求举全公社之力一定要搞好'沅火'公路建设和筹备好通车典礼，这是黄书记给我们下达的指示，我们有条件要上，没有条件也要上，必须不折不扣地完成，没有商讨的余地，难道我们公社还有权力否定县委的决议吗？话又说回来，'沅火'公路通车是沿线社员群众生活中的一件大事、大喜事，也是千百年来沿线老百姓几千年的梦想。公路通车后，从此改变了我们肩挑背负的历史，改变我们的生活方式。对沿线各公社的经济社会发展一定会有很大的帮助，对全县改变落后的水上交通面貌，起到一个飞跃式的提高。我们现在没有权力迟延这项工作，我们必须完成这项造福民生的工作。因此，我完全赞同魏书记的工作部署，按期完成县委下达的工作任务。"

姚革新在"八大书记"中具有举足轻重的作用，他带头发言后，其他几个书记纷纷表态赞同或支持。由于魏公稿把牟梨的"八大金刚"分化瓦解了，他们都得到魏书记的重用，也就噤若寒蝉，集体噤声了，唯独没有安排牟梨的工作，她成了边沿所在，这是从来没有发生过的。

钟吉祥如今长得高大魁梧，聪敏过人，做事鬼点子多，对牟梨是言听计从，顶礼膜拜，深得牟梨喜爱，十分倚重。莫京失宠很是失落，这段时间和牟梨意见相悖。牟梨利用钟吉祥替代莫京这个造反派司令，在工作中明显偏袒钟吉祥，重视他而贬低莫京。

被降为造反派副司令的莫京，发表了自己的看法，他说："火场通车是火场人民的天字号大事，通了车就不用肩挑背负往县城送公粮了，傻子都知道，四个轮子比两条腿跑得不是一般的快，我坚定支持'沅火'公路通车，支持魏书记的决策。"

莫京的表态出乎魏公稿及大部分人的意外，这就是应了英国首相丘吉尔说的那句话：

没有永远的敌人，也没有永远的朋友，只有永远的利益。

莫京在自己的利益受到威胁的时候，明确了自己的立场，可谓向魏公稽递了刀子。符光中见莫京表明了态度，他也站了起来，说："我们'永跟派'也支持魏书记决定，谁阻挠通车的事，就是和火场人民过不去，这件事确实是头等大事。我代表'永跟派'坚定支持魏公稽书记的决定。"

其实他们两个是从自身利益上思考问题，两个人这时跳出来，明确表态支持魏公稽，确有釜底抽薪的功效。他们两个人太小看了牟梨，现如今的牟梨已不是彼时的牟梨，她是想逐渐用"八大金刚"替代他们两个，或者说，让他们两个人跟随她的人闹革命，她要用"八大金刚"引领这两个派系，为她所用。

因为赫连薇薇、慕容樱桃等人是县里来的知青领袖级人物，她们的文化背景和号召力远不是这两个杂牌司令所能及的，但在牟梨的心中，她还是愿意团结拉拢这两个人，因为毕竟地方派有地方优势，有利用的价值，所以她做事留有余地，对于他们两个的"反水"，她也只是旁敲侧击，不以为然。

她未承想，这两个人是什么人，不是她能够完全所左右的，他们没有牟梨那样的政治抱负和野心，他们是随心所欲，有奶便是娘的货色。只要你侵犯了他们的利益，可以立刻与你反目成仇。他们并不是愚蠢，他们有自己的考量，他们今天转向力挺魏公稽，就是给牟梨一个明确的信号：你损害到我们的利益，我们就会转向你的对立面。两个土司令认为自己是一个举足轻重的砝码，他们放到哪一头，哪一头的天平就会向谁倾斜。两个人给牟梨还以颜色，让她收起她的那些幼稚与冲动。曾经的两个下属公然挑战自己，投向了走资本主义道路的当权派魏公稽，牟梨用手指着两个司令，说："你、你、你们。"这两个人曾经和她是一个战壕里的战友，如今完全站在了牟梨的对立面。她气得差点叫他两个滚出会场，但这时，钟吉祥轻轻扯了牟梨的衣角，示意她坐下来，不要正面回应这两个造反派的意见。

鼻屎符一瘸，说："欢迎大学生入学是一件好事，要把好事办好，耽误不了干运动的时间，谢采采是谢队长的长女，是咱们谢家界村第一个大学生，你们送不送我们村管不着，反正我们村是要欢送的，要敲锣打鼓把她送到县里。保送读大学，这时多么伟大的壮举，体现了社会主义制度的优越性，只有共产党领导下的社会主义国家，工农兵才有机会上大学，这是对几千年封建制度的大挑战，试问：哪朝哪代让工农兵读大学的，不能仅仅看着是送个大学生，而应该看到这是'文化大革命'的胜利果实，是'文化大革命'释放出来的红利，是新生事物，我们谢家界村坚定支持魏书记的决定。"

鼻屎一口气说了这么多理论，这是大家始料未及的。黄大风曾经在一次社员大会上，就讲过这样的话："文化大革命"就是好，我们在运动中，学习运动，平民百姓，也有发表自己言论的权利，在斗争中长知识、长才干。

糜厚德不紧不慢地说："我作为公社分管农业的，我支持魏书记关于春耕春种和全年农业农村工作的安排，我们这几年的粮食产量有了稳步提高，人民生活有了改善，取消了公共食堂后，给各家各户留有一些自留地，发展家庭经济也是对社会主义计划经济的再补充。春耕生产搞不好，让老百姓喝西北风啊。"

已经开始秃顶的栾葡萄，用手抹了抹稀疏的头发，说："抓革命的目的是促生产，如果没有生产上的大进步，人民仍然还是吃不饱、穿不暖，那我们干革命就失去了意义，我支持魏书记的决定。"

事到如今，和牟梨一同从县城来的两个主要伙伴已经选边站，牟梨感到震惊，但她骨子里不是一个愿意认输的女人，她不明白为什么以前工作组的两个组长，会这么直接反对自己，她又气又急，再也抑制不住内心的愤怒，她站起来双手叉腰，怒目而视，说道："请问各位，你们把火场'文革'领导小组放在哪里，一个个自私自利，消极对待运动，个别领导干部没有从思想根子上找出问题症结，而是想方设法以工作忙为借口失口否定政治斗争，我们就是要造走资本主义道路的当权派的反。我这里也表明表态，谁如果不听毛主席的话，有多远滚多远。"

牟梨说："我们火场'文革'领导小组紧跟县'文革'小组和中央'文革'小组保持高度一致，我这里也明确告知各位，我安排的几项工作，也是得到县'文革'领导小组批准同意了，必须坚决执行。"

公社会议室的空气令人窒息，牟梨变成了孤家寡人，她以一己之力抵御所有人，显得势单力薄，她的眼神怯怯的，这是从未见到过的迷茫、彷徨。

这时钟吉祥打破了会场的沉静，他说："牟梨组长安排的工作是重中之重，魏书记安排的工作是头等大事，我想是不是可以把几件大事一起办了，你们领导开会之前总该有个协商协调吧，为什么不把双方提出来的事糅合一起办了呢？"

钟树军说："我赞成栾葡萄同志说的，抓革命的目的是促生产。在干革命和搞生产相抵触的时候，革命应向生产让步，试问哪有饿着肚子干革命的，这样也干不好革命。没有人想回到刮'五风'的时候，谁要是想把大家带到那种吃树皮、吃观音土的时代，谁就是个历史罪人。我赞同白天搞生产，晚上干革命，生产和革命两不误，齐头并进。"

姚革新看会场上大家都在议论，不能定夺下来，他见时候不早了，这样也不是个事，他和七站八所几个部门负责人沟通之后，他说："还是由公社牵头，把干革命和搞生产两件事整合到一起，再写一个书面报告，报县委黄书记批准后再实施吧。"

牟梨听后说："姚书记，我向来尊重你，你是长辈，是德高望重的老书记，在原则问题上可不能和稀泥。谁不知道'抓革命，促生产'的做法和用意，抓革命在前，促生产在后，没有革命成功，生产也搞不好。"

崔产愫一直坐在旁边做笔记，她扫视了一下会场，觉得就这么开下去没有什么结果，她建议休息十分钟，让参会人员解个手，抽支烟，再议。她尾随魏公稿走到公社办公室，和魏公稿讲了一阵子悄悄话。

回到会场后，崔产愫说："我刚才和公社干部、'八大书记'、七站八所负责人沟通协调了一下，大家都赞同姚革新同志的意见，把'抓革命，促生产'两件事一并报县委，由县委决定，我们公社负责实施。"牟梨知道自己是绝对少数，她说："我保留意见。"她说完拂袖而去，会场上熙熙攘攘的，魏公稿说："那就请副社长崔产愫同志草拟一个报告，报县委批准。"

散会后，崔产愫和魏公稿回到房间里，坐下后她对魏公稿说："公稿，你今天真是太神武了，你连续使用的手腕让人眼花缭乱，你成功地孤立了牟梨，狠狠地教训了她那个猖狂样儿。大家都在议论，说你不愧是新中国培养的首批大学毕业高才生，出手不同凡响，会场上变成了一边倒，连縻厚德、栾葡萄、赫连薇薇、慕容樱桃等人都没有站在她那一边，你真是兵出奇招、剑走偏锋，一下子搞得牟梨乱了阵脚，最后只得孑然一身离开会场。自从'四清'以来，我还从来没有看到她如此狼狈过。不过牟梨这个女子嘎拗得很，她看准的事，一般不会改变；她认准的路，不会回头，你还是要防备她出什么刁招，使什么阴谋诡计，你可要多防着她。今天你让她灰溜溜地走了，我觉得她很不服气，她一定会设法害你的，你还是防着她的好。"

魏公稽说："好，她翻不了天。"

崔产愫把写好的报告送到黄大风书记手里，他一看皱起了眉头，说道："我再三告诫过魏公稽和牟梨，火场目前的头等大事就是组织好'沅火'公路建设收尾工作和通车典礼，其他工作都要为这件工作让步，你回去后告诉他俩通车典礼工作压倒一切。"

崔产愫回到火场，魏公稽召集相关人员开会，由崔产愫传达县委黄大风书记的指示精神，她出示了黄大风书记的批复，并当场宣读批示。牟梨在会上一言不发，她安排的工作等于被全部否定了，这是前所未有的，她感到孤独无援。魏公稽的工作安排中没有她的名字，三件事把她的手下人全给分出去了，她自己的手下可以说是无一兵一卒，她成了货真价实的光杆司令。开完会大家都各自忙事情去了，她一个人坐在公社空旷的会议室里发呆，一双脚不知往哪里走。

钟吉祥在公社门口等她很久，仍不见她人影，他又返回会议室，轻轻推开门，只见她一个人趴在会议桌上。钟吉祥没有打扰她，他轻手轻脚地走到她的身旁，只见她两眼泪汪汪的，见钟吉祥来了，赶忙侧过脸去，哭得格外伤心。钟吉祥用手抚其背，好言相劝，叫她还是回到自己房间里去休息一会儿。牟梨突然站立起来，抹干自己的眼泪，定了定神，十分潇洒地整了整自己的一头秀发。她又恢复了先前昂首挺胸、意气风发的模样。

魏公稽按照黄大风的批示，加强筹备通车典礼。十月的火场，碧空如洗，凉爽舒适。"沅火"公路终于迎来了通车，五十辆大卡车和十几辆小车向火场开来，沿线的深溪口公社、北溶公社、落坪公社、大合坪公社、火场公社以及七甲溪公社都组织社员群众敲锣打鼓，燃放鞭炮，夹道欢迎。最终在火场公社举行盛大的通车典礼。黄大风书记发表了长篇讲话，肯定了"沅火"公路通车的重要意义，高度评价了魏公稽等公社书记所做的历史性贡献，主席台上没有安排牟梨的座位，甚至整个庆典都没有出现她的身影。

开完通车典礼会后，五十台大卡车装满社员交的公粮，排着长龙往回开，这时欢送的鞭炮声响彻云霄，天色开始暗下来，几十台卡车车灯照得山谷如同白昼。

县领导都留了下来，参加晚上"沅火"公路通车典礼庆祝晚会，晚会主要由辰河高腔团主演。

通车典礼盛况空前，黄大风兴致很高，提议大家作诗，歌以咏之。

通车典礼晚会上，魏公稽对黄大风做了一个请的手势，说："首先有请黄大风书记、当代黄鲁直赋诗一首，让我等学习学习。"

黄大风听后，一阵夸张地大笑，故作姿态，推辞一番，为了让大家都能更加听懂魏公稽的含义，他说道："你们这个小魏书记啊，就是喜欢给我戴高帽子，黄鲁直是北宋著名文学家、书法家、盛极一时的江西诗派开山之祖黄庭坚。我的诗词才气，焉敢与他比肩，小魏是在出我洋相呢。"

第四十二章
通车晚会公稿出彩　群英荟萃牟梨遇冷

他反过来将了魏公稿一军，说："小魏啊，你是大学高才生，是火场的父母官，我们今天在场的，数你文墨最深，今天这个喜庆的日子，你肯定有很多感慨，要抒发一下吧，来吧，你带个头，作首诗，让大家高兴高兴。"

魏公稿说："有您在这里，哪有我造次的份。"黄大风摆手，示意魏公稿作诗。

魏公稿沉吟片刻，口占一律："历年封建留长痕，背负肩挑路不平。党委号召改旧貌，干群协力建新村。千山开出康庄道，万水架通桥洞成。数十铁牛豪迈至，同声谢党恩情深。"

黄大风带头鼓掌，连声说："好诗，好诗啊！"

崔产愫说："我签原韵附和，为黄书记和大家助兴。"黄大风听后，哈哈大笑，称赞崔产愫这个建议好。

崔产愫即刻签原韵，朗诵道："扫除障碍莫留痕，万里长途一扫平。今日修通新乐地，当年建设美丽村。深山邃谷三朝改，崎岭险岩一旦成。上级关心民益事，断除肩苦有恩深。"

黄大风很夸张地鼓掌，连声说："好诗，好诗啊。崔产愫，巾帼不让须眉。"

崔产愫说："诗作得不好，还请黄书记多多指教。"

黄大风转过头，叫道："姚革新同志在哪里？我们的农民政治家、艺术家何不献诗一首？"

姚革新应声上前，说："黄书记，您可别跟着别人这么称呼，这都是坊间戏谑之言，不可当真，什么农民政治家、艺术家的，那都是别人瞎叨叨的，听不得的，我就是一个会种田的老农民。黄书记才是黄鲁直在世，诗坛高手。"

黄大风说："好了，村领袖，你就代表村里社员群众，上台说几句吧。"姚革新婉言谢绝，说是很久没作诗了，也不敢在这么多领导面前造次。

黄大风说："谁不知道你的文化底子厚实，琴棋书画，诗词歌赋，样样精通，你莫躲懒。"姚革新无奈，说道："既然黄书记点了将，恭敬不如从命。这样吧，我吟一首，大家步原韵接龙作诗若何？"黄大风点了点头，说："好啊，这样更加雅致有趣。"

姚革新即兴吟道："通车典礼果非谣，大会举旗日月高。背负肩挑从此脱，开天辟地数今朝。"

赫连薇薇接龙作诗："欢声满道透穹霄，迎接区员与县僚。今日通车天气好，人山人海起高潮。"

慕容樱桃接龙作诗："为修车路兴情高，戴月披星好辛劳。万众一心齐勠力，深峦邃谷变通桥。"

邓佳丽接龙作诗："昼夜坚持下苦劳，雄心冲上斗牛霄。擎天重响雷鸣炮，远近飞禽落树梢。"

大家鼓掌欢迎，黄大风兴致很高，又点名崔产愫、邓佳丽、赫连薇薇三个美女接龙作诗，崔产愫即兴吟道："车走雷声缓缓来，人人越看喜心怀。悬崖绝壁路千里，尽是农民亲手开。"

邓佳丽接龙作诗："大会举行隆重开，齐心献策巧安排。礼堂设宴三千座，招待群英万里来。"

赫连薇薇接龙吟诗:"通车典礼有高台,县委登临曙色开。无限龙钟男共女,杖藜相扶看车来。"

黄大风今天兴致很高,他风趣地说:"真是三个女人一台戏,人美、诗美、音美。"

几个女人嘻嘻哈哈闹着要黄大风作诗,他说:"我没有准备,一个行伍出身的人作诗,岂不是逼张飞绣花吗?"

魏公稽说:"谁不知道黄书记文武双全啊,黄书记是将军诗人,当代黄鲁直。"

"你这个小魏啊,净出我的洋相。"

几个美女怎会放过他呢,大家连推带拽,把黄大风推到前台,他用双手整理了一下头发,又提了提裤带,大概是胸有成竹了,便停了下来,站在舞台中央,念道:"继承马列勤看书,干劲冲天障碍无。爆炸岩山霹雳似,突然沉火变通途。古往今来面貌殊,改天换地展宏图。人民思想红如火,背负肩挑万古除。"

邓佳丽现场用毛笔书在宣纸上书写黄大风的诗,俄顷,一幅书法作品呈现在观众眼前,她和崔产愫向大家展示书法作品,让大家观看,大家对诗和书法给予了热情洋溢的赞美。

这时,几个村支部书记也鼓噪姚革新作诗,他的情绪显然是被带动了,他即刻口占一律:"贫下中农志不穷,改天换地似愚公。人山人海银锄落,爱国爱家思想红。新旧国家大不同,火场一旦换新容。春风万里延安路,古往今来不及东。"

黄大风、魏公稽等人赞不绝口,大家热烈鼓掌。

作诗环节气氛异常热烈,活跃了整个晚会会场,群众报以热烈的掌声。

崔产愫与赫连薇薇共同主持这台庆祝晚会,赫连薇薇朗诵老箴头的长诗《游雄黄山记》:"我谓雄黄山,山大根又长。昔闻古人语,秦王把山赶。忽遇浣纱女,有语不会言。不见群羊过,只闻山动响。倏立而置固,十龙卧其间。忘点足站立,故号雄黄山。所谓雄黄山,广厚不可量。纵横数千里,苍茫云海间。曲径通幽处,涧流水潺潺。逾萧张墟落,翘翘错薪间。自此登山坳,一界定阴阳。上坡三十里,下隰四十长。沿途多宽敞,未睹有人烟。山大高深远,势力超群峦。淑连东峙绕,南陆榆树湾。泸去西康道,沅江北陆长。似星朝北斗,都护雄黄山。安座四县内,南湖有名扬。巍巍胜五岳,缓缓入三江。登峰升及顶,上到阁玉端。伫立而四顾,一眼观苍茫。耸入云霄里,盘踞十万三。仰观近星汉,俯看似泥丸。风景看不厌,游意浩无边。辰沉暗不见,大庸清可观,山大高峰险,求神不畏难。貔狐貂豹貉,虎狼麋鹿獐,魑魅及魍魉,远离此山岗。

"我谓雄黄山,山高不可攀。愧我朝山人,跋涉真艰难。饥饿缺饮食,口渴少清泉。如鱼困涸辙,何日待西江。我爱段干木,又想鲁仲连。若逢此隐者,憩身把言谈。念此思古人,终朝劳梦想。

"今夫雄黄山,人杰地灵全。造化钟灵秀,阴阳割兮张。宝藏与矿物,万木树参天。四路通墟落,人烟稠密宽。元元如瓜瓞,万代兴绵绵。草木繁阴秀,禽兽好居藏。

"我谓今夫山,一峙飞大山。山明皆水秀,富贵生豪强。石崇蜡代薪,王怡釜饴糖。门下三千客,胜过昔孟尝。贯朽粟陈玉,紫标黄榜香。万贯家财有,邓通钱铺天。朱门酒肉臭,何不济贫寒。思想无恻隐,枉在人世间。忠心安社稷,利口覆家邦。披甲从戎去,振动天地间。可怜乞丐者,褴褛好悲惨。登门求周济,入村讨口粮。蹒跚匍匐行,叫得哭连天。遍地强贼起,恶形似豺狼。如虎添一翼,食人而当餐。偷牛盗鸡者,大地满山川。山中藏崔苻,扰乱民不安。今日登兹岳,疲惫又不堪。高山安可仰,徒此好风光。浮云游子意,何日到山岗。万里山河在,人生能几年。明日隔山岳,世事两茫茫。桑田变沧海,沧海变桑田。奉劝世间人,切莫为贪官。难免输迴路,苦愁有万千。龙楼凤阁住,虎踞及龙盘。珍馐并美味,富贵在眼前。不如清闲客,才得自在安。粗茶和淡饭,布衣乐其间。出离未劫苦,株连换金莲。满堂众首士,功高日月长。不畏风尘苦,披星戴月忙。齐心皆出力,落成朝阳庵。今我何功德,钱不施一张。念此思自愧,尽日不能忘。一生多寂寞,锁愁有万千。思想常年苦,泪滴湿衣裳。亲朋无一字,老弱很孤单。不如学禅客,神台早暮香。粗衣由自己,芒鞋得安然。行走观佛像,闲坐念经刚。晚来闭禅宫,一枕乐黄梁。万籁此俱寂,惟闻钟声响。山光忽西落,明月渐东上。庵中更无人,何人把经念。一群众仙姑,佛歌亮堂堂。声入云霄里,如动箫笙簧。一身功劳大,万古把名扬。此情我不叙,菩萨道其详。自从汉明帝,成佛到今天。神灵真有感,为民保安康。神以民为大,民以神为天。满堂众神在,一齐闪金光。江山归一统,万代受香烟。老子居泽国,雄黄是古乡。人惜珍珠玉,谁怜翰墨香。骚人游到此,题诗雄黄山。"

崔产愫朗诵老犁头写的古文《记雄黄山朝阳寺》:"忆昔荆楚问错,藤棘丛深百年荒废之地,今以群力修葺,立其万古灵寺,观其美,造又奇,皆由众庶之功也。古之寺阁,新氓新造,立雄黄之峥嵘,临万派之深渊。巍巍乎,触其首,可摘星,直耸入云,一山飞峙南北,纵横数千余里,悠悠然,其东也溆,其南也辰,西通泸岸,北达沅江,盘大广厚无际,直升斗牛之间,此谓高高极也。

"吾今龙钟潦倒,不畏山路崎岖,有意登山涉水,陟彼雄黄崔鬼,我足何惮疵颓,欲要登高远见。故曰,不登高山,不知天之高也,不临深谷,不知地之厚也。谓其高,曰临高,谓其险,曰临险,仰观近于星汉,山麓绵于四县。辰沅泸溆,万派千江千墟万落,如四海之在天地之间,犹小木小石之在大山,垒空之在大泽乎?

"今夫寺,曰灵寺,赫赫乎伟大之极也,王帝天王所坐。在此雄黄峰头,神光浩大,执掌万里虚空,察其人间善恶。古往今来,神光射斗牛之虚,恩大泽加于民。为世界,管天地,定江山,育万物,利民耕种稼穑。四季甘霖甘润,农业丰稔,雨顺风调,国泰民安,人丁发达,足食丰衣,天下正道一统,黎民安居乐业。叹感始皇胼胝之恩,为民再造之德,如膏雨润泽万物,欣欣向荣,五谷登载家积人足而国家兴矣。上帝如此恩德,则民莫敢不服,莫敢不敬,莫敢不从。神如斯则山下之民,仰之若父母矣。个个云积相应,如峰相拥塞塞而来,耆耄妪媪佝偻诸季,瑶草无数者,脱皮鞋,更敝衣,踏草履纷纷投往助之。每日披星戴月,沐雨栉风,阳更晓夜,肩挑背负,苦战落成朝阳庵塘,建成始皇宝殿,做到全力共造之,全民共护之。自建之后,须高度重视,加强森严看管,细心保护,冀男女首士者,铭心刻骨,牢牢记之。"

之后魏公稿又朗读了威廉·华兹华斯创作的抒情诗《我孤独地漫游,像一朵云》。

黄大风站起来为之鼓掌,他说:"咱们火场,山清、水秀、人美,而且还出才女。"他对一同来看演出的县领导说:"你们好好看看,火场真是人才济济,姚革新的诗、魏公稿的英语、赫连薇薇和崔产愫的朗诵、邓佳丽的书法,辰河戏剧团的精彩演出,都让人看后眼前一亮,仿佛一束光。"

253

他还对魏公稽开玩笑说:"魏书记啊,小心我把崔产愫她们几个大美女挖到县委办去呀。"

魏公稽说:"英语需要语言环境,我好久没有说英语了,今天出席晚会的领导来宾规格高,来宾有省城来的领导,为了宣传咱们火场,我献丑了,真不好意思。其实英语说得好的还有邓佳丽、赫连薇薇。"

邓佳丽说:"我最多是小家碧玉,上不得大场面,胡乱写了几笔,真是贻笑大方。"

黄大风说:"你们是巾帼不让须眉,都是好样的。"

他盛赞魏公稽通车典礼搞得好,每个环节都安排有丰富的内容,活动一环扣一环,环环相扣,相得益彰。

牟梨住的房间,其实和晚会戏台是正对着的,从她二楼的窗户可以看清整个演出,这个时候,她正在观看晚会上的每一个节目,由于魏公稽有意不让她出镜,她只能躲在自己的房间里,一边了解舞台情况,一边在心里憎恨魏公稽以及她不喜欢的人。

钟吉祥一直未见牟梨的人影子,他到处找她,也未见着,他感到奇怪,牟梨会去了哪里呢?这次通车典礼中的每一个环节都没有安排牟梨出席,这真是以前从没有见过的事情。

钟吉祥看出了通车晚会上的端倪,这个靠着运动起家的造反派司令,预感到一种不同寻常的气息。他四处寻找牟梨,就是找不到人。牟梨其实一直躲在公社一号楼自己房里。钟吉祥敲了几次门,她都没有理睬。钟吉祥在公社的角角落落,又找了一遍,还是不见牟梨。他确定牟梨应该在她自己房里,他走到牟梨房门外敲门:"牟组长、牟组长快开门,我有急事找你。"

房里面没有应答,钟吉祥一急叫道:"牟梨,我知道你就在房里,再不开门,我就把门撞开。"

"牟梨,你可不要想不开,做傻事呀,你不要这样好不好啊?"门还是没开,钟吉祥确定牟梨一定在房里,她不回答,会不会真的想不开寻短见,他这么一想感觉是有点不对头,于是,他说:"牟梨,你在干什么?你再不出来,我真的撞门了。"说完用脚踢门。

突然,门开了,钟吉祥由于用脚踢门失去重心,人一下子摔倒在地上,牟梨看到钟吉祥那个狼狈的样子,反而哈哈大笑。她笑得腰都直不了,笑着笑着她见情况不对,钟吉祥趴在地上不动弹了,她关上门叫了几声钟吉祥的名字,他仍然没有吱声。牟梨俯声一看,钟吉祥的鼻子在流血,昏迷过去了。

牟梨看到这种情况,慌了手脚,急忙中她把钟吉祥扶到床上,休息了一袋烟工夫,钟吉祥苏醒过来,第一句话就是:"牟梨,你没事吧,急死我了。"

"你急什么,天又没塌下来。"

"我到处找你,一个下午不见你,你饭也不吃,晚上文艺表演也不见你人,你原来躲在房里的,你没事就好。"

"我能有什么事,看把你给急的,竟然撞女同志的门。"说完这些她递给钟吉祥一杯温水,关切地问道,"没摔坏哪里吧,你再用力点自己小命都没了,你疼不疼?"

"不疼,喝了你的水,心里都敞亮了许多。"

"你没事就好。"

说话间，钟吉祥准备爬起来，牟梨按住他的肩头，说："再休息一会儿吧，检查一下你身上有没有问题。"

"不会吧，你亲自给我检查身体呀，那多难为情的。"

"你想什么呢，脑子摔坏了吧，我是让你自己再好好检查一下身体，如果有哪里不好，也好早点就医。"

"牟梨，感谢你关心。"他说完双手抓着牟梨的手一直在摇，牟梨想把手抽回来，钟吉祥握得更紧。

良久，钟吉祥从容地从牟梨房间走出来，和慕容樱桃撞了一个满怀，她问钟吉祥干什么，钟吉祥慌里慌张地说："有事……没事。"转眼人就不见了。

慕容樱桃进门之后，看见牟梨躺在床头，头发凌乱，枕边有一些衣裤，她对牟梨说："组长，钟吉祥这时候怎么在你这里，这个好吃懒做的家伙。"

"不要这么说别人嘛，这已经是过去的事了。你看现在的钟吉祥，对革命工作多么的有激情、有干劲。他其实怪可怜的，无父无母，自生自灭。"

"我看他衣衫不整，好像刚从睡梦中醒来一样，鼻子和嘴唇好像碰坏了，发生什么事了？"

"没有发生什么事，他自己不小心摔了一跤，到我这里找药棉，这不，擦洗后就走了。"牟梨巧妙地绕过去了，慕容樱桃似信非信。

牟梨拿着小镜子，就着灯光当窗理云鬓，对镜好心酸，一行泪水从她美丽的脸庞簌簌地落下。她想起韩信的胯下之辱，想起苏武牧羊，想起喜儿她爹杨白劳……

"沅火"公路按时通车了，一条路也能改变一个地区的面貌，火场公社地界上很快就有了车站、医院、旅店、冷饮店、理发店、缝纫社、新华书店、邮电所、钟表修理店等等都相继出现。一个偏远小镇顿时有了生机，有了活力。

第四十三章
牟组长赶走魏书记　八支书对垒造反派

火场通车典礼两个月后，一个大的计划在牟梨心中逐渐酝酿成熟。根据政治形势发展的需要，她制订了一个行动方案，并选在火场赶集那天开社员群众、干部动员会，会场就选在莫京屋门前坪场举行。

魏公稿开会虽然请牟梨参加，但没有安排她任何具体事情，其实是把她晾在一边，让她成了一个名副其实的光杆司令。如今，她组织开政治运动会，干脆把开会现场摆在造反派司令家里开，其用意本身说明了问题，所有人都请，就是不请魏公稿。这一次，她要完成她上次提出来的行动计划。她把上次的计划做了小调整，一路人马挺进桃坪界，另一路人马奔扑周家大院，还有一支红卫兵队伍由她和钟吉祥掌控，原地不动，等候调遣。一切

安排停当，剩下的就是行动了。

牟梨选在七夕情人节这一天动手，当时有人质疑牟梨为何要选在这一天行动，大家都没有答案。皇甫赟就憨头憨脑地问过牟梨，牟梨俏皮地说："就不告诉你，气死你。"

皇甫赟没有得到想要的答案，两眼直勾勾地盯着牟梨那张粉嫩的脸发呆。

七夕节这一天到了，按照约定，两支人马齐头并进，向目的地出发。赫连薇薇和钟吉祥带领一支红卫兵队伍去桃坪界，挖地三尺也没挖出袁崇焕宗亲的金库，只收罗到两箩筐铜钱，还有几筐废铜烂铁。

牟梨叫钟吉祥这边秘密集结好队伍，她站在队伍前训话，而后，开完动员会，牟梨宣布了一项人事任命，只要夺权成功，就按照这个人事任命各自履行职责。

为了这次行动，牟梨和钟吉祥、南宫怒、上官刈、皇甫赟、申屠彧等人，经过周密规划，设计了奇袭公社的行动方案。要夺取公社大院的控制权，首先要控制钟树军的武装部以及二十几个持枪民兵，枪支平时都锁在枪械库里，只有武装部部长有一支二十响驳壳枪，挂在他自己的房里，民兵手上没有枪，没有重大活动，民兵是拿不到枪的。

钟吉祥组建有二十余人的猎枪队，对外说是专打堡子界山上野猪的小分队，蒙蔽了所有人的眼睛，关键时刻派上了用场，开始动手时，牟梨用这支猎枪队迅速控制了枪械库，另派三个人控制了钟树军，并缴了他的手枪，二十几个民兵平时不在公社值班，有重大活动时来公社，控制了枪械库基本就控制了公社大院，解除了公社武装。按照分工，把"永跟派"立场坚定的人全部控制了起来，中间派多半是和事佬，哪里见过这个大阵仗呢，都被吓得不敢动弹，乖乖地听候命运的安排。钟吉祥的猎枪队控制了所有部门和关键人物后，牟梨出现了。

牟梨首先来到魏公稞的房间里，身后跟着钟吉祥和两个猎枪队成员，其实也是两个民兵。她坐下后，开门见山对魏公稞说："魏公稞，你现在已不是公社书记了，红卫兵已推举我坐镇公社。"

"谁给你们的权力，你们这是造反，是非法的，是犯罪行为，你会为你今天的莽撞行动，付出代价。"

"哈哈哈，魏公稞啊魏公稞，我说你的大学真的是白读了。你如果知趣，最好是亲手写个条子，主动让位，委托我全权负责火场公社事务。如果你不老实，我们就把你的姘头崔产悢也抓起来和你一起批斗。"

魏公稞不理会她这一套，说："你做梦都想当公社的一把手，不过我没有这个权力让位给你，现在不是过去皇权时代，搞皇位禅让，共产党的干部，需要组织任命。"

"一切权力属于人民。"牟梨威严地说。

魏公稞针锋相对地说："党的领导，才能保证人民当家做主。"

牟梨见魏公稞死硬，就命人反绑着双手，其中一个民兵用手拉着麻绳，牵着魏公稞往楼下坪场走。

在下楼梯时，邓佳丽走过来，阻止他们抓魏公稞，申屠彧丢手一巴掌，捆在这张娇丽的脸蛋上。邓佳丽手捂着脸蛋，说道："你敢打我，我和你没完。"她说完，操起一根木棍，向申屠彧头上砸去，申屠彧躲闪不及，头上的血流到了脸上。

邓佳丽见他头上流血了，吓了一跳。她立即回过神来，一屁股坐在楼梯上，撒泼说：

"申屠彧他猥亵我,他摸我的身子,他是个大色狼!"

申屠彧气得说不出话来,邓佳丽越哭越凶:"魏公稽是县委任命的公社书记,你们没有权力罢免他,你们这是强盗行为。"

牟梨向楼上使了一下眼色,皇甫赟、上官刈等人会意,冲到崔产愫房里,把崔产愫从床上抓了起来。

崔产愫说:"你们冲击政府机关是犯罪行为,随便抓人是违法的。"

牟梨带着人还抓了公社其他几个干部,押着他们离开。

莫白信在自家门口看见崔产愫被带走,心中咯噔一声,立即跑去找姚革新。姚革新不在家,他就把看到的情况告诉了苏醒,苏醒问道:"你看见魏公稽和愫愫穿的有衣裤没有?你看他们是不是像刚从被窝里起来的那种邋遢样子?"

莫白信用手擦了几下眼睛,说道:"崔产愫衣服穿戴整齐的啊!我的个天啦!"说完在一旁呜呜地哭。

苏醒有些不耐烦地说:"你一个大男人遇到手指头个事就知道哭鼻子,哭有什么用?你得想个办法把你婆娘救出来呀,他们那些人现在都疯了,人在他们手里,还不晓得会闹出什么幺蛾子来。"

莫白信说:"我能有什么法子把她救出来呀,我没本事把她从造反派手里抢出来,我是良民,我不敢,请大哥给想个法子。"

苏醒说:"老姚上山做工去了,不在家里,一时半会儿回不来。你先去救人,救自己的女人没有什么好怕的,你去救,名正言顺,你自己都不去救,别人更没理由去救愫愫了,别人凭什么?什么理由?是不是?"

苏醒叫莫白信快去救人,尤其不能让造反派把崔产愫抓到县里去,那就麻烦了。

莫白信壮着胆子走出家门,说是去救人。苏醒让莫白信先去缠住造反派,她去后山叫姚革新马上回来。

矬子莫白信在大街上遇到游行队伍,手里拿着一截木棍,两条腿张开,横在集镇街道中央,大叫一声:"谁叫你们抢我的老婆,你们是土匪。"

钟吉祥看见他横在街道中央,突然笑出了声来,用手指着他说:"老婆?你与崔产愫早已离婚,哪来的你老婆?"说完一阵大笑。

"你们有什么证据抓崔产愫,她犯了哪家的王法?"

"她和魏公稽通奸,她是魏公稽的姘头,你这个武大郎,潘金莲和西门庆的故事听说过吗,就是发生了那种事,你说他两个该不该抓。"钟吉祥痞痞地说。身材魁梧的钟吉祥,在莫白信面前一站,显得更加高大。他走近莫白信,把莫白信轻轻一提,莫白信整个人几乎离开了地面。钟吉祥夺走了莫白信手中的棍子,举着棍子做了一个要打莫白信的样子,他提起莫白信的衣领,往地上一摔,莫白信像个大男孩一样,一屁股跌坐在大街上,在地上挣扎半天。前来围观的人群发出一阵狂笑。

"你们欺负人,你们没有证据,污蔑好人。"

"崔产愫就是个破鞋,你赶紧滚,别在这里丢人现眼了。"皇甫赟嘲笑着说。

这时"喊寨人"老篾头拿着锣满村子敲,他边敲边喊道:"村里兄弟注意了,有外人来村里抢人了,他们要把咱火场的女人抢走当压寨夫人了,快到公路上救人啦。""当……

当……"他把锣敲了震天响,村中人迅速集结。

牟梨他们企图把魏公稽、崔产愫和公社几个干部押上卡车带到县城。这时候,姚革新带着众乡亲赶来,截住了红卫兵。

姚革新手中拿着一根齐眉棍,说:"崔产愫没有任何政治倾向,你们拿不出证据,就别想把人带走,捉贼捉赃,捉奸捉双,你们是以这个理由抓人的,那就拿出你们的证据,否则,火场的老百姓也不是好欺负的。"

周大明说:"魏书记来咱们火场这么多年,和咱们老百姓心连心,农忙时节,田间地头,总有他忙碌的身影,为咱们老百姓排忧解难。他是个好人,你们凭什么游斗他?"

"他睡咱们火场女人,就凭这一条,他就不是什么好人。"莫夜香站在人群中说。

这时村民围上来,人越来越多,大家都开始声讨红卫兵。牟梨走到姚革新身边,轻声说道:"姚书记,我一向尊重你,但是你今天的行为太过分了,你这是在阻挠我们整当权派,是和'文化大革命'作对。"

姚革新"嗯"的一声,说:"你这句话说得真好,把我扣个大帽子。我脖子细,戴不起,我劝你牟大组长,你看着这么多愤怒的社员群众,你今天如若拿不出他两个通奸的铁证,你就得马上把他两个人放了,否则,咱老百姓是不会答应的。"

魏公稽被造反派控制了,他看到社员群众为了他们这些干部和造反派对峙,心中既感动又担心,他没有想到人民群众是那么善良而富有包容之心,社员群众爱憎分明,主持公道,让他感激落泪。在火场的这么多年时间里,他经常深入田间地头,驻村入户,问寒问暖,和人民群众心连心,和老百姓建立了深厚的感情,是淳朴善良的火场人民养育、教育、培育了他,他对这里的人民怀着无限的热忱,他深爱这一片土地。他在这块土地上挥洒汗水,他敬爱这个英雄的大地和英勇的人民,在革命战争年代,在这块贫瘠的土地上,有四百多人参加了中国工农红军,近千人为中国革命献出了宝贵的生命。他踏着先烈的足迹,慕名而来,从桃花江一个美丽的小山村来到这个偏远的革命根据地,全身心地投入到火热的新中国建设中。多年来,除了春节几天时间短暂返回家乡,其余绝大多数时间,俯下身子和这里的社员群众同甘共苦,为根据地人民奉献青春与汗水。人民热爱他,他心怀感恩,他已把这里视为第二故乡,他不忍看到善良勇敢的火场人民因为他流血,乃至付出生命的代价。

他提出和牟梨见面谈判,得到回答是否定的,他的内心很痛苦,如果因为他让社员群众与造反派发生流血事件,那不是他愿意看到的。

为了平息事态,他一再提出要见牟梨,并叫人给牟梨带话,他说自己有办法化解目前的危机。

后来牟梨来了,她在钟吉祥等几个造反派头头的簇拥下,来到拘押魏公稽的临时房子里。她高昂着头,手下人为她搬来一把椅子,她坐下后,眼睛斜视着站着的魏公稽,用鼻音问道:"说吧,你还有什么话要说。"

魏公稽耐着性子说:"牟组长,你现在也看到了,你那百多人的造反派和几千社员群众对峙,双方都拿着家伙,若事态失控,你恐怕不会置身事外,你是要承担法律责任的。"

初生牛犊不怕虎,牟梨秀美的脸庞大胆地迎上了魏公稽略显浮肿的双眼,这时,太叔聂跑了进来,向牟梨耳语,说莫白信提出放了崔产愫,不见人搭理,就以头撞柱,血流如注，昏死了过去。

魏公穑强忍着伤痛，对牟梨说："牟梨，让我出去和社员群众说几句话，平息一下事态。如果发生群殴事件，那么后果不堪设想。上级追究起来，一定有人要为此负责的。"

"你以为你是什么好东西，你在火场几年时间，霸占了村花崔产悰，别人恨不得你早点死，你还自以为是，认为自己有多大的威望，社员群众会买你的账，我告诉你，他们是舍不得崔产悰，要求放下她，而并没有要求放下你，你的死活他们不管。"上官刈的话像一把刀，直插魏公穑的胸口，"你滥用公权力，为自己的情妇解决干部指标，让一个农村妇女主任坐上革委会副主任的位置。"

"你胡说八道，崔产悰的才能不在你我之下，为何不能为国家所用？你敢轻视工农兵的作用，工农兵才是无产阶级专政下继续革命所依靠的中坚力量。"

"可是，崔产悰是你的情妇，你作为公社书记，放着那么多优秀的干部不提拔，竟然公然冒天下之大不韪，提拔一个村妇。你在工作方面，得过且过，做维持会会长，毫无建树，把红色火场搞得乌烟瘴气，你罪不当赦。"牟梨说。

魏公穑说："我单身，她已经离婚。我十分爱她，她也喜欢我，我俩是恋人。"

钟吉祥这时附在牟梨耳边，说了几句话。牟梨说："那好吧，你把你和崔产悰的奸情一五一十地写出来，我就马上让你和崔产悰见群众，但是，你要深挖思想根子，如实反映你们通奸的次数。"

"你不但流氓，而且是个女魔头。可以，我写。"

牟梨用征询的目光看了看钟吉祥，钟吉祥点了一下头，牟梨说："也行，你不要耍什么花招。"

牟梨吩咐上官刈准备笔纸，叫皇甫赟走过去把崔产悰从隔壁房里带过来。

她手一招，其他人都跟着一起走出房间，崔产悰很快被上官刈带了过来。

魏公穑和崔产悰商量后，决定由他出面制止红卫兵和当地社员群众发生群体斗殴事件，避免一场灾难。崔产悰预感到将有事发生，她紧紧地抱住魏公穑，泪水模糊了双眼，她心中有千言万语要对魏公穑诉说，她想对他说上一辈子……

这时，红卫兵们已经等得不耐烦了，和社员群众在对骂，发生了推搡。钟吉祥催促崔产悰离开，崔产悰面对钟吉祥说："你勾结外人残害乡里，为害一方，你不得好死，你们这些恶人都会有报应的。"

崔产悰走后，牟梨叫人把写好的材料，拿给魏公穑看，要他看后签名。材料的内容主要是写魏公穑与崔产悰之间的男女奸情、工作方面的严重失误、消极对待"文化大革命"运动，魏公穑本人自愿放弃火场公社书记职务等等。

魏公穑从镜片中射出鄙夷的目光："牟梨，你好可怜。"他拿起笔在所谓的供状上签上了自己的名字，摁上手印，把"供状"抛向空中，他折断了手中的钢笔，顽强地站立起来了，一个人走了出去。

造反派要押他去上车，他执意要去看一下莫白信，莫白信被人抬到路边一个茅草棚子里，头被撞开了花，人仍然处于昏迷之中。魏公穑从上衣口袋里取出仅剩的一百元钱，放在莫白信身边，转过身，准备离开。

这时，崔产悰和"八大书记"都来了，还围上来一些社员群众，魏公穑面对他们说：

"愫愫，感谢你对我这么多年来的精心照顾，感谢生命中有你，认识你是我的缘，爱上你是我的福，今天我被迫走了，也许能回来，也许永远也回不来了，但是，我的心中会永远有你，你是一个好女人，我爱你！"

崔产愫听到魏公稽的表白，已泣不成声："公稽，我也爱你！"

两人相望泪眼，魏公稽摘下眼镜，用手拭擦几下，又戴上眼镜，他拉着崔产愫的手，走到莫白信的身边。

魏公稽对"八大书记"说："同志们，你们在我手下当书记，没有享受过特权，没有搞一点特殊，没占得一点便宜，全心全意为人民服务，你们做到了。比如姚革新同志，还两次把儿子上大学的指标让给了别人，没有给自己的儿子开后门，这个不是人人能够做到的，我对革新大哥表示敬佩。各位书记为各大队的生产、生活等等方面都付出很多很多，你们不愧是党的基层好书记、好同志，希望你们今后仍然发挥党组织的堡垒作用，建设好党的基层组织，带领社员群众永远跟党走，你们辛苦了，人民不会忘记你们在历史特殊时期所做的贡献。辛苦了，同志们，我工作没有做好，一些方面还做得很不够，对大家的关心也不够，我对不起你们，我走了，你们要为党坚守。"

"八大书记"纷纷表示要用生命保护好魏公稽，叫魏公稽不要走。姚革新说："魏书记你不要走，我们火场人民就是拼了命，也要保护好你。"

魏公稽说："姚书记，不打不相识，能和你共事多年，是小魏的福气。姚大哥，大家称呼你为农民政治家，是发自内心的。你要和书记们把好咱们火场基层这艘航船，今天的事件要管控好，不能出现人员伤亡。我随他们走，是为了避免一场流血事件的发生。我作为公社党委书记，为官一任，不能造福一方，惭愧。为官一任，保一方平安，是我应尽的职责。我希望今天的事态能够得到平息，不出现群死群伤。"

姚革新说："你放心，魏书记。我们几个书记，现在就去做群众的工作，撤离现场。"

魏公稽点了点头，扫视了全场，转身准备离去。

赫连薇薇说："魏书记你要多保重，你要快点回来呀！这里不能没有你啊！"

"我的小同乡，拜托你了，照顾好愫愫，谢谢你了，薇薇。"他说完，用手在赫连薇薇的肩头轻轻拍了一下。

袁泽丽和全心怡扶着崔产愫，崔产愫哭得佝偻着腰，她已泣不成声。

魏公稽回头走到莫白信身边，突然向莫白信深深地鞠了一躬，说道："对不起，白信兄弟，你多保重。"说后转身离开小茅棚，走到崔产愫身旁时，用手捏了一下她的手，说，"你就像个孩子，还哭鼻子，羞不羞，要好好活着。"

钟吉祥催促魏公稽快上车，魏公稽昂着头，向社员群众挥手道别，向车子走去。

钟吉祥这时带领红卫兵齐唱：社会主义好，社会主义好，右派分子夹着尾巴逃跑了。

社员群众在咒骂钟吉祥，骂他没家教，为虎作伥，祸害乡里，骂他"狗杂种"，人人眼中射出仇恨的目光。眼看魏公稽上车要走了，也不知道他还能不能回来。崔产愫扑上前去，面向卡车的方向，大声叫道："公稽，我爱你！你快回来啊！"她突然感到心中一阵恶心，一股酸水从口中吐了出来，她蹲在路边呕吐不止。

全心怡问道："你怎么啦？你不要难过了，千万不要搞出事来呀！"

崔产愫昏倒在地，卡车载着魏公稽等几个"永跟派"公社干部，瞬间消失在人们的视

第四十三章
牟组长赶走魏书记　八支书对垒造反派

线中。

牟梨手一招，钟吉祥几个造反派头目坐上两辆吉普车，其他红卫兵、造反派根据车辆安排也陆续上了大卡车一溜烟跑了。

"八大书记"解散了社员群众，大家齐动手，把莫白信和崔产愫抬到家里，李全治对莫白信进行了全面检查，他说："莫白信头部伤得很重，可能脑震荡，需要去县医院通过仪器检查后，才能确定。如果不去治疗，那么情况就很不好说，搞不好会有生命危险。"

这时崔产愫已经苏醒过来，她立即爬了起来，冲到门口，往公路前方追，边跑边叫喊："公穑，公穑你在哪儿，我要随你去啊……"她跑掉了鞋子，但仍然往汽车远去的方向奔跑。苏醒、袁泽丽、全心怡等人劝她别难过，魏公穑没事的，去去就回……

按照牟梨的要求，慕容樱桃和钟吉祥等人押着崔产愫游街，崔产愫的脖子上挂着一个纸牌子，上面写着："打倒牛鬼蛇神崔产愫。"她的脖子上还挂着一双破鞋，据说是钟吉祥曾经穿过的破洞布鞋。牟梨试穿了一下后，觉得实在是有碍观瞻，说了一句："一双破鞋。"便把鞋丢到了屋角里，钟吉祥看到牟梨穿过这双鞋，瞅准了一个机会，把"破鞋"如获至宝似的收藏了起来，现在派上了大用场，让崔产愫挂着"破鞋"满街游。

游斗中，姚革新带着"八大书记"堵住了红卫兵的去路，不让他们带着崔产愫游街。他对牟梨说："'文革'小组没有权力给人乱扣帽子，乱打棍子，崔产愫是不是耍流氓，要有证据，如果没有证据就随意抓人，给人加罪那可不行，火场人民也不是好欺负的。"

牟梨不紧不慢、一板一眼地说："姚革新同志，我尊重你是长辈，是老革命了，不要敬酒不吃吃罚酒，我相信你知道这句话：革命无罪，造反有理。还有一句话叫作：横扫一切牛鬼蛇神。崔产愫暂时不好归类，就叫她牛鬼蛇神，也就是坏人，她坏在内心，她和魏公穑的事全火场人都知道，你不会说你不知道吧。我们游斗她哪里有错？错在哪里？我看你这样包庇崔产愫这个牛鬼蛇神，你也有问题，小心把你也抓起来陪崔产愫游街。"

姚革新说："我有什么罪？你有本事把我抓起来试试看。你如果不马上放了崔产愫，那么，我可以给你讲，你们抓魏公穑的一幕又会重现，到时我看你就没有这么张狂了。"

牟梨见姚革新耍横，没把她这个新公社主人放在眼里，她十分气愤地说："那好，既然姚书记要和我作对，我也没有办法，我现在正式通知你，你如果不马上撤出当地村民阻挠游街活动，我就每三十分钟撤掉一个村支部书记，解散你的同伙，不信你就等着瞧好了。"

"撤了村支部书记的职务，还有哪个给你办事，谁稀罕这个受尽窝囊气的书记职务。"

过了一会儿，牟梨见姚革新还是不肯就范，看了看手上县造反派司令冯珲銎送的手表，极不耐烦地说："时间到了，我宣布撤掉上寨大队符仁缙的书记职务。"

又一个三十分钟过去了，牟梨宣布撤了下寨村大队支部书记符砗的职务。

"撤支部书记的职务，要经过支部大会同意，'文革'领导小组没有这个权利。"姚革新今天心中也有一肚子火，看到牟梨欺压崔产愫，心中不平。

"够了，你是火场公社的一把手，还是我是一把手，你也太嚣张了。鉴于你的一些反党言论，消极堕落思想，你已不再适合继续当中村大队支部书记，我代表火场'文革'领导小组宣布停止你中村大部支部书记职务，接受组织审查。"牟梨面有愠色地说，"基干民兵把姚革新带到审讯室，即刻组织人员成立审查小组，对他进行审查，具体由公社革命委员会副主任栾葡萄任审查小组组长。"

姚革新被隔离审查了，"八大书记"的阵线开始动摇，撤了几个村书记后，有人慌了阵脚，再也没有人敢站出来为崔产愫讲话。

牟梨对崔产愫百般刁难，白天让她戴着高帽子游街，晚上让她写反省材料，想尽办法折磨她。

而姚革新的新屋也遭了殃。

根据牟梨的指令，红卫兵组织拆屋，在拆屋现场，苏醒带着大女姚美松、二女姚修竹、三女姚腊梅、大儿姚改革、小儿姚高德五个孩子，向牟梨带领的红卫兵队伍哭泣求情。

谢钟和乡亲们围着红卫兵头领求情，被红卫兵呵斥，一个名叫毕利的红卫兵小头目，用手指点着苏醒的额头警告说："如果再妨碍执行公务，就会被革命的铁榔头砸得粉身碎骨；如果冥顽不化，以人民为敌，那就是自取灭亡。"

苏醒哭着说："红卫兵小哥哥，同志哥，同志弟，你们可要手下留情啊！救命啊！成功不能损败，我们几代人省吃俭用，才好不容易竖了这栋屋，你们把我们全家赶了出来，把我们房子拆掉了，叫我们全家到哪里去住啊！"

谢钟、符富厚、钟生强和周大明等村民，神色凄楚，大家从旁向红卫兵求情，哀求牟梨他们行行好，给姚革新这一屋人留几间房不全拆。

几个红卫兵小头目指使手下砸屋拆木，安排人上房用粗麻绳套住中柱和边柱，拆除梁木，几十个人一起用力，把木屋一扇一扇地拉倒。现场拆屋的敲击声、人员吼叫声、哭喊声混杂在一起。

有些上了年纪的人，看到好端端的房屋就这样被拆掉了，双手合十，在祈求上天的保佑。姚革新的几个孩子一直跪在地上陪着母亲哭。拆最后一个西厢房时，红卫兵特意把姚革新抓到现场，要姚革新亲眼见证新屋被拆全过程，感受革命群众造反的力量。

姚革新移步到苏醒身边，扶起她和几个孩子，对他们说："孩子们不要哭，要坚强。房子拆了，你们就住曾祖父那个破房子去吧，虽然破旧漏雨，但总比露天淋雨好。孩子们，要保护好自己，听你们娘的话，好好活着！"

姚腊梅哭着问："爹，你要去哪里？爹你什么时候回来？"

姚革新用手摸着她的头，说："爹——也不知道。"

姚美松满脸的疑惑，她问："爹，他们为什么拆我们屋？他们为什么抓你？"

"他们害病了，有很重的病。"姚革新说。

姚修竹牵着姚革新的衣角，说："爹，他们为什么抓你？我不让你走，他们是坏蛋。"

"你这个小坏蛋，你再胡说八道，把你和你爹一起关起来。"一个红卫兵踢了姚修竹一脚，她没有哭，眼睛里充满了愤怒。

姚修竹转身抓住栾葡萄的手，说："同志哥，我们不住这个新屋子了，你放过我爹好吗？"

姚革新蹲下身子，用手轻轻地抚摸着她的脸蛋，泪在眼眶里打转。哽咽着说："修竹乖，你们跟娘住曾祖父那旧宅子去吧。"

姚高德这时不知何时拖来一把斧头，横在姚革新面前，说道："谁敢抓我爹走，我今

第四十三章
牟组长赶走魏书记　八支书对垒造反派

天就砍死谁。"

红卫兵们手握木棒，与姚高德对峙。姚革新对姚高德说："高德，把你手中的斧子，交给爹好吗？"

姚高德面对红卫兵怒目相向，手持斧子横在姚革新面前，他说："爹，你快跑，我保护你，谁抓你，我今天就砍死谁。"

"好孩子，听话，伤到了人就不好了，把斧子交给爹，我去去就回来了，没事的。"姚革新拿过姚高德手中的斧子，说："孩子们，都要听你们娘的话，爹无罪无畏。众乡亲，姚革新没有犯法。大家都要听毛主席的话，永远跟党走。"说完要求专案组把自己带走，说自己再也不想看到有人在作恶，要杀要剐随便。

谢钟抓住姚革新的手，说："老伙计，多保重啊，要活下去。"

姚革新要走了，几个大队书记围上来说："姚书记，你要保重啊，这里不能没有你呀。"

"不管什么时候，我们都是党的人，永远姓党，你们要保护好革命成果，管好咱们乡里自己的事。"姚革新叮嘱几个村书记，他挥了挥手，被红卫兵押走了。

谢钟和符富厚找到栾葡萄，说："姚书记家里人口多，房子还是不要全拆掉，留下西厢房这一头吧，姚革新是几十年的老党员、老书记，为党为人民还是做了一些有益的事，毛主席说过，要区分两类不同性质的矛盾。姚革新应属于人民内部矛盾，不属于敌我矛盾。解决人民内部矛盾用民主的方法，即用'团结—批评—团结'的方法。他的性质毕竟与包春梅不同，对包春梅的周家大院都留有余地，还让她住在那里面。姚革新即便有什么问题，他的孩子没问题，都是贫下中农。请求红卫兵给姚革新留下几间房，给他的几个孩子留个地方住吧。"

谢钟对牟梨说："牟组长，你把姚书记的房子少拆一点，要不你把我的屋拆一头，抵姚革新的，你看好不好？"

牟梨马上变脸，严厉地批评谢钟说："钟队长，姚革新是犯了错误才被拆屋，你这样想包庇他，你的阶级立场出现了严重的问题，你把'文革'小组的决定当儿戏，你的党性原则在哪里？好啦！你的房子留着下次再拆吧。"

谢钟说："我还没入党。"牟梨马上回了一句："那就对了。"

她说罢拂袖而去。

谢钟发起憨来也是到了家，追上牟梨拽着她的小手，不让她走，问道："我犯了哪家王法？我就说了几句同情话，你就要拆我房子。年轻人，做事不要做得太绝了，会有报应的。"

牟梨想挣开他的大手，谢钟就是不放，好像非要牟梨做出不拆屋的承诺才行。

"哎哟，你拽疼我了，你要流氓，是不是？"

谢钟应声放手，但仍然不忘叮嘱牟梨，说："牟组长，牟梨，孩子，你比我家丫头谢采采也大不了多少，年轻人要听劝，事做过了头，会伤到自己的。"

姚改革找到钟吉祥，说："钟司令，我屋这么多人就要流离失所了。吉祥，你总不会忍心我们全家流落街头吧。"

钟吉祥似有所思，点了点头，二话没说，他向牟梨走去，和牟梨耳语了一阵子，牟梨

把栾葡萄叫到一边，说了几句话走了。

最后，西厢房那一头房子被保留了下来。

第四十四章
承德白信不治身亡　吉祥薇薇苦劝牟梨

姚革新被免去中村大队书记职务，牟梨把钟吉祥扶上台，取代了姚革新，当上了中村大队代理支部书记和村主任，所谓一肩挑。

莫白信的伤没有得到及时治疗，留下了病根，两个月以后，他带着对这个世界的无限眷恋和屈辱，永远地离开了这个混乱的世界。非常时期，崔产愫草草埋葬了莫白信。莫白信刚刚过了头七，崔产愫晚饭时间来到姚革新家里，她悄悄地跟苏醒说："大姐，我怀孕了，是魏公穑的种。"

苏醒手中的碗筷抖动了一下，她向门外瞭望了一下，轻言细语地说："这可是一件大事啊，如今没有了魏公穑，你怎么说得清、道得明啊。"

"我要把这个孩子生下来，孩子是我和公穑爱的结晶，是我的希望。"

苏醒说："愫愫，你闯大祸了，莫白信走了，你还没有再婚，怎么能和别人生孩子呢，如果有人拿去做文章，你吃不了兜着走啊。愫愫啊，不是我说你，你也太冒失了，你的胆子也太大了，这可怎么办啊？"

"还请姚大哥和嫂子救我。替我想个法子。"崔产愫一改过去那种大大咧咧的风趣性格，神色有些慌张。

"愫愫啊，不是嫂子说你，你和魏公穑也的确太过分了，你们两个还没结婚怎么能有孩子呢？你有了他的孩子，他还不知道吧。"

崔产愫点了点头。苏醒给崔产愫拿来一把小椅子，她看了崔产愫开始隆起的小腹，又给她换了一把高大的椅子，让崔产愫坐在对面听她絮叨。

姚革新自从被牟梨免职之后，待在家里的时间多了很多。他见苏醒说这些，和往常一样，不管对与错，首先予以否定，他说："你光说，又没有解决问题的办法，有啥用呀，光说废话，谁都会说。"

"那你说怎么办？我是没有办法，她现在肚子里是个人，这个人会一天天地长大，不是什么其他东西，不要了可以随便取下来。"苏醒将了他一军。

"我起初几天在楼梯上跳，在地上蹦，用手打，这个孩子就是打不下来啊，我真是一点办法也没有了。我想做人流，公社医院又没有这个技术条件。据说做人流要大队开证明，公社签字，县医院才会做。可是现在姚大哥被免职了，被打成了坏分子，公社是牟梨掌权，莫说签字，就是提都不能提出来，否则，她们这些坏人一旦知道这件事，还不知道要弄出什么鬼名堂来呢。"

"你也是不要命了，小孩子长在你肚子里，是两条人命，你又打又跳，搞不好会一尸两命的，今后可不敢这么野蛮了。看得出魏公稽是真心爱你的，他承担了所有的错误。你们这么多年，好不容易有了孩子，这是老天爷给你们的奖赏，虽然这个孩子来得不是时候，但他是无辜的，是一条活生生的生命。你没有权力剥夺他的生命权，你这么做坏人知道了，又会大做文章，说你草菅人命，说不定会给你扣上一条杀人害命的罪，到时你真是只有死路一条了。我看既然有了，就生下来吧，这也是你和魏公稽爱情的结晶。"姚革新说出了自己心里话。

"孩子生下来就没有爹，而且，孩子说不定外貌会像魏公稽。"苏醒实话实说，崔产愫泪眼婆娑，伤心流泪。

"孩子生下来了，他的亲爹就是魏公稽，孩子像他又怎么啦，这个世界相貌相仿的人也不少，没有什么大惊小怪的，别人要议论就让别人议论去吧，反正你自己不能承认这个孩子是魏公稽的，你就一口咬定这个孩子是莫白信的遗腹子，他现在已经死了，也不会说话，只要你自己咬死是莫白信的崽，谁也没办法否认，别人议论久了，也就厌烦了，不会再议论了。"

"我其实也舍不得这个孩子，现在魏公稽离开我了，留给我的只有这个孩子，可是，我一个女人如何养大一个孩子，孩子生下后，外貌肯定会像魏公稽，孩子会遭到多少人的白眼，他长大后如何做人啊！"崔产愫忧心忡忡。

"你要是和魏公稽结婚了就好了，魏公稽也就不会出事，也就可以堂堂皇皇地生儿育女。"苏醒说。

姚革新说："你是神仙呀，谁能做到未卜先知？一句话，这个孩子是你两个爱情的结晶，要好好接受上天赐给你们的礼物。"

"嗯，好的，大哥。"

崔产愫身子的变化，逃不过牟梨的眼睛，她见崔产愫的肚子越来越大，心中的怒火也越来越大。看着崔产愫的肚子，仿佛她的肚子中装着一个小魏公稽一样。牟梨已经免去崔产愫公社妇女主任和公社副社长职务。崔产愫和老倔头相依为命，老倔头念在以前的情分上，也对崔产愫照顾有加，可家里实在是没有什么好吃的给她补充营养，为了给她改善生活，他手工编织超密加密网兜，时常到下寨溪里摸鱼、捞虾米，他每天赶在天亮前一个时辰，天黑后两个时辰（早晨虾子一般都有饮露水的习惯，夜晚觅食），下午三四点钟放置水草。崔产愫的肚子是越来越大了，为了给她改善生活，老倔头每天挎着猎枪去下寨溪里打团鱼（也叫鳖），团鱼营养丰富，他出去打团鱼，每天基本有斩获。为了不使崔产愫的"荤菜"不断顿，他出门总是带着两种捕鱼工具：一个是网兜；另一个是猎枪。用网兜网鱼捞虾，家中两个大缸里储存了一缸干鱼、一缸虾米，用干鱼干虾给崔产愫补充营养。

据说虾米有催乳的功效，他早早地预备着一缸干虾留着给崔产愫坐月子时催乳食用。打团鱼也是老倔头最擅长的技术活，他蹲守在溪里凸起的大石头上，一蹲就是个把小时，只要团鱼从溪潭大石头中游出来，他就会找准位置，用火铳瞄准团鱼开火。

秋冬季节，高山溪水如冰水寒彻骨髓，这年孟冬的一个早上，天上下着雪花，老倔头和往常一样，挎上火铳准备去打团鱼，崔产愫见天气寒冷力劝老倔头不要出门打团鱼，老倔头如他的名号一样就是出奇的倔，他说他前两天打团鱼时，有个大的团鱼，足有五六

斤，当时他看到这么一个大团鱼，心中一高兴，没沉住气，在团鱼还没有完全露出来时，生怕这个大家伙露一下头又躲进大石头里去，情急中他扣动了扳机，火铳一响，就一个猛扎下去捉团鱼，那只大团鱼只受了伤，他抓到了团鱼的一只脚，团鱼脚一蹬逃走了。他今天要守着，看这条大鳖游出来透气不，只要它游出来，这回决不会让它活着逃掉了。崔产愫对他说，天气寒冷，不要去打团鱼了，别冷坏了身子。老倔头说他的身子骨没事的，不以为然。

打鳖人都有个习惯，火铳一响，不管打着没打着，都会一个猛子扎进水里捉团鱼，最为要紧的是，打鳖人并不知道团鱼什么时候会游出来，一般会穿着单衣，是为了入水方便。秋冬季节打团鱼，身上也是穿着单衣，身上披件厚棉衣，火铳一响，肩膀一抖，棉衣落下，人飞快扎进水里捉团鱼。

他蹲守在大石头上大半天，大团鱼从大石前方的岩崖洞里悠闲地游出来，这次老倔头憋住了气，等大鳖游近身，对准大团鱼开火，放下枪，抖落棉衣，迅猛地扎进水里捉团鱼。由于大团鱼在水中力气大，老倔头和大团鱼在水中缠斗了一阵子，双手掐住团鱼的一条前爪子和一条后爪子，他把团鱼凌空举起，大团鱼失去了水的环境，也就没有了那么大的力量。他把团鱼拖到岸边，用尖石在团鱼的尾部边皮处扎了一个小洞，用一根藤篾穿过去，打了一个套子，系在火铳管上。煮晚饭的时候，老倔头的火铳枪管上挑着一只大团鱼回来了，用秤一称足有六斤半重。他是一路小跑跑回家的，身上也没有出汗，身子冷得像筛糠一样。

崔产愫见老倔头冷得嘴唇发乌，立即在火坑里烧了大火，抱来一床被子让他捂着烤出汗，烤了一袋烟工夫，身上有了微汗，放下被子动手剖团鱼，说是分成几餐给崔产愫补补身子。

这天晚上，老倔头发了高烧，崔产愫叫嘟嘟前去请来李全治把脉，李全治一看，用手一摸，说："老倔头在打摆子，如果高烧退不下来，他这把年纪恐怕有生命危险。"

第三天老倔头莫承德的烧终于退了下来，压在崔产愫心上的一块大石头终于落了地。身体稍有好转，老倔头手拿数罟到洿池中捕泥鳅。

老倔头的病才刚刚有所好转，他又下水塘捕鱼，晚上又发高烧，烧得异常凶猛。

姚革新和民兵队长莫公雷、造反派副司令莫京，司令是钟吉祥，他现在是中村书记，村会计莫富贵、已升为村妇女主任的全心怡等人见莫承德的病情有危险，和赤脚医生李全治商议后，对崔产愫讲了莫承德的病情已十分危急，弄不好会有生命危险，还是要到县城医院去治疗。崔产愫同意马上把莫承德转移到县医院去住院治疗，可是崔产愫为莫白信治病，后来又把他盘到山上安埋，家中的一点积蓄以及魏公穑临走前留给莫白信的一百元钱全部用光了，她现在是身无分文。

面对这种窘境，姚革新想出了一个办法，他叫"喊寨人"老篾头敲锣，召集全大队干部、部分村民，到莫承德家中议事。姚革新的大队书记和生产队长职务被解除，但村中大小事务，符富厚副书记拿捏不准时，还是找姚革新拿主意。钟吉祥虽说是村书记，但他除了抓革命之外，促生产之类的事，一概不管。

不久，牟梨就让钟吉祥改任中村副书记，理由是钟吉祥运动方面的事情太多，没有精力管村中那一摊子事。让符富厚接替姚革新的职务，任村书记。政治队长钟生强升为大队长，青年队长周大明任副书记，"叮咣哥"黄喆任二队队长，黄大胆任了政治队长，民兵营长莫公雷、莫京和符光中想接姚革新的职务最终还是落空了，牟梨的承诺打了水漂。大家听到锣声，迅速来到姚革新家，找他问有啥事，姚革新招呼昔日的手下开了一个紧急村务会议。他介绍了莫承德的病情，也讲了崔产愫的家庭困境，如果再不把莫承德送到县里去治疗恐怕就来不及了，莫承德有性命之虞。姚革新提议特事特办，大队立即为莫承德捐款，莫京说："现在也来不及召集村民开会动员，有些人还可能没在屋里呢。"

姚革新说："情况特殊，救命要紧，崔产愫才失去莫白信，现在千万不能再失去老倔头了，她现在已有几个月的身孕了，如果她又失去老倔头，叫她往后的日子怎么过啊。这样吧，我提个章程，你们当干部的最后决定，符富厚书记找牟梨向公社申请特困救助金，钟生强大队长、周大明副书记和我各自到队上去现场募捐，黄大胆、黄喆、莫京一同去。莫公雷同我们一起去各村募捐，你们村干部具体议一议，看行不行。"

符富厚说："没什么说的，就按姚书记讲的去办，大家分头行吧。"

符富厚在公社找到牟梨，介绍了莫承德的病情，请求公社予以特困金救助。牟梨听完符富厚的介绍后，说道："你符书记当公社是慈善机构呀，火场公社这么多社员群众哪个没有头痛脑热的时候，按你的意思，我们公社都得资助、慰问呀。如果都这样，公社还叫什么公社，干脆叫灾民救助站或叫医院得了。生个病就想政府掏钱，你当公社是钱庄、银行啊！公社现在的主要任务是'抓革命，促生产'，管不了这些私人的事情。"

符富厚说："事出有因，崔产愫现在腆着一个大肚子，她和老倔头相依为命，老倔头年纪大了，如果因病出什么事，她还如何活呀！她行动不便，家里又十分困难，姚书记准备给她募捐，可是，我们这里穷啊，估计街坊邻居募捐也捐不了几个子。我是想，公社如果也能资助一点，让老倔头渡过难关。"

提到姚革新，牟梨就来气。她拍着桌子，吼道："我问你哪里出来个姚书记？什么时候中村大队又任命了一个姚书记，姚革新已被免职，他有什么权力动用组织的力量，号召社员群众募捐，我问你，谁又能担保，他组织的募捐能公开透明不肥私？谁给他的权力，是你符富厚书记吗？是不是？"

"不是，是姚书记他自己建议的，大队也是同意募捐的，是救命要钱。"

"符富厚，你什么意思呀？你是指责我见死不救是吗？你还敢叫什么姚书记，我立马撤了你这个符书记，你信不信？"

"我不是那个意思，我怎敢指责牟主任呢？我是说都乡里乡亲的，我们不能看着老倔头病死。姚书记他们已经开始去募捐了。"

"咚咚咚！"牟梨用水杯敲击桌面，鼻子中"嗯"了一声，破口骂道："你真是个蠢货，我说的话，你没耳朵听是吧，我现在正式通知你，马上制止姚革新他们的非法集资募捐，否则，公社就会以非法集资罪，扰乱社会治安予以处罚。"

"如果大家都不帮忙，老倔头会死掉的。"

"他姚革新个人，还包括你符富厚，你们自己有钱愿意资助莫承德，那是你们个人的行为，没有人能够干预。不能动用组织的力量强行募捐，那是乱摊派，是违规违纪的行为知道吗？"

"那能不能派公社的手扶拖拉机送一下老倔头去县医院，我们这里离县城太远了，没有车，就是把他抬到县里，人可能都死了。"

"公社的手扶拖拉机是公家的，怎么能私用呢？这样公私不分像什么话？好了，你不用说了，把姚革新他们叫到公社来，快滚吧。"符富厚像一个泄了气的皮球，找到姚革新，向他讲了牟梨的态度。

姚革新和几个村干部，没办法只好停止募捐活动，并把募集到的一点钱如数退还给了社员群众，姚革新和村干部来到公社，牟梨把他们臭骂了一顿，明确告诉他们不允许私自募捐，谁如果不听招呼，就拿谁是问。

几个村干部看着牟梨，眼中喷射出怒火，牙齿咬得嘎嘎响，他们没有力量改变牟梨的决定，他们明白牟梨由于痛恨魏公穑和崔产愫，而迁怒莫承德。魏公穑下台了，走了，她要把所有的苦难、痛苦都要加倍用到崔产愫身上，不要说是老倔头生命垂危，就是崔产愫连同她魏公穑的孩子一起死掉都不关她的事，她不会有一丝的恻隐之心。

从牟梨的办公室里出来后，姚革新独自一个人又折返回牟梨的办公室，对她轻声说道："牟梨，你这个娃娃做事真绝情啊，凡事要给自己留条后路，惹众怒、害人命的事做多了，是没有好下场的。"牟梨回敬道："我做事只讲结果，不论过程，看准的事，一定会坚定地做下去，不惧天怒人怨，不怕粉身碎骨，你还是管好你自己吧。现在的火场公社是我说了算。"

姚革新用一双喷火的眼睛瞪着她，临走时，他用手指指着牟梨，一句话也说不出来。回到家里，苏醒问他话，他把这些情况一股脑说给她，苏醒气愤地说："牟梨怎么这么狠毒啊，真是一点同情心都没有，街坊邻居相互帮扶，这是个寻常事，自古我们这里就是人帮人、户帮户，怎么到她手里就变成了非法募捐、非法集资呢？我们大家是在救人性命啊！她这个女子嘎怎么如此狠心呀，她不得好死的，她把火场搞得乱作一团，这个女人又烂又坏又硬。"

莫承德霸蛮挨了两天，在缺医少药没钱的境况下，一命归西了。那天送老倔头上山的早晨，老篾头"喊寨"时，把锣敲地震天响，特意站在公社门口，敲了一阵锣，他竟然把簸箕大个铜锣给敲破了。

村民把老倔头的灵柩抬到公社大门口，这也是之前从未有过的，因为按照旧俗，这条路不是抬棺的必经之路，农村老了人抬棺有严格的乡规民约，不能从人屋前抬棺，也不能从新开辟的路上抬过去，这样会很不吉利，会给别人带来灾祸。公社大门口这条大路就是一条新开的路，村民带着愤怒一口气把棺抬到公社大门口，并且在公社大门口抬棺嬉闹。抬棺首的故意往后退，抬棺尾就使劲往前推，前后抬棺人都使出全身力气，这样棺一会儿往前冲，一会儿又疾速往后退，双方互不相让。后来抬棺人把棺转了一个方向，后面的人往前用力一推，棺正好横在公社大门口，这就是"站着进去，横着出来"的喻义，有强烈的指向性。

崔产愫不久前才安葬了莫白信，如今公公又永远离开了她，魏公穑的下台离开，让这个原本不知忧愁的女人遍尝了人世间的生离死别，她哭干了眼泪。命运多舛，生活困厄，压得她喘不过气来。在夜深人静的时候，一个人坐在到处通风的木房里，伤心落泪。她一个女人在农村要带着一个十岁的儿子嘟嘟，如今又怀上了魏公穑的孩子，这往后的日子该怎么过呀。老倔头走了以后，她感到孤单，有话没地方说，她也想过很多次，想把孩子设法打掉,可是她真心爱着魏公稿,魏公稿孑然一身,被人祸害成这样,他不能没有自己的后代,如果打掉了这个孩子,将来有一天,魏公稿知道了,她又如何向他交代。她深爱着魏公稿,这是他们爱情的结晶,她抚摸着自己日益隆起的小腹,她开始感觉到这个孩子在肚子里的胎动,每天有几次动,而且很有力量,她感到这个孩子应是个男孩,每当孩子动的时候,她就会激动得热泪盈眶,用手抚摸着小腹,说:"孩子,我的宝贝,娘好爱你,你爹叫魏公稿,又帅气又有才情,你爹如果知道了,还不知他会多高兴呢。"

崔产愫给自己肚子中的孩子取了一个意味深长的名字——崔巍,崔产愫的崔,魏公稿的魏,魏上有山,喻示着魏公稿在她的心目中像一座大山那么高大雄伟。

每天胎动的时候,她就会用手轻轻地抚摸着小腹,口里轻唤着:"崔巍,我的孩子,我爱你,我也爱你的爹魏公稿。"

就这样,她一边轻轻地抚摸着小肚子,一边叫着崔巍的名字,好像在呼唤魏公稿的名字。

牟梨坐镇公社后,由于不懂农业、农村、农民,只热衷于搞政治运动,公社干部、大批大队干部革了职务,农村工作更是没有内行人管理。冬去春来,又是一年春耕时节,她经常深入田间地头,带领公社干部经常参加春播春种。在田里插秧时,她和村民边劳动边唱插秧歌:"赤脚双双来插田,低头看见水中天。行行插得齐齐整,退步原来是向前。"

一天,天空中下着小雨,钟吉祥闲得无聊,赖在牟梨房间不肯走。"牟梨,组长,县'文革'领导小组打来电话,问我们公社最近有什么行动计划马上报上去。县里最近将有大行动。"赫连薇薇一边敲门一边喊叫。

"哎,我知道了。"牟梨敷衍了一句。

"电话还没挂呢,等你回话呢。"

"你不知道说我忙着呢,告诉他们我下队了。"她很不耐烦地说着。

大约一个半小时,慕容樱桃来敲门,说县"文革"小组又来电话了,催问这里计划如何开展下一步行动。

"你就回个话,说我们明天计划游斗右派分子崔产愫。"慕容樱桃来得不是时候,搅了两人的好事,牟梨极不耐烦。

钟吉祥说:"县里打了几个电话,你亲自回个话最好,怠慢县领导不好。"

牟梨的眼神变得柔和,她用手拍了一下他的手臂,两人嬉闹了一阵子,双双走到公社办公室,赫连薇薇、慕容樱桃见牟梨和钟吉祥两人出双入对,脸上露出鄙薄的神色。几个人商量明天如何游斗崔产愫,钟吉祥说:"崔产愫现在的肚子越来越大了,游行她有点不方便。"

他的意思是想改游斗为批判,让她坐在人民群众面前,接受人民群众声讨批判。

牟梨说:"怀孕怎么啦,怀孕就可以逃避改造了吗?"

赫连薇薇用眼睛的余光对牟梨瞟了一眼,又转向钟吉祥,似乎在说,你两个也好不到哪里去,是一样的货色。

赫连薇薇和魏公稿都是益阳老乡,离桃花江并不远,和魏公稿在火场意外相逢,他乡遇老乡,两眼泪汪汪,但她与魏公稿接触几次后,她在内心认可自己这个老乡并不是什么恶人、坏人,相反,他是一个重情重义的善良的有才华的男人。共同的语言,割不断的乡

情，魏公穑留给她讨喜的印象，使她开始对魏公穑有了恻隐之心。对牟梨的一些过分做法有了抵触情绪，尤其是牟梨对崔产愫招招都是狠手，在大队自发募捐抢救老倔头生命这件事上，牟梨横加阻挠。对一个老人出此卑鄙手段，她觉得跟随牟梨这样残酷斗争、无情打击下去，说不定哪一天，灾祸会降临自己的头上。在她心中，道德的天平开始慢慢倾斜。

牟梨看似娇柔，性格实则倔强。一个二十几岁的女孩子，有着和她年龄极不相称的老练与成熟，对政治有着过人的敏感，在政治风浪中，劈波斩浪，游刃有余，具有很强的进攻性和目的性。

钟吉祥和赫连薇薇找牟梨反复商议，基于崔产愫身怀六甲，游斗一个即将分娩的孕妇，都是不道德的，会激起众怒，搞不好会造成民变，万一崔产愫在游斗中出现了意外，后果将不堪设想。

可是，牟梨一意孤行，她像着了魔似的，钟吉祥和赫连薇薇越是劝说，她越觉得所有人都在和她作对，不听她的指挥。她的权威神圣不可动摇，她说一不二，她觉得自己比这两个手下要高明得多，觉得自己是站在"文革"运动的制高点，有高度、有远见。

牟梨看了看两个下属，心中有一种说不出的无名火。一个是自己的情人，一个是自己一手培养的得意干将，居然两人为崔产愫讲话，对她有了同情心，说明他们的阶级立场出了问题，这是十分危险的。她决定用更加强有力的手段，坚决执行县"文革"领导小组的意见，向一切敢于向"文革"挑战的人与事发出严厉的打击。

游斗崔产愫的活动如期举行，按照计划，皇甫赟应将崔产愫带到公社审讯室，先对她进行政治教育，宣读县"文革"领导小组下发的文件，可是时间一分钟一分钟地过去了，就是不见崔产愫被人带来，也没有看到皇甫赟。

牟梨派人四处寻找，都说没有看见，后来赫连薇薇提供了一个线索，说昨晚上皇甫赟、上官刈在慕容樱桃房里喝"苞谷烧"，可能是喝醉了，忘了今天游斗崔产愫的行动。

又过了小半个时辰，慕容樱桃、上官刈姗姗来迟，两人嘻嘻哈哈过从甚密，你拍一下我，我拍一下你，在牟梨面前毫无顾忌。

牟梨很气愤，但又不好发作。她清了清嗓子说："喝酒要有度，不能影响工作，更不能失态。公元前古希腊伟大的思想家、哲学家柏拉图提出的三个哲学问题：我是谁？我从哪里来？我要到哪里去？值得我们认真思考。"

牟梨接着把话题转移到游斗崔产愫的事情上。她安排慕容樱桃写崔产愫的大字报，揭露她有生活作风问题。

慕容樱桃说："崔产愫和谁有生活作风问题？是魏公穑吗？魏公穑现在已经不在火场公社了，被打成右派遣回益阳了，崔产愫难不成又有新欢了吗？"

她故意设问，用这种方式表达对牟梨穷追不舍、赶尽杀绝的做法不满。

牟梨反问道："你说呢？你说她有新欢就有新欢。"

慕容樱桃说："我没发现崔产愫有新欢。"

"游斗右派分子需要很多理由吗？"牟梨的眼睛犹如两颗黑葡萄一般乌黑发亮，扑闪着一双会说话的大眼睛和慕容樱桃说话，右手从口袋中摸出一颗花生米尅向她。

牟梨却偏偏要游斗崔产愫，而且只游斗她一个人，以前搞一次游斗，一般至少有两三个右派什么的跟着被游斗，很明显牟梨想借游斗崔产愫立威、解恨，借以教训自己手下和那些不听她号令的社员群众。钟吉祥充当牟梨的狗腿子，老百姓称他为"狗杂种"，他似乎感到游斗一个临盆的孕妇，会引起社会反响，弄不好会出现不可控的局面。但他又不想违背牟梨的旨意，为了缓解紧张气氛，钟吉祥晚上邀牟梨、邓佳丽和慕容樱桃几个人一起玩牌。

靠混社会长大的钟吉祥，什么都没有学会，倒是学会了打牌赌博。在玩牌时，牟梨蒙了，她不懂什么是坐庄。钟吉祥把牟梨给他看的《果木嫁接实用技术学》书放在桌子上，开始教牟梨打牌。

钟吉祥意有所指地说："就是你一个人对付在座所有的人。在座的人只针对你一人，比谁的牌大。谁的牌大过你的牌，你赔。小过你的牌，赔你。都大过你的牌，你通赔。所有人的牌都小过你，你通吃。还有赔率，雷公是赔十倍，地公是九倍，大三公是八倍，三公是七倍，小三公是六倍，九点是五倍，八点是四倍，七点是三倍，六点以下是一比一。点数相同的话，比花色，黑桃最大。"

牟梨知道钟吉祥似乎是在借打牌之机，委婉地告诫她，要注意整个牌局，注重团结自己的阵营，要讲究战略战术，不要做赔本的买卖。但她不以为然，反而觉得钟吉祥是故作深沉，婆婆妈妈，政治立场不坚定。

第四十五章
牟梨叫板八大书记　　老篾殒命八大金刚

牟梨总是对自己的工作不满意，认为自己没有什么建树，没有做出什么惊天动地的事情，和全县其他先进公社的"文革"声势与效果相比，还有很大的距离。上次她回县城给"沅水风雷派"兵团司令冯珲鋆汇报工作，冯珲鋆很侧面地讲到了火场"文革"运动不温不火，她认为这也是她没能提拔到县"沅水风雷派"兵团司令部任职而是继续留任火场的主要原因。

火场地处偏僻，没有搞运动的丰富资源，前几年该批的批了，该抓的抓了，该毁的毁了，再也没有办法变着花样搞运动了。牟梨想到这些，寝食难安，她想搞一次大的活动，在县"文革"小组面前表现表现。她左思右想，决定还是从崔产愫身上做文章。她想，魏公穑被遣送回桃花江了，莫白信死了，莫承德也死了，她信赖的姚革新也倒台了，崔产愫就剩下小儿嘟嘟了，她现在就是砧板上的一块肉，她想怎么捏就怎么捏，她想怎么砍就怎么砍，崔产愫毫无还手之力，村民也不会为了崔产愫，和她过不去。

牟梨办事雷厉风行，很快做好了游斗右派分子崔产愫的准备工作。游斗那天，艳阳高照，又值中午时分，钟吉祥和一群红卫兵押着崔产愫，从火场集镇东头到西头，又从西头到东头，反复来回游走，崔产愫的头上被红卫兵扣上一顶高帽子，高帽子上面写着"打倒右派分子崔产愫"几个字。她的身后跟着一群红卫兵，他们叫喊着："拿起笔、做刀枪，

集中火力打黑帮。'文化革命'齐造反，革命路上当自强。"

也许是为了立威，也许是为了把场面弄得有声势一点，牟梨特意带着她的手下一同在游行队伍中行走，边走边喊口号。

大约半个小时，崔产愫走着走着，头上直冒虚汗，脸色苍白。她告诉钟吉祥，说身体有点不舒服，走不动了。钟吉祥把她的情况告知了牟梨，她大声说道："这才游斗几下子，就开始装大小姐了，你以为你现在还是过去的崔副主任呀？"她说完对着部下一阵浪笑，牟梨手下一群虾兵蟹将，迎合着她狂笑着。

游斗崔产愫的活动一刻也没有消停，崔产愫怀着身孕，在火场的集镇上反复被游斗。牟梨有意羞辱她，崔产愫心中一急，感到肚子一阵阵的剧痛，她对赫连薇薇说："薇薇，我肚子痛得厉害，是不是要提前生产了。"

赫连薇薇吓了一跳，她说："愫愫姐，你是有生产经验的人，你感觉真的快要生了吗？有提前生产的先兆吗？"

崔产愫说："已提前十几天了，我感到这回肚子痛得不正常，怕是要生了。"

赫连薇薇立即把崔产愫的情况向牟梨报告，牟梨说："装，继续装，还是那么矫情。"

赫连薇薇说："看样子她不像装，要不先停下来吧，休息一会儿再斗，就怕万一。"

"她原本就是一个农民，有啥好娇贵的，没那么严重。"牟梨很不耐烦地说。

她往崔产愫的方向看了一眼，她和崔产愫相距约六十米的距离。崔产愫坐在路边废弃的一截木头上，她身边围了一些社员群众，在指指点点，好像在讨论着什么。

牟梨感到烦躁的时候，钟吉祥跑来了，轻声对她说："崔产愫可能要分娩了，马上结束游斗，否则，会出生命危险的。"

牟梨却对手下说："真是奇了怪了，崔产愫那个儿子不是叫嘟嘟吗？怎么生下他后，崔产愫就再没有生了，十年后她怎么又怀上了。"

嘟嘟的学名叫莫子衿，据说是当年魏公稽给嘟嘟取的学名，听说莫白信当时一个劲地拍巴掌，说魏公稽这个名字给取得好，希望将来嘟嘟长大了成为学子，也就是有本事的文化人。

牟梨却有不同的解读，她认为魏公稽给嘟嘟取名字，本身就是放的一个闷骚屁，因为曹操的《短歌行》中的"青青子衿，悠悠我心"。本意就是：那个穿青色衣领的学子，让我朝夕思慕。魏公稽是肯定读过曹操这首诗的，他应是另有所指，给嘟嘟取的名字里，蕴含着魏公稽对崔产愫的深情爱慕渴求。

魏公稽当时有一个星期没有来火场，去了省城开什么多种经营点现场会，崔产愫有一周没有见到魏公稽，心中的哀怨之情溢于言表。据说魏公稽回来后的第二天，崔产愫的眼睛都是肿的。

于是，嘟嘟便有了莫子衿的学名。这也是魏公稽借取名表达自己的心声，对崔产愫也是思念有加、浓情蜜意。

邓佳丽曾经说，《诗经·郑风·子衿》，其中第一章的四句是："青青子衿，悠悠我心，纵我不在，子宁不嗣音？"意思是：你那青青的衣领啊，深深萦绕在我的心意，虽然我不能去找你，你为什么不主动给我音信呢？崔产愫喜欢穿发蓝的绿色或发绿的蓝色，也就是青色的布料衣服，魏公稽有才又懂浪漫，借此向崔产愫倾诉他的爱慕之情和思念。

第四十五章
牟梨叫板八大书记　老篾殒命八大金刚

牟梨的思绪回到了眼前，她对赫连薇薇和钟吉祥说："我就不信会这么巧，她崔产愫今天就会生孩子。"

这时，"八大书记"赶到了现场，几个书记看了崔产愫的情况，和李全治沟通后，觉得崔产愫情况不妙。村中接生婆符诗兰凭着她接生的经验，对公社干部说，崔产愫怕是要生了。

李全治说："如果不把崔产愫抬到公社医院去生产，恐怕就来不及了，要快。"

姚革新听他俩这么一说，心中一急，大手一招，叫道："你们几个后生，快点过来，把崔产愫抬到公社医院去。"

村里的男女老少都来到公路上"观场"。看到村领袖招呼他们，大家一齐向他这边靠过来，大家齐动手，准备把崔产愫用手抬到公社医院去。

牟梨却叫手下拦住了众人，不准崔产愫去医院。

"牟梨，崔产愫不是装的，她肚子痛的时间间隔是越来越近了，她怕是要生了，她现在被游斗得一点力气都没有了，如果还继续坐在太阳底下暴晒，怕是要出事的。"袁泽丽说话直，语速快。

"你算老几？你的问题还没有搞清楚，你的性质比她不得差。"牟梨说。

"你不要狐假虎威，随意打棍子戴帽子。"

"牟梨，我们现在要赶紧，崔产愫快不行了，你说我这些八竿子也打不到一起来的事干吗，你如果坚持继续游斗崔产愫，也请你先让她看看医生去，她快要生产了，生命攸关，你不能意气用事。"袁泽丽又强调了一次。

牟梨不理会袁泽丽的再三提醒，说道："敌军围困万千重，我自岿然不动。"只见她手一摆，示意造反派继续游斗崔产愫。

这时，村民自发围了上来，他们手持柴刀、菜刀、木棍、钢钎、扁担等家伙横在大路上，姚革新带领"八大书记"站在群众前面，他说："乡亲们，崔产愫是嫁给咱中村的媳妇，她现在被红卫兵游斗，人已经虚脱，必须马上就医，但是，有人故意折磨她，人为设置障碍，阻止她就医，你们说，答不答应？"

"不答应！"众村民义愤填膺地吼道。

"老少爷们，保护好崔产愫，把她抬到公社医院去，谁敢阻止我们救人，我们今天就和谁拼了。"姚革新发飙了。

苏醒见姚革新乱讲话，一个劲地扯他的衣角，口里不停地说道："老姚，你疯了，你已经不是书记了，你不能这样煽动社员群众，会出大事的。"

姚革新说："救人有什么错？太欺负人，太不把咱火场当回事了，今天和他们拼了。"

苏醒十分焦虑地说："老姚，你要注意你的身份，你出面说这样的话，你会被抓去坐牢的。"

"我不是书记了，但我还是一名共产党员，这是咱共产党的天下，不是国民党的天下，国民党可以欺负老百姓，不把老百姓当人，共产党人就是为了劳苦大众。我作为一名党员，我就得管，如果要抓我坐牢，我也不怕。"

"姚书记，你要小心这些人，不能和他们硬拼，你可以组织人挡住他们抢人，但就是不要先动手打人，我们只要把崔产愫抢去治疗就行了。"符德号提醒姚革新说。

"老姚，符德号说得在理，你一定要冷静，不要惹祸，干出大事来，你是要负责任的。"苏醒还想说点什么，见姚革新怒目而视，又忍了下去。

姚革新大手一招，几个后生一拥而上，把崔产愫往医院抬。牟梨看见村民没经过她的同意，就把崔产愫抬走了，这还了得。这还是她当火场公社"文革"小组长以来的第一次，她什么时候受过这等窝囊气。

她吼道："站住。"她手臂一挥，指挥红卫兵抢人。她是王八吃秤砣，铁了心要与社员群众为敌。

姚革新见牟梨的队伍冲上来了，他和"八大书记"带领上千乡亲分成三层梯次前进，"八大书记"冲在前面，老人、孩子和妇女殿后，年轻后生居中。把红卫兵挡住，不让他们前来抢人。

"八大书记"纷纷从田埂上跳下来，站在路上，呵斥红卫兵的野蛮行为，他们肩并肩，手臂勾着手臂，并排横在路上。姚革新和大家说："牟梨想抢人就从我们几个老党员身上踏过去，他们不把我们弄死就别想从我们这里过去。"

"喊寨人"老篾头，这时突然敲锣走来："各家各户，小心狼狗。大家注意了，留着男人和后生，老人、妇女和孩子都随我前来保护'八大书记'啊，我们冲到他们前面去。"老篾头年事已高，走路颤巍巍的，他边走边敲锣，口中一直在喊叫："各家各户，老人、妇女和孩子都随我来，要保护好'八大书记'。"

老篾头带领几十名老、弱、病、幼、妇跑到"八大书记"面前，姚革新说："老篾头，你这演的是哪一出啊，这个不是你'喊寨'的事，你把几十名老弱病幼妇带到这里来，不是吃肉喝酒呢，会伤到他们的。我们还没死，轮不到他们来送死，你马上把他们带回去。"

"姚书记！"

"我现在已经不是书记。"

"姚革新，你还是共产党员吧，我是第一次土改时入的党，今天你要听我的，我作为一名老党员应该冲在最前面，我看他们有本事就把我这个老党员灭了。我看他们敢不敢向妇幼老弱病下手，你和'八大书记'不能有闪失，火场将来还要你们去带领，你们给我退下去，这里就交给我这个老党员吧。你们绕道走，快把崔产愫送到公社医院抢救去啊！"

"老篾头，你是个老党员，党龄比我们所有人都要长，你是我们的老大哥，你不能有什么闪失，你是我们中村的活元宝。这里有几个村书记，你要听书记们的话，带领妇幼老弱离开这里，去一个安全的地方。我们怎么能让妇幼老弱做挡箭牌呢？这要是说出去了，你让我们脸往哪儿搁。锣声就是命令，你响一下锣，快点带他们走开吧。"姚革新用恳求的语气说道。

老篾头说："那好吧，让妇女、孩子们离开这里，我们其他人都留在这里。"老篾头转身，敲锣喊道："大家注意啰，女人和孩子，你们随袁泽丽、全心怡去上面坡上，不管下面发生了什么，你们都不准下来，这是姚书记说的，你们一定要服从他的指挥。"

"老大哥，你年纪大了，带着老人都下吧，这里有我们呢，你就放心吧。"姚革新再次劝说老篾头离开公路。

在姚革新的内心，他也许做梦都不会想到，危急时刻，老篾头这个平时声不出、气不出的老油条做出了惊人之举。"我就剩下这把老骨头了，他们如果要，拿去好了。"老篾头

第四十五章
牟梨叫板八大书记　老篦殒命八大金刚

挺直了腰，大声说道。

县城来的红卫兵和众乡亲对峙着，这时，钟吉祥走在红卫兵队伍前面，和众乡亲理论，要乡亲们让开道，他们要把崔产憷带走。

钟吉祥见双方越走越近，他就在红卫兵和村民之间画了一条隔离线。老篦头挤到钟吉祥面前，他招了招手，示意钟吉祥走过来，钟吉祥不知老篦头的用意，站在原地，没有动弹。老篦头又继续往前走，红卫兵见老篦头神色不对，有人用红缨枪威胁他说："老东西，一个封建残余，你已经越过中间线，再往前走，我们红卫兵可就要动刀枪了。"

老篦头并不理会，还在慢慢移动步子，往前走。钟吉祥见状制止了红卫兵向老篦头动粗，叫红卫兵往后慢慢撤一点，红卫兵撤了几步，中间只有老篦头和钟吉祥两人突兀地站在那儿，老篦头示意钟吉祥再走近一点。

老篦头上了年纪，这两年耳朵有点背，说话很大声，别人和他说话，也是大声大气的。他贴近钟吉祥说道："钟吉祥，你真是父母死得太早了，你太没有家教了，你这么多年跟随坏人搞运动批斗人、整人、害人，什么坏事你都做绝了，你把全村人都得罪完了。在过去旧社会犯人临刑前都还要问他最后有什么遗愿或要求，一般只要合理都会满足他最后的要求。今天崔产憷是要生孩子，你们都不放过她，你们这些畜生，你不看看村民恨你们都恨到骨头里去了，你有眼睛不？你看看这些村民的眼睛，他们的眼睛里都有杀气。你和牟梨不是什么好东西，你们那些龌龊事，全火场人都知道，你们为了自己，不管别人死活。这些年，随着年龄增长，你长了一肚子的坏水。我是十二分的后悔当初收留你，让你这个转了好几代的亲人跟我一起生活，我原本是看你可怜，就做个好事，我自己也是孤苦一人，心里梦想着，我把你带大，将来有一天，我也有你披麻戴孝为我送终，没想到你人一天天长大，心一天天变坏，我看啦，咱火场这些年里发生的所有缺德事，都和你有关，每次运动你都充当别人的帮凶，你比谁都要积极，如果没有你从中使坏，这些人一时半会也把不准咱火场的脉。可是，他们每次运动都得到你这个狗杂种的全力支持，你光出馊主意，你们怎么就这么坏啊，我今天要好好看看你的肚子里吃的是饭，还是吃的是草。"

"曾叔公你可不要乱来啊！"钟吉祥看到老篦头愤怒的样子，好像要吃人似的。

这时，老秀才老篦头即兴吟道："少年壮志气冲天，活虎生龙敢下咽。好逸恶劳常不改，骄奢淫乐肆无边。钱余米剩人贪恋，裘敝囊空惹厌烦。今日龙钟谁供养，寿终楼板伴黄泉。"

老篦头没有等钟吉祥说话，抓起钟吉祥的衣领子，说道："井蛙不可语海，夏虫不可语冰。从今往后，我没有你这个族侄孙，我们的关系一刀两断。"说完一拳打在钟吉祥的鼻梁上，钟吉祥鼻梁骨被打断，鲜血直流。

南宫怒和申屠彧两人手里拿着红缨枪一直对着老篦头，突如其来的变故令所有人惊慌失措。

牟梨见老篦头揍了钟吉祥，地上流了一摊血，大声吼道："老篦头杀人啦。"

这时，红卫兵队伍突然躁动混乱起来，声言杀了老篦头，后面的队伍往前面冲，前面的人被后面的人往前推着走，队伍很快推进到钟吉祥画的那根分隔线。

由于红卫兵后面的人使劲往前面推搡，不知怎么的，只见寒光一闪，南宫怒和申屠彧手中的红缨枪双双刺入老篦头胸膛，老篦头应声倒在血泊之中。这时双方的队伍全乱了，一齐向老篾头拥过来。

钟吉祥见老篾头被南宫怒和申屠或刺倒，大叫一声："你两个蠢蛋，谁让你们刺倒我曾叔公的？"南宫怒和申屠或两人申辩说："我们两个没有刺老篾头，是后面的人往前面推，我们两个也不知道为什么刺倒了老篾头。"

"八大书记"一齐冲上去，捉拄了南宫怒和申屠或，一顿拳脚，两人被老百姓打得鼻青脸肿。红卫兵和村民相互指责、推搡，年轻人之间有的开始动粗。

钟吉祥一边用手捂着流血的鼻子，一边扶起倒地的老篾头大哭，他叫道："曾叔公，你别吓我，你醒醒呀。"

村民呼唤老篾头，他慢慢地睁开了眼睛，吃力地说："没有亲手宰了你这个逆子，我死不瞑目。"老篾头说完撒手人寰。

阳光在山林里奔跑，年老的树叶抱着残躯开始漂泊，一片一片离散，只为了给新生的叶子让路。它们在人们眼前飘落，生命是多么不易，转瞬即逝。

老犁头挤上来，摇了摇老篾头，说道："老篾头你就这么走了呀，这个世界还是有蛮多趣味的，你叫我今后和谁去玩啊。"说罢老泪纵横。

老犁头突然抓住钟吉祥骂道："钟吉祥你这个挨千刀的，是你杀害你曾叔公，我咒你不得好死。"

钟吉祥抱着老篾头失声痛哭。他十岁时，父母相继在贫病中离世，老篾头收留了他，两人相依为命。如果没有老篾头收留他，钟吉祥早已死几回了。

钟吉祥一用力哭，鼻血就不停地往外流，和老篾头的血混合在一起，他抹了一把鼻血，放下老篾头，一头扑向南宫怒和申屠或，拳头雨点般打在两人身上。

南宫怒哭着说："钟司令，我不是有意要杀他，是后面的人推了我，不知怎么的，就一下子刺到他的呀。"

申屠或说："我当时手拿红缨枪对着老篾头，那是为了防备他误伤钟司令，是用来吓唬他的，是后面的人往前推了我。"

钟吉祥像疯了一样吼道："你们两个男人比女人都不如，手里端着红缨枪，后面有人推你，你不知道放下手中的枪啊，你们两个还是什么知识青年，怎么那么笨呀，你俩要拿命来。"说完从另一个红卫兵手里夺过红缨枪，就往他两个身上刺。

"钟司令，我们还没有反应过来，手中的红缨枪就刺进了老篾头的胸膛。"南宫怒和申屠或被吓得浑身发抖，反复解释。

"站住！钟吉祥，你看你像什么样子，当着这么多人的面撒泼，泄私愤，成何体统？"牟梨冲到他的面前厉声制止了他。

"他是我曾叔公啊，是他收留了我、养育了我。"钟吉祥号啕大哭。

牟梨抱着钟吉祥的肩头，说："对不起，吉祥！这是一个意外，谁都无法预料的意外事故。你一定要节哀，革命事业还有很远的路要走，你不能乱了分寸。南宫怒、申屠或和你一样，都是我的得力干将，他两个人无意伤害老篾头，他们是为了防备老篾头对你不利，无意中伤害了他呀。"

"杀掉南宫怒，杀了申屠或！"

"南宫怒、申屠或赔命！"

第四十五章
牟梨叫板八大书记　老篾殒命八大金刚

村民的怒吼掩盖了小山村，人们的愤怒排山倒海。村民带着满腔怒火，抄起家伙向红卫兵一步步逼近。

牟梨看见钟吉祥如此伤心，也跟着难过，反复开导他、安慰他。钟吉祥转过身，看了牟梨一眼，说道："红卫兵同志们，把南宫怒和申屠彧抓起来，听候处理。"牟梨木然。钟吉祥给了她一个眼神，牟梨会意，钟吉祥是用这种方式保护南宫怒、申屠彧。

"把南宫怒、申屠彧两人抓起来，听后处理。"牟梨下了命令。

"哎呀，这个老篾头，身上还藏着一把刀。"老犁头突然惊叫了一声，说，"哎呀，老篾头怀里掉下了一把小匕首。这个老篾头啊，干架还带着凶器，要干啥呀？"

牟梨走近一看，对钟吉祥说："老篾头和你讲话时，身上竟然藏着一把匕首，原来他是想亲手杀了你，只是后来出现了突发事情，他没有来得及杀你而已。"

"你胡说，他打我、骂我是存在的，但他不会杀我，他身上的匕首是用来防身的，防止喊寨时野狗伤害他，做自卫用的。他如果要杀我，开始就会杀了我，而不是骂我后。"

"按你的意思，老篾头身藏凶器是有杀人动机的，他不杀你，也会杀别人，只是没有来得及杀而已。"

"这个小匕首的作用大着呢，它可以用于防身，也可以作为一个随身工具携带在身上，削个什么东西，挖个什么红薯都方便，在农村这个小匕首也往往用来剥麋鹿，他是这个方面的高手。"

牟梨附在钟吉祥耳边说了一句什么话，两人再也不说什么了。红卫兵和村民看到老篾头死了，都受到不小的惊吓，这些红卫兵毕竟年龄不大，有的人还是头一次见过死人，都被吓蒙了，革命真的革到自己头上了，见到殷红的血了，见到死人了，不怕死的人不多。

这个时候，村民的情绪被点燃，莫京、符光中这两个失意的造反派头头从中鼓捣，希望事情搞得越大越好，反正不是自己的事。

大队长钟生强、副书记周大明、民兵营长莫公雷带头吼叫，要南宫怒、申屠彧偿命。村民和红卫兵发生了肢体冲突，钟吉祥已经让红卫兵把他两个人看管起来了，其实就是为了保护他们，不让愤怒冲昏了头脑的村民、动手揍他们。

牟梨每遇事，总是面带微笑，露出八颗整齐的牙齿，始终以这种不急不慢，徐缓雍容的姿态面对所有人。今天事发突然，她还能随机应变，处变不惊，可见她有极好的心理素质。牟梨这个年纪能在突发事件后，能迅速地做出这么睿智的决定，不得不说，这个小女子并不简单。

姚革新等"八大书记"带领村民要求牟梨把南宫怒、申屠彧两人交出来，扬言他们两人要为老篾头偿命。

牟梨断然拒绝，她说："如果南宫怒、申屠彧要负法律责任，应当交给执法机关审定。"

这时，钟生强、周大明和莫公雷带着村民往前冲，要捉拿南宫怒和申屠彧，牟梨指挥红卫兵组成人墙挡住村民，两支队伍堵在狭窄的路上，相互谩骂、推搡，大有动武灭了对方之势。

"崔产愫流红了，姚大哥。"这时，袁泽丽跑过来对姚革新等"八大书记"急切地说。

姚革新马上和袁泽丽返回崔产愫身边，只见她脸色苍白，身下有一摊殷红的血。苏醒

说："老姚，不要再和牟梨他们啰唆了，老篾头被人刺死自然会有人偿命，那是公安要做的事情。死了人，不是杀死条狗，肯定有人要为他们的行为负责的。你要安排人手，料理一下老篾头。钟吉祥这个砍脑壳的，害死了自己的恩人，他会有报应的，你看他现在这个样子也是乱了方寸，就只知道哭，我相信他现在也后悔死了。"

袁泽丽说："人只有经历了死亡，才会懂得珍惜，可是为时已晚了。崔产愫这边再也不能拖了，如果再这么拖下去，搞得不好又会出人命案的，还是一尸两命啦。"

姚革新转向身后，对几个后生说："你们几个小伙子过来，马上把崔产愫抬到公社医院去，谁现在再敢阻挠，就用手里的家伙侍候。"

"哎呀，她现在怎么还能移动啊，快叫男人们离开这里，叫接生婆，叫李全治，崔产愫要生了，快呀！"苏醒说。

姚革新稍作迟疑，大声吼道："男人们都到这里来，背对着这边，围个大圈子，胳膊和胳膊勾在一起，不准任何人进来，也不准回头往这边看。女人在生孩子，男人们在心中攒劲就可以了。"他说完指挥大家背对崔产愫，围成一个大圈，把崔产愫包围在中间。

袁泽丽和赫连薇薇组织村中的女人，在男人围成的人圈里，又围成了一个由女人们组成的内圈，女人们在男人围成的人圈内，围成了一个严实的内圈。有人弄来遮阳的木板，很快搭了一个临时帐篷。这边在接生，所有人的心在焦急地等着新生命的到来。大家安安静静，没有人讲话，不再骚动。就连平时喜欢喧闹的孩子们，这时也变得十分乖巧、懂事。

"八大书记"安排人手把老篾头的尸体抬到他的屋里去收殓。这时，钟吉祥吼道："我曾叔公就这么不明不白死掉算了吗？是谁杀死了他，就得偿命，自古以来，杀人偿命没得说。总得让公安过来验完尸、取了证，把案子定了性，才能料理后事吧。"

牟梨说："吉祥，你说什么呢？之前不是已经说过了吗，老篾头的死纯属是一个意外，你不要节外生枝，无理取闹好不好？"

"我曾叔公被人杀死了，公安结论都没有一个，不明不白的，这也叫无理取闹是吗？火场离沅陵县城有这么远，县里也没有人知道这里发生的事，等他们来，也就是明天的事了。"钟吉祥说。牟梨劝道："老篾头不可能就这么一直露天放着。"

钟吉祥说："县公安局一会儿就会有人来的。"

"你怎么这么确定，我都不知道会不会有公安来这里。"牟梨感到诧异。钟吉祥面对牟梨，脸上露出无奈的笑容。钟吉祥重复地说着："放心，会有公安来的，会把事情的来龙去脉调查一清二楚的。"

"你事先偷偷地给县里打了电话？你当了告密者、叛徒、内奸是不是？"牟梨质问钟吉祥。

"我前两天硬是睡不着，在床上翻来覆去，总感觉会有大事发生，于是鬼使神差，在今天组织游斗崔产愫之前，我已给县里打了电话，报告了我们的行动计划。因为崔产愫是个孕妇，她接连失去丈夫莫白信和公公莫承德，她就是个不祥之物，我和崔产愫这个扫把星在一起，我担心会有不测之事发生，才告知了县里，估计县里很快会来人的。"

"钟吉祥啊，我真是小看了你，原来你背着我，用我办公室的电话向县里告了密，是你出卖了我们这次行动，你在我的背后来阴的，你今天给我上了堂生动的课。"

第四十五章
牟梨叫板八大书记　老篾殒命八大金刚

"牟司令，我钟吉祥对你怎样你心里最清楚，告什么密，有什么密可告的，游斗右派分子是一件很正常的事，我之所以要告诉县里，一是出于工作需要，我们举行这么大的活动，应向县里汇报一下，实施起来心中有底，有了县里的支持，我们理直气壮；二是崔产愫是个即将分娩的孕妇，她腆着那么大个肚子，游斗她我怕她身体出现了意外，到时你担不起这个责任。尽管我给县里报告了，我也想到了可能出现突发事件，结果还是出现了，还是我自己的头上。"

"好了，还是把老篾头抬回家里吧，事情经过大家都看到了，申屠彧和南宫怒也承认是他俩失手误伤了老篾头，不是有意的，你也看得出来，当时的情况确实是太乱了，大家也是看到你被老篾头攻击，他打伤了你，才引起我们的队伍骚乱。"

"他打我的性质能和他们杀他的性质相提并论吗？他就是杀了我，也是我咎由自取。"钟吉祥哭诉着。

"老篾头身上是带有一把匕首，他有杀人动机。"牟梨说。

"你胡说什么呀，我说过那把小匕首在农村有不少老人身上佩带的有，它的用处，我就不再重复了。身上带上小匕首就有杀人动机，那绝大多数农民都有杀人动机，因为农民上山砍柴，身上刀鞘里都放有一把或两把柴刀，何况他当时并没把小匕首掏出来，一直放在身上的，只到被人杀死了，也没有掏出来过，因为他不会杀我。"

姚革新说："你曾叔公都死了，你还辩这个干什么呀，有什么用啊，按牟司令说的，把他抬到屋里去吧，要收殓一下，入土为安为好。"

钟吉祥还想说点什么，牟梨蹲到他身边，一只手摸了他的脸，说："你鼻子还疼不疼？自己怎么那么不小心。"

钟吉祥的眼泪止不住地流，牟梨把自己的手帕递给他，他没有接，反而哭得更加伤心。

牟梨把手帕塞到他的衣兜里，说了声："我们一起把老篾头抬回家，就一直这么放在路边，老人家不得安宁不好呢，别人会笑话你的。"她说完动手抬老篾头。

钟吉祥和她一起准备抬老篾头回家。可是钟生强、周大明等年轻村干部不准牟梨他们抬老篾头的尸体，原因很简单，按这里的习俗，只有一个村房里没有能力把死人抬到青山上时，才会允许外村人参与，很明显他们是借此说法，拒绝红卫兵抬老篾头。

"八大书记"和村中后生一声吆喝，就把老篾头抬到了家里。可是问题又来了，老篾头是死在外头的，虽然他被刺死之地离他自己的家里只有不到千米的路程，但当地风俗有忌讳，老篾头是属于横死的，所有死之中，凶杀是最为凶象的死人，进不得屋，进屋会带来灾星，流年不利。有人主张在老篾头的房屋外临时搭建一个木棚子，作为老篾头的灵堂，钟吉祥不假思索地说："请各位乡亲把我曾叔公抬进堂屋，我不怕煞星什么的，他不会给我带来煞星，是我给他带来煞星，如果老天爷真的要惩罚我，那就来吧，反正我也不想活了，都是我害了曾叔公。"说完在一边抽泣。

老犁头大叫一声："老篾头回家啰。"

村人齐动手，把老篾头抬到堂屋，又抬来他生前置备的棺材。钟吉祥和殓尸官给老篾头洗浴后，穿戴好"老人衣"放入棺椁中。

姚革新说了一句："老篾头，你好生走啊。"

村中道士吩咐用铁钉钉死棺盖。钟吉祥长跪不起，口中一直说自己该死。

姚革新对钟吉祥说："给你曾叔公做三天道场吧，你大概还不知道他的生庚吧，他这一辈子渺小得像根草，没有什么影响力，可是，他生在一个值得纪念的日子，我只要看到他就会想到中国历史上的戊戌变法。为什么呢？因为老篾头生于清光绪二十四年，农历戊戌年（狗年），这一年中国发生戊戌变法运动，又称维新运动，是晚清时期以康有为、梁启超为代表的维新派通过光绪帝进行的中国近代史上一次重要的资产阶级改良运动。戊戌变法是中国资产阶级的觉醒，其影响力十分深远。社会要进步，就得变法，自古变法都有人为之付出了代价，甚至是生命的代价。因此，时代变革关乎全局，涉及每一个人的利益，只搞变革，放任不管，甚至一厢情愿地认为从天下大乱达到天下大治，都是盲目不可取的。"

老篾头"喊寨"一辈子，没拿公家一分钱好处，五十年如一日，每天晚上"喊寨"，村里遇到重大事情，大家只要听到他"喊寨"声音，那就是命令，这么一个好人死得太惨了。大队长钟生强他们说了，要为老篾头举行一个告别仪式。

这时，崔产愫的儿子莫子衿兴冲冲地跑来说："我娘生了，生了一个小弟弟。"

第四十六章
产愫分娩香消玉殒　跃京平反官复原职

姚革新听了莫子衿的话，快步走到崔产愫暂时休息的木棚子里。袁泽丽说："游斗几天，崔产愫身体太虚弱了，胎儿太大，她用尽了力才生出来。"

赫连薇薇说："小孩生出来后，崔产愫看了一眼孩子，握着我的手说，这个孩子名叫崔巍。她托付我把孩子带到他该去的地方去，就闭上了眼睛。"

公社医院李院长用听筒听了崔产愫的心跳，又用手把了脉，翻了一下她眼皮，他摇了摇头，说："崔产愫死了。"

医院里顿时哭声一片，赫连薇薇抱起崔产愫靠在自己的肩头，把小崔巍放在她的怀里，叫嘟嘟拿着崔产愫的手，让他们兄弟看看他们母亲最后一眼……

赫连薇薇对崔产愫哭着说："愫愫姐，你太累了，你安息吧，崔巍我一定会把他带到他该去的地方，你就放心吧，崔巍一定会健康快乐地成长。"

嘟嘟拿着崔产愫的手，哭着叫道："娘，娘你醒醒啊，你不要嘟嘟了吗？娘啊……"

村民拥挤在公路上，目睹这人间惨状，哭声一片。

这时，公路上传来了汽车的轰鸣声，迎面开来了一辆吉普车和一辆大卡车，直接奔向公社大院，车上跳下一位高大的汉子，他穿着一身军装，身披一件军呢大衣，大声叫道："姚革新同志在哪里？黄大长同志在哪里？"

一行人中，走在最前面的是县委组织部部长李剑。公社秘书姚改革把李剑等同志带到

第四十六章
产愫分娩香消玉殒　跃京平反官复原职

公社办公室就座，李剑刚坐下，水都没喝一口，手指穿军大衣的人说，这位是新任县委副书记庞跃京同志，县委给你们派来的火场公社新任书记，你通知公社全体干部职工马上到会议室集中开会，有重要精神传达。

姚改革听说是庞跃京，心中有说不出的高兴，他经常听到姚革新提起过这个名字，他的脑海中留存着庞跃京高大的形象。

庞跃京老英雄的形象，没有大的改变，改变的只是他的容颜，他苍老了很多，但依然神采飞扬。庞跃京当年声如洪钟，如今他的声音变得嘶哑，身子有些佝偻。

李剑介绍姚改革是姚革新的儿子，庞跃京立即紧紧抱住他，说："姚改革，这个名字取得好，是啊，要改革，要改掉一切不好的旧思想、旧文化、旧风俗、旧习惯。要革掉一切资本主义尾巴和封建糟粕。孩子，你爹和你们都受苦了。你爹呢，他在哪里，我要见他。"

姚改革说："庞伯伯，我爹正在处理事情，是死人的事。我爹经常提起您，您还活着，您没有被坏人整死，您终于回来了，太好了！"姚改革兴奋地说。

"姚改革，我们接到你们公社电话，说这里今天会有批斗活动，可能会出现异常过激事态，现在怎么样了？一路上没有看见有什么事啊，怎么死人了？"

"庞书记、李部长出大事了，出天大的事了。"

"出什么事了？你快说。"庞跃京急切地问。

"死了两个人。"

"还真的有事发生呀，我们接到那个神秘的电话后，就觉得不正常，庞跃京书记就提前赶来上任了，路上车子轮胎坏了，又换了个轮胎，耽误了一点时间。"组织部部长李剑说。

"老篾头和崔产愫两个人死了。"庞跃京"啊"的一声，问道，"你是说那个'喊寨'的老人——老篾头，他死了？崔产愫还那么年轻，怎么死的？"

"是的，老篾头可是土改时的老党员啦，是那个会写诗、很漂亮的妇女主任崔产愫吗？"李剑急切地问。

"是的，庞书记的记性真好，是他们两个人，就在今天一前一后死了。"

"是怎么死的？"李剑追问道。

庞跃京没等姚改革回答，说道："好了，不要问了，姚改革，你现在带我们马上去看两位死者。"

李剑挥手制止，说："庞书记，还是叫小姚把姚革新同志叫来，你先了解一下情况，这边叫人通知公社干部马上集中开会。"

庞跃京点了点头，姚改革飞快地跑到钟吉祥家里，找他爹，没见他爹，他又跑到公社医院，医生告诉他说，你爹和村干部把崔产愫的尸体抬回去了。

姚改革赶到崔产愫家里时，村干部正在忙碌崔产愫的后事，村人破天荒地允许崔产愫也放在自家堂屋里。

姚革新见姚改革匆匆地跑来，知道有事，从堂屋里走了出来，问道："儿子，有什么事吗？"

"爹，庞伯伯回来了。"

"什么？你说什么？谁回来了？"姚革新大声问道。

"庞跃京书记回来了。"

"庞跃京书记回来了？！"姚革新的脸上立即多云见晴天，"庞书记他在哪里？"

"他在公社，一起来的，还有县委组织部部长李剑。"

姚革新大声对大家说："乡亲们，庞跃京回来了。"

村民听后，脸上露出了久违的笑容，两件伤心的事，压得他们喘不过气来，听到老书记庞跃京回来了，大家一扫脸上的愁容，有几个老婆婆用衣袖揩眼泪，说："跃京回来了！咱们的庞头领回来了！"

众乡亲自发地汇聚到公社大院。姚革新先一脚跑到公社，庞跃京已在公社办公室外站着等候，他见姚革新从公社大门口走进来，马上小跑过去，两人久久地抱在一起，他说："姚革新同志，姚大哥，感谢你！李以民军长把事情都告诉我了，感谢你的救命之恩，没有你派黄大长冒着巨大危险报告他，我现在可能还在牢里。"两个人的眼里饱含着眼泪，两人的双手紧紧地握在一起。

姚革新用手抚摸着庞跃京的后背，动情地说："可是，咱们的好兄弟黄大长你再也见不到他了，看不到你有重见天日的这一天了，他永远留在了娄底三线建设的工地上了。"

"大哥，感谢你对跃京所做的一切，在当时那种政治生态下，没有'舍得一身剐，敢把皇帝拉下马'的决心与勇气，是不可能做到的。黄大长为了我的事奔跑，他功不可没，他怎么就出现意外了呢？"

"跃京兄弟，走，我们到公社办公室去坐下谈。"

"好。"庞跃京给随行的两个公安耳语了几句，两个公安便走开了。庞跃京拉着姚革新的手，向公社办公室走去。

两人肩并肩一起走到公社办公室。庞跃京和李剑坐下后，姚革新说："黄大长是自愿请求上娄底支援三线建设的，他在修建湘黔铁路时，不慎从悬崖峭壁上坠落身亡，至今未找到他的尸身。"姚革新几度哽咽，言语中充满着惋惜，"大长是个大英雄，他就这么死了，目前，国家困难，也没有得到什么抚恤，家中十分困难。他大儿黄诚勇大学毕业后，被分配到咱公社当一般干部，也没有从伤父的阴影中走出来，情绪很低落。"姚革新突然好像记起了什么，说，"吃饭了吗？"

"县城吃过了，我不饿。"

"火场'文革'领导小组组长牟梨，在指挥这次游斗中，老篾头被两个红卫兵造反派捅死了。崔产愫在游斗中，分娩死了，是被人有意拖延，耽误了抢救时间。"

"我们会调查清楚的，要让坏人得到应有的惩罚。"庞跃京神色凝重地说，"姚大哥，我们来日方长，以后我们慢慢说，现在人员不齐，公社干部到了一部分，先开个短会。"

会议由县委组织部部长李剑主持，他在会上宣布了县委三项决定：一是宣布庞跃京无罪释放，"大跃进""四清"运动和"文革"初期强加给他的所有不实罪名，一笔勾销，党组织给他恢复荣誉，平反昭雪；二是恢复庞跃京火场公社书记职务，并升任县委副书记；三是那些借运动之机强加给他的罪名都不成立，统统取消，恢复党籍，补发所欠工资，计算连续工龄。

李剑在会上宣布牟梨不再任火场公社代理书记职务，兼任公社副主任。

第四十六章
产愫分娩香消玉殒　跃京平反官复原职

牟梨心里在打鼓：我火场公社书记职位还没有坐稳，如今就被庞跃京所取代，只剩下火场"文革"领导小组组长职务，兼任公社副主任。她要求发言，李剑说："今天是庞跃京同志的复任覆新通报会，这是唯一的会议主题。"

吃完中饭，送走李剑，庞跃京立即召开公社班子成员会议，研究主题是：一是老篾头和崔产愫死亡事件；二是两个死亡人员告别的仪式及安葬事项；三是如何改善社员群众生产生活问题。

符德号仍然当革委会主任、副书记，有人戏称他是千年老二，他揉了揉鼻子说："你以为我当千年老二容易吗？要做一个金不换的老二不容易，当一把手风光，可是，也充满风险，我当千年老二好，一点不吃亏。"他的话引得大家发笑。

庞跃京说："我们班子中数你的年龄最大，你是我们的老大哥，你在历史的非常时期，从大局出发，毫无怨言，镇守着公社的安稳，保持公社的基本正常运行，你功不可没。我们要向你这个老党员、老副书记、老大哥表示敬意。"庞跃京带头鼓掌，公社会议室响起了热烈的掌声。

庞跃京让符德号负责抓起公社社员群众的生产生活工作，成立工作组任组长，成员有革委会副主任矮个子栾葡萄、青年干部黄诚勇、组织干部邓佳丽、武装部部长钟树军。

庞跃京安排姚改革和供销社主任钟共工、民政所所长符光明、监察主任符姒兰、信用社主任符晓楠和姚革新等人同他一起组织治丧委员会。庞跃京亲自任治丧委员会主任，在火场公社村村寨寨迅速传开了，极大地安慰了火场的社员群众，人们奔走相告，各村的老人说："还是庞头领跟咱穷人亲。"

庞跃京带着黄诚勇几个人到老篾头家里去吊唁。姚革新和大队长钟生强、妇女队长全心怡、治保主任莫京、二队队长黄喆、政治队长黄大胆等人正在操办老篾头、崔产愫的丧事。

崔产愫家离老篾头屋很近，庞跃京一行从老篾头屋走到崔产愫家里。钟大队长见庞跃京带领一些人走进屋里，马上带着嘟嘟迎了出来，他们一个个给老篾头上香，作为晚辈，又是同村同坊的，按农村习俗姚改革、黄诚勇给老篾头行跪拜礼。

这时，突然传来吵闹声，姚改革站立起来后，回头一看，原来是嘟嘟手拿菜刀在疯狂追砍牟梨，口中骂道："你这个女魔王，是你害死了我娘，我今天要砍死你。"一个小少年，他的行为和愤怒超出了他的年龄，人有时是被逼疯的。

牟梨见状花容失色，她在屋里跑，嘟嘟在后边追。钟生强说："我们当地有个风俗习惯，那就是死者的仇人是不能出现在灵堂的，因为那是对死者的嘲讽、大不敬，你是崔产愫生前最不待见的人，这里不欢迎你，请你马上离开吧。"

牟梨一脸茫然，脸上露出了少许谦卑，嘟嘟不让她进屋上香，庞跃京叫姚改革带牟梨到老篾头屋里去走访慰问。姚改革带着牟梨走到老篾头屋里，钟吉祥迎了出来，把他们往灵堂引，大队副书记周大明、保管员周成事、中村副书记符富厚等人在忙碌，周大明见姚改革带牟梨来了，突然大声叫道："生气，你现在是公家人了，不是咱中村人了是吧，都不兴讲规矩了，你怎么把外人往家里带呢？"

姚改革杵在那里，不知如何回答，周大明冲到钟吉祥面前，手指钟吉祥说："钟书记，你的曾叔公把你拉扯大，不是一颗米养大的，你个忘恩负义的东西。他就是你的这个女魔

头害死的，你不知道吗？为了一个女人，你连养育之恩都不要了，我臊得慌，我怕脏。我问你，你叫这个女人走还是不走？走不走啊？"

钟吉祥似乎还想解释些什么，周大明说："她不走是吧，那好，她不走，我们走，我们这些村坊人现在马上走。"

牟梨见状马上走出了家门，走到钟吉祥家门口的石阶下，不小心滑倒了。钟吉祥准备去搀扶，周大明抓住他的胳膊，不让他去。聪明的牟梨就势"咚、咚、咚"的三声，按照当地习俗跪拜，磕了三个响头，她用双手捂住脸，泪模糊了她的双眼。

钟吉祥准备走上前搀扶她，周大明又一把拽住了钟吉祥的胳膊予以制止，说道："鳄鱼的眼泪你也信是吗？美女蛇的心你也敢领受吗？！"

牟梨听他这么一说，自己慢慢地爬起来，看上去跌得不轻，她向屋内又鞠了三个躬，捂着嘴巴一溜烟跑回去了。

有人说钟吉祥祸害乡里，最终得到报应，害人终害己，最终害了自己的曾叔公的性命。钟吉祥从小冥顽不化，把小聪明都用在作恶上。社会上有不少流言，说钟吉祥之害猛于虎，他不除天理难容。

庞跃京分别参加了老篾头和崔产愫的道场，他提出出殡那天，把中村的社员群众分成两批，由于两人的墓地都比较远，中村人手不够，这些年，老的老了，因为太贫穷，生育的少，年轻人不多，在得到村民同意后，部分公社干部也将参加出殡抬棺。

崔产愫未成年儿子嘟嘟和新生儿崔巍的抚养问题成了现实问题。

赫连薇薇郑重其事地向庞跃京打了报告，请求同意她把崔巍带走，她之前私下里和庞跃京谈过一次，她明确告诉庞跃京，说崔产愫知道她是魏公稽的同乡，对她比较信任，其实她也没有别的办法，她只能信任赫连薇薇，因为只有赫连薇薇才能找到魏公稽。而且她明确告诉庞跃京，崔巍是魏公稽的孩子，崔产愫请求她把孩子带走，交给魏公稽抚养。

赫连薇薇第二次来找庞跃京，在公社办公室，她说明了来意，庞跃京陷入了沉思之中，他不讲话，嘴上的烟灰在延长，突然烟灰掉了下来，落在他手上和衣裤上，他立即丢掉烟蒂，用一双手在身上拍打。他再次坐下的时候，赫连薇薇怯怯地说道："庞书记，您看，这件事太棘手了，愫愫姐把个婴儿托付给我，我还是个未婚女子，外面不知道的人，还以为我和谁生了非婚子呢，若传出去叫我怎么做人啊！您看怎么办呢？生下来了就是个生命，又不是件东西，可以随便扔掉。"她那双会说话的大眼睛扑闪着，看着庞跃京的眼睛，等他表态。

庞跃京仍然不说话，他端起茶杯饶有兴致地品尝着出自堡子界山上的云雾茶。赫连薇薇见庞跃京就是不说话，不知他葫芦里卖的是什么药，她用征询的口吻，说道："愫愫姐把崔巍托付给我，我一个女孩子哪里有带孩子的经验，孩子没有奶吃，一直在哭，他可能是没有看到自己的母亲才哭，也可能是饿得哭，我没有带婴儿的经验，我现在也没辙了，我管不了小崔巍，请公社和中村大队想办法吧。"她将了庞跃京一军。

赫连薇薇还是性子太急了，和庞跃京讲话太直率了，庞跃京转过头，用犀利的目光看着赫连薇薇。

赫连薇薇慢慢地低下了头，她知道自己不能用这种语气，用这些语言和庞跃京讲话。庞跃京是一个传奇，在他的身上集中了革命前辈所有的优良品德和精神气质，让人敬佩。

她也是没有办法才这么讲的,她担心庞跃京不能摒弃前嫌,她很怕他会打击报复,因为这样的事情解放二十年来,生活周围就时常发生过。她经历多了,也看明白眼花缭乱的各种运动,让人们的心开始扭曲,一些党员干部为了达到个人的政治目的,可以不择手段。

庞跃京沉思良久,掐灭了手中的香烟,像是下了很大的决心似的,说道:"我是个老男人,没有带孩子的经验。你还是个娃娃,怎么带得了一个嗷嗷待哺的婴儿呢?崔产愫既然临终托付你带这个孩子,你就带好他吧,我同意你把他带到他该去的地方。"

赫连薇薇听了庞跃京的话,后悔自己刚才的言语误会了庞跃京,冒犯了他,她赶快赔礼道歉,说:"对不起,庞书记,我不会讲话,语言上若有冒犯,请您原谅。谢谢您,我知道该怎么做了。"

第四十七章
两人横死鸡犬不宁　棺椁失控滚落山谷

老篾头和崔产愫是同一天死的,而且是非正常死亡,按照当地习俗,灵柩在村里最多只能停放一天,也就是第二天就要把棺椁抬上山。中村同一天先后死了两个人,所谓"双殡",迷信说是凶兆。可是问题来了,两口棺材,中村人先抬谁,后抬谁,意见不统一,颇让人费神。

关于出殡的事,从两人分别入殓就开始议论起,定不落来。村中横死了两个人,让全村乃至整个火场人受到了惊吓,老篾头就在公路边惨死在红缨枪下,妇幼老弱病残都在现场目睹了惨状,当时是哭声一片,大家心里形成了阴影。

不知是什么原因,半夜鸡叫,全村的狗汪汪乱叫,像追着什么东西,几十条狗一时狂吠着相互追逐着往村上跑,一时又一齐向村外路边跑,一时在村间小路上互相厮咬,一时又在灵柩边狂吠不止,任由人驱赶,狗就是赶不走。狗对着灵堂汪汪地叫着,叫了一阵后,仿佛是约好了似的,又一齐冲向某个地方,着实惊到全村人,尤其晚上人们熟睡的时候,群狗凄厉的狂吠声,把小孩子吓哭,大人们往往会用被子蒙住孩子头,不让小孩听到狗的叫声。可是,由于几十条狗,都在狂吠,用被子蒙住小孩子头也不是个办法,因为无法绝缘狗声,孩子一哭,大人其实心里也开始发虚。由此,一些神鬼之类的话在村中传开了。各种说法都有,恐惧袭扰着所有人,阴云密布在天空中,死人的事总会有人伤心难过,整个小山村都像笼罩在极度悲哀之中,每个人的脸上布满了哀伤的情绪。

大葬夜的晚上,老犁头带上用葫芦做的酒壶,步履蹒跚地赶到老篾头的灵柩前,徐徐地蹲下,说:"老伙计,明儿个你就入土为安了,到了极乐世界了,我今儿同你喝最后一顿酒。"说罢,为老篾头上香、祭酒,口中念念有词:"可惜了,老篾头,一身好手艺,一身硬功夫,再也没啥用场了,我说你和老憨头两个,真不是东西,老憨头欺负别人万人迷,结果把自己送到局子里去了,最后死在了牢里。为了那三十分钟的快活,搭上了一条老命,你说他贱不贱啦。老篾啦,你'喊寨'一辈子,我还不晓得你啊,'喊寨'事小,看女人事大,净跟着女人屁股后边喊,看了一辈子女人的屁股,也没见你几时得手过,一个老篾匠,辛辛苦苦编筐、编篓,搞得几个碎钱,光养村里的几个老寡妇,到头来被牟梨那个小蹄子害了,吃了两红缨枪,两脚一蹬,找老憨头去了。这下你两个狗×的,到那边有伴了,又可以一天到晚死快活了。我可告诉你傻哥俩,人世间的苦,你两个算是够了,人间百味,你两个也遍尝过,活着时没有改造好,到阴间,可要好好改造。好啦,不说了,争取早日投胎吧,变成个正常的男人,人间总比阴间光明点,人间有太阳,阳光普照,我们心中有红太阳,照到哪里哪里亮。唉,你两个老东西,在世时在一起偷人,过世了还可以在一起玩弄人,好了,你两个也算是不枉此生,活受罪,死快活,留下我一个。火场'三老',如今只留下我这根独棍儿,哪天我两脚一蹬,也许我们仨儿,还能在阴间相遇。"

老犁头苦笑了一下,一屁股坐在地上,像个小孩子似的哭泣着,半晌又说:"你两个都奔人了,把我一个留在这个世界上,有啥味啊。"

絮叨了一会儿,老犁头好像是困了,他头靠在老篾头的灵柩上——睡着了。

醒来时,他抖搂了一下精气神,说道:"老篾啊,明儿个你上山快活去了,我就不送你了,我从明儿早上起顶上你那一角,开始'喊寨',明儿早上,我为你上山'喊寨',我会敲锣唤醒全村人,把你抬到青山上去,我现在腿脚也不灵便了,上山要人扶,就不随你上山了。你倒是舒服,上山有人抬,我得自己走——我可不干。村里一下子死了两个人,抬棺人手都不够,我不给别人添麻烦了,明儿早上,我就把你送到村口,你自己一路走好!"

老犁头又颤巍巍地走到崔产愫家里,姚改革给他拖来一把小凳子,叫他坐下休息,他把凳子拖到棺材旁,上了香,敬了酒,嘴巴几歪几歪,坐回凳子上,靠在棺材上,自言自语地说:"愫愫妹子,日子清苦,哪有人心孤苦啊!你带着遗憾走了,留下嘟嘟和崔巍,你把崔巍托付给赫连薇薇是对的,崔巍那么小,要长大成人不容易,到他该去的地方去是件好事,这是临终时作为母亲唯一能做的事。我可轻声告诉你,你现在成仙了也能听得见,崔巍那小子,那头浓密的鬈发,聪明的眼神儿,高挺的鼻子,还有那个身板子,长得可跟魏公稿一个模样儿,简直就是一个模子刻出来的。你生的那个小公稿,皮肤像你一样光洁,那个灵醒劲儿,我活了大几十岁,还是第一遭见,真让人喜欢。你把小崔巍安排好了,你没来得及安排你的大儿子嘟嘟,他才十一岁啊,他这往后如何活呀。妹子,我呢,一辈子没啥用,你若不嫌弃,这往后呀,就让嘟嘟跟我住吧,只要有我一口吃的,一定饿不到他。没事时跟我'喊寨'吧,做个伴,我刚才给老篾头也说了,他走了,他留下的事得有人做,现在的年轻人谁肯去天天'喊寨'呀,我记你的好。嘟嘟如果没人认领,往后就跟着我吃菜喝汤吧。"

老犁头啰里啰唆地嘀咕着,神龛前有吹鼓手,在敲打锣鼓,吹着唢呐,为崔产愫做道场。

关于中村出殡先后的问题,最后还是庞跃京书记出面协调,才得以解决。他说:"老篾头和崔产愫是同一天去世的,我们也就不要讲究那么多,一视同仁吧,那些旧思想、旧文化、旧风俗、旧习惯应该破除,既然村里信迷信,看了日子,又是同一天出殡,那就同时出殡，公社干部也分下来，分成两处，和村里一起到时把老篾头和崔产愫抬到青山上去，入土为安吧。"

庞跃京在火场有广泛的人脉和很高的威望，他发了话，再也没有人议论，更没有人会从中使坏。他把公社干部分到两处协助抬棺，其用意也就是为了让公社干部督促双方统一行动。到了第二天清早，大家同时把两口棺椁抬到不同的两座青山上。

出殡那天，说来也是巧得很，村民刚刚抬起棺椁，天空中突然一声惊雷，下起了瓢泼大雨，村民们意识到必须抓紧时间把棺椁抬到山上去，否则，一旦溪水暴涨，棺椁过不了溪，就成了大麻烦。按照农村习俗，棺椁路上是不能落地的，更不要说，把抬出去的棺椁又抬回来。于是，几十人吼叫着齐心协力抬着棺椁往山上赶。

大家把崔产愫的棺椁抬到一个叫兑母溪的地方，需要往山坡上抬，俗称翻坳。这是最考验抬棺椁人的力气的时候，站在山坡上的人，在棺椁两旁用刀柄粗的麻绳往山上拉，下面的人使劲往山上抬，棺椁左右都是人在帮忙掌控。棺椁抬到半山坡，忽然砰的一声，两根刀柄粗的麻绳齐刷刷地绷断了。抬陡峭的上坡路，主要靠坡上的人拉绳子，绳子断了棺椁失去了控制，顷刻间从近千米的山坡上滑落下来，没有来得及躲避的人，被棺椁碾压受伤。棺椁顺着山坡滚落下来，跌落山脚时，棺盖掀开，尸体滚落出棺椁，场面异常混乱。

善良的人们在一旁恸哭，人们哀叹崔产愫死得惨，最后上山还遇到这种千年不遇的奇怪事，那么粗长的两根麻绳，几十年来不知送过村里多少死人上山，都好好的，从来没有出现过这类稀奇古怪的事，这次竟然同时断了。可怜崔产愫生时不好过，死也不自在。莫白信的旁支远亲重新把崔产愫潦草入殓，棺材原本是老犁头的，放了不少年头，有些许腐烂，崔产愫装殓后棺椁铆钉时，棺盖被铆钉钉破一处，只好用竹篾简单箍好了事。棺椁从山坡滚落至山脚，棺盖被打烂。由于棺椁已经抬到山上，不能再抬回，棺椁滚落山脚后，只能把摔坏的棺盖去掉，就地取材，砍些树木放在棺椁上作为棺盖，再用山上的树藤缠绕一下，大家齐动手又把断了的麻绳重新打结好。这时雨也停了，大家怀着异常沉重的心情，把棺椁终于抬到山上安埋。竖好事先写好的墓碑，村人带着惊吓怀着沉痛的心情从青山上返回。

上山前，姚革新请庞跃京为崔产愫的墓碑写悼词，庞跃京欣然应允，提笔抄写了毛主席的词《蝶恋花·从汀州向长沙》中的"国际悲歌歌一曲，狂飙为我从天落"。

牟梨或许是为了安抚钟吉祥，也许是为了表达歉意，她主动要求给老篾头墓碑写悼词，她写了鲁迅先生所作的《无题·血沃中原肥劲草》中的两句诗："血沃中原肥劲草，寒凝大地发春华。"

棺椁从山上滚落下来这件事，对后世产生的影响不言而喻，对人们心理造成的阴影，没法用语言描述。

第四十八章
老犁头收留莫子衿　姚革新平反复原职

崔产慄和老篾头入土为安，当天下午，姚革新找庞书记说，赫连薇薇把崔巍抱走了，让她把崔巍带到他该去的地方，也算是了却了崔产慄的一桩心事，可是，嘟嘟一个人没有生存能力，如果没有人看管，任由他自生自灭，弄不好会出事，老莫家就剩这条根了，也要留条后呢。

庞跃京正有此意，他的意思是，一定要想个办法把这个事安排妥当，嘟嘟太小不能放到公社上班，公社也无闲人看管他。嘟嘟的问题，其实只要解决了收留问题，其他问题也就好办了。

姚革新心中的想法是，目前合适抚养嘟嘟的人选，也不是没有，只是每个家庭都贫穷，多一个人就多一张嘴，这年月不容易，作为孤儿，大队可以出面抚养，每月给他定量的粮食，给点生活费。

庞跃京说，钱粮的问题现在不是个事，找一个合适的人来收养莫子衿才是最重要的。

姚革新讲话还在绕弯弯，没有直接说出心中的想法，他说："哪个人做嘟嘟的监护人呢？村中还真难找这么一个人，我一时半会儿还真物色不到这么一个合适的人。一个家里增加了一个人，添了一张嘴，多出了不少的事，开支增大，教育抚养小孩最费时间和心力。"

姚革新把问题摆了出来，看庞书记有什么下文。庞跃京像一台卡壳的留声机，只见唱盘在旋转，不见声音传出来。两人自顾自抽烟。

姚革新见庞书记没有更好的办法，他把心中的想法提了出来。他说道："要不叫老犁头带嘟嘟吧，他就是年纪大了点，反正也没有妻小，鳏夫一个，我看他平时也爱逗嘟嘟，两人算是有缘。他阶级成分也好，政治历史清白，由他带嘟嘟应该比较合适，只是不知道他愿不愿意。"

庞跃京快人快语，说："我看这个办法好，老犁头带嘟嘟他自己也有个伴，将来年龄更大点，嘟嘟到时也可以为他尽孝。你抽个时间找老犁头谈一谈，探探他的口风。"

姚革新说："我现在的身份不太适合出面办这些事，所谓名不正、言不顺。"

庞跃京明白于姚革新的意思，他何尝不想姚革新的问题及时得到解决呢，凭他的威望和工作能力，可以为人民群众做些实事，党需要这些扎根基层、服务人民、为民请命的基层党支部书记。

实际上，庞跃京平反之后，他立即着手姚革新坏分子的摘帽工作，上次组织部部长李剑和他商量过，报上级的政审材料已获通过，按说也该有结果了，为什么到现在还没有正式通知呢？想到这里，他抓起了办公桌上的电话，迟疑了一下，他说道："以你的判断，

第四十八章
老犁头收留莫子衿　姚革新平反复原职

老犁头会不会拒绝做嘟嘟的监护人？他懒散了一辈子，突然要他承担这么大的一个重任，他没问题吧。"庞跃京还是有些不放心，再次询问姚革新。

"老憨头、老篾头和老犁头有火场三老之称，不仅仅是因为他们年纪大而得名，也是因为在他们身上有着非同寻常的阅历、声望，还有他们三人特立独行的性格，显得很特别，因此，被称为三老。老犁头在三老中最为稳重谨慎，不善言谈，做事牢靠，和莫承德父子关系好，也喜欢逗嘟嘟玩，找他干这个事，只要有经济保障，问题应不大。"庞跃京从姚革新的话中得到了信息反馈，他点了点头，脸上露出了笑容。

他摇了办公桌上的电话，摇通了县委组织部的电话。电话那头传来了李剑洪亮的声音："庞书记，你有什么指示，县里准备开一个'批林批孔'会议，你还没有得到通知吗？"

"我还没有得到县委办的通知，李剑同志，姚革新同志的平反问题应该有消息了吧。"

"庞书记，你明天上县里开会，关于一批被错划成右派的老干部平反问题会集中办理，姚革新同志的问题已不是问题。"

庞跃京放下电话，对姚革新说："明天县里开'批林批孔'会议，研究错划成右派的干部的平反工作，你的平反问题，已不是问题。"

庞跃京正和姚革新说话，办公桌上的电话又响了，是县委办通知庞跃京明天到县里开会的正式通知。

两天后，庞跃京从县里开会回来，没有去公社办公室，直接来到姚革新家里，老远就大声叫道："姚书记、姚书记在家吗？"

苏醒应了一声，说："在家呢，庞书记你快屋里坐，从县里开会回来，还没吃饭吧。"

庞跃京没见到姚革新，四处瞅了瞅说："我不饿，姚大哥呢，他不在家吗？我有事要对他说。"

苏醒一边招呼庞跃京坐下，一边说："刚刚还在，可能又是找老犁头去了，嘟嘟这两天暂时叫老犁头照看。"

庞跃京双眼瞪着苏醒，露出喜悦的神情。苏醒把一个茶杯递给庞跃京，她说："崔产愫不在了，老犁头不是在村口晃悠，就是在她堂屋坐通宵，一天到晚像是癫了。"

姚革新昨天找老犁头谈了关于嘟嘟的领养问题，老犁头摇晃着羸弱的身体，很烦闷地对姚革新说什么嘟嘟有人生没人养，崔产愫一屋现在只剩莫子衿一条根了，成了孤儿都没人认领他，不晓得有些人是怎么想的，忝为人父。他还说，自己和莫子衿八竿子都打不到一块的人，怎么要他负莫子衿的责，自己一个鳏夫年老多病，一辈子没带过孩子，哪有本事带一个孩子，这也太强人所难了。

苏醒和庞跃京说话间，姚革新一脚踏进屋里，大声嚷嚷道："好了，好了，搞好了，老犁头答应了。"

姚革新见庞跃京坐在厨房火坑边，说笑道："庞大书记驾到，吓我一跳，不会把我抓去游街示众吧，哈哈哈。庞头领今天从县里开会回来有啥喜事呀，满脸的笑。"

"你又没犯罪，咋会游斗你呢？你今儿个是有喜事，大喜事呢。"

庞跃京卖了一个关子，并不急于说是什么大喜事，姚革新性子急，用眼睛瞪着他，等他下文。庞跃京有意不说，慢慢品苏醒给他新冲的茶。姚革新见他不说，便说道："难不成你又升官了,发大财了?组织上给你平反昭雪以后,奖给你一个房子呀?"

庞跃京笑了一声,开玩笑说道:"有这等好事吗?没有吧。"

两人相视一笑,庞跃京说:"不和你开这种没边的玩笑了,大哥,是这样的,县委把你的案子重新调查清楚了,给你平反了,你官复原职了。明天公社招集大队书记、主任和公社干部会议,到时我还会正式宣布的,你明天参加会议,符富贵还是干回他的副书记,继续当你的副手,钟吉祥本来就是代理书记,组织上没有正式任命他,他也干不了这活儿。"

"感谢党,感谢组织信任。"姚革新的鼻子有点酸,他递给庞跃京一片草烟叶子,又给他一小张卷烟纸。庞跃京用手一推说:"不抽了,在牢里这么多年,没烟抽,彻底戒了,也算是坐牢的一大收获。"他说完朗声大笑。突然,他收住笑容,用眼睛直视姚革新,说,"今天这个好日子,你弄了啥好吃的,嘴巴油油的,难不成啃了沅陵街上的猪板板(当地有名的烟熏猪蹄)。"姚革新说:"哪里,晚上就随便吃点,你这么一说,我现在倒是想啃几个沅陵城里老爷巷酱香鸡爪吃呢。"

庞跃京看姚革新似乎没有听懂他的意思,他对姚革新说:"今天是个特殊的日子,可以说你是双喜临门。"

姚革新用疑惑的目光在征询他的答案,庞跃京见他仍然不解,从手提包里掏出一包用报纸包着的东西,放在桌子上,说:"这阵子看把你给忙的,你把自己的生日、自己的政治生日都给忘了。你今天平反了,官复原职了,哈哈哈,真是双喜临门啊。"

"哇,老爷巷酱香鸡爪,感谢你还记得我好这一口,还记得我的生日。我一个泥腿子,竟然也被打成了坏分子。其实,我既不是右派,也不是左派,我有党无派。我只信仰马列主义、毛泽东思想。"姚革新慢条斯理地说道。

"大哥的生日,我永远都不会忘记,因为你的生日就是党的生日那天,你的政治生日也就是你的出生日,姚大哥,你好福气啊!能在党的生日那天出生、入党,还在这一天平反,党组织有你呢,我都羡慕你了!"

庞跃京喝了一口茶水,叫姚革新吃鸡爪子。苏醒说了一些感谢庞书记的话,打开纸包,姚革新抓起一个鸡爪子,放在口里津津有味地吃着:"好吃,就是这个味——老爷巷酱香鸡爪子,真地道。"

"你任书记三十几年,为党做了很多具体工作,你一方面加强了村级组织建设,一方面带领农民抓革命、促生产,稳定一方,造福桑梓,有辛劳、有苦劳,党和人民不会忘记。"

姚革新受到公社书记的夸奖,显得有点不好意思。他说:"我做的这些都是本职工作,微不足道。街坊邻居信任,要我当这个头,不干好对不住他们啦。"

"谁说村级组织是小事啊!如果没有你们在基层坚守,默默无闻地为党工作,为人民服务,那么,我们的红色政权,就不会牢固,我们的共产主义事业就有可能一夜丧失掉。你们村干部功不可没,党不会忘记你们,也不能忘记你们呐。俗话说,郡县治,天下安。只有每个村级组织都管理好了,全县才会好。每个县治理好了,国家才会安定团结。"他话锋一转,说,"今天是大哥的生日,我紧赶慢赶总算赶到了,我没有什么礼物送你,你也不稀罕这些,我写了一首词祝贺大哥五十寿诞。"他说完,打开公文包,取出一本笔记

第四十八章
老犁头收留莫子衿　姚革新平反复原职

本和一支钢笔,"小礼物,不成敬意,赠送给大哥。"

姚革新打开笔记本,在笔记本的扉页上,看到"祝姚革新同志生日快乐"几个字。姚革新感到一股暖流上心头,口中一直在说"感谢党、感谢政府、感谢庞书记"。他翻开笔记本第二页,看到庞跃京写给他的一首祝寿词《桂枝香·祝贺姚革同志五十华诞》:

华封三祝,贺故友季夏。重添鹤算,喜享退龄无限。筱铿相续,俳优千古传奇事,举高腔,辰河旗真。沅泸辰溆,群蜂相拥,骞骞而簇。　忆往昔繁华荣碌,叹囊内羞涩,惭愧无数,南极星辉,如此俳仪含辱,朱颜黑发重新换,愿吾兄矍铄原服,如松如柏,年年犹唱,桂枝香曲。

姚革新念完庞跃京写的祝寿词,他竖起了大拇指,连连夸奖说:"好词,绝唱。"他说要把词裱褙好挂在墙上。

庞跃京今天的确给姚革新带来了太多的惊喜,难得姚革新开心一笑。两人谈兴正浓,谢钟这时来了,他手里提来一壶苞谷烧、一包旱烟叶,一进家门就大声说:"恭喜姚书记五十大寿。"

苏醒赶忙叫他轻点声,说是不要声张,村里都没说,惊动了大家不好。谢钟把手中的东西递给姚革新说:"祝贺生日快乐!吉祥!"苏醒连忙伸手接过东西,说:"来就来了,还带什么东西,太客气了。"

谢钟说:"这算什么好东西啊,都是自家产的土货,不值钱,值钱的咱也买不起啊。"

谢钟一面和苏醒说话,一面和庞跃京打招呼,开玩笑说:"今日庞头领驾到,是因何事啊,你怎么也在我姚书记家里?现在时局这么乱,你不坐镇公社指挥,跑到姚大哥家里来为他祝寿呀,小心牟梨那个蹄子给你戴上高帽子游街。"

庞跃京哈哈一笑,说:"光贫嘴,还不快坐下,我和你一样,都是空手来祝寿的,怕什么,我们行得正、坐得端,无惧流言蜚语。"

姚革新把长杆烟袋递给谢钟,意思是他从谢家界走过来,辛苦了让他抽口烟,谢钟接过长杆烟袋放在嘴上吧嗒吧嗒吸着。

苏醒递给他一杯茶,问谢钟吃晚饭没有,他说:"是吃了饭才来的,来这里坐坐就回去。"

庞跃京转向谢钟说:"谢队长,知道你也是个诗坛秀才,今天你不拿出压箱底的好东西向姚大哥祝贺,就不让你回去。"

谢钟仰头大笑,说:"有你庞头领在这里,我哪敢造次,庞头领把你的好东西拿出来吧,我愿闻其详。"

姚革新性子还是那么急,对着庞书记说:"不用你下命令,谢队长的口袋里肯定揣着好东西,我从二十岁开始,每十年的庆生他都有大作送来。"

庞跃京一听戏谑道:"原来谢队长的诗词是十年吟成一首啊,唐代诗人孟郊人称'诗囚',贾岛被称为'诗奴',韩愈称他两人为'郊寒岛瘦',你比贾岛还要苦吟啊。"

谢钟听后大笑,吟诵贾岛的《题诗后》:"二句三年得,一吟双泪流。知音如不赏,归卧故山秋。"

姚革新夸谢钟说:"谢队长可不是贾岛,他写的东西来得快,贾岛是苦吟,他谢钟却是乐吟。"他面向谢钟说,"好了,别卖关子了,快把你兜里的好东西拿出来吧,让庞书记

斧正一下，不然他今天是不会放你走的。"

谢钟说："这次你是真的算错了，我这几天为一件事烦心，真的还没有作诗，差点把你的生日都给忘了。既然庞书记点了我的名，命我作诗，那我也就只好献丑了。请借过纸笔来，刚才说话间我心中已偶得一词，现在即兴填词一首为姚书记祝寿。"

姚革新知道谢钟这个老小子，不但能吟诗填词，而且还写得一手好书法，于是他取来纸笔，谢钟就在庞跃京对面的小桌子上，轻轻研墨，缓缓铺纸，重重舔笔，一挥而就写成一幅俊逸恣肆的书法作品，庞跃京欣赏后赞不绝口，要姚改革朗读谢钟作的《风入松·贺姚革新同志五旬生庚》：

梨园子弟过五旬，秋菊傲霜侵。骈臻百福长年享，梨园子，岁岁向荣，此日献椒花颂，更加郁郁向荣。　今朝寿前会群英，依旧轶青春，楼台歌舞声箫细，哪管夜阑沉沉，风入松松有劲，苍苍四季向荣。

姚革新说，谢钟的才情和书法远近闻名，他的五朵金花，大女谢采采、二女谢白露、三女谢伊人、四女谢一方和五女谢水央，那可是闻名遐迩的大美人、才女啊，而且个个读书厉害，深得谢钟的真传啦！

庞跃京说："这个我还不知道吗？他的诗词书法名气远在我之上，今天我如果不将他的军，他就会躲懒的，你看，我的办法还是灵吧。你看他作的这首词，概括全面、喜庆，用典准确，用的词牌贴切，写的这幅作品，可以说是上乘之作。现在你的佳作我和姚大哥都欣赏了，你就不必像贾岛一样脾气大，如果没有人欣赏他的诗，你就要走人了。"说罢，三个人放声大笑。

谢钟说："不敢当、不敢当，庞书记你的词才是上品，我这个是一时草就之作，贻笑大方。"

姚革新提起锅火圈上铁壶往他两个人的青花瓷杯中续水，一年四季，苏醒都会在铁壶上煮蜂蜜水，其实只是取蜂蜜的"二道水"，也就是洗锅盆、洗滤蜂蜜的手帕和涮锅的竹刷子等东西后留存的水。闲聊中，话题随时是可以转换的，天南地北地聊着，最终聊到喝着的蜂蜜水上。

说来也是巧，苏醒屋每年会收获几桶蜜蜂，这些可爱的小精灵，每到春秋季节，就会眷顾她家，不知从哪个地方飞来的，飞到楼上、屋檐下、菜园子栅栏上、猪栏里乃至仓库里。前些年，姚革新大发奇想，既然蜜蜂喜欢来，他就干脆叫黄大长一口气打造了三十个蜂桶，放在楼上、仓库上、厕所边、猪栏上，甚至在菜畦中放上一个大石板，上面反扣一个蜂桶。在各个角落，楼上楼下，菜园子角落里架上一块青石板，放上蜂桶，蜂桶下塞上一截小木棍，留下间隙，等蜜蜂前来筑巢。

世间真的存在一些离奇的事，三十个蜂桶竟然在不到两年的时间里，全部住进了蜜蜂。而且，有些蜂桶里什么时候进了蜜蜂都不知道，有时你一天不注意，一下子就会来两三桶蜜蜂。村中不少人感到奇怪，姚革新家似乎有什么先知先觉，他怎么就知道一定会有蜜蜂来筑巢，做了那么多的蜂桶，而且是把每个空桶按照自己的意愿摆放在不同的地方，可是蜜蜂却真的来了，而且来了几十桶，令多少人羡慕不已。更为有意思的是，姚革新的三十个蜂桶全部装满了蜜蜂，还有蜂群来，经常看到他屋的楼梯脚下、厨房楼板边上、仓库地板下等等地方，有蜜蜂在垒窝，赶都赶不走。可是近在咫尺的邻居，却没有蜜蜂眷

第四十八章
老犁头收留莫子衿　姚革新平反复原职

顾,虽然也效法姚革新摆了几个蜂桶,可是几年也没有搞到一桶蜜蜂。因此,村人开始有了茶余饭后的谈资,有人说,人走时运马走膘,又有人说时运不济命运不佳,还有人说人背时水塞牙,凡此种种都好像和时运有关。

钟吉祥带着宇宙般的疑惑,曾经十分好奇地问过姚革新这其中的奥妙,姚革新对他说,蜜蜂和燕子一样,都是吉祥物,不会眷顾坏人的家庭,只有心地善良的人,才会有福享有。

姚革新的话明显也是唯心的,带有针对性,没有讲出其中的偶然性和科学性。除去蜜蜂自然迁徙和一些偶然外,其实,姚革新擅长人工分蜂的技能,他是拿诳语是来影射钟吉祥的,当然,钟吉祥似懂非懂。姚革新技不外露,村中人也不甚了解,最终他靠着这点小本事,赚了一辈子蜂蜜钱,贴补家用。

姚革新故弄玄虚地说:"这种二道水越煮吃起来越补人,可以止咳、祛痰、润喉。"姚改革从小就经常看到火坑锅火圈上时常烧了一壶水,自己一屋人或外来的人,都会喝这种二道水,其实只有一点淡淡的蜂蜜味道,比白开水稍甜一点,也许是生活太苦,喝着也能感觉到生活的甘甜,他们几个孩子就是喝着蜂蜜二道水慢慢长大的。

时候不早了,苏醒插话说:"你们几个到一起了就知道讲文,我是听不懂,我睡觉去了,你们就慢慢扯吧。哦,对了,刚才谢钟不是说有什么烦心事吗,是什么事你快说吧,这里没有外人。"

谢钟迟疑了一下,看了看庞跃京,又往姚改革这一边看了看,拿起青花瓷只顾喝茶不再言语。苏醒起身说是困了,要睡觉去,顺便叫上姚改革,要他去睡觉。姚改革不知他娘的用意,竟然说不困,还要坐坐。

屋内出现了短暂的寂静,他们三个大人只顾抽烟、喝茶,想着自己的小心思。出现了短暂的空白,谢钟很善于调节气氛,他转移了讨论的话题,也许他要说的话题就是他心中的需要讨论的话题。

谢钟对庞跃京说:"庞书记,我想向你汇报一件事,希望你能够答应,我也是第一次向你提要求。"

庞跃京回答道:"谢队长,你有什么事,就快说出来呀,你不说出来,我咋知道你心中是个什么事嘞,万一你需要解决的是个坏事,我也答应你吗,这肯定是不行的。"

谢钟见庞跃京把话都说到这份上了,再也不好支支吾吾了。他眼珠子一转,说道:"我屋采采很快就要大学毕业了,我希望她毕业后还是回到家乡来工作,她是家乡人民哺育了她、培养了她,毕业了就应当回家乡来,反哺乡亲,为家乡贡献出自己的力量。"

庞跃京听了谢钟的这番话,马上答应了谢钟的要求,他说:"谢队长,你真是个大公无私、知恩图报的人。火场人民培养谢采采读大学,她学成归来,仍然选择回到这个穷乡僻壤,一般人上了大学谁还愿意回到乡里受这份罪啊。这件事你还要征求采采的意见,作为大人,不应该过多地干预年轻人的去留,应充分尊重年轻人的选择。"

谢钟说:"以前和采采讨论过这个话题,她起初是不同意的,后来她的思想工作被我做通了,她有回家乡工作的意愿。"

庞跃京接过话说:"从工作的角度考虑,我倒是十分希望谢采采回到咱们火场公社来工作,公社紧缺像采采这样的大学生。但从个人感情来说,我又希望采采留在大城市发

293

展，这对于她个人的前途肯定是有很大的帮助的，我们这里太闭塞了，她是本地人，如果回到了家乡，今后再想走出去，恐怕难上加难了。"

谢钟点了点头，他感谢庞跃京提点，但他仍然明确要求庞跃京帮忙，谢采采大学毕业就到火场公社来工作，他说："谢采采是个女儿，我不想她一个人在外工作，她是火场人民培养的大学生，应当学成回来回报乡亲。"

庞跃京同意了他的要求，他说："谢采采一毕业，我就和县里说好，把她要到咱们火场公社来工作。"

谢钟得到庞跃京的话后，如释重负一般，说是天色已晚，他要回去了。

姚革新和庞跃京都说，天黑路不好走，留他住下别回去了，他还是坚持要回去。

姚改革把谢钟送到大路口，给了他一个手电筒。谢钟说："我有把小手电筒，可以照明。"

姚改革说："路有这么远，万一手电筒不亮了，山路不好走那就麻烦了，备着不碍事。"

谢钟接过姚改革手里的手电筒，在他的肩上捏了一把，说："改革，谢采采回来了，你对她要像从前一样好。"

"采采本身和我过去就是同班同学，我们关系很要好，我会的，您放心。"谢钟深沉地点了一下头，很快消失在黑夜里。

谢钟走后，庞跃京和姚革新又开始他们的长谈，他俩喝着茶蜂蜜水，回味生活，回味走过的过往。

姚革新说："什么官复原职不原职的，咱一个老百姓，这算什么官呀，能够给大家做点事情就多做点，我们解放才二十几年，一穷二白的底子，不容易啊，据说前些年过苦日子时候，毛主席带头不吃肉，他老人家都得了浮肿病，这么一个穷国家当家不容易啊。"

庞跃京见姚革新很豁达，没有过多的抱怨，甚是欣慰。他说："是的，我们国家的社会主义有别于苏联的社会主义，我们也在不断地探索社会主义的道路和发展模式，任何一种政治制度都是一个不断完善的过程。"

说到这里，庞跃京话锋一转，他说："我这次到县里开会，在中南门大街上你猜我看到谁了。"没等姚革新说话，他紧接着说，"我看到袁莹莹了，她挎着一个大柳条篮子，敲着小铜锣在中南门卖烧饼、瓜子、花生等小吃。她还做小笼包和白面馒头卖。这么多年不见，她一眼就认出来了我，反倒是我愣住了，她消瘦了很多，但依然还是那么漂亮。她见到我的第一句话，就是'庞书记你放出来了？谢天谢地啊！你还是老样子，模样没啥改变'。我说，我都老了，在狱中十几年，好在我的身子骨还算硬朗，没被磨垮。"

为了多了解一些袁莹莹目前的状况，庞跃京当即约袁莹莹到一家米粉店吃猪脚粉，趁他没注意，袁莹莹却抢先付了钱，庞跃京当然不同意，要店家把钱退还给她，她坚决不让还。因为是庞跃京邀她来吃粉的，他把两碗粉钱还给袁莹莹，她硬是不肯收，还说他太见外了。他俩聊了很多，他从她的言谈中，得知她虽然住在曹老大家里，但她基本靠自己养活自己，早已还清了曹老大借给她的本钱。庞跃京问她什么时候回火场看看，她的眼中饱含着眼泪，说她回不去了，便泪眼婆娑，让人看了着实心疼。袁莹莹还说姚革新和苏醒都是这个世界上剩下不多的大好人，要庞跃京代她向姚革新夫妇问好。

庞跃京喝了一口茶，接着说："现在邓大人（指邓小平）又出来工作了，林彪搞个人崇拜不得人心，他终于自绝于人民，现在全国又掀起了'批林批孔'运动。"

这个晚上庞跃京和姚革新谈得很晚，谈着谈着他竟然睡着了，苏醒把一件厚衣服披在他的身上，让他小睡一会儿。苏醒在旁说："庞书记也太可怜了，他现在一个人过，那年他被批斗，翠翠吐了血，庞跃京还在牢里的时候，她不久就死了，她也没有想到庞跃京这辈子还能出狱，以为他会老死狱中的。一个被判了刑的政治犯，哪里还能看到前途与光明啊。他现在无儿无女无老婆，也这把年纪了，太惨了，太可怜了。"

"庞书记是个大英雄，他对革命有功，黄大风公权私用，借运动之机，打击报复，排除异己，残害庞跃京。机关算尽，反害了卿卿性命，结果黄大风自己被自己纵容的红卫兵打得鼻青脸肿，赶下台批斗，最后被整得精神错乱，遣送去了娄底老家劳动改造，让他带病思过悔过，真是个大笑话。"姚革新说到黄大风满脸鄙视。在他眼里，庞跃京光明磊落，一身正气，一心为民，对党忠心耿耿，是一个真正的大公无私的革命者。黄大风好大喜功，为所欲为，私心杂念多。黄大风在历届政治运动中，借运动之手排除异己，清算有军功、有领导力的党员干部，给党和人民的事业造成了损失。

庞跃京小眯了一会儿醒了，说是天已晚，回公社去。

快离开时，苏醒提来一壶用枳椇酿的酒交给庞跃京带去喝，说是强身解乏，消除疲累。

庞跃京也不推脱，说了一句："苏醒嫂子对我就是好，在姚书记家里，我就不客气了。"说罢手一摆，向公社走去。

第四十九章
谢钟父女登门拜访　绝色双骄初次交锋

运动当前，牟梨觉得人手不够用，想把自己带来的几个人安插到火场"文革"领导小组办公室工作。她向庞跃京提交了人事变动方案，要求人员立即到位。

庞跃京瞟了一眼方案，干咳了几声，转身拿起扫帚，在办公室扫着干净的地面。他说："现在各级干部缺口大，尤其是缺德才兼备的年轻干部，现有人员各有各的职责所在，腾不出手来。今年有年轻干部分来了，首先把你办公室配齐，你看好不好？"

庞跃京把话都说到这个份上了，牟梨心中不悦，也只能忍着。庞跃京不是魏公稽，如若吹胡子瞪眼睛，上纲上线，拿政治挂帅、阶级斗争这类意识形态来对付庞跃京，没准蒙羞的是自己，加之此时不是彼时了，她感觉到政治风向标貌似有些许微妙的变化，她只能按照庞跃京的意思办。

暑假谢采采大学毕业了，组织上根据她个人意愿，把她分配到火场公社工作。上班第一天，谢钟带着她不是去公社报到，而是带她来到姚革新家里。

谢钟在家门口，甩开嗓子叫道："采采给恩人报到来了。"

姚革新夫妇见谢钟父女来了，立即迎了出去，苏醒连忙问道："谢队长，今天来这么早，干吗呢？你爷俩过早了没有？"

"过早了，今天是采采参加工作的第一天，高冷打清早就做好了早饭，饭碗一放，我们就从谢家界过来了。"

"快坐下，这采采呀读了几年大学，就是不一样，出落得水嫩水嫩的，标致极了，依我说啊，采采才是咱火场的第一美女。前有崔产愫，后有袁莹莹姐妹花，哪个都没咱采采美得全面，这往后啊，谁家能娶到采采这么一个好媳妇，那是祖上积德，烧了高香了。"苏醒抓着谢采采的一双美手来回搓揉，喜笑颜开。

姚革新也是满脸笑，"你能不能让采采坐下来再说啊，几十岁的人了，也没见你这么夸一个女孩子的，你看看，快把人家采采夸得都不好意思了。"

"谢谢伯母夸奖。"

"谢钟不是外人，快坐、快落座。"苏醒说。

"今天呢，本来高冷也要来的，家里没有猪草了，她带几个孩子上山打点猪草，砍点柴火去了。昨天一个晚上，我们讲话讲到丑时，高冷说，当年若不是姚书记那一票，采采到现在都还是个农民，莫讲上大学，可能就在农村相个对象结婚生子了，姚书记的大恩大德我们全家尤其是采采是不能忘记的。"

苏醒笑着说："谢队长呐，什么大恩大德的，不就是一票吗？咱采采本身就很优秀，人又长得俊，她不读大学难道叫钟吉祥去读呀！这往后啊可不敢恩人恩人地叫，太生分了。"大家在一起有说有笑。

"嫂子，话不能这么说啊，姚书记当年是大公无私，大爱无疆啊，他把采采当自己的闺女，大家都知道，当时除了姚书记手中那一票，采采和生气的得票是一样多，这个啊，我还真是没有想到，我当时呀，还生怕采采得票太少丑人，就把我自己的那一票投给了采采，结果采采和生气得票竟然一样多，我当时就蒙了。如果想到是这个结果，我早把自己这一票投给生气了，生气的书念得有多好，谁人不知啊是吧。"

"当年就是因为伯伯把票投给了我，生气哥哥比我少了一票，失去了读大学的机会，我至今内心感到很愧疚。"

"你伯伯这样的党员，我看全县就没有第二个，他心中装着社员群众，别人当官发财，他呢……哎，他是一让再让啊！先是把读大学的名额让给了黄大长的老大黄诚勇，当时呀连公社书记都觉得改革应该保送读大学去，可你伯伯就是坚持要保送黄诚勇去读大学，说今后有机会了生气再去。可是，这第二次机会来了，你伯伯又把他最关键的一票投给了你，可以这么说，他那一票完全可以投给生气，当时大家都认为他那一票应投给自己的儿子，公社没有要求当事人家属回避投票，怎么不可以投自己儿子呢！闺女，今天，我还要当着你伯父伯母的面把话讲透啰，我当时得知你和生气的得票一样多，又是你两个最后争这个名额时，我和你的心情一样，内心很是愧疚。不管从你和生气两个人念书成绩、政治表现、家庭出身，还是姚书记为全大队操劳的情况和影响力，都应该保送生气去读大学。我后悔已来不及呀，票已经投了，得票结果已经公布了，就只差姚书记那一票，他事先申明了没有投，如果出现两个得票相同的话，用他那一票来裁决，省得大家又要投第二次。

第四十九章　谢钟父女登门拜访　绝色双骄初次交锋

当时姚书记就应要求大家只投一个人，不能让大家一阵乱投，结果票太分散了，有些心术不正的人，还在会上会下拉票，在这种情况下，造成了你和生气得票一样多。我当场几次要求把自己的票转投给生气，可你大伯就是不准，相反，他还把自己的一票——起决定性作用的一票投给了你，最后让你代生气哥去读了大学，你才有了今天啦！闺女，你这个铁饭碗是生气哥的，是你伯伯偏心，硬是把生气哥的铁饭碗交给了你啊，待你比亲闺女还要亲啦！你要感恩，记得他的好啊！要一辈子感谢伯父、伯母对你似海深情啦！"

姚革新满脸是笑，说："谢钟，你又来了，这都是几年前的老皇历了，又拿来翻，今后可不敢把这事挂在嘴上。这都是革命工作的需要，咱采采内外兼修，受了高等教育，更好地为国家做事出力。"

苏醒喜极而泣，她和采采靠近坐，说："谢队长啦，你真是个感恩重情的人，现如今有几个人记得别人的好呀，关键时刻不告密、不写别人的大字报、小字报就不错了。世道乱了，整天闹哄哄的，难得有你这样的明白人，真是不枉生气他爹当年做的决定。采采又是那么乖，和我也很贴心，像我自己生的亲闺女。"

姚革新吸完了烟，说道："谢队长，别炒剩饭了，当年那点事儿，今后就不要挂在嘴上说了，采采是我看着长大的，书也念得好，咱给国家送的人得品学兼优不是吗。我当时不是不可以把票投给生气，我投了也是正常的，生气也因此会上大学读书，大学毕业后国家包分配，他会有一个铁饭碗，不会像现在这样还是个泥饭碗。后来承蒙魏公稽书记关照，安排生气到公社办公室打杂，不是正式干部，是临时工，福利待遇上肯定要差很多，这个都不说它，关键是说不定哪天公社不要人帮忙了就会退回来，继续当农民修补地球。这些我都知道，也没打算改革有朝一日能转正成为正式国家干部，他有一双手一双脚也能讨到吃的，通过诚实劳动能养活自己。劳动创造了人类，同时也创造了人类最美好的未来。今后不管生气是从事脑力劳动，还是体力劳动，劳动者都是在服务于社会，为社会创造价值，那么这种劳动就是光荣的。"

谢采采说："伯伯说得很精辟，正如马克思所说的：劳动最光荣。"

"我们当干部的，如果时刻想到的是自己的利益，自私自利，那么社员群众会怎么看我们，党的事业还靠谁去做，国家还能指望谁。"

谢钟接过话说："如果我们的每个干部都能像姚书记那样，时刻为别人着想，公正无私，那么'赶英超美'就一定能实现。"

苏醒双手捧着采采的手，脸上洋溢着幸福的微笑，说："采采是个好孩子，又是个读书的料，老姚把票投给你，是对你的爱护与期望，他把你当成了自己的闺女去关爱。"

姚革新用手制止了她往下说，接过话说："改革是个男人，男人怎么能跟女人争呢？男人本身就应让着女人，何况我们是世交。从今往后感谢之类的话就不要挂在嘴上说了，更不能开口闭口说恩人之类的话。如果要说感恩，那就要感谢毛主席的恩情，是毛主席带领全国人民推翻了三座大山，建立了新中国，新中国三个字很沉重啊，来之不易，旧中国积贫积弱，一盘散沙。我和你爹都是从旧中国走过来的，新旧社会对比是两重天啦。没有毛主席就没有新中国，没有共产党就没有新中国的今天，我们无产阶级劳苦大众都要永远铭记毛主席的大恩。你们赶上了好时代，可以不受外国侵略者欺负、压迫、奴役，有尊严地活着，工农兵可以上大学，更好地为党工作，为人民服务，这是何等幸福美好的事啊！

试问，中国历朝历代的统治阶级谁能做得到？谁会把工农兵抬得这么高？新旧社会两重天啦。采采啊！你现在正式工作了，要牢记毛主席说过的话：谦虚谨慎，戒骄戒躁，全心全意为人民服务。"

"伯伯，我记住了，我不会让你和伯母失望的，当年村民送我上大学的情景历历在目，仿佛就在眼前。我绝不会辜负大家的期望，一定把工作做好，生气哥哥现在也在公社上班，我有不懂的地方多向他请教。"

"你现在是大学生，改革是个临时工，天上地下的区别，他哪敢指导你。"苏醒正色道。

"小伯伯（西南方言伯母之意），生气哥的学养不比我们这些工农兵大学生差，他现在已经工作几年时间了，既有理论知识，又有实践经验，这往后免不了要向生气哥哥请教哩。噢，对了，我生气哥呢，他怎么不在家里，他上班去了吗？"

"我回来了，采采你什么时候到的？毕业了工作定下来了吗？……"说曹操，曹操就到，姚改革一脚跨进屋里，大声说道。

"改革哥哥，我分配到咱们公社工作啦，我刚来，往后我和你是同事了，我们可以天天在一起了。"

谢采采蹦跳着，抓住了莫生气的手摇晃，忽然觉得自己貌似有些不妥当，脸一下子红到脖子根，洁白整齐的牙齿咬住了下嘴唇，迅疾放下生气的手，逗得几个大人一阵笑。

还是姚改革打破了尴尬局面，说道："采采，你向庞跃京书记报到了吗？吃住的地方安排好了吗？"

"还没呢！我今天是到庞书记那里报到来的，等一会儿去，我先给伯父伯母报个到，好久没看到了，怪想他们的。"

"我看你还有一个人没有说，那个人是你心里最想见到的人。"谢钟微笑着说。

"谁呀？有这回事吗！"谢采采反诘。

谢钟把眼睛往姚改革身上看了看，往那里扫一眼。谢采采明白自己老父的用意，娇嗔道："爹爹就是没正形，惯开女儿玩笑，我心里只想伯父伯母好吧，我哥只想一点点，我在大学时，经常给他写信，他不是不回信，就是三言两语回个信。他现在身边美女如云，哪有时间想别的。"说完伸出了一个又细又长的小指，向姚改革扑闪了几下大眼睛，勾着头，顾长鹅白的脖颈上细小的绒毛在风中飘动。

"是哪个一回来就问生气情况的，而且是问得很仔细，大到他的工作情况，小到他的生活习惯。昨晚上还特别问生气是不是处对象了。"

"爹爹啊！谁问他这些了，没有的事，我才不感兴趣呢。生气哥就在这里，他处朋友了没有，他自己知道，也许没有处，也许处女朋友了，处了也很正常，听说现在公社来了很多漂亮女孩子，有不少是从大城市来的，一个比一个漂亮，我哥高大帅气还有才，肯定能得到芳心。"

"采采啦！这个我可以担保，生气没有处女朋友，公社是有几个漂亮女孩子想和生气处对象，生气不愿意。"苏醒马上说。

"谁呀？是谁那么有福，能得到我哥的青睐啊！"

"采采别听我娘乱起哄，我一个农民，谁会看得上我呀。"

第四十九章
谢钟父女登门拜访　绝色双骄初次交锋

"上次邓佳丽不是跑到我们家里来，专门给你送书吗？还到你房间和你讨论什么红学哩。"

"邓佳丽有'丽人醉'之称，她来送书？送的是什么书？还讨论什么红说，啥意思？"谢钟问道。

"不是红说，好像是什么红学。"谢采采听苏醒这么一说，明白了邓佳丽给姚改革送的书是《红楼梦》，这还得了，《红楼梦》在当时是禁书，被列入淫秽书籍黑名单，是封建糟粕，谁敢看这种书是会被治罪的。

于是，谢采采立即把左手食指放在嘴唇上，发出"嘘"的声音，提示苏醒不要继续往下说，更不能大声议论。

谢采采立即走到门边，向外探出半边脸往外边张望，她见外边没有人，又回到屋内，她说道："小伯伯，你刚才说的那句什么红学之类的话，今后可不要对外再提起，我在长沙读大学时，我的一个研究红学的老师，也就是因为研究《红楼梦》这部书，被经常批斗，最后自杀了，就是你刚才讲到的邓佳丽送我哥的那本书。"

"一个大学老师因为研究一部书自杀了，为什么？看书犯法了？"苏醒瞪大了双眼，感到十分诧异。

谢采采点了点头，说："《红楼梦》是清朝时候一个叫曹雪芹的人写的一部章回小说，曹雪芹没写完就去世了。后四十四回由高鹗续写。这本书是言情小说，言男女之情，是一部禁书。邓佳丽让我哥看这种书，弄不好会害了咱哥。"

"邓佳丽那次是给我送《红楼梦》这本书，不知她是从哪里弄来这部书的，共三本。"

"哥，你把《红楼梦》看完了吗？有何感想。"

姚改革回答道："《红楼梦》是几千年来中国文学史上最伟大的作品。它之所以伟大，首先是在结构上的伟大，在如此精妙的布局和秩序下，这等空间、这群人物中，看似庞杂的故事在作者笔下事无巨细，条理清晰地娓娓道来。它是一部百科全书式的著作，博大精深，无怪乎因一书而成'红学'。它是一部含笑的悲剧，不只描写了一个封建贵族家庭由荣华走向衰败的三代生活，而且还大胆地控诉了封建贵族阶级的无耻和堕落，指出他们的种种虚伪、欺诈、贪婪、腐朽和罪恶。它不单指出这一家族的必然崩溃和死亡，同时也暗示了这一家族所属的阶级和社会的必然崩溃和死亡。曹雪芹笔下所创造和热爱的主人公是那些敢于反叛那个垂死的封建贵族阶级的贰臣逆子；所同情悼惜的是那些封建制度下的牺牲者，所批判和否定的是封建社会的虚伪道德和不合理的社会制度。我不明白这么伟大的著作，为什么会被列入禁书。"

"哥，你说得很有见地，但这样的话，真的不能到外边乱说啊！关于《红楼梦》的讨论，今后有的是时间，我陪你慢慢聊，这个话题就是讲三天三夜也讲不完，留着今后细说吧。"

"还是采采懂事，今后多跟人家学学。"姚革新说话时，满脸笑。

苏醒说："你两个年轻人讲的什么《红楼梦》、什么曹雪芹，我反正没搞清楚，也不想弄清楚，不过有一条我是清楚的，听毛主席话，跟共产党走就不会错。"

"小伯伯的政治觉悟真是高，没想到一个农村老太太随口就能说出这样的话，说明我们的伟大领袖和党在人民的心目中已经深入人心，已成为人民的一种精神信仰。"谢采采

拢了拢一头秀发，脱口而出，"感谢姚伯伯当年鼎力帮助，采采才有机会接受高等教育，而且在大学加入了党组织。"

姚革新听到这里，双手一拍，不无自豪地说："好啊，采采这么年轻就入党了，真是难得啊，在大学入党肯定很难吧，那里边人人都是大拇指。"姚革新不吝夸赞并为采采竖起了大拇指，这个看似简单的小举动对于他来说非同寻常，几乎很难看到他如此直白的夸人。

"大学入党难，也不难；说入党易，也很不易。我积极响应上级号召，参加了我们大学里的造反派，在'文化大革命'运动中火线入党。"

姚革新听后，脸色变得难看，心情晦暗，才放下长杆烟袋，又抓在手上吸上了，屋内出现了暂时的宁静。

"今天是采采上班的第一天，改革你陪采采，先到公社向庞跃京书记报个到吧。年轻人有时间还是要好好研究《红楼梦》、学习《红楼梦》，因为《红楼梦》是中国几千年来文学的集大成者，是座难以逾越的文学高峰。现在当然不能明目张胆地学习，总有一天在世界范围内会掀起一股《红楼梦》热潮。年轻人思想活跃，紧跟时代步伐，但一定要有自己的独立思考和价值判断。"谢采采和莫生气听了姚革新的话频频点头。

谢钟说："辛苦一下改革，你就带采采一起向庞书记报到去吧。今后在公社你要和采采互相关心，互相帮助。"两人立即答应了一声，准备去公社。突然，姚改革似乎记起了什么，停下脚步。

"怎么啦，儿子？"苏醒问道。

姚改革说："采采来了住在哪里呢？公社现在没有多余的房子了，一间也没有，我在办公室打杂，我十分熟悉公社的'家当'，有一个年纪大的老干部李南夏，快要退休，属于临退人员，但还有一年多工作时间，不过他即使是退休了，也会住在公社，因为他为了革命，耽误了自己的终身大事，没有成立家庭，老家在遥远的江西，那里也没有什么亲人了。如果退休后让他从公社搬出去，那么，李南夏面临无家可归。"

苏醒听到儿子姚改革讲的情况后，脱口而出："公社如果硬是没有条件住宿，采采就住在咱家吧。"谢采采欲语还羞，脸上掠过一抹红晕，用牙齿咬住下嘴唇，点了点头，便和姚改革找庞跃京书记报到去了。

庞跃京见过谢采采后，了解到她在大学读书期间参与了运动的组织工作。庞跃京听到谢采采陈述的个人经历，感到满意，还表扬谢钟生的五朵姐妹花，个个聪明美丽。

正如姚改革所言，公社确实没有空房安排谢采采住宿，庞跃京提出，让谢采采先通宿上班，等公社有空房子了再来公社住。

姚改革说："从公社到谢家界有那么远的山路，每天往返要几个小时，遇到刮风下雨、雷电、下雪天，山路很难走，也很不安全。这样走来走去也影响革命工作，我虽然每天是通宿，但我家就在中村，和公社就隔一条石板路。"

庞跃京听了姚改革的话，得到启发。他问道："姚改革你屋现在还有空房间吗？如果有的话，可以暂借，让谢采采住一段时间，公社可以适当出点租金怎么样？"

姚改革说："庞书记你开口了，只要有空房还用借吗？采采又不是外人，她爹和我爹他们是要好的同学加兄弟，我回去问一下我娘，如果有空房，采采就免费住。"

第四十九章
谢钟父女登门拜访　绝色双骄初次交锋

"没有空房间，你就让出来，给谢采采住，你住我们公社办公室怎么样？"庞跃京说完哈哈大笑。

谢采采低着头，用牙齿咬住下嘴唇，娇羞地站在一边不置可否。姚改革往谢采采看了一眼，说道："可以啊！让采采住进咱家里当然可以，我家条件也不好，不知采采愿不愿呢！"

"谁嫌你家条件差啦？干革命工作就不能讲条件、讲价钱，只要能够住下就可以。毛主席教导我们说：'多少事，从来急；天地转，光阴迫。一万年太久，只争朝夕。'只要能安放一张床，摆放一张桌子写东西就可以了。"

"睡觉的问题解决了，接下来就是生活的问题。由于没有住处，谢采采没地方做饭，要不她也就到你屋吃饭吧，她每月有粮票，到时每月她和你屋结账怎么样？"

"这些都不是个事，只要不影响采采的革命工作就好了。"

"生气今天讲话真像爷们，对我的脾气，这件事就这么定了。采采今天准备一下，明天开始上班，参与火场公社'文革'工作小组的工作，和邓佳丽做搭档，邓佳丽也是个大美女，谢采采可能不大了解她，邓佳丽的工作能力还是很强的，希望你们两个大美女把咱们火场公社的各项工作，尤其是'文化大革命'工作干出新的更大的成绩。"

"好的，庞书记，关于邓佳丽我耳闻了一些，她有'丽人醉'之称，号称美女加才女，不过百闻不如一见，见了面就知道了。"谢采采说话有些唐突。

庞跃京叫姚改革去二楼叫一下邓佳丽。

邓佳丽很快来了，庞跃京对两个美女下属做了介绍，让两个人互相认识一下。

邓佳丽的脸上洋溢着喜悦，谢采采的眼睛在邓佳丽的身上扫描。邓佳丽快人快语，说道："谢采采果然如同她的名字一样，光彩夺目，正如《汉书·霍光传》有云：'天下想闻其风采。'"她向谢采采伸出了右手。

谢采采佯装不知，用手捋自己的头发，邓佳丽有些尴尬，抽回了自己的右手。谢采采一边捋自己的齐肩秀发，一边说道："你就是'丽人醉'啊，今日一见果然名不虚传，但也不至于令人醉嘛，我们这些山里人没见过什么世面，就喜欢瞎叨叨。"

邓佳丽说道："盛名之下其实难副，什么'丽人醉'，都是他们吃了饭没事做，拿我寻开心而已，别当真。"

邓佳丽背起蔡邕的《青衣赋》中的几个句子："盼倩淑丽，皓齿蛾眉。玄发光润，领如蝤蛴。纵横接发，叶如低葵。修长冉冉，硕人其颀……"谢采采听后一脸茫然。

姚改革见谢采采不知所云，从旁打圆场，说："邓佳丽背的是东汉蔡邕的《青衣赋》中的几句，该赋中的这几句，从容貌、身材、服饰、举止、表情等表达对一位青衣女子的赞美，她是借蔡邕的《青衣赋》赞美你、欣赏你。"

姚改革说完，邓佳丽给他竖起了大拇指，并点头肯定。

谢采采头一摆，一头瀑发在空中飘扬，脸上露出了浅浅的微笑，她伸手象征性地和邓佳丽握了握手。

"听说你喜欢看《红楼梦》，请问你喜欢《红楼梦》里什么样的人物？"谢采采先声夺人，善于制造话题。

邓佳丽微笑着说道："小妹妹你可不能乱讲话呀，谁都知道《红楼梦》是禁书，我听

说是一部中国封建社会的百科全书，传统文化的集大成者，著名的言情小说，莫说看，我就是想见，也见不着。难道现在的工农兵大学生可以看这等封建糟粕吗？"

谢采采回敬道："看看，你看看，刚刚还说自己没看过《红楼梦》，这不，说漏嘴了吧，其实你对这部书不仅仅是看过，而且有自己的见解。我们大学里哪能看这种'封、资、修'之类的书籍，我是马列主义政治学院毕业的，我们以研读马列、毛选为主，《红楼梦》这类书是破'四旧'之列，是毒草，我们研读《红楼梦》不是为了学习它，而是为了更好地批判它。"

"你们学习《红楼梦》是为了政治，是为了大批判。我们如果看了就是……好了，不说这个了。采采小妹喜欢《红楼梦》中哪个人物呢？"邓佳丽问道。

谢采采觉得邓佳丽讲话给自己预计了陷阱，说话间就会把你引向她的议题，明明说了读《红楼梦》是为大批判，她却按照你的思路问你读了之后的感受，这个思路导向很容易让人顺着她的思维往下思考或回答问题。谢采采可不是那么容易上当受骗的，她很警觉规避了邓佳丽的提问，反问道："'丽人醉'想必一定是喜欢做《红楼梦》中的薛宝钗了？"

邓佳丽明白谢采采意有所指，便似笑非笑说道："《红楼梦》中，薛宝钗做事无情，而且圆滑隐忍，抢走了林黛玉林妹妹的情郎贾宝玉。林黛玉多愁善感，外冷内热的她泪尽而逝，后来薛宝钗和贾宝玉成婚，贾宝玉没多久便看破红尘出家为僧。林姑娘和薛宝钗，其实她俩是惺惺相惜的，宝玉出家以后，薛宝钗孤守终生，都是悲剧人物。"

谢采采说："我倒喜欢'金紫万千谁治国，裙钗一二可齐家'。"

邓佳丽一听鼻子哼哼两声说道："王熙凤一双丹凤三角眼，两弯柳叶吊梢眉，为人心狠手辣，敢爱敢恨，机智多才，具有惊人的管理组织能力和治家手段。只可惜这个金陵十二钗之一的王熙凤，贾府中的凤姐，贾琏二奶奶，入狱后被休，死后也只有一个草席裹身。这些生活在封建社会的脂粉佳人，注定要获得悲惨的下场。你是共产党人，你永远也做不了这金陵之钗。"

谢采采领教了邓佳丽的厉害，一时语塞。庞跃京马上圆场说："你两个大美女、大才女各方面都不比潇湘妃子、蘅芜君、凤姐儿差，因为你们生在新中国、长在红旗下。"

谢采采说："还是庞书记站得高、看得远，讲话有水平。我们是无产阶级接班人，怎么能自比封建社会这些悲剧人物呢？我们共产党人是绝对不会去做这些可怜人儿的，有人就是想做薛宝钗，强抢豪夺，夺人所爱，最终也是一场空，落得像贾宝玉一样遁入空门、万念皆空。"

邓佳丽用手轻拍了一下谢采采的肩头，像长辈教训晚辈一样，说："众生皆有佛性。"

谢采采上班第一天就这样开始了，没想到的是，她在邓佳丽面前明显是处于下风的，邓佳丽这个人让她记住了。两人的首次见面看似平和，实则是暗藏玄机，语言上的碰撞，也是一种试探或较量。

第五十章
黄诚勇擢升副书记　苏醒姐数落姚革新

　　公社没有住宿条件，谢采采没有选择余地，当天回到谢家界。苏醒安排姚改革陪她，说是第二天帮谢采采挑运一些行李。

　　谢采采就这样在姚改革家里居住下来，两人每天一起工作、一起生活、一起讨论时代命题。姚改革年长谢采采一岁，从小学到初中、高中两人是同班同学，两人知根知底。两人现在又在同一个单位工作，在同一个屋檐下生活，两人出双入对，形影不离。

　　这些变化没有逃过村中那些婆婆客的眼睛，莫夜香、村会计莫富贵的婆姨符彩儿、老处女夜猫婆、符光中堂客姚娆、民兵营长莫公雷的婆娘小杏儿、民兵连长符德埘的老婆嗷呜等等。她们经常来姚革新家串门，目的就是要寻找一些姚改革和谢采采两个年轻人情感上的蛛丝马迹。

　　火场公社最会说话的媒婆三天两头来姚革新家探听姚改革婚事的口风。媒婆有两大本事：一是在那个信息十分闭塞的年代，媒婆们凭着职业的敏感，掌握着全公社乃至公社以外周边世情人脉，大到社会关系，小到家庭成员。男女的心性爱好、脾气习性、高矮肥瘦美丑等等方面可以说是应知尽知，在乡间虽然贫穷，各家各户生个三五个是常态，在农村有重男轻女思想，因此，不生个男孩不会放手，这样一来，有的人家生有七八个孩子也并不少见，只要人口有一点小规模的地方，媒婆的数量会不少，有一支自然形成的产业链。

　　大多媒人不是见利忘义之人，是成人之美的，但凡家中有待字闺中的女儿，媒婆会应男方之邀上女方家中说媒，俗语云：一家有女，千家求。这媒婆说媒凭的是一张嘴，当然，媒婆队伍也是良莠不齐，总的来说，媒婆们的初衷都是成人之美，能不能成还要看男女双方的缘分。主家时常会说，媒人辛苦，新人幸福。

　　自从谢采采住进了苏醒家中，谢采采每天又和姚改革出双入对，这个风向标当然逃不过媒婆们的慧眼，这些当地有名的媒婆代表，个个跃跃欲试，都希望利用三寸不烂之舌、巧舌如簧之语，顺礼成章地拿下这桩美事。既促成一桩婚姻，又能使自己美名远播，何乐而不为呢。不过姚革新家可不是一般的人家，姚书记是个老党员，做了几十年的村书记，啥阵仗没见过，一般歪瓜裂枣、二三流媒婆自然是不敢问津这桩婚事的，于是，才有了这些媒婆不辞辛苦上门探口风的事情，好在苏醒秉持上门就是客的主张，这些媒人来了她不满意时就会说："现在新社会，不搞父母之命、媒妁之言那一套，新社会提倡自由恋爱，长辈就不用去管这档子事了，让他们年轻人自己做主的好。"这样就很巧妙地堵住了媒婆的尊口，也不至于得罪上门来想做好事、成人之美的人。其实在她心中，她早已有了媒婆人选，那就是和崔产愫关系很好的邻居——王阿婆。其实谢采采和姚改革的大媒只要选媒婆队伍中的任何一个人，都能够谈成功，是一个水到渠成的事。双方父母乐意，两个年轻

人彼此中意对方，两人从小在一起读书，现在又在同一个单位工作，彼此知根知底。谢采采对姚改革可以说是痴迷的程度，姚改革对谢采采也是很有好感。如今谢采采都住进姚家了，且和姚家人一起生活，如果她不中意姚家和姚改革，作为一名未婚女子是绝对不可能住进别人家的，在这农村会滋生很多的闲言碎语，那些吃了饭没事干的人，那些不怀好意的人，就会添油加醋地说出一些是非来。

谢钟夫妇和姚革新夫妇之间的友谊，媒婆们心中都清楚。两个年轻人之间的感情也是十分亲密，谢采采作为一个女孩子愿意住进姚家，说明她根本不惧外人评价，她心中已有自己的主见。这个时候只要有个人一点破就能成功，何况现在已经有人在议论他两人的婚事了。

庞跃京把黄诚勇和刚刚大学毕业的谢采采安排到牟梨任组长的"批林批孔"运动工作小组，庞跃京对牟梨说，要给年轻人压担子，让他们在伟大的革命运动中锻炼成长，尤其是大学生不但要具有科学文化知识，而且要经得起社会这个大熔炉的考验。

晚上，苏醒坐在火坑边烤火，用针线缝补衣裤，姚革新从外面回屋，搓着双手，人还没有坐下，便说道："今天白天在公社开会，庞头领宣布了一项新的人事任命，县革委会任命黄诚勇任咱们火场公社副书记，黄大长当年只身跑到省会找李以民反映庞跃京受到的不公正的待遇，他也可以说是庞跃京的救命恩人。黄诚勇大学毕业后，回到火场工作，工作干得很好，深得庞跃京赏识，现在重点培养黄诚勇；他宣布谢采采代管女工工作，进入'批林批孔'工作组，谢采采大学才毕业几个月，就被庞书记重用，安排到这么重要的工作岗位，也是对她的历练和信任。谢采采现在是越发伶俐乖巧，浑身充满着青春气息，说话办事十分得体，女大十八变，越变越好看，有文化而又漂亮的女人就是不同凡响。"

苏醒听后，突然怒怼姚革新说："黄诚勇当副书记，谢采采才上班就被重用，关你什么事，你咋那么高兴呢，别人家的孩子进步了，你高兴成这个样子，咱姚改革如果也出息了，你也会不会这么高兴，我看未必。庞头领宣布谢采采代管女工工作，其实就是让她兼任公社妇女主任职务，只是现在她才毕业，还不到一年，履历不够，等过了一年，肯定会让谢采采当公社妇女主任。谢采采这个乳臭未干的黄毛丫头大学毕业才几个月就能进'批林批孔'工作小组，成为重要成员之一，可见庞跃京对她的重视程度有多深。崔产愫去职以后，女工工作一直没有一个合适的人管，崔产愫的妇女主任是兼任了公社副主任的，要不了多久谢采采也会升官，她和黄诚勇都成了公社领导干部，成为你儿子的上级，管着你的儿子姚改革，到那个时候，你会更加高兴吧。我看到时候你恐怕再也高兴不起来，一个人躲在一边只有怄气的份。我家生气当年读书时，那个学业成绩就没比他们两个差，甚至可以说，学习成绩还要好过他们两个人，全年级学业成绩第一的人你不用，你偏要用第二、第三的人。生气政治表现好，贫农成分，政审也没有历史问题，哪一样不是扛旗子的人。你就因为黄大长曾经救过你的命，一辈子像背着一座山一样的恩，报不尽，时时处处为黄大长着想，为他的儿子、女儿着想。谢钟是你的同学加追随者，你就力挺他们的孩子保送读大学，你让了一次还嫌不够，还让第二次，硬是活生生地把生气堵在大学门外，我至今想不通你的脑壳里是怎么想的。我生的五个苦瓜，哪一个学业成绩不是顶呱呱的，你当大队书记这么多年，我们家中没沾到你的光不说，你还让别人沾尽了我们家中的光，让自己的孩子修地球。我是小看你了姚书记，你是什么居心啊，自家孩子比别人家孩子要优

第五十章
黄诚勇擢升副书记　苏醒姐数落姚革新

秀很多，你却要坑自家孩子，从自己孩子开刀，你是真高尚呢，还是好表现？农民政治家能玩得过资深政治家吗？做个好梦吧，姚书记。你只是一个大队书记，不是党总书记。你是一颗红心向着党，党叫干啥就干啥，可是，党也没有说不让你的孩子读大学呀！有时我就想，你还是不是孩子他爹。什么村领袖、农民政治家，别人随便一叫，你就咧咧个嘴巴，好享受的样子，这些玩笑话你也信，都是什么玩意儿，有个屁用。黄诚勇和谢采采两个人都是被你保送读的大学，现在两个人大学毕业了，回到火场公社工作，一下子就爬到你儿子头上去了，有什么味，别扭不别扭。今后说不定那一天骑到你儿子头上拉屎拉尿，还真不好说。这世道，关键时刻、紧急关头有几个人为别人着想，重情重义感恩图报的人现在还能找到几个？眼看他们两人都成为你爷俩的头儿了，你真的就一点想法也没有吗？今后看你七老八十了，你能指望谁？到时看你是靠他黄诚勇，还是自己的儿子姚改革。你积极、思想好，送一个黄诚勇读大学也就差不多了，你还要送第二个谢采采读大学，人家谢钟都要抽出自己的票转投生气，你却制止不同意，你不但不同意他投生气，还硬是把自己的票投给了谢采采，就是不投自己的儿子，让自己儿子难堪。你既然有让谢采采上大学的想法，就不要让生气参与投票，既然让生气参与投票，不说别人，你自己总得给自己儿子投一票吧，你倒好，把票投给了谢采采，还是明着投给谢采采，黄大长当时想阻挡都阻挡不了你。硬是故意让咱儿子像你们搞的定额选举一样陪杀，你何苦来着，是脑壳进水了，还是搞么的？还农民政治家呢，我看你就知道对自己亲人讲政治，在外面你不懂政治。没想到你会那么狠心，把自己的儿子活生生地堵在大学门外，人为地不让进，你姚书记真是大公无私啊。生气又不比他们差，根本就不用你徇私，只要你给他一个公平竞争的机会，可你就是不给，把票投给谢采采，生气为什么就不能保送去读大学，就是因为你故意从中阻挠，所以才使得生气至今只能做个一般干部，看人家脸色行事。哪天别人一不高兴，你儿子就得卷铺盖走人。他们两个人现在是铁饭碗，高人一等，现在又当了你儿子的领导，我就不信你心里就没有一点点后悔。他们两个人被你保送到大学读了几年书，这一回来就成了香饽饽，你一个当老子的人，不关心自己的儿子前程，净为别人考虑，这下好了，他们不仅仅手里拿着个铁饭碗，而且会很快升官发财，给你儿子脸色看。生气关键时刻栽在自己亲爹手里，被你人为地永远卡在大学校门外，这一下生气和他俩的距离不是一星半点，而是天地之别。"

姚革新的嘴巴上咬着长杆烟袋，两张嘴巴皮不曾离开烟嘴，说话不影响他抽烟。他语中带刺，说："幸好你只读了几年高小，斗大的字不识一箩筐，如果让你读了高中，上了大学，你的官瘾还不知有多大呢，弄不好你想当总理。我就不明白，解放都这么多年了，你还生活在解放前，开口闭口就是当官，当官有什么好，现在整的就是当官的人。当官的人也只吃三餐饭，睡一张床。你就那么想生气当官啊，这年月上台下台的官，像走马灯似的，有的活得比狗不如；有的被整得一身病留下残疾；有的坐了大牢家破人亡；有的为此还丢了性命。我们身边曾经发生的和正在发生的，这些年你都看到的，人要知足感恩，不要贪恋那些身外之物，这年头能够好好活着已经不容易，能够享受自由健康快乐就很好了。《增广贤文》里面有句话：命里有时终须有，命里无时莫强求。生气他命里若有功名利禄，迟早会降临到他的头上来的；如果命中没有，你就是把他送到大学里去，或许也不会有好的结果。"

苏醒说："你别糟蹋人，我下辈子也不是当国家总理的料，谁稀罕当什么总理啊，周总理当这么一个大国的家，多操劳，多辛苦啊。我一介草民，哪有那个本事。你们当干部的时常挂在嘴边的一句话就是公平、公正、公开，那么在对待自己孩子的时候，不指望你搞特殊，但也要一视同仁吧。可是你把自己的儿子愣是堵在大学门外，我不晓得你是怎么想的。你这时倒是想到命运了，你们不是时常说，要和命运抗争吗？你这个思想就是破'四旧'里要破除的旧思想，我们老百姓只有一张嘴巴，是用来吃饭、说话的，说什么是什么，老老实实的。你们当官的人有两张嘴，官字两个口，坐在屋里全凭两张嘴，说啥都有理。亏你读了那么多的书，你都不给他一个机会，你咋就知道他就不行。我看还是毛主席的话说得对，世上无难事，只要肯登攀。你们老姚家从你高祖父至今，代代是单传，你高祖父二十岁考取文举人，那会儿你们姚家显赫一时，家大业大。你曾祖父考中秀才后，想一鼓作气来年考上举人，数九寒天用功，书桌下放一个脸盆，盆中盛一盆冷水，瞌睡来时，就把一双脚往盆里一泡，脚受到冷水刺激后，全身打了一个寒战，瞌睡顿时跑得无影无踪，他又接着用功，这么玩命地学习，他得了伤寒病，当时几乎是不治之症，由于他死得早，没给你祖父盘过书，你祖父目不识丁，到你爹这一辈，可以说家里是一贫如洗。这样一来你们老姚家几代人就是苦大仇深的无产阶级，因此，后来土改划阶级成分时，你们老姚家也被划为贫农。可是，你爹蛮有眼光的，尽管家里都快揭不开锅了，但他还是坚持要盘你读书，希望你能重振家声。可是你擅自做主，响应什么伟大号召，回到农村广阔天地，支援农村建设，结果你由一个公家人，又当回了农民，差点把你爹气死，你也差点被你爹打死。你当年放着一个公家人不做，回到乡里当什么大队书记，结果还是被牟梨那个小蹄子加害弄成坏分子，你还是没有逃脱被整的命运。因此，有时候你又信命，但大多数时候，你们叫嚣要与命运抗争，那个时候，你又拒绝命运的安排。当官的横竖都有理，我看都大不过天理。"

苏醒七岁丧父，从小就是一个人玩，又是个女孩，被村中人歧视、欺负是寻常的事。一个几岁的孩子就学会了煮饭、炒菜、洗衣服、收拾家务。从小跟随母亲长大，为了她，她母亲不再二婚。苏醒长大成人后，了解到老姚家的历史掌故和现实家境，她看中了姚革新与众不同的个性，通过媒妁之言，没有提任何要求就嫁了。

姚革新没有说话，似乎在认真听。没有听到姚革新破口大骂，苏醒又说道："我这一辈子欠人亏，嫁到你老姚家，一口气生了一只手（指五个孩子），日子虽然过得清苦，但我很高兴，我觉得我的身边有了这么多的亲人，不再是自己一个人了。孩子小，能做工的人少，家里每年还是超支户，可是，咱心里快乐，有了人就不愁没有盼头，我没日没夜地做，希望自己的孩子不再像我们这辈人受苦受难，不承想几个孩子还是跟着我受苦挨饿，想到这些我心里就会很心痛。我想孩子们个个有出息，可是你倒好，变着法子不让自己的孩子出人头地，五个苦瓜都困在家里。你是想他们长大以后，又重复我们这一辈人过的生活是吧。我们家里的条件你最清楚，姚改革生下来我没有奶，没有吃的，吃顿饱饭都像是过年，他从小就缺营养，身子骨弱，你不给他搞个事做，他将来有本事打稻、砍柴、烧炭、挖蕨吗？你说我生那么多干啥，生下来饱饭都吃不了几顿，没吃没喝地跟着我受苦，想到这个我就整宿整宿地睡不着。你倒是大公无私，成全了别人，坑了自己的儿子，难不成你还想当个总理、总统什么的吗？我想也不至于吧，你也只是个村领袖。庞头领说你是农民政治家，把你的身份定死了——农民。你不在体制内，共产党想给你升官你也升不了，这就是体制内和体制外的区别，姚改革若不在体制内，凡事都是枉然。话又说回来，让你当了，那庞头领当啥去，是不是？我生了一只手，五个苦瓜都放在家里，一个都没盘出去，别人不会说我的，我只是一个农村妇女，如你说的，我斗大的字不识一箩筐，你却是一肚子文化，总不会比我眼光浅。社会上的人只会说你傻。"

苏醒只顾闷头说出满肚子的怨言，没有看姚革新的脸色，冷不丁地抬起头来，看到姚革新脸上阴云密布，愤怒已经写在他那古铜色的脸上，苏醒连忙打住话头。姚革新做了几个活动颈部和肩膀的动作，又猛吸了几口烟，拿起水杯咕咚咕咚喝了一气，清了清喉咙，好像在用力稳定情绪，语气破天荒的和缓。他说："你以为我不想生气读大学呀，自己的孩子我还不清楚吗，生气读书成绩是比黄诚勇和谢采采好，但他们两个也不差，可是指标有限，我们当干部的不能只想着自己，老百姓的眼睛看着干部的，当干部的要带好头，老百姓才会信服，才会拥护。咱生气的确让了两次读大学的机会，事不过三，下次大队有保送读大学的指标，轮也轮到咱生气了。"

"你就是马后炮，生气现在已经在公社了，还大学不大学的，净说好听话安慰我，你们当官的就知道忽悠人。"

姚革新扑哧一声笑，呆在一旁，轻描淡写地说了一句："公社计划把改革转为一名正式国家干部。"

"好啊，老姚，你真是吃过公家饭，喝过墨水的农民政治家，关键时刻，你还是像改革他屋爹。"

"你个大嘴巴嚷嚷个什么呀？还没到那一步呢。庞书记觉得你儿子是个人才，不能埋没。因为革命工作的需要，准备予以重用，安排你儿子协助管理火场公社办公室工作，代替栾葡萄，进入火场公社'文革'领导小组。"

"好、好、好，咱儿子是革命工作的需要。"

姚革新的话，明显安抚了苏醒，苏醒嘟哝了几句没人能听清楚的话，便不再言语，两人一前一后去睡觉。

两人刚躺下，就听到喊寨人老犁头叫门："姚书……见鬼了。"

第五十一章
老犁头喊寨大发现　符仁缙守屋小传谣

老犁头也许是年纪大了，也许是说话习惯，经常把姚书记，叫成姚书，省略了"书"后面最为关键的"记"字。

姚革新劈头盖脸骂道："你也是个土埋脖子的人了，大晚上的大呼小叫的，有什么事不能进屋了说吗？偏要在大路上吼叫，连句话都讲不完整，像条老狗只会守屋，一有风吹

草动，就瞎嚷嚷。见鬼了，见什么鬼了，我问你哪来的鬼？乱叫乱吠，你才是条老鬼。"

老犁头和莫子衿见姚革新声色俱厉，不知说错了什么，也不知如何是好，杵在那里站也不是，坐也不是，走也不是。苏醒见状，说："老犁头你先坐下，有什么话慢慢说，别理他，他吃炸药了。"

老犁头往姚革新瞅瞅，又往苏醒看看，苏醒示意他坐下，他移了移小椅子紧挨苏醒坐了下来，嘟嘟挨着老犁头坐在一个小凳子上。苏醒给他倒了一杯火场堡子界山上的云雾茶，老犁头慌乱中端起茶杯用力一吸，水太烫，他又把茶水吐了出来，泼在苏醒脚上。

姚革新看到他这副模样，很不耐烦地嘲笑他，说："人倒霉的时候，喝水都塞牙，又不是见到了女子嘎，你慌什么呢，猴急猫急干啥呀？"

苏醒见老犁头难为情的样子，说："别理他，一天到晚就知道教育人，一辈子不当教师爷，太埋没了。"

苏醒叫老犁头说正经事。

老犁头在姚革新那里受了训，又不敢反驳什么，但他似乎明白了什么，他就转向苏醒说话，其实话的内容是说给姚革新的。

他调整了一下情绪，十分神秘地说："不知姚书记知不知道，有件事真是玄乎得很，莫承德那个老屋子里，这几天每到深更半夜，就有响动，好像有人在弄什么吃的。"

姚革新忍不住讥笑他说："不是出鬼了，是你见鬼了。莫承德和他儿子莫白信、前儿媳崔产惇都先后死掉了，嘟嘟也跟你去了，那个屋，现在可以说是死宅，哪来的人你说，你说你这不是见鬼了吗？我看你一天到晚神经兮兮的，像个梦游神。你的脑子是不是有问题啊，是不是想女人给想疯了？好了，不要说梦话了，大半夜的净说吓人的话，若果真没什么要紧事，赶快回去睡觉吧。"

姚革新下了逐客令，老犁头点头哈腰，临走时，他说："这几晚我喊寨时，确实听到过屋里有响动，而且是连续几个晚上都是一样的，全村人都熟睡后，好像有人在崔产惇家中弄吃的。"

姚革新听到这里，有些不耐烦，抬起手晃了几晃，示意他快点走开。老犁头一走，姚革新就上床睡去了，苏醒收拾了一下杯盘碗碟，闩门睡觉。

凌晨三点左右，姚改革听到急促的敲门声，随即又听到黄诚勇的声音，他一骨碌爬起来，去开大门。只见黄诚勇和老犁头打着火把站在门口，姚改革意识到可能有大事发生，一边招呼他们进屋说话，一边叫她娘。

姚革新披上衣服，对着老犁头埋怨道："刚才不是和你说过了吗，怎么又来了，大晚上的，还带上了黄诚勇，年轻人不懂事，你个老家伙也不明事理吗？有什么事不能明天说呀？"

苏醒推了姚革新一把，叫他少说几句，她说："诚勇来了，快坐下说话。"

这次老犁头汲取了教训，他并没有说话，而是让黄诚勇说，黄诚勇迟疑了一下，说道："大伯伯，是这么一回事，根据老犁头反映，莫白信家里每到深更半夜就有响动，有时屋里还飘出青烟，他是喊寨人，每天在村里转悠，见过好几回，他觉得他有这个责任给公社和大队反映。就在刚刚，他邀我一起悄声来到莫白信屋旁，的确听到有响声，似乎有人在搞吃的，有香味从屋里飘了出来。"

第五十一章
老犁头喊寨大发现　符仁缙守屋小传谣

"怎么可能呢？莫白信家里现在没有一个人在住，是不是有流浪汉躲进屋里了？是不是有贼在翻什么值钱的东西？"苏醒接过话说。

姚革新说："崔产愫一死，这莫承德家就不是个家了，屋里就剩下磉墩岩上的几根柱子，还有几块壁板子，贼来屋里有什么好偷的，你们就是闲得慌，没整出个事、弄出个话题来不舒服。故意传播鬼魅之事，搞封建迷信，小心牟梨听到了把你们当成四旧给破除了。"

老犁头连忙解释说："姚书，你批评得对，这个世界上根本就没有鬼，是人心里在作怪，谁见过鬼了，是不是？我们说再多也没用，还不如现在就去看看，那个装神弄鬼的人，或许还在屋里，一看就明白了事情的真相。"

"崔产愫屋已经被公安贴了封条，谁这么大胆敢私闯民宅。走，我们看看去，我就不信，世上真的有鬼。"姚革新说走就走。

老犁头叮嘱勿言噤声，于是，大家弓腰蹑足向崔产愫屋里慢慢移动，因为人多还是被狗发现，只要有一条狗狂吠，就会引来一群狗呼应，狗之间好像是有什么默契，抑或是有什么信号传递，一下子就汇集了十几条狗，高山出野狗，狗怕人多势众，人越是惧怕狗，狗反而会更加凶狠，群狗向他们几个人狂吠、靠拢，大有撕咬他们之势。群狗狂叫着，并向他们步步紧逼，姚革新捡起地上一个石头向狗群砸去，一个石头并没有对狗构成威胁，狗群相反更加猖狂，向他们做了几次试探性冲锋。

姚革新又捡起两个石头向狗群砸去，骂狗声随口而出。老犁头一个劲地示意姚革新莫作声，可是，姚革新的骂狗声却越来越厉害。狗群在向他们靠拢，靠拢崔产愫屋时，群狗却突然不叫了。大家蹲下身子，贴耳倾听，屋内没有一点声响，大家耐心守着崔产愫屋大约半个时辰，希望能如老犁头所说的那样，发现屋内有异常情况。

可是，老犁头所说的鬼魅之事，并没有出现，也没有听到有人在屋内弄吃的。时令已到孟秋，地处高山，身上冷飕飕的。姚改革突然打了一个喷嚏，姚革新蹲了一会儿就来火了，他骂道："都是自己吓唬自己，哪来的鬼，鬼在哪里？扯淡，一天到晚装神弄鬼，回屋睡觉。"

老莫家由于莫承德、莫白信和崔产愫相继死亡，这个屋子已在当地被疯传为凶宅，屋子只要有一点响动，就会被传出很多离奇的鬼话。村人唯恐躲避不及，有些村人听风就是雨，甚至避开崔产愫的房子绕道走，生怕沾上了晦气。大家心里其实也有些心虚，没有发现房内异常，大家巴不得，就散了，各自回家睡觉。

莫承德屋里闹鬼的传言流传盛广，胆小的人夜间都不敢路过莫承德屋，小孩啼哭，大人就以莫承德老屋闹鬼恐吓，有些小孩由此噤声，有些小孩反而会更加害怕，反而哭得更凶。甚至有人传出深更半夜在莫承德老屋看到有人转悠，甚至有人说，听到屋里有人低声咳嗽。

流言很快传到牟梨那里，她叫慕容樱桃叫来庞跃京，她端坐在办公室椅子上，见庞跃京进门来，头也不抬，说道："跃京同志，你知道吗？火场及周边盛传着莫承德老屋闹鬼的邪门事，严重影响到当地社会秩序、安定团结，这种宣传封建迷信的思想也是破'四旧'之列，在'批林批孔'运动引向深入的时间节点上，竟然有人逆历史潮流而动，公然传播封建流毒，这当中一定有阶级异己分子在故意扰乱视听。我们'文革'领导小组，不

能坐视不管。"

庞跃京站在那里往牟梨认了认,苦笑了一声,鼻子哼哼两下,说:"在中国这个国度里,封建思想存在几千年,由此产生的旧思想、旧文化、旧风俗、旧习惯在人们的脑子里根深蒂固,国人深受其害。"

牟梨说得一时兴起,突然点了谢采采和符仁缙的名,让谢采采安排符仁缙白天劳动改造,晚上到莫承德老屋银杏树下值守,庞跃京会意,点头表示同意。

根据县委部署,火场公社准备举行大会,公社在举行大会前,召开了预备会议。

庞跃京在公社坪场举行了声势浩大的大会。公社高音喇叭里播放着歌曲《天大地大不如党的恩情大》,会场所有人随着广播高唱:"天大地大不如党的恩情大,爹亲娘亲不如毛主席亲,千好万好不如社会主义好,河深海深不如阶级友爱深。毛泽东思想是革命的宝,谁要是反对他,谁就是我们的敌人。"

走完会议议程,接下来又组织公社干部和大队干部开了三天讨论会,讨论会在公社会议室举行。

在小组讨论时,牟梨叫黄诚勇下发资料袋,牛皮纸袋子中装有老箆头写的长诗《游雄黄山记》、老憨头的古文《记玉皇阁》、黄大长的《桂枝香·庆会有怀》、袁莹莹的诗《七律·登玉皇殿》、赫连薇薇的词《醉花阴》、崔产愫的词《念奴娇·观山远别》、老犁头写的六首诗和魏公稿写的诗《题抽签即事》等纸质资料。这些文章都是他们不同时期游览朝阳寺和九龙庵堂时所作,有的曾经发表在公社的《燎原》杂志上,有的在民间自由流传。

慕容樱桃给黄诚勇抛了一个媚眼,她朗诵了老箆头的诗《游雄黄山记》。

慕容樱桃读完老箆头的诗,牟梨沉吟良久,习惯性地用手拨弄了几下刘海,说道:"老箆头写的《游雄黄山记》可以说满纸荒唐言。为什么这么说呢?当年魏公稿身为公社书记,公然怂恿老箆头等拜谒雄黄山朝阳寺,写诗填词为鬼神唱赞歌。半殖民地半封建的旧中国,积弱积贫,一盘散沙,在毛主席的英明领导下,中国人民组织起来了、发动起来了,他带领穷苦人民闹革命,推翻了三座大山,消灭了剥削阶级,建立了社会主义制度,中国人民从此站立起来了。新中国建设日新月异,我们国家现在既无外债又无内债,我们的生活比蜜甜。'两弹一星'彰显了新中国建设的巨大成就,毛主席的恩情比天高、比海深,毛泽东思想光辉光芒万丈,不管到什么时候毛泽东思想都是战无不胜的力量,没有毛主席领导的共产党就没有新中国,毛主席才是我们心中的红太阳。帝国主义和一切反动派正处在水深火热之中,他们现在才需要我们去解放和拯救。老箆头的《游雄黄山记》全文格调低迷、悲观、颓废,充斥着旧思想、旧文化,没有用毛泽东思想武装头脑。文章没有思想性和艺术性。"

牟梨把话都说到这个份上了,等于亲口承认了老箆头的死是红卫兵有意为之的,会场的空气顿时骚动起来。

符光中等人在人群中议论牟梨的长篇讲话,大家说老箆头只是写了几篇文章,虽然有些话不是很妥,那也没有什么,一篇诗作不能像新闻报道那样真实,诗歌要富有想象力,不能拿一篇文章说事。

大家议论纷纷,认为老箆头的死牟梨有不可推卸的责任。政治队队长钟生强突然在会场大声地吼道:"钟吉祥,你听到了没有?你曾叔公老箆头是被人家害死的,人家早就看他是眼中钉、肉中刺，欲除之而后快。你这下听清楚了没有？你还整天跟着人家屁股后面作揖，像条狗一样舔人家，被人家当猴耍，利用你祸害乡里，危害一方，到头来要了你曾叔公的老命，我们姓钟的脸都被你丢尽了。"

钟吉祥在牟梨讲话时，显得局促不安，几次给牟梨使眼色，牟梨似乎没有看到，完全是无所顾忌地高谈阔论。

钟吉祥马上解释，说："牟组长不是那个意思，我曾叔公的死的确是个意外，和他写的几句诗没有直接联系。"

周大明手指钟吉祥，说："你现在也不小了，我就不相信你听不懂人家说的话，还在为人家狡辩，用热脸贴别人的冷屁股。为了一个女人，你是不惜和全火场人为敌啊。那好办，你就当着大家的面问问牟梨，她说的是什么意思呀，你问呀！"

钟吉祥一时语塞，看着牟梨发呆，杵在那里不知如何是好。

牟梨用一双长手臂拢了拢一头瀑发，内心进行着激烈的思想斗争，她正色道："我要提醒大家，注意说话的态度。老篾头的死是意外，人民群众的眼睛是雪亮的。现在又有人唯恐天下不乱，炒剩饭，算旧账，这是很要不得的，怎么能睁着眼睛说瞎话呢？我们今天讨论会，针对的是老篾头的文章，不是老篾头这个人。如果要从个人感情来说，老篾头是钟司令的曾叔公，应该得到保护。至于我说的话，把两件事联系了起来，这是革命运动的需要。如果说，我把两件没有必然联系的事儿，联系到了一起说不对，那么小牟我诚恳接受并收回。"

万俟戍故作深沉地说："人生有两大悲剧，一个是万念俱灰，另一个是踌躇满志。在毛主席的英明领导下，我们从一穷二白的旧中国，短短二十几年建立了较为完善的工业体系，取得了'两弹一星'的辉煌成就，国家安定团结，人民丰衣足食，社会风气良好，真正是夜不闭户、路不拾遗。全国形势一片大好，正如毛主席的词《沁园春·长沙》所描述的那样——万山红遍，层林尽染。红色中国江山永固，到处是欣欣向荣的景象。虽然文学作品可以虚构，但是，虚构也不是胡编乱造吧。"

会场有些骚乱，钟吉祥有些坐不住了，他说："曾叔公已入土为安，尸骨未寒，让他在地底下安安静静地思过吧。"

牟梨见场面有些失控，急忙说道："我赞成钟司令的观点。下面请大家围绕其他材料踊跃发言。"她巧妙地引开了话题。

这时，因言获罪，被牟梨撤职罚处值守莫承德老宅的上塞村支部书记符仁缙气喘吁吁地跑到会议室，嗫嚅着说："报、报告，牟组长有鬼。"

在符仁缙的身后跟着赵家峪大队聋子赵不谮、石家垭大队结巴石桠、下寨大队独眼杨訾。会议室里的人，见这三个人凑到了一块儿，急急忙忙地跑进会议室说事，引起了大家一阵嬉笑。

牟梨正色怒斥道："符仁缙你守了几天老宅子，鬼摸头了吗？会不会说话，讲个话都说不利索，谁有鬼？你就是个大头鬼。我们在开'批林批孔'会，你没事莫到这里鬼话连篇。"

赵不谮、石桠和杨訾面面相觑，不知所措。突然啪的一声，钟吉祥用手在桌子上一拍，吼道："符仁缙你不老实，竟敢说牟组长有鬼，有什么鬼，你不捉鬼，反而闹鬼，你才是鬼。怪不得这才几日,你就'鬼剃头'了。你们又鬼又聋又哑又瞎,是个什么事呀,快带上你的人,哪儿凉快去哪儿。"

独眼杨訾见符仁缗在发呆,赵不谮听不见,石桠结巴,他翻着眼睛憋红着脸,吞吞吐吐地说:"牟组长确实有鬼。"

上官刈骂道:"哎呀,说个话这么费劲,你和符仁缗是想告知牟组长,你们在莫承德的老宅里,发现有鬼,是不是?"

四个人像鸡啄米似的点头。庞跃京这时笑呵呵地说:"符仁缗你弄这么一个大阵仗,原来是要告诉牟梨在老莫家你们发现了鬼,而不是牟梨有鬼,对吧。那好,允许你们说说鬼故事。"

符仁缗得到了庞跃京的首肯,说道:"是这样的,自从牟组长派我值守莫承德老宅后,我倍感责任重大,决心不辱使命,早发现、早捉鬼、早打鬼。终于功夫不负有心人,说句实在话,自从老莫家在运动中接连死了三个人后,在火场的地界上,盛传老莫家闹鬼,严重影响了当地社会的安全稳定以及大家的生产生活。为了肃清影响,弄清真相,这件事也需要人去做,牟组长派我守宅捉鬼,我虽然不才,但我有一颗不信邪、不怕鬼的红心,我为了加强捉鬼力度,白天我围绕凶宅巡视,晚上特邀请我的三个好友杨訾、赵不谮和石桠结伴而行,躲在隐秘角落里,仔细观察凶宅的细微变化,经过日夜的蹲守,功夫不负有心人,我们终于发现了一个天大的秘密。"

钟吉祥偏着脑袋,听了半天没有听出个所以然,急切地催促道:"到底有没有鬼,捉到鬼了没有,有就是有,没有就是没有,很简单,你绕来绕去的,累不累?"

符仁缗不紧不慢地说:"世上本无鬼,何来'鬼剃头'?我是为了捉鬼之事给愁的,一头乌黑浓密的美发,可谓一夜脱成'地中海',我容易吗我?你们也不想想,捉鬼有多难,谁见过鬼?这个任务如何去完成,我是真给愁的呀,这不,不是没有办法吗?才请来了我的三个不怕鬼的朋友,一同帮忙把鬼缉拿归案。"

上官刈听得很不耐烦,打断了符仁缗的唠叨,他一字一句地说:"我说老符啊,钟司令早给你说了,直截了当说出来,到底是有鬼还是没鬼,捉到鬼了没?别说废话了,好不好?"

符仁缗被上官刈的话惹急了,针对他说:"饭要一口一口地吃,话要一句一句地说。有些人总是觉得权力越大,越有真理,这样不好。真理不是靠权力来维持,而是靠实践,实践才是检验真理的尺子。"

牟梨明显感觉到符仁缗话里有话,但她仍然不失优雅而又威严地说:"'文化大革命'就是中国几千年来最伟大的革命实践。"

符仁缗不请自坐,选了一个座位,挨着周大明坐下。他说:"我今天要把满肚子的话说完,等我把话说完了,枪毙我都行。"

庞跃京哈哈一笑,说:"没有人不准你说话,你有话就说,有屁就放,莫紧到啰唆,你呢讲话的确太绕了,我们在'批林批孔',干正经事,的确没有时间听你瞎掰。"

符仁缗说:"我们发现了一个天大的秘密,崔产愫由鬼变成了人,是个大活人,不过她变成了一个疯癫女人了。"

"啊?"满座惊叹。

会议室的人明显受到了惊吓，转而议论纷纷，说他这些天值守莫承德老宅，鬼没捉得，反被鬼吓傻了。崔产愫难产死了，被全村人抬到青山上埋了，乱坟岗上有她一座孤坟，怎么会死而复生呢？

牟梨说他是一派胡言，要基干民兵把符仁缙轰出会场。符仁缙愤怒地说道："有人才是文化专制的罪魁祸首，把我们五千年传统文化不分是非曲直都破除了，我们还有根吗？我是谁，我从哪里来，我要到哪里去？这些问题值得我们去思考。老篾头写篇文章好像犯了死罪，那么组织红卫兵打砸抢烧的人应该怎么论罪？故意灭了莫承德一家的人如何处理？用红缨枪捅死老篾头的人，为什么不枪毙？竟然还好端端地坐在这里开会，跟没事似的。公道自在人心，历史自有公论。"

牟梨的大杏眼睁得大大的，由于气愤让她姣美的脸蛋有些变形，她用手一拍桌子，吼道："基干民兵把符仁缙押……"

"且慢，人，我给你们带来了。"苏醒带着一个人走进会场，后面跟着老犁头和莫子衿。

第五十二章
崔产愫雨夜坟地回　牟组长下令捕王姬

姚革新知道她婆娘习性，从不抛头露面干预政事，今天她带着一个人来公社会议室还是头一次，必有急事大事发生。姚革新快步走到会议室门前，这时，苏醒激动地说："我给大家带来一个老熟人，她也应该参加你们今天的会议。"

苏醒揭开那人头脸上围着的帕子，会场上立即一片唏嘘惊呼之声，"崔产愫！""崔产愫？"会场里的人惊叫着崔产愫的名字。

"是的，是崔产愫，她还活着，她不是鬼，她从棺材里爬出来了，她活过来了。"

姚革新贴近脸一看，大声叫道："是崔产愫，愫愫，你真的活回来了？！这是咋回事啊？"老犁头激动得说不出话来，一个劲地点头，身子在颤抖，嘟嘟在一边流泪，哭叫着："娘……娘。"

姚革新似乎明白了什么，马上吩咐周大明几个年轻人把崔产愫带回家。周大明问道："姚书记，把崔产愫带到哪里去？"

姚革新稍作迟疑，老犁头说："带我家里去吧，和嘟嘟一起住。"入土为安的崔产愫，怎么又活回来了，这里又有一个离奇的悲惨的故事。

崔产愫被村民抬上青山的那个晚上，天似乎被人捅了一个大窟窿，瓢泼大雨下了通宵，大雨冲掉了崔产愫坟上的厚土，勉强盖上去的棺盖，在大雨的敲击下，开始移位，由于坟墓所处的位置本身就在山腰的斜坡上，在狂风暴雨的作用下，棺盖竟然被掀丢了。崔产愫被雨水淋醒，竟然奇迹般地活过来了。举目一看，天地间除了电闪雷鸣啥也没有，她

借助闪电，往四周瞭望，她看清楚了，她在青山上——乱坟岗。

她稍一思忖，明白了，自己是被村人当成死人抬到山上埋了。她从棺材里艰难地爬了出来，重新理了理思绪，最近发生的事，像电影蒙太奇一样，全部呈现在眼前。牟梨和钟吉祥他们延误她生小孩救治的时间，死而复生，自己真是命不该绝啊！她心中默念着对上天的感恩。她起身准备回家去，可是，她回头一想，自己已经是个死人了，如何能回家呢，回家去以后，会不会被牟梨他们当成牛鬼蛇神拉出去处理掉呢？谁知道呢，钟吉祥他们那些人是什么事也干得出来。

她想到了魏公稿，她最放心不下的，除了嘟嘟和刚出生的儿子，就是魏公稿，她心中深爱的魏哥哥，她悲喜交加，庆幸自己死而复生，又为自己的不幸遭遇悲伤。她环视四周，除了雷电带来的光亮，就是令人恐惧的黑。她想到了生命中最为重要的一个人，于是，放声喊叫着："公稿，你在哪儿啊！你救救我啊！"

她坐在山腰一块石头上，悲从中来，她哭了很久，任凭风吹雨打。她感到孤单、彷徨、无助、恐惧——她的世界是一片黑暗。她雨水和着泪水，从山坡上跌跌撞撞地走到山脚下。在小溪边一块大石板上坐了下来，天空中一直电闪雷鸣，狂风怒号，四周漆黑，她感到害怕。突然，她感到自己的脚不知往哪儿走，她心中感到迷茫，大声叫道："公稿，哥，我想你，我爱你！你在哪儿呀？"

她的哭声被雷雨声所淹没，她一声声呼唤着魏公稿的名字，不知过了多久，她哭累了、哭不动了，哭得连气都抽不出来。她起身在山间小路上跟跟跄跄地漫无目的走着，也不知走了多久，她突然发现远处有几个小光亮，她便向光的方向走去，走着走着她发现脚下的路她似曾相识，越走越近。雨小了，前方的光亮变多了，她加快了脚步。她突然听到"喊寨人"敲更的声音，她仔细一听是老犁头的声音，她心中明白，一定是老箴头死后，老犁头接过了"喊寨"活儿，她这时才确认自己不知走了多久，但的的确确自己走近中村了。她心中感到兴奋和喜悦。

这时雨小了，雷声渐渐远去，她坐在村口牌坊的门槛上，突然感到自己似乎不应该回去，因为村里人都知道她死了。埋到青山上的人，竟然死而复生，如果被撞上了，会吓死人的。说不定村中人捉住她，真的把她当成鬼给活埋了。红卫兵造反派如果捉住她，也会革掉她的命。

她的心在颤抖，在怦怦地乱跳。她心想，何不趁这个机会悄然离开火场，去益阳桃花江碰碰运气，寻找魏公稿，她想到这里心中有些许安慰。但她转念一想，她犹豫了，甚至是害怕了。她想：这样前去寻找魏公稿，他现在已经被打成右派分子，他那边的情况如何？即便是见到了他，他是否敢认自己，她甚至怀疑魏公稿是否还活着，魏公稿最大的靠山黄大风据说带着右派帽子被遣返回娄底冷水江改造去了。也不知魏公稿那里是个什么情况，她还想到，魏公稿会不会爱上别人了，这么久了都没有他的音信……

所有这些她都一无所知，她想，自己不能再给魏公稿添乱了，为了她，魏公稿毁了自己的前途，断送了自己光明的未来，她觉得自己不能这么去做，她是他什么人，也没有权利这么去做。她十分牵挂自己的两个孩子，尤其是刚刚出生的小儿子崔巍，她隐约记得当时有赫连薇薇在场，自己给幼儿取名叫崔巍，把小崔巍托付给了赫连薇薇，让她带幼儿崔巍去找魏公稿，现在他们怎样了，嘟嘟和谁在一起，也一无所知。这些人都是她的亲人，

第五十二章
崔产愫雨夜坟地回　牟组长下令捕王姬

发生了这么大的变故后，她什么都不知道，她急需了解这些情况。

于是，崔产愫决定先回村看看，她寻着打更的声音尾随而去，她快步跟上去，她发现行走在村中小路上的"喊寨人"果然是老犁头，中村流传下来的老习惯，打更人一天也不会歇息，尽管人换了一茬又一茬，但始终有人在做这件事，喊寨打更的职能，从起初的警示、提醒，演变成一种生活符号，是一种唤醒，是人类生存的模样。

崔产愫蹒跚地跟近老犁头，听到他叫了句："莫子衿，睡醒了没有？"

崔产愫明白了，她"死"后，是老犁头带着嘟嘟，嘟嘟好好的，崔巍会不会和嘟嘟在一起呢，她的眼泪迷糊了双眼，心中充满着感激、安慰和期待。她把自己藏在隐蔽处，侧耳倾听，想听到自己小儿崔巍的哭声，可是她听了几分钟没有一丝幼儿啼哭的声音，她有些失望，转而一想，自己从鬼门关走了一遭，真是犯糊涂了，当时自己不是把小崔巍托付给了赫连薇薇了吗？崔巍怎么会在老犁头这里呢。

崔产愫抑制住马上想看到嘟嘟的念头，她还不能这么贸然进屋看嘟嘟，她要先了解一下情况，嘟嘟既然和老犁头在一起，说明他是安全的，没有被钟吉祥他们驱逐出村。她悄然离开了老犁头的屋，慢慢向公社大院走去——她想看看赫连薇薇和小儿崔巍。

公社大院没有因为这两天发生了大的事件而有丝毫的不同，公社干部在熟睡，她行至公社大门口，几条狗像不认识她似的，在那里对她狂吠——真是狗眼看人低。

崔产愫轻手轻脚地向赫连薇薇住的那栋楼走去，她不敢上赫连薇薇住的二楼，就静静地站在楼下，静听楼上有什么响动，听了一袋烟的工夫，湿漉漉的寿衣裤黏糊糊的，让她感到了身上一颤。她为了确认一下崔巍是否活着，决定上楼一探究竟，她轻手轻脚上楼，走到赫连薇薇的房间门口，探耳细听，房里悄无声息，思子心切，她准备用手轻轻敲一下房门，唤醒赫连薇薇，但她马上缩回了伸出的手，因为她知道，在夜深人静的时候，只要发出一丁点儿声响，就会有很大的声音传出，说不定就会惊动原本已经十分敏感的所有人。她觉得自己这个时候出现还不是时候，直觉告诉她，赫连薇薇不在房里，她怅然若失，心中担心小儿崔巍的命运。她心想：赫连薇薇把小崔巍带到哪儿去了呢？是不是赫连薇薇换了房间，或许是……她带着侥幸的心，在二楼走廊里蹑足探寻，走过每个房间门口，她都侧耳静听一下房间里是否有小孩子的声音，结果令她感到失望。只剩下东头没有去，那个房间她不敢去，去了心中会十分难过，因为那个大房间曾经是她和魏公稐的爱巢，她怕自己没忍住会哭出声，惊醒所有熟睡的人。但她思子心切，还是不愿放过任何一个有可能出现奇迹的机会，从中间楼梯上楼其实只有几步的距离，就可以到达魏公稐原来的房间门口，其实也是到自己房间的对面，她不敢从一单元楼梯口上楼，改从二单元楼梯口上楼，把楼西房间逐个观察后，下了一个不大不小的决心，慢慢往楼东这边腾挪。还有六七步距离时，她的脚像灌了铅似的沉重，心潮跌宕起伏，往事如烟，却明白地浮现在眼前。魏公稐带给她的满足感、幸福感、归属感，不是用几句话就能形容的。

在离魏公稐房间仅一步之遥的时候，她莫名紧张，心都快要跳到嗓子眼了。她仿佛感到魏公稐就在房间里，她终于没能靠近房门便泪如泉涌。她爱魏公稐太用力了，把自己全身的力量都用在了魏公稐身上。她爱魏公稐，忘情地享用他的爱。魏公稐也爱她，尽情地享受她的柔情。她轻轻地走到自己的房间门口，用手指轻轻一点，自己的房门竟然打开了，她立即用手抓住了门把手，不使门开的声音太大，因为这个房门打开时，总会发出

"嗯吱"的声响，她用手抓住门把手往上提着门把，迅疾闪进自己的房间里，关上门。她心中掠过一丝惊喜，因为她的衣物都在房里，她从衣柜里取出衣裤，用毛巾擦拭了自己的身子，换上了当季衣裤，梳理了一下头发，换上了自己纳的布鞋，又在床上坐了一下，这里曾经是她和魏公稽的爱巢，房间里氤氲着魏公稽身上特有的气息。往事历历在目，伤心难过一齐涌上心头。

带着对魏公稽的思念，她靠在床头竟然睡着了——她太累了。

突然几声狗吠，把她从睡梦中惊醒，她听到了雄鸡报晓的打鸣声，天快亮了。不能留在这里了，必须马上离开，她轻手轻脚起床，把床铺整理好，抱了几件要换洗的衣裤，用魏公稽给她买的一个旅行包装好，虚掩上房门下楼。

这时，她也全然明白了，小崔巍基本可以肯定已经不在公社了，赫连薇薇带着她去了他该去的地方。她踮起脚尖，很快来到莫承德的老屋里。她从后门进屋的一刹那，她有一种恍若隔世的感觉。

世事无常，老莫家噩耗频仍，家破人亡。这个她并不爱却又付出过的家，让她五味杂陈，一股伤心的情绪立即涌上心头。她想到莫承德父子，莫白信这个她不爱并且可以说是恶心的侏儒男，却在她的生命里真实存在过，他为了她可以自戕，这个世界上有几个男人愿意这么去做，除了莫白信，这个世界上也许再也没有了。想到莫白信，她感到愧疚，有一种罪恶感袭扰全身，悲伤的情感像打开的闸门，奔涌而出，她哭得很伤心。

莫承德这个倔老头子，明知她厌恶莫白信，为了让崔产愫安心怀胎，营养跟上，一年到头，不是在下寨溪里捞虾捉鱼，就是扛着一杆猎枪蹲在深潭中的大石头上打团鱼，结果因为打团鱼身染伤寒。牟梨人为延误对他的治疗，不治身亡。她感到亏欠这个老人家的太多太多了，负罪感让她痛彻心扉。

她想到魏公稽，这个她生命中深爱的男人，也是因为她断送了他美好的前程。她感到困惑，为什么会是这样，她原本是一个善良的女人，不曾伤害过谁，没想过会伤害到这么多人。她陷入了深深的自责和沉思之中，她甚至想，自己死了为什么又要活过来，自己是死有余辜。

可是，她的心中也有不平，父母包办换婚，让她受害无穷，新社会了，追求自己的幸福何罪之有。真正有罪的是那些打着红旗反红旗的坏人。如今家破人亡，她想到再死一次，家里也没有什么牵挂的了，她想死在家里。她拿起那把缺口的菜刀向自己的血管割去……

"也不知赫连薇薇把愫愫的崽子带到哪里去了，唉，这老莫家就这么没了。"隔壁王阿婆自言自语地说。

王阿婆是一个老寡妇，她屋就在崔产愫屋的上方，早起取柴火时，还在感叹。崔产愫听到王阿婆这么一说，立即明白了小崔巍的确是被赫连薇薇带走了，她的眼泪夺眶而出，心中感激之情油然而生。她没有看错人，赫连薇薇信守承诺，她带着小崔巍离开了火场去找魏公稽去了，她的心得到了安慰。

崔产愫放下了手中的菜刀，仿佛看到生活有了生机，有了希望，她相信赫连薇薇一定会带着小崔巍去益阳桃花江找魏公稽，把和魏公稽的儿子崔巍交给魏公稽，想到这里她如释重负，她做了一次深呼吸。感到自己有些饿了，想在家里找些吃的。米缸里还有两升

第五十二章
崔产愫雨夜坟地回　牟组长下令捕王姬

大米，木板壁上还挂的有一些风干的苞谷棒，坛子里还有一罐子胡葱酸，水缸里有一缸水，油盐还有一小罐。看到这些她喜出望外，她要给自己做点吃的。但转念一想，只要灶上一升火，烟囱里就会冒烟，邻居就会看见，她这个"活死人"将如何面对村人，"活死人"自己跑进村、进了屋，村人会认为是一大不吉利，今后村中如果哪家发生什么不幸，都会把账算到她的头上，想到这些，她停止了做饭吃的念头，只是用瓢舀了一瓢冷水喝，嚼了一小把大米，爬上床便睡着了。

等她醒来时，已经是第二天的深夜，她感到自己饿得慌，两眼直冒金星，趁着夜深人静，悄然做起饭来。其实也就是抓了一把大米，舀了两瓢水，在灶上大锅里煮稀饭。不久稀饭做好了，她用大碗盛了一碗稠稠的稀饭。

吃饭以后，崔产愫轻轻打开门，到屋外边的旱厕里小解，不料在关厕所门的时候，厕所门竟然倒了。所谓厕所门，也只是用一块门板挡一下厕所，崔产愫不敢照明，在忙乱中，门板没有靠到门楣上，门板直接打到地面上，在夜深人静时，发出很大的响声，崔产愫吓了一跳，马上把门板扶起来，斜靠在厕所门楣上，解好手并迅速离开厕所，回到屋里。

响声惊醒了住在崔产愫屋上面的王阿婆，王阿婆是个孤寡老人，平素老爱串门和崔产愫相处很融洽，平时给崔产愫看个屋、守个家什么的。大多人年龄一大，耳朵就有点背，视力会明显下降，王阿婆却与众不同，年长后反而更加耳聪目明。她知道深更半夜地弄出这么大声响的，肯定是人，她觉得有人想偷崔产愫屋里的东西。于是，她一骨碌爬起来披上衣服，还没开门就开始嚷嚷道："哪个砍脑壳死的，半夜三更偷东西啊！老莫家的东西你也敢偷呀，这条屋子里可是三条人命啦，砍脑壳死的，你哪里不好偷，到这里偷东西来了，你个砍脑壳的，你不怕仨爷儿掐你的脖子，摁你的大腿，把你的心掏出来吃掉呀。"

王阿婆手持火把，边骂边往崔产愫家里走，很快从屋里走到崔产愫门前草坪里。她见崔产愫正门锁得好好的，应该没有人进屋偷东西，便高举着火把，往猪栏、牛栏和厕所这边检查，结果也没有发现有什么异样，便怏怏地往回走，回头时，嘟哝道："明明是人弄出来的声响，奇了怪了，硬是啥也没有，真是有鬼了。"

其实崔产愫是从后门开门进屋的，她平时把钥匙藏在后门下方一块青石板下，没有人知道，进门就闩门，有时后门又不锁，只锁前门，外人也搞不清楚原因。只要后门是关的，外人也不管它锁还是没锁。精明了一辈子的王阿婆心中产生了很大的疑惑，明明听到了一声巨响，应是有什么掉下，怎么就没有任何东西掉落呢。以话痨著称的王阿婆，天亮后就开始了丰富的想象力，结合老莫家近期的重大变故，添油加醋，杜撰出老莫家闹鬼的故事。

老莫家短时间里没了三人，十里八乡中实属罕见，给村人无形中带来了巨大的恐慌，人们私下议论老莫家是凶宅，是阎王殿，去不得。

王阿婆屋和莫承德屋之间隔着一条小路，也是村人必经之路。王阿婆本名王姬，中年来到火场，结婚后很快丧偶，膝下无子，一个人过着老日子。

王阿婆健谈开朗，凡事想得开，村中大小事经她那两块薄嘴巴皮一说，总能整出个大动静。

王阿婆年轻时，也可以说是凹凸有致，她的厉害还在于能够断文识字，语言泼辣。讲

317

话首先赢在气势上，那些弱势的女人对她没有办法，就是和她骂街也经常被她骂得灰头土脸的。村中绝大多数妇女不识字，她却颇有文化，而且机敏过人。

她曾经面对莫京等二流子放言，如果不是她爹重男轻女，不让她继续读书，指不定能考个大学读读，换在大清朝考个秀才、举人的不在话下。言下之意，莫京之流是不入流的把戏，鄙薄之意溢于言表。

她文化涵养不在火场三老之下，性格柔中带刚、敢说敢干。

她擅于捕捉一些热点、敏感话题放大招，当然不会放过老莫家怪异的声响。天亮后，她再次环视了老倔头莫承德老屋，坚定了她昨晚的判断——老莫家闹鬼。

老莫家闹鬼的传言，一时传遍火场的村村寨寨，王阿婆每天早上会权威发布昨天晚上鬼活动的新消息，听起来更是让人后背直发麻。

老莫家闹鬼的传言，王阿婆是始作俑者，是她首先把这个鬼故事放出去的。流言一传十、十传百，老莫家三个人先后辞世，已经给整个火场人的心理产生了巨大的震撼，王阿婆在村口发布晚上听到的怪异声响，凭着那两片薄薄的嘴巴皮，用极其夸饰的语言进行演绎，她的语言有感染力和煽动性。村人被她的话吓倒了，各种议论都有。

各种讲法甚嚣尘上，这些毫无科学依据的迷信话，在乡野流传甚广，而且大家深信不疑。因此，全村人乃至全火场人几乎不敢从莫承德屋边行走，都绕道走。一到晚上，家家户户早早地紧闭家门，村口平时晚饭后会聚集很多人谈天说地，现如今天色刚刚偏西，已经很少有人来此休息聊天。大人会告知孩子们老莫家在闹鬼，不能去外边玩耍，大鬼专吃小鬼（小孩），吓唬孩子，有的孩子一哭闹，大人就说老倔头来了，吓得孩子们大气不敢出，立即噤声。整个中村笼罩在惶恐中。自从老莫家闹鬼后，从小孩到大人，从年轻人到老年人，大家都对王阿婆绘声绘色宣讲的鬼故事深信不疑，这期间更有甚者，不断丰满这个鬼故事，很快形成了"火场闹鬼"的流言。

在崔产愫从青山上回来的晚上，钟吉祥在魏公稿原来的房间里说话，那一晚牟梨把她的疑虑告诉了钟吉祥，钟吉祥说："主要原因是庞跃京回来了。他比魏公稿难对付多了，这里老一辈人都叫他庞头领，庞跃京在我们这里有很好的群众基础，大家都听他的，群众有了主心骨。这尊瘟神惹不起，咱躲得起。"

牟梨和钟吉祥等人协商后，决定趁"批林批孔"运动好好干一场。在社会上恶意宣传封建迷信，造谣生事，就是和"批林批孔"作对。她一面安排符仁缙值守莫家老宅，有言在先，如果他发现了闹鬼的人，那么就由闹鬼的人值守。

符仁缙哥儿仨值守了几天，终于发现了老莫家闹鬼的真相。原来老莫家并没有什么鬼，真正的鬼是人为造成的，王阿婆是始作俑者，谣言是从她那里传出来的，通过村中那些个光棍们胡诌乱侃，在村中造谣生事，弄得人心惶惶。其实，老莫家并没有什么鬼，而是有一个活脱脱的人。

符仁缙找到牟梨时，对她说："崔产愫还活着，她从坟山上自己走回来了。"牟梨听到符仁缙说的这些，呵斥道："符仁缙，你有病啊，你的问题组织上都还没有审查结束，你又耐不住寂寞，在这里胡说八道，大放厥词，信不信我把你送到乱坟岗去守坟改造。"

符仁缙一脸愕然。

上官刘说："崔产愫已被村民抬到乱坟岗入土为安了，你个伪保长的外甥、国民党军

第五十二章
崔产愫雨夜坟地回　牟组长下令捕王姬

官的后代，也敢抬头，竟敢戏说逝者，俗话说，死者为大，这个道理也不懂吗？你不好好地值守老倔头老宅，却跑到这里扰乱'批林批孔'大会，你是何居心，有什么企图？"

符仁缙站在那里，急得像热锅上的蚂蚁，钟吉祥对符仁缙说："老符，昨晚你干吗去了，颠三倒四说话，没睡醒啊。"

"钟司令，崔产愫她真的活过来了，她就在自己屋里，如果不抢救她，她会再死一次，不信你们去看看。"符仁缙见自己的话没人信，也破天荒地用言语顶撞了红卫兵司令。

崔产愫活过来了，老莫家没有鬼，是有人有意装神弄鬼，这个人就是王阿婆。牟梨是这么界定的，作为火场"文革"领导小组组长，兼任"批林批孔"小组组长，在召开小组会议时，牟梨坚持要法办王阿婆这个造谣分子，派基干民兵前去捉拿王阿婆。

民兵周矗和符夭很快返回公社，牟梨见他们两个空手回来，没有把王阿婆捉来，没等他两人开口说话，便没好声气地说："人呢，王阿婆人呢？"

周矗说："没抓到，我俩到王阿婆家抓她时，她家里有十几个人在闲扯，我们两个说明来意，请她到公社办公室来谈话，她还没说话，十几个人就围上来了，问我们两个为什么要抓王阿婆去问话，她犯什么罪了，犯了哪家的王法。王阿婆把我们两个臭骂了一顿，我两个差点被十几个人群殴，不是脚底抹油跑得快，我们这时可能都被他们打死或打伤了。"

牟梨十分生气地说："两个废物，抓个老女人都办不到。"

牟梨不想再和他两个费口舌，右手掌轻轻扇了两扇，做了一个让他两个人赶紧走开的动作。

牟梨的性格本身就不是那种可以屈服的人，多年的政治运动造成了她说一不二的性格。

第二天上午，牟梨叫上慕容樱桃、邓佳丽、谢采采、周冇、符夭、周矗等男女十几个人到王姬家捉人。

这时，庞跃京也来了，身后跟着黄诚勇等几个公社干部。了解情况后，他说："这里的情况，我已经知道了，面对这么多的社员群众，还有我们的下一代，讲话做事如此草率荒唐，成何体统？好了，请王阿婆配合我们的工作，到公社走一趟，接受火场'文革'小组的工作询问，请你配合。也请其他人冷静下来，要相信公社会做出一个满意的答复，大家都散了吧。"

王阿婆年事已高，矢口否认自己造谣老莫家闹鬼，她一口咬定自己没有说过，没有想制造社会混乱，更没有想到为孔子说话，自己根本不可能认识2500多年前的孔子，两个八竿子也打不到一起，批林彪也好，批孔老二也罢，她都表示赞同。

老倔头莫承德一屋三口人先继出事，恶化了牟梨领导的火场公社"文革"领导小组和地方的关系，县领导在大小会议上已经不点名地批评了牟梨，她感觉到走路时，背后总有一双眼睛在瞪着她，领导开会时，只要一提到人员伤亡，她总是紧张地认为都是指向自己。因此，她迫切需要一次成功，以挽回颓势或消除县领导对她的不良印象。她思考再三，觉得火场近期内一直在盛传老莫家闹鬼的事，是人民群众日益关心的事，这件事处理不好，会影响目前正在开展的"批林批孔"运动。宣传封建迷信，本身就是"批林批孔"运动所要反对的，如果把这件事抓好了，解除社员群众心理中的恐慌，还社会一个风

319

清气正，肯定能为自己政治前途加分。于是，她通过反复论证，认真思考后，决定就从闹鬼这件事入手，她决定从捉鬼开始，肃清火场地界上的封建迷信，让社员群众不信邪、不怕鬼，回到从前正常的生产生活。她通过和钟吉祥几个人研究，锁定王阿婆这个信谣、传谣对象，第一个讲老莫家闹鬼，并绘声绘色宣讲老倔头家里的鬼故事，就是王阿婆。没承想，一个六十多岁的农村老太太，竟然掀起了轩然大波，这是她始料未及的，事情的走向完全偏离了她的预期，当初想通过捉拿宣传封建迷信的王阿婆达到推进"批林批孔"运动的目的，显然是打错了如意算盘。想到自己连一个农村老太太都收拾不了，她心中有些恼气。

钟吉祥看牟梨连日来不高兴，便在一旁开导她说："过去的事就让它过去吧，今后把事做好就是了。"

牟梨仍然扭住王阿婆不放，认为王阿婆口无遮拦，造谣传谣，言行乖张。

牟梨把王阿婆一个人关在一间黑屋子里，要她闭门思过。

见王阿婆仍不认罪，她叫来审讯室外值守的两个络腮胡子，叫两个红卫兵把王阿婆两手反背着吊在公社的一棵桃树下，牟梨气急败坏地吩咐道："没有我的同意，谁也不准向她靠近。"

也不知过了多久，谢采采从王阿婆身边不远处经过，王阿婆气息微弱地叫了她一声："采采救命。"王阿婆的头垂了下去。

谢采采似乎没有听见，扬长而去。时间已到正午，艳阳高照，人们都躲在老龙洞乘凉或去村口闲聊，老犁头带着二十几个老人走进公社，两个值勤的基干民兵挡住了他们的去路，说是牟组长有过吩咐，今日审讯王阿婆。为了防止阶级敌人蓄意破坏，特别交代任何闲杂人等不得入内。

老犁头双手抓住了两个基干民兵的枪，吼道："我问你们，这里是衙门，还是人民公社，如果是人民公社，为什么人民不能进？如果是衙门，你两个就是衙役，只有旧社会的衙役才把枪对准老百姓。"

两个民兵放低了枪，二十几个人一拥而上，冲到那棵有气无力的桃树下。太阳毒辣辣，晒得人睁不开眼，每个人都眯缝着眼睛，一条小狗趴在桃树下，吐出了长舌头。老犁头叫了几声王阿婆，王阿婆的头低垂着，她没有一丝动静。

钟吉祥把手指伸到王阿婆的鼻孔下，惊叫道："她，她她，她八成是死了。"

第五十三章
老犁头认孙周莫衿　王阿婆生死两轮回

听说王阿婆死了，二十几个人顿时呼天抢地，吵闹声惊动了楼上午睡的公社干部。不一会儿，公社大院里挤满了社员群众，大家带着各种不同的表情，私下议论着王阿婆的

第五十三章
老犁头认孙周莫衿　王阿婆生死两轮回

死因。

庞跃京前几天到县里开会去了，办公室秘书姚改革找公社副书记黄诚勇报告王阿婆这边的情况，他走到黄诚勇房间，没找到，见隔壁慕容樱桃房间反锁着，顺手敲门，并叫了慕容樱桃的名字，慕容樱桃答应了一声后，许久才把房门开了一条缝，她站在门口，挡住姚改革，问道："改革，你有什么事吗？"

姚改革侧头往房里张望，慕容樱桃移动身体挡住他的视线，她没有让改革进房的意思。姚改革隐约看到慕容樱桃的床上睡着一个人，他说："黄诚勇在吗？王阿婆死了。"

"你告诉牟组长了没有？"黄诚勇闻声而起，光着上身坐了起来，急切地问。

"没有。"

"那你跑到这里来干吗？你马上向牟组长通报一下情况，我随后就到。"

"诚勇喝醉了酒，在我这里休息了一下。"慕容樱桃连忙解释。姚改革没有搭理她的话，匆匆忙忙离开了。

黄诚勇下楼来到公社大院，这时，牟梨已到现场。姚革新和老犁头等人已解开了王阿婆手上的麻绳，招呼大家把王阿婆抬到她自己屋里去。这时十几岁的莫子衿和崔产懔匆匆赶来，崔产懔用手抓住牟梨的双肩，吼道："妖精，你是个害人的狐狸精，王姬死了。"

牟梨被崔产懔摇得站立不稳，险些摔倒。钟吉祥见状，推开崔产懔，吼道："你这个疯女人，滚一边去，别在这里疯疯癫癫，满口疯话。"

王阿婆隔壁断臂王老五，人称"断老五"，前些年"四清"运动时，参加修建二里头水库，在抬土石中意外受伤，使左臂残废。至此，人称"断老五"。他虽然断了一只手，但也不怎么影响他生产生活。在乡邻里，依然是火暴性子，除了服庞跃京，没见他服过谁。他手里拿着一截小相思树木棒，木棒的一端放在左臂肩头，人铁塔似的横在公社大门口，大声吼叫着："王阿婆是人还是一只蚂蚁？你们不把人当人看，一个六十多岁的老太婆，被你们吊在树下暴晒一上午，不给人喝水，不给饭吃，她到底犯了什么罪，她没有杀人放火，没犯死罪吧，为什么要把人活活吊死、渴死？我就不信共产党允许你们这些人胡作非为，草菅人命。毛主席如果知道了，他老人家不会放过你们的。人死不是死只鸡，总得弄清楚她的死因吧，是不是有人给她下的毒；是不是有人做贼心虚，把她打死了，再吊到这棵树上；是不是被人故意要晒死她。这些都没搞清楚，不能把王阿婆往她家里抬，她是在公社死的，公社就要给我们这些街坊邻居个说法，她死得不明不白，她到底犯了哪家王法，要把她活活折磨死？"

这时，聚集的社员群众越来越多，场面失控，大家义愤填膺。莫京自从被钟吉祥取代后，在牟梨面前已经失宠，于是，他做起了两面人，经常在牟梨和其他对立面之间煽风点火，唯恐天下不乱。

莫京这时悄然对钟生强和周大明说："有人看到王阿婆被吊在树上之前，被钟吉祥和牟梨他们带到审讯室严刑拷打，王阿婆嘴快，牟梨、钟吉祥、慕容樱桃等人加起来也未见得能说赢王姬，钟吉祥气不过，就对王阿婆动了粗。"

周大明质疑，说："难不成他们还私设刑法，敢把王阿婆活活打死不成？我不敢相信她们会如此暴戾恣睢。国有国法，家有家规，任何人不知敬畏，恣意妄为，都没有好下场。"

莫京招手符光中，两人在人群中快速传递一些讯息。火场人脾气暴躁那是出了名的，有言道：火场、火场，火暴上场。

本已义愤的群众，被唆使后，犹如干柴遇到烈火迅速燃烧起来。红卫兵和当地人之间的争论，眼看就要转化为一场武斗。正在这时，嘟嘟看到了躺在地下的王阿婆的手指轻轻动了一下，他告诉了崔产愫，他看到了王阿婆没有死，崔产愫马上跑去找李全治，李全治刚从堡子界山上采药材回来，他听说王阿婆的事之后，他正准备向公社赶去，见崔产愫来了，就明白一大半。崔产愫一边帮助李全治提药筐，一边给他描述王姬的病情。

崔产愫死过一回，虽然后来奇迹般地活过来了，但大多数人不愿靠近她，甚至有不少人不和她讲话，也有不少人不敢和她共事，人人心中不肯确定她能从棺材匣子里爬回来。有人暗地里嚼舌根，说崔产愫人已死，现在活着的是她的鬼魂。

大家都认为她疯癫，当然也就无人信任她讲的每一句话。李全治一边走路，心中已经对王阿婆的病情有了底，他整理好出诊箱子，把需要的药装进出诊箱里，崔产愫挎上出诊箱，走在李全治的前面，一起向公社大院急忙走去。

由于"断老五"等人的阻拦，大家齐动手把王阿婆抬到公社闲置的一间休息室里，王阿婆身体上盖着"断老五"脱下的上衣。围着看热闹的人，见李全治来了，便自觉地让开道，让他进去给王阿婆把脉。

赤脚医生李全治有着几十年的从医经历，依据《赤脚医生手册》和新编《农村疑难杂症问答》游医乡间，他触类旁通，在小山村中几乎成了能治百病的神医。他把脉，可神了，只要他左手的食指、中指、无名指放在手上号脉，口里马上就不停地讲出一个人身上所有的病，经常说得看病的人心服口服。他名声在外，便有了"李神医"之称。十里八乡的人，有什么顽瘴痼疾，都会慕名而来，请李神医切脉抓药，甚至有从城里慕名而来就医者。几十年来行医经验，让李全治的医术是越来越精湛了，他除了在自家坐诊，遇到病人不便的，他还会出诊。把脉、诊断、开方子、抓药一条龙。男科、妇科，疑难杂症，没有他不能治的，是个全科医生，他一气呵成。他为人敦厚，除了把脉时会不停地向病人说明病因外，基本上不讲与病无关的话。几十年来，在他手上救治好的病人，真可谓不计其数，而且他医德高尚、口碑好。有钱无钱都能看病、抓药。街坊邻居有个什么头痛脑热的，他就会拿出几个"药根子"，叫人拿去用冷水放在砂砵里磨，冲水喝，往往是药到病除。有时有人有伤病，或被蛇咬了，他如果在路上行走，他就会顺手在路边采药，往口里一嚼，吐在树叶子里包好，叫人拿去敷上，几乎是药到病除。他的医术和医德令人敬佩。

李全治一来人人寄予厚望，希望他能够创造奇迹，能够妙手回春，救活王阿婆。李全治用手一挥，让所有人退出休息室，老犁头、姚革新等人拖来椅子，让他坐在王阿婆旁边，给王阿婆号脉。只见他翻看了一下王阿婆的眼皮，把她的手放平为她把脉。

"王阿婆还活着。"

这是李全治说的第一句话，这句话迅速在公社大院里传开了，大家都说李全治这回是看砸了。王阿婆既无进气，也无出气，已经死了。李全治却信口开河说王阿婆还活着。

李全治叫崔产愫打碗水来，给了她几个"药根子"，放在砂钵里和水一起磨，磨到一定的程度，让崔产愫和全心怡几个女人把药水慢慢往王阿婆口里灌。他摁住王阿婆人中穴，用一根细如毛发的银针扎进去，他细长的手指几转几转。王阿婆的手指动了一下。

第五十三章
老犁头认孙周莫衿　王阿婆生死两轮回

这时休息室里外挤满了人，大家屏声敛息，都想看个究竟。李全治吩咐把王阿婆慢慢扶起来，坐着，只见李全治用力在王阿婆的后背穴位上猛击两掌，随着"啊"的一声，王阿婆睁开了眼睛，一行老泪从眼眶里缓慢流了出来。

她想说点什么，但终归什么也没有说出来，李全治叫她别说话，保持体能。他又对姚革新说："姚书记，现在可以把王婆子抬到公社医院去，她的身体十分虚弱，需要打点滴，王姬还没有度过危险期，要住院进一步观察治疗。"

众人一齐动手把王阿婆抬到了公社医院，李全治和李院长对王阿婆进行了会诊。当天晚上，王阿婆就能喝粥了。

庞跃京在县里开会，得知王阿婆的事后，立即停止了开会，要办公室通知黄诚勇去县里接替他开会，他自己马不停蹄，很麻溜地赶到火场，直接到公社医院看望王阿婆，王阿婆见到庞跃京后，才敢说话："庞头领，你可回来了，我以为这辈子再也见不到你了。"王阿婆失声痛哭，庞跃京安抚了她："对不起，王阿婆，我来迟了，你受委屈了。"

庞跃京点了点头，见崔产愫在旁边帮忙，望着昔日的崔美人，如今被摧残成神情痴木、形容枯槁、语言躲闪的"疯癫"女人，他的内心异常的痛苦。他离开医院之前，嘱咐公社办公室秘书姚改革一定要安排好王阿婆的就医和她后续的生活。他叮嘱王阿婆，安心静养，一切都会好的，要相信毛主席、相信共产党。

王阿婆又活过来了，大家的心情是拨开乌云见青天。邻居断老五把自己家中的一条小毯子拿来盖在王阿婆身上，讲了几句安慰之类的话，回屋去了，王阿婆的眼角滚出一行热泪。她把目光偏向右侧的李全治，叫了一声："全治兄弟，你的救命之恩，老生今生可能是没能力报答你了，若有来世，我再回报你。"

李全治抬起手制止她说感谢之类的话，他说道："王阿婆千万不要说感谢之类的话，救人一命是医生的职责，给病人治好病，也是医生的一种荣耀，是你福大命大造化大。"

王阿婆还是连声说："谢谢恩人，来生还会记住你的救命之恩。"李全治直摆手，临走时一再叮嘱王阿婆一定要在医院多住几天，不要急于出院。

晚上崔产愫带着嘟嘟一起来陪伴王阿婆，王阿婆年事已高，身体十分虚弱，人不能下地，但依然健谈。崔产愫帮着她擦拭一下身子，两个与死神擦肩而过的女人，同命相怜，有很多话要说，有一肚子苦要诉。

王阿婆斜靠在病床床头，嘟嘟在一边玩自己的，崔产愫坐在离王阿婆很近的椅子上，两个女人时不时地唉声叹气，王阿婆本来就话多，体能恢复了一些后，她的话匣子就打开了。她对崔产愫说："愫愫，你现在的病好了吗？你告诉我，你是真疯癫了，还是假装疯癫，依我看，你不像是一个疯癫的女人，你大多的时候，都没有疯癫的样子，尤其是你对待嘟嘟的时候，那种感情的流露完全是一个正常女人的样子。我两个的命怎么都那么苦啊，我和你一样也是三十几岁死了男人，我和你一样，也是从鬼门关回来的人。你说，我们的命怎么就那么苦呢，真的是比黄连还要苦啊！"

崔产愫一改过去活泼开朗的性格，变得沉默寡言，只是轻描淡写地回应了一句："王阿婆别想太多了，养好身体，一切都会过去的。"

王阿婆是一个闲不住的人，尤其那张说惯了痞话的嘴巴，只要有口气，总想闲话家常，张家长李家短，掰扯惯了。崔产愫没有正面回答她的话，她又试探性地说道："哪个

女人遇到这么多接二连三的打击受得了啊！莫白信走了，公公老也走了，自己爱的男人也离开了，才出生的儿子被人抱走了，自己死过一回，又活过来了。你说这个世道怎么就这么不公平呢，毛主席和咱穷人是一条心，可是，那些别有用心的人，一定是瞒着咱毛主席的，是他们搞坏了，搞乱了这个国家，毛主席哪天发现了这些坏人，会不会把他们凌尺处死呢？"

崔产愫扑哧一笑，说道："王阿婆，咱们都是从鬼门关回来的人，管好自己，其他事与咱无关，也管不了、够不着，毛主席带领穷苦人民打的江山，不会让江山毁在那些恶人、坏人手里的，要相信毛主席，要相信还有像庞书记、姚书记那样的好干部。"

王阿婆说："愫愫啦，咱两个人都是从死亡边缘走过来的人，人死过一次后，也就不怎么怕死了。这人啦，从娘肚子里生出来的第一声叫喊，就是哭。人啊，生到这个世界上来，本来就是受苦受难来的，所以呢，一生下来就会哭。"

王姬说着说着侧了一下头，看了崔产愫一眼，见崔产愫不为所动、不置可否，又继续说道："魏书记那么大个官，又是大学生，白白净净斯斯文文的，有黄大长那般高大，有力量，有女人缘，这种男人哪个女子不怀春，哪个女人不动情。愫愫也是你长得俊美，才能俘获这么个有力量的男人的心。自古英雄爱美人，吴三桂为了大美人陈圆圆不惜引清兵入关，冲冠一怒为红颜，敢爱敢恨，就是真男人干的事，我就佩服那些有个性有能力的男人。"

崔产愫的嘴角微微上扬，她说："阿婆，你的话不无道理，魏公稽非等闲之辈。你少说话，要多休息，男人的世界咱们做女人的不懂。"

王阿婆是个有名的话痨，如今两个人也算是同病相怜，好心无恶意。她见崔产愫没有意思跟她推心置腹地说话，便正色道："魏公稽那么好的货，你真是放得心，也不怕别的女人惦记。这老话说，不怕贼偷，就怕贼惦记。我知道有些人坏，可未承想有比牟梨更坏的女人，咱娘俩都折在她的手里，不知有多少人和他们的家庭毁在那个小妖精的手里了。"

崔产愫浅笑，说道："王阿婆你莫乱说话，叫牟梨听到了，你又活不了的。"

王阿婆一说牟梨就来气，她说："那个小妖精，她这次没有弄死我，今后总有一天我要弄死她。我才不怕她，她把坏事做绝了，她不得好死。"崔产愫看了看王阿婆愤怒的神色，提起热水瓶给她倒了一杯开水，叫她别说了，小心隔墙有耳。

王阿婆接过开水，喝了一口水，说道："我可不怕她，大不了是一死，我现在也想通了，我这把年纪了，早就该死了，死了好找我那个短命的男人去。可是，愫愫你还年轻啦，你把嘟嘟留给老犁头带吧，我若能活下去，也会照看嘟嘟的，你逃吧，找魏公稽去。你还这么年轻，不能像我这个死老婆子这样，在这里拖老等死。愫愫你去吧，如果有人问，我就说是我让你逃跑的，让他们找我吧，老生我不怕死。我不说，你不说，他们也不知道你会逃向哪里。"

崔产愫闻此，早已泪水涟涟，她说："阿婆你没有犯法，也没有犯错，她们没权力整死你，你要好好活着。我不会离开这里的，我就在这里把莫子衿养大，老犁头在我'死了'之后，不顾年事已高接受了嘟嘟，愿意抚养他长大成人，老犁头的恩情比山高比水深，全火场这么多人，我做梦都没有想到会是老犁头不管不顾毅然接受了嘟嘟，带他抚养他。老犁头这把年纪了，让我感恩尊重，因此，也要相信，我们现在的社会肯定是好人比

第五十三章
老犁头认孙周莫衿 王阿婆生死两轮回

坏人要多得多。我哪儿也不去，我就在这里把嘟嘟养大，我要给老犁头送终，我和嘟嘟就是他老犁头的儿孙，我决定把莫子衿的名字改成周莫衿，改成老犁头的姓，从今往后，周莫衿就是老犁头的孙。老犁头这个老人受人尊敬，周莫衿他爷爷在的时候，他就是我家里的常客，他这么大的年纪在我出事以后，能挑起抚养嘟嘟的担子，不是一般人能够做到的。崔巍如果命大，他会活着；如果短命，那是他的命。老篾头被红卫兵用红缨枪挑死后，老犁头自告奋勇、不辞辛劳又挑起了全村的'喊寨'重任，这件事必须得三百六十五天天天去做，不分春夏秋冬、不分严寒酷暑都得去'喊寨'。这事不仅来自他和老篾头的个人友谊，更重要的是，他有一颗善良的心，有担当、讲奉献，这样的人我敬重他。我也是死过一回的人，看透了人世间的冷暖，想明白了一些做人的道理。他老了，我们母子养他老，他百年后，我要让嘟嘟为他披麻戴孝，送他最后一程。我相信这个世界不会一直这么乱哄哄的，国家总会好起来的，有毛主席他老人家英明领导，穷人不会受苦、受压迫。"

崔产愫终于肯吐露心里话了，王阿婆听她讲话不停地点头，她被崔产愫的话感动了，不怎么佩服人的王姬，从内心深处信任崔产愫。她说："愫愫你能这么想、这么去做，我老太婆十分敬佩你，你是一个知恩图报的人。不管社会怎么变，我们做人的良知和操守不能变质。牟梨这个小妖精对我们火场的伤害、破坏太大了，她不除，火场人永无宁日，我要把她的罪行写成诉状，等到有那么一天，我要状告她的罪行，如果我老婆子活不到那一天，就请你到时替我状告她，把我写的诉状送到县里去，我相信毛主席领导的共产党政府部门不是旧社会的衙门，一定会接受我的状告，彻底查处牟梨这么多年所犯的罪行，只要上级一调查，她所犯的罪行是包不住、藏不了的，她就会受到历史的审判。"

王阿婆说话间，用手翻开了床垫，说："我写的东西，都放在下面了。我还会继续收集牟梨的罪状，把它写下来，把她的材料整得实实的，要一炮打响，让她没有翻盘的机会。"

崔产愫见床垫下有一摞写好的材料，说："王阿婆你放心，这件事也算我一份。你写好诉状，我们到时一起告她，就是告御状，也要把她这个害人虫拉下马。她害得我家破人亡，害得多少人无家可归，不少人付出了生命的代价，不少被她迫害含冤离去，她丧尽天良，祸乱火场，残害老百姓，简直是十恶不赦。"

牟梨不是一盏省油的灯，她早已盯上了王阿婆，要拿她开刀，她秘密成立了调查组，她觉得王姬的历史不清不楚，历史有很多疑点。

就在王阿婆快要出院的前一天，牟梨的调查组从江西回来了，带来了特大消息。

红卫兵调查组不可说不厉害，他们把王阿婆祖宗八代都摸得一清二楚，便给王阿婆下了历史结论：王阿婆出身于一个封建官僚家庭，对劳动人民进行过剥削压迫。王阿婆的身上"封、资、修"流毒很深，她生活在底层，却一心想复辟她们家庭曾经所拥有的剥削社会，在民间经常煽阴风点鬼火，是阶级敌人，是无产阶级专政的对象。

调查组决定把她收押归案，召开万人大会交给人民审判。当晚调查小组到医院把调查情况向王阿婆宣读时，王阿婆异常镇定，她对调查组的调查事实供认不讳，对调查组下的结论不置可否。

调查组让王阿婆看过调查资料后，叫王阿婆签字按手印。王阿婆整理了一下蓬乱的头发，十分从容地说道："不急，明天我就要出院了，还是等我出院后再签字画押吧。你们

调查组为了我一个老太婆的事费心了，不能在医院这种地方随便签字，得找个地方慎重签字画押。"

晚上，牟梨组织公社干部开会，专门通报了王阿婆案调查情况。公社干部大会以微弱多数通过对王阿婆执行公审批判。

崔产愫从医院出来后，直接来到姚革新家里，进门就叫了一声："嫂子，我大哥在家吗？"

苏醒回答说："在看戏书呢。"

"我想请大哥大嫂跟我去趟老犁头家里。"

"你有啥事吗？"苏醒问道。

"也没啥大事，只是想请大哥大嫂做个见证人，我要叫嘟嘟正式拜老犁头做爷爷，老犁头无后，他百年后，嘟嘟要为他披麻戴孝，以表达我对他的收留抚养嘟嘟之恩。"

"好啊！愫愫，你这样做太对了。一个人薄情寡义无法立足于社会。大哥支持你，我现在就跟你去老犁头家，不过既然是老犁头认了孙子，那大家就得喝喜酒，这样吧，我这里还有一壶苞谷烧，你嫂子上山采的有新竹笋，我到清溪河里捉的有几条鲫鱼，都拿去，一起喝个喜酒吃个饭吧。"姚革新手拿戏书从房里走了出来。

老犁头听崔产愫说，要嘟嘟认他做爷爷，感动得说不出话来，连声说好。崔产愫还邀请了钟生强、周大明等十几个邻居一起吃晚饭。崔产愫在开席前，请姚革新主持了一个简短仪式，让老犁头端坐在一把竹椅上，崔产愫焚香烧纸，在神龛桌前祭奠了祖宗后，要嘟嘟对老犁头行叩拜礼，嘟嘟叫了一声"爷爷"。

"哎！"老犁头爽朗地答应了一声，已是老泪纵横，他很高兴地说，"我今天特别高兴，我有孙子了。"

老犁头送了嘟嘟文房四宝，他说："从今往后，我也是嘟嘟的启蒙师傅。"

"嘟嘟从今天开始，改名叫周莫衿，随老犁头大爹的姓。"老犁头听到崔产愫说到这里，突然，号啕大哭。

屋里杯盘交错，其乐融融，大家喝着苞谷烧，谈天论地，讲世态炎凉，说人世沧桑。

老犁头今天很高兴，给自己满上一杯，举杯邀请大家同饮。崔产愫说他年纪大了，劝他少喝一点。他说："今日非同往日，千杯不醉，当歌以咏之。"

他沉吟片刻，即兴赋诗，吟唱道："幽人归独卧，寂寞守孤身。神鬼皆供服，邪魔不敢侵。朝吟唐诗句，暮读汉史文。吾想一生事，今朝收一孙。"

姚革新带头鼓掌，连连说"好诗，好诗啊"。在座的人鼓掌欢迎，纷纷向老犁头道贺，恭喜老犁头收孙周莫衿。吃完饭，钟生强他们一个个都醉醺醺地回家了，姚革新和苏醒夫妇和老犁头爷孙一直在闲话家常。老犁头今天高兴，多喝了几杯，话也就格外多，他们的话题几转几转又转到了牟梨身上。

老犁头说："牟梨是从大城市里来的大小姐，她长得很漂亮，你看她那张得意的脸，但她是没有见到过王姬年轻的时候，王姬年轻的时候，那个美啊，根本没法用语言去描述，什么沉鱼落雁、闭月羞花，谁见过？没一个人见过，那些都是那些文人墨客臆造出来的，或许真的如书上描写的那样美，或许就是哪个读书人喝了二两后，一时兴起，杜撰出来的。中国古代四大美女，哪一个不凄怜？男人们自己犯了错，总是把屎盆子扣在女人身上，让女人来背黑锅，如果说美女使坏，你一个男人就跟着作死的坏，那么你作为男人本身就是个棒槌，自己是白痴还怪人家女人是红颜祸水。你不去招惹那泓井水，难不成井水会冒出田里去吗？除非天上下了瀑水。"说到这，他眯着眼睛望着姚革新傻笑。

姚革新手指老犁头说："你个封建残余，看你今天那个高兴劲儿，我几十年来都没有看见过你这么开心过。我以前心中一直有个想法，认为你就是个苦瓜脸，压根儿就不会笑，没有笑的细胞。真是应了那句古话——人逢喜事精神爽。"

酒尽宴散，姚革新已经微醺，起身要走了。他挥手说了声："老犁头，今晚你才收了个孙子，你周家也有后了，高兴高兴也是应该，千万莫想歪了。"说完便和苏醒往回走，走了几步，一个趔趄，他回头对老犁头说："今晚你就不要'喊寨'了吧。"

过了一会儿，老犁头提上锣，带上孙子周莫衿去"喊寨"，崔产愫也跟了去。"各家各户鸡鸭小心，防偷防盗啰。""各家各户……"

天刚蒙蒙亮，医院里便吵吵嚷嚷的，很快有人来村里报信，"王姬死了。"

姚革新叫上崔产愫和几个大队干部一齐向公社医院跑去。

第五十四章
群情激愤追查元凶　吉祥受过披麻戴孝

庞跃京听说王姬死了，大吃一惊："怎么可能？昨天都好好的，今天都要出院的人，怎么昨晚突然就死掉了，搞什么鬼？"他边说边带领公社干部赶到医院。

医院李院长给庞跃京汇报了王姬死前三个小时的情况，他说："凌晨三点，我和医院护士王洁到病房查房，王阿婆已经熟睡了，发出均匀的鼾声。我和王护士见她睡着了就没有打扰她，悄悄走了出去。天亮后她只需办一下简单的出院手续，就可以出院了。办出院手续其实很简单，结算一下医疗费，这个费用您已经替她付过了。出院时再给她开点药带回去吃，嘱咐她应该注意的事项就可以了。王阿婆已经痊愈了，就是身体有点虚弱，回去休息几天就没事了。没想到早上天亮后，她却走了。平时天麻麻亮，她就会起床，她是全医院住院人中最早起的人，王阿婆健谈，不甘寂寞。"

庞跃京问道："昨天有什么人来过医院探望她？讲过什么话？给她吃过什么东西吗？从你们专业的角度判断，王阿婆的死因是什么？"

他问了一连串的问题。

李院长把庞跃京带进王阿婆的病房，再次查验了她的尸体。之后带庞跃京到医院办公室。李院长针对庞跃京的疑问，认真回答道："昨天晚饭前，牟梨、慕蓉樱桃、钟吉祥等人到医院，向王阿婆宣读过一个什么调查报告，当时我在坐诊，见她带着人来了就问她有什么指示，她说他们是找王阿婆的，我就亲自把他们带到王阿婆的病房，我见她的开场白说的与病情无关，也就不好在场再听下去。我回到办公室坐诊，见一个多小时过去了，仍然不见他们出来，就派王护士进到王阿婆病房探视一下，王护士回来后告诉我说，他们在询问王阿婆，向她了解什么历史问题，有个女知青在做记录。"

李院长说："他们走进王阿婆的病房后，门口就安排了两个红卫兵守住了病房门，这当中没有一个外人进去过。他们从进入王阿婆的病房到走出她的病房，前后两个多小时。晚饭时，医院食堂叫王阿婆吃晚饭，她说不饿、不想吃。没想到好好的一个人，早上王护士叫她起床办出院手续时，发现她没有生命体征了。如果没有意外，王阿婆应该是死于突发性心脏病或脑卒中。"

庞跃京问："王阿婆以前有没有心脑血管疾病？"李院长说："王阿婆进医院时，没有心脑血管疾病明显症状。我们对她主要是进行体能补充，她以前也没有到公社医院住过院。"

黄诚勇问："你还发现王阿婆其他异常情况吗？比方说，精神方面、行为异常等等。"

李院长回答说："王阿婆的病房每晚几乎没有熄灯。对了，她还问小王要了纸笔，说是要写个东西。"

黄诚勇警觉地问："她写的东西呢，写的是什么东西？"

"这个我也不知道。"

不一会儿，崔产愫带着周莫衿、老犁头、断老五等人最早来到医院，崔产愫对李院长说："王阿婆和我们几家都是邻居，她终身无儿无女，一个人过活，就让我们几个为她收拾遗物，安埋下葬吧。"隔壁断老五哭丧着脸说："收尸也有我一份，王阿婆死得不明不白啊，她都要出院了，这是怎么一回事儿啊！"

"王阿婆前天和我有过交谈，她若哪天死了，请我为她料理后事，她会把她认为最要紧的事写好，放在医院的床垫下。"崔产愫说完径直走到病房翻床垫。

医院里，这时来了很多人，全村的鳏寡孤独也都来了。王阿婆生前善待他们，也许是同病相怜，也许是出于善良，她总是尽自己的能力帮助这些需要帮助的人。生前她的居所也是人们茶余饭后闲聊地之一，她的离去让人们的生活轨迹发生变化，在王阿婆那里可以找到生活的快乐与自由。

赶来医院的男男女女、老老少少，哭哭啼啼。崔产愫在王阿婆的病床垫子下，发现了王阿婆的手迹，内容详细记录了牟梨的桩桩件件犯罪事实，以及对她的迫害、逼供、摧残的事实。

王阿婆的离奇死亡，令全村人感到震惊。医院里外，吵吵嚷嚷像炸开了锅，鳏夫、独老一类人，更是愤怒到了极点，要医院说明死因，要求庞跃京查明真相。

在公社牟梨的办公室里，慕容樱桃、钟吉祥等人也在议论王阿婆，医院里的风吹草动，逃不脱造反派的眼睛。他们感到了前所未有的压力，比老箥头和莫白信死亡时，还要紧张。

鲁迅曾经说过：不在沉默中爆发，就在沉默中灭亡。人民群众的愤怒像山洪一样暴发了。周大明、钟生强、断老五、老犁头等人向群众中发话，他们根据王阿婆自己写的材料，断定王阿婆是被人迫害、折磨死的，要求牟梨等人出来做个交代。否则，王阿婆的尸体不准入殓，直到把她的死因搞清楚了为止——火场刮地皮风了。

慕容樱桃对牟梨说："牟组长，看今天这阵势，你不出面澄清一下，是收不了场的。

愤怒的人群说不定会干出什么过激的事情来,现在这些人认为就是调查组对王阿婆宣读了对她的调查经过后,她气愤过度,心中郁结,一时想不通,当晚才以绝食作为一种抵抗。人年纪大了,加之之前对她长时间的审讯,吊在桃花树下的暴晒,这些诱因都是突然死亡的原因。"

钟吉祥对于慕容樱桃的话,不以为然。他说:"咱们火场水浅地皮薄,见风就是雨,喜欢刮地皮风。"

这时老百姓正在气头上,莫京、符光中、老犁头、断老五他们在群众中到处游说,把牟梨说成是导致王阿婆死亡的刽子手。

钟吉祥说:"王阿婆迟不死,早不死,偏偏在调查组向她核实反馈调查情况后,突然就死掉了,更要命的是,王阿婆据说第二天就要出院了,也就是说,她的身体状况良好。"

这里的社员群众,本身对审讯王阿婆一个老太太那么久时间,已经很是义愤,认为是有人故意在整王阿婆,调查组在欺负一个老人。

上官刘皱起眉头,不无担心地说:"是啊,牟组长这时去是有一定的风险,不知道会发生什么,但我心中就是七上八下的,觉得会出事。"

牟梨把玩手中的钢笔,肯定了属下说的都有道理。她说:"是福不是祸,是祸躲不过。让我去会会这帮刁民吧,我就不信有人敢和火场'文革'领导小组作对,有人想造反吗?"

钟吉祥打断了牟梨的讲话:"牟梨,你是不了解这帮刁民,惹翻了他们事情不好办呢,那么多人,大家都针对你,你就是少数,不怕你代表什么,他们是绝对多数,弄不好,让你死得格外难堪,还查不出任何结果,这种势头下,你绝对不能去,我太了解他们了,牟梨你要听我的,不要去。"

钟吉祥看着牟梨,眼神充满着温情,他见牟梨心有所动,接着说:"让我代表你去见他们吧,我带几个红卫兵干部去就可以了,你在这里千万莫出门。"

牟梨用征询的目光投向慕容樱桃,慕容樱桃向牟梨点了点头,意思是可以让钟吉祥代为接见社员群众。牟梨似乎有些犹豫,钟吉祥看牟梨好像举棋不定,他心里明白,牟梨是不放心他,担心他办不好这件事,如果不注意策略,那么很可能激化矛盾。

现在这个时候,群情激愤,稍不留神很可能酿成大错。牟梨站起来又坐下去,显得坐立不安,口中念念有词。她说:"王阿婆这个老妖婆,怎么死了呢?李院长说她第二天就可以出院了,可是她却没有挨到天亮。更糟糕的是,我们调查组当天晚上又到王阿婆病房里,向她调查了两三个小时,这样就会让那些反对'文革'的人,有了可以攻击我们的说辞,毕竟那天晚上除了医院的医生,就只有我们接触过王阿婆。别人会说,王阿婆是六十多岁的老人,在身体刚刚初愈的时候,我们找她谈了几个小时,影响了她的休息,给她的心理造成巨大的压力,当天晚上王阿婆没有吃晚饭,有些人说是绝食,以此来反抗我们对她的调查。甚至有人可能会说,我们在审讯期间威胁、辱骂、恐吓、折磨她,使她内心受到惊恐,出现身体突然反常所致,保不齐有人会说,调查组对她用了刑具,因为当时就只有我们调查组人员,并没有第三方人员在场可以证明。我们只是想把问题弄清楚,不冤枉一个好人,也不放过一个坏人。本着这样一个态度去找王阿婆谈话的,王阿婆当时对调查组的江西之行以及调查的事实依据并无太多异议,真是百思不得其解啊!我们费了九牛二虎之力才掌握王阿婆的历史线索,就这么便宜了她,让她快活死了,浪费了一个极好的教

育例证。如今反倒给调查组留下了一个千古之谜，予人以口实，她用死亡做武器，说不定会扳倒我们这些人呢！"

钟吉祥心疼地说："牟梨，别想那么多了，为了无产阶级革命工作，看你都瘦了一圈了，不要担心，还是让我去吧，我是本地人，他们大不了拿我出出气，骂我几句就没事了。如果你去，他们现在正在气头上，你对王阿婆的死，肯定也讲不出什么理由，因为你根本就不知道死因，会激化社员群众的情绪，我去吧，我是当地人，泥腿子一个，他们就是想打我、骂我又如何，总不会要了我的小命吧。"

牟梨听了钟吉祥这番话以后，眼中饱含着热泪，她背过身去，两眼迷茫地望着窗外连绵起伏的群山，一行热泪从脸颊簌簌地落下。俄顷，她轻柔地说道："好吧，吉祥！你、慕容樱桃和几个红卫兵班排干部一起去面见一下他们。"钟吉祥一边点头答应，一边叫慕容樱桃几个人一起去医院，和社员群众见面。牟梨好像记住了什么，叫他们等一下，她走近钟吉祥，耳语了几句，要他带上谢采采。钟吉祥点了点头，对牟梨说："你就在办公室休息，不管外边发生什么事，都不要出门，记住了。"

"嗯，你真啰唆。"

钟吉祥去找谢采采，很快几个人会合在公社医院。医院里人声鼎沸，聚集的村民越来越多，临村人有事没事也赶来凑热闹。

钟吉祥带领一群红卫兵，找到了医院李院长。庞跃京和李院长正在谈事情，钟吉祥带着一群人冲进医院找李院长。庞跃京便质问他来干什么？钟吉祥并不理会庞跃京的话，他跳到医院的最高台阶上，手持小话筒，向下面的社员群众喊话。

他大声说道："老乡们，大家静一静，让我说几句话。王阿婆死了，我和大家一样心里很难过，她是一个心直口快而又十分善良的老人，我爹娘死得早，我小时候经常饿肚子，王阿婆人好，经常叫我到她家里去吃东西，关心我的冷暖。记得有一次我和小伙伴虎子、三保、歪瓜几个人在一起玩耍，饿晕在村口路边，王阿婆知道后立即叫人把我扶到她屋里，给我弄了一些吃的、喝的，是她救了我的命，救命之恩永世难忘。"

钟吉祥用衣袖抹了一下眼睛，一边抹眼泪一边带着哭腔说道："我对不起王阿婆啦，我还没有感她的救命之恩，她就走了。她年纪大了，身体时好时坏，没想到她这回因心口痛住院，她突然离开了我们，想想都令人伤心流泪。人吃五谷杂粮，大三灾小三灾都是寻常事。她年纪大了，身体出现了反复，医院对她救治了一个多星期，医生都尽力了。她最后还是没能扛住，我知道大家的心情，我的心情也和大家一样，甚至在对待王阿婆的事情上，我更多了几分感情。我是一个孤儿，她是一个独老，活着人人都辛苦，都不容易。王阿婆像我的亲娘一样关心我，她还是我的救命恩人，我舍不得她呀！只怪老天爷不开眼，净祸害穷苦人，那么多地主、富农、反革命、坏分子、右派分子怎么就不死，偏偏要把一个善良的贫农老太婆收了去。"

钟吉祥情到深处难自禁，仰天长啸，放声吼叫道："老天爷，你太不公平了，王阿婆她是一个好人啦，你怎么忍心让病魔夺走了她的生命啊！王阿婆，我的好奶奶，吉祥还没有感你的恩情呢，吉祥准备给你养老的，你怎么就忍心抛下我一个人走了啊！你可知道不成器的吉祥心里有多想念你，有多心痛啊！我感到内疚，我感到惭愧，没照顾好你，我有罪啊！"

第五十四章 群情激愤追查元凶　吉祥受过披麻戴孝

医院里所有人被吉祥的动情倾诉搞蒙了，几个红卫兵干部上前扶着似乎要哭晕的钟吉祥，好言规劝他节哀顺变，不要哭坏了身子，后面还有很多革命工作等着他去做。一些上了年纪的老人，见钟吉祥对王阿婆那么用情、那么哭诉，开始动了恻隐之心。

钟吉祥并没有停止大声哭泣，他也许真的是良心发现，其言亦哀，其情亦真，他对搀扶他的红卫兵说："不要管我，让我哭死算了，死了百了，我就可以追随王阿婆去了，省得在这个世界上孤零零地无依无靠。"

慕容樱桃好言相劝，说："钟司令，你不能再这么伤心消沉下去了，王阿婆走了，我们大家都难过，大家的心情和你一样都很悲痛，这么多人都来送王阿婆，她在天之灵会感到欣慰的。王阿婆走了，我们活着的人要好好活着。王阿婆的后事还需要料理，你要从革命工作大局出发，化悲痛为力量，带领大家把咱们火场的'文化大革命'进行到底。"

钟吉祥这时用衣袖擦了一把眼泪，用十分正式的不容置疑的高声说道："王阿婆、王奶奶，你没有儿孙，吉祥就是你的亲孙子，你明天上山，吉祥为你披麻戴孝，扶棺上路。"他说完对着医院里的王阿婆跪下，"嘭嘭嘭"，他在地上磕了三个响头。

这时来医院看望王阿婆的老人们都哭了，女人们更是哭得很伤心。在之前，一些社员群众对于钟吉祥他们的到来并不欢迎，曾经一度有不少人提出把钟吉祥他们赶走，不让他们来这种地方，也有人私下说钟吉祥是猫哭耗子假慈悲。甚至有人在下面吼叫，让钟吉祥他们滚蛋，不走大家就动手把他们赶走。钟吉祥的现场表现，很明显感动了一大批人。

钟生强等人在人群中吼叫着，质问钟吉祥："王阿婆已经死了，对她的调查结论取不取消。"钟吉祥说："死者为大，目前最紧要的工作是让王阿婆入土为安，这些问题不是问题。"

钟吉祥动之以情、晓之以理，躁动的人群渐渐平静了下来，善良的人们还给他投去了赞许的目光。钟吉祥现场宣布做王阿婆的孙子，并愿意为她披麻戴孝，扶棺椁上路，让王阿婆入土为安。这一招的确撞击到了社员群众的最柔软处，容易产生共鸣。很多人说钟吉祥讲了一句人话，做了一件人做的事。

谢采采说："既然人死在医院，说明是不治之症，大凡只要有一线希望，医院都会发扬救死扶伤革命人道主义精神，全力抢救的。王阿婆之死，是现代医学还没法解释的医学问题，只有一种解释，王阿婆因为年岁已高，身体时好时坏，这人呐，到了一定的年龄，很难把控自己的身体突变，现代医学只能医治人的病，不能医治人的命。王阿婆是看着我长大的，我曾经还吃过她做的饭，到她家里玩过好多次。我读大学社员投票时，据说她还投了我一票呢。说实在话，她因病离开了我们，我比大家都要难过。"说完，谢采采从口袋里掏出洁白的手绢，擦拭眼泪。

慕容樱桃说："人年纪大了，身体本身就虚弱，随时可能发生意想不到的事。火场公社'文革'领导小组审讯也是革命工作的需要，调查她的历史背景更是对她负责，做的这些都不是导致她突然暴毙的直接原因，人死如灯灭，王阿婆是死在医院的，在医院死的，一般是因病或因伤，人死不能复生，大家都要节哀顺变。"

钟吉祥、慕容樱桃和谢采采等人都在强调王姬之死是因为年纪大了，突发疾病而死。以此化解社员群众的疑虑，转移他们对调查组怀疑的视线。

王阿婆离奇死了，一时成了人们议论的话题，死因存疑，真是疑窦重重。面对这么棘

手的事情，庞跃京也陷入了两难。一边是火场公社"文革"小组的正常审讯，虽然审讯的方式有些粗暴，但当时并没有直接导致王阿婆死亡，她是去了医院治疗并且第二天就要出院了却出了大事；一边是医院的责任问题，医院李院长一直肯定王阿婆入院时没有器质性毛病，虽然吊在树上的时间有些过长，但她当时还是被李全治救活了。并且，在医院治疗的时候，已有明显好转，准备第二天办了手续就出院；一边是医院给出的诊断结论是：王阿婆由于年事已高，突发心梗或脑卒中死亡。这样一来，说到底王阿婆是因病死亡。

老犁头以他的方式，表示自己的看法，他写了一首诗表达他的愤怒："屈杀老人真可怜，八千群众怒冲冠。血仇未报声声怨，哪管'文革'小组长。"

可有人也提出了异议，比如说崔产愫，她就提出了质疑，王阿婆被调查后，由于被吊在桃树下暴晒一上午，导致她身体透支引发了心梗或脑梗，也许是火场公社"文革"领导小组牟梨她们对王阿婆的调查刺激了王阿婆，审查—吊晒—调查—通报—恐吓，牟梨一套组合拳下来，一个六十多岁的老女人如何能扛得住。

崔产愫收藏好王阿婆的诉状，没有示人，她在人群中说，牟梨的工作方式过激，方法简单粗暴，是直接导致王阿婆死亡的真正原因，她要对王阿婆的死负责任。这是她欠下火场人民的又一罪债。

庞跃京也感到困惑，王阿婆的死因可能会成为千古之谜。

崔产愫、全心怡、姚革新、断老五、老犁头、钟吉祥等人将王阿婆收殓，出殡那天，钟吉祥披麻戴孝，手扶棺椁，形容悲伤，把王阿婆安埋在老篾头坟的左侧，钟吉祥以孙子辈名义把名字刻于墓碑之上。

事后，慕容樱桃悄然问了谢采采："你那天在医院说的话，是真的，还是假的，尤其是，王阿婆当时真的投了你的票吗？你又是怎么知道的？"

谢采采往慕容樱桃脸上看了看，摆了摆头发，说道："姐，你真单纯，你不是一般的单纯。"

第五十五章
佳丽随性引来误会　采采质疑刨根问底

谢采采和姚改革两人每天出双入对，一起工作、一起生活、一起讨论时代命题。在庞跃京推荐下，姚改革被公社特招成为一名正式国家公职人员。

时间过得真快，转眼间，谢采采工作两年时间了，在农村到谢采采这个年龄早已到了谈婚论嫁的时候。苏醒对谢采采的几次试探，得到的反馈是肯定的，自己儿子姚改革也中意这门婚事，于是，那天崔产愫上门"提亲"时，苏醒松了口，同意这门婚事。不过这次崔产愫上门"提亲"与以前说媒有所不同，因为这次她不是受男方请她做媒，也不是女方请她撮合说媒，倒是她自己觉得谢采采和姚改革是天作之合的一对，才想撮合他们的婚事。崔产愫是姚家和谢家两家都能接纳的人，谢钟、崔产愫和姚革新三人之间时有诗词唱和，又爱好戏剧艺术，他们也算是有一个共同的兴趣爱好。既然崔产愫捅了这层窗户纸，苏醒与姚革新两人就正式请崔产愫做红娘，为两个年轻人牵线搭桥。崔产愫就这样对外号称是姚家请她出面做媒，撮合两家年轻人的婚事。

崔产愫那天受苏醒的委托，带着礼物前去谢家提亲，果然不出所料，谢钟夫妇很爽快地答应了这门亲事。

通过崔产愫撮合，两人的关系进展十分顺利，很快到了谈婚论嫁的时候了，双方家长给两人合了八字，据说是完全般配，也就是绝配，双方都喜之不胜。黄道吉日选在元旦节那天，双方为了婚事紧张地准备着。

一天上午，庞跃京把谢采采叫到办公室，说："县委通知明天上午召开毛泽东思想宣传教育活动会，你明天代表公社参加会议，会期有三天时间。宣讲活动最终会让你们年轻人去做，你参加会议会有一个直观的感受，便于回来开展工作。"

谢采采愉快地接受了工作任务，第二天谢采采去县城开会。庞跃京召集牟梨、姚改革和邓佳丽等人研究火场的"批林批孔"运动。会后他安排姚改革和邓佳丽两人创作一出"批林批孔"快板，以这种人民群众喜闻乐见的方式，加深人民群众对"批林批孔"的认识，组织青年干部排练成熟后，下到各大队各生产队以及各生产小组演出。

姚改革和邓佳丽接到庞书记亲自布置的工作任务后，立即着手创作"批林批孔"快板稿。两人一个下午就构思了一个基本轮廓，晚上两人为了赶进度，尽快拿出好的快板词让庞跃京过目，姚改革叫她娘在家里煮邓佳丽的晚饭，说是吃了饭后又可以接着来创作东西，不耽误时间。

姚改革和邓佳丽晚上抓紧时间吃了几口饭菜又回到楼上搞创作。这样连续工作了两天，到第二天晚上，两人实在是太困了，邓佳丽躺在姚改革的床上休息睡着了。姚改革坐在椅子上，头倚靠在床头边沿也睡着了。

谢采采开完会后，在县城工作的几个大学同学请她吃了晚饭，她觉得有一大堆工作要做，时不我待，便心急火燎地要往回赶。由于天色已晚，同学再三挽留，谢采采去意已决，几个同学拿她没有办法，只好帮她找交通工具。中南门码头时不时有人力车从店面门口驶过，好不容易拦下一辆车，听说谢采采要包车去火场，车夫嘴巴顿时惊讶得可以塞进拳头，随即连连摇头拒绝，说大晚上的，太远了，没有这个好脚力。

几个同学分头去找，终于找到了一辆三轮车，几个同学出了双倍的车费，好说歹说才把三轮车师傅说动心，佘师傅答应开车送谢采采回火场。可是山路崎岖，路途遥远，路上的安全成了几个同学心中最为担心的事情，大家都反对谢采采深更半夜赶路。但大家拗不过她，最终还是同意她走。

几个同学担心她一路上的安全，从小在大山长大的谢采采，一点也不惧怕什么危险，坚持连夜赶回火场。几个同学商量以后，决定派一个男同学陪同她回火场，到达火场后，随同师傅沿路返回。

三轮车在蜿蜒曲折的山路上颠簸了四个多小时终于到达了火场，师傅和谢采采同学欧阳斌车都没下急着往回赶。开车的佘师傅表示自己大清早要赶到中南门码头运货，欧阳斌则要赶早班。谢采采见挽留不住，便让佘师傅往回开，谢采采对着起动的三轮车，大声叫

道:"欧阳斌辛苦了!谢谢你老同学!"

谢采采回到火场时已是凌晨三四点钟光景,为了不惊动熟睡的人,她从楼梯上轻手轻脚上楼准备去西头自己房里。姚改革睡在东头,谢采采经过他房间时,见他房门没关紧,房间里的煤油灯还在闪烁,她伸手关门,就在伸手弯腰的瞬间,她隐约看见姚改革的床上睡着一个人,她瞪着眼睛一看——是一个女人。黑暗中她发现姚改革坐在一张小凳子上,头靠在床头边沿,她顿时妒火中烧,准备喊出口的话还是被她强咽了下去,因为这夜太寂静了,只要有轻轻的声响,就会越发显得声大,惊动四邻,也会影响姚改革爹娘他们的睡眠。她站在那里,浑身的疲累烟消云散了,她睡意全无,心潮澎湃,眼泪在眼眶里打转转。她心想:我不在的这两夜,他们两个人是不是每晚在一起,邓佳丽为什么在改革房里,邓佳丽为什么会跑到姚改革这里来睡,两个人到底发生了什么?难道社会上有些关于他两人的流言是真的吗?她不敢往下想。姚改革的爹娘睡在楼下,楼上发生的事情他们是否知晓,这些疑问在她脑海中萦回。

她准备叫醒姚改革和邓佳丽,当面向他俩问清楚,可是,她犹豫了,她觉得不能这么做。于是,她悄悄地慢慢地退出了房间,蹑足向西头自己房里走去。她在房里稍事擦洗了一下身子,便躺在床上想心事。姚改革房中躺着一个年轻美女,让她心中懊恼又妒忌,这个被人戏称为"丽人醉"的女人,真还不是浪得虚名……

邓佳丽不仅有迷人的美貌,而且有傲人的学识。姚改革正值青春旺盛时期,这个年纪,对异性的好奇、吸引和探知异性奥秘的渴望程度绝不亚于人对空气、食物和水的需要。他俩是不是已经发生了不该发生的事情,她越想越害怕。回想到自己在庞跃京办公室第一次和"丽人醉"见面时互为攻守的那场唇枪舌剑,她明确感受到"丽人醉"的学养造诣非一般人可以比肩,还有那带着浓重京腔的语音,如果不是生养在北京或长期在北京地区居住的人,很难达到这种京师片口音,她简直就是一个活脱脱的"京片子"。她猛然意识到"丽人醉"的来历没有那么简单。她的思绪像脱缰的野马,让她胡思乱想。一会儿,她想起床轻轻地摸过去,到东头姚改革的房里去看看他们现在正在干什么。她悄然起身,走到自己房间门口,她退缩了,她心想:如果这时过去发现他们有出格的行为,自己将如何自处、情何以堪。到那时她和她的改革哥的缘分就终结了,再也没有了退路;如果不过去看看,她的心没法平静,她没法容忍自己的未婚夫和别的妙龄女子独处一室,甚至过从甚密;如果过去看到了她不想看到的事情,她又如何收场,是暴跳如雷,殴打邓佳丽,还是破口大骂"丽人醉",抑或是连同她的改革哥一并辱骂,这样的结果就只有一个,她和改革哥多年的情谊,曙光就在前头的婚姻瞬间会化为云烟。她的身子在颤抖,心中有一种无法言说的恐惧,心中一急,眼泪止不住地往下流。她慢慢地回到了床头,重新坐到床上,一个人伤心流泪。

大山里的夜,即便是三伏天,晚上睡觉也要盖被子,她感到一丝的凉意,下床到木柜里取床小棉被。这时她听到从东头传来"咣"一声,她的心为之一紧,接着听到邓佳丽叫唤"生气,生气",叫了两次,声音一次比一次重。她不假思索放下手中的被子,噔噔噔地跑过去,直接进入莫生气房间,邓佳丽正抱着姚改革扶他上床。这时邓佳丽的上衣纽扣只剩下最后两排,姚改革高大的身躯让邓佳丽搀扶起来有些费力,把姚改革放倒在床上时,邓佳丽也被带了下去,她扑在了姚改革的身上。这一幕正好被谢采采撞见了,她再也

第五十五章
佳丽随性引来误会　采采质疑刨根问底

控制不了自己的情绪，大声吼叫道："你们在干什么呀？"

一切来得太突然了，突然得让人惊慌失措，邓佳丽看到谢采采俨然地出现在自己面前，她条件反射，马上用手捂住敞开的前胸，支支吾吾地说道："不是，是。"

"什么不是，不是什么？"谢采采说，"是什么是？"

"不是你看到的那样，是姚改革发烧了，从椅子上摔了下来。"邓佳丽很快明白了是什么情况，她显得异常的冷静，简要说明了情况。邓佳丽见谢采采不讲理，一向随性惯了的"丽人醉"，没好气地说道："我怎么知道你今天这时还会回来，知道你要回来，我就不会来了，这两天我两个是在一起，不过是庞书记要我俩在一起。"

她的话明显激怒了谢采采："你的意思是我现在来得不是时候是吧，是我打扰了你俩的美事是吗？"

"你要这么说，我也没办法。不过我要告诉你的是，我俩在一起是因为工作的需要，生气也是因为工作累的，加上本身有点感冒，于是就病了，他现在发高烧。他坐在小椅子上，从椅子上摔了下来，不是在床上。我也是太困，躺在床上休息一下，就睡着了，我是被他惊醒的。"邓佳丽耐心地解释。

"我不相信庞书记会要你俩深更半夜在一起，你俩大晚上在一起能干吗？"谢采采不依不饶。

"谢采采亏你还是大学毕业生，你真幼稚，庞书记是什么人，你觉得他会叫我和生气干什么事？是不是男女只要同处一室就一定是干见不得人的事？是不是同志之间关心一下，就一定关系暧昧？"

"你不要问我，问你们自己，若要人不知，除非己莫为。"谢采采耍起了小性子。

"谢采采，你真是俗人一个，你不但羞辱了我和生气，同时，也作践了你自己，改革是你的未婚夫，你俩都到谈婚论嫁的时候了，你对他起码的信任都没有。我告诉你，是庞书记安排改革和我一起创作一出快板戏，内容是关于'文化大革命'的，由于时间紧，任务重，我和改革接到任务后，就没怎么休息，白天黑夜加班加点干，两个人累得快散了架，因此，我才在床上躺了一下，改革可能见我躺在了床上休息，他就坐在椅子上写东西，后来也就睡着了，谁知他是发烧迷糊了。好了，你的疑问问完了没有？如果你问完了，我们现在、立刻、马上送他去公社医院。如果你还没有问完，也请你改天再问，改革烧得厉害，不能拖了，要马上送他就医。"

谢采采还想说些什么，邓佳丽低声吼道："你是想他死是吧？我还从来没有见到过像你这样一个不顾大局、心胸狭窄的女人，我心中纳闷，你是什么时候回来的，路过房门口装作没事似的，你肯定已经看到了我和他在一个房间里，因为我俩吃了晚饭以后，就上楼开始创作，两人都没有下过楼梯，你肯定看到了，你就是不作声，或许就是要等发生了什么事以后，你好出面抓现场。不然，你见我俩在一起，为什么不打个招呼，却悄悄躲到西头房里去了，你太阴了，我看不起你。""丽人醉"也有生气的时候。

"我回来时，看见你俩在一起，不知你俩在干什么事，没打扰你们，我大半夜才回来，人也累了，就回房里睡去了。"

"好了，你就不要再啰唆了，我和姚改革是奉庞书记的命令，加班加点搞创作，要按期完成，他只给我俩五天时间，必须弄出一个剧本来，改革本身就感冒了，又加之这两天

335

人太累，就病了。他现在发高烧，他坐在小椅子上，从椅子上摔了下来，不是在床上。我也是太困，躺在床休息一下，就睡着了，我是被他摔倒的声响惊醒的。"邓佳丽重复解释了一遍。

邓佳丽见谢采采站在那里不知所措，她径直走到楼梯口，压了压嗓子，向一楼叫道："干娘、干娘，快上来，改革病了。"

苏醒答应了一声后，披上衣服，从木梯往楼上走。邓佳丽就在苏醒和姚革新上梯时，简单介绍了姚改革的病情。两人走进他房间，见谢采采在房间里，感到惊讶，苏醒便问道："采采，你怎么在这里？你什么时候回来的？你回来怎么没有一点声音啊。"

苏醒接连问了几个问题，她没有顾及谢采采的感受，开门见山，直截了当地问。

"是的，是我的错，我来得不是时候。"谢采采回答苏醒的话，明显是气话。

"×的，一句好话，到你口里一说，怎么那么难呀，你的话让采采产生误会了。"姚革新口里骂道。

"你去县里开会了，我今天晚上都煮了你晚饭的，预备着你回来吃，到睡觉的时候了，还没有见你回来，我又到村口看了一下，到处是乌漆墨黑，估计你晚上不会回来了，我们才睡觉，睡得迷迷糊糊的，不晓得你是什么时候回来的，这么晚回来不安全呀，你吃饭了吗？铁锅里还有饭。"苏醒马上赔上笑，解释了一下。

"干娘，你和干爹赶快把改革送到公社医院去，他本身就有些感冒了，加上这两天没日没夜地赶写快板戏，他是给累的。"邓佳丽说话间把姚改革扶到姚革新背上。

苏醒站在那里发愣，见苏醒似乎不明白，邓佳丽又说道："改革赶写这个东西，没休息好，发烧了。"

"是的，头好烫。"苏醒说话间已走到楼梯口，邓佳丽见谢采采没动，便说："采采，你也随我干娘、干爹一起去公社医院吧，你们先走，我把屋收拾一下，带上门就到医院去找你们。"

谢采采跟随在姚革新身后，苏醒点燃蒿把，在前面带路。来到公社医院，李院长亲自为姚改革把脉，他说："姚改革身体虚弱，可能是得了低血糖病，打几天点滴，休息几天，应该无大碍。"

第五十六章
邓佳丽发烧讲胡话　谢采采医院使性子

谢采采她们走后，邓佳丽在床上小坐了一会儿，想到谢采采刚刚说过的那些话，心中感到被人羞辱而气愤。

为了响应到农村去接受贫下中农再教育的伟大号召，她不辞辛劳告别父母，只身从北京几经辗转来到这个山旮旯里闹革命。到这里后，姚改革是她最能沟通说上话的农村知识

第五十六章
邓佳丽发烧讲胡话　谢采采医院使性子

青年。

"文革"不久，她父母也被打成右派，下放到"五七"干校劳动改造，她父亲是大学应用数学教授，在组织审查时，和工作组人员申辩，被红卫兵打坏眼镜，镜片刺破了右眼球——右眼晶体破裂，瞎了。

她当初向学校申请到农村去闹革命，几经转折被分配到这个偏远的山区，不要说回家，现在就是回家去，也是无家可归。在火场的日日夜夜里，不要说文化生活，就连能够说上话的人都很少。姚改革虽然出生在山旮旯里，但他的气质、风度和谈吐，完全不像一个农村青年，因此，姚改革是她唯一一个谈得来的农村青年。随着时间的推移，她在心中对姚改革产生了情愫，但她不敢放任自己的感情。因为姚改革已经是谢采采的未婚夫，两人已到了谈婚论嫁的时候。

时代的巨轮推着人们前行，人们在时代洪流中，根本没法做出自己的选择，就像一叶扁舟在大海上漂荡。只能随波逐流，听从命运的安排。

姚改革突然犯病，邓佳丽的心中有一种不可名状的焦急，想着想着，泪水迷糊了双眼。一声长叹后，抹干眼泪，走到楼梯口听一听楼下的动静，她确定楼下已恢复了夜的平静后，调整了一下自己的心绪，轻轻地带上门，轻手轻脚地下了楼梯。

在这时，远处传来了"喊寨人"老犁头的声音，夹杂着打更声，她明白天快亮了。她明显加快了行走的步伐，鞋底在石板路上敲击的声音，自然引来了山狗的狂吠。她心中有些害怕，走到公社大门口时，她有些犹豫了，心想：这时是去公社卫生院看姚改革，还是回到公社自己房间里去呢。如果这时去公社卫生院，别人如果问姚改革生病，你是怎么知道的？到时就要给别人实话实说，说昨晚和姚改革待在一起。这样一说，虽然说的是真话，别人肯定会怀疑，别人怎会相信深更半夜两个年轻人是在搞创作，还是在搞别的事。孤男寡女独处一室，这里边的想象空间足以可以写一本书。不怀好意的人，会添油加醋制造一个桃色新闻，姚改革深夜生病被背进医院，会为坏人提供造谣生事的生动素材。运动当前，说不定对姚改革的声誉和前途会造成不可估量的损害，甚至，牟梨会产生怀疑。为了达到个人的政治目的，她最擅长利用政治形势服务她的需要，给姚革新父子以重击，只要能达到个人目的，牟梨肯定不惜舍掉她这个小卒子。她越想越害怕，越怕越心虚。她决定改成白天去医院看望，反正天快亮了。

邓佳丽想了想，谢采采她们明明知道刚发生的事，如果不去探望，显得自己心虚有鬼，谢采采会更加怀疑她和姚改革之间的关系。如果这个时候她依然陪伴左右，谢采采或许也会更加妒火中烧。只会让谢采采更加反感，毕竟姚改革是她的未婚夫。去与不去，让她陷入两难。反正姚改革已经去了医院，身体应该没有大碍，还是悄然回屋去休息一下。天亮了，再去也不迟。她不再犹豫，快步向二楼自己的房间走去。进房间后，她感觉自己身体有点不对劲，人困得很，十分软绵无力，便靠在床上休息一下，不料竟然熟睡了。

晌午时分，砰砰砰的敲门声，把邓佳丽从沉睡中惊醒，她睡眼惺忪，慵懒拖沓地开了门，便问道："慕容樱桃，你干吗呀！有什么事儿吗？我好困，这几天搞创作，没休息好，头有些晕。"

"哎呀，丽丽，你脸怎么像红纸了？不会是生病了吧。庞书记要你过去一下，问你们快板词写的怎样了。"慕容樱桃用手在邓佳丽的额头上一摸，又把手搭在自己的额头上，惊叫道,"丽丽,好烫啊!你不是累的,你是发烧了,快去卫生院看看吧!"邓佳丽把门掩上,说:"别瞎嚷嚷,一会儿就好了,没事的。我哪有时间去医院呀,创作的快板才弄出个初稿,改革就病倒了……"

"改革病了?好久的事呀?他昨天都还好好的,你大门都不出,咋知道的?"慕容樱桃很警觉地问。

邓佳丽说:"他已经去了卫生院,没事儿吧。前几天他有些感冒,这两天天气太热,加班加点创作群口快板,党日活动要用,和时间赛跑,想尽快写完交庞书记审定,是累病的。我们这次要为自由放言,要与噤言交锋,不惧因言获罪,要利用这次表演为自由而歌,放言是人类社会的普世价值,也是宪法法律保障的公民权利。"

"有谔谔争臣者,其国昌;有默默谀臣者,其国亡。"邓佳丽说话间突然身子一歪,倒下了。

"丽丽、丽丽!"慕容樱桃呼喊着邓佳丽的名字,她用手去扶邓佳丽,邓佳丽气息微弱,费力说道:"快板稿在我抽屉里,交给庞书记。"说完昏了过去。

慕容樱桃站在二楼过道上,叫道:"庞书记,邓佳丽病了,她昏过去了。"她这一句叫喊,公社大院里所有人都似乎听到了,大家都从房里、办公室里一下子聚集起来,前来寻问邓佳丽的病情。庞跃京吩咐大家齐动手,赶快把邓佳丽抬到公社卫生院做检查。

公社卫生院护士李桐霞对庞跃京说:"卫生院病房住满了人,一个空床位都没有了。"

"卫生院一号病房有两个床位,姚改革睡一个床位,还剩一个床位,邓佳丽可以住进去。"护士张玥补充说。庞跃京吩咐大家把邓佳丽马上抬到姚改革住的一号病房。

苏醒见大伙把邓佳丽抬进了病房,便问道:"咋啦?丽丽刚刚都还好好的呀,这是中了什么邪呀,咋和生气一样的病呢。"她一边说,一边协助大家把邓佳丽扶到病床上。

"你真是啰唆,人吃五谷杂粮,谁不有个头痛脑热的,扎两针就好了。"姚革新在一旁说,"也好,反正你没事,现在邓佳丽和生气住在一个病房,你就把他两个一起照顾一下,给他两个做饭吃,倒个水什么的。"姚革新说完,去李院长办公室问邓佳丽的病情。

庞跃京说:"嫂子,你做饭时,给邓佳丽也做一份,到时公社负责给你补粮票和肉票。"

"不着急,不着急,加个把人,就是加双筷子的事,邓佳丽认我做干娘,为干女儿做点事,应该的。庞书记你放心,我一定办好,不用公社补贴。"

一会儿谢采采来医院探望姚改革,她走进病房,看到邓佳丽躺在病床上,大声叫道:"丽丽怎么躺在姚改革病房?她什么时候来的?"

"丽丽她发烧了,晕过去了。"苏醒连忙解释说。

"卫生院001房有一个空床,护士李桐霞她们才把邓佳丽安排到生气这个病房,她刚来的,在你前一脚进来的。"苏醒看到谢采采因为愤怒而变形的脸,连忙牵着她的手好言解释,"邓佳丽在这里举目无亲,病成这样子了,也需要人照顾。生气现在病了,丽丽既然和生气住一个病房,我一个人是照顾,两个人也是照顾,就一起帮忙料理一下他两个的生活……"

谢采采的脸上写满了焦虑和不解:"是啊,丽丽和生气都住一起了,你是有的忙了。"谢采采的话,让苏醒一时半会儿还没法完全明白。

第五十六章
邓佳丽发烧讲胡话　谢采采医院使性子

"你也是几十岁的人了，连话都讲不利索，人家李院长说了，过两天女病房就会有人出院，庞书记有过交代，邓佳丽是因为工作劳累才害病的，应该优先得到卫生院的关照。只要女病房一空出床位，就把邓佳丽转到女病房去。她一个女孩子和生气一个大老爷们同住一个病房，的确给双方都带来不便。采采有时间时，陪一下生气，这中间夹着一个邓佳丽，说个话都不方便。男人和女人是有区别的，都有各自特殊的事，又不是两口子，肯定不便。我和李院长早已讲好了，用不着你瞎操心，白忙活。"姚革新守在姚改革的床边，听到谢采采和苏醒之间的对话，明白谢采采对于邓佳丽和生气住一个病房，变成了男女混合病房她是很介意的，姚革新连忙解释缓和一下气氛。

在偏远的农村，这种非姻亲关系，深更半夜男女同处一室的事，那是不可想象的，男女混住在一个病房也是不被允许的。邓佳丽和姚改革夜半尚且同室，按祖制实属亏理。男女病人必须分开住在不同的病房，这个已经形成圭臬，大家自觉自愿在维护这个规则。古有男女授受不亲，今有男女有别之说，到什么时候，似乎都有理，谁如果破坏了这个规矩，就会遭到所有人的谴责。因此，谢采采对此事稍有不满态度，苏醒就感到是自己犯了错似的，一个劲地解释说明。未来的公公这么一说明，谢采采勉强挤出了一点微笑。

"邓佳丽是什么病？这么小的病房住几个人，会不会交叉感染啊！"谢采采再发一问。

"李院长给邓佳丽检查过了，和改革一样的病，可能是中暑、劳累等原因引起的身体不适，小李护士把输液胶管子、注射器等医疗器械用开水煮过了，已经高温消毒了，应该是安全的。"姚革新说话的同时，给谢采采让位坐，谢采采用手制止，并叫姚革新坐。

"治疗一天看看，生气如果醒来了就好，万一还是不醒来，明天我们就转到县医院去。"姚革新说，几个人都点头赞同。

"采采你回吧，给生气准备一下去县医院住院要带的必需品，这里没什么事，回头我两个换班，我给生气做点吃的，预备着他一醒来就要吃的东西，到时你来值守。"苏醒说。

"这样吧，大伯小伯，你两个一夜也可能没睡好，你两个都回屋休息一会儿吧，我年轻挺得住，这里就交给我吧，我来照看改革，放心吧。"

"放心，放心，有你照看肯定放心。那我和你大伯先回屋里一下，家里几个孩子要安排一下他们的事，这时莫搞病了添乱。"苏醒边说边催促姚革新走人，苏醒又给谢采采交代了一些事情，姚革新说："采采什么事情不晓得，要你紧到啰唆。"

两个人走后，谢采采观察了对面病床上输液的邓佳丽，又看了看同时在输液的姚改革，心中有股无名火。这时小护士李桐霞走进病房，给两个病人量体温，把体温计塞进两人胳肢窝里，转身离开，走到门口说："你在这里就观察一下，有什么情况告诉我们，需要换药时，就吱一下声。"

"你给谁在说话？我没有姓名吗？我不是医生，我观察什么呀？我一会儿就要走了。"

"好的，谢采采，你有事就去忙吧，我那边换一下药就回来。"李桐霞说。

"你们护士是怎么搞的，病人在住院，你们倒好，不管不顾的，万一出现什么医疗事故，你们负得起责吗？一个护士在医院里挺起个胸，走路扭呀扭的，给谁看呀，两个病人躺在病床上眼睛都没有睁开呢。"

"谢采采，你讲话怎么那么伤人啦，你没时间，你可以不看，刚才是我的错，我不应

该叫一个非专业的人照看病人，不过我不是忙不过来嘛。三个护士，一个因病请假，一个因事也请了假，这个卫生院就只有我一个护士，我只有一双手脚，哪忙得过来呀！我一天到晚就要忙死过去了，你还拿这些话挤对我，我们做护士的也是人。挺胸又怎么啦，走路本来就应该挺胸、抬头、收腹、提臀，养成良好的习惯，除非这个人是个扁胸、粗腰、不自信，她走路才低头含胸，身材好才能扭腰，水桶腰如何扭得动是吧。"

"你，你说话怎么这么露骨，哪像一个护士说的话。"

"你们这些当官的就喜欢打官腔，我给你说的是专业话，你不爱听，就喜欢别人说一些奉承话、虚假的话，糊弄你们的话，难不成要我给你说，走路低头、含胸、身体僵硬、步态呆板，更加有益于健康吗？护士上班就得衣冠整洁，给病人以欣慰，以美的愉悦帮助病人早日恢复健康。"

"你也太自以为是了，你一个小护士，竟敢在我面前狂妄。"谢采采用手指着李桐霞愤怒地说。

这时，一个病人家属找到李桐霞，说是该换药了。李桐霞抽出姚改革和邓佳丽的体温计，边看边离开了病房。她走后，谢采采越想越气，她本想把心中的气撒在一个小护士身上，不会有什么反响。未承想，李桐霞的话，反击得太有力了，面对这样一位美女小护士，谢采采感觉到被伤害的原来是自己。她心中的怒火正在燃烧。

突然，她听到姚改革好像嘟哝了一句什么话，她心中感到好兴奋，立即走到姚改革床边，叫着他的名字，问他说什么。可是，她连叫唤了几声，也没见姚改革有什么反应。

一会儿，苏醒手提两个竹篮，到医院给姚改革和邓佳丽送饭，见两个病人还在打点滴没有醒过来，她就叫谢采采先吃点饭，说是等两个人醒了以后，再去热一下饭菜。谢采采说不饿，不想吃。苏醒说，这几天可能是人太累了，回屋去休息吧，休息好了后在家里吃中饭。

自从县里开会回来后，谢采采就没有得到好的休息。苏醒这么一说，谢采采感到自己犯困了。于是，说道："小伯伯来了我也放心了，改革还有两瓶药要打。邓佳丽才开始输液，要打的盐水还蛮多的。我回去一下，一会儿我来换您，到时您再回屋去。一瓶药水快打光时，您就去叫一下李桐霞换药。她这个小护士为人民服务的工作态度不端正，脾气大、架子大，不晓得她有什么了不起的，我走了。"说完向病房外走去。

走到半路上，她想到自己忘了包，又折返回医院取包。她轻轻地推开门，发现邓佳丽已由原先睡的仰卧位转向为侧卧位，姚改革的手触碰到邓佳丽的手。由于病房很小，放两张病床，确实显得有些拥挤，两张床之间的距离只能容下一个成年人侧身走过。因此，两张床几乎是紧挨着平行摆放着，床上的两个人，只要愿意可以毫不费力地从一张床移动到另一张床上。见房间里突然进来一道光线，姚改革条件反射，立即缩回自己的手。

谢采采走到姚改革的床边，气不打一处来，她看了看邓佳丽，面对着侧卧的"丽人醉"，她心中妒火中烧，"丽人醉"不是浪得虚名，即便是病中也难以抑制她那逼人的美丽，作为年龄相差不大的两个女人，谢采采懂得这其中意味着什么。眼前这个先天条件高出自己不少的丽人，的确令人看着心醉，更让她气愤的是，"丽人醉"不仅形象、气质"醉美"，而且，她还有着深厚的文化底蕴，让自己这个大学生在她面前相形见绌。邓佳丽具有一种让男人拼了命都想呵护的冲动，她身上散发着天然的芬芳，的确使人迷醉。面对着自己心中的情敌，谢采采感到自己的渺小、无力。但她不是一个轻易向人低头的女人，她决心捍卫自己的尊严和爱情。她站起来，用手推了一把邓佳丽，并叫喊着邓佳丽的名字，邓佳丽没有反应，她说道："人都病成这样子，还是那么狐媚。睡如果能装死，那就装吧。"她好像在说给自己听。

谢采采定了定神，坐回姚改革的床边，又轻声叫了几句他的名字，还是没有反应。她用手拧了姚改革一把。"哎哟，你干吗？"姚改革大叫了一声。

"哈哈哈！"谢采采大笑道，"我刚才说了，装死是装不像的，你看看，一下子就现原形了。是不是我前面来时，你就已经醒了？故意不说话，懒得和我说话是不是？"

"是采采呀，我声音大，没有吓着你吧，我像做了一个梦一样。"姚改革说。

"你做了一个什么样的梦，是美梦吧，是不是梦见和美女牵手或是亲嘴了？"

"梦见一个美女抓着我的手，想非礼我，我坚决不从。"

"哈哈哈，姚改革，你的梦也太逼真了，你确认是美女想非礼你，而不是你想非礼美女吗？"谢采采哼哼两声。

这时，苏醒从门外走了进来，看见姚改革醒了，说："儿子，你总算回过神来了，吓死我了，现在感觉好些了吗？"

"娘，我没事，我是不是病了？我怎么住进医院了？"

"你这几天晚上加班写东西，昨晚你突然昏过去了，是采采把你送到医院的。"苏醒喜形于色地说着。

"邓佳丽怎么也住进了医院，她可是从来都不会害病的人。"

"你两个人倒是同病相怜，你进医院后，她紧接着也进了医院，害的病几乎相同。"谢采采语中带刺。

"谢天谢地啊！你总算回过神来了，儿子，你饿了没有？我现在就去给你做点吃的东西。"

"娘，我不饿，头还是有点晕。"

"儿子，医生说你是中暑了，加之这几天加班加点赶写东西，人太劳累了。打几天针就会痊愈的。"苏醒说。

"生——气，想……"邓佳丽断断续续地叫唤着姚改革的诨名。

"丽丽，我在这里，你感觉舒服一点了吗？你是想喝水吗？"姚改革叫着邓佳丽的名字，往谢采采脸上看。

这时，护士李桐霞刚好推门进来，也听到邓佳丽说的话，她走近床边，叫道："丽丽姐，丽丽姐，你醒了吗？你能听到我的声音吗？你能听到就点一下头。"

邓佳丽没有了声音，护士见谢采采站在床边，她说："你能不能站一边去，不要妨碍我做事好不好？"李桐霞推了谢采采一把，让谢采采心中不悦，而且是当着苏醒母子面，她的脸马上挂不住了，反讽道："我不会自己走啊！你推什么推？有毛病啊！医院又不是上台演戏，走路扭腰送胯的，你要么大的场面吗？"

"你是站着说话不腰疼，丽丽姐现在这个样子，必须得有人唤醒她，她刚才已经说话了，不能让她再睡下去，请你现在、马上、立刻离开病房，不要影响我的工作行不行？"李桐霞针锋相对。

341

苏醒见状说："采采，咱娘俩到外边去透透气，这医院空气不好，太闷了，让李护士忙她的事。"谢采采涨红着脸纹丝不动，还想说点什么，苏醒又说道："在医院咱们听医生、护士的，反正呀，医生、护士都是为病人好。"她见谢采采一脸的怒容，就对李桐霞说，"李护士，这里就交给你啦，我和采采回去了，给生气和丽丽弄点吃的去。"

"嗯，好的，阿姨。"

苏醒拉着谢采采的手往外面走。返回的路上，苏醒故意逗她开心。回到屋里，谢采采把包往小桌上一扔就上楼去了。姚革新问苏醒道："谢采采这是怎么啦，从医院回来后，好像生气了。生气醒了吗？和采采生气了？"

"生气醒了，他没和采采吵架，采采倒是和小护士李桐霞拌嘴了。这个小护士也不是个省油的灯，怎么美女都脾气大啊。采采说了几句话，两个人都像吃了炸药一样。"

"在医院吵架了？为什么呀？"姚革新追问道。

"为什么？不就是为了几句闲话吗？你一言我一语，我听也没有什么不得了的，倒像是两个人过去有什么误会一样，两人讲话都没好声气。"

"年轻人的世界，你怎么知道，不关咱生气什么事吧？"

"这话怎么说呢？我还真的不晓得怎么说，可以说和咱儿子无关，也可以说和咱儿子有关。"

"到底是有关还是无关，几十岁的人了，讲句话都讲不利索，有就一个字'有'，无也就一个字'无'，讲话绕来绕去的，你现在讲话学得和牟梨一个榜样。装有学问，玩神秘。"

"不给你讲这一些了，生气醒了，我给他做点吃的东西。"

这天晚上谢采采推说自己不饿，不想吃饭，没有下楼，也没有到医院看望姚改革。

姚改革和邓佳丽因为同时住院，又住一个病房，社会上开始盛传关于他俩的一些流言蜚语。他们两人像过去那样关系很铁，邓佳丽见姚改革时，高兴时总是喜欢在他的肩头猛拍一巴掌，或给他一拳，说道："我们是哥们，是生死战友。"说完哈哈大笑。

她大大咧咧惯了，根本不在乎别人背地里那些毫无根据的议论。唯一有所改变的是她对姚改革的眼神多了几份赏识与柔情。

第五十七章
失人心毁树酿悲剧　得人心守护将军树

老倔头屋西头一条小溪有个漂亮的名字叫清除河，名为河，其实只是一条较大的溪流，可以清楚地看到水下雪白的、粉红的和灰绿色的沙砾卵石，看到自由自在游弋在沙砾卵石上的梭鱼、花漂、鲫鱼，懒洋洋地或者鬼头鬼脑地躲在沙砾和卵石周围的鳝鱼、青虾、鲈子……蟹子是难得看到的，得掀起河底的石板，或者伸出胳膊探进紧贴河堤的洞穴里去。有时还得忍受蟹钳的攻击，付出几滴血的代价。

河岸边有一棵古老的银杏树，这棵树距今有1500年的树龄，树蔸上端分出两根大树枝，在两根树枝边突兀地分出一根硕大的树丫。像一对夫妻怀抱着他们的孩子，象征有情人终成眷属。老辈人有情怀，给这棵树取了一个好听的名字——相思树。树枝呈伞状，密密匝匝地盖着大地，六个大男人合抱都不能包住树干。

当年红军将领经常在这棵树下给士兵训话，后人为了感激和纪念红军将士，又把这棵千年银杏树称为将军树。

红卫兵第二次火烧将军树的时间，选在农历六月六。他们是吸取了上次春天时节，空气湿润着火点不高的经验教训，特意选在大热天火烧将军树，六月天气干燥，一定会烧掉这棵将军树。

农历六月初六那天，天气十分炎热，地上的石板都烫脚，狗热得吐出了长舌头，清除河里泡澡的老水牛，不管农夫如何鞭打，赖在水塘里就是不肯上岸，孩子们在清除河泡澡，脊背晒得像个乌龟背，就连平时十分腼腆的村妇，也会撩起两个衣角扇风，露出鱼肚白的肚皮透风。

三伏天是一个炼狱的世界，谁都知道哪儿凉快往哪儿躲，没有人傻到跟日头对抗的地步，很少有人出村。将军树如擎天巨伞，树荫层层叠叠，有的人眯着眼打盹，有的闲聊，有的只管倾着耳朵听，和蔼慈祥。他们的话题十分散漫，一个话题刚扯了个头，忽然之间就奔到了另一个话题去了，嘴巴子撇在脖子后了。

老人们说老人们的闲话，年轻人说年轻人的烦心事。年轻人说话老年人插不上嘴，心里却在嘀咕：看看，现在成了啥世道！老年人扯起了陈谷子烂芝麻的事就没了头，总有一种教导的意味。年轻人不住地点头，心里却说操心还不小哩！几个爱抬杠的又杠上了，粗了脖子红了脸，争吵声高一声低一声，老远就能听到，剥了皮也认得他们是谁跟谁在掰扯。后来或许其中一个忽地一下站起来，扭着脖颈一梗一梗地噌噌噌走掉了。

火场公社"文革"小组组长牟梨认为这么好的天气，这棵将军树，只要有一个火星丢在树周围的干柴上，那么这棵千年古树就会立即燃烧成灰烬。

她选在艳阳高照正午时间点火，因为她谋定这次点火，肯定能烧掉将军树，因此，她成竹在胸，除了红卫兵参加，还特意请了县"文革"领导观摩，社员群众聚集在将军树周围观看，牟梨要以将军树的毁灭倒塌，教育广大的人民群众。

时间一到，她命令点火，正如她所料，银杏树四周围助燃的干柴点燃后熊熊燃烧，发出噼噼啪啪的燃烧声，眼看火焰就要蹿到树枝上了，周围观看的人毫无疑问地认为将军树这回在劫难逃了。

天有不测风云，人有旦夕祸福。突然，天空中轰隆隆一声惊雷，紧接着就是暴雨倾盆，在场的人迅速逃离现场，到处找地方躲雨，眼看就要被烧掉的千年银杏古树，却安然无恙，又逃过了一劫。由此，在坊间盛传出各种离奇怪异的说法。有的说千年古树已成妖，人斗不过妖；有的说这棵树是将军树，守卫的是红军战士的幽灵，碰不得，几个红卫兵、红小兵是干不赢当年的红小鬼的。两次火烧将军树，不但没有把树烧掉，而且弄出了这些怪异之事，好端端的红卫兵小闯将点火时竟然莫名其妙地上吐下泄，回去后病了月余才捡回一条命；有人说，如果不是毛主席的红卫兵点的火，而是蒋介石的匪帮纵火，肯定

当场折戟银杏树下。

第二次火烧将军树，六月六热得像"铁板烧"，超过40摄氏度的高温，树叶子都失去了生气，仿佛要燃烧的样子，谁承想会突然下起了暴雨，又是那么凑巧，天又一次保下了这棵千年老树。经过前面两次放火烧树，村人在私下议论纷纷，说虽然是棵树，但也成了一棵有灵的树，如若有人不知道见好就收，仍然想动将军树的歪主意，只恐怕是要出大乱子，这俗话说，城门失火，殃及池鱼。怕是全村上下都要受到神灵的惩罚了。

牟梨凭着卓越的政治敏锐性，她感觉到火场的政治运动已经演变成了一场对神灵唱赞歌，对当权派树碑立传，对权贵奉承献媚的大台戏，这些都在可破除之列。

红卫兵不仅没有烧掉将军树，反而让将军树更加高大威武了。一棵1500年的腐朽老树，经此两次折腾后，竟然有不少村民前往焚香烧纸，顶礼膜拜，将军树在村民中俨然变成了一棵威力无穷的神树。

在破"四旧"的风口浪尖上，要破除几千年来一切剥削阶级所造成的毒害人民的"旧思想、旧文化、旧习俗、旧习惯"。这些村民缺乏"文革"意识形态，思想守旧，对神灵虔诚。牟梨觉得是可忍孰不可忍，她决定用无产阶级铁拳砸烂这些旧东西，横扫一切牛鬼蛇神。她召集火场"文革"领导小组成员开会研究如何进一步推进政治运动。当然，也包括研究如何确保第三次铲除将军树获得成功。

会上，钟吉祥提出，既然两次用火烧不了这棵银杏树，那么就换一种方法——用斧砍或用掘进的方式挖掉这棵古树。有人对挖树颇为忌惮，树太高大了，根系太发达了，光是树根就有水桶那么大，而且盘根错节，根都长到清除河了，挖这么大的树，没有挖掘机，人工挖掘怕搞出安全问题。于是乎，他们初步选定了砍树日子——八一建军节。

牟梨采纳了钟吉祥的主意——改火烧为斧砍。

8月1日那天，牟梨安排万俟羿和上官刈两人砍将军树，两个人做了详细分工，从树的两面对进砍，南宫怒、万俟羿站在树的下方，上官刈站在树的上方，上下两面对进斧砍。

1500年树龄的银杏树，周身长着各种树藤和其他附着物，光缠绕的树藤就有手臂粗。南宫怒也是铆足劲儿，一斧头砍下去，银杏树蔸上顿时被砍进一斧，他由于用力太猛，摇了摇斧柄，斧头没动，他用力掰斧头柄，只听咔嚓一声，斧头柄被他崴断了。

牟梨叫钟吉祥重新拿来一把斧子，让钟吉祥去砍树，南宫怒伸手叫钟吉祥把斧子给他，钟吉祥就把斧子递给他，南宫怒接过斧子，又是翻腰一斧头砍去，斧子砍在第一斧的上方，一块厚树皮应声而落，南宫怒紧接着抢起利斧，向树蔸上砍去，突然"哗……唰"的一声，一条碗口粗、十几米长的干树枝从银杏树上掉了下来，正好打在南宫怒、万俟羿的头上，两人应声倒下，当场丧命。

与此同时，上官刈站在上方，翻腰就是一斧头砍下去，没承想，他砍在了树蔸上的老藤上面，老树藤坚硬得很，斧头被弹了回来，巨大的反作用力，使上官刈手中的斧头如离弦之箭，飞向了人群，妥妥地砍在申屠或的右腿上，申屠或应声倒下，哭爹喊娘，被上官刈磨得十分锋利的斧子，深深地砍入他的大腿骨内。周围有六个红卫兵被掉下来的干树枝不同程度地砸伤。

突如其来的变故，令在场所有人惊恐万状，大家纷纷逃离现场。过了一阵，见树巅上

第五十七章
失人心毁树酿悲剧　得人心守护将军树

再无干树枝掉落，牟梨便指挥众人拨开压在南宫怒、万俟炗身上的树枝，抬了出来，暂时放在离银杏树较远的石板上，和申屠彧放在一起。

第三次砍将军树的时候，竟然造成了二死一重伤，一场声势浩大的"破四旧"——砍古树，演化成一场人间悲剧。很明显，树是砍不下去了，看热闹的村民一哄而散。

有人叫来李全治，他用听筒听了南宫怒、万俟炗的心跳，他转过头来，对牟梨冷冷地说道："南宫怒、万俟炗死了。"牟梨一听南宫怒、万俟炗死了，眼泪立即奔涌而出，哭叫道："南宫怒、万俟炗你们醒醒啊，革命尚未成功，同志尚须努力，你们是我的好战友，不能死啊，我们当初一起来的八个革命小闯将，如今伤的伤、死的死、走的走……剩下不多了。"

慕容樱桃在一旁劝慰她说："牟组长，南宫怒和万俟炗也许会像崔产愫那样死而复生的。"李全治肯定地摆摆手说："他俩是大脑砸开了，活不了了。"慕容樱桃又说："现在还不是伤心流泪的时候，你得想个办法，把南宫怒、万俟炗风风光光地安埋了，他俩是八大金刚之一革命小闯将，真是应了那句'出师未捷身先死，长使英雄泪满襟'。组长，你得挺住，要收拾这个场面，还有申屠彧的大腿很可能就这么废了，如果现在不立即想办法，把他的血止住，怕有生命危险。先为他包扎好，同时马上送到县城去动手术，否则，后果不堪设想啊！"

牟梨说："你快安排人过去告知庞跃京书记，庞书记会有办法的。"黄诚勇说："不用了，我已经派人去请庞书记了，庞书记应该很快就要到了。"牟梨说："慕容樱桃你代表'文革'小组宣布这次'破四旧'遇到了意外，造成了重大事故，本次活动到此结束。"

黄诚勇捏了一下慕容樱桃的手，慕容樱桃用柔情似水的眼神，看了看黄诚勇，黄诚勇点了点头。慕容樱桃说："公社干部留下，其他人都散了吧。"

几个红卫兵头头都是城里长大的，没有砍树的经验，拼的是蛮力，搞得不好，最容易造成安全事故。幸好银杏树没有被砍倒，因为牟梨指挥砍树时，没有做任何防护措施，不讲究砍树方法与技巧，一味蛮干，倘若这么大的参天大树被砍倒了，是倒向了人群，还是倒向了房屋，后果不堪设想。往哪个方向倒，倒了后又如何处理这么大的树，不使树有碍通行，树做什么用，是放火烧掉，还是截成木筒子做料用，还是一顿乱砍做柴烧，都没有预案，场面乱哄哄的。砍树时，红卫兵和闻讯赶来看西洋镜的小孩都没有得到很好的组织，小孩子到处乱跑乱跳，一不小心就可能造成大面积伤亡。

他们正在议论时，庞跃京坐农用拖拉机赶来了。他迅速了解一下现场，安排李全治把申屠彧包扎好，安排人手把他抬到农用拖拉机上面，送往县城医院住院治疗。

这边南宫怒、万俟炗的尸体要尽快入殓，天气太热了，如果露天放在外边，很快会被毒辣的太阳烤熟变臭。庞跃京把公社干部派下去，联系村里的老人，买老人的棺材，准备把南宫怒、万俟炗入殓。

派出的三批人马很快返回复命，三个组的人都没有找到棺材，老人们听说是给红卫兵头目南宫怒、万俟炗买棺材，都不肯卖。

庞跃京和牟梨紧急磋商后，一致认为，要想在火场的地界上为南宫怒、万俟炗买一口上好的棺材，几乎是没有可能的，庞跃京提议派几个劳力上山，砍两根上好的楠木，请几个当地木匠为南宫怒、万俟炗就地打造一副生木棺材，就埋在离将军树不远的清除河岸

345

边,让他俩每天能看到将军树的盛衰乃至老死。

牟梨被突发事件所惊吓,六神无主,完全赞同庞跃京的安排。人多力量大,大家砍来楠木,五六个木匠齐动手,很快就打造好了楠木棺材,大家把生木棺材以及南宫怒、万俟疢分别抬到桃坪界毛栗垭红卫兵墓地,把南宫怒、万俟疢开始腐臭的身躯放在楠木棺椁中,安埋在红卫兵墓地。两天后,牟梨为南宫怒、万俟疢的坟墓竖了一块碑,她亲笔题写了碑文"为有牺牲多壮志,敢教日月换新天"。

庞跃京应造反派司令钟吉祥的请求,给南宫怒、万俟疢墓碑题词"胸怀朝阳心何惧,敢将生命献人民"。

申屠彧由于流血过多,在送往县城的路上撒手人寰。

清除河边的一棵千年银杏树,让火场"文革"小组组长牟梨颜面扫地,她和钟吉祥等人也是百思不得其解,不就是一棵树吗,怎么就烧又烧不了,砍也砍不得,真是见了鬼了。砍棵树竟然弄出了人命案,"破四旧"没有破到位,已是几次把人给破了。

死了人,上面领导的脸挂不住了,县里就有不同声音,说牟梨每次喜欢搞个大阵仗,每次组织活动都有疏漏,甚至缺陷,总是弄出一些意想不到的事儿来。

黄大风在县里挂帅时,牟梨前可以攻,退可以守,并无后顾之忧,如今黄大风被牟梨和她的直接上司"沅水风雷派"司令冯珲鋆赶下了台,被遣返到娄底冷水江喝凉水去了,她时常有些后悔当初的鲁莽,自毁长城。

现如今县委领导换了一茬又一茬,除了工作关系,大家好像都隔着一层面纱。县委大院里已经对她传出了不同的声音。这次竟然三次对付不了一棵老树,而且造成三人死亡,其影响迅速蔓延,据说县委班子又要有大的调整了,在这个敏感的时期,她得立即做出点成绩来,不说是为自己高升加筹码,就是保位子,也得加把劲儿,她不相信就弄不死一棵树。

将军树三次逃过劫难,想毁树的人遭到报应,一些没法用道理或科学说明的事,唯心论便占了上风。民间盛传将军树的神奇,千年银杏树的灵异。方圆十里疯传将军树的故事,各种版本都有,总而言之,就是将军树动不得,千年银杏树灵异怪诞。当地人更是崇拜有加,一些村民竟然偷偷地给千年银杏树烧香烧纸顶礼膜拜。

本来是要破除旧思想、旧风俗,未承想反倒助长了封建迷信的泛滥,千年银杏树的神奇威力很快传遍四方,大庸、古丈那边也有不少人慕名而来,信众络绎不绝。

县领导看到这种场景,不点名地批评牟梨,说有的地方"破四旧"不但不力,反而产生了"五旧""六旧",旧东西都化腐朽为神奇了。一棵千年老树,开枝散叶,烧不了,砍不得,俨然一棵神树,老百姓把树当人供着,高呼"将军树万岁,万万岁",简直是滑天下之大稽。

牟梨从县里开会回来,气得她娇喘连连,她涨红着脸,对站着的钟吉祥说:"你不是鬼点子多吗,怎么现在连一棵老树都对付不了?再想不出个办法来,我们都要被这棵古树给革除了。"

钟吉祥略一思忖,说:"这棵树也太神奇了,烧不了、砍不得,都成精了。你相信那些流传的鬼话吗?我是绝对不相信的,我只相信毛主席的一句话,人定胜天。我就不信人会砍不死一棵树。"

第五十七章
失人心毁树酿悲剧　得人心守护将军树

牟梨睁着大杏眼，不耐烦地催促道："你有什么好的办法就快点说出来，别站着说话不腰疼。如果再想不出办法破除掉这棵将军树，那么社员群众每天对着树烧香叩头，我们还破什么'四旧'呢，县委余书记都不点名批评我了，说我们不但没有破'四旧'，反而产生了'五旧'（把千年老树说成了精）、'六旧'（过去老百姓只拜菩萨，现在把一棵南北朝时期的树当神来供奉），我们现在不要纠结破'四旧'的问题，目前的首要问题先破了这第'五旧'和第'六旧'，否则，县里如果怪罪下来，我们真的是要吃不了兜着走。"

钟吉祥若有所思，明显有些分神。

牟梨很不悦地说："真是稀泥巴糊不上壁，和你说个正经事，谁晓得你心中又动啥歪歪肠子去了，心里又惦记哪个村姑去了，都想迷了，喂，喂喂喂，你在想什么呢？"

牟梨用力凿敲着桌面。钟吉祥回过神来，并不生气，和往常一样，嘿嘿一笑，他在牟梨面前从来不会发脾气，相反，在牟梨不高兴时，总是想方设法逗她开心。他说："我刚想到一个办法。"

"什么办法？"

"你向县委余书记借一门迫击炮，轰它两炮，我就不信将军树轰不倒。"

"我说你能不能说点正经事，用迫击炮轰一棵树，放什么屁。"

钟吉祥听她这么一说，扑哧一声笑。他故意逗牟梨开心，说："是放炮，不是放屁。"牟梨看钟吉祥边说边笑，自己也忍不住哈哈大笑。

"我还真的想出了一个撂倒将军树的法子，可以神不知鬼不觉地把这棵树干掉。"

"你快说呀，啰唆。"

"上次我无意中听到谢采采说过，硫酸是一种最活泼的无机强酸，高浓度的硫酸有强烈的吸水性，可用作脱水剂，碳化木材、棉麻织物及生物皮肉等含碳水化合物的物质，具有强烈的腐蚀性和氧化性。"

"这个谢采采真的是这么说的，可不可信？"

"这个大学生，总是喜欢卖弄自己的学问，不管在什么场合，总要讲出点与众不同的东西，表现表现自己。这回，我觉得她说的很有些道理，你可以到县里的硫酸厂弄几桶浓硫酸来，深更半夜的时候，我带上几个人，神不知鬼不觉地把硫酸倒在这棵千年老树树蔸上，保证能酸死它。用不了多久，我想树一定会被硫酸烧死。"

"你把硫酸倒在树蔸上，会到处流，土都会被烧焦，别人会发现的，最好是在树蔸周围把土挖松，再把浓硫酸倒在松土里，就不会到处流动。"

"挖土别人会听见的，只能用铁钎轻轻地錾凿。"

两人做了分工，迅速行动起来了。一天夜里，钟吉祥带着几个红卫兵悄然来到银杏树下，用铁钎錾凿树蔸四周的土，由于千年银杏树实在是太古老了，树周围的土早已形成板块，没下雨的时候，土质十分坚硬。钟吉祥几个人不敢弄出太大的响动，因此，掘进的速度很缓慢。他们在树蔸四周潦草松土后，就把浓硫酸倒到树蔸四周，这样反复干了几次后，树蔸和四周的土明显有腐蚀。

这种变化逃不脱村民的眼睛，大家在村口议论，有人想搞破坏，想打千年银杏树的算盘，千年银杏树是我们全村人的风景树，是我们的将军树，是保佑我们的神树，砍不得，砍了全村人会遭殃的。

老犁头说:"我们村要成立一个护树小组,保护将军树,这棵千年银杏树见证了历史变迁,从南北朝活到了现在,它的生命力十分旺盛,如今老树发新枝,具有蓬勃生机,是全火场人的精神寄托。"

袁延顺说:"这棵树能保佑我们所有人,前不久村里不少人得眩晕症,大家纷纷到银杏树下烧香叩头,捡了一些银杏叶煮水喝,不几日症状都明显好了,现在信神的人就更多了,这首先也是一种文化。这棵树真是一棵神树、福树、贵树,它是我们火场人的保护神啦。有些坏人把元宝当石头,丧天良,坏心肝,想毁坏千年古树,我们决不答应。"

包春梅在村口语出惊人,她说:"祭古树就是敬祖,忘祖就是忘本。"

钟生强示意包春梅和袁延顺讲话轻点,他说:"注意你两个人的身份,地主不抬头,富农莫出头,你两个今天讲的话,如果让牟梨和钟吉祥听到了,那就是现行反革命大罪。"

大家你一言我一语,没有个结论。后来老犁头说,我们几个村里的老人,要成立一个护树队,看护好将军树。

老犁头的护树队,其实就是把村中那些信众组织了起来,分成几个小组,对红卫兵进行反监督,对将军树进行护卫。无形中村民自发组织的护树队和红卫兵形成了对峙,村民占天时、地利、人和,红卫兵想做掉将军树,并非易事。

一场护树与毁树的对抗在所难免。老犁头组织的护树志愿者,白天有一些人巡视将军树,夜晚有人值守。牟梨他们很难找到下手的机会,一棵南北朝时候的老银杏树,春暖花开时,就会满树开花,九月份就会结果,仍然焕发着生机。

牟梨折了几员大将,将军树三次给牟梨下马威,弄得她狼狈不堪,她暗下决心要毁掉这棵树,如果堂堂皇皇的火场公社"文革"领导小组组长都制服不了一棵老掉牙的老树,那么今后叫她如何在公社社员群众面前立威,如何把"文革"运动向纵深推进,想到这些,牟梨恨树恨得牙痒痒,非除树而后快。

她和钟吉祥他们想出了一个绝招,隔三岔五招集社员群众晚上开大会,并且要求一个也不能少。每次招集社员群众开会时,牟梨就安排钟吉祥他们行动,往银杏树四周倒硫酸。男女老少都去开大会,唯独只有"喊寨人"老犁头可以选择去或不去,因为他的主要职责是"喊寨","喊寨"不仅仅具有警醒提示告诫等作用,而且还具有对全村的巡视观察发现等功能,这是铁定的,几百年来,"喊寨人"换了一茬又一茬,但这个风俗习惯就是没有改。

钟吉祥想为牟梨出口恶气,破除这棵老掉牙的银杏树。连续几天公社在夜间开大会,这是"大跃进"以来从来没有出现过的离奇事。老犁头觉得里边肯定有文章,他找到大队书记姚革新说出了他的忧虑。姚革新为这事和周大明几个大队干部犯嘀咕,老犁头的话,让他们的忧虑集中到一点上——牟梨在用声东击西之计,意在毁树。她想调开大家,目的是让她的人去干别的事——肯定是坏事。因为会场中途几次不见钟吉祥等人。

姚革新要老犁头"喊寨"时,多加留心一下钟吉祥等人的动向。老犁头也认为只要能盯死钟吉祥,就一定能挖出牟梨背后的阴谋诡计。

牟梨晚上开社员大会时,姚革新使用欲擒故纵之计,叫所有人都参加晚上的会议,见钟吉祥等人中途悄然离开时,他给老犁头等人使了一下眼色,他们马上跟上钟吉祥几个人。

第五十七章
失人心毁树酿悲剧　得人心守护将军树

果然不出他所料，一天夜晚，钟吉祥和两个红卫兵悄然来到将军树下，他们又在往将军树根部倒硫酸。

钟生强、周大明和钟树军等十人，一拥而上，不问青红皂白，对准钟吉祥和他带来的余廷和王桀两个红卫兵劈头盖脸就是一顿毒打。钟生强边打边大声喊叫道："有人偷树，来人啦！"

钟吉祥发现他们三个人被一群人包围了，如果还手会被打得更惨，立即喊道："我是钟吉祥，我们在巡视保护将军树，你们误会了。"

钟生强和周大明分别对准余廷和王桀左右开弓迎面甩了几巴掌。两个人年龄太小，被打得在地上打滚，哭着求救。钟吉祥在混乱中被打掉了一颗门牙。打过瘾之后，既然钟吉祥说是误会，那就算是误会吧。钟生强等护树人员便放了钟吉祥他们，三个人十分狼狈地返回公社。

牟梨了解到事情经过后，怒目圆睁，睁着一双大杏眼，咬牙切齿地说："姚革新你们等着，不报此仇，我绝不为人。"

钟吉祥把这次毁树事件定性为误会，他也知道理亏，惹了众怒，只好打掉门牙和血往肚里吞。俗话说，好事不出门，坏事传千里。牟梨的毁树队和姚革新的护树队正面交锋后，大长了火场地方士气。牟梨的毁树被好事者疯传，一时间，各种传言都有，因为有不可告人的目的，牟梨只把这件事做了冷处理，活活地被她给压了下来。县里的头头脑脑也很快知道了这场荒唐的遭遇战。

更有甚者，传出钟吉祥三个人和钟生强这些人在农历二月初二那天，都是为了争着给千年银杏树上头炷香发生的争执。农历二月二既是龙抬头节，又是土地神诞辰"社日节"，以祈求赐福，五谷丰登；祈求风调雨顺，驱邪攘灾，纳祥转运。由于争执不下，双方发生格斗导致人员受伤，为此县里还成立了专门的调查组，调查组调查一段时间后，也没有下一个明确的结论。钟吉祥这方把事放在台面上一说，也把自己包装成捍卫者，不使受迷惑的群众对树祭拜，是为了破除封建迷信。

钟生强的说法是：村民自发组织的义工，为了保护人民群众的利益，稳定农村基层政权，防偷盗、防破坏。调查组认为牟梨在组织群众方面存在着明显的不足，三次"破四旧"活动，不但没有取得实质性成果，而且造成了人员伤亡。且不说千年银杏树该不该破除，也不说这棵将军树要不要砍掉，更不说它只是一棵古树，有没有必要像人那样去批判，单说它是一棵将军树就够让人敬仰了！新一届县委主要领导认为牟梨在对待将军树的问题上，偏离了航向，搬起石头砸自己的脚。

经过这三次大的波折，牟梨再也没有破除将军树的念头，挫败感袭扰着她，她暗下决心，要搞一个大动作以扭转颓势。

而在一次现场会的开会那天，与会人员打开放在各自席位上的牛皮纸资料袋一看，里面竟然夹带有一张有关牟梨的小字报。小字报里详细揭发了牟梨的外祖父曾经在天津警备司令部任国民党军官，在天津战役中，被人民解放军击毙，她外祖叔第四次长沙会战时，当过伪保长给日军做事，见到日军点头哈腰，是个大汉奸，后来死于乱军中。

更让牟梨伤脑筋的是，一夜之间火场集镇上的房门上、店铺上、厕所、学校、机关等等地方到处贴的有牟梨的大字报，公社大门口的一张大字报旁边有很多人在围观，老犁头

在给社员群众一字一句念大字报上的文字，其内容对牟梨也是相当不利。

一石激起千层浪，既然出现了牟梨的大字报，那么牟梨就得在大会上做检讨。这次"批林批孔"现场会，本来是由牟梨主持，由于出现了牟梨的大字报，讨论资料中有关于她的小字报，临时改由庞跃京主持。

政治队长钟生强带头在会场上振臂高呼口号："打倒牟梨，资产阶级小姐牟梨滚出火场。"现场会上欢呼之声骤起。

中村丞相偏脑壳符富厚，是一位出了名的和事佬，他期期艾艾地说："今天是'批林批孔'会，不要偏离了主题，牟梨的问题组织上自然会有公论，大家都少说几句吧。"

牟梨用眼睛扫视了整个会场，蓦然看到了庞跃京，不知他什么时候坐在了会场中央观众席上去了，木然呆坐闭目养神，一言不发。任凭会场上的人们讨伐她。

庞跃京刚刚恢复职位的时候，曾经对牟梨说过，关于政治运动的事，牟梨说了算，他这个公社党委书记全力支持。牟梨见庞跃京这时摆出一副事不关己高高挂起的表情，脸上掠过一丝不易觉察的忧虑。

牟梨就是牟梨，小小年纪经过历次政治运动的洗礼，比她的同龄人要成熟稳重精明得多。只见她稍稍稳了稳自己的情绪，低头抬头间用一双长而有肉的手理了理一头秀发。俄顷，她便调整好了心理状态，理出了头绪，像往常一样，声音徐缓而又动听，操着一口京腔，仰面微笑着说："今儿个长辈们对小牟提出的宝贵意见，都是出于爱护，怕小牟年轻不懂事儿，违背原则犯错儿，小牟真诚地感谢大伙儿。不过呢，我这里要给大伙儿说明白的是，我在来火场公社之前，已经接受了组织上的严格政治审查，从政治上、组织上保证了政治挂帅，组织信任，对党忠诚，请大伙儿绝对放心。至于有人说我外祖父、外祖叔的那些事儿，我可以负责任地说，我从来没有见到过外祖父、外祖叔，他们长成什么样子，高矮肥瘦美丑等等，我一概不知，他们的历史我根本就无处知道，因为在我出生前，他们都已经死了。也就是说，在我还没有形成胚胎时，他们就已经离开了这个世界，我和他们从未谋过面，也就没有遭到他们的阶级毒害。如果说我外祖父、外祖叔曾经真的在旧社会做过事，想必也只是为了养家糊口，没有任何证据证明他们犯过错，何况根本不能确定他们真的如前所说那样。"

周大明带头说道："宁要无产阶级的草，不要资产阶级的苗。你出身于剥削阶级家庭，一出生就自带着阶级的烙印，你还是老老实实地接受无产阶级专政吧。"

牟梨没有正面搭理周大明的话，按照自己的思路继续往下说："即便他们是那样的人，我想，总不会把账算到一个还没出生的人身上吧，让一个未曾谋面的人，背上历史包袱也太荒唐了吧。如果有人手上有关于我外祖父、外祖叔的那些确凿证据，尽管拿出来，倘若没有，请停止捏造。如果继续蓄意谋害、无端攻击'文革'小组成员，那是对无产阶级'文化大革命'的不满和挑衅，将负法律责任和政治责任，我希望到此为止。"

牟梨巧舌如簧，化被动为主动，气势上压倒了向她提意见的人，加之写牟梨大字报和小字报的人斗争准备不足，竟然被牟梨的三寸不烂之舌给唬住了。大家把目光投向了庞跃京，他却装聋作哑，充耳不闻，只顾眯瞌睡。

姚革新平时抽完烟总是在鞋底上敲几下烟头，又会放近嘴边噗噗地吹几下，收好长杆烟袋就会讲话。今天他把长竿烟袋往凳子上咚咚咚地敲得山响，一下子吸引了所有的目光，大家都屏住呼吸，等他说话。

姚革新说："小牟的主要社会关系问题有待组织上进一步核查，我相信总有一天，组织上一定会查清楚，还牟组长一个清白。我想说的是，如果，我是说如果，有那么一天查清楚了牟梨的主要社会关系如前所说，那么组织上一定会做出结论。并不是说你没出生，没有见到外祖父、外祖叔就万事大吉了，这种关系在政治上就是历史问题，就像我们的阶级成分一样，祖辈是地主、富农的，儿辈、孙辈的阶级成分就是地主、富农。祖辈是贫下中农成分的，其儿辈、孙辈也是贫下中农，阶级成分是具有遗传性的。"

牟梨的问题没有得到澄清，作为个人历史遗留问题，从此就成了问题。

第五十八章
工宣队接替红卫兵　庞跃京迎娶崔美人

1974年暮春，县委派驻各地的工人阶级宣传毛泽东思想宣传队（简称"工宣队"）陆续到位。赫连菁菁是县城一个氮肥厂职工，一名技术工人，有很强的文字功底，组织能力强，历史清白，工作热情高涨，表现积极，由厂部推荐给县革委会，经组织考察，选为工宣队员，并选定为工宣队队长。她奉命带领工宣队队员前往火场公社宣传毛泽东思想。

赫连菁菁芳龄三十岁左右，身材窈窕，大波翻双眼皮让她的眼睛显得特别大，秋水盈盈的双眸，顾盼生情，长长的翘睫扑闪着，摄人魂魄，性感的嘴唇，让她的脸显得更加立体妩媚。齐肩短发，白衬衣翻领平贴在女军装领上，使她显得活泼干练。

她到火场公社向庞跃京报到时，引来了不少村民孩童前来观看，庞跃京看到赫连菁菁时，感到一惊，感到似曾相识，好像在哪里见过，但他一时也回想不起来，他风趣地说："咱们火场公社好久没有看电影了，今天就当社员群众看场电影吧，咱们的工宣队女的漂亮，男的帅气。为了加强咱们工宣队的力量，方便大家工作，就让贫下中农宣传毛泽东思想宣传队（简称'贫宣队'）和工宣队一起工作吧，统一归咱们美女队长赫连菁菁带领，好不好呀？从今天开始，咱们工宣队的办公室就设在咱们红卫兵指挥部。"

根据上级指示精神，工宣队正式开始成立并立即投入工作，他们进村入户，进驻学校机关，管理学校，替代红卫兵，红卫兵自此开始消弭。红卫兵失去了合法性，原来在火场的红卫兵、知识青年就地上山下乡闹革命，农村青年变成回乡知青，牟梨的火场"文革"小组再也不能像过去那样动辄就用红卫兵冲锋陷阵，如今公社工宣队替代了红卫兵，委派了工宣队队长，没有让牟梨就地转为工宣队队长，过去在火场闹革命的红卫兵，如今一夜之间变成知识青年上山下乡闹革命，接受贫下中农再教育。从前有少许知识青年上山下乡是在堡子界林场干革命，现如今基本是采取插队落户的模式，那些当年在火场作恶的红卫兵虽然没有得到清算，但是他们等同得到了一场别样的清算，他们或插入贫下中农家里，或落户，也就演变成如今要寄人篱下，同公社社员群众一样出工，挣工分养活自己。

"文革"还在继续，牟梨由于有公社革委会副主任头衔，得以留居公社大院内，"文革"小组的光环，悄然被工宣队、贫宣队所取代。她真的成了孤家寡人，除钟吉祥还在她面前晃悠外，可以用个词来形容——门可罗雀。通过工宣队做工作，农村大部分社员群众是善良的、仁慈的，他们响应上级号召，接受了当年那些打砸抢烧的红卫兵小青年，这当中就有不少红卫兵参与了刨他们的祖坟、拆他们房屋、抓他们牛羊、砸他们寺庙，甚至逼死他们的亲人。

一天，赫连菁菁找到庞跃京，她要求将她带来的几个工宣队队员安排在崔产慭屋里，庞跃京听到这个要求后，感到惊讶，他问道："菁菁队长，你来火场时间不久，你是从哪里得知崔产慭的事的？你又是怎么知道她屋住在清除河边的？你还知道崔产慭和王阿婆是邻居，王阿婆死了，房子里空着的。"

庞跃京一连串的提问，显然，使赫连菁菁觉得自己可能有些失态，有些操之过急了。只见她十分沉稳地回答道："庞书记，是这样的，我们工宣队来火场之前，县委会书记钟公垩同志给我介绍过火场的基本情况，最为凄惨的是莫承德一家三口人先后死去，这当中有十分复杂的原因，还有王阿婆的死亡有些离奇。有人借'文革'运动故意破坏我们党同人民群众的血肉联系，制造了人间悲剧。有人自身历史背景有重大嫌疑，却一直逍遥法外。我要求住进崔产慭屋里去，也是工作的需要，我们都是唯物主义者，不怕鬼，也不信鬼，我们工宣队依靠当地公社革委会和人民群众开展工作，我们带着使命来的，我们就是要住进人民中间去，了解真相，还历史以真面目。"

庞跃京鼓掌欢迎，以示支持，他说道："火场公社革命委员会完全支持工宣队的工作，贫宣队这边谢采采牵头配合工宣队工作。"

随着工宣队替代红卫兵，民间要求清算红卫兵历史罪行的呼声日益高涨。声讨牟梨等人的历史罪行的呼声，演变成社员群众的自觉行为。一些群众见到牟梨时，总会冷嘲热讽，有的甚至会骂街给牟梨听，她每天躲在自己房里不敢出门。

赫连菁菁的工宣队成员到崔产慭家里宣传毛泽东思想，要她相信党，永远忠于毛主席。

白天没事的时候，赫连菁菁找苏醒说："嫂子为何不出面撮合一下庞书记和崔产慭呢？庞书记几十岁的人了，身边没有一个知冷知热的女人照顾也是不行的。同样的，崔产慭现在身体还没有完全恢复，也需要人照顾她，老犁头这么大年纪的人，要他照顾周莫衿和崔产慭实在是难为他了。"

苏醒说："是啊，庞书记这么大年纪了，何翠翠离开他这么多年了。他一直单着，这么重情重义的男人世上太难找了，他心中有小翠放不下啊，他俩是患难与共、出生入死的一对有情人，就怕庞书记一时半会儿接受不了啊。这些年来，也没有个女人照顾他，身子骨大不如前了。我和老姚早已有撮合庞书记和慭慭的意思，前两年我们侧面地向他提起过，重新组织个家庭，我还没说完，这么一个硬朗的汉子竟然眼圈红了。多年前批斗会上，那些坏人那么打他、羞辱他，都没见他哭过、屈服过。庞书记时常挂在嘴上说，小翠是跟着他丢掉性命的，何翠翠没有死在恶霸地主周保旺的手里，却无端死在自己人手中。他觉得自己对不起何翠翠，心中有太多的愧疚。他老是觉得自己没有保护好小翠，他自己一直想不开。他们两个人啦，感情太深了，这么多年了，庞书记还是忘不了何翠翠，放不

第五十八章
工宣队接替红卫兵　庞跃京迎娶崔美人

下这段感情啊。"

赫连菁菁说："十多年了，庞书记真是个难得的好男人，这么多年他都没遇到个自己心里中意的？"

"哪里啊，庞书记这种男人哪个女人不喜欢，重情重义，还有一身的本事，这些年他明显衰老了很多，还是有不少女人想嫁给他，可是，庞书记就是没往心里去。"

"你都知道，这个世界上就没有你不知道的事，有些人就是送去，庞跃京他也不看她一眼，他心中只有小翠。"姚革新在一旁插话说。

"听你们这么一说，这个叫何翠翠的女人是多么的幸福，她当年没有看错人，这个男人值得她为之付出一切，乃至生命。"赫连菁菁说道。

"庞书记不需要媒人，还是我抽个时间探探他的口风，他如果有意，再叫苏醒找崔产懔说。"姚革新说。

赫连菁菁还向姚革新夫妇了解了一些历史掌故。苏醒突然说："菁菁姑娘，你很像一个人，不过这个人现在不在我们火场了，她也是个难得的好人啦。"

"有这回事？我像谁？"

"像赫连薇薇。"

赫连菁菁手中的水杯抖动了一下，水泼了一地，有些尴尬，她说道："不好意思，手滑了一下。"

"这有什么呀，没关系的，我们这地上水啦，吃的东西啦，都随便往地上扔，泥土地面一下子就自己干了，扫帚一扫就好了。"

一会儿，赫连菁菁托故有事儿，便离开了。赫连菁菁一走开，苏醒就说："老姚，你好生看了没，我就觉得赫连菁菁这孩子和赫连薇薇简直是一个模子刻出来的，太像了。"

"我又不是瞎子，她来公社的第一天我就看出来了，不是你一个人说，现在全火场人都在说这个。"

"老姚，你觉得菁菁是不是薇薇的亲妹妹呀？"

"你问我，我问谁去，这世界上的人，像的人也不少，没有根据的话不要在外面乱说。"

"我明白，这要是真的，这里面又会有多大个故事哟。"

"别乱猜，现在是非常时期，弄不好会出事，现在有人背地里竟然说赫连菁菁就是赫连薇薇，赫连薇薇就是赫连菁菁，原本就是一个人。"

"这个肯定是胡说，赫连薇薇右手大拇指上面长的有一个小黑斑点，菁菁没有。"

"这个斑点，有时也许可以自己消失，也许可以把它弄掉，说明不了什么。不过刚才我发现了一个问题，赫连菁菁进门的时候问了一句，吃饭了吗？我回答吃饭了。你问她吃饭了吗？要不在家里吃点，她回答说，方才吃了。"

"是的，这有什么不对吗？"

"回答的没有什么不对，只是她的口音暴露了她，她就是益阳人。"

"这个你也能听出来呀，厉害了老姚，你是怎么听出来的？这里面有什么道道吗？"

"她把方才，说成了 hāng 才，把吃饭，说成吃 huǎn。她还把瞎说，说成 hà 说，这些都是典型的益阳话，我虽然不能肯定赫连薇薇和赫连菁菁就是亲姊妹，也不能判断她俩是不是同一个人，但我至少可以肯定的是，赫连菁菁一定是益阳人，她和赫连薇薇一样都是益阳口音。"

"真有意思，这么说来，这个赫连菁菁的谜底一定会被揭开的了？"

"你给我闭嘴，她自己不公开她的这些信息之前，不准你在外边胡说八道，她不说，也许有她自己的考虑，你不要自作聪明在外边瞎说工宣队队长。"

"我知道，我没那么蠢，只不过这世界上的事情，总有真相大白的那一天。"赫连菁菁的到来，已经让火场人心中有了各种版本的猜测。

谢采采摇身一变，从火场公社"文革"领导小组转成工宣队，又开始忙碌了起来了。姚改革的身体时好时坏，还是早些年落下了病根，三天两头害病，谢采采一方面要照顾姚改革的身体，一方面又要管工宣队、贫宣队这方面的工作，两个人的婚期一推再推。

庞跃京和崔产愫两人的婚事却进展迅速，自从姚革新找庞跃京谈了一次后，庞跃京总算松了口。姚革新从庞跃京那里得了准信后，苏醒和赫连菁菁这边就开始做崔产愫的工作。说来也真有缘，好像冥冥之中已有安排，苏醒把崔产愫叫到自己屋里，向她挑明了这件事，崔产愫提出了自己的忧虑，她说："大姐，感谢你和姚大哥对愫愫的关心，多年来你们像父母、兄长一样罩着我，愫愫不懂事，做了许多不该做的事情，是我害了公稿，断送了他美好的前程，是我害了他，我对不起他呀。"

说到这些，虽然事情已经过去了几年时间了，崔产愫依然是伤心难过。苏醒有意试探了一下她，问她为何不设法找魏公稿，她说："起初走投无路时，特别想去找他，可是，现在的形势不允许我冲动，冲动就会做错事，我已经把他害成这样了，我后悔莫及啊，我怎么能再打扰他的生活呢！何况他被一撸到底后，被遣送老家改造。这么大的变故，对他打击有多大呀，当时他为了保护我，揽了所有的错误，我现在还有什么脸面去见他，搞得不好，我兴许还会害他第二次，那我还有什么脸活在这个世界上啊！公稿对我是毫无保留的爱，为我付出了全部的爱，他用行动表明爱的真谛。我是不会去找他的，何况这么多年过去了，我对他那边是个什么情况一无所知，怎么敢贸然前去打破他的平静呢？也许他还活着，也许离开了这个世界，也许结婚生子了，也许他现在比过去还要不方便等等这些都是未知数，这年月活着不易，我就在火场把周莫衿养大成人。"

赫连菁菁说："愫愫姐，你分析得很是精辟透彻，一句话，你不是不爱了，而是把爱深藏心底，大爱无疆。你太伟大了，我能感觉到你对魏公稿一往情深，一个人只有爱到深处、痛处，才有如此深的感悟和释怀，你希望自己爱的人过得好，这才是大爱、无私的爱。我到这里后，听到了关于你俩当年爱的故事，你俩的爱情真让人钦佩、羡慕。人这一生只有经历了一场轰轰烈烈的爱情后，才会感觉到爱和被爱的珍贵，魏公稿他应该明白你对他的深情。"

苏醒试探性地问道："也不知道小崔巍现在怎么样了，他过得好不好？不晓得赫连薇薇当年把他抱走后，找到魏公稿没有？"

赫连菁菁说："赫连薇薇应该找到了魏公稿。"

"你怎么知道？"苏醒急切地问。

"我也不知道，我是猜的。"

崔产愫听到小崔巍的名字，立即心痛得不得了，瞬间泪流满面，她说："我还是信任

第五十八章
工宣队接替红卫兵　庞跃京迎娶崔美人

赫连薇薇的,她和魏公稭都是益阳人,她既然愿意把崔巍带走,就不会把他弄丢的,我相信她已经找到了魏公稭本人或他的家人。崔巍那么小就离开了娘,他能不能活下来,那就要看他自己的命了。"

苏醒说,"你现在身体不大好,可以以看病为由,到外面去检查身体,寻找崔巍父子啊!"

"崔巍已被抱走了,他本来就是魏家的种,他去魏家讲得过去,除非魏公稭不认他、不要他。我去算什么呀,他那里是个什么情况我一概不知道。这么多年了,魏公稭是不是已经成了家,他的情况怎样,我一无所知。我这时如果去找他,就会再次扰乱他的生活。何况现在这个形势,也不太可能允许我长时间不在家外出啊!话又说回来,我家里现在还有个儿子周莫衿,我已经失去一个儿子了,我再也不能失去这个儿子,没有娘,周莫衿如何活呀?"

"是啊!你们一家人太可怜了,你这么年轻就遇到这么多苦难。"赫连菁菁说。

"在我'死了'的那几天,老犁头能够接纳嘟嘟,真让我没有想到,怎么会是他站出来收留我儿,我从内心感激他,在我心中,我已经把老犁头当成了自己的亲爹一样。他对我和儿子嘟嘟的那份情义,我终生难忘。他就是这个天底下最让人尊敬的好人啦!我不能只顾自己,拍拍屁股走人,不管他。我要像对待自己的亲爹一样孝敬他,他百年之后,周莫衿要作为他的孙子为他披麻戴孝送终,要在他的墓碑上写上我和儿子嘟嘟的名字。"

"愫愫姐,你真是一个重情重义、知恩图报的奇女子,中村大多数男人都不如你,你懂感情,看问题深远。"

"我如果走了,或许和魏公稭在一起,有他关心照顾我,我的日子肯定会好过一些,就不会这么苦,也可以减少对崔巍的牵挂,有一个完整的家庭,可是,哎……我不能为了自个儿那么做啊!"

"愫愫姐,你想得好深好宽呀,现在大多数人,每天都在过糊涂日子,没有自己的思考。"赫连菁菁说。

"我不是没想过,老实说,我不知想过多少回了,前几年我从死边过,又还阳了,我天天以泪洗面,特别想他,毕竟这一辈子我只真爱过他一个人,为了爱情,我们都付出了巨大的代价。但最终还是被自己否定了,打消了这个念头。"

崔产愫用衣袖擦了一下眼睛,这个年轻貌美的女人,由于现实生活的摧残,眼角有了鱼尾纹,光洁的额头上有了淡淡的抬头纹,过去爱笑、泼辣的性格已荡然无存,脸上写满了忧伤和苦难。

赫连菁菁说有事,坐了一会儿,就走了。

"愫愫啊,你比我想象的要坚强得多,事情总会过去的,过去的事情就让它过去吧,你还年轻,可以从头再来。"

两个人一边说话,一边长吁短叹。"赫连菁菁没来几天,就感觉到庞书记对你有一种特别关爱,她也很关心你的生活,你和庞书记都是经历过大风大浪的人,都经历了生与死的考验。他一个大男人需要一个知冷知热的女人温暖他,你需要男人帮扶,还有儿子嘟嘟的成长也需要一个爹陪伴。"

"人家是一个大书记,怎么看得上我一个乡下妇女,到时他如果拒绝了,都羞死人了,

355

我还是一个人的好。"

"我可告诉你啊！你要是还这样磨磨叽叽的，小心别人走了先，别人抢去了，到时你就躲在暗处自个儿抹泪去。"

"大姐，不会吧，有人还敢抢庞书记吗？他庞书记是什么人啊，他不抢别人就算客气了，哪里轮到别人抢他呀。"

"我说愫愫，你真是傻了还是呆了？先不说远处，就咱火场公社是吧，你给我数数庞书记的周围围着多少花一样的女人，我看庞书记真是好男人，他愣是没弄出什么绯闻，如果换了魏公稽……"

苏醒知道说漏了嘴，用眼睛看了一眼崔产愫，说道："如果换成魏公稽，肯定把这些女人哄走了，不让她们狐媚，他心中只有你。"说得崔产愫扑哧一笑。

"大姐说得对，庞书记是那种美人坐怀不乱的男人，魏公稽是那种深情的男人，他不会给美女坐怀的机会，他只遵从自己的内心。"

"是的，你看男人就是很有眼光，这样的优质男，你还犹豫什么呀，庞头领他是个大男人，但说一千道一万，他就是个男人。你不怕别的女人瞎惦记呀，我可告诉你，现在庞头领身边有那么多年轻女人，保不齐哪个小蹄子，使出个美人计，设个套，把庞头领套住了，让庞头领进了套子，他还想跑得脱啊。庞头领的脾气是敢作敢为，既然被他做了，他也就不会亏待人家姑娘，就会搞成'有心栽花，无意插柳'，到时你就到一边哭去。"

崔产愫听苏醒说话，忍不住笑，说道："你说的是出自《增广贤文》的两句话'有心栽花花不开，无心插柳柳成荫'，意思是：当你很用心地栽培花，但是花却总是不开，而只是随手折了一条柳枝插在地上，却长成了一棵郁郁葱葱的柳树。这告诉我们一个道理，当你用心做一件事的时候，这件事可能不会成功，而你只是在不经意间做了一件事，这件事却可能成功。大姐的意思我懂了，感谢大哥大嫂多年来一直关心照顾愫愫以及全家，这件事就全凭大哥大嫂做主。"

崔产愫表明了态度，苏醒心中有了底，她说："你现在身体恢复好了，你和庞头领都是过来人，选个好日子登记结婚吧，咱们都等着喝你两个人的喜酒呢。"

"啊！八字还没一撇呢。"

"这个你不用管。"姚革新连忙说。

姚革新找了一个合适的机会，向庞跃京提到了和崔产愫两人的事，三言两语之后，庞跃京只说了一句话："崔产愫不嫌我年龄大，我还有啥说的呢。这件事全凭大哥大嫂做主。"

姚革新听后大笑，说："你和愫愫说的话都一模一样。你俩真是天生的一对，也许这就是最好的安排。"

庞跃京不解其意，正要询问，姚革新说道："好了，这件事我做主了。"

庞跃京和崔产愫很快结婚，庞跃京和崔产愫两人都不事排场，整个结婚场面可以说异常低调，两人只在公社食堂里摆了两桌酒席，请了赫连菁菁、慕容樱桃、邓佳丽、姚革新夫妇这对红娘、公社几个干部作为他俩结婚的证婚人。

崔产愫和老犁头、嘟嘟搬到崔产愫原来的屋里。结婚后崔产愫在屋里和公社两头跑。也许是人逢喜事精神爽，崔产愫的脸红润起来了，气色面貌又恢复到原来的模样，庞跃京整天乐呵呵的。

第五十九章
李兰香久病已仙逝　黄诚勇拜谒曹老大

话说病秧子李兰香，自从黄大长出事之后，心情一直不好，家庭的生活压力和内心的精神压力，让她喘不过气来，她的病更是越发汹涌，终于在庞跃京和崔产愫结婚的第二天咽下了最后一口气。李兰香的离世，对黄大长的五个孩子来说，无异于晴天霹雳，几个孩子顿时乱了阵脚，家中一切因为李兰香的离去，而变得无序。

姚革新夫妇几乎每天要往黄大长家里跑，嘘寒问暖，帮这帮那。这样的日子过去了半年时间，很快到了冬季，黄诚勇每天要早起为两个妹妹做好早饭，等他们都上学后，他收拾好家中杯盘碗碟、扫好地，带上门再去公社上班，往往要迟到很多。晚上又得提早一些时间下班，做晚饭。黄刚强和黄桃在县城上高中，家庭的负担全部压在黄诚勇身上，他感到心力交瘁，整天精神萎靡不振。好在有时慕容樱桃也来帮忙，但这终究不是个办法。

冬至后的第一个星期六的夜晚，天空中下着小雨，落到地面时，马上结成了冰，姚革新和苏醒来到黄大长家里，黄刚强和黄桃也回来了，几姊妹在火炕边烤火。姚革新走进家门，几个孩子便围上来叫伯伯。姚革新问了一些家中的生活情况后，对黄诚勇说："你单位那边事情特别多，刚强和黄桃在县城读书，家中开支全靠你一个人的工资收入，家中还有两个妹妹黄李和黄杏，两姊妹都在读初中。你爹娘都不在了，你自己也还是个大孩子，却要挑起家庭这副重担，实在难为你了。你们的日子还很长，这往后的日子该怎么过，真的要好好想一想。你哪有那么多时间管家里琐碎事呀，不能因为家务事影响了工作。我最近听公社干部说，你上班经常迟到、早退，上班时无精打采，这样影响不好哩。我知道工作和家庭给你的压力太大了，你也没有那么多的时间操持家务，我知道你跑两头很辛苦但没有办法，你爹娘都过世了，养育弟弟妹妹的重任自然而然地落到了你的肩上，长兄如父，你重任在肩，压力巨大。这得想个办法，比如说，有个人能够为你们几姊妹的家庭生活出把力，或有个女人能为你们管理这个家就好了。"

黄诚勇说："我每天两头跑，家事和公事都要我，我真的是力不从心。"

"你想过找个女朋友吗？如果你结婚了，就有个女人操持你们这个家了。"

"伯伯，我家的情况你是知道的，远近的人也基本了解，哪个女孩子敢嫁到我们家呀，明摆着进了我家门，就是受苦受穷，我们家吃饭的人多，做工的人少，年年超支，拖生产队的后腿，目前要解决家庭这些问题，近乎不可能啊。"

苏醒说："诚勇啦，你是大学生这不假，可是，大学生也要面对穿衣吃饭问题，过日子可不能太心高了，你们政府大院里就有不少女孩子，还有不少城市知识青年插队落户的，比如慕容樱桃。咱火场农村也有不少标致姑娘，你怎么说没有女孩子呢？不能太挑了，你挑人家，别人也挑你。"

"我不是那个意思,小伯伯,我的意思是,我们家里太穷了,是一群没有爹娘的孩子,谁看得起我啊!不是我挑人,是别人一定会挑我的。门当户对思想,古已有之,没有一个家庭像我们家这么寒碜,我心中有自知之明,我哪敢挑别人呀,是我自己不敢有结婚生子的想法。"

"如果你找个老婆,就有人帮你打理家务事了,家务事看起来没什么,做起来一大堆,你们家人多,又都是孩子,家中没有个女人打理,不成个样子。不要说你家里穷,你好好看看,咱火场又有哪家是富的,富的是过去的地主、富农,那就会成为剥削阶级,穷才是无产阶级,这个世界是穷人打倒富人。你根红苗正,又有文化,不找资产阶级家里的小姐,咱找无产阶级家里的闺女,到处是,一抓一大把。"

姚革新说:"你都要成理论家了,什么乱七八糟的东西,找对象关无产阶级和资产阶级什么事?无产阶级专政的社会主义国家不一定是贫穷,也可以变得富裕,毛主席带领穷人闹革命,推翻了剥削阶级,就是为了让穷人过上好日子,这才是革命的目标之一。"苏醒和姚革新两人只要一说话,就喜欢互掐。

"亏你号称农民政治家,把无产阶级和资产阶级混为一谈,那我问你,谁敢娶地主周保旺的女儿周美孜?她身上流淌的是剥削阶级的流毒,比敌敌畏还要毒,谁敢娶,我就佩服谁。我看不但没人敢娶她,就是亲近她都没几个人,除非那些乡痞子,打她周美孜的歪主意。地主资产阶级和咱们贫农无产阶级是对立的不同的阶级,区分两个阶级的矛盾和性质,这可含糊不得。"苏醒跟随姚革新日子久了,耳濡目染,也学了一套一套的理论。

"小伯伯,真是阶级觉悟高,阶级斗争要年年讲,月月讲,天天讲。"黄诚勇赞赏苏醒说的话。

姚革新拿眼睛看了看黄诚勇,说:"现在新社会了,找对象兴自由恋爱,这个东西是要看缘分,缘分来了,你就是想挡都挡不住。诚勇啊,谈恋爱不能搞门当户对,都是革命同志,要讲革命友谊,革命夫妻才靠得住。这个东西真的急不得,你慢慢物色。我和你小伯伯心里有个想法,能解决你们家里目前的问题,不知你同不同意。"

"伯伯,是什么好事,只要能对我们家有帮助就行。"

"诚勇啦,是这样的,我和你伯伯这段时间一直在想一件事、一个人。一件事就是你家里爹娘都走了,这么多孩子,这么一个大家子,没有个大人来照看还真不行。你还年轻,又有公务要忙,对家务事也不里手。如果有个大人,一个女人能为你分担,对你个人的事业、对你们家都有帮助,你就可以全心全意为人民办事,不要为家务事操心,一下子就解决了所有的问题。"

"小伯伯,你快说是谁有这么大的本事呀?她愿意来我们家受穷受苦吗?"

姚革新说:"她本来就是你们家中的一分子。"他用启发的眼神帮助黄诚勇回忆,黄诚勇突然叫道:"难不成是袁阿姨?她离开我们家已经好多年了呀,现在也不知道她的境况。"

姚革新点了点头,说:"你说的没错,就是袁莹莹。"

"袁莹莹对你们家是有感情的,要不然,她以前也不会住进你们家,她是为了支持你爹去搞三线建设。说句不该说的话,你娘现在不在了,她就是转不过那个弯,袁莹莹在你们家里,她受尽了你娘的刁难,她是过不下去了,才选择离开你们家的。她现在一个人在

第五十九章
李兰香久病已仙逝　黄诚勇拜谒曹老大

县城讨生活，上次你大伯到县城开会时，还专门去看了她，一说到你爹和你们几个孩子她就哭，她说她对不起你爹，辜负了你爹的重托，没有管好你们那个家和你们几个孩子。你娘那个心眼比针眼还要小，好端端的一个女人硬是被她撵走了，你爹地下有知，也会生气的。我都不知道你娘这回去了阴曹地府如何向你爹交代。当年你爹为了国家三线建设，舍小家为大家，是多么了不起的事。你娘倒好，违背了你爹的心愿，把帮助你们家的人赶走了。你爹当年是把袁莹莹接到你们家里来，那是经过魏公稽书记同意的，批的有条子。袁莹莹后来被迫离家出走，也是经过公社同意的。这魏公稽什么都不好，我看这件事就是做得好，这种决定，当时有哪个领导敢拍板，他魏公稽就敢，我看他就是个爷们，怪不得崔产愫那么喜欢他，为了他魏公稽，崔产愫不惜丢命。"

"莫扯远了，口无遮拦，跑火车就是你们这些女人的最大爱好。"姚革新说。

"本来就是嘛，没有魏公稽，袁莹莹她进不了黄大长家；没有他魏公稽，袁莹莹也离不开谢家界村，也去不了县城。据说她在县城什么局上班了。当年魏公稽就敢拍板，我佩服魏公稽。是他，袁莹莹才有了生路。自从袁莹莹离开谢家界住进你们家后，她再也回不去了，幸好有曹老大，也就是你爹的把兄弟收留了袁莹莹。不然，你叫她如何是好，她都无家可归了。你那个病秧子娘呀，在这件事上，我是觉得做过火了。"

"我娘当年就喜欢和符彩儿、莫夜香那些人在一起鬼鬼祟祟的，看人家嘴巴动，没有自己的主见，我爹那么交代她的，我娘都忘干净了，害得莹莹阿姨有家不能归，落得无家可归了。"

"我上次到县里开会，见过袁莹莹，她对你们几姊妹都十分关心，问这问那，这个世界上，还真有这么讲感情的女子，她就是不肯接受你爹已经死了的事实，她是这个世界上仅存的为数不多的重情重义的女子，太可惜了。"姚革新说话时，眼圈有些红润。

"你大伯还试探了袁莹莹的心思，看她愿不愿回你们家里来，帮一下你，你大伯回来说，袁莹莹的内心是愿意的，但她心中也是有顾虑的。"

"那怎么办呢？莹莹阿姨真是个奇女子，她还年轻，应该成个家才是，她怎么肯回到这个伤心之地来呢？"

"这件事嘛，解铃还须系铃人，如果你真的想她回你们家，现在你爹娘都过世了，只有你自己出面去请，去接她回来，看看成不成，否则，其他任何人可能都不顶用。"

"大伯、小伯，我愿意亲自去请莹莹阿姨回家。"

"这就好，这样很好！你自己去请她，去接她回家我看一定能成。她心中如果没有你们，她怎么时常去县城学校接济黄刚强和黄桃呢，是吧。她早已把自己当成了你们几姊妹的长辈了，她在替你们的爹娘在照顾你们，帮助你们哩。"苏醒边说边用袖子抹眼泪。

黄诚勇也被感动得在一边呼哧呼哧抽泣。姚革新交代黄诚勇这件事得抓紧办。黄诚勇请姚革新拿大主意。

姚革新得知黄诚勇的态度后，找到庞跃京，在他房间里和他商量关于袁莹莹的事。说到袁莹莹，庞跃京就想到黄大长，心中充满着感激和思念。两人说到黄大长唏嘘不已，扼腕长叹。

庞跃京心情沉重地说："姚书记，咱大长兄弟的尸骨至今没有找到，这个太让人伤心了，如果找到了他的尸骨，我们兄弟也可以时常到他的坟前给他烧香烧纸，和他聊聊。这

么多年了，一想到大长兄弟流落他乡，我的心就很难受。"

"是啊！我的心情和你一样，我经常梦见他，他还是老样子，习惯也没有改变，一说话就咧开大嘴巴，对我笑。哎，大长兄弟不在了，苦了袁莹莹，她现在是流落在县城，她已经把户口迁到了中村，落户到大长屋里。她既不能回谢家界，又没法回中村，这事真叫人揪心呢，她都有家不能归了。现在李兰香死了，大长兄弟屋里是一堆小孩子，黄诚勇也还没有成家，自己都还是个大男孩，要他操持家中那些零碎事，单位和家里两头跑，也是真够呛的。没有个女人操持这个家，都乱套了。我和黄诚勇谈过几次，让他找个女朋友，他说家里太穷了，他娘才去世，没有心情考虑个人问题，也怀疑没有女孩子愿意嫁给他，来家里受穷受苦。现在就看袁莹莹愿不愿意回大长屋里来，她若肯回来，大长兄弟这群孩子就有望了，她可以料理家务，做一些力所能及的事，还可以辅导几个孩子的学习。"

"袁莹莹如果肯回来，对她自己也好些，她不能老在外面飘零，她如果顾虑别人的闲话，也没有必要，嘴长在别人身上，你封不了别人的嘴巴，做自己就好了。"庞跃京说，"我心里寻思着，这件事不但要办，还要抓紧办，这周五我县里有一天的会，周六你就和黄诚勇去县城，我们三个人一起去拜访一下曹老大，先做通了他的工作，再找袁莹莹谈。袁莹莹在中南门码头能够立足，全靠大长的把兄弟曹老大的关照，可以说，他能够做莹莹一半的主。"

姚革新说："就这么办，我周六和诚勇去县城与你会合，最后还得由诚勇亲口请求莹莹回家，才有可能把莹莹接回家。"

连下了十几天雨的天空，周六那天开始放晴了。姚革新和黄诚勇坐双排座车到县城和庞跃京会合。他们首先来到中南门码头找曹大鸥，真不巧，曹老大不在船屋里，会朋友去了。曹老大的家人接待了他们仨。

曹大鸥祖上有人曾经加入曾国藩的湘军，参与镇压太平天国运动。1864年湘军在进入太平天国首都天京后，在城中烧杀抢劫了七天七夜，个个抢掠得盆满钵满。他祖上从此脱离湘军，回到原籍置产兴业。

到了曹老大祖父一辈，家道越发殷实，在小县城已有屋舍十余间，城郊有良田百顷，还有一支二十余艘的商船队伍，掌控大半个沅江的航运。1937年7月7日，抗日战争全面爆发。1938年11月，文夕大火之后，国民党湖南省政府正式从长沙迁往沅陵。此时的沅陵以其凸显的地理位置成为沦陷区机关、学校、企业、医院、社会团体的内迁之地。边陲小城，一夜之间成了战时湖南省省会的临时所在地，同时也成了抗日战争正面战场的大本营。由于抗战的需要，曹老大祖上商船大多被国民党政府征用，屋舍在日寇轰炸沅陵时大多被毁，曹家从此衰落。

曹老大一家在"文革"中受到冲击，家产基本被没收充公或被砸烂，他婆娘眼看这份家业将毁于红卫兵之手，一口气没顺上来，便气绝身亡了。

曹老大八十老母信佛，在红卫兵雷霆打砸抢时，依然净心念佛，几个红卫兵小头目冲到她的佛堂时，只见佛堂正门上方悬挂的一块匾上写着四个大字"得大自在"，小佛堂里，看到做功课用的蒲墩正前方墙上挂着"难得糊涂"的大匾额。几个小头目似有所悟，自觉地轻手轻脚，向她走近。她泰然自若，打坐念佛，在红卫兵即将动手砸烂佛龛时，她双手合十，口中念念有词："救人之难，济人之急，悯人之孤，容人之过。广行阴骘，上格苍

第五十九章
李兰香久病已仙逝　黄诚勇拜谒曹老大

穹。人能如我存心，天必赐汝以福。"说来也巧，其中一个貌似头领的红卫兵，听到这些话后，手一招，带领红卫兵离开了佛堂，并丢下一句话："给曹家留下这间小屋和两艘破船，其他财产都是剥削劳动人民所得，一律充公。"

曹老大的父亲在"文革"前一年病死，两年后，老太太仙逝，追随自己的丈夫去了。曹老大一连失去三位亲人，家道中落，心灰意冷，整天沉迷于酒肆。为了生计和怀念，他把一条宽大的破船改成了船屋。船屋头被一条硕大的铁链子勾连着，一头挂在老母小屋的屋柱根部，那是一条被雕刻有龙的图腾的磉礅岩，据说是曹老大祖上人看上了这块风水宝地，就把沅水边上的这块自然山石叫石匠依据竖屋需要錾成大小一致的十个磉礅岩，其上雕龙刻凤，真可谓"刀削斧砍不失其细，精雕细刻不失其雄"。再后来老母的小佛堂屋失于野火，也有人说失于人祸，红卫兵头目派人偷偷在屋木板上浇了一些桐油，一根火柴让老母小木屋瞬间化为灰烬，曹老大这个看似粗糙的江边长大的汉子，又大病了一场，从此以后像看破了红尘，变得与世无争。

直到太阳西沉，曹老大才回到船屋。"哈哈哈！"人还没到，声已经送到。见庞跃京、姚革新和一个年轻后生坐在船屋里，带着酒气的嗓门更加洪亮，曹老大给姚革新一个熊抱，庞书记向他伸出了手，两人的手紧紧地握在了一起，寒暄之后，宾主落座。

曹老大说："姚书记、庞书记两个大忙人，今天怎么有空莅临寒舍，有么子好事？遇到什么事了吗？"

姚革新没有急于回答他提出的问题，向他介绍黄诚勇说："这是你的把兄弟黄大长的大儿子黄诚勇，大学毕业后，在咱们火场公社庞书记手下任职。"

"侄儿见过大伯，我是黄诚勇，侄儿向您请安。"黄诚勇准备下跪，给曹老大行跪礼。曹老大见状，坚决不准。

"哎呀呀，你是大侄子黄诚勇啊，都长这么高大了，大学都毕业了。现在是新社会了，不兴行跪拜礼了，咱爷俩抱一个吧。"

黄诚勇比曹老大高出一个人头，曹老大原本就高大，他直夸黄诚勇高大威猛，不愧是黄大长生的壳。他说漏了嘴，讲出了黄大长的名字，顿时心情一下子低落了，庞跃京见曹老大酒喝多了，又说出了黄大长的名字，大家的心情都变得忧戚。

于是，庞跃京说道："曹舵主，我们和你的心情一样，这么多年了，过去的事情就让他过去吧。大长兄弟离开我们多年了，现在李兰香也撒手走了，他们夫妇终于可以在阴间团聚了。可是，活着的人，还得好好活着。大长兄弟的孩子多，诚勇参加工作不久，料理家务也不顺手，这么多孩子没个大人照看还真不是个事儿。黄诚勇也没有一个女朋友，他自己也没有找女朋友的意愿。家中这么多孩子总得有个女人操持才妥帖。今天我们就是为这件事来和你商量的，看看你有什么好法子，能够解决这个难题。"

曹老大性子直，大声说："大侄子，你看上哪家姑娘了，给大伯说，大伯给你请最好的媒婆给你说媒。大长兄弟不在了，他的孩子就是我的孩子，这个事早解决早好，家中就有女人主事了。"

黄诚勇怏怏不乐，似乎有些分神，姚革新见状连忙解释说："李兰香这一走，黄诚勇还没有从悲伤中走出来，这段时间家庭、工作两头跑，他是给累的，人有些恍惚。"

黄诚勇这时回过神来，对曹老大说："大伯，我现在还没有女朋友，我们现在那个家，

穷得叮当响，五个孩子现在成了无爹无娘的孤儿，哪个女孩子愿意嫁进我们那个家啊！婚姻讲究门当户对，进我们家就意味着选择贫穷，既要做娘，又要做媳，莫害了人家，还是等弟妹长大了以后再考虑个人问题吧。"

曹老大说："大侄子，你咋一点不像你爹呢，他可是敢作敢当、敢爱敢恨。门当户对那是旧思想，革命的婚姻就是要破除这种封建思想。这个世界上就有不贪财的女人，譬如说，你袁莹莹阿姨。家里穷就不结婚啦？不笨不懒的男人穷一时，不会穷一世，你有一双手，还有一个好使的大脑，一个大学生，你哪样比别人差，你牛高马大，读了一肚子的书，只要自己守本分，好好跟着庞书记干，何愁没有出头之日。人一穷就志短，有几个小钱就得意忘形，肚子里有货的女子嘎肯定看不上，你要像你爹那样像个男人，不要长别人志气，灭自己威风。"

"是啊，婚姻靠缘分，也靠自身努力，三国时候的赵云就说过：大丈夫何患无妻，十步之内，必有芳草。这件事咱不着急，也急不得，得慢慢来，姻缘动了，自然水到渠成。人生道路长远，革命理想远大。强大自己，该有的都会有的。"庞跃京不愧为公社书记，谈婚论嫁的事，也能上升到政治。

黄诚勇听了两个人的话，频频点头，他说："大伯和庞书记的话很有道理，我都记住了，谢谢大伯、书记的教导。"

"诚勇的婚姻大事，要从长计议。李兰香一走后，大长家里没人料理，五个孩子没有照看，家不成家，业不成业，得想一个办法，如果有个女人能够帮衬一下就好了，这个人选有点难，为这事脑壳痛，大家一起出出主意，想想办法。"姚革新用手阻止了曹老大递过来的纸烟，晃了晃手中的长杆烟袋，边吸烟边说话。他见曹老大似有所思，话锋一转说："我们来之前，到了袁莹莹的出租屋，见房门紧锁着，房东唐大妈说袁莹莹到县文化局上班去了，我们就直接过来了。"

"是的，袁莹莹在县文化局上班。"

第六十章
三书记下榻中南门　袁莹莹辞职回故里

原来，三年前县文化局冯堃局长要翻译一份重要的英文资料，找遍了县城，也没有找到一个合适的人翻译，一天早上，冯局长和老伴符舐兰到中南门码头买河头鱼，刚好碰到袁莹莹在卖河虾。袁莹莹吆喝道："新鲜的河涨洲大青虾，味道鲜美，营养价值高，吃了河涨洲大青虾，男人滋阴壮阳，女人通乳汁，面色红润，河涨洲大青虾，具有脱毒、补钙、抗癌、保护心脑血管的作用，老少咸宜……"

冯局长和老伴符舐兰是读书人，显然被袁莹莹的声音吸引住了，从来没见过有这么卖虾的，原本老两口是要买个河头鱼的，经袁莹莹这么一吆喝，对河涨洲大青虾便产生了兴趣，蹲下身子看袁莹莹桶子里的大青虾。袁莹莹有文化，懂礼数，嘴巴甜，几声大伯伯、小伯伯一叫，把他老两口叫得心花怒放。

在闲聊中，冯局长了解到袁莹莹英语水平极高，真是喜出望外，便说自己手头有一份英文资料，缺一个英文翻译，就提出让袁莹莹给翻译一下，翻好有报酬。袁莹莹答应卖完大青虾就去县文化局翻译，她说翻个资料不费事，不收钱。

冯堃局长说，大青虾他都买了，叫袁莹莹提起桶子随他去县文化局。

到了县文化局，冯局长把大青虾过了秤，在付钱时，袁莹莹只让冯局长给三斤大青虾钱，多出的半斤虾，她硬是不肯收钱，说是初次认识冯局长夫妇，来时又走得急，也没能买个礼物，就把半斤虾作为礼物送给冯局长夫妇。冯局长夫妇自然是不会白要的，坚持一定得付钱。袁莹莹这边也是真心实意的，她话说得在理，说是晚辈孝敬长辈的，一点微不足道的小心意，何况是初次见面，虾是自己在沅水涨潮时，在河涨洲自己用网兜网的，又没花费什么，让老人家尝尝鲜，没什么，相当于自产的，一定要送。

冯局长夫妇也是没有办法拒绝，只好收下。忙停当后，冯局长把英文资料交给袁莹莹，她老伴符舐兰给莹莹倒了杯茶，就去厨房里弄大青虾。一杯茶的工夫，袁莹莹就把一篇三四千字的英文资料给翻译出来了，就像看了一篇中文资料一样，麻利得很。

冯局长本来就是个文化人，曾经也学过几年英语，看了袁莹莹的翻译，那个眼珠子鼓得没差掉下来，他对莹莹的译文赞不绝口，他直夸袁莹莹说："袁莹莹是我见过的全县城最好的英文翻译。"

此前，他找过几个英语老师翻译，由于是一篇专业英语资料，找的几个老师的翻译，他都不满意，正愁找不到一个合适的译者，没想到就这么凑巧遇上袁莹莹，她这么高的英语水平，用冯局长的话说，完全可以和英国佬、美国鬼子直接对话。

袁莹莹后来帮冯局长老伴符舐兰上厨房做虾，符舐兰一个劲地夸莹莹上得厅堂、下得厨房。她对冯局长说："袁莹莹这个女子在县城都找不到第二个，才貌双全，心灵手巧。这么俊逸的人才流落到卖虾、卖小吃为生实在是太可惜了。"冯局长颔首称是。

冯局长和符舐兰要袁莹莹在家吃中饭，袁莹莹婉拒，但是，冯局长夫妇坚持留下袁莹莹一起吃中饭，莹莹再三推辞，两老再三挽留，莹莹才答应留下来一起用餐。席间冯局长又和袁莹莹聊到了中国传统文化，袁莹莹的应答与见解总是令冯局长十分满意。冯局长频频点头，赞不绝口。见多识广、博学多才的冯局长有老学究之称，不轻易赞美人，一辈子更没随便佩服人。对于传统文化代表人物，只推崇古代李、杜、苏、辛和伟人毛泽东。对一个晚辈如此赞许有加，还是头一次。

符舐兰笑对袁莹莹说，老伴这么欣赏一个人，几十年来未见过。茶余饭后，三个人聊的话题很广泛，甚至谈到哲学、自然科学。冯局长不停推自己鼻梁上的眼镜，袁莹莹的学识让他惊叹。

袁莹莹要走了，说与人约好了，晚上坐小划子去河涨洲捕虾，第二天大清早就可以赶到中南门码头去卖虾。离开前，冯局长到书房取了四本他收藏的古书：《大学》、《中庸》（两个小册子）、《论语》和《孟子》，送给袁莹莹，叫她没事时看看。

三周后的一个早晨，老两口又到中南门码头买菜，顺便到处走走，散散步，又找到上次袁莹莹卖虾的那个位置，只见莹莹蹲在桶子边，一边卖虾，一边在没人时在看他送的书

《论语》。他和老伴符舐兰没有打扰她看书，袁莹莹专注看书的神态博得他的好评，来往穿梭的人群从袁莹莹面前而过，有人问她虾怎么卖，她由于看入迷了，没有反应，老两口就帮她应承了几声，袁莹莹见冯局长老两口帮她在招揽生意，脸一红，立即放下手中的书，叫道："哎呀！怎么敢劳驾冯局长和符舐兰阿姨为我卖虾呀，真是的，没看到您二老来了，对不起啊！"

说着说着，掏出一块手帕垫在石头上，又摸出几张纸垫在木墩上，叫他俩坐。他们的话题，除了虾子，还有更为广阔的领域。

过了几天时间，一天下午，袁莹莹手提竹篮子在自己的菜园子里摘了一些时令小菜，带上冯局长的书，来到冯局长家里还书。

符舐兰说："莹莹，你来就来啰，还带了这么多菜，你太客气了。这几本书是老冯送给你看的，不用还呀，他这一辈子啥也没有，就是不缺书。"

两人正说着，冯局长从外边走了进来，见莹莹来到家里，很是高兴，见袁莹莹把书还了回来，便说道："这四本书你都看完了？我是送给你的，不用还呀。"

他边说边打开《孟子》翻了翻，见书上批注了很多文字，很有见地。他又把《论语》翻开一看，上面密密麻麻地写了不少字，他知道袁莹莹看书是用功的，他感到很欣慰。

袁莹莹离开冯局长家时，冯堃主动把"五经"几本书赠予袁莹莹，并指导她如何去阅读，袁莹莹再三表示感谢。

这样一来二往，袁莹莹和冯局长夫妇越来越熟，彼此加深了了解和友谊。夏季的一天，他们相聚时，冯局长说文化局有位工作人员退休了，文化局缺人手，他邀请袁莹莹到文化局做一名临时工，并说一有机会，就把袁莹莹招录成正式工作人员。就这样，袁莹莹到文化局工作，成了一名临时馆员。

曹老大和庞跃京等人正在扯东道西，袁莹莹从文化局下班路经中南门码头，自然要到曹老大船屋打声招呼，一进门便看见了姚革新等人，她喜出望外，问道："姚大哥、庞书记、黄诚勇你们怎么来了？什么时候来的？有啥事儿吗？"

曹老大叫他别着急，坐下慢慢说，晚上在船屋吃饭。

黄诚勇叫了一声："阿姨好！"

袁莹莹很高兴地手扶着他的肩头说："黄诚勇长成大男人了，比我都高出一个头还要多。"

姚革新说："人是长高长大了，大学也毕业了，就是不大会收拾家里杯盘碗碟，洗衣服做饭也不里手，家中弟妹的学习、生活，方方面面忙得团团转。自从他娘走后，一切都变得无序了，他整天既要跑公社，又要管家中这一摊子事情，真是难为他了。叫他处个对象，成个家，也就有人料理了。他说家中太穷了，吃饭的多，做工的少，每年是超支的，一直靠生产队救济过日子，莫害了人家姑娘。几个孩子现在成了无爹无娘的孤儿了。大长兄弟在地下没法瞑目啊！"

袁莹莹见姚革新神色忧伤，便劝道："车到山前必有路，大哥不必太难过，孩子们只要有饭吃，都会慢慢长大的。"

袁莹莹转向庞跃京说："今天把庞书记的大驾都惊动了，必有大动作，是什么事？让你们齐聚在我曹大哥这里应该不是一件小事。发生什么事了庞书记？"

第六十章
三书记下榻中南门　袁莹莹辞职回故里

庞跃京快人快语，直奔主题，他说道："妹子，大长兄弟和李兰香都离开我们了，我们当年在一起时的一桩桩往事，时刻浮现在眼前。可是，现在物是人非啊！"他说到这里时，声音有些低沉，忽然，他抬高了声音，说，"我们都想你了，这么多年你心中受的苦，我们大家都明白，你一直在外，我和你姚革新大哥也不放心啦。如果你能回去，我们就能天天看到你了，也可以有个照应。"

曹老大接过话说："莹莹现在是文化局员工，冯局长很欣赏她，并说了，只要上面有指标分下来，就首先解决袁莹莹的身份问题，给她转正。莹莹这时如果回到火场去，就只能一辈子当农民了，再说了，她现在回去干吗？谢家界没有了亲人，房屋都长草了。回中村，大长兄弟也不在了，谁能收留她，周全她于万一？在文化局能发挥她的才能，还有奔头，将来某一天她转正了，就是一名国家公职人员，手里拿着铁饭碗，有国家养着，不愁吃、不愁穿，退休了国家发退休金，老有所依。她现在如果又回到火场，立即就会失去现在已经得到的这份工作。她虽然还年轻，受的苦、经历的事比我们这些大人都还要多，回到那个伤心地，她这一生恐怕再无翻盘的那一天了。她现在在文化局干临时工，以她的才能和形象，将来肯定会转正成为一名国家干部，今后有讲得来的中意的男人，可以组织一个幸福家庭，回去了那里也没有她中意的人啦！"

曹老大的话，让几个人都陷入了沉思之中。

晚饭后，几个人又说回到了原来的话题，庞跃京说："大长兄弟和李兰香都离开我们走了，丢下几个孩子无人照看，真还不是个办法呢。你现在又在文化局上班，这份工作也不错，国家现在的确缺有文化的青年人，你在那里上班可以发挥你的长处，工作不苦不累，能养活自己，是件好事，不能驳了冯局长夫妇的好意。我们几个人也因为思念你，过去的那些老朋友、老熟人这些年是死的死了、抓的抓了，很难见了，我们是真的想你了。曹老大说得对，你现在回去了，又回到从前的状态，如果回到你干哥的屋里，还要辛苦照顾他的几个孩子，抚养他们长大成人，只有辛苦、劳苦，这对你太不公平了。三国时期蜀国诸葛亮的继任者姜维，看到母亲托人捎信让他回家务农，姜维回信道：良田百顷不在一亩，心有远志，不在当归。他把孝顺转化为忠诚。莹莹现在有一份适合她的工作，她完全有权力自己决定去留，为自己的理想和目标而奋斗。"

黄诚勇说："袁阿姨，感谢你为我们做得那么多，付出了你的爱，刚强、黄桃在城里读书，你用卖小吃、小菜的钱经常资助他们，自己不舍得乱花一分钱，你永远是我们最亲的人，我们爱你！"

黄诚勇说到这里，面对姚革新说道："大伯，我们回去吧，不要影响袁阿姨工作，打乱她的生活。"

曹老大抢先说道："今天天色已晚，今晚大家都住在这里，还是明天回去吧。"

"我愿意回去。"

大家都把目光投向了袁莹莹，怀疑她刚才说的话是不是真的。屋里出现了短暂的寂静。

"啪啪啪……"曹老大用一双大手边鼓掌，边用大嗓门叫道："莹莹妹子，是这个世界上最重情重义的女子，大长兄弟还是很有福气的，有这么一个了不起的妹子。"

黄诚勇深情地说："袁阿姨，十分感谢你的无私付出，我们老黄家上下都亏欠你很多

很多，谢谢你！请袁阿姨回家，欢迎阿姨回家！"袁莹莹听黄诚勇这么一说，顿时泪如雨下。

她点点头说："嗯，我们回家。"

在场的每个人听了她的话，都感到惊喜。庞跃京说："好，好呀！我们欢迎袁莹莹回家。这样吧，你回火场后，一方面帮助照顾黄大长兄弟的几个孩子，你做他们的家长；一方面发挥你的才能，去火场公社中学当民办教师，公社中学一个英语老师也没有，还缺语文等其他学科的教师。你去后缺学科教师的问题也就解决了，真是一举多得啊！"

很少说笑的姚革新，也开玩笑说："我代表中村大队欢迎袁莹莹归队！"

曹老大不住地点头，大嗓门说道："袁莹莹说到底是个文化人，先是在文化局做事，现在又要去当教师，有文化就是好，什么时候都能派上用场。只是袁莹莹这一走，去当教师了，我们见面的机会就变少了，我们也舍不得啊，这么多年了，莹莹也开始适应了县城里的生活，现在回到农村去了，路途比较远，要见个面就不那么容易了。不过去了火场有姚书记和庞书记以及小侄子黄诚勇你们几个人关照她，我放心。"

袁莹莹满含着眼泪，说道："十分感谢曹大哥这么多年对我的关心和照顾，十分感谢您在我流离失所的时候收留了我，曹大哥义薄云天、重情重义，是大长哥和我的贵人、恩人，此生能遇到您这样的好人、恩人是我的福气，感谢有您，大哥！"袁莹莹说完，扑在曹老大的怀里忘情地哭了。

曹老大这条硬汉也是第一次在众人面前抹眼泪，又嘿嘿嘿地笑，他不停地安慰袁莹莹，说："妹子千万不要把我做的这点小事放在心上，我和大长是兄弟，兄弟如手足，他不在了，我做的一切都是我应该做的，真的不必把这些放在心上，没有照顾好你，还要请你原谅。"

袁莹莹不住地摇头，她伤心地哭泣，让在场的所有人动容。曹老大说："莹莹来县城后，不久就能自食其力，她很有经济头脑，总能找到生财的路子，她名义上是来我家里，但她早已能够凭自己的努力和聪明的大脑，能够独立养活自己。我多次对她说找个好人家，趁自己还年轻成个家，都被她谢绝了。这个县城里有多少有钱人家，想找莹莹做儿媳，又有多少青年才俊托人提亲，都被莹莹婉拒了。"

曹老大把袁莹莹扶到一把小椅子上坐下，几个人都在安慰她，等她稍稍平复了一下心情，曹老大动情地对黄诚勇说道："这个世界上有几个女子能像袁莹莹这么去做，这么讲情义，这么重感情啊！诚勇啦，你在家中孩子中是老大，你最懂事，还受过高等教育，你们可要记得人家的恩情，记得人家的好啊！你们姊妹一定要像对待自己的爹娘一样尊敬莹莹、孝敬她呀！"

黄诚勇早已感动得说不出话来，不停地在一旁用手巾擦眼泪。他说："曹大伯，你的话我都记住了，感谢你这么多年对莹莹阿姨的收留和照顾，谢谢你！现在我长大成人了，我们一定会好好孝敬袁阿姨，感谢她为我们全家人做出的辛劳，将来她老了，我们姊妹就是她的依靠，袁阿姨早已是我们家的至亲、我们的长辈。我今天和庞书记、姚书记来接她回家，从此以后，我们全家同甘共苦，不离不弃。"

离开县城之前，袁莹莹到县文化局和冯局长辞职告别，冯局长听说袁莹莹要辞职，感到不可思议，耐心地做袁莹莹的思想工作。

第六十章
三书记下榻中南门　袁莹莹辞职回故里

冯局长说："你具有深厚的学养，在文化局将来大有作为，文化局也需要像你这样的优秀人才，我们可以培养你入党、转干，为国家做更大的贡献。'风物长宜放眼量'，可以改写人生。国家现在乱，但我们的党有很强的自我纠错能力，总有一天会拨乱反正，我感觉到上面现在已经开始在纠正一些过'左'的搞法，你如果这时辞掉这份适合你的工作，失去这么一个机会，选择回火场农村务农，你的人生也将被改写，是朝着不可预知的方向航行，你可要三思而后行。"

袁莹莹略做思忖，很动情地说："十分感谢冯局长赏识我，能遇到您这么一个德高望重、学富五车的老前辈、好领导是我的福气。我认真思考过，如果留在文化局，在您的身边工作对我的进步与发展肯定是很有帮助的，我肯定由此会迈向人生的康庄大道，可是……"

袁莹莹把干哥黄大长以及家中的境况，一五一十地说给冯局长听，她说选择回火场，是她人生中无法回避的路，干哥家的五个孩子失去了父母成了孤儿，她要回去做孩子们的家长，和他们在一起，陪伴他们健康成长。"也许是命运的安排，如果是命运的安排，我也认命。不管命途多舛，我都会面对，坚定地走下去。"袁莹莹说。

冯局长被袁莹莹的决定所感动，他深情地赞叹道："莹莹，你是我见到的我们这个社会中最善良、有独立思考与价值判断、有担当的优秀青年，对于你辞去这份工作我感到十分的惋惜，你的才华和人品让我十分敬佩，文化局的大门随时为你敞开着，如果哪一天你想回来，只要我在任一天，你就可以无障碍回归。人生的路千万条，成功也有不同的诠释，也许你的选择是对的，但是，将来不管你在哪里，在做什么，都不要忘记初心，不要忘掉对原则的坚守。"

冯局长老伴符舐兰拉着袁莹莹的手，久久不放，她说："小妹子，我知道你心里苦，你虽然每天逢人是满脸的笑，不让人看到你内心的痛苦，也从来不愿意把心中的酸甜苦辣掏出来给人看，但是，我明白你心中的痛苦没人可以诉说，这个混乱的社会，那些坏人丧失了人类最基本的良知和社会公德，没有人在乎一个女人的心痛，更不会关注一个人的尊严，你却遵从内心，以你的方式为这个社会注入一股清流，我敬佩你。"

在难舍难分中，袁莹莹说："对冯局长的知遇之恩没齿不忘，我会来看望你们的。"

袁莹莹向曹老大告别，曹老大当年收留她，让她在当时那种境遇下，有个安身之处，让她调理好心灵的创伤，起到了至关重要的作用。她说了很多感激之类的话，临别在即，曹老大这个驰骋江湖数十年的硬汉，竟然用双手捂着脸恸哭。

他说："妹子，大长兄弟没看走眼，大长兄弟地下有知，他可以瞑目了，你一个弱女子，有如此胸怀，情深义重，令这个世上的多少男人汗颜，大哥舍不得你回去，但你的决定受人尊重，我代表大长兄弟感谢你。"

曹老大说完，用大手抹了一把眼泪，说："回去后有什么事，要多和庞书记、姚书记商量，不要一个人扛，不要把我当外人，有事一定要告知我呀。"

袁莹莹泪眼婆娑，语不成声，不住地点头说好。

庞跃京接过话说："我们一起面对，不惧天大的困难与风险。"

袁莹莹打包了几包行李，从出租屋里提了出来，黄诚勇把行李搬到曹老大安排的双排座车上。曹老大再三叮嘱她多保重，要爱惜自己的身体，不要太操劳，有事多联系，有时

间了就来城里看他，袁莹莹泪流满面，一再要曹老大少喝酒、少抽烟，保重身体。

几个人上了车，袁莹莹站在车下，久久不肯上车，曹老大哽咽无语，一个劲地催她上车。

袁莹莹此时的心情异常复杂，她对曹老大的感激之情无法用语言来表达，不舍离去。曹老大在她走投无路时伸出的援手，千言万语也说不尽她的感恩之情。临上车时，她突然回转身向曹老大身上扑去："大哥，感谢有你。大哥啊！你要多保重啊！"

"妹子，说谢谢就见外了，有空了就来看大哥，我这里也是你的家。"

袁莹莹抽泣着点头答应，黄诚勇跳下车，叫了一声："阿姨上车吧，我们回家。"袁莹莹点了点头。

"诚勇啦，你们几姊妹可要听你袁阿姨的话呀，要关心你袁阿姨，尊重她、孝敬她，她是你们家的恩人和贵人啊！"

"曹大伯，你放心，在今后的生活中，袁阿姨说什么，就如同我爹娘说的，今后家里在袁阿姨的操持和教导下，我们几个孩子一定会好好生活，我们一生都不负袁阿姨，大伯您放心。"

"这样就好，这样就好！你在弟妹面前要带好头，今天是你亲自把你袁阿姨接回家的，要从内心深处记得袁阿姨的好，事情你都知道了，袁阿姨在文化局工作好好的，为了你们，宁愿放弃这份工作，放弃她已经拥有的和即将拥有的美好前途，这个世界上就没有几个人能够做得到。你也是大学毕业的，见过世面，但你绝对没有见过你袁阿姨阳光向善、无私大爱的这一面。你们几姊妹都要好好珍惜她、尊重她呀！"

"曹大伯，知道了，请你放心，袁阿姨就是我们的再生父母，你有时间了，请到我们家中走一走、看一看。"

"好的，好的。"

袁莹莹往车子走去，一步一回头，上了双排座车，她探出头向渐渐远去的中南门码头挥手，曹老大在视线中变成了一个点。

袁莹莹回到火场的消息，迅速传遍整个村落，她姐姐袁泽丽拖着病体，在李宗儒的搀扶下，来到大长家，两姊妹抱头痛哭。崔产愫、老犁头等村中男女老少来了很多人前来嘘寒问暖。

冬去春来，春季开学在即，庞跃京践行自己的诺言，亲自上门请袁莹莹去火场中学当老师，从此袁莹莹有了新的头衔——民办教师。她一边当起了干哥黄大长五个孩子的家长，一边做起了孩子王。家中几个孩子亲切地叫她"姨妈"，她总是清脆地答应一声"唉"。

在那个混乱的年代，在教学和生活中，她经常教育孩子们"让人不弱"。

第六十一章
姚改革喜结连理枝　黄诚勇破格升书记

　　谢采采因为邓佳丽的原因，推托姚改革身体有病，一再推迟订婚日期。谢钟最后动用庞跃京的威望，才使谢采采勉强同意订婚，订婚仪式定在1976年9月10日。

　　这一天日益临近，9月9日下午4时，中央人民广播电台向全世界沉痛宣告，中国人民的伟大领袖毛泽东主席逝世。

　　曾有记者这样写道：这一悲痛时刻，似乎地球也停止了转动。

　　9月10日至18日为全国哀悼日，全国所有单位和居民家庭下半旗志哀。全国停止一切娱乐、体育活动。

　　火场燎原文学社社员汇聚于村口，缅怀毛主席的丰功伟绩，姚革新即兴赋诗一首沉痛哀悼毛主席：

　　勤王一梦赴西游，万古流芳五大洲。天地山河从你改，党军政法是亲修。

　　中华儿女增泣泪，各国万朋益痛愁。从此造然登极乐，穷人难解万年忧。

　　牟梨作诗缅怀毛主席：

　　韶山冲里出英雄，辟地开天举世崇。抢渡金沙排险境，勇穿草地显神通。

　　南征北战能擒虎，立国安邦敢缚龙。伟绩丰功青史铸，神州解放万山红。

　　姚改革和谢采采原定于9月10日的订婚仪式取消了，准备前来参加订婚仪式的亲戚朋友被通知停止前往参加订婚活动，两人的订婚仪式再次顺延。

　　距离毛主席逝世不到一个月的1976年10月6日，华国锋、叶剑英代表中共中央政治局对王洪文、张春桥、江青、姚文元及其在北京的帮派骨干实行隔离审查，一举粉碎了"四人帮"，"文化大革命"至此结束。

　　人逢喜事精神爽，打倒了"四人帮"，人民喜洋洋，谢钟和姚革新高兴，要乘着这股东风，把姚改革和谢采采的喜事给办了，取消订婚环节，直接谈婚论嫁。

　　两人大婚的日子就定在下月初一。苏醒说："好是好，下月初一，时间上是不是紧了点，总得稍事准备呀。"

　　姚改革有些焦虑，他说："现在'四人帮'刚刚被粉碎，被'四人帮'破坏和耽误的事情不知有多少，全国百废待兴，我们公社也是积压的有不少事等着我们去做，要把'四人帮'耽误的时间夺回来，哪有时间筹划结婚啦。"

　　姚革新说："正因为'四人帮'现在被打倒了，我们和全国人民一样，心里喜洋洋，用我们的喜事庆祝华主席粉碎'四人帮'取得了伟大胜利。我们总不能因为'四人帮'而不结婚吧。男大当婚，女大当嫁，婚姻是大事，不是随随便便的小事，我们正因为刚刚粉碎了'四人帮'，是国家大事，我们老百姓才能过上太平日子，在这种特殊的日子里，我们来个双喜临门。"

女儿结婚，谢钟这个当爹的比谁都还要急，难怪采采逢人便说，他爹眼巴巴地想把她早点嫁出去，好像自己会没人要似的。引得大家发笑。

赫连菁菁来家里找谢采采玩，她从一旁插话说："结婚是一辈子的事，得选个有纪念意义又便于记忆的日子，既然时间紧，我看倒不如选在1977年的元旦节怎么样？这是粉碎'四人帮'后的第一个元旦，一元复始，万象更新，一对新人开启新的人生征程，多有诗意呀。"她用胳膊肘抵了一下谢采采，"是不是啊！"

谢采采微笑着点了点头。

苏醒说："这个日子是不是请师傅看看，是不是黄道吉日。"

"看什么看，就你封建迷信，人家菁菁姑娘已经说了，元旦是一元复始，万象更新，是多好的日子啊！就这么定了。"

袁莹莹说："现在是新社会，移风易俗，婚姻最重要的是两情相悦。"

姚革新统一了大家的思想，都赞成结婚的日子选在元旦节。

往往是事情越多，时间就过得越快。元旦节很快就到了，庞跃京亲自主持了姚改革和谢采采的婚礼。

姚改革结婚那天，苏醒问了崔产愫一句悄悄话，崔产愫脸上有点微红，她说："哪有那么快啊，庞跃京年龄大了，不能太累着他，随缘吧，有了我就生下来，没有也不要紧。"

崔产愫自从和庞跃京结婚之后，好像啥病也没有了，人的精神面貌焕然一新，她很快投入到公社的妇女和社会事业中。只是周莫衿还一时半会儿改不了口，不肯叫庞跃京爹，但庞跃京特别喜欢嘟嘟这个孩子。

这天，地委组织部副部长和县委组织部部长李剑和几个县委干部到姚革新家里找到了庞跃京，就在姚改革的婚礼现场，透露了省委和地委对庞跃京的人事任命决定。

结婚仪式完成后，庞跃京和上级领导回到公社，在公社干部职工会上，地委组织部副部长佘建国代表省委、地委正式宣布了人事任命：庞跃京任沅陵县革命委员会书记。

县委组织部部长宣布了县委会人事决定：黄诚勇为火场公社革命委员会书记兼主任。

送走了佘建国和李剑，庞跃京来到姚革新家中小坐，直到送走最后一批客人才离开。"闹洞房"时间已到午夜子时，村里的年轻小伙也陆续离开了，一切归于宁静。

今天是姚改革和谢采采大婚的日子，忙碌准备了这么久时间，终于完成了一件大事，苏醒和姚革新按理说应该开心地睡个好觉了，可是，这时候两个人好像没有一丝的睡意。姚革新手拿长杆烟袋只顾不停地抽烟，苏醒收拾好最后一个碗碟，就拖来一把小椅子，坐到他身边，也不说话，只是一味地唉声叹气，楼上姚改革和谢采采房灯熄了，家中其他几个孩子热闹了一天，也已经熟睡了。家中静得能听到彼此的心跳。

苏醒打破宁静，她说道："少抽点烟，在想什么呢？老大的事，今儿个办好了，也该松口气了，睡觉吧，鸡都要叫头道了。"姚革新一动不动，像没听到似的，抽饱了烟，又拿起一截细树枝掏长杆烟头里的烟屎，边掏边对着嘴巴吹烟嘴里的烟垢。

苏醒见状问道："今天是儿子大喜的日子，你今天是咋啦，自从庞跃京从屋里走后，你就没有说过一句话。"

姚革新仍然不搭理她，让她一个人在一旁唠叨。

第六十一章
姚改革喜结连理枝　黄诚勇破格升书记

苏醒引出了一个新的话题，她说："我说这黄诚勇啦，还真是有福气，净遇贵人。没承想啊我屋生气，当年一步错，这往后是步步错，一步没跟上，步步跟不上哪。"

姚革新说："黄诚勇的理论水平、工作能力在咱们公社年轻人中无人能比，是金子总会发光的，这么年轻，还没成婚就当上了公社书记，管大几千人呢！大长兄弟地下有知，也该瞑目了。李兰香这个病秧子硬是熬到黄诚勇毕业上了班才掉落那口气。"

"黄诚勇大学毕业几年时间，二十几岁都当了公社书记，从副书记到书记就两三年时间，升职的速度比'大跃进'时放卫星还要快。"

"诚勇能力强，他遇到了好时候，粉碎了'四人帮'，国家百废待兴，需要年轻干部，尤其是有文化的大学生出来工作。"

"当年咱儿子生气如果不是让了上大学的机会，或者说，第二次不让谢采采，生气到现在肯定不是这个样子。"

"咋样子，你说生气成啥样子了？你就是封建迷信思想严重，学而优则仕的思想根深蒂固，他现在有什么不好，魏公穑、庞跃京两任公社书记都很关心生气，对他的水平、能力和为人都很肯定。革命工作只有分工不同，没有贵贱之分。我都给你说过好多年了，黄诚勇和谢采采他们两个的学习成绩、政治表现都好，保送他们上大学也是正当的。生气当年学习和各方面表现是不错，但是，指标是面向所有符合条件的年轻人，他俩都是被社员群众选出来推荐给国家的，怎么就叫作生气让的呢。这个指标又没有戴帽给生气，指标是大家的，大家都有份，不是生气个人私有的，你这个思想问题不解决，你永远都会停留在过去，活在自己的世界里。"

"你就违心地说胡话吧，我就不相信，你现在看到的情况你不反悔。"

"人活在世界上，不能只顾自己，把为别人做的一点点事情，时刻装在心里、挂在嘴上，累不累啊！我是个老党员，要带好头。"

"我当时不是不和你讲过，连公社干部都说你叫咱儿子一让再让没有必要，谢钟都找到家里了，说采采不去上大学，让生气去，而且，就你自己那一票就可以决定。你死活不肯投自己儿子，装崇高、充积极，就你思想好，那魏书记下台了，也没让你干公社书记呀，现在庞书记高升，还是没有你什么事，明天这个黄书记不干了，肯定也轮不到你干，他现在只有二十几岁，你就是想干，怕也是等不到那一天了。"

姚革新腾地站了起来，把椅子一脚踢翻，随着年纪的增长，他不再像年轻时那样易生气了，拿着什么东西就丢过去打人。

"这个能比吗？是个随便瞎想的事吗？你真会讲话呢，我们当干部的，人人都像你这样自私自利考虑问题，花花肠子多，净想些升官发财的事，那我们共产党很快就会变成国民党。毛主席为什么能得到全国人民的拥护和爱戴，首先是他卓越的领导才能，其次是他自己做到了全心全意为人民服务，他为穷人打江山，让穷人坐江山，他为中国革命牺牲了六位亲人，全中国领导干部有几个人能做到这些？谁不服都不行。现在是和平年代，不要你牺牲，只要你做事情、想问题多为人民群众想一想都做不到，整天为个人私利转圈圈，为个人荣辱升迁想破脑袋，我看不起，根本不想看。"

"好了，我不想和你讲话了，一开口就做报告，打官腔，这是在家里，讲点家常话行不行？我没有你说的那么不讲道理，是你自己太一根筋了，装思想好，让这么好的孩子跟

着遭罪，如果我没有猜错的话，这回黄诚勇升书记肯定是你在庞书记那里又说了话。"

"你以为我是谁呀，公社书记职位是由县委决定，我一个平头百姓什么时候成了县委组织部部长了？庞书记之前只是征求了我的意见，也征求了其他几个村支书的意见，决定权在县委，你有没有组织纪律性呐！还讲不讲规矩？这些大事是你一个老百姓能瞎琢磨的吗？国家大政方针是'抓纲治国'，现在需要年轻人为国家做事，生气在他的工作岗位上，也是为国家做事，我们经常说的有句话——'革命工作只有分工不同，没有贵贱之分。'是这个道理吧？"

苏醒接过这句话，说："站着说话不腰疼，这句话说的就是你这种人。"然后往姚革新脸上认，没好声气地说："是分工不同，你修地球，庞书记管修地球的人，虽然大家都活在一个地球上，你叫讨生活，他叫享受生活；你抽的是用坪乡芭蕉溪草烟，他抽是'红双喜'牌香烟。分工是不同，肯定不同，县委书记和村支部书记能相同吗？"

"今天是姚改革和谢采采大喜之日，莫惹老子骂娘，你咋不拿叫花子和财神爷比呢？比来比去有意思吗？不都是干三餐饭，睡一张床吗？给老子困觉去。"

苏醒鼻子"哼哼"两下，不再理论，上床后，很快呼呼大睡了。这个晚上，姚革新辗转反侧，夜不能寐。

庞跃京离开火场公社那天，黄诚勇为他举行了一个简短的欢送会。

下午，县委书记庞跃京的秘书兼司机黄浩开车来接庞跃京履新，庞书记要去县里工作的消息迅速传遍各个村寨，村民扶老携幼来到公社门口送行。有人手提竹篮，篮子中放有十几个山鸡蛋；有人带着一捆蒸熟的粽子，围着吉普车要庞跃京带去。苏醒、全心怡、袁莹莹等女人围着崔产悰千叮咛万嘱咐，要她时常回火场看看，不要做了城里人就把大家都忘记了。崔产悰拉着袁莹莹的手难舍难分，和各位乡亲讲着离别的话，姚革新、公社干部和庞跃京话别。

老犁头以年纪太大了，不宜离开故土、故友为由，不愿随崔产悰夫妇进城，没办法，崔产悰只好让嘟嘟陪老犁头守着崔产悰的老屋。

在庞跃京准备动身上车的时候，包春梅和袁延顺急急忙忙赶来送行，包春梅说："庞书记，救命啊！你如果再不管，有人又会把我赖成'四人帮'反革命集团成员之一，我可从来没有见过他们这四个人呐。每次运动来临，我作为地主承受了所有大小会议对我的批斗，周保旺早已死了，坟墓也被钟吉祥带领的红卫兵掘了。我觉得你当年杀得对，谁叫他周保旺娶那么多姨太太呢，他在外做生意，时常不在家，娶那么多女人不怕贼偷，也要提防贼惦记不是。你看他都娶的是些什么人：二姨太符彩儿，三姨太夜夜香，四姨太姚娆，五姨太何翠翠，还染指丫鬟小杏儿。我虽然在家中是大房，其实也是备受这些个狐狸精挤对。你曾经和我们是一家人，你当年在我家里时，我还是照顾过你的。譬如，有一次你放牛出了一点失误，周保旺打骂你，不给你饭吃，可是，我还是叫夜猫婆暗地里帮助了你，我叫她给你偷偷煮了锅巴吃，这个你肯定记得的，夜猫婆现在不在了，现在又是死无对证。但她夜里给你单独煮锅巴吃，我相信你还记得，是不是？你想过没有，如果当时没有我的默许，夜猫婆就是借她个胆子，她不敢也不会给你煮锅巴吃，是不是？还有你当年在我老周家，吃好、喝好、学文、练武。这也是我暗地吩咐下人对你的特殊关照，你在我家里吃饱喝足后，闲得没事做，我让你陪我儿练武，让你练就了一身的好功夫，十六七岁

第六十一章
姚改革喜结连理枝　黄诚勇破格升书记

长成一个魁梧挺拔的男子汉，你才有力气杀死了周保旺这个大地主，顺手解放了他的五姨太。这些都是我心地善良，才成就了你啊，不然，莫说让你习文练武，就是饿，都把你饿死了。我其实早已成了你的保护伞，当然是红保护伞。你后来参加了红军，要不然你早已被周保旺弄死了，那么现在共产党就会少了一个为民除害的大英雄、少了一个县太爷不是吗？这么说我为革命还是做过一些有益的事情的，我说这些不是邀功，我只是觉得当年自己也算为革命做了一件有意义的事，我是从内心感到高兴。我和地主周保旺有着本质的区别，周保旺活着时，残害剥削压迫穷苦人民，尤其是对女人的摧残，五个姨太太不同程度地被他蹂躏至不孕不育。解放后我们周家被划成地主成分，其实，你也知道，周保旺死后，周家大院很快就衰败没落下去，但由于周保旺活着时，坏极、淫乱、罪硬，人民政府把周家划成了地主，实际上我们的土地、山地都被没收分给了穷人。因此，无论如何我今天也做不了土地的主人了。打土改时起，我们周家就变成一个破落地主，自从被划成地主那天起，我们家里的所有人，都为此付出了巨大的代价。历次政治运动挨斗是小，阶级歧视，打击羞辱了我几十年，我们老老实实改造了几十年。但在'文化大革命'运动中，我和狗杂种钟吉祥做过反抗，他就像生活在狗群中的狼，在努力地做着狗的同时，却摆脱不了狼的习性，他是'文革'的破坏者，她和牟梨两人在'文革'中恶贯满盈，罪大恶极。我感到很好奇，这样的人怎么可以不被清算呢？为什么不把他划成地主、坏分子呢？说实在话，我从内心深处不反对'文革'，毛主席他老人家把'文革'设计得很完美，目的很明确，主要是要整党内走资本主义道路的当权派，也就是整党。可是钟吉祥他们为了达到自己篡党夺权的目的，却借机扩大了整党的对象，他们煽动群众斗群众，破坏现有体制机制，鼓动不明真相的年轻人走出课堂革老干部的命，故意造成干群对立，'文革'就是被这些搅屎棍给搅和黄了的。我深深地懂得：你庞跃京行，共产党好，毛主席伟大。现在'四人帮'倒台了，我这个破落地主也该降级了吧，把我头上的地主成分降一降吧，正式降为破落地主，或降为富农也行。求你帮帮我这个行将入土的老婆子吧。这顶高帽子压得我们几代人都喘不过气来，我都不要紧，你也看到了，我家周美孜这么大年纪了，就因为父辈的地主成分硬，身上全是毒啊！她老大不小了都没人敢娶，这样下去她会老死家中的。你离开周家时，她还是我肚子里的胚胎。她长大以后，没有剥削压迫过穷人一天，她哪有资格当地主呢？自打她出生后，周家就没落了，和同一时期的穷人一样。周保旺作恶多端，蹂躏妇女，是你亲手宰了他，解放了何翠翠，可是周宝旺的女儿周美孜一天也没作恶过，并且她打小就被高贵的贫下中农子弟欺负。庞书记求求你了，救救美孜吧，要不我当地主，你让美孜当贫下中农吧。你现在是县太爷了，你说了算。"

庞跃京听后哈哈大笑，他说："现在是新社会，不是万恶的旧社会了，县太爷下台了。在中国共产党的领导下，我们推翻了旧的体制，建立了新体制，人民当家做主，个人说了不算。"

包春梅拽着庞跃京的手诉说时，钟吉祥已很不耐烦，他踢了包春梅一脚，吼道："你一个罪大恶极的地主婆，'文革'的唆使者、破坏者，无产阶级专政的对象，'四人帮'的帮凶。现在'四人帮'垮台了，你却跳出来说和你没关联，还想把地主成分降级为富农，甚至想取消你的地主成分，你这是白日做梦，我们贫下中农绝不答应。"

符光中很深沉地说："在万恶的旧社会，我们这些穷苦人受尽了地主、富农阶级的欺

凌。地主抬头，贫下中农的人头就要落地，红色中国就会变颜色。我们贫下中农子弟怀着极大的热情找周美孜谈心，那是帮她、改造她，明白吗？你站在反动阶级的立场上理解成欺负。"

莫富贵挤到人群中间，说："恶霸地主应当枪决，十年'文革'都不能改造好的反动阶级中的反动人物，像你包春梅这样的刁钻地主婆，就应该'死了死了的有'。"庞跃京制止了莫富贵的话。

莫京听得心烦，自从在牟梨面前失宠后，心中的愤懑已到爆棚的程度，很久没有发话了，庞书记就要走了，再不表明态度，一切都迟了。他对钟吉祥说："钟司令，我们没有必要和一个地主婆讲这么多，说得再多，她和我们也讲不到一块去，剥削阶级和被剥削的劳苦大众的矛盾是不可调和的阶级矛盾，资产阶级和无产阶级的矛盾只有用斗争的方式才能解决。'四人帮'垮台了，'文革'结束了，但阶级斗争在一定时期不但不会消灭，相反，从某种程度上来说，还有可能更加激化。因此，现在不是有人在说吗，'文化大革命'五六年又要来一次。'文革'刚刚结束，地主就想抬头，又想欺压我们贫苦人民。庞书记，包春梅嫌她的地主成分高，我认为不但不能把她的成分降格为富农乃至于撤销阶级成分，相反还应为她的阶级成分升格，像'四清'运动那会儿，要重新划分她的阶级成分，要明文界定她为恶霸地主或大地主。一个运动的勃兴，依赖于阶级斗争的强化深入，地主等五类人是运动的载体，是斗争的需要，是运动的抓手，因此，提高剥削阶级的成分很有必要。"

周大明心中有疑问，他说："给'地、富'摘帽，'地、富'子女要改变成分，我想不通，接受不了，今后革命还有什么对象？离开了阶级斗争这个纲，今后农村工作怎么搞？"

庞跃京哼哼一笑，说："阶级成分已形成几十年了，不会再升格。大家的阶级觉悟高，国家政策会考虑到方方面面的因素。"他边说边往吉普车前走了几步。

袁延顺走上前，愁眉紧锁，他给庞跃京交了一封申诉状，说道："庞书记，你现在是县太爷啊！我的富农成分你是知道的，我不知道怎么说为好。土改时我老袁家因为替当年的红军看管瓦窑厂，忙时，请几个工帮忙是有的，农忙时相互斟工，在农村，这是十分正常的事儿，最多是搞小资产阶级，却被划为富裕中农，也就是上中农，我爷爷不服找领导理论，当时工作组的人说，这个没什么，不要紧的，过几年可以再调成分。我们信以为真，老袁家也就认了。未承想'四清'运动时，阶级成分调是调了，可是，不是把我们调低成分，而是拔高了成分。把咱们老袁家的成分帽子往上加高——由上中农升格为富农，人为提高成分，马克思主义不是这样分的。咱老袁家哪一点像个富农的样子，请庞书记把我的成分调成原来的上中农吧，十几年的富农帽子我承受不起，代价太大了。"钟吉祥打断了袁延顺的话，他说："富农分子袁延顺，你不要在这里耽误庞书记的宝贵时间了，十几年来的改造都没能让你认清形势，改头换面。我看把你定为富农都还轻了，把你老袁家由上中农重新划成富农，那才是还历史以真面目，阶级成分的划分是有严格的标准的，你老袁家几代人以瓦窑厂为基地，长期雇用工人，自己很少劳动，这不是剥削是什么？你老袁家比别人吃得好、穿得好，凭什么大家都穷，就你们富有，这当中没有剥削可能吗？要穷大家一起穷，穷代表无产阶级，富代表资产阶级，穷人就是要革富人的命，无产阶级就要专资产阶级的政。"

第六十一章
姚改革喜结连理枝　黄诚勇破格升书记

符光中急不可耐地插话说:"还有一条也很重要,你一个富裕中农不思悔改,没有敬畏之心,竟然讨了周保旺的二姨太符彩儿为老婆,这为你的上中农成分又增加了筹码。你个小顺子,眼睛贼得很,谁不惦记符彩儿妖冶的身材,谁不寻思她丰腴的体态,但是都无人敢问津,你老袁口味重,竟敢弄了她,你享有她艳丽的姿色就是另一种形式的富裕,这也成为你划为富农的重要筹码,你说你不富农,还有谁够富农。"

袁延顺听了符光中讲的理由,脱口而出:"那是农协决定把她分配给我的。"钟吉祥鼻子"哼哼"两下,说:"农协咋不分配给别人呢?""你问我,我问谁去,你去问农协呀,可能是因为我穷吧,周保旺的姨太太毒有多深啊!需要我们穷人去稀释一下,才可能达到改造人的目的,农协英明,看中了我。"

"看中了你?看把你给美的。你是个假贫农,真富农。"钟吉祥说。

袁延顺没有搭理钟吉祥的话,针对符光中说:"你符光中不是同样分走了周保旺的四姨太姚娆吗?按你这个说法,你也应该划为富农,因为姚娆的美色毫不逊于二姨太符彩儿。"

"袁延顺我告诉你,你还有一条也是最为重要的一条——剥削。你利用砖瓦厂长期剥削穷人。符光中是好色,你是好淫,他是带有资产阶级浪漫色彩,因此,他被划为上中农,是团结的对象。他和你的性质完全不同,你是堕落加淫棍,所以被人民重新划为富农,是专政对象。"钟吉祥为符光中仗义执言。

"我和符彩儿是领证的,你说我好淫,我也只淫自己的娘们儿,没有像有些人做非法事儿。"

钟吉祥心里明白袁延顺的话是针对他说的,他一时语塞,鼓起眼睛往袁延顺认,这要是改在前几年,借他小顺子一个胆儿,谅他也不敢。

莫京手指袁延顺,气愤地说:"富农分子袁延顺,你和包春梅两个人要看清形势,现在是无产阶级专政。你两个,一个是娶了地主周保旺的大房,一个是娶了地主周保旺的二房,周保旺的阶级成分这么重,他是被庞书记当年亲手为民除害的,为你包春梅降低成分,难不成是当年庞书记杀错人了?真是天大的笑话。你袁延顺娶了符彩儿就是与庞书记为敌,庞书记当年在周保旺家中做童工时,肯定没少挨符彩儿打骂欺压。"莫京维护符光中其实就是维护自己,他讲话有些言不由衷。

"为什么符彩儿没有被划成地主或富农?她早已离开了我,嫁给莫富贵去了,莫富贵又为什么没有划成富农?而是划成了令人羡慕的贫农,成了无产阶级。"

莫京显得很不耐烦,不无鄙视地说道:"我告诉你小顺子,符彩儿之于周保旺这个地主恶霸,她是被摧残蹂躏的妇女,是共产党打倒了剥削阶级,使她得到了解放;符彩儿之于你袁延顺这个阶级异己分子,她是获得新生的阶级兄弟姊妹,从她毅然决然地嫁给了莫富贵这个贫雇农,可以说她从此脱胎换骨了,她完全站到了穷苦人民的这一边,是红彤彤的红,你纵然从里到外发黑,也染不黑她。"

"你是老鸹笑猪嘴巴黑。"袁延顺讽刺莫京,意思是莫京也分得了周家大院的姨太太莫夜香,"你的意思是说,符彩儿三嫁以后,鸟枪换大炮了。"袁延顺说完,大家哄然大笑,庞跃京听完也忍不住哈哈大笑。

庞跃京很严肃地说:"划定阶级成分,是一件政策性很强的工作。关于成分的变更,

我还没有得到这方面的指示精神,即便是有什么变动,那需要国家层面的政策推动。"

姚革新叼着长杆烟袋说:"两个鸟司令,别装知识分子了,阶级成分是国之大事,你两个像个卵样子,也敢在此胡说八道。"姚革新把目光扫向社员群众,吸着烟说,"今天是庞跃京同志履新的第一天,时候不早了,我看大家就聊到这里,送到这里吧。"姚革新回头对包春梅和袁延顺说:"地主、富农要改成分,这要是放在粉碎'四人帮'之前谁说出这样的话,至少是现行反革命罪。土改时划定的阶级成分,那是革命胜利成果的标志之一,地主资产阶级想否定无产阶级,那一定会被无产阶级专政。现在'四人帮'倒台了,地主、富农也想翻身、想更名,甚至想转化为贫农,根本是没有可能的事,你们也不想想,毛主席带领穷人闹革命是为了什么?不就是为消灭人剥削人的社会制度吗?不就是为了让咱们穷人过上好日子吗?不就是为了国家独立、民族富强吗?如你们这么一折腾,那我们的革命,我们为了新中国牺牲的英烈们不都是白牺牲了吗?革命就是要消灭剥削阶级,给你们剥削阶级划定为地主、富农成分,就是要让你们记住你们过去的剥削史以及给穷苦人民带来的灾难。因此,你们想摘掉头顶上的地主、富农帽子,我看,除非水往高处流,太阳从西边出来。"

包春梅弱弱地问:"姚书记,按你的说法,我老婆子这辈子要把地主帽子带进土里去吗?"

姚革新给她竖了一个大拇指,表示赞同。他总结性地说道:"庞书记现在是县委书记了,就是因为他革命几十年有苦劳、有辛劳、有功劳。他代表无产阶级利益,怎么会为你这个剥削阶级说话呢?过去由农协决定你们的阶级成分,现在粉碎了'四人帮',这一条更不会变,即便是庞书记不计前嫌为你说话,那也要咱们贫下中农做主,才能算数。你们想翻案、想变天,想回到你们过去剥削劳动人民的老路上去,那是白日做梦,我们要将革命进行到底。"

姚革新铿锵有力地回答,让包春梅感到绝望,她瘫坐在那里,眼眶里闪烁着浑浊的泪水。

周美孜用一双大眼睛扫视着所有人,她心里明白,这些村人中几乎可以肯定没有一个人会同意给她们降阶级成分。姚革新的眼睛露出威仪,像一把锋利的剑。周美孜的目光碰到姚革新的眼睛,立即躲闪起来。她说道:"娘这里冷,家里暖和,咱回家。"

周美孜搀扶着蹒跚的包春梅往回走,包春梅执拗,走了几步又停了下来。袁延顺走过来抚摸着周美孜肩头,说:"美孜,我今天把话就撂在这儿,世界上那些落后于时代的事物终归是会被淘汰的。"

周美孜用吃惊的眼神看着袁延顺,见周美孜有些不解,他说:"这话是列宁说的。"

"他老人家说过这样的话吗?"周美孜费解。

袁延顺自信地笑着说:"不知你注意到了没有,上面的风向标已经开始变了。"

为庞跃京送行的社员群众、公社干部、村干部依依不舍,庞跃京看到这种情景,心里也很感动,他吩咐司机周浩把车熄火,并招呼大家席地而坐。原本大家是赶来送庞书记的,意外地讨论起了阶级成分的敏感话题。

送走包春梅母女,袁延顺折返回到村口,他说:"我当年娶彩儿是'农协'的意思,符彩儿好吃懒做,虽然从周保旺那里得到了解放,但她过惯了衣来伸手、饭来张口的生

第六十一章
姚改革喜结连理枝　黄诚勇破格升书记

活,没人要她。中农、下中农乃至雇农成分都高贵,她是高攀不起的,我不好驳农协的意,就勉强收了她。'四清'时有人看不惯她,说她历史上有问题,就把我老袁家的成分拔高成富农。这下好了,富农可是具有剥削性的,从此,我老袁家因为她符彩儿一夜之间成了专政对象。符彩儿跟了我以后,嫌老袁家穷困潦倒不说,还拔高了阶级成分,她见势不妙,不久就和我划清了界限,和莫富贵勾搭上了,很快卷铺盖走人了。跟了莫富贵,符彩儿摇身一变成了贫农成分,我真想不明白,这么一个从地主家跳到富农家的'地、富'双重成分的女人,怎么也没把莫富贵这个癞子头染黑啰,不但没染黑莫富贵,而且身上有'剧毒'的女人,她却被莫富贵这个'地中海'漂白成了贫农。"

莫富贵听到袁延顺话中带刺、带毒,嘿嘿一笑,说道:"小顺子,我纠正一下,你刚才放了那么多的富农屁——显然是臭屁。你是'四人帮'反革命集团在火场的代言人,符彩儿是一个长期受地主周保旺和你这个富农的摧残,但她眼中有光,心中有数,她敢于同剥削阶级作坚决斗争,敢于背叛、反抗你们的统治,回到了人民中间,获得完全的解放和自由。她还在你家里的时候,就已经和我相结合,她身上这种叛逆精神,同剥削阶级斗争的勇气,深深地吸引了我,我们走到一起是革命工作的需要。地主周保旺无权占有她,你这个新富农分子不配拥有她,她归无产阶级所有。"

"老莫,我今天算是长见识了,你不愧是双手能拨算盘珠子的老会计,你不仅会算经济账,还会算政治账。"莫公雷在一旁说着笑。

"他不但会算账,还蛮会算计的,当年不就是趁你小顺子出事了,跑到桃坪界,到厕所里偷窥符彩儿,还撒了她一屁股尿,两人在那破厕所里干起来了,他太粗暴、太野蛮了。他抢女人用的阴招西门庆见了都得作揖喊一声师傅才行。"钟生强边说边笑,在场的人都快笑翻了。

"哎哟喂,钟大队长,你这话说的,别的我不说,癞子头很粗暴,不像小顺子小巧,西门庆我没见识过,只是评书上、戏书上讲过他有权有势有武功,家中娶有三个大美女:潘金莲、李瓶儿、庞春梅,这三个小主那可是出了名的欲女,小顺子连西门庆手指头都不如,你们也不要怪我逃离地主,找富农。后来又离开富农,找贫农。袁延顺这个富农并不富,只有几亩上等水田,几块地,早已'合作化'了。跟着他吃没吃的,穿没穿的,整天在那个破窑里折腾,从头到脚都是泥巴,头上套着富农帽子,谁受得了啊。老话说:嫁汉嫁汉,穿衣吃饭。和他一起过日子,一日三餐,有两餐吃芋头,半年不见荤腥,还要时常被批斗。自从跟了癞子头,他算盘打得好,饭管够,生活才有个人的样子。癞子头痞是痞了点儿,咱当女人的还怕自家男人在身上折腾不成吗?可是,小顺子你就是让他痞,他一天到晚软趴趴的,好没劲儿。"符彩儿语出惊人。"小顺子咋就软趴趴的呢,该不会是你彩儿日日采多了吧。难道莫富贵真有西门庆那么厉害吗?我就不信,富贵从小和我一起长大,我还不晓得他的大小、长短吗?你要说这个,咱们全火场我还只服黄大长。"符富厚哈哈大笑。

偏老壳故意引符彩儿讲痞话,奸诈的符彩儿眼珠子一转,说道:"亏你还有中村丞相的美称,鞋子合不合脚,只有脚才知道,合适自己的才是最好的。"

莫京说:"优胜劣汰,适者生存。"大家又是一阵野笑。

"我就是想不通,我娶了周保旺的二姨太就富农了,莫京娶了'夜夜香',符光中娶了

四姨太姚娆，莫公雷娶了周保旺的小丫鬟小杏儿，却都是贫下中农，庞书记你说这到底是为什么呀，也太不公平了。符彩儿早已离开我了，照理我也该降降成分了，我要求也不高，就把我降到原来的成分吧——上中农。"

这时，不知何时包春梅又回到了村口，她轻轻地附在袁延顺耳边说："你莫多嘴了，你从二姨太讲到四姨太，就剩下五姨太何翠翠没说，谁都看出来了，你在暗讽庞书记，你到底是想降成分，还是想升成分呀，你若口无遮拦，你就要升到我的位置了。你小顺子就是个暴发户，肚里无货。我这个地主帽子跟着你这个笨驴也别想降了，不升都万幸了，你就扛着富农帽子进棺材吧。"

袁延顺回敬包春梅说道："庞书记是干大事的人，不会计较这些小事。"

莫京毫不示弱，针锋相对地说："小顺子，我可告你，我是娶了莫夜香，她从前是被人拐卖的，是穷苦人民中的一员，50年打土豪分田地那会儿，我房无一间，地无一垄，睡觉在木棚，祖辈靠给周保旺当长工过活。只有在毛主席领导下超越历史，为人民造福，人人有地种，个个有饭吃，过上美好生活，使全国人民从压迫中翻身做主人。你和我比穷，那你隔的天远，'夜夜香'她是被解放出来的苦大仇深的阶级姐妹，从周家大院出来后，她和二姨太符彩儿一样，通过农民协会研究后，分给我结成合法夫妻，至今没有偷过人。她改名莫夜香，可见她与过去决裂，开始新生活的决心。"

莫夜香这时在人群中穿插，特意走过去，用手轻拍了一下莫京，娇滴滴地说："哼！你说什么呀！你咋啥话都往外说呢，人家只服侍自家男人，这也算偷吗真是的！"

旁边几个女人"啧啧啧啧"噘起了嘴巴，直呼牙齿酸得痛，一脸鄙薄。

"姚娆虽然曾经是周保旺的四姨太，她当时很年轻，为了生计被周保旺所骗，她每天只知道看书，在几个姨太太中不争风吃醋，相反，周保旺对她更是摧残有加，把她搞得一身的病。解放后她逃离苦海，向往新生活。农协关心我，把她分配给我为妻，我们夫妻恩爱，举案齐眉。"符光中言之凿凿。

袁延顺听完莫京和符光中的话，矮圆的身子在抖动，突然大叫道："老天爷啊，这世道怎么这么不公平啊！同为大地主周保旺的姨太太，怎么比贫下中农还要神气啊，我原本是上中农，定好了的阶级成分，为什么说改就改了呀？把我划成富农，我富在哪里啊！我一贫如洗啊。"

周大明见包春梅和袁延顺对地主、富农成分不服，说道："'四人帮'都垮台了，阶级成分说不定哪天会来个重新划定，'四人帮'代表剥削阶级的利益，如果不是他们祸国殃民十年，说不定你们的阶级成分早都升级了。不过话又说回来，也许阶级成分重新洗牌，一大堆历史冤假错案也要重新审定。"

全心怡见周大明说这些，一个劲地扯周大明的衣角，让他坐下，不要站着说话，怕他腰疼。

全心怡悄声说："小心运动来了，批斗你，牟梨她们这些人阴得狠，说不定把你说的话记录在小本子上，到时就是你的罪证。"

周大明性子急，听全心怡这么说，不但不小声，相反，更加高声大气地说："'四人帮'都倒台了，我就不相信那些跟随'四人帮'祸害老百姓的'文革'急先锋会有什么好的结果。她们迟早也会被扫进历史的垃圾堆里，老话说：秋后的蚂蚱，没有几天蹦跶了。"

庞跃京看了看怀表,说:"乡亲们啦,时间不早了。有千言万语想和大家说,又不知道从何说起,我是一个孤儿,是父老乡亲养育了我,是党教育培养了我,今后不管走到哪里,我的心中永远感谢大家对我的支持与帮助。其实你们所关心的,也正是我所思考的。你们的困惑和疑问带有一定的普遍性,请大家一定要相信党,沿着毛主席指引的革命路线,在华主席的英明领导下,一定会得到很好的解决。"

庞跃京和"八大书记"一一握手后,抱拳向乡亲们致谢,上车前挥手向大家告别,吉普车很快消失在人们的视线里。

第六十二章
组长自负申请报考　书记自信拖延审批

时间像一位蹒跚的老人,缓慢地走到了1977年10月2日,这天是星期五,农历重阳节,人们忙碌着准备过节。公社广播站没有像往常一样每天上午八点准时播放歌曲《大海航行靠舵手》,而是直接播报时政要闻。

新华社播报:1977年冬季,中国政府将恢复中断八年的高考制度,招生对象:工人、农民、上山下乡知识青年、回乡知识青年、复员军人、干部和应届高中毕业生。年龄可放宽到30岁,不论婚否。

一石激起千层浪,公社、站所、工厂、学校等机关和企事业单位,立即沸腾起来了,小山村的人们奔走相告,年轻人喜上眉梢。这个重阳节最重要的话题便是恢复高考了。

牟梨是在莫京生产小组的油菜地里锄草时,听到了高音喇叭播音,她参加组上出早工,今天和社员群众在油菜地里施农家肥。当她听到这个振奋人心的消息后,显得异常的兴奋。

莫京对牟梨说:"牟组长,你这么年轻就来到咱们火场上山下乡闹革命,带领火场革命群众在历次运动中,都表现了你的才华和出色的组织能力。粉碎了'四人帮',国家有希望了,要把'四人帮'耽搁的十年时间抢回来。现在国家在拨乱反正,要搞建设需要优秀人才,恢复高考是快出人才、出好人才、多出人才的重要方法。凭你的学识,只要报名参加这次高考,你准能考上好大学。"

牟梨满怀信心地说:"我要参加粉碎'四人帮'后的第一次高考,我要用手中的笔,做出一张令自己满意的答卷。关于'文革'有些事情不是我们这些凡夫俗子能够想明白的,让时间去评判吧。"

莫夜香说:"牟组长一定会考上大学的,相处这么多年,你就像我们的亲人一样,你就要离开我们了,我这心里头嘎嘣直跳,好舍不得哟。"

牟梨说:"嫂子,我会给你们写信的,有机会我还会回来看看。现在还没有报考呢,也不一定能考上。很多年没有举行高考了,今年报考的人会很多,招录计划有限,人人满

意是不可能的，难考呢。我其实也舍不得你们，我也不想离开这里，今年报考年龄放到30岁，我今年如果不能考起，明年就没有资格报考了。"

"牟组长，你一定能考上，你都考不上，那咱们这里就没一个人考得上了。"莫夜香说。组上一些社员随声附和。

工宣队的到来，让牟梨领导的红卫兵很快地退出了历史舞台，赫连菁菁这个工宣队队长，对牟梨的所有情况好像了如指掌，她总是针对牟梨的言行，反其道而行之。

牟梨对这个个人能力、魅力和魄力都很强的不速之客心中有一种不可名状的忌惮。说到赫连菁菁，牟梨猛然觉得已经有些时日没有见到她了，赫连菁菁行事神秘莫测，像谜一般的人。

中午时分，沉寂了一段时间的牟梨，怀着异常激动的心情，去公社参加粉碎"四人帮"后的第一次高考报名申请，不仅是牟梨，还有她的手下，都跃跃欲试，准备参加高考报名申请。

这些老三届知青，人人都想通过这次高考改变自己的命运，考回自己想去的城市。牟梨是第一个到新任公社书记黄诚勇办公室申请报考的。

黄诚勇见牟梨来了，叫她坐下说。牟梨没能抑制住自己激动的心情，开门见山地说："黄书记，我申请参加今年冬季的高考。"她说完，把自己已经写好的申请报告递给黄诚勇。她喜形于色，脸上满怀期待，似乎黄诚勇只要一批准她参加高考，她就会如愿以偿地考上理想的大学，就能够通过考试回城，离开这里。

黄诚勇慢条斯理地说："这几年通过招工、招干、顶班、保送上大学、参军等形式，一些知识青年已经就业，但仍然有大批知识青年没有很好地就业，再也不能靠搞运动代替就业了。粉碎'四人帮'后，国家可以说是百废待兴，积压的问题太多了，林彪、江青两个反革命集团给党和国家带来的混乱和损失是巨大的，什么都以阶级划线、唯成分论，动辄就是'无产阶级专政下继续革命'，新中国成立二十多年了，人民的生活还是那么苦，我们的国家太穷了，应该发展社会生产力，改善人民的生活水平。'大鸣、大放、大辩论、大字报'怎么是人民群众创造的社会主义革命的新形式呢？这样让思想路线、政治路线和组织路线都遭到了很大的破坏。"

新任公社书记黄诚勇议论这些话题，牟梨感到很意外，感到震惊。他这样的话如果放在1976年10月6日前，她就会以火场"文革"领导小组的名义和他进行坚决的斗争，但如今"文革"已经结束了，她头上已经没有了这个光环，不想和黄诚勇据理力争，她今天来的重点不是和他大辩论，她是来送签申请报告报考的。她心里明白黄诚勇讲这些，也是在否定她十多年的工作，还可以理解为是对她的一种面对面的羞辱。可是，今昔非往昔，"文革"结束了，她说什么都是苍白无力的。火场公社"文革"领导小组已经解散了，她再也不能代表火场公社"文革"领导小组发号施令了，本来想回敬黄诚勇的话已到嘴边，今天的她却强忍了下来，她提醒自己"文革"已经结束了，她的合法性受到质疑，她在公社还挂着一个火场公社副主任的虚衔——她预感也会很快被撤掉。

一个人如果没有人问津，或休官失势之后，门庭冷落车马稀少，通常用门可罗雀来形容。牟梨现在的门前是没有雀可罗，除了钟吉祥依然如故在她左右跟随晃悠外，她几乎成了孤家寡人，连她手下的几大金刚也开始和她切割。

第六十二章
组长自负申请报考　书记自信拖延审批

黄诚勇此时饶有兴致地高谈阔论，大讲特讲党中央一举粉碎"四人帮"的历史功绩，结束十年"文化大革命"的英明决定。他就是只字不提粉碎"四人帮"后的第一次全国高考，也就无从谈起关于审批牟梨送上来的申请报告。

过了一会儿，牟梨实在是没法淡定了，她弱弱地问了一句："黄书记您看，这个申请报告……"黄诚勇继续他的谈话，他说："'文革'结束后，国家的工作重心是肃清'四人帮'的流毒，把国家带向正常的轨道，要拨乱反正。邓小平同志出山后，主抓文教工作，他认为我国经过十年'文革'后，最缺的是人才，尤其是一流的科技人才，优秀人才的培养离不开教育，小平同志基于这些考虑亲自决定今年冬季举行'文革'结束后的第一次高考。"牟梨见黄诚勇终于提到高考了，于是，她便抓住机会插话，她说："中断八年多的高考终于恢复了，真是一件大快人心的事，我们'老三届'现在的年龄都快30岁了，有的学生已过30岁，今年高考规定报考年龄是不超过30岁，不论婚否。还好我是虚岁30岁，刚好符合报考的年龄要求。"

黄诚勇仍然没有正面搭理牟梨的话，只顾自己边喝茶边发表高论。他说："恢复高考是国家建设的需要。十年'文革'导致国家人才凋敝，1977年的高考一定会是载入史册的一次高考。高考来了，那么我们如何为国家输送优质的生源呢？选什么样的人才送给国家呢？这个问题以前我们讲的政治挂帅，政审很重要。"

牟梨接过话茬，她说："我赞同黄书记的观点，今年冬季恢复高考意义的确很深远，上级提出的报考条件较以往'自愿报名，群众推荐，领导批准，学校复审'有很大的不同，邓小平同志首次提出了：'政治审查主要看本人表现，破除唯成分论'。"

"小平同志的话符合实际，但不代表有前科的'地、富、反、坏、右'黑五类子女可以报考大学。"

牟梨精神为之一振，她急切地说："黄书记明察秋毫，有前科的'黑五类'子女不管在什么时候，都是人民的公敌。"

黄诚勇瞥了她一眼，自顾自地说："有些人在'文化大革命'中，作恶多端，有命案的人，对国家、社会造成巨大损害的人，就是本人表现不合格的人。"

"按黄书记的思路，我可不可以理解为：本人表现好坏，比家庭成分是不是'黑五类'还要重要？不唯成分，唯个人表现，个人表现如何评判呢？没有一个统一的尺子。"

"邓小平同志讲得很清楚，政审主要看本人表现，所谓本人表现，肯定是本人在'文化大革命'中表现好，没有组织参与打砸抢烧，手上没有人命案，没有给人民的生命财产造成损失的人。'文革'中的表现好，不是说在'文化大革命'运动中整人积极，破坏有力；在'文革'中组织参与破坏政治路线、组织路线和思想路线的人，肯定不属于个人表现好的范畴。相反，这些人，才是'文革'的罪魁祸首。"黄诚勇的话，令坐在黄诚勇对面椅子上的牟梨如坐针毡，她感觉自己像是一个被审讯的犯人。

岁月无声地从身边掠过，总带起一阵阵悻悻然的腥风。

牟梨心里很清楚，黄诚勇讲的这些完全是针对她的，她心中感到前所未有的慌乱，她强抑心中的愤怒。十几年来，还没有一个人敢在她的面前如此放肆。她想到了前任公社书记魏公稿，以及村领袖姚革新等公社干部和大队干部，和她斗的人，都被她一个个送到牢笼和牛棚里。曾几何时，她是多么的威风，公社干部、大队干部以及村中老幼哪个见了她

不叫一声"牟组长",哪个在她面前不是恭敬有加。现如今,黄大长的儿子黄诚勇当了公社书记,"文革"已经结束,她没有了这个火场公社"文革"领导小组组长的头衔,让她失去了发号施令的权力。她瞬间失掉了号召力,不仅是牟梨深感不适,无所适从,而且她手下的几大金刚,也是像泄了气的皮球一样,感到迷茫彷徨,整天无所事事。好在全国要恢复高考了,这下知识青年由狂热的政治转向对自己命运前途的再思考,大家心里都明白,1977年的高考将成为改变他们命运的独木桥。牟梨以她独特的眼光、缜密的思维,预判到中国社会的又一次巨大变革来临了。她目前的处境可以说是十多年来从未遇到过的,公社那些干部、大队、生产队、各小组的村干部,用一种异样的目光审视她,用恶毒的语言冷嘲热讽她。过去十几年运动中挨整的人,要反攻倒算了。她抢了别人风头,那些怀恨在心的人,甚至一些昔日的部下,那些屈居其下的人,也看到了政治风向标,对她更是爱理不理;有的开始有意识地和她划清界限;有些人,事不关己,高高挂起,看热闹不怕场面大;有些人背后添油加醋,不负责任地编排她的闲话。人心之险,人性之恶,在面对抉择的时候就会暴露无遗。

牟梨的思绪有些游离,她想到前天经过李老拐门前时,他老婆符开春立即开骂她。

回来的路上又碰到了"四寸银莲"英姑,她马上开骂道:"蛇蝎心肠的坏女人,'文革'结束了,还赖着不走,在我们火场招摇,立秋了,蹦跶不了几天了。"

这天下午,牟梨在公社大院门口和民兵连长符德埘正在说话,嗷呜看到后,几步走向前,用手拐子迎面把牟梨撞了一个趔趄,反手抓起自己男人符德埘,破口大骂道:"看到女人就没长骨头了,只要是个母的,眼珠子就转不动了。"

牟梨的思绪回到眼前,黄诚勇仍然在高谈阔论,只是只字不提她申请高考的事,牟梨心中有些急,等这一天已经是十多年了,想参加今年高考的人肯定会很多,粉碎"四人帮"后,国家百废待兴,基层也需要有知识的年轻人做事,不是人人都能参加高考的,她担心往后要求参考的人多而不好签字,于是,她更加想今天把这个报告签下来。她不知黄诚勇葫芦里卖的什么药,试探性地问了一下:"黄书记,时间不早了,你看我的申请报告今天能签字吗?"

黄诚勇没有接牟梨的话,他慢条斯理地告诉牟梨另一条消息。他说:"太叔晁在'文革'期间积极参与打砸抢烧,经调查,他是'四人帮'反革命集团在火场公社的爪牙。当年由于他的推动,直接导致南宫怒和申屠彧用红缨枪捅死了老篾头,县法院已宣判其死刑,立即执行。"

"啊!他起间接作用,是南宫怒和申屠彧用红缨枪误杀了老篾头。"

"南宫怒和申屠彧已死,太叔晁杀人偿命。"

"把他也埋在毛栗垭红卫兵墓地吧。"牟梨眼含泪水,喃喃自语。

黄诚勇从鼻腔里轻蔑地"嗯"了一声。

"黄书记。"这时从牟梨的背后忽然传来一声娇滴滴的声音,牟梨不用往后看,这种娇滴滴的声音,全公社也只有邓佳丽一人。邓佳丽心急火燎地来找黄诚勇,她看到牟梨坐在那里,和黄诚勇在说话,看上去两人好像聊了蛮久,脸上有些尴尬。

"文革"结束之后,随着政治风向的转变,邓佳丽和所有知青一样,都自觉地和牟梨划清了界限。

第六十二章
组长自负申请报考　书记自信拖延审批

如果换在过去，她肯定会主动和牟梨"套磁"，现时不似往昔，粉碎"四人帮"后，"文革"结束了，全国上下都在反思"文革"，甚至有声音要清算"文革"。牟梨作为火场历届运动的老资格"组长"，毫无疑问，处在风口浪尖上。"文革"结束了，她的火场公社"文革"领导小组组长的头衔也自然消失了。她整天无所事事，除了钟吉祥紧跟她，她就是一个光杆司令。她实在是闲得慌时，就主动找几个过去的"部下"聊聊，或去和她过从甚密的人家里，找人搭讪。

凭着她的智慧和政治敏锐性，她已经预感到国家政治风云的变化，一场更大的巨变将不可逆转，她感觉到不适、彷徨、迷茫。她感到自己人生前途可能被完全颠覆，一种不祥之感袭遍她的全身。

"丽人醉"对她的无视，让她的自尊心受到了极大的伤害，黄诚勇顾左右而言他，貌似对她的一种戏弄。

"黄书记，这是我参加高考的申请报告，请您审批！"

牟梨见黄诚勇和邓佳丽长时间地说笑，完全无视她的存在，内心早已有一股无名火在向外喷涌，但此时非彼时，世易时移。她努力调整自己的心态，脸上保持固化的微笑，性感的嘴唇微微翘起，但始终没有说出片言只语，任由他两个人无视自己。她明白自己已经不是过去的牟组长了，这个时候只要一开口，好话坏话都会被他们两个人嫌弃而妄加批驳，结果一定是自己下不了台面。她历经风雨，见过大世面，干过同龄人不敢想象的大事。牟梨就是牟梨，她气定神闲，她既不能流露出对他们轻狂的鄙薄，又不能说出或在神态上显露出对他们互相吹捧的赞赏，此时，她唯一能做的就是"等"，等他们把无聊聊完，说累了，总该回归主题了吧。

见时间差不多，邓佳丽说完起身准备离开，这时赫连菁菁大踏步走进黄诚勇的办公室，身后跟着崔产愫。黄诚勇招呼她，她人还没有坐下，便说道："黄书记，这是我们工宣队调查的结论。"她边说边把一摞资料交给黄诚勇看。

邓佳丽见崔产愫来了，很欢喜，她问道："愫愫姐，好久不见，想死你了，你什么时候回火场的？"

"我刚刚到，跃京他想周莫衿了，叫我接他回城里住段时间。我来看看周莫衿他爷爷。"

"愫愫姐，你这次来了，要多住几天，大家都想你了。"

"丽丽啊，粉碎了'四人帮'，国家百废待兴，你是不知道，跃京他们不知有多忙，我哪里走得开呀。"

"愫愫姐，代问庞书记好！"

"跃京常年受到极'左'思想的打压迫害，身体不好。十年内乱，积压的事情又特别多，他把一天都当两天在用。我也是工作、家庭两头跑。"

"是啊，越是这样，越要注意身体，身体才是革命的本钱。"邓佳丽转向赫连菁菁，说，"菁菁队长，这段时间你有点神秘哟，这么久不见你的人影子，你去哪儿了？谈恋爱去了吧？这些资料都是啥东西？"她口里说着，手已经伸到黄诚勇办公桌前的那一摞纸。

赫连菁菁见状，立即制止，说："丽丽，这些材料暂时还不能公开，黄书记审阅后，还要进一步充实材料，再报县委。"

"什么重要材料呀，神秘兮兮的，该不会是对'文革'余孽的清算吧？"邓佳丽的每句话都深深地刺痛牟梨的心。她说话间那种对牟梨质疑的眼神，不亚于直接点了牟梨的名。

邓佳丽激动地鼓起了双手，赫连菁菁也鼓掌，牟梨依然镇定，从脸上看不出她有丝毫的恐慌。她已经感受到前所未有的窒息，空气中似乎弥漫着一股阴冷的杀气。正在踌躇间，一些知青和返乡知识青年来了，他们都是来给黄诚勇递申请参加高考报名的，黄诚勇很高兴地接收他们的报考申请。他说："只要工宣队和公社集体政审没问题，我们都签，全力支持知识青年参加今年的高考。"

牟梨说："中央已经发话了，粉碎'四人帮'后的第一次高考注重的是考生个人表现。以前保送读'工农兵大学'是'自愿报名，群众推荐，领导批准，学校复审'，今年恢复高考，中央提出'政治审查，主要看本人表现，破除唯成分论'。高考招生主要抓两条：第一是本人表现好；第二条是择优录取。十年'文革'没有高考，老三届、新三届对恢复高考充满着期待，都想报考，考上大学，实现人生梦想。上周我们一些知青在一起讨论恢复高考的意义，不少人在到处找书复习，由于手头的资料确实有限，甚至连一本可以用来复习的教科书都没有，但是大家还是充满激情，能借的借，不能借的就用笔抄；大家在一起畅想人生，讨论未来，不战斗，再年轻也已经衰老。战斗，再年老也会永葆青春。"

黄诚勇停下看材料的目光，往牟梨脸上瞻盹良久，"哼哼"两下，说："牟大组长还真是苈臣忧国。"

谢采采已经来了多时，她在思考该如何阐明自己的观点，她说："政治审查，主要看本人表现，破除唯成分论。上面讲的这一条包含几层意思：一是主要针对成分不好的地主、富农子女等人，只要本人现实表现好，历史清白，可以不看成分，允许报考；二是地主、富农子女成分不好，在历史上个人表现差，甚至有罪，就不能参加高考，不能让作恶的人混入高等学校；三是除去阶级成分不好的这部分人，本人表现就是在工作和生活等方面没有违法乱纪，但是在政治运动中犯有严重错误或给党和国家、人民群众造成严重损失的人，政审肯定过不了关。"

谢采采作为工宣队副队长，和赫连菁菁先后出现在黄诚勇的办公室，这说明是有目的的安排，并非偶然，她发表的一通讲话，明眼人一看就能看出了其中端倪。

谢采采发表高论后，赫连菁菁马上接过她的话，说道："那些在'文革'中，恣意妄为犯有故意破坏罪，涉嫌打、砸、抢犯罪，逼死人命的罪魁祸首，不但不能同意报考大学，而且要彻底清算。"

邓佳丽说："菁菁和采采两个正副队长讲得十分正确，我听了后深受教育，如果说以前心中尚有一些疑窦，那么现在所有的疑惑都已经解除。我是不是可以这样认为，那些在'文革'中作恶的人，比地主、富农子女还要可恶，即使是地主、富农子女的阶级成分也可以忽略不计，也不能放过那些在历次政治运动中的首恶、惯犯，那些造成恶劣影响、具有破坏力的人或事就不能放过，这些人不但不能被允许报考，而且要彻底清算，给人们一个交代。"

谢采采说："对头。"她给邓佳丽竖起了大拇指。

邓佳丽和谢采采两人说话不对付，但在这个问题上，她俩的观点却惊人的相似，也就是说，在指向牟梨的问题上，她俩是一致的。

牟梨心里明白，黄诚勇办公室里的"戏"就是专门演给她看的。她感到报考的事八成黄了，黄诚勇不会在她的高考申请报告上签字，不但不会给她签字，而且极有可能采取特别行动，因为从赫连菁菁交给黄诚勇的材料以及黄诚勇看材料时，用眼瞟自己的神色，她预感到有事要发生。还有邓佳丽每句话中有火药味，谢采采富有攻击性的语言，让牟梨感到来自对立面的压力。

牟梨找黄诚勇的时间已经够长了，许久没有返回，让莫京感到不正常，因为牟梨答应晚上在莫京家里吃饭。于是，莫京和莫夜香就早早地准备了晚饭。莫京以为牟梨早应从公社回来了，说不定去了钟吉祥屋里。他就来到钟吉祥屋里，见钟吉祥一个人在家里"躺平"，便问了钟吉祥见到牟梨没有，钟吉祥说牟梨没有来过，莫京讲了前情，两人便一起到公社大院里找牟梨。很快在黄诚勇办公室里见到几个人"围剿"牟梨。

莫京见到牟梨问道："牟组长，你报考大学的申请报告黄诚勇书记签了没有？给你的晚饭早就煮熟，放桌上有一阵子了，再不吃就凉了。"

黄诚勇没等牟梨回话，抢先说道："京叔，政治审查，是报考大学必要的程序，过去是踢开党委闹革命，现在是党委一元化领导，公社党委还没有开会，政审是很严肃的事情，是个人都想报考，那还要党委政审干什么。你也是老同志了，不该问的不要问。"

钟吉祥涨红着脸，气呼呼地说："牟组长可不是随便一个人，她如果都不能报考，那么所有知青都不能报考，因为她既是知青头，又是火场'文革'头。"

钟吉祥讲话带情绪，还是"文革"时期讲话行事的风格，黄诚勇颇为不悦。他说："钟吉祥，我刚才和京叔讲的话，你没长耳朵是吗？你还想做党委的主是吗？我要告诉你，不管是谁都没有特权，都必须在党委的政审合格后才能报考，你莫到我这里耍横，我不吃那一套，'文革'都结束了，还是满嘴'文革'语言。"

钟吉祥还准备说点什么，牟梨举起手示意他不要说话。黄诚勇要赫连菁菁负责收一下报考人员的申请报告。

黄诚勇说："报考人员的申请报告收齐后，开党委会研究决定，对每一个报考人员负责，政审不过关的不能报考。"

递报考申请的人陆续离开，钟吉祥邀牟梨一起离开，她第一次十分顺从地跟随钟吉祥离开黄诚勇办公室，跟莫京他们一起去吃晚饭。

黄诚勇说有事商量，便留下赫连菁菁和谢采采。

第六十三章
高考政审牟梨遭拒　五类分子重获新生

自从公社广播站播报了恢复高考的消息后，火场这个小山村立即沸腾了，人们奔走相告，年轻人备战高考，成为谈论最多的话题。

知识青年踊跃报名，都想通过高考改变自己的命运。生产队出工时，有些人出工不出力，有些人干脆称病懒得出工，躲在房里复习功课。生产队开大会时，队长周大明对一些躲懒的知青提出了严厉的批评，他声言对于那些故意旷工或出工躲懒的知青，生产队不但要扣工分，而且可以在报考申请上不签意见，此话一出立即遭到知青的群起反对，皇甫赟为此就和周大明闹翻了。

那天皇甫赟找生产队队长周大明签报考申请，周大明瞟一眼不但不予签字，而且手指着皇甫赟的鼻子尖骂道："一条四眼客，口气还真不小呢，取个名字都贪心，文武双全还有钱，这世上什么好事都让你一个人占全了，别人还怎么活。你看你这几天出的工，不是装病就是窝工，一丘麦子愣是被你当韭菜除得个稀烂，四只眼睛还不如别人两只眼睛，简直就是在搞破坏，若改在'文革'时期，早已一索子把你绑起来游街示众了。摆什么知识分子的臭架子，从你们这些人的身上可以看出毛主席真的英明伟大，像你这种人不去上山下乡，还真的会把麦子当韭菜割。"

皇甫赟被他骂得睁不开眼，他自然是没签到字，于是，他就跑到牟梨那里，想请她想办法。牟梨说："我的报考申请经生产队、大队签字审核后，最后卡在公社书记黄诚勇那里，也不知他的葫芦里卖的什么药，如果我今年错过了高考，明年就报考不了了，我超龄了。"

皇甫赟哭丧着脸，牟梨略一思忖，她说："今后人前人后，不要叫我牟组长了，'文革'小组的历史使命已经结束了，现在社会上对'文革'的反响不好，至于你想报考这个容易，你比我还容易签。"

牟梨把嘴巴对准皇甫赟的耳朵，如此这般的一说，皇甫赟感到蹊跷，问道："牟组长，你的面子肯定比我大得多，谁不知道你的大名、你的能力水平呀！"

牟梨"嗯"的一声，对皇甫赟仍然叫她牟组长表示不悦。皇甫赟连忙解释道："看我这人，记性被狗吃了，今后我不叫牟组长，叫牟副主任。"

"错，我的公社副主任一职刚刚也被免除了，今后就叫我名字吧，也可以叫我梨姐。"

"怎么会这样啊！为了火场公社的'文化大革命'，你付出了多大的辛劳啊，你做的工作，上级也是知道的，是高度肯定的呀！"

"'文革'结束了，我的历史使命也该结束了，现在社会上污蔑'文革'的大有人在。他们正在酝酿一场阴谋——否定'文革'。"

她无奈地安慰着昔日的手下干将："今后说话做事要谨慎，不比以前了知道吗？我想我们这个国家很快又会进入一个新的时期——完全不同于以往的任何一个时代。"

皇甫赟似乎没有听懂，用手推着眼镜发愣。"你报考的事不是个事，你去找姚革新，周大明只听他的，他如果肯为你讲话，周大明就会签字。你去找姚革新态度诚恳一点，说明你的真实想法，他一定会叫周大明签字的，姚革新也会很快给你签字，两人签字后，你把报告送给黄诚勇，我们大家都在等他统一签字。"

"牟组长，哦对了，梨姐，上面不是说了吗？看个人表现，自愿报名吗？"面对眼前站立的手下，她有些不屑而又露出同情。她说："所谓天高皇帝远，你以为这里是说理的地方吗？这里是火场，一个小小的大队书记姚革新就能决定你的命运。"

"那我们怎么办？"

第六十三章
高考政审牟梨遭拒　五类分子重获新生

"以不变应万变，静观其变。"

皇甫赟好像听懂了，扭了两下脖子，又似乎没有听懂，耷拉着脑袋离开了。

事情果然不出牟梨所料，皇甫赟找到姚革新后，说明了缘由。偏脑壳符富厚的小儿子符堃这时正在这里玩，姚革新就叫他去把周大明找来。周大明一到屋，姚革新说皇甫赟想报考，叫他给签字，周大明拿眼珠子往皇甫赟脸上鼓，二话不说，拿起姚革新给的笔，爽快地签了字。

两天后，知青们都陆续从黄诚勇手里取到了由他签字的报考申请，牟梨知道后，也很兴奋地前去取自己写的报考申请。她到公社办公室找黄诚勇，办公室主任姚改革告诉牟梨，黄书记不在。牟梨问姚改革："我的报考申请黄书记签好了吗？"

"公社党委已经开了专题会议，重点研究了这次知识青年报考大学的事，除了在'文革'中犯有严重错误的人或有案件公安机关还处在取证调查的对象外，其余报考知识青年的申请报告黄书记都已签字。签字报告陆续取走了，没见你的申请报告。"

"我是火场送高考申请报告的第一人。"

"没听黄书记说，具体是什么情况，你要等黄书记回来，向他询问。"牟梨不再说话，坐在办公室等黄诚勇。

大仲马曾经说过：人类的全部智慧都可以包含在两个词里面——等待与希望。牟梨从晌午开始，等到晚上掌灯时分，黄诚勇和赫连菁菁从外边风风火火走回来。牟梨满怀欣喜地迎上去，张口便问道："黄书记，我来取高考申请报告。"黄诚勇并不接她的话，走到办公桌边，打开抽屉，从里面拿出一沓材料，头也不回地把材料递给牟梨，牟梨心中一阵窃喜，以为黄诚勇给的是她写的申请报告。她接过材料一看，她的神色遽然慌张了起来。

黄诚勇交给牟梨的材料不是别的，是赫连菁菁的工宣队和县"文革"专案组对牟梨的联合调查材料，主要调查了她的历史背景、社会关系以及在"文革"中她所犯下的严重错误。

调查材料显示：牟梨的外祖父名叫欧阳国俊，曾在天津警备司令部任国民党军官，1949年1月14日上午10时，人民解放军发起天津战役总攻，他在战斗中，被人民解放军击毙；牟梨外祖叔欧阳国杰在第四次长沙会战之前，当过伪保长，给日军做事，是个大汉奸，后来死于乱军之中；牟梨的父母都是大学教授，在"文化大革命"中，南下湖南，在五七干校劳动改造，思想顽固反动，两人用死作武器，自绝于人民；牟梨家庭主要成员和主要社会关系存在严重的历史污点和疑点，没有搞清楚，还需要进一步调查核实。她本人在历次政治运动中，尤其是"文革"中犯有严重错误。

牟梨的高考申请报告，公社党委没有通过，除牟梨以外，其他要求参加高考的申报人员都获批报考。

1977年冬季高考如约而至，慕容樱桃、赫连菁菁和邓佳丽等人从考场走出来，等候在考场外的姚改革说："看你们的样子，应该考得不错吧，题目难不难？作文题是什么？"

邓佳丽回答道："题目不难，作文题是'心中有话向党说'。"

赫连菁菁说："姚改革，你没能参加高考，太可惜了。你出院了？身体怎么样了？作文题一点都不难，'文革'十年，我心中真的有很多话要向党说，我写得疯快。"

"那就好，恭喜你们，我也不知道何时能出院，住院了就听医生的吧。今天是高考最

后一天，赶在你们考完了，看看你们，因病不能参加这次高考是我的遗憾。"

"改革你也不要太难过，国家既然恢复了高考，明年你还可以考，你得的又不是什么绝症。"慕容樱桃说话直来直去，邓佳丽用手轻轻地拽了一下她的衣袖，慕容樱桃意识到自己说话太过直白，有些尴尬，她马上补充了一句："这次高考题目的确不难，只是我们丢下书本时间太长了，有些题目心里明白怎么做，但在做的过程中还是容易犯错。姚改革这次如果参考了，凭他的文化功底，这样的题目难度，他一定能考个好成绩，进入理想的大学。"

"改革你还要几天可以出院？我们等你一起回火场。"邓佳丽关切地问了同一个问题。姚改革有些凄然，轻轻地回答一声："我也想同你们一起回去，医生说我还要治疗一段时间。"

这时，赫连菁菁找了一台双排座车，需要赶回火场的知青和社会青年爬上车，邓佳丽最后一个上车，上车前她问姚改革："谢采采呢，你这么重的病，住院了她怎么没有来照顾你？"

"我没事，她和黄诚勇有工作忙去了。"

"哼哼，你要照顾好自己，把身体治疗好，我过两天来看你。"邓佳丽没有上车的意思，"你知道竹子定律吗？竹子用了四年时间仅仅长了3厘米，从第五年开始，以每天30厘米的速度，疯狂生长，仅仅用六周，就能长到15米，其实在前面的四年，竹子将根埋在土壤里，延伸了数百米。也许你现在所做的事情，暂时看不到成功，但是千万不要放弃，你不是在成长，你是在扎根。"

姚改革"嗯"了一声，向她投去感激的目光，他把邓佳丽送到车上，望着双排座车徐徐开动，迅速奔向远方，他用手揉了揉湿润的眼睛。

高考最后一天的晚上，牟梨把钟吉祥和莫京约到自己住所，做了几道时令小菜，把钟吉祥从下寨溪里摸的新鲜鱼烩了一锅，莫京从自家屋里提了一壶"苞谷烧"，三个人围着炭火吹炉子喝酒，牟梨喝高了，说话的声音特别大。

"我来这里是受组织委派，我按指令行事，我有什么错？说我外祖父和外祖叔是国民党，是大汉奸、伪保长，谁见过？是不是？没有证据吗，工宣队调查取证的真实性、可靠性拿什么做保证，工宣队能代表正确吗？我们这里'文革'期间所发生的事情，都事先报告了县'文革'领导小组。我错在哪里？何罪之有？怎么到现在什么事都要我一个小女子承担？我怎么承担得了？现如今怎么把所有的屎盆子都往我头上扣啊？"

"牟组长，你没有错，错在发号施令的人。不要说了，这是公社，人多口杂，你对工宣队不满会带来麻烦的。"莫京提醒牟梨小点声。

"什么麻烦不麻烦，总不会判死刑吧，为了革命工作，死又有何惧。"牟梨说话有些激动。

钟吉祥劝她休息一下，别再喝了，牟梨用手使劲一拔，把钟吉祥的酒杯打落在地上。牟梨准备站起来，身子摇晃得厉害，钟吉祥一把抱住她，劝她坐下。钟吉祥去取杯子，杯子取来后，提过酒壶，用手摇了摇，说："牟梨，酒壶里没酒了，酒被我们喝干了。"

"吉祥，现在连你也欺负我了是吗？"

"吉祥不敢，吉祥不会。"

第六十三章
高考政审牟梨遭拒　五类分子重获新生

"那酒壶里至少还有三杯酒，你以为我喝醉了，我没醉，我心里敞亮得很。"

"牟梨，咱不喝了好吗？真的，你不能再喝了。酒喝多了伤身体，你玉体要紧！"

"一个大男人，就喜欢婆婆妈妈，喝酒都怕，还能做什么事？"她说完一把抓过酒壶，给三个杯子倒酒——刚好三满杯。

莫京和钟吉祥向牟梨投去赞赏的目光，直夸牟梨英明神算。

"不让我考，就不考嘛，为什么还要想着法子调查这、调查那的？为了阻止我参加这次高考，他们可以说是想破脑壳，削尖脑袋。"

"是啊！牟组长这次失去了高考机会，今后就再也无缘高考了——超龄了。"莫京说，"按牟组长的知识水平，只要让她参考，准能考个好大学，这世道太不公平了。"

"有双手还怕讨不到吃吗？"钟吉祥讲了一句似乎有道理的话安慰牟梨，"上帝为你关闭了一扇门，就一定会为你打开一扇窗。"

"你倒是说得轻巧，牟组长的手是一双拿笔杆子的手，不是你我这双修地球的手，知道吗？上帝那么好，那么阳光普照，世间就没有走投无路的人了。"莫京说道。牟梨给莫京竖起了大拇指："说得精辟、通透。"

这可能是她到火场多年来，首次夸赞莫京，莫京受宠若惊，说："牟组长，啥也不说了，我莫京虽然没有什么大本事，但也不随便服谁，我独服你。"话音刚落，拿过牟梨的酒杯一饮而尽。

"说你们是土豹子还真是土豹子，喝的又不是水，哪兴这么喝酒呀。不过你今天的表现真够爷们。"莫京觉得牟梨醉酒后思路还是那么清晰，人更加充满激情，浑身上下散发出迷人的光芒，他的眼睛死死瞪住牟梨的脸蛋，直咽口水。

钟吉祥见莫京那双想吃人的眼睛，起先是"嗯嗯"两声，见莫京的眼珠子在牟梨身上扫射，仍然一动不动，正准备动手拍打他一下，牟梨说："革命工作只有分工不同，没有贵贱之分。拿笔杆子和拿锄把子都是工作的需要，都在不同的岗位上为国家做贡献。"她双眼迷离，轻叹了一声，说道："我今年三十岁了，是高考压线的年龄，失去了这次高考机会，此生再也无缘高考了。你们不参加高考，还可以修地球，我将来恐怕连修地球的资格都没有了。"

钟吉祥瞪着满眼的疑惑，说道："牟梨，不要说这些丧气话，就凭你的才能到哪里都是一流，不让高考，咱就不高考，高考还能当饭吃呀？不读大学同样闹革命。你是县革委会、县'文革'领导小组派来火场领导革命的，上面不会不管你。"

"是的，牟组长，你还年轻，万事皆有可能。这些丧气话可不是你的性格，不要因为这次没能参加高考就灰心丧气。"

牟梨醉意阑珊，趴在小饭桌上，用手摆了摆，说："你们今后不要再叫我组长、组短了，此一时也，彼一时也，变天了。"

钟吉祥站起身，往窗台望了望，说："没变天啊，没有雨脚。"牟梨抬起头，往钟吉祥看了一眼，苦笑了一声，凄清地说了一句："时候不早了，我休息一下，你们也散了吧。"

莫京说："时代变了，变得让人没法理解了。"两人悻悻然离开了。

根据高考估分填报志愿，慕容樱桃、邓佳丽等人不出所料，先后被高校录取。赫连菁菁、上官刈等人1977年高考落榜，八个月后，两人参加78级全国高考，也被大学录取。

同年 10 月，当年同牟梨上山下乡的知青或考大学，考不上的招工、顶父母班、参军回城就业，都变戏法地离开了火场。

皇甫赟当年作为下放知青，时常挂在嘴边的一句话就是"与工农相结合，接受贫下中农再教育"。符富厚、莫京等人就用激将法开他的玩笑，说他每天就知道喊口号，没有实际行动，有本事你就来真的，和贫下中农联姻，就说明是真心想"接受贫下中农再教育，与工农相结合"。

憨厚执拗的皇甫赟赌气和当地一个名叫周小春的女子结识了，由于到结婚年龄还差半岁，就按照当地习俗拜堂成婚，在当时，一时传为佳话，当地小报长篇累牍地进行了报道，被树立为知青与贫下中农相结合的典范。后来一直也没领结婚证，这桩婚姻本来不被看好，但在当时却成了政治宣传报道的头条，两人经过磨合期，也就过着寻常的日子，生育了一双儿女。随着知青返城浪潮的到来，大批知青陆续返城并妥善安置了工作，加之来自父母的压力，高考落选后，忍痛丢下一双儿女，独自一人返城了。

牟梨赖以慰藉的最后一个知青同伴也走了。她始终没有接到返城的通知，她陷入了极度孤独、迷茫和痛苦之中。她像兀立于田畴之间的一根电杆，任凭风吹雨打、日晒雨淋。

时代的变迁，让牟梨感到前所未有的惶恐，整天躲在房里不出门，虽然屋外仍然时有口号声，但已经不是当年她所领导的模样，贴在墙上的大型标语口号，已不是当年的内容。

牟梨多年以来，有一个看报纸的习惯，喜欢看《人民日报》。《人民日报》是国家的喉舌，是她每天要看的报纸，她善于从《人民日报》中了解实时动态，掌握国家大政方针。皇甫赟返城的当天，丢给她一份当天的《人民日报》，并用手指指着报纸说："'地、富'翻天了，时代严重倒退了。"

牟梨不言不语，拿过报纸，往报纸上一看，是关于地主、富农分子摘帽问题和地主、富农子女成分问题的大讨论，她感觉到问题的严重性超出了她的想象力，她忍不住向县委书记庞跃京打了一个电话，表明态度。被庞跃京严厉批评，说她死抱"文革"思维不变，要解放思想，实事求是。"无产阶级专政下继续革命的理论"和"以阶级斗争为纲"的口号是错误的，通过几十年的教育改造，"地、富"及其子女已经改造为新人，他们也是公社中的一员。劝她要反思错误，不要一错再错，一条道上走到黑，回头是岸。

牟梨哑然，握着电话的手，有些颤抖。县委书记庞跃京的话，不可谓不重，她心里很清楚，等着她的，说不定是牢狱之灾。

今天又逢火场赶集了，天冷极。

袁延顺手提一个罐，罐里用草木灰拢着一小截木炭，他抱着罐取暖。他的周围聚集着一些大口吃东西、大声扯闲谈的主。这段时间，据说他特别活跃，经常发表高论："取消阶级成分，是划时代的人性大进步。"

昔日的大地主包春梅、符德佬、富农袁延顺、周成邳第一次抬了头，脸上的阴云一扫而光。周家大院过去的老姐妹有了来往，可能是应了那句老话：人逢喜事精神爽。包春梅的院子里，几十年来出现了少有的欢笑。

符彩儿、莫夜香、姚娆、小杏儿等人邀约一起去周家大院看望"大姐"——包春梅。何为周家大院？这里有一个小故事。周家大院自光绪二十六年（1900 年）一场火灾后，景况大不如前，宣统元年（1909年）又遭遇兵匪洗劫，大伤元气。民国元年（1912年），周保旺他爹做了一个贩盐商，兼做绸丝生意，家道中兴，购置了大片良田山林，修葺了周家大院，虽景况逊于当年，在当地也算是显赫一方，富庶有余。

周家大院整个房屋是由"跑马楼"和"吊脚楼"组成，俗话说："铁匠难打钓鱼钩，木匠难修跑马楼"，周保旺的"跑马楼"，规模宏大，住房分上下两层，楼上四周设有走廊，围起雕花栏秆，显得富丽堂皇。起在岩礅上的"吊脚楼"，下临峭壁或山塘、溪涧。根据地势依山傍水修建。楼脚伸出，让一排屋柱悬吊在空中，楼下为行人过道或牛羊进出的通道。

周家大院四周砌有厚厚的隔火墙，几间木制楼房围成窨子屋，从窨子屋天窗看，天气晴朗时，可以看见湛蓝的天空，几间木屋围成"井"字形，另几间木屋又围成另一个"井"字，房屋按东西南北排列成"井"字，显得十分庄严肃穆，自成一体严丝合缝。中间是一块大的坪场，据说，当年周保旺的祖上家丁人数可以与县城保安团比，并且装备精良，县太爷都要礼让周老爷子几分。因为周老爷子与省城的大官巨贾有生意，往来交情甚好。周家大院占地面积大，起初的规模一百多亩地，周老爷子做的是黄金珠宝矿石生意，省城也有置业，有外宅，他成了省城、县城官员的提款机。周家大院四周的大山，自然也都是周家的，山体形成了自然的屏障，老爷子在山上派有家丁看守隘口要道，附近村民大多属于周家佃户，周家大院俨然是一个独立的王国。

周美孜按过去的礼数叫上一句；二娘、三娘、四娘。包春梅老态龙钟，她让周美孜把她扶到那张依然完好的太师椅上，坐稳当后，她颤巍巍地呷了一口茶，端着大房的架子，扫视了一眼端坐在小椅上的昔日的姐妹。这里原是她从前召集周保旺的几房姨太太和周家下人的地方，相当于训诫厅。如今早已没有了昔日的威势场面，原属几房的楠木椅，早被红卫兵作为"四旧"砸烂，付之一炬。如今她们上门来就只能坐在小竹椅上了。大家坐下来后，包春梅不无讥讽地说："老二、老三、老四、小杏儿，今儿个是什么风，把你们贫下中农吹到我们地主阶级家里来了。你们好不容易和周家大院划清了界限，进入了无产阶级，当上了高贵的贫农。小心牟阎王把你们通通划成地主，你们不要搭理我，也不要让我这个垂死的地主婆玷污了你们高贵的贫农阶级。"

符彩儿连忙说："大姐，我们今儿一起来看看你，你不用害怕，也不必为我们担心，现在中央已经给地主、富农、反革命分子、坏分子、右派分子都摘帽了。听说，你的摘帽，县委书记庞跃京特别关注，他提到当年他在你家里当童工时，因为放牛时丢了一头牛，遭到毒打后，下人猫阿婆给他偷偷煮过锅巴吃，小杏儿两次偷偷地给他糖果吃。庞书记说你们良心未泯，已经是改造好了的地主。"

包春梅鼻子哼哼两下，并不吱声。

莫夜香说："二姐说得没错，摘帽了，从今往后你和美孜的新身份是社员，是社会主义国家中的一员的简称，和我们是一样的身份。"

姚娆抢过话题说："十一届三中全会做出了决定，为五类分子摘帽子，中国从此真正实现了没有出身和阶级成分差别的公民平等，你和美孜获得了新生，得到了解放，今后再也没有了政治包袱。"

"是的，从今往后，大奶奶和美孜都解放了，再也不会批斗你们了。美孜也可以就业、

参与社会活动、嫁人，不再会被人歧视，你们娘俩可以过上正常人的生活。"小杏儿说。

"我和美孜娘俩几十年来，已经过惯了不正常的生活，我行将就木，美孜因为出生在周家，美孜是遗腹子，生出来就变成了地主崽，受尽人间冷眼、歧视、欺凌，她只读到初一，就被无情地剥夺了继续入学读书、就业、恋爱的权力。你们几个姨太太从周家大院解放后，转身变成贫下中农了，过上了高贵的贫农生活，现在你们又来周管大院，就不怕这世道变天，又把你们打回原形重新划为地主吗？你们还是快点回去吧，如果被牟阎王看到了，像'四清'那样，重新划定阶级成分，轻则游街示众，重则打成地主婆，那就惨喽。"

"大姐，我看这回不会的，中央开了大会是来真的，今后谁也翻不了案。"符彩儿说。

姚娆说："大姐，世事无常，人很渺小，但终归我们姐妹曾经都在周家大院里共同生活了那么多年，人非草木，孰能无情。这些年你受苦了，你作为周老爷的长房，始终没有离开周家，还生下了周老爷的遗腹子——周美孜。没有被生活的折磨吓倒，没有死，为周老爷守周家，让他的灵魂有家可归，你为周老爷守到了最后的尊严，我敬重你。人是讲感情的，我们姐妹今天来本身就表明了态度，过去的噩梦，今后再也不会出现了。"

"我们姐妹中就姚娆肚子里墨水多，能讲出很多道理。我衷心拥护中央关于地主、富农阶级成分摘帽的决定，终于让我这个土埋脖子的人也解放了，我也好去见周老爷了。"包春梅后边说的话有些模糊不清，说着说着竟然头一歪就睡着了。

周美孜说："不好意思，各位贫下中农娘，杏儿贫农姐，感谢你们来周家看望老母，母亲年事已高，经常话说到半路，人就迷糊着打盹了。"

见包春梅睡着了，几个人小坐一会儿起身离开。符彩儿走出大门前，说了一句："大姐的身子都是牟梨那个小蹄子害的，我们要找她算账。"

周美孜把她们几个人送至大门口，说："二娘、三娘、四娘你们慢走。杏儿姐有时间我找你去玩，小时候你特喜欢和美孜玩了，你留下来吃了饭再走吧。"

小杏儿拿过美孜的手，说："不了，美孜，照顾好你娘，我今天看她的气色大不如前了。改明儿我找你玩，现在你和大奶奶都被解放了，是人民公社的社员了，往后不再低人一等，你还没老，也要过正常人的生活。"

周美孜感激地点了点头，目送她们远去。

"都是些×货、臭×子。"周美孜返回时，包春梅抬起了耷拉的眼皮子骂道。包春梅端起茶杯精神饱满地坐在太师椅上饮茶。

"娘，你看你，二娘、三娘、四娘她们专门来看你，你倒好，装瞌睡，也不留人家吃饭。"

包春梅说："丫头，你不听她们说话呀，你们、你们的，解放那会儿，她们就脚踩西瓜皮了，什么时候和咱们是'我们'。你爹在世的时候，她们就有野心，没有和我们是一条心，你爹一死，她们就兴风作浪，找后路，公开就给你爹戴绿帽子，你爹也看不见，但你爹有魂，他是知道的，也是生气的，你爹的灵魂没有保佑她们。她们不断地换男人，她们以为我们娘俩这一辈子没指望了，来运动时，批斗我，她们比谁都要积极，只想踩死我们，还嫌不够。和周家划清界限，她们今天来就是'讨吃子嫖风'（钱少话多，没有真诚实意，还要说漂亮话），我们娘俩是改造好了，她们几个却一点也没有改变。运动再多又有什么用？她们这类人最擅长见风使舵，被她们逃过了、躲掉了，改造个啥。娘老了，你的日子还很长,从今往后就不要再叫她们娘了,你认为是尊称,她们认为你是套近乎;你敬她们是长辈,她们心中哪里会有你这个周保旺的遗腹子。美孜,听娘的,今后离她们这几个人远点,相信她们会对你善良,还不如相信富农袁延顺都比她们这几个要安全保险。我每天在听公社广播站的广播,她们说的我都知道,我要告诉你的是,这世道又变天了,变得对我们有利了。共产党的执政地位,不可能动摇,国家的具体搞法变了,变得与这几十年的完全不同。我们娘俩再也不用看她们脸色了,你今后有一点是可以和她们合作的,那就是在对待牟梨那个小蹄子时,这几个人倒是可以利用的。她们自己也会想尽一切办法修理牟梨的,牟梨的好日子到头了,在对待她的问题上,我们不是孤立无援的,咱火场有不少人和咱们其实是统一战线,要向牟梨讨公道的人大有人在,搞得不好,牟梨会死无葬身之地。我坐在屋里都知道,她快要完蛋了,这个害人精,不会有好下场的。"

包春梅嘱咐周美孜,往后这几个人来屋里串门搬弄是非,就说我正在休息,不予理睬。

第六十四章
新社员挞伐旧贫农　包干会变成武斗场

从1982年到1984年,中央连续三年以"一号文件"的形式,对包产到户和包干到户的生产责任制给予充分肯定,并在政策上积极引导,从而使包产到户和包干到户的责任制迅速在全国广泛推行。

火场已由五天一圩,改成十天一场,周一这天,牟梨穿了一条米黄色竖纹裤裙,上身穿一件花格子图案的白色衬衣,看上去娴静而洒脱,不知从什么时候开始,她改变了发型,垂肩短发长成了一瀑光鲜亮丽的长发,她把秀发用簪子挽一个漂亮的发髻盘在后脑,新发型使她的脖颈显得更加修长——显得时尚而减龄,更有女人味。她看上去瘦了许多,但走路依然是那么飘逸而有美感。午饭后,牟梨信步走到村口——她已经有好些日子没有出门了。

时至立夏,万物繁茂。在太阳的炙烤下,大地上的一切都没精打采的,小树耷拉着脑袋,蝉在枝头拼命地叫着。村口是个风口,饭后闲暇时,村民便会来到此处乘凉闲聊。牟梨来时,见石板台阶上、柳树下坐着许多人,或聊天,或打闹,或发呆。小孩子在断墙上,上下爬闹,一些老人光着上身用蒲扇扇风,男人在和女人们讲痞话,胆大的女人用犀利的语言和怪异的动作时不时要出一下痞子男人的洋相。

袁莹莹和妇女主任全心怡两人聊的话题是家庭联产承包责任制。全心怡说:"莹莹,你屋黄刚强、黄桃、黄杏这些年先后都考取了大学,这明儿包干到户了,你一个人在屋里既要上课,还有黄桃、黄杏要供养,你当民办教师每月二十几元工资,要供几个孩子读书、生活,现在要家庭联产承包责任制了,你一个人如何做得了黄大长那个大家子的田

地哟。"

袁莹莹由于营养不良，身体一直不好，但"万人迷"不是浪得虚名，这么多年过去了，不管人生境遇如何，她总是把自己收拾得干干净净、灵灵醒醒。

袁莹莹皱着眉头，说："是啊，诚勇他公事忙，也帮不了家里，好在黄刚强明年就大学毕业了，黄桃、黄杏还在大学读书，黄诚勇那点工资应付不了弟妹读书开支，他也是被家庭拖累了。"

全心怡拍了拍袁莹莹的手臂说："莹莹，马上要分田到户了，你家里吃饭的人多，做事的人少，到时忙不过来时，你要吱声哟，我和我屋周大明会帮你的。"

苏醒说："依我看，还是咱生产队有力量，农忙时节，大家一起出工，春天播种，秋天收割，收早稻，插晚稻，那么累，那么忙，大家几下就搞好了。现如今把田分到各家各户，没有劳动力的人家肯定要难多了。不过莹莹你也不用发愁，到农忙时，可以互相换工，你屋劳动力少，虽说可以换工，但做工的时间就会拉长，为黄大长这个家，真是苦了你！"

"苦点、累点不要紧，只要孩子们不跟着我受累受苦就好了。到时看吧，农忙时候，免不了是要请左邻右舍帮忙的，不过请大家放心，我会换工的，不白叫大家帮忙。"

袁莹莹她们正聊着话，这时，莫夜香接过话说："分田地、分山林怎么个分法，这可是有学问的。现在有一种说法，按老业分，就是按土改时政府分给各家各户的田、地、山分到户；另一种说法，按土改前各自的土地拿回去经营；还有一种说法，打破老业，按人均分田地和山林。这样问题又来了，田地有好有差，有水田，也有天水田。山林分起来更加复杂，山有大小，也不好拿个尺子去丈量或把山劈开。有的山上有树，有值钱的杉木、楠木等，有些山上烧火的杂木都不多，总不能把一块好山辟成几百份来分吧，先不说能不能分，假设就是能分，这往后为了几根木扯皮打架的事就不会停止，因为一不小心就会越界，砍了别人家的树木，那些爱占别人便宜的人，就会偷伐别人家的树，主家到时又抓不住是谁偷的，弄不好骂街、打架乃至杀人都会发生。"

钟生强听莫夜香这么一说，讥讽她说："我还以为是姚书记在发表讲话呢，原来是你莫夜香。你这些话，要是放在'文化大革命'时期，我保准你不是被游街批斗，就是被打成现行反革命。亏你说得出来，什么按老业分田、分地、分山林，你的政治立场我看就有问题。"

莫夜香可不是省油的灯，反讽道："我屋莫京可是地地道道的贫农，不怕你戴帽子、打棍子。钟生强，你也知道'文革'结束了，十一届六中全会彻底否定了'文革'。你这个政治队长的政治立场没问题，但是你开口闭口讲政治立场，本身就是问题，别再拿这些东西唬人了，家庭联产承包责任制是对农村生产方式的改革，你质疑新生事物，你的政治立场才真正有问题。现在人民公社已经过时了，人民公社已经改成乡镇，大队改成了村，生产队改成了村小组，你这个政治队长也被改没了，你不是强了而是弱了。"

"满口'文革'语言，来不来就给别人安上政治问题，时代不同了，国家实行改革开放了，你们过去那套政治标准已经被扫进历史的垃圾堆里了。"符彩儿为莫夜香帮腔怒怼钟生强。

钟生强在众人面前怎么能被几个女人打脸呢，那可真没面子，他决不会甘拜下风。他

第六十四章
新社员挞伐旧贫农　包干会变成武斗场

说："看样子你们都主张按老业分田地、分山林，按照你们的逻辑思维，那我们火场大片的田地和山林都是大地主包春梅的，是不是我们贫下中农都要把田地山林退还给包春梅呀？嗯，你们说呀？你们是什么居心？毛主席带领全国人民革命几十年，得来的胜利果实，是不是要拱手相让退给地主富农？如果这样，毛主席带领穷人打土豪分田地，不都是白干了吗？为了让穷人坐天下，有多少革命先烈抛头颅洒热血，他们的牺牲不都是白牺牲了吗？按老业分，绝对行不通，贫下中农绝不答应。"

"钟队长，不，你现在已经不是政治队长了，也许在中国的历史上，将来也不大可能再有政治队长这个官位了，不过，我们叫惯了你钟队长，我还是叫你钟队长吧，这样你心里会舒服一些、平衡一些。"姚娆为昔日姐妹帮腔，说话一套套的，"钟队长，包干到户可是中央的决策，你再胆大，也不至于敢同中央较劲吧？分田到户关系到千家万户的利益，需要好好谋划，协商解决。不是靠给别人抓辫子、扣帽子、打棍子。"姚娆正色道。

钟生强正要回击，这时，包春梅在周美孜的陪伴下，也来到村口，村民见包春梅来了，不知怎的大家都没作声了，好像专等包春梅讲话。包春梅捡了一块干净的青石板坐下，环视四周后，说："晓得你们在讨论政治问题，我这个老太婆真不该来，来的也不是时候。上面已经彻底否定了'文革'，否定了'无产阶级专政下继续革命'的理论，五类人员已经摘帽，也就是说，我现在已经不是地主，因此呢，你们不用怕，何况我已经是个垂死的老太婆了。国家现在拨乱反正，停止知识青年上山下乡运动，知青回城了。中国农村实行家庭联产承包责任制，没他们什么事儿了。火场人民公社也已改名火场土家族乡人民政府，大队改名为村委会，生产队改名村民小组，全国实行改革开放等等这些特征，标志着一个新的时代到来，好，好啊！好得很！"

姚娆旁若无人，侃侃而谈，她说："我厌恶政治，有些人对政治醉生梦死，无非就是想继续他们的特权，捍卫他们的既得利益，利用政治运动欺压人民群众，现在我们都有一个共同的名字——中华人民共和国公民。宪法规定公民言论自由，已经废除'大鸣、大放、大辩论、大字报'。包括大姐包春梅在内的五类人已经摘帽，获得翻身。邓小平英明，共产党伟大。"

包春梅故作深沉地说："往事不堪回首，过去的事情就让它过去吧，过去那种运动治党、运动治国的方法一去不复返了。还是小平同志说得好，'解放思想，实事求是，团结一致向前看'。"

姚革新到村口来了一阵子了，嘴巴上咬着长杆烟袋，听后不无讽刺地说道："梅婆子，摘了地主帽后，老树发新芽了。你虽然七老八十了，依我看，你对国家的政治生活是十分关注的，国家政策大调整，都在你的视野中，啥事都躲不过你的眼睛。可是，政治风云瞬息万变，谁又能预知未来。"

"哎哟，姚书记，你这是怎么啦，如果我耳朵没有听错的话，你今天这段话的含义我理解是中性的，甚至可以说是有褒有奖的意味，这可不得了啊，虽然现在把大队改名成村委会，你作为千年的书记还是屹立不倒，你又当上了村委会书记，仍然可以上主席台做报告，唬群众。这俗话说：铁打的营盘流水的兵，别人都像是戏台上的官，就你一人是铁打的书记，流走的是别人，厉害了姚书记。感谢十一届三中全会，感谢十一届六中全会，感谢恩人邓小平，让老身行将就木的时候获得了翻身，变成了新社员，我现在也有了一个

与你共同的身份——公民。你今天这样平起平坐地和我说话,这可是几十年来的第一次啊。可见世道真的是变了,也就是你刚才讲的'政治风云瞬息万变'。我再也不用惧怕深更半夜被你派遣的民兵来抓我起来喊口号了。每晚7点到9点的政治学习,姚书记你还开不开?这一学习制度还会延续下去吗?不过我现在年纪大了,从今往后,你若晚上召开会议,我都请病假、请长假。我请假也不耽误你开大会,因为我再也不是大会上的批斗对象——中国没有地主、富农了。"

姚革新说:"翻身不忘共产党,共产党人必须讲政治,你现在作为一介公民,要自觉维护共产党的领导,说自己翻身了,是说贫下中农压迫了你吗?你不叫翻身,应该是在共产党的领导下,通过几十年改造,你获得了新生。"

袁莹莹和几个妇女在议论着什么,有的妇女用手指向包春梅这边,有的用嘴巴往包春梅这边伸,包春梅知道她们在议论自己什么,主题肯定是与自己有关。

她没好声气地说:"哼,钟队长,你们也要转变观念,分田到户是国家政策,现在不是讨论分田到户好不好的问题,而是要面对如何分的问题,依我说,你们也不要纠结按老业分,还是按人口均分,因为这两种都有弊端,还不如先按老业各拿各的田地、山林,再根据人均数,把多出部分让出来交给村组,再分给缺田地、山林户。如果不这样分,按你们讲的,均分抽签,根本没法操作,因为田地、山林不可能都割成细块,只能是大致平均。我们这里田地都在山上,不是大平原,可以拿尺来丈量,可以分得很精准。"

包春梅的话让在场的人陷入了沉思之中。尔后,大家你一言我一语议论开了,黄喆说:"看不出这个梅婆子,这把年纪了思路还这么清晰,提出的意见也颇有见地。"

姚革新环视了四周,觉得来村口的人不少,干脆开个村委会和村民大会,于是他叫"喊寨人"老犁头鸣锣,一户最少来一人,到村口开会,大家一起讨论如何推动家庭联产承包责任制。可以说,村口会议,拉开了火场乡中村家庭联产承包责任制的序幕。

村中每有大事,基本是鸣锣招呼,虽说村部有了高音喇叭,但村民总是习惯老犁头"喊寨",只要一听到他那公鸭嗓,村民就会自觉响应。已改任村委会主任的周大明,立即把村民组织了起来。姚革新就这样召开了他由大队支书改任村支书以来的第一次村会议,也可以说是村民大会。这次会议的主题就是如何推动家庭联产责任制。姚革新在村口召开的会议,是一次不经意组织的会议,由于这次会议的特殊性和开启了火场家庭联产承包责任制,后来被称作"村口会议"。

姚革新在村口会议上,言简意赅,直奔主题。他说:"家庭联产承包责任制,就是为了调动农民生产的积极性,改过去那种集体生产模式为以家庭为单位的自主生产模式,这是农村改革的主要模式。它有两种形式:一种是包干到户。各承包户向国家缴纳农业税,交售合同定购产品以及向集体上交公积金、公益金等公共提留。其余产品全部归农民自己所有;另一种是包产到户。实行定产量、定投资、定工分、超产归自己,减产赔偿。"

俗有"中村丞相"之称的中村副书记符富厚,说:"今天开的这个会叫集思广益会,主要是中村的社员群众,不,对了,现在是村民群众参加的诸葛亮会议,我们坚持走群众路线,集中民智,群策群力,吸取大家的意见、建议,把大家的好主意、好办法集中起来。俗话说:三个臭皮匠,顶个诸葛亮。大家围绕姚书记刚才提的两种形式,充分发表各自的意见和建议,尽快地推动这项工作。"

第六十四章
新社员挞伐旧贫农　包干会变成武斗场

本来大家是来村口乘凉的，却演变成了一次重要的"村口会议"，大家踊跃发言、讨论、交锋、攻击混杂在一起，最后，周大明把大家的意见归纳了一下，大多数人还是倾向于包干到户。姚革新说："我和大家的意见一致，也倾向于包干到户。"

村民基本认可包干到户这种模式。会议的后半程，关于如何划分田地、山林、牛、锄、犁、耙等生产资料，出现了分歧。

莫夜香、符彩儿、姚娆、小杏儿以及她们的男人们都支持包春梅的观点——先按老业分，再调剂。钟吉祥、黄喆、黄大胆等人的观点正好和以包春梅为代表的观点相左。钟吉祥他们主张原生产队的田地、山林等生产资料按人头均分。"村口会议"大家都同意采用包干到户的形式，没有解决包干到户的具体分配方式，姚革新说下次村委会开会再表决通过。

在往后的几天时间里，出现了一个有意思的现象：过去的"黑五类"人员二十年来首次站在了政治舞台的中央，他们十分活跃，似乎要把多年来深藏在内心的话一股脑说出来。过去的地主、富农主动团结上中农、中农协调立场，还有那些当年漏划的界于富农与上中农之间的家境比较殷实的人家，都和地主、富农站在统一战线，还有那些在农村占据各种优势、先机的人，为了捍卫自身利益同昔日的地主、富农把酒言欢结成攻守同盟。包春梅、符彩儿等人对这一群人进行洗脑，算了经济账，又算政治账。

一段时间以来，包春梅不顾年迈体弱，第一次和"贫下中农"们平等聊天，其实是为了展示她与"贫下中农"具有平等的身份，经过几十年的教育改造，她也学会了团结群众、依靠群众和发动群众。但存储在她骨子里的傲慢和优越感随着身份的改变，又被激发与点燃。她依然是那个能说会道、富有远见的梅婆子，她的话语总能直击人的内心脆弱处，让那些文化觉悟不高、对事物缺乏价值判断的人推崇。周家大院中过去的仆从钟日升、符三杠、管家周构开始和她修好，甚至跟随其左右，乐于被驱驰，唯她马首是瞻。

包春梅是有行动力的，她很快主导了包干到户的舆论宣传，又做好了按老业分田地、山林的宣传铺垫，做好这些前期的宣传引导工作后，就等大队也就是现在的村委会开大会表决通过。

在县里的一再督促下，秋收后，中村村党支部书记姚革新、村委会主任周大明在村部坪场上召开了中村村民大会，主题是关于家庭联产承包责任制的包干办法，开会进行商讨。

姚革新在开会时强调，今天的会议很重要，它关系到每个人今后3年至5年内对田地、山林等的使用权，国家目前的政策是3年至5年内，在家庭人员有变动时，田地、山林还可以调整，或许3年至5年内，田地、山林又会重新调剂分配。今后的国家政策谁也说不好，我们目前还是要想清楚，将来的事情永远是将来，明天和意外不知道谁会先来，没有人说得准。这件事，请大家想明白了发表自己的意见，最后由大家举手表决。村支两委一定尊重村民群众集体的意愿，落实好上级关于家庭联产承包责任制的会议精神。

村民大会表决毫无悬念，以包春梅、袁延顺为代表的一方，坚持包干到户并按老业分田地、山林等生产资料，再把人均多出部分调剂出来的办法，投票以微弱多数获得通过。

随后一周，过去的地主、富农、上中农、中农首先拿到了"肥田""肥地""好山"，由于在实际操作中，田、地、山又不好精细割分，因此，他们在生产资料分配上"占先机"，过去那些下中农、雇农自然"不占相宜"。

钟吉祥父母早年到火场插队，生产是以生产队为劳动单位，加之父母早亡，他跟老篾头长大，老篾头被红卫兵用红缨枪捅死了。他原本和老篾头也没有近亲关系，老篾头祖上倒是有几分薄田，但由于钟吉祥和老篾头在法律上没有血缘关系。因此，他也不能继承。而且，符光中说按族谱，老篾头应属于符氏谱系中离他最近的一支，故此，老篾头那几分薄田老业应由他继承。

符光中的说法，在中村立即产生了争议。尤其是钟吉祥反应强烈，他以老篾头的养子自居，他认为老篾头的老业应当由他继承，但包春梅等人并不买账，因此，这个话题被中村人反复炒作。

老犁头是历经清朝的老人，他自然成了全火场的活地图，村支两委没法决断的陈年旧事，有时候老犁头的话，起到一定的导向作用。老犁头脑子好使，他说的总是八九不离十，大多为村民所公允。

在一个秋高气爽的日子，符光中拜访了老犁头，他提着一只老母鸡、三斤下寨溪鲤鱼、两壶苞谷烧亲自登门拜访老犁头。一进门，姚娆说："好久没有看望大爷了，虽说是同村，平时同走一条青石板路，大家平时也很少串门走动，现如今改革了、开放了，不比过去那样人与人之间不来真，邻与邻之间不来往，从今往后，同祖同宗之人还是要多沟通、多交流、多往来。"

老犁头睥睨不速之客，他有些口吃地说："光中，你和姚娆今天是怎么啦，好多年你们都没有跨过我屋门槛了，你是火场'永跟派'主要头头，怎么敢劳你的大驾，屈尊降贵来我这个破庙，千万别弄脏了你的脚。"

老犁头说话间拿起扫帚在地上乱七八糟地一通乱扫，符光中面露愠色，准备和老犁头理论，姚娆见状用左手食指放在嘴上"嘘"了一声，符光中立即停了下来。符光中自从有了姚娆后，在她面前，言行较以前收敛了许多。姚娆是个书虫，即使在"文革"最疯狂的那几年，只有马列和毛选可读，她也会用功读，躲在楼上一个人看书。据说通读了马列和毛选，理论水平在火场除了姚革新，根本不把几个大学生放在眼窝子里。

从周家大院出来时，她只带当年做学生时买的那一箱子书，其他东西几乎没有带。几十年来，这一箱子书她反复阅读，有的书几乎到了可以背诵的地步。她算是上辈人中最有文化的女人之一。王阿婆在世时，在女流中，她还有个说"文"的伴，王阿婆一走，她那一肚子墨水，几乎变成了臭水，和那些个村妇们说话，只能讲土话，说野趣，稍稍一"文"就会招致她们的挖苦嘲讽，简直就是瞎子点灯——白费蜡。相反，讲话粗俗，反倒有市场。

姚娆满脸是笑地对老犁头说："大爷，光中虽然年纪不小了，但是由于脾气丑，说话做事不知轻重，如果他什么时候冒犯了咱们火场仅存的一位秀才，那就是他的不对。您满腹诗书，才华不输县太爷，肚量大如山，可不要为了这种粗人生气哟，那可不值当，气坏了身子更是不合算。假若从前符光中无意间冒犯了您，惹您老不舒服，那么今儿个小女子向您赔个不是。"

说罢，姚娆缓慢走过去，捏住老犁头的肩胛骨，轻轻按摩起来，老犁头坐在一张破旧的靠椅上，抽着喇叭筒，他没有拒绝姚娆的按摩，嘴巴里大口大口地吐着烟圈。等他烟过

第六十四章
新社员挞伐旧贫农　包干会变成武斗场

足了瘾后，瓮声瓮气地说："无事不登三宝殿，可惜我这里是个破屋子，就更不值得光中这样的政治人物来光临了，不过呢，你来都来了，有啥指示你就说吧，我反正是把老骨头了，你要批要斗随你的便。"

符光中听出老犁头语中带讽，便欠了欠身子献媚地说："大爷，看您说哪里去，您是谁呀是吧，堂堂皇皇的前清秀才，人之秀者，庞跃京、魏公穑和黄诚勇等几任公社书记都对您尊敬有加，凭您的才识当公社书记都绰绰有余，当个县太爷也不在话下。您德高望重，谁敢抓您游斗呀，就是借他个胆子，我谅他也不敢。更何况现在'文革'结束了，上边已经明文规定不准扣帽子、抓辫子、打棍子。过去那种把别人无意间说的话，偷偷记在本子上，伺机向上级打小报告、告刁状的做法，现在已经没有市场了。谁现在还做，谁就是闹国际大玩笑。"

姚娆说："是呀，国家已经进入20世纪80年代了，中央一系列政策出台了，扭转了过去很多年的失误，国家面貌焕然一新，就拿这次家庭联产承包责任制来说，就是一种大胆的改革，大大调动人的主观能动性和人的生产生活积极性。目前呢，我和光中遇到了一点小困难，只有请您出山，说几句公道话，才会得到解决。"

"是啥事情啊，我什么时候有这么大的能耐了，我咋不知道啊！你两个今天来可别害我，我是个土埋脖子的人，现在国家不闹腾了，国家要大力搞建设，提高老百姓的生活水平，我还想多活几年，过几年舒坦的日子呢。"老犁头边说边让他俩走人，说他一把老骨头，没有本事也不想掺和到那些乌七八糟的事情当中去。

姚娆见状，不再绕弯子，就直截了当地说："大爷您别急，也不要紧张，是这样的，今天我们来呢，的确是有事求您帮忙，而您只需要讲公道话就可以了，不用您出钱出力。"

老犁头的眼睛瞪着姚娆依然俊美的脸庞，他产生了迷思。

"大爷，这些天搞包干到户，分田时，符光中祖业一块水田和老篾头相邻，您也知道，老篾头和光中是同宗，他名下无子嗣，他现在死了，按理说，他这块上好水田就应该光中继承是不是？可是，现在有人要争，大爷您说，我们到哪里讲理去，于是，我们想到了您，想请您出面说句公道话。"

"老篾头是死了，死在了红卫兵的红缨枪下，至今死得不明不白的，都没有一个结论，知青返城的返城，考大学的考大学，当年那些造反派一夜之间躲藏了起来。老篾头这个案子啊，怕是要沉冤大海了。他死了，可还有钟吉祥还在呢，他可以继承老篾头的遗产。"

姚娆说："可是，钟吉祥他和老篾头的亲缘关系哪有光中近呀，是吧，这个您是知道的，按宗谱推算，符光中是和老篾头最近的支脉，可以霸蛮叫老篾头一句曾祖叔。钟吉祥和老篾头八竿子打不到一起，虽说他也叫老篾头为曾叔公，那是我家曾祖叔仁慈，又加之膝下无子，见钟吉祥可怜收留了他。可是他钟吉祥呢，是吧，他是如何对待我曾祖叔的呢，全世界人都知道，就是他钟吉祥带领的红卫兵用红缨枪捅死了他，老篾头至今沉冤没法昭雪，我屋曾祖叔死得也太惨了。您作为他的老朋友，你们曾经被世人称为'火场三老'，这个关键时刻，您得出面为光中讲几句公道话呀，让我曾祖叔在地下也能瞑目啊！钟吉祥这个恩将仇报杀死老篾头的刽子手，这个在历次运动中，祸害火场乡亲，他有什么理由继承老篾头的老业，有什么脸面由他这个外来人继承老篾头的祖业呢。老篾头的这块位于堡子界山腰的那块大水田以及堡子界南山中的那块山林都应该归符光中继承。钟吉祥

不得好死,应该被火场人轰出村去。"

"钟吉祥和老篾头生活了那么多年,可以说是老篾头把他养大的,没有他,钟吉祥早饿死了。老篾头死后,钟吉祥为他披麻戴孝送终。这些就能证明他们的关系,抚养和赡养的关系,长辈把晚辈抚养成人,晚辈送长辈终老,这已经符合人伦关系的特征,虽说他们两个没有亲缘关系,但是已经构成亲缘关系中的责任和义务,由钟吉祥继承老篾头的遗产,包括田地、山林也是可以说得过去的。"老犁头意在说符光中在老篾头活着的时候,没有尽到赡养的责任和义务。

符光中说:"大爷,您可不能为外人说话,钟吉祥他根本就不是咱火场人,怎么能由他继承咱火场人的田地、山林呢?咱们这里还从来没有外人进入过,让他在咱火场快活几十年已经是例外了,你说是不是。这要是说出去,还不让外人笑掉了大牙。话又说回来,咱火场现在包干到户都是选老业拿好田、好地、好山,把不好的多出的才让出去。连地主包春梅、符德傀,富农袁延顺、周成邳,上中农周墩子、中农符强都能留下自己老业中好的田地。我作为硬邦邦的贫农,有理由拿好东西,老篾头是我曾祖叔,他的遗产理应由我继承。"

"老篾头和你符光中从血缘上来说是近一些,全火场都不如你们的血缘近,可是他在世时,你对他怎样,全火场人也都心里有底,并且,送终都是钟吉祥,不是你。你知道的,在咱们火场是一个明显的标志——老篾头的后人是钟吉祥。其实,从老篾头终老由钟吉祥料理后事,大家心中都已经承认钟吉祥是他的后人。你现在争这争那,是说不过去的。这时候要包干到户了,你却大谈这层关系,也不怕别人说你闲话。再说了,你这么多年和钟吉祥的行为也差不离,也做了不少的缺德事,现在'文革'才结束多久啊,作为一批坏种,一个阵营的人,怎么一点情面都不讲了呢?对钟吉祥下重手,欲置之死地而后快,你符光中也太不厚道了。钟吉祥如果不能继承老篾头那几亩水田,那他就真的是上无片瓦、下无插锥之地了。因为他不能算是火场人——虽然在这里生活了几十年,他没有祖业,要不就不能分得田地,要不就只能分得别人不要的差田地,你让他今后怎么活呀。"

姚娆急忙解释说:"大爷这个您放心,来您这里之前,我们前几天到姚书记屋里去过,听他说,钟吉祥再坏也还是要给他一口饭吃的,已经把他列入了分田地的一户,他会有田种的。主要是我们这儿是按老业分田地,谁家不是把自己老业中的好田地、好山留给自己呀,把差的才拿出来给别人是吧。把好东西分给钟吉祥,说不定也是个浪费,他游手好闲惯了,他哪里耕得来田啊,我看分给他田地就等着长草吧。光中他讲话直,大爷您千万别见怪。"

"那是的,他得养活他自己吧,现在不搞运动了,大家都铆足劲发展私营经济,他不做田,又不能像过去那样到处骗吃骗喝,非饿死不可。"老犁头说话间,示意姚娆不用揉肩了。

姚娆拖了一个小椅子挨着老犁头坐下,她说:"大爷,说一千道一万,钟吉祥终归不是咱火场人,虽然他和老篾头住在一起,也是老篾头把他拉扯大的,但老篾头也是被钟吉祥带领的红卫兵用枪捅死的,钟吉祥有不可推卸的责任。他钟吉祥是个外人,光中是地道的火场人,他和老篾头是最近的族亲,这都是事实。虽说,钟吉祥最后给老篾头披麻戴孝送终,可是,这又有什么呀?他把人家一个好端端的大活人捅死了,就应该罚他披麻戴

第六十四章
新社员挞伐旧贫农　包干会变成武斗场

孝，这已经是很轻的处罚了。依我说，他钟吉祥得偿命，都是咱火场人老实厚道，不与他计较，放他一马，是吧。大爷，您现在是咱'火场三老'中的唯一健在的老人，您得说句公道话，也只有您清楚这里边的缘由。您出面说话一言九鼎，关键时刻，还得请您出面主持场面，咱不害人，也不能让别人坑害了自个儿孙不是吗？"

"我哪有那么大的面子啊，老朽行将就木之人，讲的话不中用了。"

"大爷，您可不能这么说，您长命百岁，您出面说话准能行，别人没有一个有您出面说话合适有分量。"姚娆说完拉着老犁头的手摇了摇，做出一个小撒娇的媚眼，眼中明显含着泪光。

"符光中和你说的都有道理，钟吉祥祸害乡里，老篾头的死，虽然不是他直接造成的，但他有不可推卸的责任。他在历次运动中，无所不用其极，落到如今这个下场，他是罪有应得。明天村委会开群众大会时，我会如实向村支两委干部陈述这件事的。不管钟吉祥如何坏，还是要给他一口饭吃的，人都有犯错的时候，何况是在那种历史背景下，有多少人身不由己，不能独善其身，被历史的车轮推着走。"老犁头神色凄然。

"还是大爷您跟我亲，谢谢您！"姚娆破涕而笑。

姚革新带领村支两委干部广泛听取了群众意见后，在村部三度召开家庭联产承包责任制会议，村部小坪场座无虚席，关于生产队的生产资料分配方式，形成了两种截然不同的意见。

以包春梅、袁延顺等人为代表的一方，坚决要求按老业分，把人均多出部分交由村里再分配给那些无老业的人，存有这种想法的人，是做了精算的，就是要拿回自己祖上老业中最肥的田、最好的地、树木多而交通便捷的山，把自己多出的差田、地、山等调出去，分给那些没有的老业户；另一种意见，以莫京、钟吉祥等人为代表，主张生产队的所有生产资料都必须平均分。在村部会议上，双方唇枪舌战，互为攻守，在争执不下的情况下，姚革新和周大明提议采用票决制，每户选一个代表，在两种分配方式上二选一。

于是，大家忙着投票。投票结果最后显示以包春梅、袁延顺等人为代表的一方以微弱多数取得了胜利，村支两委召开的包干到户会议上，形成了这样的结果，是莫京、钟吉祥等人始料不及的，钟吉祥不无感慨地叫道："地主抬头了，贫下中农受二茬苦了。"

莫京说："按老业分，是纵容'地、富'对贫下中农的再剥削，是阶级敌人对穷苦人民的欺凌，是资本主义复辟。"

袁延顺怒怼莫京说："莫司令，你不要再发表反动言论了。包干到户是为了调动农民的生产积极性，是农村改革开放的重大举措，你这种言论，如果放到过去，是要被游街示众挨批斗的。按老业也没有错，比如我的老业本身也是政府分的，现在只是重新回到了正轨。"

"谁说是政府分的，你指的是哪个政府，是国民党政府，还是人民政府？按老业，我们火场的大片良田、山地都是大地主包春梅屋里的，那倒是国民党政府承认了的，人民政府不但不予承认，而且解放的时候已经没收。"莫京申辩道。

钟吉祥说："地主包春梅、富农分子袁延顺，你们这些人就是为了把好田好地好山留给自己，把不要的天水田、荒山分给穷苦人。"

"不要老是说自己是穷苦人，解放都几十年了，勤劳才能致富。穷人多懒汉、懒惰之

人，你就是给他一座金山也有败光的时候。"袁延顺不知怎的，突然之间他说话变得顺溜多了，不再口吃了，整个人的精神状态明显好转，他和莫京、钟吉祥的对白，得到周美孜的首肯，她向袁延顺报以会心的一笑。

"共产党没有私产，我们贫下中农没有祖业，就只能拿你们这些地主、富农不要的天水田，只长草的荒山，你们是在重新剥削我们穷苦人民，毛主席地下有知，他老人家不答应。"钟吉祥说。

"请注意你说话的态度，中央已经发话了，中国现在已经消灭了地主、富农阶级，每个人从出生开始就自然赋予的阶级成分取消了，我们现在都是平等的中国公民。请你不要一口一个地主、富农的，你还在做过去造反派的美梦，试问：你现在还想造谁的反？改革了，开放了，知道吗？也就是我们农民今后自己都是自己土地的主人，你也可以把自己叫作地主，但已经不是历史上阶级成分中的地主，而是土地的主人。作为农民可以依靠勤劳的双手发家致富，变为富裕的农民，也可简称富农，但这也不是过去阶级成分中的富农，是富裕起来的农民。"袁延顺的话，让钟吉祥一时语塞，包春梅母女率先报以热烈的掌声。看热闹的一些人跟着拍手掌表示赞同。

周美孜说道："顺子哥，你真爷们，你太有才了。"这是周美孜几十年来首次在这种场合公开亮明自己的态度。她话音刚落，见自己有些失态，周围的人都在看她，她吐了一下舌头。

袁延顺慢条斯理地说道："小杂种，不，狗杂种，也不，不能这么称呼你，因为你已经不是当初那个人了，你在'文革'中是干过造反派副司令、司令的，那么应该叫你什么好呢？钟司令吗？我也感觉不妥，也不对，'文革'已经被彻底否定吗，再这么称呼你，无异于告诉别人你在'文革'中是造反派头子，搞不好是要被清算的，就像几十年来你批斗地富反坏右黑五类一样，我袁延顺做不出这样的人。叫你钟吉祥吗，咱们火场人都快忘记了你有这个名字了，这个名字是多么善良、祥和呀，可是用在你的身上，我怎么感觉就那么别扭呢。我这些天仔细回想了一下，反正与你钟吉祥亲近的人或接触的人，只要是遇上你，都会走墓骷运，非死即伤。你看看，你的父母、老篾头、魏公稿、公社和大队干部、那些被你欺压的村民都没有一个落得好。你不但克活人，你还克已死之人，比如说，咱火场那些埋在地下的死人，他们的墓碑、坟墓，有几家的祖坟没被你带着红卫兵一一拔过？死于清朝的袁美专，关你什么事，你和他有什么深仇大恨，破四旧竟然把他刨出来鞭尸，把周保旺刨出来喂狗，你这么缺德、邪恶的一个人，怎么配叫吉祥呢，还钟吉祥呢，我看你终归是个不祥物，是咱们火场的公害，你伙同外人鱼肉乡里，欺压村民，应该被逐出火场。但是火场人民善良，不与禽兽论长短，不与禽兽争高低。还是准备给你分田分地分山，你倒好，你还挑肥拣瘦。依我看，再好的田地分给你也是枉然。你懒惰成性，游手好闲，你的田里只会长草，地里只会长树，树上不会结果，依我看，倒不如不分的好。"

包春梅母女又率先鼓掌叫好，周美孜给袁延顺伸了一个大拇指夸奖道："顺子哥，你太厉害了，你太有才了。"

钟吉祥气冲冲地骂道："你个富农分子袁延顺，不管怎样我也是无产阶级，什么时候轮到你来教训贫下中农来了，我就知道，当年把你改成新富农是轻了点，应该把你改成新地主，和包春梅划为同类。毛主席啊！你知道吗？你领导的阶级被欺负了。我今天对毛主席发誓，我如果不好好教训你，我就不姓钟。"

他话音未落，冲上前去，迎面就给袁延顺一拳，未承想，这时，站在袁延顺身旁的周美孜一个箭步冲上前，不知她哪来的那股力量，抓住了钟吉祥的手，脚下一绊，让钟吉祥重重地摔在地上，在他倒地的瞬间，他另一只手划破了周美孜杏腮桃脸，周美孜"啊"的一声娇惊，左脸颊上顿时出现了几道指印，鲜血从她的脸上往下流。

袁延顺见状，大叫一声："你竟然打女人，你不配为人。"他一个猛子扑上去，骑在钟吉祥的身上，雨点般的拳头落在钟吉祥身上。

包春梅见女儿周美孜脸上流血了，惨叫一声："美孜，你脸被他抓破了。"场面是一片混乱，大家纷纷怒骂钟吉祥。

周美孜在情急之时，并没有注意自己的脸伤，经母亲这一叫，她用手一摸，手上是一手的血，她突然身子一歪，晕了过去——原来她有晕血症。

包春梅哭诉道："我们不是已经被摘除了地主、富农帽子了吗？为什么有人还这样欺负我们娘俩啊！老天爷啊，我们还有没有出头之日呀。"

在众人的劝说下，袁延顺放下身下的钟吉祥，他立即抱起周美孜向乡卫生院跑去。

老犁头在村支两委会上还没来得及发表自己的意见，就出现了这么一个小插曲，他决定在具体分配田地的时候再提出来。在众人离开村部的同时，村书记姚革新高声宣布：中村包干到户办法，通过无记名投票，全体村民一致赞同按老业包干到户，再调剂人均多出的田地、山林。明天开始按原生产队为单位包干到户。

第六十五章
包干大会众生百态　时代巨变"地富"联姻

中村大队原来的第一至第三生产队，依次改成第一组、第二组和第三组，虽然分成了组，其实就是依据自然村划分的，组比原来的生产队还要大一些，分别由谢钟、钟生强、袁延顺任组长。对于富农分子袁延顺的重新任用，据说是为了落实干部政策，他也官复原职了，重新担任了桃坪界村组长，也就是过去的生产队队长。

钟生强在第二组具体包干到户会上，陈述了自己的观点，他说："我们经过前期逐户登记造册，按照村支两委大会上的决定，各家各户按老业基本上拿到了属于自己的责任田、山和地。现在只剩下猫阿婆和老箴头名下的田地没人认领，组里准备把这些田地分给那些无祖业的户，多出部分也进行调剂，无人要的差田、地，归为组上集体所有，收归组里代管。"

钟吉祥佝偻着腰，在二组包干到户会上，破口大骂道："好有味啊，全二组的人除了我一个人外，上至耄耋老人，下至嗷嗷待哺的婴儿，都分得了田、地、山，村中那些老少光棍、成分不好的人，也都分得了。我好像不是火场人一样，我要问一下我们的大组长钟生强，我该不该分，分田到户的政策应该是事关每一个人吧，你钟生强是不是欺负我拿你没有办法，我好欺负是不是？"

钟生强还没有说话，他老婆石美珠撸起袖子，手指钟吉祥，说道："我可告诉你，你不要觉得钟生强好欺负，他也是由政治队长调成二组组长的，他刚上任你就站出来和他叫板，你这是存的什么心啦？你以为现在还是'文革'时期吗？那时是你钟吉祥和相好牟梨那个小妖精的天下，你们坏事做尽，丧尽天良，你还有脸在火场嚣张，就不给你分田、分地、分山，又咋的。"

包春梅接过话说："石美珠，你这就是没有见识了不是？你那口子只是个小组组长，什么上任不上任的，烟籽籽官都不是，钟司令会把你屋钟生强放在眼里吗？"

石美珠不以为然地说："那是过去，现在不是过去了，他那一套已经行不通了，他想欺负我家生强做梦，我就叫他吃刀。"

钟吉祥显得很不服气的样子，撸了撸衣袖，鼻孔中喷着粗气。

符彩儿不甘寂寞，插言道："钟吉祥，你不是咱火场人，你当然没有老业可拿。当年你爹娘来火场那是事出有因的，有两种说法：一是你娘周静殊和你爹怀上你，是偷吃了禁果，未经组织同意，就睡炕上了，未婚先孕，被区剧团开除了，才来火场接受贫下中农再教育，生下你后，村人才叫你小杂种。火场老百姓淳朴善良，因为你屋祖上好像是从火场迁出的，就因为这一点又接纳了你们，可是，你爹娘在火场不讨人喜欢，行为不检点，伤风败俗，当地人赶你们走，后来你爹娘先后病死了，你成了孤儿，老篾头见你可怜收留了你；另一种说法是，你爹当年是打击乐手，仗着自己英俊有才，竟然调戏区剧团团长的老婆，并且和剧团团长老婆勾搭成奸，世上没有不透风的墙，事情败露后，你爹被剧团除名。你娘当年也是梨园一枝花，风流成性，和剧团那些俊俏小生都有暧昧关系，尤其是她和剧团副团长长期通奸，还胁迫副团长离婚，闹得满城风雨，副团长糟糠之妻把你娘那些龌龊事向组织上报告，组织上找剧团副团长调查核实，他经不起上面的审查，一五一十地把事情经过如实地向组织上承认了，你娘倒是没有承认奸情，但这不妨碍副团长被撤职处分。正好在这个当口上，在百无聊赖的情况下，你爹和你娘一拍即合，两人脚踩西瓜皮——溜之大吉。双双跑到偏僻的火场躲难。所以说，你钟吉祥就是个野种，不属于咱火场人。你也就没有根，没有祖业，没有必要给你分田地，你应该滚出火场，或跟牟梨一起滚回老家去。"

钟吉祥气得火冒三丈，大声骂道："你这个戏子，臭×子，地主变节分子，恶毒的上中农分子。你用这么恶毒的语言编排我爹娘，我就是死，今天我也要好好教训你。"

钟吉祥抡起拳头，向符彩儿冲去，他刚冲到符彩儿眼前，就看到了莫富贵杵在了他的面前，只见他提起钟吉祥，迎面就是一拳，把他打翻在地。钟吉祥在地上挣扎着站起来，向莫富贵扑去，他哪里是莫富贵的对手，乘他站立未稳，莫富贵照准他的下巴就是一勾拳，钟吉祥的牙齿被打掉一颗，满口是血。周围看热闹的人都说打死他、打死他。

钟吉祥躺在地上，眼角流出了眼泪。

符光中往地上一看，说道："钟司令，莫躺在地上装死。今天大家都看到了，是你的不对，你怎么能对一个女人下手呢？这俗话说，好男不与女斗。你也是太把自己当回事了，前面打了周美孜，现在又要打符彩儿，你以为现在还是以前呀，由你胡来呀？我看你是活该被揍。我听说你还打老篾头那几亩水田的主意，你和老篾头其实是八竿子也打不到一起的，老篾头是我符光中的曾祖叔，有你什么事，是吧，这一点全火场人都知道，我们火场的老者——老犁头，最有发言权，不信你听听他是怎么说的。你唆使手下人捅死你的恩人，弄死了一个把你拉扯大的没有血缘关系的大恩人，你还好意思活在这个世界上，还想继承老篾头的老业，全火场人都不会答应。"

姚娆面向老犁头说道："我大爷是咱火场仅存的唯一一个前清秀才，学问高，年龄大，他对火场的历史变故心中有一本账，火场没有一个人有他知道得多，大爷您给他说说老篾头那田地的故事吧。"

老犁头点了点头，清了清喉咙说："人之秀者……"

这句话变成了他开口说话的口头禅，改不了了，他这么一开头，说明他要放大招了，一般会展开了说。

只见老犁头缓慢地在自己大腿上做了一个喇叭筒，用嘴巴抿了抿卷烟纸边，又咬掉卷成的过长的烟嘴，把烟卷点上火，猛吸一口，口中发出吱吱的响声，悠然说道："老篾头和我年龄相仿，我俩和老憨头从小一起长大，我的确对他乃至他家的历史掌故都比较熟悉。其他方面我今天就不展开讲了，因为包干到户，那我就讲一讲他家的田地。老篾头祖上是编筐的，竹篾片到他们手里能编出各种各样的竹制器皿，并拿到集市上去卖，靠编织各种竹制品，几代人不间断地做这一件事，慢慢地购置了一份家业——在堡子界大山上买了几亩上好的水田，还买下堡子界南山中一块山，山上树木繁茂。尤其是堡子界那块山，由于长期以来，生产队封山育林，现在那块山用欧阳修《醉翁亭记》中的诗句来形容，就是'野芳发而幽香，佳木秀而繁阴'。"

莫京大声问道："老犁头，您能不能讲点白话呀，酸不酸呀？人之秀者，欺负我们没文化是吧，来不来就来诗，啥意思？"

袁莹莹插话说："大爷他的意思，简单地说，就是指堡子界山上，野花开放的时候，散发着醉人的芳香，山上的树木结出的果实，成了茂密的树荫。大爷这里要表达的意思，就是指堡子界芳草鲜美、古树繁多。"

姚娆说："莹莹说得对，欧阳修'醉翁之意不在酒'。大爷他是借欧阳修这个诗句，说明堡子界老篾头那块山好、树木多。"

老犁头向袁莹莹和姚娆颔首赞许。他说："老篾头这块山，光中知道，树木多，有很多杉木和楠木，这些古木值钱呢，山上那几亩好田，也是肥得流油。"

莫京听得有些不耐烦，他说："老犁头，您说老篾头堡子界山上田地好，山上树木多，和咱们包干到户有啥关系？老家伙讲话就喜欢弯弯绕，堡子界山上田地，树木还用您说吗？谁不知道啊。您的意思是不是说老篾头现在已经死了，您和他从小一起长大，他堡子界山上田地、山林都归您了，是不是？您为啥不说老篾头生前对您有遗言，他死后，这些田地、山林委托您看管，由您使用呢？"

姚娆说："莫司令，您的性子就是那么冲，现在不是'文革'了，对我大爷讲话，您能不能轻点，尊重他一点，好不好？这就是您的不对了，大爷他没这个意思，您是以小人之心度君子之腹。他只是说明了一下堡子界上有老篾头的田地和山林，并没有半点意思想自己霸占。"

"老四，那你讲这些是什么意思？老犁头没有这个意思，难不成你们私下商量好了，你姚娆有霸占老篾头肥田、大山的意思？"莫夜香见自己男人吃了亏，站出来说道。

姚娆哼哼一笑，轻语说道："他大伯大娘，话从你的口里说出来咋就那么难听呢？语言暴力是社会暴力的开始，你骨子里的造反精神也该改改了，'文革'结束了，'文革'被彻底否定了，醒醒吧。我们有些人，有些既得利益者，就是不愿放弃'文革'思维，只要有机会就喜欢给人抓辫子、戴帽子、打棍子，省省吧，哼哼。"

"莫京，你一点都没有改，你还是活在'文革'中，讲话不要那么咄咄逼人，非黑即白。"符光中见自己老婆被莫京夫妇逼问，站出来和莫京理论。

"莫司令，'文革'时你就是造反派鸟司令，现在国家是改革开放了，你还想用过去的那一套办法，穿新鞋走老路，是不行不通的。大爷今天只是把老篾头的田地和山基本情况讲了一下，你着什么急呢，老篾头遗留下来的东西和你半毛钱的关系也没有。你却在包干到户会上，上跳下蹿，我看你是好久没有发话了，心里憋得慌吧，不过，你再想也不能拿包干到户这种大事开玩笑吧，依我说，你哪儿凉快去哪儿凉快去，有你什么事，没你什么事儿。"符光中说完用手摸着儿子符摇的光头。

"符光中你讲的话好阴毒，你说我'文革'中表现不好，我可告诉你，你也好不到哪里去，当年害黄大长和袁莹莹的事，大家都还记着呢，就是你和九斤半干的好事，你现在也装君子，那天下就没小人了。老犁头讲的事与我屋有关，他说那几块肥田都是老篾头的，堡子界南山中那块山也是老篾头的，他这话有问题，因为我屋老业也在那里，他说的有些山地和我屋的重叠了，也就是说，他老糊涂了，把我屋的也说成老篾头的了。"莫京针锋相对。

"我过去那些事已经有了结论，莫司令，你在'文革'中干的那些缺德事，不怕你洗，你就是用一条'马头'肥皂也是洗不干净的，煤蛋儿是洗不白的。"符光中的话掷地有声。

姚娆说："大爷说的完全符合事实，不信你问全村的老者，他们都可以做证，大爷说的话可以通天，你莫京说我曾祖叔那块肥地是你的，你有证人证言证物吗？有，你就拿出来，没有就别想造反。"

"我算是听明白了，怪不得你和周保旺的四姨太急不可耐地跳出来，原来是你们夫妇俩想争夺老篾头的老业，你们的算盘珠子拔得真是精准，老篾头无后，他已经死了，争得了就争得了。但是，有一条你别忘了，你符光中姓符，老篾头姓啥你知道不？不知道吧，那我告诉你，老篾头其实姓莫，莫京的莫，这下你明白了吗？"莫京望着符光中发呆的样子，有些扬扬得意，似乎他已经胜券在握。

"莫司令真的不愧为莫司令，你抓住了问题的要害。一般来说，从姓氏关系上是可以作为判断小范围人群的渊源关系的，但是，凡事都有例外。老篾头小时候的确姓莫，由于战乱和自然灾害，他的先人们就从江西举家迁出，几经辗转才来到咱们火场，因为他们祖上精通篾制手工艺，方圆十里，他屋的篾制品可以说名声在外。对于老篾头家的祖传篾制技艺，时人有云：半天云里拍巴掌——高手。于是乎，他祖上定有一个规矩：篾制技艺只传长子，不传女儿。掌门人被人尊称为'老篾头'。由此，你可以知道，老篾头是没有姓氏的，而且是对每一代掌门人的尊称，不是特指某一个人。所以你莫京说老篾头姓莫的说法不攻自破。他们家通过很多代的勤劳，才攒下了如今这点产业。传至老篾头这一代，他膝下无儿无女，而且他也被红卫兵捅死了。现在有些人见老篾头已死，死无对证，就想趁包干到户抢他们的田地和山林，这也是行不通的。其实老篾头是有远亲的，从血缘上看，符光中就和老篾头相对近一些，如果硬是要找出一个老篾头的亲人，那么老篾头就是符光中的曾祖叔。也就是说，老篾头的祖业符光中有权继承，现在可以由他拿回老篾头的老业。"老犁头的话让周围的人频频点头称是。

莫京夫妇异常气愤，莫夜香手指老犁头骂道："老犁头你个老东西的，你得符光中什么好处了，老命不要了为他说话，谁说符光中和老篾头血亲关系最近，就凭你一句话是吧，不行，不作数。他老篾头什么时候成了你符光中曾祖叔了，他死了，你都没有送终，从这点上看，也是钟吉祥的。现在包干到户了，整日地叫大爷，咱大爷，羞不羞啊。原来早有预谋了，合伙想谋老篾头的田地。"

莫夜香说话时，被莫京瞪眼，他说："怎么说话呢，关钟吉祥什么事？他埋老篾头那是因为他带领的红卫兵捅死了老篾头，他这个不叫送终，是赔罪、赎罪。我也明确告诉你们，老犁头的话不代表真理，他说的全是歪理，连日来大家都看到了，符光中和姚娆经常出入老犁头那破屋子，原来是这样啊，各位街坊邻居都清楚，我屋的田地、山林和老篾头紧挨在一起，我们比谁都清楚田地、山林的界线。他符光中的田地山林和老篾头八竿子都打不到一起去，竟然活生生地编出一个故事，说老篾头是他符光中的曾祖叔，我的个天啦，天杀的老犁头，你都是个快入土的老树蔸了，你说你干吗要管这档子事呀！你就是个祸害呀，你老糊涂了，胡说八道，都不作数。"

"三姐，我真的是听不下去了，我今天得说你几句，这么多人在这里开会包干到户，你呢，手里拿不出证据，就逮着我大爷撒泼，这里可不是'好又来'客栈，由着你性子来。你若想谋光中曾祖叔的田地，你得拿证据。我们的人证就是我大爷——老犁头。你呢，谁是你的证人，你说，今天如果你拿不出证据，三姐，我也把话给你挑明了，光中也不是好欺负的，现在不是'文革'了，我不怕你们什么狗屁司令。"姚娆言之凿凿，步步紧逼，毫不退让。

包春梅在一边暗自发笑。

这边莫京和符光中也是正面怒怼，各说各话，包干到户会上，两家由骂脏话到几乎动武的地步。

符彩儿见老三莫夜香和老四姚娆互撕，站出来调停，她说道："老三、老四都是自家姐妹，为了几丘破田地，犯得着这么争吵吗？那田地又不出产金子。依我说，如果你们都扯不清楚，干脆你两个都退出，就由老篾头的养子钟吉祥拿去得了，省得为这点小事伤了姊妹和气。"

符彩儿这么一说，莫夜香和姚娆都不干了，莫夜香说："二姐，你说的比唱的还好听，胳膊肘往外拐。我屋老业和老篾头的老业都连在一起，我有民国时期的地契为证，根据地契上的描述，老犁头指的地方越界了，把我屋祖业的大部分划给老篾头了。现在平白无故地又冒出个外人——符光中，竟然和老犁头串通好了，说是老篾头的曾祖孙，想继承老篾头的老业，早不说晚不说，我们这里从来就没有人知道他和老篾头的这层关系，就他老犁头知道这层关系。这个正常吗？谁相信？除非他脑子坏了。"

莫夜香还没说完，姚娆抢过话说道："二姐，你这话我也不爱听。符光中有个曾祖叔

这可是事实，我大爷他已经说得很清楚了，如果有人还要质疑光中和老篾头的亲人关系，可以让政府和村委会派人调查清楚。在调查清楚之前，按照我们中村村支两委会议的票决决定，我们是先按老业拿自己的田地、山林作为责任制，那必须由光中享有老篾头的财产继承权。至于说让钟吉令享有，那完全不能让人接受。因为钟司令和老篾头不是养父子之间的关系，理由是：老篾头和钟吉祥没有抱养或过继等相关协议，钟吉祥也肯定拿不出这个东西；假若他有这方面的个人协议或经过当地的大队、公社认定也可以。很显然，这个经公家认定的条文，钟吉祥肯定也是没有的；钟吉祥当年带红卫兵用红缨枪捅死了老篾头，作为逆子——姑且让我这么称呼吧。他是有很大的责任的，现在国家在拨乱反正，这件事的当事人会不会被清算还不好说。从以上几方面来看，钟吉祥是完全丧失继承权的。从事实真相看，符光中才是老篾头的合法财产继承人，何况光中会把多出部分山、田、地拿出来，给那些无祖业的主。"

符彩儿说："我是里外不是人，我明白了老三和老四的意思了，老篾头的老业只是在你两家之间有争议，钟吉祥是个外人，没他什么事。他和老篾头之间几十年的共同生活不构成亲属关系。"

莫富贵对符彩儿大声吼叫道："就你嘴巴话多，爱管闲事，好像收了钟吉祥什么好处似的，你到底唱的哪一出啊。他俩一个说有民国时期的契证可以证明，一个说是老篾头的亲戚，老犁头是人证。村委会都拿不定主意，你却多嘴当判官。"

这时，钟吉祥说："我算是听明白了，你们不把我当火场人，你们不但否定了我和老篾头共同生活了几十年我是他的养子的事实，而且，想依此抢走我曾叔公的老业，这才是你们争吵的焦点。那我要问一下，莫京和符光中我该不该分田，我要不要吃饭？"

包春梅坐在会场的一角，静观事态，一言不发，坐山观虎斗，她半眯着眼睛，斜靠在村部不起眼的角落里。钟吉祥一讲话，她反驳道："真是三十年河东，三十年河西。谁能想到当年处于一条战线上的莫司令、钟司令和符司令今日也有打擂台赛的这一天，到底谁会成为擂主还有待进一步观察。不过有一点我要提醒一下钟司令，你在这场擂台赛中，肯定是输家。为什么呢？因为你连身份都不明确，莫京是司令是贫农，有民国时期的契证，所谓的物证。符光中是中农，老犁头是证人，证明老篾头是符光中的曾祖叔。你钟吉祥如何证明你是老篾头的亲人呢，没法证明，你本来就不是咱火场人，祸害乡里几十年了，你什么时候把火场乡邻当人了？没有嘛。你不是说老篾头是你的曾叔公吗？你都唆使人捅死了他，有你这么当孙辈的吗？就凭这个，就足以把你驱逐出户，开除出村，沉入水塘。你现在还不滚出火场，难道你还想等下次运动来，继续祸害别人吗？我看你根本没资格参加擂台赛，今天擂台上只有符光中和莫京双方，没有你什么事。你吃不吃饭火场人没责任和义务管你，你从哪儿来就滚回哪儿去，我们这里再也不供吃闲饭的人。"

钟吉祥慢慢移步到包春梅身边，用手指呵斥她，准备动她家伙。袁延顺和周美孜不知什么时候进来了，正坐在包春梅身边。钟吉祥气呼呼走来，袁延顺立即站起来，指着钟吉祥说："你想干什么？你又想打周美孜她娘是吗？上次你打了周美孜还没有和你算账呢，醒醒吧你，现在不是'文革'了，不是你们这些'文革'破坏者的天下了，今天我告诉你，你如果动手打周美孜娘，别怪我和你旧账新账一起算。"

钟吉祥把袁延顺的手往一边一挡，手指着包春梅说："'文革'是结束了，你地主的帽

第六十五章
包干大会众生百态　时代巨变"地富"联姻

子也摘除了，但这个不重要，重要的是你和你男人周保旺长期剥削欺压火场人民，这是事实。你地主成分是被取消了，但作为地主阶级对贫下中农的奴役和剥削历史永远也抹不去。不要以为阶级成分摘帽，你就是贫下中农了，我告诉你，历史或许和你开个玩笑，说不定哪一天，把摘下的帽子又给你戴上，也未可知。对了，还有你富农分子袁延顺，你也给我听清楚了，你也是才摘帽的，不要以为你们现在和我们无产阶级平起平坐了，你不是什么好鸟，当初你娶了地主周保旺的美妾符彩儿，后来在'四清'运动中重新划定为富农后，你就干脆破罐子破摔了，天天和地主包春梅勾勾搭搭，现如今你获得新生后，才几天时间，几乎每天和地主包春梅的独女周美孜不清不楚，你的灵魂深处是资产阶级的，这和你的阶级本质是一致的。试问：你是周美孜什么人？你以什么身份经常留宿在周美孜家中？你和周美孜发生了什么？你今天都得一五一十地向贫下中农说清楚。"

袁延顺一时语塞，嘴巴支支吾吾，慌乱中不知说什么好。他撸起袖子往前走了两步，准备揍钟吉祥，这时周美孜抓住了袁延顺，用眼神告诉他不要激动，她说："钟司令我有必要提醒你，我们地富帽子已经摘除了，你不要每天还生活在'文革'的梦境里，整天做白日梦，妄想哪天又回到你们过去为所欲为的老路上去，中央开大会说了，今后不再搞运动。我现在郑重地宣布，我和袁延顺是恋爱关系，可以吗？哈哈，我告诉你，我和顺哥要成亲了，我要嫁给他，做他的老婆，给他生一大堆的孩子。"

"不行，我反对，这个世道真是变了，地主和富农结合了，要翻天了。"钟吉祥听到周美孜当众宣布要和袁延顺结合的婚讯，双脚蹦了蹦。

"你反对无效。"周美孜神色坚定，手指钟吉祥说，"婚姻自由，现在不是当年的'文革'了，你为所欲为的时代一去不复返了。"她说话间用手抓住了羞怯的袁延顺，袁延顺有些躲闪，喃喃地说："美孜你闯祸了，你怎么在包干到户大会上把我给包干了呢？包干到户是指田、地、山等生产资料，不包干人，只包干到户。"

符彩儿说："周美孜，你快纠正过来还来得及，我想，你肯定是被钟吉祥气糊涂了，才说这种气话和玩笑话，你啊还笑，你叫我这张老脸往哪儿搁呀！"

"二娘啊，你这是咋啦，我今天的决定是我和顺哥商量的结果。我和顺哥是自由恋爱，不是什么丑事。"周美孜今非昔比，完全是判若两人，"现在的政策就是好，包干到户，嘻嘻，就是包干到人，我就是要包了你，顺哥，除非你反悔了。"

"是，不是，我愿意被你包干。"

"你讨厌，不要吃饭了，包干、包干，你就知道包干。"在场的人都被周美孜的举动吓到了。"延顺大哥，你是个真正的男人，我喜欢你！你不偷不抢，是我自己愿意的。你是比我大很多岁，那又怎么样，爱情与年龄无关。"

"快别说了，美孜，别开玩笑了，我求求你了，你赶快辟谣吧。"袁延顺怯怯地说。

周美孜低声问道："那天在我屋，你拉着我的手说你喜欢我，是真是假？"

"当然是真，千真万确，我稀罕你！"

"那不就得了，婚姻是两个人的事，想那么多干啥，别人想怎么说就由别人说去吧！"

"美孜，你可要想好啰，不然你会后悔的。"袁延顺提醒道。

"你今天是怎么了，是不是你后悔了？怎么那么啰唆。"

"打死我都不会后悔。"袁延顺坚定地说。

"好了，有你这句话就行了，剩下的事交给我办，你不用管。"周美孜大声宣布，"各位左邻右舍，父老乡亲。现在粉碎了'四人帮'，彻底否定了'文革'，我和我娘以及袁延顺这些地主、富农的帽子已经摘除，现在我们和大家是平等的，都是国家的公民。我和袁延顺恋爱订婚是我们自己的事，现在不需要牟组长和钟司令同意了，我和袁延顺要结婚了，到时请大家喝我俩的喜酒。"

"周美孜你不要太猖狂，'文革'是结束了，你和袁延顺的'地、富'帽子是摘除了。谁都知道，帽子可以摘下，也可以戴上。'地、富'结合放明了是和贫下中农作对，是挑战和戏弄阶级斗争。工农可以结合，谁都可以结合，就你们'地、富'不能结合，因为你们身上的阶级流毒太深了，如果形成合流，会危害到我们国家的根基。"钟吉祥的话引起大家一阵哄笑。

符富厚说："钟吉祥，那你说说'地、富'合流之毒会是怎样的？从他们身上流出的地富毒，真的会冲垮国家的根基？有那么大的魔力吗？不会吧。"

"莫非、也许、可能……"莫富贵说。

"莫富贵，你这个小土地出租户，阶级立场就是不坚定，左右摇摆，什么莫非、也许、可能，明摆着的道理都不明白，假若全国的地主和富农都像他俩这样，才摘帽就急不可耐地要结合在一起，那还得了，那不是有意和无产阶级抬杠吗？那我们的红色政权要不了多久就会被他们这些'地、富'毒害，就会动摇国家的根基。"钟吉祥逮谁说谁。

姚革新一直没有讲话，他在听取各方面的意见，他说道："钟吉祥，你不要在这里危言耸听了。经过几十年的教育改造，'黑五类'及其子女已经改造好了，他们已经成为国家公民中的一分子，现在的中国，已经没有阶级成分这一说了，你还开口闭口讲阶级斗争，你这种'文革'思维是要不得的，很危险。我提醒你，你如果死抓阶级斗争不放，那就是和党中央的大政方针作对，是和人民为敌。'黑五类'已摘帽，今后谁也不得鄙视他们，他们享有和我们同等的国民待遇。周美孜的年龄比袁延顺小很多，但这个不影响他们相爱，只要他们办了证，就是合法夫妻，你无权干涉。"

钟吉祥扭了扭脖子，仍然扭住周美孜和袁延顺的话题不放，他正准备反驳姚革新的话，牟梨不知什么时候也来到村部，抢先一步说："我估摸着他们两人在'文革'期间或更久远的时间里，就已经开启了地下恋情，我们红卫兵当时就已经怀疑他俩有暧昧关系，只是苦于没有抓到证据，才使他们成了无产阶级专政下的漏网之鱼，逍遥到今天。他俩今天无所顾忌地暴露了丑恶嘴脸，用'地、富'相结合的方法嘲讽走工农相结合的道路，应当予以制止、取消、撤散，如果他们真的相结合了，我不晓得最终打的是谁的脸。"

姚革新说："孙中山先生曾经说过：自由，是民众天赋的权力。公民具有自由、恋爱、结婚的权力。袁延顺和周美孜现在也是国家公民，任何人无权干涉他们自由、恋爱、结婚、生子的权力。"

钟吉祥鼓起腮帮子说道："地主周美孜、富农袁延顺从实招来，你们的地下恋情发端于何时？目前到了什么程度？今天你要如实招来，不然觉醒的无产阶级绝不答应。"

钟吉祥说完眼睛直视袁延顺。袁延顺的眼睛躲闪了一下，怯怯地说："你们就喜欢抓辫子，给人戴帽子，把恋爱也能说成'地下'活动，又不是搞特务组织。像周美孜这么美艳的女孩子，我可以明白告诉你，我心中只是暗恋，根本不像你说的那样，还搞什么'地

第六十五章
包干大会众生百态 时代巨变"地富"联姻

下'活动。我经常到她家里去是有的,那也是有原因的。"

钟吉祥急切地问道:"什么原因?告诉你个小顺子,运动当前,你竟敢找地主女玩暗恋,你不老实,你反动。"钟吉祥的话,刚刚说完,引起一片笑声。

"我,我我我……"袁延顺一急就口吃,周美孜用手拍了一下,暗示他不用心急,她怼钟吉祥,说道:"钟司令,我们大家都说这么久了,上级也正式行文了,在中国的大地上,延续了几十年的阶级成分取消了,你怎么充耳不闻呀,你竟敢违拗上级指示,人为地给人加上成分包袱,你这是摆明了要和上级对着干啰。你是吃了熊心豹子胆了。醒醒吧,你们的时代一去不复返了,新的时期到来了,中国进入了新的历史发展时期,看来你对我和袁延顺交往、恋爱,你是有意见的。那又怎么样,你可以到厕所里提去。顺哥刚才说了一个词,我深为感动,他说我和他之间相处,不是搞地下活动,而是暗恋我。你好好看着我的眼睛,我都感动到了。没想到顺哥对我用情那么深,他一直在暗恋我、关心我,不是在玩弄我的感情。苏格拉底曾经说过:暗恋是世界上最美丽的爱情。你的诨名太多了,什么小杂种、狗杂种、司令、流氓、小偷等等,我今天也想给你取个诨名:搅屎棍。这个名字用在你头上,是最贴切不过了的。好吧,搅屎棍,你既然对我和顺哥那点事那么关心,那好,我今天也就当你面给你讲几句吐血的话:顺哥这么多年来,十分照顾我和我娘,家中的重体力活基本上是他在做,但他从来没有非分之想,也许是作为同类人员,他更清楚我们娘俩度日如年,不容易,正是他的同情心、善良、正直、纯朴、用心、用情,才使我深受感动。他的日子也并不好过,他还长期地冒着风险照顾我和我娘,这样的男人就是打着灯笼也难找。因此,我在这里宣布,明天就是我和顺哥订婚的日子,两个月后,也就是6月27日我俩正式结婚。欢迎左邻右舍、亲朋好友前来吃酒,当然,肯定不包括你钟吉祥和不受欢迎的牟梨。"

"啪、啪、啪!"包春梅鼓掌欢迎,她说:"只要咱家延顺同意,我完全支持同意美孜的决定。明天就为延顺和美孜定亲,6月27日正式结婚。"

包春梅说话时目光斜向牟梨,老眼中全是鄙视与否定。

袁延顺问:"为什么选在6月27日完婚,日子临近了,怕是来不及。"

包春梅笑而不答。周美孜用手扯了一下袁延顺的衣角,袁延顺好像刚才从梦中醒悟过来,他知道周美孜的用意了——去年的那天,她以身相许。

这个年逾六旬的老男人,却像一个毛头小伙一样,有些不知所措。包春梅见状,说笑道:"延顺,你过来,坐我身边,你是想说点什么吗?那就随便说吧,心里是怎么想的,口里就怎么说,现在又不是'文革'了,不担心说错话,被狗腿子告密,现在国家把我们'地、富'的帽子已经摘了,大家都是平等的国民了,其实你一直是良民。"

袁延顺听了包春梅的话后,似乎有些放松了,他尽力不口吃地说了一句:"全凭娘做主,谢谢娘和美孜看得起我。从今天开始,美孜要我站着,我不敢躺着,美孜叫我躺着,我就好好躺着,总之一句话,我任由她摆布。"会场里的人哄然大笑。

符富厚痞痞地说:"作孽啊,延顺啦,老牛吃嫩草小心拉肚子。"

会场上又是一阵野笑,叮咣哥说:"小顺子,你是得了便宜还卖乖,周大美女叫你躺着你还不乐死,还用得着说'美孜叫我躺着,我就好好躺着'吗?你真是太假了。"

"不准说这个,讨厌!"周美孜有些羞怯。

411

"谁说我假,我对天对毛主席发誓,我说的话句句是实话。"袁延顺说完,会场上又是一阵笑。

黄喆说:"你说的是实话,但你也太实话实说了吧。实不实,只有美孜知道,莫到这里显摆了。"周美孜把脸侧向一边——她的脸成了一朵火烧云。

袁莹莹从旁对袁延顺说:"有情人终成眷属,顺子哥祝福你们,你和美孜姐相结合具有划时代的意义,一个浪漫的时代真的到来了。"

周美孜牵着袁莹莹的手,轻声说道:"袁老师,莹莹妹子,谢谢你,我要给延顺生一堆孩子,将来都交给你来教育。"

包春梅说:"美孜说得对,交给袁莹莹来教我们放心。"

袁延顺从旁附和着说:"是,是是是。莹莹妹妹是天底下最好的老师。"

袁莹莹也不推托,开玩笑说:"那你俩可要抓紧啰,别让我老了,教不动了。"

周美孜说:"莹莹妹是远近闻名的'万人迷',现在是怀化地区优秀教师。去年全县教育工作会议上,她戴红花,上台发言。据说是县委书记庞跃京亲自为她颁奖呢,现在也已转正了,是公办教师了,是一名正儿八经的优秀的人民教师了。"

旁边的人都啧啧称颂,袁莹莹一再谦和说自己做得还不够,今后还要努力工作,为国家培养人才,多出人才。现在改革开放了,国家最缺的就是人才。

这次中村包干到户会议上,最终形成了村委会的决议,按照大家的意见,先拿自己的老业,再根据人口多少,按照村组人均面积,调出多余的田地和山林。

一切都随着包春梅预设的方向走——按老业包干到户。

按老业包干到户,存在的不足是:那些没有老业可以拿的人家,基本上是别人家调剂出来的田、地、山,肯定是差一些,尽管村委会对调剂出来的田、地和山林又进行了合理搭配,但由于调出的田、地、山底子本身差一些,这一类人存在意见。

莫京民国时期的契证被村民宣布是一张废纸,老犁头的证言得到采信,老篾头的老业基本划为符光中所有。钟吉祥差一点没有分到田,因为中村人否定了他对老篾头尽了赡养责任与义务,不少村民要求把他轰出火场。

姚革新在中村包干到户会上总结说:按规矩钟吉祥可以不分给他田地,原因很简单,因为他不属于火场人,他带领的红卫兵捅死了养育他成人的老篾头,两人又不属于亲属关系。莫京没有人证,民国时期的契证不作数,而且契证上写的也不明确。符光中有证人老犁头,老犁头和老篾头既是同榜秀才又是老庚,老犁头的话可信,老篾头的田地、山林等老业应归符光中。

按老业钟吉祥没有分得田、地和山,但姚革新语重心长地做大家的工作说:"大家说的都是事实,钟吉祥祸害乡里有罪,他做的那些坏事,不得人心。但是不管怎样,他从小就随父母来咱火场干革命,现在三十几岁的人,是条狗养熟了都舍不得,还是给他几亩天水田,给他几口饭吃吧。"

姚革新的话在理,善良的村民被说服了。于是钟吉祥也分到了两亩天水田和桃坪界边上的一块小山——毛栗垭。

包干到户村民会议上,周美孜和袁延顺联姻,这又是开天辟地第一次,社会上的反响巨大,给人们的心灵产生了极大的震撼,历史有时候也会开玩笑。

第六十六章
袁周联姻结成伉俪 "文革"组长被指惯偷

包干到户村民大会后，牟梨成了真正多余的人，她没有任何理由参与分田分地分山，这里已经没她什么事了，但她也回不去了。县委"文革"专案组没有召回她的命令，她的问题还没有澄清，也没法回北京。

牟梨的父母当年几经转折被派往湖南的一所"五七"干校接受劳动改造，她当年因为造父母的反，作为有功的革命青年被派往沅陵带头闹革命。后来她父母也转了几个地方进行劳动改造，失去音信。

当年，她父亲撰文对时局加以评论，因言获罪，父母于"文革"前下放到僻远农村劳动改造，"文革"初期，红卫兵要求她父母白天参加生产劳动，接受批斗，晚上参加政治学习。父母居无定所，长年在外颠沛流离，身体每况愈下。劳动强度大，每晚的政治学习耗费两人的精力，日复一日，让她父亲的性格变得越来越焦虑，一天晚上，红卫兵在"五七"干校组织学员学习《人民日报》社论，读错了不少字，她父亲牟哲越听越不耐烦，一把抢过红卫兵小头目手中的报纸，怒吼道："读个报纸都不能断句，还敢给教授上课，癞蛤蟆打哈欠——好大的口气。你们每天竟敢给教授出题目，要求教授写的政治学习材料必须回答三个问题：我为什么要学政治？我的政治思想有什么问题？我要做什么样的人？你们有这个闲工夫，为什么不静下心来坐在教室里多读几本哲学书呢？弄清楚：我是谁？我从哪里来？我到哪里去？想明白了这三个问题再出来混。"

敢于如此轻蔑红卫兵，欺负红卫兵没文化，用哲学的三个终极问题，对红卫兵进行灵魂拷问，红卫兵当然回答不上来，便恼羞成怒，把牟哲叫到审讯室关上门，"乒乒乓乓"一顿毒打，从审讯室出来时，牟哲已经奄奄一息。后来连续三天，他在烈日下游街示众，如此反复，两人不堪受辱，一天晚上，夜深人静时，夫妻俩就自缢了。

当年，牟梨为了显示和"有问题"的父母决裂，她通过正规渠道发表声明和父母脱离父女、母女关系。因此，她父母自杀后，也没有集体和个人向她通报这一消息，她连父母最后一面也没有见到。

在村民包干到户大会的后半程，她已经悄然离开了会场，一个人黯然回到自己的房间里，蒙头大哭。她人生第一次感到了无可抗拒的孤独、迷茫、恐惧和无助。

散会后，钟吉祥来到牟梨房间找她，他敲了半天的门，牟梨才打开门。开门后她也没搭理钟吉祥，独自一个人躺回床上。

钟吉祥在村民大会上遭到群殴，虽然没有拿回老箢头的老业，但由于姚革新主张给他分田地，老犁头也从中调停，最后他还是如愿以偿地分得一份田地、山林，虽然都是别人家不要的，但总比没有好。因此，钟吉祥还是有些小兴奋。回到牟梨住处时，他没有仔细

观察她的变化，一进门就急于告知牟梨他分得田地和山林的情况，牟梨只是嗯了一声，说自己有些不舒服，打发钟吉祥回去休息。

时间很快到了6月27日，这一天是周美孜和袁延顺正式结婚的日子，这一天包春梅在周家大院大宴宾客。袁延顺为了照顾包春梅母女，就在周家大院完婚。这一天，袁延顺和周美孜身披红绸、胸戴红花，喜笑颜开。婚庆当天，几十年不曾交往联系的亲戚朋友来了，几十年没有交集的左邻右舍几乎悉数出场了，周家大院一两天来，鞭炮声、铁铳声在火场大山里回响，周家大院迎来送往的客人络绎不绝。

婚后，日渐衰老的袁延顺好像是人们常说的那样，老树发新芽，枯木又逢春，精神饱满，和周美孜进出形影不离。

包干到户后，袁延顺拿回了红军当年帮助火场人民修建的砖瓦厂，作为他的老业，成了他的责任制。袁延顺重操旧业，周美孜料理家务，停下来时当他的下手。包春梅以八十多岁高龄，每天在村中和砖瓦厂悠闲自在地散布一些零碎话。

包春梅昔日的姐妹和她的联系开始紧密，闲话家常时，免不了要提到火场的"话题大王"——牟梨，人们有些日子没有见到牟梨了，这倒让人觉得有些不适应。

牟梨十多年来，在火场，她是那个时代的弄潮儿，手中掌握的权力足以决定人的生死。没有牟梨的出现，听不到牟梨的声音，让历史转型时期的人们心中有些忐忑。虽然牟梨现在是落水的凤凰不如鸡，但只要提到牟梨的名字，仍然还有留存的威慑力。

人们茶余饭后，讲到关于牟梨的话题时，两眼总是会到处瞅瞅，把手指放在嘴边"嘘"的一声，警觉地张望一下四周，确认是安全的时候，才会敞开心扉讲牟梨。只有确保说话声门外无人听见的时候，才会碰触牟梨那些敏感话题。不过凡事也有例外，包春梅母女就不管这些，甚至是故意在大庭广众之中罗列牟梨的罪名，编排她和钟吉祥的"故事"。包春梅昔日的姐妹在她的引导下，心领神会，放开了手脚搬弄是非。

今年的大暑来得急急呼呼，高温席卷着大地，热得想一头钻进山洞里。蝉站在高枝上，哪怕热得脑袋发晕，也立志把最后的音阶演绎成绝版的歌唱。盛夏，如果没有蝉在高枝上清唱，乡村又多了一份寂寞。蝉用所有的激情与热情擦亮世界。

村口是个聚集地，也是个讲是非的地方。

莫夜香家豢养的一只公狗，取名"大郎"，几天时间不回家——似乎人间蒸发了。"夜夜香"就开始骂街，小杏儿对她说："大半夜闻到乡政府里面飘出了狗肉汤的味道——是不是乡政府有人偷偷把狗打死吃掉。是不是钟吉祥和她那个相好牟梨偷杀了狗？"

莫夜香说道："闻得狗肉香，神仙也跳墙。"她似有所悟，频频点头。

牟梨是许多人扯闲谈的原料，是村人开涮的主要对象。

莫夜香家的狗"大郎"不见了，众人鼓捣，兴风作浪，于是，她更加坚定认为是钟吉祥和牟梨偷了她的"大郎"，她决定找上门去问清原委。

一会儿，莫夜香按捺不住心中的愤懑，走到公社找牟梨，她当面问牟梨，是不是偷吃了"大郎"，牟梨被莫夜香搞得云里雾里，丈二和尚，摸不着头脑，她一本正经地耐着性子解释道："夜香姊子，我整天大门不出，二门不迈，哪里会得知你的'大郎'下落呢？"

莫夜香一脸不屑，说："牟梨，大门不出，二门不迈是指安分守己的妇道人家，你也配说这样的话，啊呸。你是什么人？一个政治运动的狂热追求者，祸害火场十多年的政治

第六十六章 袁周联姻结成伉俪 "文革"组长被指惯偷

狂人。你的流毒、罪行比地主包春梅还要有过之而无不及。装什么装？你就是一个惯偷。"

莫夜香出言不逊，让牟梨恼羞成怒："你说什么？你敢骂我是小偷，你也太嚣张了。"牟梨什么时候受过这么大的羞辱，多少年来，她在火场这个一亩三分地里可以说是说一不二的，几任公社书记都要看她的脸色，礼让三分。老百姓对他更是毕恭毕敬的，敢怒而不敢言。今天莫夜香竟敢当面羞辱她，她怒从中来，于是，她骂道："你是个什么东西，竟敢辱骂我，翻天了你。"

她按捺不住心中的怒火，走上去就是"啪啪"两巴掌，怒吼道："你给我马上滚，别在我这里耍横，还轮不到你这种货色来教训我。"

莫夜香好吃懒做，四体不勤，五谷不分，一张大嘴巴时常嗑瓜子讲是非，啥也不会，啥也不做。并且，时常炫耀村中什么什么男人拜倒在她的石榴裙下，唯她马首是瞻，不时给莫京戴绿帽子。多年来，她在牟梨面前是唯唯诺诺，在牟梨强大的气场面前，原本就矮了一大截。现在见牟梨暴跳如雷，而且掌掴她两巴掌，她捂着自己的脸蒙在那里。

乡政府大院里的吵闹声惊动了所有人，一会儿政府大院里外便挤满了看热闹的人，当然少不了莫夜香的姊妹。

钟吉祥赶来时，见到这种情形，顿时明白了一切。他从牟梨房间拖来一把斩骨菜刀，口中嚷嚷道："老子今天要开杀戒。"他挥舞斩骨刀向莫京扑去，见钟吉祥那副凶相，大家都自然地让出了一条道，当大家都以为钟吉祥要刀斩莫京和莫夜香时，钟吉祥却突然折转身体，向包春梅和袁延顺走过去。吓得周美孜大声叫道："钟吉祥你要干什么？狗杂种要杀人了。"她的叫声惊醒了所有人，场面一时十分混乱。

"吉祥，住手。"大家向声音传来的方向望去，只见牟梨用剪刀对准了自己的喉咙，钟吉祥见牟梨用剪刀对准了自己的喉咙，他愣住了，斩骨刀慢慢地从他手中掉下来，他大叫一声："牟梨，别做傻事！"他向牟梨扑去，一把夺过牟梨手中的剪刀，她身子瘫了下去，钟吉祥抱住了她的身子。

突然，乡政府大门口传来"嘀嘀"喇叭声，守大门的老周探出头一看，是乡党委书记黄诚勇的吉普车，他马上走上前去开大门，并对黄诚勇咬耳朵说了几句话。黄诚勇停稳车后，直奔牟梨处，他见到钟吉祥抱着牟梨呼唤她的名字，拨开人群，走上前问道："钟吉祥，牟梨什么情况？要不要送医院检查一下？"

牟梨这时慢慢睁开眼睛，性格倔强的她看到黄诚勇来了，连忙一骨碌爬起来，装作若无其事的样子，说："这里是人民政府，是国家机关办公场合，聚集了这么多人影响政府干部办公。请大家都散了吧，请大家管好自己的人，管好自己的嘴。"

牟梨本来想息事宁人，挽回一点面子，可是莫夜香一听却不干了，她用手在大腿上一拍，叫道："黄书记，你从县里开会才回来，有些事你有所不知，你们乡政府里有人偷吃了我的狗。"

黄诚勇向来对莫京夫妻不理不睬，一听莫夜香的话，火气就上来了，把乡政府闹成这个样子，原来是因为一只狗。

"夜香姊姊，讲话要有根据，是谁偷吃了你的'大郎'，要讲清楚，不要一篙子打倒满船人。"黄诚勇说道。

村民有不少在说笑，莫京光着膀子，趿拉着拖鞋，欠了欠身子，说："诚勇书记，事

415

情是这样的，我屋的大黄狗'大郎'已经两天不见影子了，夜香她们是闻到狗肉香以后，慢慢找到乡政府的，狗肉香在这里飘荡，满院子都是。于是，夜香她们就到处打听，没有一个人说看到我家'大郎'，后来，夜香她们就问了一下牟梨看到我家'大郎'没有，没承想，不问不打紧，一问就像捅了马蜂窝一样，牟梨她一点都不讲理，不但否认她偷吃了狗，竟然骂夜香，还揭夜香的老底。黄书记你看，这不管换作谁，哪个不生气。夜香过去被地主周保旺欺凌、压迫，好不容易才获得解放，没想到如今又被牟梨欺压，她还动手打了夜香，诚勇书记你看夜香细皮嫩肉的脸上，印有她牟梨掌掴的指印呢。"

莫京说话时心疼地用手轻抚莫夜香的脸，他那心疼的样子几乎要掉眼泪了。

黄诚勇凑近一看，莫夜香便动情地哭了起来。

"黄书记，我这个人长得丑，说话也丑，但是呢，今天我也有话说。莫夜香丢失了一只狗，自然是要寻找，在乡政府周围闻到了狗肉味，就找到了这里，向牟梨寻问时，牟梨态度恶劣，我亲耳听到，亲眼看到牟梨骂夜香，还掌掴夜香。不管你偷狗，还是吃狗，你牟梨也太不把人当人了吧，你是又骂人又打人，不像是一个年轻未婚女人。"田老汉站出来为莫夜香说话，摆明了支持莫夜香。

姚革新从山上砍柴回来，苏醒告知他发生在乡政府的事情后，他马上就过来了，在黄诚勇前一脚到的，听了一阵子了。

黄诚勇看了看现场，说："牟梨和钟吉祥、莫京和莫夜香，还有姚伯伯留下来一起解决这个事，其他无关人员都散了吧，不要堵在这里，影响乡政府工作人员办公。"黄诚勇说完，看热闹的人稀稀拉拉地离开了。

"谢谢诚勇书记！不用为我这点事费神了，事情已经这样了，没什么好调解的，事情的前因后果我就不再重复说了。今天莫夜香是有备而来的，她心里清楚。这么一个大的乡政府，这么多人，怎么就直截来找我要狗，她和包春梅讲那些羞辱人的话，明眼人一听便知。我告诉你，黄书记，政府大院里根本没有狗肉味，这是一个伪命题。是有人在故意挑事，达到陷害侮辱我的目的。不用调解了，我这里没事了，大家都回去吧。"牟梨眼含着泪水，接着说："针对我的人身攻击早已开始了，以后会变本加厉。"牟梨说到这里喉咙一紧，声音有点哽噎，她明显感觉到自己的失态，于是她顿了顿，放缓了讲话的语速，让自己能镇定下来。

莫夜香似乎很得理，她说："我没有讲冤枉话，反正我的狗不见了，已经有三天时间没见我家'大郎'了。你喜欢吃狗肉是出了名的，你不但爱吃狗肉，连狗骨头都焖着吃。"

莫夜香讲话依然话中有话。莫京用手轻轻推了她一下，莫夜香便嚷道："推什么推？你怕别人，我可不怕别人，现在不是'文革'了，我就不信她有权把我抓起来，像王阿婆那样，吊在大树下活活整死。"

黄诚勇正色道："好好说话，扯那么远干吗？"

"狗×的才偷狗。"莫夜香不依不饶。

"黄书记讲的话，你没听见是吧，你耳里塞狗东西了。这不是你家里，别到乡政府撒泼。"姚革新对莫夜香讲话没好声气。

莫京拉莫夜香的手，要她回去，她手臂一抖不肯走。

"莫京，拿出你前些年造反的精气神来，管好你的婆娘，莫夜香讲那些没有根据的话，是要不得的。要说是非，村口那个地方比较合适。这里是政府机关，是办公事的地方，不是菜市场。好啦，带着你婆娘快走吧。"姚革新发了态度。

"大哥已经发话了，你走不走，你不走我就走了。"莫京说完瞪了莫夜香一眼，转身就走了。莫夜香也斜着眼睛，眼角挂着讥诮的笑容，丢下一句："臭不要脸。"她便尾随莫京往回走。

牟梨镇定地说道："黄书记，姚书记要休息了，吉祥你也回去吧。"

黄诚勇对牟梨说："本周内，县委'文革'专案组来火场，找你核实'文革'中的一些情况，你不要外出。"

"来吧，该来的迟早都会来的。"说罢，她仰着头走回自己的房间。

牟梨回到自己的房里，再也抑制不住伤心的泪水，她扑倒在床上抽泣着。晚饭时分，钟吉祥来看她，问她吃晚饭了没有，她说没胃口，闻到饭菜就想吐。钟吉祥问她是不是害病了，要不要看医生。牟梨没有回答，眼圈红红的。

钟吉祥心疼地说："你犯不着为莫夜香那种女人置气，你被狗咬了一口，总不会反咬狗一口吧。"牟梨扑哧一声，破涕为笑："就你会说话。"她感到有些反胃，跑到垃圾桶边吐口水，头上直冒汗。

钟吉祥问她哪里不舒服，她摇了摇头，她说没有哪里不舒服，没事，喝点水就好了。牟梨端着钟吉祥递给她的水杯，目视窗外，长长地叹了一口气。

一晃又过去了几天时间，牟梨已经有些天没出大门了，钟吉祥邀她出门走走，散散心，她还是懒得动。在钟吉祥的一再劝说下，牟梨才答应在乡政府大院里随便走走。刚走下楼梯，就听到有几个人聚在桂花树下议论她，说得很难听。钟吉祥准备走过去和这些人理论，牟梨抓住了他的手，轻声说："没必要了。"

两人慢慢走到乡政府门口，那里围着一群大人和小孩在闲话家常。包春梅和符彩儿等人坐在乡政府门口青石板上，正在给村民编排牟梨的闲话。牟梨和钟吉祥蹲在离政府大门较近的地方听。

包春梅说："牟梨那个小妖精，她除了在做事上疯狂外，在生活上也是疯到家了。做事上，想必我们大家都领教过她的狠毒，那么一个十几岁的小屁孩，来到咱们火场上山下山闹革命，硬是把咱火场搅得天翻地覆，不管老幼，也不管是公社书记，还是平头百姓，都像着了魔似的在她的号令下疯狂；她行事无所不用其极，比如她为了贯彻'以阶级斗争为纲'的号召，就拿我们这些地主、富农开刀；也是由于她的一声令下，在钟吉祥的带领下，顷刻间，咱火场人的祖坟，有的被刨，有的被平，有的墓碑被撤被毁，她和钟吉祥眼睛眨都不眨一下呀！谁家没有祖坟呀，她牟梨没有吗？也许真的没有祖宗，她也许是从石缝里蹦出来的；她组织红卫兵造反和村民对峙，老篾头被红卫兵用红缨枪捅死，逼死老倔头、莫百信，打倒了魏公稿，崔产愫也是九死一生，好多公社干部被她打成右派，牟梨给咱火场造孽可以说是三天三夜也讲不完啊。"

老犁头说："善有善报，恶有恶报，不是不报，时候未到。"

也有村民应着莫夜香往不堪地说，嘻嘻哈哈的。

钟吉祥和牟梨坐在政府大院里一棵歪脖槐树下，听了这些话，两人气不打一处来。钟吉祥顺手捡起两个石头，起身向大门口走去，牟梨一把抓住他的手，轻声说道："你被狗咬了一口，难道你还想反咬狗一口吗？"牟梨哭笑不得。

"她们也太欺负人了，这不是故意作践你我吗？我就想一石头拍死她们。"钟吉祥还是想冲过去，牟梨不准。

牟梨和钟吉祥两个人咬耳交谈的声音被墙外的声音所覆盖，当然，村民议论的话题仍然是关于他俩的事。牟梨不想再听下去了，她对钟吉祥说："吉祥，讲话不要带脏字，时候不早了，你也回去吧。"说完她感到有些恶心，马上捂住嘴跑到一边茅草丛中呕吐。

钟吉祥用手轻拍着牟梨的背，这时政府院内有几个干部出来散步，他们也在大声议论着钟吉祥和牟梨。

等这些人走远了，钟吉祥对牟梨说："走吧，我送你回房间。"

"吉祥，时代变了，从今往后，你要学会低头做人。"牟梨脸色苍白，喝了一口水，说道，"时间过得真快呀，转眼间我来火场闹革命快二十年了。这些年，你在工作上和生活上都给予了我很大的支持、帮助，我心中十分感谢你。如果没有你的帮助和爱护，我在这里或许一事无成，感谢生命中遇到了你。"

牟梨的话让钟吉祥感动诧异，这还是牟梨第一次以这种口吻和他说话。他说："牟梨，说这些话干吗，如果说要感谢，也应该是我。我这样的人能够遇上你这么漂亮、聪明、能干，对事业充满着激情和领导力的女子，是我前世修来的福分。我一个被人称作'小杂种'的孤儿，一个让人讨厌的'狗杂种'，如果不是遇到你，我钟吉祥会变成怎样的人真是不敢想象。我从你的身上学到的东西，比从书上学到的东西多得多、有用得多。我没读过几年书，我现在能够读报了，学会了加减乘除四则运算，上台也能讲几句'文'话了，这都是你教给我的，你不仅是我爱的人，而且还是我的人生导师、革命战友，你对于我十分重要，比我的生命还重要……"

牟梨被钟吉祥的话所感动，她往前走了几步说道："墙内墙外那些爱讲是非的人，他们都是语言的巨人、行动的矮子，不要太在意他们说了什么，什么话都有失效的时候，更谈不上一句顶一万句。我们曾经从事的革命事业是前无古人后无来者的宏伟事业，我深感能活在这个伟大的时代里，并响应了时代的号召而感到骄傲，永不后悔。今日之中国，风云变幻，一个新的时代到来了。今后的人生路上，不管遇到什么挫折，甚至是艰难困苦，你都要面对，因为没有人能带走你的痛。这个世界又有几个人能真正做到换位思考、感同身受呢？！"

牟梨说着说着，美丽的脸庞上流下了一串长长的泪珠。钟吉祥心疼地用手为她拭擦泪水，哽咽着说："牟梨，别说了，你讲的话，我都记住了。你休息一会儿吧，你是身心都累了。"

牟梨"嗯"了一声，说："我心中的信念不会丢，英特纳雄耐尔一定要实现。"

钟吉祥好像没有听懂，一脸茫然，牟梨也不作解释，说："吉祥，时候不早了，你回去吧。"

牟梨催促钟吉祥快点回去睡觉，钟吉祥恋恋不舍地向房门口走去，他走到房门口时，又回过头来，说道："牟梨，别想那么多，天塌不下来的。听说明天县里要来人找你问话，你早点休息吧！"

在钟吉祥手握门把手的瞬间，牟梨叫了一声"吉祥"，便从床上冲下来，一头扑进他的怀里，她搂紧钟吉祥，第一次主动亲吻了他，她喃喃地说："吉祥，你也要好好的，我才放心。明天如果我出了什么事，你不要意气用事，我罪不至死，死又何妨。"

钟吉祥"嗯"了声，又劝慰她说："牟梨，放心吧，你没事的。"钟吉祥也不知道用什么话来安慰她，只能用苍白的语言重复安慰她。

"吉祥，如果我明天走了，我私人的所有东西会放在我的小皮箱里，到时你拿走，你要好好活着。"

钟吉祥安慰了她几句，亲吻了她依然美丽的脸颊，性格要强的牟梨顿时泪眼婆娑、泣不成声。

这时，楼下大院里突然传来了汪汪汪的狗叫声，两人走到窗户边仔细一听，传来了莫夜香的声音——"大郎、大郎"。

钟树军大声说："夜夜香你不是说'大郎'已经失踪几天了吗？还说闻到狗肉香，说是牟梨偷吃了你屋'大郎'，现在你屋'大郎'怎么又出来了呢？是不是你有意用麻绳子捆住你屋'大郎'，故意不让它出来，好诬赖牟梨。现在'大郎'挣脱了麻绳跑了出来，你也太过分了吧。"

"谁说我用麻绳捆住了'大郎'不准它出来呀，我可没有这么做，这条狗可能是发情了，它自己到处找野的去了。"莫夜香指桑骂槐，大声说给楼上的牟梨听。

牟梨站在窗前，听到楼下这些话身子一歪差点摔倒，钟吉祥低声骂了几句娘，把牟梨扶到床上去休息。牟梨催他赶快回去，说楼下那些人知道他在楼上，会说得更起劲。

牟梨在钟吉祥面前讲话不失分寸。钟吉祥点了点头，亲吻了牟梨忧伤的脸庞，他又叮咛牟梨几句，便黯然消失在夜色里。

政府大院内传来了"大郎"一阵阵的狂吠声，夹杂着莫夜香、符彩儿等人大声叫骂。

第六十七章
牟组长留绝笔自戕　钟司令受惊吓摔残

牟梨走到窗前，关紧窗叶，整个政府大院回荡着骂声。她坐到床头办公桌椅上，闭上眼睛，泪眼婆娑，感到胸口一阵阵剧痛。往事如烟，思绪万千。她感到自己被时代抛弃了，没有亲人，没有朋友，没有阶级，没有希望，没有继续活下去的勇气。

父母陌生而熟悉的面孔出现在她的脑海里，她想到了几年前也是一个月明星稀的秋夜，晚饭很迟，县邮差给她送来了一份电报函：父故，速回长。她接过电报一看，问邮差："加急电报，为什么迟到了这么久？"

邮差回答说，现在什么都不正常，能收到就是正常了。牟梨摇头无语，回到自己屋里，她泪如雨下。

为了响应号召，为了革命工作，自从北京一别，她已经多年没有见到自己的亲生父母了。她拿着电报纸，反复看这五个字，似乎在质疑这件事的真假，哭累了，她便收拾了一下自己简单的行李，坐上公社的吉普车回县城，再从县城踏上了省会长沙的路。几经周折，她终于赶到"五七"干校，有人告诉她父亲的骨灰存放在殡仪馆，她就直接去了殡仪馆，工作人员告诉她，由于老人的政治历史问题组织上还没有搞清白，"五七"干校那边也没有为他们筹备治丧事宜，又由于两老没有一个亲人到场，殡仪馆工作人员以死者为大，三四个工作人员和"五七"干校的一名姓刑的老教师在吊唁厅为她父亲举行了一个简单的遗体告别仪式。

  牟梨问殡仪馆工作人员，她父亲还有其他物品没有，得到的回答是：你父是躺着送来的，除了尸体，再也没有别的任何物品。她带上骨灰盒为父亲选了一块墓地，安葬好父亲后，到"五七"干校找当年唯一到吊唁厅参加过她父亲遗体告别仪式的刑老师。

  她通过多方打听，才了解到刑老师名叫刑而上，"五七"干校的人戏称他为"形而上"或"形而上学"。"五七"干校保卫股的一个谢姓老人告诉她："形而上学"住院了，恐怕没多久日子了，叫她马上去医院找刑而上，否则，怕见不到他最后一面了。

  牟梨在医院里找到了刑而上，医生告诉她，和刑教授讲话时间不宜过长，他害的是严重心脏病，心脏已经做过两次手术，病人十分虚弱。

  她见到刑教授后，作了自我介绍，刑教授艰难地和她讲了一些她父亲的情况，他说："我和你父是同一所高校的哲学系教授，两人先后被红卫兵扣上'反动学术权威'的帽子，接受无休止的审查、批斗、反省、改造，身心遭到严重摧残，你父母性格刚烈，不愿受辱和'莫须有'的罪名，双双以死来证明自己的清白，以死为武器来捍卫真理。你父亲死了，你母亲没死，但精神失常了——疯癫了。从此以后，她自生自灭，因为无人看管，她走丢了，这么多年，都没有她的消息，可能病死了，也可能饿死在他乡了。你父母是勇敢、正直、清白的知识分子，不像我懦弱无能、苟延残喘。不过可以稍稍告慰一下你父母亲的是，我活着意义之一是在我生命的最后一刻，我代表你父母亲见到了你，这是你父母临终没有见到你的遗憾。你父母曾经对我说过，你年幼不懂事，被狂热的阶级斗争冲昏了头脑，贻害社会和个人，没有教育好你是他们终身的遗憾，是他们的原罪。"

  牟梨问刑而上，父母有什么遗物或遗嘱吗？刑而上说："你母亲杨雅琴教授有一口小皮箱子，经过'五七'干校保卫股核查后，才得以保存下来，里面放有一本马克思的《资本论》，还有一套毛泽东文选、一支钢笔、一本笔记本，笔记本上由你父亲牟教授亲笔抄写有毛泽东的《七律·到韶山》，你母亲杨教授在笔记本上画的有一幅铅笔画。画面是：两个老年夫妇席地坐在沙滩上，面前是一望无际的大海，两位老人目光凝望着大海的远方，旁边竖起一顶小小的帐篷，帐篷里点燃一支蜡烛，蜡烛在海风中飘摇。画的右侧留白处写有一句话：无论你在哪里，我会静静想你。"

  "咚！"可能是哪家晚归的小顽童，在她的窗户楼下放了一个"冲天炮"。她"啊"的一声惊叫，她一惊一喜，感到腹中的第一声胎动，她和钟吉祥的孩子，算起来已有4个多月了。

  她的思绪断开了，回到了现实中，自从赫连菁菁这个工宣队队长来了之后，她就有一个不好的预感：她太像一个人了——赫连薇薇。两个人就像一对孪生姐妹，太像了，社会上其实早已传言，说赫连菁菁和赫连薇薇是一对孪生姐妹。如果是这样的话，那就坏了。

第六十七章
牟组长留绝笔自戕　钟司令受惊吓摔残

她想到了魏公稿，因为赫连薇薇也是益阳桃花江人。但由于当时政治运动形势的紧张，她没有时间细想，只到1977年恢复高考时，黄诚勇拿出了由工宣队队长赫连菁菁对她的调查材料，她才意识到问题的严重性，但已经来不及了，这一年，她由于有重大历史问题，没有调查清楚，不能参加当年的高考，由于年龄原因，这也是她这一生中唯一一次参加高考的机会，为此，她伤心了很长一段时间。

她又回想到黄诚勇向她通报县委决定时的眼神——那是一种鄙视。她知道赫连菁菁离开火场之前，已经把她有关历史材料收集整理差不多了，她交给黄诚勇的材料足以让她吃不了兜着走。

明天县委"文革"专案组人员来火场，说不定就是当面宣布处理她的决定。牟梨感到自己在劫难逃，专案组的手段她是知道的。她知道自己过去的问题，也知道有人会借助专案组放大问题，有不少人不想她活着离开火场，她感到自己的末日来临了。想到这些，她泣不成声，想到父母她心如刀割。当年自己年幼无知，在父母需要她帮助的时候，她一颗红心，选择和"反动学术权威"的父母划清界限，她做了旧文化的反叛者，毅然决然地和亲生父母决裂，无牵无挂地投身到政治运动的洪流中，她要在大风大浪中锻炼成长，在富有刺激的政治大海中，做一个弄潮儿。可是，不是每个人在政治大潮中都能够游刃有余的，深谙政治游戏规则的黄大风都没能游出个好成绩，最终被大海的波涛所淹灭。魏公稿学富五车、才高八斗也照样落得个"双开"下场。

她慢慢地拿起钢笔，铺好信笺，她要给组织写封信，向组织申诉她的个人观点和对一些政治问题的看法。她提起笔飞快地写了起来，突然，她自言自语地说道："有用吗？有人看吗？"

她马上得到了否定的答案，她绝望了，她把信笺揉成一团，丢进纸篓里。她在房中踱步，此刻她想到了一个人——钟吉祥，也许真的是命运的安排，这个人突兀地出现在自己生命中，一个和她有着十几年床笫之欢的男朋友，在她决然离开这个世界的最后一个晚上，她对钟吉祥有些不舍或者说是有些担心。于是，她决定给钟吉祥写封信告个别。她在信中写道：

亲密的战友，亲爱的吉祥：

对不起，吉祥，我要离开你远行了。人生有三把钥匙：接受，改变，离开。我的历史使命已经完成了，我没法接受现实，又无力改变现状和自己，我只能选择永远地离开这个令人伤心失望的世界。

我从小生活在家境优渥的高级知识分子家庭，我的父母亲是北京一所高校的教授，他们因"反动学术权威"被一再改换场地改造，因莫须有的罪名，被一群造反派和别有用心的人陷害，逼上了绝路。在不堪凌辱、无休止的批斗中，为了人格尊严，最后用死的方式捍卫了不屈的灵魂。

我到现在才理解父母为什么要选择死亡，有时候活着比死还难，选择离开是一种超脱，是另一种高贵。

我作为他们的独女是不孝的，甚至说是有罪的，我在他们急需我理解、帮助、支持的时候，我选择了背叛。为了表明自己已经和他们划清了界限，狠心地背叛了亲生父母，向造反派揭露了他们的所谓"罪行"（在当地报纸进行了报道）。我受到了领导的重视并委以

重任，父母亲却因为亲生闺女的揭发材料，让他们走向了万劫不复的深渊。

父母身体都不好，为人正直、清高，在狂热的政治运动中，没有生存本领，运动来了，没有免疫力，始终以一己之力，同不合理的体制与机制作不屈不挠的斗争。在造反派的淫威下，让他们尝尽了苦头，被打得鼻青脸肿，过得生不如死，为了捍卫人格尊严，最后不得不选择一死了之，用死表明自己的态度。

我在他们人生中最黑暗的时刻，没有和父母亲站在一边，而是选择背叛，对父母下黑手，我忤逆不孝，我有罪，我百死亦不足以赎罪。

当年尽管我做了不是人做的事，然而父母在生命最后一刻还在思念我、祝福我。父亲抄写毛主席的诗《七律·到韶山》以明志。母亲在笔记本中的铅笔画，寄托她对女儿的所有爱。父母在境遇不好的情况下，在生命的最后时刻，仍然思念着自己女儿，为我祈福。每当我想起这些，眼前就会浮现出父母的绝望与对女儿的不舍，我完全能够想象出父母对这个世界的绝望以及对女儿的无尽思念。这个世界上只有父母才会原谅自己孩子所犯的错误。

吉祥，对不起，我好想我的父母了，我要走了。感谢你吉祥，一路陪伴，始终在支持我的工作，呵护我、疼爱我。你对我的好，我铭记于心，十几年来朝夕相处，我以我们有缘相识相处相爱感到幸福快乐，无法想象没有你的这些年，我将如何能够度过漫长的黑夜和严酷的现实。"浮生如梦，为欢几何？"为了我以及革命事业，你落下了骂名，你成了人人咒骂的"狗杂种"，你为无产阶级革命事业做出了贡献。如果有来生，我将用一生来报答你、爱你。可是现在我不得不离开你了吉祥，尽管有千般不舍、万般心痛，我也必须做出这个决定，我对这个世界太失望了，我的心好累啊！罢了，都该结束了，这里便是我为之献身的"火场"。

县委"文革"专案组明天天一亮就会出现在我的面前，有人前期已经做了大量的工作，就是为了把我打进十八层地狱。那些喜欢在背后议论别人道德的人，生活条件都很一般，因为只有这类人，才喜欢在别人身上找优越感。把道德时刻挂在嘴上的人，内心或许很肮脏，为人做事更缺德。我不是怕他们，也不是怕他们罗列给我的种种罪名，更不在乎那些人的恶语诋毁。我死都不怕，还怕他们丑化我、给我加罪吗？生活存在选择，就一定会留有遗憾。我是太累了，太绝望了，太想父母了，我要找我的父母去了。我为了无产阶级革命事业奉献了自己的青春和力量，发扬了革命加拼命的精神，我们所做的一切都交给后人评说吧。

俗话说：人之将死，其言也善。吉祥，我最放心不下的人是你，你聪明，能力强，对革命工作有激情，对阶级敌人敢于斗争，在你身上散发出优秀青年的斗志和革命理想。但今日非同往日，从今往后，你不要混迹于政治中，要远离政治。也不要做商人，奸商剥削劳动人民，是毛主席所反对的，你就做一个无忧无虑的农民吧。我还是要提醒你，别和往事过不去，因为它已经过去了，也别和现在过不去，因为你还要过下去。很多时候，人生就像下棋，关键几步走错了，后面的一切就会陷入被动，甚至贻害无穷。你现在已经分有田地山林了，耕好你那一亩三分地，靠自己的双手养活自己。如果靠号叫能解决问题，那么驴早就统治了世界，还是安静地过平凡人的生活吧。将来如果哪一天你遇到了良人，要成个家，好好过日子。希望你的将来如你的名字一样，儒雅温和、温柔多情，给你带来

第六十七章
牟组长留绝笔自戕　钟司令受惊吓摔残

吉祥。

我虽然叫牟梨，但是我从来没有为自己牟利，我对党忠诚，对革命工作负责，我为无产阶级革命事业奉献了青春和力量……我们响应党的号召，来到革命需要的地方，同贫下中农同吃同住同劳动，何曾向党伸手过？为革命舍命何曾惧怕过？那些死去的战友们为了无产阶级革命事业献出了年轻的生命，他们为了谁？

这封信是写给你的，也是给党组织的最后交代。吉祥，我死后，你不要太难过，人总是要死的，人死不能复生，活着的人，更要好好活着。请记住，把我和我的战友们埋在一起。我的墓前不要立碑，更不要请人题字，我太累了，怕人打搅，垒个土坟就可以了，但求速朽。

永别了，亲爱的吉祥！

永别了，我亲密的战友！

牟梨　绝笔
9月18日于火场

牟梨把信写好后，放在她母亲遗留给她的那口小皮箱里，她拔下几根头发，打了一个同心结，用自己梳头的木梳子压在信上面。她对着一面小镜子，整理了一下头发，仔细端详了自己日渐憔悴的面容，泪水止不住地往下流，她又拿来钟吉祥给她做的木梳子梳了梳秀发，缓缓地放下小镜子，走到床头办公桌前坐下，她用手抚摸了这张用了十几年的办公桌。过去有很多文件、通知、指令等都是坐在这张办公桌上写的，很多决定也是坐在这张办公桌前发出的，房间中的四周还是老样子，自从魏公稽走了后，她就搬了进来，这个房间设有内置厨房、厕所，有时，她会在小客厅里办公，招集她的手下在此开一些她认为重要的会议。她环视了四周，走到窗前，轻轻地推开一叶窗，向外张望，眼前是漆黑一团，寂静无人。她看到远山有几点星火在闪烁，她知道老箴头就埋在对面那座青山上——她一声轻叹。

她似乎想到了什么，马上打开了箱子，在信上又写上了这样几句话："吉祥，我死后不要把我埋在青山上，不要因为我搅了先人的休息。如果能找到棺材自然好，如果没有人愿意卖给我棺材也不打紧，你就找几块木板，钉一口简易棺材，把我埋了吧。请你把我埋在桃坪界吧——红卫兵墓地。那里有我们曾经并肩战斗过的战友，也是你第一次拉着我的手，穿过人群，登高而呼，指挥红卫兵战友们的地方，我死后在阴曹地府也要同袁崇焕这个封建官僚做斗争，那里有长眠于地下的红卫兵战友，到了那里我可以和他们做个伴继续并肩战斗，我一点也不会觉得孤单。我死后，所有遗物和私人财产都归你所有。辛苦了，吉祥，拜托你了。"

她把信写好后，折叠好，重新放回箱子里，用木梳子压好，又觉得不妥，她把信放在小皮箱里扣上按钮。她坐回原处，在椅子上想了一会儿心事，缓慢地拿出母亲遗留给她的一把小水果刀，对准了自己的桡动脉……

这几天为了确保抗旱用电，停止了照明用电。钟吉祥很不情愿地回到家中后，没有洗澡便和衣躺下，等他一觉醒来时，已是凌晨四点多钟，他好像受到什么刺激一样，心神不宁，躺在床上辗转反侧，他想到临别时牟梨说的话，他感到有些反常，牟梨一再叮嘱他的那些话，让他感到情况不妙。

于是，他立即爬起来，疾步向乡政府走去。到了牟梨房间门口，他用手轻敲房门，没有反应，他掏出身上佩戴的钥匙开门，门没有反锁，门打开了，他一下子冲进房里，房间里乌漆墨黑。他向床的方向走去，用手在床上摸了几下，没有摸到牟梨，他摸到厨房放火柴的地方，用手一摸终于摸到了火柴盒，他从火柴盒里取出一根火柴一划，"哧"的一声，火柴点燃了。他找到了煤油灯，拿下灯罩，点燃灯芯，套上灯罩，房间里顿时亮堂起来。他一眼看到牟梨坐在椅子上，人趴在办公桌上。见牟梨在房间里，而且是睡着了，心中放心多了，也轻松多了，嘴里小声嘀咕着："趴在办公桌上睡呀，怎么不上床睡呢？为了革命工作，昨晚又肯定是加班加点写材料，干起工作来就不知道照顾好自己。"

钟吉祥走近牟梨用手轻轻一推，她的身子竟然倒下去了，钟吉祥拿来灯一照大吃一惊，地上竟然有一摊凝固了的血，他叫了几声牟梨的名字，没有回答，他发现办公桌上有一把水果刀，牟梨的桡动脉被割断了，他的脑子嗡嗡地响，他判断牟梨已经自杀死了。

钟吉祥歇斯底里地喊叫道："牟梨，牟梨，牟梨啊！牟梨死了……"

他的喊叫声在寂静的夜空中回荡，乡政府一号楼里一盏灯、两盏灯、三盏灯都亮了。钟吉祥像疯了一样冲向房门外，大喊大叫大哭，也不知是什么原因，也许是突如其来的变故，让他失魂落魄，他一不小心撞断了二楼过道上的木栏杆，他从二楼摔了下去……

黄诚勇等乡政府住家户和值班干部都赶到现场。姚革新、周大明等周边村民也拥向乡政府大院。乡派出所李志根所长等干警封锁了现场，确认牟梨死亡后，李志根所长给黄诚勇汇报说："牟梨已没有生命体征。"

"牟梨自杀了"的消息迅速传开了，钟吉祥系不慎失足从二楼摔下来，经乡卫生院初步鉴定：钟吉祥腰椎骨有几处断裂，两根肋骨折断，人已昏迷，暂时没有生命危险，必须送县医院抢救。

黄诚勇一边安排乡卫生院尽力抢救钟吉祥，一边安排姚革新、周大明等村干部为牟梨买口棺材，选好墓地，一边用电话向县领导汇报。

县里领导指示，要保护好现场，等县里来人进一步确认。

火场发生了这么大的事，一死一重伤，让人震惊，大家聚集在政府大院里，当然少不了村民的飞短流长。老奸巨猾的包春梅，首先把牟梨的死和钟吉祥摔成重伤的议题提了出来，包春梅说："真是奇了怪了，怎么转眼间就自杀了呢，真是作孽哟，好端端的一个如花似玉的女人就这样没有了，真是怪可惜，都还没结婚呢，没有尝到做母亲的滋味，孩子都没生一个，牟梨绝后啊！"

莫公雷嘴巴几歪几歪说："梅婆子说得对，牟梨还没有尝到做母亲的味道呢，就这么了结了自己，太可惜了，与其选择死，还不如嫁给钟吉祥得了，反正两人都同床共枕十多年了。这下好了，钟吉祥不但失掉了牟梨，把自己也摔得个半死，即便不死，这往后怕是要落下残疾了。"

包春梅听了这话，"哼哼"两下，把大家的注意力吸引到她这边来。她说："真是太有讽刺意味了，乡政府也就是过去的人民公社，在过去是牟梨开社员群众批斗会的地方，今天是社员群众口诛笔伐她的地方，今天也是她藏身之地，历史真是开了一个大玩笑，真是一个莫大的讽刺。"

姚娆接过话，说："不知大家注意到一个情况没有，那天牟梨和钟吉祥到清除河边摸

第六十七章
牟组长留绝笔自戕　钟司令受惊吓摔残

鱼，我从那里路过，由于河水弄湿了她的衣裤，我感觉到她的小腹明显隆起了不少呢，她不会是怀孕了吧，这件事对于一个结婚的女人是件高兴的事，但对于一个未婚先孕的人可是一件丑事。大家再大胆设想一下，是不是她怀孕以后，想把肚子中的小孩做掉，钟吉祥知道后，坚决反对，两人于是产生了争执，在争执无果的情况下，钟吉祥为了表明心志，以死明志，或者说，两人在争执过程发生了如莫公雷讲的那种情况，牟梨有意无意中把钟吉祥推下了楼，从二楼跌落下去非死即重伤。牟梨当时肯定是吓坏了，感到自己罪责难逃，又加之自己未婚先孕，在政治上牟梨已经是日落西山，这些因素的综合出现，使她感到非死不足以化解此等难题，于是她想一了百了，以死向钟吉祥谢罪，她当时或许想得更多，想到那些被她害死整惨的人们，等于是以她的死向被害人谢罪。"

"啪啪啪！"包春梅带头报以掌声，她说，"还是老四脑袋瓜灵活，分析得入理，牟梨在当时情况下，很可能是铁了心要和钟吉祥一起走向死亡，钟吉祥没有答应，还妄想牟梨为他生下他们的孩子，于是，牟梨果断下手，在钟吉祥离开房间的瞬间，向他下了狠手——把他从二楼推下去。牟梨回到房间再割腕自杀。"

钟树军说："你们说的这些都只是推理，没有任何证据，没有证据的东西是不作数的，当然你们的推理也不是完全没有道理。"

莫京说："其实这个案子也无非三种情况：一是牟梨推倒钟吉祥，再自杀。二是钟吉祥割掉牟梨手腕再自杀，这种情况应该不存在，因为钟吉祥没必要这么去做。也就是说钟吉祥没有杀人动机。三是两人约定一同赴死，牟梨割腕，等她割腕后，钟吉祥自己跳楼自杀。是不是存在第四种情况，那要等县公安来了就会分晓。"

袁莹莹自从当了火场中学校长之后，因为校务繁忙，学校、家里两头跑，每天像陀螺一样忙得团团转，很少参与村民集会，工作和生活让她累弯了腰。火场乡政府大院里，发生了死伤事件，她也被惊到了。冷静下来后，她说："死者为大，大家这个时候臆测的种种情况，都是对死者的极不尊重。大家都痛恨牟梨和钟吉祥，他们两人给咱们火场的危害实在是太大了，但现在牟梨死了，钟吉祥生死未卜，他们已经遭到了天谴，得到了因果报应，嘴巴还是积德吧。流言止于智者，关于他俩的事情，都要依据县公安调查后下的结论。"

"莹莹说得对，没有县公安的调查结论，任何言论都是不负责的，更不能随意添油加醋，对死者恶意诽谤。有些人就是吃了几天大米饭，就忘记了自己一肚子苞谷屎还没有拉完。"姚革新嘴咬长杆烟袋说，"我们为什么不能有敬畏地去做一件事，把事做得有灵魂、做到有信仰。让内心沉静下来，该停下来休息一下，等等我们的灵魂，丰富一下我们的内心，净化一下我们的内心，我们满脸肉欲、满脸横肉的那种表情，变得纯洁一点，变得从容平和一些。"他似乎在给空气说话。

第六十八章
牟梨死无葬身之地　吉祥设法了却遗愿

牟梨自杀这件事，对每个人的惊吓程度不亚于每次政治运动开始前的狂热造势以及对阶级异己分子的审查甄别、批斗。这个不平凡的夜晚，所有人都失眠了。大家怀着各种复杂的心情坐等天亮。

天刚蒙蒙亮，一道光亮划破夜空，接着听到远处汽车的隆鸣声，很快一辆吉普车和一辆医用车来到乡政府大院，黄诚勇等政府官员把县里来的公安带到出事现场，姚改革、周大明等人把医务人员带到乡卫生院。县医院陈顺副院长亲自检查了处于昏迷中的钟吉祥伤情，陈院长检查完后对姚改革说："你是他什么人？他有亲人在场吗？"姚改革回答说："他是个孤儿，没有亲人，陈院长，我是他的同学，又是邻居，你有什么事情可以跟我讲。"

"这个人伤情十分严重，必须马上运往县医院做大手术，否则，可能有生命危险。"

"好的，陈院长，我可以随你们去县医院照顾他，我现在马上回去取一些生活必需品，还有他住院肯定要住院费用，我得回去准备一下。"

姚改革跟他爹说明了情况，回屋后又和苏醒讲了去县城照顾钟吉祥的想法。苏醒说："钟吉祥危害乡里多年，明里暗里骂他是狗杂种，大家恨他入骨，都希望他早死，你这个时候去县里照顾他，会遭到所有人嫉恨的。再说了，你又不是他的什么亲人，没有责任和义务。"

姚革新手拿着长杆烟袋坐在那里抽长烟，他心中也处于激烈的矛盾中。过了一会儿，姚革新说："就当是做善事吧，救人一命胜造七级浮屠，你去吧。乡政府那边我给黄诚勇说，由乡政府暂时垫一下救命钱，由我担保，从乡财政所先借支一笔钱，让你拿去救钟吉祥的命。"

苏醒听到这里更加不干了。她说："你是好了伤疤忘了疼，当年他钟吉祥是如何伙同牟梨整你的，你都忘干净了吗？你差点被他们两个人整得坐大牢啊。你不记他们的仇也就算了，现在还要为仇人担保借钱，借钱是要还的，钟吉祥如果死在县医院里，那这个钱谁来还？是不是仇人死了，你还得为他赔一副棺材钱？不行，我不同意。"

姚改革说："娘，钟吉祥从小就失去了爹娘，过着流浪一样的生活，是好心人老篾头收留了他，有道是，人在江湖，身不由己。看一个人总得看人家好的一面、善良的那一面，不能落井下石，一棍子打死，何况牟梨已经死了。钟吉祥从小和我一起长大，他作恶多端、助纣为虐，但他始终对我是友好的，没有加害于我。我爹的事情与他没多大关系，是牟梨要动我爹，为此钟吉祥还和牟梨理论许久，劝她要深思熟虑，这个账要算在牟梨头上，不冤枉。再说了，我爹现在是村书记，我在乡政府做事，钟吉祥是同村人和我还是要

第六十八章
牟梨死无葬身之地　吉祥设法了却遗愿

好的同学，于公于私我们都得管这个事，不能让钟吉祥自生自灭，干部群众的眼睛看着我们呢。"

姚革新抽饱了烟，说了一声："我觉得生气是越来越成熟了，他说的都在理，也蛮有见地，我看行。"

"既然你爷俩都同意，我是少数，少数服从多数，我随你们搞，莫给我说，我不管这档子事。"苏醒带着情绪说。

姚改革随县医院救护车一同去县医院照顾钟吉祥。县公安局几个干警对牟梨的死因和钟吉祥的坠楼原因进行侦查、调查取证。

县公安局刑侦大队大队长王俞弢听取了火场乡政府"9·18"丧亡案件调查组的汇报后，认为侦查工作也要走群众路线，发动群众，相信群众，依靠群众，是解决一切问题的法宝。于是，公安人员很快从群众反映中，了解到一些蛛丝马迹。公安人员通过分析，在群众的帮助支持下，从牟梨的生活细节中着手调查，公安人员在牟梨的卧室发现了一口小皮箱，打开小皮箱按钮，发现了牟梨临死前写给党组织、钟吉祥的一封信。公安人员从信中内容断定，牟梨确系自杀，至于钟吉祥，从牟梨的信来看，钟吉祥的坠楼基本可以断定是个意外。

这一点从门卫处也得到印证，门卫老杨提供的线索证明：钟吉祥凌晨两三点之间从乡政府回家里，又于凌晨五点左右返回乡政府，接着就听到二楼传来了喊叫声，随即就听到"嘭……啪"一声，有东西从二楼摔下来，老杨从门卫那边马上往声响处走去，这时武装部部长钟树军晚上起床小解返回时赶到，两人同时到达牟梨楼下，发现钟吉祥从楼上摔了下来。

县公安干警根据群众证人证言和牟梨写给钟吉祥的信，组织乡政府派出所和中村村支两委干部开会，通报了侦查调查的情况，综合分析后得出结论：牟梨是自杀身亡，钟吉祥是意外坠楼身负重伤。

下午晚些时候从县医院了解到钟吉祥已经手术，手术很成功，钟吉祥没有生命危险。乡政府根据牟梨的信，用她放在小皮箱里的钱，准备给她买一副上好的棺木，但是听说是给牟梨买棺木，村民不约而同地拒绝出售。

上寨村支部书记符仁缙平反后，官复原职，他老婆胡甘饴说："牟梨当年还是做过一桩好事的，一天，我屋老三符己任不小心用手指戳穿了毛主席像的眼睛，当时把我吓死了，不知如何是好的时候，刚好牟梨从我屋门前走过，被她发现了。我吓得连忙给她下跪，请求她高抬贵手饶命。牟梨看见毛主席像眼睛被戳瞎了，她并不知道是谁戳的，见我下跪，她也没作声，捡起地上的毛主席像用手抚摸了几下，她说：'小孩子不小心弄坏了毛主席画像，这可不是小事。毛主席肖像不是随便可以损坏的，小孩子不懂事，大人应该懂道理，恶意损毁领袖画像是可以入刑的。'

听她这么一说，我不停地给她作揖，请求她饶命，网开一面。牟梨迅速把毛主席画像揉成一团，打开灶炉门，把纸团塞进炉肚，我看见画像在大火中一闪眼就燃完了。我更是吓得浑身瑟瑟发抖，这时她把我扶了起来说：'嫂子，今天什么事也没有发生，我什么也没有看到，你也什么都没有做，小孩子什么也不知道，对不对？'见我一时半会儿还没有回过神来，她用手按住了我的肩头，大眼睛对我眨巴了几下，鼻子中'嗯'了一下，我

427

猛然明白了她的意思，连忙说：'感谢牟组长饶命，感谢牟组长手下留情……'她轻轻地摆了几下头，说：'嫂子，小孩子不懂事，不是故意的，你知道的，有些话不要随便到外面说。'

这件事可大可小，何况是被她亲眼看见了，只要她愿意，我就会吃不了兜着走。从这件事可以看出，牟梨也有善良的时候。反正我屋算是欠她一个天大的人情，我们全家都时刻记得她的好。我儿十八岁那年，由于指标有限，差点没参上军，后来又是她批了一个条子，我儿子才当了兵，现在我儿在部队可出息了，上个月来信说，他在部队入了党。说起来牟梨和我屋还真是有缘，没想到昔日红遍天的牟组长，如今却落得自杀的下场，这样的结局谁能想得到呢。可惜了这么俊俏的姑娘，如果不是为了搞运动，也不会来到我们这个山旮旯儿，凭着她的才能、相貌做什么不好呀，非得当这个火场'文革'小组长，现在'文革'被否定了，她也可以选择离开这里，回北京去呀，干吗要用这种令人心痛的方式了结自己啊？"

胡甘饴越说越难过，不停地用衣袖拭擦眼泪，她对乡政府几个干部说："你们也不用到处为她找棺材，我估摸着这方圆十里也没有人愿意把棺材卖给她。一是因为'老屋'本身是老人百年后用的，非不得已没有人会卖掉；二是置办的'老屋'一般不会卖给外人，更不会卖给'横死'的人；三是牟梨在这里口碑不好，痛恨她的人太多了，没有人会把自己的'老屋'卖给她。牟梨曾经对我屋有恩，不管她有如何如何的坏，我们还是记得她当年的好，不管当年她是良心发现，还是良心没有泯灭，我们都记恩报恩。你们就把我屋奶奶的'老屋'抬去给牟梨吧，我不卖，我白送给牟梨。"

姚革新说："牟梨当年开除了符仁缙党籍，撤销了他上寨村党支部书记职务，虽然现在组织上给他平反恢复了他的党籍和上寨村支部书记，但是他受的苦、受的折磨和不公正的待遇，是没法用语言来描述的。现如今符仁缙的老婆胡甘饴不计前嫌，知恩图报，把她屋奶奶的'老屋'白送给牟梨。可见，用毛泽东思想武装起来的火场人民是善良与淳朴的。"

钟树军等几个乡干部感到不可思议，同时，也被胡甘饴的举动感动了。他说："没想到牟梨活着时，还做过这么一件大好事，真是应了那句老话：善有善报，恶有恶报。"

钟树军等人抬走了胡甘饴奶奶的"老屋"，放在乡卫生院门口，乡政府搭建了一个临时帐篷，在入殓时，卫生院的医生都不愿意为她沐浴更衣。这时，胡甘饴来到卫生院，找李院长说她愿意为牟梨沐浴更衣，医院派个人做帮手就行，因为来不及给牟梨做新衣新鞋，胡甘饴给牟梨穿上了她奶奶的寿衣寿鞋，鞋底钉上七星，蕴意"脚踏七星"，蕴意升天，把牟梨遗体打扮体面后入殓。

牟梨写给钟吉祥的信，相当于遗嘱，由于钟吉祥重伤在县医院住院，人处于昏迷中不能理事，时间又不能往后拖，黄诚勇和姚革新等人商量后，按照牟梨的意愿准备把她埋在桃坪界红卫兵陵园。可是，当地人得知要把牟梨的棺椁埋入桃坪界打死也不干。原因是：农村田地、山林实行责任制后，桃坪界这里的山地都姓"私"，再也没有一寸田地属于"公"。通俗地说，就是牟梨的棺椁抬到桃坪界后将面临无处安埋的境地。

拒绝把牟梨埋入桃坪界的代表人物是袁延顺和周美孜，他俩明白地告诉黄诚勇，牟梨是个外人，不属于桃坪界人，为什么要把她的遗体抬到老远的桃坪界去安埋，这不是成心

第六十八章
牟梨死无葬身之地 吉祥设法了却遗愿

要坏桃坪界的风水吗？桃坪界的土地上自古以来只埋当地人，不埋"杂人"，"文革"时破了规矩把横死的红卫兵都埋在了桃坪界，在这里还建了"红卫兵陵园"，埋的有十几个死去的红卫兵。严重损坏了这里的风水，应当迁出"红卫兵陵园"。现在包干到户了，所有的田、地都是有主的，不是无主户。"红卫兵陵园"侵占了我们的私有财产。牟梨在火场是上无片瓦，下无立锥之地，她如何能埋？又如何能埋葬下去？

这个倒是个新问题。黄诚勇之前认为按照牟梨的"遗嘱"把她埋在桃坪界和昔日的"战友"在一起，了却她的心愿，未承想，中途杀出个程咬金，会遭到袁延顺和包春梅之女周美孜的强烈反对。在他俩的鼓捣下，桃坪界人一夜之间就被发动起来，大家坚决反对把外乡人埋在桃坪界，甚至有人还提出要把已经埋在这里的红卫兵坟迁走。由于是按老业拿的责任田地，红卫兵当年埋的那块山地正好是袁延顺的老业，山腰上还埋的有他的先人，也就是说这块山相当于是袁延顺的祖坟山，和袁延顺交界的山，则是袁美专的子孙的责任山，牟梨当年带领红卫兵雷霆破"四旧"，刨了袁美专坟鞭尸、火烧，如今袁美专的子孙或旁系亲属如临大敌一样，手拿着火铳、砍刀，扬言谁若把牟梨这个横死人抬到桃坪界埋葬，见一个杀一个，见两个杀一双，见一伙人就用火铳轰。

桃坪界全村人空前地团结起来了，坚决抵制把牟梨的棺椁埋在他们祖坟山。当地习俗，祖坟旁埋了外乡人，在当地那可是天字号大事，全村人或同坊人是要拼命的。

自从划分了责任山后，袁延顺和袁美专的子孙就开始暗地里起哄要把红卫兵坟刨掉，或迁坟。一个原本简单的死人下葬的事情，就这样被活活地卡在了这里，几乎到了无解的地步。

黄诚勇感到头大了，中午他从乡政府往家里走，路经袁莹莹所在中学，便直接来到袁莹莹办公室坐下，谢一方下课后回到办公室，看见黄诚勇坐在办公室，谢一方咋咋呼呼地问道："哟嗬，是什么风把咱们黄大书记给吹来啦？你是来视察工作呢，还是专门来看袁校长的？"黄诚勇一本正经地说："就你调皮，没正形，我不工作，就不能来学校看看你们吗？"姚美松说："诚勇哥哥，于公于私你都可以随时来学校看一方姐，她和我大学毕业后，还是你亲自把我们接回火场中学的呢。"

"美松，黄书记可不是来看我俩的，他心中只有袁阿姨。袁阿姨自从当了中学校长以后，比以前更忙了，这不，下课了都不来办公室，她上课老是拖堂，学生下课了，都喜欢围着她学英语，袁阿姨的英语可不是一般的溜，我们三个读过大学的人都只有做她学生的份。"谢一方快人快语。

"你是只见树木，不见森林，诚勇哥不是那种小家子气的人，他是掌握火场全盘的人。诚勇哥你先坐会儿，我现在就去找袁阿姨。"姚美松边说话边往门口走，正好遇到袁莹莹回办公室。

"诚勇，乡政府那么多事等着你处理，你咋有时间跑到这里来了，发生什么大事了吗？"袁莹莹说话间放下了自己手中的备课本和英语课本，拉了小凳子坐在黄诚勇旁边。

袁莹莹坐下后，黄诚勇也坐了下来，没有直接回答她的话，只是说："阿姨，听说你感冒了，这几天政府事多，都没时间问你。感冒好些没有？到卫生院买药了吗？你都是我们那个家给累的。"

"什么你们我们的，一家人不说两家话，我们本来就是一家人。我哪有那么娇贵啊！

429

小感冒不碍事，多运动多喝水，过两天就好了。"袁莹莹接过谢一方递过来的水杯，小喝了一口水，说："听说牟梨遗嘱是要葬在桃坪界，桃坪界那个地方地质独特，田地集中在那么几坨地方。当年红卫兵墓地也是人家的老祖业，责任制以后，咱们这里基本是按老业拿的田地，把多余的田地调了出来，其实后来真的调剂时，也只是象征性地调出来一点点。包春梅、袁延顺这些'地、富'因此都拿到好田地和山林。上面政策好，到下面执行的时候，总是出偏差。现在工农干部多，有些政策理论水平不高，往往把复杂的问题简单化了。"

谢一方说道："包干到户政策好，到我们这里怎么就肥了'地''富'，这些人没有感恩之心，还要和死人争地盘，红卫兵为了响应伟大号召，来这里闹革命，为革命而死，'地''富'这类人竟然要刨红卫兵墓，说死人占了他们的地盘，我就不明白了，这能占多少地儿？这不是地主、富农向贫下中农反攻倒算吗？"

黄诚勇不耐烦地说："就你话多，不说话没人当你是哑巴。'地''富'已经摘帽，不能再这么说话了知道吗？这些问题太复杂了，太敏感了，不要信口雌黄。乡干部中反对牟梨的意见很多。"

"是啊，牟梨虽然是写给钟吉祥的绝笔信，也是写给公社党委的，但是，这也是她最后一点要求了，活着的人应该帮助了却死人的临终嘱托才是。可是，这个涉及政治问题，涉及包干到户问题，政治民生问题不是小事，弄不好会犯错误的。"黄诚勇说话间，上课铃响了，姚美松和谢一方两人说有课要上，和黄诚勇打了个招呼后，便上课去了。

袁莹莹移动凳子挨近黄诚勇说："诚勇，你说得对，牟梨做的那些事是不讨好，她活着时激起众怒，民愤极大啊。迁红卫兵墓的问题，也可以说是政治问题。我课上完了，我们一起回去找姚书记商量一下再决定，在这里没有什么事能难倒他。"

黄诚勇点了点头，说："好的，姚书记德高望重，办法多。"

"噢，对了，诚勇，你不是说县委要派'文革'专案组来火场找牟梨调查她在火场'文革'期间涉及的一些大事件吗？据说她的历史不清白，社会关系复杂，'文革'时有命案，真的假的？"

"阿姨，人死不能复生，牟梨已经死了，死人是不会说话的，人都死了，调查那些东西又有什么用呢？据说是庞跃京书记拍板，取消了对牟梨的专案调查。"

"我现在似乎明白了，牟梨她为什么要自杀了，她自感罪孽深重，等待她的是历史和人民的审判。牟梨是个奇女子，也是个很有能力和个性的女人，可惜了，如果不是运动，她完全可以和自己的教授父母在北京过上令人羡慕的生活，她也可以读大学、做学问。现在却以这种方式结束了自己年轻的生命，她心里得有多大的痛啊！这要多大的勇气啊！一个人如果不是到了走投无路，生不如死，谁愿意舍生去死呀。可怜了、可惜了这么一个如花似玉的姑娘。诚勇啦，自古以来，秋后问斩的人，临刑前，监斩官都要问死囚在这个世界上的最后一个心愿，一般都会为死囚了却这个心愿的。你现在是乡党委书记，不管别人讲什么，你心中要有个基本的把握，善良慈悲是作为人的基本要求。还有红卫兵墓，他们当年是多么年轻啊！为了'革命'工作，把命都丢在这里了，太可怜了。包春梅他们这些人是为了泄私愤，不能放纵他们啦。当年红卫兵都是一群孩子，包括牟梨才多大呀，是吧，是人都可能犯错，何况这群孩子的错太复杂了，一句两句也说不清，留给后人评说

第六十八章
牟梨死无葬身之地 吉祥设法了却遗愿

吧。人死不能复生，死者为大，活人干吗要和死人过不去呢？"

说话间，两人已经走到了姚革新屋里。袁莹莹一进门就说："姚大哥，牟梨生也害人，死也害人。我们这里又不兴火化，人死了还是要入土为安。诚勇人年轻，又是头次遇到这么棘手的问题，还是要请大哥拿大主意。"

姚革新还没讲话，苏醒抢先问道："莹莹，姚美松在学校还听话吧，她大学毕业了，本来是可以留在县城工作的，但是我和你大哥商量后，还是决定把她留在咱火场当老师，有你在学校我们放心，她有什么做得不好的，你一定要批评教育她。"

"大姐，美松又乖又能干，关键是她热爱教育，喜欢和孩子们在一起，她可优秀了，天生就是一个搞教育的料。"袁莹莹说到姚美松赞赏有加，满脸的笑容。

姚革新从旁说："莹莹，你可不能惯着美松，年轻人要压担子，要研究教育，学习教育，思考教育，践行教育，咱火场的教育太落后了。教育落后，人的科学文化素养就落后，国人的素质就不会高，那么国家整个社会、经济、文化等方面就必定会落后。"

"大哥，你说得对，我们正在制订一个我们乡教育发展五年行动计划，要把咱火场的教育搞上去，从根本上改变教育落后的面貌。"

姚革新说："莹莹，上面领导要你当咱们火场乡中学的校长，算是选对人了，教育和其他各行各业一样，甚至教育的重要性不论提到什么样的高度都不为过。只有通过教育才能培养出优秀的人才，教育要发展必须有一个全面的系统的规划，我建议你们把教育发展五年行动计划制订好以后，交黄诚勇他们乡党委、政府研究，最终以党委、政府的名义出台这个教育发展五年行动计划，让咱们火场全社会形成尊师重教的氛围。由政府和社会一起来推动这个教育发展五年行动计划的实施，诚勇你看怎么样？"

"邓小平同志说过，不重视教育的领导者是不成熟的领导者。大伯的想法很好，我想，就由袁阿姨你们学校牵头，乡政府办配合，制订我乡教育发展五年行动计划，乡党委、政府研究定稿后，以政府的名义向社会公布这个教育发展五年行动计划，并报县教育文体局备案。"黄诚勇当场拍板。

"谢一方、姚美松都是大学生，我们有信心把这个行动计划写好。谢一方文笔好，由她主笔，姚美松把关，我来参谋，一定把这个材料写扎实。"袁莹莹满怀信心地说。

黄诚勇说："政府这边，谢白露和姚奋进配合你们工作，你们有什么困难和要求，可以和他俩对接。"

"是谁在说我的名字呀，我只喜欢听好话，不喜欢听坏话。"谢白露和姚改革刚好从乡政府回来，她大学毕业后回到家乡工作，黄诚勇安排她和姚改革的儿子姚奋进管理办公室，谢采采叫她在家里吃饭，不用在政府食堂吃。

说话间谢采采饭菜也做好了，见谢白露讲话没高低，便说道："没良心，你姐夫他们都夸你，谁说你坏话了，再说了，人正不怕影子歪，你自己做得好，别人是说不坏你的，这里坐的都是你的长辈，讲话都不过脑子，真是的，快洗手吃饭。"

谢白露向谢采采做了一个鬼脸。说："你比我妈还要啰唆，就知道批评我，把人家搞得一点自信心都没有了。"黄诚勇等人在一旁发笑。

"我硬信你这个话，你妈高冷可是个会讲话的人，说她说话啰唆没人信，她虽然没什么文化，可是一开口别人就以为她是个高中生呢，不然你爹谢钟怎么会看得上呢。"姚革

新坐在一旁一改过去那种一本正经的样子，居然也开起谢白露的玩笑。

"谢钟和高冷两个人有眼光，当年学生都走出教室闹革命，不兴讲读书的事，你们几姊妹被你爹整天关在阁楼上读书学习，谢钟伯伯还亲自教你们'四书''五经'，要知道，那时候在这里学这个是要挨批斗的，可是你们几姊妹就在那些年打好了童子功，1977年高考，谢一方、谢白露、谢伊人三姊妹同时被大学录取。采采现在是在咱火场乡政府工作，都已经是副主任了，谢伊人大学毕业几年时间就已经当上了伊人缘房地产开发有限公司副总经理。你们这样的家庭不仅仅是咱火场是第一家，就是放在全县恐怕也是第一家，几个孩子都考起了大学，而且是同一届考起大学，真是不多见，太难得了。"姚革新的话，几姊妹很是受用，坐在一旁微笑。

袁莹莹见大家说笑，也很高兴，几次想提一下牟梨的事情，又觉不合适。采采在收拾碗筷，袁莹莹说："国家现在一天天地变好，目前，就是牟梨这件事真是伤脑筋，大哥你看这件事怎么处理才好，也不能这么一直放下去吧，常言道：入土为安，也是拖不得的。这个牟梨呀真是生也害人，死也害人。"袁莹莹又把这个话题提了出来。

姚革新没有正面回答，他偏了一下头，反问黄诚勇是什么想法，问他准备怎么处理牟梨的安埋有关事项。黄诚勇听大家都在聊与此事无关的事，其实心中早已经着急，但又不好表露出来，见姚革新点了他的名，冷不丁冒出一句："没地方埋，就用火烧掉。"

大家瞬间鸦雀无声，突然，几个人几乎异口同声地问道："这怎么可以呀？"

谢采采说："我们这里没有殡仪馆，没有焚尸炉，露天焚尸没有先例，也太残忍了吧。"

"我赞成诚勇哥的办法，现在大城市里都已经普遍火化了，我们这里还是土葬，死人和活人争地盘。"谢白露抛出了自己的观点，她说完见大家都往她认，知道自己说的话不合适，吐了一下舌头，再也不作声。

袁莹莹打破了寂静，说："牟梨确实做了许多害人的事，她的父母是大学教授，也是右派，她的社会关系也是特别的复杂，是典型的'二十一种人'，不管从哪个方面讲，牟梨都是罪责难逃。因此，她选择了自杀，现在人死了，也就一了百了。县委'文革'专案组都取消了对牟梨的调查，而且，把赫连菁菁他们工宣队前期的调查材料，据说庞跃京书记都安排封存不外宣了，我们这里也就不要说气话了。每个地方有每个地方的风俗习惯，我们这里人死后都是入土为安——土葬。这里没有火葬的习俗，正如谢采采刚才讲的没有焚尸炉，因此，也就不可能用柴火烧尸，这样太残忍了、太惨了，要不得的，老百姓会指责政府机关做事太鲁莽了。"

姚革新接过话说："而且派谁去烧，柴火烧尸和焚尸炉烧尸是两个完全不同的概念，这个肯定是要不得的，我知道诚勇也是被牟梨这件事搞烦躁了，说的是气话。"

谢白露忍不住又插话道："诚勇哥，那怎么办呢？袁延顺那里就不能做工作吗？叫他尊重一下死者最后的心愿，就让牟梨埋在红卫兵陵园吧。"

黄诚勇把脸扭在一边生闷气，不吱声，半晌，他说道："生也害人，死也害人。"

姚革新说："我已经找过袁延顺谈过了，他死活都不答应让步，而且，扬言要刨平红卫兵墓，我明天再找他谈一次，叫他让点地，把牟梨入土为安。"

"如果袁延顺还这么横，如他说的不让一寸土，怎么办？现在那块山地都已经是他的

第六十八章
牟梨死无葬身之地　吉祥设法了却遗愿

责任山，从理论上说，那块山地，他是有权力决定它的使用权的。"黄诚勇说出了心中的忧虑。

"袁延顺硬是不同意的话，要不政府出些钱从他那里买点地，给钱也不行的话，那就另外选块地，或向肯卖地的人家买。"黄诚勇表了态。

"诚勇，你还是有所不知，咱火场的地有的是，又不是寸土寸金的地方。可是，只要是提到卖地给牟梨，老百姓立马就不肯了。我之前和周大明几个村干部到村子里问过了，没有用。我们几个人的山地又离这里比较远，真是件恼人心的事。"姚革新从不畏难的人，也是第一次遇到这个棘手的问题。

几个人的讨论没法进行下去了，似乎变成了一个死结。正好这时钟树军从县里开征兵工作会议回来，他首先到乡政府找黄诚勇没有找到，估计黄诚勇在姚革新家里，就走过来了。他还没有坐下，黄诚勇就问道："钟吉祥的伤情怎么样了？你把牟梨这边的情况给他说清楚了吗？"

原来钟树军去县里开征兵工作会议之前，黄诚勇已经委托钟树军去县医院探望一下钟吉祥，并把派出所和县公安调查的情况以及牟梨的后事安排问题，向钟吉祥做了通报。

钟树军回答说："钟吉祥已经脱离了生命危险，钟吉祥开始恢复了知觉，他好像是要故意整姚改革似的，前三天就像个死人一样。"黄诚勇听得有些不耐烦，用手敲了一下吃饭的小桌子，说道："拣重要的讲。"

钟树军知道黄诚勇是要他快点讲钟吉祥对安葬牟梨的意见。于是，他说："钟吉祥对安葬牟梨没有太多意见，钟吉祥的原话大致是这样说的：既然牟梨给我的信中有临终嘱托，我一定照单全收，一定按她的临终交代办事。牟梨是一个完美主义者，她做什么事都想做得尽善尽美，她活着的时候经常给我讲，她内心很惭愧，没有保护好那些死去的红卫兵，当年她把这些很年轻的红卫兵带来火场闹革命，现在他们葬身在这里，她再也没法把他们带回去了，真是没脸见江东父老。她时常给我讲，等将来她老了，如果有可能，她好想陪伴在已故战友的身边。也可能是基于这份战友情，她在临终前写下了自己的最后一个心愿。现在的形势已经和过去大不同了，过去田、山、地由集体所有，集体有权支配，现在由私人所有。桃坪界那块红卫兵陵园，从祖业上讲，的确是袁延顺和袁美专子孙的，他们两家的山地也有交叉，本身就是个有争议的地方。姚书记和周大明主任等村干部已经给他们两家调解过，都没有大的进展，现在又遇到新问题，牟梨去世后要安葬在桃坪界红卫兵陵园，两家为了突出各自的土地拥有权，更是寸步不让。乡干部和村干部提议想用钱买一小块地，都行不通，大家不计前嫌都尽力了，牟梨地下有之也会感激大家的。我也感谢大家抢救了我的小命，吉祥年少轻狂，不懂事，做了不少让人痛恨的荒唐事。我现在有个想法，可以了却牟梨的心愿。我那块责任山就在桃坪界边上，并与桃坪界是近邻，其实也可以算作桃坪界。包干到户时，由于我没有祖业，我差点又回到贫雇农，好在左邻右舍不嫌吉祥顽劣，最后还是给我分了一口饭吃，把他们多出的田地，给我分了一份，那块地和桃坪界是交界之地，名叫毛栗垭，和桃坪界就隔着一条小山沟，山沟里有一股山泉水四季哗哗地流，我想把这条水沟上搭个简易的木桥，我现在身子动不了，还得请村里帮忙在我这边山地上砍七根碗口粗的杉木横在山沟两边，这样就把山沟两边连成一体了。请姚改革同学代我操办一下牟梨的葬礼，把牟梨埋在我这边山上吧，牟梨若是想她的战友了，就可

以通过这座木桥过去，和战友们谈天说地，感慨世事无常、时代变迁。到了春季里，我多栽些桃树，她喜欢有溪有山有花的地方，等我伤好了后，我再去山上和她说话，向她赔礼道歉。"

钟树军转达钟吉祥的话，几个人听后陷入了沉思中，苏醒打破了平静，她说："钟吉祥这一跤怕是摔痛了，也摔醒了。听他这回说的话，还让人产生了同情心，如果想到他过去的所作所为，真不想姚改革管他这档子破事。他这回说了人话，对牟梨也算是一个比较好的安排，可以了却牟梨的临终心愿，牟梨可以入土为安了。"

姚革新也忍不住表扬了钟吉祥几句："钟吉祥这个人，可惜爹娘死得早，没有家教，是自生自灭成长起来的，对于他个人来说，要感谢运动，因为有了运动才有他的出头之日，他是在运动中学习运动，学习文化增加才干，一度让他成了咱火场炙手可热的人物，真是时势造'英雄'。他经过这么多的运动，也锻炼了才干，你们听他讲话做报告，谁又会相信，他其实只读过几年小学。这小子是聪明透顶，可惜把聪明劲都用到歪门邪道上去了。"

姚革新说到这里，对姚改革说："既然钟吉祥委托你们料理牟梨的后事，你们就按他的意思办吧，死者为大，过去的事情就不要再提了，让牟梨入土为安吧。"

"好。"姚改革应答了一声。

"牟梨这个女人太能闹腾了，她入土为安了，从此以后，咱们这里或许就安宁了吧。"袁莹莹扑闪着大眼睛，叹了一口气，好像如释重负。

"成人不自在，自在不成人。咱老百姓谁不想自由自在地过日子啊。"苏醒说。

牟梨的安葬事宜，让人颇为费神，大家又商量了一些具体细节，还提到钟吉祥伤情，直到很晚才休息。

第六十九章

牟组长葬身毛栗垭　钟司令痴情守孤坟

钟吉祥在县医院整整躺了三个月才出院，用他的话说，是到阎王爷那里报了一次到，阎王爷说他的死期还没到，不收他，他回阳了。

钟吉祥从医院回来后，引起了村人的好奇，听说钟吉祥摔断了腰，成了一个残疾人，包春梅以及她昔日的几个姊妹破天荒地齐刷刷地到钟吉祥破屋里看望。

包春梅由女婿袁延顺和独女周美孜搀扶着来到围观的人群里，她虽然已是耄耋之年，但是耳聪目明，在社会上仍然有一定影响力。她颤巍巍地走到钟吉祥面前，突然大声叫道："钟司令，你怎么变成这副德行了？时刻弯着腰干吗，我来了，又不是见到'文革'时期那些造反派头头，你用不着点头哈腰啊，你搞那么大个阵仗干吗呢？这不像你呀，你可是钟司令呀。为了和牟阎王偷腥，摔断了钟司令的腰。你离开了牟梨，就变成这个德行

第六十九章
牟组长葬身毛栗垭　钟司令痴情守孤坟

了，你这形象也太有特征了，好吧，从今往后，我们大家就叫你'驼背'吧。'驼背'你可命大呀，从二楼摔下来，都以为你这回和牟梨双双见马克思去了，没想到你还能存活，让牟梨一个人变成了孤魂野鬼。要个埋葬地儿都没有，真造孽啊！"

莫夜香说："驼背怎么能和牟梨一起赴死呢？他和她是什么关系是吧，彼此生理需要而已。牟梨又不是专属于驼背，她上面还有冯司令、李司令、王司令……谁知道呢是吧。"

钟吉祥心里清楚，包春梅等人今天来不是出于友好看望他的，而是来看他笑话的。她们没有关心他的伤情如何，而是用挖苦嘲笑的语言戏弄他、羞辱他，看见他的腰摔断了，包春梅就给他取了新外号"驼背"，以前他和牟梨关系密切，包春梅就煽动村民仇恨他，给他取了外号"狗杂种"，他心想从周家大院里出来的人都是地主资产阶级，他作为无产阶级是不屑和她们这些人多费口舌的。如果放在过去，对待她们这些死不悔改的专政对象，一绳索捆起来吊打半天最有效。可是，今日非同往日了，"地""富"等人都摘帽了，上面也不准随便捆人打人了，自己也今非昔比了。想到这些他的脸上掠过一丝不易觉察的哀伤。

牟梨的自杀，让钟吉祥一夜之间像泄了气的皮球，他不仅仅是没有了讲话的力气，而且他人生中第一次感受到了什么叫心如刀割。面对他批斗了二十多年的专政对象，他脸上露出鄙薄的神情。他作为曾经高贵的无产阶级，懒得搭理这些下等阶级，他靠在那张捆绑过包春梅的"琴桌"上装睡，充耳不闻所有人的议论。一会儿竟然鼾声大作，心里却在想牟梨，他不说一句话的表现，让看客们颇有微词。符彩儿说，都这副德行了，还把自己当司令呢。姚娆说，想必是摔成傻子了，不会说话了。

前来说闲话的人陆续走了，他睁开眼睛，眼前是一片漆黑，他有气无力地关上房门，乘着夜色悄然来到牟梨过去住的房间，他抱着牟梨自杀时坐过的那张椅子，泪如泉涌，伤心得喘不过气来，呆望着屋内的陈设，睹物思人，思绪万千，往事历历在目，恍惚中他的眼前出现了牟梨的身影，她手捧一本毛主席的《论持久战》正在窗前聚精会神地阅读。他慢慢从椅子上起身向窗户走去，快到窗户时，他伸手一摸，牟梨的身影不见了，他的思绪立即回到现实中——他恍惚了。他用手关好窗户，收拾好牟梨的遗物，在房间里踟蹰，他知道把牟梨的私人物品搬完后，这个房间将不再属于他们的了。良久，像往常一样，他轻轻带上门，怕是惊动牟梨熟睡一样，他蹑足走下楼梯，回到家里，把牟梨的小皮箱放在床头，棉被、衣裤等物品按当地农村习俗，逝者的这些遗物是要烧掉的，他却折叠好收藏在木柜里，收拾停当，他疲惫地躺在床头。

他在灯光下反复看牟梨写给他的遗书。一遍、两遍、三遍……泪水模糊了他的视线。就这样三天三夜待在家里发呆。其实他心中急切地想去桃坪界，他想去看看牟梨，他心里有太多话要跟牟梨说，他想为牟梨垒垒新坟。自从受伤到县医院住院，已经有好些日子没有见到她了，他不知牟梨的坟垒得怎样，姚改革他们是不是按照他说的把牟梨的坟安埋在桃坪界的山沟边——一个叫毛栗垭的地方。还有七根杉木搭的便桥是否铺好了……所有这些都让他放心不下，他要自己亲眼见到了才放心。可是，他的腰还没有好利索，稍微走久一点，受伤的腰就酸痛得直不起来。

过了一周，时令已经进入了初冬，高山冷空气来得更早，说不定一夜之间就会有冰凌。钟吉祥实在等不及了，带着隐隐作痛的腰伤，拿着筲箕和锄头，撑着拐棍向桃坪界走

去，清早出门，中午他终于到达毛栗垭山上，毛栗垭地形上处于和桃坪界交界的垭口，因为满山遍野长了一大片毛板栗树而得名。毛栗垭是他的责任山，当他看到一个新坟时，便知道埋于此地的便是牟梨。伤痛的心瞬间化成倾盆雨，钟吉祥泪流满面，跌跌撞撞地扑倒在牟梨的坟堆上。

他趴在牟梨的坟上哭诉："牟梨，真的对不起，今天才来看你，连你最后一面都没有见到，也没有送你最后一程，甚至你走了都没有能够亲自为你扶棺，这个已经成为我心中的痛。对不起，牟梨，没有保护好你是我的错，我心里无比痛心，牟梨，你走了，我的心也死了。为什么要走上这条路呢，不应该呀，你一直是我的偶像，是我心中的女神。天无绝人之路啊，大不了我俩耕种我那一亩三分地，也能养活我们啊！牟梨你好冤啊，我知道你是为了捍卫毛主席的革命路线而死，牟梨，我想你啊！'地、富'摘帽以后，袁延顺这个老小子，和周美孜结婚了，并且发挥了'地、富'的潜质很快生下了一对龙凤胎，男孩取名叫袁改革，女孩随周美孜姓，女孩取名叫周开放。两人还约定明年再怀一胎，最好又是个双胞胎。真是气死人了，你是没有看到袁延顺这个新富农，每天不是穿着一件大红衬衫，就是穿着一件绿色格子花衬衫，腋下夹着公文包，手上戴着一块上海牌手表，不分热天或冷天，总是要把左手的袖子撸起来，让那块手表在阳光下闪闪发光。这个新富农，依我看现在已经演变成了大地主了，因为不断地有一些农民在他砖瓦厂做事，没日没夜地做，一个月下来才得十几块钱，他用延长农民工劳动时间的办法，榨取农民工的剩余价值。袁延顺比大地主周保旺更具有剥削性，咱们火场新的地主出现了——这个人便是袁延顺。他现在是个双料身份——地主加资本家。上回乡里评'万元户'，你听他袁延顺有多狂，他说他不叫'万元户'，他们家现在是'人均一万元户'。他竟然夸下这么大的海口，当场，把能双手同时拨算盘珠子的莫富贵都给惊到了，是啊，他的算盘珠子拨得再好，也没有'地、富'和资本家的脑瓜子好使。这才几年工夫，袁延顺的砖瓦厂向县城源源不断地供应砖瓦，支持县城房地产建设，源源不断地向谢钟的女儿谢伊人的伊人房地产有限公司送砖瓦，好有味啊，你没想到，打死我，我也没有想到，这两个人竟然合作了。上周袁延顺竟然代表咱们火场公社唯一一个家庭出席了县里边召开的'万元户'表彰大会，庞跃京书记亲自给富农袁延顺颁奖，就是这么一个声若女婴的袁延顺竟然还在表彰会作典型发言，他现在已经没人叫他新富农了，社会上都叫他袁老板，官方公然叫他'农民企业家'，授他那个牌子呀，比他人都还要大。现在他把砖瓦厂改名为沅陵有机砖瓦制造有限公司，袁延顺任公司总经理，人称'袁总'。他已经看不上地主了，地主其实太有局限性了，现在倒好，他越过了地主这个层面，直接上升为大资本家了。资本的力量是巨大的，那几个把田地卖给袁延顺的家伙，都以田地持股，在砖瓦制造公司占股份，全家人都在砖瓦制造公司做事。袁延顺用的大哥大比他砖瓦厂的砖头还要大，符光中的儿子符摇做了袁延顺的跟班，什么事都不做，每天就负责扛着袁延顺那个大哥大到处晃悠。袁延顺只要一喝酒，短脖子上就扛着个大哥大大声通话。他那个神气的样子呀，远远超过了乡党委书记黄诚勇。哦对了，黄诚勇和谢一方结婚了，是谢采采做的媒，他现在和谢采采也是形影不离了——好戏在后头。现在黄诚勇和姚改革就变成真亲戚了，咱火场新格局形成了。包春梅和她昔日的姊妹、袁延顺一方变成了一伙，这一方财大气粗；姚革新、谢钟、黄诚勇是另一方，这一方实权在握。今后，由这两方统治着咱们簸箕大个火场。牟梨，现在不运动

第六十九章
牟组长葬身毛栗垭　钟司令痴情守孤坟

了，我还真有些不适应……"

突然，传来几声野狗的咆哮声，他抬起头一看，只见坟头前方竖有一块木牌子，他从牟梨坟边站起来，走近一看，木牌上写着"鸠占鹊巢"。钟吉祥一看气不打一处来，他费了很大的力气才拔出木牌，用石头把它砸烂甩到山沟里。他心里明白有人不乐意牟梨埋在这里，他们恨她到入骨的地步。他用锄头挖了一些土，用筲箕端到牟梨的坟上，他要把坟垒得高高的，使之不至于像一个可有可无的小土包。这与他心目中牟梨的光辉形象格格不入，与牟梨在运动中特别是在"文革"中的优异表现格格不入。钟吉祥不顾腰伤，把牟梨的坟垒得高大了许多，忙完这些之后，他环视了坟的四周，又进行了小修补，感到有些累了，便手扶着锄头歇息，用衣袖揩拭脸上的汗水。他看了看天空，放眼望去，群山逶迤，巍峨壮丽，他忽然感觉到把牟梨安葬于此，是他一生中所做的重要而正确的决定。像牟梨这样的奇女子，就应该葬在群山环抱的山巅之上，俯瞰人间冷暖，高山仰止，景行行止。

这时，天色阴晦了下来，他便藏好筲箕和锄头往回赶路。天色已晚，月光如银，山上篁竹在月光下皆成为黑色，草丛中虫声繁密如落雨，间或不知道从什么地方忽然会有一只草莺"落落……嘘"转着它的喉咙，似乎在监视人类的一举一动。

没有牟梨的钟吉祥像泄了气的皮球一样精神萎靡不振。又过了一段时间，眼看就要过年了，钟吉祥心中计划着腊月的最后一周去毛栗垭给牟梨送年饭。可是，天气说变就变，而且越来越阴冷，细雨绵延了几天，一直拖到腊月二十七日，不能再拖下去了。过早后，他腰上捆上刀鞘，刀鞘里面放了一把柴刀，预备着砍挡路的荆棘。

给逝者送年饭是一件马虎不得的事，一定要丰盛。他特意准备了猪头肉、水果，还有牟梨特别喜欢吃的火场糯米粑。他带上香、纸和苞谷烧便上了毛栗垭。离毛栗垭越来越近了，忧伤的情绪迅速袭扰了他的全身，眼泪像断线的珠子簌簌地滴落下来。他佝偻着腰踏上山坡，一个踉跄，双手抓住了路边的小树枝，他挣扎着往前爬行。走到坟前，一块硕大的木牌子就钉在牟梨的坟头。他心中为之一惊，定睛一看，木牌上依稀可辨一行字，字迹因雨水洗涤有些模糊不清，但这回木牌上的字是用尖凿偏凿一个一个凿上去的，钟吉祥蹲下一看，木牌子上写着：这里躺着一具腐朽而肮脏的灵魂。

钟吉祥一下子火冒三丈，心中骂道：是谁这么缺德，连死者都不放过，而且已经是第二次这样侮辱牟梨了。他从草洞中取出锄头，一顿乱砸，用刀一通猛砍，用刀把木牌子砍成细块，丢进山谷里。砍累了，他坐在一块青石头上，喘着粗气，他心里清楚，有人不会放过牟梨，每次拆牌子也不是个办法，你今天砍掉木牌子，说不定明天就会有人把新木牌子又竖起来。这样反复着也不是个办法，说不定哪天那些丧心病狂的人会做出更加离谱的事情——毁坟。想到这里，他的身子一紧，后背直冒冷汗。凭着他的斗争经验，他进行了大胆预测，说不定某天，那些痛恨牟梨的人，会上山刨坟鞭尸，也像当年刨掉袁美专的坟一样，把她用绳子捆好，满山地拖着跑，让恶狗叼吃，用野火焚烧。他越想越害怕，如果真的出现那样的情况，他将如何向亲爱的牟梨交代呀。想到这些，他害怕极了。一个大胆的计划出现在他的脑海里，他要住在山上——守护着牟梨，陪着牟梨。

回家后，他首先找到了小学时的同学姚改革，把山上发生的事情一五一十地告诉了他。姚改革心情沉重地说："吉祥，牟梨在世时，为人处世不留后果，不是火场人民抛弃了你们，而是你们不把火场人民当成人，每到运动来时，你就上蹿下跳，帮助牟梨作恶，

老百姓诅咒牟梨早死，火场人民已经恨不得'食其肉，啖其血，敲其骨，吸其髓，寝其皮，薅其毛'，都难解心头之恨啦。现在牟梨墓前钉木牌子羞辱她的话，已经很能说明问题了，你已经把木牌子拆掉了两次砸了两次，而且你在大山上骂了两回，桃坪界和毛栗垭仅有一条小山沟之界，你骂街的话，在山上劳作的人或许听见了，又会激起新的仇恨。现在桃坪界和毛栗垭已被我们用七根杉木搭建了一个简易木桥，实际上是连成了一片。你当时的用意就是为了满足牟梨的遗愿——牟梨要和红卫兵墓埋在一起。红卫兵墓在当年是红色的、光荣的、辉煌的象征，可是，现在时代已经变了，已经变成笑话、教训，甚至耻辱的所在。分田到户以后，那块地方的山，按老业是袁延顺的，袁延顺现在是包春梅乘龙快婿，和周美孜已结成百年和好，且很快生了一双龙凤胎，周家大院如今又开始热闹起来了。牟梨做事无所不用其极，得罪的人实在是太多了，多到你都找不到谁是她的冤家对头，今天出现这些离奇怪诞的事，是意料之外、又是意料之中的事。保不齐今后还会发生更加严重的事——毁坟焚尸。"

钟吉祥着急地说："改革，你可要帮我呀，现在只有你才能帮我了。我知道牟梨过去对你爹也是对不住的，但她对你屋还是手下留情的。牟梨当年对你爹也是留有余地的，牟梨曾经亲口告诉我，说你爹和庞跃京、魏公稽是两类不同性质的矛盾，你爹属于人民内部矛盾，是可以团结的力量。牟梨还说，像姚书记这样的村领袖、农民艺术家，全县都很难找到第二个，说你爹对'三农'问题很有自己的见解和办法，而且作为一个农民，他很有政治眼光，深谙政治游戏规则和道法，的确是不可多得的农民政治家。他只是一时糊涂犯了路线错误，毛主席领导的红卫兵小闯将在他的眼里是一群不知天高地厚的无知少年，他没有认识到这是一支可以依靠的革命中坚力量。她说你爹对'文革'的一些做法颇有微词。牟梨对你爹并不排斥，你爹受到牵连，那是政治斗争的结果。"

姚改革见钟吉祥一个劲地解释这些，有些反感，他说："看一个人不在于听他说了什么，而在于看他做了什么。牟梨已经死了，而且是用那种方式，曾经那么强悍的火场'文革'领导小组组长，却落到如此下场，真让人唏嘘不已。我爹为人处世你钟吉祥不是不知道，他如果稍微有点私心，他自己和他的几个孩子就不是今天这个样子，你如果觉得我爹对牟梨有私愤，那就大错特错了，你也就看低了、看扁了他。好了不说这些了，历史自有公论，你有什么事需要我帮忙就直说吧。"

钟吉祥酝酿了这么久，本身就是为了请姚改革帮忙，便话锋一转回到了主题上。他说："改革，牟梨现在已经入土了，但是她至今在地下没法安宁，有些人对死人都不放过，在她的坟前钉木牌子，写一些侮辱性语言，已经发生两次了，如果不加以制止，说不定某一天，她的坟极有可能被刨掉，尸首被野狗吃掉。"

钟吉祥边说边抹泪，心中是一片迷茫。姚改革说："那些钉木牌子羞辱牟梨的人固然做得不对，但不会发展到刨坟毁尸的程度吧，这样做也是违法的，现在毕竟不是以前了，每个人都不能由着性子为所欲为，党纪国法面前没有特殊人物。"

钟吉祥急切地说："我们这里地处偏僻，桃坪界那个地方高山出刁民，如果有人心怀不满，搞破坏活动，也是有可能发生的，而且可以做到神不知鬼不觉。"

"那么说，你是什么意思呢？你说的也不是完全没有可能，人要作孽，天都没有办法，牟梨在世时，做事不留后果，确实有些过分了，让人痛恨她。你总不能天天守着她那座坟

第六十九章
牟组长葬身毛栗垭　钟司令痴情守孤坟

堆吧。"姚改革用征询的眼光望着他。

"改革，你说得对，我正有这个想法，我今天来找你就是想和你商量一下，你脑子好使，给我把把脉，你看行不行。我想在毛栗垭牟梨的坟边打个木棚子，名为守山，实为守墓。类似于你当年和黄大长在堡子界守野猪的那种木棚子——分两层，上层休息区，下层生活区。"

"吉祥，不是我说你啊，你做事总是标新立异，总是一反常态。你这种想法也太大胆了，至少我就从来没听说过。再说了，你要守多久，你能守多久。毛栗垭那个地方太过偏僻，你要在那个山上住下去，你自身的生存和安全都成问题。万一有个三灾六难，那就是叫天天不应，叫地地不灵。"

听到姚改革关切的话，钟吉祥的眼眶顿时又红润了起来。他很感动地说："改革，谢谢你，我没有看走眼，现在全火场可能只有你一个人关心我、为我着想，很多人不但不关心我，甚至想我死掉，从他们对待牟梨这件事中，我也看白了一些人的心。"

"吉祥，人的感情都是相互的，将心比心。自古以来，只有儿为父母守孝，你如果上了毛栗垭为牟梨守孝，一定成为远近闻名的特大新闻。"

"我这也是没有办法的办法啊，我不能眼看着牟梨被人刨尸喂狗。不是守孝，是守墓，是守山。如果我不上山守着牟梨的坟，竖牌子辱骂牟梨的事就不会停止，甚至可能出现刨坟毁尸的惨状。只有我上山守着她，她才会安眠于地下啊！我个人真的不要紧，你问我能守多久，我也不知道，能守多久就守多久吧，我想，时间是最好的良药，可以治愈一切创伤，可以冲淡恩怨情仇。说不定过了若干年后，那些生气的人也就想通了一些事，就不再生气了。怨恨牟梨的人，随着时间推移，或许也就淡化了，没有了怨恨。"

"吉祥，你改变了不少，这回你变成了一个重情重义之人，你对牟梨是痴情的。既然你有这些想法，又认为有道理，那你就按自己的意愿去做吧，现在实行家庭联产承包责任制了，你有权利支配你的时间。"

"改革，谢谢你支持！不过，毛栗垭那个地方虽说是我的责任山，我也应该向姚书记、诚勇报告一声的，也麻烦你代我向姚书记和诚勇告知一声，我就不再给他们两个领导讲这些又啰唆又伤心的话了。另外，毛栗垭那里我可能要搭一个大一点的木棚子，可能要占一点地，也想通过老同学给姚书记和诚勇报备一下。我对外就说是到毛栗垭守山。"

"这样也好，一来你的责任山和田地都在毛栗垭，你在山上也方便耕种田地和守山；二来牟梨在山上，她来得远，有你的陪伴，她不会孤单。好吧，这里的事情交给我，你去做你想做的事情吧。"

钟吉祥站起来抓住姚改革的胳膊，使劲地摇了摇，说："老同学，你的大恩大德我一辈子也忘不了。"姚改革举手示意他不要讲这些客气话。

钟吉祥上了毛栗垭，这次上山与前面几次上山有所不同，他请了八个工，也就是他以前的手下"八匹马"，叫他们帮忙把家里的坛坛罐罐都搬到了山上。几个人爬到毛栗垭时，已经是小中午，大家一齐动手，砍树的砍树，扛的扛，搭棚的搭棚，砌坟的砌坟。由于建木棚所需的木材可以就近砍伐，基本不需要长距离搬运，几个年轻人很快收齐了搭建木棚所需材料。按照钟吉祥的木棚设计，这个木棚分两间，左边一间不分上下层，是敞开的空间，把牟梨的坟覆盖起来，牟梨相当于葬在屋里。靠近水沟边，人如果想进入桃坪界，只

要从简易木桥上通过即可，对面就是红卫兵陵园。靠右一间是钟吉祥住，分上下层，下层是生活区，上层是休息睡觉的地方，中间用杉树皮和墓隔开。木棚搭建好了之后，几个人捡了一些干柴，搬来几个石头垒成一个土灶，这边有人用锄头新挖了一条小路直通山沟，便于取水。

钟吉祥在历次政治运动中，也培养了自己的"钟家军"，他最为有名的当数他手下的"八匹马"（都是马年生的）。牟梨曾经把钟吉祥手下的八名干将描述成"奔驰在'文化大革命'征途上的八匹骏马"，"八匹马"的称呼由此而来，钟吉祥听了很高兴，"八匹马"成为他开展运动时的得力干将。

天黑前"八匹马"分头行动，在山上做了第一顿饭，烩了一锅下寨溪里鱼和时令小菜，在山沟里顺手采摘了一些芫荽，又加了一把朝天椒。几个人拿出上山前带来的苞谷烧，边吃边聊，临别在即，"八匹马"有话要说。

当地有名的痞子李丕不无当心地说道："钟司令，这山好大呀，吃好后你随大伙一起下山吧，改天再抽空上来看看也就可以了，你一个人待在深山老林里，也不怕什么狐狸精夜里来迷惑你。"

周流球人称"周流氓"，三句话不离本行，嘿嘿一笑，说道："钟司令身上阳气重，还怕一个狐狸精不成，就是一个班的狐狸精来，钟司令也能把它们一个个收服了，生一堆狐狸崽。"

"去你的，从你口里说出的话，都有狐狸味，放个屁都是骚家伙。净想风流事，我就不信你敢和狐狸生崽。"钟吉祥说完，木棚里有了笑声。

符优化举起小碗向钟吉祥敬酒，说道："钟司令，我就服你，重情重义，你今天这个举动，一定会在方圆十里产生重大的影响。自古以来，只有儿子为父辈守孝，而你却为咱牟梨嫂子守孝，为一个女人守孝，就是不成为美谈，也会成为令人敬佩的壮举，这真要让多少古今女人羡慕赞赏啊。钟司令，我敬你一个。"他说完自个儿先干了。

莫简理接过话说："就是嘛，牟梨嫂子地下有知，她也会感到欣慰的，你看，咱钟司令为了她，上山守墓，陪伴她，这要多大的情感和决心啊，我是做不到的，反正我莫简理是不懂道理，我根本就不会往这方面去想。"

符妹仙读过几年书，是"八匹马"中最有文化的人，人称"智多星"，他插话说："钟司令义薄云天，重情重义，敢作敢当，想常人之不敢想，做常人之不敢做的事，为了自己心爱的女人不管不顾守墓，前无古人，后无来者，为自己的女人上山守寡，这是什么行为，这就是咱们造反派敢闯敢干的革命精神。"

李亚鹏人称"螃蟹"，社会上评论除了蛮横还是蛮横，根本不讲理，也不懂理，他也急急地说道："在火场地面上，咱独服钟司令，今后不管怎样，只要钟司令一声令下，我李亚鹏二话没得说，一定蹈汤赴火。"符妹仙挖苦他说道："那叫赴汤蹈火，没文化真可怕。"

周子伟说："钟司令，你一人住在山上，真的要注意安全呢，有些人连牟梨嫂子的坟都不放过，我是怕有人会不会害你啊，做出对你不利的事情。"

黄黑子腾地一下站了起来，吓得几个人都闭嘴不敢说话，都往他看，他说："我谅他们也不敢对钟司令下手，如果有阶级敌人敢对钟司令下手，就是和我黄黑子过不去，我一定会为钟司令报仇。"

符妹仙说:"钟司令今天的举动,对社会上的人就是一种教育,咱红卫兵造反派所做的事,从来就不按常理出牌,钟司令和牟组长永远是我们追随的英雄。"他说话间举起酒碗,往地上洒了一点酒,心情激动地说:"这点酒我要敬咱们的牟梨嫂子,她非同凡响,不是一个寻常的女子嘎。"

黄黑子举碗说:"是的,巾帼不让须眉,古有花木兰,今有牟组长。这碗酒水咱们一起祭奠牟梨嫂子,嫂子安息。"

大家喝了后,周子伟再次邀大家举碗祭牟梨,他说:"牟梨嫂子,下辈子我们还跟着你造地主阶级的反,整当权派。"

李亚鹏说:"钟司令今后在生活上需要什么一定要告诉我们,钟司令,我们今后可怎么办啊?"

钟吉祥略加思忖,说:"今后咱们几个人就以兄弟相称吧,从今往后,各位兄弟就不要再叫我钟司令了。'文革'结束了,再叫我钟司令不合适,别人也不喜欢。但是,不管在什么时候,我们也不能因为没有了运动而失业。往后我们也要自食其力,用自己的双手耕好责任田,用自己的脑子思考人生中的一些问题。国家改革开放了,我们兄弟在改革时代同样要有所作为,要比地主包春梅、富农袁延顺活得好。不能让地主资产阶级看我们无产阶级的笑话。兄弟们,天不早了,喝了这一碗,你们都下山吧。哦对了,今后各位兄弟不要称呼牟梨为嫂子了,她和我没有来得及结婚,这样一直叫下去,后面的人就一直会传言她,她活着的时候告诫我,要我过低调的生活,我们都要听牟组长的指示,今后我想兄弟们了,我会下山,兄弟没事的时候也可以上山来,我们一起摘毛板栗、喝苞谷烧,侃大山。"

钟吉祥嘱咐"八匹马",今后一定要谨言慎行,能出外打工就去外面见见世面。

在钟吉祥的一再催促下,"八匹马"一步一回头,告别了钟吉祥。

第七十章
老地富贬损狗杂种　众乡亲针砭恶势力

钟吉祥上毛栗垭守墓的消息,迅速传遍十里八乡,各种议论接踵而至。

村口是个风口,也是村民聚集地。改革开放了,人们有了商业意识,村人在此处开始摆摊设点,形成一条蜿蜒曲折的街市。一年四季有人在此闲聊,村中老幼,包括乡干部闲暇时,也老爱往这里凑热闹。人多的地方是非多,信息来源也快。

包春梅自从摘帽之后,像老树发新芽,枯木又逢春,全身焕发出新的生机与活力。虽然已是耄耋老人,但却十分健淡。天气虽然已到数九寒冬,一般情况下,每天中、晚时间,她总要让周美孜搀扶着到村口走走,也许正是由于她爱动的习惯,一大把年纪了身体

还很硬朗。这不，天上下着毛毛细雨，她也要出门溜达溜达，袁延顺劝她今天就莫出去了，包春梅不以为然地说道："我历经风雨，这点风雨就能把我梅婆子吓倒，那这几十年的运动早就把我吓死了。毛毛雨舒服，这和当年在数九寒天中游斗比起来，简直就是挠痒痒。"

没办法，袁延顺只好带她出门，叫周美孜在家里看两个孩子。村口那个地方，六月天就是个吹风口，体质弱的人坐久了都会感冒，青石板上坐久了也会打个大大的喷嚏。包春梅这个被摘帽的新社员，被斗了几十年的昔日大地主，还别说，她天生就有那么一股地主气质。大冷天，她来得早，见扯闲谈的人并不多，便主动与人打招呼，她家过去的老长工黄四保、周几道和符老七立即起身迎了上来。

黄四保叫道："东家，这么冷的天气，你咋也来了，小心凤体啊。"包春梅抬起右手摆了摆，很自信地说："没事，没事，老生就是一个老树兜，稳当着呢。"

周几道连忙走上前，双手扶住包春梅的一只胳膊，把个袁延顺撇在一边没事干，周几道和黄四保两人一左一右搀扶着她，把包春梅安顿坐下后，两人才选了一个合适的距离站在一边。

全心怡见他两人见到包春梅时总是这副德行，她便讥讽道："你两个在周家大院做了一辈子雇工，现在也是一大把年纪了，还像过去那样对自己的'主子'，毕恭毕敬。可怜啊，可悲。"

周大明十分蔑视他两个的举动，说："现在地主都摘帽了，梅婆子也不是当年的地主了，你们两个是个雇农，苗红根正，见了她仍然是那副颤颤巍巍的样子，真是贱。"

黄四保佝偻腰低声说道："周干部，你是咱中村的大主任，你也是我们这些人的东家，我们在东家面前什么时候都不能乱了分寸。"

周几道更是小心翼翼地说："东家过去养活了我们，吃水不忘挖井人，翻身不忘共产党。我们当年从周家大院翻身成了雇农，现在东家翻身成了公民，虽说现在我们都成了国家公民，也还是不能乱了规矩不是吗？"

当年的周家大院管家周构说："周老爷当年指定周几道和黄四保长年跟在左右使唤，他没有看错人，当年运动时，只有他两人在大太太的批斗会上装聋作哑，不说什么要紧的话，更没有伸手打昔日的主人。"

武装部部长钟树军没好声气地说道："通过几十年的教育改造，地富反坏右都摘帽了，改造好了，但是留在有些人头脑中的主仆观念却始终没有改变，孔老二的流毒贻害无穷啊。周保旺养活了你们，可是他也榨干了你们呀，你们被他剥削压迫还心甘情愿，这个世界到那里说理去。看来阶级斗争这根弦一刻也不能放松，人的思想一旦放松了警惕，就会出现这样或那样的问题。有一种人你对他们越恶劣，他们却对你越敬畏。中央是摘了黑五类的帽，这帽子是啥玩意儿？是吧，戴在头上的帽子摘了，需要戴时还可以戴上。"

包春梅瞥了钟树军一眼，沉默一阵子后，便端着架子说道："钟部长啦，你官再大也没有中央大吧，中央都发话了，取消阶级斗争，你却在这里继续阶级斗争，这可不好呢，以阶级斗争为纲更要不得，什么都是政治挂帅，饿着肚子喊口号，肯定行不通。十一届六中全会已经彻底否定了'文革'，也就是否定了'文革'的人与事。最典型的人物就是'四人帮'以及他们遍布全国的爪牙。'四人帮'都判了徒刑，我们这里的'文革'代表人

第七十章
老地富贬损狗杂种　众乡亲针砭恶势力

物牟梨和钟吉祥以及'八大金刚'和'八匹马'离判刑也应该不远了吧，大凡是'文革'的产物都应该清算铲除，应当炸毁桃坪界红卫兵陵园。当年红极一时，闹得那么凶的两个人，一个牟阎王，一个狗杂种，如今一个阎王爷收了，一个摔残了，阎王爷不久也会收了去。那段历史被否定了，当然那些在历史时期作恶的人，肯定被否定了。中央不准搞运动了，他们马上就失宠了、失业了，没法活了。一个选择了死，一个摔得半死。我坚决拥护党中央决定，今后不戴帽子，不打棍子，不搞运动。"

钟树军说："你这话没错，中央是发话了，今后不搞运动了，但是不代表我们国家没有坏人了，只要你做了坏事就一定会受到法律的严惩。"

包春梅说："这是自然的，也包括你在内，说不定在某些时候，会出现运动的变种，到那时哪个晓得是谁在整谁，等着瞧吧。"

莫夜香不知什么时候来到背后，插话说："钟吉祥竟然明目张胆地为'文革'余孽牟梨守墓，看似守墓，实则是以这种方式表达对现实的不满。钟部长，你得上毛栗垭问清楚，钟吉祥为什么要上山守墓，墓里是他什么人，为什么要为'文革'毒瘤守墓。好有味啊，一对奸夫淫妇，破坏了咱们火场的守墓老规矩，是火场人的耻辱，我支持老大炸毁红卫兵陵园的主张。"

姚娆和符光中带着儿子符摇来到村口，这时聚集的人越来越多。各种议论都有，主导话题的最有代表性的还是包春梅及昔日的姊妹。姚娆把符摇交给符光中带，她却在包春梅旁边找了一块干净的青石板坐下。她说："毛栗垭山峰雄伟，站在山顶俯瞰群山，视野非常辽阔。牟梨埋葬在群山环抱之中，景色优美，真不失为一个好去处。她躺在那里，卓尔不群，也符合牟梨的气质，更有意思的是：毛栗垭的谐音就是'牟梨垭'，世上真有这么巧合的事情，毛栗垭是老天爷为牟梨早已选好的地方，似乎冥冥之中早有定数，真是太神奇了。牟梨一个出生于北京的女孩子辗转来到这里，原来命运早有安排，她最终的劫数就是咱火场。生于运动，死于运动，牟梨最终藏身毛栗垭。人的命运三分天注定，七分靠打拼。牟梨对待革命工作的激情与干劲没有人能够和她比肩，过去没有，现在没有，将来也没有。我看她已经拼了九分，只剩一分了，可就是这一分决定了她悲惨的命运。"符彩儿对姚娆的高论，颇不以为然，她说："老四你怎么这么说话呢，好像牟梨变成了正面人物一样。牟梨作恶多端，自取灭亡，这与命运没有关系，我看她是用九分作恶，一分睡男人，最后是天怒人怨，老天爷很生气就灭了她，附带把她的狗杂种也作残了。"

老犁头睁开眯眯眼，怼道："你这是胡扯，牟梨虽可恨，但你嘴里的话也太损人了，还是嘴边积点德吧，将来死了好超生一些。"

包春梅听了符彩儿发表的高见，松树皮一般的脸上裂开了一道道弯弯曲曲的小公路。她嗯了一下，这是她的讲话习惯，预示着她要讲话了，周围的人要保持肃静。关于牟梨的话题，村人乐见梅婆子主导话题，因为她的话刁钻狠毒直击要害，让人听了，大脑兴奋中枢会分泌出愉快物质——多巴胺。反正是别人的事，即便关乎生死重大命题，村口这种地方闲聊者都举重若轻，谈笑风生。包春梅自从摘帽后——用她的话说，是翻身得解放。讲话的作派瞬间恢复到当年大太太的模样。当年的长工、奴仆等下人，如影随形一般整日里向她套近乎，即使是当年这些人有的不在世了，那么他们的后代也会厘清脉络，套上这层地主家的"亲戚"关系，并发扬光大。包春梅太了解这些人了，她总会在合适的场合表扬

一下某某某的忠诚，赞美一下过去的下人某某某是如何如何的厚道，或者是兼而有之，夸奖忠厚之人必有福报。故此，现在的她已经成了某种中心，这些人自觉的向她的身边移动，远的走几步，近的移屁股。她看场面差不多了，又"嗯嗯"了两声，翛然一笑，说道："老犁头，牟梨是咱火场'文革'的始作俑者，伤天害理，坏事做尽，可以说，比咱大地主周保旺有过之而无不及。"每每说到周保旺时，她鼻子哼哼两下，脸上的皱褶展开了显露出红润的色彩，大家一直没有搞懂，她笑的意思。笑容仍然挂在脸上，嘴里又开始叽里呱啦。她说："钟吉祥是牟梨作恶的强有力的帮手。他竟敢上毛栗垭为'文革'罪人守墓，就是公然挑衅现行政策，那么多'文革'冤魂他不守，老篾头对他有养育之恩，并且屈死在红卫兵的梭镖下，狗杂种都没有守墓，用行动为老篾头赎罪，如今却为了他的奸妇守墓，真是滑天下之大稽，他这是公然对现实的不满，和现行政策背道而驰。钟树军老部长啊，我对你有意见，像钟吉祥这样的'文革'余孽为什么不抓起来游街示众呢？为什么上面不清算他，让他一天到晚像个隐者一样，清闲自在？据说，钟吉祥每天站在毛栗垭山巅之上，纵情诵读牟梨送给他的一本清人所作的诗集，其中清人祖观所作的《赠顾苴塘》诗是他的最爱，他一边站在山巅之上往山下撒尿，一边纵情朗诵：'笑傲山林远市城，悠然物外世缘轻。绳床经案王摩诘，僧帽儒衣顾阿瑛。满院榉香无隐尔，一池水皱不干卿。何当饱吃黄精粥，茅屋三间了此生。'你看他有多悠闲自在，装出一副超然物外，与世无争的仙风道骨。什么东西，一条狗杂种竟然在火场的政治舞台上横行几十年，悲哀啊，悲哀。有人利用这些人造干部的反，能干出什么好事来，太不英明了。"

钟树军的鼻孔也哼哼两下，对包春梅报以蔑视的目光，抱着膀子站在一边默不作声。符彩儿见钟树军没有回应包春梅的话，说道："有些人苞谷屎都还没有拉完，也充公家人，放着的坏人不抓，当年抓地主、富农最积极了，什么玩意儿。钟吉祥为一个外乡女人守墓，据说还要守三年以上，真是新鲜事。老辈人说，在过去封建社会，父母亡故，儿不管官有多大，不远万里也要回乡为其父母尽孝，守孝三年。怎么到我们这里一对狗男女也兴守孝，难不成钟吉祥还哭丧不成。自古只兴为父母哭丧，哪有男人为一个没有婚姻关系的女人哭丧的，讲出去都笑掉大牙，真是有辱我们祖先，比戏子都不如的小娼妇，是个什么东西。狗杂种败坏乡规民俗，你钟部长就应当把他抓起来游街示众。"

老犁头说："哟嗬，好家伙，你符彩儿不愧是戏子出生，说的比唱的还要好听。不晓得的还以为你是咱火场乡党委书记呢。钟吉祥上山是为了守墓，有些人心上没有血，连死人也不放过，试图破坏牟梨墓。狗杂种不是守孝，他守墓是为了牟梨墓免遭不是人的人破坏，你们不要在这里煽阴风点鬼火，造谣生事。试问：你们这些吃饱了撑得慌的人，谁愿意上毛栗垭山上住，那地方鬼都不愿去的地方，你们去住几个晚上，不要你常年住，你们可愿意否？你们敢住在山上吗？不敢，肯定不敢，不要站着说话不腰痛。为了牟梨的遗愿，钟吉祥带着残废的身体守着牟梨墓，而且，就在墓旁边打木棚子住，与牟梨墓连在一起。也就是说，牟梨相当于埋在屋里。钟吉祥能做到这一点，我佩服他是个痴情重义的人，他对自己心爱的女人的情义足以感天动地，怎么就感动不了你们这些自私狭隘的人呢？不管别人怎么说，我反正是被钟吉祥的举动给感动到了。钟吉祥总是不按常理出牌，是的，在过去的若干年里，他确实作恶多端，也伤害到了我们中的一些人的利益，但是，那是在特定历史时期造成的，他原本就是一个孤儿，是时势造就了他，也可以说，钟

第七十章 老地富贬损狗杂种 众乡亲针砭恶势力

吉祥本人也是受害者。我这里不是为他说好话，我是就事论事，就他这个事，老爷子我就服他，这样的男人怪不得被牟梨看上了，他是咱们火场真正的男人，你们有人惦记牟梨也只能做个白日梦，说个大实话，据我所知，牟梨在咱火场就只喜欢钟吉祥，你们有些人搞不到她，就嫉妒钟吉祥，钟吉祥走到今天，有时候也是你们有些人给逼的，有些人裤腰带六十岁了都还捆不紧，还好意思讲牟梨，人家如狼似虎的年龄，谈个恋爱不可以吗？他俩有权力选择爱人，现在提倡自由恋爱，这是他们年轻人处对象的权力，任何人都无权干涉。钟吉祥能为自己心爱的女人，宁愿上山过和尚般的生活，应该受到所有人尊重。"老犁头说到这里时，首先感动了自己，用衣袖拭擦眼眶，声音有些哽咽地说："钟吉祥这个野孩子命苦啊，从小没了爹娘，是一个流落街头的孤儿，自从被牟梨看上后，他才像个人。他再野蛮，对牟梨从不顶撞，保护她就如同保护自己的眼睛一样。他读书不多，但是懂的东西不比我这个秀才少，我的能力就远不如他，你让我来组织红卫兵造反，我就没这本事。钟吉祥这个苦命的孩子呀，狗日的，真他娘的，做事就是刁。"老犁头一口气说了很长的话，而且基本上是褒扬钟吉祥的话，在这过去几十年里，是从来没有发生过的。村口闲聊的人都沉默了，能把稻草讲成金条的包春梅，都闭口不再言语了。

"啪啪啪！"钟树军为老犁头鼓掌，他说："老犁头说的这番话，道理太深刻了。钟吉祥已经意识到错误，躲到毛栗垭山上反省去了，他在山上其实就是自生自灭。桃坪界那边的野猪挺凶的，说不定他在山上还要面对死亡的威胁呢。"

莫夜香见现场的氛围对钟吉祥有利，傻傻地说了一句："钟吉祥躲到毛栗垭那是为了躲避'文革'专案组的清算，他和牟梨身上有命案，不管他躲到哪里都应该绳之以法，要清算他的黑历史。你们今天不清算他，就不能很好地教育社员群众，作恶的人就应该受到处罚。'文革'余孽不清算，就是一颗长在国家身体里的毒瘤，我看国家迟早会把他们拔除掉。"

武装部部长钟树军说："有些事是历史造成的，如果说要清算历史，那么过去那些当过妓女的、开过妓院的、做过婊子的、当过姨太太的，是否都应该调查清楚，看看到底是自愿干的，还是被迫干的，要把来龙去脉彻底查一下，看看到底是怎么一回事。有些人总是拿手电筒照别人，从来不用镜子照一下自己，如果说，把有些人查一下，指不定会隐藏有惊天大秘密，把见不得人的勾当都翻出来放在太阳光下晒晒；有些人本来就阴险、卑鄙、无耻，还天天装清高，表白自己崇高的人，往往是最低劣、最卑鄙之人；有些人运气好躲过了运动，掩盖了自己丑陋的一面，却总是时不时跳出来，标榜自己的崇高，其实最卑鄙无耻下流。"

莫夜香明白钟树军和老犁头等人的话意味深长，但她内心看不起这些"卵没用"的男人，故意摆出一副不以为然的神色。她擤了几下鼻涕，眼睛对包春梅和符彩儿两人认了认，说："老大、老二的观点没错，牟梨在历届政治运动中凡事无所不用其极，她主导的火场政治运动造成社会混乱，政治生态恶化，经济停滞不前，道德体系崩溃，误导年轻一代的价值判断，给火场社会带来的损失无法估量。"

包春梅和符彩儿心知肚明，明明是莫夜香自己处于了下风，她却要扯出她们，无非是想得到她两人的声援，两人在心中骂道：从窑子里出来的人就是与众不同，最擅于察言观色，借力发力。不过包春梅倒是乐于被"利用"，包春梅心里十分明白，这种场合说的话，

都只能算作是"戏言",根本作不了什么数,说白话而已,讲了就算了,能咋的。

包春梅见姚革新、苏醒和袁莹莹也来村口了,她明确表明自己的态度,她说:"老三,你也真是的,你和他们几个说这些有什么用呀,牟梨的墓刨不刨,尸首是否游街示众,我们大家都做不了主,现在不搞运动了,谁有这么大的胆子敢这么做呢。何况钟吉祥现在已上毛栗垭守墓,即使有人想刨墓也不容易,钟吉祥在山上养有七八条狗,帮他在守墓,现在毛栗垭都变成狗窝了。据说,他闲得无事,在毛栗垭种植了很多桃树,在对面红卫兵墓里也义务栽种了桃树,一眼望去,红卫兵墓和牟梨这边几乎连成了一块,形成一大片桃树林。袁崇焕的后代居住的那个几乎与世隔绝的界上,没有桃树的历史要改写了,现在这条界是名副其实的桃坪界了。"

老奸巨猾的包春梅深知,在村口这种地方,就是茶余饭后闲扯淡的地方,讲是非、八卦、说无聊的地方,这种地方通常是散漫的,无组织、无纪律,因此,谈论什么没有结果就是结果。

莫夜香用手拍了包春梅一下,嘟起嘴巴,下巴一抬,暗示包春梅,姚革新等人来了,讲话要注意。包春梅鼻子哼了一下,表示已经看到或知道了。大家议论的话题,戛然而止。

小杏儿迎上去扶着袁莹莹的手,说:"袁校长,你怎么也来了,快在我这块石板上坐会儿,我坐得热热的,听说你最近身子骨不太好,别受凉了,可要多保重身体啊!"

闲聊的人,纷纷给袁莹莹和姚革新他们让座,袁莹莹推辞了几下不肯坐,小杏儿用手扯住衣袖口在青石板上抹了抹,坚持让袁莹莹坐,等她坐下后,她便转移了一个新话题,她问道:"袁校长,我儿子莫杏聪在学校还听话不?他那学习成绩呀,真让莫公雷和我心急,这回中考又有四门课没考及格。"

姚娆听后讥讽道:"龙生龙,凤生凤,鸡怎么也生不出凤。"小杏儿怒目圆瞪,正准备发火。

莫夜香立即嚷嚷道:"老四,你也太欺负人了,谁是鸡?你说。都是从周家大院出来的姐妹,怎么就你高贵些呢?莫杏聪那个孩子只是太贪玩,人并不蠢,上课时待在那里不爱思考问题而已,你就嘲讽他'呆若木鸡',还连同他爹娘一同嘲讽,真是太过分了。"周家姐妹喜欢互掐,这是常态。姚娆说:"老三啦,我又没有说你是鸡,你起什么哄呢?"

村口玩的人听到这里,大家会心一笑。莫夜香哑然,两个鼻孔在往外用力喷气。

莫夜香就是个搅屎棍,惯于激化矛盾,村人本来讲的是几句开玩笑的话,经她几撺掇有时就会发生口角。果不其然,小杏儿也不是好惹的主,开口讲话直捣姚娆的心窝子,她立即反驳道:是啊,我从小在周家大院做苦工,没有读过几年书,肚子里没文化,肯定生不出龙子凤雏,都怪我自己十二三岁不晓得跟一个四五十岁的有钱老头子私奔,不然老头子也可以盘我读几年书。我聪明了也可以生个龙子龙孙什么的。

符光中听小杏儿这么说话,明白她在嘲讽自己的老婆,于是,提高了声音说:"你没有读书不打紧,关键是民兵营长莫公雷那杆枪好。不过他那条枪啊,相当于是个摆设,不是哑火,就是从来不开火,更谈不上打得准,你应该让他瞄准了再打,那结果可就如法了。"

莫公雷喜欢在妇女中间揩油,也喜欢碎碎念,听明白了符光中话里有话。于是,在众

第七十章
老地富贬损狗杂种　众乡亲针砭恶势力

人面前也不想丢面子，莫公雷回怼道："符司令啦，'文革'都被否定了，你咋就是没记性呢，你还想瞄准谁？比如上山打野猪你搂火了，野猪就是你打死的吗？说不定是别人补枪给打死的。但是，按照我们这里的习惯，开枪的人也算是打死野猪的好猎狩，我这么说，你听懂了吧。"

"我日不死你个莫公雷，你敢怀疑我儿子符摇是野种，信不信我搂你一火。"符光中火了。

"放肆，你两个男人也真是差劲，两个女人之间讲些零碎话，你两条烂棍插什么嘴呀，姚书记来了，轮到你两个放屁啊。小杏儿和老四不要失了分寸，开玩笑也不能拿儿子开玩笑，谁家孩子蠢，谁家孩子聪明，袁莹莹校长最有发言权。"包春梅总是喜欢做调停人，摆足大太太的谱，主导话语权，又引出新的话题。

包春梅的话无非又是想袁莹莹正面回应关于谁家孩子聪与愚的话题，袁莹莹冰雪聪明，自然不会钻梅婆子挖的坑。

袁莹莹说："你们两家的这两个孩子都各有各的长处，要说孩子聪明、学习用功呀，咱火场就数咱苏醒姐生的几个孩子，大长哥的几个孩子和谢钟副团长的几个孩子最聪明、上进。你们看啊，大长哥的几个孩子个个有出息，黄诚勇现在当了乡党委书记，和谢一方结婚了，黄刚强大学毕业分在市委办工作，黄家三姊妹'桃李杏'都是大学毕业，黄桃现在是县中学化学教师，黄李在县幼儿园工作，已经是副园长了，黄杏在市教育局工作，五个孩子都是大学毕业生；姚革新大哥的几个孩子都有出息，'松竹梅'三姊妹都是大学生，而且是恢复高考后，77级、78级大学生，姚改革现在是乡政府第一支部书记兼计生专干，姚高德大学毕业后，在县政府工作。姚美松是咱火场中学教师，姚修竹在市政协工作，姚腊梅在省水产养殖研究所工作，都是大学毕业生；谢钟叔的五朵金花全部是大学毕业生，谢采采现在已经是乡党委副书记了，谢白露调到市文化局任副局长，谢伊人停薪留职，创建了伊人房地产开发有限公司，谢一方是咱火场优秀教师、教导主任，谢水央在中纪委工作。火场姚家、黄家、钟家三家远近闻名，全县仅有。"

叮咣哥黄喆奉承道："袁莹莹，不愧是校长，你说的这三家呀，不仅仅是咱火场的骄傲，就是在我们全县我想也没有几个家庭小孩子读书有这么聪明厉害的了，而且是一屋一屋考起大学，考个大学就像下馆子一样简单。并且，这几个孩子男的长得帅气，女子长得漂亮，我看打着灯笼也难找到这样的第二家了。"

"龙生龙，凤生凤，老鼠儿子会打洞。哪个像你霸蛮生个崽都叫'狗崽'、叫黄犬，蠢得找不到北。"莫夜香见谁逮谁。

叮咣哥愤愤地说："我屋儿取名叫黄藿，不叫黄犬，生在六月，命犯八败，老话说，贱称才好养，小名叫狗崽。"

"原来你儿黄藿是'八败命'，门牙暴露者，就是八败命，生不逢时多不顺，'丧门星'一事无成。"莫京鄙夷地说。

"没有那么玄乎，八败命可用五行通关，阴阳相济之法调节化解。"老犁头如今又捡起了丢了几十年的算命老本行，喜欢在村口给人看手相、算命，给人家红白喜事看日子。

村口说什么话的都有，东南西北，家长里短，自由散漫海阔天空地聊。

"老犁头，你那么会掐会算，就不给自个儿算一下呀，算算自个儿是不是命中就是个

寡老头，七老八十了还是个处男啊！"莫夜香说话就是那么尖酸刻薄。

"我给自个儿算过命，我命犯桃花，就是那种天下之女皆可妻，嘻嘻。有本事你来翻看一下，有胆量你用一下，也许不看不知道，一看真奇妙。"

"砍脑壳的，做你的春秋大梦去吧，欺负人家没见识。"

叮咣哥听了莫夜香的话，十分气愤，说道："谁是'丧门星'，瞎子都看出来了，有些人六七十岁了裤带都捆不紧，巴掌大个地方都烂完的，就是嘴巴硬。"

莫京听懂了叮咣哥话里有话，怒气冲冲地走近黄喆，手指着叮咣哥问道："你一个男人和女人讲话，嘴巴怎么那么臭呢，你把话给我说清楚，不然别怪我对你动家伙。"

黄喆说："有些人就是没有脑子，还生活在'文革'的迷幻里，动不动就要对别人抡家伙，武斗上瘾，总有一天'文革'专案组要把那些造反派头头好好查一查。现在不兴搞无产阶级专政了，讲究是法治，是人民民主专政。你要我讲清楚，那好，今天我就顺了你的要求，把话不妨再讲清楚一点。你首先回答我一个问题：你作为'文革'中火场沉水风雷派司令，你和牟梨、钟吉祥等人对咱们火场做了多少伤天害理的事情？你说。怎么你不敢说呀，那我告诉你，不用你说，火场人民都给你记着呢，你就等着蹲大牢吧你，你才是丧门星。煮熟的鸭子嘴硬，还有你那个'夜夜香'，她和你一样是个丧门星，以前在周家大院就克死了周保旺，周保旺死后，她和你勾搭成奸，克你莫家无后。你们夫妇两个人都是恶人、坏人，是真正的丧门星，危害社会，伤害他人。还有什么脸面到处招摇，有句老话说：秋后的蚂蚱蹦跶不了几天了。'文革'专案组会把你们这些罪人绳之以法的。"

黄喆的话很明显唬住了莫京，连他那个油盐不进的婆娘都给吓倒了，突然，两人噤声了，莫京嘴里发出"嗯、嗯"混沌不清之语。

这时，姚革新放下手中的长杆烟袋，说："村口是大家闲来无事玩味的地方，爱讲是非者，必是是非人。现在不是'文革'了，改革了、开放了，有些人还是用'文革'思维讲话做事。老皇历，也该翻篇了。"

第七十一章
老战友齐聚北京城　杨雅琴意外获佳音

杨雅琴当年精神失常走丢以后，辗转流落到娄底冷水江，在一个暴雨后的中午，她慢慢向江心走去，眼看就要被江水淹没了，这时，在江边垂钓的黄大风，看到情况凶险，于是，放下鱼竿，边跑边脱去衣服，向杨雅琴跑去……好险啦，只要再慢一分钟，杨雅琴就走到江中漩涡里了。

黄大风不但救了杨雅琴的命，还慢慢治好了她的病。病好后，她就和黄大风在一起了。但她对自己女儿的情况三缄其口。特殊时期，人的命运就像一片树叶，随时都可能被雨打风吹去，黄大风也就闭口不问。

第七十一章
老战友齐聚北京城　杨雅琴意外获佳音

直到"四人帮"倒台后，国家拨乱反正恢复了正常秩序，她才和黄大风商量，决定去殡仪馆领取牟哲的骨灰盒。

到达殡仪馆后，当年负责牟哲火化的工作人员离开了殡仪馆，殡仪馆有人说，牟哲的骨灰多年前被他女儿领走了，当时她女儿是手持沅陵某个地方的革委会的介绍信来领取的。由于时局不稳，工作人员换了几茬，能够提供的讯息就这些。但就是这些，杨雅琴已经激动不已。听闻是自己的女儿领走了丈夫的骨灰盒，感到欣喜和安慰。她十几年来，首次获悉女儿还活着——她在一个叫沅陵的地方。

"四人帮"垮台之初，她心中还有顾虑，和女儿分开得太久了，她不了解女儿在沅陵那边的情况，她强压着心中的喜悦之情，她要慢慢了解情况之后，再做决定。

黄大风自从下台后，遣送到娄底，神经一度出了问题。离开沅陵的时间太久，物是人非，他和这边已经失去了所有的联系。他没有问，杨雅琴也没有把女儿的名字告诉他。

回来后，黄大风那时正在忙于自己的平反工作，他鼓动杨雅琴也向上级申诉要求平反昭雪。杨雅琴说自己的心都死了，更厌恶政治，讨厌那些玩弄政治的政治人物，平不平反，无所谓。

黄大风耐心地做她的思想工作，他说："历史和我们开了一个大玩笑，平反是国家对受害者的一种正名与补偿，恢复名誉是对历史事实和人的尊重，有错就改，勇于自我纠错是我党的优良传统。平反为个人解除身上思想包袱，洗刷冤屈，轻装前进，不能一直这么不明不白，解决好了这些历史问题，可以轻装上阵，安安心心地去寻找自己的女儿。"

杨雅琴的平反工作，高校这边已经着手在办，可是一直找不到她人，社会上有人议论她死而复活后，神经出了问题，突然失踪，可能已经客死他乡了；也有人说她可能是装疯卖傻，为了躲避改造，隐姓埋名了；还有人说她和什么什么帅哥私奔去了日本，找她学术上的日本好友杨琴梨子去了。总之，说什么的都有。

李以民在"文革"中也受到冲击，离开军职。他的妻子太想念父母了，多次向组织上申请调回北京工作。他妻子被安排在北京林业学院工作。因此，他向组织上要求调到妻子的出生地北京市工作，于是，他被安排在一所高校里担任党委书记。

说来真是巧，杨雅琴正是李以民所属高校的一位教师，李以民去高校时，杨雅琴夫妇已经南下湖南，两人并不认识。"大平反"时，李以民了解到杨雅琴的情况，他对杨雅琴的平反工作很重视，他指出："活要见人，死要见尸。在没有见到杨雅琴时，任何猜测都不足信，我们还是要坚持毛主席提倡的实事求是。杨雅琴是我校一名优秀的教育专家，著名教授，一定要找到她。"

要找到杨雅琴并非易事，因为她在冷水江被黄大风救了之后，为了过上正常人的生活，不受外界打扰已改名叫杨三江。一天早饭后，黄大风笑问道："杨教授改名有何深意，可否告之一二。"

杨雅琴说："我们现在都是平头百姓，你也不是以前的黄书记了，我从今往后就叫你黄大风吧，我的名字是有深意的，我要让自己永远记住在资江中游有一条冷水江，那里有一个男人，是他救了我的命；牟哲命丧湘江北岸，是我终身的遗憾；女儿在沅江之滨一个叫沅陵的地方上山下乡闹革命。我生命中注定要和这三条江联系在一起了。"

杨雅琴动情的话语，让黄大风这个行伍出身的男人动容。

在"大平反"工作中，为了给受到不白之冤的人落实政策，组织上很重视黄大风案，其中重要的一部分涉及当年三个战友之间的事情需要澄清。李以民和庞跃京两个并肩战斗的战友连名写出证明材料，为黄大风澄清一些历史事实。庞跃京找到李以民反映了黄大风的问题，李以民动用了湖南的老关系，黄大风很快平反了。黄大风已经到了退休年龄，不能像其他人平反后官复原职了，组织上给他恢复名誉后，给他补发了这么多年来的工资待遇。

杨雅琴改了名字，原单位无人知晓，北京到湖南道阻且长，而且李以民他们并不知道杨雅琴的去向，这让组织上对她的整个调查、寻找增添了不少的困难，调查陷入了困境。

后来黄大风从庞跃京那里，得知了李以民的消息，得知是老战友摒弃前嫌，为他的平反昭雪奔走呼吁，甚至两人亲自写证明材料，使得黄大风的平反工作异常顺利。平反后，黄大风过上了退休生活，有的是空余时间，他和庞跃京、李以民的联系频繁起来。在他的提议下，他和庞跃京、李以民三个老战友，在粉碎"四人帮"后的第二个国庆节这一天，三个老战友在北京举行首次聚会。因为这一天是三个老战友曾经并肩作战取得火场鬼尸洞之战大捷的日子，很明显，黄大风这个提议就是为了表明岁月沧桑，不改的是战友情，当年三人并肩战斗，几十年后三人把酒言欢，正所谓"渡尽劫波兄弟在，相逢一笑泯恩仇"。

10月1日这天下午，李以民在北京锦溪宾馆601大包间设宴为他们接风洗尘。李以民听说两个老战友要来北京，早早地带着老婆孩子一起在宾馆等，庞跃京因为在长沙开会，开完会便赶上最后一趟"长沙—北京"的加班列车，他带着妻子崔产愫和他们的女儿庞愫、儿子庞缘，早于黄大风先到。崔产愫和李以民的老婆舒缘也聊得很开心，孩子们在一边玩得尽兴，大家有说有笑。

秋天的北京没有风，没有雨，天气不冷不热，太阳整天暖融融地照着。银杏黄、枫叶红，秋意浸染了这座千年古都，此时的北京最是迷人，一美逾千年。

中午时分，黄大风和杨雅琴两人来到北京锦溪宾馆601大包间，他和李以民已经几十年未曾谋面了，但一见面，两人的手紧紧地握在了一起。三个出生入死的老战友重逢后，显得格外亲切，又是握手又是拥抱。

黄大风向大家介绍杨雅琴，他说："这是我妻子杨三江。"

庞跃京几个人都夸杨三江漂亮，杨雅琴用手推了推眼镜，操着一口地道的北京口音说："我人老珠黄了，不比崔产愫和舒缘年轻漂亮。"

崔产愫和舒缘异口同声地说："嫂子气质不凡，是个大美人。"人说三个女人一台戏，整个场面因为漂亮女人的加入，气氛显得活跃起来。

李以民招呼宾馆服务员上菜，几个人劝坐，李以民和庞跃京两人坚持要黄大风和杨雅琴坐上席，两人推辞不掉才落座。大家围着圆桌坐下后，李以民便问道："看嫂子的气质和口音不像是娄底冷水江人，倒像是北京人。"李以民讲话仍然是军人性格，豪爽直白。

杨雅琴回答："我是一名教师，曾到北京有过一段学习进修的经历，普通话就是那时候学的。"杨雅琴没有讲真话，她心中有顾虑。

李以民是个办事认真的人，他指着自己老婆说："我不是北京人，我在北京生活工作十几年，也没有嫂子你的普通话讲得地道，你的发音拥有大量儿化音，属于北京官话中的京师片口音。"

庞跃京看饭桌上的菜上齐了，就说："以民，别光顾着说话了，菜上齐了，你发

第七十一章
老战友齐聚北京城　杨雅琴意外获佳音

话吧。"

"还是老大发话吧。"李以民给大家倒满酒，端起酒杯要黄大风发话。

黄大风说："你两个一个是军级领导，一个是地委书记，我怎么敢在你俩面前发话哟，我是怕有人告密后，造反派说我无视上级领导，狂妄自大，把我揪出去游街示众哟。"

他的幽默逗得大家开怀大笑。玩笑归玩笑，他还是不肯发话，这时庞跃京说："按我们老领导说的，以民，客随主便，你就发话吧。你现在官职最大，今天又是你做东，你讲最合适。"

李以民见他两个人推脱，不肯发话，就不再推脱，端起酒杯，说道："热烈欢迎两位老兄及家人专程来北京看望我及全家，我代表全家表示衷心感谢。我建议大家一起干了这杯酒，为大家接风洗尘。"说完准备一口把一杯白酒干了。黄大风马上制止道："以民，我们三兄弟久别重逢，喝酒可以，但是，不能像年轻时那样喝了，我提议做三口喝，三兄弟今天相逢，三个人每人都用杯中酒表示一下意思，你看怎样？"

李以民往庞跃京那边一笑，问道："庞头领你的意思呢？"

庞跃京诡秘地眨了眨眼睛，往杨雅琴那边伸了一下嘴巴，李以民马上领会他的意思，他说道："黄老兄现在有美嫂管，不自由了，是不是怕回去跪搓衣板啊。那好吧，就按你说的，这第一口先喝三分之一吧。"于是大家共同举杯。

杨雅琴说她从来不管黄大风喝酒的事，当兵出来的人不喝酒，那不叫军人。大家说："是的、是的。"

"这第一口酒我和舒缘一起欢迎你们来北京，这次来，一定要到处看看，祝大家玩得开心。"李以民说。

舒缘说："我敬杨三江和崔产愫两嫂子，欢迎你们来北京，见到你们很高兴。"舒缘一个劲地劝大家多吃菜。

在舒缘给杨三江夹菜过程中，李以民问杨三江道："嫂子你极像我们学校里一个姓杨的女教授。我虽然只看到过她的照片，但我记住了她的模样，她和你简直太像了。哦对了，我忘了问嫂子你的职业。"

"我其实也是一名教师，不过我已到了退休年龄。"杨雅琴说。

酒席上，李以民说："崔产愫年轻的时候，是十里八乡有名的大美女。嫂子一心支持庞书记的工作，放弃了自己的仕途，做了一般干部。这些年，有多少家庭妻离子散，家破人亡啊！三江嫂子的形象气质，不输我们大学里那些女教授，一看就是个文化人。"杨雅琴笑而不语。

大家边吃边喝边聊，几个孩子吃了一些，说吃饱了，就出去一起玩去了，饭桌上只留下六个大人。

酒过三巡，李以民突然又说道："我们大学里那个女教授叫杨雅琴，和杨三江嫂子太像，像得让我都不敢相信，这个世界上会有如此相像的人。可惜她自杀获救后，神经出了问题，走丢了，我们学校党委正在着手为她落实政策，平反昭雪，有些历史事件，还需要向她本人核实确认。"李以民再次试探杨雅琴，也从中表明他的一些想法，观察她的反应。

"既然是神经上出了问题，在这个混乱的局面下，存活的可能性很小。也许她看破了

红尘，不愿意再度涉及政治，不愿被打扰，学古代的隐士，隐姓埋名了。"杨雅琴很淡定地说道。

"她有个独女名叫牟梨，几转几转竟然转到沅陵闹革命，也就是我们三个战友在革命战争年代曾经战斗过的那个地方——火场。"李以民说话时用手指了庞跃京和黄大风。

"你说谁？牟梨，你是说，她真的在沅陵火场公社上山下乡闹革命？"杨雅琴睁大了眼睛，一脸的惊喜。

"是的，一个女孩子，三十岁出头。我们之前到处寻找她们母女俩，没有结果。两年前，我的老战友跃京到北京出差时，无意间提到牟梨，说这个女孩子人长得漂亮、聪明、能力强、工作很有魄力，可惜生在一个混乱的年代，让她走上了邪途，做了一些危害社会、祸害他人的事情。"李以民不无遗憾地说道，他心中有了惊人的发现，觉得杨三江和杨雅琴存在某种关联。

"这么说，黄大风，你是知道这件事的啰。"杨雅琴脸有愠色。

"我其他事情都会忘却，唯独这个叫牟梨的女孩子和她做的事，我到死也不会忘掉。她在'文革'的名义下，为了私利而告密、检举揭发自己的父母，能把父母赶下台，这样的人把我赶下台就很正常了。"黄大风说话时一脸愤怒，杨雅琴怒目而视，他接着说："我这一生中最对不起的人是老战友庞跃京，我有罪啊，我是历史罪人，罪不可赦。"黄大风越说越激动，眼圈红红的，端起酒杯向庞跃京举杯一饮而尽，说是自罚一杯谢罪。

庞跃京大度地说："老战友，过去的事情就让它过去吧，不要再提了，在当时的历史条件下，人都像是疯了一样，不分老幼都像打了鸡血一样，人人参与政治的热情异常高涨，所谓人在江湖，身不由己。"

黄大风伸出大手摇了摇，说道："因为我的罪过，不但让自己的老战友受到了十年的冤屈和折磨，还间接让跃京失去第一任妻子何翠翠，跃京被打成反党分子以后，小翠也受到了牵连，在跃京的批斗会上吐血而亡。"黄大风说到这里号啕大哭，后悔自己当年所犯的错误。

庞跃京抓住黄大风的手，摇了摇，说："黄大哥，不要这样，小翠她也是一个苦命的孩子，小小年纪就被地主周保旺买去做五姨太，小翠死命不从，受尽压迫。没想到她因我而生，又会因为我的牵连而死。翠翠之死，百身莫赎啊！"

"翠翠是一个美丽、善良的姑娘。好人命不长，坏人万万年，这个世道什么时候公平过。真正可怜的是底层的老百姓，你们现在都是共产党的大官，有句俗话说，当官不为民做主，不如回家卖红薯。真的要善待老百姓啊！只有那些为民请命，把人民放在心里的人，人们才会永远怀念他。草菅人命，把人们当鱼肉的人，会被钉在历史的耻辱柱上。"崔产愫插话说。

"以民时常提起你，他说，如果庞跃京没有受迫害，凭他那一身的本事，早已不是现在这个样子，可惜被耽误了。"舒缘说。

"老黄，你也不要自责了，人做错了事是不好，关键是有改正错误的决心和行动。我们年纪都不小了，年轻时候犯下的错误往往在心理上会折磨我们一辈子，在有生之年多为国家和人民多做点有益的事吧。"李以民说完举杯提议当年的三个老战友单独干一杯酒。

杨雅琴说："老黄经常给我提起你两个老战友，说你两个人的本事都比他强，比他有

第七十一章
老战友齐聚北京城　杨雅琴意外获佳音

远见。说自己就是个土包子，啥也不懂，最没有脑子了。上面说什么就是什么，从来不会变通。在庞跃京的问题上，他陷得太深了，给老战友庞跃京和他的家庭造成了不可估量的损失。为这事，他经常半夜做噩梦，他说在这个世界上，他做了一件最缺德的事，他有罪，他对不起跃京。"她边说边把黄大风的手拉过来，又把庞跃京的手拉过来叠在一起，黄大风和庞跃京两个老战友的手紧紧地握在了一起。两人站起来举杯一干而尽。杨雅琴说："酒可小饮，不可贪杯，李军长的酒是喝不完的。"

黄大风说："以民的酒是喝不干是吧，那好，等你明天在北京检查完身体，我就住下来不回去了，天天找他要酒喝，我就不信，他还为我开个酒厂。"黄大风风趣的话，逗得几个人听了都哈哈大笑。

杨雅琴说："你一辈子是个糊涂蛋加酒鬼。以民书记的酒鬼酒，都被你一个人喝了一瓶了。年纪大了，酒不可过量，别再喝了，说说正事吧，你好像对牟梨这个女孩子有成见。"杨雅琴又把话题引到先前的话题上。

"我对牟梨这个女孩子何止是有成见，说句不该说的话，我所犯的错误也有她的功劳，那个女孩子可不是一般的厉害啊，当时她不到二十岁。最后，她对我突然露出了獠牙。赶出沅陵，送回原籍娄底冷水江，我的两个孩子也受到迫害。"黄大风感慨万千，说到牟梨是既恨之入骨又心有余悸。"我原妻杨柳风，曾经是国军一位贺连长名义上的老婆，也是在牟梨的审讯折磨下，神经错乱，悬梁自杀的。"黄大风这个行伍出身的硬汉子，说到这些几度哽咽。

黄大风为什么这么说呢，原来，就在杨柳风和这位国军连长举行婚礼当天，一切准备停当，刚刚要拜堂成亲时，通信员送来电报，说沅陵借母溪村进了土匪，烧杀淫虐，无恶不作，团部命令他们连率本部人马立即去剿匪。这可急坏了贺连长他爹，因为亲朋好友都请来了，堂屋内外人头攒动，亲朋好友喜上眉梢，期待着两个年轻人拜堂成亲。可是，军令如山，一分钟也不能耽搁，贺连长脱下新郎服，换上军装，率领一连人马前去剿匪，他很自信地说，收拾几个小毛贼，去去就来。没承想，他的部队半路上遭到土匪伏击，贺连长被当场打死。这一下贺家乱成了一锅粥，一场喜事，立即变了丧事。这下让贺家处于两难境地，儿媳杨柳风已经娶进屋了，就剩拜堂成亲这一个重要环节了，这时却出了这么大的变故，怎么办呢？贺家几个长辈商量后决定，为了贺家颜面决定抱一只大公鸡和杨柳风拜堂成亲。杨柳风当然是不清楚其中变故的，贺家上下对她瞒得严严实实的，村中的媒婆，手抱一只大公鸡代贺连长和杨柳风两人完成了"三拜"之后，急急地把她送入了洞房。也就是说杨柳风一进贺家就成了没有圆房的寡妇。

黄大风后来战场负伤，被安排在杨柳风家里养伤，在杨柳风的精心护理下，黄大风的伤治好了，但留下了身体残疾，组织上照顾他，让他留在地方工作，后来他和杨柳风成婚了。他出事后，杨柳风受牵连、挨批斗，后来悬梁自尽了。

杨雅琴获知这些情况后，她说道："中国妇女地位几千年来，都处于十分低下的境地，只有新中国才使妇女获得自由和尊严，在毛主席的英明领导下，中国妇女再也不用像杨柳风那样，死了丈夫就和公鸡拜堂了，把妇女和一只鸡放在同等的位置子上，这是封建思想对妇女摧残的又一铁证。毛主席提出妇女半边天，把中国妇女的地位提到很高的高度，成立了新中国，拯救了中国人民，他是中国人民的大救星，毛主席的丰功伟绩不管在什么时

候都不可磨灭。"

舒缘说:"听说牟梨这个女孩子心狠手辣,她和男友钟吉祥祸害地方,黄大风、魏公稽、姚革新和崔产愫等一批干部都吃过她的大亏,被她赶下了台。你们这几个人,她都敢动,并且都折在她的手下,可见她的手段非同一般。何况其他人,就更不在话下了。"

崔产愫和舒缘吃好了出去走走,杨雅琴没有出去的意思,她对三个男人聊那个关于牟梨的故事挺有兴趣。

庞跃京说:"不知魏公稽政策落实得怎样了,他离开火场后,音信全无,也不知他现在是什么情况。牟梨给他造成的伤害确实太大了。"

庞跃京坦诚地给他们讲了魏公稽和崔产愫以及其他的事情。

听完庞跃京的话,杨雅琴流着眼泪,手捂着胸口说道:"没想到崔产愫这么一个大美人却受了这么大的苦,她真是死里逃生啦,老天有眼,她得到了庞书记的呵护,谢天谢地,我和崔产愫一样和死神擦肩而过,没有这个经历的人,是不会感受到那种绝望和悲痛的。每个人都有选择爱的权利,爱本身没有错,牟梨的行为直接导致多人死伤,牟梨有大错、有大罪,牟梨对不住火场人民。"

杨雅琴的脸色越来越难看,她蹙着眉头,用手时不时地抚摸着自己的胸口,突然她离开座位,站起来,"扑通"一声跪下,说道:"李书记、庞书记,我就是你们要找的杨雅琴,我是牟梨的亲生母亲。我代表牟梨向庞书记、崔产愫、大风、杨柳风、魏公稽、姚革新、老倔头、莫白信、老篾头、王姬等人道歉赔罪、谢罪。"

几个人被杨雅琴这个举动惊呆了。杨雅琴泪流满面,她说:"我作为母亲没有教育好女儿,让她跑去危害社会,伤害这么多人,致使多人死亡,她就是百死也没法赎罪。当地人给她取了一个名字——牟阎王、活阎王。可见人们对她的仇恨有多深,她对众人的伤害有多大啊。"杨雅琴跪下在地上叩了三个头,抬起头来时,已是老泪纵横。

太突然了,李以民等人感到十分惊讶。几个人把她扶起来,让她坐在椅子上慢慢说话。

李以民马上用宾馆电话打了学校政工部电话,要他们马上到北京锦溪宾馆来迎接杨雅琴教授,电话那边可能感到消息太突然了,一个劲在问情况,李以民说:"不用问那么多,你们来了就知道了,一定要叫上当年和杨雅琴教授同院系的同事,那些还健在的果树栽培专家。"

她向李以民深深地鞠了一躬,说道:"谢谢党组织,谢谢李书记,谢谢同志们。"

黄大风如在云雾中一般,太突然了,所有人都惊呆了,世界上哪有这么巧的事啊。杨雅琴怎么也没有想到,在这种场合会以这种方式,知道了自己闺女的消息和不为人知的过往。本来是随黄大风来北京看病的,几个老战友几十年后第一次聚一聚。未承想,李以民竟然是她过去一所高校的党委书记,学校正在寻找她,要为她平反昭雪。

杨雅琴得知牟梨的音讯,虽然了解到了牟梨的一些负面的东西,比如说和钟吉祥的关系,但这些负面的东西,不会影响到她获知女儿消息的喜悦,还有学校党委没有忘记她这个离开组织十余年的老妇人,真可谓是双喜临门。

她消瘦的脸上露出了久违的笑容,她一高兴,黄大风感到惊讶之余也是喜极而哭,他给杨雅琴递去手绢拭擦眼泪。他说:"你洗把脸去吧,等会儿大学领导和同事要看你来了。"

杨雅琴接过手绢，站起来去洗手间洗把脸。从庞跃京面前走过时，她问道："李书记、庞书记，我没病了不用看病了，明天就回去，我要见牟梨，我和女儿十多年没有见面了，我和大风就不回冷水江了，我们随你和崔产愫回沅陵，去那个叫火场的地方。"

庞跃京意外得知杨雅琴是牟梨母亲时，他也感到十分惊讶，当听到杨雅琴要求去看牟梨时，他的目光有些躲闪，顾左右而言他。崔产愫见状连忙说道："杨教授来北京一趟不容易，不急着回去，咱们先看病，身体比啥都重要，去沅陵的机会有的是。"

"不了，如果不见到牟梨，病也治不好，女儿离开我14年又99天了。"说话间，学校来了5个人前来看望杨雅琴，李以民一一作了介绍。李以民介绍杨雅琴时，时任北京林业学院院长杨知非教授立即抓住老同事杨雅琴的双手热泪盈眶，他说："杨大姐，我们终于找到你了，欢迎你回家。"

杨雅琴的学生曾亦可，现在已是林院教师，她说："老师，您到哪儿去了呀？我们到处找您都找不到您，老师，我们都好想您啊！"

李以民如释重负，他说："踏破铁鞋无觅处，得来全不费功夫。林院全体师生欢迎杨雅琴教授、副书记归队。"

锦溪宾馆601包间响起阵阵掌声，大家由衷高兴。

黄大风风趣地说道："没想到我一个土包子竟然讨了一个大学教授，一个著名的果木专家，还是个大官呢，比我以前的官位还大很多呢，是我老黄家祖坟上冒青烟了。"他的话逗得大家又是一阵笑声。

黄大风说："我看，从今往后，你还是恢复原来的姓名杨雅琴吧，有李书记，有杨院长这些领导，你也很快会落实政策。这么多老同事都来了，叫原名字有感情些。"杨雅琴"嗯"了一声，点了点头，她说："感谢党组织，感谢同志们，我平反后的第一天，我要求补交党费。我是临退人员，我要求参加组织生活，我离开组织太久了，我就像漂泊在大海中的一叶扁舟，没有了目标。"李以民带头鼓掌，杨雅琴表示感谢。

"知识分子就是脑子活，雅琴和我一起生活了这么多年，从来没有给我说过她是一个著名专家、教授，大学里的党委副书记，只说是一个学校的教师。这个保密工作可以说是到家了，从来没有给我透露一点点大学里的秘密，对党忠诚，保密意识殊为难得。她甚至没有给我说她的女儿就是牟梨。"

"今天是个特别的日子，这第一呢，我找到了阔别已久的党组织，见到久违的同志们；这第二呢，我要告诉各位同人，意外获知了女儿牟梨的下落。"杨雅琴说到这里，喜极而泣，在场的学院教师纷纷向她庆贺。

"我想尽快回去，跟庞跃京书记回沅陵去，不知庞书记、崔产愫主任同意不同意。"杨雅琴把脸转向崔产愫和庞跃京，用征询的目光看着他们。

庞跃京夫妇没有正面回答她，杨雅琴感觉到他两人好像在刻意隐瞒什么。黄大风也看出了其中的端倪，他见杨雅琴反复用手往上推眼镜，脸上写满了尴尬。黄大风马上出面打圆场，他说："'文革'结束不久，国家百废待兴，庞书记现在是怀化地委书记，有很多重要事情等着他去处理，是个大忙人，是吧，用日理万机来形容都不为过。既然现在已经知道了女儿的下落，也不急这一会儿，等庞书记忙好了，我们再去。"

455

"他呀，一年到头事情都忙不完，他事情再重要也会欢迎老书记和杨副书记去沅陵检查指导工作，只是……"崔产愫支支吾吾地说不出话来。

李以民看出了这其中必有隐情，连忙说："杨知非院长和学院的几个老师都来接杨副书记来了，我看不如这样吧，你两位还不如先随大家一同去学院参观看看吧，毕竟这些年学院也是历经周折，从北京下放到云南，现在又从云南搬回来不久，由于有其他单位占用了学院的一些地盘，现在学院的外形呈一个'凹'字形，由于搬家的原因，很多设备弄坏了、丢失了，学校也可以说是百废待兴。十年内乱，我们现在最缺的就是人才，杨雅琴教授回来很及时，可以说弥补了这个专业上的空白。"

"我听从院党委的安排，服从组织的召唤，只是我已经到了退休的年龄。"

"作为人才引进，退休了可以返聘嘛。"李以民说。

杨雅琴说："退休是国家政策，但学院如果返聘我，我愿意为国家发挥余热。"李以民和杨知非院长咬耳商量后，向杨雅琴发出了邀请。

"在我有生之年，我愿意继续为党工作。"

杨知非等学院老师鼓掌欢迎并邀请杨雅琴和黄大风先到学院去看看，宾馆离学院很近，杨雅琴欣然应允前往。

庞跃京明白李以民巧妙支开杨雅琴和黄大风的用意，他心里清楚自己这个老战友最善于配合开展工作，为他解围。

杨知非把杨雅琴他们接走后，李以民问庞跃京："跃京，是怎么回事，出了什么情况？我看你和崔产愫两个人在杨雅琴两次提到要回沅陵看女儿时，你两个人都没有正面回应，是杨教授的女儿牟梨出什么岔子了吗？"

崔产愫抢先回答道："李书记，出大事了，天大的事啊！"

"怎么啦，难道牟梨真的出事了？"

"李书记，牟梨在四年前就割腕自杀了。"

"啊，听你们说，牟梨是一个很有个性、有能力的女孩子，她遇到什么事了，要用死作为代价啊。"李以民听了崔产愫讲的话有些愕然。

"她自杀前，也没有什么特别征兆，可以说，没发生什么事情直接导致她自杀。有人传言，她得了抑郁症；有人说，'文革'结束后，她无所事事，有些焦虑，思想波动大；有人说，是有人羞辱她，一时想不通，就自杀了。反正说什么的都有。"庞跃京坐在李以民旁边说道。

崔产愫在听他们发表意见，一直没有讲多话，牟梨给她及亲人造成的伤害，是她永远也没法原谅的。她说："用过去'文革'的话说，牟梨是自绝于人民。也许她觉得生不如死，死了百了。人们常说，死都不怕，还怕活着吗？没有经历过死亡的人，就不懂得活着的意义。不想活着的人，死去也许是最好的选择。随着牟梨的死去，希望能给我们活着的人带来一些反思和惨痛的教训，历史不能重演，生存权是最大的人权，国家政治稳定，社会安宁，人民安居乐业是老百姓真正的民主和自由。"

舒缘说："可惜了，这么一个花一样的女孩子，这么年轻貌美、能力卓越的小女子，就这么香消玉殒了，真是令人惋惜。"

"现在要面临的问题是如何给杨雅琴教授说这件事啊！"崔产愫说。

第七十二章
爱女离世母亲悲恸　　落实政策雅琴平反

崔产愫说话间用眼睛往李以民和庞跃京脸上看："这件事，瞒是瞒不住的，因为杨教授得知独女的消息后，她的心早已飞到自己的女儿身边了。她刚刚已经提出来了，不看病了，要现在、立刻、马上回去见女儿。"她想看看他们有什么反应，他俩也是一筹莫展。

"是的，这件事是没法瞒的，杨教授已经知道了自己女儿的下落了。现在不是要不要说的问题，而是什么时候、什么地方给杨教授说，由谁来说，说了以后，身体有病的杨教授是否能经得起这突如其来的打击。刚刚得知女儿的消息，而且是从庞跃京这个父母官的口里得到确认的好消息，她还没有从万分喜悦的心情平静下来，又要跌入万丈深渊的悲痛之中，这个打击对谁来说也太大了，叫她情何以堪啊！"李以民皱起了眉头。

庞跃京点了点头，端起茶杯，用杯盖刮擦杯中浮起的茶叶，凝神沉思。

"杨教授平反昭雪落实政策应该很快就能到位吧，等她这事落实后，身体无大碍时，选一个合适的时机告诉她吧。"庞跃京转头问李以民。

"杨教授平反准备工作已经全部就绪，现在杨雅琴已经找到了，就更好办了，杨知非院长带她去学院核实几个问题，由她本人在相关材料上签字后，立即上报上级组织批复，我想这件事很快会批下来。我们学院党委和上级有关部门协调，对杨雅琴教授的平反工作加大了工作力度，平反政策很快会得到落实。"李以民很有把握地说道。

杨雅琴得知女儿牟梨的消息后，她的心再也没法平静，庞跃京夫妇有意回避她提出去沅陵看牟梨的要求，让她和黄大风产生了疑虑。黄大风和她分析牟梨的情况，两人商量出几个版本的应答，但毕竟只是假设，没有见到牟梨都不作数。

庞跃京夫妇先期回到了怀化地委，在北京的杨雅琴一边看病治病，一边等平反结果，半个月过去了，杨雅琴顺利平反。她说："此生亏欠女儿的太多了，余生要多陪伴女儿。"她婉拒了院党委的挽留，随即办理了退休手续。

杨雅琴患有严重的类风湿心脏病，在北京的半个月里，她的病情得到很好的控制。要出院的前一天，李以民和夫人到医院来探望她，因为第二天杨雅琴要出院，他因为有个重要的会议，不能亲自来送行，当即委托妻子舒缘到时和杨知非院长以及杨教授当年的好友前来送别老战友黄大风夫妇。

说话间，杨雅琴打断李以民的话，说："李书记，你就给我直说了吧，不要担心我的健康，我和你、老黄一样，我们都是从死神手里逃出来的人，没什么好怕的，也没什么不能接受的，是吧。你两个就直说了吧，牟梨是死是活都给一个实话，'文革'结束了，我也办了退休手续，现在有大把的空闲时间。牟梨如果活着我们就去看她，把她接到我们身边生活，毕竟我们母女分开的时间太久，一个母亲的心情你们是理解的；如果牟梨不在世

了，我也要去她的坟头看看她，母女一场，我割舍不了这份母女情，我没有照顾好女儿，也没有尽到一个母亲的教育责任，我感到羞愧，我对不起女儿啊！"

杨雅琴一说到女儿，以泪洗面。

黄大风是个急性子，见杨雅琴思女心切，就说道："老战友，以民兄弟，你是侦察员出生，你的脑袋瓜子比我灵活，庞跃京夫妇是什么意思呢，雅琴三番两次提出去沅陵看女儿牟梨，他们夫妇俩愣是不表态。我劝雅琴不用急，等病看好了，平反的事落实了，我带她一起去沅陵。雅琴本来是个慢性子，只要沾点和女儿有关的消息，她就立马会神经过敏。她就是想立即得到牟梨的准确消息，可是，我们这个老战友啊，还是和过去战争年代一样，喜欢打埋伏。害得雅琴整宿整宿地睡不着。知识分子就是爱动脑筋，再小的事只要到了他们的脑子里，立刻就会无限放大，心细得胜过头发丝。跃京夫妻俩不正面回应她的要求，她甚至怀疑出现了意外，或者说，牟梨早已不在人世了。一天到晚弄得神经叨叨的，整天以泪洗面。我说以民兄弟，你就给我来句痛快的，说实话吧，牟梨到底怎么了？我想，你作为庞跃京过去的老搭档，同生共死的老战友，我不信他没跟你说，你一定知道内情，说吧，老战友。我其实觉得不用急，等我们忙好了，我们自己去沅陵看，那里我又不是不熟悉，战争年代我们几个人都在那里战斗过。可雅琴就认死理，雅琴说庞跃京夫妇不正面回答她的要求，是在刻意隐瞒什么，大多是牟梨出大事了。他们不正面答应，也不正面回应她的提问，说明牟梨那边的情况十分糟糕——雅琴已经想到了女儿最坏的结果。"

李以民无奈，只好把黄大风叫出去说话，他把牟梨死亡的消息告诉了黄大风。他说："你不要怪庞跃京夫妇没有告诉你牟梨已经死亡的消息，他俩是不忍心，因为杨雅琴刚刚得知牟梨还活着的消息，这突然之间牟梨就死了，这换了谁能够接受得了。一惊一喜，上了年纪的人，最容易出现身体反常情况。因此，庞跃京一再交代，要过段时间，再把实情慢慢告诉杨教授。"

这边舒缘挽着杨雅琴的手臂说："大姐，你是个高级知识分子，是懂道理的人，是教育专家，专门从事教育科研，道理不用多说，你都明白。好吧，还是由我来告诉你吧，'文革'被否定了，民间有声音，要牟梨为火场'文革'中的错误负责。改革开放后，据说牟梨得了抑郁症，她在火场割腕自杀，已经过去四年时间了。"

杨雅琴听到这个噩耗，身子一歪，险些摔倒，眼泪夺眶而出，大叫一声"牟梨"，便晕过去了，几个人马上叫来救护车送医院实施抢救。

杨雅琴抢救醒来时，哭诉道："牟梨只是个孩子啊，她怎么负得起这么重的责任啊！"

舒缘安慰她说："杨教授，你要保重身体啊！女儿不在了，换了谁都伤心，可是，人在时代潮流中，是渺小的。"

黄大风看到这个场面，说："生命中不可承受之重，对于很多人来说，仅仅是活着，已然需要拼尽全力。雅琴，你要面对，要坚强。"

死亡对于李以民、庞跃京和黄大风来说，过去在战场上，司空见惯，舒缘在医院当医生也经常见到过人的生死。可是，杨雅琴作为一名专家、教授，面对死亡，心中的恐惧是很大的，何况是自己的亲闺女。

杨雅琴的脑海里，自从听到黄大风他们三个战友对牟梨的评论，她已经心生恐惧，她有一个极不好的预感，现在已经证实了牟梨割腕自杀了，她在震惊、恐惧和悲伤中挣扎。

第七十二章 爱女离世母亲悲恸 落实政策雅琴平反

牟梨的音容笑貌，时刻浮现在眼前，她想到当年牟梨宣布和父母决裂时，那种义无反顾的革命豪情，在极"左"路线的宣传教育下，幼稚、单纯、任性的女儿变成了狂热的无知的革命小闯将。杨雅琴感到无能为力，最后仰天长叹。在目送女儿宣布和父母彻底决裂摔门而出时，她在牟梨的身后弱弱地叫了一句："牟梨，你要好好的。"

黄大风随着年龄的增长，经历的事情越来越多，泪点也越来越浅。他一直用一双大手时不时地擦眼泪。他说："雅琴你身子弱，不能太伤心了，不要哭了。有很多事情真是讲不清道不明的奇怪，昔日牟梨伙同他人把我轰下台时，好像注定了今天我们的相逢，让我才有机会救起你。你想想看，你一个北京高校里的一知名教授，辗转到湖南'五七'干校劳动改造，后来也是自杀，被救活，失忆走失沦落到娄底乡野，却阴差阳错地走失到娄底冷水江，在那个暴雨后的上午，你再次涉水自杀，我一个无事可做的垂钓者，第一次到那个叫舒雅湾的地方钓鱼，蹲下来不久，就看到下游几十米处的你正在下河。河水暴涨，洪水翻滚，你却像没事似的直往河心走去，我一看很不正常，丢下鱼竿，边往你那里跑，边脱掉衣鞋，好险啦，只要迟一分钟，你就会走进漩涡里，被洪水卷走，难道冥冥之中，真的有天意安排吗？"

"老战友，你怎么也开始迷信起来了，那就是个巧合，我们共产党人都是唯物主义者。"李以民说。

"你如果当年犹豫一下，不救我该多好呀，你不但救活了我，还治好了我的病。可是，老天爷又安排我下一场悲伤，让女儿的政敌救起她的母亲，让你的仇人以自杀的方式向那些包括你在内的人谢罪。又让罪人之母伤悲。"杨雅琴哭诉着。

黄大风也哭着说："不要这么说，也算我们仨之间的缘分吧。"

杨雅琴长叹一声，说："我们回去后，稍做准备就去火场公社，没有什么要准备的，我这里的平反工作已经结束了，退休手续也办得快，我俩没有了工作的负累和家庭的牵扯，明天从北京出发直达长沙，沅陵是湖南省版图面积最大的县，少数民族过半县，却没有通火车，说明我国铁路建设规划还有短板。我们到长沙后改乘长沙至沅陵的班车，我算了一下，六七个小时就可以到达沅陵，再从沅陵县城换车去火场约四小时即可到达。"

黄大风本来还想说再等等，看看庞跃京是怎么安排的，最终还是没有说出口，"嗯"了一声，点头表示同意。

黄大风和杨雅琴说走就走，第二天，他们告别了李以民夫妇，直奔沅陵，到达沅陵后，庞跃京夫妇热情招待了他们。在餐桌上，庞跃京和崔产愫一再跟杨雅琴解释之所以没有正面回应他们来沅陵，是因为考虑到杨雅琴身体不好，路途遥远。如果当时说出牟梨出事了，对杨教授也太残忍了，与女儿分别十多年了，刚刚得知女儿的消息，心中高兴，突然间，又冒出女儿自杀了，一喜一悲，最容易让人接受不了，因此没有明说，是担心杨教授的身体吃不消。

黄大风心里很清楚，这是老战友的关心，想在一个合适的时机告知牟梨的死讯。杨雅琴明白庞跃京夫妇的良苦用心，她当面表示了感谢，并对牟梨给地方造成的损失和伤害一再表示道歉。

县委组织部部长李剑等人陪同杨雅琴和黄大风去火场公社，庞跃京对黄大风说："我已调到怀化地区工作。现在火场乡党委书记是黄大长的大儿子黄诚勇，他还是县委副书

记，他也即将出任县委书记一职。你明天去火场，他会安排的。"

黄大风说："黄大长老弟的几个孩子据说都很争气，恢复高考之后，先后都考取了大学，可惜大长老弟看不到今天了，不然，他别说有多高兴了。"

"是啊！不容易啊。"庞跃京说。

"那由谁接任火场乡党委书记职位？"

"由谢采采接任乡党委书记，她是谢钟的女儿。"

"听说谢钟生的五朵金花，一个比一个鲜艳，个个是大学生，当时的学生都是出校门进社会闹革命时，就只有谢钟和高冷两个人紧抓几个孩子的学习不放，这两个人真是睿智有远见。"

"是的，是的。"

两个老战友摒弃前嫌，又是一宿的彻夜畅谈，他们一起回顾了革命战争年代和社会主义建设中的挫折和经验教训，谈到一些人与事，两人感慨万千。这次三个老战友在北京相聚，一笑泯恩仇，还无意间得知了牟梨的下落，杨雅琴又表示了感谢。

牟梨之死，让杨雅琴悲痛欲绝，她从北京回来后，还是病倒了。阳春三月，桃花盛开，她的身体稍有好转，她就要去桃坪界看牟梨。

第七十三章
杨雅琴亲临毛栗垭　钟吉祥墓前认娘亲

3月20日那天，春风习习，万里晴空，天刚蒙蒙亮，黄大风一行就从县城出发。

火场乡政府大院里来了两台小车，县委组织部部长李剑、县纪委主任赫连菁菁等人从车上下来，黄诚勇和拟任火场乡党委书记谢采采在公社大门口迎接。

李剑他们的到来，在火场激起一池涟漪，有些好事者立马传出各种谣言，最为甚者当数包春梅，她放出话说，牟梨罪大恶极，她的案子涉及的人太多了，上面来人要重审，不能不了了之。牟梨这个小阎王死了都不让人安生，又有些干部要跟着遭殃了。还有那个该死又不死的钟吉祥，他想躲到毛栗垭万事大吉，规避"文革"专案组的调查。他算盘珠子真是打得山响，可惜呀，人算不如天算，上面是不管你生死的，死了也要弄个一清二楚。等着吧，大家又有好戏看啰。

老犁头向来和包春梅不对付，但在钟吉祥的问题上，两人有一定的默契，老犁头在"喊寨"的时候，顺便散布了和包春梅相类似的消息，早上悠闲无事，"喊寨"后，来到火场中学大门外，选一个石墩坐下，抽支纸烟，和几个村中老人扯掰扯掰。这天太阳出得早，天气晴朗，中学门口是仅次于村口的聚集地，太阳刚爬上中学门口那棵百年槐树之巅，大树下已经簇拥了十几个大人和小孩，袁莹莹和谢一方来学校上课，见老犁头一些人在闲聊，便前去和他打招呼，问道："大爷，在摆龙门阵呐，进学校坐坐去吧，喝杯堡子

第七十三章
杨雅琴亲临毛栗垭　钟吉祥墓前认娘亲

界云雾茶。"

"不了，老朽就不影响你们年轻人工作了，今儿不摆龙门阵，大家在说钟吉祥呢，听说上面来人了，这回可能莫是要法办他了吧？"老犁头在村人面前喜欢爆料新闻。

谢一方马上回话，说："大爷，这回您老掐指一算没算准呢，这回县里来人，不是要法办谁，而是带一个老妇人专程来找钟吉祥的。"

"这就对了，找的就是他，要法办钟吉祥了。《尚书·太甲》有云：欲败度，纵败礼。以速戾于厥躬，天作孽，犹可违，自作孽，不可逭。"

袁莹莹说："大爷，那个老妇人叫杨雅琴，是北京一所大学的教授，副书记，著名果木专家，她才平反，她就是牟梨的母亲，是来看牟梨的。她们母女分离十多年了，母女俩十多年没有音信，得知牟梨在火场并且已经死亡的消息后，她悲痛欲绝，不辞劳苦，她决意来火场看看。大爷，县领导是陪她来的，不是搞运动来的，现在不搞运动了。"

"不搞运动了，咋回事啊，不搞运动了，当官的谁来监督呀？"老犁头呆呆地说着没人理会的废话。

"人民监督政府。"袁莹莹。

老犁头说："管用吗？"

"那可不！"谢一方说。

袁莹莹、谢一方和老犁头说了几句话后，便走进校门，上课去了。老犁头的耳朵越来越背了，据说由于耳背，"喊寨"时敲锣，不知轻重，都已经敲破三条锣了。崔产愫上个月来看他，给他带来一些生活必需品和一条新锣。她说："现在公社有广播站，大队部有高音喇叭，要传达上级的文件精神，不用'喊寨'通知，广播里喊一下就可以了，你就不用那么辛苦，一年四季'喊寨'，太辛苦了。"

老犁头对崔产愫这个讲法不以为然，他说："自从老篾头羽化登仙之后，我就接过了他'喊寨'的班，村民已经习惯我喊寨，走村串户喊那么几嗓子，对村民有警示、通知、宣传等作用，人'喊寨'比广播喊更亲近，有温度，让人容易接受，我也养成习惯了。年纪大了，大事做不了，力气活干不了，就只能动动嘴皮子了，活一天就多为村里做点力所能及的小事，心里踏实。"

崔产愫拿他没办法，每次看他来，带大包小包的东西，一再叮嘱他注意身体，三餐要正常。老犁头总是说憨话："身体不碍事，现在的生活比万恶的旧社会要好上百倍，我们现在每天过的都是地主生活，能活到这个岁数够本了，死在新社会值了，每多活一天都赚大发了。"

老犁头耳背，关键时刻他会越发耳背，他做了几个努力听的动作，悻悻地与村民天南地北地海聊着。

杨雅琴教授是一个气质优雅的老妇人，头发花白，鼻梁上夹着一副厚厚的大黑框眼镜，镜片背后的双眸深邃而忧伤，从脸型、鼻子和大波翻双眼皮以及讲话的语调，一眼就能看出这个女人和牟梨必定存在着某种亲缘关系。

黄诚勇和李剑、杨雅琴、黄大凤和赫连菁菁等人，第二天天刚蒙蒙亮就向毛栗垭出发了，中午时，一行人终于爬到了毛栗垭，在一个山坡上，远远看去只见一个硕大的木棚屹立在山坡上，漫山遍野桃花盛开。

随行人员给杨雅琴介绍说，坟冢在木棚里，钟吉祥为了防止有人破坏墓，就搬到毛栗垭山上住，一边守墓，一边种他那一亩三分地，植树季节便栽种桃树，现在的桃树已经成林。

杨雅琴一行人离木棚越来越近了，她无法抑制自己悲伤的心情，眼泪扑簌簌地往下流，走近木棚还得爬过几百多米的小山坳，上行的路，有个小坡路，杨雅琴身体弱，有些力不从心，黄诚勇叫大家稍事休息，他把军用水壶递给杨雅琴让她喝口热水。

她喝了一口水后，说："桃坪界果然名不虚传，这山上有这么大片桃林，春天来了，桃花盛开了，这里的山川真美啊！"

黄诚勇连忙介绍说："这个地方有个小名叫毛栗垭，和桃坪界就相隔一条小山沟，钟吉祥在小山沟上搭建了几根杉木，把毛栗垭和桃坪界就连成一片了，这几年钟吉祥在毛栗垭栽种了很多桃树，以前毛栗垭几乎没有桃树，全是毛板栗树。后来钟吉祥又在红卫兵墓地种了一些桃树，这样就把两地很好地连成一体了。"

"此地叫毛栗垭？"杨雅琴若有所思。

上山之前，黄诚勇把当年安葬牟梨的过程说给了杨雅琴，她基本了解了牟梨和钟吉祥之间的事。

杨雅琴说："钟吉祥是在帮牟梨实现她的遗愿，他一个人搬到这么个大山里守墓，这不是一般男人能够做到的，我女儿牟梨选择钟吉祥做男朋友，真是好眼力，这样的男人值得爱。"

杨雅琴说话间，已顺手摘了一些松枝和野花，做了一个小花圈，她说了一声"走"，大家都随她往上爬，大约走到只有五十米的距离时，钟吉祥在木棚外看到黄诚勇一行人，他便放下手中的柴火，迎了上去。黄诚勇快步走到钟吉祥身边，钟吉祥突然紧张起来，愁眉紧锁地问道："黄书记，你咋来啦，还带了这么多人，有啥事吗？不会是带这些人来抓我的吧？现在不搞运动了呀，我已经离开政治了，不再参与政治了。"

黄诚勇说："钟吉祥，你想多了，我们今天来是因为杨……"

杨雅琴用手抓了一下黄诚勇的胳膊，黄诚勇到嘴边的话，马上停止往下说。杨雅琴说："你就是钟吉祥吧！"

"是的，我叫钟吉祥，小名叫小……"杨雅琴制止了他往下说。

"你好！吉祥！"她握住了钟吉祥的手。钟吉祥显得有些局促，他用眼睛往黄诚勇、李剑脸上看。

"我叫杨雅琴，我是牟梨的亲生母亲，我是专程从娄底冷水江那边过来的。"

"您是牟梨她娘，牟梨曾经给我说过，您被人整出了什么怪病，有一天，您离家出走了，从那以后，再也没有人见过您了。有人说，您可能不在人世了，原来您还活着。"钟吉祥的脸上露出了笑容。

说话间她来到牟梨坟前，把小花圈轻轻地放在牟梨坟头，泪水像断线的珠子在脸上流淌。她说："梨儿，我的宝贝女儿，妈妈今天看你来了，你爸爸不能看你来了，他已经去世十几年了。妈来迟了，对不起，女儿，妈没有教育好你，没有保护好你，都是妈的错，妈向你道歉，妈妈好想你啊！"杨雅琴说着说着，"扑通"一声竟然跪在了牟梨的坟头。钟吉祥等人见状，连忙扶杨雅琴起身，可她就是不动，干瘦的身躯几乎匍匐在地，她哭得直

第七十三章
杨雅琴亲临毛栗垭　钟吉祥墓前认娘亲

不起腰。

突然，钟吉祥"扑通"一声也跪在杨雅琴身边，他说："牟梨，你妈看你来了，大娘她从大老远的地方专程看你来了，你地下有知可以安息了。你曾经对我说过，你是个不孝女，在父母最需要你的时候，你不但没有选择和父母站在同一个阵营，而且向组织举报父母，以'莫须有'的罪名，使父母更加处于十分不利的境地，导致父母亲自杀，母亲自杀未遂被医生抢救过来了，却落下了怪病，有一天竟然离家失踪了。你一直十分自责，说你自己是忤逆不孝的人，没有为父亲送终是你一辈子的遗憾，母亲失踪是你心中的痛，你悔不当初，悔之晚矣。今天大娘大老远来看你了，大娘没有责怪你，她原谅了你。这个世界上，哪有父母恨自己儿女的呢。你看到了吧，当年你找不到母亲了，父亲自杀了，你回来后不知痛哭过多少个日日夜夜，多年来，你一直处于自责后悔中。由于革命工作太繁忙了，直到你去世前几天，你一直没有忘记寻找母亲，没有忘记对大娘的思念！牟梨，大娘今天能来毛栗垭这个大山中，这要多大的决心、勇气和爱啊，这就是慈母对远行儿女的牵挂呀，大娘她已经知道你不在人世了，但还是坚持要上山看看你，这样的母亲，是世界上最伟大、最无私的母亲，大爱无疆，感天动地啊！牟梨，牟梨啊！"

钟吉祥哭得像一个孩子，这时，杨雅琴反劝起钟吉祥来，她说："吉祥，好孩子，不管别人如何看待你，看待你和牟梨的爱情，作为母亲，我看到、听到你为牟梨所做的一切，我被你感动了，不要哭了，孩子。牟梨选你做她的男朋友，你们是自由恋爱，我今天也当着牟梨面说，我也喜欢你，你是苦命的孩子，你和牟梨是一对疯狂的可怜孩子，有些人与事、是非功过，让历史去证明吧。牟梨，你的男朋友钟吉祥，我今天见识了，妈也满意，我赞同你们的恋爱关系。从今往后，你的男友钟吉祥就是我的孩子，这孩子真是太重情义了，我都被他感动到了。我为你高兴梨儿，在父母不在你身边的漫长岁月里，是吉祥在呵护你、保护你，直到今天他都在义无反顾地守护着你，今后吉祥就是我的儿子。"

钟吉祥说："大娘，千万别这样，吉祥是个孤儿，是个贫雇农，是牟梨来了之后，才让吉祥由小杂种变成了人，像人一样的活着。我们在革命工作中相互支持，互帮互助，我现在的文化都是牟梨教我的，我和牟梨不但是恋人关系、战友关系，我俩还是师生关系，她教给我的东西，在教室里都学不到。牟梨是个奇女子，她是被地主包春梅、上中农莫夜香她们给逼死的。"李剑和黄诚勇等人深受感动，把两人扶起来，走到隔壁木棚里，坐在几截长木头上。

李剑说："吉祥，还叫大娘啊，应改口叫妈了。杨教授刚才已经说了，从今往后你就是她的儿子了。哪有儿子不叫妈的道理呢。"钟吉祥往李剑脸上看了看，黄诚勇介绍说，他就是县委组织部李部长。

李剑点了点头。钟吉祥"扑通"一声，跪在杨雅琴面前，叫了声"妈"，便给杨雅琴叩了三个响头。"哎，我的好孩子。"杨雅琴连忙伸手扶钟吉祥。

李剑、黄诚勇等人在一旁劝慰杨雅琴节哀，李剑说："牟梨遵从了自己的内心，她所做的事是时代赋予她的使命，在执行过程中虽有偏差，但不应由她一个小女子来负全责，我们也没有尽到教育劝导之责，多少人在时代洪流中失去了自我。"

杨雅琴说："女儿啊，村人恨不得寝其皮、食其肉，吉祥不上山守你，你就会被抛尸荒野，都是母亲教子无方，导致你做了很多坏事，害人害己呀，母亲'愧无日碑先见之

明，犹怀老牛舐犊之爱'。"

李剑说："我们作为长辈，没有及时劝阻牟梨的所作所为感到愧疚，我们理解杨教授对女儿的怜爱之心。"

钟吉祥起身后，准备给杨教授一行人做饭吃，被杨雅琴制止了，她满脸怜悯地对钟吉祥说："孩子，我一点也不饿，你山上也没有多少东西可以吃，我们这些人上山之前，他们都知道你山上的情况，都吃得饱饱的。我还托他们给你带来了一些粮食和水果，你什么也不用做，我们母子就说说话。"

钟吉祥还是坚持要做饭，被黄诚勇劝阻。随行的人一起动手，生火烧水。钟吉祥就在铜壶里加了山泉水，放在火坑锅火圈上煮水，放了一些野蜂蜜。一会儿水开了，他取出碗、小瓷缸等餐具，倒上水，让大家喝。

黄诚勇说："钟吉祥野外生存能力极强，能够就地取材，什么季节出什么东西，他就会吃什么东西，和过去判若两人。你们看这漫山遍野的桃树，看这花多喜人啊，这些年都是他亲手栽种的。"

杨雅琴显然对钟吉祥人工造桃林产生了浓厚的兴趣，她挨着钟吉祥坐，握着他长满茧的双手抚摸着，她提出了一个问题："孩子，你一个人造了这么一大片桃树林，你是怎么做到的？这里边有不少的问题需要解决吧，譬如说，栽种技术、购买树苗资金、树苗栽种、运输等等一系列问题，这些不是一件容易解决的问题。"

钟吉祥嘿嘿一笑，回答道："杨教授，不愧是教授，一下就问到点子上了。"

"你刚才叫我什么啊？"

"哦对了！大娘。"

"又错了，应该随牟梨叫……"

钟吉祥马上叫了一声："妈。"

"唉"的一声，杨雅琴的脸上全是笑。

"我已经几十年没有叫过妈了，我爸妈在我很小的时候就离开了人世。"

"我可怜的孩子。"杨雅琴的脸上满是母爱。

"妈，您提出的问题，都是我在具体实施中遇到过的，具体说是这样的，要人工造这么大的桃树林，首先得解决桃树苗的问题，要解决这个问题，就必须学会嫁接技术。桃树嫁接技术，主要有枝接，也就是劈接法，嫁接时先将砧木从基部5—10厘米的光滑处剪截，断面要平滑，再从断面中心垂直劈开3—4厘米深，选择接穗时，要求2—3个饱满芽枝段，在它的下部芽左右两侧，削一长约3—4厘米的楔形双斜面，使有芽的一侧稍厚，另一侧稍薄。削好后，将接穗稍厚的一面接入砧木劈口中，砧木和接穗要对齐，接穗削面上端应高出砧木切口0.1—0.5厘米，然后用塑料条绑严扎紧；另外还有腹接法、'T'字形芽接法、嵌芽嫁接法等。嫁接桃树苗一般在春夏两季嫁接，其中春季嫁接时间在2月中旬至4月底，这时砧木水分已经上升，可以在苗距离地面8—10厘米处剪断，进行嫁接。夏季嫁接，在5月中旬至8月上旬进行。"钟吉祥说起桃树嫁接技术如数家珍，说完后有些得意。

"其实秋冬季也可以嫁接，秋季嫁接时间在7月下旬至9月下旬，冬季在11月初至翌年1月底。嫁接完成后可以给桃树浇适量的水，防止接头处缺水分，只要养护得好，生根

第七十三章
杨雅琴亲临毛栗垭　钟吉祥墓前认娘亲

非常快，苗木也会长得好。"杨雅琴说，"吉祥，你的桃树嫁接技术可进入大学果木嫁接技术教程了，能把自己的想法付诸实践，又从实践中归纳成理论不容易，我看吉祥的果木嫁接技术比我们学院派的理论更有可操作性，吉祥在这个方面的知识稍事加工完善可以给我们的果木学专业的专科生上课。"陪同的几个县乡干部频频点头，发出爽朗的笑声。

钟吉祥向杨雅琴投去赞赏的目光，他说："没想到北京妈妈还懂果木嫁接技术，比我一个农村人还要懂得多。"

"那是自然，我可告诉你，杨教授是果木嫁接方面的著名专家，你今天呀，算是做了杨教授的关门弟子了。吉祥啦，我们都羡慕你呀。"李剑说。

"真的吗？"

杨雅琴微笑着点了点头，说道："过去啊，我改行后，我就是从事这个方面研究的，还为大学本科生编了一本教材，名叫《果木嫁接实用技术学》。"

"真的假的？妈，世上真有这么巧的事呀，很多年以前，我在牟梨那里看到过这本书，翻了翻之后觉得写得很好，有文字、有图片、通俗易懂。我对这本书产生了浓厚的兴趣。牟梨就拿给我看，还别说，我还真的钻了进去。这本书可以说是手把手地教了我果木嫁接知识，我没事时，我和牟梨对照书中介绍的办法，学习果木嫁接。这本书太实用了，对咱农村真管用，妈，你一个出生在北京的人，怎么也喜欢这个啊？！"

黄诚勇他们闻言大笑道："吉祥，这可是你妈被迫改行后，在大学从事研究的专业，'文革'开始时，大学教授不少受到冲击，牟梨她爸妈是第一批受到冲击的大知识分子，他们俩双双进了牛棚。为了不让自己闲着，他们就要求到南方边工作边改造自己的世界观，辗转来到湖南。"

"我还记得这本书的作者叫杨琴梨子，我当时问牟梨，这个作者是个日本人吧，牟梨笑而不答，含糊其词，我也就没有再问。"

"这个笔名，是由我和女儿名字组成的。"杨雅琴的思绪好像又回到了从前，脸上充满悲伤。

杨雅琴叹了口气说道："我和牟梨爸爸由于不堪长期批斗羞辱，为了捍卫人格尊严，我和牟梨她爸选择自杀，由于被人发现，把我俩送到医院抢救，未承想，牟梨她爸已经没救了，我侥幸被救活了，可从此以后，我的大脑神经严重受到了伤害，牟梨爸走后，由于没有人照顾我的生活，我其实等于是自生自灭。一天夜晚，我走失踪了，我再回不到原来的住地了，就这样我一路流浪，我漂泊到娄底冷水江，在涨水的洪水边下河戏水，当时洪水已经淹没到我的胸脯，再往前走两步，我就会葬身冷水江中。冷水江位于湖南中部，资水中游，江水因冷而得名。我已经处于极度危险之中而不自知。这时，在我下水的上游不到十米的地方，有个男人在垂钓，他看到我一直往河心走，急得大声叫唤。'喂，前面危险，快回来。'他一边叫唤一边甩掉鱼竿，剥掉衣裤、鞋子向我奔过来，他赶到的时候，我快要掉入河心漩涡中，与此同时，他的一只手抓住了我。"

"怎么样呢，他人怎样了？"钟吉祥急切地问道。

杨雅琴接着说："那时正值春天易涨水的季节，冷水江的水刚刚泛着'绿豆黄'。他抱着我在洪水中挣扎，后来在一个平坦的河滩上他才抱着我游上岸，给我做了人工呼吸。"

"好险呐！"钟吉祥说。

"是啊，是他救了我，他后来对我说，这套本领是他在部队时，卫生员教给他的。也是因为打仗受伤，大部队把他留在了地方养伤，那家的女人是新寡，她男人是国民党军连长，在一次战斗中被土匪打死了。那个女人叫杨柳风，在她的精心照料下，他养好了伤，但由于伤到了右手，留下了残疾。组织上就安排他到地方工作，因此，他就由副团长职转到地方任县委书记。'文革'时他受到冲击，尤其是他老婆杨柳风被当成国民党特务审查批斗，杨柳风在他被赶下台送回老家娄底冷水江后不久，在绝望中悬梁自尽了。"杨雅琴说到这里，感叹万分，"后来，在当地老百姓的帮助下，把我抬到了他的家里，在他的细心照料治疗下，我不但恢复了身体，经过治疗，我的大脑神经奇迹般正常了。一天晚饭后，我给他讲了我过去的部分经历，他知道我的遭遇后，唏嘘不已。"

"您说的这个人叫黄大风。"

"这个你也知道啊？"

"我们这里的人都知道这回事。"

杨雅琴用手指了指黄大风，说："就是他救了我。"

钟吉祥往黄大风看去，点了点头："您是个好人。"大家听了都开心地笑了。

杨雅琴说，我恢复认知之后，我最担心的就是牟梨爸爸的安危。我急于回到省"五七"干校，黄大风提出了他的担忧，他说："你们夫妇自杀，不管牟梨父亲是死是活，都逃不掉审查或审判，造反派会以对抗组织的名义把你两个人抓起来重审，以前只是叫你们学习改造，谁叫你们找死呢，这不是以死要挟组织吗？对抗改造罪加一等，现在极有可能就是直接收监。他劝我要三思后行。我不管那么多，要立刻、马上就走，他见我心意已决，他也没有办法。他说我身体还很虚弱，回'五七'干校路途遥远，他不放心，如果我硬是要走，他要求和我结伴而行，一路上好有个照顾。假若那边情况不好，也好一起想个对策。我说，这不大好吧，已经麻烦你很久，怎么好意思再让你奔波。他说他也是一个人，都是落难之人，反正没事。就这样他准备了盘缠，随我一路赶往省城，到了省会长沙，我们不敢声张，白天化了装后，在'五七'干校周围晃悠，两人分头打听牟梨她爸的消息。那时的政治形势太严峻了，人与人之间不敢交心、谈心，怕别人告密惹上事，陌生人之间更是不搭话，像躲瘟神一样。老黄和我事先讲好了，为了不被干校保卫股发现抓走，不能向干校直接询问牟梨她爸的情况，并且，白天不能出现在干校门口，怕被熟人认出来，通常是下班以后，我俩就去干校附近找机会打听牟哲的消息。干校门口有个小公园，公园里栽有一些花草树木，还有几个小亭子，这里的环境我很熟悉，我和牟梨他爸关了三年牛棚，住了四年干校，干校的门楣上写着'五七指示永放光芒'几个大字。只要看到有熟人来了，我就马上别过脸去躲藏起来，或往反方向走。我已经被生活折磨得失去原来的模样，就是熟人不仔细看，也难认出我来。这样子我和老黄在这里值守四天坐等机会，身上的盘缠也快用完了，到第五天时，晚饭后，我看到守门师傅老张的小孙女阿朵，她十一二岁，从干校门口走了出来，她认识我，我就叫老黄前去打听牟哲的消息。老黄鬼得很，他灵机一动，蹲在干校门口不远处，假装脚崴了，坐在地上，口里'哎哟，哎哟'地叫，阿朵路过时，关切地问道：'大爷，您怎么啦，您病了吗？'"

"我脚崴了。"

"您要不要我叫医生给您看看？"

第七十三章
杨雅琴亲临毛栗垭　钟吉祥墓前认娘亲

"谢谢小姑娘，不碍事，我一会儿就好了。"

"那好吧，大爷再见。"阿朵说完就走开了，她走了几步之后，老黄问道："小姑娘，干校里的牟哲你认识吧，他今天来干校上班了吗？"

"大爷，干校里没有叫牟哲的人。"

"小姑娘，牟哲是我的朋友，我来是找他有事的，我现在脚崴了，你帮我叫一下他，让他来一下。"

"大爷，干校里真的没有牟哲这个人。"

"小姑娘，你好好想想，几年前有个戴大镜框眼镜的那个细高个子，一年到头穿一件黑夹克衣，大热天把裤脚折得老高。"黄大风边说边比画着，小姑娘眨巴着眼睛终于记起了什么，她说："大爷，我记起来了，从前干校里是有一个人叫牟哲的人，和你讲的样子差不多，不过他已经死了。"

"小姑娘，怎么好好的一个人，一下就死了呢，小姑娘，你知道他是怎么死的吗？"

"你不是他的朋友吗？怎么连他死了都不知道，你到底是什么人？你不老实交代，我马上向干校保卫股报告。"

"我真是他的朋友，我来自很远的地方，年纪大了，身体不好，没有走动，连他死都不知晓，说来真惭愧。"

"牟哲教授是自杀的，他真的死了。"

"他老婆叫杨雅琴，那我去找她。"

"大爷，杨雅琴和他一起自杀了，不过她命大，被抢救活过来了。"

"她现在在哪儿呢？我找她也可以。"

"大爷，你找不到她了，她人是被抢救活了，神经却出了问题，一天她独自一人外出时，走丢了，不知去向，干校到处找也没有找到她，这几年已经宣布她失踪了。"

"这样啊，小姑娘谢谢你，再见。"

杨雅琴说："我当时就在老黄的附近，他们的对话我听得一清二楚。我一下子瘫在地上，泪水模糊了我的双眼。我和老黄分析情况后，觉得牟哲的骨灰应该放在殡仪馆，我要再次确认一下阿朵提供消息的准确性。第二天上班时间，我和老黄来到殡仪馆，按事先商定，我俩以老牟的挚友的身份前去拜祭一下，他吩咐我少说话，因为只要我开口，我的北京口音就会暴露我的身份，会引起工作人员怀疑。我心里清楚，女儿不在身边，如果老牟真的去世了，是没有人认领他的骨灰盒的。到了殡仪馆，黄大风拿出冷水江县里开的介绍信（介绍信里介绍他去省城看病），给殡仪馆工作人员看，他谎称是牟哲的好朋友，特意借省城看病的机会，是专程来吊唁牟教授的。殡仪馆工作人员看了黄大风的介绍信，简单询问了他一些情况后，看我们两人年纪和牟哲年纪相仿，便带我俩去骨灰盒存放处。骨灰盒上贴的有牟哲的姓名、年龄、工作单位，还有一张两寸的半身照片。"

睹物思人，杨雅琴完全可以确认牟哲已经死了。杨雅琴早已控制不住自己的心情，伤心化作倾盆雨。黄大风拉着杨雅琴祭拜了牟哲后，准备离开，这时，杨雅琴悄声对黄大风说，她要带走牟哲的骨灰盒入土为安，不然一段时间过后，他的骨灰盒很可能作为无领主而由殡仪馆潦草处理掉。黄大风把杨雅琴拉到一边，对她说："如果你要把牟哲的骨灰盒领走，那就不会像吊唁这么简单，你得提供单位证明，证明你是他的配偶或亲属，方才让

你带走，否则是不可能让你带走骨灰盒的，很显然，你现在是没有证明，也不可能打这个证明，因为只要你到单位打证明，你马上会被保卫股的人带走审问，为什么呢，因为你拒绝改造，私自逃离，用出走的方式恶毒抗拒劳动改造，会罪加一等，其后果不堪设想，还不如暂时寄放在殡仪馆，将来时局缓和一些后，再来取。你如果不冷静，不但取不出骨灰盒，而且很快会暴露自己，这是'五七'干校保卫股打着灯笼都找不到的好事。一个拒绝改造，擅自出走的日谍，被他们找到了，这些人等着立功呢，你就会上明天报纸的头条，会受到残酷的镇压，使不得啊！千万不能冒这个风险。现在只能让他们这些人以为你已经失踪了，甚至可能是因为疯癫而不在世上了最好，你才能过安稳的日子。"

杨雅琴说："牟哲不入土为安，我心不安，没法给自己交代，太对不起他了。"黄大风说："留得青山在，不怕没柴烧。时局不会一直是这样的，一定会好下来，不要冲动，一定要从长计议。"

杨雅琴怀着悲痛的心情，恋恋不舍地离开了殡仪馆。返回的路上杨雅琴才和黄大风商量，提出回北京，去殡仪馆领取牟哲的骨灰盒。黄大风说："北京你也是无家可归啊，住房是单位的住房，你一回去马上会被人告密，你这不是自投罗网吗？你回去干吗呢？北京你现在又没有一个亲人，唯一的女儿你也不知她的去向，还是避开风头吧。现在全国哪里都一样啊！北京和'五七'干校都没有你的容身之处。你如果不嫌弃我那地方差，就跟我回去吧，我反正是单身一人居住，加个把人不碍事，再说了，我那边谁也不认识你，除非你自己说出来。偌大的地方，从此以后，再也无人认识你，没有人知道你的过去，相对是安全的。"

杨雅琴听了黄大风的话，很感动，她说："感谢黄大哥在我遇难之时收留了我。"黄大风说："说谢就见外了，我们算是有缘，以这种方式相识，你现在也没有好去处，不如先回我那里去，再慢慢想办法。"

"可是牟哲的骨灰还存放在殡仪馆里啊，他没法入土为安啊，黄大哥，我的心好痛好痛啊！"

"你的心情我完全理解，我和你有类似的遭遇，坚强点，相信一切都会好的。失去亲人的痛，没有经历过的人是没法理解的，我送你一个字。"

"什么字？"

"熬。"

"我现在啥也做不了啊，太对不起老牟了。"

"你可以一边养身体，一边静等时局的变化，国家不会一直这么乱糟糟的，老牟的骨灰暂时存放在那里吧，殡仪馆会妥善保存的。"

杨雅琴离开了殡仪馆，跟随黄大风回到了冷水江定居，过着隐居一样的日子，静等时局的变化。

太阳快要偏西了，黄诚勇提议大家下山，听说要下山了，杨雅琴的泪水又止不住地流，她依依不舍地抚摸着牟梨墓说："女儿啊，妈要走了，如果妈的身体允许，妈还会来看你。"

杨雅琴走了几步，又回过头来，走到墓前对牟梨说："女儿，你们革命加拼命的精神，你所做的一切的一切，或许都有你的道理，其中对与错，要由历史来评判，有些事，现在急着下结论为时尚早。但是，我知道你所做的事当中，有一条肯定是对的，那就是你选择钟吉祥做你的男朋友。我和吉祥虽然只认识了几个小时，我能感受到他对你的感情真挚深厚。他为了陪你、守你，一个人搬到毛栗垭大山上来住，这要多大的勇气、决心和爱啊！女儿啊，你自己走到今天是不幸的，甚至可以说是凄惨的，但是，你到火场来也是有大收获的，钟吉祥对你的爱情，令人感动。他的举动也深深地感动了我，是吉祥给妈上了一堂生动的人生教育课。女儿，你选的这个男朋友，世上再难找到第二个，我同意了，从今往后，钟吉祥就是我杨雅琴的女婿，我的儿子。"

钟吉祥跪在牟梨墓前，向杨雅琴"咚咚咚"叩了三个响头，叫了一声"妈"，他跪在地上不动，难过地抽泣着。

"唉！"杨雅琴脆脆地答应了一声，她把钟吉祥扶了起来。她慈祥的脸上写满了心疼，她说："吉祥，我的好孩子，你和牟梨真是一对天造地设的小冤家，是一对疯狂的小青年。妈妈要离开这里了，你要保护好自己，爱惜自己。"

钟吉祥用衣袖擦一把眼泪，扶着杨雅琴的手，送杨雅琴等人下山。

第七十四章
毛栗垭雅琴好伤悲　临别离吉祥拒竖屋

女儿活着的消息和女儿离世的消息几乎同时出现，令杨雅琴悲伤。分别十多年的母女最后以这种方式见面，让她心痛不已。在毛栗垭大山里，她亲眼看到了钟吉祥在为牟梨守墓，令她震惊而又感动，她为女儿在世时，能有钟吉祥这样的男友，她由衷地感到欣慰。

在乡政府吃了晚饭后，杨雅琴要钟吉祥带她去家里看看，钟吉祥说："我屋里不像个样子，别脏了妈的脚。"

杨雅琴嗔怪地说："你这孩子，妈是外人吗？什么脏不脏的，说得那么难听，有吉祥在的地方，不脏。走，带妈看看去。"

"妈，我那屋子里真的不像个样子，妈是北京人，北京是中国的首都，妈去我那破地方不符合你的身份。还有，妈，有人的地方，我就不叫您妈了，您也不要叫我女婿、孩子，甚至名字都不要叫，您要叫就叫我'小杂种'或'狗杂种'吧，这里的人都是这么叫我的，您如果改了他们的习惯，惹得他们不舒服，我和牟梨的罪就更大了。我倒是不怕他们，我造过当权派的反，但我和牟梨从不谋财，甚至，比一般的人都还要穷，我只是怕他们心怀怨恨，趁我不留神，他们中有些人又会打扰牟梨安静地休息。"

"我可怜的孩子啊！你都经历了什么呀?！怎么会有这种想法啊?！"杨雅琴一脸的忧伤。

黄大风转身对李剑和黄诚勇说："一个人不管他生前是好人或是坏人，一旦死了入土为安了，不得人为损毁或破坏其坟墓，国家是有相关法律法规保护的。钟吉祥的担心、顾

虑不能重演，你们要加强这方面的宣传教育和引导。钟吉祥为什么一个年纪轻轻的男人，上毛栗垭守牟梨，除了两人的感情深厚炽热外，还有一个最重要的原因，就是有人对牟梨墓故意破坏损毁，吉祥不忍心牟梨墓被人毁坏，才决定守山，就是守牟梨墓，他这种守墓有别于中国古代父母死后孝子要放下一切公务，专事守孝三年。钟吉祥的举动是为了爱情，是他对牟梨深深的爱恋，也是防范有人搞破坏。现在已不是'文革'时期了，若有人胆敢故意损毁墓，可追究其刑事责任。"

李剑说："老书记您放心，如果今后有这类事件发生，一定会让破坏分子绳之以法。"他说话间，对陪同一起来的公安局谢光明局长交代了工作任务。

黄诚勇说："都是我们对社员群众教育不够造成的，随着'文革'结束，国家进行全面拨乱反正，现在应该没有人做出这种出格的事。请各位领导放心，我们一定把这件事办好，也请杨教授放心，我们会教育群众，保护好牟梨墓，使得红卫兵墓免遭损毁。故此，钟吉祥可以从山上搬下来住，没必要守在山上。"

几个人点了点头，对黄诚勇的表态表示满意。

杨雅琴心疼地说："吉祥，你在毛栗垭守牟梨超过三年时间了吧，就是守孝，守孝期也满了，你可以搬下来了，牟梨地下有知，她不会怪你的。有诚勇书记和李部长作保，想必没有人敢往枪口上撞的，你搬下来吧，孩子，你就从毛栗垭搬下来吧，你也可以随我和老黄我们一起去娄底冷水江。"

黄大风也说："是的，是啊，我们就在一起生活。"

钟吉祥略一思忖说道："谢谢妈，谢谢爸，吉祥守毛栗垭，主要是守牟梨和那些死在这里的红卫兵，他们当年都是一腔热血，跟随牟梨'闹革命'，却永远地留在这里了，但作为昔日的战友，我以私人的名义守护他们，祭奠他们是可以的，不能让他们死后被别人羞辱。牟梨是个讲情义的女子，她之所以要葬在桃坪界，她就是要和曾经的红卫兵战友们永远在一起。她现在走了，我作为牟梨的男友和战友，一定要捍卫她的尊严，实现她的夙愿。妈，我现在真的不能随你去，牟梨和战友都需要我，你和黄书记两个人年纪大了，要保重身体。火场这里太偏僻了，交通不便，信息不灵，物资也很匮乏，不然，我都想你们两老在火场住下来，我孝敬你们。可是，这地方太穷了，要什么没什么，万一有个什么病痛，就医也不方便，因此，你们安心回去吧。这里有我，你们二老放一百个心，我一定把牟梨和战友们守好。这里道阻且长，今后你们两老就不要来了，我有时间去看你们。"

杨雅琴抓住钟吉祥的手摩挲着，动情地说道："孩子，你是个重情重义的人，也是有健全人格的人，你不是小杂种，更不是狗杂种，你的言行比什么都要有说服力。人总是会变的，有的人一直坏，有的人迷失自我后，幡然醒悟，浪子回头金不换。好吧，孩子，就按你说的去做吧，你一个人在山上一定要注意安全。今后的事，今后再说吧。"

她回头对黄诚勇和谢采采说："黄书记、谢书记，还有姚改革，我能否委托你们一件事呢？"姚改革马上回答说："当然可以，杨教授您请讲，我是吉祥的同学。"

杨雅琴说："毛栗垭山高路险，我在这里和你们、包括吉祥来个约定，吉祥最迟半个月要下山一次，给谢采采和你汇报一下山上的情况，补充一下给养。"

姚改革心里明白杨雅琴在担心钟吉祥的安全，他欣然答应道："杨教授您放心，如果钟吉祥半个月不下山，我就上山找他去。"

第七十四章
毛栗垭雅琴好伤悲　临别离吉祥拒竖屋

杨雅琴会心地笑了，给了姚改革一个大拇指。

杨雅琴还是坚持要上钟吉祥屋里看看去，钟吉祥还想推托，杨雅琴嗔怪道："世上哪有女婿拒绝丈母娘进屋的。好了，吉祥你那些想法都是没必要的，带我去看看你屋好不好，我的孩子？"

"好的，妈，您跟我走，小心路滑。"

杨雅琴等人跟随钟吉祥从公社大院出门，经过一条曲折的青石板路，再向右拐进一条弄里，再往下坡走十几米便到了老篾头家里。这是一间很普通的木制民房，正房的西头有一间偏厦，便是钟吉祥住了几十年的地方。正屋据说是老篾头堂兄的，见他没有住处就同意在正屋边上接一个偏厦，让给老篾头住。钟吉祥年少时和老篾头住在楼下屋里，放了两张床，年长一点后，钟吉祥就搬到二楼上住。由于懒惰成性、成名，村人就当他是狗屎一般的存在，谁也不愿意靠近他。

说到钟吉祥的懒惰，那还真是名不虚传，遇到下大雨大雪的天气，晚上要小解大解之时，他便用个破碗接屎尿往楼下抛。有时憋得太甚，干脆用根管子接住，直接往楼下排尿。从他屋背后走过的人，说那个地方比茅坑还要臭，如今是寸草不生。

杨雅琴看到钟吉祥平时就住在这么一个简陋的木房子里，她问道："吉祥，你一直就住在这里呀，这房子到处通风，上边檐角垂着一块木板，瓦片也掉了，下雨天漏雨吧？"

"是的，妈，下雨天毕竟少一些，下大雨天气就更少了。下雨时，我就和曾叔公用脸盆、洗澡盆、水桶、水壶、瓷缸等器皿接天水。"

"孩子，这个木房子太老旧了，而且是四面通风，屋顶漏雨，屋柱也开始腐朽了，这房子应该有些年月了吧？"

"是的，妈，这房子还是曾叔公他的祖辈人修的，到他手上已有三代了。"

"这房子修葺的年代太久远了，如果再住下去会有危险。"

"妈，您放心，我没有危险，我现在已经搬到毛栗垭去了。"

"不，孩子，我的话还有一层意思，就是说，如果这房子坍塌下来，也会砸伤过路人，应该把它尽快拆除掉，再在原址上重修新屋。"

"是啊，吉祥，你曾叔公这房子已经腐朽了，说不定一场风雨就可以把它掀倒。偏厦也会被扯倒，你这屋地处主路边，全村人进出都要从你屋边通过，如果屋倒了，会伤到人或砸死人的，这个问题你不能不考虑。这老屋存在着极大的安全隐患，我也支持雅琴的主张——拆屋，并重建。"黄大风也表明了自己的态度。

"拆屋重建需要一笔不小的开支，我没这个能力，我看还是暂时放放吧，从长计议。"

"那不行，我说了，这房子已是危房，不拆除可能会殃及他人，给村人造成伤亡不好，还是要以安全为重。"杨雅琴坚持自己的想法，见钟吉祥没有表态，她说，"我知道你现在没有这笔开支，这个你不用担心，我已落实政策了，国家补发了我的工资，我出这个钱。我现在和你爸在一起生活，他也平反了，退休了，我们年纪大了，用不了那么多钱。这房子我俩帮你修，你不要有负担。"杨雅琴为钟吉祥解决后顾之忧。

"妈，我一个人住的问题很好解决，真的不用修大房子，我毛栗垭有个木棚子住就可以了。在村里修大房子修了也是浪费。"

"吉祥，你不能一辈子住在毛栗垭，我懂得你对牟梨的感情，也知道你的用心。孩子，

现在的形势已非从前了，那种乱哄哄的局面一去不复返了。谁如果想搞破坏，那就会负法律责任。你还是要住到下面村里来，山上太不方便了，毛栗垭那个地方太悬了，不安全。我相信牟梨她若地下有知，也不希望你如此辛苦的，她一定会想你过得好好的，将来你还要成个家。"杨雅琴心痛地说。

"妈，我一个人真的不用修大房子，不要为我浪费钱，吉祥何德何能，敢劳驾您为我竖屋，真的不用竖屋。你和爸现在都退休了，把国家补发的钱保存好，作为你们退休生活费。吉祥无能，帮不到你们什么，我对自己的生活，也没有过高的要求，有个地方住，有口饭吃就可以了。竖屋成家的事从来没有想过。"

黄大风见钟吉祥不接受修房子，他说："吉祥，我和你妈两个人都平反了，国家补发了工资，雅琴就牟梨这一个独女，女儿却不在世了。牟梨给你的信，相当于遗嘱，她在信中说过，她的一切都留给你所有。因此，我和雅琴给牟梨的，实际上应转交给你。你照顾牟梨这么多年，而且你俩是情侣，何况牟梨给你信中有所交代安排，我们还是尊重她的愿望好不好？我看了牟梨的信，她没有给自己提要求，她只要求把她的所有遗物、遗产等尽数给你。很明显她对你是有很深的感情的，说明她对你是认可的，是有所安排的。现在她逝世了，我们就按照她的愿望去做吧，你说好不好？"钟吉祥听黄大风这么一说，有些犹豫了。他心里思忖：既然是牟梨的愿望，就不能违背她的意愿，不能惹她不高兴。于是，他说："爸这么一说，我明白了一些道理，这事容我想想再定吧。"

"安居才能乐业，这个事情就这么定了，不要再讲了，住宿权是最基本的生存权，不讨论了，这事今天就算定了。你抽时间好好规划一下，争取尽快动工建造。"杨雅琴坚持她的观点，不给钟吉祥搪塞的机会。

钟吉祥说："我跟着牟梨'闹革命'，我俩都没有自己的私产，'革命'是自觉自愿的，牟梨付出了生命的代价，我们把青春、汗水、泪水、血水、生命都抛下了，我们从来没有想到过要立功受奖，我真的不要住房，我就住在毛栗垭陪牟梨，我不在村中，就是竖了新屋，也许也会被人拆毁掉，我和牟梨是真心相爱，不是狗男女。今天我如果接受了妈的馈赠，明天就会有人借此做文章。妈妈，您的好意我心领了，牟梨'闹革命'从来不占公家的便宜，不假公肥私。我爱她，我俩谈恋爱错在哪里？为什么别人有自由恋爱的权力，而我俩恋个爱为什么就遭到那么多人的诋毁、谩骂、羞辱。今天我若接受了妈和爸的馈赠，立即会遭到别有用心的人攻击。牟梨虽然不在了，她在我心中永远活着，我本无所求，我心中有她就够了，将来我哪天死了，就死在牟梨身旁，埋在她身旁，我死也要和她在一起。"

钟吉祥的这些话让杨雅琴感动不已、心痛不已，早已是泣不成声。

杨雅琴轻轻地念了一声："女儿啊！你是不是受了天大的委屈啊，你心中的痛苦和绝望妈理解，你做这样的决定需要多大的勇气啊！妈好心痛啊！女儿啊，吉祥是个好孩子，你有眼光。"

"雅琴，既然吉祥把话都说到这个份上了，我看先把这件事放一放，从长计议吧。"黄大风说。

姚改革说："杨教授啊，您不要太难过了，人死不能复生。"

在场的人听了姚改革的话，频频点头。

杨雅琴说:"吉祥有你这样的同学是他的福气,怪不得在牟梨遇难,他自己受伤之时,委托你代他为牟梨料理后事,我这里也要向你道声谢谢。"杨雅琴说话间,拉着姚改革的手,久久不放。她说:"这么看来,吉祥也是慧眼独具的人,谢谢你改革,感谢你替吉祥所做的一切,感谢你对我女儿不带偏见的评价,从这些话中可以看出你是一个光明磊落之人。任何一种社会形态都有其合理性和局限性。改革,我能不能委托你一件事呀?"

"您说吧,杨教授,只要我有能力做的事,莫说一件,就是几件事,我也会帮您的。"

"好啊,改革,有你这句话我就放心了。是这样的,吉祥和牟梨两个人肯定是做错了一些事,才招致众怒。刚才我们也讨论过,他们所做的,那是特定历史时期的产物,但这个不能排除他们自身所犯的过错,现在讲这些其实都没有什么意义了,历史不能去追究,历史是用来反思的。牟梨她永远留在了火场,吉祥也落下了终身残疾。他的将来怎么办?他舍不得牟梨,又不肯离开这里,这是我和黄大风很不放心的事情。可否请你多帮助一下他,我指的是生存环境的改善,也可以说,尽你的能力关心、保护他。我知道这是一个不情之请,但我真的是没有其他更好的办法了。"

"杨教授这个您放心,我和吉祥毕竟是同学,又是邻居,从小一起长大,我会尽力帮助他的。只是我人微言轻,恐怕有时也是心有余而力不足,一句话,我尽力。"姚改革用手抓着钟吉祥的肩头说道。

杨雅琴等人见他两人关系这么好,会心地笑了,她好像松了一口气。他们在老簸头的老屋坐着说了一阵子话,时候不早了,黄大风征求杨雅琴的意见后,和大家告别,也和前来看热闹的村民道别,一行人上车后,吉普车很快消失在夜色中。

第七十五章
黄诚勇苛责姚改革　袁莹莹好言解嫌隙

杨雅琴他们一行人走后,黄诚勇叫姚改革去他办公室有事,姚改革刚走进黄诚勇办公室,人还没有坐下,黄诚勇便问道:"改革,你刚才在杨教授面前大包大揽的话,有失身份。牟梨是个什么人,你难道不知道吗?全火场人可以说没有几个人不恨她的,你却跳出来做老好人。她和钟吉祥的问题你不是不清楚,你有什么权力在那种场合出风头?"

"诚勇,看你这话说的,我和钟吉祥是小学同学,又是邻居,一起长大的,他现在是个残疾人,需要人帮助。杨教授和他已经认了母子,杨教授要回去了,放心不下钟吉祥,临别时嘱咐我对钟吉祥多关心一点,我总不能驳她的心愿吧,我答应能帮的时候尽力帮钟吉祥,不是为了出什么风头,又不是升官发财的好事,你这话让人听起来真是有些不舒服。"姚改革不卑不亢地回敬了几句。

"那好,我问你,你将准备如何改善钟吉祥的生存环境?你又拿什么去保护钟吉祥?你独具慧眼,我们一个个都是孤陋寡闻,你不顾村人对牟梨的仇恨,替钟吉祥这个为虎作

伥的人办事，而且只要杨雅琴提出来，你都敢答应，你真是我们火场的第一大好人啦。"黄诚勇今天说话也不客气。

"黄大书记，生存权是人最基本的人权，钟吉祥没有犯死罪，我人微言轻没有本事保护他，那是杨教授对我的信任，对钟吉祥的生存、生活环境的担忧，我可以尽自己的努力帮助他——帮助残疾人没有什么错吧。我一介小民有什么慧眼见识呢，我如果那么有才能，那还不像你一样当书记了。"姚改革针锋相对。

姚改革和黄诚勇两人你一言我一语，讲话的声音都有点高。

"什么个人之间的私事？杨雅琴是由谁带来的？陪同的都是些什么人，你不知道吗？"

"我答应杨教授离开之前个人委托之事，和今天来的人是什么来头有啥关系？"

黄诚勇正要说什么，这时谢采采从外面回办公室，见两人争得面红耳赤，她就对姚改革嚷道："你那个驴脾气又犯了，亏你爹给你取了小名——莫生气，你脾气一上来，还是没有注意自己说话的态度，你这样和黄书记说话太没礼貌了。少说几句没人把你当哑巴。我看黄书记批评的就很正确，你应该接受他的批评教育。"

"谁教育谁呀？我有一双手到哪里都可以讨吃，大不了我回家种地。改革开放了，此处不留爷，自有留爷处。有人看不惯我，我还不让看呢。"姚改革说话间被谢采采往外推着走。

咣当一声，黄诚勇踢翻了凳子："什么态度，他俩当年是怎么整你爹的，好了伤疤忘了疼。"

"那是两码事。"姚改革边走边说。谢采采一个劲地推他回家："黄书记，你别理他，他就这个犟脾气，一辈子吃的就是这个亏。"两人一路吵吵嚷嚷回到家里。

苏醒问明白原因后，说："好有味啊，牟梨她妈还真敢开口，初次见面，她凭什么要求改革办这办哪的？她那个心肝上没有血的女儿有多坏多毒，她不知道啊！人称牟阎王，近二十年来，对咱们火场的危害不知有多大，还好意思托付改革为钟吉祥这个乌龟王八蛋办事，我可告诉你儿子，人既要埋头拉车，也要抬头看路，帮人帮人，首先他得是个人，不是人的人就不用帮。"

"杨教授也没要求我具体帮什么，其实她也许是顺口一说，也许是真心想我帮一下钟吉祥——他现在腰摔断了，是个残疾人。杨教授要离开了，她肯定有些不放心，毕竟牟梨活着的时候，得到过钟吉祥的关照，钟吉祥现在又在毛栗垭守墓，不管是谁看到钟吉祥现在的样子，心中会产生一些怜悯之情。杨教授把对牟梨的思念化作对钟吉祥的关怀，是人之常情。只是黄诚勇不知他是什么意思，他听了杨教授的话后，心中很不高兴，还直接对我耍威风。我和杨教授个人之间说的话，关他黄诚勇什么事情呀？"

"你今后受气还在后头，都是你那个老子做的好事，他思想好，把人家一屋人养大，送去读大学，他们现在翅膀硬了，开始欺负你一个老百姓了。这个世界上知恩图报的人少，忘恩负义的人多。这个道理都没搞清楚，亲疏不分，什么村领袖，什么农民政治家，都是瞎扯淡。"苏醒发起威来不管那么多，就站在门口嚷嚷。

谢采采说："娘，爹说得没错，这都过去多少年了，你又拿出来提。如果说当年爹给人家黄诚勇做的有人情的话，被你挂在嘴边提，人家也厌烦了，最后做的有情，别人也不感恩了，这又何必呢？是吧。莫到大门口说话，诚勇现在马上就是县领导了，这村坊里爱

第七十五章
黄诚勇苛责姚改革　袁莹莹好言解嫌隙

讲是非的人太多了，立即会有人传言出去的。"

"我就是要他们告诉他黄诚勇，我还担心他听不到呢，这个忘恩负义的东西，为人处世离他老子黄大长不晓得有多远。"苏醒气愤愤地说。

这时，姚革新到大合坪、七甲溪当吹鼓手回来，见家中几个人都怒气冲冲的，问谢采采是什么情况，采采说了当时的情况。姚革新手执长杆烟袋悠闲地吸着烟。俄顷，他面向苏醒骂道："人家年轻人不懂事，拌几句嘴，你一个大人瞎掺和个啥？年轻人的事，你给我少管，省得老子骂娘。有些话不要挂在嘴边说，我的耳刮子都被你说出茧子了。诚勇不是外人，有什么话，作为长辈你可以当面指教他，不要背后骂街，你不嫌丢人，我怕丢人。"

"我行得正，坐得端，不偷不抢，我不丢人，是别人丢了你亲儿子的人，我看你对黄大长几个孩子比对你自己亲生的还要心疼，你和他们过去得了，莫和我们娘几个过了。"谢采采一个劲地拉苏醒的衣服，提醒她少说几句。

"你个臭婆娘，讲话怎么那么刁钻呢，心胸狭窄，总是把那些陈芝麻烂谷子的事拿出来翻炒。为别人做了一点点好事，就念念不忘，想别人感恩戴德。也不怕别人听腻了厌烦。"

"当个公社书记有什么了不起的，一个'鸡婆干部'（指月收入相当于一只母鸡的价值），一天到晚人模狗样儿，改革愿干就干下去，不愿干就不干了。现在改革开放了，随便做个事，都比当这个'鸡婆干部'强。"

"真是头发长见识短，你再到那里啰唆，小心老子揍你。"姚革新手拿长杆烟袋做出要横扫苏醒的样子。

谢采采立即站在两人中间，一双手张开，制止他二人靠近，也有让他二人停止争论的意思。谢采采说："娘，爸说的没错，改革和钟吉祥说的话是个人之间的交谈，杨教授看他俩是同学，关系还好，她也是没有可以信任的人，在离开火场前，情急中想请改革关照一下钟吉祥。为了满足杨教授的要求，改革才答应。话又说回来，改革能帮到什么程度就什么程度，他手上无优质资源可用，又无权无钱，更多的时候无非是多出点力气，改革身体不大好，甚至力气也不大，那就只剩下说话了。"

"你看他会说话吗？我都这么大年纪了，他什么态度，他只要一开口就会让人不舒服。平时他对别人说，说话是一门艺术，到他自己了，他不气死你就不错了。"苏醒说。

"所以说，二老不用操心。诚勇今天说话是有点太随便了，那还不是因为他和改革是从小一起长大的异姓兄弟的情分吗？是吧，讲话也就直了一些，不用太计较。再说了，他说的话，也不是完全没有道理，是吧。钟吉祥是个什么人，牟梨是什么货，全火场除了改革和吉祥有话说外，我看就没几个人理他。改革答应杨教授帮吉祥，不单单是诚勇不乐意，我看全火场人没几个人高兴，他和牟梨两个人近二十年来，做的事太缺德了，和绝大多数人结了梁子。牟梨自绝于人民，可以说全火场人拍手称快，钟吉祥从二楼摔下来，摔了个半死，有多少人咒他死。他两个人树敌太多，死了才正常，不死才不正常。从这个层面上看，诚勇是在帮助生气，只是讲话语气上没注意，诚勇毕竟是当领导的，是站在全局的立场上看问题。想想看，大家都反对讨厌的人，改革却不管不顾和吉祥打得火热。黄诚勇如果不说改革几句，我看火场这地方也许就没有第二个人会说他了，你帮谁都可以，唯独不能帮钟吉祥，因为他和牟梨太坏了，没人喜欢。我平时说他几句，改革也爱生气，他现在不晓得是什么原因，脾气是越来越大了。"谢采采一口气说了一大段话，心生埋怨。

苏醒这时已经气得呼哧呼哧地干喘。她说："谢采采，我听你的话，我怎么听，都觉得你好像不是改革媳妇，倒是诚勇什么亲人，哦对了，他是你妹夫，你们可是一家了。黄诚勇有什么不得了的，不就是被改革他爹保送读了几年大学吗？回来后，泥腿子就变成了穿皮鞋的了，当了官，可以骑到我儿子头上拉屎拉尿了，什么东西——忘恩负义。"

谢采采说："娘，我尊重你是长辈，你怎么说话呢？黄诚勇是一方的丈夫，姚改革是我的丈夫，你说我是跟自己丈夫亲呢，还是跟妹夫亲。你怎么有这样的想法呢？黄诚勇当年是姚改革让的指标，这个中村大队的人都清楚，没必要时刻挂在嘴巴说吧，你都说好多年了。还有，我也是儿子姚奋进爷爷保送读的大学，按你的意思，是不是我也是忘恩负义的东西呀？你如果要这么说，今天我也要说几句，我谢采采不但知恩图报，而且，我们谢家全家人都在报你们老姚家的恩，如果不是女儿姚采菊的爷爷反对，小妹谢水央就被我爹嫁给姚高德。我爹从小就教育我们五姊妹，做人要知恩图报，决不能忘恩负义。老姚家是全火场的样板楷模，我们老谢家虽然不及你们老姚家名声大，我爹娘生了我们五个都是女，这个地方除了我一个人靠别人的施舍吃饭外，其余四姊妹都是凭自己的本事先后考上了大学，在这咱们火场是第一家，所谓火场五朵金花，几个姊妹没有一个人是靠走关系上大学的。没有人说姚改革不如别人的，相反，我们这些读了大学的人，都有一个共同的评价，就是姚改革当年如果没有害重病，一病就是五六年，凭他的文化底子，一定会考一个好大学。可是，世间万物有时候真的奇巧，老天爷就和改革开了这么一个大玩笑，活生生地让他病了五六年以致耽误了高考，改革九死一生，到阎王殿走了一遭又回到了人间，好不容易捡得一条命，就应该好好珍惜生命，不要管那么多闲事，别人都不喜欢你做的事，你偏要做。只要是和牟梨、钟吉祥挨边的事，全火场人是不分对错都会抵制、反对的。可是，改革却不管那么多，只管埋头拉车，不管抬头看路。黄诚勇讲他是出于善意，话讲重点又有什么关系，又没有恶意，何况讲轻、讲重了你又什么时候听进去了。改革正直是好，但一味正直会为其所害。其实大家都是一家人，硬要分出个彼此，见个高低，有什么意思。"

苏醒搭话说："你们都是文化人，就我一个大老粗，不分老嫩人人都可以教训我、教育我。个个都是教师爷，你们高雅、尊贵，吃了饭放下碗，啥事也不用管，这一大家子的事都是我这个免费佣人包了的。从明天起，我一个人搬到上面老屋去住，不到这里碍你们这些文化人的眼。"

"娘，不要这样，采采说的话有道理，都是我当时欠考虑。"姚改革说。

"你们每个人说的话都有道理，就我一个大老粗没文化，讲不出大道理。"

"娘，你没有听懂我的意思。"采采想解释一下。

"我没文化自然听不懂大学生话里的话。"

"娘……"谢采采气得脸蛋通红。

"别理她，你没文化还有理啰，有些人就是把没文化当武器。没人叫你搬老屋去，你如果觉得一个人住老屋轻松自在，随你的便。"姚革新讲话没好声气，"本来是年轻人之间的口边之言，说完就没什么事了，你一个农村老太婆，装什么大学生？发表高论也不选地方，给你讲理，你又不服理，茅坑里的一个石头，又臭又硬。采采，你别理她，让她一个人抽疯去，看她有什么味。"

"我是抽疯，我告你，今后谁如果伤害改革，我就抽人。不得了的，我看没什么不得了的，有些人就是机会好、运气好、命好而已，隔改革好几条街好几条坳呢，不知味。"苏醒也高声大气地说。

姚革新正要动手摔苏醒一椅子，这时黄诚勇和谢一方、袁莹莹来了。他们一进门，袁莹莹就叫道："大哥、嫂子，诚勇回来说他今天讲了改革几句，我一听就来气，批评了他讲得不对，他自己也觉得和改革说的话，太随便了，担心改革误会，这不，他自己要求我们陪他一起来，向改革赔礼道歉来了。"

黄诚勇走过来握着改革的手，说："改革，兄弟，对不起啊，我当时是鬼摸脑壳，过于担心你和钟吉祥走得太近，承诺杨教授的太多，今后不好办事。钟吉祥他是什么人，你比我还要了解。你和他是同学，你们从小一起玩得好，可是他跟随牟梨祸害乡邻已经为大多数人所不齿，他现在只好上毛栗垭躲起来了。没有'文革'作掩护了，脱掉了这层厚厚的保护伞，他们这些人已经变成了过街老鼠。我的担心其实是多余的，当时我也是心里急了点，也是出于对钟吉祥的愤恨，也怕你被村人误会，才不注意语言的轻重，讲了一些过头的话，对不起啊改革，我表示道歉，我现在收回，请莫生气，也请大伯父、小伯伯你们原谅，别见怪。"

苏醒见他们来了，急忙招呼他们坐。姚革新说："别和往事过不去，因为它已经过去；别和现在过不去，因为你还要过下去。自家兄弟，说几句话都受不了，今后还能干什么事？诚勇是站在全局的立场上看问题，诚勇现在越发稳重成熟了。诚勇是在他的办公室和你说话，又没有其他外人，是兄弟之间的坦诚交换意见，光明磊落，又不是在外人面前数落你，你没什么值得生气的，好了，这件事就到此为止吧，兄弟还是兄弟，现在谁也不准提这件事。"

谢一方抓住姚改革的手，说："改革哥，你不许生气了啊，你如果还有气，你就打我几下吧。"听谢一方这么一说，大家都笑了。

姚改革说："一方妹妹，看你说哪里去了，我怎么能打女人呢，你又没有犯错。今天我也有些不理智，也不知怎么回事，就是控制不住自己的情绪。"

袁莹莹见姚改革和黄诚勇两个人都在反思自己的不是，便说道："你俩兄弟好起来可以穿一条裤子，争论问题总是面红耳赤的，都成家了，是个大人了，还像个孩子，今后你俩可不能意气用事，凡事要三思而后行。"

谢采采也说："没事了，没事了。"

屋里的气氛和谐了，大家的脸上都有了笑容。

袁莹莹说："大哥，你前几天安排排戏的事，我已经准备得差不多了，如果顺利的话，年前可以拿出新节目，年后辰河戏剧团可以拉出去到各地演出。"

"嗯，那就好，你抓紧排练。"

八个月后，农历腊月初八，俗称"腊八节"，这一天也是姚腊梅的生日，姚革新屋门口坪场四周的梅花盛开，火场海拔高，天寒冷起来了，冷得格外早。昨天姚腊梅和老公李阇驱车来娘家，给爹娘送一些过冬的物资。李阇把车停在乡政府外小广场里，两人便大包

小包往家里提东西。李阊和姚腊梅大学毕业后，都分配到省水产养殖研究所，不久所里经费太紧张，人员多，他才去又没有人脉资源，在决定去留的所党委会上，以绝对多数票被所里同事投票下岗了，下岗后，苦闷彷徨了一段时间后，就自己跑起了客运，没想到，跑客运的收入比他在研究所上班的月收入要多得多，于是，他就心安理得地跑客运，后来和几个大学同学成立了水产养殖有限公司。自由支配的时间多了，姚腊梅带着儿子李多多、女儿李言回来了。

"腊梅和李阊回来了，回来就回来了，老爱往家里捎东西，上次你们带的东西，都还没有吃用完呢。今后可别老往家里捎带东西。"苏醒在家收拾家务，见小女腊梅和女婿李阊来了，喜笑颜开，边说着话边接他们手中的东西，李阊折返回到车里搬东西。

姚腊梅一进家门，便问道："娘，我爹呢，爹干吗去了？"

"他能去那儿，早饭后就不见人了，手里拿着袁莹莹改好的剧本，找他那些个老戏骨对戏去了。"

"我听说今年辰河戏剧团接到了不少唱大戏的折子，听说有不少外地的邀请，比如说，益阳桃花江那边有几次大的堂会戏，请剧团去唱戏，我爹可要发大财了。"姚腊梅说。

"你爹那种人一辈子也别想发财，大财更是做梦。"

"为什么啊？娘，你怎么这么说我爹呀！从小都是我爹挣钱养家。"

"你说得没错，你爹有本事挣钱，他挣的几个钱口袋里捂不热就会跳出去，一辈子的最爱就是唱戏，以一个人的力量维持一个剧团的运行，用自己的钱贴补剧团开支，你看他蠢不蠢。"

"唱戏是我爹的爱好，一个人为自己的爱好付出一些总是心甘情愿的，这个不叫蠢。有句老话：舍不得笼中鸡，打不到山中鸟。我爹把辰河剧团当成了他的事业在经营，唱戏是他生命的重要组成部分，在这么重要的事情上，他不会计较个人得失。为自己的理想、信仰而奋斗，其乐无穷。"

"我反正说不过你们爷俩，我一个大老粗，就像你爹经常讲的那种人——只知道天亮了起床做工，天黑了上床睡觉。不像你们文化人，总是把难事理想化，把简单的问题复杂化，这些话不是我说的，是村领导说的。"苏醒看着姚腊梅说笑着。

第七十六章
黄诚勇重拳整治安　钟吉祥严打被清算

春分时节，随着气温回升，进入农忙时节，农人们纷纷抢抓农时，开始育秧、耕田、盖地膜等农事活动，备战春耕春播。

扶犁的农人们都将搭在肩膀上的长长的牛鞭挥舞起来，同时喊出了"哈咧咧咧……"这一漫长的，只有牛才能听懂的命令。泥土从犁铧上翻开，白天劳作，晚上开会，这已经

第七十六章
黄诚勇重拳整治安　钟吉祥严打被清算

是近十年来的惯例。现如今不再是生产队时期，农民也像工人一样，统一号令、统一行动了。现在又回到单干了，集体意识不是那么强了，个人主义严重抬头，乡村再也回不到人民公社时期。吃自家饭，做自家工，不惹谁碍谁，政府的职能有所弱化，再也不能像过去那样行政指挥。

黄诚勇在乡政府坪场组织召开了严厉打击刑事犯罪斗争会议，这是他即将卸任火场乡党委书记前组织召开的一次重要大会，也是他第一次组织声势浩大的群众动员大会，会场气氛庄严肃穆。会场主席台上方悬挂着老犁头写的大型横幅："严厉打击刑事犯罪，坚决维护社会稳定。"会场四周贴满"从重从严，一网打尽""可抓可不抓，坚决抓""可判可不判，坚决判""可杀可不杀，坚决杀"等等标语口号。高音喇叭里播放着中共中央《关于严厉打击刑事犯罪活动的决定》。黄诚勇和几个乡干部、县公安局副局长颜悆坐在主席台上，黄诚勇做动员报告。

黄诚勇在会上说：根据党中央的统一部署，用三年时间，对刑事犯罪分子予以坚决打击。"十年内乱"滋生了一大批打砸抢分子，强奸犯、抢劫犯、杀人犯、盗窃犯和流氓团伙，这些犯罪分子活动十分猖獗，破坏社会治安，危害人民的生命财产安全。我们还没有进行一次全面的清理，相当多的一部分犯罪分子没有受到应有的法律制裁。党的十一届三中全会以后，各条战线拨乱反正、正本清源，在大好形势下，一些地方的社会治安不好。为了快速扭转社会治安，推动社会风气的根本好转，巩固和发展安定团结的政治局面，保障社会主义建设的顺利进行，坚持人民民主专政。依据"从重从严，一网打尽"的指示精神和"可抓可不抓，坚决抓""可判可不判，坚决判""可杀可不杀，坚决杀"的要求，对刑事犯罪和"现行反革命"以及林彪、"四人帮"团伙残余分子，要"从重从严，一网打尽"，坚决拔除社会毒瘤。

黄诚勇号召社员群众积极投身到这场前所未有的敌我斗争中来，检举揭发违法犯罪分子。对检举揭发的人员乡政府予以奖励，对那些隐瞒不报或袒护犯罪分子的人，视为同案犯，坚决予以打击惩处。

黄诚勇话音刚落地，台下就开始议论纷纷，袁延顺和包春梅、周美孜母女在大会现场检举揭发了牟梨和钟吉祥，揭露他俩既是林彪的死党，又是"四人帮"的同伙。包春梅、袁延顺鼓动村民声讨揭发牟梨和钟吉祥。村民就像一堆干柴遇到了一粒火星，一点就燃烧了。会场上，干部群众检举揭发牟梨和钟吉祥等人在历次运动中犯有重罪：一是在"文化大革命"运动中，紧跟林彪、"四人帮"反党集团，犯有不可饶恕的反革命罪行；二是牟梨和钟吉祥及"八匹马"主要成员李丕、周流球、符优化、莫简理、符妹仙、李亚鹏、周子伟、黄黑子等人，在"十年内乱"中，犯有抢劫罪、盗窃罪等罪；三是牟梨唆使红卫兵小头目犯有杀人罪、故意毁坏桃坪界、周家大院等建筑，犯有故意破坏罪；四是钟吉祥犯有强奸罪和流氓罪。

对于包春梅、袁延顺的血泪控诉，社员群众产生了共鸣，黄诚勇的动员会演变成了检举揭发会。

符彩儿、莫夜香、姚娆等人轮番上台揭发、声讨牟梨和钟吉祥等人，由于牟梨已死，揭发的重点落在了钟吉祥的身上。会场上对于包春梅、袁延顺揭发牟梨是杀人犯，那些善良的人们有不小的意见，当年南宫怒和申屠彧两人在红卫兵大部队的推搡下，两人没有控

制住手中的红缨枪，把手中的红缨枪捅进了老篾头的胸膛里。钟吉祥没有杀害曾叔公老篾头的动机，钟吉祥不是凶手。他上毛栗垭已经几年时间了，过起了隐居生活，不再参与政治，也不在街面上晃悠，可以说和现代社会基本绝缘了。倒是他那帮小弟贸然我行我素，整天游手好闲，霸着火场集市，收保护费，每到赶集时候，黄黑子、莫简理等人就会在集市街面上游荡，一个摊位一个摊位收保护费，吃、拿、卡、要摊位上的货物像用自家屋里的东西一样随便，从来不会和摊主商量，不仅如此，遇到他们心情不好，或者说，看不惯的人，无由头地给你一顿暴打，把个集市硬是闹得乌烟瘴气。强迫人家卖假烟酒牟利，或者由他们出面替人收账，帮人卸掉仇人一只胳膊或一条腿。他们见到自己看不顺眼的人便动手打，看上的村姑，在大街上就会动手动脚，出言不逊，乃至揽入怀中猥亵。偷鸡摸狗，坑蒙拐骗，无所不用其极，俨然一个帮会组织。钟吉祥和这个帮会组织性质的团伙没有多少联系，黄黑子和周子伟已经成长为昔日钟吉祥麾下的大哥大了。但是，村人不这么看问题，在他们眼中，眼前这些人的恶果都是来自钟吉祥的恶源。钟吉祥相当于是这"八匹马"的精神教父，这些人隔三岔五就会去毛栗垭山上给钟吉祥送这送那，而这些东西便不是他们诚实劳动所得，而是靠使用不正当的手段强取豪夺、坑蒙拐骗所得的不义之财。村人认定钟吉祥不只是为了上山守牟梨墓，钟吉祥是这些人的幕后总指挥。由于包春梅、袁延顺的现场揭发，基干民兵在会议现场就把钟吉祥抓了起来，钟吉祥在"八千人大会"上被基干民兵现场抓捕拧到主席台批斗。会后，各村组迅速行动起来，反映揭发有前科的人、疑似犯过事的人，举报那些在历次政治运动中，有打、砸、抢、奸、盗等行为人的，短短的几天工夫，火场乡就抓了十几人，每天县里会派专车来火场转运犯罪嫌疑人。

　　村民依旧喜欢去村口闲聊，一是村人没有更好的去处放松心情；二是村口是个聚集地，信息来源快，从这里可以了解一些掌故；三是"严打"了，无事时蹲守在这里可以第一时间知道讯息，村民又可议论某某村谁谁谁又被抓走了。彼时，警车的鸣叫声，最让人提心吊胆。随着钟吉祥被抓走后，他昔日的"八匹马"先后被捆走，传得更神的要数黄黑子和周子伟，除了他俩其余六个人都是在自己屋里就擒的。由基干民兵带领县公安干警直接进入他们家中，当众宣布罪行，两名公安上前把他们摁在地上，用手铐反铐他们的双手，在基干民兵的呵斥、推搡下，押上警车，每个犯罪嫌疑人左右各站着一名全副武装的公安干警，每次捉人，阵仗大，村人都会用手捂住小孩的眼睛，不让孩子看到这种场景，在威慑犯罪分子的同时也把村民吓到了。通过"严打"社会治安迅速由大乱到大治。

　　在捉周子伟和黄黑子的那个下午，那天晚饭后，天空中开始下着细雨，一辆警车呼啸而来，进入乡政府大院后，由武装部部长钟树军亲自带队，带进村中捉拿黄黑子和周子伟。公安进村后并没有发现他们两人，于是乎便满村子寻找。其实，由于天气渐渐发黑，就在警车来到村口之前，车子的远光灯老远就投来刺眼的光亮，警车用以开道的闪亮车灯，预示着公安要抓人来了，这两个人倒也机灵，心里知道这回是别人的老婆——过不得夜，咪溜一下从村口闲谈的人群中溜啦。

　　两人想到自己的玩伴一个个被捉走，内心十分恐惧，于是，慌不择路，顺着公路往县城方向跑，准备逃到大合坪亲戚家暂避一段时日，谁承想，他们的背后有一双眼睛，时刻在密切注意他们的新动向。

　　自从黄诚勇开了"八千人大会"后，包春梅昔日的姐妹在老包的策动下，已经给姐妹

第七十六章
黄诚勇重拳整治安　钟吉祥严打被清算

们做了分工，对钟吉祥手下的"八匹马"四姐妹进行跟踪监视。包春梅曾经对她们姊妹说，要注意这八个人，防止他们开溜，到时不但抓不到昔日的仇人，而且到手的奖励也就泡汤了，包春梅还告诫她们，赔本的买卖咱不做，现在这形势只要你有一丁点儿问题，一告一个准，因为上面说了"从重从严，一网打尽"。

包春梅觉得必须抓住这个机遇，要让昔日的仇人也尝尝什么叫作"人民民主专政"。她现在已经不是地主，也划归社员了，按新式说法，她们也是人民中的一员，她们现在也有权利参与到国家政治生活中去。包春梅做了精算，她甚至算好了这次应该获得多少奖金收入。

公安找不到黄黑子和周子伟不打紧，莫夜香知道他俩的去向，她找到县公安局刑侦大队副大队长李冠达，告知这两坏蛋朝着公路方向逃了，李冠达听闻这个消息，准备立即去追，这时，莫夜香抓住公安的手，说："干部同志，是我举报了他两个坏蛋，为你们提供了线索，你还没有给我写条子呢。这往后，你们一走，我上哪儿领举报奖金呢，是吧。自从上次乡政府开动员会后，我们全大队的人都想立功领赏，可是我们这里偏僻，能排上号的坏人也不多，村民都在暗中较劲，都想立功领奖金。我守黄黑子和周子伟两个人一个多星期了，你看我的思想好不好、红不红？这样吧，公安小哥哥，你呢，一看将来就是个当局长的料，你就给我也记一功吧，给我写个条子证明一下是我举报的，我也好感受一下获奖的滋味，也不耽误你什么事是不是？"

刑侦大队执行股股长糜蓟急于捉人去，说："一边去，你不要在这里啰里啰唆影响我执行公务，否则，我按妨碍公务罪把你一起绑了。"

莫夜香是见过大世面的，她可不吃这一套，她脸不改色心不跳，徐徐地走近他身边说："公安小哥，我呢年纪大了，记性不好，刚才我好像是记错了，我不能确定黄黑子和周子伟的去向。"

她故意用手往一边乱指，神色肃穆。

糜蓟见状，吼道："快说准确位置，让逃犯逃走了，就把你抓起来问罪。"

"哎哟，我说小哥哥呀，你脾气咋这么臭呢，一句话没说上来就要绑人，那将来哪个姑娘家还敢嫁给你啊。"她的泼皮无赖，显然是惹毛了公安哥。糜蓟不耐烦地说："你再敢胡说八道，我就抓你归案，我看你和他们是一伙的，你是在故意为他俩逃跑打掩护，好让他们逃远点是不是？"说罢，掏出别在腰间的手铐，拿在手上晃了几下。

"哎哟，你这位公安小哥唉，我一个安分守己、遵纪守法的草民，哪敢和你一个公家哥打诳语呢。公安是干公事的，怎么会干咱们老百姓呢，是吧。"莫夜香一副死猪不怕开水烫的样子，和小公安磨嘴巴皮。

包春梅见状，急忙从旁打圆场，她说："公干（她总是把公安干警简称为'公干'）、公家，你别听她的，一点觉悟也没有，举报两个犯罪分子就要报酬，就这点思想觉悟怎么能同坏人作斗争呢？现在那些刑事犯罪分子是过街老鼠，我们作为匹夫也有责。生怕公家少了你的举报费，公家是什么人？是吧，吐口唾沫都准数的人，少不了你的好处，还是先让公干先抓人去吧，回头会论功行赏的。"

"这位老妇人一看就是一位明事理、有见识的聪明人，我们不但要敢于同坏人坏事作斗争，还要讲究斗争艺术。我就喜欢和聪明人打交道，我这里有一张空白证明，你填上空

格中的相关内容就可以到公社领赏去了。"包春梅从糜麌手中接过证明，说："谢谢官家，你们沿着这条公路捉拿这两个坏蛋去吧，他两个肯定没有走远，腿肚子哪有车轮子跑得快呢，去吧公干，去吧去吧，快抓坏蛋去吧。"

糜麌一行人刚一上车，包春梅把手中的空白条子扇了扇，对莫夜香说："堡子界山上打野猪——见者有份。"

莫夜香一脸不悦。正如包春梅所料，糜麌等人急忙上车追了上去，一会儿就把黄黑子和周子伟像老鹰捉小鸡似的拎了回来，警车呼啸着在火场集镇转了两圈，算是一种警示。

民兵营长莫公雷带着十几个基干民兵，簇拥在警车周围，说是协助维持秩序，至此，火场乡政府在"严打"中抓了几十个犯罪嫌疑人，警笛长鸣，向县城奔去。

农历六月六日，县里召开公审公判大会，在公审公判大会上，钟吉祥因"文革"中组织、领导打砸抢烧活动被判10年。

黄黑子因"文革"中盗窃罪、故意损坏国家、个人财物罪获刑10年。周子伟因"文革"中强奸慕容樱桃等多名女知青被判死刑（周子伟自己的说法是未得手）。

李丕、周流球在"文革"中，往村口水井里撒尿，他俩当时还对村中女性猥亵，公诉人认为性质恶劣，构成流氓罪，被判死刑，立即执行。

莫简理因抢劫公共财物罪获刑8年。

符妹仙参与打砸抢被注销城市户口，押送大西北劳改6年。

李亚鹏因故意损坏古墓、鞭尸、焚尸等罪行，获刑12年。

符优化不遵守户籍管理，与相邻村一小寡妇同居，被判7年。

钟吉祥当时据说要判死缓，因为姚改革第一时间电话告知了杨雅琴教授，她和黄大风立即来沅陵为钟吉祥奔走救援，黄大风通过老部下的各种关系，收集了一大堆有利证据，证明钟吉祥在"文革"中所犯错误，不是首犯，是从犯，属于那些不明真相的社员群众，是受牟梨蒙蔽蛊惑。

杨雅琴亲自出面历数女儿的罪行，说钟吉祥只是被人蛊惑的受害者，她的证词至关重要，这种大公无私、大义灭亲的行为，很是让人敬佩。她受到了上级领导的赞誉，说她不愧是一名受党培养多年的高级知识分子。

公审公判大会那天说来话长，那天中午，天上突然狂风怒号，大雨一直下个不停，一直下到晚上，真让人害怕。老辈人说，在六月六这天，龙王是要休息的，龙王休息自然是没有雨水的，晴天大太阳。在这天，龙王是要到礁石上盘卧，把身上的龙鳞晒一晒，龙王既然都晒龙衣，那自然是好天气，因此，民间就有六月初六把衣服、被子拿出来晒晒的习惯。

老话说，六月初六出现反常天气，怕是民间有冤情发生，或有自然灾害发生。老犁头、袁莹莹等人吃饭后就先后来到姚革新屋里，话题自然是公审公判大会，村民想从姚革新口里得到更多的公审公判大会的细节。

姚革新满足了村民们的好奇心，他说："这次公审公判大会声势可以说是史无前例的，绝无仅有的，规模、声势都超过了历次政治运动。经过公审公判宣判死刑的犯人，经过游街示众后押赴刑场行刑。前面由警车开道，后面跟着一辆辆大卡车，每辆卡车上站着一名将要被执行死刑的犯人。犯人被五花大绑，他们胸前挂着木牌，上面写有名字、性别、年

第七十六章
黄诚勇重拳整治安　钟吉祥严打被清算

龄及罪行等，在他们的名字上面还画着墨色'×'，背后插的有块竖牌子，写的有'死刑'二字。行刑车沿途播放广播，宣传'严打'斗争，控诉犯人罪行。路过的大街小巷，引来无数百姓围观。"

村民们议论纷纷，各有各的想法，但都一致认为：严打是好事。

姚革新转头对袁莹莹说："今年过年剧团演出节目准备得怎么样了？你和一方她们把'严打'新剧目'三句半'练得差不多了吧？"

袁莹莹回答说："大哥，演出的节目已准备就绪，随时可以拉出去，今年有一方、腊梅和黄杏加入剧团，我们剧团的队伍更加壮大了。"姚革新颔首称是。

到了腊月，这是一年中农人比较闲的月份，姚革新和谢钟、袁莹莹商量后，按照惯例先把剧团带到附近乡镇演出，过了年就去外地演出，按照这一行的规矩，剧团全年都可以接帖。

所谓接帖就是有演大戏需要的单位和个人直接上剧团联系演戏，双方协商好演出时间等事项后，邀请方正式下帖子给剧团，主家或单位邀请剧团演出，甚至已经点好了唱大戏的剧目，再约定时间前去演出，这当中姚革新会和邀请方协商一个双方都能接受的时间演出；所谓送帖就是剧团根据演出的需要主动给有意向看戏的单位或个人送去戏帖。如果对方领受了就确定下来，安排时间前去演戏。

益阳桃花江那边有正月看大戏的习惯，没等剧团派人送帖，便早早地联系了剧团，送来了帖子，邀请辰河戏剧团去演大戏。

其中，桃花江魏老庄村就下了三天的戏帖，也算是农历癸亥年剧团接到的外县第一个请帖。加之魏老庄和剧团历史上是有渊源的，剧团曾经不止一次去魏老庄演过大戏，自从"文革"以后，政治运动任务繁重，人员流动受限，几乎没有下帖子邀请辰河剧团前去演大戏。

改革开放后，国家提出促进艺术市场复苏，繁荣文化艺术市场，各地文化艺术市场迎来了新的发展机遇，国外先进文化艺术品进入中国市场，繁荣和丰富了国内文化艺术，各地民间艺术得到复苏和传播，为此，姚革新十分看重这次剧团桃花江演出。

剧团凡是要赴外地演出之前，姚革新总是要问一问地理先生，讨个黄道吉日出远门。

每到这个时候，姚改革老爱半认真半开玩笑地说："我爹当了一辈子干部，老是迷信，这种旧思想、旧风俗虽经'文革'洗礼，也总是改不掉，根深蒂固了。叫大家别管他，就由着他的性子去折腾吧。"

姚革新可不是这么想的，他有他的说法，他说："在农村办大事、过大节、出远门总是会选个吉日良辰，图的就是个诸事顺遂、大吉大利。这个怎么能算是迷信呢，这是一种愿望和期待，也可以说是一种信仰，就像我们共产党人信仰马克思主义一样。"

袁莹莹说："姚改革未必出类拔萃，但他的确与众不同。"姚革新不以为然，说："嗯是，啥也不懂。"

姚改革说："我是说不过我爹的，我爹横竖都有理，反正他决定了的事情，不会因为别人而改变自己的决定。"

姚革新随着年纪越大，越发注重祭祀活动，用他自己的话说，人老了，胆子也就小了，生怕出大事。

袁莹莹说:"大哥最担心的是剧团人的安全问题,几十号人带着那么多行头出远门,不能有一丁点儿闪失。大家都好这一口,也是找个乐子,农村人关在大山里过着老日子,心里闷得慌,有个走出大山的机会,大家都想走出大山看看外面的世界,赚不赚钱已经不是最主要的事。前提是来不得一点马虎,要周密地计划好,不能出现安全事故,不然就是白忙活一场了。"

火场辰河戏剧团每次出去巡演,都不是一件小事。多少年来,中村人把辰河戏剧团外出演出看得格外重,演出寄托着全村的希望,每到这个时候,不管家与家之间,还是人与人之间,曾经有什么嫌隙,这时候都会自然而然和谐起来——为了一个共同的目标——演好戏,挣大钱。

剧团过去演戏也是全村人的经济来源,中村每到这个时候,几乎家家户户都会有人参与其中,即使不随剧团外出演出,也会为剧团外出演出出力、出汗、出主意,做一些准备工作。

腊月十五是"祭玉皇大帝,祈安全"的传统节日。大家自觉地配合着祭拜天地,祈福感恩,做鱼肉碗菜,盛以高碗,设杯箸,颇有钟鸣鼎食之意。口中念念有词,忙完这些祭祀活动,剧团鸣铁炮、放鞭子。唢呐、锣、鼓、钹、哑铃等乐器齐鸣,"锵嘚咙咚锵、锵嘚咙咚锵、锵嘚咙咚锵……"剧团演职人员从村口走向外面的世界。

第七十七章
两书记重逢话友情　老相识他乡喜相逢

剧团一行人在外演出几天后,到达益阳桃花江魏老庄,从字面上看,魏老庄似乎是一个小山庄的名字,其实不然,魏老庄是当地一个大队的名称,一个村一个大队,现在叫魏老庄村,全村人都姓魏。

辰河剧团是下午到达魏老庄的,村书记叫魏二公。魏二公和姚革新很多年之前因为唱戏,两人就认识,因此,两人一见面就显得十分亲热。魏二公说:"姚书记,你可来了,都想死我了,哎呀让我看看,看看吧,姚书记还是那么硬朗。"魏二公一边说话一边招呼大家落座,还没等姚革新落座,又开始开玩笑,他说,"据说这些年大队妇女主任没怎么折腾你,倒是被一个叫牟梨的北京女子给折磨得不行?"

姚革新把手摆了几下,不想提牟梨,他脸带微笑地说道:"身子骨还算行,白天忙村里那摊子事,现在改革开放了,遇到的事比从前要复杂得多,以前只要搞好'抓革命,促生产'的事,现在的社情要复杂得多,不过还行,现在的生活环境、经济条件要比过去强多了。"

"你这戏帮子里,可是个美女窝啊,你一天都忙不过来,就更没有时间身体不舒服了,看你现在这个气色啊,要比实际年龄年轻二十岁。"魏二公是出了名的油滑,眼睛瞪着袁

第七十七章
两书记重逢话友情　老相识他乡喜相逢

莹莹、全心怡，嘴巴下那一撮山羊须在笑声中抖动着。

姚革新把戏班子人员逐个向魏二公等魏老庄村干部一一介绍，他特意介绍了袁莹莹，说她是辰河剧团的台柱子，现在是火场乡中学校长，剧团有名的花旦；介绍全心怡是中村村妇女主任，也是戏剧《郑小姣》中的后娘的扮演者，还介绍了谢钟，说他是辰河戏剧团副团长，有名的实力派小生演员，是公认的老戏骨。

魏二公连忙和袁莹莹、全心怡等人握手，拿着人家柔弱的小手摇个不停，他语无伦次地说："欢迎、漂亮，欢迎花旦。"魏老庄人笑他只要见到美女腿肚子就抽筋，骨头就发软，讲话就会哆嗦。

"姚书记啊，实话告诉你吧，我现在就得个嘴巴，每次也就三五分钟，不像你啊，一上来就是五十分钟。"魏二公手捋山羊须，开玩笑的话一套一套的，逗得戏班人也跟着附和着发笑，大家脸上的疲劳也随之一扫而光。

魏二公这么随和亲近，姚革新也放下了严肃的表情，他对剧团人说："我给你们介绍一下，这位二公书记，就是我时常给你们提起过的魏书记，是出了名的戏迷，听说，有一回他去区公所开会，路上途经一个叫龙潭坪的小村子，有人成婚在唱大戏，正在唱《蓝桥会》，其中有个叫魏二愣的村民认识他，就招呼他进屋坐坐，茶还没有下肚，突然有个演员犯了急病，摔倒在场子上，这下如何是好呢，本来是婚庆大戏，结果戏班子收不了场，主家魏二贵既担心又是气愤，缺了一个人，这台大戏又如何能演得下去呢？主家正在愁眉不展之际，魏二愣推介魏书记上，主家魏二贵心想，都这个时候了，死马就当成活马医吧，有个人顶替上台演总比没有的好，魏二贵只想把儿子这台婚庆大戏演完了事，也就不再过多地挑肥拣瘦，顾不了这么多了，只好让一个陌生人上台救场子。这时，只见魏二公上台之后，很快进入角色，那个演唱真叫一个绝，直逗得二贵全家人乐开了花，一扫脸上的阴霾，演出结束后，魏二贵就给魏二公封了一个大红包，说是感谢他临时救场，还演得这般逼真，甚至比原演员还要演得出神入化。到这会儿，哎哟喂，咱二公书记这时好像记起了什么，几下子就脱下了演员服，一拍脑门，说道：'坏了，坏大事了。'

魏二贵闻言也感到震惊，今天是儿魏卫国大婚之日，这个外人一来就发生有人晕台的事故，现在又说这些不吉利的话，真是让人气愤，于是魏二贵由喜转忧，不悦之色溢于言表。魏二贵说道：'这位朋友，你今天来是什么意思啊，这一惊一乍的，又演的是哪一出啊。魏二公听出来了魏二贵话中的意思，连忙解释说，我今天是去区公所开会去的，由于唱戏，现在耽误了开会时间，弄不好丢了官倒是没什么，怕是要挨整了。'

大家弄明白了原委，魏二贵是既感动又是惭愧，拉着二公的手，说：'看来是我误会了恩人了，你不但救了场子，而且演出得到了蛮多好评，可是也会因为我家的事惹出麻烦来，搞得不好真有可能丢了乌纱帽呢。'

'丢了这个烟籽籽官倒不要紧，就怕被人拿这个事儿说事，从此家里人也跟到遭殃呢。'他匆忙和魏二贵他们道别，拿上二贵强塞的十块钱红包，顾不上吃口饭，用手抓了半边猪蹄子啃，到镇上赶车去了。"

听到这里，大家开怀大笑。

姚革新接着说："一会儿来了一辆双排座车，他爬上车往区公所赶。在区公所门口下了车后，他顾不上和守门的人打个招呼，就径直往区公所二楼办公室跑，守门的在他身后

叫他，问他这么急急跑进区公所有什么事，找什么人。原来守区公所门的老人是新来的，人称周老汉，他不认识魏二公，二公没有办法，就停下来说是来区公所开会的。"

周老汉说："没听说今日开会呀，区委马书记今天到县里开会去了，原定的大队书记会议取消了，改成明天上午开。"二公一听心中一喜，大声说："真的假的？这世上真有这么奇巧的好事砸到我的头上吗？"周老汉一脸茫然，二公为了确认周老汉话的真实性，还是向旁边值班室问了一下情况，区公所办公室小瞿告诉他是这样的。二公二话没说，转身对周老汉说："感谢毛主席保佑，我今天不但没有迟到，而且是早到，今天是个什么日子啊，拾麦子打烧饼——白捡又干赚。"

姚革新说到这里停了停，抿了一口茶，大家早已笑翻了天。

"真的假的，跟真的似的，真有这回事吗？我咋不知道，你咋知道的？"魏二公故意装相，又逗得大伙儿大笑。没等姚革新回答，旁边一个叫莠根儿的村民证明说："有这一回事，不但有，而且有过两回呢。"

这时轮到姚革新茫然了。他反问道："真的假的？跟说书似的，神了，咋和我遇到的一样啊。"又惹得大伙笑翻了天。

两个老戏骨见面的开场白竟是以这种戏剧性开始了，让大伙捧腹大笑。演员们和魏老庄村民也像是见到了自己的亲人一样无拘无束地开心谈笑。

到了演出时间，辰河戏剧团一班人马早早来到魏老庄村部，村部是一栋二层楼的木房，房里住着几个五保户，还有三栋排列极不规则的低矮木房，房顶飘荡着炊烟，二层楼房的正面有一块泥土坪蛮大的，差不多有足球场那么大，魏二公说，他们就是在这一块坪里开批斗会的。

村部搭建有一个临时演出舞台，用杉木搭建，比一般的戏台要大许多，台顶盖有油毡纸，戏台背面还隔的有化妆间，也是存放演出行头的地方，三面用帆布围着，只留一面面对观众，台上摆有两张琴桌，吹鼓手几个人就坐在琴桌后面，早早地响了锣、鼓、钹、哑铃。

二胡手符春耕在那里调试着手中二胡弦，吹唢呐老王在调试 D 调，演员们在台前走着台步，演员咿咿呀呀地练唱起来，说说笑笑，手舞足蹈。

姚奋进和几个后生在台上比画招式，戏台正面顶端写有"热烈欢迎沅陵火场辰河剧团友情演出"的标语字样。村部来了不少看戏的邻近村子里的人，熙熙攘攘的，场面十分热闹。

当天晚上的演出取得很大的成功，演完戏，魏二公设宴请戏班人员吃消夜，由于第二天下午还有演出，主要演员没有喝酒，有的也只是小酌了一小杯，姚革新年长了，一般不再上台主演，只是做一些剧团组织管理工作。酒过三巡，两人的话题也已聊到戏外的其他话题，魏二公坐在胡床上还在热情地劝酒，姚革新拿着酒杯的手，在空中晃悠，喝着喝着心中腾地跳出了一个人的形象——黄大长。

在这种场合，激起了他对黄大长的思念。他已有些微醺，他对魏二公凄楚地说道："我给你说二公，今晚若是咱大长兄弟来了，我可以对毛主席发誓说，演出会更加成功。我这个兄弟啊，演戏那个做派，他的一招一式，举手投足特别传神，可惜了，可惜啊！"

魏二公问道："姚书记，你原来把肥肉藏在饭碗底下呀，你有大牌还没有打出来呢，

第七十七章
两书记重逢话友情　老相识他乡喜相逢

为什么不叫你那个大长兄弟出场呢？"

"二公书记，你有所不知啊，我那大长兄弟，今生今世再也不会陪我一起出来演戏了——他死十多年了。"

"对不起，姚团长，我不知道你兄弟已不在人世了，勾起了你伤心的回忆。"

"没事，我那兄弟死得惨啦，他是十多年以前自愿报名，被县里派到娄底搞小三线建设，未承想，他在一次爆破作业中不慎从'一线天'山顶坠落到冷水江里了，至今是活不见人、死不见尸呀，我这兄弟啊！他可是我的救命恩人呐，当年我从新屋楼上跌落下来，若不是大长兄弟发现了，把我及时送到医院，我恐怕是难逃一劫啊！"说到这里姚革新的眼里饱含着泪水，他用拳头刮擦了一下眼睛。

魏二公说："冷水江就是因为江水很冷而得名，地势南北高，中部低，呈不对称马鞍形，属于亚热带季风气候。一线天那个地方因为山势狭窄陡峭险峻而出名，从那个山顶摔下去，非死即残呐。"

"是啊，当时娄底三线建设指挥部也组织多批次的人寻找，山上水下都找遍了，就是不见大长兄弟的影子，他好像一下子从人间蒸发了一样，真是奇了怪了。说来也是太奇巧了，出事那天，大热天，突然天空中乌云密布，狂风呼啸，电闪雷鸣，一个响雷，他和另一个工友由于挂钩松动跌落山谷，他是被一股气流带走的。当时，只找到另一个工友，大长兄弟寻遍山沟，找遍江水，就是找不着人。后来由于江水暴涨，江水由蓝转成绿豆黄，再到洪水泛滥，指挥部派了多批次人马找了一个星期也没有找着。"姚革新悲伤的情绪写在脸上。

袁莹莹等人劝他不要难过，袁莹莹自己却已经泪流满面，她说："大哥，都这么多年了，也只有你和我一样心里时刻思念着他，这些年由于抓革命、促生产的需要，我们剧团也没有出来演出了。我喜欢出门演出，但又怕出来演戏，一出门就会更加思念大长哥。"

姚革新给魏二公介绍了袁莹莹，说她是大长的干妹，黄大长失踪后，她一直未婚到现在。

魏二公瞪着袁莹莹的脸蛋儿发呆，他说："姚书记，事情都过去这么多年了，不要想那么多了，你那个大长兄弟说不定早已转世投胎了，现在正在大户人家过好日子呢。"

谢钟见状从旁打圆场说："姚团长是个重情重义之人，黄大长走了之后，他一直在照顾大长的家人。"

魏二公说："不说这个不高兴的事了，大家早点休息吧，还要准备明天的演出呢。"

"魏书记，看样子魏老庄村人也是特别喜欢看戏的，而且还挺懂戏的，明天前来看戏的人，或许更多，也要预备着。"谢钟对魏二公说。

"这个请谢副团长你放心，不管来多少人，上门都是客，我们魏老庄都欢迎，会让他们有地方站，有地方坐，把戏看好。"

第二天下午六点刚到，唱大戏就开始了，主场是大型戏剧《重台赠钗》共八场，一至八场分别是：投庵、对操、诈病、偷诗、来迟、赶潘、逼试、秋江。演戏中间穿插了两个应景小节目，也是为了后台准备充分一些，又调节了看戏人的情绪，还延长了看戏人消化戏内容的时间。增加的小节目不收钱，相当于集市上卖东西，为了加重分量而额外增添的东西，俗称添头。让买家心里高兴一乐，额外加戏，看戏人得到放松，这种办法是姚革新

在外演出时惯用的办法，也是给主家的一种示好和看重。往往会得到主家的青睐，有时候主家一高兴会打赏，获得意外惊喜。

就在换场进入第七场时，袁莹莹看到戏台下有一个女人似曾相识，她搀扶着一个高大的男人，这个男人看上去近六十岁的光景，脸上有一道疤痕，从长相和神态上看，她越看越感到震惊，他太像一个人了——黄大长。

这出戏袁莹莹也是主角，很明显，她看得有些失态，忘词又忘了动作，让监控场景的姚革新等后台人员都感到袁莹莹出现了严重失误，好在姚革新机智救场，让乐队有意拖长了过门。

大的慢板过门约十小节，姚革新却让琴师拉两遍，在演员演唱中不顾唱腔本身所表现的情感，在过门中加花的做法，只能蒙骗外行人，内行一听便明白了，这是一种演出重大失误。但就是这个有心之失，让袁莹莹回过神来，慧心丽质的莹莹，立即意识到自己失态了。老琴师是不会出现这种失误的，他在用加花过门的办法提醒袁莹莹走神了。袁莹莹很快调整好自己的心绪，重新进入角色。等到后面两场演完谢幕后，她往台下一看，那一男一女不见了。

袁莹莹拨开人群，寻找那一男一女——不见了。她问了周围的人，是否认识一男一女，她边说边比画着，观众都摇头。这时，她怀疑自己是不是太思念黄大长了，出现了幻觉。但她又明明看清楚了那个女人的脸，甚至那个女人也似乎认出了她，她在拖那个脸上有一道明显疤痕的男人往外走。她站在台下那一男一女的位置，大声叫了几声："黄大长，大长哥！"

没有回答，她不甘心，又在人群中左冲右突，寻找身形和黄大长不相上下的男人——都不是。

袁莹莹把她的新发现告诉了全心怡，全心怡说："真的假的？莹莹，你是想黄大长想疯了吧，黄大长不在世已经十多年了，怎么可能呢？！"

全心怡边说边和袁莹莹一起寻找黄大长，两人走到村部时，袁莹莹看到前面不远处有一个戴着眼镜的中年男人很眼熟，她心里一怔，随即大步走上前去，用胳膊肘碰了一下他，那人往她一认，口角痉挛，愣了一下，叫道："袁莹莹。"

"魏书记？"袁莹莹简直不敢相信眼前这个男人就是曾经叱咤风云的魏公稽。她仔细看了看眼前这个男人——不大像魏公稽，他比魏公稽要矮小了许多。而且，他的眼睛有一只已经瞎了。袁莹莹心中为之一惊，这是怎么一回事？我真的把魏公稽当成了大长哥了吗？

"莹莹，我就是魏公稽，我老得让你认不出来了吧。"魏公稽说。

袁莹莹正想说话，这时一个漂亮女人从一旁走过来，说："袁莹莹，你不认识我们了吗？我是赫连薇薇，他就是魏公稽。"

袁莹莹抓着赫连薇薇的手，说，"薇薇，魏书记，今天真是太高兴了，终于见到你们啦，你们怎么也在这里？是从哪里来的？也是来看戏的吗？"袁莹莹一口气问了一连串的问题。

"莹莹，我就是魏老庄村人。"魏公稽说。

"真的假的？这么巧。"

几个人有说有笑，问这问那。他们来到戏台，找到姚革新等人，姚革新也感到十分意

第七十七章
两书记重逢话友情　老相识他乡喜相逢

外。他握着魏公稽的手说："魏书记，你好吗？"

"我还好，苏醒嫂子和几个孩子好吗？老乡们还好吗？"魏公稽问道。

"老乡们都过着老日子，大伙儿都想你们了。"在异乡与故人相逢，袁莹莹、姚革新等人异常高兴。

赫连薇薇见袁莹莹一直往魏公稽眼睛上认，赫连薇薇从旁解释说："当年牟梨派人抓魏公稽时，由于他的反抗，遭到钟吉祥等人的殴打，打伤了眼睛，被遣送回原籍后，眼睛一直流血，由于当时缺医少药，他又没有钱，耽误了最佳治疗时间，最后导致右眼睛瞎了。他的左眼视力也只有零点几，他今天能第一眼认出你已经算是个奇迹了。当年我从火场带着崔巍来找他时，他都快不识我了，在得知我带着他和崔产愫的孩子崔巍来了时，他像个孩子一样抱着小崔巍是又亲又哭。我把崔产愫的死讯告诉他时，他晕过两次，他是为了小崔巍才有勇气活下来的。他右眼睛瞎了，身体也不好，为了小崔巍，也为了照顾他，后来我和他就凑合着一起过了。"

袁莹莹说："薇薇，感谢你，我要代表崔产愫感谢你，你太伟大了。崔产愫若是得知崔巍和你们的消息，她不知有多高兴啊！"

"莹莹，你还是那么美，还是那么善良，这么多年你比谁都要苦啊！"赫连薇薇眼泪直流。

"莹莹、姚大哥，见到你们真高兴，今天真要感谢薇薇，是她要带我出来看大戏，我眼睛不好，一般很少出门，还好，没有错过机会，终于在这里见到你们了。"魏公稽看上去比他实际年龄要老很多。

戏散场以后，魏公稽和赫连薇薇把戏班子带到自家屋里叙旧。夜深了，其他人都睡了，姚革新、袁莹莹、魏公稽、赫连薇薇四人还在聊，由于放寒假，崔巍去了他姥姥家里，四人促膝长谈。袁莹莹问魏公稽和薇薇道："魏书记，我想问你一个私人问题，也不知合不合适。"

"你问吧，不要再叫我魏书记，这里都没人叫我魏书记，你是想问我和薇薇之间的事吧。"没等袁莹莹回答，魏公稽就自己说开了。

魏公稽说："我是魏家独苗，我们魏家到我已是三代单传，当年崔巍太小没人照顾，薇薇为人善良，看着襁褓中的小崔巍饿得直哭，她就抱着他到魏老庄村中到处找小姑、嫂子奶吃，东家一口，西家一口，真是难为她了。她自己还是个姑娘，也没有带婴幼儿的经验，大冷天崔巍夜哭，她也跟着哭。她有个双胞胎妹妹，叫赫连菁菁，在你们县纪委工作。"

姚革新和袁莹莹四目对视，似有所悟。

魏公稽继续他的话题，他说："在那个缺医少药的年代，经常一场突如其来的病痛，会夺人性命，薇薇老家是桃花江人，那边亲人不多，我这种情况也是很惨的，我俩和崔巍就相依为命一起过活。我怕连累她，一直没有和她结婚，怕影响她的前程，后来她因病到医院做检查发现输卵管完全阻塞，也就是说，她这辈子很难怀小孩，因此，她更加把崔巍视若己出，疼爱有加。随着崔巍年龄的增大，加之薇薇的年龄更大了，其实我现在也是依赖她生活。我被牟梨轰下台后，被钟吉祥等红卫兵打坏了右眼，左眼视力只有0.2，几近失明，如果不是薇薇，我和崔巍两父子早就不在人世了。崔产愫临终前把崔巍托付给了薇薇，叫她带着崔巍来找我，愫愫生下他后，只看了他一眼，给他取了名字后，就把崔巍托付给了薇薇便撒手人寰。崔巍是薇薇一把屎一把尿拉扯大的，现在已经读初中了。薇薇是我们父子的恩人啊！"

赫连薇薇说："莹莹，你别听他说的那么玄乎，什么恩人不恩人的，人这一生聚散都是缘，有缘相会，凡事都有命数。如果要说感恩的话，我也要感谢他，在我举目无亲的时候，是他收留了我，还给了我一个家。到现在连魏老庄的人都以为崔巍是我亲生的呢。公稽被牟梨赶出火场后，崔产愫已经怀上了他的孩子，只是没有来得及给他说而已，后来崔产愫生下了崔巍，临终前她把小崔巍托付给我。我把崔巍带回来时，小孩子发高烧了，差点丢了命。公稽听我说了崔产愫的事情后，悲伤过度，曾经两度昏迷过去，突然，他的右眼就一点也看不见了，以前还有一点点微弱的光亮，能感知灯光，经过这个变故，右眼算是完全废了。当时，我是答应愫愫姐送小崔巍给公稽的，见他这种境况，也就不好丢下孩子就走，再说了公稽一个大男人也不会照料小崔巍，就这样我就住下来了，谁知这一住我也对他们父子的悲惨命运产生了同情，我和小崔巍的感情也是与日俱增，到这时，我想分开也分不开了。小崔巍得到了公稽和愫愫姐的遗传，他既有公稽的聪明儒雅风度，又有愫愫的俊秀开朗，不能不说基因真是强大。崔巍现在读初中的年纪就有公稽那么高了，连走路的姿势都像他，讲话的神态像极了愫愫姐。"

赫连薇薇说这些话时，抑制不住对魏公稽父子的爱怜。她这么说，令魏公稽心潮澎湃，这个曾经当过县委副书记兼火场公社书记的男人，用手挠了挠头上为数不多的几缕头发，说道："薇薇，快别这么说了，你对我和崔巍这么好，我感激不尽，你是上天恩赐我的礼物。我时常这样想：假若，我是说假若，假若我的生活中没有你带来的崔巍，没有你对我和崔巍无微不至的关爱，我的生活一定会是一团糟。我甚至不能确定，我是否能活到今天。当初我被红卫兵揪下台，遣送回原籍的时候，我与前妻已经离婚，我的父母又因病先后离世，崔产愫那边我是杳无音信，这些变故，对我的打击很大。对于她来说，我终生是亏欠的，是一个无法遗忘的存在，负罪感时常折磨着我，我几乎每晚失眠。她给予我的美好，她为爱情的付出是以生命为代价的，因此，她是无价的女神，她香消玉殒了，是我无法弥补的损失。"

"她还活着，崔产愫死里逃生。"赫连薇薇说，"赫连菁菁到火场当工宣队队长时，回来看我时就说过了，只是你前面遭遇不幸，后来又一直为身体上的病痛所困扰，不敢给你说，怕你心情激动，对你身体不好。"

"薇薇，这么重要的消息，你为什么不告诉我呀？也就是说，你和菁菁妹妹早知道崔产愫还活着，这么说，你还知道她现在的一些情况，是不是？"

"是的，愫愫姐她还活着，而且，她经历了大起大落后，人变得更加释然，也许是对生命的理解更加通透，她现在已经完全地退出了政治舞台，一心做庞跃京书记的夫人，他们已育有一儿一女。"袁莹莹连忙介绍崔产愫的现状。

"莹莹，你是说愫愫死里逃生后，嫁给了庞跃京吗？她现在好好的是吗？"魏公稽有些激动，又用手挠光秃的头顶。

"是的，公稽，你身体不好，心脏有问题，不能太过激动，这也是我不敢把这些情况告诉你的原因，担心你一时没有控制住情绪，伤害到你的身体，那可怎么办呀。愫愫现在

第七十七章
两书记重逢话友情 老相识他乡喜相逢

已经找到了归宿,你应该高兴才对,你怎么反而哭了呢?她已经结婚了,有了庞跃京书记的呵护,你和我不能再去打扰她平静的生活了,对吧。"赫连薇薇说。

"我也是胞妹菁菁回来后告诉我的,那个时候崔产愫已经和庞跃京结合了。庞跃京平反后,官复原职,也许真的是上天最好的安排。你应该为愫愫和庞跃京感到高兴才对。"

"我和愫愫之间不是外人能理解的。我当时离了婚,是单身男人,愫愫的婚姻全火场人都知道是极其不幸的,可以说,她为了心中高尚的爱情守身如玉,她是一个婚姻已经死亡,即将离婚而又处于尚未办证的阶段。我们相爱是发自内心的爱恋,何罪之有?牟梨这个魔头才应得到清算。"魏公稽讲到牟梨咬牙切齿。

"历史不能追究,历史只能反思。"袁莹莹说。

"莹莹说得有道理,不过牟梨作恶多端,导致自己落得自杀的命运,也是她遭到了天谴。"姚革新淡淡地说道。

"牟梨自杀了?"魏公稽急切地问道。

"是的,她不但自杀了,而且她的坟墓遭到过多次刨掘,在没有办法的情况下,情种钟吉祥竟然上山为牟梨守墓,这又在当地被盛传了一阵子,真是应了那句古语:盗亦有道。"姚革新手持长杆烟袋,云山雾罩地说着。

"真是'洞中方一日,世上已千年',我是桃花源中人,是啥也不知道呀,牟梨做事就是过激不给自己留后路,才落得年纪轻轻自杀身亡的下场。钟吉祥这个小混混,整天跟在牟梨屁股后面,狐假虎威,牟梨落到今天这个下场,和钟吉祥等人的怂恿使坏不无关系。"魏公稽对牟梨和钟吉祥曾经的疯狂耿耿于怀。

姚革新说:"真是应了那句古话,恶有恶报,善有善报。钟吉祥虽然躲过了'文革'的清算,但他没有躲过'严打'的清算,他在'文革'中造的恶,终究在'严打'中自食恶果。他被判了有期徒刑10年。"

姚革新说话间,传来"啪啪"的击掌声,魏公稽听说钟吉祥被判刑了,不禁拍手称快,他说:"举头三尺有神明,苍天饶过谁?牟梨和钟吉祥不灭,天理不容啊。"他顿了顿,又说道:"姚书记,你这次来真是带来天大的喜讯呐。"

"真是恶有恶报,善有善报,特别是崔产愫还活着,而且她找到了庞跃京,真是太离奇了,就跟电影里的故事情节一样奇巧而又自然。"赫连薇薇说,"有机会真想看看愫愫姐,见她一面,好想她啊!"

"都是我害了她呀!我有罪啊,这些年这个罪一直困扰着我,今天得知了她还活着,真的要感谢上天眷顾,善良的人,上天不负。崔巍是个有福的孩子,他从今往后有了两个妈妈——薇薇妈妈和愫愫妈妈。"魏公稽动情地说。

"是的,好高兴啊,有机会崔巍可以和他的生母相认了。"袁莹莹点了点头,一脸的笑。

赫连薇薇的脸上显露出常人不易觉察的尴尬。

他们聊得太晚了,赫连薇薇安排袁莹莹跟自己到楼下睡,姚革新跟魏公稽到楼上睡,其余人员在谢钟的带领下,都随魏二公去大队部和村民家中安排住宿。

睡前,姚革新坐在床头手持长杆烟袋吧嗒吧嗒吸长烟,这已是他几十年来睡前的老习惯了,不抽饱一袋烟那是困不着觉的。

他抽他的烟，魏公稽还有诸多的疑问要向姚革新询问，魏公稽问道："姚书记，崔产愫还好吧，没想到她被抬到山上埋了的人，竟然能奇迹般活下来。"

姚革新边吸烟边说："真的特别感谢老天爷下了那场及时雨啊，要不然，她就是不死也没法从棺椁中爬出来，愫愫的命真大呀！老天爷还是眷顾善良可怜之人的。是狂风暴雨冲垮了山体，棺材滚落下来后，被掀翻了棺盖，可能正好又遇上愫愫苏醒过来。这种情况大概率是活不成的，但还是出现了奇迹，愫愫善良、开朗，不懂政治，是个爱情理想主义者，连老天爷都被她感动了。"

"是啊，愫愫为了我可以说是家破人亡，她自己也是死里逃生，我没有照顾好她，我有罪，罪该万死。有庞跃京呵护她，我就放心了。"魏公稽仍然沉浸在悲伤中。

"这个你放心，愫愫和庞跃京都是经历过大起大落的人，人世间的酸甜苦辣遍尝过，他们一定会更加珍惜今天的幸福生活。你也要从过去中走出来，不能背负太多的思想压力。"

"姚大哥，你今天来真的是雪中送炭啦，我不瞒你说，我很多次萌生了要去火场看看，可是说来也巧，除了当时的政治形势严峻外，总会遇到这样或那样的情况，就是让你成不了行。赫连薇薇回来说的情况，是她当年自己亲眼所见的事情。她说愫愫死了，我就晕死过几次，想一想就让人痛心，都是我害了愫愫呀，她一个单纯的农村妇女招谁惹谁了？不都是因为我才招致灭顶之灾吗？这么多年来，我的心没有一天安宁过。我不但害了她，也连累了自己。关键时刻，我被牟梨赶走了，留下她一个女人要面对这么强大的邪恶势力。我知道牟梨他们不会放过她的，但我做梦也没有想到，他们竟然要夺她性命。"魏公稽强忍着的泪水又一次夺眶而出，坐在那里竟然抽泣起来。

"公稽，你不要这样，在当时那种情况下，谁有力量战胜政治的力量，我们都太渺小了，渺小得像空气中的一粒灰，只要有风一吹就会被刮得七零八落。现在好了，一切都过去了。"姚革新一直在开导魏公稽。

"姚大哥，我这一生中能够结识你，真是公稽的福气。愫愫如果不是你和苏醒大姐的关照，真的不敢想象，后果不堪设想啊！你们都是这个世界上最好的人。谢谢你啊姚大哥！"

"谢什么呀，俗话说：同船过渡前五百年所修，都是缘分啊！"

"茫茫人海之中，能够遇见是靠缘分，能走到一起并且亲密友好是上天赐予的恩典，聚散都是缘，要好好珍惜。"魏公稽感慨万千。

说话间，姚革新聊到了杨雅琴，他说："杨雅琴是牟梨的母亲，是北京一所高校的教授，在'文革'期间，她也历尽艰辛，和老公一起自缢，结果她被救活，但从此精神失常了，流落到冷水江，意外落水被黄大风救活，黄大风治好了她的病，两个人平反后结婚了。杨雅琴和黄大长到火场看牟梨墓，便认了钟吉祥这个儿子。"

"真的是沧海桑田，往事不堪回首啊！真是无巧不成书呀，你说，这也太不可思议了吧……"魏公稽睁大眼睛，张开了嘴巴，激动地说，"当年是牟梨伙同'沅水风雷派'造黄大风的反，把他赶下了台，如今老天爷却安排黄大风救了牟梨的母亲杨雅琴，并让他们结为夫妻，真是太离奇了，真是太不可思议了，怎么这么巧呀？"

"冥冥之中，自有定数，也许这都是最好的安排。"姚革新深沉地说。

"公稿，你的案子，也可以向组织上反映一下，应该可以平反吧。"

"我和愫愫的事是真的，我们自由恋爱，是真心相爱，何罪之有？我承认了，我不找他们申辩，我和他们再多说一句，就是对当年我和愫愫爱情的亵渎。算了，随他去吧。不想因此又打扰愫愫平静的生活。"魏公稿语气坚定，"如果我提出平反，愫愫势必又会被调查来调查去，再也不想她因为我而受到骚扰、伤害。我就这样慢慢老去。"

"唉，也是，或许……唉。"

第七十八章
薇薇聊叙陈年往事　莹莹感慨人生多艰

赫连薇薇和袁莹莹这边也是彻夜长谈，赫连薇薇秀发披肩，穿着黑色低胸女式西服，内穿白色圆领衬衣，美貌与气质并存。她和袁莹莹相遇有说不完的话题，两人一同坐在床头说白话。

"莹莹姐，你还是那么漂亮，这么多年过去了，你就没有遇到过一个心仪的男人吗？总是这么单着也太让人心疼了，如果有比较合适的男人就把自己嫁了吧。为了黄大长的几个孩子，你放弃了县城的工作，只身回到你曾经被赶走的家里。在李兰香死后，你不计前嫌，承担起抚育黄大长几个孩子的重任，这可不是一般的女子能做到的，这要多大的勇气和爱才能下这么大的决心啊！走出这一步就意味把自己的一生交给农村、交给了这些无父无母的孤儿，交给了孤寂的长夜。莹莹姐，我想问你一句，你心中从来就不后悔吗？从来就不为当初自己的决定而感到后悔吗？放弃自己的幸福，去抚育一群和自己没有血缘关系的孩子，这要多大的爱啊！你要承受多大的社会压力呀！"赫连薇薇哀声长叹。

"对于当初的决定，如果说一点也没有想法，那也不是真话，尤其是，全家在那个缺吃少药的年代，每当我为几个孩子的生计发愁时，每当孩子生病了无钱看病时，每当看到别人夫妻出双入对时，每当别人家逢年过节欢聚一堂热热闹闹时……我心中的苦只有自己知道，多少次也犹豫过，内心挣扎过，但我想起我对大长哥的承诺，就有坚持下去的力量。有不少人说我傻，说我脑子进水了，被驴踢伤了，被房门夹坏了，被黄大长灌了迷魂汤了。但是，我要说，这世间人大多不知情为何物，他们所标榜的人生价值根本经不起风吹浪打，经不起时间的考验，过多地建立在物质和占有的欲望上而不能自知。"袁莹莹很释然地说着，"《红楼梦》第一回中说：满纸荒唐言，一把辛酸泪，都言作者痴，谁解其中味。每个人有每个人的人生观和价值观，其实没有可比性。"

袁莹莹云淡风轻，赫连薇薇感到袁莹莹是自己的人生导师，她说："莹莹姐，你真是一个奇女子啊！你超凡脱俗，大爱无疆，大格局、大境界，你太伟大了。"

"薇薇，我们之间不要这么吹捧，这是我自己愿意做的事情，谈不上什么伟大，中国五千年文明，真正谈得上英明伟大的人只有毛主席，其他不管是什么人离伟人十万八千

里。"袁莹莹对毛主席的崇敬之情溢于言表,"当年大长哥死了,有兰香姐照顾小孩子,后来她也走了,大长哥的几个孩子一下子就成了孤儿,我总不能眼看这些孩子流落街头无人问津吧,大长哥的几个孩子得到了他的遗传,个个聪明绝顶。如果没人看管就一定会由龙变成虫,好在我的付出没有白费,大长哥的几个孩子都争气,五个孩子除了黄诚勇是保送的工农兵大学生外,其余几个孩子都是凭自己的刻苦努力考上了大学,五个孩子都是大学生,在这我们全县可不好找。因此,我将来有一天去了那边见到大长哥,也好向他交差了,才对得起他呀。"

"莹莹姐,只是太辛苦你了。我觉得你是平凡中见伟大,而且是外在美和心灵美完全一致的完美的人,你的这些想法或者说是世界观非常人可以比肩。黄大长真是好福气啊!如果没有你几十年的无私奉献,含辛茹苦,哪里有他几个孩子的今天呐。你真是一名集美丽、善良、无私、非凡于一身的奇女子。"

"我只是做了一些自己力所能及的小事情,被你说得太玄乎了,我可不敢当,我这一生就这么过了,无怨无悔,因为我所做的一切都是我自己心甘情愿做的。人生就这么一回事,为自己爱的人与事而奉献力量,无怨无悔。"袁莹莹说到激动处,有些亢奋。她转过话题说,"别光知道说我了,说说你吧薇薇,我想冒昧地问你一个问题。"

"莹莹姐,你说话总是那么谦和,你和我还客气啥呀?今天你有什么问什么,只要是我知道的,言无不尽,说吧。"

"你和魏公稽这么多年怎么不生一个自己的孩子呢?何况现在崔巍成年了。"

"莹莹姐,你有所不知,你说的这个事我都快愁死了,是我有问题。"

"什么问题?"

"我的卵泡成活率极低,没法受精,我看了不少医生,吃了不少药,一点效果也没有。"

"魏公稽身体条件还好吧,他是怎么看待这个问题的?"

"公稽被赶下台,遣返回老家后,身心都受到了极大的摧残,身体一直极度虚弱,调理了好多年都不见好转,全身有各种疾病,现在有严重的低血糖,讲话久了、熬夜、劳累都能使他虚脱,身上直冒冷汗。我俩已经商量好了,这一辈子就把崔巍抚养好,不再要孩子。"赫连薇薇停了停又说,"崔巍这孩子太懂事了,在家时左边一个爸,右边一个妈,叫个不停,学习成绩特别好,不要人操心,他现在是我和公稽的精神寄托。"

袁莹莹不无感叹地说:"人生不如意事十之八九,可与人言不过二三,感谢薇薇信任我,给我说了这些肺腑之言。越是难熬的时候,越要一个人撑下去。"

"人生在世,总有些委屈要自己消化,总有些难关要独自熬过。越是难熬的时候,越是要自我支撑,熬过低谷,就是一马平川。我和你、愫愫姐三个女人都是经历过苦难的人,'熬'字中包含有多少心酸,但能熬就有希望,拨开云雾见天日,守得云开见月明。"赫连薇薇历尽沧桑后,对生活、对人生更加笃定。"莹莹姐,你说,崔产愫得知我和魏公稽的境况后,她会不会向我们要回崔巍呀?!"

"这个……也许……可能……不会吧。"袁莹莹也没有想好如何回答赫连薇薇提出的问题,支支吾吾地让赫连薇薇的心里更加担忧。

"崔巍现在已经习惯了这里的生活环境,他至今还不知道自己的亲生母亲是崔产愫。

第七十八章
薇薇聊叙陈年往事　莹莹感慨人生多艰

我视他为己出，我们母子情深，这个孩子啊又恋母，我在想，如果让他知道了自己的亲生母亲不是我，他怎么能接受得了这个事实，万一他不能接受这个现实，他会做出什么样的事情来，这可是个问题呢。可是，话又说回来，如果就这样一直不让他知道真相，那也太残忍了，显得我不讲理、不近人情，这可真是个两难的事情啊。"赫连薇薇感到左右为难。

"薇薇，魏公穑是什么态度，你俩讨论过这个话题吗？"

"公穑说我想多了，崔巍还小，暂时不要让崔巍知道实情，等他长大了，有了自己的判断，他自己会知道怎么处理的。"赫连薇薇顿了顿又说，"魏老庄村里也没有人知道真相，当初有些人只是有点小怀疑，现在日子长了，也就没人说三道四了。由于我两人一口咬定崔巍是我亲生，慢慢也就没人议论了。加之魏公穑眼睛失明，身体不好，我们后来也就没有再生了，这也说得过去。我把崔巍一把屎一把尿拉扯大，村中人是有眼看着的。至于有人说崔巍为什么不姓魏，魏公穑的解释是崔巍命克父母，就拜了远方一个算命先生，随他姓崔，在这农村特别有人相信这个。于是，所有的疑问似乎已经被消除掉，但这事在我的心里总是不踏实，尤其是现在得知崔产愫还活着，如果不给崔巍挑明这事，真不是我的为人，我相信魏公穑的心里也会不平静，至于如何面对这件事，真让人犯难，很难抉择。"

袁莹莹心里知道，赫连薇薇一方面是向她征求意见，表明心志；另一方面也是在试探她的态度，于是，袁莹莹说道："薇薇，我的意见和魏公穑一致，暂时不要打破这种平静，过段时间再说吧，也许时间是最好的良药。演出结束后，姚书记回去一定会向庞跃京书记汇报这件事的。不过薇薇，我要友好地提醒你，假若，我是说假若，崔产愫若要把崔巍接回去，带到她身边培养，毕竟她是他的亲生骨肉，自从生下他看了一眼后，就再也没有见到自己的儿子，这是一个母亲永远的牵挂和心痛，你也要有心理准备，因为这本身就有其合理性。"

袁莹莹不偏不倚分析着。尽管赫连薇薇早已想到了这一点，一旦被人点破，心中顿时十分难受，当着莹莹的面，泪水夺眶而出，她深深地叹了一口气，说："莹莹姐，我想拜托你一件事。"

"什么事你请说，不要客气。"

"莹莹姐，你分析得很到位。我想，你回去后，请你专门去一趟县城，把我这边的情况告诉崔产愫，如果她愿意随时可以来魏老庄把崔巍接回去。如果她现在不方便带崔巍也可以等孩子再长大一点带回去也不迟，因为到那时孩子的心智更加成熟了，他就可以自己面对一些事情了。他现在只是一个初中生，他从小在这里长大，不知道有个亲生母亲叫崔产愫，如果改变得太急太快怕伤害到孩子，影响他的成长。"

"好的，薇薇，我答应你，我回去后就和姚书记一起去找崔产愫讲这件事，你放心。薇薇，我其实十分理解你对崔巍的感情，他当年如果没有你，能不能活下来都是个很大的问题，你一把屎一把尿把他拉扯大真的太不容易。尤其是，当年你自己还是一个黄花大闺女，却从外边带着一个婴儿回家，这要多大的勇气啊，要面对一系列最现实的问题。可是，你为了救下这个孩子，接受了崔产愫'临终'前的托付，毅然决然地接受了愫愫的托孤之请，这说明什么？说明崔产愫对你的信任，虽说你和魏公穑都属于桃花江人，但是，你没有责任和义务去承担起这件非同寻常的事情，因为你当时也不知道魏公穑的情况。在当时的历史条件下，你担负起带走小崔巍去找魏公穑的重任，万一魏公穑本人有变故或出现意外，或不愿接纳这个孩子，那你就面临两难的境地了。"

"是啊，我当时是犹豫了一下，但是，在那种情况下，崔产愫快不行了，她临终前托孤之言实在是太悲哀了，总不能没有人管这个婴儿吧，这可是一个鲜活的生命呀。莹莹姐，当时出于同情，没想那么多，当我逃出火场地界时，猛然想到这些，我全身都在颤抖，真是让我进也不是，退也不能，真让我为难死了。但我心里只有一个念头，不能辜负一个离世之人的遗愿。"薇薇说到这里心里仍然心有余悸，"魏公穑讲感情，像个男人，他不但接受了崔巍，而且对我感恩戴德，他当时就很聪明地处理好了这件事，他提出请我和他配合好演好假夫妻，不然我和他在当时条件下，说不好会带来杀身之祸。后来的生活中，真是险象环生，我们在周围人还没有引起特别注意的时候，利用他堂侄的关系在大队补办了结婚证，因此，我们的结婚证比实际结婚时期整整往前推了三年，我们及时给崔巍上了户口，也算是巧妙地瞒过了所有人。"

赫连薇薇停了停，说："当时傻子都能确认崔产愫是个死人了，这个地球上永远抹去了这个人的名字，可是，崔产愫竟然奇迹般的还阳过来，谁知道呢。我当时也是确认她死了，才抱着小崔巍冒着极大的风险，历尽艰难才把他带到魏老庄。在他家，初见自己的儿子，魏公穑是喜极而泣。当得知崔产愫因分娩过程中遭到坏人人为的干扰，使她的生产过程变成了人间炼狱并付出了生命的代价时，公穑两腿一软，跪地大哭不止。看到他那个样子不要说是女人，就是铮铮铁骨的男人也会为之动容，本来我准备离开魏老庄的，可是动了恻隐之心，竟然主动说照顾小崔巍满月再走，可就是这么一个月，我自己却和小崔巍建立了深厚的母子情，加之魏公穑当时已经有了比较严重的抑郁症，加上虚弱的身躯，我有时甚至怀疑，若把小崔巍给他一个大男人照料，保不齐会出现什么意外。崔产愫为了生崔巍丢了性命，以命而生是多么伟大的母爱，如果小崔巍出现了不测，那么崔产愫就等于白死了。她和魏公穑唯一留在这个世上的血脉就此断了，那是多么的不幸、不公、不值得啊！我这么一想，就更加离不开小崔巍了。后来，魏公穑也主动和我谈了一次，他迫切希望我能留下来帮助照顾孩子。一天晚上，崔巍睡熟了，魏公穑对我说道：薇薇，你是崔巍的救命恩人呐，可以说，如果没有你，崔巍还不知道会怎样呢，至少没有人会把他送到我这里来；如果没有你的细心照料，小崔巍即便是来了我家，他也很难活下来，你既是他的救命恩人，也相当于做了他的母亲，母恩似海啊！"

魏公穑虽然当过县委副书记兼公社书记，但他骨子里还是一个单纯的书生。他的话让薇薇的脸红彤彤的，她以少女独有的羞涩，咬着自己的嘴唇默而不语。她心想，魏公穑竟然把我一个黄花大闺女比成了孩子的母亲，亏他想得出来。

屋内显得寂静。过了一会儿，赫连薇薇娇羞地说："你说什么呀？都羞死人了，什么孩子的母亲，我就是一姑娘，你呆头呆脑地胡说些什么呀？"

魏公穑见自己的言语有些失态，连忙赔不是。又惹得赫连薇薇扑哧一笑。见她发笑，魏公穑说："薇薇，你已经帮我这么久了，再让你一个大姑娘家的履行一个母亲的职责，真是太为难你了。我也没有这个权力让你继续留下照顾崔巍了，你给我帮助照顾了这么久，我已经感激不尽了，耽误太久了，我心中已经十分过意不去。你明天就回去吧，我也没有什么回报你的，我家中唯一值钱一点的东西，是我手上这块手表，它跟随我很多年

第七十八章
薇薇聊叙陈年往事　莹莹感慨人生多艰

了，从来不误时不误事。"

说完魏公稼就从手上摘下手表，也不问赫连薇薇喜不喜欢他戴过的那块男士表，就一个劲地抓住她的手，往她手上戴。赫连薇薇是又好笑又不大好意思笑，也就愣愣地拒绝，硬是不要他那块手表，她口里拒绝说道："我不要，我不要。"

"你不要，也得要。"

从那以后，她再也没有提出过离开魏老庄。直到过了一年后，她才问他当初是什么意思？

他的意思其实很简单，就是想送给她一块跟随他多年的心爱的手表，在赫连薇薇离开之前作为礼物赠送给她，在得知她不要的情况下，他的意思是手表她必须得收下，就这么简单。

小崔巍两岁生日那天晚上，半夜里孩子突然发了高烧，全身滚烫，魏老庄离公社卫生院路远，天上还下着雨，赫连薇薇说："必须马上带崔巍去公社卫生院就诊。"

公稼说："这里离卫生院太远了，山高路险，晚上走路不安全，还是等天亮了再去吧。"

没办法，他俩就给小孩用湿毛巾冷敷，过了一会儿，崔巍全身又冷得发抖，魏公稼找到几个中药根，和着水在砂碗里磨，用生姜煮水冲药，用小勺给崔巍喂药，崔巍毕竟年龄太小了，和所有小孩子一样，怕打针、怕吃药，一阵哭闹后仍然不肯喝药。

魏公稼耐心地哄孩子，孩子就是不配合，他急得没有办法，用哀求的语气，说："好孩子，宝宝儿，你要听话，把这点药水喝下去，你身体就不会发冷了，好不好？"

崔巍哭着闹着就是不肯喝，魏公稼一边端着药碗，拿着汤勺子喂药，一边用手抹眼泪。崔巍紧抿着嘴不肯开口喝，把头埋在赫连薇薇的怀里，魏公稼明显是没辙了。

这时，赫连薇薇哄了哄崔巍，她说："崔巍，你要听爸爸的话，这药一点也不苦，不信我先喝一口你看看。"她拿过药从碗里舀了一小勺药放在唇边一抿，说道："不苦，好香啊！"

这时小崔巍才从她的怀里抬起头，对她说："妈妈，我要你喂，你喂的药不苦。"

这是赫连薇薇人生中，第一次有人叫她"妈妈"，她心中为之一热一颤，她被震撼了，也不知从哪里来的那股勇气，她竟然说："崔巍真乖，妈妈给你喂，不苦。"小崔巍很顺从地喝完药后，崔巍紧紧地抱着她说："冷，妈妈抱抱。"

听了小崔巍的话，她的眼泪再也忍不住往下流。见她哭了，崔巍用小手给她拭擦泪水，他说："我乖，不哭了，妈妈不哭。"

赫连薇薇再也没法控制自己的感情，紧紧地抱住他，喃喃地说："妈妈不哭，妈妈是感动了。"她躺在床上，把小崔巍抱在她的胸上取暖，一会儿小崔巍发出均匀的呼吸声。她可能是太困了，迷迷糊糊也睡着了，不知什么时候魏公稼钻进她和小崔巍的被窝里了，等她醒来时，小崔巍正趴在魏公稼的身上睡得好好的。魏公稼的眼睛瞪得大大地正瞪着她的脸，她下意识地摸了一下身上的衣服裤子，还好，衣裤都完整无缺，提到嗓子眼的心才放了下来。她明白魏公稼是怕小崔巍累坏了她，才把崔巍轻轻抱放在他的胸上取暖。魏公稼见赫连薇薇睁开了眼睛，马上把眼睛移开看天花板，说："你醒了，你真美！你瘦了，都是崔巍给累的。你还眯一会儿吧，天亮还早呢。"

她足足停了约两分钟，一时不知说什么好，略一思忖，她说："你一个大男人，不会带小孩子，不用你抱，还是我抱他吧。"

赫连薇薇知道魏公稷对她是没有恶意的，但孤男寡女独处一室，而且是共睡一床，毕竟是不好的，虽然两人楚界汉河分明，可是，她当时还是心中无比慌乱。魏公稷似乎没有听懂她的话似的，或者是听懂了，但就是不离开。他却做了一个让人啼笑皆非的事，只见他把小崔巍从胸上抱下来，放在她和他之间。魏公稷的意思是用崔巍隔在两人之间就可以了。

赫连薇薇对袁莹莹说："我当时真的很气，你看看，你说这个人怎么就那么迂呢，我真是哭笑不得。"

袁莹莹忍不住地笑着说："你当时是不是觉得这个人有点儿迂得小可爱啊！"

赫连薇薇笑而不答，继续说她们女人之间的私密话。她说道："这样好啦，崔巍睡在了我和他之间，我俩得取向左向右侧卧位，这样两双大眼睛更是你对我认，我对你看，你说尴尬不尴尬。"袁莹莹忍俊不禁，咯咯地笑出声来。

袁莹莹开赫连薇薇的玩笑说："后来呢，后来咋了，两个人都没发生点什么吗？"

赫连薇薇说道："能发生啥呀，小孩子正病着呢。没办法，我就把眼睛闭着，让他看个够，他视力不好，就使劲瞪着一双大眼睛往我脸上扫描。过了许久，我以为他看累了，应眯着了。我偷偷地睁开眼睛往对面看了一眼，不看还好，一看吓我一跳。那货，正用一双色眯眯的眼睛瞪着我，眼睛一眨不眨地盯着我呀。"

薇薇愤愤地说："我问他：'天还蒙蒙亮，我脸上有屎吗？傻傻地盯着我干啥？你没瞌睡啊！''我不困，你睡着更好看。'他傻傻地说。"

袁莹莹插话说："你长得如花似玉，他被你的美貌深深地迷住了，看着你漂亮的脸蛋，他的心里就溅起了波澜，他不舍得转过身去，他怕今后再也没有这么近距离观察你的机会了。"

"魏公稷就是这么说的，他把人家都夸得不好意思了。公稷就是一个呆头呆脑的书生，执拗而又真诚。"

"他就没向你进一步表达点什么呀？"

"他表是表达了。"

"咋啦，说说看。"

"他说，薇薇你真漂亮，我这只瞎眼睛，在昏暗的光线下，似乎都能看到你耀眼的光芒。"

"你看他说的，让你不好生气，心中还蛮有一点点窃喜。"

"我回答说，那是你老眼昏花造成的，该看的你不看，不该看的你紧看。你快给我背过脸去，不准乱看我。"

他又坏笑着说："什么该看，什么不该看？怎么看才算好好看？你教教我。我没有乱看，我在好好地仔细欣赏你的美丽。"

"说来也是神奇得很，崔巍身体就这样被我和他捂好了，后来连续三天，我俩如法炮制，崔巍在没有上卫生院的情况下，竟然奇迹般地好了。"赫连薇薇说到崔巍心生欢喜。

"这都是老天爷冥冥中的安排，如果没有这次特殊的同床共枕，说不定你就离开了魏公稿，也就没有现在这么一个幸福的家庭了！"

"是啊，不知是不是真的有一双上帝之手，在把控人的命运。第三天的晚上，这个四眼客，终于不再绕圈子了，我们仨躺在床上时，他向我明白无误地表达了爱情，他向我求婚了。"

"你一定答应了，是吧。"

"既然老天爷从中撮合，我也就遂了老天爷的心意，是的，我答应了他的求婚。"赫连薇薇沉浸在幸福之中。

"薇薇，你们的爱情故事像小说里描述的那样，传奇、唯美、扣人心弦，真的很让人感动！祝福你们天长地久，幸福美满。"

"谢谢你！莹莹，真心希望你早日遇到你心中的白马王子。"

第七十九章
沦落人现身桃花江　　四故人无眠话疑窦

袁莹莹不语，用手摆了摆，房间里出现短暂的寂静，两个人都陷入了沉思之中。

忽然，袁莹莹说："薇薇，我在台上唱戏的时候，见到台下一个男人，那个男人的神态面貌太像大长哥了。"

"真的假的？黄大长怎么会来魏老庄呢，他不是在娄底小三线建设中遇难了吗？怎么可能呢？莹莹，你是不是想黄大长想得太痴迷了，出现了幻觉啊。"赫连薇薇质疑。

"那个人还张口叫了一声，口型应该是叫我的名字，但立刻被一个年轻女人用手捂住了他的嘴巴，并把他拉走了，很快消失在人群中，我唱完戏没有卸妆，就走进人群中寻找、打听，都说不认识那个脸上有块疤痕的人。当时大家都在看戏，也许没有人注意他。"

"莹莹，听你这么一说，我觉得你是直觉不是幻觉。那么问题来了，你都看到了那个人，他似乎认识你，而且开口叫了一声你的名字，只是立即被一个年轻女人捂住了嘴巴，那么，那个女人又会是谁呢？她干吗要捂住那个男人的嘴巴，并且，很快提前离开戏场，为什么？难道那个女的认识你吗？或者她在某个地方见过你，或许她还知道这个男人和你的故事，不，不，莹莹，这一连串的举动太不寻常了，我俩把这件事从头到尾重新捋捋。"赫连薇薇像一个大侦探，一下子从床上下到床下，手舞足蹈，在比画当时的场景。

突然间，袁莹莹大叫了一声："大长哥，你还活着，你没有死，你只是负伤了破了相，你似乎有点神志不清，但你当时又好像记起了什么，你出现了短暂的清醒，你认出我了，你还叫了莹莹。"

赫连薇薇用手在莹莹眼前左右晃了晃，见莹莹的眼神在随着她的手在左右转动，她确认莹莹没有出现迷思，应该属于正常思维。赫连薇薇说："莹莹，走，我俩找魏公稿和姚书记去，告诉他们这件离奇古怪的事，听听他们的想法。"

499

两人上楼敲门，魏公稿和姚革新刚刚躺下休息，听到赫连薇薇在叫门，便打开门，让她俩进门说话。

两人找了椅子坐下后，袁莹莹把看到黄大长这件事又重新给他俩讲了一遍，他俩也感到一惊，但又觉得不太可能。

姚革新说："大长兄弟都死了好多年了，怎么又会活回来呢，而且会出现在这个地方，他出事时，在娄底搞小三线建设，葬身冷水江了，当时娄底小三线指挥部还为此发了讣告，他怎么可能来到桃花江魏老庄呢，这也太离谱了吧。"

姚革新通过分析完全否定黄大长存活这种可能性。

魏公稿说："当时黄大长还涉嫌一桩经济犯罪案子，因此，他死后指挥部没有为他举行追悼会，大长的家属也因此没有领到抚恤金和应得的安葬费。这是我任火场公社书记时的事。"

突然间，袁莹莹又大叫一声："姚大哥，大长哥他还活着，你要相信我的直觉。而且，我记得，我以前在什么地方见到过那个漂亮女人，噢对了，天啦！那时还是'文革'刚开始之时，有一年，我们辰河戏剧团到娄底演出，在那次演出时，有个女子当时到我们剧团找过大长哥，她还和我撞见过，她后来不知什么原因就放弃进一步找大长哥了，其实那次大长哥并没有来娄底演出，而是中途抽身上了长沙，找李以民军长去了，后来在李军长的督办下，庞书记的问题得到纠正，平反了，在这当时，是很少有的，老干部绝大多数是在'文革'后平反的。"

魏公稿听到这里，若有所思地说："原来如此啊，真是太玄妙了。"

袁莹莹这么一说，姚革新也是茅塞顿开，他似有所悟地说："那次演出有人说，'刚才有个漂亮女子在找黄大长'，我以为是演员们又在开什么玩笑话，也就没有介意。后来又听人说起过，说有个女子要找的人是王大长而不是黄大长，我也就作罢了。演戏时，大家把注意力都用在了演戏上面，没有过多地想这些小插曲。"

袁莹莹说："那个女子离开时，回过头来，对我说：'你真漂亮。'没等我回话，那个女子转身就不见她人影了。我感觉这次这个女子离开时的背影和当年那个女子离开时的背影是同一个人，气质高雅，我现在几乎可以肯定了，至少那个女子前后是同一个人。"

这时，魏公稿说："难道黄大长跟这个美女跑了？他真的没有死？他活得好好的，他在这里或者说是在附近某个地方，和这个美女结婚生子了？黄大长变成了现代版陈世美？难道他从娄底一线天掉到冷水江被人救起从此隐姓埋名了？我们还可以更加大胆地推测一下，黄大长当年就是被这个奇丽的女子救起来的，黄大长救活后为了感恩就委身于她，同这个女子结婚了。"

"还是要找到黄大长本人才能了解事实真相，这时下结论为时尚早。"魏公稿讲了一句很客观的话，"要不要向公安机关报案，把黄大长现在的体貌特征和经过详细地向公安机关反映一下，这个疑团应该好解开。"魏公稿出了一个主意。

"不行，不能报案，报什么案啊？"袁莹莹急切地说，生怕报了案黄大长就会被伤害一样。

赫连薇薇说："莹莹，或许只有报案才能很快了解到黄大长的情况，不然，人海茫茫到哪里去找黄大长呀？"

第七十九章 沦落人现身桃花江 四故人无眠话疑窦

袁莹莹神色慌乱，她不无担心地说："大长哥是从一线天爆破工地摔下黑木崖山谷的，很可能是跌落到冷水江里了，不然娄底三线建设指挥部派出那么多人也没找到他，或许在他落入冷水江中时，被好心人救起了，又因为什么原因来到益阳桃花江，凑巧赶上我们剧团来唱大戏，被他意外撞见了我，但此时他是不自由的，他被人控制了，这个人就是那个神秘女子。她就是一只无形的黑手，因为好多年前她就在打听大长哥的讯息，至于她如何认得大长哥，也只有天知道。或许她的背后有个什么特务组织之类的东西，如果报了案，公安机关一出动，就会打草惊蛇，搞不好大长哥就有生命危险。"

姚革新说："我完全赞成莹莹的分析、判断，暂时不要打草惊蛇的好，我们想细一点，再做决定。根据莹莹描述的情况，大长应该是没有大危险的，大长无权无势无钱，一般没有对别人构成威胁，别人也不会要他的命。现场漂亮女子的举动，依我看，她和大长应该属于那种比较亲密的关系，也就是说，大长不但没有危险而且受人保护。我们要搞清楚这当中的因果关系，就要设法找到大长本人。又因为不想兴师动众，打草惊蛇，让人把大长控制了自由就更难找到他人了。故此，请魏书记和薇薇多费心，根据莹莹提供的体貌体征，进行暗访排查。我们明天已经定好了要去下一站演出，这也是大事，误不得事，因此，明天我们剧团一帮人马就走了，接下来就请你两个人辛苦一下，在附近找找，今后再说，此事必须从长计议，不着急。"

姚革新做事雷厉风行，擅于规划，注重落实。赫连薇薇答应一定认真仔细打探黄大长的下落，一经发现线索就立即通知莹莹，到时打姚书记家里电话。

袁莹莹说："火场中学现在也装的有一台摇把式电话，有事到时可以打公社总机，把电话转到学校。"

赫连薇薇把魏老庄村书记魏二公的电话号码告诉了袁莹莹。

姚革新说："大家还是眯一会儿吧，不然天都快亮了。"

大家和袁莹莹一样，谁还有睡意啊！这时，赫连薇薇拉住姚革新的手，"扑通"一声跪下来，包括魏公稻在内几个人都被她的举动吓傻了，姚革新连忙扶她起来，说有什么话慢慢说，天塌不下来，袁莹莹也赶快扶她站起来。

姚革新说："薇薇，你这是干什么啊！你一定是遇到了什么为难事了吧，就直说吧，不要来不来就下跪，太生分了。"

赫连薇薇说："是的，姚书记、莹莹，我是有件为难的事，今天如果不当面说，今后也不知什么时候有机会说，这里离沅陵火场山高路远，交通极不方便……"

"哎呀，薇薇，你要急死人呀，有什么事直说吧，看把你为难的，姚书记又不是外人，快说。"魏公稻催促道。

"是这样的，姚书记，公稻当年和崔产愫谈恋爱，他们还没结婚。"赫连薇薇悠悠然地说话，似乎比魏公稻还要了解崔产愫的家庭情况。

"薇薇，我没听错吧，你是不是说让魏书记和崔产愫两个人重新开始啊！难不成你被他俩的感情感动到了，想让他俩重新在一起吗？"袁莹莹脸有愠色。

"莹莹，你想哪里去了，薇薇没这个意思。"魏公稻马上替薇薇解释。

"那你是什么意思么？崔产愫现在已经和庞跃京书记结婚了，生了一个'好'字（一儿一女为之好），你和魏书记也成婚了，有儿子崔巍，关系到两个家庭。婚姻不是儿戏，

501

怎么能随意搭配组合呢？"袁莹莹急切地发表了自己的意思。

"莹莹你真的曲解我的意思了，莹莹，我的意思正好与你的想法相反。简单地说，就是想崔产愫尊重现实，尊重现在平静的状态，不要试图打破现有关系的平静，维持和尊重已然现状，你明白我的意思吗？"赫连薇薇急切地说道。

"原来是这样啊，我懂的，我会和愫愫深度聊一次的，这个你放心。"袁莹莹说后，反问道："你都下跪了，要说的话不止这个吧，请一次性说完好不好？"她说完做了一个鬼脸。

这个话题，是被袁莹莹硬性引出来的，或者说，赫连薇薇下跪要说的主要事项并不是这个，这个关系到两个家庭的婚姻关系问题，其实任何人也是插不上话的，做不了主的，但由于袁莹莹紧追不舍地提问，就引出了这个题外话。

同样聪明伶俐的赫连薇薇，也就顺便迎合了袁莹莹的关切，得到了袁莹莹的答复是关键。因为袁莹莹和崔产愫的亲密关系非同一般，她在崔产愫那里讲话是有分量的。赫连薇薇得到袁莹莹的话，等于吃了定心丸，其实她心里清楚，即便是崔产愫想和魏公稿复合，那也是不现实的，事情过去这么多年了，崔产愫是个经历过鬼门关的人，会更加珍惜当下的幸福生活，一定会顾及庞跃京的感受，还有一双儿女的牵挂。现在的崔产愫，再也不会像过去那样冲动做事。

赫连薇薇轻描淡写地说："我主要想说的事情的确不是这个，这个事由你和姚书记出面应该不是个事。"

姚革新说："薇薇，快说吧，说出你天字号第一重要的大事吧，我一定尽全力帮助你，只要我有这个能力。"姚革新说完也笑了笑。

"好的，姚书记，火场人叫你农民政治家，我看那是他们尊重你，但我认为这种称呼还是有局限性的，你首先应该是一名社会活动家，之后才是政治家。"

"哈哈哈，薇薇也学会给人戴高帽子了，这可不是'文革'了，搞不得的。"姚革新爽朗一笑，"说吧，别绕弯子了，是什么事？"

"姚书记，对于你来说，也不是个事，但对公稿来说，他现在的身份就是比登天还要难的事。"薇薇说话时，几个人再也不插言，否则，薇薇也会解释性地绕弯说，大家专等她一口气说完。到这时，赫连薇薇真的把话终于说到那个节点上了。她说："姚书记，'文革'都被否定了，靠边站的那些大官小官平的平反，当的当官，公稿当年也没有什么大错，只是在错误的时间、错误的地点和一个不该谈恋爱的人错爱了，就被牟阎王从中使坏，他被开除了党籍和撤销了书记职务，你能不能给庞跃京书记讲一下，也给魏公稿平个反呀！"她这个问题提得有点儿大，一向爽快的姚革新也感到犯难了，一时语塞。

见姚革新没有立刻回答她的问题，赫连薇薇又喃喃地说道："我也知道，这件事太难了。"

因为这件事涉及复杂的三角关系：庞跃京—崔产愫—魏公稿，这万一魏公稿平反了，甚至官复原职了，崔产愫会不会在心里重新点燃与他的爱情火焰，毕竟她和魏公稿有过生死之情啊，他俩还有一个共同的儿子——崔巍。崔产愫的崔，魏公稿的魏上冠以山字，意思就是这个儿子是他俩比山高的爱情结晶，也预示着魏公稿在她的心目中永远是一座屹立不倒的高峰。

赫连薇薇的思维在感性和理性中交互转换，她的分析让几个老相识为之动容。魏公稿突兀地说了一句："薇薇你太有才了，你的构思可以叫作魔幻现实主义。"姚革新也连忙说："薇薇你想多了，你太不了解庞跃京，也没有真正了解崔产愫。"

"爱一个人就要学会珍惜，学会成全。"袁莹莹说。

姚革新接过袁莹莹的话说："赫连薇薇，你真的是想多了。我相信庞跃京书记和崔产愫会处理好这件事的。哦，对了，庞书记已经调到怀化地区任地委副书记。崔产愫也已经随他调到怀化工作，他俩人都很忙，可能没有什么空余时间来桃花江看你们。"他停了停又说道："关于魏公稿的平反问题，我一定会向庞书记报告的，感情上的事有莹莹帮你给崔产愫讲话，你和魏公稿都放心好了。魏书记之前是县委副书记兼火场公社党委书记，你自己赶写一个材料，写好后寄给沅陵县委落实政策领导小组办公室，由组织上对你的历史问题重新审查下结论吧。"

"好的，感谢姚书记，也感谢莹莹，让你们费心了。"赫连薇薇说。

魏公稿猛一抬头，说："天亮了。"

一轮朝阳在山顶露出了半个笑脸，辰河戏剧团要去下一站演出。魏二公、魏公稿夫妇和魏老庄的乡亲们像送别自己的亲人远行一样前来送行，老人、孩子也都来到公路边夹道欢送。随着魏二公手中的鞭炮炸响，村人叮嘱演职人员明年再来，魏二公大声说："姚书记，老庚，欢迎明年再来演戏啊！"

姚革新边挥手边大声说："明年再见，感谢了老庚！再见，乡亲们。"

几台车风驰电掣般向下一个演出目的地奔去。

第八十章
诚勇采采擢升官职　　世事难料浮生如梦

一个月后，辰河剧团春节巡演结束，终于回到火场，一进家门，姚革新一边弹去身上的灰尘，一边大声对苏醒说："好消息，特大好消息。"

"演了几天戏，回来说话舌头都卷了，讲不清楚话了，咋咋呼呼的。先别说你演戏那摊子事了，演戏的事，最好放在外边演戏的时候说。回家了就说点家务事好不好？"听苏醒的口吻似乎发生了什么不高兴的事。

姚革新拖了把小竹椅坐下，仰起头问道："我不说话，你说，有什么十万火急的家务事，烧了你那没有眉毛的眉眼。"

"咱们摊上事儿了，摊上大事儿了。"

"你他×的，咋咋呼呼的人是你，摊上什么大不了的事了？有话快说，有屁快放。"

"我有三件大事，你拣哪条先听？"

"你是三天没见老子骂娘，你就心里发慌是吧？随便你先说什么，快点说。这女人啦，

一天不打，上房揭瓦，你倒学会了绕弯子，斗大的字不识一箩筐，也冒充知识分子。"

"看你性子急的，你真是鸡屁股里掏蛋——急性子。"

"急性子别碰慢性子——你急他不急。"

姚革新为了让苏醒把家里什么大事快点说出来，他闭口不说话了，他一说话，苏醒又会往一边扯，他索性闭口不谈，只用眼睛瞪着她，用意是让她快点说出来。

几十年来，苏醒已经习惯了姚革新的急性子，他一急就骂娘，骂过后，自己也就忘了。二十几天不见自己男人，这不是第一次，从前，他经常去外地唱戏是寻常事，他骂归骂，毕竟是二十多天不见，他也当心离家的这些天真的发生了什么事情，其实姚革新心里也是挺着急的。

"你不要回来了算了，这么久不在家，一回来，就把家里当成开社员群众批斗会了，就只知道训人，你这个暴脾气，如果改了别个女的，我看一天也处不拢来。你们当干部的就知道在老百姓面前耍威风、摆官威，光做表面文章。"

姚革新拿起一个凳子使劲往地上敲，说道："你不说，就不用说了，你能有啥上劲事，除了婆婆妈妈，我看你真是欠揍。"

"你儿姚高德辞掉工作下海了。"

"你说什么？谁？谁辞掉工作下海了？高德辞职了？他脑壳是被驴踢了吗？"姚革新吼道。

"是的，你不在家的这些天，我和他好话说尽，他嫌我吵人，干脆躲了不见我，他反正不干了，说他自己和同学联系好了，和黄刚强一起去深圳当消防技术员，说是要捡回自己的专业，不然就把专业荒废了，大学等于白读了。"

"你把这个兔崽子给我找回来，我今天如果不打折他一条腿，我就是他姚高德的崽。"

"我不晓得给他说了多少好话，他就是听不进去。他还搬出了邓小平，说什么要让一部分人先富起来，他下海是为了响应党的号召。他要做全火场第一个吃螃蟹的人。"

"好了，别废话，快把这个吃螃蟹的角色给老子叫来，他就是蟹鱼篓里的螃蟹——进来容易出去难。"

"这回你莫是管不了他了，就在剧团出演后第五天，他只给我打了个招呼，就脚踩西瓜皮——滑到哪里是哪里，走人了。姚高德说政府机关人浮于事，一张报纸、一杯茶，混日子，现在允许有一技之长的干部下海，停薪留职，他说这么好的政策还不出去闯荡，更待何时？如果再不出去开阔眼界，这一辈子算是白活了。他说他那些大学同学，一个个摩拳擦掌，要闯出一条新路来。"

"他去哪里了？说具体点。"

"听他说，好像是去深川了，搞什么消防工程，他有个大学同学前两年上面一刮风就停薪留职了，自己承包消防公司的消防工程当起了小老板，都开上价值90万元人民币的宝马车了。"苏醒说，"姚高德放着铁饭碗政府主任不干，说是响应国家号召，下海干一番事业。"

姚革新说："什么深川？那叫深圳。唉，没文化真可怕。深圳是我国改革开放的窗口，他同学是脑壳里进水了，宝马车是世界名车，一个搞消防工程的人找个钱容易吗？买这么贵的车，真是个败家子，享乐主义，败家子风行。"

第八十章
诚勇采采擢升官职　世事难料浮生如梦

姚革新正说得起劲，袁莹莹来了，她站在门边不作声，等姚革新话刚说完，便说道："大哥说得对，我刚进屋，黄诚勇就告诉了我姚高德的消息，你说现在的孩子胆子也太大了吧，高德从小就野得很，现在国家已经不是'以阶级斗争为纲'的时代了。现在说政治，一来别人没兴趣；二来人家会笑话你，就像笑话你是非人类。也是人们对过去那种凡事都要提升到政治的高度，腻烦了。不是左就是右，我就觉得中庸之道蛮好的。现在，全国上下一门心思想发财，现在是市场经济时代。大哥，我们怕是真的落后于时代了。"

"是啊，黄诚勇现在是县长了，他不但不阻止姚高德辞职，还鼓励他下海。"苏醒说。

"诚勇当县长了？这么快？他太年轻了，年轻人需要历练，提拔太快了不是什么好事。那咱火场公社书记是谁干呢？"姚革新问道。

苏醒说："我说你这个农民政治家，骨子里就是个农民意识。你们去的这些天啊，发生很多事，有些事还与咱有关。这不，诚勇当了县长，就指名道姓提拔儿媳谢采采，她由副书记升为咱火场土家族乡党委书记。这也就是我要给你说的三件大事，可以说每件事都和咱们家有关系。"

姚革新咬着长杆烟袋默不作声，良久，问道："改革怎么样？乡长是谁干？"

"没姚改革什么事，乡长让武装部部长钟树军干了，一个农民也能管一个乡了，真是长出息了。欧阳糊平反后，因为年龄问题退居二线了，也就是靠边站了。也没有咱孙子姚奋进什么事，诚勇好像叫他负责全乡的计划生育工作。"苏醒说话没好声气，"欧阳糊没犯事之前就是副书记，这么多年了，平反后就哑火了。他是个南下干部，如果不是给林彪、'四人帮'耽误了，像他那个老资格，莫说是乡政府副书记，当个省委书记都够格。"

姚革新说："一天到晚，不晓得你怎么对当官的人有那么多意见。那好办，让你当这个副书记，你能拿得下吗？不要见人都看不顺眼，组织上安排的自有道理。如果不是林彪、江青两个反革命集团从中作梗，欧阳糊到如今绝对不是这么一个结局，组织的眼睛是雪亮的。"

"姚改革这回为什么不升职，现在倒好，男人不升却把女人给升了，先来的不升，后来的却跃升两级。"苏醒有些愤愤然。

"谢采采不是外人，她当这个乡党委书记你也有意见啊！"姚革新说道。

苏醒和袁莹莹在一边不说话，两人面带微笑。

"姚奋进还年轻，今后有的是机会，黄诚勇现在是县长了，采采又是乡党委书记，改革、奋进要提职还不是迟早的事呀。"袁莹莹说话间翻转着自己的手。

"当不当官，发不发财，关咱们老百姓什么事，当官也只吃三餐，晚上睡一张床，死了也就那么一个黑匣子，有什么了不起的。姚奋进如果不想混迹官场，也可以像姚高德一样下海经商，实现人生价值。"袁莹莹在一旁说道。

不知何时姚奋进已经进屋，在听他们几个大人的对话，他插话说："我早就不想在公社干了，烟籽籽官都不是的人，也喜欢摆个谱，打官腔。生产队队长坐车都有臭讲究。若他坐车，其他都是村民坐在车上，他就必须坐副驾驶室，体现他尊贵的地位和身份。殊不知，按照外交礼仪，副驾驶室是秘书和保镖坐的位置，也就是，此位置才是从属地位，到了我们这里，坐副驾驶室成了地位高的象征，真是无知可笑。"

"好了，不说这个了，顺其自然吧，奋进有奋进的命数，你也不要老是拿他跟别人比，

这人呐，根本就不能相比，人各有命，不能强求。"姚革新今天讲了一句温柔的话。

"我也给你说三件事。"姚革新把辰河戏剧团在桃花江魏老庄见到魏公稽和赫连薇薇的事和盘托出；把赫连薇薇托他和袁莹莹向庞跃京和崔产愫反映魏公稽平反和崔巍的养育问题讲了一下；还说了袁莹莹发现黄大长貌似活着的事。

关于最后一个问题，袁莹莹顺着姚革新的话题，讲到了在魏老庄村部见到了一个人，那个人酷似黄大长，袁莹莹把亲眼所见一五一十地说给苏醒听。

苏醒听后，在大腿上猛地拍了一巴掌，吼道："这也太巧了吧！男人就没有一个好东西，不是有一句骂男人的话，叫什么来着——把男人的手说成什么来着？"她故意卖了一个关子，没有言明出来。"男人这种动物，天生的不安分，见了母的就喜欢乱摸。好一个黄大长，还真是个陈世美，抛妻舍子，原来是隐居深山抱得美人归了，乐不思蜀了。如果他还活着，哪天如果找到他，我一定要问问他的良心是不是让狗吃了，李兰香因为他，硬是在贫病中死掉。他倒好，快活得很，我不打他两下子，难解心头之恨。"苏醒愤愤地说，"莹莹，你不要急，慢慢找，如果大长活着，他就没地方躲，明天你把这些事向黄诚勇说说，他现在是县太爷了，有的是办法。现在开放了，我不信一个大活人会找不着，我就不信。只要想找到他。"

"大姐，不要为我的事操心，我的直觉告诉我，那个人就是大长哥，我眼神好，大长哥就是烧成灰，我也是认得他的，请你们相信我，我不会认错人的。大姐说的话，理是这个理，人有时候连自己都靠不住，大长哥肯定是遇到了特殊的事了。我可以肯定，那个拉大长哥的年轻女子，必定是和大长哥关系亲密之人，我感觉到他们的关系不一般。"

"嗯，好。"苏醒点点头。

袁莹莹不愿再提黄大长的事，便转移了话题，她说："大哥，赫连薇薇委托的事怎么办呢，我都不知道怎么给崔产愫和庞跃京书记说，你说咋办？"

姚革新说："赫连薇薇心里也是硬，如果说她真的一点不知道崔产愫后来的情况，那也是说不过去的，因为赫连菁菁后来到火场公社当工宣队队长，也是火场炙手可热的人物，就因为她的出现，牟梨才慢慢失去光环。这个世界真的是有意思，真是一物降一物。赫连菁菁比牟梨霸蛮得多，而且，也是蛮有政治手腕的。凭着工宣队的资源，她成功地调查牟梨的历史问题，把牟梨的社会关系翻了个底朝天。那十年，只要你有点历史问题，或者说你的亲人有点历史瑕疵，就会处于被动的地位，被政治对手作为把柄攻击，往往能置对手于死地。牟梨就是在这个问题上吃了亏，加之后来'文革'被否定了，其实在'文革'被否定之前的小段时间里，赫连菁菁就利用手中权力挖牟梨亲属历史问题，对她不动声色地动了手，她一出手，牟梨就明显处于被动的地位，后来的事情大家都知道，牟梨和赫连菁菁过招简直是没有还手之力，像花儿一样一下子就蔫了，她失去了合法性，最后选择了自杀，可悲啊。好了，不说她了。"姚革新掐断了自己引出的话题。

苏醒说："赫连薇薇，我觉得她是有私心的，明知愫愫活过来了，也知道她的情况，她就是把魏公稽瞒得死死的，不把赫连菁菁知道的信息向魏公稽透露一个字，这个女人也是真够厉害的。真是应了那句老话：人不为己，天诛地灭。"

袁莹莹从旁为赫连薇薇说话，她说："在那种历史条件下，谁又敢乱说话呢，崔产愫和赫连薇薇之间是存在信任的，崔产愫既然把襁褓中的小崔巍托付给了赫连薇薇，就说明她是崔产愫最信赖的人，让赫连薇薇抚养小崔巍，愫愫姐她是放心的，这也是这么多年来，愫愫姐没有前去打探小崔巍情况的原因之一，她不打探就是一种保护。后来她和庞跃京书记结合了，就更不好提这件事，也许崔巍交给赫连薇薇抚养更合适，更有利于小崔巍的成长。之前愫愫姐的境况，不允许她亲自带小崔巍，后来她和庞书记结婚了，有了新家庭，在那种环境下，这事敏感，弄不好会惹起事端，愫愫和魏公稽的儿子交由魏公稽带，也未尝不可。现在改革开放了，如果愫愫姐要把崔巍接到身边抚养也是可以的，毕竟她现在安定下来了，家庭生活条件也要好许多，只是庞书记会怎么想，这也是个问题。"

姚革新说："这件事和魏公稽平反的事，我俩要专门找一下庞跃京书记，两个问题的症结都在庞跃京一个人的身上，只有他那里解开了心结，两件事，我看都会迎刃而解。"

苏醒这时又抛出一个话题，她说："李宗儒作为最后一批知青回城了，袁泽丽说她规劝过李宗儒叫他不要回城，看在大儿袁放心、小儿袁开放和女儿袁秀丽的份上不要返城，就在农村落户扎根算了。李宗儒最终还是以近五十的'高龄'最后一批落实了政策，回到了沅陵县城，当了一名氮肥厂职工。袁泽丽被李宗儒逼到了墙角，她接受了他的离婚要求。"

姚革新说："李宗儒那个人，忘恩负义，什么东西。当年落难的时候，是袁泽丽收留了他，只可惜袁泽丽一朵鲜花插在牛粪上，白养活他几十年，还为他生儿育女。"

"不要说这个人了，每个人都有自己的难处，随他吧。袁泽丽和我一样都是苦命人。"袁莹莹说，"人生是场修行，万般皆苦，唯有自渡。终有一天你会静下心来，像个局外人一样，回首自己的故事，然后笑着摇摇头，浮生不过梦一场。"

第八十一章
革新莹莹关怀备至　　跃京产愫长情重义

时令很快到了三月，一个周六的下午，姚革新和袁莹莹来到怀化地区行政公署找庞跃京和崔产愫夫妇。姚革新和袁莹莹首先设法找到了崔产愫，崔产愫安排他们在怀化大酒店见面。几个故交一别又是好久不见了，相互寒暄之后，袁莹莹言归正传，她说："愫愫姐，我们今天来是有一件十分要紧的事，必须当面给你说。姚大哥几次想给你和庞书记打电话告诉你们，但总感觉电话里说，还是不妥当，也怕说不清。我和姚大哥商量之后，还是觉得应该亲自来趟怀化给你讲清楚。因为这件事是一件不大不小的事，我和姚大哥之所以犹豫再三，是因为我俩也没有想好给你怎么说。"

崔产愫拍了一下袁莹莹的肩头，爽快地说："这还用问吗？还用得着犯难吗？别人不理解我，你们还不知道我是个什么人呀？直性子一个，我还是喜欢你们跟从前一样，和我说话随便，想说啥就说啥。"

姚革新对袁莹莹说："莹莹，你就把事情的来龙去脉给愫愫明说了吧。"

崔产愫忍不住哈哈大笑，她说："看把你俩为难的样子，天不会塌下来，说个话还弄得那么正式，好像是面对母子生离死别似的。"

"愫愫姐，还真被你说中了，大致和母子生死之别类似。"

"真的假的，莹莹，你可别吓我，是谁屋里发生了这么大的事？和我没有什么关联吧？"

"愫愫姐，还真的和你有关联。"

"和我有关联？有什么关联？哎呀，你们今天怎么啦，一句话能说清楚的事情，到了你们那里一定会整出个新鲜名堂来。你现在是中学校长，讲话更是一套一套的。"崔产愫听说事情与自己有关联，脸色有点小紧张，说话也开始急起来。

"莹莹，我是经历过生死大难的人，一个人死都不怕，还会怕什么？你还是直说了吧。"崔产愫故作镇定地说。

她深知袁莹莹和姚革新的为人，不是遇到极其犯难的事，他们说话不会拐弯抹角。她明显有些慌乱，不知发生了什么要紧事，聪明的她不再多问，她的内心似乎有了某种预感，但她默不作声，因为只要她一讲话，莹莹又会把话题绕道，实则是怕崔产愫的内心承受不起，莹莹察言观色后，又会一个劲地解释，或在说些铺垫之类的话。袁莹莹暂时没有找到最好的切入点，因此，她在试探崔产愫的反应。见崔产愫坐那里把茶杯端起来又放下去，再端起又放回桌子上，可见崔产愫内心的慌乱和紧张。见此情景，姚革新开门见山地说："是崔巍的事情。"

崔产愫已经预感到了，姚革新说出是关于崔巍的事，她的心为之一颤，翕张的鼻翼在喷着粗气，还没有开口说话，眼泪却簌簌地往下流，她怯怯地问道："大哥，你们见到崔巍了？他怎么啦？"崔产愫半张的嘴巴僵着。

"莹莹，快说，崔巍他怎么啦？你们怎么知道崔巍的消息的？你们在哪里看到崔巍的？他和谁在一起？"崔产愫一口气提出了一连串的疑问，"我儿崔巍他在哪儿啊？他还活着是吗？你们在哪里见到了崔巍？"

"愫愫姐，你别急，崔巍他活着，活得好好的，他读初中了。我们辰河戏剧团到桃花江演出时，凑巧遇到赫连薇薇和魏公稷。"

"崔巍长得怎么样？身体怎么样？没害病吧？"

"崔巍生下后，是你托赫连薇薇带走的，薇薇历尽艰难，冒着极大的风险，只身一人把小崔巍带出了火场，在桃花江一个叫魏老庄的村庄里找到崔巍他爹——魏公稷。"崔产愫听着已经是泪眼婆娑，她频频点头，说："好，好，好啊！"

"赫连薇薇找到魏公稷时，魏公稷很高兴，他说，崔巍是上天赋予他的礼物，是你用生命换来的亲骨肉。"姚革新在一旁说道。

"赫连薇薇给我们说，当时见到魏公稷时，魏公稷由于受到红卫兵批斗折磨，并打伤了右眼，右眼后来失明了，左眼视力也极差，但在他见到襁褓中的小崔巍时，他的右眼似乎有了光的感应，于朦胧中，似乎能看清孩子的脸庞，他用手能准确摸到小崔巍的鼻子、眼睛和嘴唇。魏公稷当时那个样子别提有多高兴；当他得知你遭受的磨难时，他十分难过，泣不成声，反复说是他害了你，是他对不起你，差点因为他使你失去了生命，你是死里逃生，如果不是老天爷开恩，你根本没法存活于世。他扑通一声跪谢了天地诸神，拜谢

508

第八十一章
革新莹莹关怀备至　跃京产愫长情重义

了赫连薇薇，感谢赫连薇薇在关键时刻挺身而出，冒着极大的风险搭救了小崔巍的性命。"姚革新的情绪也有些激动，说话时手指拿着长杆烟袋使劲地吸着烟。

"愫愫姐，赫连薇薇是这个世界上剩下的为数不多的大好人呐，她当年还是个黄花大闺女，她竟然答应你带崔巍去找魏公稿，这可不是一般的女人可以做到的呀！"

"是啊！对了，莹莹，赫连薇薇她还好吗？她成家了吗？你给我说说她现在的情况吧。"

"愫愫姐，我们见到了赫连薇薇和魏公稿，他俩不大好，但又算很好。"袁莹莹看了崔产愫疑惑的眼神说。

袁莹莹见崔产愫满脸写着不解，说："赫连薇薇把小崔巍带到魏老庄魏公稿家里后，才知道魏公稿那些年家里也是十分不顺，魏公稿被'双开'，父母先后离世，家中就他一个人，他一个男人根本不懂如何照料小崔巍。赫连薇薇离开火场后，近乎是一路行讨才到达桃花江魏老庄。小崔巍经过路途奔波，接连生病，魏公稿急得像热锅上的蚂蚁，赫连薇薇也没有照料婴幼儿的经验，小孩生病时她经常急得哭鼻子。为了小崔巍，魏公稿就请求赫连薇薇配合，对外就称两人在外地工作时，已经成婚。薇薇是个善良的姑娘，她又一次配合了魏公稿，做了孩子的母亲，可是她没有奶水，她就抱着小孩子东家一口、西家一口，向那些奶孩子的大姑小姨讨奶水喝，当时，大家的经济条件都不好，缺吃少喝，大多哺乳村妇都缺奶水，自己的孩子都喂不饱。没办法，她就经常农忙时给人家屋里帮工以换得崔巍一口奶吃。魏公稿没有经济来源，可以说，赫连薇薇不但要管小的，还要管他这个大的。魏公稿身体、眼睛不好，换不了工，赫连薇薇就白天给别人家里换工，晚上在昏暗的灯光下给魏公稿父子做衣裤，她已由一个知识青年变成了一个典型的村姑。"

"赫连薇薇就这样没名没分地跟着魏公稿啊？她可是个才女啊？赫连薇薇现在结婚了吗？"崔产愫关切地问道。

"她结婚了，但没有孩子。"袁莹莹回答。

"为什么？是为了崔巍吗，还是有其他原因？"崔产愫急切地询问。

"她和魏公稿为了崔巍结婚了，结婚后才发现赫连薇薇的身体有些问题，不宜生育。"袁莹莹顺着崔产愫的话题往下说，给了她一个肯定的答复，"两人都是桃花江人，在火场一同干革命的那些年，两人也有好感，加之你临危之时托孤于她，在魏公稿心中，赫连薇薇也是你信赖的人，两人走到一起了。"

姚革新说："愫愫，你现在得知赫连薇薇和魏公稿以及崔巍的消息了，他们的情况大致就这些，现在摆在你面前的有三个问题，你需要面对。一是你和魏公稿的关系，你们两人为了爱情付出了巨大的代价，按理说，魏公稿和你双方得知对方的情况后，你们有权选择自己的幸福，问题是你和魏公稿两个各自成立了家庭，如果你和他结合，就意味着要拆散两个家庭，你们历尽千难万难不就是为了爱情吗？如果两人想恢复过去的爱情并存续下去，显然是不合适的，因为你们要面对的事情实在是太多了。如果不恢复爱情关系，那么你俩舍命苦苦追求的爱情，意味着终结。二是崔巍现在正在念初中，你是否要把他接到你的身边来抚养，你如果要自己带他，也不是不可以，他是你亲生的，但话又说回来，如果你把他接到你身边来带，魏公稿和赫连薇薇怎么办？还不知小崔巍是什么选择，他还是个孩子，他还全然不知这些往事。三是庞跃京是什么态度，我们还不知道，他这里是绕不

过去的，要面对。"

姚革新领导当久了，一讲话就喜欢来个一、二、三条。他说完坐在一边吧嗒吧嗒抽烟，怀化大酒店1号包房里出现了暂时的寂静。

俄顷，崔产愫端起茶杯深吸了一口茶水，把茶杯往茶几上一放，似乎是下了什么重大决心一样。她说："姚大哥、莹莹，我要再次感谢你们对我一屋人几十年来的关心和帮助，我真的无以为报。这次你俩又专程来怀化，为我的事操劳，我真的不好意思，也十分感动。姚大哥归纳得好，主要是这三件事，其实最主要的是，看我对这几件事的态度。我想这样处理，你俩看是否妥当，当然，我回去后一定会把实情毫无保留地跟跃京商量。我想：世间万物，包括我们人类都有它的运行法则，人都有命数的。老天爷只安排我和魏公稬相爱，短暂相处，当年我俩爱得死去活来，不管不顾，为爱情愿意赴死，却也没能感动天地，一场旷日持久的爱情接力，在一场暴风骤雨般的运动中，雨打风吹去，我和魏公稬两人像一片树叶一样被狂风暴雨吹得七零八落，两个人都经历过生死的考验。现在一切又归于平静，回首过往，令人唏嘘不已。我的孩子崔巍一出生就面临着生与死的考验。如果当年不是赫连薇薇伸出了援手，在宣布我已经死亡之时，崔巍很可能存活不下来，这个孩子看来和赫连薇薇真是有缘。他一直是赫连薇薇带大的，和薇薇有感情，并且，魏老庄那边也没有人知晓内情，也都认为崔巍就是赫连薇薇和公稬两个人生的孩子，而且，崔巍一直管薇薇叫妈妈。假若我这时把崔巍要回到自己身边来带，于情于理似乎也不是不可以，那么，薇薇就会陷入十分被动的局面，对她的生活会产生巨大的干扰。况且，薇薇现在又不能生育，作为母亲我舍不得这个孩子，我对他有太多的亏欠，生下他后，我没有尽到一个母亲一丁点的责任，我有罪过啊！对于赫连薇薇，我要感恩，她才是崔巍的救命恩人，再生父母啊！"

崔产愫泪流满面，几度泣不成声。

袁莹莹在一旁好言安抚她，叫她不要太难过。她说："好在崔巍天资聪明，长得仪表堂堂，你和魏公稬两个人基因强大，他吸收了你两人的优秀智商和挺拔俊美的形象。又加之赫连薇薇的精心照顾，细心教育培养，小崔巍已经长成了风华正茂的翩翩少年，老天爷让他失去生母的关爱，却安排了养母给予陪伴，他在魏公稬和赫连薇薇的教育陪伴下，行为习惯好，文明有礼貌，生理和心理健康，尤其薇薇视他为己出，舐犊情深。"

崔产愫说："我何尝不想崔巍他们呢，说实话，我真想现在、立刻、马上就能飞到他们的身边，可是，我现在不应该这么冲动，因为关系到两个家庭和孩子心理的承受能力。我不应该打破这种平静，不能伤害公稬、薇薇、跃京和几个孩子。还是让崔巍继续做薇薇的儿子吧，将来他长大了，魏公稬、薇薇他们老了，他可以照顾他们，为他们养老送终。"

崔产愫说到这里，姚革新频频点头表示赞赏。他说："这样很好，我来的路上心里直打鼓，就怕你听到这个消息后，控制不住自己的情绪，做出过激的行为。现在好了，谢天谢地啊！在合适的时候，有机会了你可以前往魏老庄看望崔巍他们。魏公稬知道你还活着，他的内心也掀起了一阵阵波浪。魏公稬对我说，都是他害了你，害得你家破人亡，他是个罪人，对不起你，希望你一切都好，他再也不能破坏你现有的生活了。你们两个真是一对有情人，双方都为对方考虑得多，能设身处地地为对方考虑，这个世界上，有几个人能做到换位思考，又有几个人能感同身受，事情没有落到自己头上，没有人会觉得疼，关

第八十一章
革新莹莹关怀备至　跃京产愫长情重义

键时刻不落井下石就已经不错了。"

崔产愫深深地叹了一口气，说道："当年如果不是牟梨捣乱，我后来就可以和魏公稿结婚了，得知公稿现在的情况，我心如刀割，唯愿他一切平安顺遂。"

姚革新觉得这件事崔产愫已经有了主见，他悬着的一颗心终于平静了下来。他放心地说："你这样安排很好，也没有惊动庞跃京，不会影响到两个家庭，几个人的命运就掌握在你一个人的手中，平稳就好。赫连薇薇身体不好，经不起折腾。魏公稿被'双开'后，没有了经济来源，日子过得清苦，但是他们一家人在一起，其乐融融。"

他观察了崔产愫的表情，接着说道："只是有件事情，其实也是赫连薇薇重点嘱托的事情，就是关于魏公稿的平反问题。她说国家落实政策都快要关门了，魏公稿的问题还是迟迟没有音信。这件事情很棘手，愫愫啊，我知道提起这件事情，你心里会难过，毕竟触碰的是自己以前的恋人，当年因为你俩谈恋爱，被坏人利用当成攻击把柄，整垮了魏公稿，那么多人、那些重大案件都平反了，魏公稿的案子我认为也是冤假错案，至少处理太重了，应予平反。不过需要你出面为魏公稿鸣冤。庞跃京如果方便出面过问一下这个案子，会处理得比较快一些。"

崔产愫说："大哥，这个你不用担心，我和魏公稿的爱情，跃京他是知道的，我和他结婚之前又详细地把我们的恋情向他说过，他十分理解我和魏公稿的爱情，他曾经为我打听过崔巍的消息，因为当时的社会环境，加之交通信息不便，一直没有找到崔巍。他说过，如果能找到崔巍，他希望我能够把崔巍接到身边抚养，这件事他一点不排斥。他还对魏公稿存有怜悯之心，也欣赏魏公稿的才华，他说牟梨那个女子太野了，被政治运动冲昏了头脑，牟梨的命运从一开始就已经注定了的。"

姚革新点了点头，说："庞跃京是一个光明磊落的人，他讲党性，有正义感，对党忠诚，不管身处顺境或是逆境，信仰从未改变。他为人真诚，既有剑气，又有箫心，我们信任他。"

他们正说着话，庞跃京来到怀化大酒店1号包间，一见面他就和姚革新热烈拥抱，和袁莹莹握手后，他说："我妹子几十年硬是一点变化都没有，还是那么漂亮。"

"庞书记，你惯开妹子的玩笑，我都老哒。"

"妹子长生不老。"

"我才不要呢，那妹子就成了妖精了。"

庞跃京哈哈大笑，说："我妹子不是妖精，是'万人迷'，像我妹子这样的上得厅堂、下得厨房，有情怀的深情女子，我横竖就没有看到几个。"

"愫愫姐当年是被谁奉为咱火场美女标准的？"

庞跃京哈哈一笑："有这回事吗？不会是我吧？"

"不是你，还能是谁，真是的，就放在公社干部社员大会上直白地说，弄得我当时脸红得比红纸还要红，也不怕人家女孩子害羞呢。"崔产愫的眼里满是柔情。

"大哥和妹子这次来怀化玩，一定要多住几天，愫愫带你们去芷江受降坊、洪江古商城和溆浦向警予纪念馆看看，来趟不容易，没有什么急事不要急着回去。"庞跃京高声大气地说。

到了饭点时间，庞跃京嘱咐酒店可以开餐了。他说："今天大哥和小妹来，我推了所

有的应酬，我们边吃边聊。愫愫说今天是自家人聚会，没有一个外人。"

席间他说，上回一方和黄诚勇结婚，我和愫愫是紧赶慢赶还是迟到了，今天我要自罚一杯，向莹莹赔罪。说罢，没等姚革新回过神来，他便端起酒杯一饮而尽。

崔产愫娇嗔道："都当地委书记的人了，还像个孩子似的，一点都不知道爱惜自己，喝酒像喝水。你们有所不知，前些年庞愫和庞缘年龄还小，他一回家，就在家中地板上和两个孩子嬉闹，两个小家伙就拉着他骑马马，把屋里搞得像个游乐园。"

几个人不时大笑。袁莹莹说："庞书记家里家外一个样，一点官架子都没有，穿戴像个老农民。"

"书记也是人，我原本就是一个地地道道的农民，是我两个崽的父亲，我不疼他们谁疼他们，是吧。"庞跃京满脸都是笑。

他们边吃边聊，庞跃京听了魏公穑、赫连薇薇、崔巍的故事后，感慨万千。

他说他不忌讳谈论魏公穑和崔产愫的往事。当他得知魏公穑和赫连薇薇结婚了时，他爽朗地和他们讨论着这方面的话题，尤其是得知崔巍还活着时，他动情地说："这个孩子太可怜了，一生下来就离开了亲生母亲，还没有喝过母亲的一口奶水，能够活下来，真是命大呀！"

他动情地说："如果没有赫连薇薇相助，崔巍很可能就没命了。薇薇真是一位善良、单纯的女孩子。她替愫愫尽到了一个母亲的责任。世人都知道应该感恩所有给予生命的人，同时，也应该知道养育之恩是大于生育之恩的。可是老天爷也没有开眼，让这么一个美丽善良的女人没法生育，真是苍天不公啊！薇薇是个大美女，也是一个才女，是有智慧的女子，所有可能出现的情况，她都会想到。愫愫出事时，薇薇能接受崔巍并答应带他去找魏公穑这要冒多大的风险啊！搞得不好，如果崔巍出现意外，她就有拐骗幼儿致死的罪行，后果将不堪设想啊！可是她心里想的是救孩子，没有过多地为自己着想，毅然决然地抱着襁褓中的崔巍跋山涉水去找魏公穑，我都被她的勇气惊到了。我当时也是冒着不小的风险，同意作为知青的薇薇带孩子走，也正因为当年我的决定，才使得崔巍保住了小命。这是我感觉到自己一生中做得最正确的事——为魏公穑和愫愫保住了他们的血脉。现在话又说回来，如果说牟梨在世时也做过什么好事的话，我看在这件事情上，她当年不知什么原因，她竟然也赞同了，也许是出于母性的慈悲，也许是她良心发现，总之，我认为这是她短暂一生中，做得最正确的决定。因此，即便是万恶的牟阎王，也不是一无是处。"

"牟梨在崔巍的问题上，可以这么说是毁誉参半。为什么这么说呢，因为正是由于她带领的红卫兵闹事，影响了愫愫的就医才提前生产；也正是由于牟梨一时的善念，才使得小崔巍逃过一劫，保全了性命。牟梨于万恶中存万分之一德，从这点上来说，正如跃京书记说的，万恶的牟阎王也不是一无是处的。"姚革新说。

"我当时同意赫连薇薇带崔巍离开火场，满足崔产愫的心愿，说实话，如果当时牟梨硬是不同意，那薇薇也还真的带不走小崔巍的，我那时刚平反回火场，官复原职。'文革'还在继续，因为那个时候的知青有的是插队，有的是落户的，不管是哪种情况，知青们都是带着革命工作任务的，那时'文革'领导小组组长有着至高无上的权力。好在牟梨良心未泯，她稍一犹豫还是动了恻隐之心。"庞跃京感慨万千。

姚革新和袁莹莹的到来，让庞跃京夫妇很高兴。

第八十一章
革新莹莹关怀备至　跃京产悸长情重义

袁莹莹往姚革新和庞跃京脸上认了好久，端起杯子一饮而尽，喝完之后似乎方知是酒，原来她拿错了姚革新的酒杯，惹得大家一阵哄笑。

崔产悸见状，转移了话题，她感慨万分地说："牟梨当年很年轻，人太年轻未免莽撞。现在文凭很有市场，有些年轻人，或有一张文凭的人，不管你有没有真才实学，有没有工作能力，赶鸭子上架，最后不但害人而且害己。有些年轻人，对权力没有敬畏之心。就和当年牟梨一样，权力一旦失去必要的约束，就会成为害人害己的利刃，给国家和个人都会带来损失。牟梨已经死了，也算是得到了上天的惩罚，人死了，一了百了。"

庞跃京端起酒杯和姚革新酒桌上的酒杯碰了一下，意思是要革新端杯一起吃酒。姚革新会意，也端起酒杯和庞跃京手中的酒杯碰了一下，两人一饮而尽。袁莹莹提醒他们两个说："酒可小饮，不可贪杯。一醉方休是痛快，可人也是很难受的，伤身体。"

她说完往两人的茶杯里续热水，提醒他俩多喝水。

崔产悸把话题转到崔巍身上，她说："崔巍从幼儿时就是赫连薇薇带，崔巍已经习惯了现在的家庭，贸然改变恐怕对孩子的成长不大好。再说了，薇薇没有生育能力，视崔巍为己出，疼爱有加。魏公稿身体不好，视力很差，有崔巍在魏公稿身边肯定是有好处的。我虽是崔巍的生母，却没有养育过他一天，这也是我心中永远的痛。薇薇是崔巍的养母，她所做的一切，我们全家一辈子也还不了恩情。就让崔巍给薇薇做儿子吧。"她的眼里饱含着泪水。

姚革新听崔产悸这么说话，情不自禁地拍手鼓掌。他笑着说："也许一切都是上天的安排，也是最好的安排。魏公稿有才，在'文革'中没有作恶，他的平反问题不知庞书记有什么安排，我们剧团从魏老庄返回时，薇薇一再叮嘱我和莹莹一定要把她的心愿给你们夫妇说到。至于能不能平反那就按政策办，也不能为难庞书记。"

姚革新适时把这个敏感话题引出来。庞跃京敏锐地直面这个话题，他对姚革新说："魏公稿在'文革'中是受害者，不是施害者，他在'文革'中没有命案，没有给国家造成损害。他受到牟梨的迫害，你回去后叫他写个报告，交到黄诚勇手中，我要黄诚勇负责落实相关政策。"

崔产悸在一旁坐着，她的心无法平静。魏公稿留给她的记忆太深刻了，怎么会抹去呢？得知魏公稿的消息后，她心中激起了浪花。可是，现实生活又使她望而却步，她的内心是矛盾的，同时也是澄明的。一边是她的生死恋人，那个留给她美好记忆的男人；一边是一个给予她生活勇气，让她能够坚持下去好好活着的如意郎君。她生命中的两个知心爱人，都是她牵挂的人、她的亲人。

"魏公稿失去了生活来源，身体不好，视力差，家中全靠薇薇做针线活贴补家用，生活肯定艰难啊！"崔产悸说到这里，眼泪簌簌地往下掉，每说一句话都好像一把尖刀扎在她的心窝上，从她口中蹦出来的每一个音符总是那么缠绵悱恻、催人泪下。

袁莹莹在一旁好言安抚，其实她心中的苦，真是比黄连还要苦，她说："悸悸姐，你别哭了，哭多了伤心、伤眼睛，我现在的视力是越来越差了。魏公稿不像牟梨，他没有坏心，他对国家没有造成损失，他不但是公社书记，其实他更适合做他的诗人。他善良简单，在政治运动中不善计谋，率性之人在那个狂风暴雨式的时代里，注定是要被人算计的。如果不是他的关照，黄诚勇不一定能上大学，大长哥去三线建设工地，他家中也享受

513

不了那么多的补助和优待，后来很多年，公社和大队都是按他当初定的标准发给大长哥家里的，有了这些补贴，使得大长哥一家才得以勉强度日，几个孩子也才没有断炊，一个个能够上学。我自己也得到了他的关照，他把我的户口迁至中村，上到大长哥名下。大长哥三线工地出事后，他家中得到过魏公稽长期关照。我有时在想，这个世界是多么的不公平啊！好人总是没有得到好报，坏人总是一天天作恶而不受惩罚。"

崔产愫这时反过来安慰袁莹莹，说："莹莹，事情都过去这么多年来，转眼间大长哥也去世二十年了，他的几个孩子在你的教育培养下，一个个都有出息，你功不可没。假若没有你的操持，老黄家几个孩子怕是真的又要给人家养牛喂马了。你所做的，全火场人都看得清清楚楚，绝大多数人都改变了对你的看法，都说你是个奇女子，重情重义的好女人，你一直在坚守初心。人人都在为你竖起大拇指，不过话又说回来，大长哥的几个孩子都被你拉扯大了，成家立业了，这时你也应该为自己考虑一下了，还是找个伴吧，不能一辈子就这么单着。"

袁莹莹淡然一笑，说："我就这样了此余生，愫愫姐，这件事今后就不用再提了。"

她停了停说："咱们乡有许多穷苦孩子需要社会关注，需要有人去帮助，我除了学校那一摊子事外，我还是'怡然'教育基金会助学项目负责人，帮助那些需要帮助的人，是一件愉快而有意义的事。黄诚勇和谢一方的两个孩子——女儿黄笑笑、男孩黄瑶台；黄刚强和姚美松的两个孩子——儿子黄强松、女儿黄心悦，都是我的儿孙。看到大长哥儿孙满堂，我打心眼里高兴。黄桃现在是县高中教师，姚高德现在下海经商，两人结婚后，生下儿子姚玉山、女儿姚月色，一双儿女人见人爱，尤其是姚玉山，更是天赋异禀，小小年纪已经显露出过人的聪慧与机敏。黄李现在是县幼儿园副园长，与县摩天宾馆总经理瞿简结婚后，生育女儿瞿元悦，特别乖巧可爱；黄杏和谢正公两人都在市教育局上班，两人结婚后生下儿子谢垚鑫。大长哥生下的'桃李杏'春暖一家，在杏坛上绽放绚丽的风采。如果大长哥能活到今天，看到他生的'一只手'，如今个个风光，不知有多高兴啊！"

袁莹莹说起黄大长的几个孩子，满心欢喜，开心得合不拢嘴。崔产愫说："莹莹，你是天底下再也找不到第二个的好女人，你虽然不是这几个孩子的亲生母亲，但你却尽到了一个做母亲的责任，我由衷地敬佩你。"

崔产愫面向姚革新说："姚大哥一辈子英明，又喜欢帮人，做好事自有好报，儿女个个不一般。姚改革现在是乡农村联产承包责任制办公室主任兼乡政府第一支部书记，谢采采是乡党委书记，两人结婚后生下儿子姚奋进，奋进如今大学毕业了，也回到火场乡政府工作；姚美松现在是中学教师，黄刚强从市委办下海经商，也是做得顺风顺水，两人的儿子黄强松、女儿黄心悦真像一对双胞胎；姚修竹在市政协办工作，嫁给市委副书记李亿，生下儿子李鑫，虽说李亿是二婚，但两人感情深厚；姚腊梅大学毕业后，直接被省政府看上录用，丈夫李阎从省水产养殖研究所下海经商，成立水产养殖有限公司，生下一双儿女：李多多、李言，像他们的父母一样高颜值高智商。'松竹梅'岁寒三友，叱咤风云，一点也不逊于男人们。"

姚革新听了后，脸上枯树皮般的皱褶拉伸了许多。他说："咱火场谢家界也是出美女的地方。谢钟那'五朵金花'那可不是浪得虚名。采采、白露、伊人、一方、水央五姊妹人人长得美而且一个个才华横溢，能力超群。白露中央音乐学院毕业，由教师改行从政，现在是市文化局局长，和欧阳丕结婚，他是市国土局副书记，大儿子欧阳馪，小儿欧阳馨，聪明好学；伊人最有商业头脑，敢闯敢干，从大有发展前途的省建设局下海办企业，这么年轻就成立了伊人房地厂开发有限责任公司，人称'谢总'，老公皇甫斌是大学同学，又同在省建设局工作，婚后生下女儿皇甫伊洁；小女谢水央读了博士被中纪委遴选任用，其夫王瀛是省高院副院长，生有一女王瑛瑶。谢钟五个女儿真是聪明能干，凭着自己的勤奋努力，在中央、省、市、县重要岗位上为国家出力。"

庞跃京说："咱们火场姚革新大哥、黄大长、谢钟三家教育培养的后代个个非同寻常，他们在各自的岗位上为国家出力做贡献。姚大哥膝下的'松竹梅'岁寒三友，黄大长屋'桃李杏'春暖一家，谢钟的'五朵金花'争奇斗艳。"

袁莹莹接过话说："可惜大长哥没有看到当今的盛世，我们再也不用天天吃苞谷了，天天可以吃上肉，过去地主家才有的生活——餐餐吃肉现如今老百姓屋里是寻常事。前人栽树，后人乘凉，我们遇上了好时代，百姓再也不用过担惊受怕的日子了。大长哥的几个孩子都已成家并生有孩子，我已被这几个孩子提了一级升为奶奶了。你们说，我现在还用找伴侣不？我整天被几个儿孙们乐得合不拢嘴。有我在，孩子们就有个家，有主心骨，我要为大长哥守好家门，做好孙辈的奶奶老师。"

崔产愫笑着说："你年龄又不大，让别人把你叫奶奶，都被叫大了，好意思让别人叫袁奶奶吗？"

"唉，袁奶奶听着呢。"袁莹莹也开起了玩笑。

庞跃京一本正经地说："大长真是好福气啊！他的几个孩子在袁莹莹的教育抚养下一个个都成长得这么优秀，咱火场恐怕从今往后，再也难找像袁莹莹这样的奇女子了。"

袁莹莹说："庞书记太高看我了，我只是做了一点点力所能及的事。大长哥五个孩子先后没了爹娘，总得有人出来管管。我一个农村妇女，做不了惊天动地的大事，替大长哥尽些责任，虽然历尽挫折与磨难，我不后悔。"

第八十二章
袁延顺经商坑村民　"村领袖"数落暴发户

三天后，姚革新和袁莹莹告别庞跃京夫妇回到火场，姚革新刚走进屋，苏醒就递给他一封信，说："前天邮递员送来的，是快件，一方当时在家，是她帮签的名。"

"是哪里来的信？还寄挂号信。"

"一方看了信封，她说是从益阳桃花江那边寄过来的。"

"估计是魏二公胀酒了，喝醉了，想我甩两嗓子了。"姚革新满脸的笑，手里并没有闲着，顺手撕开信封条口，准备看信。

苏醒说："先别急着看你老庚魏二公的信，说说你到怀化见到庞跃京和崔产愫的事，

慊慊还好吧，两个小孩子庞慊、庞缘又长高了吧！他们两个大人好不好？"

"哎呀，你真是啰唆，像个啥也不懂的小学生，围着老师问这问那的，如果不是你岁数大了，真想把你绑到学校去，让你多读几年书，省得遇事就问，好像没长脑子，自己不会思考呀。"

"你文化高又咋的？同样还是牟梨讲的那种人——修地球，净给自己脸上贴金，还称什么'农民艺术家''村领袖'，我看啥也不是，农民都能当艺术家了，猪也就上树了。"他们两人只要一说话，就喜欢先互掐。

"你们这些女人呐，就知道天黑了睡觉，天亮了做事。"

"你这是看不起妇女，毛主席说过，妇女能顶半边天。"苏醒在一边唠叨，姚革新不再理她，拿着手中的信在看，看完后，自言自语地说道："这魏公稿也真是太实诚了，他这是要我转交给县委的信，要求平反昭雪，可是……可是，他也写得太那个了……魏公稿真是个书呆子。"

"怎么啦，看你说的，好像魏公稿像我一样没文化。"

"他没文化，是你说的，他就是太有文化了，有点呆。他如果真有你那么机灵就好了，也不至于落到如今这个地步。"

"你的意思是说我比他强，比他还要有水平。"

"你是叭拉狗咬月亮，真是猪鼻子插根葱。"

"你才是狗吠月亮。"

姚革新没有理苏醒时，她就喜欢找他理论，他一生气破口大骂时，她就快在一旁闷不作声，静等他骂完。几十年来，姚革新的脏话似乎成了她的一种安慰。他骂人总比不理她好——她和村民唠嗑时，总是这么卫护自己的男人。

"大长还是没有消息，就好像从人间蒸发了。"姚革新在念叨着。

苏醒从旁说："你又说梦话了，过去你只是在梦里叫黄大长，现在你连白天也叫他的名字，都过去这么多年了，你没发神经吧你。"

"魏公稿来信说，他和赫连薇薇在桃花江附近都找遍了，也没有发现一个叫黄大长的人。"

"我说农民艺术家，你们这些搞艺术的人，就是喜欢展开丰富的想象力，这人都死了二十年了，你愣是要把他想成活的，如果大长是活着的，他自己有一双脚，屋里有老婆孩子，他自己不知道走回来呀？还能等到这个时候呀！真是的，我看你比魏公稿还要愣头愣脑的。我知道你和大长的感情深。他已经死了，再也回不来了，就别再想他了，坐下歇息一下吧。"苏醒给他拖来一把小椅子，从屋柱钉上解开长杆烟袋绳子，递给他，让他抽烟。

姚革新接过烟袋，坐在小椅上吸长烟，他的思绪又回到了从前和大长相处的日子……

一个星期之后，县里召开四级干部会议，姚革新把魏公稿写给县委要求平反昭雪的信交给县长黄诚勇，在会议室，黄诚勇接过信后，浏览了一遍说："我知道了。"他顺手把信递给王秘书，顾左右而言他。

姚革新提醒他一句，说："诚勇，魏公稿的问题，是人民内部矛盾，人民内部矛盾应当用团结和民主的方式解决，你看……"

黄诚勇举起手，示意他不要再往下讲，但是，姚革新不管这些，他继续说道："魏公

第八十二章
袁延顺经商坑村民 "村领袖"数落暴发户

稽现在身体很差,视力也很不好,当年'文革'他也没有作恶,他最多只能算是个庸官,而不是贪官、坏官。"

"魏公稽当年主政火场时,他不但不作为,而且是乱作为,生活堕落腐败,思想僵化落后,把火场搞得乌烟瘴气,这样的人如果也能平反,那么全中国被打倒的干部都可以平反官复原职,那毛主席发动的'文革'不就是白搞了吗?"黄诚勇给姚革新丢下这几句话,便扬长而去,让姚革新一个人呆坐在那里。姚革新感到莫名其妙,望着黄诚勇远去的背影,心中未免有些惆怅。

散会以后,姚革新到邮局用电话给庞跃京汇报了魏公稽信中的诉求和黄诚勇对待此事的态度。

开完会之后,姚革新回到火场时,天色渐晚,他前脚走进屋,袁延顺后脚跟进屋里,还没进门就大嗓门叫道:"姚书记,姚书记在家吗?"

苏醒闻声,立即走到屋门口,一看是袁延顺,便嚷道:"来就来啦,还嚷嚷个啥,不晓得的还以为是县太爷来了,八抬大轿,鸣锣开道。"

"看你说的,我哪是什么县太爷,黄诚勇现在才是呢。我就一总经理,哦,对了,现在见我的人都称呼我为'袁总'。这不,砖瓦厂业务繁忙,真是烦得很,你说,这人穷困时没有人找你,当富农时,也没有人理你,如今咱当个砖瓦厂小老板,都会被人搅得不得安身。哦,对了,苏醒嫂子真不好意思,这沅陵县城盖高楼,那个从河南郑县来的高鼻子狗总,硬是指名道姓要我砖瓦厂的砖和瓦,这不,我传呼机叫了,我得通过摇把式电话给他回个话。"说罢,他就往堂屋琴桌边走,他抓起电话就摇了起来,电话那边很快就传来了话,袁延顺不知从什么时候开始嗓门变大了,再也不像过去那样讲话细声软语,而是大嗓门——真是财大气粗。袁延顺嚷嚷道:"狗总呐,别每天有事没事就泡在县城澡堂子里,'梦露'澡堂子里那个梦露小姐姐搓澡的功夫那可了不得,哈哈哈,整个县城就数她的指尖最为柔软传情,那可是顶呱呱的货,她以指传情、以目送情,她如果自称第二,那这个世界上就没有人敢称第一,哈哈哈。你有时间来咱火场走走,这里空气新鲜,人美鱼肥……"

他说的这些姚革新不喜欢,从里屋走出来,在堂屋里故意弄出一些声响。

袁延顺向他点了点头,算是打招呼,继续打他的电话。这要是换作从前,袁延顺别说是打电话,你就是借他一个胆子,他也绝不敢在村领袖面前高声大气、旁若无人和别人海聊。等他那里说得差不多了,他才挂断了对方的电话,回过头来,和姚革新礼节性打了一声招呼,就准备走人。

"哟嗨,小富农转身成了资本家之后,越发雄了,小心再来一次运动,到那时资本家可不比小富农哟,资本家是榨取工人的剩余价值的,是资本的力量,是要上断头台的。"姚革新边吸烟边说。

听到姚革新这些话,已经走到大门口的袁延顺又折回屋内,提了提裤腰带,右手摸了摸别在皮带上的BP机,不卑不亢地说:"'村领袖',大白天说梦话呢,您老可是一大把年纪了,思维还是'文革'的,人却进入了新时期。语言暴力是社会暴力的根源,我们国家不知怎么回事,总是有一部分人见不得别人好,看不得老百姓过安身的日子,想方设法整人,抑或被人整也视为命途多舛,把一切不顺归咎了命运,而不是反思自己的行为。我说

'村领袖'呐，你也要融入社会，与时俱进，不能用旧瓶装新酒了。时代变了，只会变好，谁若想开历史倒车，那么他就会被历史的车轮碾得粉身碎骨。好了，老爷子，不和你多说了，我那边砖瓦厂来了几台车，等到要发货。这几车运出去，我赚这个数。"他说完伸出了两个手指头。

苏醒连忙问道："两百元？"

"加个零。"

苏醒掰了一下手指头，半天没有反应。姚革新破口骂道："两千元，他×的。"

袁延顺感到姚革新骂人的话指代不清，"嗯"了一声。他正准备说点什么，姚革新又说道："小富农快变成小土豪了，延顺啦，啊不，袁总，大忙人，你能不能坐一下，我还有事找你呢。"

"你有何事？'村领袖'？不会因为刚才我说了几句不中听的话，你不会组织革命群众开我的批斗吧。"

这话苏醒听懂了，反问道："小顺子，这才几天呢，怎么跟你大哥说话呢。"

袁延顺斜过脸去，摇了摇几下脖子，表示对她不屑。

苏醒反讥他，说："我说小顺子，'文革'时，以及'四清'，再往前是'大跃进'，'三反''五反'等运动，老姚他没整过你吧，他不但没整过你，而且还特别关照你，咋翻脸这么快呢，老姚没在你手下讨生活吧，这人说话要凭良心不是吗？是的，你们地主、富农，现在是翻身了，可老姚祖宗八代都根红苗正，不怕你，不要以为手里有几个臭钱了，腰里别着个Call机就人模人样了，人不在乎你爬得有多高，关键是你要安全着陆。"

"我们生活在改革开放年代，有些人竟然还用'文革'那些恶毒的语言诋毁人，我看，在咱们中国这样的国家里，有些人一天不整人或一天不被人整就头皮发痒，全身不舒服。中国不与世界接轨，难道要回到旧石器时代去吗？地主、富农那是历史的产物，是专属于那个历史时期，绝大多数已经改造好了，没有改造好的，在严打中也已经被正法。但是有些人就是不甘心，因为改革了，别人发财了，好像动了他们的祖宗一样伤心。"袁延顺今非昔比，说话一套一套的。

姚革新说："我要告诉你小顺子，你砖瓦厂现在的规模比你原来的'砖瓦窑'不知要扩大了多少倍，你私自扩建砖瓦厂的面积上万倍，你是发了财，成了远近闻名的暴发户，到县里戴了红花，和县委书记合了影。不过我要提醒你的是，你那个砖瓦厂作为乡镇企业要扶持一点也不假，只要是合法的企业，你看我们乡的乡镇企业不止你这一家，村委会、乡党委都是支持的，可是，我可把丑话说在前面，谁如果要违法发财，侵害老百姓的利益，搞歪门邪道，那就别怪我不认人。何况有些人自己不把自己当人。今天你小顺子是发了虎威和党叫板了，那好，我借这个机会也正式通知你，你的砖瓦厂即刻停业整顿。"

"为什么？谁给你这么大的权力？"

姚革新说："因为你涉嫌违法：第一，你私自扩大砖瓦厂的土地面积，没有向村支两委报告，更没有办任何征用土地手续。第二，你岳母包春梅，说你们周家大院购买了二队十几个村民的土地，她说你们周家大院土地面积远远超过当年当地主时的规模，你们或购买或转让或抵押农民土地，凭的是哪条法律条文？请问你，袁资本家，国家到目前为止，谁下过令或有什么法规说土地可以买卖的？你说，你只要说清楚了这一条，你今天就过关了，否则，明天乡里或县里就会来人关掉你的砖瓦厂，你信不信？第三，你现在像模像样活成个人，腰里别着 Call 机，兜里有了几个臭钱，据说你要重振袁氏家族，首先要重塑袁氏宗祠，在原址上要扩大三倍的面积，谁给你这么大的权力？你岳母包春梅的说法，是用钱买农民的田地，我告诉你，用资本的力量，活人是会被死人害死的，你们把农民的田地都买去了，使得农民再次被你们这些资本的力量所统治，重新沦为无产者，这不是剥削又是什么？田地到底是国家的还是私人的？私自变卖土地违法知道吗？我看你们周家大院现在是新地主加资本家。你娘包春梅还说，中村人都在问你们吃饭，把土地卖了钱，还可以在砖瓦厂做工，一屋一屋人在你们砖瓦厂做工。这里边存在着惊天大剥削知道吗？试问田地卖给你们后，黄土被挖了三层，这块地今后还如何恢复？今后如果哪一天，你砖瓦厂倒闭了，或破产了，这些农民吃什么？难道你要让他们拖家带口喝西北风不成？"

袁延顺几次张开嘴巴，想申辩几句，姚革新没有给他说话的机会。

姚革新连珠炮似的问道："就算是十几户村民财迷心窍被你收买，贱卖了田地，那好，我问你，这里边是不是有剥削？有压迫？有别的选择？你们这些地主、富农过去、现在、将来都是这样剥削压迫劳动人民的。土地拍卖经过公正了没有？村委会知不知晓？为什么是这个价？是依据什么法律条款购买的？是自愿的，还是被迫的？还是不得已而为之的？"

姚革新一连串的提问，让小顺子有些发蒙。他感到自己今天是撞到了枪口上了，若要讲理，姚革新就是捂上一边嘴巴，他也是说不赢姚革新的。于是，他几次想走人，不过当他看到姚革新凌厉的眼神时，他有些心虚，没胆儿离开，只好待在那里，听凭姚革新数落。

袁延顺怯怯地说："他们都是自愿卖的，没人强迫他们。我们这里的土地又不是大城市的土地，寸土寸金。现在很多农民不热衷于做田，做田的成本太高，地都荒了，在长草。卖给我，还能获得一笔收入。我不要田，有不少人还赖着我卖田地呢。"

姚革新对袁延顺提到了不久前的一件事。他说："据我所知，你们周家大院就存在强买强卖行为。比如符老七那块地，他一屋四口人，就只有那一块地，种个什么小菜靠那块地，种春冬两季小麦也是那块地，他儿傻蛋在这件事上并不傻，他就不肯卖。你们却做缺德事，把他那块地周边的田地都买了，并且，把四周的土深挖了做砖瓦，愣是把符老七那块地挖成一个碉堡的样子，离地面差不多有三丈高，你让他如何挑粪上地里去耕种？你们大小地主、资本家就是喜欢欺负和剥削贫下中农。傻蛋那天哭着说，我这块地不卖，还我地，土地属于人民，不属于地主。你走上前就给了他一个耳掴子。你还嚣张地对他说：'你如果还在这里哭死，像死了爹娘一样，小心我一挖机把你埋到土里去。'傻蛋当时犯了傻劲，爬到他家地里，一屁股坐在那块地上哭闹着，周围来了不少村民来看味。你这时，'龙颜'大怒，吩咐挖机手不要管傻蛋的死活，给你直接铲掉它。不到十分钟光景，傻蛋连同那块地一并被掀倒，大家见势不妙，纷纷前去刨傻蛋，你却不准，你说：'今天老子就是要活埋了他。'符老七见状，便向你下跪了。你却不理睬，站在倒下的土堆上，扬扬自得地说：'谁敢和我作对，这就是下场——灭了他。'你岳母包春梅见过大世面，怕你真的要了傻蛋的性命，就对你说：'我的好贤婿唉，顺儿啊，你就饶了傻蛋那个不值钱的命吧。儿啊，你是什么人物，他是什么货色，用不着为了这种人动怒。'包春梅竟然当众从怀里掏出帕子给你抹汗，周美孜更是露骨得几乎是怀抱着你的姿势，用一双丰腴的手，在

你的脸上来回抹汗，口里娇滴滴地问道：'顺，你累不累啊？要不你坐下歇息一会儿再骂，看把你给累的，我心疼。'"

"那天真是不该出大事，傻蛋人傻命大，他没有被十几吨重的土压死，而是被土压断了一条大腿。那天我去山上种地去了，不在现场。听苏醒后来给我说，你那天完全暴露了地主资本家的凶残。傻蛋的大腿被压在土石方下面，你却坐在土堆上淡然地喝着周美孜递过来的矿泉水。哦，对了，据说你把堡子界山上的山泉水，用塑料瓶子一装，就往外卖钱，美其名曰：堡子界山泉，卖一块钱一瓶。好了，这件事先放一放，以后再追究你。话说回来，傻蛋身体在土石外，左腿被巨大的土石方压着，你却像没事似的。莫夜香给包春梅咬了几下耳朵，包春梅惺惺作态，说：'傻蛋啊，你可真是傻呀！袁总在工地上施工，你咋不小心跑到工地上来了呢，来了就来了吧，还跑到挖机下面玩去了，那地方可不是好玩的呀，这不，玩出格了吧，出了一点小事儿了吧。'包春梅叫人把傻蛋从土里刨了出来，叫人送卫生院看医生，而你呢，你却不准，你说：'慢着，符老七还没在地契上签字呢，我是有钱，但也没有必要给傻蛋糟蹋，符老七签了字，就马上给傻蛋治伤，否则，老子今天要杀人——活埋他。'符老七颤颤巍巍地走到你的面前，轻声叫道：'袁总，袁爷，顺子爹，啥也不说了，我签、我签。'你慢吞吞地从兜里掏出事先准备好的协议，让符老七签字，他签好字，你从口袋里拿出印泥，让他摁手印。符老七没有理你，直接把拇指送到嘴里一咬，鲜血流了出来，他给你摁了血手印。这时周美孜叫其他卖地的人帮助把傻蛋抬到医院去，你又伸手制止。你说让傻蛋也签字。符老七说：'傻蛋现在已经痛得哭爹喊娘了，傻蛋就不用签了，由我全权代表。'你说：'不行，你代表不了傻蛋，因为傻蛋已经具有民事权利和义务。'周美孜就拿过傻蛋的手，傻蛋迷糊中一只手抓在印泥里，手上五指都是印泥，他疼痛难忍，自己一手抓在协议上，因此，你这个协议书傻蛋有五个指印。周美孜这时问你：'符老七娘要不要签字？'你说不用了，因为他娘快要死了，犯不着和死人计较。就这样你骗到了符老七一家的签字协议。你聪明一时，糊涂一世，协议哪有这么签的？周围的群众都有眼睛看着的。还有傻蛋右手五条爪子把你那张协议盖满了，但没有一条指印，是盖在傻蛋自己名字上的。这说明什么？"

"说明什么？能说明什么？"袁延顺反问道。

"说明他当时摁的手印是潦草的、强迫的，这是其一。这其二，指印没有摁在名字上，可以说傻蛋这个人并没有傻，指印摁在名字上，说明这个人同意了或确认了，指印是不能乱摁的，如果可以乱按，那还不可以随便叫个人按个指印呀。这其三是按指印时，得有人证，不然时间久了，谁又能说清楚那是当事人本人所确认的呢？"

袁延顺兜里现在鼓起来了，俗话说，钱是人的胆，人穷失信心。今日的袁延顺历经岁月的熏染早已不是当年的小富农了，他摆了摆袁总的架势，从门口风也似的坐回小竹椅上，把个小竹椅摇得咯吱咯吱地响。他说："'村领袖'，你这把年纪了，还不安分呢，说这些是什么目的？你是想唬我呢，还是想要钱，干脆明说得了，用不着拐那么大个弯儿。我呢，你也是知根知底儿，我不吃软硬这一套，我只讲理，只认情。你说的这些唬一唬周美孜几个娘们还可以，想唬我，门儿都没有。你有你的说法，我有我的办法。信不信，现在把符老七放在我俩面前，你看他是认你还是认我手中的钞票？我想答案不用明说了吧。符老七是同意卖那块地的，因为他见周围卖地的人都发了财，他眼睛发绿光，心里挠痒痒似的，整天追着喊着我买了他那块地。傻蛋当初也是赞同变卖那块地的，但傻蛋这个傻子不知听了什么人唆使，他那天突然死活不同意，因为他们父子已经料定我一定会买这块地，于是，狗一样的人物竟然想坐地起价，敲我竹杠。他如果不是脑子真傻坏了，就是被反对我们先富起来的人、扩大再生产、反对改革的人物唆使坏了，他那块黄泥巴地能出产金子吗？你叫他就是不吃不喝不睡拾掇那块黄土地，一年到头也发不了几个财，卖给我就不同了，黄土立马变黄金。符老七是户主，傻蛋这个笨蛋签与不签有个鸟用，还是我娘她老人家稳当，嘱咐我要这个笨蛋也签个字，这样倒好让这个笨蛋起翘了，不知死活爬到地里躺平，被工地施工人员开挖机时意外致伤。至于说这块地被万恶的'地、富'包春梅、袁延顺破坏了，那是屁话。试问土地的作用是什么？不就是想从土地上产出一些价值吗？种地是有产出，把土地做成砖瓦不是更好的有产出有大收益吗？谁说是买卖关系，我们的协议中各条款都没有说买卖，而是长期租赁协议。"

姚革新心中略微一怔，但他马上意识到今日的袁延顺已经非同昔日了。

姚革新说："那块地已经不是一块完整意义上的地了，而是被你挖成一个很深的坑了，这是你给穷苦人挖的坑。下雨天，那地儿就变成一个大的水塘，里面完全可以养鱼，小孩子打闹如果不小心，完全可以淹死人。再说了，那份协议据我所知，只有一份孤本，由你周家大院所管，而作为当事方的符老七，不要说他也应持有一份同等内容的协议（也就是一式两份），他现在就是想看一眼也是见不着的。你这是签的哪门子协议，简直就是一份不平等条约。过去李鸿章签订《马关条约》都是一式两份，到了你这里就完全变味了，所谓的协议就只有一份，而且在你手中，符老七手中没有任何凭据。简直就是卖身契，是你袁延顺强加给符老七的霸王条款。你这是有意毁坏耕地，是新地主对旧贫农的再剥削，是赤裸裸的欺压。虽然现在是市场经济了，但是请你也别忘了，我们搞的是社会主义市场经济，不是你们资本主义市场经济，那完全是两码事，有着本质的区别。社会主义国家是人民当家做主，轮不到你一个资本家用资本的力量压榨剥削我们社会主义的主人。我奉劝你不要搞错了对象，符老七是一个老实巴交的人，但他的身后是社会主义的强大阵营在支撑，你对他的欺压和剥削，就是公然对社会主义制度的恶意挑衅，那么我明确告诉你，社会主义制度下的市场经济地位不容你们这些旧地主、新资本家动摇社会主义公有制主体，你们妄想借市场经济来否定社会主义制度的地位，肯定是徒劳的。"

"'村领袖'，我真是服了你，你这一套理论如果今天换了我那几个小娘，还真被你唬到了，即便是我娘包春梅也未见得能挺过你这道坎，可是，对我来说没有用，因为我没有违背中央大政方针，土地没有买卖，而是租赁，有协议为证，至于田地，毁了也可以恢复。至于市场和计划谁多一点，谁少一点，今天我就不和你瞎讨论，我是有计划地发展经济，发挥市场的作用，在符老七的土地使用方面，进行了市场运作。让土地发挥它的生产力作用，何乐而不为，何罪之有？"袁延顺据理力争，推理上不输姚书记，语调上也挺适中的。

姚革新说："想打就打，想骂就骂。这不是资本家虐待工人、剥削剩余价值是什么？我可告诉你，新富农、老地主、资本家。你如果想坑害村民，欺压老百姓，我们就会组织起来和你作坚决的斗争。"

两人在你来我往的辩驳中似乎没有分出什么高下，这当中又没有一个人能够插入他们

之间的谈话，苏醒对于他两人讨论的时代命题，似懂非懂，有些话她真的没怎么弄懂，于是乎，也就枯坐在一旁愣头愣脑地傻听着，不发一言。

这时，周美孜来找袁延顺，说："顺哥，砖瓦厂那边几台车，工人们已经装好了车，车准备要起程了，问你还有什么要交代的。"

袁延顺没有正面回答她的话，而是面向姚革新说道："姚书记，我呢，是尊重你的，你呢，也就不要为符老七父子的事伤神了。至于说，我和符老七父子的协议合不合规，那也不是我们两个说了算。如果符老七父子后悔了，那还有法律条文来评判。这里我要申明一点，我周家大院没有强取豪夺，强买强卖，相反是他符老七看到别的村民发了土地财，眼瓜子发红，自己又想讨个好价钱，这个小农民的阴险狡猾，不是你我所能想象的，他表面上给人以憨厚朴实的外在表现，内心却藏着极富心计的小盘算。傻蛋为什么叫傻蛋，不就是因为他是生理原因傻到了极点才叫傻蛋吗？这个世道真是不公，符老七徒有一副憨厚的外表，其内心极其奸诈。你知道吗？我这回算是被他给阴了，他原本从我那里已经讨得了好价钱，他所得的要比其他二十几个村民每人所得的要高得多，但他还是贪心不足蛇吞象，因为他那块地处于中间位置，他吃定了我必定会找他商量，不管从扩大生产规模，还是厂房建设规划，他那块地的确是我要攻下的。也正因为如此，他也就吃定了我，之前他和我已经签了一份协议，我那天忘记了带印泥，他虽签了名，没有按手印，也没有写日期，当时我有事要忙，也就没有认真细看，后来我晚上细看后，发现这个协议有漏洞，抽时间又让他按手印、写日期，哪晓得他这是有意为之的，不论我怎么说，他就是不肯了。我娘包春梅那么大年纪了，也找上门和他谈，他根本不理她。厂那边挖机来了，耽误一小时就是一大把银子，人家是按小时计酬。施工那天，这个符老七却安排他的傻儿子早早地站在地里，明摆着的，他是想坐等涨价。我当然不肯，因为之前他与我写的有一份租赁这块地的协议，已经签字了的，就只等他按手印，不存在重新再议价的可能。我现在甚至怀疑傻蛋是如何能爬到地里去的，他那块地四周已被我挖空，他那块地就像一座大碉堡一样耸立在风中，说实话，如果那天不是挖机已经请来了，没办法要挖掉，我其实不用挖掉它，只要一下大雨大雪，他那块地也就自然会倒塌的。挖机在现场，每分钟都在收钱，我想想自己为了响应上级号召带头致富，怎么这么好的心会被这么险恶用心的人所阴呢。我当时心想：反正你和我签的有个协议，这时又把儿子傻蛋弄到地里撒泼，明显是敲竹杠，耍无赖。咱们发展经济，总不能被这些别有用心的人所算计吧，何况当时那种情况，挖机轰鸣，厂里厂外围观的人，水都泼不进去，在这种情况下，我当时是这么想的：符老七父子是阻碍发展经济的绊脚石，我是响应上级领导号召，带头致富。我们都应该换一种思维，用改革的办法解决问题，我们不能在这些恶意破坏改革的人面前服软，不能让他们钻了改革开放的空子，不劳而获地换取不属于他们的财富，不能开先例，此风不可长。如果对这种坏人坏事，你不斗争，花钱了事，就会助长这些人的嚣张气焰，让那些不劳而获、坐地起价的人钻空子，蛮横无理，给村民带坏头，那么今后咱们火场的改革开放之船就会触礁搁浅，整个社会经济发展就会是一句空话。对了，'村领袖'，我们乡镇企业可是给国家和乡政府交了大量税收的，也是有照的（指有企业执业证照），是合法经营企业。"

经袁延顺这一通神表达，姚革新和苏醒都被惊到了，周美孜瞪着大眼睛，一脸的蒙惊，姚革新拿出长杆烟袋吸长烟。寂静了一会儿，姚革新说："土地公有而不是资本私有，扩大生产、搞活经济，村支两委是支持的，但是必要的手续要有，必要的程序要走，乡镇企业发展，村乡要把关，乡、村两级要防止出现新的剥削、压迫，企业不能以发展经济为借口，把经济发展的成本让贫困人来埋单，改革是为了提高人民的生活水平，先富带动后富，最终达到共同富裕。"

周美孜这时从斜挎的包里拿出了一台手机，递给袁延顺，说："顺哥，你买的手机今天儿子从县城读书回来，带回来了，可惜咱们火场这里没有手机信号。"

这时，姚革新的孙子姚奋进从县城回来了，在村里几个人的帮助下，大家抬着黑白电视机，六七个小伙子忙这忙那，姚奋进在转动黑白电视机天线，电视屏幕上是满满的雪花点，他说："没有有线电视，只能自己做一个接收电视信号的户外天线。"

他对姚革新说，要赶在除夕之前，把户外天线接收杆子立起来，再摇动天线慢慢调频，一旦能收到后，就把天线杆子固定下来，这样每天就可以收看电视节目了。他不知屋里几个人在讨论什么，也没有问，他见周美孜递给袁延顺手机，便说："我们这里山高林密，接收不到手机信号正常，等我们这里建了移动或联通或电信等接收塔了，打手机就很方便了，Call机就会被淘汰，有人Call机响了，也就不用到处跑找电话机回机了。按照我们国家这样的发展速度，这些问题很快会得到解决。"

谢采采这时也回屋了，她接过话说："乡政府正在和这几个公司接洽，在咱们火场建接收塔，用不了多久，坐在屋里也就可以打或接听手机了。这个项目我们已经谈下来了，下个月就会开工建设。"

袁延顺边点头边说："是的，是的，采采书记为咱老百姓办实事，没有官架子，大家都会感你的情、记得你的好。要发展经济，就是要改善营商环境，改变落后的交通、信息势在必行。"

他一边说着奉承话，一边迈开步子往屋外溜。他丢下一句话，说："'村领袖'，我那边砖瓦厂有事，不和你掰扯了，等个下雨天，我闲了，找你唠嗑。"没等姚革新说话，他便随周美孜匆匆离开了。

第八十三章
李宗儒回城遭下岗　袁泽丽借钱变主任

几天以后，姚奋进和几个年轻人把天线架子固定在一根笔直的高约两丈七八的杉木顶端，几个人拉电线的拉电线，抬电杆的抬电杆，抬室外天线杆的就负责移动天线杆，一直往屋对面开阔的地方移动，测试有无信号，沿线有人负责大声吼叫传话，反复抬着电线杆到处测试，直到屋里电视出现了图像为止。

山区的电视信号弱，有时有信号，有时信号不稳定，电视屏幕上就会出现雪花点。有时电视机发出沙沙沙的声音，只有广播音看不见图像，这时就得有人去比较远的田埂处慢

慢转动电视天线。有时候就是转了两三圈，电视还是没有图像，有时候电视机里就一直只有电视节目人物讲话声，还得耐心地去慢慢移动电线杆调试。每晚为了看电视剧，姚革新的屋门口早早地来了一群看电视的人，有的人家举家赶来看电视节目。可有时电视就是喜欢与人开玩笑，正当大伙看得起劲的时候，突然，没有任何征兆的无信号了，电视屏幕全是雪花点。有些村民戏瘾大，加之人来得多，姚革新就会早早地把电视机抬到大门口，屏幕对着坪场，让众人观看。没信号了，性子急的人就会骂娘，性子慢的人则不声不响，抱着膀子静静地候着，没有任何把握地等电视机来信号，或期望黑白电视机的雪花点突然消失，电视台的人物清晰地呈现在大家面前，而这种现象多次出现过，并且不止一次地让性子好的人就等来了电视节目，笑到了最后。甚至有人会事先交代几句，等电视如果有信号了，能看了，即便是有人影子了，只要有声音还是可以将就着看的——到时通知一声。但大多时，一旦信号弱了，或突然一点信号没有了，你就是等上三四个小时，电视机也不会有图像。

苏醒会做人，特别理解全村人想看电视节目的心情，就叫村里木匠符林高专门做了一个大的电视柜子，是那种带着滚动轮的那种，这样就便于推动。那些吃早晚饭的人，早早地就会来姚革新家里准备看电视，因为这是全火场唯一一家有电视的"电视户"——那是一台 14 英寸的黑白电视机。

苏醒嘱咐家人，早早地把电视柜推到大门口，屏幕对准大门外，面向坪场，让村民可以来去自由地观看电视节目。那时还没有彩色电视机，家中能买黑白电视机的，已经不错了。一是家中要有这个经济势力；二是舍得为大家花这个"冤枉钱"。

关于火场第一台电视机的话题，迅速传开了。

有人说，姚书记家里一屋人有工作，都在挣钱，这样的人家才买得起电视机；有人说，乡党委书记加村书记，两个书记合在一起才买得起电视机，一般人家莫是只有做梦的份。于是乎，姚革新屋前自然成了晚上聚集的新地点。晚间那个时段，一度替代了村口，也是信息最为敏捷、是非最多的地方。还可以一边收看中央电视台新闻联播，了解国家大事，一边扯闲谈。

村人过着老日子，进入了电视时代，这是个新鲜玩意儿，为简单枯燥的生活平添了乐趣。

一晃一年又过去了，突然，手机有了信号，姚革新屋也换了台彩色电视机，据说是姚腊梅从省城回来过年带回来的，村中有经济实力购买大屏幕彩色电视机的人家，除姚革新，还有袁延顺。据说，包春梅这回就已经暗下决心，当年购买黑白电视机比姚革新屋晚，现在要换大屏幕彩色电视机，尺寸上不能输给村领袖。

袁延顺的砖瓦厂扩大再生产，赶上了房地厂高峰期，旧时的小顺子，如今腰包鼓起来了，村人见到他时，都会叫他一声"袁总"，他从扁平的鼻子中会随便"嗯"一声，算作是答应了。

包春梅蹒跚着步子，在村中小道上溜达、晒太阳，遇到人就喜欢夸小顺子，开口闭口就是"我屋小顺子""你找袁总啊"。

周美孜每逢有人来厂里找袁延顺问事时，只要一提到袁延顺，她不是说"我老公"就是"袁总"。村人非不得已不想出村，但都有发财梦，有的为了到袁延顺砖瓦厂做工，做一个半工半农式的农民,已经是极尽阿谀奉承之能事。再也没有人叫包春梅地主婆了,火场上下基本上称包春梅为"春婆",更有甚者直接叫"婆"。在袁延顺砖瓦厂里做工的人,高峰期占中村人三分之二强,几乎每户至少有一个人在他砖瓦厂做事,这和当年上堡子界大山打野猪参与分肉差不多,也和在辰河戏剧团演戏找外快等量齐观。

袁延顺砖瓦厂生产的砖质地坚韧,出厂的瓦厚度均匀、有硬度无裂缝,建筑商争先抢购。有的早早地付了预付款,就是为了能够及时拿到货。有道是,人强不如货硬,袁延顺奇货可居,加上天生是做生意的料,不几年时间,袁延顺就因为砖瓦生意赚得盆满钵满。

一日,袁泽丽顺路走到姚革新家里,说话间,她提到李宗儒前些年返城后的情况。当年,李宗儒作为最后一批知青返城,被安排到县氮肥厂上班,起初他过上了几年无忧无虑的清闲日子。可是,随着亚洲金融危机爆发,国家经济政策调整,国内各大、中、小企业进行了大换血、大改革,承包制、股份制纷纷出炉,出现了"下岗潮",很多企业员工被"买断工龄"(即企业一次性支付给员工一定数额的货币,从而解除企业和员工之间的劳动关系),接着,大批为企业干了大半辈子活儿的人,就被下岗回家。李宗儒毫无悬念下岗了。

李宗儒所在的那个氮肥厂效益一直不好。知青返城后,上面安排一些游手好闲惯了的返城知青,做事的不在行,搞运动、拉帮结派样样在行。李宗儒为人厚道,簸箕大个厂子被派性斗争搞得乌烟瘴气,他不善言辞,为人忠厚老实,为派性所嫌弃,不管哪派上位,他都得下台,是派性斗争的弃子,氮肥厂首批下岗人员名单中就有他的名字。他一下岗,袁泽丽的家庭断了经济来源,李宗儒为人老实,下岗后找不到出路,还要面子,又不肯回火场,没办法每天只好到中南门码头搞搬运,还学会了抽烟,日子过得还不如从前。

袁泽丽找苏醒聊了大半天,才透露想让李宗儒回火场,到袁延顺的砖瓦厂去上班,可是她怕袁延顺不给她面子不收李宗儒,她的意思无非就是想苏醒请姚革新出面说个情,让袁延顺同意李宗儒去他砖瓦厂上班,找点收入,贴补家用。

苏醒得知袁泽丽的来意后说:"泽丽啊,不是我不肯帮你,姚大哥你也是知道的,是个热角,本身就喜欢管闲事,何况是你屋李宗儒的事,他更应该去管,可是,'梅婆子'现在叫'春婆',那人不好说话,老姚和她这个地主一辈子不对付,就是他肯丢这个脸去说,'春婆'也不见得给他脸啊!还有周美孜那个地主女,天生就长着一颗疑神疑鬼的心。你找我算是找对人了,可我也办不了这事,老姚他肯定不会去求袁延顺,他不会看'春婆'脸色。你不知道,这'春婆'整天耷拉着脑袋坐在家门口晒太阳,但只要有人进入周家大院,她立即会从昏睡中醒来缠着你说个没完没了,简直是个话痨。我是受不了、看不惯梅婆子那副得意的地主脸,姚革新更是不愿看袁延顺那副德行。"

"咱们人穷,骨头是硬的。"苏醒表示自己和姚革新这辈子都不会去求地主、富农、资本家。

袁泽丽听懂了苏醒的话,心里盘算着,不再言语。一月以后,一天中午,李宗儒的朋友从县城打给袁泽丽电话,说李宗儒在中南门码头搬运沙袋时,不慎摔倒,腰直不起来了,正在医院住院,叫她赶快赶到县城去。

袁泽丽的生活原本是平静的,中间来了一个知青返城,搅得李宗儒这个类似于上门的女婿有了异心,一双儿女都已长大成人,儿子袁放心、小儿袁开放、女儿袁秀丽都到了谈

婚论嫁的年龄，父亲这时候却要离开他们了，这样问题来了，儿女和袁泽丽建立了攻守同盟，说什么都不同意他返城，但是李宗儒可没有这么想问题，他认为这是一个回城过幸福生活的机会和开端。尽管袁泽丽是苦口婆心，儿女是动之以情，可是李宗儒是王八吃秤砣铁了心。他不管不顾，回城的心十分坚决。为这事他和袁泽丽已经闹得不欢而散，几次闹到要离婚的地步，没办法，两人搞"假离婚"（也就是名义上离婚，实际上不离家，还是一家），袁泽丽只好做儿女的工作，苏醒等人又做袁泽丽的工作，说什么李宗儒返城是一件好事，是改变命运的唯一一次机会，不但要支持而且要大力支持，就这样李宗儒义无反顾地回到梦想中的县城工作。

　　李宗儒下岗后，为了面子，不肯重新回到火场过原来的生活，没办法，就蜗居在小县城，干临时搬运工。这不，又整出工伤事故来，想到这些，袁泽丽秀丽的脸上充满着忧伤，感叹自己的命怎么这么苦。没办法，说到底李宗儒到目前仍然是她的男人，虽然自从李宗儒返城后，他对袁泽丽有所冷淡，但是，她对李宗儒却一往情深。

　　李宗儒是20世纪50年代中后期上山下乡的知青，当年也是因为袁泽丽"迷万人"的美貌而落户到她家的，几十年过去了，表面老实巴交的李宗儒，骨子里原来也是有自己的小九九的。进城以后，盲目过起了所谓城里人的生活，而几乎忘却了糟糠之妻和儿女。袁泽丽在城乡之间来回跑，还不讨好。现在他出事了，袁泽丽还得善后。但她手头一个子也没有，改革开放了，她还没有融入这个激情燃烧的岁月，每天为一日三餐在挣扎着，所有这些都不能改变她是李宗儒的女人的命运，想到李宗儒进城后，几乎没有给她交过一次钱贴补家用，袁泽丽的妹妹袁莹莹害大病的那一次他都没有给一个子，唯一给过一次钱是他儿女开学时，要交学费，村里的孩子都已经上学了，放心、开放和秀丽兄妹因为没钱上学仍然还守在家里，大门不出，小门不迈，兄妹躲在楼上生闷气，见袁泽丽伤心，兄妹懂事，不声张，就这样静静地挨着，后来姚革新知道后，给氮肥厂打了一个电话，李宗儒才给了一点学费钱。想到这些袁泽丽的心就一阵阵地痛。她是想拒绝去县城的，一是因为伤透了心；二是身上的确没有钱，去了也是干看。她知道李宗儒目前是腰重伤，重要的是要钱去治疗，她陷入了迷茫而忧愁之中。

　　晚饭后，她正在迷思之时，袁延顺从门口经过，边走路边打电话，见袁泽丽一个人在家，便和她打了个招呼，就急着要走。不知是怎么回事，袁泽丽突然叫住袁延顺，她叫道："顺哥，大忙人。路过门口都不进屋坐坐吗？你现在是大款了，看不起妹子了。"

　　"说哪里话，妹子，哥这不是忙吗？"他边说又要走人，袁泽丽不知怎的，又叫住了袁延顺，说："哥，妹子知道你忙，时间就是金钱，可是妹子这里也急了，想和哥说，哥要不要听一听？"

　　她这么一说，让袁延顺陡然来了兴趣，这时，他也通好了电话。他大声叫道："妹子，你有啥急事需要哥解决，跟哥直说，哥就喜欢你……你说话的声音，像鸟儿在歌唱，好听，特别好听。"他手包从右手传到左手，夹在腋下。

　　"真的假的？哥是真喜欢……还是假喜欢？"袁泽丽讲话有些结巴了，后面的声音越来越弱，袁延顺逼问道："你要什么，咱们到房里去说吧，坐在门口说，来来去去的人多，有干扰。"

　　"我就两句话，说完哥就可以忙你的事了。"袁泽丽说话间，袁延顺已经自己走进内房，袁泽丽只好跟进，她走进内房之后，袁延顺随手关上房门……

而自这天起，袁泽丽与袁延顺关系也变了。

半年后，袁泽丽治好了李宗儒的腰伤，但他还是落下了残疾，腰不能像从前那样扛重东西了。袁泽丽希望他面对现实回到火场过从前的生活，儿女也是哭哭啼啼地求他回火场，李宗儒却说，宁愿在城里讨米，也不想在农村过活。袁泽丽仁至义尽，她和李宗儒约定，从此两人就是陌路人，互不相干，各自安好。

袁延顺和袁泽丽的特殊关系已经明面化了，两人进出砖瓦厂形同情侣。人称袁延顺"袁总"时，也会称呼袁泽丽一句"袁主任"。袁延顺凭着过人的商业头脑，在袁泽丽的帮助下，很快把一个砖瓦厂建成了"顺丽有机砖瓦制造有限公司"——从他和袁泽丽的名字中各取一个字——谐音顺利——另一层隐晦的意思是延顺的泽丽——还有一层爱意就是顺着袁泽丽。关于这个公司的名称，私下里他还有多种暗喻在里边。

他抓住了改革开放的机遇，挣得第一桶金。他的商业野心远不止于此，他把手伸向了回报更加可观的房地厂。他要从做砖瓦过渡到做房地产，他的商业帝国梦想扬帆起航了。

时间跨进新千年之时，火场人的茶余饭后又增加了三个谈资，一个是包春梅病死了；另一个是火场唯一一个诞生于清朝的老犁头，以120岁高龄寿终正寝，无疾而终；还有一个就是崔产愫实现了当年的诺言，她把老犁头和老篾头埋在一起，周莫衿为老犁头披麻戴孝。

第八十四章
王元秀携父看大戏　　桃花江故人喜相逢

时代变迁，手机改变了人们的生活方式，火场再也不需要人"喊寨"了，钟吉祥刑满释放后，重拾老犁头那条破锣，自愿做起了"喊寨人"。在通信如此便捷的时代，街坊邻居红白喜事、公众大型活动还是喜欢有人吼上一嗓子，也算是"喊寨"这一行当的延续。

每年春节各地唱大戏，这一习惯也不知是从哪朝哪代开始的，人们对传统戏剧的热度，随着时间的推移不减反增。电子技术的勃兴，光影的加入，使传统和现在像一对孪生姐妹一般形影不离。进入新世纪后，传统戏剧的表现形式有了新的变化，大量的优秀剧目被搬上银幕，但在民间，大凡做大事好事，逢年过节，人们对请戏班唱大戏更是乐此不疲，似乎只有唱大戏更具仪式感。

电影、电视的普及，严重冲击着和改变着传统艺术的传播方式，然而传统艺术以其深厚的文化底蕴和美学积淀打动了无数人，艺术的传承不是一味复古守旧，传统艺术也需要现代表达，于是出现了现代与传统共生并存的景观。

又到了春节唱大戏的时候了，辰河戏剧团增加了许多年轻演员。符光中和姚娆的儿子符摇，莫公雷和小杏儿的儿子莫杏聪，姚改革和谢采采的儿子姚奋进，袁泽丽的儿子袁放

心、女儿袁秀丽，还有谢一方和黄桃等人。2002年辰河戏剧团外县演出第一站选在桃花江魏老庄村，老戏骨魏二公已经卸任村支部书记，但他在村中的威望丝毫不减，辰河戏剧团的到来，让他忙上忙下。

当年魏公稽落实政策后，享受待遇，因病提前离休，离开了魏老庄。人逢喜事精神爽，他的视力奇迹般地恢复了很多，去了广州一家报社当编辑。改革开放让他重拾信心，他手中的笔这时帮了他的忙。他在工作之余，开始写书，已经写出了长篇小说时代三部曲《革新》《改革》《奋进》等作品。儿子崔巍在中山大学读书，赫连薇薇也就去了广州，一家三口终于在广州成了新家。赫连薇薇忙完家务之后，魏公稽口授文字，由她录入整理，这样为魏公稽节约出了大量时间。几年时间里，几乎每一两年时间，魏公稽就出一本书，现在已经成了杂志社的特约作家，一家人其乐融融。

桃花江演出那天天气晴朗，剧团晚饭后，稍事休息，演职人员演出准备到位，当晚演出的是剧团最精彩的压箱底儿节目《郑小姣》，主角是袁莹莹，节目第二场《逼打脱孝》：吴氏用头上佩戴的银钗子扎小姣，威胁她如果不交出其父给的银子，就要她的命。接下来的剧情是，吴氏诬陷小姣和自己的老相好小和尚有奸情，小姣父亲郑三陪经商回来见女儿孝期脱孝着红衣，打了小姣耳光。

这时台下有人高声叫道："不许打人，明明是你吴氏跟老相好和尚偷情败露，设计小姣脱孝穿红衣、套白服的。"

看戏的观众一下子把目光投过来，那人挣脱一个年轻女子，冲上舞台正欲挥拳向"吴氏"打去。"郑小姣"从地上坐起，惊问道："你是黄大长，大长哥？"

挥拳者的拳头停在了空中，他突然叫道："你是袁……"

"嗯，是的，我就是袁莹莹，大长哥，你还活着？"袁莹莹紧紧抓住了黄大长的手，惊喜万分，喜极而泣。

"嗯，我是黄大长。"

"我等你好苦啊！大长哥！"

两个分别二十余年的苦命人，竟然就这样意外相逢了。姚革新见到此情此景，连忙把黄大长和袁莹莹带到后台，替补演员谢一方顶替袁莹莹接着演戏。台下看戏的人以为是剧情需要，被台上演戏人的精彩表演深深感动了。观众报以热烈的喝彩声。

在后台，黄大长很快认出了姚革新，姚革新的眼里饱含泪水，上下打量着黄大长，说："大长兄弟，你去哪儿了？你怎么会在这里啊？我们找你好苦啊！我们都好想你啊！"

"大哥，一言难尽啊！"

姚革新说："李兰香死十多年了，是莹莹带大了你的几个孩子。"

"兰香她怎么就死了呢？她跟着我没有过过好日子啊！"黄大长流下伤心的泪水。

"兰香是病死的，也是累死的。"姚革新说，"袁莹莹至今还是单身，你不在家的二十多年，是她带大了你的五个孩子。"

黄大长用衣袖刮擦自己的眼睛，袁莹莹抓着黄大长的手，人几乎扑在了黄大长的身上，她说："哥，你还活着，你不是从娄底三线建设工地'一线天'摔到冷水江里去了吗？娄底三线建设指挥部和我们大家到处找你，你怎么到桃花江来了？这是怎么回事呀？！"姚革新示意袁莹莹莫着急，让黄大长坐下来慢慢说。

第八十四章
王元秀携父看大戏　桃花江故人喜相逢

袁莹莹放下黄大长的手，掏出自己口袋中的手绢，心疼地为黄大长拭擦泪水，口中一个劲地叫道："哥，我的哥，别哭了，我的眼泪都哭干了，你慢慢说，我和革新大哥听着。"

黄大长接过姚革新递过来的小水杯子，喝了两口水，他的眼前浮现出曾经发生的一幕，他说："大哥、莹莹，我是死里逃生啊。当年我响应上级号召到娄底支援小三线建设，我们中村大队一共去了欧阳不王、畲嘉和我等五人，我们一到娄底小三线建设指挥部后，我们5人就被指挥部分到各个连队，后来我们之间也失去了联系。"

"除了你和欧阳不王、畲嘉还活着，其余两人，一个因工伤死了，一个因病抢救无效，病死在三线工地上。"姚革新叹了一口气插话说，"你当年是因为意外从'一线天'工地上摔到山谷，掉入了娄底冷水江。当天暴雨倾盆，河水暴涨，三线建设指挥部派出的搜救队整整在冷水江上搜寻了七天七夜，没有找到你。"

"和你一同从'一线天'工地上摔下去的另一个人摔死在山谷里，哥，你去哪里了？"袁莹莹急切地问道。

"我摔下山谷后，滚到了冷水江里，被洪水很快冲走到下游的一个险滩上，正好被一个在冷水江边用鱼兜网鱼的女子救了起来。她当时吓了一跳，拔腿就跑。她边跑边回头一看，见我裸露在外的手臂上有一条很长的胎记，上面长的有毛，黑黑的。她又跑回走近一看，搁浅在江水里的人体型像我，她再走近一看，确认是我。于是乎，她用尽全力把我拖到江水边，给我做了人工呼吸后，叫人帮忙把我抬上车，送到医院抢救了三天三夜。我当时已经有了呼吸，但人是处于重度昏迷之中，全身到处是伤。在医院又治疗了一个星期后，医生告诉她说，我能不能活下去，就靠自身意志了。从那以后，我变成了一个植物人似的，什么也记不起来了，什么也不会说，听力也好像有了问题。救我的人，是一年轻女子，她是到娄底冷水江外婆家玩，因天气闷热，认为这个时候冷水江里的小鱼小虾会多一些，就下河网鱼去了。说来也真是太巧了，正好就被她撞见了，而她正是我在拘留所里的囚友——她叫蔡海秀。我治疗了一个星期后，主治医生告诉她说：你老公很有可能今后就是个植物人，他伤得太重了，伤在头部，将来能不能恢复记忆，一要靠造化，二要看他自身的意志力。她告别了外婆，她找了一台车把我运到了益阳桃花江。因为不知道我犯了什么事，我是怎么出现在娄底的，她对医生对外人称我是她的老公——把我的名字改成了王大长。"

袁莹莹似有所悟，她想到了那年他们在魏老庄演戏时的情景。她心想：当年在演戏时看到的女子，原来就是蔡海秀，当初她要找的人，就是黄大长，而非王大长。

黄大长接着说："在那个年代，死个人，出个什么意外，也是寻常事，因为不像现在有严格的户籍管理制度和身份证，那时都是手写档案资料。蔡海秀就通过当支书的表哥王强的关系，把我重新建立了一套户籍档案，从此我的名字就由黄大长改成了王大长。"

说话间，袁莹莹看到一个女子来到后台，在人群中找寻什么人，看她的身影正像当年他们到魏老庄演戏时，找黄大长的女子，袁莹莹似乎明白了什么，她打断黄大长的话，手指向那个女子说："是不是那个女子救起了你，她就是蔡海秀，是不是？"

黄大长向袁莹莹手指的方向望去，是他和蔡海秀所生独女儿王元秀，他还没有来得及说明，王元秀便蹦跳着来到了黄大长他们身边。她是一个二十一二岁的高挑秀美的姑娘，梳着一个学生头，见有许多人，便叫黄大长道："波波（爸爸），你真像个孩子到处乱跑，这里是演员休息化妆、候场的后台室，你真会玩，我也是服了你了。"

"她叫你什么？她是你什么人？你们是什么关系？好啊，大长哥，黄大长我真是看错了你，你原来早已有了家，生了孩子，原来十多年前在魏老庄的那个漂亮女子就是蔡海秀，怪不得我一见这个女孩子那么像她，原来她是你和蔡海秀生的女儿呀？"

"是的，阿姨，我叫王元秀，是我波波王大长和我恩咩（妈妈）蔡海秀的亲生女儿。"黄大长的女儿王元秀口齿伶俐。

"啪啪"两声脆响，袁莹莹的两击巴掌掴在黄大长的脸上，姚革新等人措手不及，黄大长也被袁莹莹突如其来的举动搞蒙了。

他正要申辩，王元秀吼道："你是什么人？凭什么打人呢？就因为我波波不慎走到你们演出后台，你就要教训他是吗？我可要告诉你，我波波曾经失语失聪十多年，是我恩咩十多年来不离不弃对我波波细心照料，每天给他唱《桃花江是个美人窝》这首歌，才使我波波二十年后，也就是前两年突然会讲话的，他这一两年来才慢慢恢复了讲话。今天我可要告诉你，若我波波被你又打失语了，你可要负法律责任，我本人就是学法律的，还有半年我就大学毕业了。我波波失语失聪多年，是我恩咩把我一把屎一把尿拉扯大的，是我恩咩把我波波从死亡线上救下来的，我不管你是什么人，和我波波是什么关系，但我要告诉你的是，我恩咩蔡海秀是我波波的救命恩人，又是我波波恢复记忆的心理医生，是他生命中最为重要的女人，你必须向我波波道歉，为你的鲁莽行为道歉。今天你如果不道歉，我马上叫派出所把你们这些人都扣起来审问，我倒要看看，你们这些恶人到底是民间演出团，还是一个打砸抢流窜犯罪团伙。"

黄大长大声说："元秀，不得无礼。你怎么能这么和袁阿姨讲话呢？她是我生命中最重要的女人。这位是姚革新书记，他在沅陵火场中村当村书记，也是辰河戏剧团团长。他带领的辰河戏剧团远近闻名，你也听说过，所以今天你带我早早地来看戏。在这个世界上，只有三个女人可以打我，一个是我的救命恩人，也就是你已经死去的恩咩蔡海秀，如果不是她救了我，我早已没命了。她二十年来的陪伴，不厌其烦地帮助我康复，要不是她，二十年来一直在我耳边唱我熟悉的歌《桃花江是一个美人窝》，波波就是活过来了，也极有可能是个植物人，就是因为你们的不离不弃，才让我真正成了一个正常人。你波波当年在批斗会上打了人，有人想害火场公社党委书记庞跃京，我上台打了人，因此坐了牢，在牢中认识了你恩咩；另一个就是你面前这位袁阿姨——她叫袁莹莹，她是我生命中十分重要的女人，她曾经冒死捍卫我，救下了我。是她带大了我在火场的五个孩子，她是孩子们的养母，是我们全家人的恩人呐，她等了波波二十多年呐；还有一个我生命中重要的女人——你大妈李兰香。她给我生了五个孩子，你现在有两个哥哥，三个姐姐。她跟着我没有过个一天好日子，她和我是父母包办的传统婚姻，但她为我生下一只手的娃，她劳苦功高啊，她和你恩咩一样没有来得及打我就病死了，她也是我们老黄家的恩人呐。我文不能安邦定国，武不能上阵杀敌，我却被三个女人眷顾厚爱，我感谢她们呐，感谢老天爷护佑啊。关于这三个女人，我就是讲上三天三夜，也说不尽她们的功德，也表达不尽她们的恩情啊！元秀，你是个大学生，一个恩人动手打你了，那肯定是你做得不对了，莫说打两巴掌，就是狠打一顿都不为过。我亏欠生命中的三个女人，我欠她们太多太多了。现在

第八十四章
王元秀携父看大戏　桃花江故人喜相逢

你大妈李兰香和恩咩蔡海秀都走了，我就是想她们打我，也找不到她们了。我这一辈子都感谢不了她们的似海深情呐！元秀，你说你应不应该向袁莹莹阿姨道歉呀？"

"元秀向袁阿姨道歉。"王元秀深深地鞠了一躬。

袁莹莹马上伸出手，做出扶元秀的动作。她说："元秀长得真漂亮，就像她恩咩一样美。"

"我恩咩比我更美。"

"你认识蔡海秀吗？"黄大长问道。

袁莹莹回答说："认识，好多年前就认识了。"

"这是咋回事？"黄大长的眼睛睁得大大的。

"那年，我们辰河戏剧团到魏老庄演出时，你没在，你去长沙军分区找李以民军长汇报庞跃京书记受冤屈的事去了。蔡海秀当时到演出剧团驻地找你，有人问她找谁？她回答找黄大长，等人再问时，她就回答说找的人是王大长。世上怎么有这么奇巧的事啊，你现在真的变成了王大长。离开剧团驻地时，刚好和我擦肩而过，她回过头来时，还夸我真漂亮。其实她的美丽不输给我们剧团任何人。"袁莹莹记忆犹新。

黄大长说："原来是这样啊，真是冥冥之中似有定数。这两年我逐渐恢复了记忆，得益于元秀恩咩的辛劳，她没有把我当成一个失聪失语之人，每做什么事，她总会和我说话。经常给我唱《桃花江是美人窝》，因为当年我和她一起在拘留所时，她经常唱。我们当时在牢房时无聊，大家要她教众人唱，因友都会唱。她唱这首歌，可能是为了唤起我的记忆。皇天不负苦心人，她的辛劳灵验了，我终于恢复了记忆，可惜两年前她患了子宫癌死了。二十年来，夜声人静时，蔡海秀就给我反复唱歌曲《桃花江是美人窝》：'我听得人家说，（白）说什么？桃花江是美人窝，桃花千万朵呀，比不上美人多……好，桃花江是美人窝，你不爱旁人就只爱了我；好，桃花江是美人窝，因为你比那旁人美得多；好，桃花江是美人窝，桃花千万朵呀比不上美人多。'"黄大长情不自禁地唱了起来，已是泪流满面。

黄大长有千言万语要对自己的亲人说，他说："两三年前，我的神志开始慢慢恢复了记忆。海秀别提有多高兴，在后来时间里，她自己其实身体不大好，一天到晚还得哄我，给我唱这首我熟悉的歌。几十年来，就凭她的一双手养活我和元秀，元秀今年就要大学毕业了。海秀还年轻，过早去世了，这一辈子都是被我拖累的，我何德何能让她为我这么无私付出，每当我想到这些，我的心疼得厉害。我没有报答她的救命之恩，还没有感谢她的深情。虽说我当时在拘留所意外救过她的命，而她不但救了我的命，而且养了我几十年呐，还为我生育了元秀。我不知道如何回报她的恩情，她的情只有来生再报答了。我刚恢复记忆不久，她就给我安排了她心中认为重要的事，因为她已查出身上有宫颈癌，也许她意识到将不久于人世，她对我的关爱呵护让我动容，感激不尽呐。原来她就是这样几十年过来的。蔡海秀在她进入手术室之前的几天时间里，她给我说了我的真实姓名，家住何处，是在三线建设时从'一线天'工地摔下山谷，滚落到冷水江，被她意外发现被救起，住院治疗后，她把我从冷水江带到桃花江自己家中。她详细介绍了我受伤情况，没有去找组织，那是过去的时间太久远，又因为当年连她自己也不知道我发生了什么事情，在那个年代不敢随便打听，生怕露出破绽，对我不利。因此，才会出现那年我们剧团到魏老庄村

演出时，她怕我认出袁莹莹或袁莹莹认出了我，她怕出现变故或意外对我不利。她说，那次她已认出了袁莹莹，因为过去了这么多年，又不知我家里到底是个什么情况，担心出意外变故，便立即把我带走了。她说，自那以后，我的记忆就开始时断时续地恢复了，她说，她为当年没有让我和莹莹相认而感到内疚和不安。出事后的几十年，我和莹莹其实有过两次见面，只是由于我的原因，错过了相认的机会，人生如戏啊。"

黄大长说到这里，几个人都忍不住哭起来。王元秀这时说："真是天意，今天让大家意外相见相认了，是件高兴的事，高兴才对，哭什么呀。好了好了，都还是大人呢，还哭鼻子，羞羞。"

她的话让气氛一下子活跃起来。王元秀心疼黄大长问道："波波你说累了吧，就休息会儿，你应该请袁莹莹阿姨等人去我们家里去做客。"黄大长说："是的，应该，一定请。请莹莹、姚大哥和剧团众乡亲去我家里做客。"

于是乎，剧团人员都有说有笑地来到黄大长家里坐坐。

黄大长说："海秀逝世一年多了，女儿又在外读大学，家中只有我一个人，屋里没有好好收拾，乱得不成个样子。"

黄大长邀请姚革新等剧团演职人员到他屋里坐坐，王元秀连忙招呼大家坐，赶快到厨房烧开水，给众乡亲泡茶。

蔡海秀在益阳桃花江的住房是两手推车土家木质结构小楼房。众乡亲和邻居有说有笑，剧团人员都报了自己的名字，帮助黄大长记忆。大家和黄大长有说不完的话，黄大长介绍了桃花镇的风土人情、历史沿革等等，姚革新和大家你一言我一语也给他讲了火场这些年来的变化，大到政治运动，小到某某家里添了什么人，又有谁这么些年相继老去。一会儿，主家这时请剧团人员回去吃夜宵，袁莹莹准备去时，王元秀拉住了她，要袁莹莹就在她家里随便吃点，说家里条件不好，将就一点，袁莹莹就留下了。

姚革新带领大家伙儿一同去主家吃夜宵。吃完夜宵，根据家属安排，剧团演职人员被分到村里各家各户住宿。按当地风俗，也是条件所限，由村中各家各户来人把剧团人员分别接走，第二天早上过早后再送回村部集中。

袁莹莹开始有些许犹豫，聪明伶俐的王元秀从旁邀请袁莹莹留下来住，说是陪她说话。大家都说袁莹莹和王元秀一见如故，真像母女俩。姚革新从旁说，说来真是巧，两人真像，黄大长用一块软布拭擦元秀给他买的那双皮鞋，在一旁嘿嘿地笑。

剧团人都走后，王元秀说："随着我波波记忆恢复，他已经可以完整地讲述他过去的一些事情。他每次给我讲起家里人时，他就神采飞扬，甚至很多细小的瞬间他都能想起来，或笑或哭，我开始时甚至怀疑他在编故事，抑或又怀疑他是不是真的害病了，病情加重了，直到后来的一天，他给我讲到您为了保护他用砖头拍自己脑袋，鲜血直流时，他哭得像个孩子。我波波一辈子不易，他经受了常人没法想象的磨难，他失聪失语二十年，当年从'一线天'工地摔下，让他伤了元气，身体一直不好。我们全家靠我恩咩一个人操持，她一人要负担我和波波两个人的生活，她还有农活要做。因此，我从小就跟着恩咩学做家务，几岁时我就懂得照顾波波。最近，也不知是什么原因，波波似乎有什么预感，老是念叨您，有时神志又不是那么十分清晰。我希望他有个健康幸福的晚年，同样也祝愿袁阿姨健康，永远这么漂亮。"

第八十四章
王元秀携父看大戏　桃花江故人喜相逢

袁莹莹直夸王元秀乖巧，懂事又孝顺。

在袁莹莹和黄大长说话时，王元秀给他们俩加了茶水之后，便悄然离开，上自己阁楼睡去了，给黄大长和莹莹留出独处的空间，他们分别得太久太久了。

窗外夜朦胧，房间里只剩下黄大长和袁莹莹两人，寂静而又充满温馨。

黄大长向袁莹莹那边移动了一点小凳子，靠近袁莹莹说道："莹莹，这些年真是辛苦了你，几个孩子如果没有你的照料还不知变成蛇还是虫，虽说黄诚勇大学毕业后也参加了工作，但他除年轻以外，讲话做事都不成熟，听你说，他现在都当上县太爷了，这都是你的功劳，还有姚革新大哥对我全家就像自己的家人一样关心。当年如果没有他，诚勇不要说当县长，就是生存都成问题，全靠姚革新大哥扶持栽培。其他几个孩子如果没有你，在那种环境下能否活过来都成大问题。"

袁莹莹唏嘘不已，两个人相拥而泣。"大长哥，你受苦了，受了那么大的伤，当时好疼吧?!"袁莹莹用手抚摸大长脸上的疤痕心疼地说。

"我从死边过，经历了难以想象的磨难，这些年，因为我，苦了你、兰香和海秀三个女人。我对不起你们啊！"

"这个不能怪你，哥，你是在'一线天'工地上摔伤的，你失聪失语了几十年，多亏有蔡海秀遇到了你，救活了你。可以感受到她是爱你的，你在拘留所救活了她，她在冷水江救活了你，你说这个世界是多么的玄妙，冥冥之中似乎天意安排。真的那么凑巧，大概率是遇不到的，你俩却百分百地遇到了，这要多大的缘分啊！可惜这么好的女子不幸被病魔夺去了生命，是我误会了她，实在是对不起她。她是你的救命恩人，我们欠她一个大人情呐。她在守护生命，也在守护梦想。她经历过生死和长夜守候，仍然不忘初心，殊为难得。"

黄大长说："舒建华坐牢出来后，回到冷水江，好吃懒做，整天像看破了红尘似的，蔡海秀长期被舒建华这个人渣骚扰。蔡海秀的确不容易，近十年来，为了照顾我的身体和生活，委曲求全。开始时，舒建华只是敲诈她，今天要钱明天要粮，后来他想霸占她。她当初不了解具体情况，为了我的安危，对舒建华是一忍再忍，一让再让。改革开放后，舒建华很快抓住了发展机遇，他开始做木材生意，有一次他到桃花江做生意时，无意中撞见了我。我那时处于失聪失语之中，他在镇上截住我问这问那，我什么也不记得了，狡诈的舒建华就找到蔡海秀，他和我、蔡海秀当年都在拘留所蹲过，他长期霸占过海秀。他当时涉黄，被蔡海秀举报，从拘留所被带到看守所，后来公安还查出了他其他问题，他由此被判了好多年刑。他和蔡海秀是'老相识'了，他找到蔡海秀说，是蔡海秀和我在拘留所商量好了的，出了拘留所，我就与她有了关系，并且抛妻舍子，因为一个什么外来的因素，说蔡海秀把我拐走了。他说我跑到桃花江和蔡海秀生了女儿元秀是有故事的，逼蔡海秀说明原因。他贪恋海秀美色，借此要和蔡海秀重温旧梦，海秀当然不肯，说他有家室有儿女。舒建华说，如果不愿意，他就到公安部门实名去举报，说我肯定犯有什么罪，逃到桃花江来的，不然，以我的身手，怎么可能受这么大的伤，因为海秀也不了解我受伤的情况，她只是听有关部门到处调查找过我。她也怀疑我是犯了什么事逃出来的，具体情况，她无从知道。但她就是要保护好我，不让我受到伤害。

舒建华要蔡海秀给封口费，海秀哪里有钱，想尽一切办法才凑足了他要的数目，以为

平安无事，谁承想，他要钱已经没有次数概念，三番两次要，最后海秀说要钱没有，要命有一条。舒建华说：从此不要钱，但他要人。要恢复从前两人的关系。海秀怕我受到伤害，她怕舒建华说出去实情，她默认了，接受了舒建华，为了我的安全，她奉献了自己。舒建华这个坏人霸占蔡海秀十几年时间。好在苍天有眼，严打开始了，抓了很多刑事犯罪分子，什么强奸犯、杀人犯、抢劫犯等，在'从严从重'政策下，舒建华因为投机倒把、买空卖空等罪行又被公安机关抓捕，这时蔡海秀抓住了这个千载难逢的机遇，直接上公安机关举报舒建华长期欺凌污辱她，当然，这个是事实，也获得附近村民的指证，舒建华最后因强奸妇女等罪行，被判死刑。从此，蔡海秀才算是跳出了魔爪，获得了新生。"

久别的两人两只手紧紧地握在了一起，袁莹莹说："蔡海秀是个重情重义的女子，也是一个女中豪杰。没有她就没有你的今天，也就没有我们今天的重逢，我们要永远记住她的恩情。"

"是啊，蔡海秀是一个奇女子，我的生命因为她而存在，她却为了我奉献青春乃至生命。而且她不止一次给我解释，说明当年为什么没有及时联系我老家这边，是因为当时的政治运动甚嚣尘上，在那种政治压倒一切的历史时期，一个人只要有一丁点的违背规则，只要有人举报，就立即像干柴遇到火星子一样，一点即着。她主要是不了解我以及老家这边的情况，不知我到底发生了什么事，我为什么会出现在冷水江的江水里，她不便调查，也不敢调查，也无这个能力调查了解，她不知我到底是犯了什么事才至于此，她只想我活着。为了我，即便是后来她又一次被舒建华这个奸诈小人敲诈勒索、霸占，她甘愿献出一切。"

"海秀姐姐所做的一切都是源于对你的爱，她是一个知恩图报、敢爱敢恨、忠实于内心的奇女子，她对你的爱、对你的恩情怎么形容都不为过。"

"她一个弱女子，扛起了家庭的重担，几十年如一日地照顾我，像你一样，为了我付出了很大的代价，这是一般的女子所做不到的，还有李兰香，我对不起你们仨啦！"黄大长热泪盈眶。

袁莹莹的眼里满含泪水，她说："大长哥，我想到海秀姐姐墓祭拜一下她。"黄大长向她深情地点了点头。袁莹莹说："李兰香姐姐已经去世十余年了，家中五个孩子都已经成家了，哥今后有什么打算？"

"我要跟你回去，我要看看兰香去，看看孩子们去，都是因为我拖累了她，苦了你们三个女人！"黄大长掩面哭泣。

"好的，哥！不说这个了，这也许都是老天爷的安排，人都有自己的命数的，半点由不得人。"

"你们三个女人跟了我，可以说没有享受过一天的好日子，反而让你们受尽了磨难，有时我心想，我何德何能竟然得到你们三个非同一般的女人的眷顾，真是我人生中不幸中的万幸。余生我要好好疼爱你，一分钟也不分离，我欠你的太多太多了，我用余生还可以吗？莹莹。"

黄大长怯怯地看着袁莹莹："你如愿意，我们一起度过这余生，我用这余生还你，对你好，好吗？"

袁莹莹一把把黄大长抱在了怀里，两人抱头痛哭。这时，鸡鸣头声，远处的天边传来

第八十四章
王元秀携父看大戏　桃花江故人喜相逢

了一声惊雷，天下大雨了……

剧团第二天要开拔了，袁莹莹告别了黄大长父女，黄大长大声说："莹莹，我等你回来，我要回家。"

黄诚勇从袁莹莹那里得知了父亲还活着的消息，拨通了王元秀手机电话，电话那边传来了黄诚勇惊喜而泣的声音："喂，你是王元秀妹妹吗？我是你大哥黄诚勇，我现在在沅陵县政府给你打电话……"

他要王元秀把手机给黄大长，父子俩在电话的两头未语哽噎，终于是黄诚勇开口了，"爹，爹爹，我是诚勇，你记起来了吗？爹，你让我们好找啊！你让孩儿们都哭干了眼泪，娘她想你啊，她都想死你了。"

"都是爹爹不好，都是我的错，我也想你们呐，等我把这边的事情料理好，就带着你元秀妹妹回火场和你们团聚。"

"爹，我接你回家。"

"你公事那么忙，就不用来接我了，我等你袁阿姨演戏返回时，我就和剧团人员一起回家。"电话那里，黄诚勇坚持要去桃花江接黄大长回家，黄大长最终同意了。

剧团演出一周后，返回了，袁莹莹只身一人去了桃花江黄大长屋里，等黄诚勇来接她和黄大长一起回家，袁莹莹等到第三天，黄诚勇一行四人开了两台车，一台吉普车，一台是东风牌货车，父子相见自然是喜极而泣。

黄诚勇说："爹，你还活着，我们全家都好想你啊，我们以为这辈子再也见不到你了。娘走后，是袁妈妈操持我们那个家，是她把弟妹拉扯大的。"

黄大长说："是啊，你袁妈妈为了我们全家无私奉献了一生。是你小娘蔡海秀把我从死神手里抢救了过来，并且唤醒了我。是你娘给予了你们生命和家庭的温暖。"

黄大长把事情前因后果一五一十地给黄诚勇又说了一遍，黄诚勇愕然。黄大长说："海秀给我生了个乖女儿——王元秀，哦对了，我和元秀商量好了，从今天开始，我和她都改回原姓，姓黄。"

黄元秀性格开朗，拉着黄诚勇的手说道："诚勇哥哥，你这么年轻就当县长了，真是年轻有为啊，将来大有作为。"大家都开心地笑了。

"革命工作都是分工不同，是工作的需要。"

"是啊，你有父母官的能耐，组织上才会需要你，你如果是草包一个，组织也会放弃你的。"黄元秀的话直接而幽默。

袁莹莹对黄大长说："这下好了，明儿回去呀，屋里又增加了一个大学生，这六个孩子的嘴巴皮可都不是吃素的。"

黄大长一副憨态可掬的样子，他笑笑地说："过去生产队开大会，先忆苦，再喊口号，表决心、表忠心，就是欠大学生，文化水平都低，批来批去闹哄哄的，就是讲不出个所以然，若改成现在啊，我屋里这些大知识分子可以包场子，讲他个三天三夜都没得问题。"家人团聚有说不尽的话。

第二天上午，袁莹莹、黄诚勇祭拜了蔡海秀，村中人知道原委后，对黄大长也是依依不舍，说他死里逃生，好不容易有了一个家，蔡海秀一走，就散了，左邻右舍叮嘱他经常回来看看。

村人帮忙把收拾好的物件搬上车，黄大长又叮嘱一个邻居代为看守屋子，大家都上车后，他却坐在堂屋里，久久没有出来，他口里念着什么，要走了，他吸着烟，坐在堂屋口边流泪，突然，他唱起了《桃花江是美人窝》："……桃花江是美人窝，桃花千万朵呀比不上美人多……"

黄元秀和前来送行的村民跟着黄大长加入歌唱《桃花江是美人窝》的行列中了，黄大长屋前坪场里形成了歌的海洋……黄大长用这首歌向蔡海秀和街坊邻居告别，村人也用这首歌欢送黄大长回归故里。

要离开了桃江镇了，黄大长恋恋不舍和他相处了二十几年的众乡亲道别，无法割舍这块美丽的土地和淳朴的人们，他动情地说："桃花江是一块神奇的土地，是一个美人窝，有茂树修竹，有我的恩人亲人，我会回来看你们的……"他一步一回头，向众乡亲挥手告别。

漫山遍野的楠竹迎风招展，欢快地加入欢送亲人的队伍，村中人在竹海中和他们朝夕相处的亲人道别，老人们叮嘱黄大长和元秀常回家看看。黄元秀挥舞着双手，泪流满面向众乡亲告别，黄大长哽噎着向前来送行的亲人朋友互致珍重。车徐徐地开动了，左邻右舍更是拥向黄大长和元秀不忍离去，父女俩依依不舍地向亲人们挥手致意。

"黄大长回来了，黄大长回来了。"火场的村村寨寨到处传播着这个不可思议的新闻。整个中村更是处于喜庆之中，左邻右舍都前来看望问候。可是，万事都不是绝对的，正当人们沉浸在幸福之中时，往往孕育着风险，潜藏的危险正在滋生。

辰河剧团桃花江演出，袁莹莹意外找到阔别多年的黄大长。黄大长死而复生，老父回归，让身在外地的黄刚强有抑制不住的高兴，人在高兴时就会放松思想警惕。

第八十五章
命运多舛人生无常　悲痛忧伤逆流成河

托尔斯泰的《安娜·卡列尼娜》一书，开头第一句话，就是"幸福的家庭都是相似的，不幸的家庭各有各的不幸"。

7月18日，农历六月初六，上午十一时许，袁莹莹给姚革新打电话，她说，深圳那边老乡肖崇金打来电话说，黄刚强在施工中，不慎从脚手架上摔了下来，伤势十分严重。

黄大长和袁莹莹准备马上去深圳处理黄刚强高坠事故，姚革新和黄诚勇的意思，两人好不容易才相聚，年龄大了，不宜远行。黄诚勇县里的公事繁忙，加之前期接老父回家，回家后紧锣密鼓地为黄大长和袁莹莹筹备婚礼，耽误了一点时间，刚刚歇了口气，准备处理一下县里一些紧急的事情，没法抽身。黄诚勇、黄大长、袁莹莹和姚革新商议后，认为黄元秀在深圳大学学习，熟悉那边的情况，决定由黄元秀同姚改革、姚美松去深圳处理此事。

第八十五章
命运多舛人生无常　悲痛忧伤逆流成河

姚改革去深圳之前和妻子谢采采交换了手机，姚改革的手机老旧，老是死机，谢采采有两部手机，她犹豫了一下后掏出一部手机很不情愿地递给了姚改革。他把自己的手机卡SM卡下了装在谢采采手机上，她手机是双卡双待的。谢采采吩咐道："回来后还给我，乡政府事多。"

"你事多，和手机有什么关系，带两部手机有什么用？"

"我懒得跟你讲。"

姚改革回道："懒得讲就不要讲，有什么不得了的？一天到晚发个信息，打个电话都神神秘秘的。"

"你管得着吗？"

"哼哼。"

姚改革、姚美松和黄元秀立即赶到县城，坐直达怀化的班车，再从怀化赶往深圳。其间，姚改革几次接到深圳那边熟人打来的电话，告知黄刚强的手术情况，消息基本是负面的。黄刚强已于当日下午三时许做完手术，术后情况不好。

大家心中布满了阴云，预感到灾难即将降临到黄刚强的头上。黄元秀也接到来自深圳那边同学的电话，得知黄刚强的身体情况很不妙，三人心情十分沉重，元秀、美松忍不住哭泣。晚上十时许，他们到达深圳北站。

到达深圳站时，包工头肖崇金到车站接他们，他五十多岁，矮个子，看上去不像是那种灵泛人。在车站，肖崇金含泪介绍黄刚强受伤过程。他说："今天上午10点钟，黄刚强在人字梯上做消防设施，我本来是要自己上梯子做的，刚强说要做的事情不多，他自己争着上梯子做，哪知道他会摔下来呢。"

黄元秀急切地说："我哥哥是怎么摔下来的，施工时，你们没人在现场吗？没人扶梯子吗？"

"今天只有我和他在施工，工程量不大，我当时也在现场做其他事情，见梯子要倒时，我用手去抓，没有抓住。"

"梯子不推它会自己倒吗？当时头上戴的有安全帽吗？我哥身上系的有安全绳吗？"

肖崇金哭着说："都没有，这是个小工程，楼层不高，是一楼室内安装消防管线。"

"你们的安全意识太淡薄了，发生这么大的安全事故，我看你怎么办，如何得了，你们当时具体是在做什么工程？"姚改革责备他说。

肖崇金说："做室内消防工程，这个工程是我自己在大街上走路时，看到深圳市汉喜医院有消防工程要做，就主动和医院联系，医院答应先让试试，如果做得好，就让我们继续做。"

他讲的话有不少漏洞，黄元秀当时就表示了质疑，在深圳特区这个地方，一个医院的消防工程，怎么会让一个没有资质、来路不明的人随便试试呢。

姚改革问："我弟弟的伤情如何，他摔下时说过什么话没有，你们当时采取了什么措施，手术情况怎样？"

"摔下来以后，我对刚强说，你一定没事的，我马上送你去医院治疗，你要坚持住。他没有说过一句话，只是用手在头上摸了两下，我就马上叫门口值班的保安帮我拨打了120电话，附近一个医院派救护车，把人拖走进行抢救，抢救过程中见情况不好，就由医

院送到深圳市第二人民医院抢救。下午三点多钟已做了手术，手术效果不好。"

出租车把他们送到了深圳市第二人民医院神经重病监护室，三人马上向主治医师王主任询问了黄刚强的伤情。王医生介绍说："伤者之前在深圳健安医院做了简单伤情处理后，通过绿色通道送到二医院抢救并手术。已于下午三点多钟做开颅手术，开颅后发现颅内到处是血，后脑多处骨折，后脑骨裂。病人随时都有生命危险，家属要有思想准备。"

姚改革问："有存活的可能吗？"

王医生说："存活的可能性很小、很小，即便是活下来了，也是个重度植物人。看病人能否挺过七天，七天后再挺过一周，病情才会稳定。"

听完医生介绍，三人心急如焚，已预感到黄刚强的生命处于极度危险之中了。他们要求医生让他们去重症监护室看看黄刚强。医生告知，重症监护室还有很多其他病人，要求他们进去后，要保持克制。三人换好医院提供的消毒防护衣帽、脚套，走到黄刚强病床前，只见他四肢、头部都插有输液管，用助搏器帮助呼吸，心脏在床单下起伏，三人呼唤刚强的名字，和他讲话，黄刚强没有任何反应。

姚改革叫唤着刚强："刚强你一定要坚强、要挺住，你一定要好起来，你会没事的。"他们心如刀割，伤心痛哭。姚美松泣不成声，跪请医生救救黄刚强的性命。

晚上十二时许，三人到达深圳市汉喜医院施工现场，施工现场是一栋楼的第一层室内装修消防设施，高约三米，地面凹凸不平，施工用的脚手架已不知去向，现场没有其他建筑材料。显然，现场已被处理过。姚改革问肖崇金报案了没有，他说没有。姚改革叫黄元秀马上拨打门卫值班亭上的报警电话，向当地派出所报警。一会儿，派出所来了两人，先是说不关他们的事，后来勉强给姚改革录了口供。凌晨两点多钟，他们回到市第二人民医院，三人守在黄刚强神经重症监护室外的走廊上，心急如焚，坐立不安，心痛到天亮。

第二天（7月19日）。早上8:30—10:30之间，是家属探视病人时间，三人进入神经重症监护室第一道门内，从视频上看望第二道门内的黄刚强。医生再次告知他们："病人伤情十分严重，存活的可能性极小极小，即便出现奇迹存活下来，也是一个深度的植物人，也难存活多久。"

姚改革对主治医师王主任说："我们家属有决心，医生要有信心，请你们用最好的医生、最好的药，挽救我弟弟的生命，我们希望出现奇迹。"

医生很体谅他们的心情，说一定尽全力抢救，家属要有心理准备。大家内心很清楚，从医生的神色和语言中，能感觉黄刚强存活的希望渺茫，随时都有生命危险。

他们三人通过电话把这边的实情告知了家里亲人，姚改革提出了三个预案。

第一套方案：在黄刚强还有生命体征的时候，准备把黄刚强运回老家，如果他去世了，按照深圳市的规定不能运出深圳市，必须火化。

家里人的意见，依据老家当地习俗，人去世之后，不火化，要入土为安。但是，如果此时出院，院方又不能派出医院的车和医务人员随行，刚强在路上肯定生命不保，家人怀有最后一线希望，不忍心放弃对黄刚强的治疗，经过大家商议后，他们选择了继续治疗。

第二套方案：如果黄刚强抢救不过来，就把他的遗体运回老家，直接入土为安。

但这需要办理很多手续。因此，姚改革安排家里人去县公安局、民政局和当地派出所，打各种证明材料。

第八十五章
命运多舛人生无常　悲痛忧伤逆流成河

第三套方案：如果黄刚强去世了，就在深圳市殡仪馆火化，把骨灰运回老家安葬。

晚上，黄诚勇从沅陵打电话询问黄刚强情况，他主张火化，哭着叮嘱要尊重深圳当地政府的规定，不搞特殊化。黄元秀接过电话说："哥哥，你莫哭了，你是个坚强的人，这种时候不能流露出你脆弱的一面，你要拿主意，哪有自己的亲弟弟都这样了不伤心的呢，你要忍住，安排好后面的事情。不要因为刚强哥的事而误了公事，我们记住你的话了。"其实，她和黄诚勇通话时，也一直在哭泣。

在7月19日至7月24日之前，姚改革不断与家中联系，积极着手准备把黄刚强运回老家。袁莹莹联系沅陵殡仪馆，说明了情况和要求，殡仪馆由县民政局管辖，经过多次交涉，县民政局基本同意由县殡仪馆出人出车，到时去深圳市殡仪馆接人。黄诚勇安排黄桃到时随车去深圳市，并带齐各种证件和证明材料。

每天早上七点，黄元秀、姚美松从"笋岗"经由西丽湖线至"黄木岗"下地铁，去深圳市第二人民医院探望。夜晚，两人从深圳市第二人民医院门口地铁站坐地铁，从"黄木岗"经由太安线至"笋岗"下地铁，到金马时尚大酒店住宿。姚改革每晚在深圳市第二人民医院神经重症监护室走廊外椅子上守护黄刚强。

第三天（7月20日）。三人和富康社区游副站长一行，找到汉喜医院，医院一个三十多岁的侯科长接待了他们，侯科长说："医院几个领导都被安监部门叫过去了解情况，由我负责接待并陈述情况，我们汉喜医院的消防工程，是和品冠工程有限公司有装修合同意向的，由于工程报批没有下来，暂时和品冠工程有限公司没有签订合同。但是我们双方一起开过装修工程调度会议，和品冠设计工程有限公司工作上没有交集，工程队人员由品冠工程有限公司确定，我们一概不知工程队是否有资质、工程人员是否签有劳务合同和购买人身保险，不由我方掌控，他们派哪个工程队、派哪些工程人员不由我方决定。因此，不由我方负责。至于在消防施工过程中造成了黄刚强意外重伤，我们也很痛心，我方认为，应由施工方负全责。"

姚改革看汉喜医院侯科长推卸责任，不是一个主事的人，解决不了什么问题。就说："你们汉喜医院作为工程方，没有上级批复，没有工程发包，更没有签订施工合同，就擅自让不能确认的单位和个人施工了两个多月，第二层、第三层都已干完，第一层也只剩下几天时间就完工了。他们在医院施工，你们若不同意，工人是怎么进到室内施工的，你们医院门口有24小时保安值班，请问，工人施工了两个多月，你们的保安是如何核实工人身份的，怎么能让身份不明的人施工两个多月？"

黄元秀说："你们院领导都不在单位，你又作不了数，都是白讲，毫无意义。请转告你们医院领导，人命关天，不可儿戏，要面对现实，不要推卸责任，你们现在要想尽一切办法治疗。"说罢三人愤然离开了汉喜医院。

三人根据前三天了解的情况认为，事情对他们极其不利，因为工程方汉喜医院和品冠工程有限公司没有就消防工程装修施工事项签订合同，黄刚强和品冠工程有限公司也没有签订劳务合同。他施工出事后，品冠设计工程有限公司由幕后跳到了前台，说黄刚强是给工程队肖崇金个人做事，独独黄刚强一人又没有买保险。现在变成此消防工程是由品冠设计工程有限公司法人易武和汉喜医院直接联系的工程项目，并交由工程队包头肖崇金去施工。把品冠工程有限公司（法人易文）完全撤开了，从调查了解的情况看，品冠工程有限

公司和品冠设计工程有限公司是同一地址、同一办公场所，为人格混同。事发后，为规避责任，由品冠设计工程有限公司出来顶替。医院方口口声声说有证据能证明事实，品冠工程有限公司法人易文，若不出面解决问题没得谈，但医院方愿意承担应有的法律责任。

　　看来只有诉诸法律，才能解决问题。三人和黄诚勇电话商定，到当地律师事务所请律师，利用法律维权。黄诚勇说，我们那里有个老乡，名叫张士兵，在这边当律师，可以叫他帮我们打官司。晚上，叫来了那个年轻人，寒暄后得知他是黄桃的学生。张士兵说，他不是打这类官司的律师，他带来一个擅长打这类官司的律师，他引荐了律师事务所律师徐文兵，他也是一个年轻人，讲话语速很快。作为律师，他的言行沉稳老练，很专业，经验丰富，大家满意。最后选择他作为姚美松一方诉讼代理人。

　　第四天（7月21日）。姚改革和姚美松、黄元秀到律师事务所和徐文兵律师商议黄刚强工伤相关事项，请求法律援助。经过和徐文兵律师商议，对整个案情做了全面的梳理和分析，大家认为黄刚强工伤之事鉴于目前复杂的处境，只有通过打官司，才会得到全面解决——在这后面的事态中，得到了印证。

　　姚美松同律师签订了民事委托合同。通过和徐律师商议，姚改革给徐律师支付了前期律师代理事务费用。

　　第五天（7月22日）。黄刚强病情加重，姚改革和黄元秀跑了两天深圳市殡仪馆联系相关事宜，得知的情况是：若要把人运回去，还要沅陵这边民政局出台一个正式红头文件，保证运回沅陵是在当地火化而不是直接入土为安，并要交相关证明回执单。

　　事情就卡在这个文件上，原因是，把人运回后，按当地风俗，不会火化，因此，开不了证明，这个事情复杂了。

　　第六天（7月23日）。早上，黄刚强身体复查一次，医生告知他们三人，黄刚强经过六天的治疗，伤情不但没有好转，反而在恶化，各器官在衰竭。主治医生又一次告知姚改革他们，如果出现险情，医院会实施三十分钟人道主义抢救，若在此三十分钟内出院，医院可开具证明，说是转院，人可以搞出去，否则，人若去世了，按照深圳市的相关规定，遗体就不能运出深圳市。

　　黄诚勇来电话说去深圳探视，黄元秀把上午医生检查的情况告知了他，并把CT报告单内容念给他听："颅骨呈术后改变，颅骨多发骨质不连，局部断端分离错位……"黄元秀说："大哥，你没有必要来了。医生说二哥很可能过不了明天。"她叫黄诚勇在家里安排好后事，安抚好爹和袁妈妈。

　　黄诚勇和姚改革等三人电话商量：通过前期与沅陵接洽的效果看，把人运回也得火化。若运回火化，路途遥远，不方便，也不安全。并且，也只能在怀化市火化，沅陵没有火化条件，还不如在深圳市火化。

　　黄诚勇晚上和黄大长、袁莹莹、姚革新说明了黄刚强的病情和前期准备运回受挫的情况。黄大长老泪纵横，他说："如果出现了最坏情况，就带刚强骨灰回来吧，不要运人回来，路途太远，路上有很多不可知因素，不要再节外生枝，发生其他事情不好。"

　　万般无奈，千般不舍，百般痛心，他们三人只能按照第三套方案，做好在深圳市殡仪馆火化的准备工作。

　　第七天（7月24日），农历六月十二。上午八点五十分，医院告知，黄刚强病情恶化

第八十五章
命运多舛人生无常　悲痛忧伤逆流成河

了，器官衰竭，心脏跳动已十分微弱，医院开始人道主义抢救三十分钟。医生抢救至上午九点三十分，宣布黄刚强的心脏停止了跳动，家属可以料理后事。

遗体被送到尸检中心冻藏等候鉴定。他们三人和徐文兵律师于下午到达尸检中心，他们要求肖崇金交钱办手续，肖崇金老姨的品冠公司律师也来了，他就一再阻挠肖崇金儿子肖诗进缴费，肖诗进也犹豫不决，不愿缴费，说是没有钱交。姚改革等三人要求他无钱自己想办法借。肖诗进在尸检中心出出进进，打了一通电话，他听品冠公司律师的，说没有必要尸检。

姚改革对他说："你明天可以去咨询，今天把钱先交了，若真没有必要，那就退钱。"这样又拖了很久，最后在和尸检中心讨价还价后，才交钱。其实，肖诗进手里拿着钱，就是不肯交钱办手续，相持约两个小时，他交了钱，办好了相关手续。

姚改革等三人拖着疲惫的身体，带着悲痛忧伤的心，转至龙华区丹竹酒店留住，因为这里离殡仪馆近一些。晚上，在外打工的老乡刘兴昌负责他们一行人的晚餐、住宿，他还把自己的车临时借给他们使用，并叫张宇给他们开车，方便他们办事。姚改革等三人在异乡感到了温暖，内心十分感激。

7月25日上午。姚改革等三人，到达尸检中心冻藏处等候鉴定，工作人员给他们讲解了一些事项，姚改革为黄刚强购置了一套上好的西服、鞋子等收殓。尔后，他们看了黄刚强最后一面。

下午，在富康社区组织深圳市汉喜医院（项目方）、品冠设计有限公司（施工方）和肖崇金（小包工头）和姚美松等三人商议死亡赔偿事宜，由富康社区游副站长联络，游副站长把他们一行带到富康社区焦站长办公室。

焦站长年龄五十五六岁，秃顶、大嘴，讲话慢条斯理，打着官腔，他呷了一口茶，说道："情况我已清楚，我们社区正在和相关方对接，你们要相信社区，我们社区前期是做了大量工作的，也是有成效的……"

姚改革看他是在糊弄人，净说一些没有用的官话，就打断了他的话，说道："焦站长，我们今天主要是商谈死亡赔偿问题，其他的事情今后再谈，死者为大，目前，最重要的是如何解决入土为安的问题，能一次性解决最好。"

焦站长说道："我们社区已和汉喜医院谈过，还需要做大量的工作。"

姚改革见他讲话不痛不痒，不触及实质性问题，心中早已不悦，他说道："死者为大，入土为安，首先，要安排好这些前期的工作，这个事情无须商量，而是谁出钱，出多少钱的问题。"

一会儿，肖崇金和品冠设计工程有限公司来到社区，汉喜医院的侯科长也来了，社区组织姚美松方、汉喜医院和肖崇金方以及品冠设计工程有限公司四方在三楼会议室协商。

开会时，社区主持人开宗明义，他说今天把"7·18"高坠事故相关责任方召来坐在一起开会的目的，就是为了明确"7·18"高坠事故相关责任，给死者及其家属一个交代，解决赔偿问题。

姚改革首先发言道："我弟弟是在消防施工过程中，由于肖崇金在推脚手架时，用力过猛，致使我弟弟从脚手架上摔下身亡，我弟弟一直在品冠公司上班，7月18日在汉喜医院消防施工过程中身负重伤，医治无效身亡……项目方和施工方没有签订合同，那是你

们的事,你们几方都有不可推卸的责任。今天,我们家属只要求按政策赔偿到位,最好是一次性解决赔偿问题。"

调处会上,富康社区由王律师提出赔偿标的——按上一年沅陵国民收入标准算。黄元秀很不满意,立即提出反对。她说:"第一,我哥哥是在深圳打工,按相关法律法规,应当按深圳市标准核算,不能按湖南省标准,更不能按湖南省沅陵县标准算;第二,按深圳市最新公布的数据和文件(深圳市已于前一日用红头文件公布工伤死亡赔偿最新办法),我哥哥符合此文件中的新政策要求,我们的律师徐文兵先生,根据相关法律法规,主张赔偿金是这个数。"她扬起手中的纸质资料,读给大家听。会上相关方没有围绕死亡赔偿金深入讨论,而是相互指责,推卸责任。第一次调解在争吵和推卸责任中失败,约定第二天上午九点第二次协调。

7月26日上午九点。在富康社区进行第二次调解,汉喜医院仍然是侯科长出面,一个三十出头的年轻人,不能做主,各方各自提出了自己的主张,讲的都是官话,焦点仍然是规避责任,而对赔偿问题没有实质性讨论。汉喜医院侯科长,把早已准备好了的话又陈述了一次:汉喜医院的消防工程项目是和深圳市品冠工程有限公司洽谈的(法人代表易文),有签订合同意向,并开了工程推进协调会议。由于建设面积超标,向上面报批没有通过,因此,双方才没有签订合同。

会上,品冠工程有限公司陈律师陈述:汉喜医院消防工程项目,是由品冠设计工程有限公司易武个人和医院方洽谈的,再转包给小包工头肖崇金,死者是在给肖崇金工程队做事。

易武把易文公司的责任全揽下了,并且把责任全部推给汉喜医院,这样就变成汉喜医院,在没有批文、招投标、合同的情况下,就把消防工程交给一个没有施工资质的小包头肖崇金。而肖崇金是个无资质、无财产、无赔偿能力的"三无产品"。

姚改革等三人晚上改住丹竹酒店,在酒楼召开在深圳龙华打工的老乡朋友协商会议,与会人员主要人员有刘兴昌、张宇、肖诗旺、肖崇金、肖诗进(肖崇金儿子,小名旦旦)。大家反复做肖崇金父子工作,晓以利害。姚改革心里明白肖崇金的处境,他的确没有赔偿能力,否则,只认他赔偿即可。他只能依赖他老姨易武的经济实力,如果易武不管他了,他是既无钱又无工程可做了,依赖易武,并为他背名抵罪,他还能够从易武处得到一部分赔偿支援,今后还可以继续在易姓家族企业庇护下,继续在深圳打工找钱。

7月27日上午九点半。由于富康社区前两次的调解宣布失败,姚改革等三人坐车至龙华街道中心调处。品冠工程有限公司和汉喜医院坐一排,徐律师和姚改革、姚美松和黄元秀坐一排,对面坐龙华街道中心领导,龙华街道安监、卫生、司法等领导坐右侧。调处会一开始,龙华街道的王主任就说明,今天是调解双方的赔偿问题。

可是,品冠工程有限公司的陈律师一开口就说:"这事与品冠工程有限公司无关,是肖崇金的老姨(即易武)直接从汉喜医院搞来的项目,交由工程队肖崇金施工,我们品冠一直以积极的态度和汉喜医院协调商量,可是汉喜医院不和我们谈,他们不愿意谈,我们想谈也没有办法。"

汉喜医院陈副院长则强调:医院方是和品冠工程有限公司洽谈的消防工程,要求和该公司总经理易文商谈,不与其他无关公司和个人谈判。医院方有一定的责任,也愿意就自己的责任承担相应的法律责任。

品冠公司的律师则强调：该消防工程是由肖崇金的老姨（即品冠设计工程有限公司总经理易武）和医院方联系，承包并交由工程队肖崇金施工的，医院方应承担主体责任。

姚改革听到这种互相指责、推诿责任的乱哄哄的场景，知道协商赔偿的事情，很可能打水漂，不会有实质性进展。他说："我弟弟从受重伤到医治无效死亡，至今已过去十天了，你们相关公司没有一条狗来看望死者，看望我们家属、安抚家属，你们还有没有良心，有没有一点做人的底线。我们在座的各方其实心中都明白责任与义务，现在我方只要求你们三公司及肖崇金本人对我弟弟的死亡赔偿问题进行划分。我不管你们谁出钱，只要能妥善安置我们家属，让我弟弟入土为安即可，善后有这么难吗？"

他越说越激动，手拍着桌子，手指责任方说："你们都有兄弟姐妹吗？如果是你们的兄弟姐妹，出了这么大的事，又遇到像你们这样的责任人，你们会怎么想，会是什么心情？你们对死者有起码的人格尊重吗？我弟弟已去世几天了，你们不反思，不积极主动地解决问题，还在推来推去，只要你们责任方按相关政策赔偿，又不要你们的命，有那么难吗？你们不怕有报应吗？出了人命案，能蒙混过关的吗？在我们当地，出了安全事故后，有关责任方会积极主动地找死者家属协商，尽快地处理好死者的安葬、死者家属的抚恤等善后工作，征得死者家属的原谅，这才是明智的做法。而你们是怎么做的，你们心里清楚。你们如果还有基本的良知，就应该主动地找我们家属来谈，早点把问题解决好，让逝者安息，尽量地把影响消除到最低。而不是让我们家属天天去找你们，你们不像是吃饭的人，你们无视人的生命，无视我们的悲痛心情，再三地推卸责任。我把丑话说在前面，不解决可以，我就把我弟弟交给你们保管，我相信深圳也是共产党领导，不是国民党在统治，我们会讨个说法的。"

姚美松悲恸地说："你们这些人十分的冷漠，没有一点同情心，遇事只想推卸责任。"

姚改革见他们几方还是过来过去踢皮球，吵吵嚷嚷，气愤地说："奉劝你们要面对现实，围绕赔偿问题协商，不要把话扯远，推责任是推不掉的，今天就讨论两个问题，一个是一次性解决赔偿的问题；另一个是前期安葬问题。前者根据我的律师计算，一次性赔偿到位，后者是先解决前期安葬费问题。"

龙华街道办支持姚改革的诉求，龙华街道办指责医院方推诿责任，使赔偿工作受阻，要求医院方出资一部分，用于家属对死者前期的安葬费用。医院方又说要回去召开董事会商议才能决定。龙华街道办领导同意医院方商议，约定下午三点在龙华街道办再次调处。

下午三点，龙华街道办再次主持当事方调处，医院方没有派人来参加会议。龙华街道办再三催促医院方，医院方则回应说：可以通过法律途径诉讼，医院方应承担多少就承担多少，在易文不与会的情况下，医院方也不会参加会议。

会议没有进展，不欢而散，龙华街道办约定明天再谈。通过再三交涉，肖崇金方下午赔偿部分现金。龙华街道办承诺，继续做汉喜医院工作，争取尽早把安葬费赔偿到位。

28日至29日是周六、周日。天空中下着雨，刮大风了。这些天来，收到不少亲朋好友来电关注询问。黄桃、黄李、黄杏于29日下午来到深圳龙华，黄桃带来各种证明材料和各种证件的原件，交给徐律师准备走法律程序。

7月30日上午十点钟。姚改革和姚美松、黄桃、黄李、黄杏、黄元秀到龙华区政府上访。他们在区政府大门口被武警挡住了去路,看样子区政府已得知此事。他们讲明事由后,由武警带到"法制上访中心",工作人员把他们几人的身份证登记后,由该中心李科长主持情况陈述会议,并由区政府通知龙华街道中心相关人员也赶到区政府一并协商。

下午,又把姚改革等人带回至龙华街道中心再次调处。龙华街道办书记约谈了富康社区负责人,能感受到下面的力度明显加强,街道办中心主任明确表态,会让医院方先期拿出部分资金作为安置费用,并要求他们给街道办两天时间做工作。并准备给姚改革等人安排住宿、吃饭等事宜。他们没有接受龙华街道办食宿等安排,他们仍然回到丹竹酒店。

7月31日。黄诚勇打来电话询问事情的进展,医院方安葬费仍然没有消息,姚改革坚持医院方要拿出部分安葬赔偿金,也是为了坐实医院方的责任。也可以说,在这件事情上,没有责任是不会出钱的,出了钱就说明有责任,这也是医院方不肯出安葬费的顾虑所在。黄诚勇强调了运用法律手段维权的最重要性。

8月1日上午。富康社区的游副站长和龙华街道的领导来到丹竹酒店,游副站长的态度十分诚恳,他自始至终在做医院方的工作。他说回去后马上给主要领导汇报,尽快落实姚改革提出的安置费剩余资金。富康社区和龙华街道办领导是真心想解决问题,想一次性解决好赔偿问题,就是医院方目前还没有转过弯来,还在做他们的工作。姚改革表明,保持向上一级领导直接反映的权力。

第八十六章
黄刚强离别成永诀　姚改革意外新发现

8月3日。县委书记黄诚勇来到深圳,姚改革带大家到停尸库,确认遗体,再由工作人员运至殡仪馆,黄诚勇交了火化费用,办完火化相关手续。

殡仪馆将黄刚强尸体安放于一个木制盒内,让亲属排列好后,绕木盒一周作遗体告别仪式,且由工作人员宣读简单悼词,尔后,让亲属和死者做最后话别。

黄诚勇代表家属,向黄刚强做最后的话别。他说:"弟弟,你7月18日上午出事以后,你小妹黄元秀、老婆姚美松和你姚改革哥哥当天晚上就赶到了深圳市第二人民医院看你。黄桃、黄李、黄杏后期陆续赶到,我由于公务繁忙抽不开身,今天才赶到,对不起弟弟。姚改革每晚都坐在医院的走廊座椅上,一直守护着你。17天以来,我们无时无刻不在悲痛之中,我知道你有强烈的求生欲望,在受伤极其严重的情况下,你硬挺了六天,体现了你性格顽强的一面。由于你这次伤势太重,现代医学没能挽救你的生命,让你和亲人们永别了,你英年早逝,给我们全家带来了无法弥补的巨大损失和永远的痛。弟弟,你受伤后,我们全家动用了所有力量和资源,想把你人带回老家,准备从沅陵殡仪馆派车派人把你运回家入土安葬。可是,把你运回老家也要火化,前期我们做了大量的准备工作,可是,这项工作的推进效果不是那么顺利,又涉及不少公职人员和相关人员。因此,请示了

第八十六章
黄刚强离别成永诀　姚改革意外新发现

咱爹，爹艰难地无可奈何地做出决定，就在当地火化。弟弟，你安息吧，家中爹和袁妈妈年迈，今后由哥哥妹妹以及亲人为你尽孝，姚美松和你的孩子今后也由我和几个妹妹替你关照，一定把孩子教育培养成人，你就放心吧！你一路走好，希望在天国里，你没有伤痛，没有疾病，开心快乐。弟弟，我们心痛你，舍不得你啊，弟弟……你跟我们一起回家去啊！弟弟……亲爱的弟弟，你永远活在我们心中……"

姚美松把一小截银手镯交给殡仪馆工作人员，交代他们放在黄刚强口中含着。尸体被殡仪馆工作人员徐徐地推向火炉房，大家一路伴随，呼唤着他的名字，泣不成声。改革的心脏阵阵剧痛，直不起腰，几欲昏厥，由黄元秀和黄杏搀扶着。姚美松大叫一声，晕了过去。

稍后，他们被带到外边的火炉边，为黄刚强敬酒烧纸，超度他的亡灵。这时，时间过去大约两个半小时，火化好了。姚美松看着黄刚强的骨灰，心如刀绞，痛不欲生。几人在悲痛之中，徐徐离开了殡仪馆，踏上了护送黄刚强回老家的路。

他们的车行至东莞，天空中下起了小雨，龙华街道办打来了电话，说他们已和汉喜医院谈妥，医院方愿意拿出15万元人民币，用于前期安置。他们在东莞停车找了一家餐馆——毛家饭店，中餐与晚餐一并吃过。饭后黄诚勇安排黄元秀和黄杏一起返回龙华取剩下的15万元安葬费。

在护送黄刚强骨灰回家的车上，姚改革给火场医院李院长打电话，请他帮忙准备好输液抢救黄大长，黄大长历尽磨难常年生病，担心他经不起痛失儿子的沉重打击。

在车上，姚美松不时地往车窗外甩着纸钱，十几天的煎熬，大家心力交瘁。

在车上大家陷入了深深的悲痛之中，每个人思绪万千，如打开的闸门，缅怀黄刚强生前的点点滴滴，往事浮现在眼前。

黄李清楚地记得，7月9日晚上6点19分，瞿箭和黄李的儿子瞿元悦考取了教师，并通过面试体检后，成了一名正式的人民教师，黄李在"家人群"中首先发布了此消息，以示庆贺，黄刚强也在群中祝贺瞿元悦："恭喜元悦，恭喜瞿老师，现在可是正牌人民教师了，恭喜！"

没想到九天后，这几句话成了黄刚强留给全家人最后的一句语言文字。想到此，黄李不禁泪流满面，悲从中来。她一说，在车上每个人又哭了起来。

黄诚勇说，7月12日晚上，黄刚强给他打了一个很长的电话，主要向他征询儿子黄强松九月份开学读小学一年级的事情。

黄刚强说："黄强松讲话有点口吃，发音不太清楚，今年上小学一年级是否合适，能否跟得上老师上课节奏，我想让他再读一年学前班。"

"黄强松已满六周岁，已到了义务教育阶段年龄，他已读过学前班，如果让他复读学前班，恐怕对他的自尊心有所伤害。黄强松是孩子王，不会接受复读学前班的安排。"黄诚勇回复说。

"黄强松的拼音好像没过关，做作业比较慢。"

"这个没关系的，小学一年级会系统地教学生拼音，学前教育没有教学任务，复读意义不大。个别拼读有点问题无大碍，正式读小学一年级了，老师会让每一个学生过拼音关，因为拼音是今后识字教学的关键，拼音不过关，后续的识字教学乃至今后的读写都会

545

有问题，到时看，多注重一点，不行就补一下拼音或一年级留级。"

"小学和初中不是不准留级吗？"

"是的，没有特殊情况，原则上，义务教育阶段是不准留级，但是这个不是问题，或许，他到时对拼音没问题，就没必要留级；如果需要留级，有教高中的黄桃姑姑、幼儿园园长黄李姑姑、在市教育局工作的黄杏姑姑负责安排，不然，要他这么多从事教育的姑姑干吗呢？"黄刚强听后，放心地笑了两声。

黄刚强谈到他爹的身体，说他爹历尽磨难，九死一生，当年那么强壮的身体，如今已是体弱多病，两兄弟还聊到家中其他人与事以及村中琐碎。

两人电话中聊着聊着，黄刚强又把话题拉回到孩子身上，他在为儿子黄强松的将来担忧。

黄诚勇说："如果黄强松初中成绩较好，毕业时，可以报考免费五年制大专班，其间国家负责学杂费，有生活补助，包分配，毕业后发大学专科学历，直接进入中小学校任教。可以减轻家庭负担，读个一般性大学要花十多万，这样减少十多万的开支，又是大学毕业，现在有不少家庭条件较好的，也选择读免费师范生。到时看他读书情况如何，学习成绩要好。"

黄刚强说："好，到时看他的学习情况。"

"下学期黄强松就开始读小学一年级了，你在外打工，要经常打电话过来，手机可以视频，要时常监督孩子的学习效果与习惯养成，要给孩子多一点父爱，强松人聪明，要花一定时间和心血去培养，你在外莫乱花钱，今后要用钱的地方还很多。你一个人在外要注意安全，该去的地方就去，不该去的地方就不要去。"

"到哪里去，哪里都没去，吃了饭就在床上玩手机。"

"你在外边做事，一定要注意安全。你那边工作情况怎样，你那边多少钱一个月，你何时回来？"

"我这边工作轻松，人不累，每月四千多点，这个月工程很快就做好了，没什么事做，我就回来，九月份孩子上学后，我再出来做事。"

"嗯，明天你还要上班，早点休息吧。"

"好。"

两兄弟这次大约聊了三十分钟。

黄诚勇又说："7月14日至15日的两个晚上，我晚上翻来覆去睡不着，记得有一个晚上，胸口好像压着什么，我起了床，还'唉'地叹息了一声，上了厕所后，也不知为何，老是睡不着，难道真有预感吗？但怎么也想不到，刚强他7月18日就出事了，而且出了天大的事啊！"

车厢里弥漫着悲伤的情绪，每个人都悲痛难过，大家回忆和黄刚强相关的往事。

8月4日早晨8点。黄诚勇等人护送黄刚强的骨灰，从深圳龙华出发历时17个小时的长途行程，回到了家乡火场。灵堂设在风景优美的老龙洞靠田坎的溪水边。前有溪水潺潺，后面是车水马龙，背靠中村后山。这时，全村几乎每屋来的有人，在溪边等候，每个人的脸上都是悲戚的表情。灵车一到礼炮轰鸣，隆重迎接黄刚强的骨灰回家。

骨灰盒安放在棺材中后，黄诚勇等人来到屋里，李院长等亲友、村中人在陪伴他爹。

第八十六章
黄刚强离别成永诀　姚改革意外新发现

李院长迎上来，拥抱了他，对他说，你辛苦了，受苦了，要节哀。

袁莹莹泣不成声，黄大长明显消瘦了很多，两人悲痛欲绝，黄大长听到鞭炮声响，知道是自己的小儿回来了，大叫一声："我的宝宝儿啊！"以头撞地，昏厥过去。袁莹莹哭得直不起腰，她哭诉道："刚强啊！你还这么年轻啊！太可惜啦！你爹回来了，你还没有见到过你爹呢！"

8月5日凌晨5点。天刚蒙蒙亮，全村人到溪边抬灵柩，把棺椁抬到青山上入土为安。大家抬着灵柩，从溪里一直往下游快速行走，上山要翻过一条近千米高的山坡，山势陡峭，全村人齐心协力，吆喝着，一起拼力往上拉绳索，憋着一口气，顺利地把灵柩抬到了坟坑边。

青山上，群峰罗列，如屏如障，烟云变幻，颜色积翠叠蓝。山前方是一条昼夜流淌的溪流，在不停地流向远方，逝者如斯，水柔软的坚强，疼痛的勇敢，只有水本身才能感知那些曾经的过往。

老道士照规矩，先跳下坟坑去，把一点朱砂颗粒同白米，安置到阱中四隅及中央，又烧了一点儿纸钱，祭了公鸡血，口中诵读祭语，爬出阱时就要抬棺木的人动手下葬。一会儿，棺木便下阱，拉去绳子，调整方向，被新土掩盖了。

老道士讲了一些恭维吉祥的话，黄诚勇给了礼式钱。这时，姚奋进说："大家辛苦一下，下山用矿石袋搬运两次鹅卵石，今天把坟也要砌好。"村中人均无二言，下山用提供的矿石袋，每人背两袋鹅卵石。人人都满头大汗，很快运好小石头。砌坟的石头搬好以后，他又说：让二组的人留下来砌坟，其他组的人可以回去了。李小将、李世发、李申等人齐动手，为刚强砌坟，中途石头不够用，二组人又下山背了一次石头，汗珠从每一个忧伤的脸上流下来，每个人都用自己的方式为黄刚强最后这件事出力，表达对他的尊重与不舍。

姚改革一直站立在灵柩的旁边，安排整个安埋过程。这时，送墓碑的师傅也来了，二组自己这一屋的人，又争先恐后地下山抬墓碑，师傅安装完墓碑后，心中念念有词，大家反复检查了坟墓的垒石。姚改革用锄头把坟头前铲出了一小块平地，叫师傅打了水泥。他说，刚强从此要在这里看书、散步、休闲、下棋、打牌……这时小花老和壶子两人各自点燃了三根香烟，插在刚打的水泥小坪边，以寄托他们的哀思。他们是一起长大的玩伴，脸上写满悲伤。在两棵枫香树的掩映下，周围竹树葱郁，风光旖旎。要离开了，大家环绕刚强的坟墓站立默哀。

这时，起风了，青山上的树木和溪边的芭茅草弯成了风的形状，黄刚强今日回归自然，天地万物也为之动容、为之折腰……

黄强松泪如雨下，突然大叫一声："爸爸，你不要我们了！我想你啊！"黄心悦说："爸爸，你走了，我们兄妹怎么办啊？"

大家都流着泪水，黄杏说："树犹如此，人何以堪！二哥，你安息吧！你永远活在我们全家人心中，你放心吧，我们一定会关照好、保护好美松和两个孩子的。"

黄李说："二哥，安息吧！我们会想你的，你一路走好！好想你啊，二哥！"

黄桃说："二哥，你的品德、才情、孝顺、善良和为人，得到了全村人的礼遇和尊重，你好好安息吧！"

黄诚勇说："弟弟，哥哥会永远记住你这个兄弟，从此你朝看云水，暮睹云霞，看云

淡风轻，看人间百态，看车流人流熙攘，享受一个人的清欢。"

从凌晨五点起棺，到完成整个安埋，也刚好是上午九点三十分，似乎预示着黄刚强短暂而深刻的人生大结局。

从青山上回来后，姚革新、姚改革、姚奋进、姚美松和黄大长、袁莹莹、黄诚勇、黄元秀、黄桃、黄李和黄杏等人坐下来商量，大家一致推荐由姚改革全权负责处理后续官司与赔付问题。

8月7日，徐文兵律师发来保全申请书，对被告的财产、银行账户进行保全。要原告姚美松、黄强松、黄心悦、黄大长、袁莹莹五个人签字。徐律师给姚改革发信说，三家公司的银行账号都查到了，等收到材料就立马起诉并做保全。

姚改革回信说：同意，要求把三公司银行账号发给他，并说肖崇金及其儿肖诗进的账号也可冻结。

8月10日，几个原告在保全申请书上签字后。下午，姚改革把签好字的保全书用快件邮寄给了徐律师。等安监报告出来后，徐律师向深圳市龙华区人民法院提起诉讼。

第二年，3月14日，黄诚勇给姚改革来电话说，易武的哥哥易文联系到他，很诚恳地请求来沅陵和谈，希望能够庭外和解，希望能确保他的人身安全。

姚改革说："他易文是诚心办好事的，又不是搅事来的，我们是不会把一个想做好事的人拒之门外的，中国是法治社会，我们是讲道理的人，不可能威胁到他的人身安全。"

晚上，易文坐高铁到达怀化，再坐车赶到火场。3月15日双方见面后，易文首先对这件事以及处理不及时，给姚美松的家庭带来的痛苦与伤害，诚恳地一再表示了道歉。

姚改革说："我们当时在深圳龙华时，我就想和你们谈，尤其，想和你易文谈，而且，也有思想准备，可以做一些小的让步。可是，你就是不出面，让我们在深圳煎熬了11天，使我们受尽了痛苦与折磨，现在有什么好谈的。"

"对于这件事，我的确不清楚，完全是弟弟和肖崇金背着我干的，事发后，又没有很好地处理，给你们造成了伤害，实在是对不住，对不起你们，请你们原谅。我们愿意根据起诉书中的赔偿诉求，予以赔偿。是他们不会做事，也不会做人，把事情搞成这样子。我是当老大的，我的父母现在找到我，要我把人捞出来，事情已经出现了，我们要面对。"易文十分诚恳地道歉，请求和解。

姚改革说："你是真心办事来的，不是坏事来的，对于真诚办事的人，我们是尊重的。你们的确给我们家造成了无法弥补的损失，八个月时间，我们没有得到一天的轻松与快乐，心中的伤痛时时折磨着我们。这么远的路，你现在找上门来谈，可见，你也是有诚心的，想给那些不是人的人弥补他们的过失。"

"是的，是的，我真是无脸对你们，实在是对不起。赔偿金额我们按法院裁定的金额执行，也就是完全按照你们律师提出的金额赔偿。为了惩戒犯罪的人，安抚家属，在这个金额的基础上，我方主动给黄刚强两个小孩买10万元的教育基金。"易文诚恳地说。

黄诚勇对家人说："给两孩子办这个教育基金也行。如果他们在深圳同意了我们的要求，我们可能会做出较大的让步，姚美松还拿不到这么多的钱。易文是想下一着先手棋，在满足我方要求的前提下，又不使自己的企业受到损失，以这种巧妙的方式，向法院宣示他们企业回馈社会，承担社会责任，主动化解矛盾，安抚家属并求得家属的谅解，讲人道主义，以求得到法院的从轻处罚或不罚。从而把他弟弟易武和肖崇金捞出来。"

在双方都接受的前提下，在老家签字摁手印时，黄大长老泪纵横，袁莹莹泣不成声，易文也泪流满面，一再道歉安抚。办完所有手续，易文联系他的公司，叫财务给姚美松的农村商业银行存折本上打了赔偿金。

教育基金手续一时半会儿办不好，易文急着要回去，大家已经签好字的各种证明材料没有交给易文，由姚改革暂时代管。

黄诚勇对姚改革说，易文办好了教育基金手续，就给他证明材料。

3月24日，黄诚勇给姚改革打来电话，说易文给姚美松打来了两个孩子的教育基金现金。

姚改革说："我马上通知徐律师，同意解除品冠设计工程公司和品冠工程公司两个公司的账号保全措施。"

这天，黄刚强的案子终于完全了结。姚改革带着疲惫的身子，准备趁早好好睡上一觉。这时，他手机"叮咚"响了一声，他拿起手机一看，有人发来一条信息，仔细一看，是黄诚勇发到他手机上的信："亲，你在哪儿？"

姚改革没有理会，认为是他发错人了，过了几分钟，黄诚勇又发来一条信息："我在老地方，你快点过来。"

姚改革一看，心里纳闷：黄诚勇怎么老是发这样的语言，是发给我的吗？肯定不是，那他又是发给谁的呢？他躺在床上，翻来覆去想这件事没法入睡。

谢采采从去年开始经常去县城，不是开会就是办事，经常一去就是几天。突然，一个不好的想法在他的脑子里闪现，莫非……他不敢往下想，但又不得不往最坏的地方去想。过了一会儿，他拿起手机，拨打了谢采采的手机，对方电话提示已经关机，他的心开始突突乱跳。

两年前，有一次姚改革在县里开工作会议，那时谢采采还是乡党委副书记，在公社忙事情。谢采采要姚改革给她办个SM卡，姚改革问她："你有个手机用，要两个手机干吗？"

谢采采回答说："不是要买两个手机，是要再办一张移动SM卡。办这个卡专供家人和小范围的人知道，原来那个联通卡号知道的人太多了，有时正在开重要会议，突然来个电话，接也不好，不接也不好，影响领导开会。重新办个卡，到时办重要事情时，就可以把原先那个卡关了，开另一个卡，这样就不会漏掉重要人的电话或信息。"

姚改革听后直摇头，说道："多大个官，什么重要人不重要人的。"

姚改革用自己的身份证在县城为谢采采办了一张移动SM卡，他回家后把这个卡给了谢采采，不久，谢采采嫌过来过去关卡麻烦，又买了一部新手机，两部手机都在用。

那天黄刚强出事，事情来得急，姚改革手机又出了故障，他就问谢采采要了一部手机去深圳善后。当时，谢采采就迟疑了好久，不想把手机给姚改革，但又没有办法。于是，她一时给这部手机，一时又换另一部手机，这样反复换来换去。姚改革瞪着她手上的手机，她还在犹豫不决，车子在鸣叫，催他上车。谢采采没得选择，只好把其中一部手机给了姚改革。

姚改革明白这个移动卡号知道的人不多，他越想越不对劲，于是他拉亮灯，坐在床头细看谢采采手机中留存的半月内的聊天记录……他看着看着，心跳加快，眉头紧锁。

第八十七章
两发小村口话凄凉　黄大长动气已升天

　　钟吉祥从毛栗垭山上下来，购买一些生活必需品，他和姚改革两人在村口漫无目的地闲聊着。两人小时候有过爬树捉金龟子、掏鸟窝的故事，有过偷吃邻居家菜园子里黄瓜、花生的经历。长大后，有对那片土地的厌倦与苦恋，有过太多物是人非的回忆。

　　姚改革说："吉祥，你年龄也不小了，你守山这么多年，这不是一般人所能做到的，你是一个重情重义的人，这一点你让我敬佩。你现在改变了很多，也改变了全乡人对你的原有看法，你这么重情重义，赢得了村民对你的谅解与尊重。牟梨地下有知，她也会感到欣慰，不枉她舍命爱你一场。在黄大风病重期间，你专门跑到娄底他的老家服侍照顾。吉祥，你变了，变得善良和重义。黄大风死后，杨教授更加孤独寂寞，害重病期间，你服侍了她两年多时间，端屎端尿，让她生命的最后阶段得到很好的照顾，很有尊严地走完了人生的最后一程。你和牟梨只是一种恋爱关系，你却尽到了一个人子的责任和义务，你替牟梨尽孝尽责，对牟梨几十年如一日地陪伴，在毛栗垭大山上一住就是几十年，牟梨有你这样的男友，她地下有知会瞑目的，会被你重如泰山的深情感动的。我俩从小一起长大，到今天我才真正认识你、理解你。你在当时的历史条件下做错了一些事情，那也是时代的产物。但你良心不泯，用自己的方式在救赎，尤其是在牟梨的问题上，你义薄云天。过去的事就让它过去吧。毛主席说过：甩掉包袱，轻装上阵。不管在什么时候，我都认你这个同学加兄弟。"

　　钟吉祥很感动地说："改革，感谢你！我在很长一段时间里，给乡亲们带来了很大的伤害，造成不小的损失，其实，也给我和牟梨造成了极大伤害，如果不是我从中怂恿，牟梨也不会越陷越深，最后像过街老鼠，人人喊打。牟梨最后已经绝望至极，选择了自杀离开了这个世界，她还那么年轻，做出这个决定，她内心该是多么疼痛和绝望。她是带着忠诚和信仰离开这个世界的，她把生命都献给了她追求的事业。我敬佩这样的奇女子，我在和她的相处中，也学到许多东西，可以说她影响了我的一生。'文革'结束后，她是完全可以离开这里的，或许她也可以活得好好的，可是她不是那种可以随便改变信仰的人，她不愿离开昔日的战友，不背叛她为之奋斗的无产阶级革命事业。时代变迁，她被时代的大山压得没法呼吸，时代的变化打得她措手不及，她用生命诠释了什么叫忠诚。虽然她没法树碑立传，或许还是反面教材，她所做的也不可能得到国家层面的肯定，包括她的死，如同一缕青烟，被时代的风吹得无影无踪，但是她对革命事业的忠诚、对理想的执着，她以她的方式向世人作了最好的宣言。她在我的心目中是高大的，她没有一点私心，不为自己牟利，不像现在那些精致的利己主义者。她为无产阶级革命事业奋斗到生命的最后一刻，我打心眼里敬佩她、崇拜她。她是我生命中最重要的女人，她让我变成了有用的人。这样

第八十七章
两发小村口话凄凉　黄大长动气已升天

的女人值得我用生命去爱、去守护。如果有来生，只要她愿意，我还是她的革命战友和伴侣。"

姚改革深沉地点了点头，说："牟梨是个奇女子，有坚定的理想信仰，革命加拼命是她不变的底色，她最终落到自杀的结局，是个人的不幸，也是时代的悲哀，值得我们这些活着的人反思。"

钟吉祥叹了口气，说："改革，我俩是从穿开裆裤开始到现在的玩伴，全火场也只有你对我表里如一。我们之间无话不说，我只读过几年小学，在毛主席的英明领导下，我通过参加夜校这种形式的学习，脱盲了。我跟着牟梨闹革命，学到很多书本上学不到的东西，自己各方面都有了很大的提升。我现在可以不借助工具书也能看懂《人民日报》上的文章，这就是我为什么每天要看《人民日报》的原因。因为《人民日报》上说的，就是中国政治气候的风向标，我每天看报纸不但学习了文化知识，而且及时了解到国内外时局的变化。"

"吉祥，牟梨都死了这么多年了，没想到你对她的感情这么深，几十年如一日守着她，这个世界上又有几个人能够做到，怪不得牟梨看上了你。你现在年龄不小了，时代也变了，毛栗垭山上不方便，你还是下山吧，还是要组织一个家庭，过正常的日子。毛栗垭大山上，自然环境恶劣，经常发生山体滑坡，存在很大的安全隐患。你已经守山多年，弄了一身的病，还是下山吧。"

"人吃五谷杂粮，三灾六难总是免不了的。人活世间，总难免三病六痛。改革，也只有你关心我，把我评成'五保户'，使我的生活有了基本的保障，享受国家帮困政策。你卸下桃坪界驻村队长之后，你儿姚奋进接过你的班，任桃坪界村驻村第一书记，一头扎进扶贫帮困工作中，父子为脱贫攻坚做出了贡献。你可以歇息啦，你也要兼顾家庭。家庭是工作的大后方，没有稳定的后方，前方就会吃紧。"

"吉祥，我们是从小一起长大的发小，可以说无话不说。你被评为'五保户'，那是因为你符合'五保户'的条件。首先你是伤残人员，有正规机构鉴定，办的有伤残证；其次你年龄偏大，无儿无女一个人，身体还有其他疾病；你被评为'五保户'是通过村民大会选举，村支两委票决，通过公示后定下来的，我起的作用很有限。脱贫攻坚是国家战略，是第一个百年奋斗目标，我和奋进两父子有幸成为扶贫工作队中的一员，参与到这场伟大的脱贫攻坚事业中，我感到荣幸与自豪。奋进在桃坪界任驻村第一书记以来，和村民朝夕相处，和贫困作斗争，取得了一些成绩。他们驻村工作队还有很多事要做，作为驻村第一书记，奋进肩上的担子很重。前期我做了一些脱贫攻坚工作，全国近亿人要脱贫，这是一项了不起的事业，我们父子感到神圣而光荣。为了扶贫工作，我的确没有太多的时间陪伴家人。"

钟吉祥说："时间真是个好东西，验证了对的，见证了错的，懂得了真的，明白了假的。"

"唉……"姚改革点了点头，"弄皱了的纸无法摊平，打过结的绳子始终有痕迹，今天的释怀不是原谅了谁，而是选择放过自己。"

"是啊，是啊！"

"人各有志，不能强求。国家走了一段弯路，你我就是一生啊。"姚改革说道，"所有人都会经历苦难，不要怕，跟谁待在一起舒服就和谁在一起。谁离开我，我都不挽留，对任何不喜欢的都要善良地说：再见，不远送。"

谢钟病死后不久，姚改革向谢采采正式提出离婚，他说："采采，我俩的婚姻已经走到了尽头，原因我就不说了，你懂的，好聚好散，离婚吧。"

"改革，有些事不是你想象的那样，你误会了，看在孩子的份上，我们重新开始吧。"一向性格倔强的谢采采第一次表现出少有的卑微。

"请你把这个离婚协议签一下。"

"你就那么想和我离婚呀？"

"一个人必须隐藏多少秘密，才能巧妙地度过一生。秘密是人生的一种权利，我闭嘴，这已经是我最大的情分。从此以后，我井水不犯河水，一别两宽。"姚改革补充说，"人的高贵与卑贱，不在于当多大的官，赚多少钱，而在于灵魂的高贵、精神的丰富。你好自为之。"

"普拉斯在《爱丽尔》中说：所有的爱和孤独都是自作自受。好吧，你高贵。我尊重你的决定。"说完，她拿过离婚协议书，拿起笔快速签上了自己的名字，摆了摆如瀑的秀发，开车回县城去了。

一个月后，黄诚勇当上了市政协副主席。一年后，他把离婚协议书送给谢一方，要她签字。谢一方不同意，不肯签字。他说："一方，我们的婚姻走到头了，签字离婚吧。"

谢一方不予理睬。

黄诚勇说："今天你如果拒签，我将起诉离婚。"

"黄诚勇，黄主席，你欺人太甚。"谢一方的眼睛里燃烧着熊熊的火焰。黄大长坚决不同意黄诚勇和谢一方离婚。

黄大长骂道："混账东西，你的书都白读了。当了官，就休妻，陈世美没有抢别人的老婆，你比陈世美还要无情，无底线。你还要不要脸？老黄家的脸都被你丢尽了。你这么做，在社会上，会造成多大的影响知道吗？你给一方造成的伤害有多大呀，你现在还要逼她离婚。我明确告诉你，如果你要和谢一方离婚，从此，我没有你这个儿子，老黄家从此和你一刀两断，断绝一切关系。"

黄大长大骂黄诚勇，气得当场晕倒在地。黄诚勇见状，连忙跪在地上，磕了两个响头，说道："爹，儿子不孝，我也没办法，你保重身体。"说完上车一溜烟跑了。

一周以后，黄诚勇起诉和谢一方离婚。离婚第二天，省政协副主席兼市委书记的李易因受贿数额特别巨大，被检察机关判刑18年，在李易案件中，涉及黄诚勇。他在任县委书记期间，给李易送过两根金条，金条上有编号。办案人员在办案中顺藤摸瓜，发现这两根金条是房地产老板袁延顺购买的，有签字。办案人员在提审袁延顺时，他供出黄诚勇，黄诚勇送给了李易，黄诚勇涉嫌行贿受贿。检察机关进一步查出黄诚勇在任县委书记期间，利用国有企业改制，把县氮肥厂、水泥厂等国有资产低出市场价几倍的价格变卖给地产商袁延顺，从中牟取巨额利益，他还有其他犯罪线索。黄诚勇接受纪委监委审查调查。

黄大长家里再一次起了大地震。周六晚上，袁莹莹给在中纪委工作的谢水央打电话，她女儿王瑛瑶接了电话，谢水央在省高院任副院长的丈夫王谳接过电话，袁莹莹告知了黄诚勇的情况，请他们夫妇想办法救人。谢水央从浴室出来接过王谳手中的电话，说："姐

第八十七章
两发小村口话凄凉　黄大长动气已升天

夫黄诚勇涉嫌受贿罪，巨额财产来源不明罪。纪委监委已经立案审查调查，要相信组织。王子犯法与庶民同罪，任何人都无权凌驾于法律之上。'礼不下庶人，刑不上大夫'的时代一去不复返了。"

袁莹莹哭着哀叹了一声，便挂了电话。

半年以后，黄诚勇被检察机关判处有期徒刑15年。

黄大长得知黄诚勇判刑后，脸上再也没有了笑容，家庭变故，加上长年的病痛，他一病不起。虽然有袁莹莹的细心照料，但他的生命已经到了油尽灯枯的时候。

元宵节那天，下雪，俗话说，十五雪打灯，属于好兆头。袁莹莹给黄大长舀了两个汤圆，他躺在床上说没有胃口，不想吃，叫袁莹莹盛一碗汤圆给姚革新送去。袁莹莹从姚革新家返回后，用勺子把一个汤圆分开，给黄大长喂了半个汤圆，黄大长再也不肯吃了，说是困了，要睡觉。袁莹莹把碗里半个汤圆吃了，为黄大长掖了掖被子，在屋里开始料理家务。一会儿，她在扫地时，往床上看了一眼，发现黄大长的手伸出了被子，似乎在向她召唤。她赶快走近床边，把黄大长的手放进被窝，这时，她发现黄大长在睡眠中不幸辞世了。

袁莹莹站在床边，抱住黄大长大声哭道："哥，大长哥啊！"

她感到一阵眩晕，泪水夺眶而出，她的哭声惊动了家里所有人。姚革新听说黄大长死了，感到震惊，他立即和苏醒来到黄大长家里，见黄大长已经死了，说道："大长兄弟，你才叫莹莹给我送了碗汤圆，你怎么说走就走呢，一句话都没有留下啊。"

袁莹莹为黄大长请来师傅做道场，姚革新组织村里为数不多的几个高腔爱好者，为黄大长唱了三个晚上的大戏，黄桃、黄李、黄杏等老黄家后辈披麻戴孝送黄大长最后一程。

一天，邓佳丽在城南商场门前走过时，遇到当年一起在火场闹革命，后来"严打"时入狱，如今刑满释放的符优化。他为了生计，在城里跑摩的，这时正在招揽生意。符优化见到多年不见的邓佳丽，还是没有改变嘴碎的毛病，东扯日头西扯雨，不靠脑力靠心情。邓佳丽从他那里了解到姚改革的境况，脸上立即显露出不易觉察的忧伤。

晚上，她拨通了姚改革的电话，姚改革此时正在蒙头大睡，电话一响，他很不耐烦，不予理睬。可是，电话一会儿又响了。他抓起床头的手机，准备关机，没承想手指触碰了接听键，电话那边传来一个陌生女人的声音："喂，喂，你是生气吗？"

姚改革一听，心想这个女人的声音怎么这么熟悉呢，还叫了他的小名。他提高了嗓门，问道："谁呀？"

"你是姚改革吗？"

"是啊，我就是。"

"你听不出我的声音了？"

"对不起，我还真的想不出来了。"

"你是扶贫扶傻啦，连我你都敢忘记，等有机会了，小心我打你屁股。"邓佳丽那边咯咯地笑。

姚改革由于没睡好，反应似乎也变迟钝了，他觉得这个女人的声音怎么那么熟悉，但一时半会儿就是想不起她的名字。他正努力地思索着，电话那一头说："我是'丽人醉'，你曾经的相好。"咯咯咯，电话那头快笑爆了，"这下你该记起来了吧，老人家？"

姚改革听到"丽人醉"三个字，顿时一骨碌爬起床，大声说道："你是邓佳丽？我们多年没有联系了，你是怎么知道我的电话的？你搞什么鬼，你在哪儿呀？你好吗？发生什么事了吗？你来火场了吗？"

邓佳丽那边又是一阵阵咯咯咯地笑，她说："姚改革，你个闷葫芦，你不说则已，一说话就像打开了话匣子，看把你给急的，一口气问了那么多问题，都让人家不知道从哪里说了，真是的。"

姚改革嘿嘿一笑，说："是我太性急了，语无伦次，一口气问了那么多。"

邓佳丽在火场时，管苏醒叫干娘。她经常出入姚改革家里。邓佳丽的笑声对于姚改革是有磁场的，从前两人在工作上就是好搭档，平时也谈得来。

"好啦，跟你开玩笑的。我又没有抢你人，看把你急成啥样子，你一个大男人，还怕我一个小女子谋了你不成，真是的。不联系不等于不惦记，你的电话，我是向别人打听的。再说了，我算啥呀，如果真的那么有魅力，当年在你那个楼上，让你又是抱来又是背，如果要发生点什么，早都有故事了，对吧。今天电话里，几句话更不会有什么事。放心，放心吧改革。"邓佳丽笑得更加夸张，"现在我正式回答姚大主任提出的问题，托你的福，我一人吃饱，全家不饿，我能去哪里呀，能干啥，净问傻问题，你身边的美女多得去了，驻村扶贫每天有村姑陪，早已把昔日的相好忘到九霄云外了。"

"佳丽，你惯开玩笑，我每天面对的是村中的留守儿童和老弱病残，这里的村姑早已由批发转外销了，哪有你讲的那么快活。扶贫这事真不是人干的，还有那么多人没脱贫，有人又返贫了，我都快愁死了，哪有那个闲心啊！"姚改革的心情明显舒坦了些，"你在哪里打电话，不要是个地方就说什么老相好之类的话，不知道的人，还真以为我俩曾经发生过什么事似的。乱开玩笑你。"

"我整天守在家里，能发生什么事啊?!"

"平安是福，欢迎你有时间来火场看看，你自从离开火场后，就再也没踏上这块土地了。"

"混得不好，无脸见江东父老。我在那里工作生活了十多年，那里的一草一木都刻在了我的心里，梦里时常回到火场，噢对了，有几次还梦见你呢。"

"你们城里人惯开玩笑，你梦见我干吗？"

"梦见你跟我相好。"邓佳丽开心地大笑。

"嗯……又开玩笑。"姚改革无语，脸上有了笑容，顿了顿，他说，"回想那个年代，工作特别有激情，心中有信仰，不像现在的人，只认钱和权。"

"改革，我干爹、干娘还好吧？你还好吧？听你说话，你心中似乎有什么事深有感触。"

"我爹、娘年纪大了，身体不大好。我就这样，无所畏好与不好。"

"采采和孩子还好吧？有你这么好的丈夫和父亲，他们想必都过得很好。"邓佳丽试探性地问道。姚改革没有正面回答，聪明的她心里便有了答案。

"采采现在调到城里当官了，有一次在大街上碰到她，她戴着一副墨镜，手上拎着Gucci Diana 竹节迷你托特包。"邓佳丽见姚改革没有作声，又补充道，"可能是我当时低了一下头，往旁走开了。"

第八十七章
两发小村口话凄凉　黄大长动气已升天

"哼哼……"

姚改革沉默了一下，还是没有正面回答她的话，说："你有时间可以来火场玩玩，这里条件比二十年前要好些了。噢对了，你刚才怎么说一人吃饱，全家不饿，难道'丽人醉'至今还单着吗？"姚改革停顿了一下，又说，"咱们'丽人醉'可是出了名的大美人呐，身边整天有高富帅围绕着，是不是选花了双眼啊！"姚改革少有地开起了玩笑。

"好的，有时间我去看看干爹、干娘。改革，你现在真是会说话，我只说了你一句，每天看村姑，你就反过来说我身边有高富帅。我就这么跟你说吧，这第一，我身边不是没有高富帅，但和我没有半毛钱的关系，因为我不稀罕那些高富帅；这第二吧，我不给高富帅机会，让别人做梦去吧。"她说罢哈哈大笑。

"咱'丽人醉'说的话我都信，你有那个能力、资本。高富帅不符你的审美情趣和价值取向，你本身是白富美和真善美的完美融合。"

"改革，你的嘴巴是越来越甜了，老实交代，你在村里哄了多少村姑，现在村里不仅仅是有大量的留守儿童和老人，也有不少留守村姑吧，扶贫干部身上的担子不轻啊！"姚改革听出了电话那头在一本正经地说笑。

"咱扶贫可是认真的，动真格的。桃坪界村贫困户，不管是什么人都在我驻村第一书记的帮扶之例。丽丽，如果真的对边远贫困农村感兴趣，不妨来个故地重游，或者叫扎根基层，一探究竟，便可一览无余。"

"故地重游早有此意，一探究竟没那个权力，一览无余更是不敢啊，哈哈哈。"邓佳丽一语双关。

"我们欢迎社会贤达、爱心人士多关注扶贫，关心贫困群众，你有时间来啰，我带你深入基层一探究竟，我让你一览无余。"姚改革愣头愣脑地说。

"哈哈哈哈……"邓佳丽那边已经是笑得娇喘连连，"改革啊改革，我真是服了你了，真是让人脸红心跳呀！"

"咋啦，丽丽，你心脏不好吗？"

"你乱讲，你们当干部的就是会装能演。"

"咋啦？是谁惹我们'丽人醉'生这么大的气呀！"

"是你啊，除了你还有谁能让我生气啊！"

"没有啊！我都没说你什么呀，怎么让你生气了呢！"

"装，继续装，你再继续装下去，我就挂电话了，你就和村姑说去吧，我不理你了。"

"我真的不懂，不知在哪里得罪了你，我笨嘴笨舌，不会说话，你又不是不知道。"

"好了不逗你了，一本正经的，你一点也不好玩。我是说，你说的话，好笑，让人产生了歧义。"

"嗯……"

"是我想多了。"

"不是，是你开了个玩笑。"

"你可以认为是个玩笑，也可以理解为蕴含某种寓意。"

邓佳丽爱笑的习惯几十年没变，一天像个乐天派，所谓的正经事在她的眼里都会付之一笑。

她说:"姚改革,几十年都过去了,当年咱们那些人,绝大多数人都变了,不但变了容颜,而且变了心肝,唯独你还是几十年未曾变过,直来直去的。这是好事,我是欣赏的,但这种人也极容易吃亏,甚至某些时候还容易受伤。改革,你还是要保护好自己,咱们不可以有害人之心,但一定要有防人之心。有些人,知人知面不知心,特别是越和你亲近亲密的人,和你走得近的人,在关键时刻,在黑暗里,最容易伤到你。现在社会上只姓钱和权,不像当年我们那会儿,为了革命事业从来不计个人得失,为了党的事业可以舍命。世道变了,可怕的是善变的人心。"

"喂……"姚改革许久没有出声,邓佳丽呼叫他。

"我在听呢,我在听你说。丽丽,你想说什么,你可以直接说,我信任你,真的,说吧,没关系的。"

"改革,我只是产生了一些感慨,你是个什么人,我还不知道呀,一根直肠子,一本正经,从不说谎。虽说吃亏是福,那也要看看吃的是什么样的亏,是什么性质,是什么程度是吧!"

"你说得对,我这一辈子吃亏的就是太正直、太容易相信人,情商不高。"

"改革,你听我说啊,要照顾好自己的健康和情绪,这场人生,你就赢了一大半,其余的其余,人生自有安排。"邓佳丽讲后停顿了一下,她感觉到姚改革在不断擤鼻子。

"改革,你怎么啦,你没事吧?"邓佳丽焦急地问,"改革,该来的迟早会来的,你不要为不值得的人或事难过。你如果有时间就来城里走走吧,散散心,整天闷在那里会害病的。"

"嗯,好,过段时间我是要去县城检查一下身体。"

"你怎么啦改革,身体哪里不好?"

"我老是睡不着,吃不下东西。"

"那还过段时间来检查干吗,明天就来县医院检查一下身体吧。"

"我还有很多事情要忙,哪有时间跑县城呀。"

"身体的重要性就不用我给你说了吧,你像个孩子似的。"

"我没事,过几天就好了。"

"过去我们经常说,身体是革命的本钱,这句话是有道理的,没有了身体,一切归零。身体不舒服不要拖着,好身体就能更好地干好工作。除了工作,你还有父母儿子要管,保护好自己的身体是一种责任。"邓佳丽听说姚改革身体抱恙,一个劲地做他的思想工作,要他马上去县城就医。姚改革情绪低落,没有明确答应。

她了解姚改革,不到万不得已,姚改革根本不会把身体当回事。"改革,你好好休息吧,不要想那么多,我有时间了就上火场看看,自从离开火场后,这么多年了,还没有回去过呢。"

"好的,欢迎你来火场检查指导工作。"

"去你的,我检查指导什么工作呀,你也太官方了。你就不能欢迎'丽人醉'呀。"邓佳丽说笑着。

"热烈欢迎丽丽故地重游。"

"这还差不多,你个闷葫芦,不说时不说一句话,一说又那么热烈,热烈倒没必要,莫到时招来火场街上群犬的狂叫，那可吓死宝宝了。"她咯咯咯地笑。

"不会的丽丽，放心，你来时告诉我，我在家里等你。"

"等我干吗，我是你什么人呐，真是的。我回火场就是看看故人，到我们曾经去过的地方走走看看，火场毕竟是我人生中最有意义的一站，那里有太多的记忆。你还记得那次我俩在你楼上一起改稿的事情吗？"

"记得，那时我们为了工作好拼，谢谢你丽丽，可以这么说，那次多亏了你，若不是你，我或许活不到今天，很遗憾当时因为这事还让你受委屈了。"

"人生中最大的遗憾，不是你错过了最好的人，而是你错过了那个最想对你好的人。"

"丽丽……"

"改革……时间不早了，我困了，早点休息吧。"

没等姚改革回应，邓佳丽那边挂了电话，姚改革拿着手机的手依然放在耳边，他的脸上滚落一行热泪。

第八十八章
邓佳丽故地送温暖　姚改革喜得双生子

六一儿童节那天中午，火场村口缓缓开来一辆SUV奔驰车，一位穿戴时髦、体态丰韵、面容娇丽的美人从小车上走下来。她耳朵缀一颗黑铂金耳环，高领无袖黑绉纱旗袍，格外显得四肢颀长。下车后，上身穿搭一件深绿色高腰衣，她捋了捋垂肩秀发，扫视了周围环境，放眼望去，这里对于她来说，既熟悉又陌生。

这里的一切和当年的记忆相去甚远。除了山峦依然是一片翠绿青葱的样子，一切都似乎发生了改变。原来那些歪七竖八的小木屋土家寮，被一些新木房和砖房所替代，中村街道也宽了许多。

她走在火场崭新的街道上，没有了当年熟悉的东西。面对现代化的进步、富庶，欣喜之余，总有一丝莫名的惆怅。怅然间，不由得会想起熟悉的人与事。想起那些千年不变的羊肠小道，还有几百年来光光滑滑的石子路。

一群孩子好奇地围了上来，用好奇而又胆怯的目光审视她这个外来人。街道旁房屋里，传来阵阵麻将声，一个麻将铺围了半个村庄里的人，围观的人们指指点点，比玩麻将的人都上心。民间的语言最为传神最为诙谐，一句俏皮话能让人笑破肚皮。偶尔也会有骂声，大家都知道那个人是谁，都知道他一定输了，输了的时候千万别去理他，不管是谁，他都要和你瞪眼睛，赢的时候他眉开眼笑，开再大的玩笑也惹恼不了他。旁边还有几个人吊儿郎当地在对弈，分两派，各为其主。

她把车直接开进乡政府大院，乡政府的格局也发生了很大的变化，木房子已经全部消失，几幢砖房子矗立在她的眼前。这里再也不是曾经的老样子，她心中有些感慨，也有一

丝淡淡的哀婉。她信步走到过去自己住过的地方——在乡政府的西头。

已经看不到昔日的模样，十几个村妇在政府大院里跳广场舞，她们在歌曲声中扭动着腰肢，沉醉在自己的快乐里。几个年轻人在乡政府篮球场上打球，没有人太在意了一辆小轿车和车上下来的美女。

她在坪场走了一圈，她正在到处观望，也希望发现几个老熟人，可是她没有发现，这里的人也没有人认出她，她走到了乡政府办公室门口，办公室主任姚钥问："你好！你有什么事要办吗？"她见来人张望了许久，走出办公室热情地询问。

"噢，没有，我只是随便看看。"

这时周改革从办公室二楼下来，姚钥说："周书记，有个女同志来这里好久了，不像本地人，我不知道她是谁。"周改革点头不语。

说起周美孜和袁延顺的儿子周改革，颇有些传奇，他大学毕业后，分到火场乡政府工作，在乡计划生育办主任位子上，很快干出了成绩，先后被组织提拔为副乡长、副书记、乡长。

这次县委人事制度改革有新举措，县委组织部部长周鑫，在县委人事改革会议精神上指出：这次人事改革不搞排资论辈，领导干部还是要坚持"四化"。在选拔培养年轻干部的问题上，要树立正确的观念，注重发掘年轻干部的潜能和德才素质。对文化素质高、工作能力强、作风正派的年轻干部，要勇于大胆提拔，创新选拔思路，扩大选人范围，以便更好地为年轻人提供发展空间，促使优秀人才有展示才华的舞台。

谢采采卸任之后，区委书记王稔向县委提出由周改革任火场乡党委书记的人事方案。县人大主任胡蜂在人事通风会上说，周改革同志是经济管理学院毕业的高才生，他热爱家乡，服务人民，在贯彻计划生育基本国策上，立场坚定，旗帜鲜明，措施得力，使得很多急、难、险等问题得到有效解决，火场的超生游击队才被"歼灭"，才使得火场这些年的超生率远低于其他乡镇，上级颇为满意。

父是父，子是子，共产党不搞诛灭九族那一套，在组织的全力提携下，周改革没有受到袁延顺行贿案的影响，提拔当上乡党委书记。和他同时提拔的还有新任火场乡副书记、乡长莫杏聪，他是民兵营长莫公雷和小杏儿的儿子。

新来的美女围绕乡政府大院转了一圈，便往乡政府大门口走去，她不想惊动任何人，搜寻记忆，往姚革新家的方向走去。

对于姚革新的老屋，她记忆犹新。一会儿，她就来到姚革新家门口，苏醒一眼就认出了她，大声叫道："丽丽，是你啊！快进屋，怎么是你呀，你从哪里来的？快坐，快请坐。"

来人便是邓佳丽。"干妈，姚书记呢？"

"他在楼上看书，没事的时候就上楼看一阵子书，都几十年了，改不了了，哎，看那么多的书有什么用呢？到现在烟籽籽官都不是，还只是一个驻村队长，自己的事情都管不好，如何能管好一个村呢？都这么大了，就是不让人省心。"

"干妈，我问的是咱干爹，他老人家还好吧？"

"你是问改革他老子呀，莫说他，蹲个厕所要大半天，长杆烟袋每天都会带到厕所里去抽，这样烟臭和粪臭混合在一起那才叫有滋有味呢。"邓佳丽忍不住咯咯咯地发笑。

第八十八章
邓佳丽故地送温暖　姚改革喜得双生子

"改革，快下来，佳丽来了。"苏醒的大嗓门惊动了火场的一条街。

听说邓佳丽来了，姚改革手里拿着一本清人吴趼人著的《二十年目睹之怪现状》，立即下楼。

"丽丽，你怎么来啦？没听说今天要来呀，还这么早，你简直是从天而降啊！"姚改革显得有些小兴奋。

"那我是不该来啰，或者是来得不是时候，那好，我和干妈说会儿话，一会儿就走。"

苏醒用手在姚改革的手臂上拍了一下，嚷道："都几十岁的人了，还是一根直肠子，和你那老子一个德行，这一辈子就吃的是这个直性子的亏。有点点空就拿着书看，看那么多书都是白看了，一点不会说话。"

"我不是那个意思。"姚改革搓着双手，不知说什么好。

"干妈，其实读书最劳心，在静态中耗费脑力、情感和体能。可它最有意思，我们得以进入万花筒的魔幻世界。"

邓佳丽拿过姚改革手中的《二十年目睹之怪现状》看了看，说道："平庸的人用热闹填补空虚，优秀的人以独处成就自己。"邓佳丽把书还给姚改革，"人生最好的时光，莫过于在无忧的世界里沉淀自己。"

苏醒听后一脸迷茫，邓佳丽便转移了话题，说："我当然知道你不是那个意思，我还不了解你啊！我是开玩笑的，干妈快别那么说，读的书到什么时候都是有用的。改革从小身体不好，高中毕业前三个月，他就得了重病，一病就是几年时间。恢复高考那会儿，命运又和他开了一个玩笑，他又害病住院了，一病又是好几年，可以说，他也是九死一生呐，耽误了高考，成为遗憾。否则，以他当年的学业成绩，考个大学不是一件难事。有些人不知道复读多少年，才勉强考上个大专，一些人一再复读，把老师都考死了，也没有考取。我们当年的学业成绩离他有好几条街呢。我都能在1977年恢复高考时，考上大学，莫说改革了。我们当时在高考，改革却在县医院住院。"

"还是丽丽最了解改革，只怪他自己命苦，怪我把他生的不是时候，误了他。"

"干妈看你说的，你们不是经常说迷信话，生死由命吗？这还能选择呀？是吧，不过现在改革也挺好的。"

"还是丽丽乖，会说话，你最懂改革了。"

苏醒看姚改革手里拿着书，杵在那里，便说道："哎呀，一个大男人，都这么大年纪了，见到女人还怕羞，快坐下来陪陪丽丽说说话呀！真是的。"

姚改革和邓佳丽的眼睛对视了一下，他有些局促，眼睛立即躲闪开了，苏醒拖了一把小凳子让姚改革坐在邓佳丽的身边，邓佳丽往姚改革一看，说道："这本书呀，吴趼人把一切黑暗和丑恶的现象，统称为'怪现状'，其实这种怪现状无处不在。"邓佳丽又把话题引到姚改革喜欢的方面。

"我没事翻翻，吴趼人在这本书中塑造的主要人物比如吴继之、九死一生、王伯述等几个正面人物形象，他们既是怪现状的批判者，也是作者理想的体现者。"姚改革说，"吴继之出身于本省数一数二的富户，他的市侩哲学，最终也没能挽救他的破产和垮台，九死一生，在吴继之的提携帮助下，是他的幕客，又是商业经理。把他写成正人君子，但到头来也不过是一个落魄的风流才子。王伯述是吴趼人笔下塑造的具有改良主义思想的人，王

559

伯述主张改革吏治，让有实学、知新学的读书人出来做官，这样国家政治就会好起来。但他的改良主义思想却很难行通。最后是'悲欢离合廿年事，隆替兴亡一梦中'，唉。"姚改革说到这些就一改腼腆，打开了话匣子。

邓佳丽说："在阅读中，发现世界，每次阅读，是一次光合作用。曾子曾经说：'人而好善，福虽未至，祸其远矣。'吴趼人写的几个反面人物，揭露清末社会的弊端、官场的黑暗，写得很深刻，如苟才就是清末无耻官僚的典型。"

苏醒见插不上言，便走到厕所，用手砸厕所门，提醒姚革新："佳丽来了。"

姚革新心中不爽，说道："叫丧啊你，拉个屎都不得自在。你说什么来着，佳丽来了，哪个佳丽来了？"

"天上的，地下的，远的，近的，你自己看去，一看不就知道了吗？"等姚革新从厕所走出来，苏醒从旁边的竹栅栏上顺手拐下一截竹子上厕所去了。

"干爹。"

"是丽丽啊！你今天怎么有空来了，吃饭了吗？"

"想您了呗！干爹还是老样子，精神矍铄。"

"我老了，丽丽，你还好吧，你一点也没变。"

姚革新见邓佳丽和姚改革在讨论吴趼人的《目睹二十年之怪现状》，便直接用书中主人公九死一生的话说开了："只因我出来应世的二十年中，回头想来，所遇见的只有三种东西：第一种是蛇虫鼠蚁；第二种是豺狼虎豹；第三种是魑魅魍魉。"

三个人讨论着这一本小说，说到兴奋处，三人用书中写九死一生的话一起说道："未曾被第一种所蚀；未曾被第二种所啖；未曾被第三种所攫。"三人都会心一笑。

邓佳丽又说道："干爹，您依然健硕硬朗。"

"佳丽，我和你干妈前几天都还在说你呢，好久没见你了，不知道你好不好。"

"感谢干爹和干妈记挂着我。"

"这下好了，总算是看到你了，他呀三天两头在念叨你呢，上个星期是火场赶集，莹莹买了一些酒肉到我家还吃了个饭，大家都在议论你呢。"苏醒咧咧着大嗓门说。

"怎么，干妈你们没有说我什么坏话吧？当年我在火场年纪轻不懂事，没少给你们添麻烦。"

"哦对了，刚才听改革说什么，昨天没听说你今天要来呀，难不成你俩昨天就见过面，通过信了？你俩一直有联系吗？"苏醒问道。

没等邓佳丽答话，姚革新机警地回话说："现在这个社会是信息大爆炸的时代，你以为还像过去呀，不见面就不知道对方的消息，现在坐在家里，一个电话，一个微信，国外的消息都能知道，真没文化。"姚革新一本正经地说。

"我是没文化，嘴巴又臭，净打听年轻人的事，丽丽啊！你和改革说起来也是有缘，记得那年你俩在楼上改稿吧，可以说你是姚改革的救命恩人呢。"

"干妈，一家人不说两家话，你也太言重了，我当时就在现场，发现得早，那个事根本不算是救命，何况改革也没有生命危险。"

"那也还是有些安全风险的。"姚革新今天的语言也出奇的温柔。

"傻里吧唧的娘们，丽丽来了，不晓得烧水、做饭，就知道一个劲地乱叨叨。"

第八十八章
邓佳丽故地送温暖　姚改革喜得双生子

"是，是，是的，丽丽你们文化人聊聊，继续聊什么'怪现状'，我做饭去了。"几个人一听哄堂大笑。

姚革新说："她倒是简单，把这本书的九个字缩成了三个字，倒也言简意赅。"

邓佳丽到来的消息，一下子传开了，袁莹莹闻讯而来，还在门外小路上，袁莹莹就叫道："邓佳丽，丽丽。"听到有人叫自己的名字，邓佳丽便起身答应着，向外走去。

邓佳丽听说是袁莹莹来了，一路小跑，在路边和袁莹莹拥抱着。

袁莹莹已经从学校退休了，她历尽沧桑，较以往老了许多，但精神依然神采奕奕。袁莹莹说："佳丽你还是老样子，一点也没变，简直就是个冻龄美女。"

"莹莹姐，你就知道夸我，你才是不老女神。"邓佳丽喜笑颜开，"莹莹姐你头发还是青黑的，又厚又软，眼睛又大又亮，两颊丰润。"

"哪有，我老了。"袁莹莹的脸蛋上泛出了一层芙蓉花瓣似的红润。

"莹莹姐，你看你身材一点儿也没变。你不愧是万人仰慕的'万人迷'呢，从形象到气质、到美的成分你都要远高于我们这一代人，虽然同为女人，但我不会羡慕、嫉妒、恨。我由衷地希望你就这样子一直美下去。"

"丽丽当年特别活泼可爱，又有才气，被人称为'丽人醉'，也不是浪得虚名。你和莹莹两人都是绝世双娇，就不要相互奉承了，两人都是大美女。"姚革新说完似乎感动了自己，笑了几声，呛住了，不停地咳嗽，苏醒急忙用手在他的后背拍着，又用另一只手抹他的胸口。

"我是忝列其中，大家进屋里说话吧。"邓佳丽说笑着，她像房主人一样，请大家屋里坐。

一会儿，乡政府周改革书记和中村村主任符摇等人来到姚革新家里，和邓佳丽握手寒暄之后，周改革邀请邓佳丽去政府食堂一起吃个晚饭。

苏醒听到周改革要请邓佳丽去政府吃饭，大嗓门嚷道："改革书记，丽丽今天不是因公来乡政府的，她是来咱家专门看姚改革的，啊不，是专门来看我的，不是公务活动，属于私人走访，怎么能上乡政府吃大餐呢？今天，无论如何你不能和我抢，反正丽丽今天不但要在咱家吃饭，晚上还要跟我睡，咱娘俩好多年没有说过贴心话了，对吧，是不是？"她边说，边直往邓佳丽使眼色，似乎在等待邓佳丽的回应。

"改革书记，谢谢你们盛情邀请我，还记得我曾经也是火场人的闺女，感谢你们这份感情。我今天是看干妈干爹来的，我干妈已经准备晚饭了，我如果去了乡政府，这里的饭菜就浪费了，虽然现在不是刮'五风'的时候，不缺吃，但我们也不能浪费不是吗？毛主席教导我们'节约光荣，浪费可耻'。今天呢，我就在干妈家吃晚饭，明天晚上如果有时间，我再赴改革书记的约，这样安排你看好不好？"

不知什么时候符光中和姚娆也来了，姚娆说："丽丽啊，你只管安心地在火场住下来，你吃饭的问题，我们大家伙会安排好的。从今年1月1日起，国家废止了农业税条例，9亿中国农民依法彻底告别了延续了2600年的'皇粮国税'，这是一次具有里程碑意义的重大改革，占中国人口绝对多数的农民享受的改革开放的红利。现在我们的生活，比过去地主家的生活还要好，你就是吃上一年半载都不愁吃。"姚娆一边说话一边到处寻找什么。

符光中问道："找啥呢？"

姚娆不作声，依然在寻找，并且踮起脚跟往人群中寻找。

"发什么神经呢，找啥呀？"符光中又问道。

符摇问道："娘，你是找还有没有其他人一起来火场是吗？"

"是的，儿子。"

"姚娆婶子，我知道你在找什么，我可以告诉你，我今天来是一个人开车来的，没有其他人，就是好想火场了，就开车过来随便瞧瞧。"

"啧啧啧，'丽人醉'就是不一般，开了大奔过来，SUV奔驰莫要百把万吧？"符光中投来羡慕的眼光。

"符司令、姚娆婶子，我知道你们关心我，是想看看我的老公或孩子来了没有，对不对？不过我让你失望了，我没有老公，我至今还是一个人呢，感到奇怪吧，要不你们给我介绍一个啰。"邓佳丽说后，大家都哈哈大笑。

莫富贵不知什么时候来到背后，插言道："丽人醉，你莫到糊弄人，你这么一个绝代大美女，会没有人追你，现在县城有多开放啊，你的身边不会缺高富帅吧，怎么到这个时候了还没有结婚呢，不应该呀，是不是惦记咱火场的帅哥啊！"

"有什么应该的不应该，适合自己的才是最好的，人家邓佳丽是绝代女神，怎么会随意嫁人呢，只要她心中的白马王子一出现，她一定会嫁出去，对不对？"姚娆突然说了这么一句话，让邓佳丽感到惊喜。她站在那里往姚改革深情地一笑，眨了一下右眼，也算是给姚改革心中疑窦的诠释。

"火场人都觉得改革开放政策好，给大家带来了自由与富裕，不再像过去那样吃了上顿没有下顿，出了村就要打路条。全大队叫改革、开放的人就有十几个，可见改革开放深入人心，大家都打心里喜欢。为了区分年龄大的姚改革和年龄小的周改革，就把姚改革称为大改革，周改革称为小改革。我看只有大改革，才能驾驭'丽人醉'，两人才般配。"符光中说了一句玩笑话。

在场的人都笑言"是、是、是"。有几个胆大的竟然把姚改革往邓佳丽身上推来推去。

叮咣哥的脸已经老得像一棵榕树皮，他站在人群中，实在是太不起眼了，又因为矮小，虽然貌不出众，但言出惊人："今天丽丽来了，要不你两个今儿个就把好事给办了。"

"老黄，你莫到起哄，咸吃萝卜淡操心。改革书记、符摇主任你们几个人，今晚也都到这里吃晚饭吧，莹莹你给你大姐搭把手，炒个菜，晚上你们都在这里同丽丽一起吃个饭，丽丽回火场看看，饭她是吃不完的，咱们火场人本身就好客，何况是丽丽是回娘家，是吧。"姚革新今天的话格外温柔。

叮咣哥说："那好，我屋有块腊肉我拿来。"

符光中说："我屋有半桶子活泥鳅，昨天才从下寨溪里弄来的，来个腊肉炖泥鳅，那个才叫好吃。"

"我屋有只母鸡，我去捉来。村里的后生来几个，跟我到屋后竹林里去捉鸡。"中村书记周大明一声吼，十几个小伙子便随他去捉鸡。

"叮咣哥，你太客气了，不用的。"邓佳丽娇柔地叫了一声。有人在旁边说，邓佳丽的一声"叮咣哥"，黄喆这个老小子腿肚子会抽筋的。大家开心大笑。

姚改革和邓佳丽也一起帮苏醒摘菜、添柴……

第八十八章
邓佳丽故地送温暖　姚改革喜得双生子

晚上，姚革新的堂屋里摆了满满的两桌饭菜，大家饶有兴趣地吃着、喝着、聊着。

晚饭后，村人都各自回家了。苏醒收拾杯盘碗碟，邓佳丽要给她当下手，苏醒不准，一直在叮嘱姚改革带邓佳丽上楼去休息，见姚改革人没动，苏醒瞪着他说："你俩、对，就是你俩，往哪儿看呢，说你呐，发什么愣啊?!"

"娘，楼上只有一张床。"

"哎呀，都几十岁的人了，还要娘为你操这个心。"

"自从谢采采搬走后，她那张床也被我撤走了。"

"干妈，这事就交给我吧，你不用管了，只有一张床我打地铺。"邓佳丽机警地接过了话。

邓佳丽边说边拉姚改革的衣袖，两人上楼后，邓佳丽关门、闩门，她和改革分别坐在两个椅子上，也许是多年不见，两人心情有些激动，两人独处时，竟不知从何说起，房里寂静得能够听到对方的心跳。姚改革玩着手机，邓佳丽面带微笑看抖音，过了一会儿，她说："今日月色正好，我俩孤男寡女独处一室，你有何感想？"

"月色真美啊，月色下的你，更美，真是闭月羞花！"

邓佳丽移了移椅子，说："是吗？"

"嗯。"

邓佳丽喃喃地说道："改革，你受委屈了，过去的事就让它过去吧。遇见阻力的水流会激起更大的浪花，有时候这个浪花更美丽、更好看。"

夜深人静，邓佳丽把手放在姚改革手掌里，两个人的手紧紧地握在一起。

"人生看似简单，却承载着太多的情非得已，生活看似容易，却让你身不由己，改革你要学会放下。"

"苍穹之大，凉薄遍地，我们需要什么样的容器，才能储藏这个世界上最难保存的人间真情？"姚改革发出一声叹息。

"人生哪能都如意，万事只求半称心。"邓佳丽说，"好好活在当下，珍惜你稀罕的人，我等候你改革。"

"丽丽，你不要委屈自己，我是个'三无'产品——无权、无钱、无势。你可要想好啰。"

"我都想了几十年了，过去你有家了，我离你远远的，不能打扰你的家庭生活，现在你单身了，如果你愿意，我就做你的新娘。"她把头靠在姚改革宽大的怀里，"我爱你，改革，不仅是怦然心动，更经得起似水流年，是你的终究是你的。"

姚改革感到突然，但心向往之。他站起来走到床边，邓佳丽踮起脚尖，吻他的唇。

繁星闪烁，夜色苍茫，一对有情人，没有过多的言语，因为任何干瘪的语言都不足以表达他们此时此刻燃烧的心。

清晨，窗台上传来叽叽喳喳的鸟叫声，邓佳丽睁开睡眼惺忪的双眼，一缕阳光从树梢上射入眼帘。她揉了揉眼睛，几只鸟儿在卖弄美丽的歌喉，她扑闪着一双会说话的大眼睛，树梢上鸟儿们叫得更欢，抑或是看到屋里的美景，太养眼了。俄顷，鸟儿便陆续跃上枝头，唧唧啾啾地叫个不停，鸟儿也许是羡慕眼前这对恋人吧。邓佳丽慵懒地慢慢爬起来。

楼下小孩子的吵闹声，让她产生了好奇。她走到窗前一看，原来是两只鸡在嬉戏，一只玫瑰冠和一只豌豆冠鸡在你追我赶着、纠缠着，小孩子觉得好玩，在戏弄鸡。邓佳丽忍俊不禁，突然，她看到一个女人行色匆匆地从窗前走过，紧接着就听到苏醒叫道："哎呀，采采，你今天怎么这么早回来了？"

"是不是我今天来得不是时候，还是打扰了你们什么事情吗？"没等苏醒回话，谢采采又说道，"如果因为我的出现影响了你们姚家什么好事，我马上就走，我取一下东西就走。"

苏醒和姚革新由于谢采采的出现，也感到太奇怪而错愕。苏醒嗫嗫嚅嚅地说道："哪里呀，你这是来自己家里，你又不是外人，看你说的，怎么能把自己当外人呢？"

苏醒叫谢采采坐，她不坐，准备直接上楼，苏醒缠着她说话，谢采采边上楼边说她要取些属于自己的东西，苏醒说，你才从城里回来，先坐坐吃点东西，喝点水，取东西等下再取，不着急。

"我不饿。"

谢采采不说多话，便直接往楼上冲，谢采采怒气冲冲地走进姚改革房间，姚改革和邓佳丽共执《二十年目睹之怪现状》一书在看。

"邓佳丽你是什么时候来的？你俩在干什么？"

邓佳丽手拿着书，说："原来是采采来了，好久不见，据说你现在是局长大人了，请坐呀。"

谢采采的胸脯在上下起伏，口里喘着粗气，没有回答邓佳丽的话。

"我俩在看书呀，你不是看到了吗？"邓佳丽说。

邓佳丽见谢采采木然，说道："我昨天晚上来的，看看我干娘。"她反问道，"采采，不，谢局长，多年不见。"

邓佳丽伸出了右手，谢采采用手弄头发，佯装不知，说："邓总，别来无恙？"

"托你的福，还好。听说你因为什么人什么案子牵连被免职了，真是太不幸了。你今天怎么这么早出现在这里呢？你来火场是干吗呢？"邓佳丽语中带刺。

"是啊，我来这里干吗？我怎么可以出现在这里？"谢采采气呼呼地说，"姚改革，你不是男人，你答应不把我们离婚的事给外人说的，这才多久时间？你就迫不及待了，看看你今天做的好事。"

"首先，我要申明，我没有把我们之间的事告诉给任何人。其次，邓佳丽不是外人。我这么多年来，也已经和她没有了任何联系，不像你是个人都可以联系，而且是密切联系。我想说的是，丽丽进屋之后，我才知道她来火场。"

"你丑恶，你们肯定早有联系，把我一直蒙在鼓里。你们昨晚发生了什么？这才是怪现状。"

听到楼上讲话的声音有点大，苏醒、姚革新不知楼上发生了什么，于是也就上了楼。

"采采，你讲话做事不要太武断，改革是个什么人，你应该知道。这件事，我们照顾你的面子，也为了我老姚家的声誉，我们硬是忍了没有说出去一个字，丽丽知不知道我们也不知道，至少她只知道你和改革离婚了，其他的事情她没说什么。"苏醒为儿子圆场。

"说出来也好，说开了对你我都好，全火场这几年早都怀疑我俩的夫妻关系了，傻子

第八十八章
邓佳丽故地送温暖　姚改革喜得双生子

都能看出一些端倪。我俩早已形同陌路了，采采，我劝你自重。"姚改革说着话，把邓佳丽往自己身后拉，他担心冲昏了头脑的谢采采会不会动手打人。

"我没有叫你说，我叫她自己说。"谢采采怒目而视，手指向邓佳丽。

邓佳丽正要解释，姚改革制止了她。"看你现在都变成了什么样子，你的表现、行为，我劝你好好检点审视一下自己，今天说开了好啊，我们离婚都有几年时间了，离了就不要有什么牵绊了，你走你的阳关道，我走我的独木桥，两根平行线永远无交集。今天你来了正好，我正告你，我不管是过去、现在或者将来，我都不会讲你那些破事，也不会干扰你今后的生活。我已经走出来了，放下了。不恨你，不爱了，互不相欠。但你仍然是孩子的母亲，回来看孩子是你的自由。"

"你是不是要和这个女人结婚？我只想问清楚，当年你俩在这里，假借修改剧本之名，也就是在这张床上，已经发生过龌龊事，多年前是不是在这个楼里就有了一腿？"

啪的一声，姚改革的巴掌搧在谢采采的脸上。

"你打我？"谢采采手捂着脸，倔强的她第一次当着别人的面流下了眼泪。

姚革新骂道："你个闷葫芦，你怎么能打人呢？打女人算什么本事。有本事也不是在家人面前显摆呀，不管怎么说，看在两个孩子的份上，有话要好好说，打人就不对，你要给采采道歉。"

"爹，改革早已被狐狸精迷了心窍，怪不得那么坚定地要和我离婚，我要打死你。"谢采采边说边向邓佳丽扑上去。

姚改革抓住她的手一抓一带，谢采采不但没有打着邓佳丽，相反，刚好跪在姚改革的脚下，她一抬起头，泪如雨下。

邓佳丽弯腰准备扶起她，姚改革轻碰了一下邓佳丽的手臂加以制止。苏醒走上前，横在谢采采和邓佳丽之间，说："天老爷啊，不得了了，怎么能这么对待我老姚家啊？"她一屁股坐在地上，抱着谢采采边哭边抹泪。

一向好强的谢采采此时像个孩子依偎在苏醒的怀里，压着声音低泣。姚革新见状，给姚改革摆了一下头，暗示他下楼去。

姚改革牵着邓佳丽的手，快速离开了房间。姚革新夫妇两人对谢采采好言相劝。说是不要声张，影响不好。现在结婚、离婚都很寻常，希望她尽快找到好的归宿云云。

姚革新夫妇的话，让谢采采心中反感，她心里明白，邓佳丽这个干女儿昨晚就睡在这个房间里，肯定就是苏醒的有意安排。不是苏醒，姚改革这个闷葫芦一时半会儿也不可能这么快就进入了这个阶段，姚家上下已经接纳了邓佳丽。

谢采采整理了一下自己的头发，扯了扯衣裤，头也不回地下楼了，径直往自己的车上走去。这一次她没有回谢家界，她的脸没有往谢家界方向望过，也没有见儿子姚奋进，如果是平常，她一定会驱车去谢家界看望一下驻村扶贫的儿子。姚奋进大学毕业后，分到火场乡政府工作。因之前接到小杏儿的电话消息，来得突然，来火场后，见到了她不愿意见到的场景，她没有给姚奋进电话，便开车返回县城了。自从谢钟和高冷先后病死后，她很少回来，自此，谢采采的足迹再也没有踏上火场这块土地。

谢采采走后，姚家恢复了昔日的平静。晚上，在姚改革的床上，邓佳丽对他说："我这个年纪了，不知能不能怀上呢。"

565

"嗯好,一定会怀上的。"

"如果是个女孩就叫姚清香吧。"

"好。"

"如果生的是个男孩就叫姚俊杰吧。"

"好。"姚改革说,"如果生的是个龙凤胎,男孩就叫姚俊杰,女孩就叫姚清香。"

邓佳丽挥舞小拳敲他的胸口,说:"就你有能耐,哼,坏死了,也不怕我累坏了。"两人浓情蜜意,如胶似漆,只恨良宵短。

三天后,邓佳丽的数字媒体公司薛副总给她打来电话请示汇报一些事情,电话里一时半会儿也说不清,邓佳丽决定回城,姚改革随她回到县城,两人到县民政局登记结婚。

姚革新为他两人操办了简单的婚礼,一对新人就去北京度蜜月。

一年后,人间四月天,邓佳丽分娩的那天晚上,狂风暴雨,电闪雷鸣,她临盆足足提前了两周。在县医院分娩时,姚改革一直守在身边,姚家几姊妹都在医院陪同。

作为高龄孕妇,邓佳丽到医院分娩时,做了产前检查,发现是双胞胎,医生和亲属心里都感到有些紧张,担心邓佳丽的身体扛不住,未承想邓佳丽的身体条件相当好,分娩异常顺利,母子平安,男孩先生下来,女孩后生的,根据两人之前的约定,男孩取名姚俊杰,女孩取名姚清香。

中村又热闹起来了,村人纷纷前来道贺,祝贺姚改革喜得双生子。

邓佳丽分娩的那个晚上,雷雨大风造成的灾害是巨大的,雷电袭击了风雨桥,致使大桥一处坍塌,老龙洞喷出的水,淹没了火场大半个小镇,毛栗垭整座山山体滑坡,掩埋了红卫兵墓地,连同牟梨墓以及守墓的钟吉祥,都葬身于桃坪界大山深谷之中。

第二代地主周美孜因病临终前,曾对此有过解读:红卫兵墓填埋于毛栗垭大山底下,再也没法闹腾了,钟吉祥这个情种感动了上苍,对牟梨的执着感化了天地,钟吉祥和他心爱的女人牟梨终于合葬于千山万壑之中,享受属于他们的至味清欢。上天抹去了那个暴风骤雨时代的痕迹。

第八十九章
奋进擘画脱贫攻坚　符嫽传谣害人害己

几年后,姚改革由于身体原因,不再担任桃坪界村的扶贫队长,他推荐自己儿子姚奋进接任桃坪界村的扶贫队长,尔后,乡党委书记周改革推荐姚奋进任桃坪界村驻村第一书记。

2020年大年初三那天,驻村第一书记姚奋进对家人说:"脱贫攻坚处于关键时期,现在又发生了瘟疫,贫困加上瘟疫,村民的日子就更难了,贫困户急需走访慰问,我必须和村民在一起。"他怀着对亲人的眷恋,踏上通往桃坪界村的路。

第八十九章
奋进擘画脱贫攻坚　符嫪传谣害人害己

那是一个晴好的上午，他手挂木棍，紧赶慢赶前往桃坪界村。他今天要赶到村部，组织召开村支两委干部第二次疫情防控会议。他徒步行至中途，天气突变，突然刮起了大风，下雨了，而且，雨越下越大。

贫困户袁小凤坐在家了，心里直打鼓。她不能确定她家的扶贫帮扶人姚奋进今天会不会回桃坪界，她又不便问，但她更担心万一姚奋进回来了没有带伞，淋湿了衣服，害病了咋办。她在家里又坐了一会儿，可是，不知怎的心里老是不踏实，就感觉到姚奋进来了，已在路上。她拿出手机，拨打了姚奋进的电话："你拨打的电话，无法接通，已经转到移动提醒业务……"

桃坪界这种地方，只要刮风下雨，手机就没有接收信号。没法联系姚奋进，她心里担心。看看屋外的天空，屋檐下已经有了滴答滴答的雨声，她再也坐不住了，她心中有个预感，姚奋进早早出门了，向桃坪界走来了，他没有带雨衣。丈夫周骖由于在外打工不慎意外受伤，行走不便，听到她的担忧，便催促袁小凤去接扶贫帮扶人姚奋进一程。在这方圆几里山路，没有村庄能躲雨，没有人家可以借伞。袁小凤卷了裤脚，披上蓑衣，戴了斗笠，手拿雨衣，便冲向了风雨中。

山路上，她越想越感到后悔，后悔自己做事磨磨蹭蹭、犹豫不决，差点耽误大事。羊肠小道上了无一人，她脚下生风，一路小跑，气喘吁吁的。她越想越急，越急脚步越快。袁小凤披着蓑衣，手里拿着雨衣，她终于爬到了山顶，站在桃坪界山顶，向山涧观望，不见人影，极目远眺，群山逶迤。大自然在风雨中，增加了几分妩媚。不见人影，她心里有些失落，但转念一想，她不由扑哧一笑，没看到人，说明姚奋进没有来，他没来就不会淋湿。

压在心上的石头终于可以落地了，她准备往回走。可是，她心里仍然不放心，心想：或许姚奋进今天根本就没有来，因故明天来；或许他今晚上来，但这不是他的性格；或许他正在来的路上，来时没有带雨具。因为上午还是大晴天，他出门时应该没有带雨具。她决定再看看、再等等。姚奋进若从山坡下走来，在她所处的位置，一定能够看到。

袁小凤在山顶上踟蹰良久，仍不见山路上有一个人影，她如释重负，准备返回的时候，她往回看了一眼，突然出现了一个身影，她定睛一看，那人头上好像用一捧草打的一顶草帽，只看到一个点在移动。

她揉了揉眼睛，仔细观察，感到自己的小心脏怦怦乱跳起来，从这个人走路的姿态看，好像是她的帮扶人姚奋进，正从山腰下往山上爬。她再也不能等下去了，万一是姚奋进来了，等到他爬上山坳，至少要半个时辰，那个草帽对于天上下的雨，是不起作用的，用来遮阴还差不多。她赶忙往山下小跑，她走到一个小名叫扩狗奥的地方，忽然脚下哧溜一下，人沿着土坎往下滑，"嘭"的一声，她的身子撞在一块大石上，她口中吐出一口鲜血。她试着想爬起来，可是脚崴了，身子受了伤。她感到一阵恶心，便晕了过去。

"小凤，小凤，你醒醒啊！你怎么了，你怎么在这里？"来人正是姚奋进，他看到处于昏迷中的袁小凤，叫唤着她的名字。

他抱起袁小凤不停地呼唤她的名字，用衣袖替她拭擦脸上的淤泥和嘴唇上的鲜血，把她背后的蓑衣拉了拉，将她手中的雨衣拿过来，遮盖在她的身上。看了一下自己衣服包裹的防疫口罩还好好的，体温计也还在，他感到欣慰。

他把防疫物资也塞在雨衣下面。这时的雨下得越来越大，风也趁机喧嚣起来。姚奋进护着袁小凤，用自己的身体为她抵挡风雨，用一只手接了一点雨水送到她的嘴边，他摇晃着，叫唤着袁小凤的名字。一会儿，袁小凤慢慢地睁开了眼睛。

"姚书记，你来了，雨衣。"

袁小凤挣扎着想坐起来把雨衣给姚奋进穿上，可是，她努力了几次，还是没有办法给他穿上雨衣，甚至，她连拿开盖在自己身上的雨衣的力气也没有，她又晕了过去。

姚奋进明白袁小凤为什么这时会在这里了，他的眼泪在飞，泪水和着雨水从他宽阔的脸庞上流了下来。多年的驻村扶贫，他和老百姓打成一片，为老百姓办实事，为贫困户遮风挡雨。他已经成了村民中的一员，是人民心中的好干部，老百姓把他当作自己的亲人和朋友。把人民装在心中的人，人民爱戴他、敬重他、关心他。

他叫唤着袁小凤的名字，没有应答，他把袁小凤放在一块大石板上，大声呼唤小凤的名字。一会儿，袁小凤呻吟了一声，慢慢地睁开了双眼。袁小凤想说点什么，姚奋进示意她不要说话，要保持体能。姚奋进说："小凤，你不要说话，保持体能。我背你回去。"

"不用，我自己，能走，没事……的。"

袁小凤气息微弱地说着，做了几下要爬起来的动作，可是，她的脚崴了，身子撞在大石头上，伤得有点重。袁小凤的脚刚一用力，只听得"哎哟"一声，她疼得喘不过气来。

姚奋进看到这种情况，二话不说，只见他一弓腰，手轻轻一带，就把袁小凤背到了身上。袁小凤被姚奋进的举动惊到了，她的双手不知所措，随着姚奋进吃力地往上走，袁小凤的双手紧紧地抱住了他。姚奋进深一脚浅一脚在风雨中艰难地往坡上走着。有好几次，姚奋进差点摔倒，袁小凤在姚奋进的耳背上轻声地说："姚书记，现在的风雨太大了，你找个平坦的地方，我们休息一下，避避雨再走吧。"

"不打紧，今天这个雨，看样子一时半会停不下来。这个地方山高林密，只要遇到大风、暴雨、雷电等天气，手机就没有信号。现在联系不到外面，我们只能慢慢走。你脚崴伤了，要归位，身上有内伤，也要及时让村医生看看，时间拖久了，不好呢。"

姚奋进用雨衣把抗疫物资包好，绑在腰间，背着袁小凤往坡上走。袁小凤在他宽阔的背上小声啜泣，她说："奋进书记，你是这个世界上最好的男人，怪不得周箬那么爱你，她看你的眼神全部都是爱。作为女人我真羡慕她，祝福你们！"

"我有啥呀，除了有一身蛮力气，啥也没有。"

"谁说的，你一个大学生，放弃了留在大城市发展的机会，据说，当年华为公司要重金聘请你做工程师，都被你婉言谢绝了。你遵照你爷爷的愿望，学成回来，服务家乡。"

"有这回事，我在大学学的是计算机编程与设计专业，还在大三的时候华为公司到我们学校招人，经过层层选拔，我就被华为公司预录。"

"太可惜，你这么优秀的人才，怎么可以在桃坪界这么一个簸箕大的地方扶贫呢？你是干大事的人才，太屈才了。"

姚奋进说："毛主席曾经说过，革命工作只有分工不同，没有高低贵贱之分。我回到家乡工作，能为家乡的脱贫攻坚做一点实事，我感到充实而快乐。"

姚奋进走着走着，感到背上的袁小凤越来越重了。他又坚持往上走了一段路程，来到一块大石板上，他对袁小凤说："小凤，我们休息一下吧，前面的路更不好走了，我刮一下鞋上的泥巴。"

　　袁小凤没有作声，姚奋进感觉不对，急忙把她从背上放下来，把她放在石板上，只见袁小凤脸色苍白，嘴角有血——她昏迷过去了。姚奋进见状，一时也不知如何是好，他摇了摇袁小凤的身体，没有回应，他感觉情况不妙。这时，天上的雨下得更急，雨水打在脸上，能感觉到疼。他直呼袁小凤的名字："小凤、小凤，你醒醒啊！醒醒啊！"

　　袁小凤仍然没有回答，姚奋进稍做迟疑，便对袁小凤进行人工呼吸，他反复做了几次，袁小凤的身子动弹了一下。正在这时，走来两个人——袁放心和他老婆符嫘。

　　由于雨下得大，两人走到眼前时，忙碌中的姚奋进才看到有人来了。而这时，他正在给袁小凤做人工呼吸。

　　袁放心见状咋咋呼呼地问："这谁呀，你们在干吗？"

　　"大雨天的，你们也真是浪漫，雨中接吻拥抱，啧啧啧，我活这么大还是见到头一回。"符嫘说。

　　"符嫘，你给我闭嘴，袁小凤她脚崴了，人又撞在石板上，休克了，我在给她做人工呼吸。"

　　"哪个人不是人工呼吸，难道你还是别人帮你呼吸呀？你净捡乖话说，不就是嘴巴对着嘴巴亲嘴吗？"

　　符嫘明显在往一边说："撞石板上，这么一块大石板，怎么叫撞？你俩人是在大石板上偷情吧，我刚才就看到你在亲袁小凤小嘴呢，哈哈，哈哈哈。"

　　"你胡说，那是人工呼吸，不是在这块石板上撞的，是下面，是在下面小溪沟上的一块石板上撞的。"

　　"我没有看到她在那块石板上撞的，我只看到你刚才在这块大石板上抱着她亲嘴。"袁放心说。

　　听袁放心这么说，姚奋进条件反射一般立即放下袁小凤，袁小凤这时开始苏醒过来。她说："袁大哥，我脚崴了，人撞伤了，是他救了我。"

　　"别，别，千万别乱叫，姚奋进才是你心上的阿哥，我可没有那口福。"

　　"你就是一只馋猫，见不得荤腥。"符嫘在丈夫袁放心手臂上捶了一拳，袁放心嘿嘿一笑，顿时哑在了一边。

　　"符嫘，不是你想象的那样。"袁小凤连忙解释。

　　"小凤，你就别装成一副可怜兮兮的样子了好不好，什么叫想象，我是在现场看见你躺在大石板上，让姚奋进在你身上乱吻。你两个人的嘴巴咬在一起是我亲眼所见，不是想象。"

　　"符嫘，我知道你在扶贫问题上，莫名其妙地有意见，对扶贫干部也有意见。但是，人不能信口开河，颠倒黑白。"姚奋进威严地说，姚奋进见袁小凤说话无力，叫她别说话。他自己向袁放心夫妇解释。

　　"那好，那我问你，她怎么平白无故地躺在大石板上让你啃嘴巴子？这么一个大雨天的，你们孤男寡女的，怎么在这里？你两个的衣服纽扣都是乱的，在我们看见之前，你们都做了什么？我真是后悔来迟了几分钟，不然就看见你俩在风雨中做好事的那一幕了，都怪他做事磨蹭，说好了两人今天去农村商业银行取扶贫养殖补贴，就他一直在拖拖拉拉，

要走不走，这才耽误看你俩前几分钟的美事。"符嫪扭住不放，越说越起劲。

姚奋进强忍心中的怒火，耐心解释道："我呢，是从家里返回桃坪界，路上遇到大雨。小凤呢，她是从家里出发，也是去乡政府办事。我们是在路上遇到的，我来时在路上看到袁小凤脚崴了，人撞伤了。我就把她背上来了，路上她又昏迷了，我就把她放在大石板上对她进行了人工呼吸。"

"哎哟喂，听你这么一说可有点意思了哈，原来你们是够浪漫的哟，这么大的风和雨，你们怎么这么巧在这里相遇？听你说，你还在雨中背她走路，袁小凤娇小可爱，模样俊，你虎背熊腰，背她你自然不成问题，问题是，你们到底是偶遇，还是背着周骏，两人事先约定好了，故意制造机会相遇。哈哈哈，真是奇了怪了。"符嫪两眼发光，话中有话。

姚奋进耐着性子说："是巧遇，今天真不该出事，小凤遇到我，不然后果不堪设想。她先崴脚了，人又撞在了石头上，下面溪边你是知道的，那条路又陡又窄。"姚奋进重复解释着，为了解除符嫪的怀疑，他这次重点强调的是凑巧遇上。

"真是无巧不成书啊，这么一座大山里，小凤去乡政府办事，就遇上你回桃坪界。在风雨中，她摔伤了，你就出现了。你背她走，石板上亲。哦对了，你说的是人工呼吸，她被你口对口吸醒了。你们什么事也没有发生，你成了英雄救美，最美贫困户遇上最牛的'咱姚书记'——这是袁小凤平日称呼姚奋进的话。哈哈哈，不发生点什么，打死我都不信。再说了，这么大的风雨你不在家中待着，跑来桃坪界干什么？雨天扶什么贫？扶贫要白天黑夜扶吗？你不要给我说，你那是为贫困户排忧解难，和贫困户心连心。"符嫪的嘴是出了名的刁，村中人不怕她人，就怕她那张上下翕动的两片嘴巴皮。

"你什么意思？很简单的事情，到你嘴里一嚼就变味了，谁都知道扶贫工作是天下第一难事，扶贫干部都累生累死，为了扶贫工作，你见他们什么时候有过节假日，扶贫什么时候还选天气扶贫的？给你讲了几遍了，我和袁小凤在这里是巧遇。"

"姚书记，我看你平时都一本正经的，也不会撒谎，今天你怎么也学会了撒谎了。什么巧遇、偶遇，我看到的是亲嘴。"符嫪说。

"我撒谎，撒什么谎，我有什么谎好撒的，我行的端走得正，刀上走得，马背上跑得，我们没有做什么见不得人的事，不心虚理亏。"

"姚书记啊，袁小凤，你们今天落到我符嫪手里，就别想打马虎眼，告诉你，我不是那么好打发的人，今天我虽然没有捉住你俩干那事，但我分析了一下，我心中已经有了一个初步的结论——你俩干了，并且是风雨中干了很久。哼哼，你把袁小凤都搞晕了，哈哈哈。"她说完往傻在一边的袁放心开怀大笑。

"符嫪，你就是个胡闹，袁小凤受了这么重的伤，你没有一点同情心，相反，站在那里说话不腰痛，你如果到处造谣生事，你是要负责任的。"姚奋进说话时忄斜着她。

"负，当然要负，我负全责。"符嫪语气坚定。

袁小凤心疼地为姚奋进披上雨衣，袁放心说："姚书记，你别理她，她负得起什么责啊，她是在胡说八道。"

"你才是胡说八道呢，卵都没用的东西，见到烟籽籽官都把你给吓尿尿，就你那个德行，滚一边去，别碍眼。"符嫪手指袁放心，似乎掌握了什么证据一样不依不饶。

"那好，符嫪，拿出你的证据，证明我和袁小凤在这里行苟且之事。"

第八十九章
奋进擘画脱贫攻坚　符嫪传谣害人害己

"那好，既然你姚书记开口问我要证据，那我就拿给你看。在我拿证据之前，请你回答我两个问题。"

"好的，你问二十个也行。"姚奋进认真起来。

"姚书记，请问你身上这个雨衣是多少钱买的？你什么时候买的？"

"这和这件事有关联吗？"

"请你回答我的提问，刚才你还说我可以向你问二十个问题呢。"

"多少钱买的我忘记了，什么时候买的更不记得了。"姚奋进的眼光往袁小凤望，又说，"我出门时，怕天气变化，周篔叫我带上的。"

"不是，袁茜干爹。"袁小凤正要解释什么。

"现在我明白了，当年为什么你让女儿袁茜认姚奋进为干爹了，原来，你们认亲戚是为了做掩护，对外便于走动。"

姚奋进没好生气地说："你就是个长舌妇。袁茜可爱，我喜欢。"

"是袁茜妈可爱吧。"符嫪发出一阵冷笑。

袁小凤无力地吼道："符嫪，你太过分了。"

"好了，不说这个了，说正事吧。姚书记，你的话露马脚了。第一，你和周篔都是乡政府干部，你们根本就不用这种雨衣，你们出门和老百姓不一样，不是戴草帽子，就是打伞，政府干部几乎不用这种农民耕作时的雨衣。第二，从乡政府到桃坪界要走一个大上午，那时候，天气没有变，你怎么预知天会下雨？还带了一件不伦不类的农民做工时的雨衣。第三，因为这件雨衣最下边的纽扣是我给缝上的，去年我上山打稻时，向袁小凤借过雨衣，由于弄丢了雨衣上的一颗纽扣，我就找了一颗颜色近似的扣子给缝了上去，你没想到吧？因为我没有说，包括袁小凤都没有细看，没发现这个小秘密。姚书记，对于我提的三点你有何见教？"符嫪站在一边得意地奸笑着。

姚奋进哑然。

"那雨衣是我的。"姚奋进虚弱地补了一句。

"你……符嫪，你要干什么呀？"袁小凤有气无力地问。

"干什么？我一个良家妇女，从小就读《女则》《女四书》的小女子能干什么？只是被你们这些人压抑久了，也忍不住要发声。这件雨衣是袁小凤家里的，不是你姚奋进买的，当然你不可能知道它的价钱。而且你们那种家庭也根本用不着这种专属于农民耕作时的雨衣。你们的谎言穿帮了。"

"那雨衣是我的……"袁小凤用力说着。

"是我爷爷的……"姚奋进急忙说。

"你看看，你看看，一件雨衣就暴露了你两个的秘密。我现在再问一句，雨衣到底是谁的？"

"我的。"袁小凤和姚奋进异口同声地说。

"哈哈，用一件雨衣就可以试出事情的真相。我赞同雨衣是小凤的，因为姚革新几十年不用雨衣，他虽然是一个农民，但他不像一个纯粹的农民，用句文雅一点的话说，姚革新亦官亦民。他永远只戴一顶芦苇编织的草帽，从不穿雨衣，也不打伞，故此，此雨衣是小凤的也符合常理。姚奋进你怎么这么心虚呢，没有鬼你心虚啥呀？不要争了。这雨衣呀

姓袁不姓姚，是袁小凤的，也有我缝上去的纽扣为证，你明白了吗？"符嫪不愧为桃坪界出了名的名嘴。

"符嫪，我给你说……"

"别，你别，小凤，你被搞累了，多休息，别说话。有些男人敢做不敢当，我鄙视。要你女人出面背黑锅，更是无耻。"

"你说谁？你今天到底是什么意思？"姚奋进吼道。

"符嫪，这雨衣是……"

"别，这雨衣是你袁小凤的，这个我十二分信。不过今天怎么落到姚书记的身上了呢，哈哈，我想，也许是姚奋进出门走到半路时，约你出来，正好这时天气骤变，你就披了蓑衣又给他带了这件雨衣送过来了，对不对？"袁小凤点了点头，又摇了摇头。

"其实蓑衣和雨衣还有第二用，那就是可以在外垫在身下用，或遮羞之用。"符嫪说完露出狡黠的目光。

"你说话怎么这么不要脸。雨衣是用来防雨的，不是用来遮盖的。"袁小凤吃力地说。

"你们玩得也太疯狂了吧，已经到形影不离的地步，姚奋进昨天才回去，今天就返回桃坪界，那么，是什么让他如此地惦记，如此地放心不下呢？原来是你袁小凤。"符嫪的思路似乎越来越清晰。

一件不起眼的雨衣，让符嫪找到了突破口，让驻村第一书记姚奋进陷入了被动。如果按照实话实说，符嫪也会抓住送雨衣的话题，大肆渲染。这本来是一件巧之又巧的事，没想到授人以柄。姚奋进把雨衣说成是自己的，的确不符合常理，让符嫪掌握了把柄。袁小凤出于对自己的包保户的关心，对驻村第一书记的热爱的一种寻常举动，牵扯出了一件男女之间的风流韵事。

姚奋进能说什么呢，怎么才能说清楚这事儿呢？袁小凤怎么可以说担心姚奋进淋雨是自己送来的雨衣，别人会怎么说，怎么想呢？如果两人事先没有约定，怎么会这么巧地相遇。那么别人又会问，你为什么给他送雨衣，他为什么叫你送雨衣，而不是别人。到底你俩是玩什么鬼，才弄伤的脚，你叫人如何说得清、道得明。

姚奋进说："人正不怕影子歪。走，我们走，不和这个疯子废话了。"

他弯腰让袁小凤趴到自己的身上，袁小凤面对袁放心夫妇再也不好意思趴在姚奋进的身上，说什么也不肯趴上他的背。

姚奋进说："就是一个陌路人，遇到这种情况，我也会伸出援助之手，何况是你，我的包保户，受了伤，而且是为了……"

他没有往下说，他坚持要袁小凤趴到自己的肩头，他用肯定有力的眼神鼓励她，她犹豫了一下，轻轻点了点头，顺从地趴在姚奋进的背上，由他背着走。

当天晚上，网上就流传出一则消息和一幅图画，根据文字说明，是驻村第一书记姚奋进雨中背"最美贫困户"袁小凤的画面。文字中再也没有其他的文字说明，同时在抖音中也可以刷到驻村第一书记姚奋进雨中背"最美贫困户"袁小凤，符嫪配上了一小段语音说明。

符嫪故意模糊的文字说明和配音让千千万万人浮想联翩，姚奋进和袁小凤的故事经过不断地解读和艺术加工，姚奋进和"最美贫困户"之间的事被炒得沸沸扬扬，两人都遭到

第八十九章
奋进擘画脱贫攻坚　符嫪传谣害人害己

家人的质疑和社会上不知情的人误会。两人面临着空前的社会压力。

袁小凤开始在网上辟谣，由于不好意思说出塑料雨衣是怎么回事，她遭到网民的一再追问。周骖在手机上浏览各种讯息，也看到了符嫪发的抖音，他一个人暗自流泪，终于有一天实在是忍不住，就对袁小凤说："小凤，现在百度、热搜、抖音、视频号等到处流传着姚奋进雨中背你的画面，都霸网了，风头盖过了网红。你和姚奋进，尤其是他自从发生这件事后，一直玩潜伏，从不出面澄清事实，你们没有说清楚，现在互联网的力量是巨大的，社会上到处充斥着你和姚奋进的传言，人言可畏呀。我一个瘫子，哪里也走不了，什么事也做不了，这些事谁最清楚，当然只有当事人。我想，你和姚奋进要面对，要重视这件事呢，网络太发达了，网络的力量是巨大的，弄得不好，姚奋进这个驻村第一书记吃不了要兜着走。"

袁小凤说："别人乱说，你也跟在后边乱起哄，我是什么样的人，你还不了解吗？姚奋进是什么人你不是不清楚，世上到哪里去找这样的好人啊！他是如何关照我们的，你心里不清楚吗？可以这么说，我屋如果没有他，这几年，别人会欺负我们到什么样子啊！人要懂得感恩，要知恩图报。那天天气突变，还是你不停地在屋里念叨：今天这个天气，姚书记不知返回桃坪界了没有，他如果来了，这时也才走了一半多点路程吧，怕是要淋湿了呢，千万莫把人淋感冒了。现在他可垮不得，脱贫攻坚已经到了关键时刻，他肩上的担子更重了。我当时说：下雨了，他一个大男人不知道躲雨啊，他可以往回走呀。你用眼睛瞟我说：他如果走到一半以上的路程了，你叫他如何往回走？走到苞包冲那个地方了，就没人家居住了，你叫他上哪儿躲雨去？坏了坏了，他是个工作责任心很强的人，那天他在我屋吃过饭回去的，现在脱贫攻坚任务这么重，他一定会今天回桃坪界，早上还是晴天，一会儿就下起了大雨。他肯定在路上了，要淋湿的，这可怎么办呀？我看你心里急，我心里也开始着急，我也说怎么办、怎么办。你自言自语地说道：如果有个人接他一截路就好了，带件雨衣去。我说，这时快下雨了，别人都往家里跑，哪个还往外走呢。你往我脸上一看，说：小凤，你辛苦一下，带上雨衣，马上去，给奋进书记送雨衣去。没想到，我就送个雨衣，就弄出这么大的事啊！"

"小凤，你不要想那么多，现在事已至此，只有三个办法：一是由你上网讲实话辟谣；二是由姚书记出面澄清；三是由我作为你的丈夫上网讲清楚事情的来龙去脉。"

"还有第四种办法。"

"还有第四种办法？"

"是的，第四种办法就是不予理睬。"

"那怎么行呢？我们是个农民，没有人开除我们的锄头把。姚书记可不同啊，他可端的是公家的饭碗，他们是有纪律的，搞不好因为这件事他会落得个处分之类的。网上现在到处是他雨中背你的照片，我们若不予理睬，谣言会像干柴遇到烈火一样熊熊燃烧起来，人言可畏啊。纪委监委一旦介入调查，对他的政治前途，对他的家庭会产生很大的影响。与其遮遮掩掩，不如光明正大地把事情经过一五一十地说出来，我们要为姚书记发声，他可是我们的恩人呐，我们要还他清白。现在像他这样全心全意为人民的官员太少了，不能被符嫪他们这些刁民给祸害了。我昨天要你征求一个姚书记的意见，他是怎么说的？"

"我给他讲了符嫪在网上发帖子、发抖音的事，他倒好，跟没事似的，在一边乐呵着。"

他说，人正不怕影子斜，没有的事，她爱发就让她发吧，由此产生的不良后果，由她负全责。"

"他就说这些完了？就这么让别人糟蹋吗？"周骎着急地问。

袁小凤说："姚书记真是干大事的人，他面对这些对自己不利的局面，真是处变不惊。他很平静地说，随它去吧，网上那些东西，你越描就越黑，很多人沉迷网络攻击，你越说他们会越起劲，我就不信谣言会代表真相。"

"唉，姚书记是我屋的恩人啦，总不能让他一个人受不白之冤吧。"

"姚书记叫我们别担心，没有的事，谁想说就让他说个够，不要理睬。姚书记都这么说了，我还能说什么呢，只是太委屈姚书记了。"袁小凤说，"就让符嫚那个疯女人胡闹吗？我要找她评评理去。"

"你不要去找她，还是要听姚书记的话，不予理睬。你去找她，她也不会买你的账，她仗着娘家符德俍有钱有势，仗势欺人。"周骎说，"姚书记他爹姚改革和他爷爷姚革新不是发话了吗——人正不怕影子歪。"袁小凤在一边垂泪。

一周后，县公安、网监、纪委监委和乡干部组成联合调查组，介入调查。

经查实，姚奋进和袁小凤是工作关系，那天下雨所发生的事，根本没有触犯道德底线，姚奋进在临危时刻抢救包保户袁小凤，符嫚偷拍并上传至网络，造成了不好的社会影响，为了给当事人清白，严肃法纪，调查组认为：符嫚在未经当事人同意的情况下，采用偷拍的方式，向网络散播相关录像资料，拍抖音，有意攻击脱贫攻坚，肆意破坏干群关系，在社会上造谣生事，给当事人造成了身心伤害，决定对她进行刑事拘留，责令她赔礼道歉，赔偿精神损失。

一场轰动全网的造谣中伤事件，至此，才得到解决与平息。但在社会上造成的不良影响远远没有结束，给彼此之间造成的隔阂甚至是仇恨从此形成了。

第九十章
敢担当奋进新时代　有作为开启新征程

说起袁小凤的老公周骎，真有些话长。那年他在广东湛江打工时，工地放假了，他违规操作砼泵机为私人用户服务，在操作砼泵机时，由于前些天天降大雨，地基松动，机器突然侧翻，他被碾压。

由于是个人行为，而且是违规操作，厂家否定他是工伤，不肯出钱给予治疗，更谈不上工伤赔付。他在几个好心老乡的帮助下，大家凑足了入院费，周骎才得以入院治疗，经过一个月的抢救，周骎总算是保住了小命，但一条大腿由于抢救不及时，组织坏死；另一条腿也没有了知觉，需要康复治疗。一周后，他由于没有续交住院费，出院了。

在几个老乡的帮助下，他才得以返回家乡。周骎家的经济收入，本来就只有他的打工收入，他一出事，他家里骤然没有了经济来源。周骎住院花掉了家中仅有的一点积蓄，他老婆袁小凤整天唉声叹气，愁眉苦脸，周骎这一户一夜之间返贫了。

周骎一家住着破旧低矮的砖瓦房，墙体开裂，雨天漏雨，旱天漏风。东南角的一间房子里，一张床一把轮椅放在床前，没有家具，唯一的最高档的家电是堂屋正中的八仙桌上的一台老式的21寸旧彩电，经常是有人影没有声音或者有声音无图像，有时干脆就不声不响趴在八仙桌上。

驻村第一书记姚奋进了解到这些情况后，和村支两委干部一起上门探望。

姚奋进看了很揪心，袁小凤的儿子袁浠刚上初中，女儿袁茜在读小学二年级，都需要钱，家里两个老人没有劳动能力，需要赡养。他感到这个家可以说是清贫如洗。

姚奋进坐在周骎床前，告诉袁小凤说："政府派我们来做帮扶工作，我作为你们的帮扶联系人，你有什么事情，碰到难处了就找我，我想办法帮你们。"

姚奋进把周骎一家列为重点帮扶对象，躺在床上的周骎有气无力地说："以前也有扶贫工作队来扶贫，有时给几包化肥，有时给几只小鸡来养，送两桶油，过年给个二百元钱，填好帮扶手册，照几个相片就走了，到现在我们家也没有什么变化。"

"这次跟以前不同了，这次叫精准扶贫，无论如何我们一定帮助你脱贫。"姚奋进说，"习近平总书记说了，脱贫路上一个也不能少，一个民族都不能少。"

"姚书记啊，我周骎是做上门女婿来的，现如今我变成废人了，不能下地干活了，不但帮不了袁小凤，而且对她是个拖累。家里两个孩子要读书，两个老人也干不了农活，我还能脱贫吗？我拿什么脱贫啊，我只怕是越来越贫困啊。"周骎一脸的悲伤。

"能的，你们自己要有信心，政府绝不会让一个贫困户不脱贫的，你不用担心，政府会有办法的。"姚奋进连忙安慰他、鼓励他，"坚持是一种赢的姿态，如同夸父追日，虽然追不上太阳，他倒下的身影也依然朝着太阳的方向。"

周骎听了心情难以平静，不停地点头称是。

离开周骎家后，姚奋进立即和村支两委开会商议扶贫对策。姚奋进帮助周骎办理了扶贫小额贷款，又鼓励他家进行危房改造，还帮他申请危房改造补助资金。

一天，姚奋进和几个村干部来到周骎家里，讲完正经事情以后，逗周骎的小女儿袁茜说："小朋友！你愿不愿认我做干爹呀？"小袁茜一脸的笑，不知怎么回答。这时，袁小凤激动地说："姚书记，你是吃皇粮国税的人，咱们是地地道道的农民，怎么敢高攀你做亲戚呢？这可使不得啊，我还没有听说过国家干部和贫困户认亲戚的呢。"

"袁小凤，我可要批评你，你的思想还很封建、很传统。脱贫攻坚是国之大事，党员干部通过扶贫工作为老百姓办实事、办好事，是密切联系群众，加强党同人民群众的血肉联系。我们党在什么时候都和人民群众是一家亲。"姚奋进一本正经地说。

躺在床上的周骎艰难地侧过身，说："女人就是头发长见识短，姚书记要和我们认亲戚那是给我们脸，我们得好好兜着，你还不知好歹。姚书记叫咱干啥就干啥。"

"我不是那个意思，我是担心姚书记认我们做亲戚，会让人笑话他，拖累他的，书记认穷亲，是新鲜事呢。"

"袁小凤，看你说哪里去了，太见外了，今后可不敢这么说。"姚奋进说，"袁茜，叫干爹。"

袁茜很是腼腆，默不出声，周骖的脸上露出了笑容，他的手指向女儿，说："茜茜，快叫干爹。"女儿袁茜望向母亲，袁小凤点了点头，说："快叫干爹。"

袁小凤一边说一边要袁茜行跪拜礼，姚奋进坚决不准，她就要女儿行鞠躬礼，袁茜乖巧地鞠了一躬，叫道："干爹。"

"哎，乖女儿！"姚奋进和村干部都笑开了花。他把村部自己房间里的一把钥匙用一根绳子穿好挂在袁茜的脖子上，说道："干爹屋里，你随时可以去玩。"

"是，干爹！"袁茜说完，竟然向姚奋进行了一个队礼，逗得大家都开怀大笑。姚奋进用食指刮了一下袁茜的小鼻子，说道："真是个可爱的小鬼。"

打那以后，姚奋进春天农忙时节，他就帮助袁小凤犁田插秧；秋收时，他就随袁小凤打稻砍柴，袁小凤家的农活他都争着做，家中所有的重活儿都是他在做，袁小凤每次都要说感谢之类的话。

九月份开学的时候，在姚奋进的帮助协助下，学校免收袁小凤一双儿女的所有费用，两个孩子还得到扶贫助学补助。

在危房改造的问题上，袁小凤不同意拆旧房子，建新房把旧房拆了，一家老小去哪里住，其实主要问题还是没有钱。于是姚奋进联系爱心企业，资助了5万多块钱，不久工程队来了，混凝土搅拌机轰隆隆响起来了，几个月来，姚奋进成了袁小凤家的常客。

这年十二月初冬，天气并不寒冷，太阳刚露出笑脸，暖暖的阳光照耀着大地，这天，袁小凤的丈夫坐在轮椅上，在刚建好的新房前静静地晒太阳，十点多钟姚奋进和村支书袁烓出现在姚小凤的眼前。

"你的危房改造补助资金到位了，3万元。"姚奋进说着，村支书递上银行存折。

周骖用手支撑着身子，连忙站了起来，伸出双手接住存折，并拉过村支书的手，紧紧握着，"谢谢，太谢谢你们了。"

村支书袁烓说："你应该谢谢姚书记，是他帮你操办这些事情的。"

周骖激动得不知说什么好，两手紧握着姚奋进的手："谢谢！谢谢！真是太感谢你了，你帮了咱们家大忙。"周骖眼眶红润。

这时姚奋进和村支书同时发现周骖居然能站起来了，两个人相视一笑，非常惊讶地说："哎呀，你看看，你能站起来了！"

袁小凤发现丈夫自己能站起来了，眼泪夺眶而出。她动情地说："姚书记，袁书记，你们真是我们的贵人啦。家庭困难解决了，周骖的脚也好了，真高兴！谢谢共产党的好干部！"她边说边搓着一双手。

袁烓说："姚书记为了我们桃坪界村的扶贫，操碎了心，这么年轻，头发都白了。"

周骖掩饰不了内心的激动，拉着姚奋进的手，说："习总书记派来的扶贫干部，和咱们老百姓心连心。扶贫工作是天下第一难事，姚书记你们辛苦了！"

"脱贫攻坚奔小康，是我们的百年梦想，我和全国扶贫大军一样，有幸参与到这场伟大的工作中，能为我们桃坪界村的扶贫工作做点实事，我感到很荣幸，虽苦犹荣。"姚奋进动情地说。

为了高质量完成桃坪界村脱贫攻坚工作，姚奋进在村支两委会议上说，村支两委工作重点要以乡党委提出的"让群众过上美好的生活"为目标，落实书记周改革提出的"美丽火场·幸福家园"新村建设，要因地制宜、统筹考虑区位优势，自然生态基础设施等要素，开展生态村创建改善人居环境，全乡常态化开展"美化、硬化、洁化、亮化、绿化"等美丽乡村评比竞赛活动，持续改善农村人居环境。全力建设"望得见山，看得见水，记得住乡愁"的优美宜居新村。要制订出一套切实可行的脱贫攻坚计划，采取过硬的措施，确保人民群众增产增收，达到或超过现行条件下的脱贫标准。我们要把桃坪界建设成为优美宜居幸福的社会主义新农村。

村支书袁娃说："我们这几年的脱贫攻坚工作是有成效的，桃坪界村按期整体脱贫还有最后一公里路，现在周骖返贫了，怎么办？我想我们扶贫也要讲究创新，我们要把工作重点转移到可能出现返贫的边缘户。周骖家大家是清楚的，如果不是出现了重大变故，他家脱贫可以说是一点问题也没有。可是他目前的情况村支两委都明白，能否经得起第三方评估，能不能在现行脱贫标准下顺利脱贫，我看关键在村支两委，贫困村出列还有一定的难度，我们必须撸起袖子加油干，全村必须在2021年前脱贫，想方设法奔小康。"

会上大家畅所欲言，有村民说，种植西瓜、辣椒、长豆角、茄子等蔬菜是桃坪界村多年来的致富渠道，因信息不通畅，以往村民的收入都是看交易员的脸色，还曾一度出现滞销。村民强烈要求，要改变桃坪界村的贫穷面貌，首先要解决交通问题。

姚奋进当即表态，说："要想确保村里长期稳定发展，让群众致富是关键。"他鼓励村党支部副书记袁畦成立了蔬菜种植专业合作社，村里的西瓜、辣椒、茄子种植户全部加入合作社，通过上网浏览发布信息，及时调整蔬菜输出区域，并统一包装。

针对桃坪界村外出打工人员较少，村民增收存在困难的情况，姚奋进带领村支两委通过深入调研，引导村民开展家庭养殖。村里已有10户养殖生猪、母猪、肉鸡、蛋鸡、鸭子，人均增收4000多元，并逐步由种植专业村向养殖、种植、加工专业村转化。他还结合桃坪界村的土质优势，鼓励村民种植高山蔬菜，种植户由原来的15户增至25户，种植面积达到2000多亩。

姚奋进积极向上级争取项目资金，几个月时间就修建了一条火场至桃坪界村的乡村公路。打通了村里与外面的通道，大大方便了村民出行，使得村里的粮食、竹制品、云雾茶、木材、药材等农副产品可以销往外地，也可以让山外的商品运进来。

"你瞧，这一大片，每年每亩能赚3万多元。"在桃坪界村，姚奋进指着一大片郁郁葱葱的果树，话语中带着兴奋，给县扶贫办领导介绍。

"之前我们一家六口挤在山脚下的瓦房里，村民居住分散，想找人聊天都难，坐车去买个东西，还得走30公里山路，特别不方便，现在好了，十几分钟就可以到乡政府了。"新任村组长袁小凤在陪同检查组时说，"现在新居宽敞多了，公路通到了家门口，晚饭后我可以和邻居到小广场散步聊天，对着手机跳广场舞，村里还有了小超市，买东西方便多了，连快递都可以包邮到家了，我们赶上了好时代。"袁小凤喜悦之情溢于言表。

村民袁冬霞是全村选出参与新村建设项目监督与管理的村民代表，她说："为了丰富村民休闲生活，村里规划建设一个篮球场、新村广场，建成后，为节庆时村里举办大型活动提供便利，我们平时也可以组织一系列活动，丰富村民生活，弘扬文明新风。"

袁小凤接过话说："现在村里注重环境保护，村里建立垃圾日清理、日收集、日处理，卫生管护长效机制。我们村现在不论是生活环境，还是生活质量，比过去地主家还要好。"

大家围绕着县领导拉家常，算一年的经济收入，村里又有多少人今年买了私家车。夸村里信息畅通，农民上山砍柴去，兜里都带着手机。说到这些村民的脸上乐开了花。

县扶贫办刘开启主任不停地点头，他饶有兴致地说："通过完善村规民约，推进移风易俗，宣传好家风、好家训，抓好农家书屋，老年活动中心建设，营造健康文明的人居环境，通过脱贫攻坚奔小康，奋进新时代，开启新征程。农民的好日子还在后头呢。"村民的脸上洋溢着幸福的笑容。

2021年2月25日全国脱贫攻坚总结表彰大会上，习近平总书记庄严宣告："我国脱贫攻坚战取得了全面胜利，现行标准下9899万农村贫困人口全部脱贫，832个贫困县全部摘帽，12.8万个贫困村全部出列。"

姚革新在家中电视上看了表彰会，听了习近平总书记的讲话，他问姚奋进，我们国家为什么要扶贫？

姚奋进回答说："是为了改善人民的生活，实现高质量的小康，国家实现第一个百年目标。"

姚革新说："你说得对，但不全对，至少不全面。我们国家为什么要费那么大的气力，搞脱贫攻坚，有一条最基本也是最重要的一条，那就是要缩小贫富差距，达到共同富裕。我们党从中华人民共和国成立之初，就是这个目标。自古以来，历朝历代，就是没有重视和解决好贫富差距问题，贫富差距越大，社会对立就越严重，往往人亡政息，改朝换代。"

在县里举行的脱贫攻坚总结表彰大会上，县委书记亲自授予姚奋进"脱贫攻坚先进个人"荣誉证书，姚奋进在县脱贫攻坚总结表彰大会上做典型发言。

2021年7月1日下午，周改革等乡党委、政府领导来到姚革新家中，姚革新换上了乡政府给他送来的洁白的短袖衬衫，他胸前佩戴着中国共产党党徽，周改革为姚革新颁授"光荣在党50年"纪念章，授予他"优秀共产党员"荣誉证书。姚革新精神抖擞，和大家一起歌唱《没有共产党，就没有新中国》。

周改革动情地说："今天是个特殊的日子，是我们党的百年华诞。吃水不忘挖井人，感谢革命老前辈为我们党做出的贡献。姚革新同志是一名老革命、老党员、老干部，今天也是您的百岁生日，您是我们乡唯一健在的百岁老人，祝您生日快乐！"

乡长莫杏聪说："姚老是土改时的一名共产党员，他在农村基层党支部书记的工作岗位上，为党为人民辛勤工作了五十年，党龄八十年。在历史的各个不同时期，不管身处何种处境，何种位置，他都能坚持理想信仰，对党忠诚、对人民有感情，为我国基层政权的巩固和社会主义建设事业的发展做出了应有的贡献。在平凡的工作岗位上，做出了不平凡的事业，把自己的一生都献给了党的伟大事业，很好地践行了一个共产党员的初心和使命，我们后辈向您致敬！"他说完，向姚革新敬了一个军礼，大家都开怀大笑。

姚革新的家中洋溢着春天般的温暖，大家有说有笑，姚革新很高兴地说："感谢党！谢谢你们为我百岁庆生，感谢党给我颁授'光荣在党50年'纪念章和荣誉。今天上午，我和家人一起观看了中共中央建党一百周年庆祝活动，令人心潮澎湃，我党的一百年真的不容易，要好好珍惜啊！今天是我们党的百年华诞，也是我的百岁生日，也是我的政治生日。老朽与党同庚，党日入党，党龄八十年，此生足矣！祝福我们的党千秋万代，祝福我们的国家繁荣富强，和谐美好。"

姚革新握着周改革的手，语重心长地说："《史记·管晏列传》有云，'仓廪实而知礼节，衣食足而知荣辱'。"

周改革说："是的，马克思说过，物质决定意识，经济基础决定上层建筑。"

"物质文明决定精神文明。"符摇说。

"时代的一粒灰，落到个人头上，就是一座山。多少人与事都是过眼云烟，多少人在时代大背景下苟且，芸芸众生能够活着都已经拼尽全力。每个时代都有每个时代的使命担当，我们当干部的如果不去关心底层人民疾苦，那么弱势群体在这个世界上还有什么活头？我们当领导的如果不去关心基层的诉求，那么干工作还有什么盼头？我们的党员干部如果都想升官发财，那国家还有什么搞头？"姚革新的时代之问，令在场的所有人深思。

周改革说："还是毛主席说的那句话：为人民服务。当干部的要有全局意识，不忘初心，牢记使命，要有家国情怀和奉献精神。"

姚奋进关切地提醒姚革新少说点话，节省点体力，姚革新不以为然，今天他高兴，他向姚奋进做了一个手势，意思是要姚奋进靠近一点，他说："孙儿，爷爷有句话要告知你，人生在世不能对信任你的人下手，不能对拉你一把的人忘恩。"

"嗯，爷爷，我记住了。"

周改革等几个乡干部，满脸的笑。对姚革新的话，赞赏有加。中村主任符摇和袁秀丽结婚后，生儿符嘉，他今天带着老婆孩子一起来的，和几个村干部，喁喁相和，在一边插科打诨，和村里几个老人玩起了纸牌。

"我们这么大一个国家，经不起折腾，历史是一面镜子。只有官员廉洁自律、勤政为民、不欺压老百姓，对权力有敬畏之心，国家不犯颠覆性错误，才能国泰民安。毛主席的革命举措最有力、最深入、最彻底，用革命的办法解决前进道路中遇到的问题，国家才有凝聚力，民族复兴才有希望。不管在什么时候，我们共产党人都要聚精会神发展社会生产力，改善人们生活。人的生存权和发展权是最基本的人权，必须得到保护。"姚革新今天好像在做什么交代，侃侃而谈。

周改革谦卑地说："姚老，您放心，您的话，我们都记住了。中国已经进入新时代，我们一定牢记您的教导，对权力要有敬畏之心，官员不能滥用公权力，要关心人民的疾苦与诉求。为人处世要讲规矩，要讲大局。共产党人守得初心，方得始终，中国改革开放的道路会越走越宽阔，中华民族的伟大复兴一定会实现。"

"我老了，不中用了，我已经收到马克思的请柬了。中国的事情说到底关键在党，关乎青年，青年兴则国兴，青年强则国强嘛。"

"中国有句老话：牡丹虽好，绿叶扶持。姚老书记，您就是一本书，一部百科全书。我们不懂的地方，从您那里都能找到正确答案。我们年轻人不懂事，不会做事，还靠您多多批评指导呢。"周改革欠着身子说，"纵观中国五千年历史，那真是博大精深，源远流长。网上有这么一段话，五千年前我们和埃及人一样面对洪水；四千年前我们和古巴比伦人一样玩着青铜器；三千年前我们和希腊人一样思考哲学；两千年前我们和罗马人一样征战世界；一千年前我们和阿拉伯人一样无比富足；而现在我们和美利坚人一样并驾齐驱，五千年来，我们一直在世界的牌桌上。"

大家颔首赞许。姚革新轻轻摆了摆手，没有说话，躺在一张藤椅上，他显得有些困

倦，眨眼之间，他发出了几声断续的轻微的鼾声。

今天是姚革新的生日，子孙能回来的都回来了，乡村干部也来了，屋里济济一堂，爱热闹的他，脸上出现了少有的笑容。在乡村干部即将离开的时候，他提出要和大家合个影。

姚革新在姚奋进的搀扶下，颤巍巍地走到门口台阶上，他说："山海自有归期，风雨自有相逢。花有重开日，人无再少年。我很快就会和庞跃京、黄大长、苏醒见面啰。"

邓佳丽说："爸爸，您万寿无疆！"

"我可不干，那不变成妖精了呀！那东西害人呢。"姚革新的语言依然不失风趣幽默。他坐在椅子上，姚奋进手拉着儿子姚富强和妻子周箬分别坐在姚革新左右，乡村干部也参与家人合影留念。随着李闾"咔嚓"一声按下相机快门，一张具有历史意义的全家福就这样定格了。

姚革新这时说："箬箬，听说你的预产期快到了，这回如果你生的是个男孩，就叫姚爱国，如果生的是个女孩就叫……"

"爷爷，这孩子在我肚子里每天用脚踹我，挺有力的，和我当初生姚富强时感觉一样。"

"咱们姚家人丁兴旺，你辛苦了！"

周箬微笑着说："爷爷，您累了，休息一会儿吧。"

姚革新回到床上看电视，回放建党一百周年庆祝活动，他好几次感动得热泪盈眶。姚革新突然问道："改革，你弟弟姚高德不是说今天也要赶回来吗？"

"是的，弟弟快到沅陵县城了，正在往家里赶。"

"高德有主见，能干大事，现在是大老板了，对家乡要有情怀，对社会要有担当。改革书记关于火场红色旅游开发有个好的规划，高德要有所作为。"

"好的，爹，高德上次给我打电话提到过这件事，政府后续会加以论证。"

"嗯，好。"

一会儿，姚奋进担心爷爷说话多，人累着，又怕他太激动，叫了他几声，要他睡觉，他没有回答。姚奋进让儿子姚富强叫太爷爷睡觉，姚富强走到床边，叫道："太爷爷，太爷爷，明天再看哈，该睡觉了哈。"

姚革新纹丝不动，平时只要是重孙姚富强叫他，他会立即露出笑容，很顺从地听安排。周箬感到情况不对，马上走过去，她轻轻翻了翻姚革新的身子，叫道："爷爷，爷爷！"

姚富强也跟了上去，叫道："太爷爷，太爷爷。"仍然没有声音，姚革新微微睁了一下眼睛："白茫茫一片……我累了……好困啊。"夕阳西下，落日余晖映照在火场的上空。

姚革新慢慢地合上了眼睛，他的脸上流出一行清泪，眼泪滴在他胸前的党徽上，他手里握着"光荣在党50年"纪念章。

这时，电视机里正在播放《三国演义》电视剧主题曲：滚滚长江东逝水，浪花淘尽英雄。是非成败转头空。青山依旧在，几度夕阳红。白发渔樵江渚上，惯看秋月春风。一壶浊酒喜相逢。古今多少事，都付笑谈中。

姚改革大叫一声："爹！"他昏迷了过去，美松、修竹、腊梅等人连忙围过来，招人中的掐人中，抹胸口的抹胸口，呼唤的呼唤，抬人的抬人。

姚革新在自己的百岁生日、政治生日、党的百年华诞那天晚上，永远地闭上了眼睛。

这边大家把姚改革抬到床上休息，邓佳丽哭着叫唤："改革，你要想开点，爹走了，我们心里都很难过，你可千万不能再出事啊！"

姚改革慢慢苏醒过来，叫了一声"爹"，泪流满面。

刚刚还是热热闹闹的姚家，顿时笼罩在一片悲痛之中。姚家的哭声惊动了全村，袁莹莹闻声而来，见姚革新已经去世了，顿时泪如雨下，她跪在姚革新的遗体旁，泣不成声："姚大哥，你怎么也走了呢，刚刚还好好的啊，怎么说走就走了呢。莹莹这一生如果没有大哥的庇护，早都离开人世了。你是我的亲哥，你是我的恩人呐。大哥！你就像一枚古钱币，外面是圆的，里面是方的。我舍不得你啊！你这么好的人，不应该离开人世呐！我的好大哥！你的离世是我们所有人的损失，无法弥补的巨大损失啊！"袁莹莹抽泣着说，"大长哥、苏醒姐，革新大哥找你们来了，你们在天堂都要好好的，要像在人世间一样，你和大哥要亲如兄弟……你们都走了，我心里好难过啊！留下莹莹一个人在这个世上，我好孤单啊！"

姚富强懂事地跪在姚奋进和周箐之间，他拉着周箐的手，瞪大眼睛，问道："妈妈，太爷爷，他睡着了吗？"

周箐点了点头，用湿纸巾给他拭擦泪水，她自己的眼泪簌簌流下，姚奋进用手擦了一把眼泪，说："是的，太爷爷永远地睡着了！！"

这时周箐突然感到肚子一阵阵剧痛，她说："奋进，快，我怕是要生了。"

大家听说周箐要生了，顿时忙乱起来，邓佳丽连忙安排人把周箐抬到乡卫生院分娩。周箐顺产，很快产下一个男婴。一会儿后，姚奋进把婴儿抱到姚革新的灵柩前，三鞠躬后，说："爷爷，您又添了一个重孙，姚爱国看您来了。"

浩瀚的星空下，突然有了雨滴声，一位世纪老人的离去，让寂静的夜晚变得苍凉悲戚。

一个新生命的诞生，又给这个不寻常的夜晚增添了欢喜与希望。

"喔喔喔，喔，喔喔，各家各户，姚老走了……喔，喔喔。"深邃的夜空里传来了符摇"喊寨"的声音。

2018 年 10 月动笔
2022 年 8 月初稿完成
2023 年 8 月完稿于山城沅陵